Liebe Grusel-Freunde,

es ist vollbracht – zwanzig Jahre John Sinclair. Ein Wahnsinn, unglaublich, nicht zu fassen.

Das schoß mir durch den Kopf, als ich darüber nachdachte. Ich konnte es zuerst nicht glauben. Wo ist nur die Zeit geblieben?

War es gestern, als ich den ersten Sinclair-Roman ›Die Nacht des Hexers‹ schrieb? Beinahe kommt es mir so vor, doch mittlerweile sind zwanzig Jahre vergangen. Ich habe mich verändert, aus den blonden wurden graue Haare, und auch an John und seinen Freunden ist die Zeit nicht spurlos vorübergegangen. Was haben sie nicht alles erlebt? Aber sie haben sich gut gehalten und ihren Humor nicht verloren.

Als kleines Extra und in limitierter Auflage erscheinen nun vier Taschenbücher mit jeweils acht Heftromanen pro Band. Es sind die ersten zweiunddreißig Heftromane mit John Sinclair – im ersten Band plus der Geschichte aus dem Paperback HEXENKÜSSE, in der John und Bill Conolly sich kennenlernen. Ein einmaliges Jubiläumsgeschenk für die unzähligen Sinclair-Fans im mittlerweile vereinten Deutschland.

Was bringt die Zukunft? Noch einmal zwanzig Jahre John Sinclair? Ich weiß es nicht, ich will es auch nicht beschwören. Stattdessen möchte ich mit dem Satz aufhören, den ich mir immer sage, wenn ich einen Roman beendet habe:

Auf ein Neues!

In diesem Sinne grüßt Sie alle sehr herzlich und in tiefer Dankbarkeit für ihre Lesetreue

Ihr Jason Dark

Mein
erster
Fall
oder
Wie alles begann
JF 93

Die Leser meiner Abenteuer kennen mich, John Sinclair, als Geisterjäger, bewaffnet mit dem Kreuz, der Beretta, der Gemme oder auch dem magischen Bumerang.

Doch es gab eine Zeit – sie lag noch vor der des Hexers Orgow –, da war ich noch nicht der Geisterjäger und dachte nicht im Traum daran, es einmal zu werden.

Von dieser Zeit möchte ich berichten, denn eigentlich hatte damals alles begonnen. Ich war noch sehr jung, die Schule lag soeben hinter mir, und ich wartete praktisch auf das Leben. Zudem wohnte ich bei meinen Eltern. Mein Vater, er arbeitete noch als Rechtsanwalt bei einer Bank, stand kurz davor, sich selbständig zu machen. Wir lebten in London, in der Stadt, die für mich gewissermaßen zum Schicksal wurde, denn da erlebte ich später die meisten Abenteuer.

Hätte man mir als jungem Mann erzählt, wer ich einmal werden würde, ich hätte nur gelacht. Für ein Studium hatte ich mich entschieden. Allen Widerständen meiner Eltern zum Trotz beschäftigte ich mich mit Psychologie und Kriminalistik, denn ich hatte mir damals schon vorgenommen, einmal Polizist zu werden, sehr zum Leidwesen meines Vaters, der mich irgendwann als Nachfolger in seiner Praxis sehen wollte.

Da konnte der alte Horace F. Sinclair reden, wie er wollte, ich hatte meinen eigenen Kopf, und für eine gewisse Sturheit sind die Schotten schließlich bekannt. Ich will damit sagen, daß unsere Familie aus Schottland stammt.

Ich setzte mich gegen den Willen meines Vaters durch, wobei mir meine Mutter zur Seite stand, und studierte das, was mir Spaß machte. Ich hatte mir auch vorgenommen, aus der Wohnung meiner Eltern auszuziehen, denn als Zwanzigjähriger möchte man unabhängig sein. Außerdem gab es da noch das andere Geschlecht, das mich verständlicherweise sehr interessierte. Wenn ich mal ein Mädchen mit ins Haus meiner Eltern brachte, sah ich jedesmal den etwas vorwurfsvollen Blick meiner Mutter, mit dem sie gleichzeitig mich und ihre Uhr ansah, so daß ich stets Bescheid wußte.

Kein Besuch bis zum Frühstück, bedeutete dieser Blick. Und daran hielt ich mich auch. Von zwei Ausnahmen mal abgesehen, wobei es mich Nerven und Phantasie gekostet hatte, die Mädchen morgens an meiner Mutter vorbeizuschleusen.

Mein Vater hatte dennoch etwas gemerkt, aber geschwiegen

und mir nur verschwörerisch zugeblinzelt. Sicherlich kannte er ähnliche Szenen aus seiner Jugend.

Ich begab mich also auf Wohnungssuche, studierte die Angebote auf den Schwarzen Brettern an der Uni. Meist waren die Zimmer zu teuer. Und meine Eltern wollte ich nicht anpumpen, so daß sich die Suche als sehr schwierig gestaltete und immer mehr in die Länge zog. Ich hatte die Hoffnung schon fast aufgegeben – sehr zur Freude meiner Mutter übrigens –, als ich mich an einem Sonntag, es war ein wunderbarer Tag im Mai, zufällig nahe der Uni befand und mir der Gedanke kam, einmal vorbeizuschauen. Es gab immer einen offenen Eingang, und sonntags wurden von einem Hausmeister die neuen Adressen an das Schwarze Brett geklebt. Ich erschien gerade richtig. Der Hausmeister, wir nannten ihn Chicken-Bill, weil er Hühner züchtete, war dabei, die Zettel zu verteilen.

Als er mich sah, hielt er in seiner Arbeit inne und schaute mich staunend an.

»Freiwillig in der Uni, Mister?«

»So ganz nicht.«

»Was treibt Sie denn her?«

Ich blieb neben ihm stehen und deutete auf das Schwarze Brett. »Die Superadressen.«

»Ah.« Er verstand und nickte. »Noch keine richtige Bleibe gefunden, wie?«

»So ist es.«

Er roch immer ein wenig nach Landluft, und sein Gesicht wies einen gesunden, rosigen Farbton auf. »Nun«, meinte er, »viel helfen kann ich nicht, wenn ich ehrlich sein soll. Da ist kaum etwas Neues dabei. Immer noch die alten Kamellen, und wenn jemand seine Wohnung vermieten will, fordert er Preise, die selbst ich nicht bezahlen kann, wo ich schon verdiene.«

Ich war enttäuscht. »Dann hat es also keinen Sinn, daß ich hier noch herumstehe.«

»So dürfen Sie das nicht sehen. Ich habe noch nicht alle durchgeschaut.« Ich tat ihm wohl leid, denn er reichte mir die neuen Angebote, damit ich sie zuerst durchsehen konnte.

Ich brauchte nur die Stadtteile zu lesen, um abzuwinken. Kensington, Mayfair, Chelsea, alles wunderbare Wohnlagen, aber für mich, den Studenten, zu teuer.

Das zweitletzte Angebot ließ mich zweimal hinschauen. Da bot eine gewisse Mrs. Osborne ein Zimmer an, das nicht mehr als zehn Pfund Miete im Monat kosten sollte.

Wenn das keine Chance war!

Ich lachte laut auf, so daß selbst Chicken-Bill seine Arbeit unterbrach und nachfragte, was los wäre.

Ich zeigte ihm die Offerte.

Sehr genau las er sie durch. »Ich weiß nicht, Mister, ich weiß nicht so recht.« Er schüttelte den Kopf. »Das ist zwar sehr preiswert, aber . . .«

»Was ist mit aber?«

»Diese Angebote sind oft Fallen, wenn Sie verstehen, was ich meine.«

»Nein.«

»Wissen Sie, ich bin über zwanzig Jahre hier an der Uni beschäftigt. Das Problem der Wohnungssuche ist ebenso alt. »Nein«, verbesserte er sich, »viel älter. Solche Lockangebote kenne ich. Da steckte zumeist etwas dahinter.«

»Was denn?«

»Möglicherweise verlangt man außer dem monatlichen Mietzins noch etwas von Ihnen. Babysitten, einkaufen, irgendwelche andere Besorgungen oder sogar einsame Frauen trösten. Ist alles schon mal dagewesen.«

Ich grinste. »Wobei mir letzteres am liebsten wäre.«

Chicken-Bill hob warnend den Zeigefinger. »Junge, da kommt es immer auf die Frau an.«

»Ach so.« Ich lachte. »Sie meinen, daß so manche Gewitterhexe dabei ist.«

»Noch schlimmer.«

»Klar, Mister, ich habe verstanden. Dennoch möchte ich mir die Wohnung und die Vermieterin gern einmal ansehen.«

»Das kann ich verstehen, aber denk immer an meine Warnung.«

»Sicher. Und vielen Dank noch.« Ich war schon auf dem Weg und steckte in diesen Augenblicken voller Optimismus. Was sollte mir denn schon passieren? Ich war jung, das Leben lag vor mir, und es war einfach wunderbar und herrlich.

Einen fahrbaren Untersatz besaß ich damals schon. Keinen Bentley, um Himmels willen, nein, einen Mini Morris. Geholt hatte ich mir das Fahrzeug von einem Schrottplatz. Zwei Freunde hatten mir dabei geholfen, ihn fahrtüchtig zu machen.

Die Rücksitze fehlten allerdings, was nicht weiter tragisch war, denn bei meinen Freunden galten der Morris und ich als perfekter Transporteur von Bierkästen.

Ich hatte mir die Adresse aufgeschrieben und schaute noch einmal nach, bevor ich startete. Die Wohnung lag in Holborn, nahe dem Königlichen Gericht und auch nicht weit von der weltberühmten Fleet Street, der Straße der Zeitungen, entfernt.

Ich gondelte mit der alten Kiste durch London. Hin und wieder hakte mal irgend etwas, doch durch gutes Zureden und Streicheln am Lenkrad brachte ich den Morris stets wieder auf Touren. Manchmal ging er aus sich heraus. Da überholte ich sogar einen Jaguar, aber nur, weil der Wagen gerade einparkte.

Im Mai fuhr ich mit offenen Fenstern, genoß den Fahrtwind, den Sonnenschein und grinste manchem Mädchen zu, das über die Straße hüpfte.

Meist lächelten sie zurück.

An meinem Ziel wurde es düster. Ich meinte damit nicht den Himmel, der leuchtete nach wie vor postkartenblau, es war die enge Straßenschlucht, in die ich einbog.

Rechts und links standen die Häuser wie Wände. Und alt waren auch die Fassaden. Stucküberladen, große Erker an den Fronten, Fenster mit breiten Scheiben und die Dächer mit zahlreichen Gauben versehen.

In dieser Straße also sollte ich wohnen!

Ich war es gewohnt, ins Grüne zu sehen. Hier gab es keinen Baum, keine Sträucher, nur Häuser, die dicht an dicht standen.

Am Sonntag ist es auch in einer Riesenstadt wie London ruhig. Besonders in dieser schmalen Straße. Ich sah kaum einen Fußgänger, die geparkten Wagen hielten sich auch in Grenzen, so daß ich einen Platz für meinen kleinen Morris fand.

Ich stieg aus, mußte ein paar Schritte zurückgehen und blieb zunächst einmal mit klopfendem Herzen vor dem Haus Nr. 18 stehen. Ein wenig komisch war mir schon zumute. Die erste eigene Wohnung, das Lösen vom Elternhaus, ein Schritt voran, Eigenverantwortung, keine Hilfe am Morgen, niemand würde mir mehr den Tisch decken, na ja, da kam schon etwas auf mich zu. Ich dachte an die Leute, die vor mir diesen Weg gegangen waren, und auch an die, die es nach mir noch tun würden. Sie alle hatten die gleichen Probleme.

Drei Schritte brachten mich an die Haustür, wo ich wiederum stehenblieb und mir das Klingelschild anschaute.

Gilda Osborne hießt die Frau.

Ihren Namen las ich auf einem größeren Messingschild. Ich entdeckte es in Brusthöhe.

Noch zögerte ich, schließlich faßte ich mir ein Herz und klingelte.

Die schrille Glocke hörte ich selbst draußen. Zunächst einmal tat sich nichts. Dann vernahm ich ein summendes Geräusch und lehnte mich gegen die stabile Holztür.

Ich drückte sie auf, betrat einen düsteren Flur mit einer hohen Decke, sah das Treppenhaus und eine Frau, die im Erdgeschoß wohnte und auf mein Klingeln hin ihre Wohnung verließ.

Sie erwartete mich vor der Tür stehend. Um sie zu erreichen, mußte ich noch drei Stufen überwinden, lächelte krampfhaft und gab mich sehr höflich.

Bevor ich etwas sagen konnte, sprach die Frau. »Sie sind wegen der Wohnung hier, junger Mann?«

»Ja.«

»Dann waren Sie sehr fix.«

»Ich hatte zufällig an der Uni zu tun«, log ich.

»Ich finde es gut, daß Studenten auch am Sonntag arbeiten.« Sie gab den Weg zu ihrer Wohnung frei. »Dann kommen Sie mal herein, Mister.«

»Sinclair«, sagte ich, »John Sinclair.«

»Mein Name ist Gilda Osborne.«

Ich hatte Zeit, sie mir anzuschauen. Eine alte Schachtel oder alte Jungfer war sie nicht. Ich schätzte sie auf etwa vierzig Jahre. Sie sah aus wie eine angemalte Puppe. Das Gesicht zeigte einen puppenhaften Ausdruck, die Wangen waren stark gepudert, die Augen mit einem dunklen Stift nachgezogen. Die Lippen des kirschförmigen Mundes glänzten wie rot lackiert. Das Haar trug sie der Mode entsprechend toupiert. Die Farbe war zu blond, um echt zu sein. Das grüne Kleid wirkte wie ein Farbschock auf mich. Darunter trug sie einen BH, der ihren Busen um einiges in die Höhe drückte.

In der Größe erreichte sie mich fast. Vielleicht wirkte sie auch nur so groß wegen ihrer toupierten Haare.

»Setzen Sie sich, John.« Sie hatte mich in ein Zimmer geführt, in dem Schalensessel und ein Nierentisch standen. Eine Kommode sah ich auch, einen Ofen und den dunkelrot gestrichenen Holzfußboden. Irgendwie wirkte der Raum wie ein Wartezimmer.

Mir gegenüber hing ein Bild an der Wand. Es zeigte einen Mann mit schwarzen Haaren und buschigem Schnauzer.

Die Frau setzte sich mir gegenüber. Sie musterte mich. Ich dachte an die Worte des Hausmeisters, daß sich manche Frauen, wenn sie sich einsam fühlten, Studenten als Abwechslung in die Wohnung holten, und bekam einen roten Kopf.

Sie merkte es und lächelte. Dann griff sie zu den auf dem Tisch liegenden Zigaretten und zündete sich ein Stäbchen an. Während sie mir den Rauch entgegenblies, sagte sie: »Ein bißchen schüchtern, wie?«

Ich hob die Schultern und ärgerte mich, daß sie mich schon durchschaut hatte. »Na ja«, sagte ich. »Es ist meine erste Wohnung, die ich beziehe, und da ist man eben noch nicht so forsch.«

Sie lachte. Dabei blitzten zwei Goldzähne. »Das kann ich mir vorstellen, mein Lieber. Ich kenne das sehr gut. So sind die meisten jungen Männer, wenn sie flügge werden. Sie haben den Preis gelesen, John?«

»Ja. Zehn Pfund pro Monat.«

»Können Sie die Summe zahlen?«

»Ich werde es müssen, wenn ich das Zimmer bekommen sollte. Es ist aber tragbar.«

Mrs. Osborne drückte die Zigarette in einem Ascher aus. Dabei stemmte sie sich aus dem Sessel hoch. »Wir werden uns das Zimmer einmal ansehen.«

»Das ist nett, danke.« Auch ich erhob mich. Mrs. Osborne ging dicht an mir vorbei. Ich konnte ihr Parfüm riechen. Es war eine schwüle Duftwolke, die die Frau umschwebte und meine Nase malträtierte. Ich mochte diese Parfüms nicht.

»Die Wohnung liegt in der ersten Etage. Dort habe ich einige Zimmer vermietet. Die Stockwerke darüber stehen leer. Ich wollte renovieren lassen.«

Sie erzählte mir davon, während sie vor mir herging und den Kopf dabei gedreht hatte. Mir sollte es recht sein. Je weniger Mieter in dem Haus lebten, desto besser.

Dann stieg sie die Treppe hoch. Das schockgrüne Kleid war eng wie eine zweite Haut. Ich sah vor meinen Augen die kräftigen Kniekehlen und, wenn mein Blick höher wanderte, die zu stark ausgeprägten Kurven. Von einem Mann hatte sie bisher nicht gesprochen, deshalb faßte ich mir ein Herz und fragte danach.

Auf dem ersten Treppenabsatz blieb sie stehen und drehte sich um, weil sie mir eine Antwort geben wollte. »Edwin ist viel unterwegs. Er kommt nur selten nach Hause. Außerdem ist er sehr schweigsam. Sie werden ihn kaum hören. Haben Sie vorhin nicht das Bild an der Wand gesehen, John?«

»Meinen Sie das gemalte Portrait?«

»Richtig.«

»Ich konnte es nicht übersehen.«

Sie lächelte breit. »Sehen Sie, das ist mein Mann.« Und dann sagte sie etwas, das mich wunderte. »So habe ich ihn stets bei mir.«

Ich dachte noch über ihre Worte nach, als wir bereits die erste Etage erreicht hatten. Hier tat sich ein Gang vor uns auf. Zum Treppenhaus hin war er nicht durch eine Tür abgesperrt. Ich zählte die Türen. Jeweils drei an jeder Seite und am Ende des Ganges noch eine.

Mrs. Osborne war stehengeblieben und deutete auf diese Tür. »Das ist übrigens das Bad.«

»Ich muß es mit den anderen teilen?«

»Nicht mit den anderen. Nur mit einem Mieter. Die anderen Räume stehen leer.«

Das war für mich eine Überraschung. Sie bemerkte meine Reaktion und stellte fest, daß ich mich nicht traute, eine Frage zu stellen, weshalb sie sie nicht vermietete. Die Antwort gab sie mir von allein.

»Ich möchte nur noch zwei, höchstens drei Zimmer vermieten. Es war mir zuviel Krach. Sie verstehen.«

»Natürlich, Mrs. Osborne.«

»Da wir gerade beim Thema sind. Damenbesuche sind zwar nicht verboten, aber ich habe eine Sperrzeit festgesetzt. Um 22.00 Uhr müssen die Mädchen das Haus verlassen haben. Sind Sie damit einverstanden, John?«

Sie schaute mich so direkt und auch scharf an, daß ich entgegen meiner Überzeugung nickte und das Rotwerden dennoch nicht vermeiden konnte. Dann hätte ich auch bei den Eltern bleiben können, dachte ich und hörte die Stimme meiner neuen Vermieterin wie aus weiter Ferne. »Ich freue mich, daß Sie so denken. Nicht alle jungen Männer in Ihrem Alter sind so. Sehr schön, nun werde ich Ihnen Ihr Zimmer zeigen. Ich gebe mir stets Mühe, es nett einzurichten.« Sie lachte und ging vor.

Es war die mittlere der drei Türen auf der rechten Gangseite, wo sie stehenblieb.

Abgeschlossen war nicht. Sie öffnete sie und ließ mich vorgehen.

Ich betrat ein nicht sehr großes, dafür jedoch hohes Zimmer, das trotz des Fensters irgendwie düster wirkte. Vielleicht lag es an der Tapete, die mir überhaupt nicht gefiel und ein Blumenmuster zeigte. Das Bett stand im rechten Winkel zum Fenster direkt an der Wand. Gegenüber befand sich der Kleiderschrank, daneben ein Waschbecken. Zwischen Bett und Schrank sah ich einen quadratischen Tisch. Ein Sessel, ein Stuhl sowie ein kleiner Ofen waren ebenfalls vorhanden.

Vor dem Fenster hingen lange Gardinen, in denen der Gilb nistete. Der Boden bestand aus Holzbohlen. Wie im Wohnraum der Vermieterin, so waren auch diese Bohlen rot gestrichen.

»Gefällt Ihnen das Zimmer?« wurde ich gefragt.

Ich hätte am liebsten mit einem Nein geantwortet, wollte die Frau jedoch nicht enttäuschen und nickte.

»Das ist ja prima. Dann kann ich damit rechnen, daß Sie es mieten, John?«

»Schon.«

»Gut, über den Mietzins waren wir uns ja einig.«

»Dort stand zehn Pfund.«

Sie lächelte und tätschelte meine Wange. »Aber nicht doch. Sie sind mir sympathisch. Ich gebe Ihnen einen Rabatt. Sagen wir acht Pfund. Einverstanden?«

Und ob! Mir war es sehr recht. Wenn ich zwei Pfund sparte, waren das schon einige Mittagessen.

»Gern, Mrs. Osborne.«

»Dann darf ich Sie herzlich willkommen heißen, John. Alles Wichtige ist gesagt worden. Hin und wieder mache ich meinen Gästen auch mal ein Frühstück. Zumeist am Sonntag. Es ist immer sehr gemütlich, das haben auch die anderen gesagt.«

»Und sonst ist nichts, was ich zu tun hätte?«

Sie schaute mich seltsam an und lächelte dabei hintergründig. »Wie meinen Sie das, John?«

»War nur eine Frage.«

»Wir werden sehen.« Sie runzelte die Stirn. »Wann wollen Sie denn einziehen?«

»Das liegt an Ihnen, Mrs. Osborne.«

»Sie können meinetwegen schon hierbleiben.«

»Nein, das geht nicht. Ich würde sagen, ich komme morgen mit meinen Sachen.«

»Das ist okay.«

Ich reichte ihr die Hand. Sie schlug ein. Die Haut fühlte sich kühl an, obwohl sie ein wenig verschwitzt war. »Dann bis morgen früh.«

Sie begleitete mich noch nach unten. Fast fluchtartig verließ ich das Haus. Draußen blieb ich an meinem Wagen stehen und legte den Ellbogen auf das Dach. Mir zitterten ein wenig die Knie. Die letzte Viertelstunde erschien mir wie ein Traum. Sie war es nicht gewesen. Ich hatte tatsächlich ein Zimmer gemietet.

Noch einmal warf ich einen Blick zum Haus. Im Erdgeschoß, wo Mrs. Osborne wohnte, bewegte sich die Gardine. Für einen Moment sah ich ihr puppenhaftes Gesicht und glaubte, das hinergründige Lächeln darin zu entdecken.

Ich atmete tief durch. Plötzlich kam mir die Straße eng vor. Irgendwie hatte ich jetzt schon das Gefühl, in diesem seltsamen Haus nicht lange zu bleiben. Überhaupt – da gab es sechs Zimmer. Zwei davon waren nur belegt. Außerdem standen die Etagen darüber leer. Das war meiner Ansicht nach nicht normal. Diese Mrs. Gilda Osborne warf das Geld zum Fenster raus. Vielleicht hatte sie auch genug. Zudem konnte ich ihr nicht vorschreiben, was und an wen sie vermieten sollte. Daß nur zwei Zimmer belegt waren, konnte mir unter Umständen zum Vorteil gereichen, deshalb wollte ich die ganze Sache nicht so pessimistisch sehen.

Ich stieg in meinen Wagen und fuhr ab. Der Weg führte mich zu meinen Eltern.

Ihnen mußte ich erst einmal beibringen, daß ich mir eine Wohnung gesucht hatte. Ich sah jetzt schon das Gesicht meiner Mutter und dachte daran, daß sie bestimmt Angst um mich haben würde. Bei meinem Vater konnte ich auf Verständnis rechnen. Außerdem blieb ich in London und war nicht aus der Welt.

Mit diesem Gedanken fuhr ich los.

Am anderen Tag, es war ein Montag, zog ich ein.

Was ich mitzunehmen hatte, paßte alles in den Morris. Bücher und Kleidung. Natürlich hatte es Diskussionen gegeben. Meine Mutter weinte sogar, auch mein Vater war sehr ernst gewesen, hatte jedoch Verständnis für meinen Wunsch. Er versprach, mich im Laufe der Woche zu besuchen, und drückte mir noch einen Schein in die Hand.

Meine Mutter wollte natürlich wissen, wie die Frau war und ob ich auch verpflegt würde, wer meine Wäsche wusch. Da ich auf die letzte Frage keine Antwort wußte, bot sie sich an, die Wäsche zu waschen. Ich würde also jede Woche zumindest einmal in mein Elternhaus fahren.

Neben Kleidung und Büchern hatte mir meine Mutter noch ein großes Freßpaket eingepackt. Ihr Sohn sollte schließlich nicht hungern. Das war ihre große Sorge.

Gegen neun Uhr erreichte ich das Haus. Diesmal parkten mehr Wagen in der Straße. Vor dem Haus sah ich eine Lücke, in die ich den kleinen Morris schräg hineinfahren konnte.

Mrs. Osborne mußte meine Ankunft beobachtet haben, denn als ich vor dem Haus stand, stellte sie die Tür gerade mit einem Holzkeil fest.

»Da sind Sie ja«, rief sie zur Begrüßung. »Herzlich willkommen!« Sie trug wieder das grüne Kleid. Die Haare waren wieder toupiert und mit Spray übersprüht. Da stand kein Härchen ab. Ich wurde bei ihrem Anblick abermals an eine Schaufensterpuppe erinnert. Es würde mir schwerfallen, mich an sie zu gewöhnen.

Zuerst nahm ich die drei Koffer. Zwei waren mit Kleidung gefüllt, der dritte mit Büchern. Den leichtesten nahm mir Mrs. Osborne ab. »Haben Sie sonst noch etwas unten?« fragte sie mich, als wir die Treppe hochstiefelten.

»Nur eine Reisetasche mit Büchern. Die hole ich gleich.«

»Dann schauen Sie zuvor bei mir vorbei. Gehen Sie heute noch in die Universität?«

»Nein, ich mache blau.«

Sie lachte unecht und sagte: »Ja, ja, Student müßte man sein.«

Sie hatte gut reden. Sie tat bestimmt den ganzen Tag nichts. Die Koffer wurden im Zimmer abgestellt. Gemeinsam gingen wir wieder nach unten. Mrs. Osborne benutzte weiterhin ihr für mich widerliches Parfüm, und ich hielt die Luft an.

Mit der Reisetasche in der rechten Hand betrat ich ihre Wohnung. Wieder führte sie mich in das Zimmer, dessen Einrichtung mir so wenig gefiel. Auf dem Tisch standen eine Flasche und zwei Gläser.

»Das ist Cremelikör«, sagte sie. »Wir trinken ihn immer eiskalt. Es schmeckt sehr gut.«

»Ich bedanke mich.«

Sie schenkte ein, reichte mir ein Glas und prostete mir zu. »Cheerio, John, auf gute Partnerschaft.«

»Ebenfalls.«

Der Likör war eiskalt, aber auch sehr süß. Mir schmeckte er nicht besonders. Ich wollte die Frau nicht schon am ersten Tag verärgern und nickte anerkennend.

»Ja, der ist gut.«

»Sag' ich doch.« Sie stellte das Glas auf den Tisch. »Übrigens, Ihr Zimmernachbar ist schon unterwegs.«

»Studiert er auch?«

»Nein, er arbeitet in der Fleet Street bei einer Zeitung, als Volontär.«

»Dann ist er noch jung?«

Sie schaute mich prüfend an. »In Ihrem Alter, John. So, jetzt möchte ich Sie nicht länger aufhalten. Sie haben sicherlich einiges zu tun. Räumen Sie in Ruhe ein.«

»Da wäre noch etwas«, sagte ich und holte meine Geldbörse hervor. »Ich möchte die Miete zahlen.«

»Ach so. Das hätten Sie auch später tun können. Wie sagte ich noch? Acht Pfund?«

»So war es abgemacht.«

»Dann bleibt es dabei.« Wieder lachte sie.

Ich gab ihr das schon vorher abgezählte Geld. Sie nahm es an sich, ohne mir eine Quittung zu reichen. Ich traute mich nicht, danach zu fragen.

Dafür erkundigte ich mich nach einem Mietvertrag.

Mrs. Osborne winkte ab. »Das erledigen wir später, mein Lieber. Wirklich, es ist besser. Außerdem habe ich es immer so gehalten und bin bisher gut dabei gefahren.«

Wenn ich die Antwort meinem Vater erzählte, würde er sicherlich durchdrehen. Er als Anwalt hätte so etwas nie akzeptiert. Ich sah es jedoch nicht als tragisch an.

»Gut, ich gehe nach oben.«

»Klar, John. Und wenn Sie mal einen Kaffee oder Tee möchten, sagen Sie Bescheid. So etwas steht bei mir immer bereit. Ich kenne euch Studenten und weiß, daß ihr bis spät in die Nacht arbeitet.«

»Das stimmt.«

In meinem Zimmer öffnete ich zunächst das Fenster und atmete tief durch. So einsam die Straße auch lag, Lärm und Verkehr herrschten trotzdem. Die von der Fleet Street kommenden und mit Zeitungen beladenen Lastwagen benutzten diese Straße als Durchfahrt. Wenn die Trucks vorbeibrummten, vibrierten sogar die Scheiben.

Dennoch ließ ich das Fenster offen.

Ich packte aus. An Kleidung hatte und brauchte ich nicht viel. Es paßte alles in den einen Schrank. Die Bücher stellte ich in ein einfaches Holzregal hinter der Tür.

Es war noch nicht Mittag, da hatte ich bereits meine Arbeit erledigt und dachte daran, zur Uni zu fahren, denn ich wollte an einem Seminar teilnehmen.

Aus dem Haus schleichen konnte ich mich nicht. Kaum hörte Mrs. Osborne meine Schritte auf der Treppe, erschien sie im Flur und schaute mir entgegen. »Wollen Sie noch weg, John?«

»Ja, zur Uni. Ich nehme an einem Seminar teil.«

»Das finde ich toll.«

Ich lächelte, obwohl es mir schwerfiel. Diese Gilda Osborne fiel mir schon jetzt auf den Wecker. Wenn das so weiterging, würde ich bald wieder ausziehen. Als ich an ihr vorbeischritt, bedachte sie mich mit einem Blick, der irgendwie abschätzend wirkte und auf meinem Rücken eine leichte Gänsehaut hinterließ. Diese Person war wirklich nicht mein Fall. Rascher als vorgesehen verließ ich das Haus und war froh darüber. Ich beschloß, meinen Mitmieter über die Frau auszufragen. Er kannte sie ja schon länger.

In der Uni hielt ich mich über drei Stunden auf. Mit Informationsblättern bepackt, machte ich mich wieder auf den Rückweg. Zudem hatte ich von einem Kollegen gehört, daß man in Oxford besser studieren könne. Dieser Satz war mir nie aus dem Kopf gegangen. Später habe ich dann einige Semester in Oxford abgesessen.

Als ich vor dem Haus meinen Wagen abstellen wollte, war der Parkplatz besetzt. Ein Fiat Spider stand dort. Aus der Ferne sah er aus wie eine rote Flunder. Beim Näherkommen entdeckte ich viel Rost, und ich nahm an, daß dieser Wagen meinem Mitmieter gehörte. Das Wetter hatte sich verändert. Wolken waren aufgezogen, es roch nach Regen. Für London nicht ungewöhnlich.

Wieder begegnete mir meine Vermieterin. Diesmal vor dem

Haus und mit einer Einkaufstüte in der Hand. Sie hatte sich über das grüne Kleid eine Strickjacke gezogen. Selbst der leichte Wind war nicht in der Lage, die blondgefärbten Haare auf ihrem Kopf zu zerwühlen. Darin klebte einfach zuviel Spray.

»Schon da?« fragte sie.

»Wie Sie sehen.«

»Wo steht denn Ihr Wagen?«

Ich deutete die Straße hinab. »Den mußte ich weiter vorn parken.«

Sie lachte. »Ja, der Fiat. Er gehört übrigens Ihrem Mitmieter.«

»Das hatte ich mir schon gedacht.«

Sie drückte mir die Einkaufstüte in die Hand und öffnete die Haustür. Wenig später sah ich zum erstenmal die Küche. Die Einrichtung bestand aus alten Möbeln. Ein Regal fiel mir besonders auf, weil ihn ihm zahlreiche Messer standen.

Sie blitzten wie poliert. Da war fast alles vertreten. Vom kleinen Küchenmesser bis zu einer breiten Klinge, die dicke Fleischstücke teilen konnte.

Mrs. Osborne bemerkte meinen Blick und begann leise zu lachen. »Fürchten Sie sich vor einem Messer?«

»Im Prinzip nicht. Brauchen Sie denn so viele?«

»Ach, Junge. Sie haben wohl noch nie selbst gekocht – oder?«

»Nein.«

»Man braucht diese Messer, wenn man Gerichte vorbereitet.«

Ich nahm es hin, verließ den Raum mit einem unangenehmen Gefühl und ging nach oben.

Schon auf der Treppe hörte ich die Radiomusik. Ein Song der Beatles schallte mir entgegen, und mir wurde bewußt, daß ich mein Radio zu Hause vergessen hatte. Beim nächsten Besuch in der elterlichen Wohnung wollte ich es mitnehmen.

Ich war sehr gespannt, wer neben mir wohnte, traute mich aber nicht zu klopfen. Wir würden uns sicherlich im Laufe des Abends noch begegnen. So ging ich in mein Zimmer und schaute mir das noch einmal an, was ich mir in den letzten Stunden notiert hatte.

Zu Hause hätte ich etwas aus dem Kühlschrank getrunken. Hier war keiner vorhanden, und mein Durst steigerte sich allmählich. Ich beschloß, in einen Pub zu gehen und einge Gläschen Bier zu mir zu nehmen. Meine Hand lag schon auf der Jacke, als ich das Klopfen an der Tür vernahm.

Mrs. Osborne konnte es nicht sein. Ich hätte ihre Schritte auf der Treppe gehört. Vielleicht mein Nachbar.

»Come in!« rief ich.

Die Tür wurde geöffnet. Neugierig schaute ich auf die Person, die auf der Schwelle stand.

Es war ein junger Mann. Ungefähr in meinem Alter. Er hatte braunes Haar und trug es relativ lang. Seine Jeans waren eng, das karierte Hemd stand offen, und darüber trug er eine abgewetzte Lederweste. Lässig lehnte er am Türrahmen.

»Hey, Partner«, sagte er.

Ich gab den Gruß zurück.

Der junge Mann schaute sich um und betrat das Zimmer. »Sieht ziemlich steril aus, wie?«

Ich hob die Schultern. »Was soll man machen? Bin gerade erst eingezogen.«

»Klar, verstehe.« Er drehte sich um und reichte mir die Hand. »Ich bin übrigens Bill, der Zeitungshengst. Und mit vollem Namen heiße ich Bill Conolly.«

Mir gefiel die lässige Art meines Nachbarn. »John Sinclair«, stellte ich mich vor.

»Okay, John. Auf gute Nachbarschaft.«

»Willst du nicht reinkommen?« fragte ich ihn.

Bill schaute sich um. »Ist ein wenig ungemütlich hier«, stellte er fest und verzog das Gesicht.

»Ist es bei dir gemütlicher?«

»Auch nicht.«

»Wo dann?« fragte ich.

Bill grinste. »Ich kenne einen Ort, an dem es sich aushalten läßt.«

»In der Kneipe«, nahm ich ihm das Wort aus dem Mund.

»Genau.« Bill Conolly lachte. »Ich sehe, wir verstehen uns. Komm, lassen wir die Miefbude hinter sich.«

Nichts lieber als das. Ich streifte mir die Windjacke über, Geld steckte in der Hosentasche, und dann nichts wie weg. Plötzlich fiel mir auf, daß ich überhaupt keinen Zimmerschlüssel besaß. Vor der Tür blieb ich stehen und schüttelte den Kopf.

»Was ist denn?« fragte mein neuer Freund.

»Hast du auch keinen Schlüssel?«

Bill winkte ab. »Du kannst meinen nehmen. In diesem beschissenen Haus paßt ein Schlüssel zu allen Türen. Na ja, du wirst es noch merken.« Er hielt mir die Hand hin. »Wetten, daß die alte Nebelkrähe gleich vor ihrer Tür steht und dumme Fragen stellt?«

»Ich wette nur, wenn ich gewinne.«

Bill lachte und ging vor.

Er hatte recht. Mrs. Osborne stand vor ihrer Wohnung. Sie putzte den Flur, hatte sich einen Kittel übergestreift und war dabei, einen grauen Aufnehmer auszuwringen.

Als sie uns sah, richtete sie sich auf. Wieder lag das Haar wie gemauert auf ihrem Kopf. »Sie wollen noch weg?«

Bill Conolly übernahm die Antwort. »Jawohl, Madam. Bei diesem Wetter immer.«

»Ein Bier trinken?«

»Vielleicht auch zwei«, erwiderte Bill.

»Dann kann es spät werden?«

»Nein, früh.«

Mrs. Osborne lachte unecht. »Sie immer mit ihren Späßen. Wenn Sie früh meinen, ist es zumeist nach Mitternacht.«

»Habe ich denn unrecht?«

»Im Prinzip nicht.«

»Na bitte.« Bill duckte sich und setzte mit einem langen Sprung über die gewischte Stelle hinweg. Ich tat es ihm nach. »Und schönen Abend noch, Mrs. Osborne!« rief ich.

»Danke, danke ihr beiden.«

Draußen schüttelte Bill den Kopf. »Wenn mir jemand je auf den Wecker gefallen ist, dann dieses Weib. Aber ihre Buden sind billig. Wieviel zahlst du?«

Ich nannte den Preis.

»Die acht Pfund muß ich auch hinlegen.« Bill ruckte an seinem Gürtel. »Kennst du dich in diesem Viertel aus? Ich meine, kneipenmäßig?«

»Nein.«

»Okay, laß dich führen. Ich arbeite als Volontär bei der Zeitung. Das erste, was ich da gelernt habe, war Bierholen und -schlucken. Die Kumpels leben irgendwie immer im Tran. Daran muß man sich gewöhnen. Wenn du nicht mitmachst, kannst du keinen Blumentopf gewinnen.«

»Davon habe ich keine Ahnung.«

»Du studierst, wie?«

»Sicher.«

Bill winkte ab. »Wollte ich auch mal. Dann zog es mich zur Zeitung. Ich bin ein Typ, der Action braucht. Ein Studium ist mir zu langweilig. Und was willst du mal werden außer älter?«

»Polizist!«

Bill Conolly blieb stehen, als wäre er vor eine Wand gelaufen. Er schlug sich gegen die Stirn. »Habe ich richtig gehört? Polizist?«

»Ja.«

Conolly begann zu röhren, so daß einige Passanten aufmerksam wurden.

Ich schüttelte den Kopf. »Was soll das denn?«

»So röhren doch die Bullen.«

Ich begann zu quietschen, mußte aber lachen, weil ich Bills dummes Gesicht sah. »Weißt du, was das sein soll?«

»Nein.«

»Das ist das Quietschen der Bartwickelmaschine, die in meinem Keller steht. So alt ist dein Witz schon.«

Jetzt hatte Bill seinen Spaß. Er haute mir auf die Schultern. »Du bist richtig, Kumpel, ehrlich. Ich glaube, wir werden noch einiges an Spaß miteinander haben.«

»Hoffentlich.«

Hätte uns damals jemand gesagt, was aus unserer Freundschaft noch werden würde, wir hätten ihn wohl beide ausgelacht. Wer konnte in dieser schmalen Straße schon wissen, wie das Schicksal einmal seine Weichen stellen würde. Bill ist auch heute noch neben Suko mein bester Freund, und er hat schon so manches Mal dem Teufel ins Gesicht gespuckt.

Damals dachten wir daran noch nicht, sondern erst einmal an unseren großen Durst. Bill fand eine Kneipe. Dort kannte man ihn bereits, denn ihm wurde ein paarmal zugewinkt.

Zeitungsleute verkehrten in dem Pub. Es roch sogar nach Druckerschwärze. Neben der Toilettentür stand eine schwarz lackierte Druckmaschine älteren Baujahrs.

Ständig klingelte das Telefon. Die Theke war nicht besetzt. Ich steuerte darauf zu, Bill hielt mich zurück. »Da dürfen wir uns nicht hinstellen, mein Lieber.«

»Wieso?«

»Ich stehe in der Hierarchie noch zu weit unten. Die Theke ist nur für gestandene Reporter da.«

»So streng sind die Regeln?«

»Und wie.«

»Dann fügen wir uns.«

Es gab noch einen freien Tisch, an dem wir einen Platz fanden. Er war sehr klein, nicht größer als ein Schachbrett. Die dunklen Stühle empfand ich als unbequem. Meiner ächzte, als ich mich darauf niederließ.

Ein Kellner kam. Er hatte vor seinen Bauch eine Schürze gebunden, die aussah wie eine Zeitung aus Stoff. Jedenfalls war sie mit Schlagzeilen bedruckt. Ohne uns überhaupt gefragt zu haben, stellte er zwei »Töpfe« Bier vor uns hin.

Ich grinste. »Man kennt dich hier wohl?«

»Sicher.« Bill hob den Krug. »Auf denn. Und wie wir immer sagen: Auf daß die edle Jauche Wellen schlag' in unserem Bauche.«

Wir tranken. Mir schmeckte es. Beim ersten Schluck leerte ich den Krug zur Hälfte. Als ich ihn wieder zurückstellte und mir den Schaum von den Lippen wischte, schaute Bill in den »Topf«. »Na ja, für den Anfang schon ganz gut.«

»Wieso? Und deiner?«

»Hä, hä«, lachte Bill. Er kippte den Krug um und stellte ihn auf den Tisch. »Leer.«

»Das macht dein Training.«

»Glaube ich auch.«

Der Kellner ging mit Argusaugen durch das Lokal. Kaum hatte Bill den Krug gekippt, stand ein frisch gefüllter vor ihm. »Zuviel Druckerschwärze geschluckt?« fragte der Mann.

»Und wie. Das Zeug muß schwimmen.«

»Kenne ich.«

Bill deutete mit dem Daumen auf den davoneilenden Mann. »Der versteht was davon. War selbst mal Drucker.«

»Und jetzt kellnert er?«

»Auch. Aber ihm gehört die Kneipe.«

»Nicht schlecht.«

Bill lehnte sich zurück und schlug die Beine übereinander. »Das meine ich auch. Mal sehen, wie es bei der Zeitung so läuft. Wenn nicht, eröffne ich einen Pub.«

»Dann melde ich mich hiermit als Stammgast an.«

Bill beugte sich vor und streckte mir die rechte Hand entgegen. »Hand drauf, Partner.«

»Ja, Hand drauf.«

Danach tranken wir wieder. Diesmal schaffte ich die Menge und kantete den Krug um. Ich erhielt sehr schnell einen neuen, und wir wechselten das Gesprächsthema.

Ich begann damit. »Sag mal, Bill, was hältst du eigentlich von unserer Wirtin?«

»Die Osborne?« Mein neuer Freund winkte ab. »Lieber nicht. Frag mich was anderes.«

»Nein, ich will es wissen.«

»Dann bist du voreingenommener gegen sie.«

»Das war ich schon, als ich sie sah.«

»Und weshalb hast du das Zimmer genommen?«

»Weil es nicht viel kostete.«

»Wie ich.« Bill brummte etwas. »Weißt du, meines Erachtens ist die Alte nicht richtig im Kopf.«

»Ehrlich?«

Bill wiegte den Kopf. »Nicht ganz, aber irgend etwas stört mich an ihr. Die hat alle Mieter rausgeekelt. Und dann die Sache mit Ihrem Mann.«

»Welche Sache?«

»Den habe ich noch nie gesehen, und ich wohne schon über zwei Monate da. Ich bin kein ängstlicher Mensch, John, doch des Nachts wache ich hin und wieder auf. Dann höre ich Stimmen und Geräusche.«

»Von der Osborne?«

»Ja, und ihrem Edgar!«

»Was machen die denn?«

»Nicht, was du denkst. Obwohl manchmal Stöhnen zu hören ist. Ich weiß es nicht.«

»Das heißt, du hast nie nachgeschaut?«

»Eben.«

Ich runzelte die Stirn. »Hast du auch nie das Haus durchsucht? Ich meine, die oberen Etagen und den Keller?«

»Wie käme ich dazu? Außerdem hat die Osborne ihre Augen überall. Das kannst du dir abschminken. Ich habe jedenfalls das Gefühl, als ginge es in dieser Bude nicht mit rechten Dingen zu. Irgend etwas hat dieses Weib zu verbergen, John. Die hat eine Leiche im Keller.«

»Meinst du das im übertragenen Sinne?«

Bill hob die Schultern.

Wir waren bei dem Gespräch sehr ernst geworden. Ich gestand mir ein, daß mich Bills Worte beunruhigt hatten. Ein wenig seltsam war diese Gilda Osborne schon. Hinzu kam die preiswerte Miete, dann der Mann, der zwar existierte, aber dennoch so gut wie nie zu Hause war. Da stimmte einiges nicht.

Schon damals dachte ich wie ein Polizist. »Wie wäre es denn, wenn wir das Haus näher unter die Lupe nähmen? Ich meine, wir gemeinsam.«

»Hört sich nicht schlecht an«, erwiderte Bill nach einer Weile des Nachdenkens.

»Und wann?«

»Nicht sofort. Das würde auffallen.« Er beugte sich vor und sprach im Tonfall eines Verschwörers.

»Wir werden die Frau in Sicherheit wiegen und uns die Bude dann vornehmen.«

»Einverstanden.«

»Warst du schon mal in der Küche, John?«

»Heute.«

»Und ist dir dort nichts aufgefallen?«

Ich überlegte. »Die Einrichtung ist nicht modern . . .«

»Das meine ich nicht«, unterbrach mich der Volontär. »Denk mal an das Regal an der Wand.«

»Die Messer!«

»Genau, das ist es.« Bill schlug auf den Tisch. »Welche Frau hat schon so viele Messer um sich versammelt?«

»Sie sagte mir, eine Köchin würde sie brauchen.«

»Unsinn, John. Die kommt mit drei Klingen aus. Ich habe sie mal überrascht, als sie in der Küche stand und ein Messer in der Hand hatte. Da lag ein Ausdruck in ihren Augen . . .« Bill schüttelte den Kopf. »Du kennst mich noch nicht lange, John. Ehrlich, bin ich ein ängstlicher Typ?«

»Glaube ich nicht.«

»Das kannst du auch annehmen. Aber als ich in der Küche stand und die Osborne sah, habe ich Schiß gekriegt. Richtig Schiß, wenn du verstehst, was ich meine.«

»Sicher.«

Bill leerte seinen Krug. Als er ihn absetzte, sagte er: »Die sah aus wie eine Killerin. Wie jemand, der gerade einem anderen die Klinge in den Leib gestoßen hat und sich darüber freut. Mein Fall war das nicht! Deiner wäre es auch nicht gewesen.«

»Da kannst du recht haben«, gab ich zu. »Einen konkreten Verdacht hast du aber nicht?«

»Wie meinst du das?«

»Ist alles Theorie, was ich jetzt sage. Ich denke da an die Osborne, die eventuell eine Mörderin sein könnte.«

»Um Himmels willen. Nimm das nur nicht an. Mir ist die Frau nur sehr komisch.«

»Mir auch. Man müßte wirklich feststellen, ob etwas hinter deinen Vermutungen steckt.«

Bill Conolly lachte. »Jetzt kommt bei dir wieder der Fast-Polizist durch. Ich glaube, du wirst mal ein guter. Sieh zu, daß du beim Yard unterkommst. Wenn ich dann Reporter bin, können wir uns gegenseitig mit Informationen beliefern. Wäre doch 'ne heiße Sache, oder?«

Ich mußte lachen. Dabei ahnte ich damals nicht, daß es tatsächlich viel später einmal so kommen würde. »Kumpanei ist bei der Polizei verboten«, erklärte ich.

»In den Vorschriften. Die Praxis sieht anders aus, John. Darauf kannst du dich verlassen.«

Bill hatte wahrscheinlich recht, nur hatte ich keine Lust, darüber zu diskutieren. Mich interessierte die Wirtin viel mehr. »Mit der Osborne müssen wir uns beschäftigen, Bill. Vielleicht fällt da für dich eine Story ab. Dann kommst du als Volontär groß raus.«

»Habe ich auch schon gedacht.«

»Und was hat dich bisher daran gehindert, voll einzusteigen?« wollte ich wissen.

»Ich kriegte einfach die Kurve nicht. Das war es. Mir fehlte jemand, der mir den Tritt gab.«

»Du hast ja mich.«

»Klar, und wir fechten die Sache schon durch. Darauf trinken wir noch einen kleinen Topf.«

»Diesmal auf meine Rechnung.«

Bill wunderte sich. »Bist du ein Krösus?«

»Nein, aber ich habe zwei Pfund an der Miete gespart. Die können wir unter anderem verschlucken.«

»Und mit dem Rest?«

»Machen wir noch 'ne Sause.«

Wir blieben noch zwei Stunden. Zwischendurch aßen wir etwas, und als wir uns gegen Mitternacht erhoben, da waren wir beide zwar nicht gerade voll, aber wir hatten unser Fett weg.

In der Kneipe stand die Luft. Es war ein Wunder, daß ich Bill noch sah, so dicht waren die Rauchschwaden inzwischen geworden. Kein Ventilator quirlte das Zeug auseinander. Auch Nichtraucher wie wir rauchten hier einige Zigaretten mit.

Draußen war die Luft besser. Wir schwitzten beide und atmeten zunächst einmal tief durch. In der Nähe stand ein großes Gebäude mit zahlreichen Fenstern. Da sie nicht alle geschlossen waren, hörten wir die Geräusche einer laufenden Rotationsmaschine.

In der Fleet Street, wo die Kneipe lag, wurde eben Tag und Nacht gearbeitet.

Die frische Luft tat so gut, daß sie den dumpfen Schleier, der unsere Gehirne bedeckt hielt, schon sehr bald vertrieb. Zwar wurden wir nicht völlig nüchtern – ich wäre nie mit einem Wagen gefahren –, aber schwankend gingen wir nicht.

Unterwegs begegneten uns einige Nachtschwärmer. Mädchen waren auch dabei. Doch sie kosteten Geld, und das hatten wir beide nicht. Außerdem hatten wir es nicht nötig, für das Bumsen zu zahlen. Das sagten wir den Bordsteinschwalben auch, worauf sie uns mit Schimpfwörtern überwarfen.

»Hast du wenigstens einen Haustürschlüssel?« fragte ich, als wir vor dem Fiat standen.

Bill grinste. »Den habe ich allerdings.« Er griff in die Tasche und holte ihn hervor.

Ich schaute derweil zu dem Fenster hin, das links von der Tür lag. Es war erleuchtet. Wenn ich mich recht erinnere, gehörte es zur Küche. Demnach war Mrs. Osborne noch nicht zu Bett gegangen.

Ich machte Bill aufmerksam.

Er nickte. »Die Frau bleibt meistens lange auf. Sie hat immer was zu spionieren.«

»Wegen der Mädchen?«

»Auch das. Ich habe mal eine mitgebracht. Daß sie die Kleine nicht angespuckt hat, war ein Wunder. Die ist auch nie mehr mit in dieses Haus gekommen. Was soll's?« Bill hob die Schultern. »Ändern können wir es nicht. Nur wenn wir ausziehen.« Er ging zur Haustür und öffnete.

Als ich den Flur betrat, roch ich das Parfüm. Dieser Gestank war überall im Haus verteilt. Ein widerliches Zeug, an das ich mich wohl nie gewöhnen würde.

Auch Bill mochte ihn nicht. Ich sah es seinem Gesicht an, als er sich umdrehte und mir gleichzeitig zuflüsterte: »Mir scheint, daß die Osborne nicht in der Nähe ist.«

»Sonst wäre sie schon da, wie?«

»So ist es.« Bill ging weiter. Ich hielt mich in seinem Kielwasser. Wir schritten sehr leise, denn wir wollten die Stille des Hauses nicht stören.

Die Wohnungstür der Osborne war nicht verschlossen. Sperrangelweit stand sie offen. Das wunderte uns.

»Sollen wir mal nachschauen?« wisperte Bill.

»Und wenn sie uns erwischt?«

»Sagen wir einfach, daß wir uns zurückmelden wollten. So etwas hat sie gern, glaub' mir.«

»Meinetwegen.« Wohl war mir bei der ganzen Sache nicht. Die Wohnung gehörte schließlich zur Privatsphäre einer Person. Bill Conolly sah die Sache etwas lockerer. Vielleicht mußte er das auch als werdender Reporter.

Bill hatte die Wohnung bereits betreten und war aus meinem Blickfeld entschwunden. Ich folgte ihm vorsichtiger und sah ihn in die Küche gehen, als ich ebenfalls die Wohnung betrat. Ich gesellte mich zu ihm.

Der Reporter stand in der Raummitte. Sein Blick war auf das Regal gerichtet. Ich wollte ihn ansprechen, entdeckte seinen starren Gesichtsausdruck und blickte ebenfalls in die Richtung.

Was ich sah, ließ mich erschrecken!

Zwei Messer fehlten!

Ausgerechnet die mit den längsten Klingen.

Zufall, Absicht?

Niemand von uns wußte es zu sagen. Keiner wagte, eine Bemerkung zu machen. Zu überrascht waren wir beide. Die Sekunden vergingen. Schließlich atmete Bill laut ein. »Mann!« flüsterte er. »Was will dieses Weib mit den beiden Messern?«

»Keine Ahnung.«

Bill drehte langsam den Kopf, um mich anzublicken. Auf seinem Gesicht lag eine Gänsehaut. »Ob sie damit jemand um die Ecke gebracht hat?« Bill hob den Arm und zog seine Handkante von rechts nach links dicht an der Kehle vorbei.

»Unsinn.«

»Das sagst du so leicht. Ich bin mir nicht sicher, John.«

»Nein, das kann ich mir nicht vorstellen.«

»Gib mir eine Erklärung!« forderte er.

»Habe ich auch nicht. Sie wird aber bestimmt harmlos sein. Die Frau hat doch gesagt, daß sie eine gute Köchin ist.«

»Fragt sich nur, was sie kocht.«

»Wie meinst du das?«

»Vergiß es.«

»Ich koche gern Menüs, meine Herren!«

Scharf war die Stimme hinter unserem Rücken aufgeklungen. Wie ertappte Sünder fühlten wir uns, als wir gemeinsam zusammenzuckten und uns dann umdrehten.

Mrs. Osborne stand vor uns. In der rechten Hand hielt sie ein Messer. Die Klinge zeigte nach unten, und von der Spitze tropfte Blut . . .

Die Geräusche der auf den Boden fallenden Tropfen waren die einzigen innerhalb der Küche. Wir selbst hielten den Atem an, während die Farbe allmählich aus unseren Gesichtern wich und wir nur Blicke für das eine Messer hatten.

Dabei hielt sie in der anderen Hand ein großes Stück Fleisch. Der dunkleren Färbung nach ein Rinderbraten. Ihn mußte sie geteilt haben. Als ich das sah, fiel mir ein Stein vom Herzen. Unser nicht ausgesprochener Verdacht war also absurd gewesen.

Wir atmeten auf.

Noch immer trug sie ihr widerlich giftgrünes Kleid. Allerdings hatte sie sich einen sauberen Kittel darüber gestreift, und ihr Lächeln war ebenso falsch wie die beiden Goldzähne. »Haben sich die Herren gut amüsiert?« erkundigte sie sich.

»Das schon«, gab ich zu.

»Man riecht eure Fahne. Und jetzt habt ihr sicherlich Hunger. Oder weshalb seid ihr sonst zu mir in die Küche gekommen?« Sie schaute uns auffordernd an.

Bill hob die Schultern. »Das nicht gerade, Mrs. Osborne. Wir sahen noch Licht.«

»Manchmal arbeite ich bis in die Nacht hinein. Ist ja nichts Schlimmes.«

»Wir möchten uns auch entschuldigen«, begann ich. »Es war unhöflich, ich weiß . . .«

Sie ging an uns vorbei und legte das Fleisch auf den Tisch. »Laßt mal gut sein. Junge Leute müssen neugierig sein.« Sie fügte ein Lachen hinzu. »Nur nicht zu neugierig, wenn ihr versteht.«

»Natürlich, Mrs. Osborne«, erwiderten wir wie aus einem Mund.

»Dann geht jetzt nach oben. Ihr habt schließlich keinen freien Tag vor euch.«

Wie zwei Schulkinder schlichen wir davon. An der Tür holte uns ihre Stimme ein. »Noch etwas, ihr beiden. In den nächsten Tagen kehrt mein Mann zurück. Ich wollte euch das nur gesagt haben.«

»Danke, Mrs. Osborne.«

Erst auf dem Treppenabsatz sprachen wir wieder miteinander. Ich fragte meinen neuen Freund. »Hast du diesen Edwin Osborne schon mal gesehen?«

»Nein, nur gehört.«

»Wieso?«

»Des Nachts geistern oft Schritte durch das Haus. Die der Frau kenne ich. Die anderen sind schwerer, schleifender. Das klingt dann richtig unheimlich.«

»Scheint ein seltsamer Typ zu sein«, bemerkte ich.

»Darauf kannst du Gift nehmen.«

Wir hatten inzwischen unsere Zimmer erreicht. Ich gähnte, öffnete die Tür und wurde von Bill Conolly noch einmal zurückgehalten. »Ist dir eigentlich nichts aufgefallen, John?«

»Noch etwas?«

»Ja, denke mal nach.«

Das tat ich. Trotzdem fiel es mir nicht ein.

Bill grinste. »Als Polizist mußt du noch viel lernen und vor allen Dingen genauer beobachten. Als wir die Küche betraten, fehlten zwei Messer. Die Osborne hatte aber nur eines in der Hand. Deshalb frage ich dich, John. Wo ist das zweite geblieben?«

Verdammt, Bill hatte recht. »Keine Ahnung«, gab ich zurück.

»Ich auch nicht. Aber denk mal darüber nach. Gute Nacht . . .« Er verschwand in seinem Zimmer.

Ich ging ebenfalls, zog mich aus und warf mich auf das Bett. Schlaf fand ich in den folgenden Stunden kaum. Und wenn, träumte ich schlecht. Von einer Frau, die ein langes Messer in der Hand hielt, dessen Klinge rot von Blut war . . .

Die nächsten vier Tage passierte nichts. Das Leben lief normal ab, und den Mann namens Edwin sahen wir kein einziges Mal. Ich war zu meinen Eltern gefahren und hatte die besorgten Fragen meiner Mutter über mich ergehen lassen müssen.

Natürlich erzählte ich nicht die Wahrheit. Ich ließ die Wirtin in einem Licht erstehen, das meiner Mutter angenehm war und ihr ein wenig die Sorgen nahm.

»Dan bist du ja einigermaßen gut aufgehoben, mein Junge«, sagte sie zum Abschied und packte mir einiges ein. Kuchen, Dauerwurst, Brot. Ich kam mir vor wie ein Schüler, der auf Klassenfahrt ging.

In der folgenden Woche wollten meine Eltern mich besuchen. Ich freute mich darauf. Tatsächlich aber hatte ich ein wenig Angst davor. Wenn meine Mutter das Haus und die Bude sah, würde sie sicherlich die Hände über dem Kopf zusammenschlagen und alles mögliche versuchen, um mich wieder ins Elternhaus zurückzuholen.

Am Mittwoch war ich bei meinen Eltern gewesen. Am Sonntag wollte ich wieder zu ihnen fahren und Bill Conolly mitnehmen, vorausgesetzt, er war einverstanden.

Momentan waren wir beide ohne feste Freundin und hatten Zeit, am Abend auf die Walz zu gehen. Das hatten wir uns für den Freitag vorgenommen. Bei mir war es später geworden. Ich hatte mich in der Uni in eine Diskussion verwickeln lassen und kam erst gegen 18.00 Uhr nach Hause. Zudem war ich ziemlich sauer, weil die Diskussion nicht den erwünschten Erfolg gebracht hatte.

Schon beim Betreten des Hauses wunderte ich mich, da ich nicht von Mrs. Osborne empfangen wurde. Dafür hockte Bill Conolly mitten auf der Treppe.

Überrascht blieb ich stehen. »Was hast du denn auf der Treppe verloren?«

»Den gestrigen Tag.« Er stand auf, reckte sich und grinste. »Außerdem habe ich geschlagene vierzig Minuten auf dich gewartet. Du hast dich verspätet, mein Junge.«

»So eilig haben wir es nun auch nicht«, widersprach ich. »Die Mädchen laufen uns schon nicht weg.«

»Die nicht, aber, na ja, geh erst mal hoch.«

Ich wollte nicht. »Was ist denn los?«

»Später.«

»Nein, jetzt.« Da blieb ich stur.

Bill Conolly schaute mich an und grinste dabei. »Ist dir eigentlich nichts aufgefallen?«

»Wieso?«

»Denk mal nach.«

»Schon wieder.«

»Ja, wer hat dich begrüßt?«

»Ach so. Die Osborne ist nicht da.«

»Genau.«

Ich runzelte die Stirn. »Wann ist sie denn weggefahren?«

»Das ist noch gar nicht so lange her. Ich kam gerade an, da stieg sie in ein Taxi.«

»Hast du mit ihr gesprochen?«

»Klar. Sie sagte nur, daß es spät werden würde.«

»Mit anderen Worten, uns gehört das große Haus praktisch allein. Wir können uns umsehen, ohne gestört zu werden.«

»Richtig, John. Und ein wenig nach Edwin, dem Herrn des Hauses, Ausschau halten.«

»Ist er denn wirklich da?«

»Gesehen habe ich ihn nicht, aber gehört. Ich erzählte dir doch gestern, daß mir die Schritte aufgefallen sind.«

»Schon. Nur . . .«

Bill drückte seine Hand in meinen Rücken.

»Geh erst mal hoch und stell die Tasche ab. Danach sehen wir weiter.«

»Ja, unter der Dusche.«

»Auch die gönne ich dir.«

Während ich mich in das Bad begab, wartete Bill in meinem Zimmer auf mich. Die Dusche war ziemlich primitiv eingerichtet. Mich störte der niedrige Wasserdruck. Auch der des Wannenkrans taugte nicht viel. Bis die Wanne vollgelaufen war, verging eine halbe Stunde. – Die Wände des Bads waren mit grüner Ölfarbe gestrichen. Das Fenster konnte man kaum als solches bezeichnen. Es war nur ein Loch. Wenn ich es öffnete, konnte ich in einen Lichtschacht schauen, der sich zwischen zwei Häusern befand.

Als ich unter der Dusche stand, dachte ich über unseren Plan nach. Es war eigentlich Blödsinn, was wir vorhatten. Schlugen uns einen Abend mit der Durchsuchung eines fremden Mietshauses um die Ohren, obwohl wir an diesem Wochenendbeginn unsere Zeit besser hätten ausfüllen können. Mit Dingen, an denen wir Spaß hatten.

Ich hatte meinem neuen Freund versprochen, ihm zu helfen, und wollte jetzt keinen Rückzieher mehr machen.

Nach dem Duschen frottierte ich mich notdürftig ab, schlang das Handtuch um die Hüften und ging zurück in mein Zimmer, wo ich Bill auf dem Bett liegend vorfand.

»Das zweite Messer fehlt noch immer«, sagte er.
»Woher weißt du das?«
»Ich war eben in der Küche und habe nachgeschaut.«
Ich stieg in meine Unterhose. »Und die Osborne hat nicht abgeschlossen?«
»Das wundert mich. Wo sie uns doch vor ein paar Tagen erwischt hat. Die hat wirklich Vertrauen.«
»Vielleicht will sie, daß wir das Haus durchsuchen?«
Da ich während Bills Bemerkung ein frisches Hemd über den Kopf zog, konnte ich noch nicht sofort antworten. »Das verstehe ich nicht so recht.«
»Ist doch möglich, daß wir etwas finden sollen.« Bill richtete sich auf. »Die tickt falsch, die Alte.« Er stieß seinen Zeigefinger gegen die Schläfe. »Dahinter ist bei ihr was gestört.«
»Das sind Vorurteile.«
»Wir werden sehen.« Bill erhob sich vom Bett.
Ich hatte mich inzwischen fertig angezogen und schaute noch einmal zum Fenster. Das Wetter war wochenendmäßig geworden. Im Laufe des Tages waren die Temperaturen gestiegen. Ein herrlicher Frühlingsabend lag vor uns. Stunden zum Genießen, vielleicht zum Aufreißen.
Bill bemerkte meinen Blick. »Wenn du keine Lust hast, John, ich will dich zu nichts zwingen . . .«
»Versprochen ist versprochen.« Ich schaute auf meine Uhr. »Mehr als zwei Stunden werden wir kaum brauchen. Und danach ist noch Zeit genug für einen kleinen Trip.«
»Meine ich auch.«
»Wo fangen wir an?« fragte ich.
Bill erwiderte: »Von unten nach oben. Also nehmen wir uns den Keller zuerst vor.«
Damit erklärte ich mich einverstanden. Es war seltsam. Obwohl sich niemand außer uns im Haus befand, gingen wir nicht normal, sondern setzten die Schritte sehr vorsichtig. Es war schon die Gewohnheit, die uns so handeln ließ. Sonst konnte hinter jeder Ecke oder hinter jeder Tür die Osborne lauern. Jetzt war sie verschwunden. Wir hofften beide, daß sie lange genug wegblieb.
»Warst du schon mal im Keller?« fragte ich den angehenden Reporter.
»Nein, nie.«
»Weshalb nicht?«

»Ich hatte nie eine Gelegenheit dazu, weißt du. Außerdem interessierte er mich nicht. Vor einigen Wochen wurde noch geheizt. Als ich die Osborne mal fragte, ob ich ihr Kohlen hochholen sollte, war sie über das Angebot direkt sauer.«

»Dann hat sie was zu verbergen.«

»Was denn?«

»Keine Ahnung.«

Bill hatte sicherheitshalber eine Taschenlampe mitgenommen, da wir nicht wußten, wie hell es im Keller sein würde. Die Treppe zu den unterirdischen Räumen lag unter der normalen Hausflurstiege. Um sie zu erreichen, mußten wir eine Holztür aufziehen, die erbärmlich in den Angeln quietschte.

Bill Conolly fühlte sich als »Fremdenführer«. Er wohnte schließlich länger in diesem Haus, blieb für einen Moment im Rechteck der offenen Tür stehen, bevor er mit einer Hand an der gekalkten Wand entlangfuhr.

Ich fand den Lichtschalter früher als er und drehte ihn herum. Der Schalter gehörte noch zu denen, die eigentlich ausgewechselt werden mußten, weil sie nicht mehr betriebssicher waren. Auch waren die Leitungen nicht unter Putz gelegt worden. Sie führten an der Wand und unter der Decke entlang und sahen aus wie schwarze Schlangen.

Die Treppe bestand aus Stein. Das Licht reichte aus, um die Stufen und die darauf liegende Staubschicht erkennen zu können. Unter unseren Sohlen knirschten winzige Steine, als wir die Tiefe schritten. An der rechten Wandseite führte ein Geländer schräg in die Tiefe. Unsere Hände lagen auf dem Handlauf.

Als wir das Ende der Treppe erreicht hatten, deutete Bill Conolly zu Boden. Er meinte damit die dunklen Flecken, die mir auch schon aufgefallen waren und deren Spur tiefer in den Keller hineinführte.

»Das kann Blut sein«, flüsterte ich.

»Von wem?«

»Die Osborne holt doch ihr Fleisch aus dem Keller.«

»Stimmt«, gab Bill zu. »Das tut sie tatsächlich.« Er hob die Schultern. »Mal schauen, wo sie ihre Kühlkammer hat. Dabei frage ich mich nur, wer das ganze Fleisch essen soll.«

»Edwin vielleicht.«

»Von dem habe ich bisher noch nichts gesehen.«

Ich drückte Bill meine Hand ins Kreuz. »Halte keine langen Reden, geh weiter.«

Das tat er. Ich blieb neben ihm, denn der Kellergang war breit genug für uns beide. Rechts und links rahmten uns schmutzige Wände ein. Bisher hatten wir noch keine Tür gesehen. Dafür leuchtete eine fahle Lampe genau an der Stelle, wo ein Seitengang nach rechts abzweigte. Als wir den Punkt erreichten, blieben wir stehen.

In dem schmaleren Seitengang war es dunkel. Außerdem war die Decke tiefer gezogen, so daß wir uns bücken mußten, wenn wir in die Richtung gingen.

Bill holte seine Taschenlampe hervor. Der Strahl reichte so weit, daß er bis gegen eine Wand traf und dort einen weißen Kreis malte, der an den Rändern zerfaserte. Als Bill die Lampe bewegte, sahen wir die Einschnitte der Türnischen in den Mauern.

Dahinter mußten die entsprechenden Verliese liegen. Vielleicht auch die Kühlkammer.

Zwei kamen in Frage.

»Was tun?« fragte Bill. »Rechts oder links?«

»Sehen wir uns die linke Tür zuerst an.« Wir schlichen geduckt hin. Bill leuchtete das Schloß an und unterdrückte nur mühsam einen Fluch. Es war zwar nicht modern, aber auch ein altes Vorhängeschloß ließ sich nicht so ohne weiteres knacken.

»Die andere Tür!« flüsterte ich.

Wir drehten uns um, und Bill leuchtete dorthin. Da war kein Schloß zu sehen.

»Mensch, John, die Tür ist offen.«

»Falls sie nicht auf irgendeine Art und Weise von innen versperrt worden ist.«

»Wie denn?« Erstaunt schaute er mich an.

»Wir werden sehen.« Ich drückte mit meiner Hand gegen die Bohlentür, gab ein wenig Druck und stellte fest, daß sich die Tür bewegen ließ, auch wenn sie mit ihrem unteren Rand über den Boden schrammte, wo sich Staub und kleinere Steine angesammelt hatten. Das Kratzen erzeugte bei mir eine Gänsehaut.

Als die Tür einen Spaltbreit offenstand, hielt ich inne und schaute Bill Conolly an.

»Was ist?«

»Sollen wir wirklich in den Raum gehen?«

Bill nickte heftig. »Klar, John. Jetzt können wir nicht mehr zurück. Oder hast du Angst?«

Ich verzog den Mund. »Ein wenig schon, wenn ich ehrlich sein soll.«

»Wir sind zu zweit.«

»Okay.« Ich drückte die Tür weiter auf. So lautlos wie möglich betraten wir den hinter ihr liegenden Raum. Es war ein Kellerverlies. Mit niedriger Decke.

Bill Conolly schob sich an mir vorbei. Die Lampe hatte er bisher zu Boden gerichtet gehabt. Nun hob er den Arm höher, so daß er etwa in Hüfthöhe in die Runde leuchten konnte.

Der Strahl glitt über allerlei Gerümpel. Leere Kisten, alte Behälter, Kartons, und in einer Ecke des Kellers, dicht unter einem vergitterten Fenster, lag ein Berg Kohlen.

Wir waren in der Mitte des Raumes stehengeblieben und saugten beide die seltsame Luft ein.

»Irgend etwas stimmt hier nicht«, behauptete Bill.

»Wieso?«

»Das riecht so komisch.«

»Wie eben im Keller.«

Bill nickte. »Auch.« Dann hob er zu heftig den Kopf und stieß ihn sich an der Decke. »Verdammt. Es stinkt feucht, aber da ist noch was anderes, das ich rieche.«

»Und was?«

Bill faßte meinen Arm an. »John, halte mich jetzt nicht für blöde, verrückt oder für durchgedreht. Ich habe so etwas schon mal gerochen. Bei meinem ersten Einsatz als Volontär . . .«

»Sag schon, Mensch!« drängte ich.

»Hier riecht es nach Moder!« wisperte Bill Conolly. »Verdammt, John, so stinken alte Leichen.«

Ich trat unwillkürlich einen Schritt zurück, stieß ein glucksendes Geräusch aus und preßte meinen Handballen gegen die Lippen. Das war ein starkes Stück.

Moder, Leichen . . .

Ich schaute Bill an und sah seinen sehr ernsten und auch besorgten Blick. »Kein Irrtum, John, so riechen alten Leichen. Das weiß ich. Damit wirst du noch nichts zu tun gehabt haben. Bei mir ist das was anderes.«

Ich ließ die Hand wieder sinken, damit ich sprechen konnte.

»Wenn du recht hast, würde dies bedeuten, daß hier in diesem Keller eine Leiche liegen müßte.«

»So ist es.«

»Und wo?«

Bill gab mir keine Antwort. Er drehte sich und leuchtete mit dem Lichtstrahl das Gerümpel ab. Es war einfach ein zu großes Durcheinander. Wir konnten nicht erkennen, ob tatsächlich eine Leiche unter dem Abfall verborgen lag.

Sperrholz, Latten, Kartons, zwei Koffer – der Platz war eigentlich ideal, um einen Toten zu verstecken.

Bill war einen kleinen Schritt vorgegangen. Er warf mir einen schrägen Blick über die Schulter zu, der gleichzeitig etwas Aufforderndes an sich hatte.

»Ich räume den Kram nicht weg«, sagte ich.

Er grinste. »Das wirst du später aber tun müssen, wenn du Polizist bist.«

»Bis dahin dauert es noch seine Zeit.«

Der angehende Reporter nickte. »Stimmt, John. Was sollen wir uns hier den Kopf zerbrechen? Vielleicht habe ich mir den komischen Geruch auch nur eingebildet. Kann ja sein.«

Ich stimmte ihm zu, obgleich ich das Gegenteil annahm. Im Innern schalt ich mich einen Feigling. Erst hatten wir uns aufgerafft, den Keller zu durchsuchen, dann machten wir einen Rückzieher wie die kleinen Mädchen.

Bill ging in Richtung Tür. Er bewegte sich rückwärts, hielt die rechte Hand mit der Lampe dabei nach vorn gerichtet und leuchtete, als er sich mit mir auf gleicher Höhe befand, noch einmal in die Runde.

Der helle Lichtfinger strich über den Kohlenberg. Er hatte ihn kaum verlassen, und Bill griff bereits mit der freien Hand zur Türklinke, als ich das Rollen vernahm.

Es war ein leies, dennoch sehr typisches Geräusch. So rollten Kohlestücke, wenn sie sich von oben nach unten bewegten.

Sofort stand ich steif.

Bill bemerkte etwas. »Was ist denn?« wisperte er.

Ich schüttelte den Kopf. Er verstand die Bewegung und rührte sich ebenfalls nicht.

»Da haben sich Kohlen bewegt«, hauchte ich.

»Du spinnst.« Bill setzte noch ein Lachen nach. Es klang unecht. Ich war davon überzeugt, mich nicht getäuscht zu haben.

»Leuchte mal auf die Kohlen.«

»Wenn es dir Spaß macht.« Bill Conolly ließ den Strahl wieder wandern.

Die einzelnen Stücke hatten auf der Oberfläche einen schwarzen, leicht öligen Glanz. Ob sich einige von ihnen bewegt hatten, war nicht zu erkennen.

Sekunden verstrichen. Nur unser Atmen war zu hören, ansonsten herrschte Stille.

»John, du hast dich geirrt.«

»Nein.«

»Dann sieh nach.«

Ich schaute Bill an. Seine Gestalt hob sich als dunkler Umriß vor der Tür ab. »Das werde ich auch. Und wenn ich die Kohlen mit meinen Händen zur Seite schaufeln muß. Darauf kannst du dich verlassen.«

»Denk daran, du hast vorhin geduscht.«

»Dann dusche ich eben noch mal.«

»Bei dem Wasserdruck?«

»Sei nicht albern.« Ich hatte mittlerweile den Kohlenberg erreicht, blieb dicht vor ihm stehen und wollte mich bücken, als ich die Bestätigung erhielt.

Im selben Augenblick bewegten sich am oberen Rand des Bergs die Kohlen und rollten nach unten. Es waren mindestens ein Dutzend Kohlestücke, die da ins Rutschen geraten waren. Das geschah nicht von allein. Da mußte jemand von unten her Druck gegeben haben.

Also lag dort jemand.

Ich schaute nicht mehr auf die Kohlen, drehte den Kopf und schaute zu Bill. Ich bemerkte, daß er jetzt auch ein wenig Angst hatte, denn die Lampe in seiner Hand zitterte.

»Willst du immer noch nachsehen, John?«

»Klar . . .«

Bill hob die freie Hand und kratzte an seinem Kopf. Daß ihm nicht wohl war, sah ich ihm an. Er schluckte ein paarmal, und ich fragte: »Hast du was?«

»Hör doch auf, Mensch! Wie können sich die blöden Kohlen bewegen? Von allein?«

»Nicht von allein.«

»Dann gib mir eine Erklärung.«

»Vielleicht liegt da jemand darunter.«

»Der tot ist – oder?«

»So ungefähr.«

»Du Hirnie. Seit wann können sich Tote bewegen?«

»Weiß ich auch nicht«, erwiderte ich ruppig. »Jedenfalls werde ich jetzt nachsehen.« Ich wußte inzwischen, wie ich es anstellen wollte. Ich hatte eine Schaufel gesehen, die an der Wand hinter der Tür lehnte. Sie holte ich mir. Der Holzgriff war blank, das Blatt verrostet und an der Vorderseite eingerissen. »Du brauchst nur zu leuchten«, erklärte ich Bill, der näher trat und von der Seite her die Lampe auf den Kohlenberg richtete.

Ich fing an zu schaufeln. Durch die heftigen Bewegungen wurde Staub in die Höhe gewirbelt, der uns einhüllte. Meine Haut an den Händen und im Gesicht nahm sehr bald eine grauschwarze Farbe an.

Noch spürte ich keinen Widerstand. Ich schleuderte die Kohlen dorthin zur Seite, wo das Gerümpel lag. Nur gut, daß niemand sonst im Haus wohnte, der Krach hätte ihn sicherlich aufgeschreckt. Zudem hofften wir beide, daß Mrs. Osborne lange genug wegblieb. Ich hatte die Schaufelbewegungen nicht gezählt, zuckte urplötzlich zusammen, als ich am vorderen Rand des Blattes Widerstand spürte. Das waren keine Kohlen, auch keine Steine, denn der Widerstand war viel weicher.

Wie ein Körper . . .

Ich hielt sofort inne. Auch Bill hatte etwas bemerkt. Er war nähergetreten und schaute mich an. »Und?«

Ich hob die Schultern. »Da ist was.«

»Dann schaufel weiter.«

Das tat ich. Vorsichtiger als bei den ersten Versuchen. Bill leuchtete sehr genau. Es fielen nicht mehr so viele Kohlen nach, weil der Berg wesentlich flacher geworden war. Ich hatte die Schaufel gedreht und drückte die Kohlen mit der Seite weg.

Wir sahen etwas.

Es war ein Sack!

Auch Bill gab seinen Kommentar. »Mann, da hat die Alte jemanden in einen Sack gesteckt!«

»Warte erst mal ab.«

Es dauerte noch eine Weile, bis ich den Sack fast freigelegt hatte. Er bestand aus fester Jute, so daß wir trotz der Beleuchtung nicht erkennen konnten, was sich in seinem Innern befand. Es konnte durchaus ein Mensch sein, die Größe stimmte.

Bill Conolly steckte die Lampe in die Tasche und half mir, den Sack unter den Kohlen wegzuziehen.

Als er vor unseren Füßen lag, schauten wir uns an. Keiner wollte den Anfang machen, bis ich mich bückte und meine Hände in die Nähe der Schnur brauchte, die den oberen Teil verschloß. Der Sack bewegte sich nicht. Nichts wies im Moment darauf hin, daß sich in ihm ein Mensch befand, der noch lebte.

Alles war ruhig.

Ich hatte das Band noch nicht richtig gefaßt, als ich mit einer zuckenden Bewegung zurückfuhr und meinen neuen Freund Bill Conolly fast von den Beinen gestoßen hätte.

Auch er war geschockt, denn er hatte das Geräusch ebenfalls gehört.

Das Stöhnen war aus dem Sack gedrungen!

Wir wollten es beide nicht glauben. Standen uns steif gegenüber und starrten uns an. Uns jagten Schauer der Angst über Rücken und Gesicht. Was sich vor unseren Füßen abspielte, war ungeheuer und gleichzeitig unfaßbar.

Wer konnte in diesem verdammten Sack stecken?

Bill hatte die Lampe wieder hervorgezogen, leuchtete den Sack an und zitterte ungewöhnlich stark. Mir erging es nicht anders. Auch ich traute mich nicht, den Sack anzufassen. Am liebsten wäre ich weggelaufen, aber das hätte ich vor meinem Freund Bill Conolly nie zugegeben, also blieb ich.

»Wir müssen was tun, John!«

Da hatte Bill recht. »Okay, ich öffne ihn!« Wieder bückte ich mich und wollte den Sack aufschnüren, als sich der Gegenstand in seinem Innern abermals bewegte, sich zur Seite drehte, eine andere Haltung annahm und sich jemand aufrichten wollte, was ihm zunächst nicht gelang, denn der Sack war zu eng.

Er schaffte es dennoch.

Und zwar durch ein Hilfsmittel, mit dem wir nie und nimmer gerechnet hatten.

Von unten her schnitt etwas durch das braune Sackleinen. Etwas Helles, Scharfes, Blitzendes stach durch.

Eine Messerklinge.

Und zwar genau die Klinge, die in dem Küchenregal fehlte!

Am Hyde Park ließ Mrs. Osborne das Taxi stoppen. »Ich möchte hier aussteigen, Mister.«

»Habe nichts dagegen.«

Mrs. Osborne stieg aus dem Wagen, zahlte und reichte noch ein kleines Trinkgeld, das der Fahrer mit einem süßsauren Lächeln einsteckte. Die Frau sah aus, als hätte es ihr leidgetan, das Geld zu geben, deshalb startete der Mann fast wie ein Rennfahrer und sah zu, daß er genügend Distanz gewann.

Mrs. Osborne schaute dem Wagen nach. Die Augen hatte sie leicht zusammengekniffen, der Mund bildete einen Strich. Das Puppengesicht wirkte wie eine Maske. Das Haar leuchtete weiterhin unnatürlich blond. Es war so hoch toupiert wie immer, aber die Kleidung hatte sie gewechselt. Ihr rosafarbenes Kostüm wirkte auf die Geschmacksnerven mancher Zeitgenossen ebenso negativ wie das giftgrüne Kleid, das sie tagsüber bevorzugte.

Ein warmer Frühlingstag neigte sich seinem Ende entgegen. Zahlreiche Londoner nutzten das Wetter und spazierten durch die grünen Lungen der Millionenstadt.

Die Menschen freuten sich über die warme Temperaturen. Sie lachten, waren fröhlich und hatten ihren Spaß.

Anders Gilda Osborne. Ihre Gedanken beschäftigten sich mit grauenhaften Dingen. Dabei standen ihre neuen Mieter im Mittelpunkt. Die Frau mochte die beiden nicht. Sie hatten sich zu stark angefreundet. Als Conolly allein bei ihr wohnte, war es noch auszuhalten gewesen, doch der zweite paßte zu Conolly wie der Deckel auf den Topf. Dann war da noch die Sache mit den beiden Messern. Die Burschen hatten genau bemerkt, daß zwei fehlten. Es mußte also was geschehen!

Sie dachte lange nach und schmiedete einen Plan. Jetzt stand er. Nichts gab es daran zu rütteln. Die Weichen waren gestellt, der Test lief. Wenn sich die beiden Mieter so verhielten, wie sie annahm, würde es ihnen schlecht ergehen. Reagierten sie nicht so, hatte sich Gilda getäuscht. Das gab sie gern zu.

Die Köder waren ausgelegt, jetzt mußten die beiden Mäuse nur mehr zuschnappen.

Sie schaute auf die Uhr.

Seit ihrer Abfahrt war einige Zeit vergangen. Obwohl sie die Neugierde drängte, unterdrückte sie das Gefühl und ließ sich erst einmal Zeit. Wie die anderen Spaziergänger besuchte die Frau die grüne Lunge des Hyde Parks, hörte die Unterhaltungen, die

Stimmen, das Lachen, manchmal das Dudeln von Radios, aber sie nahm es nur im Unterbewußtsein wahr. Ihre Gedanken beschäftigten sich mit völlig anderen Dingen. Manchmal wurde sie angerempelt, aufgeschreckt, und wenn sie hochschaute, sah sie die Menschen nicht einmal, die sie angestoßen hatten.

Sie bewegte sich wie ein Roboter inmitten lebender Menschen. Ein paarmal wurde sie angesprochen. Männer versuchten es auf mehr oder weniger originelle Art und Weise. Sie kümmerte sich nicht darum. Sie hatte einen Mann, Edwin.

Als sie an ihn dachte, bewegten sich ihre Lippen, und sie murmelte den Namen des Mannes. Dann lächelte sie, drehte sich scharf herum und schreckte durch diese Bewegung zwei Tauben auf, die auf dem Weg gehockt und Krumen gepickt hatten.

Starr schaute sie nach vorn. Die Augen hielt sie leicht verengt. In ihrem Innern war eine Wandlung vorgegangen, die sich auch äußerlich ausdrückte.

Mit dem Taxi war sie gekommen, mit dem Taxi wollte sie auch wieder zurückfahren.

In London einen Wagen zu finden, ist keine Schwierigkeit. Auch Gilda Osborne schaffte es. Der Wagen hielt, sie stieg ein und gab das Ziel an.

Wie eine Marionette hockte sie im Fond. Steif und ohne Bewegung. Den Blick hatte sie starr nach vorn gerichtet, die Lippen bildeten einen Strich, und die Gedanken der Frau beschäftigten sich mit Dingen, die eher in ein Verbrecherhirn gepaßt hätten.

Sie dachte an Mord, an Tod und an Blut . . .

Londons abendliche Kulisse huschte an den Außenscheiben des Wagens vorbei. Mrs. Osborne hatte dafür keinen Blick. Sie schaute nur nach vorn. Manchmal atmete sie schwerer. Dann saugte sie die Luft durch die Nase ein, und dabei öffnete sie ihre Fäuste. Ein leichter Schweißfilm schimmerte auf ihren Handflächen. Sie war nervös, was sie gar nicht wollte, aber es gab Dinge, die ihr dieses Gefühl gaben, ohne daß sie dagegen etwas hätte tun können.

Als der Wagen in die Straße einbog, in der sie wohnte, ließ sie den Fahrer stoppen. »Halten Sie hier.«

»Wie Sie wollen.«

Gilda Osborne zahlte. Danach stieg sie aus und wartete so lange, bis der Wagen verschwunden war. Sie befand sich auf der Straßenseite, auf der ihr Haus lag. Als sie sich in Bewegung setzte, hielt sie sich im Schatten der Hauswände. Sie wollte nicht zufällig gesehen werden, auch nicht von Nachbarn.

Um diese Zeit wirkte die Straße wie ausgestorben. Nur ein altes Ehepaar schaute aus dem Fenster eines gegenüberliegenden Gebäudes.

Gilda Osborne bewegte den Mund, ohne irgend etwas zu sagen. Vielleicht redete sie mit sich selbst, das wußte sie nicht einmal selbst so genau.

Ein wenig verhalten setzte sie die Schritte, und als die Nische an der Haustür sie schluckte, hielt sie den Schlüssel bereits in der Hand, um ihn in das Schloß zu schieben.

»Eure letzte Chance!« flüsterte sie. »Eure verdammt letzte Chance, ihr beiden.«

Sie schloß auf. Sehr behutsam tat sie dies und lauschte dabei. Sie drückte die Tür so weit nach innen, daß sie durch die Öffnung schlüpfen konnte, blieb für einen Moment im Flur stehen und atmete tief durch.

Allmählich beruhigte sich ihr rasendes Herz. Im Hals spürte sie ein rauhes Gefühl. Sie fühlte sich auf einmal fremd in ihrem eigenen Haus, und dann bemerkte sie die Stille, die sich wie ein großes Tuch über sie legte.

Irgend etwas war hier anders. Sie hatte keinen konkreten Verdacht, dennoch nahm sie es deutlich wahr. Und sie spürte auch den Druck, der sich auf ihre Brust gelegt hatte und wie ein Reif ihr Herz immer stärker umspannte.

Auf Zehenspitzen näherte sie sich ihrer Wohnung. Dort huschte sie wie ein Geist durch die Zimmer. Da hielt sich keiner der beiden verborgen.

Wenn Gilda Osborne etwas tat, wollte sie stets auf Nummer Sicher gehen. Deshalb stieg sie so leise wie möglich die Treppe hoch und schaute oben nach, wo die Zimmer ihrer beiden Mieter lagen. Sie lugte in jeden Raum. Leer.

Also waren sie nicht da.

Unschlüssig blieb Mrs. Osborne stehen. Sie versuchte, sich in die Lage der beiden zu versetzen. Was hätte sie getan an deren Stelle? Natürlich auch gesucht.

Und zwar im gesamten Haus.

Dazu zählte sie den Keller. Er war groß, zudem aufgeteilt in verschiedene Räume und für einen neugierigen Menschen ein idealer Anziehungspunkt.

Es lag auf der Hand, daß sie dort nachschauen würden. Sie ging zur Treppe, stieg die Stufen wieder vorsichtig hinab und erreichte wenig später die Tür zum Keller.

Schon da erkannte sie anhand der Spuren, daß die beiden tatsächlich im Keller gewesen waren.

Edwin!

Sofort dachte sie an ihren Mann. Wenn Sinclair und Conolly ihn fanden, sah es für die beiden wahrscheinlich böse aus. Sie wußten ja nichts, waren ahnungslos und nur neugierig.

Was mit Neugierigen geschah . . . Sie dachte nicht zu Ende, sondern lächelte kalt.

Gilda Osborne kannte jeden Winkel ihres Hauses. Schließlich lebte sie lange genug darin. Wie ein Phantom schlich sie die Kellertreppe hinab. Auf ihren Lippen lag ein kaltes Lächeln, das immer mehr zu einem starren Grinsen wurde.

Rasch hatte sie es geschafft. Die Treppe lag hinter ihr. Lautlos ging sie weiter. Sie selbst verursachte kaum ein Geräusch, und sie blieb erst stehen, als sie die Treppe hinter sich gelassen hatte und neben einem Kamin stand, bei dem sich die Rußklappe etwa in Hüfthöhe befand.

Dieser Schieber diente einem besonderen Zweck. Er ließ sich sehr leicht in die Höhe schieben. Bis zur Hälfte brachte es die Frau nur, dann konnte sie mit der Hand hineingreifen und fand zielsicher das, was sie haben wollte.

Das trübe Kellerlicht fiel auf die Schneide eines Beils.

Für einen Moment leuchteten die Augen der Frau auf, als sie das Bild sah. Es war phantastisch. Sie hatte die Waffe lange nicht mehr benützt, bald würde sie sie wieder brauchen. Zweimal schlug sie ins Leere.

Als sie das dabei entstehende Fauchen vernahm, spalteten sich ihre Lippen zu einem Lächeln. Sie freute sich darüber. Ihre Arme waren nach wie vor geschmeidig. Sie konnte mit der Waffe umgehen, und sie würde damit töten.

Zunächst die beiden Mieter, deren Stimmen sie aus der für die jungen Leute gefährlichen Richtung vernahm.

Dort lag das Geheimnis des Hauses verborgen.

Sie hatten es sicherlich entdeckt. Wie einige andere vor ihnen auch. Aber die – und jetzt lächelte Gilda Osborne teuflisch – lebten schon längst nicht mehr . . .

Wir konnten es nicht fassen, nicht glauben. Es war einfach zuviel auf uns eingestürmt. Die Entdeckung des Sacks, das Stöhnen und jetzt die Messerklinge, die eigentlich in die Küche gehört hätte, nun aber aus dem Sack stach und von irgend jemandem gehalten wurde.

Beide hatten wir einen Verdacht, den ich aussprach.

»Edwin . . .«

Das eine Wort nur drang flüsternd über meine Lippen. Ich sah Bills Nicken. Auch er konnte sich keine andere Erklärung vorstellen.

Edwin, Gilda Osbornes Mann.

War er es wirklich?

Wir mußten nachschauen, aber wir trauten uns nicht. Der Schock dieses Augenblicks hielt uns in seinen Klauen. Beide spürten wir die Angst, denn mit einer so nervenbelastenden Situation waren wir bisher noch nie in unserem Leben konfrontiert worden.

Bill und ich hatten nur Augen für die Klinge. Sie blieb nicht ruhig. Derjenige, der sie hielt und den wir nicht sahen, drehte sie in der Hand, so daß diesmal nicht die breite, sondern die schmale Seite auf uns zeigte. Sie war sehr scharf. Ein kurzer Schnitt, ein leichter Druck reichte aus, um den Spalt innerhalb der Sackleinwand zu vergrößern.

Er wurde so groß, daß eine Hand erschien! Vom Griff des Messers sahen wir nichts, denn die gelblich-weiße Klaue verdeckte ihn. Die Hand hielt das Messer fest, wir sahen ihren Rücken und auch die Knochen, die scharf und spitz hervortraten, wobei sich eine sehr dünne Haut über sie spannte. Es gab keinen Zweifel für uns. Der Mann im Sack war dabei, ihn aufzuschneiden, um herausklettern zu können.

Wir mußten etwas tun!

Daß dies hier nicht mit rechten Dingen zuging, war uns beiden klar. Weder Bill noch ich hatten in diesen Augenblicken eine Idee und standen starr auf dem Fleck.

Ich dachte an die Horror-Filme, die ich bisher gesehen hatte. Einige Klassiker befanden sich darunter. Ich wurde an unheimliche Kellerszenen erinnert, aber aus einem Kino kann man hinausgehen, wenn der Film zu nervenaufreibend wurde, und außerdem erlebten wir hier keinen Film, sondern Realität.

Das Grauen war da.

Wir brauchten nur mehr zuzugreifen, um es anfassen zu können. Aber keiner traute sich.

Bill Conolly war ebenso blaß geworden wie ich. Er hielt seinen Arm noch immer schräg nach unten, so daß der helle Lichtfinger weiterhin den Sack anleuchtete und auch die Messerklinge, die so gar nicht verrostet aussah, sondern aus blitzendem geschliffenen Stahl bestand.

Bill Conolly erwachte als erster aus seiner Starre. Er stieß mich an, während er flüsterte: »Verdammt, John, wir müssen weg. Wir müssen von hier verschwinden.«

Ich nickte, blieb aber stehen.

Dafür bewegte sich der Lichtkegel hektisch, als Bill sein Gelenk drehte. Ich fühlte seine Hand an meiner Schulter. Er wollte mich zurückziehen, ich ging nach hinten, während ich weiterhin die Augen auf den Sack gerichtet hielt.

In den letzten Sekunden hatte sich die Messerklinge nicht bewegt.

Das änderte sich nun.

Die Hand führte einen seitlichen Schnitt. Und das Messer durchtrennte den Sack in seiner gesamten Breite.

Jetzt war er offen!

Der Spalt klaffte. Nichts hinderte den Mann mehr daran, sein Gefängnis zu verlassen.

Im selben Augenblick schlug die Tür zu.

Ich war von dem Anblick des allmählich aus dem Sack steigenden Mannes so gebannt, daß ich auf das Geräusch kaum achtete und es mehr in meinem Unterbewußtsein wahrnahm.

Bis mich Bills Ruf alarmierte.

»Verdammt, John! Da draußen ist jemand!«

Jetzt erst kreiselte ich herum.

Beide hörten wir die keifende Stimme. »Ja, hier draußen ist jemand, ihr verdammten Kerle! Ich bin es. Ich bin es, und ich werde euren Tod mit meinem Lachen begleiten . . .«

Beide wußten wir, wer gesprochen hatte.

Gilda Osborne!

Ich war nicht einmal überrascht. Zu allem Überfluß hatte das noch geschehen müssen. Wir hörten, wie sich ein Schlüssel von außen im Schloß drehte, dann war die Tür fest verschlossen, und wir befanden uns mit diesem Unheimlichen allein im Keller. Ich behielt ihn im Blick, während sich Bill mit der Situation nicht abfinden wollte.

Er hämmerte mit beiden Fäusten gegen die Tür. »Verdammt, Mrs. Osborne, öffnen Sie! Machen Sie auf, zum Teufel! Sie werden sofort . . .«

Das kreischende Lachen unterbrach ihn. »Teufel, hast du gesagt, mein Junge? Klar, ihr werdet dem Teufel bald die Hand reichen und ihm von mir einen schönen Gruß bestellen können. Habt ihr gehört, ihr Mistkrücken?«

»Seien Sie vernünftig . . .!«

»Ich werde dir zeigen, wie vernünftig ich bin!« Mrs. Osborne hatte die Worte kaum ausgesprochen, als sie schon reagierte. Diesmal schlug nicht Bill gegen die Tür, sondern Gilda Osborne von außen. Und sie nahm nicht die Fäuste wie mein Freund, sondern einen Gegenstand.

Die erzitterte unter den Schlägen. Das Hämmern hörte sich dumpf an, da splitterten auf einmal die Balken, und im nächsten Augenblick, warnte ich Bill mit meinem Schrei.

»Weg da!«

Der angehende Reporter reagierte nicht so schnell und hatte ein unwahrscheinliches Glück, als nur eine Handbreit von seiner Stirn entfernt etwas Glänzendes durch das Holz hieb.

Es war die Schneide eines Beils! Für einen Augenblick war sie zu sehen, wurde wieder zurückgezogen, und der nächste Schlag hämmerte ein wenig tiefer von außen gegen die Tür.

Zum Glück hatte sich Bill zur Seite gedreht, so daß ihn auch dieser Hieb nicht erwischte. Er war blaß im Gesicht geworden. Der Mund stand offen. Auf der Haut perlte der Schweiß, scharf drang der Atem über seine Lippen, und als wieder ein Schlag gegen die Tür dröhnte, stolperte er auf mich zu.

»Verdammt, John, wir sind gefangen.«

»Vielleicht.« Ich hatte mich gedreht. Bill verstand die Bewegung. Er leuchtete auf den Sack.

Dort hatte sich einiges verändert.

In zwei Hälften lag er auf dem Boden. Auf seiner Fläche hockte eine Gestalt, die nur aus einem Alptraum stammen konnte.

Mein Blick erfaßte das Wesen zwar, dennoch konnte ich es nicht begreifen, daß so etwas überhaupt existierte. Das war Horror hoch drei. Aufputschmittel für die Nerven.

Das Messer hielt die Gestalt jetzt in beiden Händen. Es hatte sie übereinandergelegt und die zehn Finger um den Knauf geschlungen. Als Gesicht konnte man seine Fratze schon nicht mehr bezeichnen. Es war zerrissen, die Haut zum Teil abgefallen. Bleiche Knochen schauten hervor, und sein Haar wirkte wie verfilzte Strähnen, die zu beiden Seiten des Kopfes nach unten fielen.

Er trug Lumpen. Zerfetzte, schmutzstarre Kleidung, und er strömte einen Gestank aus, der mir fast den Magen umdrehte.

Es roch nach Verwesung, nach Tod und Grab.

Ja, so stanken Tote.

Ich hatte einen vor mir. Doch einen Toten, der lebte und sich bewegen konnte.

Das gab es doch nicht!

Ich schluckte ein paarmal. Nein, lebende Tote waren Erfindungen irgendwelcher Autoren oder Filmemacher, die alte Schauerliteratur als Vorlage benutzten. In Wirklichkeit gab es so etwas nicht. Das wollte ich einfach nicht akzeptieren und schüttelte den Kopf.

Auch Bill hatte das Wesen gesehen. Wahrscheinlich war er ebenso geschockt wie ich. Er sprach es aus. Er sagte nur ein einziges Wort und traf damit ins Schwarze.

»Zombie!«

Da hatte ich den eigentlichen Begriff für den lebenden Toten. Ein Zombie. Das Wort stammte aus dem karibischen Raum. Damit verbanden sich der Voodoo-Zauber, die schwülen Nächte, die dumpfen Laute der Voodoo-Trommeln. Auch das war für mich damals nicht existent, nur Sage und Legende.

Ich schaute Bill Conolly an.

Das Gesicht meines Freundes hatte eine Farbe angenommen, die man nur mehr mit dem Wort bleich umschreiben konnte. Ich sah die Gänsehaut und den flackernden Blick, denn ihm war genau wie mir klar, daß wir in einer perfekten Falle saßen. Im Keller lauerte dieser lebende Tote. Draußen stand die Osborne mit dem Beil. Und gegen beide mußten wir uns gleichzeitig zur Wehr setzen. Ein Ding der Unmöglichkeit.

Es roch nach Mord . . .

Die Opfer sollten wir sein.

Ich schluckte meine würgende Angst herunter. Es hatte keinen Sinn, denn das Gefühl stieg immer wieder in mir hoch. Die Furcht hielt mich fest, mein Herz klopfte schneller, der Magen schien auf das Doppelte gewachsen zu sein. Meine Stimme war kaum verständlich, als ich fragte: »Was sollen wir tun?«

Bill gab keine Antwort. Er hob nur die Schultern. Dabei hätte er sagen können, daß wir uns stellen mußten. Eine andere Alternative gab es nicht.

Stellen hieß Kampf.

Kampf gegen das Grauen, gegen einen lebenden Toten, der ja nicht umzubringen war, weil er schon tot war. Oder vielleicht doch nicht?

Ich habe damals schrecklich gelitten, ich wußte nichts, ich war nicht erfahren. Ich wollte nur eins: raus aus diesem verdammten Keller!

Der Raum hatte nur einen Ausgang. Die Wände waren glatt. Es gab kein Fenster, durch das wir hätten fliehen können. Und hinter der verschlossenen Tür lauerte die Osborne mit dem Beil. Deshalb mußten wir die Tür aufbrechen und uns gleichzeitig des Zombies erwehren.

Ging das gut? Jetzt bewegte er sich. Wir hörten ihn über den schmutzigen Kellerboden schaben, als er seinen Körper zur Seite drückte. Die Beilschläge gegen die Tür waren verstummt, dafür vernahmen wir die kreischende Stimme der Gilda Osborne.

»Na, ihr beiden Bastarde? Habt ihr meinen Mann schon gesehen? Hat Edwin euch begrüßt?«

Bill wollte antworten. Er war schon herumgefahren, als ich einen Finger auf meine Lippen legte. Er verstand das Zeichen und schwieg.

»He, ihr miesen Ratten! Gebt Antwort!« Die Stimme der Osborne überschlug sich fast vor Haß.

Wir erwiderten nichts. Hunde, die bellen, beißen nicht. An das Sprichwort mußte ich denken. Sollte die Osborne keifen, das machte mir nichts.

Wichtig allein war Edwin, der Zombie!

Er stand da und schob die Schultern vor. Eine komisch wirkende Bewegung. Weder Bill noch ich lachten darüber. Wir schauten ihn nur an und starrten besonders auf seine beiden Hände, die sich um den Messergriff geklammert hatten.

Er hob es hoch. Bill stand rechts von ihm, ich links. Noch wies die Klinge genau in die Lücke zwischen uns. Irgendwann mußte er sich für einen von uns entscheiden.

Er drehte sich mir zu.

Im selben Augenblick huschte ich zur Seite. Ich hatte die Schaufel wieder an die Wand gelehnt. Mir wurde klar, daß ich sie als Waffe nehmen konnte. Und noch ein Vorteil lag auf meiner Seite. Der lebende Tote bewegte sich langsam, wir waren wesentlich schneller. Dieses Plus mußten wir ausspielen.

Mit der Schaufel in der Hand schwang ich herum. Bill verstand die Bewegung. Er huschte zur Seite, damit er vom Schaufelblatt nicht getroffen wurde.

So hatte ich Platz.

Der Zombie stach zu. Er ließ die Arme nach unten sinken und zielte schräg auf meine Brust.

Die Schaufel zischte von der Seite heran. Ich hatte sie wuchtig geschlagen, und mit der gesamten Blattbreite traf ich die Gestalt des Zombies. Bill und ich vernahmen das Klatschen. Ich hatte in Kopfhöhe gezielt, so daß der Treffer den Angreifer durchschüttelte.

Er geriet aus dem Konzept. Das Messer verfehlte mich, und mit dem zweiten Schlag schleuderte ich ihn so weit nach hinten, daß er rücklings auf den Kohlenberg fiel.

Die einzelnen Stücke gerieten abermals in Bewegung. Sie rollten von oben nach unten, ließen sich auch von dem Zombie nicht aufhalten und bedeckten schon bald seinen Körper.

»Jetzt, John!« zischte Bill. Er nickte mir heftig zu und schaute dabei auf die Schaufel.

Sollte ich?

»Tu es!«

Ich ging vor. Der Zombie lag auf dem Rücken. Noch immer rollten Kohlen nach. Einen Schlag hatte er verkraften können. Einen zweiten, dritten und vierten . . .

»Edwin?«

Es war die Stimme der Osborne, die mein Vorhaben unterbrach. Ich ließ die schlagbreite Schaufel wieder sinken und drehte mich um.

Diesmal hatte Bill einen Finger auf seine Lippen gelegt. Es war klar, was er vorhatte. Wir sollten uns still verhalten und die Osborne in einer gewissen Unsicherheit wiegen.

Mal sehen, ob es klappte.

Noch immer hatte ich mich nicht beruhigt. Schweiß und Staub hatten auf meinem Gesicht eine klebrige Schicht hinterlassen. Bill erging es ähnlich, und wir beide standen in diesen Minuten unter einem nie zuvor erlebten Druck.

»Edwin!«

Wieder vernahmen wir das keifende, schrille Organ dieses Weibsstücks. Aber Edwin antwortete nicht. Er hatte genug damit zu tun, wieder auf die Beine zu gelangen.

Ich hielt die Schaufel schlagbreit. Ich wollte und würde mich wehren. Diesem verdammten Zombie sollte es nicht gelingen, mir das Leben zu nehmen.

»Edwin, hast du sie gekillt?«

Bill und ich zuckten zusammen, als wir die Stimme vernahmen. Nein, Edwin hat uns noch nicht gekillt, aber er griff wieder an.

Diesmal ging er wie ein Matrose auf schwankendem Schiffsplanken. Breitbeinig und die Arme vom Körper abgespreizt. In seinen Augen lag ein starren Ausdruck, und er fing den Angriff diesmal schlauer an. Er konzentrierte sich nicht auf einen von uns, sondern schwang seinen rechten Arm im Halbbogen, wobei er damit rechnete, uns beide mit einem Messerhieb zu erwischen.

Das war eine verdammt gefährliche Sache. Wir mußten zurück, denn Edwin stolperte während seiner Aktion vor, so daß er näher an uns herankam. Ich hämmerte wieder mit der Schaufel zu, aber es gelang mir diesmal nicht, den lebenden Toten von den Beinen zu holen. Der Treffer stoppte nur für einen Moment seinen Drang nach vorn.

Gilda Osborne kommentierte seine Attacke. »Ja!« keifte sie. »Ja, verdammt! Töte die beiden. Gib ihnen Saures! Zerfetze sie! Duck dich, wenn sie schlagen. Sie können dich nicht umbringen, sie . . .«

Woher wußte die Osborne davon, was hier geschah? Ich beging einen Fehler, als ich meinen Kopf drehte und auf die Tür blickte.

Die Erklärung war einfach. Die Schneide des Beils hatte genügend Löcher in die Tür geschlagen, um hindurchschauen zu können! Gilda Osborne konnte das Geschehen verfolgen.

Ein metallisch klingendes Geräusch warnte mich. Und gleichzeitig auch Bills Ruf. »John, der Zombie!«

Edwin war vor mir. Das Geräusch war entstanden, als die Messerklinge über das Schaufelblatt fuhr. So nahe war er mittlerweile herangekommen, und er ließ sich fallen, um mir die lange Messerklinge schräg von oben nach unten in den Körper zu stoßen.

Ich konnte nicht mehr weg.

Damals war ich eben zu unerfahren und empfand einen zu großen Schrecken.

Zum Glück behielt Bill die Übersicht. Er hob sein Bein und trat in dem Augenblick zu, als der Zombie das Messer in meinem Körper versenken wollte.

Es war genau der richtige Moment!

Die Trefferwucht schleuderte den Untoten zur Seite. Die Klinge verfehlte mich, und Edwin landete zwischen dem Gerümpel, das über ihm zusammenfiel.

Ich war noch blasser geworden und starrte Bill aus großen Augen an. Mein Lebensretter nickte. »Der hätte dich fast erwischt.«

»Ja . . .«

»Los, gib ihm den Rest!«

»Nein, nein!« kreischte Gilda Osborne dazwischen. »Ihr könnt ihn nicht töten! Edwin ist stärker als ihr verdammten Bastarde!«

Ich fuhr herum. »Dann komm doch her, du altes Weib. Los, öffne die Tür, wenn du dich traust!«

Sie kicherte hoch und schrill.

Bill riß mir plötzlich die Schaufel aus der Hand. Ich ließ es geschehen, denn ich war mit meinen Nerven so ziemlich am Ende. Der Müll, unter dem der Zombie lag, bewegte sich. Edwin kroch wieder hervor. In den nächsten Sekunden bewies Bill Conolly starke Nerven, denn kaum war von Edwin etwas zu sehen, hob der angehende Reporter die Schaufel an und drosch zu.

Nicht nur einmal, sondern immer wieder, und er begleitete seine Schläge mit schrillen Schreien.

Ich konnte nicht sehen, was geschah, denn Bills Rücken verdeckte mir die Sicht. Vielleicht war es auch gut so. Als sich mein Freund umdrehte, brannte in seinen Augen ein unheimliches Feuer.

»Ist er – ist er . . .?«

Bill nickte und unterbrach damit meine weitere Frage. »Ich hoffe, daß er hin ist. Und jetzt brechen wir die Tür auf!«

Okay, mein Freund hatte recht. Ich mußte mich zusammenreißen. Bill setzte den Vorsatz bereits in die Tat um. Er nahm die schwere Schaufel zu Hilfe und wuchtete ihr Blatt gegen die Tür.

Immer wieder haute er zu. Das Holz erzitterte unter den harten

Einschlägen, es splitterte, und wir beide hörten die keifende Stimme der Mrs. Osborne.

»Ihr verdammten Schweine, ihr verfluchten Bastarde! Glaubt nur nicht, daß ihr damit durchkommt. Ihr werdet den Keller nicht lebend verlassen! Edwin wird euch verschlingen. Er wird euch . . .«

Ich hatte inzwischen auch eine »Waffe« gefunden. Es war eine Brechstange. Während Bill Conolly gegen die Tür hämmerte und Holzfetzen aus den Brettern herausholte, setzte ich die Stange zwischen Tür und Mauer an.

Sie diente mir als Hebel. Ich benötigte Kraft, stemmte mich gegen den Widerstand und hoffte, das Schloß knacken zu können. Ein Irrtum.

Allerdings brach am Rand der Tür etwas ab, so daß ich den Spalt vergrößern konnte.

»Durch!« Es war ein Schrei des Triumphs, den Bill Conolly ausgestoßen hatte. Er lachte dabei. Ich stoppte meine Bemühungen und schaute auf das Loch, das Bill Conolly durch den Einsatz der Schaufel geschaffen hatte. Es war ihm tatsächlich gelungen, zwei Bretter aus dem Türverbund herauszureißen.

Das erste Loch war entstanden.

Gemeinsam arbeiteten wir weiter. Wir schlugen gegen zwei verschiedene Stellen der Tür, hauten immer mehr Latten entzwei und hörten nichts mehr von der Osborne.

Sie war verschwunden.

Es dauerte nicht lange, da war die Öffnung in der Tür so groß, daß wir uns hindurchschieben konnten.

Bill nickte. »Ich gehe zuerst, gib mir Rückendeckung.«

»Okay.«

Sehr vorsichtig schob Bill seinen Körper durch die Öffnung und stand kaum jenseits der Tür, als ich ihn bereits hörte. »John, los! Die Luft ist rein!«

Ich verließ mich auf die Worte meines neuen Freundes, duckte mich und tauchte durch die Öffnung. Dabei warf ich keinen Blick mehr zurück. Damals fehlte mir einfach die Erfahrung bei solchen Dingen.

Ich atmete zunächst einmal auf, als ich im Kellergang stand und Bill anschaute, der seinen Kopf gedreht hatte und die Schaufel so in seinen Fäusten hielt, daß ihr Blatt nach vorn wies. Als ich ihn berührte, zuckte er zusammen. Wahrscheinlich war er so konzentriert, daß ich ihn regelrecht erschreckt hatten.

»Wo ist die Osborne?« flüsterte ich scharf.

»Sie ist weg!«

Ich war überrascht. »Ehrlich?«

»Ja, ich habe sie nicht mehr gesehen. Wer weiß, wo sie sich verborgen hält.«

»Verdammt . . .«

»Aber die kommt wieder zurück«, sagte Bill. Er holte tief Luft. »Oder wir suchen sie.«

»Wird wohl das beste sein.«

Er schaute auf die Eisenstange in meiner rechten Faust. »Bewaffnet bist du ja auch.«

»Aber ich kann ihr doch nicht den Schädel einschlagen«, sagte ich leise.

»Denkst du, ich?«

»Was tun wir dann?«

»Wir müßten sie einsperren. Wenn es geht.«

»Zudem hat sie die Axt«, fügte ich hinzu.

»Eben.«

Bill setzte sich nach diesem Wort auf Zehenspitzen in Bewegung.

Der Gang war ziemlich eng, so daß wir nicht nebeneinander hergehen konnten. Deshalb blieb ich einen halben Schritt zurück und stand sofort still, als Bill seinen Schritt stoppte. Das war genau dort, wo unser Gang in den Hauptgang mündete.

An dieser Stelle verharrten wir zunächst, hielten den Atem an und steckten vorsichtig unsere Köpfe nach vorn. Dann drehten wir sie und schauten in entgegengesetzte Richtungen.

Bill nach rechts, ich nach links, denn dort lag die nach oben führende Treppe.

Von der Osborne keine Spur! Sie schien im Boden versunken zu sein, und ich ballte die freie linke Hand.

»Verflixt«, sagte Bill leise. »Ich bin mir sicher, daß sie irgendwo auf uns lauert.«

»Ganz oben?«

»Möglich. Das Haus ist ja groß.«

»Hier können wir nicht bleiben«, hauchte ich. »Wir müssen los, Bill, ob du willst oder nicht.«

»Ja, okay . . .«

Ohne uns abgesprochen zu haben, wandten wir uns beide nach links und bewegten uns vorsichtig auf die Treppe zu. Natürlich konnten wir nicht lautlos gehen. Es lag einfach zuviel Schmutz auf dem Boden. Zudem auch kleinere Steine, die von unserem Gewicht zertreten wurden.

Ohne daß wir angegriffen wurden, erreichten wir die Treppe und stiegen sie hoch.

Diesmal machte ich den Anfang. Ich konnte mir gut vorstellen, daß dieses Weib auf der letzten Stufe plötzlich erschien und uns die Axt entgegenschleuderte.

Zum Glück entpuppte sich meine Befürchtung nicht als Tatsache. Mrs. Osborne blieb verschwunden.

Auch im Flur sah ich sie nicht, nachdem ich mich durch die Kellertür geschoben hatte.

Düster lag er vor uns. Es brannte kein Licht. Draußen war es mittlerweile dunkler geworden. Durch das Fenster fiel ein fahles Grau.

»In die Wohnung«, wisperte Bill dicht an mein Ohr und schob sich an mir vorbei.

Ja, das war am besten.

Wie oft war ich den Weg in den letzten Tagen schon gegangen? Aber nie mit einem solch drückenden Gefühl wie jetzt. Uns umfing eine nahezu gespenstische Stille. Jeden Schritt empfanden wir als störend, und meine Beklemmung steigerte sich.

Vor der Wohnungstür blieben wir stehen. Auch Bill Conolly hatte ein wenig von seiner Forschheit verloren. Er wußte, daß es nun kein Zurück mehr gab. Wir mußten uns den schlimmen Tatsachen stellen. Keiner traute sich, den Anfang zu machen. Wir standen vor der Wohnungstür und starrten über die Schwelle. Zugefallen war die Tür nicht, sie stand auch nicht bis zum Anschlag offen, so daß wir nur einen Teil der Wohnung sehen konnten.

»Ist sie hier?« hauchte Bill.

Ich hob die Schultern.

Bill preßte die Lippen zusammen. Hinter seiner Stirn jagten sich die Gedanken, und auch ich dachte scharf nach. Hier draußen konnten wir nicht stehenbleiben. Wenn wir mehr wissen wollten, mußten wir die Wohnung betreten.

Ich machte den Anfang. Nicht vorsichtig drückte ich die Tür auf, ich trat gegen sie.

Sie wirbelte zurück, prallte sogar gegen die Wand, von der sie zurückschwang und dann von meinem hochkant gestellten Fuß wieder abgefangen wurde.

Jetzt lag die Diele frei vor uns. Und wir sahen auch die Türen zu den anderen Räumen.

Die Küchentür war nicht geschlossen. Ein Besuch in der Küche hatte uns eigentlich erst auf die Spur gebracht, und den Raum wollten wir uns als ersten anschauen.

»Ich gehe in die Küche«, sagte ich leise. »Decke du mir den Rücken.«

Bill war einverstanden, schärfte mir jedoch ein, vorsichtig zu sein. Das versprach ich ihm und überwand die trennende Distanz auf Zehenspitzen gehend.

Vor der Küchentür zögerte ich einen Moment. Ich ahnte, daß sich etwas Entscheidendes anbahnte. Hinter mir hörte ich Bill Luft holen. Auch ich saugte noch einmal den Atem ein, bevor ich die Tür aufwuchtete.

Freie Sicht.

Sie war da!

Im ersten Augenblick glaubte ich an einen Alptraum. Die Messer waren weg. Mrs. Osborne hatte sie herausgenommen und auf dem Tisch vor dem sie stand, verteilt. In der linken Hand hielt sie das Beil, in der rechten das Messer mit der längsten Klinge. Das grüne Kleid trug sie nicht mehr, sondern ein rosafarbenes Kostüm, dessen Farbe ich ebenso schrecklich fand wie das Grün. Ihr puppenhaftes Gesicht war zu einer bösen Grimasse erstarrt. Die Wangen glänzten rot wie die Rundungen eines Weihnachtsapfels. Den Mund hielt sie offen. Speichel lag auf ihren Lippen, über die ein plötzlicher Zischlaut drang, bevor sie das Messer schleuderte . . .

Bisher hatte auf mich noch nie jemand ein Messer geworfen. Auch nicht, als ich bei den Boy Scouts, den Pfadfindern, war. Ich wußte nicht einmal, wie man richtig reagierte.

Daß ich von der tödlichen Klinge nicht getroffen wurde, war Glück. Ich ließ mich einfach in die Knie sacken und spürte noch den Luftzug des fliegenden Messers, als es dicht über meinen Kopf hinwegstrich.

Im selben Moment vernahm ich den dumpfen Aufprall. Da war

die blitzende Klinge hinter mir in das Holz der Tür gedrungen und dort steckengeblieben.

»John?!« Ich hörte Bills fragenden Ruf. Eine Antwort konnte ich ihm nicht geben, denn nun griff die Osborne an. Der Messerwurf hatte keinen Erfolg gezeigt, sie wollte es jetzt mit dem Beil versuchen, das sie allerdings nicht schleuderte.

Sie ließ es auf mich herabsausen!

Ich sah die Frau wie ein Schreckgespenst dich vor mir auftauchen und dachte dabei an meine Waffe.

Mit der schlug ich blindlings zu. Ein klirrendes Geräusch zeigte mir an, daß ich die Beilklinge getroffen und damit aus der Schlagrichtung gebracht hatte.

Der Schrei der Wut war dicht neben meinem linken Ohr ausgestoßen worden, und ich hieb wieder zu.

Diesmal traf ich die Frau.

An der Schulter hatte es sie erwischt, der nächste Treffer krachte gegen ihre Hüfte, und sie kippte zu Boden. Dort rollte sie sich herum und sprang wieder auf die Füße.

Ich hätte es erst gar nicht so weit kommen lassen sollen, aber ich war zu überrascht. Noch nie zuvor hatte ich soviel Gewalt anwenden müssen, mit dieser Tatsache mußte ich fertig werden, denn sie hatte bei mir ein lähmendes Gefühl hinterlassen.

Am Tisch schützte sich die Osborne für einen Moment ab. Ich rechnte damit, daß sie nach einem anderen Messer greifen würde, täuschte mich, denn sie blieb bei ihrem Beil, während sie mich gleichzeitig anfauchte. »Komm nur her, Bürschchen, komm nur her! Ich werde dir deinen verdammten Schädel einschlagen und dich . . .«

»John, weg da!«

Plötzlich war Bill Conolly zur Stelle. Er mußte wohl bemerkt haben, in welch einer Verfassung ich mich befand, und stieß mich zur Seite, damit er freie Bahn hatte.

Und Bill griff die Frau an.

Mit der Schaufel, die er seitlich schlug. Zwar wollte sich die Frau noch ducken, aber sie kam nicht so schnell weg. Der Schaufelrand erwischte sie an den Haaren und der Kopfhaut. Im nächsten Augenblick schimmerte Blut zwischen den blondgefärbten Strähnen, während die Osborne selbst bis gegen die Wand kippte und sich dort mühsam abstemmte.

»Hund!« keuchte sie. »Verfluchter Hund!«

Sie nahm wieder das Beil. Und diesmal schleuderte sie die gefährliche Waffe.

Ich sah das helle Blitzen der Klinge und gab für Bills Leben keinen Pfifferling mehr. Aus meiner Kehle löste sich ein schriller Ruf des Entsetzens, während Bill Conolly gleichzeitig zurücktaumelte, ohne jedoch die Schneide des Beils im Körper stecken zu haben.

Das Glück war ihm hold gewesen, denn die Waffe hatte nicht ihn getroffen, sondern das breite Schaufelblatt aus Stahlblech.

Dennoch war Bill der Schreck in die Knochen gefahren. Er wankte zurück, wurde noch bleicher und sah das Beil zwischen sich und der Frau am Boden liegen.

Mrs. Osborne fing sich schneller als Bill Conolly. Trotz der Schläge, die sie hatte einstecken müssen, drückte sie ihren Oberkörper nach vorn und kroch auf das Beil zu. Dabei schleifte sie mit Händen und Knien über den Boden, die Distanz schmolz, und ich schaute ihr gebannt zu, wobei ich mich nicht rührte.

Immer näher schob sie sich an das Beil heran.

»Ich töte euch!« keuchte sie. »Jeden habe ich geschafft. Jeden Mieter vor euch. Auch euch mache ich fertig! Ich . . .«

Das war ein klassisches Mordgeständnis. Und genau diese Worte rissen mich aus meiner Lethargie. Wenn ich jetzt nicht eingriff, behielt sie noch die Oberhand.

Ich sprang vor. Einen großen Schritt brauchte ich nur zu gehen, um die Waffe zu erreichen. Aber die wollte ich gar nicht. Buchstäblich in letzter Sekunde änderte ich meinen Plan.

Als die Frau zugriff und ihre Finger um den Stil des Beils klammerte, schlug ich zu.

Von oben nach unten sauste die Stange und traf die gefärbte Haarflut in der Mitte.

Ich vernahm das dumpfe Geräusch des Aufpralls, hörte einen erstickten Laut und starrte auf die rechte Hand der Frau, die den Beilgriff hielt. Die Finger zitterten plötzlich. Zwar sollten sie nach innen gedrückt werden, doch das war nicht mehr möglich, denn allmählich verließ die Kraft den Körper der Frau.

Ein Zucken lief durch ihre Gestalt. Die Hand löste sich vom Griff und blieb starr daneben liegen.

Ich kniff für einen Moment die Augen zusammen. In diesem Augenblick fühlte ich mich furchtbar schlecht. Niemals zuvor hatte ich auf diese Art und Weise etwas entscheiden müssen. Mit Schrecken dachte ich daran, daß die Frau tot sein konnte.

Dann war ich ein Mörder.

Ich spürte die Feuchtigkeit in meinen Augen. Es war die Angst, die sich irgendwie Reaktion verschaffen mußte, und ich vernahm in meinem Kopf eine fremde Stimme.

. . . Mörder . . . Mörder . . .

Als ich die Schritte hörte, schaute ich kaum auf. Es war Bill Conolly, der sich von seinem Platz gelöst hatte und auf mich zutrat. Neben mir blieb er stehen, bückte sich und untersuchte die Frau.

Ich schaute zur Seite und reagierte auch nicht, als mich mein Freund ansprach.

Erst beim zweiten Ruf schaute ich auf ihn nieder. Bill richtete sich auf. Dabei schüttelte er den Kopf. »Du – nein, wir beide haben Glück gehabt.«

Ich verstand und begriff nicht. Bill packte und schüttelte mich. »John, komm zu dir. Wir haben Glück gehabt.«

»Wieso?«

»Sie ist nicht tot. Vielleicht eine schwere Gehirnerschütterung, was weiß ich. Auf jeden Fall . . .«

Ich hörte seine weiteren Worte nicht mehr. Nur ein Satz hämmerte immer wieder in meinem Hirn nach.

Sie ist nicht tot!

Ich hatte sie nicht erschlagen!

Nur langsam hob ich den Kopf. Bills Gesicht war ebenso schmutzig wie das meine. Seine Lippen jedoch verzog er zu einem erleichterten Lächeln in die Breite.

Wir hatten es geschafft, waren dieser Hölle entronnen, und ich war nicht zum Mörder geworden.

»Ja, denn«, sagte ich nur.

»Wir werden das Haus verlassen und die Polizei rufen«, sagte Bill.

»Natürlich.«

Plötzlich ging es mir wieder besser. Der Druck war gewichen. Wir hatten es überstanden, wir lebten und . . .

Der Türeingang verdunkelte sich. Ein grauenvolles Stöhnen schwang uns entgegen, ein Geräusch, wie ich es noch nie zuvor im Leben vernommen hatte.

Dort stand er.

Edwin, der Zombie!

Wir wollten es kaum glauben. Wir wehrten uns innerlich gegen die Tatsache, denn nun begann der Schrecken von vorn, den wir schon beendet geglaubt hatten.

Bill hatte die Gestalt getroffen. Das war ihr deutlich anzusehen. Ein normaler Mensch wäre längst tot gewesen, nicht die »Leiche«, die sich noch immer auf den Beinen hielt und auch das Messer mitgebracht hatte.

Ich war nicht fähig, Einzelheiten aufzunehmen. Der Anblick war einfach zu schrecklich. Dieses Wesen als Mensch zu bezeichnen, wäre falsch gewesen. Vor uns stand ein regelrechtes Horror-Produkt, das nur töten konnte.

Es ließ sich nicht aufhalten, war uns gefolgt und stieß sich nun vom Türrahmen ab.

»Wie kann man ihn töten?« schrie Bill Conolly. »Verdammt, John, sag es! Wie kann man ihn töten?«

Ich wußte im Moment keine Antwort. In meinem Kopf wirbelten zu viele Gedanken, und ich ging, wie auch mein Freund Bill, zurück, so daß ich mit dem Rücken gegen den Küchentisch stieß.

An der Stelle blieb ich stehen. »Aus dem Weg!« schrie ich Bill zu. »Geh nur weg!«

Das tat Bill, und ich packte den Tisch, um ihn im nächsten Augenblick hochzukanten.

Jetzt gab er mir Deckung!

Der Zombie versuchte es mit Brachialgewalt. Mit seiner Messerklinge wollte er den Tisch aus dem Weg räumen. Er stach in die Platte, die Klinge drang tief ein, aber sie durchbohrte sie nicht, denn der Tisch bestand aus massivem Holz.

Ich kippte ihn vor. Als ich ihn losließ, erfolgten kurze Zeit später zwei Aufschläge. Einmal krachte der Tisch zu Boden, und zum zweiten hörte ich den dumpfen Aufprall, der entstand, als der Zombie von den Beinen gerissen wurde.

Der Tisch war so gefallen, daß seine vier Beine in die Höhe ragten und mein Blickfeld nicht beeinträchtigt wurde. Bill war ausgewichen. Er stand schon fast auf der Türschwelle und riet mir mit drängender Stimme, das Haus zu verlassen.

Ich schüttelte den Kopf. Auf einmal war ich sehr eigensinnig. Zudem bewegte sich Edwin. Eine Klaue hatte er um ein Tischbein geklammert. Durch diese Stütze wollte er sich wieder in die Höhe ziehen. Mein Blick fiel auf das Beil.

Und plötzlich wußte ich genau, was ich zu tun hatte. Mir war klar, wie man ihn töten konnte.

»Geh raus, Bill« sagte ich mit einer Stimme, die mir selbst fremd erschien.

Bill starte mich verständnislos an.

»Bitte geh!« schrie ich.

»Und du?«

»Keine Fragen!«

Bill Conolly mußte in meinem Gesicht eine so große Entschlossenheit gelesen haben, die ihn erschreckte. Er ging tatsächlich. Ich hörte seine Schritte auf dem Flur und drehte mich, um das Beil aufzuheben. Als ich meine Hand um den Stiel klammerte, begann mein Herz schneller zu pochen.

Was ich vorhatte, war schrecklich. Aber konnte ich es als Mord ansehen?

Nein.

Die Waffe schien Zentner zu wiegen. Mein rechter Arm zitterte, als ich das Beil festhielt. Ich konnte es kaum anheben. Dafür war es dem Zombie mittlerweile gelungen, sich auf die Füße zu stemmen. Breitbeinig stand er vor mir, hatte jedoch Mühe, das Gleichgewicht zu halten.

In meinem Gesicht zuckte kein Muskel. Ich hielt den Blick starr auf den lebenden Toten gerichtet. Innerlich war ich zu Eis erstarrt. Aus dem Flur hörte ich Bills schweren Atem.

Der Zombie hob den rechten Arm. Er hielt das Messer jetzt waagerecht. Wenn er zuschlug, würde er meinen Hals treffen.

Auch mein Arm schnellte hoch. Die Klinge des Beils bildete in der Verlängerung ebenfalls eine Ebene mit dem Hals des Monsters.

Ich tat es und schloß dabei die Augen. Und ich war schneller als die lebende Leiche.

Bill hat mir später erzählt, daß ich selbst wie ein Zombie ausgesehen hätte, als ich die Küche verließ, und nicht ansprechbar gewesen war. Erst Minuten später brachte ich wieder ein Wort hervor.

»Ich hörte einen dumpfen Aufprall«, sagte der Reporter. »War es der Kopf des Zombies?«

Ich nickte.

Bill senkte seinen Blick. Wir sprachen nicht.

Irgendwann schloß ich die Küchentür und ging in den Wohnraum.

Dort stand ein Telefon. Mit zitternden Fingern wählte ich die Nummer der Polizei.

Es war die von Scotland Yard.

Ein Rattenschwanz von Ermittlungen folgte. Bill und ich wurden durch eine regelrechte Verhörmühle gedreht, und dies geschah außerhalb des Blickfeldes der Öffentlichkeit.

Am anderen Tag untersuchten Spezialisten das Haus. Sie brachen Wände auf und hackten Mauern entzwei.

Dabei wurden sie fündig.

Vier Leichen fanden sie. Bei zweien waren nur mehr die blanken Knochen übrig. Es stellte sich heraus, daß die Menschen vermißt gewesen waren und allesamt einmal bei Mrs. Gilda Osborne gewohnt hatten.

Ihr Motiv?

Darüber zerbrachen sich die Beamten den Kopf. Gilda Osborne selbst war nicht mehr ansprechbar. Ihr Geist war verwirrt. Sie sprach aber von einem Totenzauber, von Zombies und dem Teufel, dem sie gedient hatte . . .

Bill und ich kamen gut aus der Sache heraus. Mein Vater setzte sich für uns ein, und schließlich wurden wir so etwas wie Helden im kleinen Kreis. Davon wollte ich nichts wissen, nur als ich erwähnte, nach meinem Studium gern bei der Polizei anzufangen, hatte man dafür Verständnis.

Vor allen Dingen ein Mann, den ich als James Powell kennenlernte und der mit mir ein zweistündiges Gespräch führte. Einen Vorvertrag unterschrieb ich beim Yard zwar nicht, er gab mir jedoch das mündliche Versprechen, daß ich mir um die Zukunft keine Sorgen mehr zu machen brauchte.

Das war immerhin etwas.

Ich wohnte sehr bald wieder bei meinen Eltern. Mein Vater eröffnete später eine eigene Praxis, und ich ging nach Oxford, um dort weiter zu studieren.

Der Kontakt zu Bill Conolly brach niemals ab. Er machte seinen Weg, ich den meinen.

Hin und wieder trafen wir uns, um Erfahrungen auszutauschen, wobei Bill überrascht war, daß ich noch ein Studienfach dazu belegt hatte, Parapsychologie.

»Willst du später weiter Zombies jagen?« fragte er mich spöttisch.

»Möglich. Weißt du, Bill, durch unseren Fall habe ich festgestellt, daß es Dinge gibt, die einer Aufklärung bedürfen. Vielleicht kann ich mich einmal um solche Sachen kümmern.«

»Das wäre nicht schlecht«, gab der Reporter zu.

»Wieso?«

»Dann hätte ich immer eine gute Story.«

Wir haben damals beide nicht in die Zukunft schauen können. Wer jedoch meine Abenteuer kennt, wird längst wissen, daß all dies in Erfüllung gegangen ist.

Mit Mrs. Osborne hat es auf gewisse Art und Weise begonnen. Wie es einmal enden wird, das weiß ich nicht.

Und es ist auch gut so, wie ich finde . . .

ENDE

Die Nacht
des Hexers

Mitternacht.

Fast im Schrittempo rumpelte ein uralter Lieferwagen über den holprigen Feldweg.

In dem kleinen Führerhaus saßen drei Männer.

Der Mann am Steuerrad war Professor Ivan Orgow. Mit dunklen, tief in den Höhlen liegenden Augen starrte er in die Nacht, die nur vom Licht der beiden Scheinwerfer spärlich erhellt wurde.

Ivan Orgows Gedanken konzentrierten sich voll auf die vor ihm liegende Aufgabe. In seinen Augen flackerte es, als er daran dachte, welche Macht er besaß.

Er, Ivan Orgow, besaß Macht über die Toten. Eine grauenvolle, unheimliche Macht. Noch in dieser Nacht würde ein Toter ins Leben zurückkehren.

Die beiden Männer neben ihm konnten nicht mehr klar denken, waren nicht mehr Herr über sich selbst. Professor Orgow hatte sie hypnotisiert. Sie führten nur seine Befehle aus.

Der alte Lieferwagen hatte sein Ziel erreicht. Er stand jetzt vor dem alten, schmiedeeisernen Tor des Friedhofes.

Professor Orgow löschte die Scheinwerfer. Dann drückte er die Tür auf und sprang aus dem Wagen.

Der Nebel hatte zugenommen. Wie ein Panzer legte er sich auf die Brust und erschwerte das Atmen.

Professor Orgow winkte seinen beiden Gehilfen. Er holte einen Schlüsselbund aus der Tasche und öffnete das primitive Schloß des Friedhoftores.

Es quietschte, als er das Tor aufschob.

Hintereinandder huschten die drei Männer auf den Totenacker. Bald hatte sie der Nebel verschluckt. Nur der Lieferwagen stand verlassen an der rissigen Mauer.

Ivan Orgow kannte sich gut aus. Zielstrebig ging er auf das alte, aus dicken Steinen erbaute Trauerhaus zu, das gleichzeitig auch als Leichenhalle diente.

Auch für die schwere Holztür besaß der Professor einen Schlüssel. Er atmete tief durch, als er die Tür aufschloß. Eine seltsame Erregung hatte ihn gepackt. Es war die Erregung dicht vor einem entscheidenden Ereignis.

Orgow verharrte noch. Er konzentrierte seine Gedanken auf das Kommende.

Dann drückte er gegen die schwere Tür.

Knarrend schwang sie nach innen.

Orgow holte eine Taschenlampe aus der Seitentasche seines langen dunklen Mantels.

Er tat einen Schritt in die Leichenhallte und knipste die Lampe an.

Der Lichtstrahl geisterte durch die kleine Halle. Er tastete sich über die Wände, die mit Buchsbaumzweigen geschmückt waren und deren Geruch der Professor wie Balsam aufsog.

Ivan Orgow ließ den Strahl der Lampe weiterwandern. Der kalte Marmorboden der Halle warf das Licht teilweise zurück und zauberte Reflexe auf das graue, eingefallene Gesicht des Professors.

Orgow ließ den Strahl der Lampe bis zur gegenüberliegenden Wand kreisen.

Und da stand das, was er suchte.

Ein Sarg!

Es war ein teurer Eichensarg. Er ruhte auf einem kleinen Podest und war mit Kränzen und Blumen geschmückt. Morgen sollte die Trauerfeier sein.

Die Augen des Professors irrlichterten, als er langsam auf den Sarg zuging. Seine freie linke Hand zuckte wie im Fieber. Orgow konnte seine Erregung kaum noch dämpfen.

Plötzlich warf er mit einer wilden, unkontrollierten Bewegung Blumen und Kränze zur Seite, stützte sich mit beiden Händen auf den Sargdeckel und keuchte schwer.

»Ich werde dich wiederholen«, murmelte er. »Aus dem Reich der Toten wirst du zurückkehren. Du wirst Unheil bringen über die Menschen, und ich werde befehlen. Ich habe die Kraft und die Macht, um alle zurückzuholen. Und dann werden die Toten sich rächen.«

Schweißgebadet richtete sich Orgow auf. In seinen Augen flackerte der nackte Wahnsinn.

Wie ein Vampir breitete er die Arme aus und lachte. Aber es war ein irres Lachen. Der Teufel selbst schien es ihm eingegeben zu haben.

Orgows Gehilfen standen wie Zinnsoldaten an der Tür. In ihren Gesichtern zuckte kein Muskel.

Es dauerte noch eine Weile, bis sich der Professor wieder beruhigt hatte.

Dann wandte er sein hageres Gesicht den Männern zu. »Kommt!« flüsterte er rauh. »Macht euch an die Arbeit!«

Wie zwei Marionetten setzten sich die beiden in Bewegung. Sie waren fast gleich groß und ungeheuer breit. Unter ihren schäbigen Jacken trugen sie karierte Hemden und an den Beinen alte Cordhosen.

»Die Werkzeuge!« Orgow funkelte die Männer an.

Sie griffen in die Taschen und holten zwei Stemmeisen hervor. Diese klemmten sie unter die Verriegelung des Sargdeckels.

Schon nach kurzer Zeit knallte das erste Schloß auseinander. Das zweite hielt ebenfalls nicht lange.

»Hebt den Deckel ab!«

Die Männer gehorchten ihrem Herrn.

Langsam hoben sie den schweren Sargdeckel.

Mit halbgeöffnetem Mund und krallenartig ausgestreckten Händen wartete Professor Orgow.

Die Taschenlampe in seiner Rechten zitterte.

Nur stückweise ruckte der Sargdeckel zur Seite. Aber schließlich hatten es die Männer geschafft.

Der Sarg war offen!

Ein schwerer Seufzer kam aus der Kehle des Professors, als er hineinblickte.

Ja, da lag sie.

Mary. Kaum zwanzig Jahre alt geworden. Gestorben vor drei Tagen an einem Herzversagen.

Noch im Tod sah das Mädchen wunderschön aus. Das schwarze lockige Haar umrahmte das bleiche Gesicht wie ein Vlies. Das Totenhemd war aus reiner Seide und die Innenverkleidung des Sarges aus dunkelrotem Samt.

Mary hatte die Hände über der Brust gefaltet. Sacht strich Professor Orgow mit seinen Knochenfingern darüber.

»Bald wirst du wieder leben, Mary«, flüsterte er. »Ich verspreche es dir. Aber erst mußt du mit uns kommen. Wir bringen dich in das Schloß. Dort wirst du erlöst.«

Professor Orgows Gesicht zuckte und spiegelte seine innere Erregung wider.

»Was ist denn hier los?« ertönte plötzlich eine Stimme von der Tür her.

Der Professor und seine beiden Gehilfen ruckten herum.

In der Halle stand ein alter Mann. Der Friedhofswärter. Er hielt ein Windlicht in der rechten Hand. Der flackernde Schein der Kerze brach sich an den Wänden und warf lange Schatten auf den Boden.

Langsam ging Professor Orgow auf den Friedhofswärter zu.

Der alte Mann wich zitternd zurück. Undefinierbare Laute drangen aus seinem zahnlosen Mund.

»Tötet ihn!« schrie Orgow plötzlich. Seine knochige Hand schoß vor wie ein Pfeil.

Die beiden Gehilfen setzten sich in Bewegung. Noch immer hielten sie die Stemmeisen in der Hand.

Der alte Mann stand vor Schreck wie angewachsen. Er begriff die tödliche Gefahr einfach noch nicht.

Und als er es merkte, war es zu spät.

Die beiden Männer rissen ihre Waffen hoch . . .

Der Wächter taumelte rückwärts – und stürzte zu Boden. Im Nu waren die Unheimlichen über ihm.

Als sie sich wieder aufrichteten, lag der alte Mann tot in einer Blutlache auf dem Boden. Sein Leben war genauso verlöscht wie die Kerze des Windlichts.

»Er hätte uns nicht stören dürfen«, sagte Professor Orgow dumpf.

Dann wandte er sich wieder an seine beiden Gehilfen. »Hebt die Tote aus dem Sarg.«

Wie zwei Roboter kamen sie dem Befehl nach.

»Geht nicht zu rauh mit ihr um«, flüsterte Orgow.

Sacht hoben die Mörder Mary hoch.

»Jetzt schnell zum Wagen«, flüsterte Orgow.

Die drei Männer verließen mit der Toten die Leichenhalle.

Mittlerweile war der Nebel noch dichter geworden. Man konnte kaum die Hand vor Augen sehen.

Professor Orgow ging als letzter.

Vor einer Familiengruft blieb er kurz stehen. Langsam streckte er die rechte Hand aus.

»Auch ihr werdet wiederkommen«, flüsterte er. »Ihr werdet eure Särge verlassen. Der Satan selbst wird euch ins Leben zurückholen. Schon bald werden sich überall die Gräber öffnen. Schon bald . . .«

Der Professor wandte sich ab. Leise vor sich hin murmelnd folgte er seinen Gehilfen.

Sie hatten den Lieferwagen schon erreicht und waren gerade dabei, das tote Mädchen auf die Ladefläche zu hieven.

Der Professor setzte sich wieder hinter das Steuer. Als er den Motor anließ, glühte in seinen Augen ein satanisches Feuer . . .

Das Schloß hieß Manor Castle und war vor über fünfhundert Jahren erbaut worden. Wie eine düstere Drohung stand es zwischen den vom Wind blankgefegten Klippen und Felsen.

Die abergläubischen Bewohner der umliegenden Küstendörfer mieden das Schloß. Seit Jahrhunderten ging schon das Gerücht um, daß es auf Manor Castle spuken solle.

Professor Orgow hatte das Schloß vor fast zwei Jahren zu einem Spottpreis erworben. Er hatte sich im Keller ein Labor eingerichtet und beschäftigte sich dort ausschließlich mit seinen Forschungen.

Der Lieferwagen ächzte und rappelte, als er sich den schmalen Weg zum Schloß hinaufquälte. Der Nebel hatte sich etwas verzogen, und so war die Sicht relativ gut.

Das uralte Eingangstor stand offen. Knarrend schwang es im leichten Wind. Der große Innenhof war mit unebenem Kopfsteinpflaster bedeckt. Unkraut wucherte zwischen den Ritzen.

Blubbernd stoppte der Wagen. Orgow löschte die Scheinwerfer. Dann stieg er aus dem Wagen.

Totale Finsternis hatte sich über das Schloß gelegt. Wind war plötzlich aufgekommen. Er pfiff und heulte, trieb schwere Wolken vor sich her und verfing sich in den Ecken und Türmen des Schlosses.

Professor Orgow knipste wieder die Taschenlampe an. Mit hastigen Schritten näherte er sich der Eingangstür. Unruhe hatte ihn gepackt. Er schien die große Stunde nicht erwarten zu können.

Seine beiden Gehilfen hatten inzwischen das tote Mädchen vom Laderaum geholt. Gemeinsam trugen sie Marys Leichnam in das Innere des Schlosses.

Orgow hatte inzwischen drei dicke Wachskerzen, die in schweren Haltern an den Wänden hingen, angezündet.

Ihr flackernder Schein erhellte eine große Halle, in der ein langer Tisch und etliche Stühle standen. Auch der untere Teil einer großen Treppe war zu erkennen.

»Legt die Tote vorsichtig auf den Tisch und geht nach oben«, sagte Professor Orgow.

Die beiden Männer gehorchten.

Dann ging Orgow auf die Tote zu. Mit seinen knochigen Gichtfingern streichelte er ihr Haar.

»Ja, du bist schön«, flüsterte er. »Deine Schönheit soll noch lange erhalten bleiben.«

Orgow faßte die Tote mit einer Hand unter die Kniekehlen und mit der anderen unter den Rücken.

Leicht hob er Mary an. Man hätte diesem Mann soviel Kraft gar nicht zugetraut.

Langsam, Schritt für Schritt, ging er mit der Leiche auf eine bestimmte Stelle an der holzgetäfelten Wand zu.

Es war ein gespenstisches Bild. Die Arme der Toten baumelten zu beiden Seiten des Körpers herab, und ihr Kopf mit dem langen schwarzen Haar war weit in den Nacken gefallen.

Ivan Orgow ging ein wenig in die Knie und zog eine der schweren Kerzen aus der Halterung.

Dann trat er mit dem Fuß gegen eine bestimmte Stelle an der Holzwand.

Eine Geheimtür schwang knarrend nach innen.

Orgow blickte auf eine Steintreppe, die nach unten führte. Der flackernde Kerzenschein schreckte ein paar Fledermäuse auf, die wild flatternd davonstoben.

Stufe für Stufe ging Professor Orgow mit der Toten die Treppe hinunter. Er nahm sie mit in sein Reich.

Es war das Reich des Teufels, der Finsternis. Das Reich der Toten . . .

Jahrhundertealter, muffiger Geruch lastete drückend in dem Kellergewölbe. Die verbrauchte Luft drohte fast die Kerze zu ersticken.

Nach genau neunzehn Stufen hatte Professor Orgow sein Ziel erreicht.

Der flackernde Kerzenschein erhellte ein Labor. Gläser mit farbigen Flüssigkeiten standen auf alten, wurmstichtigen Tischen, und in der Luft lag ein süßlicher Duft.

Leichengeruch . . .

Vorsichtig legte Professor Orgow die Tote auf einen großen steinernen Tisch. Behutsam faltete er ihr die Hände wieder über der Brust.

»Bald wirst du leben«, flüsterte Orgow und wandte sich langsam um.

Seine Hand mit der Kerze zitterte, als er auf einen schmalen Durchlaß an der Stirnseite des unheimlichen Labors zuging.

Orgow betrat ein Verlies.

Der Geruch von Fäulnis und Verwesung wurde stärker . . .

Die Kerze erhellte ein grausiges Bild.

Drei Leichen lagen in einer Ecke. Sie waren bereits verwest. Ihre kahlen Totenschädel leuchteten geisterhaft im Licht der Kerze.

Doch der Kerzenschein erhellte auch noch etwas anderes.

Einen offenen Sarkophag!

Eine Frau lag darin. Fast noch ein Mädchen. Ihre Hände lagen eng an dem zerbrechlich wirkenden Körper.

Orgow trat näher, leuchtete das Mädchen, murmelte Worte in einer fremden Sprache. Dann klemmte er die Kerze in eine Felsspalte und führte mit beiden Händen kreisende Bewegungen über dem Kopf der Frau aus.

Plötzlich öffnete das Mädchen die Augen.

Orgow wich zurück.

»Ja, komm nur«, flüsterte er, »komm heraus aus deinem Sarg. Lara, hörst du mich?«

Das Mädchen Lara richtete sich auf. Aus tiefen, dunklen Augen starrte sie den Professor an.

Orgow nahm wieder die Kerze. »Steh auf. Es ist soweit. Du sollst sie zurückholen. Sie wartet darauf.«

Mit marionettenhaften Bewegungen verließ das Mädchen den Sarkophag. Schritt für Schritt folgte sie dem Professor in das Labor.

Orgow hatte die Kerze in eine Halterung an der Wand gesteckt. Mit bebenden Fingern goß er eine sirupartige rote Flüssigkeit in einen Becher.

Und diesen Becher reichte er Lara.

»Trink! Der Saft wird dir Kräfte geben über Leben und Tod. Du allein kannst sie zurückholen. Du allein nur. Trink!«

Lara faßte den Becher mit beiden Händen. Hastig führte sie ihn zum Mund und trank in langen, gierigen Schlucken.

»Ja, so ist es gut«, lobte Orgow sie und preßte sich mit dem Rücken gegen die kalte Felswand.

Zuerst tat sich gar nichts bei Lara. Doch plötzlich schien sie zu wachsen. Ihr eingefallenes Gesicht glühte, blühte auf, in den dunklen Augen tanzten Lichter, und ein grauenvoller Schrei drang aus der Kehle des Mädchens.

Orgow atmete schwer. Seine Augen zuckten wie im Fieber. Er wußte, Lara hatte es geschafft. Endlich.

»Hol sie zurück, Lara! Hol die Tote wieder zurück!« schrie Orgow wild auf. »Sieh mich an! Du mußt mir jetzt gehorchen. Ich bin dein Meister! Hol sie zurück, Lara! Jetzt!«

Und Lara, das Medium, gehorchte.

Plötzlich stand sie neben der toten Mary. Ihre Hände strichen über den starren Körper. Während dieser Gesten murmelte sie unverständliche Worte.

Laras Worte wurden lauter, hektischer. Ihr ganzer Körper zuckte wie im Rausch.

Gebannt starrte Professor Orgow auf sein Medium. Er wußte, sie würde es schaffen.

Laras schmächtiger Körper schien von Stromstößen geschüttelt zu werden. Unkontrolliert warf sie ihre Arme hin und her. Ein letzter, verzweifelter Schrei, dann brach Lara zusammen.

Professor Orgow sprang nach vorn, kümmerte sich aber nicht um sein Medium, sondern sah nur die tote Mary.

Seine blutleeren Lippen zuckten wild . . . Und dann – ein irrer Schrei kam aus der Kehle des Professors.

Die Tote . . . Sie hatte sich bewegt!

Orgows Herz raste. Plötzlich wurde ihm scharz vor Augen. Das alles war zuviel für den alten Mann. Orgow sank zu Boden. Ein Schüttelfrost überkam ihn.

Der Professor sah nicht mehr, was sich weiter abspielte. Er konnte das Grauen nicht aufhalten . . .

Mary war wieder lebendig!

Wie in Zeitlupe öffnete sie die Augen, bewegte den Arm, seufzte schwer.

Irgendeine Kraft trieb sie hoch.

Mary setzte sich auf. Sie konnte nicht denken, nicht fühlen, nur die unbekannte Macht trieb sie voran.

Ihre Füße berührten den Boden. Doch sie spürte nicht die Kälte der Steine.

Mary begann zu gehen, mit halb ausgestreckten Händen. Zielsicher steuerte sie die Treppe an, nahm die Stufen wie in Trance.

Seltsam abgehackt waren ihre Bewegungen. Trotz der Dunkelheit fand sie sich in der Halle zurecht, als wäre sie schon immer hier gewesen.

Die Tür!

Orgow hatte sie offengelassen.

Mary trat ins Freie. Der kalte Wind pfiff durch ihr Totenhemd. Doch die lebende Tote spürte es nicht.

Staksig ging Mary über den Innenhof des Schlosses. An einem scharfen Stein riß sie sich den Fuß auf.

Kein Blut strömte aus der Wunde!

Mary stolperte weiter. Der unbekannte Zwang trieb sie vorwärts. Der Wind bauschte ihr Totenhemd auf.

Plötzlich stöhnte Mary auf. Sie konnte mit einemmal wieder denken. Doch die Gedanken waren grausam.

»Du mußt töten«, flüsterte eine Stimme. »Töten . . . töten . . .«

Der Satan hatte von Mary Besitz ergriffen.

Marys Schritte wurden schneller. Sie eilte den Schloßweg hinunter.

Ja, auf einmal kannte sie ihr Ziel. Nicht weit von hier, da mußte sie hin. Dort lag das Dorf. Ein großes Haus, Menschen wohnten darin. Wer waren diese Menschen . . .

Marys Gedanken zerflossen.

Menschen töten . . . Menschen töten . . .

Mary rannte. Immer stärker wurde der Drang. Sie spürte, bald hatte sie ihr Ziel erreicht.

Die ersten Häuser . . .

Mary blieb stehen. Sie interessierte nur ein bestimmtes Haus. Und sie wußte, wo sie es finden konnte.

Mary ging weiter. Die Dorfstraße lag verlassen vor ihr. Nirgends brannte Licht.

Doch, hinter dem Fenster eines Hauses sah Mary einen hellen Schein.

Und dieses Haus war ihr Ziel . . .

Das Ehepaar Winston konnte nicht einschlafen. Morgen würde die Beerdigung ihrer ältesten Tochter sein. Dieses Ereignis warf seine traurigen Schatten voraus.

Mrs. Winston lag auf der Couch. Unruhig warf sie sich hin und her. Immer wieder fuhr sie erschreckt hoch. Sie konnte den Tod ihrer Tochter einfach nicht überwinden.

Mister Winston saß am Tisch und starrte ins Leere. Jedesmal, wenn sich seine Frau bewegte, zuckte er zusammen. Er war in den letzten Tagen um Jahre gealtert. Sie alle hatten sehr an Mary gehangen. Auch Jack und Jenny, die Zwillinge, die oben schliefen. Sie hatten das Ereignis am besten überstanden, vielleicht auch gar nicht richtig mitbekommen.

»Wie spät ist es?« fragte Caroline Winston ihren Mann.

»Was?« Ronald Winston fuhr zusammen.

Die Frau wiederholte ihre Frage.

Ronald Winston sah aus rotumränderten Augen auf seine Armbanduhr. »Schon bald zwei Uhr morgens.«

»Mein Gott«, flüsterte seine Frau. »Du mußt doch auch schlafen, Ron.«

»Nein. Ich kann nicht.«

»Bitte, versuche es wenigstens.«

»Nein.« Ronald Winston schüttelte demonstrativ den Kopf.

Seine Frau seufzte schwer. Sie ließ sich wieder auf die Couch zurücksinken. Mit leeren Augen starrte sie die Decke an. Ein dicker Kloß saß in ihrem Hals. Aber weinen konnte Mrs. Winston nicht mehr. Sie hatte in der letzten Zeit schon zu viele Tränen vergossen.

Ronald Winston stand auf.

»Wo willst du hin?« fragte seine Frau.

»Ich hol' mir etwas zu trinken.«

Ronald Winston verschwand in Richtung Küche.

Caroline war allein in dem großen Wohnzimmer. Schwer lastete die Stille über dem Raum. Monoton klang das Ticken einer alten Wanduhr. Die Winstons hatten sich an das Geräusch gewöhnt. Sie hörten es schon gar nicht mehr.

Ein Kratzen an der Haustür schreckte Caroline Winston hoch.

»Bist du es, Ron?« Im selben Moment kam ihr zum Bewußtsein, daß ihr Mann ja in der Küche am anderen Ende des Hauses war.

Jetzt klopfte es gegen die Haustür. Es waren wuchtige Schläge.

Caroline Winston runzelte die Stirn. Wer mochte das sein? Um diese Zeit . . .

Wieder klopfte es. Diesmal noch stärker.

Caroline Winston stand auf. Angst umklammerte ihr Herz.

»Ronald!« rief sie. »Es hat geklopft!«

»Dann mach doch auf«, gab ihr Mann lautstark zurück. »Ich kann im Moment nicht.«

Mit unsicheren Schritten ging Caroline Winston zur Haustür.

Wieder dröhnte es gegen das Holz.

»Ja, ja. Ich komme schon.« Ihre Stimme klang leicht ärgerlich.

Caroline Winston mußte die Tür erst aufschließen. Hastig drehte sie den Schlüssel im Schloß. Wie immer klemmte die Haustür ein wenig.

»Müßte auch mal ge . . .«

Die weiteren Worte blieben Caroline Winston buchstäblich im Hals stecken, als sie erkannte, wer draußen stand.

»Mary, nein, das ist doch. Neiiiiin . . .!«

Erst jetzt begriff Caroline Winston, daß ihre tote Tochter vor ihr stand.

Aufschreiend taumelte Caroline Winston zurück.

Im selben Moment betrat die tote Mary schon das Haus.

Ronald Winston hatte den Schrei seiner Frau gehört. »Was ist?« brüllte er.

Caroline Winston gab keine Antwort. Sie lag auf dem Boden. Ihr Körper zuckte wie unter Krämpfen.

Sie spürte nicht, wie sich zwei kalte Totenhände um ihren Hals legten und erbarmungslos zudrückten. Das letzte, was aus Carolines Mund kam, war ein Röcheln. Dann wurde sie schlaff.

Mary richtete sich auf. Das Haar hing ihr wirr in die Stirn. Die Hände hatte sie krallenartig vorgestreckt. Ihr Gesicht war teigig aufgedunsen. Verwesungsgeruch ging von ihr aus.

Schwere Schritte näherten sich dem Flur.

»Caroline, was ist denn los?« Ronald Winston kam hastig angelaufen.

Im gleichen Augenblick betrat Mary die Treppe, die nach oben führte.

Und oben schliefen die Zwillinge . . .

Ronald Winston sah seine Frau vor der offenen Haustür liegen.

»Caroline!« Winstons Schrei klang eher wie ein Stöhnen. Er warf sich neben seiner Frau zu Boden. Berührte ihr Gesicht.

»Caroline, bitte. Gib doch Antwort, bitte!«

Aber Mrs. Winston konnte keine Antwort mehr geben. Sie war tot. Als ihr Mann es merkte, brach er zusammen.

Währenddessen hatte die »Tote« das Kinderzimmer im ersten Stock erreicht. Vorsichtig drückte sie auf die Klinke. Leicht schwang die Tür auf. Marys Hand tastete sich zum Lichtschalter.

Die plötzliche Helligkeit schreckte die Zwillinge aus ihren Träumen.

»Bist du es, Mum?« fragte Jack verschlafen und richtete sich auf.

Er blinzelte in das helle Licht, rieb sich die Augen und sprang plötzlich in seinem Bettchen hoch.

»Mary«, rief er freudig und streckte seine kleinen Arme aus.

Die Tote kam an sein Bett. Ging wie eine Puppe, staksig, marionettenhaft . . .

»Jenny, wach auf, Mary ist gekommen.« Der fünfjährige Jack sprang in seinem Bett umher.

Jetzt hatte die Tote das Kind erreicht. Ihre Krallenhände näherten sich dem Hals des Kleinen.

»Trag mich nach unten, liebe Mary, ja?« Erwartungsvoll blickte Jack seine große Schwester an.

Da schlossen sich ihre Hände um die Kehle des Jungen. Gnadenlos drückten sie zu . . .

Jenny war inzwischen vollkommen wach. Es dauerte Sekunden, bis sie begriff, was geschah. Sie sah Marys entsetzliches Gesicht, sah die strampelnden Beine ihres Bruders und schrie, schrie, schrie . . .

Dieser Schrei machte Ronald Winston mobil.

»Die Kinder«, flüsterte er tonlos und hetzte die Treppe hoch.

Als er in das Kinderzimmer stürzte, dachte er, sein Verstand würde stehenbleiben. Er sah zwar das Geschehen, begriff es aber nicht.

Er sah seine tote Tochter, wie sie sich über Jacks Bett gebeugt hatte und ihre Hände die Kehle des Kleinen umklammerten.

Ronald Winston handelte rein instinktiv.

Mit einem gewaltigen Satz warf er sich vor und schlug mit der geballten Faust gegen Marys Rücken. Ihm war, als hätte er in einen Teig geschlagen.

Aber Mary ließ Jack los. Sie wandte sich dem neuen Angreifer zu.

Als Ronald Winston in das Gesicht seiner Tochter blickte, verlor er fast den Verstand.

Aus bleicher, aufgedunsener Haut leuchteten ihm zwei blutige Augen entgegen. Lange, spitze Fingernägel näherten sich seinem Hals.

Ronald Winston sah seinen kleinen Sohn blutend im Bett liegen und wußte, daß er zu spät gekommen war. Doch ein Gedanke fraß sich in sein Hirn.

Du mußt dieses Untier töten!

Winston warf sich herum. Gerade noch rechtzeitig, denn Marys spitze Fingernägel zischten nur haarscharf an seinem Hals vorbei.

Die Tote taumelte und fiel gegen die Türfüllung. Doch sie fing sich schnell und ging ihrem Vater nach, der wie von Furien gehetzt die Treppe hinunterstürzte.

Mit wenigen Sätzen erreichte Winston die Küche.

Das Beil! Es lag schon seit drei Tagen in der Küche. Er wollte es immer wieder in den Keller bringen, hatte es aber in der Aufregung der letzten Tage völlig vergessen.

Das Beil stand hinter dem Schrank. Ronald Winston packte es mit beiden Fäusten.

Knarrend schwang die Küchentür auf.

Sie kam.

Wie eine Puppe ging Mary ruckartig auf Ronald Winston zu.

Der Mann hatte das Beil über den Kopf gehoben. Sein Verstand arbeitete plötzlich wieder klar.

Noch immer hielt Mary die Hände ausgestreckt.

Ronald Winston wußte genau, was er tat. Er war kein Mörder. Mary war tot!

Da schlug Ronald Winston zu, stolperte zurück.

Aus schreckgeweiteten Augen beobachtete er, was nun geschah.

Die Tote sank mit einem kaum zu beschreibenden Laut zu Boden.

Ihre Augen wurden auf einmal übergroß. Fast flehend sahen sie den Mann an.

Ronald Winston zitterte.

Die Tote schrumpfte plötzlich zusammen, löste sich auf, wurde zu Staub. Verbrannter Geruch lag in der Luft.

Ronald Winston faßte sich an die schweißnasse Stirn. Seine Lippen formten unverständliche Worte. Er konnte nicht begreifen, was er eben gesehen hatte. Nur ein Haufen Asche war von der Toten übriggeblieben.

Ronald Winston torkelte durch die Küche. Er warf das Beil in die Ecke.

In der Tür stand die kleine Jenny. »Jacky. Er blutet so«, sagte sie stockend und weinte.

Professor Orgow wachte auf wie aus einem Traum. An dem steinernen Tisch zog er sich mühsam hoch. Die schlechte Luft machte ihm auf einmal schwer zu schaffen.

Orgow taumelte.

Nach einigen Minuten hatte er sich wieder erholt. Sein Blick fiel auf den Tisch.

Er war leer!

Mary. Sie war verschwunden.

Professor Orgow zitterte. Er ahnte, daß dieses Verschwinden grauenhafte Folgen haben könnte.

Lara! Und wo war Lara, das Medium?

Orgow torkelte in den kleinen Raum. Ein Glück, Lara lag in ihrem Sarkophag. Sie war von selbst wieder hineingeklettert.

Professor Orgow verlor keine Zeit. So schnell es ging, rannte er nach oben.

Als er das Heulen des Windes vernahm, wußte er, daß Mary durch die offenstehende Tür verschwunden war.

In einer ersten, impulsiven Reaktion wollte Orgow nach draußen stürzen. Doch dann überlegte er.

Nein, warum sollte er Mary suchen? Es würde nur Verdacht erregen. Und das war schlecht. Man würde ihm auf die Schliche kommen. Dabei hatte er noch so viel vor. Niemand wußte bisher, daß er es gewesen war, der die Tote aus der Leichenhalle geholt hatte. Und der alte Friedhofswärter konnte nicht mehr reden. Die Polizei würde sich die Köpfe zerbrechen. Aber auf ihn würde niemand kommen. Außerdem war Konstabler Jones, der Dorfpolizist, ein ziemlicher Trottel. Er konnte höchstens einen Hühnerdiebstahl aufklären. Mehr nicht.

Beruhigt schloß Professor Orgow die Eingangstür. Was er jetzt brauchte, war Schlaf. Er mußte sich ausruhen, denn große Aufgaben warteten . . .

»Und das soll ich Ihnen glauben, Mister Winston?« fragte Konstabler Jones zweifelnd.

Ronald Winston schluchzte auf. »Es ist die Wahrheit. Wirklich. Ich kann Ihnen nichts anderes sagen. Ich habe meine Frau und meinen Sohn nicht umgebracht. Es war meine tote Tochter. Das schwöre ich, so wahr ich hier stehe.«

Der Konstabler tippte sich gegen die Stirn. »Ich habe Sie immer für einen normalen Menschen gehalten, Mister Winston. Nicht für einen Spinner, wie es die meisten Dorfbewohner sind. Aber was Sie mir jetzt unter die Weste jubeln wollen, nimmt Ihnen kein vernünftiger Mensch ab.«

Ronald Winston ließ sich erschöpft auf einen Küchenstuhl sinken. Mit zitternder Hand deutete er auf das Häufchen Asche. »Das ist von meiner Tochter übriggeblieben.«

Konstabler Jones winkte ab. Er nannte sich selbst einen Realisten, hatte sich immer von den Spinnereien der Dorfbewohner ferngehalten. Für ihn war der Fall klar. Ronald Winston hatte in einem plötzlichen Anfall seine Frau und seinen Sohn erwürgt. Aber andererseits hätte man Hautreste unter seinen Fingernägeln finden müssen. Und die waren nicht vorhanden. Der Polizeibeamte hatte sich Winstons Hände genau angesehen. Na ja, die Mordkommission würde bestimmt mehr herausfinden.

»Sie bleiben vorläufig hier in der Küche«, sagte Konstabler Jones und verließ den Raum.

Winston nickte schwach. Aus dunklen Augen sah er dem Beamten nach.

Die beiden Leichen waren inzwischen weggebracht worden. Man wollte sie bis zum Eintreffen der Mordkommission in dem Spritzenhaus der freiwilligen Feuerwehr aufbahren.

Konstabler Jones zündete sich eine von den selbstgedrehten Zigaretten an. Genußvoll sog er den Rauch ein. Je mehr er über den Fall nachdachte, um so unsicherer wurde er. Verdammt, er kannte Ronald Winston schon einige Jahre, und um einen Mord zu begehen, dazu war der Mann bestimmt nicht fähig. Doch wer konnte schon in die Seele eines Menschen blicken?

Trotzdem, eine Chance wollte Jones dem unglücklichen Mann geben. Der Beamte ging wieder zurück in die Küche.

Ronald Winston hockte immer noch wie ein Häufchen Elend auf dem Stuhl. Mit gläsernen Augen starrte er auf die Asche.

»Das war sie«, flüsterte er kaum hörbar. »Das war Mary, meine Tochter. Ich mußte sie erschlagen. Mit dem Beil . . .«

Konstabler Jones bekam eine Gänsehaut bei den Worten. Unwillkürlich starrte er das schwere Werkzeug in der Ecke an. Aber er entdeckte keine Blutspritzer daran.

Fängst du auch schon an zu spinnen? dachte er.

Der Beamte gab sich einen Ruck. Er legte seine riesige Pranke auf Winstons Schulter und sagte: »Kommen Sie mit, Winston.«

Ronald Winston hatte seine Worte gar nicht verstanden. Statt dessen fragte er: »Wo ist Jenny?«

»Sie ist in guter Obhut. Bei Schwester Elisabeth.«

Winston nickte automatisch. »Wie spät ist es?«

»Sechs Uhr morgens.«

»Mein Gott. Schon so spät. Ich muß mich beeilen. Heute ist Marys Beerdigung. Ich . . .«

Ronald Winston war ganz verwirrt. Der Schock hatte ihn zu sehr getroffen.

Mit einer verzweifelten Geste griff er sich an den Kopf. »Wo ist meine Frau?«

Konstabler Jones atmete tief aus. Dieser Mann hatte den Verstand verloren. Er warf alles durcheinander.

Winston sah den Beamten aus großen Augen an. »Ich habe meine Frau nicht umgebracht, nein. Ich war es doch nicht. Sie müssen mir glauben.«

Jones wischte sich den Schweiß von der Stirn. Teufel noch mal, das war eine verfluchte Situation. Dann fiel ihm wieder ein, was er vorhin gesagt hatte.

»Bitte, kommen Sie mit, Mister Winston.«

»Wohin denn?«

»Zum Friedhof. Dort können wir ja sehen, ob Sie recht gehabt haben.«

»Wieso?«

»Das erkläre ich Ihnen dann.«

Eine Minute später traten die beiden Männer hinaus in die kühle Morgenluft. Im Osten wurde es langsam hell.

Neugierige Dorfbewohner hatten sich vor Winstons Haus versammelt. Das Geschehen hatte sich in Windeseile herumgesprochen. Kalte, mitleidlose Augen starrten Ronald Winston an. Ein Mann spuckte ihm vor die Füße und sagte: »Mörder.«

Winston zuckte zusammen. Fröstelnd zog er seine Jacke über die Schultern.

Konstabler Jones stellte sich breitbeinig vor die schweigende Menge. Er wurde in diesem Dorf anerkannt. Mit seinem quadratischen Schädel, dem welligen Blondhaar, dem sichelförmigen Schnurrbart und seiner gewaltigen Leibesfülle wirkte er wie der Prototyp einer Respektsperson. Die Uniform tat ihr übriges.

»Geht nach Hause, Leute«, rief er mit Stentorstimme. »Hier gibt es nichts zu sehen. Los, verschwindet!«

Und tatsächlich, die Menge löste sich auf.

Konstabler Jones grinste zufrieden. Er wandte sich wieder an Ronald. »Gehen wir.«

Bis zum Friedhof mußten sie etwa zehn Minuten laufen. Ronald Winston sagte während der Zeit kein einziges Wort. Er hatte den Blick gesenkt und schlurfte neben dem Beamten her.

Der Konstabler runzelte die Stirn, als er das offene Friedhofstor betrachtete. Hatte der alte Kinny vergessen abzuschließen? Wahrscheinlich war er mal wieder betrunken gewesen.

Konstabler Jones zuckte die Achseln und betrat das Friedhofsgelände.

Ronald Winston folgte ihm. Allerdings nur zögernd. Er schien vor irgend etwas Angst zu haben.

»Nun kommen Sie schon, Mister Winston«, drängte der Beamte. »Ich habe noch zu arbeiten. Schließlich tue ich Ihnen den Gefallen, daß ich überhaupt den weiten Weg mache und nachschaue.«

Die beiden Männer gingen über die schachbrettartig angelegten Wege zwischen den Gräberreihen auf die Leichenhalle zu.

Der Geruch von brackigem Wasser und verfaulten Pflanzen lag in der Luft.

Totengeruch.

Konstabler Jones räusperte sich. Ein unangenehmes Gefühl hatte ihn beschlichen. Mittlerweile war es heller geworden.

Jones' Augen wurden schmal, als er die im Wind schwingende Tür der Leichenhalle sah.

Da ist was passiert, dachte der Beamte und ging unwillkürlich schneller.

Das Blut stockte ihm in den Adern, als er fast über den toten Kinny stolperte.

»Mein Gott, das ist doch . . .«

Weiter kam Jones nicht. Ronald Winston, der dem Beamten über die Schulter sah, schrie plötzlich gellend auf.

Er raste wie irrsinnig an dem Konstabler vorbei und warf sich neben dem Eichensarg auf die Knie. »Sie ist weg«, stammelte er. »Sie ist weg.«

Konstabler Jones kniff die Augen zusammen, um sich an das Dämmerlicht in der Leichenhalle zu gewöhnen. Ein eisiger Finger schien über seinen Rücken zu streichen.

Langsam näherte er sich dem Sarg.

»Tatsächlich«, flüsterte er rauh. »Mary ist nicht mehr da.«

Ronald Winston war zusammengebrochen. Er kauerte auf dem Steinboden und wimmerte leise vor sich hin.

Konstabler Jones überwand den Schrecken auch nur langsam. Minutenlang stand er reglos.

Plötzlich fiel ihm etwas ein. Er dachte an ein Rundschreiben, das er vor einigen Tagen bekommen hatte. Darin hatte es geheißen, daß drei Leichen aus den Dörfern der näheren Umgebung gestohlen worden waren. Man hatte sie bisher nicht gefunden. Und Mary war also die vierte Leiche. Aber wer stahl die Toten? Und was bezweckte dieser Jemand damit? Oder waren es mehrere Personen? Bestimmt hatte der alte Kinny sie überrascht.

Konstabler Jones' Gesicht wurde nachdenklich. Auf einmal kam ihm die Geschichte, die Winston erzählt hatte, gar nicht mehr so phantastisch vor. Vielleicht hatte er wirklich seine Tochter gesehen . . .

Jones schüttelte den Kopf. Nein, nein, das war unmöglich. Mary war schließlich tot. Oder sollten die Männer ihm vielleicht seine tote Tochter gezeigt haben, und Winston hatte deshalb durchgedreht? Quatsch, auch unwahrscheinlich. Er hätte doch deswegen seine Frau nicht umzubringen brauchen. Jones überlegte hin und her, doch er kam zu keinem Ergebnis.

»Das ist drei Nummern zu hoch für mich«, murmelte er und tippte Ronald Winston mit dem Finger auf die Schulter. »Kommen Sie.«

Automatisch stand Winston auf. Mit gesenktem Kopf ging er neben dem Konstabler zurück ins Dorf.

Die Mordkommission kam zwei Stunden später. Die Beamten hörten sich die Geschichte an und taten nur das Nötigste. Am späten Nachmittag waren sie verschwunden.

Konstabler Jones spukte der Fall immer wieder im Kopf herum. Die Beamten hatten Ronald Winston mitgenommen. Einer ihrer Inspektoren sollte ihn verhören.

Ehrlich gesagt, Konstabler Jones traute der Polizei hier auf dem Land nicht viel zu. Und deshalb raffte er sich in den späten Abendstunden auf und schrieb einen sieben Seiten langen Brief an New Scotland Yard . . .

Vier Leichen verschwunden!

So lautete die Schlagzeile der »Carlisle News«, einem Provinzblättchen mit Boulevardaufmachung.

Ann Baxter, Journalistin aus London und auf Urlaubsfahrt in Schottland, legte die Zeitung kopfschüttelnd auf den Beifahrersitz. Was die Kollegen sich hier oben wieder ausdachten! Die glaubten wohl noch an Gespenster.

Ann Baxter war ein modernes Mädchen. Sie hielt viel von der Gleichberechtigung und wenig von Spießern. Der sportliche Hosenanzug betonte ihre gutgewachsene Figur, und der kurze Pagenschnitt ließ sie aussehen wie ein College-Girl. Ann war fünfundzwanzig Jahre alt und noch nicht verheiratet. Vor dreißig wollte sie auf keinen Fall den Hafen der Ehe ansteuern.

Während Ann Baxter aus der Ausfahrt der kleinen Tankstelle bog, gab sie Vollgas. Laut röhrte der Motor ihres knallroten MG auf. Der Tankwart sah dem davonbrausenden Girl grinsend nach und bekam Nachtischgelüste.

Die Landstraße war relativ gut ausgebaut, und Ann konnte ihren Flitzer ordentlich kitzeln.

»Wird Zeit, daß du dir ein Hotel suchst«, murmelte sie im Selbstgespräch und trat das Gaspedal noch fester durch. Der nächste Ort, das wußte sie laut Straßenkarte, hieß Middlesbury. Und hier wollte Ann Baxter übernachten.

Die hügelige und waldreiche schottische Landschaft übte einen eigenartigen Reiz auf Ann Baxter aus. Sie fühlte sich irgendwie frei, gelöst von der Schwere des Alltags.

Ich werde einen herrlichen Urlaub verbringen, dachte Ann . . .

Ein Hinweisschild huschte vorbei: Middlesbury – 2 Meilen.

Wenig später fuhr der Wagen in die Ortschaft ein. Es war ein gemütliches Nest mit freundlichen Häusern und einer breiten Hauptstraße. Ann Baxter fiel allerdings auf, daß nur wenige Menschen auf der Straße zu sehen waren.

Parkplatznot gab es keine. Ann Baxter stellte ihren roten Flitzer vor einem Gasthaus ab.

»Paddy's Inn«, stand mit roter Farbe über dem Eingang.

Ann Baxter wand sich aus dem MG, nahm ihren leichten Koffer, stellte ihn auf den Gehsteig und schloß den Wagen ab.

Während sie sich wieder aufrichtete, schweifte ihr Blick zufällig in Richtung Norden.

Jetzt, kurz vor der Dämmerung, war die Luft besonders klar.

Deshalb konnte Ann Baxter auch das düstere Schloß sehen, das hoch oben zwischen den Felsen stand.

Ob es da spukt? fragte sich Ann Baxter und bekam unwillkürlich eine Gänsehaut. Quatsch, schimpfte sie gleich darauf und lachte sich selbst aus.

Kopfschüttelnd betrat sie das Gasthaus.

Ann Baxter gelangte in einen dunklen Raum, in dem ein langer blankgescheuerter Holztresen stand und eine Anzahl Tische. Die Stühle waren ebenfalls aus Holz und ungepolstert. Gäste befanden sich keine in der Wirtschaft.

»Hallo«, rief Ann Baxter. »Kundschaft.«

Niemand antwortete.

Ann runzelte die Stirn.

»Ist hier denn niemand?« Diesmal klang ihre Stimme schon lauter.

Schlurfende Schritte näherten sich. Aus einer Tür neben der langen Theke trat ein älterer Mann.

Ann stellte den Koffer auf den Boden und stemmte die Arme in die Hüften.

»Das wurde aber auch Zeit, Mister. Sagen Sie, wollen Sie nichts verdienen?«

Der Mann sah sie überrascht an. Er war klein, hatte ein Glatze und dichte, buschige Augenbrauen. Seine Nase wirkte wie eine Knolle.

»Was wollen Sie denn hier?« fragte er mit nahezu lächerlich hoher Stimme.

Ann Baxter schüttelte den Kopf. »Etwas essen, etwas trinken und übernachten natürlich. Ist das für Sie so ungewöhnlich? Ich denke, das hier ist ein Gasthaus.«

»Sicher«, lächelte der Alte. »Sicher. Entschuldigen Sie, Miss. Aber wir sind es nicht gewohnt, daß Fremde kommen. Und dazu noch eine Frau. Ich werde Ihnen sofort ein Zimmer herrichten lassen.«

»Gut«, sagte Ann. »Doch vorher bringen Sie mir etwas zu trinken. Einen Fruchtsaft, wenn's geht.«

»Sicher, Miss. Sicher«, dienerte der Wirt.

Ann bekam ihren Fruchtsaft und setzte sich an einen der Tische. Sie bestellte auch noch etwas zu essen. Rührei mit Schinken und Brot.

Die junge Journalistin hatte ihren Platz gut gewählt. Sie saß direkt neben dem Fenster und konnte die Straße beobachten.

Langsam machte sich die Dämmerung breit. Ihre Schatten lagen bereits über dem Dorf.

Ann Baxter wunderte sich immer mehr, daß sie keinen Menschen auf der Straße sah. Es betrat auch kein Gast das Lokal.

»Komisch«, meinte Ann und zündete sich eine Zigarette an.

»Ihr Essen, Miss.«

Fast unhörbar war der Wirt an Anns Tisch getreten.

Das Girl dankte mit freundlichem Kopfnicken, drückte die Zigarette aus und ließ es sich schmecken.

Als der Wirt nach einer viertel Stunde abräumen wollte, hielt Ann ihn zurück.

»Sagen Sie, Mister . . .«

»McDuff. Paddy McDuff.«

»Also, gut, Mister McDuff. Was ist hier los?«

»Wieso? Ich verstehe Sie nicht, Miss.«

»Ich will mich genauer ausdrücken: Weshalb sieht man hier keine Menschen? Warum sind die Straßen so leer? Und hier in der Gaststube, kein Betrieb. Ich verstehe das nicht.«

»Das werden Sie auch nicht verstehen«, sagte der Wirt hastig und wollte gehen.

»Moment.« Ann faßte den Mann am Jackenärmel. »Ich will das jetzt wissen.«

Der Wirt sah sie nachdenklich an. Dann nahm er Platz. »Gut. Ich werde es Ihnen sagen, Miss . . . Die Toten sind wieder zurückgekommen.« Den letzten Satz flüsterte er nur noch.

Ann, die gerade an einem Verdauungswhisky genippt hatte, prustete los.

»Was sagen Sie da?«

Das Gesicht des Wirtes verschloß sich. »Ich wußte, daß Sie es nicht glauben würden.«

»Doch, doch. Ich glaube Ihnen ja«, versuchte Ann den Mann zu beschwichtigen. »Aber es kam im Moment zu überraschend für mich. Mich interessiert die Geschichte sogar sehr. Tun Sie mir einen Gefallen, erzählen Sie.«

Die Wandleuchten, die inzwischen brannten, legten dunkle Schatten auf das Gesicht des alten Mannes. Es herrschte fast absolute Stille. Ann Baxter fröstelte plötzlich. Sie fand die Atmosphäre beklemmend.

Der Wirt nickte. »Ich werde Ihnen die Geschichte erzählen, Miss. Aber es ist keine gute Story. Hören Sie zu.«

Und der alte Mann berichtete. Erzählte von der Familie Winston, deren tote Tochter zurückgekommen war und so schrecklich gemordet hatte.

Ann Baxter, dem kühlen, realistischen Girl aus London, lief ein Schauer nach dem anderen über den Rücken. Sie hatte schon viele Spukgeschichten gelesen, aber wie der alte Mann seine Erzählung brachte, das grenzte schon bald an Wahrheit.

Nach seinen Worten war es einen Augenblick still.

Dann setzte Ann ein etwas verklemmtes Lächeln auf und fragte: »Das ist doch nicht Ihr Ernst, Mister McDuff?«

»Doch. Mein voller Ernst, Miss . . .«

»Baxter. Ann Baxter. Entschuldigen Sie, daß ich mich noch nicht vorgestellt habe.«

»Es hat sich alles so zugetragen«, fuhr der alte Mann fort. »Und es werden noch mehr Tote kommen. Glauben Sie mir, Miss Baxter.«

Ann wußte nicht, was sie von der Geschichte halten sollte. Sie dachte an die Zeitung, die auf dem Beifahrersitz ihres Wagens lag. Vier Leichen waren verschwunden, hieß es in der Schlagzeile. Sollte wirklich ein Zusammenhang bestehen zwischen dem Bericht und der Erzählung des Alten?

Ann war viel zu sehr Reporterin, um sich nicht für diese Geschichte zu interessieren.

»Ich bleibe, Mister McDuff. Ich nehme das Zimmer für eine Woche.«

Der Wirt nickte. »Ich will mich ja nicht in Ihre Angelegenheiten mischen, Miss Baxter. Aber hängt Ihr Bleiben etwa mit den Geschehnissen zusammen, die hier passiert sind?«

»Genau, Mister McDuff. Ich möchte diese Toten, die hier herumgeistern sollen, mal kennenlernen.«

Der alte Mann sah Ann Baxter ernst an. »Ich würde an Ihrer Stelle weiterfahren, Miss.«

»Nein, nein, mein Lieber. Das kommt gar nicht in Frage. Vielleicht kann ich noch mithelfen, den Mord an dem Friedhofswärter aufzuklären. Ich habe mich schon immer für die Kriminalistik interessiert.«

»Sie müssen es wissen, Miss.«

Ann Baxter legte ihre Hand auf McDuffs Arm. »Und nun

erzählen Sie mir mal, wie ich am besten zu diesem Schloß komme.«

Der Wirt zuckte wie elektrisiert zurück. »Um Gottes willen. Dieses Schloß ist verflucht. Niemand der Dorfbewohner traut sich dort hinauf.«

»Ich wohne ja nicht hier«, lächelte Ann. »Übrigens, wem gehört das Schloß eigentlich?«

Der Wirt rutschte unbehaglich auf seinem Stuhl herum. »Wir wissen es selbst nicht. Ein Fremder hat das Schloß gekauft. Er ist noch nie zu uns ins Dorf gekommen. Nur einmal im Monat bringt ein Wagen aus der Kreisstadt Lebensmittel hin. Ein paar Leute haben mit dem Fahrer gesprochen. Aber der konnte uns auch nicht viel sagen. Er durfte nur in den Hof fahren und die Sachen abladen. Wir wollen auch gar nicht mehr wissen.«

»Aber ich«, sagte Ann Baxter und erhob sich.

Der Wirt warnte sie noch einmal. »Kehren Sie um, Miss Baxter. Fahren Sie woanders hin. Aber bleiben Sie nicht hier, und stellen Sie keine Nachforschungen an. Es ist in Ihrem eigenen Interesse.«

Ann schlug dem Mann jovial auf die Schulter. »Keine Bange, Mister McDuff. So leicht bin ich nicht einzuschüchtern. Gute Nacht.«

Ann Baxter ging in ihr Zimmer und legte sich sofort ins Bett. Doch einschlafen konnte sie nicht. Immer wieder spukten ihr die eindringlichen Worte des alten Mannes im Kopf herum . . .

New Scotland Yard!

Eine Polizeiorganisation, in der sich Tradition und Fortschritt paarten.

Wie eine Dolchspitze ragte das neue Gebäude in den trüben Himmel.

John Sinclair, fünfunddreißig Jahre jung, blond, blauäugig und knapp einsneunzig groß, saß gerade in der Kantine beim Mittagessen, als über den Lautsprecher die Durchsage kam, er solle sich sofort bei seinem Chef melden.

John ließ seufzend sein Roastbeef liegen, zwinkerte der hübschen Serviererin zu und enterte den Fahrstuhl, der ihn in den zehnten Stock brachte.

Superintendent Powell saß wie ein Pavian hinter seinem Schreibtisch und blickte den eintretenden Inspektor durch seine dicken Brillengläser scharf an. Powell war ein korpulenter Typ, der Asthma hatte und Alkohol verabscheute. Solche Menschen mußte es auch geben. Trotz allem war er der geborene Taktiker und Organisator.

»Setzen Sie sich und lesen Sie diesen Brief, John«, sagte Powell und reichte dem Inspektor einige engbeschriebene Schreibmaschinenseiten.

John Sinclair las den Brief aufmerksam. Nach etwa zwanzig Minuten legte er die Blätter auf den Schreibtisch.

»Nun?« dehnte Superintendent Powell. »Wie ist Ihre Meinung?«

John grinste etwas verunglückt. »Normalerweise würde ich sagen, dieser Konstabler Jones hat eine etwas zu blühende Phantasie. Aber wie die Dinge liegen, ich meine die verschwundenen Leichen, muß an der Sache wirklich etwas dran sein.«

»Eben«, erwiderte sein Vorgesetzter. »Sie, John, werden sich mit diesem Fall beschäftigen. Sie sind genau der richtige Mann.«

Das war John Sinclair tatsächlich. Er hatte sich während seines Studiums unter anderem auch mit Parapsychologie beschäftigt, diesem Grenzgebiet der Psychologie. John war zwar von Natur aus Realist, doch er wußte auch, daß es Dinge gab, die die Wissenschaft nicht erklären konnte. Das galt besonders für die Naturwissenschaften.

»Meinen Sie wirklich, daß meine Reise nach Middlesbury Erfolg verspricht, Sir?«

»Ja«, antwortete Powell und erhob sich. »Sie fahren am besten schon heute. Und passen Sie auf, John. Ich habe ein komisches Gefühl. Möchte meinen besten Mann nicht verlieren. Alles Gute!«

Die beiden Männer reichten sich die Hand.

John Sinclair war diese Art Aufträge gewohnt. Nicht nur von Scotland Yard. Es waren schon Polizeiorganisationen aus der ganzen Welt an ihn herangetreten, wenn sie einen Fall zu bearbeiten hatten, bei dem herkömmliche Mittel versagten.

Bis jetzt war John Sinclair immer noch mit heiler Haut davongekommen . . .

John fuhr zuerst ins Archiv. Hier roch es wie immer nach verstaubten Akten und Bohnerwachs. Konstabler Jones' Brief hatte er eingesteckt. John las noch einmal den Namen des Schlosses nach, das in dem Schreiben erwähnt wurde.

»Manor Castle«, murmelte der Archivar und kratzte sich an seinem kahlen Hinterkopf. »Werden wir gleich haben.«

Brummend verschwand er im Hintergrund der riesigen Archivhalle. Schon drei Minuten später war er wieder zurück, in der Hand einen Schnellhefter.

Er blies den Staub weg und reichte ihn John. »Ich habe mal reingeguckt. Schein ein Spukschloß zu sein, Sir«, meinte er und schüttelte sich leicht.

»Ich liebe Geister«, grinste John und verschwand.

In seinem nüchtern eingerichteten Büro sah er den Schnellhefter durch.

Der Inhalt bestand zum Teil aus Zeitungsartikeln und alten Urkunden. Viele der Blätter waren schon vergilbt. Zuerst überflog John die Geschichte des Schlosses nur flüchtig. Doch auf den letzten Seiten wurde es interessant. Dort stand, daß ein gewisser Professor Orgow das Schloß vor zwei Jahren für nur zehntausend Pfund erworben hatte. Orgow kam aus Rumänien, lebte aber schon lange in England und beschäftigte sich, wie es in den Akten hieß, mit wissenschaftlichen Problemen der Magie. Seine Kollegen hielten ihn für einen Spinner und hatten jegliche Verbindung zu ihm abgebrochen. Studenten der Universität, an der er einst seine Vorlesungen gehalten hatte, hatten ihm den Beinamen »der Hexer« gegeben. Er schien tatsächlich bei seinen Forschungen beachtliche Erfolge erzielt zu haben, jedoch waren diese Erfolge nie anerkannt worden. Ja, man hatte ihn sogar ausgelacht. Anscheinend verbittert und von glühendem Haß gegen die Menschen erfüllt, hatte er sich auf das unheimliche Schloß zurückgezogen, die richtige Kulisse für seine geheimnisvollen Untersuchungen. Was er aber nun genau trieb, war aus den Akten nicht zu ersehen.

Nachdenklich klappte Sinclair den Hefter wieder zu. Er hielt diesen Professor Orgow keineswegs für einen so großen Spinner. Ja, er war sogar überzeugt, daß der Beiname Hexer bei diesem offensichtlich wahnsinnigen Wissenschaftler durchaus gerechtfertigt war. Wenn der Mann auch ziemlich skurril wirkte, wußte John doch, daß gerade diese Leute unerwartete Fähigkeiten an den Tag legten, mit denen sie ihre Umwelt verblüfften oder sogar in Angst und Schrecken stürzten. Wahrscheinlich war das hier auch der Fall. Alles deutete jedenfalls darauf hin.

John klemmte sich den Hefter unter den Arm, stieg in seinen silbergrauen Bentley, den einzigen Luxus, den er sich leistete, fuhr nach Hause, packte kurzerhand einen Koffer und dampfte eine halbe Stunde später ab in Richtung Norden. Nach Schottland.

Er übernachtete noch zwischendurch und traf am nächsten Morgen in Middlesbury ein.

Das Nest machte einen verschlafenen Eindruck. Ganz im Gegensatz zu dem Girl, das John über den Weg lief, als er nach einem Hotel Ausschau hielt.

John stoppte, ließ die Seitenscheibe heruntersurren und erkundigte sich freundlich nach einem Hotel.

Das Girl runzelte die Augenbrauen, als es den Bentley sah. »Haben Sie sich nicht verfahren, Mister?«

»Keineswegs«, lächelte John. »Ich möchte hier Urlaub machen.«

»Ein Mann Ihrer Gehaltsklasse fährt doch in den Süden oder fliegt auf die Bahamas. Aber einen Urlaub hier in Schottland verbringen . . .«

»Geschmackssache«, erwiderte John. »Darf ich denn fragen, warum Sie hier sind, Miss . . .«

»Baxter. Ann Baxter«, gab das Girl zurück. »Ich mache hier ebenfalls Urlaub.«

Und plötzlich lachten sie beide.

»Sie können hier in Paddy's Inn übernachten«, erklärte Ann Baxter. »Ich wohne auch dort. Nehmen Sie mich am besten mit. Ich habe meinen Morgenspaziergang gerade beendet und freue mich auf das Frühstück.«

»Aber mit Vergnügen, Miss Baxter«, erwiderte John und öffnete die Wagentür. »Ich heiße übrigens John Sinclair«, stellte sich der Inspektor vor, »und interessiere mich für alte Schlösser und Burgen. Ich handle praktisch mit diesen Sachen.«

»Also doch nicht auf Urlaub hier«, stellte Ann fest.

»Wie man's nimmt.«

»Ich bin Reporterin, Mister Sinclair«, sagte Ann während der kurzen Fahrt zum Hotel. »Ich bin hier, um mal einfach auszuspannen. Ewig die Hetze in den Redaktionen. Das hält auf die Dauer ja kein Pferd aus.«

John lächelte. Er glaubte Ann Baxter nicht. Rein gefühlsmäßig. Sie gehörte einfach nicht zu den Typen, die sich im Urlaub in die Einöde verkriechen.

John stoppte den Bentley vor Paddy's Inn. Als die beiden ausstiegen, steckten die Dorfbewohner, die sich auf der Straße aufhielten, flüsternd die Köpfe zusammen.

John kümmerte sich nicht darum, sondern betrat mit Ann Baxter die Gaststube, erledigte bei dem Wirt die Formalitäten und bestellte ebenfalls ein Frühstück.

Sie hatten kaum den ersten Bissen hinuntergeschluckt, als ein Mann keuchend in den Gastraum stürzte.

»Paddy!« schrie er. »Paddy!«

»Was ist denn, Buck?« fragte der Wirt brummig.

Der Mann mußte erst einmal Atem holen, ehe er weitersprechen konnte.

»Er hat sich erhängt«, japste der Mann.

»Wer?«

»Ronald Winston. Ja, er hat sich in seiner Zelle erhängt, Paddy, ich sage dir, die Familie Winston ist verflucht.« Die letzten Worte flüsterte der Mann nur noch.

John Sinclair sah, daß Ann Baxter erschauerte. Was wußte sie von dieser Familie Winston?

John ließ das Besteck sinken.

Er wandte sich an die wie erstarrt dasitzende Ann Baxter. »Wer war dieser Ronald Winston?«

»Ein Dorfbewohner.«

John Sinclair sah Ann skeptisch an. »Sie wissen aber gut Bescheid, Miss Baxter. Sie scheinen schon länger hier in der Gegend zu sein.«

Anns Haltung wurde noch ablehnender. »Wieso interessiert Sie das?«

John lächelte. »Ich habe Sie beobachtet, Miss Baxter. Der Tod dieses Mannes hat Sie wohl sehr getroffen. Sie sind sichtlich zusammengezuckt. Ich frage mich ernstlich, ob Sie überhaupt hier nur Ihren Urlaub verbringen. Oder ob etwas ganz anderes dahintersteckt.«

»Das bilden Sie sich nur ein«, erwiderte Ann Baxter schnippisch. Sie erhob sich. »Good bye, Mister Sinclair.«

John wollte sie noch zurückhalten, überlegte es sich aber dann. Buck, der die Todesnachricht überbracht hatte, war wieder ruhiger geworden. Er kippte bereits den dritten Whisky.

John gesellte sich zu ihm an den Tresen. Der Wirt war im Augenblick nicht zu sehen.

»Hier geschehen wohl seltsame Dinge«, sagte John und bot dem Mann eine Zigarette an.

Buck nickte heftig. »Das kann man wohl sagen, Mister. Die Dinge sind nicht nur seltsam, sondern unheimlich.«

»Wieso?«

Buck beugte sich vor. »Die Toten kehren zurück«, raunte er.

»Das gibt es doch nicht.«

»Doch. Mary Winston, die vor drei Tagen beerdigt werden sollte, ist zurückgekehrt und hat ihre Mutter und ihren kleinen Bruder ermordet. Und dann noch der alte Friedhofswärter. Ihn haben die Toten in der Leichenhalle umgebracht. Ich habe es von einem Bekannten gehört.«

John schüttelte den Kopf. »Das glaube ich Ihnen nicht.«

»Doch es waren die Toten. Noch nicht einmal Fingerabdrücke hat die Mordkommission gefunden. Das hat mir Konstabler Jones selbst gesagt.«

»Die Mörder können Handschuhe getragen haben.«

»Nein«, erklärte Buck entschieden. »Es waren die Toten, glauben Sie mir. Der Unheimliche selbst holt sie zurück.«

»Und wer ist dieser Unheimliche?« fragte John amüsiert.

»Der Professor auf dem Schloß«, flüsterte Buck ängstlich. »Er ist ein Vampir, ein Hexer, sagen die Leute. Niemand wagt sein Schloß zu betreten.«

John lachte laut auf. »Das sind doch Schauermärchen.«

In diesem Augenblick kam der Wirt zurück. Er rief Buck zu, er solle ihm mal im Keller helfen.

John Sinclair ging auch.

Draußen war es klar. Die Luft roch frisch. Eine fahle Herbstsonne leuchtete am Himmel.

John Sinclair spazierte bis zum Ende des Dorfes. Sein Blick schweifte über das Land und blieb an dem düsteren Schloß oben auf dem Felsen hängen.

Der Inspektor beobachtete Manor Castle eine ganze Weile. Aber er konnte keine Bewegung erkennen. Er beschloß, diesem seltsamen Gemäuer noch heute nacht einen Besuch abzustatten.

Dann ging er wieder zurück und erkundigte sich bei einem Dorfbewohner nach der Polizeistation.

Seltsamerweise lag das kleine Steinhaus in einer Nebenstraße. Die schwere Eingangstür war offen.

John Sinclair gelangte sofort in das Dienstzimmer. Ein Aktenschrank mit Inhalt, ein Bild der Queen, zwei Stühle und ein alter Schreibtisch stellten die Einrichtung dar.

Hinter dem Schreibtisch saß ein Bär von einem Mann, der sich bei Johns Eintritt erhob.

»Ich bin Konstabler Jones«, sagte er. »Was kann ich für Sie tun, Mister . . .«

»Ich heiße John Sinclair. Inspektor Sinclair, Scotland Yard, Konstabler.«

»Oh.« Der Beamte nahm unwillkürlich Haltung an.

»Nur keinen Wirbel«, lächelte John und setzte sich auf einen harten Bürostuhl.

Jones nahm ebenfalls wieder Platz.

»Wir haben Ihren Brief erhalten«, begann John. »Und ich kann Ihnen sagen, wir haben ihn mit Interesse gelesen. Daß an der Sache etwas dran ist, war uns sofort klar. Deshalb bin ich hier, Konstabler. Ich schlage vor, Sie erzählen mir noch einmal alles ganz genau.«

Konstabler Jones nickte eifrig und begann mit seinem Bericht. John hörte aufmerksam zu. Er unterbrach Jones mit keinem Wort.

Als der Beamte geendet hatte, nickte John. »Ich hätte natürlich noch einige Fragen, Konstabler.«

»Bitte, Sir.«

»Hat die Mordkommission die Asche der Toten untersucht?«

Jones bekam einen roten Kopf. »Nein«, gab er zu. »Als ich in das Haus zurückkam, um das Beweismaterial zu sichern, war es verschwunden.«

»Wieso?«

»Nachbarn waren aus lauter Neugierde in die Küche eingedrungen«, sagte der Konstabler. »Danach war die Asche weg. Hinterher wollte es keiner gewesen sein.«

»Schade«, sagte John. »Aber weiter. Haben Sie schon die Berichte der Mordkommission aus Carlisle?«

»Nein, Sir. Die Kollegen sagen, sie wären im Moment überlastet. Es ist in letzter Zeit soviel passiert. Außer Mary Winston sind ja noch andere Leichen verschwunden. Und sämtliche Fälle werden von den Kollegen aus Carlisle bearbeitet.«

»Aber diese anderen Leichen sind nicht wiederaufgetaucht«, vermutete John.

»Stimmt. Wir haben wenigstens nichts davon gehört.«

»Sie reden so, als würden Sie selbst an die Rückkehr der Toten glauben«, sagte John.

Der Konstabler rutschte unruhig auf seinem Stuhl hin und her. »Fast«, gab er schließlich zu. »Hier geschehen wirklich Dinge, die unbegreiflich sind. Wissen Sie, Sir, ich bin hier groß geworden. Die Bewohner in diesem Landstrich glauben eben an das Übernatürliche. Und ich auch. Die letzten Ereignisse haben mir recht gegeben.«

»Noch ist nichts bewiesen.«

»Trotzdem, Sir. Ich habe das Gefühl, es wird noch Schreckliches über uns kommen.«

»Bange machen gilt nicht«, sagte John. »Ich werde mir das Schloß auf jeden Fall mal aus der Nähe ansehen. Und zwar heute nacht.«

Der Konstabler schluckte. »Ist das nicht zu gefährlich? Ich meine . . . Ich fürchte . . . Sie können in den Tod laufen, Sir.«

»Das ist mein Risiko. Sollte ich jedoch wider Erwarten bis zum nächsten Tag nicht zurück sein, alarmieren Sie Scotland Yard. So, nun hätte ich noch eine andere Frage. Wer oder was ist diese Ann Baxter? Ich habe die Dame vorhin kennengelernt.«

»Sie ist eine Journalistin«, erwiderte Jones.

»Das hat sie mir auch gesagt. Aber ich werde das Gefühl nicht los, daß sie hier mehr machen will als nur Urlaub. Der Selbstmord dieses Mister Winston ist ihr sehr an die Nerven gegangen.«

Der Konstabler zuckte die Achseln. »So genau habe ich mich auch nicht mit der Lady beschäftigt. Sie war mal bei mir und hat sich nach dem Schloß und seinem Besitzer erkundigt. Allerdings ziemlich intensiv, muß ich sagen. Sie hat auch im Dorf herumgefragt, und natürlich werden ihr die Bewohner von den unheimlichen Vorgängen hier in Middlesbury erzählt haben.«

Im selben Augenblick öffnete sich die Tür zu der kleinen Polizeistation, und Ann Baxter stürmte in den Raum.

»Konstabler, ich . . .«

Sie stutzte, als sie John auf dem Stuhl sitzen sah.

»Was hat das zu bedeuten?« fragte sie verwundert. »Wegen dieses Mannes wollte ich mit Ihnen sprechen, Konstabler.«

Jones wollte gerade zu einer Antwort ansetzen, als John ihm einen warnenden Blick zuwarf.

»Wollten Sie sich über mich beschweren, Miss Baxter?« lächelte er.

Ann Baxter wurde verlegen. »Das nicht gerade, aber Ihr – Ihr . . .«

Sie stotterte plötzlich.

John Sinclair lachte. »Keine Angst, Miss Baxter. Ich bin wirklich ein harmloser Zeitgenosse. Ich habe mich nur bei Konstabler Jones über die Schlösser und Burgen in der näheren Umgebung erkundigt. Sie wissen ja, ich handle mit diesen Sachen.«

Seinen wahren Beruf verschwieg John absichtlich. Jetzt wußte auch Konstabler Jones, als was er sich hier ausgab.

»Außerdem reise ich morgen wieder ab, Miss Baxter. Ich werde Ihnen demnach nicht länger zur Last fallen.«

Ann wurde rot. »So habe ich es nicht gemeint, Mister Sinclair.«

»Ich auch nicht«, lächelte John. Dann wandte er sich noch mal an den Konstabler. »Vielen Dank für Ihren Rat, Sir. Ich werde dann in Richtung Aberdeen weiterfahren.« Bei den letzten Worten kniff er Jones ein Auge zu.

John verabschiedete sich auch von Ann Baxter.

Als er vor der Tür stand, klopfte er sich eine Zigarette aus der Packung. Im Schutz der Türnische zündete er das Stäbchen an. So hörte er ungewollt Ann Baxters Worte.

»Ich werde Manor Castle einen Besuch abstatten. Und daran können auch Sie mich nicht hindern, Konstabler.«

Die Schatten der Dämmerung lagen schon über dem Land, als sich Ann Baxter dem Schloß näherte.

Sie ging zu Fuß. Den Wagen hatte sie unten im Dorf stehenlassen. Ihre Ankunft sollte vorerst niemand bemerken.

Der Weg zum Schloß war steil. Ann schwitzte, trotz des kalten Windes, der hier in Küstennähe immer blies.

Mit der Dunkelheit erreichte sie Manor Castle.

Das verrostete Eisentor stand offen. Quietschend schwang es im Wind.

Ann Baxter schlüpfte in den Innenhof des Schlosses.

Sie lauschte.

Irgendwo schrie klagend eine Eule. Dann flog ein Rabe krächzend über ihren Kopf.

Unkraut und knorrige Sträucher wucherten im Innenhof. Rauschend fuhr der Wind durch die Zweige.

Anns Augen hatten sich gut an die Dunkelheit gewöhnt. Noch einmal durchforschte sie den großen Hof.

Dann lief sie schnell zu dem Schloß hinüber. Eng preßte sie sich gegen die rissige Wand.

Sie wollte versuchen, durch einen Nebeneingang in das Schloß zu gelangen.

Dicht an der Mauer schlich Ann Baxter weiter. Nach einigen Minuten erreichte sie die Ostseite des Schlosses. Und damit einen der vier Türme.

Ann Baxter ließ kurz ihre Kugelschreiberlampe aufblinken. Sie entdeckte eine alte Holztür, durch die man in den Turm gelangen konnte.

Ann zögerte noch. Ein unbehagliches Gefühl hatte sie plötzlich beschlichen. Wie spitze Nadeln kribbelte eine Gänsehaut über ihren Rücken.

Tu's nicht, sagte ihr eine innere Stimme. Geh zurück, schnell.

Ann ignorierte die Warnung. Sie atmete tief ein, machte sich dadurch selbst Mut und drückte entschlossen auf die schwere Klinke.

Knarrend schwang die Tür auf.

Ann zog unwillkürlich den Kopf ein, als sie den düsteren Turm betrat.

Spinnweben kitzelten ihr Gesicht, und Fledermäuse flatterten erschreckt auf.

Ann blieb stehen. Es war still wie in einem Grab. Die Journalistin meinte, man müsse ihren Herzschlag meilenweit hören.

Ann Baxter faßte sich ein Herz und ließ nochmals die Lampe aufblitzen.

Sie sah die ersten Stufen einer Wendeltreppe. Die Treppe führte sowohl nach oben als auch nach unten.

Anns Hände zitterten, als sie die Treppe betrat.

Die Journalistin wandte sich nach unten.

Schritt für Schritt, immer am inneren Rand der Stufen, nahm sie die Steintreppe.

Unbewußt zählte sie die Stufen mit.

»Sechs – sieben – acht – neun – zehn – elf . . .«

Mit einem lauten Krach schlug die Tür zum Turm zu.

Wie von einem Peitschenhieb getroffen, zuckte Ann Baxter zusammen.

Sie wußte genau, sie hatte die Tür offengelassen. Hatte sie nun der Wind zugeschlagen oder . . .?

Das plötzliche irre Gelächter traf Ann fast körperlich. Unheimlich hallte das Lachen durch den Turm, verstärkte sich und kehrte als Echo zurück.

Geräusche oben auf der Treppe.

Schritte!

Panik erfaßte Ann Baxter.

Sie warf sich herum, knipste die Lampe an . . .

»Aaaahhhh!«

Anns Schrei gellte durch den Turm.

Der Strahl der kleinen Lampe erfaßte eine unheimliche Gestalt.

Ann Baxter sah nur das schreckliche Gesicht und den Oberkörper, doch das reichte ihr, um wie von Furien gehetzt die Treppe hinunterzulaufen. Krampfhaft hielt sie dabei die kleine Lampe fest.

Ann hätte die Treppe hinunterstürzen, sich das Genick brechen können, aber daran dachte sie im Moment nicht. Für sie gab es nur eins: Flucht!

Trotz ihres keuchenden Atems hörte sie hinter sich die Schritte des Mannes.

Ann hatte Glück. Unverletzt erreichte sie das Ende der Treppe.

Aber wohin?

Keine Tür, kein Durchgang, nichts.

Und die unheimliche Gestalt kam immer näher.

Ann preßte sich mit dem Rücken gegen eine kalte Steinwand. Angstschauer jagten durch ihren Körper. Hände und Beine zitterten wie Espenlaub.

Tapp, tapp, tapp.

Die Schritte wurden lauter, kamen näher.

Dann hörten sie ganz auf.

Ann wagte nicht, die Hand mit der Lampe hochzureißen.

Plötzlich wieder dieses irre Lachen.

Die kleine Taschenlampe entfiel Anns zitternden Fingern. Sie landete auf dem Boden und leuchtete dort weiter.

Das Lachen brach abrupt ab.

Ann Baxter glitt zurück. Schritt für Schritt.

Du mußt versuchen, in den Rücken dieses Untiers zu gelangen, sagte sie sich, um dann wieder die Treppe hinaufzulaufen.

Ann Baxter huschte weiter.

Ein Schatten verdunkelte den kleinen Lichtstreifen der Taschenlampe. Dann wurde sie mit einem knirschenden Geräusch zertreten.

Völlige Dunkelheit!

Und in der Dunkelheit ein irres Kichern.

Unbewußt riß Ann die Augen auf. Sie war auf einmal nicht mehr fähig zu denken.

Heißer Atem streifte ihr Gesicht. Der Unheimliche hatte sie erreicht.

Und wieder das Kichern, als sich zwei Hände um Anns Hals legten.

Ann Baxter spürte die kalten Finger. Erbarmungslos drückten sie zu. Schon jetzt bekam sie keine Luft mehr.

Röchelnd sackte Ann Baxter zusammen. Unkontrolliert schlugen ihre Hände umher.

Und der Würger kicherte noch immer. Wie irr.

Schleier wallten vor Anns Augen. Schleier der Bewußtlosigkeit.

Und plötzlich löste sich der Druck von ihrem Hals. Ann konnte wieder frei atmen. Die stickige, verbrauchte Luft kam ihr wie reines Ozon vor.

Eine Stimme sagte irgendwelche Worte, die Ann nicht verstand.

Grelles Licht traf ihre Augen.

Ann Baxter blickte hoch.

Sie sah eine Hand, die eine Taschenlampe hielt, deren starker Schein sie blendete.

»Stehen Sie auf!« befahl die Stimme.

Automatisch gehorchte Ann. Ihre Knie zitterten.

»Folgen Sie mir!«

Der Mann wandte sich um.

Langsam ging Ann hinter ihm her. Der Mann, der sie beinahe erwürgt hatte, folgte ihm ebenfalls.

Die Taschenlampe des Unbekannten verbreitete so viel Licht, daß Ann ihre Umgebung relativ gut erkennen konnte.

Sie sah auch, woher der Mann gekommen war. Ein Felsquader in der Steinwand hatte sich zur Seite geschoben und einen Geheimgang freigegeben.

Gebückt gingen die drei Personen durch diesen Gang.

Nach wenigen Minuten gelangten sie in ein Labor.

Ann sah sich ängstlich um. Auf Holztischen brannten flackernd dicke Wachskerzen. Sie verbreiteten einen eigentümlichen

Geruch. Durch irgendeinen Schacht gelangte frische Luft in das unheimliche Labor.

Der Mann mit der Taschenlampe wandte sich um.

Ann Baxter sah ein hageres Gesicht, in dem sich die Haut wie Pergament spannte. In den tief in den Höhlen liegenden Augen brannte ein unheimliches Feuer. Der Mann war mit einem schwarzen Umhang bekleidet, und seine knochigen Totenhände zuckten nervös.

Ann Baxter versuchte ein Lächeln. »Vielen Dank, daß Sie mich vor diesem Untier gerettet haben«, krächzte sie. Noch immer schmerzte ihr Hals, und das Sprechen fiel ihr schwer.

Der Mann legte die Taschenlampe auf einen Tisch.

»Du bist in mein Reich eingedrungen«, sagte er plötzlich mit Grabesstimme. »Ich, Professor Orgow, der Hexer, bin der Herr über Leben und Tod. Aber du wirst mein Reich auch wieder verlassen.«

Ann atmete auf. Das schien noch einmal gutgegangen zu sein. Doch die Journalistin hatte den drohenden Unterton in Orgows Stimme überhört.

Ann Baxter ahnte nicht, daß die nächsten Minuten schrecklich für sie werden würden . . .

Der Hexer kam langsam auf die Journalistin zu. Das flackernde Kerzenlicht entstellte sein Gesicht zu einer grauenhaften Fratze.

Unwillkürlich wich Ann bis an die Mauer zurück.

»Du wirst sterben«, flüsterte Orgow drohend.

Wie ein glühendes Schwert schnitt jede einzelne Silbe des Satzes in Anns Gehirn. Die Worte hatten zu bestimmt geklungen. Vor Anns Augen begann sich alles zu drehen.

Noch einmal nahm die Journalistin ihren ganzen Mut zusammen.

»Aber – aber . . . Warum haben Sie mich denn dann vorhin gerettet?« stotterte sie.

Professor Orgow lächelte grausam. »Ich will von dir noch etwas wissen. Wie du heißt, wo du herkommst. Was erzählt man im Dorf über mich? Los, rede!«

Anns Augen irrten zu dem Würger hin, der in der Ecke kauerte und sie anstarrte.

»Ich – ich . . .«, begann sie.

»Erzähle!«

Ganz nah trat Orgow an die Journalistin heran. Seine schwarzen Augen leuchteten in einem dämonischen Feuer.

»Ich – ich . . . komme aus London«, keuchte Ann erstickt. »Ich wollte Urlaub machen. Hier in Middlesbury. Dieses Schloß, es interessierte mich. Ich . . .«

»Was hat man dir im Dorf erzählt?«

»Gar nichts«, erwiderte Ann gequält.

»Du lügst.«

Der Hexer starrte die Journalistin an. Seine Augen schienen sie zu durchbohren. Ein seltsames Feuer ging von diesen Augen aus.

Hypnose, schoß es Ann durch den Kopf.

Sie blickte auf den Boden. Ihre Hände krallten sich in das rauhe Gestein. Ann spürte, wie ihre Nägel abbrachen und die Fingerspitzen anfingen zu bluten.

Eine eiskalte knochige Hand legte sich um ihren Hals. Unwillkürlich wandte Ann den Kopf.

Jetzt sah sie die Augen des Professors dicht vor sich. Seine schmalen trockenen Lippen öffneten sich. Speichel floß aus seinem Mund.

Diese eiskalten Totenhände! Das Blut schien in Anns Adern zu gerinnen.

»Komm mit«, raunte der Professor. »Komm mit in Laras Reich.«

Die Finger lösten sich von Anns Hals.

»Geh da hinein!«

Der Arm des Professors wies auf eine kaum mannsbreite Öffnung.

Ann gehorchte wie unter einem fremden Zwang. Schritt für Schritt ging sie auf die Öffnung zu.

Hinter ihr murmelte Orgow unverständliche Worte.

Ann blieb stehen. Ein Schwindelgefühl erfaßte sie.

»Geh weiter!«

Ann gehorchte.

Zögernd stoppte sie vor dem stockdunklen Raum. Sie wandte sich kurz um.

Professor Orgow stand hinter ihr und hielt eine Kerze in der Hand.

Der flackernde Schein reichte schon aus, um einen Teil des Raumes zu erkennen.

Orgow stieß Ann mit seinen knochigen Fingern in den Rücken.

Die Journalistin machte noch ein paar Schritte.
Süßlicher Geruch drang in ihre Nase . . .
Jetzt hatte auch Orgow den Raum betreten.
Voller Grauen schrie Ann auf. Ihr Blick glitt über die drei Leichen und blieb an dem offenen Sarkophag haften.
Anns Schreien ging in ein leises Wimmern über. Mit einer heftigen Bewegung preßte sie die Hände vor die Augen.
Dicht neben sich spürte sie Orgows Atem.
»Sieh hin! Sieh zu dem Sarkophag«, flüsterte er. »Dort liegt Lara. Nur sie hat die Kraft, die Toten wieder zu erwecken. Sie hat auch Mary wieder ins Leben geholt. Mary Winston, du kennst sie doch?«
Ann nickte schluchzend.
»Das ist gut. Das ist sehr gut. Hast du Mary gesehen?«
Ann schüttelte den Kopf. »Ich habe – ich habe . . . davon gehört«, stieß sie keuchend hervor. »Sie ist . . . zerfallen, sagen die Leute.«
Orgow lachte schrill. »Das ist gut. Niemand wird Mary mehr finden können. Und niemand weiß, wer sie wieder ins Leben zurückgerufen hat.«
Plötzlich packte der Hexer Ann an den Schultern. Seine spitzen Fingernägel gruben sich in ihr Fleisch.
»Hör zu. Lara ist stark geworden. Noch in dieser Nacht wird sie ihre Stärke beweisen. Mit dir soll sie anfangen.«
Anfangen, anfangen. Wie Hammerschläge drang das Wort in Anns Bewußtsein.
Und dann begriff sie. Lara konnte gar nicht bei ihr anfangen. Sie war ja noch gar nicht tot. Tot? Was hatte Orgow gesagt?
»Ich will nicht sterben!« brüllte Ann mit der Kraft, die noch in ihr steckte. »Ich will nicht!«
Sie stieß beide Fäuste vor. Mitten in das Gesicht des Hexers.
Orgow wurde von der Wucht des Schlages zurückgeschleudert.
Aber das sah Ann schon nicht mehr.
Wie ein Tier hetzte sie durch den engen Durchlaß, rannte in das Labor, hörte Orgows Schreien hinter sich und – blieb wie vom Blitzschlag getroffen stehen.
Der Würger!
Mordlüstern kam er auf Ann zu und versperrte ihr den Weg zu der rettenden Treppe.
Panik schüttelte die Frau.

Ann griff wahllos um sich, versuchte, irgend etwas in die Hand zu bekommen, um sich zu wehren . . .

Da warf sich der Mann auf sie.

Wie ein Brett knallte Ann Baxter auf den Boden. Schmerzhaft schlug sie mit dem Hinterkopf auf.

Sie wollte noch etwas sagen, doch ihre Stimme war wie gelähmt.

Zwei Schaufelhände griffen nach ihrem Hals, hoben den Kopf leicht an.

Noch einmal sah Ann in die Augen des Mannes, erkannte diesen Mörderblick und wußte, daß es kein Entrinnen mehr gab.

Ein irrsinniger Schmerz fraß sich plötzlich in ihr Genick, dann überkamen sie die Schatten des Todes.

Langsam richtete sich der Mann auf. Aus glanzlosen Augen starrte er auf Ann Baxter, der er soeben das Genick gebrochen hatte . . .

John Sinclair ging am Nachmittag wieder in das Gasthaus. Es war relativ gut besucht, und dem Inspektor kam das sehr gelegen. Er setzte sich zu einigen Dorfbewohnern an den Tisch, bestellte eine Lage Whisky und versuchte, mit den Männern in ein Gespräch zu kommen.

Doch die Leute waren zu ängstlich. Sobald John auf die Geschehnisse der jüngsten Vergangenheit zu sprechen kam, schwiegen sie beharrlich.

Nur einer sagte: »Das sind Dinge, Mister, die wir uns nicht erklären können. Die Mächte der Finsternis sind auf uns zugekommen.«

»Tja, da ist wohl nichts zu machen«, lächelte John und erhob sich. »Trotzdem, vielen Dank.«

Die Männer nickten schweigend.

Hinter dem großen Holztresen hantierte Paddy, der Wirt, mit finsterem Gesicht. Es war deutlich zu erkennen, daß er John nicht besonders mochte und schon gar nicht seine Fragerei.

»Ist Miss Baxter noch auf ihrem Zimmer?« erkundigte sich John freundlich.

Paddy sah ihn griesgrämig an und schüttelte den Kopf. »Ich weiß nicht.«

»Aber Paddy. Seien Sie doch nicht so verbohrt. Sie können mich nicht leiden. Klar. Bitte, beantworten Sie mir diese eine Frage, dann sind Sie mich los.«

Paddy überlegte einen Moment. Dann bequemte er sich zu einer Antwort. »Sie ist weggegangen.«

John zuckte zusammen. Das paßte ihm gar nicht. Er hätte nicht gedacht, daß Ann Baxter schon so früh verschwinden würde. Teufel, das Girl war in höchster Gefahr.

»Hat sie Ihnen erzählt, wohin sie wollte?«

»Nein.«

Die letzte Frage war an sich überflüssig, denn John kannte Anns Ziel. Trotzdem wollte er sich noch einmal vergewissern, ob Ann vielleicht nicht doch irgendwo anders hingefahren war.

John Sinclair bedankte sich bei dem Wirt und ging auf sein Zimmer.

Dort zog er sich um. Er streifte sich einen dunklen Rollkragenpullover über, zog Schuhe mit dicken Kreppsohlen an, schlüpfte in seine schwarze kurze Lederweste, steckte einige Dinge ein und ließ zum Schluß seine Pistole, Marke Beretta, in die Halfter gleiten.

Dann hetzte John wieder nach unten.

Sein Wagen parkte noch vor dem Gasthaus. Er klemmte sich hinter das Steuer und fuhr ab.

Sein Gefühl sagte ihm, daß es auf jede Sekunde ankam . . .

Keuchend kam der Hexer auf die Füße. Er war über den Sarkophag gefallen und hatte sich seinen Ellenbogen aufgestoßen.

Orgow warf einen Blick auf Lara. Sie hatte von dem Kampf nichts bemerkt. Nach wie vor lag sie in tiefer Hypnose.

Taumelnd ging der unheimliche Professor in sein Labor. Ein teuflisches Grinsen umspielte sein Gesicht, als er die tote Ann sah. Sein Helfer lehnte an der Wand und starrte aus blicklosen Augen in die Gegend. Seine Schaufelhände zuckten nervös.

»Das hast du gut gemacht«, lobte ihn der Professor. »Heb die Tote jetzt auf und lege sie auf den Tisch.«

Der Mörder gehorchte.

»Geh nach oben«, sagte der Professor weiter. »Nimm deinen Freund und paß auf, daß uns niemand mehr stört.«

Wie ein Roboter folgte der Mann dem Befehl.

Orgow sah ihm nach. Seine beiden Helfer waren wie Wachs in seinen Händen. Er hatte sie damals aus Rumänien mitgebracht, genau wie Lara. Man wollte ihn in seinem Heimatland nicht haben, hatte keinen Sinn für seine Forschungen. Auch hier in Schottland hatte man ihn verstoßen. Und nun würde er sich furchtbar rächen. Er, Professor Orgow, der Hexer, würde es ihnen zeigen. Das Grauen würde über das Land kommen . . .

Professor Orgow trat an einen Holztisch und nahm ein Becherglas mit der dicken roten Flüssigkeit. Er rührte die Mixtur noch einmal um und stellte das Glas wieder zur Seite.

Dann ging er mit steifen Schritten in den Nebenraum. Die Kerze in seiner Hand zitterte, als er sich über Lara beugte.

Halblaut murmelte er unverständliche Worte, bis Lara sich regte.

Wie in Zeitlupe öffnete sie die Augen, begegnete dem hypnotischen Blick des Professors und stützte sich langsam hoch.

Vorsichtig entstieg sie ihrem Sarkophag.

»Komm«, flüsterte Orgow. »Komm mit.«

Das hypnotisierte Medium folgte ihm in sein Labor.

Orgow huschte zu dem Holztisch und nahm das Becherglas mit der roten Flüssigkeit.

Er reichte es Lara, die neben der toten Ann stand.

»Trink!« Orgow atmete schwer. »Trink alles!«

Lara, das Medium mit dem blutleeren Gesicht und dem langen schwarzen Haar, trank.

Zäh rann die dicke Flüssigkeit in ihren Hals. Einige Tropfen liefen an ihrem Kinn herab. Es sah aus wie Blut.

Dann war das Glas leer. Lara ließ es einfach auf den Boden fallen, wo es splitternd zerbrach.

Mit dem Medium ging eine Veränderung vor. Wieder blühte es auf. Kraftströme schienen ihren Körper zu durchpulsen. Kleine Lichter tanzten in ihren Augen.

Professor Orgow stöhnte auf. Ja, er hatte es geschafft. Diesmal würde Lara genügend Kraft haben, um nicht nur einen, nein, Hunderte von Toten aufzuwecken. Noch in dieser Nacht. Es sollte die Nacht der lebenden Toten werden . . .

»Weck sie auf«, flüsterte Professor Orgow heiser.

Lara wandte sich der toten Ann zu. Undefinierbare Laute drangen aus ihrer Kehle. Mit den Händen führte sie kreisende Bewegungen über der Toten aus.

Laras Stimme wurde lauter, hektischer.

Gebannt hingen Orgows Augen an ihren Lippen.

Und da – Ann, sie bewegte sich! Ein Zucken lief über ihr Gesicht. Sie bewegte ihre Finger, und immer noch sprach Lara beschwörend auf sie ein.

Professor Orgow war zurückgewichen. Das Schauspiel faszinierte ihn.

Beim erstenmal war es zuviel für ihn gewesen, aber jetzt . . .

Ann Baxter stand auf. Wie eine Marionette. Mit seltsam verdrehtem Hals.

Lara wich vor der Toten zurück. Ihre Stimme wurde leiser, verstummte ganz.

Professor Orgow löste sich aus seiner Erstarrung. Er ging auf die Tote zu.

»Geh hinaus«, sagte er leise.

Und Ann Baxter ging.

Wie ein Schlafwandlerin fand sie den Weg zur Treppe. Sie nahm die ersten Stufen, steif, ungelenk. Ihre Arme pendelten an den Seiten herab.

»Geh weiter«, flüsterte Orgow.

Ann gehorchte. Wie eine automatische Puppe.

Lara, das Medium, war zurückgeblieben, genau wie Professor Orgow. Sie konnten Ann jetzt allein lassen . . .

Schon bald hatte Ann Baxter das Ende der Treppe erreicht. Oben, in der Halle, warteten Orgows Helfer. Sie hatten Kerzen angezündet, sahen die tote Ann, doch kein Muskel zuckte in ihren Gesichtern. Automatisch öffneten sie die schwere Tür.

Die Tote trat in den großen Vorhof.

Der Nachtwind pfiff um das Schloß. Das Gestrüpp rauschte. Ein blasser Mond beleuchtete die gespenstische Szene.

Ann Baxter ging weiter in das Dunkel. Ein unerklärlicher Drang trieb sie voran.

Eine Taschenlampe blitzte kurz auf.

Licht! Licht bedeutete Leben. Und Leben mußte vernichtet werden.

Ann ruckte nach links. Dort hatte sie den Lichtschein gesehen.

Ein Schatten tauchte vor ihr auf. Der Strahl einer Lampe erfaßte ihre Gestalt.

»Hallo, Ann«, flüsterte eine Stimme.

Sie gehörte John Sinclair.

Ann reagierte nicht. Unaufhaltsam ging sie weiter auf den Inspektor zu.

»Ann, was ist los?« fragte John verwundert. Er ließ jetzt alle Vorsicht fallen.

Noch ein paar Schritte, dann hatte Ann ihn erreicht.

Etwas stimmt hier nicht, dachte John.

Ann war dicht vor ihm.

John zögerte. Ein unheimliches Gefühl beschlich ihn. Scharf leuchtete der Strahl der Lampe die Journalistin an.

Und plötzlich traf es John Sinclair wie ein Peitschenhieb. Jetzt wußte er, was ihn störte. Es war unfaßbar, grauenhaft.

Ann Baxter atmete nicht mehr!

John hatte keine Zeit mehr, über dieses Phänomen nachzudenken. Zwei eiskalte Hände umklammerten seinen Hals. Die Hände drückten unbarmherzig zu, entwickelten übernatürliche Kräfte.

John Sinclair ließ die Taschenlampe auf den Boden fallen. In Bruchteilen von Sekunden erkannte er die schreckliche Wahrheit. Er mußte mit einer Toten um sein Leben kämpfen.

John Sinclair riß beide Fäuste hoch, tastete nach den Fingern der Toten und versuchte sie nach hinten zu biegen.

Er schaffte es nicht!

Die Luft wurde John Sinclair bereits knapp. Er ließ sich fallen.

Ann, die steif wie eine Klette an ihm hing, wurde mitgerissen. Sie fiel neben ihm auf den Boden. Dadurch lockerte sich ihr Griff ein wenig.

Mit letzter Kraft riß John ihre Hände von seinem Hals.

Keuchend raffte er sich auf. Ann lag noch immer auf dem Boden. Doch jetzt versuchte auch sie, auf die Füße zu kommen.

John bückte sich nach seiner Taschenlampe. Da sah er die beiden Männer. Fast lautlos hetzten sie auf ihn zu.

Ann Baxter bekam von allem nichts mit. Sie war inzwischen aufgestanden und setzte ihren Weg fort.

Sie verließ den Innenhof des Schlosses und ging auf den kleinen Weg.

Menschen, sie suchte Menschen. Denn diese konnte sie töten . . .

»Dann mach's mal gut«, sagte Jim Burns zu seinem Vorgänger, stellte die Aktentasche in die Ecke und setzte sich an den kleinen Tisch.

Jim Burns war Stellwerkwärter. Das kleine Haus mit den vielen

Schaltern und Tafeln befand sich an der Strecke Carlisle–Aberdeen, bei Meilenstein 36.

Jim machte seine Eintragungen, verglich Uhrzeiten und zündete sich dann eine Zigarette an.

Bequem lehnte Jim sich zurück. Nachtschicht war gar nicht mal so schlecht. Es fuhren weniger Züge und man hatte Zeit, noch einen Krimi zu lesen.

Das Telefon rasselte. Der Mann vom anderen Bahnhof sagte einen Zug an. Jim schrieb sich die Zeiten auf, unterbrach die Verbindung und legte einen der großen Hebel um. Irgendwo auf der Strecke wurde jetzt eine Weiche umgestellt.

Der Zug kam vier Minuten später. Jim lehnte sich noch aus dem Fenster und winkte dem Lokführer zu.

Dann war wieder Ruhe. Bis zum nächsten Zug hatte Jim viel Zeit. Es war der Schnellzug von Aberdeen nach Carlisle. Jim Burns mußte dafür eine Weiche umstellen.

Doch erst einmal verspeiste er sein Sandwich. Dazu trank er Tee aus einer Thermosflasche. Milly, seine Frau, konnte gut Tee kochen.

Jim Burns war eigentlich mit sich und der Welt zufrieden.

Ein Pochen an der Tür schreckte ihn aus seinen Gedanken. Jim fuhr hoch. Wollte jemand etwas von ihm?

Wieder pochte es.

Die Schläge gegen die Metalltür dröhnten jetzt durch den kleinen Raum.

»Bestimmt wieder so ein Penner«, murmelte Jim. »Na, warte, Bursche, dir werde ich es zeigen.«

Jim Burns riß die Tür mit einem entschlossenen Ruck auf. Er hatte schon die richtige Begrüßungsformel auf der Zunge, als er zurückprallte.

Vor ihm stand ein Girl.

Sie war blond und sportlich angezogen. Sie wirkte auf Jim wie eine Wanderin, die sich verirrt hatte.

Das Girl sagte keinen Ton.

Vielleicht ist sie zu schüchtern, dachte Jim Burns. Also machte er den Anfang. »Sie können ruhig hereinkommen, Miss. Bitte.«

Jim Burns wußte genau, daß er jetzt gegen seine Dienstvorschrift verstieß. Aber wo kein Kläger ist, ist auch kein Richter.

Das Girl kam. Ungelenk, mit staksigen Schritten. Es blieb mitten im Raum stehen. Steif wie eine Statue.

Jim Burns schloß die Tür. Er ging zu dem kleinen Tisch und räumte seine Sandwiches zusammen. Dabei fragte er: »Sagen Sie mal, junge Frau, sind Sie eigentlich stumm? Ich könnte mir vorstellen, daß Sie . . .«

Weiter kam Jim Burns nicht.

Zwei eiskalte Hände legten sich plötzlich um seinen Hals und drückten erbarmungslos zu.

Jim spürte, wie spitze Fingernägel in sein Fleisch eindrangen, merkte, wie ihm die Luft knapp wurde, und fiel dann nach vorn auf den Boden.

Unbarmherzig drückten die Hände weiter zu.

Jim Burns versuchte die Frau zu fassen, wollte die Hände von seinem Hals lösen . . .

Ohne Erfolg.

Weit traten Jim Burns die Augen aus den Höhlen. Die Zunge hing ihm bereits aus dem Mund. Der Zug, dachte er noch. Es wird eine Katastrophe geben! Dann fiel er endgültig in den dunklen Schacht des Todes.

Erst zwei Minuten später löste sich Ann Baxter von ihrem Opfer. Wie eine Marionette ging sie zur Tür. Bald war sie im Dunkel der Nacht verschwunden.

Die lebende Tote war auf der Suche nach neuen Opfern . . .

John Sinclair konnte sich nicht mehr um Ann Baxter kümmern.

Ein mörderischer Schlag in die Magengrube warf ihn zurück. John prallte schmerzhaft gegen die Mauer des Innenhofes. Er stieß sich jedoch sofort wieder ab und rammte den Kopf gegen die Brust des anstürmenden Gegners.

Es gab ein dumpfes Geräusch, als die beiden Männer zusammenprallten.

John Sinclair sah Sterne vor den Augen, und ihm wurde schwindelig.

Doch seinem Gegner ging es auch nicht besser. Er lag auf dem Boden und japste nach Luft.

John ging auf ihn zu. Er wollte den Mann in die Mangel nehmen. Wollte ihm Fragen stellen, nach dem Professor und vor allen Dingen nach Ann Baxter.

John Sinclair hatte sich halb gebückt, da traf ihn der Schlag ins

Genick wie ein Dampfhammer. John stöhnte kurz auf und fiel über seinen angeschlagenen Gegner. Von jetzt an hatte er Sendepause.

Als John wieder zu sich kam, sah er genau in das Gesicht des Mannes, mit dem er gekämpft hatte.

Der Inspektor blickte sich weiter um und bemerkte, daß er in einer Schloßhalle lag, die nur spärlich durch ein paar brennende Kerzen erhellt wurde.

Johns Genick schmerzte. Schlagartig kam die Erinnerung wieder. Ich habe den zweiten Mann vergessen, ich Idiot, schimpfte er im stillen vor sich hin.

Zum Glück hatte man ihn nicht gefesselt. John bewegte sich vorsichtig. Sofort setzte ihm sein Bewacher den Fuß auf die Brust. John keuchte. Er hatte das Gefühl, man wollte ihm den Brustkorb eintreten. John rührte sich jetzt nicht mehr. Er wollte den Kerl nicht noch mehr provozieren.

Aber wo war der zweite? Und vor allen Dingen, wo hielt sich der Professor auf?

John Sinclair hörte Schritte. Dann sah er im Hintergrund der Halle den zweiten Mann auftauchen. Er glich seinem Kumpan aufs Haar.

Der Fuß löste sich von Johns Brust. Die beiden Kerle sprachen kurz miteinander. Allerdings so leise, daß John nichts verstehen konnte.

Er spürte, wie langsam die Kräfte wieder in seinen Körper zurückkehrten. John Sinclair stützte sich leicht mit den Ellenbogen auf.

Aus den Augenwinkeln sah er, wie einer der Männer ein Messer zog.

Sie wollten ihn also umbringen.

John Sinclair wurde plötzlich eiskalt.

Der Mann mit dem Messer glitt auf ihn zu.

Im selben Augenblick rollte sich John Sinclair zur Seite, preschte mit beiden Füßen vor und traf den Kerl an den Schienbeinen.

Der Mann, von diesem Angriff überrascht, heulte auf.

John war blitzschnell auf den Beinen. Es kam jetzt auf jede Sekunde an.

Sein Rundschlag dröhnte dem Messerhelden gegen den Kiefer. Der Kerl flog quer durch die Halle und krachte gegen einen Tisch.

Aber schon war der zweite heran. Er schwang einen schmiedeeisernen Kerzenleuchter und wollte John damit den Schädel zerschmettern.

John, geübter Karate- und Judokämpfer, wich mit einem Sidestep aus.

Haarscharf pfiff der Kerzenständer an ihm vorbei. Der Schläger konnte seinen eigenen Schwung nicht mehr bremsen und fiel nach vorn.

Johns Handkantenschlag traf ihn in den Rücken. Der Mann gurgelte erstickt auf und landete wie eine Flunder auf dem kalten Steinfußboden.

Schläger Nummer zwei hatte sich inzwischen wieder erholt. Die Bewegung seines Armes sah John aus den Augenwinkeln.

Mit einem Hechtsprung schlitterte der Inspektor durch die Halle.

Das Messer zischte wie ein silberner Blitz über ihn hinweg und klirrte gegen eine Wand.

Und dann war John Sinclair bei dem Messerhelden. Ehe der Mann überhaupt wußte, was mit ihm geschah, hatte John ihm schon mit zwei Schlägen die Luft aus den Lungen getrieben.

Keuchend und ohne Deckung stand der Messerheld vor ihm.

John setzte einen schulmäßigen Karateschlag an. Dagegen hatte der Messerheld nichts zu bestellen. Er legte sich schlafen.

John versorgte auch noch den anderen Schläger. Danach fesselte er die beiden mit den Kordeln, die neben den dicken Vorhängen an den Fenstern hingen.

John Sinclair wischte sich den Schweiß von der Stirn. Zwei Männer hatte er erledigt. Gut. Aber seinem eigentlichen Ziel war er keinen Schritt näher gekommen. Wo befand sich Professor Orgow? Und wohin war die tote Ann Baxter verschwunden? Daß Ann tot war, bezweifelte John nicht mehr. Aber wer und vor allem wie hatte man Ann Baxter zu dieser lebenden Toten gemacht?

John Sinclair ging durch die Halle. Da entdeckte er die Treppe, die nach unten führte.

John zog seine Pistole und nahm die ersten Stufen. Je tiefer er ging, um so schlechter wurde die Luft.

John hatte das Gefühl, in ein Totenreich zu gelangen.

Es war still. Unnatürlich still. John hatte auf einmal das Gefühl, der einzige Mensch in dem Schloß zu sein.

Was würde ihn am Ende der Treppe erwarten?

John Sinclair war eigentlich enttäuscht, als er das Labor sah. Damit hatte er fast gerechnet.

John Sinclair sah sich alles genau an. Und er entdeckte auch die schmale Öffnung zu dem Nebenraum.

Da hier unten Kerzen brannten und Johns Taschenlampe oben auf dem Hof lag, packte sich John eine der brennenden Kerzen und schob sie durch die schmale Öffnung in den Nebenraum.

Wie vor eine unsichtbare Wand gelaufen, so blieb er stehen. Johns Blick saugte sich an dem Sarkophag und den drei Leichen in der Ecke fest.

Johns Magen rebellierte. Der Inspektor wandte sich ab und ging in das Labor zurück.

Was hatte sich in diesem kleinen Raum abgespielt? Für wen war der Sarkophag gedacht? John kombinierte. Die drei Leichen in der Ecke, und zählte man Mary Winston dazu, waren es vier. Was hatten die Zeitungen geschrieben? Vier Leichen verschwunden. John war sicher, daß er soeben drei davon gefunden hatte.

Aber wo befand sich Professor Orgow? Was hatte dieser Dämon vor?

John ahnte plötzlich, daß die Schrecken dieser Nacht noch längst nicht zu Ende waren . . .

Während John Sinclair im Vorhof des Schlosses mit den beiden Männern kämpfte, traf der Hexer seine Vorbereitungen.

Er ließ Lara den Rest Flüssigkeit, den er noch besaß, trinken.

Dann schlich er mit dem Medium durch den Geheimgang in den Schloßturm.

Schnell liefen die beiden die Treppe hoch. Orgow war von einem unheimlichen Drang erfüllt. Er wußte genau, die Entscheidung nahte. Noch in dieser Nacht würde er zuschlagen.

Mit zitternden Händen schloß Orgow die Tür des Turmes auf. Vorsichtig sah er sich um.

Der Hof war leer.

Ein teuflisches Lächeln umspielte Orgows schmale Lippen, als er Lara winkte, ihm zu folgen.

Wie Schatten huschten die beiden über den Hof. Hinter der Mauer wandten sie sich nach rechts. Dort hatte Orgow seinen alten Lieferwagen versteckt. Er stand gut getarnt zwischen den Büschen.

Orgow und Lara stiegen in das Führerhaus. Der Motor sprang sofort an. Der Professor rumpelte den Schloßweg hinab.

Sein Ziel war der Friedhof von Middlesbury . . .

Der Schnellzug Aberdeen–Carlisle raste durch die Nacht. Mit angespanntem Gesicht saß der Lokführer hinter seinem Schaltpult. Er kannte die Strecke zwar im Schlaf, aber trotzdem war es immer wieder ein neues Abenteuer, über die Schienen zu rasen.

Von dem Schaffner wußte er, daß der Zug noch nicht mal zur Hälfte besetzt war. Wer fuhr schon gerne in der Nacht.

Die Scheinwerfer der Lok fraßen sich durch die Dunkelheit. Hügel, Wälder, kleine Orte glitten wie Schemen vorbei.

Der Lokführer kannte alle Orte. Der nächste mußte Middlesbury sein. Danach kamen noch zwei Dörfer, in denen der Zug auch nicht hielt, und dann waren sie in Carlisle. Laut Fahrplan drei Uhr fünfzehn.

Der Lokführer zündete sich eine Zigarette an. Eigentlich war Rauchen ja verboten, aber niemand hielt sich daran. Wenigstens nicht nachts.

Die blonde Frau sah der Lokführer nur zufällig. Starr wie eine Salzsäure stand sie am Schienenstrang.

Da muß was passiert sein, dachte der Mann in der Lokomotive noch, dann war der Zug vorbei.

Wenig später tauchte Jim Burns' Streckenwärterhäuschen auf.

Der Lokführer wunderte sich noch, warum Jim ihm nicht zuwinkte, da raste der Zug schon auf ein Nebengleis.

Der Lokführer reagierte Sekunden später.

Er bremste ab, griff gleichzeitig zum Telefon und ließ sich mit Carlisle verbinden.

Zu spät.

Mit unvorstellbarer Wucht prallte der Schnellzug auf ein paar abgestellte Güterwagen.

Blech kreischte, Wagen schoben sich wie Streichholzschachteln ineinander, Menschen schrien, und Fenster barsten klirrend.

Dann war Stille. Nur noch das leise Wimmern der Verletzten war zu hören.

Eine Stunde später waren sämtliche Polizisten, Krankenwagen

und Feuerwehren der umliegenden Dörfer da. Auch freiwillige Helfer hatten sich versammelt.

Die Orte jedoch waren nun schutzlos . . .

Das schrille Klingeln des Telefons riß Konstabler Jones aus dem Schlaf.

Mehr schlecht als recht brummte er seinen Namen in den Hörer.

»Großalarm! Zugunglück bei . . .« Es folgte die genau Ortsangabe. »Die Feuerwehr ist schon alarmiert!« meldete eine hastige Stimme.

Konstabler Jones warf den Hörer auf die Gabel und sprang aus dem Bett.

Seine Frau, ebenfalls wach geworden, sah ihn fragend an. Während Jones sich anzog, erklärte er ihr die Situation.

Auf dem Weg zur Garage knöpfte er sich die Uniformjacke zu. Das Heulen der Sirene der freiwilligen Feuerwehr drang an seine Ohren.

Konstabler Jones schwang sich in seinen Morris und zischte ab. Er fuhr aus dem Dorf, machte einen kleinen Bogen und näherte sich auf Abkürzungen, die für größere Fahrzeuge unpassierbar waren, der Unglücksstelle.

Im Licht der Autoscheinwerfer huschten Bäume und Büsche vorbei. Konzentriert starrte Jones durch die Windschutzscheibe. Er wußte, sein Fahren war riskant, doch jetzt kam es auf jede Sekunde an.

Die Gestalt am Wegrand sah der Beamte erst im letzten Augenblick.

Wuchtig trat Jones auf die Bremse. Der Morris schlingerte, blieb aber auf dem Weg.

Langsam näherte sich die Gestalt dem Wagen.

Jones öffnete die Beifahrertür.

»Was machen Sie denn um diese Zeit hier, Miss Baxter?« fragte er verwundert. »Kommen Sie. Steigen Sie ein. Ich hab's eilig. Es ist ein Zugunglück passiert. Sie können sich bestimmt bei den Rettungsarbeiten nützlich machen.«

Während seiner Worte ließ Jones den Motor, den er vorhin abgewürgt hatte, wieder an.

Mit ungelenken Bewegungen setzte sich Ann Baxter auf den Beifahrersitz. Mit der linken Hand klappte sie die Tür zu.

Konstabler Jones fuhr wieder an.

»Ich kann mir wirklich nicht erklären, wie dieses Unglück passiert ist«, sagte er. »Oder was meinen Sie, Miss Baxter?«

Die Journalistin gab keine Antwort.

Jones runzelte die Stirn. Warum schwieg das Girl?

»Miss Baxter. Ich . . .«

Zwei würgende Hände unterbrachen seine Worte. Jones spürte, wie sich die Finger wie Krallen um seinen Hals legten. Ein dumpfes Röcheln kam aus seinem Mund.

Unbewußt ließ Jones das Steuer los, trat aber aus Versehen das Gaspedal.

Der Motor heulte auf. Wie ein Känguruh hüpfte der Wagen vorwärts, kam vom Weg ab, preschte durch ein Gebüsch und knallte schließlich frontal gegen einen Baum.

Konstabler Jones, schon halb ohnmächtig, wurde nach vorn geschleudert. Schmerzhaft prallte er mit der Brust gegen das Steuerrad. Die Windschutzscheibe brach mit einem Splitterregen entzwei. Glasteile rieselten in Jones' Nacken.

Durch die Wucht des Aufpralls löste sich auch der würgende Griff ein wenig. Ann Baxter wurde herumgeworfen und lag neben dem Sitz.

Kleine Flämmchen schlugen aus dem Motor.

Gehetzt blickte Jones zur Seite.

Sein Blick fraß sich in ein Gesicht, das nichts Menschliches mehr hatte.

Ann Baxters hübsches Gesicht war nur noch eine Fratze. Die Journalistin versuchte, hochzukommen, streckte die klauenartigen Hände vor . . .

Konstabler Jones begriff gar nichts mehr. Er handelte nur noch instinktiv.

Mit einem verzweifelten Hieb schlug er in das verzerrte Gesicht. Gleichzeitig drückte er gegen die Tür.

Verklemmt!

Du mußt hier raus! hämmerte es in seinem Gehirn.

Wieder versuchte die Journalistin anzugreifen.

Im gleichen Augenblick sah Jones auch die Flammen.

Noch einmal nahm er alle Kraft zusammen und warf sich gegen die Tür.

Glücklicherweise gab sie nach, und Jones fiel rücklings nach draußen. Seine Hosenbeine rutschten hoch, und er spürte einen scharfen Schmerz an der rechten Wade.

Die Fingernägel der Frau hatten ihn noch gestreift.

Konstabler Jones rollte sich ein paarmal um die eigene Achse. Er landete in einem Gebüsch. Dornen kratzten seine Haut auf.

Sein Wagen stand in hellen Flammen.

Die Frau! Du mußt die Frau retten!

Dieser Gedanke beherrschte den Beamten.

Taumelnd raffte er sich auf.

Nein, da war nichts mehr zu machen. Ein Feuerkranz hatte sich um den Morris gelegt. Es war nur noch eine Frage der Zeit, wann der Wagen explodieren würde.

Dann sah Jones Ann Baxter.

Quer lag sie auf den Vordersitzen. Durch die zuckenden Flammen konnte Konstabler Jones ihr verzerrtes Gesicht erkennen, sogar den halb aufgerissenen Mund.

Die Journalistin versuchte, einen Arm zu heben.

Jones sah, wie die Flammen Ann Baxter erfaßten, wie der Körper sich zusammenkrümmte und dann wie Fett dahinschmolz.

Ein leiser, klagender Wehlaut drang aus dem Wagen.

Jones stand wie gebannt. Er fühlte, wie ihm dieser Laut durch Mark und Bein strich.

Im selben Augenblick explodierte der Wagen.

Konstabler Jones wurde von der Druckwelle gepackt, emporgewirbelt und krachte mit der Stirn gegen etwas Hartes.

Dann wurde es schwarz vor seinen Augen.

Der Hexer hastete mit Lara durch die Nacht. Sie hatten den Wagen kurz vor dem kleinen Friedhof stehengelassen und standen jetzt vor dem verrosteten Eingangstor.

Mit flatternden Händen holte Orgow einen Schlüssel aus der Tasche.

Nervös schloß er das Tor auf.

Orgow zog Lara an der Hand hinter sich her. Sie liefen an der Leichenhalle vorbei, dann auf den Hauptweg und standen wenig später vor den Gräbern.

Orgow ließ Lara los.

Seine Augen leuchteten, als sie die Gräber abtasteten. Der Mond warf sein gespenstisches Licht auf den Friedhof und ließ die vorderen Gräber klar und deutlich erscheinen.

Wie ein Statue stand der Hexer da.

Ein Käuzchen schrie klagend in die Nacht. Wind kam auf. Raunend und raschelnd bewegte er sich durch Erlengebüsche und Trauerweiden und wirbelte Herbstlaub durch die Luft.

Professor Orgows Lippen bewegten sich. Doch kein Laut kam aus seinem Mund.

Ja, das war die Stunde, auf die er fast sein ganzes Leben gewartet hatte.

Orgow wandte sich an Lara.

Das Mädchen glich einer Horrorgestalt aus einem Dracula-Film. Das lange schwarze Haar flatterte im Nachtwind, und das weiße Kleid leuchtete wie ein heller Fleck in der Dunkelheit.

Lara war voller Kraft und Energie. Jetzt konnte sie ihre Aufgabe lösen.

»Rede«, raunte der Hexer. »Hole die Toten zurück. Du bist stark genug, Lara.«

Das Medium hob den Kopf, konzentrierte sich ganz auf die Stimme seines Meisters und blickte dann mit glänzenden Augen auf die Gräber.

Sie ging noch einige Schritte zur Seite. Tief atmete sie ein.

Dann begann sie zu sprechen. Langsam, in einer unbekannten Sprache.

Lara streckte beide Hände vor. Der Wind bauschte ihr Kleid auf.

Professor Orgow hielt den Atem an.

Unverwandt starrte er auf das Grab. Er wartete darauf, daß der Tote der feuchten, nach Verwesung riechenden Erde entstieg . . .

John Sinclair rannte wieder zurück in die Schloßhalle.

Die beiden Männer, mit denen er gekämpft hatte, lagen noch fest verschnürt auf dem Boden.

John packte einen am Kragen, zog ihn hoch und warf ihn auf den nächstbesten Stuhl.

»Nun hör mal gut zu, Freundchen«, zischte John Sinclair. »Ich habe einige Fragen an dich.«

Der vierschrötige Kerl glotzte ihn nur an.

Jetzt erst sah er, daß dieser Mann unter Hypnose stand. Verdammt, und John kannte nicht das Stichwort, um ihn aus diesem Zustand zu erlösen.

Mit dem zweiten Kerl sah es nicht anders aus.

John Sinclair zündete sich eine Zigarette an. Wo konnte er nur diesen Orgow finden? Vielleicht in Middlesbury? Möglich. John mußte es auf alle Fälle versuchen.

John Sinclair verließ das düstere Schloß und lief zu seinem Bentley, der in einem kleinen Seitenweg parkte.

Auf der Fahrt nach unten in den Ort sah er plötzlich das rotierende Licht eines Feuerwehrwagens. Der Wagen verließ Middlesbury in westlicher Richtung.

Was war passiert? Hing es eventuell mit dem unheimlichen Professor zusammen?

John Sinclair beschloß, dem Wagen zu folgen.

Das rotierende Licht wies ihm den Weg. Laut jaulte die Sirene durch die Nacht. Auf der Landstraße jagten hinter ihm auch noch andere Rettungsfahrzeuge heran. Ein Krankenwagen überholte ihn.

John Sinclair erreichte als einer der ersten die Unglücksstelle.

Das Ausmaß der Katastrophe war noch gar nicht abzusehen. Die Scheinwerferlampen der Polizisten beleuchteten ein Bild des Grauens.

Schwere Eisenbahnwagen hatten sich wie Spielzeugteile ineinander verkrallt. Menschen waren durch die zerbrochenen Fenster und aufgerissenen Türen geschleudert worden und lagen entweder stumm oder leise vor sich hin wimmernd auf dem Boden. Auch in dem Zug stöhnten noch die Verletzten.

Immer mehr Helfer trafen ein.

John Sinclair fackelte nicht lange.

Durch eine herausgerissene Zugtür gelangte er in einen der Wagen, der halb auf die Seite gekippt war.

An den Gepäcknetzen Halt suchend, schob John sich durch das Abteil.

Ein Stöhnen ließ ihn aufhorchen.

Auf einem der Sitze lag eine Frau mit ihrem Kind. Die Frau blutete am Kopf, und auch ihr Arm war schwer verletzt. Dem Kind schien nichts passiert zu sein.

»Bitte, helfen Sie uns«, flehte die Frau.

»Aber sicher«, lächelte John beruhigend.

Er winkte durch eines der offenen Fenster einen Helfer herbei. Dem gab er das Kind.

Andere Männer drangen in das Abteil. Sie waren geschulte Helfer und nahmen sich der schwerverletzten Frau an.

John Sinclair verließ den Wagen. Inzwischen waren so viele Helfer angekommen, daß er sich wieder um seinen Fall kümmern konnte.

Da entdeckte er Konstabler Jones.

Der Beamte torkelte wie ein Betrunkener auf die Unglücksstelle zu.

John rannte zu ihm.

»Um Himmels willen, Jones. Was ist los?«

Der Konstabler sah ihn aus flackernden Augen an. Sein Atem ging keuchend.

»Sinclair. Ich kann's nicht begreifen. Ich habe sie gesehen.«

»Wen?« fragte John hastig.

»Die Journalistin. Ann Baxter. Sie wollte mich erwürgen.«

»Erzählen Sie, Jones«, forderte John Sinclair.

In stockenden Worten berichtete der Konstabler von seinem Erlebnis.

»Sie glauben mir nicht, was?« fragte er zum Schluß.

»Doch, Jones. Ich glaube Ihnen«, erwiderte John ernst. »Ann Baxter, die Sie erwürgen wollte, war schon tot, bevor sie in Ihrem Wagen verbrannte.«

»Nein!« Konstabler Jones wich unwillkürlich zurück und faßte sich an die Kehle. »Dann – dann . . . stimmt das doch, was Ronald Winston erzählt hat. Von seiner toten Tochter. Bisher konnte ich nie so recht daran glauben.«

»Ja, es stimmt«, antwortete John Sinclair.

Jones schlug die Hände vor das Gesicht. »Ich konnte es einfach nicht fassen. Mein Gott.«

John Sinclair faßte seinen Arm. »Wir haben jetzt keine Zeit, darüber nachzudenken, wie alles gekommen ist. Wir müssen etwas unternehmen.«

»Und was, Mister Sinclair?« Jones zuckte hilflos die Achseln. Er stand vor einer Situation, die er noch nie erlebt hatte. Das ging alles über seine Kräfte.

»Hören Sie zu«, sagte John Sinclair hastig. »Wir müssen diesen Professor Orgow finden. Hier an der Unglücksstelle braucht man uns nicht so dringend. Es sind genug Helfer da. Sie, Jones, kennen die Gegend besser als ich. Also, wohin könnte sich der Professor gewandt haben?«

»Sie meinen . . . Er – er . . . könnte in Middlesbury . . .?«

»Das kann sein«, sagte John Sinclair. »Aber wo dort? Hat Orgow Bekannte in dem Ort?«

»Nein. Früher verkehrte er mit dem alten Smitty. Aber der ist schon über drei Monate tot.«

»Moment. Sie bringen mich auf einen Gedanken. Tot, sagten Sie. Sicher, Orgow fühlt sich zu den Toten hingezogen. Jones, er wird auf dem Friedhof sein. Kommen Sie!« Die letzten Worte stieß John Sinclair hastig hervor.

Die beiden Männer rannten zu dem Bentley. Hoffentlich ist es noch nicht zu spät, dachte John Sinclair. Hoffentlich . . .

Laras Stimme wurde lauter, hektischer.

Ihre Hände, vorhin noch weit ausgestreckt, verkrampften sich wie unter einem Fieberschauer. Die Lippen bewegten sich in einem immer schneller werdenden Rhythmus.

Der Hexer starrte wie gebannt auf das Grab. Wann endlich würde der Tote dieser Gruft entsteigen.

Orgows Blut rauschte in den Ohren. Die Kreuze der Grabsteine auf dem Friedhof drehten sich auf einmal vor seinen Augen, wurden zu Fratzen, zu Schatten, die ineinander zerflossen.

Schrill klang jetzt Laras Stimme. Würden die Toten sie erhören?

Da! Die feuchte Erde auf dem Grab bewegte sich.

Der Hexer stand wie angewachsen. Den Mund zu einem lautlosen Schrei geöffnet.

Plötzlich war wieder alles vorbei. Ruhig lag das Grab vor ihnen. War alles nur eine Halluzination gewesen?

Und Lara redete weiter.

Wieder bewegte sich die Erde. Diesmal stärker. Kleinere Erdklumpen fielen zur Seite. Die gesamte obere Erdschicht des Grabes geriet in Wallung.

Zwei leere Blumenvasen fielen um. Brackiges Wasser floß heraus.

Schon neigte sich das schwere Holzkreuz zur Seite. Der Leibhaftige persönlich schien aus dem Grab zu steigen.

Orgow zitterte. Seine Augen saugten sich an dem Grab fest.

Plötzlich schrie der Professor auf. Unwillkürlich wich er einige Schritte zurück.

Langsam, wie von einem Band gezogen, bohrte sich eine knochige Totenhand an die Oberfläche.

Gleichzeitig fegte ein heftiger Windstoß über die Wege und rauschte durch die Büsche.

Immer weiter schob sich der Tote aus der Tiefe. Ein Arm folgte, ein Stück Schulter, der Hals, das Gesicht . . .

Es war die Nacht des Grauens.

Der Tote war noch nicht ganz verwest. Teile seiner Wangen waren noch vorhanden. Stücke seines Totenhemdes hingen wie Flecken an seinem teilweise fleischlosen Körper.

Jetzt hatte der Tote sein Grab verlassen. Er verharrte. Lauschte auf Laras Stimme.

»Er soll ins Dorf gehen«, flüsterte Orgow erregt.

Langsam setzte sich die Leiche in Bewegung. Mit kleinen Schritten, die Arme am Körper pendelnd, ging er in Richtung Hauptweg.

Orgow atmete auf. Er hatte es geschafft.

Sein Blick fiel über den Friedhof. Wie unter einem Stromstoß zuckte der Hexer zusammen.

Nicht nur dieser eine Tote war aus seinem Grab gekommen. Nein, überall öffneten sich die Gräber, stiegen die Toten aus ihren Särgen.

Das fahle Mondlicht leuchtete auf die unheimlichen Gestalten, die, wie einem unsichtbaren Zwang gehorchend, in die Welt der Lebenden zurückgekehrt waren.

Kein Laut war zu hören, als die zum Teil verwesten Gestalten über den Friedhof gingen.

Es war die Nacht der lebenden Toten . . .

John holte aus dem Bentley heraus, was der Motor hergab. Neben ihm hockte Konstabler Jones mit kalkweißem Gesicht und klammerte sich an einem Haltegriff fest. Seine Lippen bewegten sich murmelnd. »Ich kann's immer noch nicht glauben. Ich kann's einfach nicht.«

John sagte kein Wort. Zu sehr mußte er sich auf die Straße konzentrieren.

Der Weg, der zum Friedhof führte, tauchte im Scheinwerferlicht auf.

John bremste kurz ab und riß das Steuer nach links. Elegant schlingerte der Bentley auf den Weg.

John Sinclair gab wieder Gas. Schon bald war die Friedhofsmauer zu sehen. Und auch der alte Lieferwagen.

»Der Wagen . . . er gehört Orgow«, sagte Konstabler Jones hastig.

»Dann haben wir ja richtig kombiniert«, gab John Sinclair zurück und bremste kurz vor dem Friedhofstor ab.

Die beiden Männer schwangen sich aus dem Wagen und – prallten entsetzt zurück.

»Das ist doch nicht möglich«, stöhnte Konstabler Jones und sah mit weit aufgerissenen Augen auf das Schauspiel, das sich ihnen bot.

Auch John Sinclair, der schon viel erlebt hatte, schauderte zusammen.

Unheimliche Gestalten kamen fast lautlos durch das offene Friedhofstor. Sie bewegten sich wie Puppen.

Unwillkürlich faßte John nach seiner Pistole.

Konstabler Jones stützte sich schwer auf den Kühler des Bentley. Seine Augen starrten wie hypnotisiert auf die Toten, die immer zahlreicher wurden.

»Ich kenne die meisten von ihnen«, flüsterte der Konstabler. »Sie liegen alle höchstens ein bis zwei Jahre unter der Erde. Viele sind auch aus den Nachbardörfern.«

Die Toten nahmen von den beiden Männern keine Notiz. Sie schienen in eine Richtung dirigiert zu werden.

»Das Dorf«, sagte John Sinclair plötzlich. »Verdammt, sie gehen genau auf das Dorf zu.«

Konstabler Jones starrte den Inspektor aus schreckgeweiteten Augen an.

»Kommen Sie, Jones. Wir müssen nach Middlesbury. Wir versuchen zu retten, was zu retten ist.«

John warf sich förmlich hinter das Steuer. Er fuhr schon an, als Jones erst die Tür zum Nebensitz aufriß. Hastig warf auch er sich in die Polster.

John jagte den Bentley los.

»Der Weg«, rief Konstabler Jones. »Der Weg zum Dorf. Er ist voll von diesen Toten.«

»Darauf können wir keine Rücksicht nehmen«, preßte John hervor. Sein Fuß drückte das Gaspedal nieder.

John Sinclair fuhr voll in die Zombies hinein. Wie Puppen wurden die Gestalten zur Seite geschleudert. In Sekundenbruchteilen erkannten die Männer grauenhafte, halb verweste Gesichter, die in den Wagen starrten und versuchten, den Bentley festzuhalten.

Ein Toter krallte seine Skelettfinger um die Antenne.

Er wurde von dem Wagen ein Stück mitgeschleift und in der nächsten Kurve an einem Baumstamm zerschmettert.

Die ersten Häuser tauchten auf.

Wild hupend jagte John in den Ort.

Wenig später zeigten sich erste erschreckte Gesichter an den Fenstern.

John Sinclair stoppte vor Paddy's Inn. Das war ungefähr der Mittelpunkt des Ortes.

Die beiden Männer sprangen aus dem Wagen.

»Hören Sie zu, Jones«, erklärte John Sinclair hastig. »Trommeln Sie sämtliche Einwohner zusammen. Haben Sie hier ein sicheres Gebäude?«

»Die Schule.«

»Dann nichts wie hinein mit den Leuten. Aber vergessen Sie keinen.«

»Es sind fast nur Frauen und Kinder hier«, erkannte Jones bestürzt. »Die Männer sind alle bei den Rettungsarbeiten. Sollen wir einen Boten losschicken?«

»Nein. Er würde unter Umständen den Toten in die Arme laufen. Ich telefoniere inzwischen von Ihrem Dienstzimmer aus nach Carlisle. Geben Sie mir den Schlüssel zu Ihrem Haus!«

Jones reichte ihn ihm mit zitternden Händen.

Inzwischen hatte sich eine Anzahl Einwohner um die beiden versammelt. Sie hatten auch Johns letzte Worte mitbekommen. Panik drohte sie zu überwältigen.

»Versuchen Sie die Leute zu beruhigen!« schrie John Sinclair dem Konstabler noch zu und rannte los.

Hastig schloß er die Tür zu Jones' Haus auf. Er rannte in das Dienstzimmer, knipste das Licht an und hängte sich sofort ans Telefon. Die Nummer der Polizeistation in Carlisle kannte er auswendig.

John schien es eine Ewigkeit zu dauern, bis sich am anderen Ende der Leitung jemand meldete.

»John Sinclair, Scotland Yard«, rief der Inspektor hastig. »Jetzt hören Sie mir mal genau zu.«

Mit wenigen Sätzen erklärte John die Situation.

»Sind Sie besoffen?« fragte der Mann in Carlisle trocken. »Sie wollen sich wohl einen Scherz erlauben. Schlafen Sie ja Ihren Rausch . . .«

»Nein, verdammt noch mal!« schrie John, dem es allmählich zuviel wurde. »Hier ist der Teufel los. Schicken Sie sofort eine Hundertschaft Polizeibeamte. Sie können sie auch aus den anderen Kreisstädten zusammentrommeln.«

»Sie spinnen«, gab der Mann zurück. »Wir haben hier in der Nähe ein Eisenbahnunglück. Außerdem . . .«

»Alarmieren Sie die Truppen«, sagte John noch, doch da hatte der andere schon aufgelegt.

Inspektor John Sinclair wischte sich über die Stirn. Enttäuscht warf er den Hörer auf die Gabel. Es gab nur noch eine Möglichkeit. Er mußte Scotland Yard anrufen.

Zum Glück kam die Verbindung schnell. Der Mann vom Nachtdienst war ein guter Bekannter von John. Er stellte auch keine großen Fragen. Innerhalb von fünf Minuten hatte ihm John Sinclair die Lage geschildert. Sein Kollege versprach, in der Nähe von Carlisle liegendes Militär zu mobilisieren.

John Sinclair beendete das Gespräch. Dann rannte er nach draußen.

Die Bewohner des Dorfes liefen wild gestikulierend zusammen. John entdeckte Konstabler John, als er aus einem Nachbarhaus rannte.

»Schaffen Sie es?« schrie der Inspektor.

»Ja. Die Leute wissen zum Glück, worum es geht. Ich muß nur noch drei Häuser durchkämmen.«

»Das übernehme ich, Konstabler. Laufen Sie schon vor zur Schule.«

»Danke.«

John Sinclair rannte durch die Häuser. Sie waren leer. Die Bewohner hatten früh genug gemerkt, um was es ging.

John rannte wieder zurück auf die Straße. Ein älterer Mann humpelte vorbei.

John faßte seinen Arm und stützte ihn.

»Wo ist hier die Schule?« fragte er hastig.

»Laufen Sie in die erste Gasse links, junger Mann. Dann kommen Sie genau darauf zu. Ich kann nicht so schnell. Nehmen Sie keine Rücksicht auf mich.«

»Kommt gar nicht in Frage«, sagte John und warf sich den Alten kurzerhand über den Rücken.

Ziemlich außer Atem erreichte er das Schulgebäude. Über der dicken Holztür brannte eine Lampe. Konstabler Jones stand als einziger noch draußen.

»Machen Sie schnell, Inspektor.«

John ließ den alten Mann jetzt wieder alleine gehen.

»Ich lauf' noch mal zurück!« rief er dem Konstabler zu.

»Um Himmels willen, Inspektor.«

John Sinclair rannte wieder auf die Hauptstraße. Ging ein Stück zur Ortsmitte hin.

In vielen Häusern brannte Licht. Durch die Fenster drang der Schein bis auf die Straße.

Und da sah John die Toten kommen. Oben am Dorfeingang tauchten die ersten Gestalten auf.

Für John Sinclair wurde es Zeit. Er hastete zur Schule zurück. Konstabler Jones stand noch immer draußen.

»Endlich«, begrüßte er den Inspektor erleichtert.

Die beiden Männer liefen in die Schule. Es war ein alter Steinbau, der schon manchen Sturm überstanden hatte.

Jones schloß die große Eingangstür ab.

Aufatmend lehnte er sich dagegen.

»Jetzt können wir nur noch beten«, flüsterte er.

John Sinclair nickte düster.

Dann gingen die beiden Männer in das größte Klassenzimmer, in dem sich die Bewohner des Dorfes versammelt hatten. Es waren fast nur Frauen und Kinder. Die meisten Männer waren draußen an der Unglücksstelle.

Aus angstvollen Gesichtern blickten die Menschen die beiden Beamten an.

»Was wird passieren«, schluchzte eine Frau. »Kommen die Toten wirklich, Mister Jones?«

Der Konstabler zuckte unbehaglich die Schultern.

»Beruhigen Sie sich erst mal, Madam«, lächelte John. »Es wird schon alles wieder gut werden.«

»Nein, Mister. Daran glaube ich nicht. Was geschieht mit den Männern, die ahnungslos zurückkommen?«

John Sinclair atmete tief ein. Daran hatte er auch schon gedacht. Sie würden den lebenden Leichen direkt in die Arme laufen. Im Augenblick konnte man nur hoffen, daß das Militär schneller war.

»Wir werden schon eine Möglichkeit finden«, tröstete John die Frau. »Schon bald werden Soldaten kommen. Dann wird alles wieder gut.«

Die Frau sah John Sinclair aus tränennassen Augen an. »Ja«, schluchzte sie, »dann wird alles wieder gut werden.«

Die anderen Menschen hatten sich angstvoll zusammengedrängt und flüsterten erregt miteinander.

Plötzlich schrie eine Frau gellend auf.

Die Menschen in dem Raum zuckten zusammen. Alle Augen richteten sich auf diese Frau.

»Billy«, schrie sie. »Er ist noch zu Hause. Wir haben ihn vergessen!«

John Sinclair lief eine eiskalte Gänsehaut über den Rücken.

»Wer ist Billy?« wandte sich John an den Konstabler.

Jones löste sich nur langsam aus seiner Erstarrung. Er schluckte. »Billy ist ein zehnjähriger Waise. Er lebt bei Pflegeeltern, der Familie Patton. Mrs. Patton ist verreist, und ihr Mann hilft an der Unglücksstelle. Billy ist ganz allein im Haus.«

John entschied sich innerhalb von Sekunden. »Wo wohnen die Pattons?«

»Links, direkt neben Paddy's Inn. Aber Sie wollen doch nicht im Ernst . . .«

»Doch, ich will«, erwiderte John. »Schließen Sie die Tür auf, Konstabler.«

Die beiden Männer hasteten zur Eingangstür, verfolgt von den ängstlichen Blicken der Dorfbewohner.

Zitternd öffnete Jones die Tür einen Spalt. Nur so weit, daß John gerade hindurchschlüpfen konnte.

John Sinclair nickte dem Konstabler zu und glitt ins Freie.

Wie ausgestorben lag Middlesbury vor ihm. Nichts deutete auf die Anwenseheit der Toten hin. Und doch wußte John, daß sie im Ort waren.

Mit schnellen Schritten lief John in Richtung Hauptstraße. Vorsichtig lugte er um die Ecke eines Hauses.

Und da sah er sie.

Fast alle hatten sich in der Mitte des Ortes versammelt. Das Licht, das aus den Häusern fiel, erleuchtete dieses schreckliche Bild.

Die Gestalten standen wie Statuen, als warteten sie auf ein Signal oder auf ein Zeichen, um sich in Bewegung zu setzen.

John überlegte.

Um an das Haus zu kommen, mußte er die Straße überqueren. Das möglichst unbemerkt.

John Sinclair spannte die Muskeln.

Dann rannte er los.

Und hatte Glück. Niemand bemerkte ihn, wie er die Straße überquerte und sich an der gegenüberliegenden Seite in eine Türnische quetschte.

John atmete heftig. Er konnte unmöglich ungesehen von vorn in das Haus gelangen. Also hinten herum. Verdammt, das war schwierig. Wie sollte er in der Dunkelheit die Rückseite des Hauses finden.

Doch die Entscheidung wurde ihm aus der Hand genommen. Die Ereignisse nahmen einen völlig anderen Verlauf. Einen erschreckenden Verlauf.

Motorengeräusch drang an Johns Ohren.

John kniff die Augen zu Schlitzen zusammen und spähte die Straße hinauf.

Der Lieferwagen! Rumpelnd fuhr er in den Ort.

Kurz vor den Toten stoppte er.

Ein Mann und eine Frau stiegen aus. Der Mann mußte Professor Orgow sein. Und die Frau? John hatte keine Ahnung.

Es gelang ihm, sich ein paar Häuser voranzuarbeiten. Jetzt hatte er schon bessere Sicht.

John erkannte, daß der Professor mit der Frau sprach. Dann trat der Mann einige Schritte zurück.

Jetzt redete die Frau. Doch sie schien mit den Toten zu sprechen.

In diesem Augenblick ging John ein ganzer Kronleuchter auf. Er kannte plötzlich die Zusammenhänge.

Die Toten schienen die Worte der Frau verstanden zu haben. Sie begannen sich zu bewegen, gingen auf die Häuser zu.

Die suchen Menschen, flüsterte John in Gedanken.

Auch für ihn wurde die Lage jetzt kritisch. Noch schlimmer sah es allerdings für Billy, den Jungen, aus.

John hatte kaum den Gedanken zu Ende gedacht, als er, wie von einem Fausthieb getroffen, zusammenzuckte.

»Mammy, Mammy! Ich will weg hier! Bitte, hol mich hier weg!«

schrie die klagende Stimme eines Kindes durch den totenstillen Ort.

John sträubten sich die Nackenhaare. Eine Gänsehaut lief über seinen Rücken.

John hielt nichts mehr in seiner Deckung. Er sprang auf die Straße, zog seine Pistole und rannte los.

Während er lief, bekam er die Ereignisse mit.

Der Hexer, die Frau und die Toten hatten sich wie auf Kommando dem Haus zugewandt.

Die Frau schrie irgend etwas. Schon setzten sich einige der Leichen in Bewegung, drangen in das Haus ein.

Und immer noch tönte die klagende Stimme des Jungen durch die Nacht.

John schoß. Zwei-, dreimal.

Er sah noch, wie die Kugeln durch die Toten schlugen wie durch Papier, da hatte er schon die ersten Leichen erreicht.

Er hörte den Professor losbrüllen, spürte einen schwammigen, teigigen Arm um seinen Hals, ließ seine Pistole in die Halfter gleiten, riß seine Hände hoch und zog an der halb verwesten Totenhand.

Plötzlich hielt John den Arm zwischen seinen Fingern.

Seine Schrecksekunde dauerte nicht lange. Angeekelt warf er den Arm zur Seite.

Orgows Gesicht tauchte vor ihm auf. John setzte seine geballte Rechte in diese widerliche Fratze. Aus den Augenwinkeln sah er, wie der Professor zurückgeschleudert wurde, und schon hing ihm der zweite Tote am Hals.

Jetzt hatten auch die anderen gemerkt, daß hier ihr Hauptfeind stand.

Fast geschlossen kamen sie auf John zu.

Der Gedanke an den Jungen verlieh John ungeahnte Kräfte. Gut, daß diese Leichen sich fast nur im Zeitlupentempo bewegen konnten.

John gelang es noch, den zweiten Angreifer abzuschütteln, dann rannte er ins Haus.

Wuchtig knallte John die Tür von innen zu. Er schloß blitzschnell ab. Im selben Augenblick mußte einer der Toten seinen Arm dazwischengeklemmt haben. Dumpf prallte eine noch fast unverweste Hand auf den Boden.

John Sinclair schüttelte sich.

Oben schrie plötzlich der kleine Billy wie wahnsinnig.
Die Toten! Sie mußten sein Zimmer erreicht haben.
John sah die Treppe, die nach oben führte. Er nahm die Stufen in Riesenschritten und prallte gegen eine Leiche.
Der Tote starrte ihn aus leeren Augenhöhlen an. Ein Teil seiner Haare klebte noch auf dem fast blanken Schädel. Der ganze, nach Moder riechende Körper hing halb auf dem Treppengeländer.
John Sinclair überwand seinen Ekel und drosch die Faust in das kaum noch vorhandene Gesicht.
Die Leiche kippte nach unten.
John hetzte weiter. Das Schreien des Kindes wies ihm den Weg.
John gelangte in einen schmalen Korridor, an dessen Ende eine Tür offenstand.
Dort mußte Billys Zimmer sein.
John warf sich in den Raum.
Drei Leichen befanden sich im Zimmer. Zwei standen an der Wand, und eine beugte sich über Billys Bett.
Der Junge kauerte in einer Ecke, hatte die Augen vor Entsetzen aufgerissen und schrie grauenhaft.
John hechtete vor.
Er packte die Leiche an der noch vorhandenen teigigen Hüfte, riß sie von Billys Bett weg und schleuderte sie quer durch das Zimmer.
Doch schon kamen die anderen beiden näher.
Johns Augen irrten umher. Suchten eine Waffe. Er wußte, Kugeln waren sinnlos.
Da sah John Sinclair in einer Ecke des Zimmers eine Bastelkiste stehen. Ein Schraubenschlüssel guckte hervor.
Inspektor John Sinclair zögerte nicht.
Er riß den Schraubenschlüssel an sich und drosch ihn mit aller Macht in das aufgeschwemmte, halb verweste Gesicht des ersten Angreifers.
Der Tote taumelte zurück. Die Konturen des Schraubenschlüssels waren wie ein Abzeichen auf seiner Stirn graviert.
Den zweiten Toten, eine Frau, fegte John mit einem Rundschlag quer durch das Zimmer.
Billy schrie immer noch erbärmlich.
John bückte sich zu ihm. »Ist ja gut, Billy«, versuchte er Trost zu spenden. »Komm, ich bringe dich zur Mammy.«

Der Junge beruhigte sich auch nicht, als John nach ihm griff. Er hatte Billy kaum angefaßt, als er von hinten angestoßen wurde.

John wirbelte herum.

Es war die tote Frau, die ihn angreifen wollte.

John Sinclair packte noch einmal den Schraubenschlüssel, den er auf das Bett gelegt hatte.

Immer wieder schlug er damit zu. Schweißgebadet hörte John schließlich auf. Die Tote lag in seltsam verkrümmter Haltung auf dem Boden.

John sah wieder nach Billy, der aufgehört hatte zu weinen und aus weit aufgerissenen Augen den Inspektor anstarrte.

John packte sich kurzerhand den Jungen, lief aus dem Zimmer und rannte mit seiner lebenden Last die Treppe hinunter.

Dumpfe Schläge dröhnten unten gegen die Haustür. Sie versuchten die Tür einzurammen. John hörte Orgows Schreien bis ins Haus.

John lief mit dem Jungen durch die nächstbeste offenstehende Tür.

Er kam in ein Wohnzimmer. Auch hier brannte wie überall das Licht.

John Sinclair interessierte nur das Fenster.

Er warf den Jungen kurzerhand auf die Couch und öffnete das große Fenster.

Kalte Nachtluft traf sein erhitztes Gesicht.

Billy schien plötzlich seinen Schrecken einigermaßen überwunden zu haben. Von selbst kam er auf John zugelaufen.

John Sinclair hievte den Jungen zuerst ins Freie. Dann kletterte auch er nach draußen.

Die beiden befanden sich jetzt an der Rückseite des Hauses.

Der Inspektor sah sich prüfend um.

Noch war keiner der Toten zu sehen.

»Still!« flüsterte der Inspektor, nahm Billy an der Hand und lief mit ihm auf einen kleinen Garten zu, der den hinteren Teil des Nachbargrundstücks begrenzte.

Sie sprangen über Zäune und Hecken, wichen einmal einem Hund aus und schlichen schließlich wieder in Richtung Hauptstraße.

John sah sich erst einmal um.

Die Lage sah schlecht aus. Die Toten hatten sich jetzt fast über die ganze Straße verteilt. Ein Teil von ihnen kämmte jedes Haus durch. Es würde nicht mehr lange dauern, und sie hatten die Schule erreicht.

Es war unmöglich, ungesehen in die Schule zu gelangen.

»Du mußt jetzt sehr schnell laufen, Billy«, flüsterte John. »Kannst du das?«

Der Junge nickte verkrampft.

»Gut. Dann los!«

John trug den Jungen bewußt nicht. Er mußte damit rechnen, angegriffen zu werden. So hatte er mehr Bewegungsfreiheit.

Die Toten entdeckten die beiden ziemlich schnell.

Vier, fünf Leichen liefen auf sie zu.

Und in diesem Augenblick stolperte Billy.

»Ah«, schrie er auf. »Mein Bein.«

John handelte wie ein Automat.

Er packte sich blitzschnell den Jungen und rannte, bevor ihn noch der erste Tote angreifen konnte, in Richtung Schule.

»Aufmachen, Jones!« schrie John schon von weitem.

Knarrend öffnete sich die Tür. Lichtschein fiel ins Freie.

Fast noch in vollem Lauf rannte John mit Billy in die Schule. Hilfreiche Hände nahmen ihm den Jungen ab.

Jones schloß sofort wieder die Tür.

Keuchend und schweißnaß lehnte sich John Sinclair gegen die Wand.

»Was ist geschehen?« fragte Konstabler Jones hastig.

John berichtete stockend.

Jones wurde noch blasser, als er schon war. »Mein Gott«, flüsterte er immer wieder. »Was sagen wir nur den Leuten?«

»Die Wahrheit«, erwiderte John. »So schrecklich es auch für sie sein wird. Wir müssen jetzt eine Einheit bilden. Müssen fest zusammenhalten.«

Konstabler Jones nickte verkrampft.

John Sinclair ging in den großen Raum. Ängstlich sahen ihm die Menschen entgegen.

John atmete noch einmal tief durch. Dann sagte er: »Die Toten werden in einigen Minuten hier sein . . .«

Zuerst war es nach seinen Worten fast unheimlich still. Doch dann brach ein Tumult los. Schreiend drängten die Menschen wie auf ein geheimes Kommando in Richtung Tür.

»Ruhe, verdammt noch mal!« brüllte John Sinclair. »Wir müssen jetzt Ruhe bewahren!«

Er und Konstabler Jones standen mit dem Rücken zur Tür und versuchten den Ansturm der in Panik geratenen Bewohner abzufangen.

Allmählich wirkten seine Worte. Langsam beruhigten sich die Menschen wieder. Jetzt stand in ihren Gesichtern nur Angst. Nackte Todesangst. Fast ergeben sahen sie John Sinclair an, erwarteten von ihm die Patentlösung.

»Freunde«, sagte John. »Ich weiß, wir befinden uns alle in einer schrecklichen Lage. Aber keine Situation kann so schlimm sein, daß es nicht noch einen Ausweg gibt. In unserem Fall heißt das, Sie, Herrschaften, gehen in den Heizungskeller der Schule.«

»Und was ist mit Ihnen?« fragte eine junge Frau.

»Da brauchen Sie sich keine Sorgen zu machen, Miss. Konstabler Jones und ich werden die Toten schon richtig empfangen.«

»Ich bete für Sie«, sagte die junge Frau.

Die ersten liefen schon in Richtung Keller.

John Sinclair selbst sah sich unten in dem kahlen Betonraum um. Das Versteck war wirklich gut. Der Heizungskeller war durch eine graue Eisentür gesichert. Er war nur ein wenig klein. Doch die Menschen nahmen das gern in Kauf.

Der Schlüssel steckte von innen in der Eisentür.

»Schließen Sie ab, und kommen Sie nicht auf die Idee, den Keller zu verlassen«, beschwor John die Bewohner noch einmal.

Dann ging er wieder nach oben.

Konstabler Jones hatte das Licht gelöscht, stand am Fenster und starrte in die Nacht.

John trat hinter ihn.

»Ich sehe noch nichts, Sir!« meldete der Konstabler. Seine Stimme zitterte ein wenig.

John lächelte aufmunternd und bot dem Mann eine Zigarette an. Jones rauchte hastig.

»Was sollen wir denn machen, Sir?«

»Gibt es hier Werkzeug?« beantwortete John die Frage mit einer Gegenfrage.

»Sicher, Sir. Der Hausmeister hat bestimmt welches.«

»Wissen Sie, wo, Konstabler?«

»Vielleicht im Keller? Ich müßte mal nachsehen.«

»Dann tun Sie's.«

Jones lief nach unten.

John Sinclair starrte indessen durch die Fensterscheiben in das Dunkel. Noch konnte er keine der Leichen entdecken.

John Sinclair machte sich Sorgen. Hoffentlich blieben die Leute in ihrem Versteck. Sollten sie tatsächlich herauskommen, und sie würden dann unter den Toten ihre eigenen Verwandten entdekken . . . Mein Gott, John durfte gar nicht daran denken. Es würde zu unbeschreiblichen Szenen kommen.

Konstabler Jones kam zurück. In der rechten Hand schleppte er eine Werkzeugkiste.

»Glück gehabt«, pustete er. »Der Hausmeister hatte heute wohl was repariert und die Kiste im Keller stehenlassen.«

John ließ das schwere Ding auf den Boden fallen.

»Wie haben Sie sich das denn gedacht, Sir?« fragte er John.

»Konstabler, wir müssen diese Toten regelrecht zerstückeln. So brutal das auch klingt.«

»Nein!« Jones wich zurück.

»Hören Sie zu, Jones«, sagte John eindringlich. »Kugeln helfen nicht. Und erinnern Sie sich bitte an die Aussagen von Ronald Winston. Er hat der Toten mit der Axt den Kopf gespalten. Er hat zufällig die einzig richtige Möglichkeit gefunden.«

Jones erschauderte. Fast verlegen sah er auf die Werkzeugkiste. John bückte sich und wühlte in der Kiste herum. Er fand zwei Handbeile. Eines davon gab er Jones. Mit den anderen Werkzeugen konnte man sich unter Umständen die Toten vom Leib halten, aber nicht, so paradox es klingt, umbringen.

»Haben Sie noch eine Zigarette, Inspektor?«

»Aber sicher.« John zündete sich ebenfalls ein Stäbchen an.

Dann starrten die Männer wieder in die Nacht.

»Können Sie das alles begreifen, Inspektor?« flüsterte Jones.

John Sinclair nickte langsam. »Ich glaube schon, Konstabler.«

»Dann sind Sie schlauer als ich.«

»Das kann man auch nicht sagen, Konstabler. Wissen Sie, ich habe viel mit solchen und ähnlich gelagerten Fällen zu tun. Ich kann sogar fast eine Erklärung dafür finden.«

Jones sah den Inspektor überrascht an. »Wirklich?«

»Ja. Hören Sie zu. Ich versuche, Ihnen ganz kurz die Dinge begreiflich zu machen. Dieser Professor Orgow, der oben auf Manor Castle haust, besitzt ein Medium. Es ist in der Lage, wenn es unter Hypnose steht, ungeahnte Kräfte zu entwickeln. Geistige

Kräfte. Und diese Kräfte können Tote erwecken. Bei Mary Winston war es ihr zum erstenmal gelungen. Vorher hatte sie es bei drei anderen Leichen versucht. Allerdings wurde dies ein Fehlschlag. Das waren übrigens die Toten, die man vermißte.«

Konstabler Jones schüttelte immer wieder den Kopf. »Ich kann es einfach nicht begreifen. Ich habe ja schon von den Totsprecherinnen in Asien gehört und gelesen, aber so etwas wie hier?« Jones schüttelte sich unwillkürlich.

»Ja, es ist schon schrecklich«, erwiderte John.

John Sinclair verengte die Augen zu schmalen Schlitzen. Er hatte eine Bewegung gesehen, dicht neben dem Fenster.

»Sie kommen, Konstabler«, flüsterte John.

Jones nickte verkrampft.

Die beiden Männer verhielten sich still. Ihre Nerven waren zum Zerreißen gespannt.

Plötzlich schrie Jones auf.

Direkt vor der Scheibe tauchte eine schreckliche Gestalt auf. Ein schwammiger, aufgedunsener Schädel, in dem Augen und Nase nicht mehr vorhanden waren, starrte die Männer an.

John sah, wie dieser Tote langsam einen noch nicht verwesten Arm hob.

Klirrend ging die Fensterscheibe zu Bruch.

Der Arm streckte sich in den Raum.

Jones verlor die Nerven.

Schreiend hob er das Beil und schlug zu.

Er trennte den Arm in Schulterhöhe vom Körper ab. Dumpf polterte der Arm auf den Boden des Raumes. Kein Tropfen Blut quoll aus der Wunde.

Es war schrecklich.

»Sind Sie verrückt, Jones?« keuchte John. »So kommen wir den Toten nicht bei. Bewahren Sie um Himmels willen Ruhe.«

Noch stand der Tote draußen. Er schwankte wie ein Rohr im Wind.

Plötzlich ließ er sich einfach fallen. Durch die zerbrochene Scheibe in den Raum.

John Sinclair hob sein Beil.

Verdammt, er mußte es tun. Es gab keinen anderen Ausweg.

Die messerscharfe Klinge spaltete den Schädel des Toten. Wie unter einem Stromstoß bäumte sich noch einmal der Körper auf, wurde dann schlaff und zerfiel vor den Augen der beiden Männer zu Staub.

»Das ist die einzig richtige Methode!« keuchte John Sinclair.

Der Konstabler stand wie erstarrt. Dieses Geschehen ging über sein Vorstellungsvermögen.

Schon waren die anderen Leichen da. Zu Dutzenden drängten sie sich an das Fenster.

»Sie dürfen keine Rücksicht nehmen, Konstabler!« schrie John.

Er selbst war plötzlich eiskalt. Breitbeinig stand er da, das Beil mit beiden Fäusten gepackt.

Drei, vier andere Fensterscheiben zerbrachen.

»Halten Sie da die Stellung, Konstabler!« brüllte John. Dann mußte er sich um die Leichen kümmern.

Wie Ameisen quollen sie in den Raum.

John schlug zu. Immer mehr dieser unheimlichen Gestalten wurden zu Staub.

Doch die Übermacht war einfach zu groß. Die Toten drängten John zurück.

Der Inspektor riskierte einen Blick zur Seite.

Zwei Fenster weiter kämpfte Konstabler Jones wie ein Besessener. Er drosch wahllos auf die Leichen ein.

»Schlagen Sie auf die Schädel!« schrie John dem Konstabler zu.

Er konnte sich nicht weiter um den Mann kümmern. Zwei Knochenhände, an denen noch Hautfetzen hingen, packten seinen Arm.

Angeekelt wirbelte John herum. Er schleuderte die Leiche quer durch das Zimmer.

Schläge dröhnten gegen die Eingangstür. Wie lange würde sie standhalten?

Immer mehr Tote drängten in den Raum.

John Sinclair wütete wie ein Berserker.

Plötzlich hörte er Konstabler Jones aufschreien.

Vier, nein fünf Leichen hingen wie Kletten an ihm. Das Beil lag unerreichbar für den Mann auf dem Boden.

»Sinclair«, hörte John ein Röcheln.

Der Inspektor hastete los.

Er erkannte, wie einer der Toten an Jones' Kehle hing.

John Sinclair schlug zu. Schlug in das Gesicht ohne Leben und spürte plötzlich, wie auch er von zwei Toten zu Boden geworfen wurde.

John verwandelte den Sturz in eine Rolle. Dabei verlor er das Beil.

Schon griff ihn der nächste Zombie an. Mit weit vorgestreckten Händen versuchte er nach seinem Gesicht zu greifen.

John schmetterte ihm die Faust in den Leib. Es war, als hätte er in eine Knetgummimasse geschlagen. Der Tote taumelte zurück.

John bekam etwas Luft. Er suchte sein Beil. Verdammt, es war nicht mehr da. Einer der Toten mußte es weggestoßen haben.

In diesem Moment verlor Konstabler Jones die Nerven.

Laut schreiend sprang er plötzlich auf, schüttelte mit hastigen Bewegungen noch eine Leiche ab und rannte in Richtung Tür.

John sah es aus den Augenwinkeln. »Bleiben Sie stehen!« brüllte er.

Jones hörte nicht. Wie ein Irrer lief er auf die große Eingangstür zu, holte den Schlüssel aus der Tasche, schloß die Tür auf . . .

John Sinclair hörte noch einen letzten, verzweifelten Schrei, dann hatten die Leichen ihr Opfer.

Und du bist der nächste! schoß es John durch den Kopf.

Er war bis an die Wand zurückgewichen.

Die Toten, die durch die Eingangstür gequollen waren, liefen in Richtung Keller.

Und dort waren die Menschen . . .

Tränen der Wut, der Hilflosigkeit traten John in die Augen. Einen Moment nur blickte er zu den Fenstern.

Da sah er das grinsende Gesicht des Hexers. Der Mann kam ihm vor wie der Satan persönlich.

In einer Reflexbewegung riß John seine Pistole aus der Halfter. Er drückte einfach ab.

Im selben Augenblick griff eine vermoderte Hand nach seinem Arm.

Die Kugel klatschte in den Boden. Das satanische Gelächter des wahnsinnigen Professors drang bis in den letzten Winkel des Raumes.

John schlug mit dem Kolben der Waffe zu.

Zwei Leichen umklammerten seine Hüften.

John torkelte zurück, verlor den Halt und fiel zu Boden.

Sofort waren sie über ihm.

Jetzt stieg die Panik wie eine heiße Welle auch in John Sinclair hoch.

Er spürte die Körper auf sich. Der Geruch nach Moder, Verwesung und Grab drang in seine Nase. Ekel überkam ihn.

Doch John Sinclair kämpfte. Kämpfte wie noch nie in seinem Leben.

Er schlug einfach um sich. Nein, hier nutzten keine Karate- und Judokenntnisse, damit waren die Leichen nicht zu besiegen.

Johns rechter Jackenärmel hing in Fetzen. Es gelang dem Inspektor, aus seinem Jackett zu schlüpfen. Dadurch bekam er etwas Luft.

John Sinclair rollte sich über den Boden. Noch einmal kam er auf die Füße.

Da durchschnitt der gellende Schrei einer Frau wie ein Messer die Luft.

John Sinclair sah eine ältere Person, die eigentlich in dem Keller sein mußte, plötzlich im Raum stehen.

»Ernest!« schrie sie immer wieder. »Ernest! Mein Mann . . .«

»Hauen Sie ab!« brüllte John.

Die Frau hörte nicht. Schreiend, weinend und mit vorgestreckten Armen rannte sie auf einen der Toten zu.

Jetzt ist alles verloren, dachte John Sinclair . . .

Zwei Jeeps und drei Mannschaftswagen rasten durch die stockdunkle Nacht. Scotland Yard hatte nach John Sinclairs Anruf das Militär alarmiert. Die einfachen Soldaten wußten nicht, worum es ging. Nur ihre Vorgesetzten waren eingeweiht. Sie hatten die Mannschaften vorsichtshalber neben den üblichen Waffen auch mit Flammenwerfern ausgerüstet.

»Wie weit ist es noch?« wandte sich Captain Green, der im ersten Jeep saß, an seinen Fahrer.

»Noch sechs Meilen, Sir!«

»Danke.«

Vielleicht war es falsch, die Männer nicht einzuweihen, überlegte Captain Green. Aber hätten ihm die Soldaten geglaubt? Es wäre unter Umständen zu Disziplinlosigkeiten in der Truppe gekommen. Außerdem glaubte Captain Green selbst nicht so recht an die Sache. Aber er war Soldat, und Soldaten mußten Befehle ausführen. Captain Green war direkt gespannt auf die Geister. Noch war er gespannt, doch bald sollte auch er das Grauen kennenlernen . . .

Verzweifelte hetzte John Sinclair hoch. Er mußte versuchen, die Frau zu retten. Sie durfte nicht in die Gewalt der Toten gelangen.

In dem fahlen Mondlicht, das durch die Fenster fiel, sah die Szene schrecklich aus. Das große leergeräumte Klassenzimmer, voll mit lebenden Toten, und dann die Frau, die sich schreiend an ihren toten Mann klammerte.

John Sinclair hechtete durch die Luft. Seine Fäuste dröhnten in den aufgedunsenen Rücken der Leiche.

Alle drei stürzten sie zu Boden.

Die Frau schrie gellend. Der Mann lag genau über ihr.

John war sofort wieder auf den Beinen. Mit dem rechten Fuß trat er zu. Immer wieder.

Der Tote wurde von der Frau geschleudert, die plötzlich starr vor Schrecken das Geschehen verfolgte.

John Sinclair riß die Frau hoch. »Sind die anderen auch aus dem Keller gekommen?« herrschte er sie an.

Doch John bekam die Antwort der Frau gar nicht mehr mit. Plötzlich hingen wieder einige Gestalten an seinem Körper.

»Laufen Sie weg!« schrie John der Frau noch zu, dann mußte er wieder kämpfen.

Ein Hieb traf ihn am Schädel.

John Sinclair taumelte.

Der Schlag war nicht sehr hart gewesen, aber doch schmerzhaft.

Die Toten setzten nach.

Du mußt zurück! hämmerte es in Johns Kopf.

Wieder schlugen die Toten zu. Sie drangen mit einer geradezu unvorstellbaren Gleichmäßigkeit gegen John vor.

Plötzlich spürte John die Fensterbank hinter sich. Vor ihm standen die Toten; bereit, sich auf ihn zu stürzen und ihn zu vernichten.

Die Nachtluft traf Johns naßgeschwitzten Rücken. John blieb keine Zeit zum Nachdenken. Er handelte.

Mit Schwung ließ er sich rücklings durch die zerschlagene Scheibe fallen.

Er prallte hart auf und rollte sich ab. Er kam auf die Füße. Die schrecklichen Gesichter der Toten starrten ihn immer noch an.

John Sinclair verspürte plötzlich einen wahnsinnigen Zorn auf die Gestalten. Einen Augenblick verlor er die Nerven.

Er entdeckte einige Steine neben sich, hob sie blitzschnell auf und warf sie mit voller Wucht in die schrecklichen Fratzen.

Die Toten wurden von der Wucht der Steine regelrecht zurückgeschleudert. Wie steife Puppen fielen sie nach hinten.

»Verdammt«, flüsterte John.

Er sah sich um. Überall geisterten die Toten durch den Ort. Sie drangen in Häuser, durchstöberten Wohnungen und steckten ihre Schädel durch die Fenster.

John Sinclair machte sich auf die Suche. Auf die Suche nach Professor Orgow und seinem Medium. John sah hierin die einzige Möglichkeit. Er mußte die beiden zwingen, die Toten wieder zurückzuholen.

Eng an die Häuserwände gepreßt, schlich er durch die schmale Gasse.

Auf der Hauptstraße erkannte er drei Gestalten, die wie betrunken umhertorkelten.

Über ihm klirrte eine Scheibe. John duckte sich und glitt zur Seite. Splitter fielen neben ihm auf den Boden.

Der Inspektor war fast am Ende seiner Nervenkraft.

Motorengeräusch ließ ihn herumfahren.

Hilfe?

John sprang auf die Straße. Gleißende Scheinwerfer blitzten am Dorfeingang auf. Wagen rasten in den Ort.

Militär!

Die Rettung!

John Sinclair spürte ein Zittern in den Knien, als der erste Jeep neben ihm stoppte.

Dahinter hielten die anderen Wagen.

John riß die Tür des Jeeps auf.

»Ich bin Inspektor Sinclair!« keuchte er. »Sie kommen gerade noch zur rechten Zeit.«

Ein drahtiger Captain sprang aus dem Wagen. »Stimmt es wirklich, daß . . .« Der Captain hielt inne und schluckte. »Verdammt«, flüsterte er nur noch mit einem Blick auf zwei Tote, die gerade aus einer Seitengasse kamen und sich sofort den Menschen zuwandten.

Captain Green handelte innerhalb von Sekunden.

»Absitzen! Flammenwerfer bereithalten!« schallte seine Stimme durch den Ort.

Inzwischen hatten die Leichen den Jeep erreicht.

Während die Soldaten sich formierten, griff eine der Leichen den schreckensstarren Captain an.

John Sinclair legte alle Kraft in einen furchtbaren Hieb, der die Leiche zurückschleuderte. Das gleiche geschah mit dem zweiten Toten.

Ein Sergeant kam angerannt. »Melde . . .«

»Geschenkt, Sergeant!« schrie Captain Green. »Lassen Sie die Männer auf Totenjagd gehen. Jede Leiche wird mit dem Flammenwerfer verbrannt.«

»Zu Befehl, Sir!« stotterte der Sergeant.

»Hier, Inspektor. Ich habe auch noch zwei Flammenwerfer im Wagen«, sagte der Captain.

Zehn Sekunden später hatte John die Waffe in der Hand.

Es wurde auch höchste Zeit. Eine Gruppe von fünf Leichen kam geschlossen auf die Männer zu.

»Jetzt gilt's!« schrie John. »Wenn die auch versagen . . .«

Diese Flammenwerfer waren erst vor kurzem von der Armee entwickelt worden und speziell für den Nahkampf gedacht.

Die Männer rissen ihre Waffen hoch und lösten sie fast gleichzeitig aus.

Fauchende Feuerstrahlen zischten aus den Öffnungen. Haargenau in den Pulk der Toten.

Und die Flammen verfehlten ihre Wirkung nicht.

Selbst dem hartgesottenen Inspektor des Yard drehte sich bei dem Anblick dessen, was nun geschah, der Magen um.

Die Körper der Zombies fingen Feuer. Wild schlugen die Untoten um sich, aber für sie gab es keine Rettung mehr.

Die Leiber schmolzen.

Nur eine große Pfütze blieb zurück und ein penetranter Gestank.

»Mein Gott«, flüsterte Captain Green. »Ich habe ja schon viel erlebt, aber . . .«

Der Sergeant von vorhin kam angelaufen. Sein Gesicht spiegelte den Schrecken der vergangenen Minuten wider. »Sir!« keuchte er. »Die Toten. Sie schmelzen einfach. Ich . . .«

»Jetzt hören Sie mal genau zu, Sergeant«, mischte sich John mit harter Stimme ein. »Ich weiß, es ist schrecklich. Aber denken Sie, uns geht es besser? Verdammt noch mal, halten Sie durch. Machen Sie Ihren Soldaten klar, daß es hier um mehr geht als nur um ihre persönliche Angst.«

»Yes, Sir!« meldete der Sergeant und verschwand.

John wandte sich an den Captain.

»Sie wissen nun Bescheid, Sir«, sagte er. »Ich halte es für besser, wenn Sie bei Ihren Leuten sind. Nehmen Sie keine Rücksicht. Verbrennen Sie jede Leiche. Dieser Ort muß von der Brut gesäubert werden. Übrigens, die Einwohner befinden sich im Keller der Schule. Dort sind sie relativ sicher. Lassen Sie die Menschen erst raus, wenn alle Leichen erledigt sind.«

Der Captain nickte. »Darf man fragen, was Sie vorhaben, Inspektor?«

John lächelte kalt. »Ich bin Kriminalist, Captain. Ich werde mich mal um den Initiator dieser Sache kümmern.«

John konnte sich denken, wo er den Hexer und sein Medium finden würde.

Beim Lieferwagen.

Der Inspektor rannte los.

Einmal blickte er kurz zurück.

Ein Feuerschein lag hinter ihm. Die Soldaten waren in Aktion. Sie würden das ganze Dorf durchkämmen und säubern.

Plötzlich verstellten fünf der Schauergestalten John den Weg. Der Inspektor des Yard sah keine andere Möglichkeit, als erneut seinen Flammenwerfer einzusetzen.

Die Toten wichen zurück. John Sinclair setzte ihnen nach.

Einer der Zombies fing Feuer und entzündete Sekunden später auch seine Schicksalsgenossen.

Ohne sich weiter um die Untoten zu kümmern, setzte John Sinclair seinen Weg fort. Er hetzte durch dichtes Buschwerk. Erreichte die Straße.

Da röhrte ein Motor auf.

Professor Orgow. Er mußte in seinem Lieferwagen sitzen.

John sah die roten Schlußleuchten des Wagens aufglühen. Dann verschwanden sie in der Nacht.

Der Inspektor lief noch schneller. Er keuchte. Die schweren Stunden vorher machten sich jetzt bemerkbar.

Endlich hatte er seinen Bentley erreicht.

Hastig schloß John die Tür auf.

Im selben Augenblick taumelten zwei Leichen auf ihn zu.

John, der den Flammenwerfer auf das Autodach gelegt hatte, zuckte zurück, als er eine Berührung an seinem Hals spürte.

Instinktiv riß er die Waffe wieder an sich.

Etwas sauste auf ihn zu.

John zog unwillkürlich den Kopf ein.

Die Latte streifte nur seinen Schädel und dröhnte auf das Wagendach.

John Sinclair sackte in die Knie. Den Flammenwerfer ließ er jedoch nicht los.

Der Tote hielt die Latte in beiden Händen und holte zum zweiten Schlag aus. Gleichzeitig versuchte der andere, sich gegen John zu werfen.

John Sinclair lag halb auf dem Boden, mit dem Rücken an die Wagentür gelehnt.

Er sah die nach Moder riechenden, faulenden Körper direkt vor sich, blickte in unbeschreiblich grauenvolle Gesichter und drückte ab.

Der Feuerstrahl flammte auf. In Sekundenschnelle schmolzen die Toten dahin. Danach war es fast still. Nur die Holzlatte brannte knisternd.

John Sinclair zog sich an seinem Wagen hoch. Schwer atmend ließ er sich auf den Sitz fallen. Den Flammenwerfer warf er auf den Beifahrersitz.

Noch einmal riß sich John Sinclair zusammen. Er ahnte, wo der Hexer hingefahren war. Nach Manor Castle . . .

Die Soldaten leisteten gründliche Arbeit. Jede Leiche wurde mit den Flammenwerfern angegriffen.

Schließlich waren alle Zombies vernichtet.

In der Schule stolperte Captain Green über einen Toten.

Konstabler Jones.

Die lebenden Leichen hatten ihn erwürgt.

Soldaten schafften den Leichnam weg.

Dann ging Captain Green in den Keller. Mit beiden Fäusten schlug er gegen die Eisentür.

»Aufmachen!« hallte seine Stimme durch das Gewölbe. »Sie sind gerettet!«

Es dauerte einige Minuten, ehe die verängstigten Bewohner die Tür öffneten.

Das Grauen stand noch in ihren Gesichtern, als sie die Schule verließen und wieder in ihre Häuser gingen.

Captain Green zündete sich eine Zigarette an. Sein Stellvertreter, ein junger Lieutenant, gesellte sich zu seinem Vorgesetzten.

»Verstehen Sie das, Captain?«

Green schüttelte den Kopf. »Nein, Loomis. Wir haben unsere Aufgabe erfüllt. Am besten, Sie sagen den Männern, sie sollen alles schnell vergessen. Das ist mein Rat.«

Lieutenant Loomis nickte gedankenverloren. »Wo ist eigentlich dieser Inspektor Sinclair?« fragte er.

»Er ist dem Urheber dieser Verbrechen auf den Fersen«, erwiderte der Captain. »Hoffentlich hat er Glück. Ich würde es ihm gönnen. Ein Teufelskerl, dieser John Sinclair.«

Mit verbissenem Gesicht hockte John hinter dem Steuer. Hoffentlich schaffte er es noch. Orgow hatte einen verdammt großen Vorsprung.

John Sinclair jagte den Bentley durch die engen Kurven. Er mußte seine gesamte Fahrkunst aufbieten, um nicht im Graben zu landen oder an einem Baum zu zerschellen.

John ließ ein kleines Wäldchen hinter sich und hatte jetzt freie Fahrt bis Manor Castle. Der schmale Weg zog sich in Serpentinen zum Schloß hoch, und weit oben sah John ab und zu die Scheinwerfer des Lieferwagens aufblitzen.

John gab noch mehr Gas.

Wenige Minuten später hatte er das unheimliche Schloß erreicht. Der Inspektor hastete geduckt aus seinem Wagen und auf das große Eingangstor zu.

Im Innenhof des Schlosses preßte er sich gegen die Mauer und lauschte.

Kein verdächtiges Geräusch drang an seine Ohren. Er hörte nur seinen eigenen Herzschlag.

Ein irres Gelächter ließ John zusammenzucken.

Es kam aus dem Schloß. Orgow mußte es ausgestoßen haben.

Dieser Mensch verliert den Verstand, dachte John Sinclair.

Mit ein paar Schritten war er an der schweren Eingangstür. John drückte die gußeiserne Klinke.

Die Tür war offen!

Der Inspektor glitt in die Schloßhalle.

Noch immer brannten die Kerzen. Ihr Schein fiel auf den Hexer und sein Medium. Orgow stand wie eine Statue. In seinem wächsernen Gesicht regte sich kein Muskel.

John Sinclair ging langsam einen Schritt vor. Er atmete tief durch. Er hatte es geschafft. Die beiden waren in seiner Hand.

Im selben Augenblick spürte er neben sich einen Luftzug.

Instinktiv hechtete John Sinclair zur Seite. Ein Schwert zischte mit ungeheurer Wucht schräg über ihn hinweg!

Ich habe die Leibwächter vergessen! dachte John, während er über den Boden rollte.

Der Kerl mit dem Schwert war unheimlich schnell. Er hielt das Mordinstrument plötzlich wie einen Speer in der Hand und wollte es John in die Brust schleudern.

John Sinclair riß die Waffe aus der Halfter und schoß einen Sekundenbruchteil früher.

Die Kugel drang dem Mann in den Arm. Im letzten Moment schleuderte er noch das Schwert. Es pfiff durch die Luft, prallte gegen die Wand und fiel klirrend zu Boden.

John kam blitzschnell auf die Beine, die Waffe im Anschlag.

Der angeschossene Leibwächter hockte in einer Ecke und hielt sich den blutenden Arm.

Seitlich bewegte sich John Sinclair auf Orgow und das Medium zu.

»Wo ist der andere Kerl?« herrschte er den Professor an.

Orgow blieb stumm. Nur sein Gesicht verzerrte sich zu einer haßerfüllten Fratze.

»Rede!« zischte John.

Der Hexer murmelte irgend etwas Unverständliches. Es mußte wohl ein Zeichen für sein Medium gewesen sein, denn die Frau setzte sich plötzlich in Bewegung.

Langsam kam sie auf John zu.

»Bleib stehen!« befahl der Inspektor.

Das Medium lächelte und ging weiter.

John glitt zurück. Verdammt, welche Teufelei hatten die beiden jetzt ausgeheckt.

Plötzlich blieb die Frau stehen.

»Ich heiße Lara«, sagte sie mit wohlklingender Stimme.

John warf einen Blick auf Professor Orgow, der angespannt die Szene beobachtete.

Lara blickte John Sinclair in die Augen. Ein Feuer schien von diesen Augen auszugehen. John merkte, wie ein unsichtbarer Strom von ihm Besitz ergreifen wollte. Ein Gefühl völliger Leere breitete sich in ihm aus.

Unbewußt ließ der Inspektor die Waffe sinken.

Und dann begann Lara zu reden. Seltsame, singende Laute drangen aus ihrem Mund. Sie trafen John wie Keulenschläge.

Hypnose! schoß es dem Inspektor durch den Kopf.

Seine Gedanken wirbelten.

Nein, das war nicht nur Hypnose. Viel schlimmer. John hatte schon von den Totsprecherinnen gehört. Es waren meistens Eingeborene, die im Südosten Asiens lebten.

Totsprechen! Das wollte Lara auch mit ihm versuchen.

John krümmte sich wie unter starken Schmerzen zusammen. Noch einmal bot er seine gesamte Willenskraft auf, um von diesen unheimlichen Mächten freizukommen.

Er spürte, wie sich der kalte Schweiß wie ein Reif um seinen Körper legte.

Lara redete weiter.

Ihre Stimme hob sich, wurde stärker, hektischer.

John Sinclair stöhnte auf. Die Worte bereiteten ihm fast körperliche Schmerzen.

John taumelte. Die Waffe fiel aus seiner Hand.

Im Unterbewußtsein hörte er, wie der Hexer auflachte. Höhnisch, triumphierend.

John Sinclair ächzte. Wie ein tödlicher Strom drangen Laras Worte in ihn ein.

Unbewußt bohrte John Sinclair seine Fingernägel in das Fleisch. Er riß sich die Handballen auf. Schmerz durchpulste seine Arme. Und dieser Schmerz brachte ihn wieder in die Wirklichkeit.

John merkte, wie sein Herz schneller schlug. Wie das Blut durch seine Adern pulsierte, wie neue Kraft in seinen Körper zurückkehrte.

Orgow mußte diese Veränderung mitbekommen haben. Er stieß einen Fluch aus.

Auch Lara hörte auf zu sprechen.

John taumelte vor.

Lara wich mit verzerrtem Gesicht zurück.

Du mußt diesen wahnsinnigen Professor niederschlagen! hämmerte es in Johns Gehirn.

In diesem Augenblick wurde krachend die Eingangstür aufgestoßen. Orgows zweiter Leibwächter sprang in den Raum.

Mit einem Blick übersah er die Situation.

Brüllend stürzte er sich auf den Inspektor.

John, noch nicht wieder voll bei Kräften, wurde von der Wucht des Zusammenpralls zurückgeschleudert. Er flog durch den halben Raum und riß eine alte Ritterrüstung um, die scheppernd auf den Boden knallte.

John wußte nicht, warum dieser Mann so lange draußen gewesen war. Er wußte nur, daß er jetzt um sein Leben kämpfen mußte.

Ein Tritt in die Rippen warf John herum. Der Schmerz schnitt wie ein Messer durch seinen Leib. Über sich hörte John das Keuchen seines Gegners.

Dem nächsten Tritt konnte er durch eine schnelle Drehung die Wucht nehmen. Es gelang ihm sogar, das Bein seines Gegners zu packen.

Dumpf knallte der schwere Mann neben ihm auf den Boden.

Hastige Schritte.

Während John sich aufstemmte, sah er den Hexer auf seine Waffe zulaufen.

Für John gab es nur eine Möglichkeit.

Er hechtete auf den sich eben aufrappelnden Schläger zu und warf ihn wieder zurück. Ineinander verkrallt rollten die beiden über den Boden.

Orgow stieß ein irres Gelächter aus.

Aus den Augenwinkeln sah John, daß der Professor mitten im Raum stand, die Pistole mit beiden Händen gepackt.

Ein Schuß krachte.

John spürte, wie sein Gegner zusammenzuckte, aufstöhnte und dann schlaff wurde.

Der Hexer hatte seinen eigenen Mann erschossen.

»Steh auf!« kreischte der Wahnsinnige. »Jetzt bist du dran!«

Ganz langsam kam John auf die Beine. Breitbeinig und keuchend stand er da. Er wußte plötzlich, daß alles verloren war. Er sah seine Pistole in Orgows Hand matt blinken.

»Warum schießen Sie nicht, Orgow? Haben Sie Angst?« spottete John.

Orgows Gesicht zuckte wie unter Stromstößen. Seine blutleeren Lippen brabbelten unverständliche Worte.

Schräg hinter ihm stand Lara. Fast unbeteiligt sah sie der Auseinandersetzung zwischen den beiden Männern zu.

Orgow drückte ab.

»Klick«, machte es nur.

Im selben Augenblick hatte sich John nach vorn geworfen. Das

Geräusch der leergeschossenen Waffe drang wie ein Pfeil in sein Gehirn. In Sekundenbruchteilen überschlugen sich Johns Gedanken. Sicher, er hatte aus der Waffe ein paarmal geschossen und in der Aufregung vergessen, nachzuladen. Wahrscheinlich wäre er auch durch diesen Hechtsprung der tödlichen Kugel nicht entgangen.

John landete unsanft auf dem harten Boden. Mit der Kniescheibe stieß er gegen einen schweren Kerzenständer.

Schritte hasteten an ihm vorbei.

Als John sich auf die Füße quälte, sah er Orgow und Lara auf die Treppe zulaufen, die nach unten in das unheimliche Labor führte.

John humpelte hinterher. Sein Knie schmerzte.

Fast wäre er die Steinstufen hinuntergefallen. Im letzten Augenblick konnte er sich noch an der rissigen Wand festhalten.

Vor sich hörte er die hastigen Schritte der beiden Personen.

Es wurde dunkel. Der Kerzenschein aus der Halle reichte nicht sehr weit.

John Sinclair tastete sich Stufe für Stufe abwärts.

Dann wurde es wieder hell. Unten im Labor mußten Kerzen angesteckt worden sein.

John ging schneller. Er durfte die beiden nicht entkommen lassen. Sie hatten schon zuviel Unheil über die Menschen gebracht.

John erreichte das Labor.

Es war leer.

Der Inspektor ging weiter. In den Nebenraum.

Der Verwesungsgeruch drohte ihm fast den Atem zu rauben. John schluckte und ging weiter.

Da sah er die Öffnung.

Man konnte nur gebückt hindurchgehen.

John gelangte in einen langen Gang. Er wußte nicht, daß es derselbe Gang war, durch den Ann Baxter kurz vor ihrem Tod von dem Würger gejagt worden war.

Es wurde wieder dunkel.

John knipste sein Feuerzeug an. Die Flamme flackerte in der verbrauchten Luft.

John Sinclair schlich weiter. Er schirmte die Flamme mit der Hand ab. Wo waren Lara und Orgow?

Da sah John Sinclair das Ende einer Wendeltreppe. Die Luft

wurde immer sauerstoffärmer. Die Flamme des Feuerzeugs verlosch.

John Sinclair blieb stehen und lauschte.

Irgendwo tropfte Wasser.

Dann Schritte. Schleichende, schleifende Schritte.

Und plötzlich ein wahnsinniges Gelächter.

Ein Schauer jagte über Johns Rücken.

»Töte ihn!« gellte Orgows Stimme.

Zwei eiskalte Mörderhände legten sich plötzlich um Johns Hals. Heißer, keuchender Atem streifte sein Gesicht.

Die Hände drückten gnadenlos zu.

John Sinclair riß seine Arme hoch. Er packte die Handgelenke des Würgers und drückte mit dem Daumen auf eine bestimmte Stelle.

Ein fast tierischer Schrei war die Reaktion auf seinen Griff. Der Würgegriff lockerte sich.

John löste sich von der Wand und holte zu einem rechten Haken aus, in den er alle Kraft legte.

Nein, Rücksicht durfte er in diesen Augenblicken nicht nehmen.

Und John Sinclair traf.

Der Würger wurde zurückgeschleudert. Es gab einen dumpfen, seltsamen Laut. Dann war Stille.

John Sinclair atmete schwer

Wieder nahm er sein Feuerzeug. Er versuchte es anzuknipsen, und – o Wunder – es klappte.

Im flackernden Schein der kleinen Flamme sah er Lara auf dem Boden liegen. Sie war der Würger gewesen. Lara atmete flach. John hatte sie mit einem Hieb bewußtlos geschlagen.

Ein schleifendes Geräusch ließ John herumwirbeln.

Der Hexer stand vor ihm. Mit beiden Händen hielt er einen riesigen Stein hoch über seinem Kopf.

»Zur Hölle mit dir!« kreischte der wahnsinnige Professor und schmetterte den Stein nach unten.

John tauchte blitzschnell zur Seite. Der schwere Stein fiel mit immenser Wucht dorthin, wo John eben noch gestanden hatte.

Und da lag auch Lara . . .

John hörte ein schreckliches Geräusch.

John ließ das Feuerzeug fallen und griff in das Dunkel. Er bekam den hageren Körper des Hexers zu fassen, riß ihn zu sich heran und schmetterte seine geballte Rechte nach oben.

John traf Orgow am Hals. Er spürte, wie der Professor schlaff wurde.

John packte den Mann am Kragen und zog ihn in das Labor. Dort ließ er ihn auf dem Boden liegen.

John Sinclair lehnte sich gegen die Wand. Er spürte, wie seine Knie zitterten. Die letzten Stunden hatten ihn geschafft. Nicht nur körperlich, sondern auch seelisch.

Orgow rührte sich immer noch nicht. Er lag auf dem Rücken. Der flackernde Kerzenschein warf bizarre Muster auf seinen Körper.

Ein Geräusch auf der Treppe ließ John zusammenzucken.

War denn der Kampf noch nicht zu Ende?

Ein Schatten tauchte auf.

John sah die Gestalt und das verzerrte Gesicht des angeschossenen Leibwächters. Der Mann torkelte wie ein Betrunkener die Stufen herunter.

In seiner gesunden Hand sah John ein Schwert blitzen. Aus der Schulterwunde quoll unaufhaltsam das Blut.

Der Mann hob das Schwert. Noch fünf Stufen, dann hatte ihn der Kerl erreicht.

John wich zurück, schaffte sich für den Kampf eine bessere Ausgangsposition.

Da passierte es.

Der Mann stolperte. Mit einem Aufschrei fiel er die letzten Stufen hinunter und stürzte in das Schwert.

Es war ein grauenhaftes Bild.

John wandte den Kopf.

Professor Orgow regte sich wieder.

Zuerst blickte er verdutzt umher, dann sah er John.

Sein Gesicht verzerrte sich, und er spuckte einen wütenden Fluch aus.

An einem Tisch zog sich der Hexer hoch. John sah ihn an, diesen Satan in Menschengestalt.

»Warum haben Sie das alles getan?« fragte der Inspektor leise.

Orgows Augen funkelten, als er antwortete: »Ich wollte mich rächen. Rächen an diesen Menschen, die mich verspottet haben, die mich nicht ernst genommen haben, die nicht an meine Forschungen glaubten. Aber ich habe es ihnen gezeigt. Allen!«

Orgow brach in lautloses Gelächter aus. John schüttelte sich. Dieser Mann war wahnsinnig. Er gehörte in eine Anstalt.

»Woher kannten Sie Lara?« fragte John weiter.

»Lara?« Der Hexer sprach jetzt ganz leise. Er schien weit weg zu sein. »In meiner Heimat, in Rumänien, wo auch das Schloß des Grafen Dracula steht, habe ich sie getroffen. Ich habe sie aus ihrem Dorf in den Karpaten geholt, habe sie mitgenommen nach England und ihre geheimen Kräfte geweckt.«

»War Lara eine Totsprecherin?« wollte John wissen.

»Auch. Aber ihr gehorchten in erster Linie die Toten. Doch vorher mußte sie meinen Trank zu sich nehmen. Er gab ihr die nötige Kraft.«

»Es ist Ihnen doch klar, Professor, daß ich Sie mitnehme?«

Orgow sah John seltsam verklärt an. »Mich mitnehmen? Nein. Wo ich hingehe, nehmen Sie mich bestimmt nicht mit.«

Orgow ging plötzlich einige Schritte zurück.

»Stehenbleiben!« zischte John.

Der Hexer lachte nur, griff blitzschnell in die Tasche seines Mantels und holte eine kleine Kapsel hervor, die er zwischen den Zähnen verschwinden ließ.

Es ging so schnell, daß John es nicht verhindern konnte.

Professor Orgow lachte. »Sie werden mich nicht bekommen. Ich gehe von selbst. Gift! Ja, ich habe Gift genommen! Aber ich komme wieder. Ich komme . . .« Seine Stimme versagte.

Orgow griff sich an den Hals. Er taumelte.

John wollte ihn stützen. Doch der Professor entglitt seinen Händen.

Dumpf fiel er auf den Boden.

»Ich – ich . . . komme . . . wieder . . .« Wie ein Todeshauch kamen die Worte über seine Lippen.

John Sinclair lief eine Gänsehaut über den Rücken. Er blickte auf den Professor.

Kalt und tot starrten ihn die leeren Augen an.

John Sinclair wandte sich ab. Während er die Stufen nach oben stieg, dachte er immer noch an die letzten Worte des Hexers.

Ein herrlicher Sonnenaufgang empfing John draußen vor dem Schloß. Die Schrecken der Nacht waren vergessen, ein strahlender Tag schien alles ausgelöscht zu haben.

Tief atmete John ein. Langsam ging er zu seinem Bentley. Er mußte ins Dort zurück. Dort wartete man bestimmt auf ihn.

Ehe John in den Wagen stieg, sah er sich noch einmal um. Dort lag das Schloß. Wie eine Drohung.

John schüttelte das unbehagliche Gefühl ab und setzte sich in seinen Wagen.

Dann startete er den Motor.

ENDE

Mörder
aus dem
Totenreich

Es war ein gespenstisches Bild.

Vier Männer und drei Frauen standen um den Stein. Sie trugen lange, dunkle Umhänge und Masken vor den Gesichtern. Ihre Haltung war steif. Sie erinnerte an Wachsfiguren.

In dem großen Gewölbe brannte kein Licht. Und trotzdem gab es eine Lichtquelle. Den Stein!

Er war quadratisch. Fast so groß wie ein Tisch. Und auch so hoch. Der Stein war von Natur aus dunkel, und doch strahlte er ein inneres Leuchten aus.

Die Luft über dem Stein schien elektrisch geladen zu sein. Sie flimmerte, erhellte schwach die Finsternis.

Niemand wagte zu atmen. Jeder wußte: Der große Augenblick war gekommen. Wochenlang hatten sich die Männer und Frauen darauf vorbereitet.

Plötzlich drang eine Stimme durch das große Gewölbe.

Die Menschen zuckten zusammen. Die Stimme wurde lauter, befehlender. »Ich schicke euch in die Welt. Ihr werdet meine Aufträge ausführen. Ich habe die Macht über euch. Ich, der Herr der Toten.«

Die sieben Menschen lauschten atemlos dieser Stimme. Jedes Wort drang tief bis in den letzten Gehirnwinkel.

»Der Stein wird euch die Macht geben!« klang die Stimme wieder auf.

»Faßt euch an den Händen!«

Die Menschen gehorchten. Sie umklammerten gegenseitig ihre Handgelenke. Die Augen starrten auf den Stein.

Der Stein! Er hatte die magische Kraft.

Plötzlich schien er zu brennen. Ein kaltes blaues Feuer legte sich wie ein Ring um den Stein. Loderte auf, warf zuckende Reflexe auf die Kutten der Menschen und verlosch plötzlich von einer Sekunde zur anderen.

»Es war das Höllenfeuer!« klang wieder die Stimme auf. »Von nun an seid ihr dem Teufel verschworen . . .!«

New York!

Es war eine herrliche Sommernacht. Kein Lufthauch regte sich, und selbst die Smogwolke, die immer über der Riesenstadt lag, schien sich verzogen zu haben.

Chester Davies parkte seinen alten Ford am Columbus Circle.

Lilian, seine neueste Errungenschaft, rekelte sich auf dem Beifahrersitz.

Chester hatte Lilian heute erst kennengelernt. In einer kleinen Bar am Broadway. Sie hatten etwas getrunken, und Chester hatte Lilian zu einer Spazierfahrt überreden können. Die Spazierfahrt endete an der Südwestspitze des Central Parks.

»Ist es im Wagen nicht bequemer?« fragte Lilian und schüttelte ihre langen blonden Haare.

Chester grinste. »Aber auf einer Wiese ist es romantischer.«

Lilian zuckte die Schultern. »Okay.«

Dann stieg sie aus dem Wagen.

Lilian trug keinen BH. Chester Davies sah ihre schweren Brüste bei jedem Schritt wippen.

Er warf die Wagentür zu und legte seinen Arm um Lilians Taille. Er spürte ihren warmen, geschmeidigen Körper.

Lilian lachte leise. »Aber nicht hier.«

»Lange kann ich nicht mehr warten.«

Lilian sah ihn mit einem undefinierbaren Ausdruck in den Augen an.

Den beiden begegneten viele Paare. Der Central Park war eben für die New Yorker Bürger immer noch eine lauschige Oase. Trotz Rocker und Höllenengel.

Chester Davies zog Lilian in einen schmalen Seitenweg. Gebüsche säumten zu beiden Seiten den Weg. Ab und zu tauchten Bänke auf, die aber alle belegt waren.

»Pech«, lächelte Lilian kokett.

»Wieso?« Chester Davies schüttelte den Kopf. »Auf einer Bank macht es sowieso keinen Spaß. Ich habe eine andere Idee.«

Er zog Lilian mit nach links und schlug ein paar Zweige zur Seite.

»Aber mein Kleid«, beschwerte sich das Girl.

»Ziehst du gleich sowieso aus.«

»Wüstling.«

Die beiden quälten sich einige Meter durch die Sträucher und gelangten zu einer herrlichen kleinen Wiese.

Mit einem Ruck ließ sich Chester Davies ins Gras fallen. Er ließ Lilian nicht los, und sie fiel auf ihn.

»Chester, ich . . .«

Mehr konnte sie nicht sagen. Mit einem heißen, fordernden Kuß verschloß ihr Chester Davies den Mund.

Seine rechte Hand fuhr unter ihr kurzes Kleid, faßte nach den prallen Brüsten . . .

»Nicht, Chester . . .«, stöhnte Lilian. »Ich ziehe mein Kleid selbst aus. Du machst es mir sonst kaputt.«

»Okay«, knurrte Chester widerwillig.

Er setzte sich auf. Lilian lächelte ihn an. Langsam öffnete sie den obersten Knopf.

Chester Davies' Wangenmuskeln spielten.

Er hatte das Gefühl, verrückt zu werden.

Der zweite Knopf . . .

Plötzlich war noch etwas anderes da. Ein Druck, der sich wie ein Reif um Chester Davies legte.

Wie aus weiter Ferne hörte er die Stimme: »Ihr seid dem Teufel verschworen . . .«

Chester begann zu schwitzen. Er fühlte, wie sich sein Körper zusammenzog.

Entsetzt sah er, daß sich seine Hände verändert hatten, daß sie kleiner geworden waren . . .

»Chester – was – ist mit dir?« Er hörte Lilians Stimme nur undeutlich.

Chester Davies gab keine Antwort.

Ein Zucken durchlief seinen Körper. Mit dem Rücken warf er sich auf die Wiese, das Weiße quoll aus seinen Augen hervor . . .

Plötzlich war es wieder da.

Das kalte Feuer.

Das Höllenfeuer!

Es hatte ihn eingeholt. Jetzt mußte er gehorchen. Er mußte dem Herrn der Toten dienen.

Es gab kein Zurück.

Das Feuer wurde stärker, blendete ihn . . .

Chester Davies sah nicht mehr, daß Lilian aufschreiend weglief, für ihn gab es nur noch dieses kalte blaue Feuer.

Chesters Lungen arbeiteten wie Blasebälge. Seine Hände zuckten hin und her, als wollten sie das Feuer greifen.

Und dann wieder die Stimme: »Töte! Töte! Töte!«

»Ja, ich gehorche dir«, keuchte Chester Davies.

Er sah, wie das Feuer Gestalt annahm. Wie eine dämonische Fratze sich herauskristallisierte, wie sich zwei Knochenhände auf ihn niedersenkten . . .

Und plötzlich war alles vorbei.

Verdammt, wie komme ich hierher?
Chester Davies schüttelte den Kopf.
Da sah er die Maschinenpistole!
Sie lag neben ihm.
Chester packte die Waffe. Ein irres Leuchten trat in seine Augen. Er stand auf.
»Ich werde es ihnen zeigen«, murmelte er, »ich ganz allein. Ich – Babyface Nelson . . .«
Chester Davies schlich durch das Gebüsch. Er suchte Menschen. Menschen, die er töten konnte.
Das Liebespaar auf der Bank ahnte von nichts.
Chester Davies war noch fünf Schritte entfernt, als er die Waffe hochriß.
Das Krachen drang durch die Nacht. Das Liebespaar stieß noch nicht einmal einen Schrei aus, als die Kugeln trafen.
Chester Davies lachte irr.
Wo waren die nächsten?
Er hastete weiter. Schreie klangen hinter ihm auf. Natürlich war das Schießen gehört worden.
Zwei junge Männer kamen ihm entgegen.
Chester Davies schoß noch im Laufen. Die Kugeln fegten die Männer wie welke Blätter zur Seite.
»Ich bin Babyface Nelson!« schrie Chester Davies.
Er rannte weiter.
Polizeipfeifen trillerten.
Befehle wurden durch die Nacht geschrien.
Chester Davies blieb stehen.
Sein Gesicht war nur noch eine Grimasse. Sollten sie doch kommen, die Schweine. Er würde es ihnen zeigen. Mit Babyface Nelson war nicht zu spaßen.
Polizeisirenen heulten. Die langen Lichtfinger der Scheinwerfer fraßen sich durch den Park.
Zwei Cops brachen durch die Büsche.
Sie und Chester Davies sahen sich fast gleichzeitig.
Die Cops rissen ihre Revolver hoch.
Zu spät.
Chester Devies hatte schon abgedrückt. Das tödliche Blei warf die Cops wieder zurück ins Gebüsch.
Chester Davies lachte. Denen hatte er es gezeigt.
Ein starker Scheinwerfer blendete ihn plötzlich.

»Geben Sie auf!« schrie eine Stimme.
Chester Davies dachte nicht daran. Er riß seine Waffe hoch . . .
Mündungsblitze jagten durch die Nacht. Vier Cops schossen gleichzeitig.
Die Kugeln aus ihren automatischen Waffen fraßen sich förmlich in Chester Davies' Körper.
Eine Sekunde später lag der Killer tot auf dem Boden.
Die Cops liefen hin.
Plötzlich riß ein älterer Beamter die Augen auf! »Aber das ist doch – aber das ist doch . . . Babyface Nelson. Mein Gott, der ist doch längst tot.«
Seine Kollegen sahen ihn verständnislos an.
»Spinnst du? Babyface Nel . . .«
In diesem Augenblick geschah zweierlei. Zuerst gab es einen Blitz. Dann sahen die Cops nur blaue Flämmchen.
Plötzlich stand Babyface Nelsons Leiche in Flammen. Es knisterte, Schwefelgeruch zog in trägen Schleiern durch die Luft, dann war alles vorbei.
Die Leiche war verschwunden. Auch die Maschinenpistole. Auf dem Boden lag nur noch ein Häufchen Asche.
Die Cops sahen sich an. Sie zitterten wie Espenlaub.
»Das war der Teufel«, sagte einer und rannte wie von Furien gehetzt weg . . .

Der Reporter Bill Conolly saß mit maskenhaft starrem Gesicht hinter dem Steuer seines geliehenen Porsche. Gedankenfetzen kreisten durch sein Gehirn. Was er gesehen hatte, war unglaublich. Aber das Geschehen stand schwarz auf weiß auf seinem Film.
Er, Bill Conolly, hatte eine Leiche fotografiert, die sich Sekunden später auflöste.
Unglaublich.
Und doch wahr.
Bill Conolly war Engländer. Er hielt sich in New York auf, um für seine Zeitung eine Bildreportage zu machen. Er war in dieser Nacht unterwegs gewesen, damit seine Leser New York auch einmal von seiner romantischen Seite kennenlernen konnten. Deshalb der Spaziergang durch den Central Park.
Bill Conolly scheuchte seinen Porsche den Broadway hinunter. Er wohnte im Claridge Hotel, direkt am Times Square.

Wenige Minuten später fuhr er auf den hoteleigenen Parkplatz, schwang sich aus dem Wagen und rannte in sein Zimmer. Der Nachtportier sah ihm nur kopfschüttelnd nach.

Bill Conolly hatte seine Miniaturdunkelkammer im Koffer. Er ging ins Bad und packte die Sachen aus.

Er nahm den Film aus der Kassette, entwickelte ihn, fixierte ihn dann, wusch ihn ab und ließ ihn trocknen.

Nach einer halben Stunde war Bill fertig.

Er ging mit den Bildern in den Living-room.

Die ersten Aufnahmen waren uninteressant. Sie zeigten nur Sehenswürdigkeiten von New York.

Doch dann kam es.

Bill Conolly holte sich eine Lupe. Er beugte sich über das Bild und sah jede Einzelheit haargenau.

Tatsächlich. Es gab keinen Zweifel.

Bill Conolly hatte den Mörder fotografiert. Es war eine gestochen scharfe Aufnahme. Jede Linie im Gesicht des Killers war zu erkennen.

Der Mann hatte noch ein junges Gesicht. Fast ein Kindergesicht. Er war auch nicht sehr groß.

Bill dachte nach. Dann sah er sich das Gesicht noch einmal an.

Kein Zweifel, er kannte es. Dieser Mann war Babyface Nelson, ein brutaler Killer!

Bill Conolly merkte, wie seine Hände zitterten. Denn Babyface Nelson war schon über 40 Jahre tot . . .

Am anderen Morgen überschlugen sich die Zeitungen.

Amokläufer im Central Park!

Sechs Tote! Killer verschwunden!

Schläft die Polizei?

So und ähnlich lauteten die Schlagzeilen.

Bill Conolly las die Zeitungen beim Frühstück. Er hatte in der Nacht so gut wie gar nicht geschlafen. Immer wieder mußte er an das Bild denken. Sicher, er würde zur Polizei gehen. Die Frage war nur, würde man ihm glauben?

Bill leerte mit einem Zug seine Kaffeetasse. Zwei Minuten später saß er in dem Leihwagen.

Den Weg zum Headquarter der City Polizei kannte er. Ein

Sergeant brachte ihn zu Captain Murdock, dem Leiter der Fahndung.

Der Captain hatte die Figur eines Kleiderschranks. Er zog die buschigen Augenbrauen zusammen, als sich Bill Conolly vorstellte.

»Reporter?« fragte der Captain drohend.

Bill verzog das Gesicht. »Ja, ich habe eine Aussage über den Amokläufer zu machen.«

»Da bin ich aber gespannt.«

Bill zog das Foto aus der Tasche und legte es auf den Schreibtisch.

»Das ist der Killer«, erklärte er.

Captain Murdock sah sich das Bild an. Als er wieder hochblickte, hatte sein Gesicht die Farbe einer überreifen Tomate.

»Wollen Sie mich auf den Arm nehmen?« schrie er Bill Conolly an. »Das ist Babyface Nelson. Und der ist schon lange tot.«

»Ich weiß«, erwiderte Bill.

»Na und?«

»Trotzdem ist er der Mörder.«

Captain Murdock holte tief Luft.

»Wenn Sie nicht in einer Minute verschwunden sind, Conolly . . .«

»Stop!« Die Stimme des Reporters klang schneidend. »Jetzt will ich Ihnen mal was erzählen . . .«

Bill Conolly berichtete.

Murdocks Gesicht verdüsterte sich mehr und mehr. Dann nickte er schließlich. »Ja, Asche haben wir gefunden. Auch schon analysiert. Die Laborhengste sagen, es ist tatsächlich Menschenasche. Trotzdem, ich nehme Ihnen die Geschichte nicht ab, mein Lieber.«

Bill zuckte die Schultern. »Ich kann es Ihnen noch nicht einmal verdenken, Captain. Ich hätte an Ihrer Stelle wahrscheinlich genauso gehandelt. Doch ich muß immer wieder sagen, was ich Ihnen erzählt habe, stimmt.«

Der Captain grinste unglücklich. »In Ihrer Phantasie vielleicht.«

»Gegenfrage, Captain. Welche Spuren haben Sie?«

»Keine. Aber verdammt, warum erzähle ich Ihnen das alles?«

»Vielleicht glauben Sie mir doch.«

»Quatsch. Ich gebe Ihnen einen guten Rat, Conolly. Falls Sie noch in New York bleiben wollen, machen Sie Aufnahmen vom

Empire State Building oder was weiß ich. Wir bekommen den Mörder auch ohne Ihre werte Mithilfe.«

»Das bezweifle ich«, sagte Bill Conolly.

Der Sergeant, der Bill vorhin gebracht hatte, trat ins Büro.

»Da ist eine junge Dame, die Sie sprechen will, Captain«, meldete er.

»Und worum geht es?«

»Das will Sie nur Ihnen sagen.«

»Okay, dann lassen Sie sie rein, Sergeant.«

Der Sergeant wandte sich ab. An der Tür erreichte ihn Captain Murdocks Stimme.

»Wie heißt die Dame?«

Captain Murdock zuckte die Schultern. »Nie gehört, den Namen.« Der Sergeant stand noch immer unschlüssig an der Tür. Schließlich sagte der Captain: »Machen Sie schon, Sergeant.«

Wenig später stand Lilian Webster im Büro. Sie machte einen nervösen, gehetzten Eindruck.

Captain Murdock bot ihr den Besucherstuhl an.

Lilian Webster setzte sich auf die äußerste Kante. Aufgeregt knetete sie ihre Hände.

Lilian Webster war etwa zweiundzwanzig. Sie hatte langes, blondes Haar und große, dunkelblaue Augen. Sie trug ein zerknittertes Sommerkleid, das wohlgeformte Beine freigab. Die Füße hatte sie in einfache Sandalen geschoben.

»Womit können wir Ihnen helfen, Miss Webster?« fragte Captain Murdock.

Lilian Webster sah die beiden Männer unentschlossen an. Bill Conolly lächelte ihr aufmunternd zu.

Schließlich nickte Lilian. »Vielleicht ist es nur Einbildung, was ich Ihnen zu berichten habe, aber . . .«

»Keine Angst, wir glauben Ihnen«, sagte Murdock.

Lilian lächelte scheu. »Ich habe ihn gestern abend kennengelernt.«

»Wen?« wollte Murdock wissen.

»Chester Davies. In einer kleinen Bar am Broadway. Wir haben getanzt, geflirtet und sind anschließend . . .« Lilian Webster stockte. »Wir fanden uns eben sympathisch und sind zum Central Park gefahren. Wir sind spazierengegangen und haben uns auf eine Wiese gelegt.«

Lilian Webster bekam einen roten Kopf.

»Weiter«, drängte der Captain, »was geschah dann?«
»Nun – das übliche.« Lilian Webster sprach sehr leise. »Doch bevor es soweit war, passierte dieses Schreckliche.«
Lilian stockte.
»Was passierte, Miss Webster?« fragte Captain Murdock gespannt.
»Chester . . . Er – er veränderte sich plötzlich.«
»Genauer, Miss Webster.«
»Er wurde plötzlich ein anderer.« Die letzten Worte schrie Lilian hinaus.
»Und was geschah dann? Was haben Sie getan, Miss Webster?«
Das Girl hob den Kopf. Tränen liefen an ihren Wangen herab und hinterließen – vermischt mit Wimperntusche – schwarze Streifen.
»Ich – ich bin gerannt, Captain. Ich konnte es nicht mehr aushalten. Ich wußte, etwas Schreckliches ist geschehen. Und dann las ich heute morgen die Zeitungen. Dieser Amokläufer. Es – es – kann nur Chester Davies gewesen sein.«
Captain Murdock stieß scharf die Luft aus. »Ihre Geschichte klingt etwas unwahrscheinlich, Miss Webster, das müssen Sie doch zugeben, nicht wahr?«
Bill Conolly schüttelte den Kopf. Zum Teufel, dieser Captain war aber auch stur. Er mußte doch die Fakten sehen.
»Erzählen Sie mir etwas von Chester Davies, Miss Webster«, sagte Captain Murdock.
»Ich weiß noch nicht einmal, ob Chester Davies sein richtiger Name war«, erwiderte Lilian Webster leise, »ich weiß nur, daß er hier in New York wohnte.«
»Das ist natürlich mager«, stellte Captain Murdock fest. »Hat dieser Davies nichts von sich erzählt? Was er beruflich macht, ob er verheiratet war – oder von seinen Hobbys?«
Lilian Webster schüttelte den Kopf.
»Ja, zum Teufel, worüber haben Sie sich denn unterhalten?«
Lilian wurde wieder rot. »Wir haben miteinander getanzt, das sagte ich Ihnen schon. Und, mein Gott, wir fanden uns eben sympathisch. Da redet man nicht viel.«
Bill Conolly mußte grinsen. Er hatte solche Situationen schon mehr als einmal erlebt.
»Weit kommen wir damit auch nicht«, knurrte der Captain. »Bliebe immer noch die Frage, wo dieser Kerl sich versteckt hat.«

»Er existiert nicht mehr«, sagte Bill Conolly.

»Ach, hören Sie doch mit dem Quatsch auf. Normalerweise hätten Sie schon längst draußen sein müssen.« Captain Murdock regte sich mal wieder auf.

»Was meinen Sie damit, er existiert nicht mehr?« erkundigte sich Lilian Webster erregt.

Murdock warf Conolly einen warnenden Blick zu. Bill lächelte. »Nichts Miss Webster. Es war nur so dahergesagt.«

Lilian nickte. »Mir ist noch etwas eingefallen«, sagte sie plötzlich.

»Ja?« Die beiden Männer waren ganz Ohr.

»Wir haben vom Urlaub gesprochen, und Chester erzählte mir, daß er für zwei Monate in Mexiko war. Es soll dort sehr schön sein.«

»Das wird uns wohl auch nicht weiterhelfen«, sagte Murdock. Der Captain erhob sich. »Sie müssen Ihre Aussage noch zu Protokoll geben, Miss.«

»Dann werde ich mich auch empfehlen«, sagte Bill Conolly.

»Hoffentlich«, knurrte der Captain. »Ich will mit dem ganzen Dreck nichts mehr zu tun haben. Ich gebe den Fall ab. An den FBI. Sollen die sich damit rumschlagen.«

Um es vorwegzunehmen. Auch der FBI fand keinen Spur. Alle Nachforschungen verliefen im Sande. Der Amokläufer wurde nicht gefaßt.

Nach zwei Wochen geriet der Fall in Vergessenheit. Die Zeitungen hatten brennendere, aktuellere Themen. Die Akte Chester Davies wanderte als unerledigt ins Archiv.

Und doch geschah zwei Monate später etwas, was den Fall Chester Davies wieder aufrollte . . .

Reglos starrte der Herr der Toten auf den Stein. Nur ab und zu zuckten seine strichdünnen Lippen. Dann drangen unverständliche Beschwörungsformeln aus seinem Mund.

Der Herr der Toten befand sich allein in dem riesigen Gewölbe. Es war fast stockdunkel. Eine kleine Pechfackel erhellte den Stein und die nähere Umgebung nur spärlich.

Immer und immer wieder murmelte der Herr der Toten Beschwörungsformeln.

Doch der Stein schwieg.

Er stand da wie eine Drohung aus vergangenen Zeiten, wo noch Götter und Dämonen die Erde bevölkert haben sollen. Ja, dieser Stein hatte seine Geschichte. Er hatte früher, so sagte es die Sage, den Göttern als Altar gedient. Man sagte, die dunkle Farbe wäre durch das Blut der Menschen entstanden, die hier geopfert worden waren. Und eines Tages hätte einer der Götter den Stein verflucht. Dieser Fluch hatte sich über Tausende von Jahren gehalten, so erzählten es die alten Geschichten. Die Bewohner der umliegenden Dörfer glaubten fest daran. Eine Geschichte ging von Mund zu Mund. Der Stein sollte schon in der Hölle gewesen sein. Doch der Teufel hätte ihn wieder ausgespuckt.

Plötzlich begann die Luft um den Stein herum zu flimmern.

Der Herr der Toten wich zurück. Sein Gesicht hatte sich verzerrt.

Es war gelungen! Er spürte es! Sein Experiment war geglückt. Jetzt konnte er das Schicksal der Menschen bestimmen.

Das bläuliche Flimmern verdichtete sich, wurde stärker, nahm Gestalt an . . .

Eine gequälte Stimme erscholl irgendwo aus dem Raum.

Der Herr der Toten schrie auf. Unaufhörlich murmelte er teuflische Beschwörungsformeln. Er hatte die Hände erhoben. Die Krallenfinger deuteten auf den Stein.

Der Stein schien sich aufzubäumen. Das Licht wurde greller.

Und dann wieder dieser gequälte Schrei. Diesmal jedoch lauter, deutlicher.

»Lilian . . .« Wie ein letzter, verwehender Hauch drang die Stimme durch das Gewölbe.

Plötzlich schwebte die Gestalt über dem Stein. Der Herr der Toten konnte haargenau die Konturen erkennen. Sie wurden stärker, wurden zu Fleisch und Blut . . .

Es war ein Mensch! Aus dem Nichts gekommen!

Es war Chester Davies!

Er lag plötzlich auf dem Stein. Das blaue kalte Feuer hüllte ihn ein.

Ein irres Gelächter jagte durch das Gewölbe. Der Herr der Toten hatte es ausgestoßen.

Langsam ging er auf Chester Davies zu. Er zog ihn von dem

Stein. Er hatte es geschafft. Er, der Herr der Toten. Nun lag alle Macht in seinen Händen.

Chester Davies war erst der Anfang . . .

Wer in Hollywood etwas auf sich hält, wohnt in Beverly Hills.

So auch Viola Wayne.

Sie besaß einen Traumbungalow am Hang mit Panoramablick. Viola Wayne war zweimal geschieden, augenblicklich wieder auf Männerjagd und außerdem Star einer TV-Serie. Sie besaß viel Geld und warf es auch mit vollen Händen zum Fenster raus.

Berühmt waren Viola Waynes Partys. Erstens wegen des kalten Büfetts und zweitens wegen der Textilfreiheit. Es gab weibliche Gäste, die schon oben ohne ankamen.

Der erste Juli war ein Sonntag und wieder einer dieser Tage, die sich Viola Wayne für ihre Partys ausgesucht hatte.

Viola Wayne zählte nicht mehr zu den Jüngsten. Sie hatte die 30 schon hinter sich gelassen, wollte es sich selbst allerdings nicht eingestehen.

»Sie sehen wieder bezaubernd aus«, sagte ein berühmter Regisseur, als er den Bungalow betrat, und küßte Viola galant die Hand. Bei diesem faden Kompliment konnte er sich ein Grinsen allerdings nicht verkneifen.

Viola schluckte den Honig und schüttelte ihre violettgefärbten Haare. Sie trug eine weitgeschnittene Bluse und einen BH, der ihre Oberweite ein wenig liftete. An ihrem Gesicht hatte ein Maskenbildner im Schweiße seines Angesichtes zwei Stunden gearbeitet.

»Tanzt, Freunde«, rief die schöne Viola und hüpfte in den Garten.

Hier hatte man das kalte Büfett aufgebaut. Wie die Geier grapschten die Partygäste nach den kulinarischen Köstlichkeiten.

Unter einer Piniengruppe hockte eine Vier-Mann-Band und spielte die neuesten Hits.

»Hervorragend«, jaulte ein älterer Star und wischte sich über die dicken Lippen. »Deine Partys sind doch die besten, Viola.«

Und Viola freute sich. Sie schenkte dem Knaben einen Kuß.

Nachdem man sich die Mägen vollgeschlagen hatte, wurde getrunken und getanzt.

Natürlich war Viola am begehrtesten, dafür bezahlte man schließlich kein Eintrittsgeld.

Die Musiker kamen ins Schwitzen und auch die Gäste. Schon flogen die ersten ins Wasser. Natürlich textilfrei.

Jeder hatte seinen Spaß.

Doch niemand ahnte, daß sich dieser Spaß eine Stunde später in namenloses Grauen umwandeln würde . . .

Die Zeit verging wie im Flug.

»Jetzt mußt du springen, Viola«, rief jemand, der gerade aus dem herzförmigen Becken stieg.

Viola zierte sich. Doch zwei aufgeblasene Muskelmänner kannten keinen Pardon.

Sie faßten sie unter die Achseln, kümmerten sich nicht um ihr Quieken, hoben sie hoch, schwangen zweimal hin und her, und dann lag Viola im Pool.

Die Gäste grölten. Sie hatten ihren Spaß.

Viola Wayne kam prustend hoch. Sie sah die lachenden, geröteten Gesichter der Menschen am Beckenrand, legte sich auf den Rücken, um noch einige Runden zu schwimmen.

Platsch. Da flog schon der nächste ins Wasser. Dicht vor Violas Kopf sank er in die Tiefe. Der Knabe hatte noch sein Dinnerjackett an, allerdings fehlte ihm die Hose.

Viola wollte zu ihm schwimmen, als er auftauchte, doch eine unsichtbare Macht hinderte sie daran.

Viola Wayne spürte, daß ihre Glieder schwer wurden, schwer wie Blei. Sie konnte gerade noch den Beckenrand erreichen.

Ächzend zog sie sich hoch.

»Ist dir nicht gut, Viola?« Besorgte Stimmen klangen auf.

Viola Wayne lächelte verkrampft. »Nur eine kleine Schwäche. Ich gehe mal kurz rein. Will mich erfrischen.«

Ihr fiel nicht auf, wie sinnlos diese Worte waren, denn sie kam ja gerade aus dem Pool.

In ihrem Zimmer ließ sie sich aufs Bett fallen.

Kälteschauer jagten über ihren Rücken. Dicker, klebriger Schweiß bildete sich.

Viola Wayne röchelte. Die Luft wurde ihr knapp. Wild bäumte sie sich auf.

Ihr Blick fiel zufällig in den großen Wandspiegel.

Viola Wayne erschrak. Ihr Gesicht! Mein Gott, es hatte sich verändert. War grau und faltig geworden. Und dann ihr Körper. Er schrumpfte zusammen, wurde kleiner, gedrungener.

Plötzlich sah sie es.

Das kalte blaue Feuer.

Es schien im Zimmer zu schweben, kam ihr entgegen. Eine häßliche Fratze schälte sich heraus.

Und dann die Stimme: »Ihr seid dem Teufel verschworen!«

Die Stimme dröhnte in Violas Waynes Ohren, machte sie verrückt.

»Ja, ja«, keuchte sie, »ich gehorche.«

Das Feuer wurde stärker, umflimmerte Violas Körper, schien in ihren letzten Nerv zu dringen . . .

Und dann war alles vorbei.

Viola Wayne atmete stoßweise. Nur allmählich konnte sie wieder klare Gedanken fassen. Doch es waren böse Gedanken. Mordgedanken.

Violas Blick irrte durch das Zimmer, blieb an der Frisierkommode hängen und saugte sich an dem Gegenstand fest, der aus dem Nichts gekommen war.

Ein Messer!

Ein böses Lächeln lag um Violas Lippen, als sie aufstand und das Messer packte.

Sie hatte sich völlig verändert. Aus der jungen Frau war ein Untier geworden, das nichts als morden wollte.

Strähniges graues Haar hing wirr bis in das runzelige Gesicht. Die kleinen Augen waren schwarz und blickten drohend.

Viola Wayne leckte sich die blutleeren Lippen. Sie wollte morden. Sie spürte den inneren Trieb.

Geräuschlos öffnete sie die Schlafzimmertür.

Die erste, die ihr entgegenkam, war eine junge Kollegin, die wohl zur Toilette wollte und noch ein halbvolles Champagnerglas in der Hand hielt.

»Hey, Franken – Franken . . . dingsda«, kicherte die Angesäuselte und schien sich köstlich zu amüsieren.

Da stach Viola Wayne zu. Zweimal.

Mit einem grenzenlos erstaunten Blick sank das junge Girl zu Boden. Das Glas zerbrach klirrend. Blut färbte den hellen Teppichboden dunkel.

Viola Wayne hastete weiter. Der Blutrausch hatte sie gepackt.

Sie lief durch den Livingroom, auf die Terrasse, in den Garten.

Zuerst bemerkte sie niemand.

Bis plötzlich ein spitzer Schrei erklang.

Viola Wayne brüllte unmenschlich auf. Dann stach sie zu.

Die Gäste liefen schreiend auseinander, flüchteten in panischem Entsetzen.

Zwei Schwerverletzte blieben liegen.

Viola Wayne hetzte weiter. Sie sah alles wie durch einen blutroten Schleier.

Gräßliche Laute drangen aus ihrer Kehle. Niemand griff sie an. Die sonst so mutigen Leinwandhelden nahmen allesamt die Beine in die Hand.

Zum Glück alarmierte jemand die Polizei.

Viola Wayne rannte hinter einem Musiker her. Der Mann floh vor ihr in höchster Panik.

Er übersah einen Stuhl.

Schreiend landete er auf dem Boden.

Schon war Viola Wayne bei ihm. Speichel lief ihr aus dem halboffenen Mund, als sie das Messer zum tödlichen Stoß hob.

In einem Anfall von Selbsterhaltung rollte sich der Musiker zur Seite.

Der Messerstoß ging fehl.

Viola Wayne grunzte auf.

Als sie zum zweitenmal zustechen wollte, hatte der Musiker seine Panik überwunden. Er packte den Stuhl an der Lehne und schleuderte ihn der Frau gegen den Leib.

Sie taumelte zurück. Der Musiker rannte weg.

Polizeisirenen ertönten.

Nur noch Viola Wayne und die beiden Verletzten befanden sich in dem herrlichen Garten.

Wild blickte sich Viola Wayne um. Ihr Atem rasselte. Sie suchte neue Opfer.

Vier Cops stürmten das Grundstück. Mit gezogenen Pistolen.

Viola Wayne rannte ihnen entgegen. Das Messer hielt sie stoßbereit.

»Stehenbleiben!« schrie ein Sergeant.

Viola Wayne lief weiter.

Der Sergeant sah dieses Untier wie in Großaufnahme auf sich zustürmen. Der plötzliche Schock lähmte ihn förmlich.

»Schieß doch!« brüllte einer seiner Kollegen.

Der Sergeant riß die Waffe hoch.

Zu spät. Viola Wayne war schon da. Dicht neben dem Herzen wurde er von dem Messer getroffen.

Peitschende Schüsse zerrissen die Stille.

Der Sergeant und Viola Wayne brachen gleichzeitig zusammen.
Mit entsetzten Gesichtern rannten die Cops zu ihrem Kollegen. Doch plötzlich blieben sie stehen – wie vor eine Wand gelaufen.

Die Mörderin. Sie war nicht mehr da. Von einer Sekunde zur anderen. Sie und auch das Messer hatten sich aufgelöst. Zurück war ein Haufen Asche geblieben.

Die Cops bekamen eine Gänsehaut. Sie waren bleich wie Bettlaken. Sie hatten das Grauen gesehen . . .

Noch in derselben Nacht ging es rund. Fernschreiber und Telefone spielten verrückt. Die Leitungen zwischen Los Angeles und New York schienen zu platzen. Erst der Amoklauf an der Ostküste und jetzt das gleiche an der Westküste.

Was war los? Wie war das möglich?

Eine Sonderkommission wurde gebildet. FBI und CIA arbeiteten Hand in Hand.

Das Ergebnis war gleich Null.

Man erinnerte sich wieder an Bill Conolly, den Reporter. Zum Glück hielt er sich noch in den Staaten auf.

Ein gewisser Colonel Saunders vom CIA hatte die Leitung der Abwehrmaßnahmen. Zu ihm wurde Bill Conolly beordert.

Die beiden sprachen den Fall noch einmal durch. Auch Bill Conollys Aufnahme spielte eine große Rolle. Man holte Babyface Nelsons uralten Steckbrief aus den Akten, verglich die Bilder . . .

Colonel Saunders schüttelte nur den Kopf. »Ich kann es nicht glauben. Eine Übereinstimmung wie bei eineiigen Zwillingen. Vielleicht waren es sogar Zwillinge?«

Bill Conolly gestattete sich ein Lächeln.

Colonel Saunders winkte ab. »Vergessen Sie den Käse, den ich gerade gesagt habe. Aber verdammt, ich bin mit meiner Weisheit am Ende. Haben Sie eine Idee oder einen Vorschlag Mister Conolly?«

Der Reporter sah Colonel Saunders nachdenklich an. »Ja, ich hätte eine Idee.«

»Dann heraus mit der Sprache.«

»Ich habe einen Freund, der ist ebenso Polizist wie Sie, Colonel. Nur hat er noch ein Spezialgebiet. Parapsychologie. Er ist einer der besten Männer, die ich kenne.«

Der Colonel rutschte auf seinem Stuhl herum. »Lassen Sie sich die Würmer doch nicht einzeln aus der Nase ziehen. Wie heißt dieser Mann?«

»John Sinclair . . .«

John Sinclair hatte für heute die Nase voll. Der Tag war verdammt heiß gewesen. Besonders stickig war die Luft in den Büros von New Scotland Yard. Natürlich gab es keine Klimaanlagen. Der Staat war eben sparsam.

John hatte den ganzen Tag Akten aufgearbeitet und Unmengen von Mineralwasser getrunken.

Da er Junggeselle war, ging er nach Feierabend in seine Stammkneipe.

Es war ein kleiner Laden mit einer Holztheke und einem Hinterzimmer, in dem man Billard spielen konnte.

John klemmte sich an den umlagerten Tresen und bestellte sich ein Bier.

Das Bier tat gut. John diskutierte mit seinen Bekannten über Fußball, und der dicke Wirt gab ihm einige Tips über die neuesten Pferderennen.

John trank noch drei Glas Bier und machte sich dann auf den Heimweg. Zu Fuß. Er wohnte nicht weit vom Scotland Yard weg. Manchmal ein Nachteil.

John Sinclair war fast 1,90 m groß, hatte dunkelblondes Haar, eine gute, sportliche Figur und stahlblaue Augen. Auf seinem Gesicht lag meistens ein etwa spöttisches Grinsen, das angeboren schien.

John Sinclair beherrschte alle herkömmlichen Kampfarten und war auch perfekt im Umgang mit Schußwaffen. Außerdem hatte er ein Studium der Kriminologie und Psychologie hinter sich. Besonders die Parapsychologie hatte ihn sehr interessiert. Deshalb war er auch einer der wenigen Menschen, die auf Fälle angesetzt wurden, die den normalen Rahmen sprengten. Es waren meistens Aufgaben, die in den Bereich der Tiefenpsychologie fielen.

John ging durch den kleinen Park, um den Weg abzukürzen. Es dämmerte schon. Spaziergänger kreuzten seinen Weg, und auf den Bänken saßen Liebespaare.

John Sinclair betrat einen kleinen Seitenweg, der zu beiden Seiten von dichten Büschen flankiert wurde. Er war hier der einzige Spaziergänger.

John wohnte in einem modernen Apartmenthaus. Er hatte kaum die Eingangshalle betreten, als jemand seinen Namen rief.

John Sinclair wandte sich um und sah einen leger gekleideten schwarzhaarigen Burschen auf sich zukommen.

»Bill Conolly, du altes Haus«, rief John erfreut. »Teufel, was treibt dich denn zu mir?«

»Erstens der Durst und zweitens . . . Na, das erzähle ich dir, wenn wir oben sind.«

»Wunderbar, an mir soll's nicht liegen.«

Die beiden Männer zischten mit dem Lift in die achte Etage.

Johns Apartment war gemütlich und mit allem Komfort ausgestattet.

Natürlich hatte der Whisky die richtige Temperatur, und Bier stand im Kühlschrank.

Die beiden Männer setzten sich auf Johns rauchfarbene Ledergarnitur und nahmen erst mal einen Schluck.

John Sinclair kam sofort zur Sache. »Erzähl«, forderte er seinen Freund auf.

Bill Conolly ließ sich nicht nötigen. Er berichtete knapp und präzise von den Vorfällen in den Staaten.

John Sinclair hörte aufmerksam zu. Je mehr Bill erzählte, um so nachdenklicher wurde das Gesicht des Scotland-Yard-Beamten.

»Jetzt weißt du alles«, sagte Bill Conolly zum Schluß.

John nickte. »Du wirst es kaum glauben, Bill, aber ich habe schon von den Vorfällen gehört. Allerdings geht uns die Sache nichts an.«

»Noch nicht, John. Soviel ich allerdings weiß, will Colonel Saunders offiziell Scotland Yard einschalten. Und dann hängst du sowieso mit drin. Ich bin praktisch nur eine Art Vorbote.«

John grinste. »Wie ich dich kenne, hast du dich bestimmt schon dick reingehängt.«

»Man muß doch irgendwie leben. Außerdem wittere ich eine sagenhafte Story.«

»Wieviel weißt du?« fragte John Sinclair seinen Freund.

»Eigentlich nicht mehr als die Polizei.«

»Wieso – eigentlich?«

Bill zuckte die Schultern und nahm noch einen Schluck Whisky. »Ich habe wohl mehr Phantasie. Ich habe da meine eigenen Recherchen angestellt und mich mit Chester Davies und Viola Wayne genau beschäftigt.«

»Was ist dabei herausgekommen?«

»Nicht viel. Nur, daß diese beiden im Frühjahr zusammen in Mexiko waren.«

John horchte auf. »Und wo da genau?«

»Auf der Halbinsel Yukatan. Den Ort habe ich leider vergessen. Ich habe ihn aber aufgeschrieben.«

»Das ist immerhin eine Spur«, gab John zu.

»Oder Zufall«, hielt ihm Bill entgegen.

»Vielleicht. Wir werden es herausfinden.«

Bill grinste verschmitzt. »Ich habe übrigens noch etwas herausgefunden!«

»So?«

»Den Namen der Reisegesellschaft, bei der die beiden gebucht hatten. Die Trans World. Sie hat eine Filiale in London.«

»Alle Achtung.« John klopfte seinem Freund auf die Schulter. »Hätte nie gedacht, daß du es mal zu was bringst.«

»Keine Komplimente. Ich kann dich ja nicht allein in den Fall stolpern lassen.« Bill Conolly trank sein Glas leer. »So«, sagte er, »und jetzt nehmen wir noch einen kleinen Schluck zum Abschluß.«

»Wogegen nichts einzuwenden wäre«, erwiderte John Sinclair.

An nächsten Tag hatte John den Auftrag tatsächlich am Hals. Sein Chef, Superintendent Powell, hatte ihm die Unterlagen von FBI und CIA auf den Schreibtisch geknallt.

Nach zweistündigem Aktenstudium rauchte John Sinclair der Kopf. Zum Glück kam Bill Conolly angetrabt.

»Na«, rief er, »hatte ich recht?«

»Du hattest«, gab John zurück, »und ich habe jetzt den Ärger.«

»Wieso? Macht dir dein Job keinen Spaß mehr?«

»Wenn ich an meinen letzten Fall denke mit den lebenden Leichen, nicht mehr«, erwiderte John. »Aber was will man machen.«

John Sinclair klappte die Akte zu und schlüpfte in sein leichtes Jackett.

»Dann werden wir uns mal das Reisebüro aus der Nähe ansehen«, sagte er.

»Ich bin mit von der Partie«, freute sich Bill Conolly.

Das Reisebüro lag in der Nähe des Trafalgar Square. John quälte seinen Dienst-Morris durch den starken Londoner Morgenverkehr. Einen Parkplatz fanden sie drei Straßen weiter.

Die Trans-World-Reisegesellschaft hatte ihr Domizil im Erdgeschoß eines Geschäftshauses. Drei mit Plakaten vollgeklebte Schaufensterscheiben priesen günstige Fahrten in alle Welt an.

Im Innern des Ladens war es kühl. Eine Klimaanlage sorgte für angenehme Temperaturen.

Hinter einer mit Prospekten vollgeladenen Theke hantierten drei Girls.

John Sinclair schnappte sich die nächstbeste, eine Platinblonde mit Goldrandbrille.

Er zeigte ihr seinen Ausweis, und die Perle machte große Augen.

»Worum geht's denn, Sir?« fragte sie stockend.

»Wir möchten gern die Namen der Passagiere haben, die im Frühjahr nach Mexiko geflogen sind. Sehen Sie bitte in Ihren Listen nach.«

»Einen Augenblick, Sir. Wenn Sie Platz nehmen wollen.«

John und Bill setzten sich.

Der Augenblick dauerte fast 20 Minuten. Dann kam die Blonde mit drei Schnellheftern zurück.

»Das war alles, was ich finden konnte, Gentlemen. Ich hoffe, Sie sind zufrieden.«

»Vielen Dank«, sagte John Sinclair.

Er und Bill teilten sich die Arbeit. Jeder nahm sich eine Mappe vor.

Bill Conolly hatte Glück.

»Ich hab's, John«, rief er plötzlich. »Hier, sieh mal!«

John Sinclair beugte sich interessiert vor. Er zählte Namen. Namen von Menschen, die alle eine Reise nach Mexiko gebucht hatten. Nur gut, daß jede Filiale der Trans World Abzüge von diesen Listen bekam.

John las Namen wie Viola Wayne und Chester Davies. Menschen, die aus Europa sowie aus den Staaten kamen. Plötzlich stutzte John Sinclair.

»Das ist ja interessant«, murmelte er.

»Was?« wollte Bill Conolly wissen.

»Hier, lies mal.«

»Kenneth Hawk. London. Woolwich Road 5«, buchstabierte er.

Bill sah John an. »Teufel, das ist ja gar nicht mal weit von hier.«

»Eben. Ein Besuch lohnt sich.«

John sagte der Blonden noch, daß er die eine Liste behalten würde, und dann schwangen sich die beiden wieder in den Morris.

Bill Conolly zündete sich nervös eine Zigarette an. »Das nenne ich Glück«, freute er sich.

»Abwarten«, sagte John.

Sie fuhren etwa eine halbe Stunde. Dann hatten sie den Vorort Woolwich erreicht. Die Woolwich Road war natürlich die Hauptstraße.

Haus Nummer 5 war noch ein altes, graues Steingebäude aus der guten alten Zeit. Die Fassade war schon abgeblättert, und der Regen hatte Rillen ausgewaschen.

Zum Glück gab es eine Klingel.

Kenneth Hawk wohnte im ersten Stock.

John Sinclair schellte.

Keine Reaktion. Der Mann war wohl nicht zu Hause. Klar, um diese Zeit arbeitete ja auch jeder normale Mensch.

Beim dritten und letzten Klingeln öffnete unten die Nachbarin das Fenster.

»Mister Hawk ist nicht da«, keifte sie böse, »merken Sie das denn nicht?«

John setzte ein freundliches Lächeln auf und erkundigte sich nach Hawks Arbeitsstelle.

»Bei 'ner Versicherung«, knurrte die Nachbarin. »Eastern Insurance. Hier bei der Filiale. Sie können zu Fuß hingehen.«

John und Bill bedankten sich höflich.

Die Nachbarin starrte den beiden noch lange nach. »Die waren bestimmt vom Yard«, murmelte sie. »Ob Hawk was ausgefressen hat?«

Die Eastern Insurance hatte die ersten beiden Etagen in einem Wohnhaus gemietet.

Beim Portier erkundigte sich John nach Kenneth Hawk.

»Mister Hawk ist in einer Besprechung, soviel ich weiß. Wenn sich die Gentlemen einen Augenblick gedulden wollen.«

Sie wollten. Es blieb ihnen nichts anderes übrig.

»Ist dein Job immer so langweilig?« fragte Bill Conolly.

»Manchmal«, sagte John.

Sie brauchten nur zehn Minuten zu warten, dann winkte ihnen der Portier zu.

»Mister Hawk hat jetzt Zeit. Bitte, gehen Sie nach oben. Erste Etage. Zimmer 12.«

Die Tür zu Zimmer 12 war weiß lackiert und war mit einer Milchglasscheibe versehen.

John klopfte.

»Come in.«

Die beiden betraten ein unpersönlich wirkendes Büro, in dem ein Schreibtisch und drei Stühle standen.

Hinter dem Schreibtisch erhob sich ein spindeldürrer Kerl mit schütterem blonden Haar und dicker Hornbrille.

»Was kann ich für Sie tun, Gentlemen?«

John zückte seinen Dienstausweis.

»Scotland Yard?« hauchte Hawk.

»Keine Angst, Mister Hawk. Wir wollen Sie nicht einsperren«, beruhigte John den Mann. »Wir haben nur einige Fragen, die Ihre Reise nach Mexiko betreffen.«

Hawks Augenlider unter der Brille zuckten. Ein krampfhaftes Lächeln verzerrte seine Mundwinkel. Der Mann hatte etwas zu verbergen.

John Sinclair und Bill Conolly nahmen auf harten Stühlen Platz. John musterte Kenneth Hawk prüfend. Auf der Stirn des Mannes bildete sich dicker Schweiß.

»Sie waren verhältnismäßig lange in Mexiko«, begann John Sinclair, »genau zwei Monate. Weshalb? Lag irgendein besonderer Grund vor?«

»Weshalb fragen Sie, Inspektor?« Hawk leckte sich nervös die strichdünnen Lippen. »Ich habe eine Informationsreise gemacht.«

»Wohin genau?«

»Auf die Halbinsel Yukatan. Unser Hotel lag in Merida, der Hauptstadt. Wir haben von dort eine Exkursion ins Inland unternommen.«

»Alle Mitglieder der Reisegesellschaft?«

Kenneth Hawk zögerte mit der Antwort. »Nein. Wir waren sieben. Vier Männer und drei Frauen. Wir interessierten uns besonders für die alten, längst vergessenen Kulturen der Mayas.«

»Sie haben also Fundstätten und Tempel besichtigt«, stellte John fest.

»Ja.«

»Sind Sie in der Zwischenzeit in Ihr Hotel zurückgekehrt, Mister Hawk?«

»Nein. Die Exkursion dauerte etwa vier Wochen.«
»Hatten Sie einen Führer?«
»Ja.«
»Wie hieß er?«
»Zum Teufel, Inspektor. Warum wollen Sie das alles wissen? Ist es ein Verbrechen, in Mexiko Urlaub zu machen?«
John Sinclair lächelte. »Natürlich nicht, Mister Hawk. Allerdings könnte Ihr Urlaub mit einem Verbrechen in Verbindung stehen. Erzählen Sie jetzt genau, was sich in den vier Wochen abgespielt hat. Versuchen Sie sich an jede Kleinigkeit zu erinnern. Mag es Ihnen noch so unbedeutend erscheinen.«
Hawk schluckte. Ruckartig nahm er seine Brille ab. Er stierte John Sinclair an. Aus dicken, hervorquellenden Augen.
Bill Conolly stieß John in die Seite.
»Da passiert gleich etwas«, flüsterte er.
Kenneth Hawk stöhnte plötzlich auf. Sein Körper begann zu zucken.
»Ahhh«, keuchte er. »Das Feuer. Es kommt. Das Feuer kommt!«
John Sinclair und Bill Conolly sprangen hoch.
Jetzt sahen sie es auch. Über Hawks Kopf schien die Luft mit Strom geladen zu sein. Ein knisternder, funkensprühender Ring von blauer Farbe schwebte durch den Raum und senkte sich auf Kenneth Hawk nieder . . .

Das blaue Licht wurde stärker, greller.
John und Bill schlossen geblendet die Augen.
Sie hörten Kenneth Hawk stöhnen. Dann ertönte eine Stimme: »Ihr seid dem Teufel verschworen.«
John riß die Augen auf. Er konnte es einfach nicht mehr aushalten.
Kenneth Hawk saß immer noch vor seinem Schreibtisch und wand sich in Krämpfen. Das blaue Licht hatte ihn völlig eingehüllt.
Unwillkürlich wich John Sinclair zurück. Er sah Hawks Körper nur noch verschwommen.
Hawk stöhnte.
»Das Höllenfeuer!« ächzte er. »Es frißt mich. Neiiiin . . .«
John Sinclair hielt es nicht mehr aus. Mit einem gewaltigen Satz sprang er auf Kenneth Hawk zu.
Der Schlag traf ihn mit elementarer Wucht und warf ihn zurück.

John prallte auf den Boden. Seine Glieder schienen gelähmt zu sein. Es kostete ihn unsagbare Kraft, den Kopf zu heben. Er sah, daß sich auch Bill Conolly am Boden wand, und er sah Kenneth Hawk, dessen Körper sich plötzlich verwandelte.

Hawks Gesicht wurde breiter. Die Augen quollen aus den Höhlen. Die Nase veränderte sich und wurde dicker. Hawks Körper schrumpfte zusammen, starke Muskeln drohten fast die Jacke zu sprengen.

Aus Hawks Mund drangen gräßliche Schreie.

John, von dem elektrischen Schlag noch immer paralysiert, sah alles wie in Zeitlupe.

Das kalte Feuer wurde stärker, verdichtete sich. Ein Gegenstand fiel dumpf auf den Schreibtisch.

Eine Axt!

Kenneth Hawk sah die Axt. Seine Finger schlossen sich wie Klauen um den Griff. Ein irres Lachen drang aus seinem Mund.

»Mister Hawk!« rief draußen eine Frauenstimme. »Ist was passiert?«

Draußen bleiben! wollte John noch schreien, doch da war es zu spät.

Ein blondes Wesen betrat das Büro, ging ein paar Schritte auf Hawks Schreibtisch zu, stutzte plötzlich und begann zu schreien.

Hawk holte aus und schlug zu.

Die junge Frau brach zusammen.

Hawk kicherte wie irr und kam hinter seinem Schreibtisch hervor.

John Sinclair lag noch immer auf dem Boden und konnte sich nicht rühren.

Das Grauen hatte ihn gepackt.

Kenneth Hawk kam näher. Er hielt die Waffe mit beiden Händen fest. Sein Gesicht, das nichts Menschliches mehr an sich hatte, war John Sinclair zugewandt.

Kenneth Hawk wankte näher.

Todesangst erfaßte John Sinclair.

Im selben Augenblick, als Hawk zuschlagen wollte, flog ein Körper durch die Luft.

Bill Conolly.

Bills Fäuste trafen Hawk in den Rücken.

Der Irre taumelte. Der Axthieb zerschnitt nur die Luft.

Mit einem gräßlichen Knurren kreiselte Hawk herum. Er sah Bill Conolly am Boden hocken und schlug zu.

Daneben.

Conolly hatte sich zur Seite geworfen.

Hawk knurrte. Gehetzt blickte er sich um. Er wollte töten, doch er traf auf Widerstand. Damit hatte er nicht gerechnet.

Hawk ließ Bill Conolly in Ruhe. Auch für John interessierte er sich nicht mehr.

Der Mörder hastete zur Tür, riß sie auf und war blitzschnell verschwunden.

»Bill«, keuchte John Sinclair, »halt ihn auf. Das gibt eine Katastrophe.«

Bill Conolly war schon draußen.

Plötzlich spürte John Sinclair, daß wieder Kraft in seinen Körper strömte.

Er quälte sich auf die Beine und taumelte auf den Gang.

Angstschreie drangen an seine Ohren. Sie kamen aus einem Nebenraum.

Türen wurden aufgerissen. Menschen strömten in den Flur.

»Bleiben Sie zurück!« schrie John Sinclair und hastete in das Büro, in dem die Panik herrschte.

Kenneth Hawk wütete wie ein Berserker.

Drei Girls waren schreiend in eine Ecke geflüchtet. Hawk stapfte auf sie zu, die Axt zum tödlichen Hieb bereit.

Und Bill Conolly?

Er lag verletzt auf dem Boden.

John sah alles in Bruchteilen von Sekunden.

»John«, stöhnte Bill.

John Sinclair riß Kenneth Hawk an der Schulter zurück. Ehe der Mörder überhaupt reagieren konnte, schmetterte ihm John die Faust ins Gesicht. Hawk flog zurück. Die verdammte Axt ließ er nicht los.

Die Girls begannen zu kreischen.

»Verschwindet!« schrie John ihnen zu.

Dann kümmerte er sich um Kenneth Hawk. Der hatte sich wieder fangen können und griff John Sinclair an.

John tauchte unter dem ersten Axthieb weg. Zu einem zweiten Schlag kam Hawk nicht mehr, denn Johns Handkante krachte gegen seinen Arm.

Schreiend ließ Hawk die Waffe fallen.

John Sinclair zog seine Rechte aus der Hüfte hoch. Sie explodierte mit einer ungeheuren Wucht an Hawks Kinn.

Der Mörder flog durch das halbe Büro und krachte mit dem Hinterkopf gegen die Wand. John Sinclair atmete aus.

Er sah den reglosen Kenneth Hawk in der Ecke liegen und bückte sich nach der Axt.

In diesem Moment geschah das Unwahrscheinliche. Vor den Augen vieler Zeugen löste sich die Axt und auch Kenneth Hawk auf.

Die Menschen, die dem Schauspiel zugesehen hatten, stöhnten auf.

Auch John Sinclair lief eine Gänsehaut über den Rücken.

»Der Teufel ist zurückgekommen«, sagte ein älterer Mann und rannte schreiend davon. Die anderen Zeugen folgten ihm.

Erst jetzt konnte sich John Sinclair um seinen Freund Bill kümmern.

Bill grinste ihm verzerrt entgegen. »Scheißspiel«, knurrte der hartgesottene Reporter. »Dieser Wahnsinnige hat mit seiner Axt wahrhaftig meinen Arm gestreift. Ich könnte mir ein Loch in den Bauch ärgern.«

»Sei froh, daß es nur das ist«, sagte John und ging zum Telefon, um die Mordkommission zu alarmieren.

Dann steckte er sich erst mal eine Zigarette an. Er schob Bill ebenfalls ein Stäbchen zwischen die Lippen.

Polizei und Ambulanz trafen vorher ein. Ein Mitarbeiter der Versicherung hatte sie alarmiert.

Dann kam die Mordkommission.

John kannte den Inspektor. Er hieß Hagerty und war ein unscheinbarer Typ, der jedoch durch Zähigkeit und Verbissenheit manchen Erfolg errungen hatte.

John erklärte die Lage.

Hagerty zog an seiner Pfeife. »Wenn ich Sie nicht so genau kennen würde, Sinclair, würde ich sagen, Sie spinnen. Aber so? Übrigens ist das Mädchen tot. Und dieses Untier, das das getan hat, ist plötzlich verschwunden. Von einer Sekunde zur anderen hat es sich in Luft aufgelöst. Verstehe das, wer will. Ich jedenfalls nicht.«

John Sinclair atmete tief aus. »Sicher, Hagerty, ich kann Sie begreifen. Aber dieser Mord ist nicht ein üblicher Fall. Wir haben es hier mit Dingen zu tun wie Seelenwanderung und Materialisation. Und dahinter steckt eine Kraft, die alles lenkt. Zum Bösen lenkt.«

Hagerty sah John Sinclair mit offenem Mund an. »Wissen Sie überhaupt, was Sie da reden, lieber Kollege?«

John klopfte Hagerty auf die Schulter. »Schon gut, mein Freund.«

Bill Conolly kam wieder. Er hatte sich unten im Krankenwagen verbinden lassen.

»Bin fast wieder voll da, John«, grinste er. »Wir werden den Teufel schon aus der Hölle locken.«

In diesem Moment kam Hagertys Assistent von der Zeugenvernehmung zurück. Er war blaß im Gesicht und mußte laufend schlucken.

»Es stimmt, Sir«, sagte er.

»Was, zum Teufel?« knurrte Hagerty ungehalten.

»Der Mörder hat sich aufgelöst. Die Zeugen haben es bestätigt.«

»Ja, seid ihr denn alle verrückt?« schrie Hagerty plötzlich.

»Moment«, mischte sich John Sinclair ein. »Was die Zeugen gesehen haben, stimmt. Ich habe Ihnen das gleiche gesagt. Der Mörder hat sich aufgelöst. Sie können nur noch seine Asche untersuchen.«

Hagerty schüttelte den Kopf. »Können Sie mir vielleicht eine Erklärung geben, Sinclair? Normalerweise löst sich doch kein Mensch auf.«

»Ein Mensch nicht, lieber Kollege. Dieser Mörder ist normalerweise schon einige Jahre tot.«

Das war zuviel für den guten Inspektor. Er ließ sich einfach auf den nächstbesten Stuhl fallen und stöhnte. »Jetzt brauche ich einen Whisky.«

Er trank nicht nur einen, sondern vier. Auch Polizeibeamte sind eben nur Menschen.

Ein strahlend blauer Himmel spannte sich über Merida, der Hauptstadt der mexikanischen Halbinsel Yukatan.

Die Chartermaschine der Trans-World-Reisegesellschaft landete sicher auf der spiegelglatten Rollbahn.

Die Reisenden verließen das Flugzeug, passierten die Zoll- und die Paßkontrolle und wurden mit Bussen in ihre Hotels gefahren.

Es war früher Nachmittag und drückend heiß. Zum Glück

hatten alle Zimmer Klimaanlage. Dusche und Bad waren ebenfalls vorhanden.

»Ich bitte Sie, in einer Stunde in die Hotelhalle zu kommen«, sagte der Reiseleiter. »Ich habe Ihnen noch einige Informationen mitzuteilen.«

Gloria Simpson und Jane Corby hatten ein Doppelzimmer. Die beiden Girls waren 23 Jahre alt, schon seit zehn Jahren befreundet und arbeiteten in derselben Firma. Für diesen Urlaub hatten sie drei Jahre gespart.

Jane Corby hatte kurzgeschnittenes rotes Haar und eine Unmenge von Sommersprossen über ihre kecken Nase. Sie war für eine Frau ziemlich klein, doch mit ihrer Figur hätte sie manche Filmschauspielerin ausstechen können.

Gloria Simpson war eine herbe Schönheit. Sie hatte einen knabenhaften Körper mit kleinen, festen Brüsten, und langen, wohlgeformten Beinen. Das dunkelblonde Haar trug sie zu einem Pferdeschwanz zusammengebunden.

»Ich gehe schon unter die Dusche, Gloria«, rief Jane Corby und schlüpfte aus ihrer Hose. Danach folgten Pulli und Slip, und wenig später stand sie schon unter den erfrischenden Wasserstrahlen.

Jane packte inzwischen die Koffer aus. Unter ihrem Gepäck befanden sich auch drei dicke Wälzer über die Kultur der Mayas. Jane und Gloria waren wißbegierig. Sie wollten an einer Exkursion in den Urwald teilnehmen, um alte Tempel und Kulturstätten kennenzulernen.

Zehn Minuten später sprang auch Gloria Simpson unter die Dusche.

Nachdem sie fertig war, schlüpfte sie in Shorts und Pullover.

Jane saß auf der Bettkante und las in einem der Wälzer.

»Hör mal zu, Gloria«, sagte sie aufgeregt. »Hier steht etwas von einem verfallenen Tempel, in dem vor Jahrtausenden der Herr der Toten gewohnt haben soll. Unheimlich, nicht?«

»So heißt es in der Legende«, sagte Gloria und schüttelte ihr langes blondes Haar.

»Trotzdem, ein komisches Gefühl ist es schon. Stell dir mal vor, wir betreten diesen Tempel. Der Herr der Toten, wie sich das schon anhört. Und plötzlich steht dieser Götze vor uns. Schrecklich, findest du nicht auch?« Janes Stimme hatte bei den letzten Worten düster und unheimlich geklungen. Sie bekam selbst eine Gänsehaut und schüttelte sich.

Gloria lachte. »Du mit deinen Spinnereien. Am besten, du gehst nach unserer Rückkehr in einen Spiritistenklub. Vielleicht lernst du dort die Toten kennen.«

»Damit sollte man nicht scherzen, Jane.«

»Schon gut. Aber jetzt wird's Zeit. Sonst kommen wir noch zu spät zu unserem lieben Reiseleiter. Und der ist ganz scharf auf dich. Der hat dich doch mit den Augen fast ausgezogen.«

Jane winkte ab. »Da würde ich lieber Jungfrau bleiben, als mit dem nur eine Nacht zu schlafen.«

Gloria lachte. Dann gingen die beiden Girls nach unten. Es wurde wirklich Zeit. Sie waren fast die letzten.

Der Reiseleiter, er hieß Ramon Menderez, stand in der Mitte der Halle.

Wieder spürte Jane Corby seinen stechenden Blick. Verlegen blickte sie zur Seite.

Ramon Menderez hielt eine Rede. Er erzählte erst das übliche Blabla und kam nach einer Viertelstunde zum Kern der Sache.

»Wer von Ihnen möchte an der Exkursion zu den Tempelstätten teilnehmen?«

Fast wie auf Kommando stiegen 20 Finger in die Höhe.

Menderez winkte lächelnd ab. »Wir werden natürlich nicht in Hotels schlafen, sondern im Freien kampieren. Die Reise wird, und ich übertreibe nicht, sehr beschwerlich werden. Es sollten an und für sich nur Personen mitmachen, die echtes Interesse haben. Ich frage jetzt noch einmal. Wer möchte mitfahren?«

Jetzt waren es nur noch fünf Finger, die in die Höhe zeigten. Drei Männer und zwei Frauen.

Ramon Menderez spreizte sich wie ein Pfau. Dann fragte er spöttisch: »Ich hoffe, Sie haben es sich ganz genau überlegt, Miss Corby. Für Miss Simpson gilt das gleiche.«

»Sicher, Mister Menderez«, erwiderte Jane. »Ob Sie es glauben oder nicht, wir haben uns sogar darauf vorbereitet.«

Menderez deutete eine Verbeugung an. »Dann will ich nichts gesagt haben. Ich wünsche Ihnen noch einen angenehmen Urlaub. Die fünf Herrschaften, die sich für die Reise angemeldet haben, möchte ich doch bitten, für einen Augenblick mitzukommen.«

Menderez führte sie in das Hotelbüro. Die Männer, die mit wollten, waren um die Vierzig und machten einen gesunden, sportlichen Eindruck.

Ramon Menderez ließ sich die Namen der Teilnehmer geben.

Auf Jane Corby verweilte sein stechender, unangenehmer Blick etwas länger.

»Sie haben wirklich keine Angst?«

»Nein, Mister Menderez. Meine Freundin und ich haben keine Angst. Überhaupt, was soll die Frage?«

Menderez' schmale Lippen verzogen sich zu einem Grinsen. »Es wird ein gefährlicher Weg werden. Durch heißen Dschungel und über sonnendurchglühte Felsen.«

Jane zuckte die Schultern. »Damit haben wir gerechnet. Außerdem haben wir ja einen Führer.«

»Ja, mich«, sagte Ramon Menderez.

Jane zuckte zusammen. Damit hatte sie nicht gerechnet.

»Sollen wir abspringen?« flüsterte ihr Gloria ins Ohr.

Jane schüttelte den Kopf. Nein, feige war sie nicht. Außerdem wußte sie sich ihrer Haut zu wehren.

Jane Corby sah immer noch Ramon Menderez an. Dann sagte sie leise, so daß nur er es hören konnte: »Ich gebe Ihnen einen guten Rat: Versuchen Sie es bei mir erst gar nicht.«

Ramon Menderez verbeugte sich galant. »Ich werde das natürlich respektieren«, sagte er.

Für Jane kam dieser Gesinnungsumschwung ein wenig zu plötzlich. Bestimmt hatte dieser Bursche etwas vor.

»Wir fahren in genau fünf Tagen ab«, sagte Menderez. »Bis dahin erholen Sie sich noch. Ich bedanke mich. Genaue Informationen, was Kleidung und Gepäck angeht, bekommen Sie noch.«

Damit waren sie entlassen.

Als Ramon Menderez allein war, verzerrte sich sein Gesicht zu einer Grimasse.

»Fünf neue Opfer«, flüsterte er. »Fünf Opfer für den Herrn der Toten . . .«

Zwei Tage lang war bei Scotland Yard der Teufel los. John Sinclair kam kaum zur Ruhe. Eine Konferenz jagte die andere. Und immer wieder mußte er seine Vorstellung von dem Fall wiederholen.

Bill Conolly hatte seine Verletzung gut überstanden. Er brannte darauf, etwas zu erleben.

Am Abend des zweiten Tages hatte John Sinclair endlich freie Bahn. Seine Vorgesetzten hatten seinen Vorschlägen zugestimmt.

John Sinclair sollte nach Mexiko fliegen und den Fall dort aufrollen.

Als er gegen neun Uhr abends in seine Wohnung zurückkam, saß Bill Conolly schon auf der Couch.

»Alles klar?« fragte er.

John nickte grinsend. »Wir fliegen morgen abend.«

»Wunderbar. Ich bin auch wieder fit. Was kann uns noch passieren?«

John Sinclair sah den Freund nachdenklich an. »Ich weiß nicht, Bill. Ich habe ein verdammt komisches Gefühl. Hinter diesem Fall steckt mehr, als wir ahnen. Verlaß dich drauf. Und ich möchte dich noch einmal darauf hinweisen, daß du auf eigene Gefahr mitfliegst.«

»Bin ich ein Baby?«

»Das nicht. Aber ich werde für diesen Job bezahlt. Ich habe nur wenige Freunde, Bill. Und die möchte ich behalten.«

»Danke für die Fürsorge«, grinste Bill Conolly, »aber so leicht kriegt man mich nicht hinüber. Ich habe schließlich schon manche Sache gedreht.«

»Ja, das waren normale Fälle. Aber hier haben wir es mit Phänomenen zu tun, die es gar nicht geben darf. Bill, wir kämpfen hier gegen Mörder aus dem Totenreich. Menschen, die schon längst tot sind. Verstehst du das?«

Bill Conolly nickte nur. Er konnte nicht verhindern, daß ihm die eiskalte Gänsehaut herunterlief . . .

Der Wecker schrillte um fünf Uhr morgens. Jane Corby und Gloria Simpson fuhren aus tiefem Schlaf hoch.

»Das war vorerst der letzte Tag im gemütlichen Bett«, murmelte Jane und ging ins Bad.

In zwei Stunden sollte die Reise beginnen. Das kleine Gepäck war schon verstaut, und Tropenkleidung lag bereit.

Nach einer halben Stunde waren die Girls fertig. Jede trug eine derbe Leinenhose und ein Khakihemd. Die Tropenhelme hatten sie sich unter den Arm geklemmt.

Unten wartete ein reichhaltiges Frühstück. Die drei Männer waren schon da. Auch Ramon Menderez hockte am Tisch. Sein lüsterner Blick streifte die beiden Girls.

Die Mädchen ließen es sich schmecken.

Die Reiseroute lag längst fest. Mit dem Flugzeug ging es bis Tekax. Dieser Ort war praktisch der letzte Vorposten der Zivilisation. Von dort fuhren sie dann mit Jeeps bis in das Innere des Landes weiter. Die letzte Strecke mußten sie zu Fuß gehen.

Die drei Männer, die noch mitfuhren, hießen Walter Neumann, ein Deutscher, Jack Bancroft, Engländer, und Jim Donovan, Amerikaner. Es waren alles ruhige, verläßliche Typen, die sich wirklich nur für die Kultur der Maya interessierten.

Nach dem Frühstück bat Ramon Menderez um einen Augenblick Gehör. »Es fahren noch zwei Gentlemen mit«, sagte er. »Es hat sich gestern erst entschieden. Die beiden«, Menderez blickte auf seine Uhr, »müssen jeden Moment hier eintreffen. Sie kommen direkt aus Europa.«

»Ist ihnen aber verdammt spät eingefallen«, knurrte Walter Neumann, der weißblonde Deutsche.

Ramon Menderez zuckte mit den Schultern. »Normalerweise sind wir immer sieben Personen. Bei fünf Leuten rentiert sich die Reise kaum noch.«

Menderez grinste verzerrt. Anscheinend wußte er, wie komisch diese Ausrede klang.

Jack Bancroft zog gelassen an seiner Pfeife. »Was sind das denn für Landsleute?« erkundigte er sich.

»Engländer«, klärte ihn Menderez auf.

»Wunderbar«, freute sich Bancroft.

»Hoffentlich sind die beiden noch so trocken wie Sie«, grinste Jim Donovan. »Ich suche immer noch Partner für eine anständige Pokerpartie.«

»Poker können Sie zu Hause spielen«, sagte Walter Neumann. »Ich für meinen Teil . . .«

In diesem Augenblick öffnete sich die Tür des Frühstücksraumes. Zwei Männer kamen herein. Sie waren fast gleich groß und braun gebrannt. Sie machten einen lässigen und doch weltmännischen Eindruck, trotz der Tropenkleidung, die sie trugen.

»Mein Name ist John Sinclair«, sagte der Blonde. »Und das ist mein Freund Bill Conolly.«

Die anderen stellten sich ebenfalls vor und murmelten ihr: »Angenehm!«

Jane Corby konnte ihren Blick nicht von Bill Conolly wenden. Sie hatte sich von einem Augenblick zum anderen in ihn verliebt.

Ramon Menderez, der das bemerkte, kniff die Lippen zusammen, und ein böses Lächeln umspielte seine Mundwinkel.

Man diskutierte noch eine halbe Stunde, dann wurde es Zeit zur Abfahrt.

Ein Bus brachte die Gruppe zum Flughafen. Dort wartete bereits eine zweimotorige DC 6 zum Weitertransport.

In dem Flugzeug saß man wie in einer Ölsardinenbüchse. John und Bill setzten sich nebeneinander. Vor ihnen hatten die beiden Girls Platz genommen.

»Darf man fragen, wie zwei junge Damen wie Sie an solch eine Tour kommen?« erkundigte sich John Sinclair lächelnd.

Die beiden wandten den Kopf. »Abenteuerlust«, erwiderte Gloria Simpson.

Und ihre Freundin sagte: »Ist mal was anderes. Sonst liegt man immer nur am Strand und läßt den lieben Gott einen guten Mann sein. Nein, wir wollen mal richtig was erleben.«

»Hat man Sie denn auf die Gefahren aufmerksam gemacht?« wollte Bill wissen.

Jane Corby kniff schelmisch ein Auge zu. »Wir haben ja immerhin fünf Beschützer. Und zur Not wissen wir uns auch noch selbst zu helfen.«

»Dann kann eigentlich nichts mehr schiefgehen«, lachte John Sinclair.

In Wirklichkeit war ihm gar nicht zum Lachen zumute. Sollte sich wirklich herausstellen, daß diese Exkursion etwas mit den geheimnisvollen Verbrechen zu tun hatte, sah es für die Girls nicht sehr günstig aus.

Knatternd liefen die Motoren der DC 6 an. Schaukelnd setzte sich die Luftkutsche in Bewegung. Der Lärm war infernalisch, so daß man sein eigenes Wort nicht verstehen konnte.

Doch nach und nach gewöhnte man sich an den Krach. Nach einer Stunde landete die Maschine in Tekax.

Der Flughafen bestand nur aus einer Sandrollbahn und vier Wellblechschuppen. Nach wie vor brannte die Sonne gnadenlos vom Himmel.

Die sieben Passagiere sprangen nach draußen. Zuerst schluckten sie Staub, der von den Propellern aufgewirbelt wurde.

Dann gingen sie in eine der Wellblechbuden. Hier war es noch schlimmer als draußen. Die Luft war stickig und schwül, und es roch nach Männerschweiß. Die Ausdünstung konnte nur von dem fetten, glatzköpfigen Kerl stammen, der hinter einem wackeligen Schreibtisch hockte.

Ramon Menderez sprach einige Worte mit dem Dicken. Der breitete nur die Arme aus und schnatterte drauflos.

Plötzlich bekam Menderez einen Anfall. Er schrie den Dicken an. Dieser schrie zurück. Dann schrie wieder Menderez. Es war ein Theater ohnegleichen.

»Worum geht es überhaupt«, wandte sich Jane Corby flüsternd an John Sinclair.

»Soviel ich mitbekommen habe, sind die versprochenen Jeeps noch nicht da. Jetzt regt sich Menderez natürlich auf.«

Zehn Minuten später wußten alle genau Bescheid. Sie waren wieder nach draußen gegangen, und Ramon Menderez setzte zu einer großen Erklärung an.

»Die Jeeps werden erst morgen kommen«, sagte er. »Man hat hier geschlafen. Wir müssen noch eine Nacht in Tekax bleiben.«

»Und wo?« fragte Bill Conolly.

»Es gibt hier drei Hotels. Wir haben natürlich das beste ausgesucht«, erwiderte Menderez schleimig.

»Das wird auch nur 'ne Wanzenbude sein«, meinte Bill Conolly.

»Take it easy«, sagte der Engländer trocken.

Taxis gab es natürlich keine. Man ging zu Fuß in die Stadt. Ramon Menderez meckerte noch immer. Es würde wohl noch etwas dauern, bis er sich beruhigt hatte.

»Ich glaube, er zieht nur 'ne Schau ab«, sagte Bill Conolly plötzlich. »Schätze, das war alles geplant.«

»Das nehme ich auch an«, erwiderte John leise. »Bin gespannt, welche Überraschungen uns erwarten.«

Die erste Überraschung war Tekax selbst. Die Stadt bestand fast nur aus sandfarbenen Adobebauten, vor denen in Ponchos eingewickelte Indios saßen und unter ihren breitkrempigen Strohhüten die Fremden anstarrten.

Die Frauen, die oft Körbe oder Tonkrüge auf den Köpfen trugen, blickten meistens scheu und verlegen.

Die Hauptstraße des Ortes war etwas besser. Hier gab es einige Geschäfte, und es waren sogar Autos – meistens ältere Jahrgänge – zu sehen.

Das Hotel selbst war auch eine angenehme Überraschung. In dem breiten Vorgarten wogten Palmen, und eine Treppe führte zum Eingang hoch.

Der Besitzer oder Geschäftsführer erwartete die Gruppe bereits. Er stand auf der obersten Treppenstufe und hielt eine kurze Rede. Er lobte sein Haus in allen Tönen, und man bekam den Verdacht, daß das Hilton nur eine billige Hütte dagegen war.

Indios kümmerten sich um das Gepäck und brachten es auf die Zimmer.

Die Räume waren klein und relativ sauber. Über jedem Bett hing ein Moskitonetz. Fließendes Wasser gab es nicht, dafür aber einen wackligen Kleiderschrank.

»Die Kosten für diese Übernachtung trägt natürlich die Reisegesellschaft«, sagte Ramon Menderez noch und verabschiedete sich bis zum Abendessen.

»Möchte nur wissen, was da wieder hintersteckt«, sagte Bill Conolly, ließ sich auf die quietschende Matratze fallen und klemmte sich einen Glimmstengel zwischen die Lippen.

»Das werden wir auch noch rauskriegen«, erwiderte John. »Sicherheitshalber werde ich auf Vorrat schlafen. Man kann nie wissen.«

»Gute Idee«, sagte Bill Conolly, drückte seine Zigarette aus und schloß die Augen.

Das Abendessen wurde im Restaurant – wie der Name großspurig sagte – eingenommen.

Es gab Chili con carne, einen höllisch scharfen mexikanischen Bohneneintopf. Dazu wurde Tequila getrunken.

John Sinclair und Bill Conolly saßen mit Jane Corby und Gloria Simpson an einem Tisch.

Den beiden Girls schmeckte es. Nur ab und zu warfen sie einen scheuen Blick zu Ramon Menderez hinüber, der sie unentwegt beobachtete.

»Ein widerlicher Kerl, dieser Menderez«, sagte Jane Corby plötzlich. »Ich habe das Gefühl, mit dem werden wir noch was erleben.«

»Wie kommen Sie darauf?« fragte John und pickte sich ein Stück Hühnerfleisch aus dem Eintopf.

»Ich weiß auch nicht recht«, sagte Jane. »Erstens seine Blicke. Der sieht uns an wie Opfer, die zur Schlachtbank geführt werden. Und dann hat er sich mit ein paar Typen getroffen, denen ich nicht im Dunkeln begegnen möchte.«

John wurde hellhörig. »Wann war denn das?«

»Heute nachmittag. Kurz nach unserer Ankunft. Ich ging noch mal runter in die Halle, da sah ich ihn mit zwei Einheimischen im Gespräch. Menderez redete ununterbrochen auf sie ein.«

»Haben Sie verstanden, was er sagte?«

»Nein. Ich habe mich hinter einem Pfeiler versteckt. Menderez brauchte mich nicht unbedingt zu sehen. Die beiden Kerle sind dann weggegangen. Ich habe beobachtet, wie sie in einen Jeep gestiegen sind.«

John legte nachdenklich sein Besteck zur Seite. Verdammt, das sah nach Ärger aus. Bill Conolly stieß ihn unter dem Tisch an. Auch er hatte Lunte gerochen.

»Was halten Sie denn von der Sache, Mister Sinclair?« fragte Gloria Simpson.

»Vielleicht spielt Ihnen Ihre Phantasie einen Streich«, lächelte John. »Dieses Gespräch kann durchaus harmlos gewesen sein. Bestimmt hat Menderez die beiden weggeschickt, um die Jeeps zu besorgen.«

Damit gaben sich die Girls dann auch zufrieden. Sie saßen noch etwa zwei Stunden zusammen, aber draußen, vor dem Hotel, in dem kleinen Vorgarten.

Es war ein herrlicher Abend. Ein dunkelblauer Samthimmel spannte sich über dem Land, und leichter Wind fächerte über die Palmen. Gitarrenklänge drangen herüber, nur ab und zu unterbrochen von der klagenden Melodie einer Flöte.

Gegen 22 Uhr machten sie Schluß. John und Bill verabschiedeten sich von den beiden Girls und gingen auf ihr Zimmer.

John hatte kaum die alte Petroleumfunzel angesteckt, da zuckte er zusammen. Man hatte ihr Gepäck durchwühlt!

»Verdammt!« knurrte Bill Conolly und deutete auf die am Boden liegenden Sachen. »Menderez?«

»Schätze ich auch. Er hat sich ja früh genug verabschiedet. Bill, diese Nacht ist für uns noch nicht zu Ende. Ich werde dem guten Ramon mal auf die Füße treten.«

»Ich gehe mit.«

»Nein, Bill. Paß du auf die Mädchen auf. Ich nehme nämlich die Geschichte mit den beiden Indios verdammt ernst.« John Sinclair bückte sich und holte eine Taschenlampe aus seinem Gepäck. Er öffnete die rauhe Holztür und sagte nur: »Bis nachher.«

Der Gang war dunkel. John ließ kurz die Taschenlampe

aufblitzen. Ungeziefer kroch erschreckt an den Wänden hoch. John grinste und ging weiter.

Er kam an dem Zimmer der Mädchen vorbei, blieb kurz stehen und horchte.

Nichts.

Beruhigt ging John weiter.

Er hatte sich gemerkt, wo Ramon Menderez schlief. Es war das letzte Zimmer auf dem Flur.

John legte sein Ohr an die Türfüllung und lauschte. Leises Gemurmel war zu hören.

John biß sich auf die Lippen. Zu dumm, daß er nichts verstehen konnte.

Vielleicht vom Fenster an der Rückseite?

John schlich nach unten.

In der Halle mußte er sich blitzschnell verstecken, als ihm der Geschäftsführer über den Weg lief.

Die Eingangstür war nicht verschlossen. Sie schwang knarrend im Nachtwind.

John huschte nach draußen. Er sprang die Treppe hinunter und versteckte sich im Vorgarten.

Er lauschte.

Niemand verfolgte ihn, niemand war zu sehen. Nur die Geräusche der Nacht umfingen ihn.

John Sinclair umrundete das Hotel. Dann schaltete er kurz seine Taschenlampe ein. Ein Grinsen huschte über sein Gesicht, als er die Kisten sah. Es wäre nämlich sonst ein Problem gewesen, in die erste Etage zu gelangen, denn die Rückwand des Hotels war glatt wie Beton.

Vorsichtig holte John Kiste für Kiste und stapelte sie aufeinander. Mit geschickten Bewegungen kletterte er auf die oberste Kiste, ohne daß der Stapel umfiel. Jetzt konnte er mit beiden Händen das Gitter des kleinen Balkons erreichen. Jedes Zimmer hatte einen solchen Balkon.

John Sinclair zog sich mit einem Klimmzug hoch. Dann schwang er sich elegant über das Gitter und stand wenig später vor der Balkontür. Sie war nur angelehnt.

John ging in die Hocke und lauschte.

Ein seltsames Pfeifen drang an sein Ohr.

John schob die Gardine ein winziges Stück zur Seite und peilte ins Zimmer.

Er sah ein rotes Licht glühen und einen Schatten.

Der Schatten konnte nur Ramon Menderez sein, und das rote Licht stammte von einem Funkgerät.

Jetzt stand Ramon Menderez auf und wanderte unruhig im Raum herum.

Hoffentlich kommt der nicht zum Fenster, betete John.

Menderez kam nicht. Er setzte sich plötzlich wieder hin und stülpte Kopfhörer über seine Ohren. John konnte alles fast genau erkennen, da sich seine Augen gut an die herrschende Dunkelheit gewöhnt hatte.

Ramon Menderez lauschte konzentriert. Er schrieb irgend etwas auf ein Blatt Papier. Dann war plötzlich Schluß. Ramon Menderez schaltete das Funkgerät aus und ließ sich zurücksinken.

Leise murmelte er vor sich hin.

John Sinclair steckte fast seinen ganzen Kopf ins Zimmer, um die Worte verstehen zu können.

»Herr . . .«, hörte er, ». . . der Herr der Toten – er wird kommen . . . Er wird sie holen – alle . . .«

Ramons Stimme wurde lauter. Die letzten Worte schrie er. Mit beiden Fäusten trommelte er auf den Tisch.

Und da sah John das blaue Licht. Es schwebte im Raum.

»Das Feuer!« keuchte Ramon Menderez. »Es wird mich fressen!«

Menderez sprang auf, lief dem Feuer entgegen.

»Du bist dem Teufel verschworen!« erscholl plötzlich eine Stimme.

Gebannt beobachtete John Sinclair das Geschehen. Er sah, wie das blaue Licht Gestalt annahm. Eine gräßliche Fratze schälte sich aus der Finsternis.

Es war die Fratze eines Götzen!

Knochenhände griffen nach Ramon Menderez.

»Ja!« schrie dieser. »Ich gehorche dir, o Herr der Toten! Ich werde dir neue Opfer bringen. Sieben Opfer! Sieben Opfer für den Herrn der Toten . . .!«

Dann war alles vorbei. Das Zimmer lag wieder im Dunkeln da. Nur noch Menderez' keuchender Atem war zu hören.

John Sinclair war schweißgebadet. Das Geschehen hatte ihn doch verdammt mitgenommen.

Er war Zeuge einer Materialisation geworden. John Sinclair befand sich auf der richtigen Spur.

Er hatte genug gesehen. John konnte den Rückzug antreten.

Ein Geräusch unten im Hof ließ ihn aufhorchen. Dann ertönte ein spanischer Fluch.

John duckte sich.

Der grelle Strahl einer starken Taschenlampe zerschnitt die Dunkelheit, tanzte ein Stück an der Hauswand entlang und blieb an dem Balkon haften . . .

John Sinclair war entdeckt . . .

John reagierte in Bruchteilen von Sekunden.

Er rollte sich über das Gitter, hielt mit beiden Händen die Balkonstangen umklammert und trat mit den Füßen gegen den Kistenstapel.

Der Erfolg war durchschlagend.

Die Kisten fielen polternd um. Unten ertönte ein Fluch, danach ein Schrei, und dann verlosch die Lampe.

Im selben Augenblick erschien Ramon Menderez auf dem Balkon.

John ließ sich fallen.

Er krachte auf eine der Kisten und rollte sich sofort zur Seite.

Auf dem Balkon fluchte Menderez wie ein Berserker. Dann verschwand er wieder in seinem Zimmer.

John Sinclair stellte fest, daß er den Sturz heil überstanden hatte.

Eine breite Gestalt sprang John Sinclair an wie eine Dampfwalze. John machte einen halben Salto rückwärts und krachte wieder in die Kisten.

Der andere hechtete auf ihn zu.

John zog die Beine an. Sein Gegner bekam die Absätze vor die Brust und segelte weg.

Oben auf dem Balkon tauchte abermals Ramon Menderez auf. Er schrie etwas, was John nicht verstand.

Menderez brüllte noch mal. Dann schoß er.

Die Kugel peitschte in den Kistenstapel und wirbelte einige lose Bretter hoch.

»Er liegt hier zwischen den Kisten! Ich werde ihn schon holen!«

Zum Glück verstand John Spanisch.

Er befreite sich aus dem Holzwirrwarr und packte sich eine relativ stabile Latte.

Der andere kam schon auf ihn zugestürzt. In seiner Hand glitzerte etwas.

Ein Messer!

John Sinclair führte mit der Latte einen Rundschlag. Es machte

»klatsch«, und dann ging der Messerstecher brüllend zu Boden. Er hielt sich mit einer Hand sein linkes Ohr.

John packte den Kerl am Kragen und schleifte ihn ein Stück weg. John erkannte die Umrisse eines Schuppens. Dort hinein verzog er sich mit seinem Gefangenen.

Er warf den Mann in die Ecke. Der Kerl atmete keuchend. John knipste sein Feuerzeug an.

Angstvoll aufgerissene Augen starrten ihn an.

»So, Kamerad, nun mal raus mit der Sprache. Weshalb bist du hier herumgeschlichen?« John Sinclair sprach natürlich Spanisch.

Der Mann war viel zu ängstlich, um nicht zu antworten.

»Ich wollte Ramon Menderez eine Nachricht bringen.«

»Welche?«

»Daß die Wagen fertig sind.«

»Sonst nichts?« forschte John.

»Nein, Señor.«

»Du lügst!« Johns Stimme war drohend.

»Señor, ich bitte Sie. Ich . . .«

»Ich will die Wahrheit wissen. Verstanden?«

Der Kerl wand sich wie ein Aal. Schließlich redete er doch. »Ich sollte Ramon Menderez noch eine Nachricht bringen. Ich sollte sagen, daß alles bereit ist.«

»Und wer hat dir das aufgetragen?«

»Goran. Der Diener des Herrn der Toten. Bitte, Señor, verraten Sie mich nicht. Man wird mich sonst töten. Ich flehe Sie an, Señor. Sagen Sie nichts.«

John sah, daß der Mann Angst hatte und daß er es ehrlich meinte.

»Nun gut«, sagte John Sinclair, »du kannst gehen.«

»Wirklich?«

»Ja, verschwinde!«

Der Mann stand auf, rannte hinaus.

Er hatte kaum den Schuppen verlassen, da peitschten die Schüsse auf. Dreimal bleckte Mündungsfeuer durch die Nacht, und alle Kugeln trafen.

Der Mann, den John hatte laufenlassen, schrie unterdrückt auf und fiel tot zu Boden.

John hatte sich nach den ersten Schüssen tiefer in den Schuppen verzogen. Jetzt ärgerte er sich, daß seine Waffe im Koffer lag.

John Sinclair hörte trampelnde Schritte, die sich hastig entfernten.

Vorsichtig verließ er den Schuppen. Wie ein dunkles Bündel lag der tote Mann auf dem Boden. Von seinem Mörder war nichts mehr zu entdecken.

Durch die Schüsse aufgeschreckt, rannten Menschen in den Garten. An der Spitze der Geschäftsführer. Er rang die Hände und begann zu jammern.

»Der arme Mann. Tot. Mein Gott, wie schlecht ist doch die Welt. Haben Sie ihn erschossen?«

Die Frage war an John Sinclair gerichtet.

»Nein. Aber ich kann mir denken, wer es war.«

»Sagen Sie es, Señor, sagen Sie es.«

»Halten Sie mich für schwachsinnig? Sorgen Sie lieber, daß der arme Teufel ein ordentliches Begräbnis bekommt. Um seinen Mörder kümmere ich mich.«

John ließ die Leute einfach stehen.

Als er die Vorderseite des Hotels erreichte, lief ihm ein dicker Polizist über den Weg.

»Wo ist die Leiche?« keuchte er.

»Im Hinterhof.«

»Gracias, Señor.« Der Polizist rannte weiter.

John ging wieder auf sein Zimmer. Es war leer.

Der Scotland-Yard-Inspektor machte kehrt und klopfte an die Zimmertür der beiden Girls.

»Ich bin's, John«, sagte er.

»Komm rein«, tönte Bill Conollys Stimme.

Der Reporter hockt mit den Mädchen auf dem Bett. In der Hand hielt er eine Pistole.

»Was war denn eigentlich genau los?« fragte Bill Conolly.

Da er sich bei den Girls aufgehalten hatte und deren Zimmer zur Vorderseite des Hotels lag, hatte Bill Conolly nichts mitbekommen.

John Sinclair steckte sich eine Zigarette an und berichtete in kurzen Worten.

Jane Corby und Gloria Simpson wurden bei seinen Worten bleich wie Leintücher.

»Aber das ist ja schrecklich«, hauchte Jane Corby.

John zuckte die Schultern. »Wir müssen uns damit abfinden.«

»Als Mörder kommt doch sicher nur einer in Frage«, sagte Bill Conolly. »Ramon Menderez.«

John nickte. »Genau. Wir müssen es ihm nur beweisen, und das ist sehr leicht.«

»Kläre mich auf.«

»Menderez hat von seinem Balkon aus geschossen. Die Kugel müßte zu finden sein. Wir brauchen sie dann nur mit den Geschossen zu vergleichen, die im Körper des Toten stecken. Schon haben wir den Mörder.«

»Gut gebrüllt, Löwe«, grinste Bill. »Nur – willst du das wirklich machen?«

John drückte seine Zigarette aus. Nachdenklich blickte er seinen Freund an. »Nein. Wenn wir hier nämlich anfangen, herumzuschnüffeln, wird Ramon Menderez sofort wissen, daß wir keine normalen Reisenden sind.«

»Was?« Jane Corby sprang auf. »Sie sind – Sie sind . . .?«

»Genau«, lächelte John. »Mister Conolly ist Reporter, und ich bin vom Scotland Yard. Aber behalten Sie das bitte für sich.«

»Natürlich«, erwiderten die beiden wie aus einem Mund.

Bill Conolly stand auf und wanderte im Zimmer herum.

»Ramon Menderez wird doch jetzt gemerkt haben, daß wir keine normalen Reisenden sind.«

»Warum, Bill? Ich kann doch durch Zufall in die Sache hineingeschlittert sein.«

»Das erklärt noch nicht deine Anwesenheit auf dem Balkon.«

»Da hat Ramon Menderez mich nicht gesehen.«

»Stimmt auch wieder.«

»Siehst du. Außerdem werden wir uns völlig normal verhalten, Bill. Menderez soll nicht merken, daß wir ihm auf die Schliche gekommen sind. Er ist nämlich die einzige Verbindung zum Herrn der Toten.«

»Herr der Toten? Was ist denn das schon wieder?« wunderte sich Gloria Simpson.

»Vergessen Sie es, Miss Gloria«, lächelte John. »Es war nur eine Redensart. Ich glaube, wir gehen jetzt schlafen. Morgen steht uns ein anstrengender Tag bevor. Falls irgend etwas ist, schreien Sie. Gute Nacht.«

Als John und Bill wieder in ihrem Zimmer waren, rauchten sie noch eine Zigarette.

»Das war erst der Anfang«, sagte John leise. »Habe das Gefühl, daß uns noch viel schlimmere Sachen bevorstehen.«

John sollte mit seiner Prognose recht behalten. Denn sie gerieten in einen Teufelskreis, aus dem es normalerweise kein Entrinnen mehr gab . . .

Am anderen Morgen weckte sie strahlender Sonnenschein. Die Leiche war inzwischen abtransportiert worden und sollte heute beerdigt werden.

Die Stimmung am Frühstückstisch war gedrückt. Daran konnte auch Ramon Menderez, der eine große Schau abzog, nichts ändern.

»Wir haben es geschafft«, rief er. »Die Jeeps sind da. Drei Wagen, erstklassig in Schuß. Sehen Sie selbst.« Er deutete zum Fenster.

Alle blieben sitzen.

Ramon Menderez schluckte. Er ließ sich auf einen Stuhl fallen und trank seinen Kaffee.

Über die Ereignisse der vergangenen Nacht wurde nicht gesprochen. Auch Ramon Menderez vermied das Thema. Er sprach nur über belanglose Dinge.

Dann brachen sie auf.

John Sinclair setzte sich an das Steuer des ersten Jeeps. Den zweiten Wagen fuhr Bill Conolly. Auf den hinteren Sitzen saßen die beiden Girls.

Mit knatternden Motoren verließen die drei Wagen die Stadt. Ramon Menderez, der neben John Sinclair saß, grinste. Auf seinem Kopf saß ein breitkrempiger Sombrero, und in seinen Mundwinkeln klebte eine erkaltete Zigarette.

»Wenn's schwierig wird, werde ich fahren«, sagte er.

John zuckte die Schultern und schaltete einen Gang höher. »Von mir aus.«

Menderez lachte. »Sie wundern sich gar nicht?«

»Weshalb?«

»Wegen meiner Bevormundung. Schließlich können Sie mich nicht leiden.«

»Wer sagt das denn?«

»Ich. Was haben Sie auf meinem Balkon gesucht, Señor Sinclair?«

»Balkon? Ich verstehe nicht.« John wich mit einem Schlenker einem Schlagloch aus, mit denen der Weg reich gesegnet war.

»Sie können mich nicht täuschen, Señor Sinclair«, zischte Ramon Menderez. »Ich habe Sie genau erkannt. Was hatten Sie auf meinem Balkon zu suchen? Ich frage Sie nochmals. Und vor allen Dingen, was haben Sie gesehen?«

John lachte spöttisch. »Genug. Ich habe zum Beispiel gesehen, daß Sie diesen armen Teufel erschossen haben.« Das stimmte zwar nicht ganz, aber John schien ein Bluff in dieser Lage angebracht.

Menderez biß sich auf die Lippen. »Nehmen wir mal an, es wäre so. Warum haben Sie nichts unternommen?«

John zuckte die Schultern. »Das geht mich nichts an.«

»Ein Mord geht Sie nichts an, Señor Sinclair? Seltsam. Oder haben Sie selbst Dreck am Stecken?«

Wenn du schmieriger Schleicher wüßtest, dachte John. Aber er hielt sich zurück. Er durfte die große Aufgabe einfach nicht gefährden.

»Ich bekomme noch eine Antwort von Ihnen, Señor Sinclair«, erinnerte ihn Ramon Menderez.

»Vielleicht, Señor«, erwiderte John.

»Gut.« Menderez lachte häßlich. »Doch ich bin noch nicht zu Ende. Was haben Sie in meinem Zimmer gesehen?«

»Ich sagte schon, nichts.«

»Ich werde es Ihnen glauben, Señor Sinclair. Nur weiß ich immer noch nicht, weshalb Sie mich beobachten wollten.«

»Ich will ehrlich zu Ihnen sein, Menderez. Ich traue Ihnen nicht über den Weg. Ein Mann in meiner Lage muß vorsichtig sein, Sie verstehen.«

»Sicher verstehe ich. Habe selbst schon mal in der Klemme gesessen. Aber das wird Sie bald nicht mehr stören.«

»Wieso?«

»Ich verrate nichts. Sie werden noch eine Überraschung erleben, Señor Sinclair.«

Du aber auch, dachte John.

Ab jetzt verlief die Fahrt schweigend. Die Landstraße wurde immer schlechter. Außerdem ging es merklich bergauf. Die Jeeps hatten ihre Mühe.

Sie erreichten gegen Mittag eine mit Buschgruppen und knorrigen Bäumen bewachsene Ebene, durch die ein kleines Rinnsal floß. Hier stolz Fluß genannt.

Ein paar Indiohütten standen am Ufer, und es gab einen Wellblechschuppen. Auf einem vergilbten Schild stand »Magazin«.

Die Wagen stoppten.

»Hier können Sie zum letztenmal einkaufen«, erklärte Ramon Menderez und sprang aus dem Jeep. »Eine Stunde Pause.«

Kinder bestaunten mit großen Augen die eingetroffenen Fremden. Bill Conolly gab ihnen einige Münzen. Ihre Freude war grenzenlos.

Bill zog John zur Seite. »War irgend etwas?« fragte er.

John grinste. »Menderez traute uns nicht. Ich konnte seine Bedenken aber zerstreuen.«

»Wunderbar.«

Die beiden Mädchen kauften natürlich etwas ein. John Sinclair und Bill Conolly gönnten sich eine Zigarette.

Ramon Menderez hielt sich abseits. Er sprach mit einigen Indios.

Nach einer Stunde ging es weiter. Immer tiefer in das Gebirge. Straßen gab es keine mehr. Nur noch Pfade.

Ramon Menderez hatte das Steuer übernommen. Er kannte die Strecke besser.

Sie fuhren gerade über ein Geröllfeld, als hinter einem Felsen eine Frau auftauchte.

Wild schreiend rannte sie der Wagenkolonne entgegen.

Ramon Menderez hielt.

Die Frau lehnte sich erschöpft gegen den Kühler. In ihren Augen stand die blanke Angst.

»Kommen Sie, Señores«, flehte sie, »helfen Sie mir. Bitte.«

»Geh weg!« schrie Menderez sie an.

»Moment«, mischte sich John Sinclair ein. »Was wird da gespielt?«

»Goran . . . Er – er hat meinen Mann geholt. Er nimmt ihn mit . . .«

Ramon Menderez schlug zu. Seine Faust klatschte in das Gesicht der unglücklichen Frau.

Jetzt handelte John Sinclair. Er riß Ramon Menderez zu sich heran und verpaßte ihm eine trockene Rechte.

Menderez kippte aus dem Wagen.

John sprang über ihn hinweg und bückte sich nach der Frau, die schluchzend am Boden lag.

Vorsichtig half er ihr hoch.

»Schnell, Señor«, flehte sie. »Mein armer Mann. Sie müssen ihm helfen – ich . . .«

»Wo?« hetzte John.

»Hinter dem Hügel steht unser Haus. Goran wird alle töten. Ich konnte weglaufen, aber die anderen. Mein Mann und auch die Kinder.«

John rannte los.

Seine Lungen keuchten, als er den Hang eines Geröllfeldes hinaufkletterte.

Oben angekommen, sah er die Hütte. Oder vielmehr zwei. Sie standen zwischen halbhohen Bäumen und waren aus Felsgestein.

John sah keinen Menschen. Nichts bewegte sich zwischen den Büschen.

John Sinclair zog seine Pistole, die er vorsichtshalber heute morgen eingesteckt hatte, und ging auf die Hütten zu. Einmal kam er ins Rutschen, konnte sich aber fangen.

Er preßte sich neben der Eingangstür der ersten Hütte an die rauhe Wand.

Lauschte.

Nichts. Nur das Raunen des Windes war zu hören.

John zählte innerlich bis drei und hechtete dann in die dunkle Hütte. Er ließ sich blitzschnell zu Boden fallen und rollte sofort herum.

Er spürte die Gefahr mehr, als er sie sah.

Mit unheimlicher Wucht knallte etwas gegen seinen Körper. John wurde zurückgeschleudert und krachte mit dem Hinterkopf gegen die Wand.

Tausend Sterne tanzten vor seinen Augen. Er hörte ein widerliches Grunzen, und dann legten sich zwei Schaufelhände um seinen Hals . . .

Bill Conolly schnappte sich sofort Ramon Menderez' Pistole.

»Was hat das zu bedeuten?« fragte Jack Bancroft, der Engländer.

»Weiß ich auch nicht«, knurrte Bill. »Warten Sie, bis Menderez wieder zu sich kommt.«

»Wir sind wohl in einem Gangsterkrieg geraten«, sagte Walter Neumann und zündete sich eine Zigarette an. »Erst die Schießerei in der vergangenen Nacht. Und jetzt das hier. Komisch, finden Sie nicht auch, Mister Donovan?«

Der Amerikaner zuckte die Schultern. »Wissen Sie, ich komme aus Chicago. Mich kann so leicht nichts erschüttern.«

Jane Corby und Gloria Simpson kümmerten sich inzwischen um die Indiofrau. Sie hatten sie auf die hintere Sitzbank des Jeeps gebettet und rieben ihr Gesicht mit Wasser ab.

Bill Conolly dachte an John. Er hatte plötzlich ein ungutes Gefühl. Am liebsten wäre er losgerannt, um nachzusehen, wie es dem Freund ging.

Ramon Menderez kam langsam zu sich. Er schüttelte sich wie ein nasser Hund.

»Komm hoch«, knurrte Bill Conolly.

Menderez wandte den Kopf. Er sah Conolly über sich stehen, sah die Pistole in dessen Hand, und glühender Haß sprühte aus seinen Augen.

»Das – das – werden Sie bereuen«, keuchte Menderez.

Bill grinste. »Vielleicht. Aber erst einmal bin ich am Drücker.«

Menderez spuckte aus. Taumelnd kam er auf die Beine. Mit dem Rücken lehnte er sich gegen einen Wagen. Sein Blick irrte durch die Runde. »Seid ihr denn alles Memmen?« krächzte er. »Laßt euch von einem Kerl einschüchtern. Wenn ihr mich nicht mehr habt, seid ihr verloren. Ihr . . .«

»Halts Maul, Menderez!« befahl Bill. »Jetzt werde ich dich mal was fragen. Wer ist Goran?«

Menderez schwieg.

Bill drückte ab. Die Kugel pfiff haarscharf an Menderez' Ohr vorbei.

Der Mexikaner wurde blaß.

»Also, was ist?« dehnte Bill lässig.

Menderez schluckte. »Goran ist der Diener.«

»Wessen Diener?«

»Vom Herrn der Toten.«

»Märchenstunde war gestern.«

Menderez brach in irres Gelächter aus. »Der Herr der Toten. Er wird euch holen. Ihr seid verdammt. Ihr werdet sterben und die Hölle kennenlernen.« Wieder lachte Menderez irr.

»Was bedeutet das, Bill?« fragte Jane Corby ängstlich.

»Quatsch. Unser lieber Menderez redet Nonsens. Er hat sich hier irgendeine Geschichte ausgedacht, das ist alles.«

Bill Conolly versuchte seiner Stimme Überzeugungskraft zu

geben. Denn er allein wußte, daß Menderez keinen Quatsch redete.

»Ich glaube, wir fahren zurück«, schlug Jack Bancroft vor.

»Das geht nicht mehr!« kreischte Menderez plötzlich. »Da!« Seine Hand deutete nach vorn.

Alles wandte sich um. Nur Bill nicht. Er behielt weiter Menderez im Auge.

Bis eines der Girls plötzlich aufschrie. Jetzt riskierte auch Bill Conolly einen Blick.

Sie hatten tatsächlich kaum noch eine Chance. Etwa 30 schwerbewaffnete Indios hatten sie umzingelt. Viele trugen Gewehre, manche aber nur einfache Lanzen.

Bill Conolly wich zurück. Er drehte sich plötzlich und hatte Sekunden später Ramon Menderez gepackt. Die Mündung der Pistole drückte er ihm gegen die Schläfe.

»Ich hoffe, das Zeichen verstehen deine Leute«, zischte er.

Menderez schluckte.

Dann schrie er etwas, was Bill nicht verstand. Sekunden später hatten die Indios Walter Neumann gepackt.

»Nun?« dehnte Menderez.

»Du bist ein Schwein!« zischte Bill.

Menderez kicherte hohl. »Wenn du schießt, sterben alle deine Freunde.«

Wutschnaubend nahm Bill die Waffe weg.

Ramon Menderez huschte zur Seite. Dann giftete er los.

Fünf mit Speeren bewaffnete Indios liefen auf Bill zu. Ihre grell bemalten Gesichter sahen aus wie Teufelsfratzen. Sie stießen spitze Schreie aus, als sie angriffen.

Bill riß seine Pistole hoch.

»Wenn Sie schießen, sind die beiden Mädchen tot!« schrie Menderez.

Da warf Bill die Waffe weg.

Schon hechtete der erste Angreifer auf ihn zu. Bill zog den Kopf ein und entging somit dem Lanzenstoß.

Er stieß seine rechte Faust in den Magen des Angreifers, daß dieser stöhnend zusammensackte.

Schon den zweiten schaffte Bill nicht mehr.

Ein mörderischer Schlag gegen den Kopf ließ ihn zusammensinken. Bill fühlte, wie ihm das Blut über die Augenbrauen lief. Ein zweiter Schlag warf ihn endgültig in den Staub. Er hörte noch, wie Menderez schrie: »Nicht töten!« Dann verloschen bei Bill Conolly alle Lichter.

Die riesigen Pranken drückten erbarmungslos zu.

John Sinclair würgte. Kein Quentchen Luft drang mehr in seine Lungen. Dazu kam noch dieser beißende Schmerz im Hinterkopf.

Über ihm keuchte Goran. John sah in zwei glühende Augen. Speichel tropfte auf sein Gesicht.

Die Panik sprang John Sinclair an wie ein Tier. Er versuchte, sich auf die Seite zu rollen.

Vergebens. Die Hände ließen nicht locker.

Die Pistole! Du hast ja noch deine Pistole. Der Gedanke schoß wie ein Blitzstrahl durch den roten Nebel, der vor Johns Augen wallte.

John Sinclair riß den rechten Arm hoch. Die Mündung der Waffe stieß in etwas Weiches.

John drückte ab.

Hart peitschte der Schuß.

Sekunden geschah nichts. Doch dann brüllte Goran über ihm plötzlich auf, der Griff lockerte sich, frische Luft drang in Johns Lungen . . .

John Sinclair sah einen Schatten aus dem Haus verschwinden. Der Würger gab Fersengeld.

John Sinclair kam schwankend auf die Füße. Er holte den letzten Rest Energie aus seinem Körper, taumelte nach draußen . . .

Eine gräßliche Fratze starrte ihn an.

Goran! Er war kein Mensch mehr. Ein Ungeheuer. Eine Kreuzung zwischen Mensch und Tier.

Ein haarloser Schädel saß fast auf dem Rumpf. Wo beim Menschen die Nase sitzt, gab es bei ihm nur zwei rötlich schimmernde Löcher. Goran hatte nur noch ein Auge. Über dem anderen wuchs rohes Fleisch. Die Arme hingen ihm fast bis auf die Erde. Wie bei einem Affen. Der Mund war übergroß. Dicke, kantige Zähne schauten daraus hervor. Goran trug nur eine Hose. Sein Oberkörper war nackt und behaart. Aus seiner Schulterwunde quoll dunkelrotes Blut. Dort mußte ihn die Kugel getroffen haben.

John Sinclair nahm diese Eindrücke innerhalb von Sekunden wahr.

Goran stand nur wenige Meter vor ihm. Aus einem Mund drang ein tiefes Röhren. Speichel floß über die dicken Lippen.

John hob die Pistole.

Sollte ihn dieses Ungeheuer angreifen . . .

John Sinclair spürte, wie er schwankte. Der Kampf hatte ihn zu sehr mitgenommen. Schleier tanzten vor seinen Augen. Er hörte Goran keuchen . . .

John riß die Augen auf – und hätte vor Überraschung fast geschrien.

Goran rannte weg.

Wie ein Affe turnte er einen Hang hinauf. Oben wandte er sich noch einmal um, warf einen kurzen Blick zurück und verschwand.

John Sinclair atmete aus. Plötzlich fühlte er, wie seine Knie nachgaben. Er wollte sich noch an der Hauswand abstützen, faßte daneben und fiel in den Staub. Es wurde ihm schwarz vor Augen.

Wie lange John bewußtlos gewesen war, konnte er nicht genau sagen. Als er erwachte, hatten die Schmerzen in seinem Hinterkopf nachgelassen. Er verspürte nur starken Durst.

John merkte, daß er immer noch die Pistole in der Hand hielt. Automatisch steckte er sie in die Gürtelhalfter.

Erst jetzt zog sich John Sinclair hoch. Er atmete tief und fest durch. Die Kraft kehrte nur langsam in seinen Körper zurück.

Bill Conolly und die anderen. Mein Gott. Siedend heiß fielen John die Menschen ein. Wo waren sie? Warum hatten sie ihn nicht gesucht?

Da ist was passiert!

Eine schreckliche Angst überkam John Sinclair.

Er setzte sich in Bewegung. Langsam und immer noch mit unsicheren Schritten.

Er war kaum ein paar Meter gegangen, da hörte er den Gesang.

John lauschte. Es war eine seltsame klagende Melodie.

Eine Totenmelodie.

Der Gesang kam von rechts. Hinter einem der Felsen mußte die Person sitzen.

John ging in die Richtung.

Er kam an dem zweiten Haus vorbei und sah die Frau.

Sie hockte auf dem Boden und sang dieses Klagelied, das John durch Mark und Bein schnitt.

Sie bemerkte ihn erst, als er dicht vor ihr stand. Jetzt erkannte

John sie auch. Es war die Indiofrau, die die Kolonne angehalten hatte.

Sie blickte aus ihren dunklen, traurigen Augen zu ihm hoch und verstummte.

John schluckte. »Wo sind sie?« fragte er nur.

Die Frau breitete die Arme aus. »Sie sind weg.« Ihre Stimme war nur ein Flüstern. »Die Geister haben sie mitgenommen. Der Herr der Toten braucht Opfer. Viele Opfer. Ich habe es gesehen. Sie sind verloren. Wie mein Mann. Alle sind verloren.«

Die Frau schwieg. Dann stimmte sie wieder ihr Klagelied an.

John Sinclair kam sich unendlich verloren vor. Es dauerte Minuten, bis er sich wieder gefaßt hatte.

Er tippte der Frau auf die Schulter. »Weißt du, wo der Herr der Toten wohnt?«

Die Frau sah ihn an. Schließlich sagte sie: »Ja. Er wohnt bei den Geistern. In dem verfluchten Berg.«

»Führe mich hin«, sagte John Sinclair leise.

Die Frau schüttelte den Kopf. »Die Geister werden uns töten. Ich gehe nicht. Du mußt allein gehen.«

»Dann beschreibe mir den Weg.«

Sie tat es.

Danach ging John zu der Stelle zurück, wo die Wagen stehen mußten. Aber nichts war mehr da. Alles schien sich in Luft aufgelöst zu haben.

John wischte sich über die Augen.

Der Wind trieb leichte Staubfahnen über das Land. John hatte das Gefühl, als würden diese Staubfahnen zu Figuren werden und ihn höhnisch angrinsen.

Er kam sich auf einmal unendlich allein vor.

Und in der Ferne sang die alte Indiofrau ihr Totenlied . . .

Jane Corby stöhnte. Glühende Augen starrten sie an. Die Augen gehörten zu einem Gesicht, das bleich in der Dunkelheit leuchtete.

Dieses Gesicht! Es war ein Antlitz des Schreckens.

Jane Corby versuchte, diesem Blick auszuweichen, der tief in ihr Innerstes drang. Vergebens. Die Augen wirkten auf sie wie Magnete, schienen sie zu durchbohren.

Jane spürte, wie ein fremder Wille von ihr Besitz ergriff. Sie war nicht mehr sie selbst. Sogar der kalte Stein, auf dem sie nackt lag, schien plötzlich wie Feuer zu glühen.

Feuer, das ihren ganzen Körper durchflutete.

»Du gehörst jetzt mir!« hörte sie eine Stimme. »Mir, dem Herrn der Toten.«

»Ja«, hauchte Jane Corby gegen ihren Willen.

Kalte Hände strichen über ihren nackten Oberkörper, faßten ihre Hände . . .

Jane Corby stand auf. Fast automatisch.

Und immer wieder sah sie diese Augen. Sie ließen Jane nicht mehr los, verfolgten jede Bewegung.

Jane Corby stand unter Hypnose.

»Komm«, lockte die Stimme. »Du mußt eine Probe ablegen als meine Dienerin. Komm.«

Jane Corby ging. Mit schlafwandlerischer Sicherheit. Wie ein Roboter.

Sie spürte den kalten felsigen Boden nicht, sondern sah immer diese Augen.

»Bleib stehen!«

Jane gehorchte.

Jemand gab ihr etwas in die Hand.

Ein kurzes Schwert!

Dann hörte sie ein Kichern. »Du mußt töten«, sagte die Stimme. »Du mußt deine Freundin Gloria Simpson töten!«

Jane Corby stockte. Irgend etwas hinderte sie daran, die Worte in sich aufzunehmen. Der Herr der Toten wiederholte seinen Befehl.

Da brach auch die letzte Barriere in Jane Corby. Plötzlich wurde sie unendlich müde. Sie fühlte, wie sie zusammensank und ohne Übergang in einen tiefen, traumlosen Schlaf fiel.

Jemand rüttelte Jane an der Schulter. Verwirrt öffnete sie die Augen.

Bill Conolly hatte sie geweckt. »Jane. Mein Gott, Mädchen, was ist passiert?«

»Wo – wo – bin ich?« hauchte Jane Corby.

»Bei uns. Bei deinen Freunden«, sagte Bill sanft.

Jane setzte sich auf. Erst jetzt bemerkte sie, daß sie völlig nackt war. Verzweifelt versuchte sie mit den Händen ihre Blöße zu bedecken.

»Was ist geschehen, Bill?« Jane Corby verlor die Nerven. Sie schrie plötzlich wie ein Tier. Es dauerte Minuten, bis sie sich beruhigt hatte.

Bill Conolly sah zu den anderen hin, die mit schreckensstarren Gesichtern in der Höhle saßen.

Die Höhle war groß genug für alle. An den feuchten Steinwänden brannten zwei Pechfackeln, die in eisernen Haltern steckten. Der Rauch zog oben durch einen Luftschacht ab. Man hätte drei Leitern nehmen müssen, um überhaupt an das unterste Ende des Luftschachtes zu gelangen.

Sie wußten nicht, was genau passiert war. Sie waren betäubt worden, und als sie aufwachten, lagen sie in der Höhle. Zum Glück hatte bisher keiner die Nerven verloren. Nur die Sache mit Jane. Was hatte man mit ihr angestellt?

Bill Conolly strich Jane behutsam über das Haar. Gloria Simpson hatte ihre Bluse ausgezogen und sie Jane gegeben. Bill hatte sich von seiner Hose getrennt.

Jane zog sich weinend an. Sie war völlig fertig.

»Ich bin irgendwo gewesen«, flüsterte sie tränenerstickt. »Aber wo denn, mein Gott? Wo denn? Was hat man mit mir gemacht? Bitte, sagt es mir!«

Aufschluchzend brach Jane Corby zusammen.

»Sagen Sie es ihr, Bill«, schlug Gloria Simpson vor.

Bill Conolly nickte. »Die Diener haben dich gebracht, Jane. Sie waren zu viert. Sie haben die Gittertür aufgeschlossen und dich in die Höhle gestoßen.«

»Aber wo war ich denn vorher?«

»Wir wissen es nicht, Jane«, antwortete Gloria Simpson.

»Ihr – ihr – wißt es nicht . . .?«

Die Menschen schüttelten stumm die Köpfe. Es war eine schreckliche Situation. Alle wußten, daß etwas mit Jane geschehen war, aber niemand wußte genau, was.

»Versuche du dich zu erinnern«, sagte Bill Conolly leise.

Jane Corby zuckte die Schultern. »Ich kann gar nichts mehr denken. Eine völlige Leere ist in meinem Gehirn. Ich weiß, daß ich irgendwo war. Ich sehe Augen. Ja, glühende Augen. So rot wie Blut. Die Blicke, sie stechen in meinem Körper, sie schmerzen.« Jane Corby schrie. Wild schlug sie mit den Händen herum. »Der Herr der Toten! Ich habe ihn gesehen! Den Herrn der Toten!«

Die Menschen hielten den Atem an. Das Grauen hatte sie gepackt. Jane Corby mußte etwas Schreckliches gesehen haben.

Jane riß sich plötzlich los. Sie sprang auf. Ihre Augen funkelten.
»Jane!« schrie Gloria Simpson. Sie lief auf ihre Freundin zu.
Jane stieß sie weg.
»Ich bin seine Dienerin!« Janes Stimme überschlug sich. »Ich bin die Dienerin des Herrn der Toten!«
War das noch Jane Corby?
Die Männer waren aufgesprungen. Bill Conolly packte Janes Handgelenke.
»Komm zu dir, verdammt!«
Ein irres Gelächter ließ ihn erschauern. Es kam von überall und drang durch Mark und Bein.
»Was ist das?« Die Männer blickten sich ängstlich an. Gloria Simpson hielt sich mit beiden Händen die Ohren zu.
Auf Jane Corbys Gesicht lag ein Leuchten. »Der Herr der Toten. Er ruft mich. Jaaa, ich komme!« schrie sie.
Bill Conolly stand da und ballte die Fäuste. Er spürte, wie die Fingernägel tief ins Fleisch drangen. Sein Atem ging stoßweise.
Und plötzlich sah er das kalte Feuer. Es schwebte auf einmal in der Höhle. Wie damals bei Kenneth Hawk.
Das Feuer wurde stärker.
Bill Conolly riß die Hand vor seine Augen. Rasende Kopfschmerzen drohten seinen Schädel zu sprengen. Ihm wurde schwindlig.
Neben ihm fiel Jack Bancroft zu Boden.
Bill Conolly kämpfte mit seinem ganzen Willen gegen diese teuflische Schwäche.
Er schaffte es. Als einziger.
Bill Conolly riskierte einen Blick.
Ein Gegenstand lag auf dem Boden. Aus dem Nichts gekommen.
Es war ein Schwert . . .

Jane Corbys rechte Hand krallte sich um den Griff des Schwertes. Sie riß die Waffe hoch. Ihr Gesicht war verzerrt. Die Augen waren aus den Höhlen getreten, man konnte das Weiße darin schimmern sehen.
Jane Corby zog sich mit der freien Hand an dem Gitter hoch.
Schwankend stand sie da. Nein, sie war kein Mensch mehr. Sie war ein Ungeheuer.

Bill Conolly konnte das alles nicht begreifen. Diese Frau hatte er geliebt. Und jetzt?

Jane Corby setzte sich in Bewegung. Langsam, mit staksigen Schritten. Das Schwert blitzte in ihrer rechten Hand.

Jane Corby stammelte unverständliche Worte. Einmal glaubte Bill den Namen Gloria zu hören.

Mit einem irren Schrei warf sich Jane Corby vorwärts. Genau auf Gloria Simpson zu.

Bill Conolly erkannte die Gefahr im letzten Augenblick.

Ehe das tödliche Instrument in Glorias Brust dringen konnte, prallte Bill mit Jane Corby zusammen.

Die Frau fiel zur Seite, fing sich aber und griff sofort wieder an.

Bill war immer noch geschwächt. Er konnte einem gezielten Stoß nicht mehr ganz ausweichen.

Die rasiermesserscharfe Klinge des Schwertes ritzte seine Schulter und nahm einen Fetzen Haut mit.

Glühender Schmerz fraß sich durch Bills linken Arm. Sofort pulste hellrotes warmes Blut aus der Wunde.

Jane Corby schrie triumphierend. Doch anstatt nachzusetzen, wandte sie sich wieder Gloria zu.

Gloria Simpson lehnte noch immer völlig apathisch an der rauhen Felswand. Sie sah Jane Corby wohl auf sich zukommen, begriff aber nicht, was los war.

»Gloria!« Bills Schrei drang in ihr Nervenzentrum, machte sie wach . . .

Zu spät!

Tief drang das Schwert in ihre Brust.

Gloria röchelte gequält auf und fiel dann zusammen.

Mein Gott, ich werde wahnsinnig, dachte Bill Conolly. Das gibt es doch nicht.

Bills Nerven waren am Ende. Dieser grauenhafte Mord. Unbegreiflich.

Suchend wandte sich die Mörderin um. Wollte sie neue Opfer?

Die anderen lagen noch bewußtlos am Boden. Sie hatten von dem tödlichen Drama gar nichts mitbekommen.

Nur Bill Conolly war Zeuge. Und er mußte jetzt etwas unternehmen. Er mußte den Amoklauf der Irren stoppen.

Jane Corby lehnte an dem Gitter. In der Hand hielt sie wieder das Schwert.

Bill Conolly näherte sich ihr Schritt für Schritt. Seine Schulter hatte aufgehört zu bluten.

Jetzt nur nicht die Nerven verlieren, hämmerte er sich ein.

Janes Haltung versteifte sich. Sie hob das Schwert ein wenig an.

Bill blieb etwa einen Meter vor ihr stehen. »Gib mir das Schwert!«

Jane rührte sich nicht.

»Gib es mir!«

Wieder keine Reaktion.

Bill spannte die Muskeln. Er mußte es riskieren.

In diesem Augenblick schrie hinter ihm Walter Neumann auf. »Was ist geschehen? Mein Gott, das darf doch nicht . . .«

Für Sekunden war Jane Corby abgelenkt. Sekunden, die Bill Conolly reichten.

Er warf sich vor und legte alle Kraft in einen heftigen Haken, der Jane Corby am Kinn traf.

Die Frau gab keinen Laut von sich. Sie fiel zusammen wie ein Ballon, dem man die Luft abgelassen hatte. Das Schwert klirrte neben ihr auf den Boden.

Sofort stürzte sich Bill auf die Waffe.

»Mensch, Conolly, das ist doch nicht möglich«, stöhnte Walter Neumann auf und sah mit leerem Blick auf die tote Gloria Simpson.

»Es ist aber Tatsache«, erwiderte Bill dumpf und spürte, daß seine Knie zitterten.

Walter Neumann war der einzige neben Bill, der sich wieder erholt hatte.

Walter Neumann schluckte. Krampfhaft versuchte er, seinen Blick von dem toten Mädchen zu lösen. »Wo sind wir hier nur reingeraten?« flüsterte er.

»In die Hölle«, sagte Bill Conolly. »Es gibt keine andere Bezeichnung für dieses Grauen. Wenn ich nur wüßte, was man mit Jane Corby gemacht hat.«

»Wir – wir werden wohl alle drankommen.«

Der Deutsche schlug die Hände vor sein Gesicht. Er schluchzte laut auf. Es war einfach zuviel für ihn gewesen.

Bill Conolly sah wieder auf die bewußtlose Jane Corby. Sie lag neben dem Gitter. Noch immer stand dieser schreckliche Ausdruck auf ihrem Gesicht.

Bill fühlte sich auf einmal hundeelend. Und er spürte die Angst, die ihn wie eine Zange umklammert hielt.

Schritte vor der Höhle schreckten ihn aus seinen Gedanken. Sollten sie jetzt geholt werden?

Flackernder Lichtschein erhellte den Höhleneingang. Sie waren zu viert, trugen Fackeln und Lanzen und bauten sich vor dem Gitter auf.

Weshalb öffneten sie nicht? Warum kamen sie nicht herein?

Stumpfe, glanzlose Augen blickten Bill an. Es waren Einheimische, Indios. Die Vasallen des Herrn der Toten.

Bill packte das Schwert fester. Kampflos würde er sich nicht ergeben.

Ein Schatten wanderte an der Höhlengangwand entlang. Dann sah Bill auch die Person, zu der der Schatten gehörte.

Es war Goran!

Abbild des Grauens. Das personifizierte Monster!

Gorans Augen starrten durch das Gitter. Er sah die tote Gloria Simpson. Tief in seiner Pupille leuchtete es auf.

Einer der Indios öffnete das Schloß der Gittertür.

Bill Conolly stand bereit. »Kommt doch, ihr Schweine!« heulte er. »Kommt doch!«

Goran drängte als erster in das Gefängnis. Er beachtete Bill gar nicht, ging auf die Tote zu, beugte sich über sie . . .

Bei Bill Conolly riß der Faden.

Mit einem gellenden Schrei stürzte er vor, holte mit dem Schwert aus, um Goran den Schädel zu spalten . . .

Der Pfeil aus dem Blasrohr traf ihn am Hals.

Bill Conolly wankte. Das Schwert wurde plötzlich unsagbar schwer. Zwangsläufig ließ Bill es fallen.

Er hörte noch Walter Neumanns Aufschrei, dann sank er zu Boden.

Sein letzter Gedanke galt John Sinclair. Nur er allein konnte sie aus dieser Hölle befreien . . .

Der Berg der Geister!

John Sinclair hatte ihn endlich erreicht. Er war den ganzen Tag gelaufen. Über Geröllhänge und scharfkantige Lavafelder.

Blutrot ging die Sonne unter und tauchte das Land in einen letzten farbigen Schimmer.

Die Umgebung des Berges schien verflucht. John spürte kein Leben. Nicht einmal Geier kreisten in die Luft.

Die Spitze des Berges stach wie ein übergroßer drohender Zeigefinger in den frühen Abendhimmel. Lange kahle Hänge und riesige Felsbrocken türmten sich am Fuß des Berges auf.

John lehnte sich an einen von Regen und Sonne gebleichten, ausgewaschenen Felsen und rauchte seine drittletzte Zigarette.

Sein Blick schweifte über den langen Nordhang des Berges. Hier sollte also der Herr der Toten sein Domizil haben.

Das große Problem war, wie kam man in den Berg hinein? Gab es geheime Wege in dem vorgelagerten Felsenwirrwarr?

John Sinclair suchte Stück für Stück die Umgebung ab. Und plötzlich zuckte er zusammen. Er hatte einen kleinen Einschnitt entdeckt, gerade so breit, daß ein Wagen fahren konnte. Ein Jeep zum Beispiel . . .

John Sinclair näherte sich dem Einschnitt. Verflogen war alle Müdigkeit.

Da entdeckte er einen dunklen Fleck auf dem Boden. John beugte sich hinab, ließ seinen Zeigefinger über den Fleck rutschen und roch.

Öl, Wagenöl. Hier mußte vor gar nicht langer Zeit ein Wagen gefahren sein.

John Sinclair war auf der richtigen Spur.

Vorsichtig ging er weiter.

Der Einschnitt wurde noch schmaler. Rechts und links türmten sich jetzt Wände empor. Hier war es fast schon dunkel. John schlich weiter. Seine Nerven waren zum Zerreißen gespannt.

Da hörte er vor sich das Brummen eines Motors. Erkennen konnte John Sinclair noch nichts, da der Pfad einen Knick machte.

John blieb stehen und preßte sich eng gegen die Wand.

Das Motorengeräusch wurde lauter. John hörte heraus, daß es ein Jeep war.

Der Mann hinter dem Steuer hatte die Scheinwerfer eingeschaltet. Die langen Lichtfinger brachen sich an den Felswänden.

Der Jeep rumpelte um die Kurve.

John war für einen winzigen Augenblick geblendet, und die Zeit genügte dem Fahrer, um zu erkennen, wen er vor sich hatte.

Er schrie einen Fluch und gab Gas.

Der Motor heulte gequält auf.

John Sinclair war klar, daß der Fahrer ihn gegen die Wand quetschen wollte.

In dem Moment, als der Kotflügel des Wagens sich nur noch einen Meter vor ihm befand, hechtete John mit angewinkelten Armen durch die Luft.

John landete auf der breiten Kühlerhaube, und dann krachte es.

Der Jeep war gegen die Felswand geknallt. John wurde wie auf einem Sieb durchgeschüttelt und rollte auf die Erde.

Die Tür des Wagens knallte ihm in den Rücken, als sich der Fahrer aus dem Jeep schwang.

Es war Ramon Menderez!

John rollte sich weg und sah aus den Augenwinkeln, wie Menderez an seiner Pistolentasche fummelte.

Einen handlichen Stein nehmen, ihn hochreißen und werfen, das war fast eins.

John Sinclair traf Menderez am Kopf.

Der Kerl brüllte auf und ging leicht in die Knie. Noch im Liegen feuerte John Sinclair einen Karatetritt ab. Und dieser Tritt saß. Bewußtlos kippte Menderez nach hinten.

John stand auf und stellte erst einmal den Motor des Jeeps ab. Dann schnappte er sich Menderez' Pistole und steckte sie hinter seinen Hosengürtel.

Natürlich hätte John schießen können. Er wäre bestimmt schneller als Menderez gewesen. Doch John Sinclair wollte kein unnötiges Aufsehen. Ein Schuß hätte wer weiß wen alarmiert.

John lehnte sich an den Wagen und wartete. Auf dem Rücksitz lag eine Taschenlampe, die er gut gebrauchen konnte.

Mittlerweile war es schon dunkel geworden. John fesselte Menderez die Hände mit dessen eigenem Hosengürtel und band ihm die Füße mit einem Stück Draht zusammen, den er noch in dem Wagen gefunden hatte. Leider hatte der Draht nicht mehr für die Hände gereicht.

Langsam kam Menderez zu sich. John schaltete die Taschenlampe an und dämpfte mit seinem Taschentuch den Lichtschein ab.

Ramon Menderez stöhnte und fluchte gleichzeitig. Bis John ihn unterbrach.

»Sieht schlecht für dich aus, Freund. Und noch schlechter wird es aussehen, wenn du nicht das Maul aufmachst.«

»Geh zur Hölle, Sinclair«, giftete Menderez.

John ging erst gar nicht auf seinen Ton ein, sondern fragte: »Wo sind die anderen?«

Im Schein der Lampe verzog sich Menderez' Gesicht zu einer Grimasse. »Die sind in der Hölle. Der Herr der Toten holt alle.«

»Dann beschreibe mir mal den Weg zur Hölle.«

Menderez kicherte. »Sicher sage ich ihn dir, sicher. Man wartet ja schon auf dich.«

Menderez redete fünf Minuten lang. Wie ein Buch. Dann war er fertig und ließ sich zurücksinken.

John war beeindruckt von der Sicherheit dieses Burschen. Mit keiner Regung hatte er Angst gezeigt. Der Herr der Toten mußte seine Leute verdammt in der Gewalt haben.

John Sinclair überprüfte noch einmal Menderez' Fesseln und knebelte den Mann mit einem alten Lappen. Auch dies ließ Ramon Menderez alles ohne Widerstand über sich ergehen.

Mit einer Taschenlampe und zwei Pistolen bewaffnet, setzte John seinen Weg fort.

Der Pfad führte immer tiefer in den Berg hinein. John mußte ab und zu die Lampe anknipsen, um sich zu orientieren.

Menderez hatte ihm gesagt, er solle den Weg bis zum Ende gehen. Dort wäre dann eine Höhle, die direkt in den Berg führe.

John Sinclair war wirklich gespannt.

Eine halbe Stunde später wußte er, daß Menderez nicht gelogen hatte. John fand alles genauso vor, wie erklärt.

Er sah auch den Höhleneingang, der wie eine Drohung wirkte.

John spürte in seiner Magengegend ein unbehagliches Gefühl, als er das dunkle Loch betrat.

Schon nach den ersten Schritten legte sich die Luft beklemmend auf seine Lungen.

John Sinclair schaltete kurz seine Lampe ein. Der Lichtkegel huschte über felsige Wände, an denen allerlei Kriechtiere davonhuschten. Spinnweben streifen Johns Gesicht.

Der Gang machte einen Bogen. John sah im Licht der Lampe einen Krater, der tief nach unten führte. Davon hatte Menderez nichts erwähnt.

Eine Strickleiter, die mit Eisenhaken in dem Fels befestigt war, führte nach unten.

John prüfte die Leiter kurz und startete das Wagnis.

Die Seile bogen sich unter seinem Gewicht durch, hielten aber. Meter für Meter kletterte John in die Tiefe. Die Lampe hatte er sich zwischen die Zähne geklemmt. Die Stille und die drückende, sauerstoffarme Luft in dem Berg waren beklemmend. John Sinclair schwitzte am ganzen Körper.

Je tiefer er kam, um so mehr pendelte die Leiter. John hatte Mühe, das Gleichgewicht zu bewahren.

Endlich war es geschafft. Er spürte plötzlich wieder festen Boden unter den Füßen.

John verschnaufte. Dann knipste er noch mal die Lampe an.

Bleiche menschliche Totenschädel grinsten ihn höhnisch an. John schluckte. Er mußte sich mit Gewalt zusammenreißen.

Die Schädel steckten auf langen Stangen, die in einem Halbkreis eine große Höhle ausfüllten.

Eine schreckliche Ahnung kroch in John Sinclair hoch. Bewahrte hier der Herr der Toten die Schädel seiner Opfer auf?

John Sinclair suchte nach einem Ausgang. Irgendwo mußte es ja weitergehen.

Plötzlich hörte John Sinclair Stimmen. Eine Frau jammerte erbärmlich.

Fieberhaft suchte John nach einer Stelle, wo er sich verstecken konnte. Schließlich blieb ihm nichts anderes übrig, als sich hinter einem der Pfähle zu ducken.

John hockte in der absoluten Finsternis. Er atmete nur noch durch den Mund.

Ein schleifendes Geräusch ließ ihn zusammenzucken. Soweit er feststellen konnte, kam es von der gegenüberliegenden Seite. John hielt seine Pistole schon längst in der Hand.

Das Geräusch wurde stärker. Etwas knirschte.

Dann sah John den Lichtschein. Er stammte von zwei Pechfakkeln, die von Indios getragen wurden. Die beiden waren aus einem Geheimgang gekommen. John Sinclair sah ein Stück Wand, das sich zur Seite geschoben hatte. Er sah aber auch noch mehr.

Goran, das Untier!

Wie Puppen hatte er sich zwei Menschen unter den Arm geklemmt. Jetzt warf er sie brutal auf den Boden. Aus seinem Mund drangen unverständliche Worte, als er auf die Opfer blickte.

John erkannte einen Mann und eine Frau. Die Frau lag auf dem Boden und wimmerte leise. Sie trug nur noch Fetzen am Körper.

Der Mann versuchte sich jetzt aufzustützen. Für einen Augenblick nur sah John sein Gesicht.

Vor Überraschung hätte er bald aufgeschrien. Der Mann auf dem Boden war Kenneth Hawk!

Derselbe Kenneth Hawk, der sich vor seinen Augen aufgelöst hatte.

Wie war das möglich? John Sinclairs Gedanken kreisten. Was ging hier vor?

Einer der Indios hielt die Pechfackel etwas tiefer. Nun konnte John auch die Frau erkennen.

Es war Viola Wayne, die Filmschauspielerin. John hatte ihr Foto in den Akten gesehen.

Die Indios traten zurück. Sie überließen Goran das Feld.

Das Ungeheuer zog mit einem Ruck eine schwere, langstielige Axt aus dem Gürtel.

Mit aller Deutlichkeit wurde John klar, daß in dieser Höhle die Personen, die der Herr der Toten nicht mehr brauchte, hingerichtet wurden.

Geköpft wurden!

Und die Schädel wurden als grausamer Beweis auf einen Pfahl gesteckt.

Goran trat auf die beiden Opfer zu. Er brabbelte unverständliches Zeug vor sich hin.

Viola Wayne und Kenneth Hawk rührten sich nicht. Sie konnten nicht einmal mehr schreien. Sie mußten zuviel durchgemacht haben.

John Sinclair wurde eiskalt. Langsam erhob er sich aus seiner duckenden Stellung . . .

Als Bill Conolly erwachte, saß er auf einem Stuhl. Er war nicht gefesselt, spürte jedoch eine bleierne Schwere. Hinter seiner Stirn hatte er ein taubes Gefühl.

Bill Conolly fiel das Denken schwer. Nur mit äußerster Mühe konnte er sich konzentrieren.

Im Zeitraffertempo zogen die letzten Eindrücke vor seiner Bewußtlosigkeit an ihm vorbei. Nachträglich noch ekelte er sich.

Irgendein Lähmungsgift haben sie dir eingespritzt, dachte er und versuchte den Kopf zu drehen. Es gelang nur mit Mühe.

Schwärze, nichts als bodenlose Finsternis umgab den Reporter. Seine Hände tasteten nach den Stuhlbeinen.

Metall! Du sitzt auf einem Metallstuhl.

Bill Conolly atmete rasselnd. Die herrschende Stille und die Dunkelheit belasteten ihn.
Bill Conolly stand langsam auf.
Schritt für Schritt ging er vor, die Hände ausgestreckt. Bis er gegen eine glitschige Wand stieß.
Bill wandte sich nach links. Auch hier ging er einige Schritte, dann stieß er wieder gegen eine Wand.
Nach einigen Minuten hatte Bill herausgefunden, daß es in seinem Gefängnis keine Tür gab.
Wollte man ihn hier elendig verrecken lassen?
Der Gedanke daran machte den sonst eiskalten Reporter fast wahnsinnig.
Er preßte seine feuchte Stirn gegen die kalte Wand. Was war mit den anderen? Lebten sie überhaupt noch?
Bill stöhnte auf. Er hielt diese Belastung nicht mehr länger aus.
»Ich will hier raus!« schrie er plötzlich. »Ich will hier raus!«
Seine eigene Stimme brach sich dumpf in dem Gefängnis. Doch niemand antwortete ihm.
Schluchzend sackte Bill Conolly zusammen. Er war am Ende seiner Kraft.
Bill wußte nicht, wie lange er so gelegen hatte, als ihn ein Quietschen wieder in die Wirklichkeit riß.
Unendlich langsam hob Bill den Kopf.
Vier Indios hatten sein Gefängnis durch ein viereckiges Loch in der Wand betreten. Zwei hielten Fackeln in den Händen.
»Wo bringt ihr mich hin?« flüsterte er.
Die Indios gaben keine Antwort. Sie schleiften Bill durch ein Wirrwarr in eine große Höhle, die schwach erhellt war.
Das Licht kam von einem Stein. Er war aus einem Material, das Bill noch nie gesehen hatte.
Der Stein leuchtete von innen. Eine geheimnisvolle, magische Kraft schien von ihm auszugehen. Bills Augen wurden unwillkürlich von diesem Stein angezogen.
Atem drang an Bills Ohr.
Mit Gewalt riß der Reporter seinen Blick von dem Stein los und wandte den Kopf.
Da sah er seine Leidensgenossen. Sie lagen wie er auf dem nackten Felsboden. Walter Neumann hatte es am schwersten erwischt. Sein Körper wand sich in konvulsivischen Zuckungen. Jack Bancroft lag da wie tot. Nur sein gepreßter Atem war zu

hören. Jim Donovan murmelte irgend etwas vor sich hin. Ihm schienen die letzten Erlebnisse in den Kopf gestiegen zu sein.

Nur mühsam konnte Bill Conolly das nackte Entsetzen unterdrücken.

Bill starrte wieder auf den Stein. Und je länger er ihn ansah, um so mehr wurde er in dessen Bann gezogen.

Bill hatte das Gefühl, als würde sich der Stein bewegen, sich verformen.

Grinsende Totenschädel krochen aus ihm hervor, bleiche Krallenfinger näherten sich seinem Gesicht, eine ferne Musik ertönte. Deprimierend, melancholisch. Die Toten lockten. Komm, Bill Conolly. Komm mit in unser Reich. Dann veränderten sich die Schädel, wurden zu Gesichtern, bekannten Gesichtern. Bill sah seine verstorbene Mutter, seinen Bruder . . . Sie alle schienen sagen zu wollen, komm, komm zu uns.

Bill Conolly fühlte plötzlich einen beißenden Schmerz in seinen Handballen. Als er mit den Fingern nach der Quelle des Schmerzes tastete, waren sie verklebt. Bill Conolly hatte sich in der ganzen Aufregung die Fingernägel in die Handballen gedrückt.

Dieser Schmerz brachte ihn aber auch wieder zurück in die Wirklichkeit.

Vergessen waren die Gesichter, die Gestalten aus dem Totenreich. Bill sah nur noch den Stein. Diesen verfluchten Stein, der ein Überbleibsel der Hölle sein mußte.

Bill schloß die Augen. Als er sie wieder öffnete, entdeckte er die Gestalt. Sie stand hinter dem Stein.

Im ersten Augenblick zuckte Bill Conolly zusammen. Doch dann raffte er sich auf, konzentrierte sich voll auf diese Erscheinung.

Diese unheimliche Gestalt war ein Mann. Lange, strähnige und weiße Haare umrahmten ein Gesicht, das nur aus Pergament zu bestehen schien. Zwei Augen glühten wie Feuer. Augen, die jeden zu durchbohren schienen.

Die Gestalt hob die Arme. Dabei rutschten die weiten Ärmel des langen weißen Umhangs zurück. Bill Conolly sah Hände, die schon mehr Totenfingern ähnelten.

Die Gestalt begann zu sprechen. Mit dröhnender, klarer Stimme. »Ihr seid meine neuen Opfer. Ihr werdet dem Herrn der Toten dienen. Der Stein gibt euch die Kraft. Ihr werdet in die Welt gehen, um plötzlich ein anderer zu sein. Ihr werdet morden und kämpfen für die Mächte der Finsternis. Steht auf.«

Bill Conolly erhob sich genau wie die anderen. Nur richtete er seinen Blick krampfhaft an dem Herrn der Toten vorbei. Er wollte nicht in diesen magischen Bann geraten.

»Faßt euch bei den Händen!«

Ein Halbkreis wurde um den Stein gebildet. Bill konnte erkennen, daß sein rechter Nachbar Walter Neumann war. Links hatte er keinen. Bill bildete das eine Ende der Reihe.

»Seht diesen Stein an«, ertönte wieder die Stimme des Herrn der Toten. »Er ist vor Jahrtausenden von den Göttern auf die Erde gebracht worden. Seine geheimnisvolle Kraft hat er nicht verloren. Sie war nur eingeschlafen. Ich habe sie wiedererweckt.«

Die Stimme des Herrn der Toten wurde lauter, hektischer. Seine Krallenfinger näherten sich der Oberfläche des Steines.

Bill Conolly sah die spitzen bleichen Fingernägel, die dünne Pergamenthaut, die sich über die Knochen spannte, und er fühlte auf einmal ein seltsames Brennen in seinem Körper. Es war, als würde eine andere Person in ihn eindringen. Ein zweites Ich wollte sich seiner bemächtigen.

Ein böses Ich.

Bill sah immer noch die Hände. Er wollte etwas sagen, doch eine unsichtbare Kraft hielt ihn zurück. Automatisch zog er seine Hand von Walter Neumann zurück, und sofort ging es ihm besser.

Sein eigenes Ich kam jetzt mehr durch. Bill Conolly sah wieder klarer.

Er sah aber auch das kalte blaue Feuer, das plötzlich über dem Stein schwebte.

Wie ein glühender Ring lag es in der Luft. Erhellte die Gesichter der Anwesenden . . .

»Mein Gott!« Bill Conolly schrie die Worte heraus. Er hatte Walter Neumann gesehen, oder war er schon ein anderer?

Neumanns Gesicht hatte nichts Menschliches mehr an sich. Es nahm Form und Gestalt eines Affen an.

Ein Tier hatte von Walter Neumanns Körper Besitz ergriffen!

Die Verwandlung ging immer schneller. Die Kleidung platzte auseinander. Der Mensch schrumpfte zusammen. Fell hatte den Platz der Haut eingenommen. Gräßliche Laute drangen aus dem Mund.

Bill wich unwillkürlich einen Schritt zurück. War Walter Neumann der einzige, den der Herr der Toten verwandelt hatte?

Bill wollte etwas sagen, doch sein Mund gehorchte ihm nicht

mehr. Er sah die knochige Hand dicht vor seinen Augen und wußte nur eins: Jetzt bist du dran.

Noch einmal raffte Bill Conolly allen Willen zusammen. Er riß seinen rechten Arm hoch und versuchte die Faust in das schreckliche Gesicht zu schlagen.

Das hämische Lachen drang ihm durch Mark und Bein.

Bill Conolly fühlte nur, daß er ausrutschte, sah das kalte blaue Feuer dicht vor seinen Augen, spürte die unendlichen Schmerzen, die seine Brust zusammenzogen, sah noch einmal den grinsenden Schädel des Herrn der Toten, und dann setzte bei ihm alles aus.

Die beiden Indios entdeckten John zuerst.

Sie stießen gutturale Laute aus, die Goran herumfahren ließen.

Doch da schmetterte ihm John schon den Kolben der Pistole durch das entstellte Gesicht.

Goran, dieses Untier, taumelte zurück. Ächzende Laute drangen aus seinem Mund.

John Sinclair setzte nach. Er konnte und durfte keine Rücksicht nehmen.

Dieser Goran war kein Mensch. Er hatte keine Gefühle, nichts. Nur ein Drang beherrschte ihn: Töten!

Wieder schlug John zu.

Goran brach zusammen.

John Sinclair wollte zum letzten, alles entscheidenden Schlag ausholen, als ihn die beiden Indios angriffen. Sie hatten sich jetzt erst von ihrem Schreck erholt.

Sie benutzten die Pechfackeln wie Keulen. Nur durch eine blitzschnelle Drehung entging John Sinclair einem sensenden Hieb.

Der Indio torkelte durch seinen eigenen Schwung vorwärts. John trat ihn in die Hüfte.

Der zweite Indio traf ihn mit der Pechfackel gegen die Brust. John flog gegen die Felswand. Sein Hemd schwelte.

Mit der linken Hand schlug der Scotland-Yard-Inspektor die Funken aus, während seine rechte Hand, die immer noch die Waffe hielt, hochzuckte.

John Sinclair schoß.

Der Indio bekam die Kugel in den Oberschenkel. Die Fackel fiel ihm aus der Hand.

Ehe John zur Besinnung kam, hatte Goran die Chance genutzt. Seine riesige behaarte Pranke hatte sich um den Fackelstiel gekrallt. Brüllend taumelte Goran auf John zu.

»Stehenbleiben!« schrie John.

Goran wankte weiter.

John blieb keine andere Möglichkeit mehr. Er drückte ab. Zweimal.

Die Kugeln stoppten Goran kaum. Sie hatten ihm zwar die Schultern durchschlagen, konnten ihn aber nicht aufhalten.

Seine Hand mit der Fackel schnellte vor.

Im letzten Augenblick ließ sich John auf die Knie fallen.

Der Schlag pfiff über ihn hinweg, und die Fackel prallte gegen die Felswand. Funken stoben auf.

John rollte sich zur Seite und schnellte sofort wieder hoch.

Er packte Gorans Handgelenk, riß es herum.

Das Ungeheuer brüllte auf, ließ die Fackel fallen.

Blut lief an seinen Armen herab. Die Wunden mußten schmerzen. Jeder normale Sterbliche wäre schon erledigt gewesen.

John nahm Gorans Arm in den Polizeigriff. Das Ungeheuer ging in die Knie. John ließ Goran plötzlich los.

Das Ungeheuer taumelte. Und genau darauf hatte John gewartet. Ein mit unheimlicher Wucht geführter Handkantenschlag traf Gorans ungeschützten Nacken.

Das Untier brach zusammen.

John atmete auf und bückte sich nach seiner Pistole. Er lud sie sofort nach. Reservemunition hatte er bei sich. John schnappte sich auch seine Taschenlampe. Ihr starker Strahl leuchtete die Höhle aus.

Die beiden Indios hatten sich angsterfüllt in eine Ecke verkrochen. Für sie war John wohl eine Art Fabelwesen, denn Goran hatte noch niemand besiegt.

Viola Wayne und Kenneth Hawk sahen John aus weit aufgerissenen Augen an.

Der Scotland-Yard-Inspektor versuchte zu lächeln, doch es wurde nur eine Grimasse daraus.

»Wer – wer sind Sie?« stammelte Kenneth Hawk.

»Das wissen Sie nicht? Wir haben uns doch in London kennengelernt.«

Kenneth Hawk senkte den Kopf. »London – was ist das? Mein

Gott, wie lange war ich schon nicht mehr da. Welchen Monat haben wir? Welches Jahr?«

Viola Wayne hockte am Boden und sagte nichts. Heftiges Schluchzen schüttelte ihren Körper.

Kenneth Hawks Aussage schockierte John Sinclair. Er dachte blitzschnell nach. Dann sagte er: »Mister Hawk, ich erzähle Ihnen jetzt eine Geschichte, die Sie mir glauben müssen. Sie hat sich so zugetragen.«

Hawk nickte.

John berichtete etwa zehn Minuten lang. Er sah, daß Hawks Gesicht immer mehr zusammenfiel, wie sich namenloses Entsetzen in seinen Augen widerspiegelte.

»Hören Sie auf!« schrie er plötzlich. »Das gibt's nicht. Nein, ich war immer hier. Ich – ich . . .« Er versuchte, John an die Kehle zu fahren.

John Sinclair schlug ihm mit der flachen Hand ins Gesicht. Zweimal. Das war die wirkungsvollste Methode.

Kenneth Hawk wurde plötzlich ganz ruhig. Schweißgebadet ließ er sich zurücksinken. John überzeugte sich, daß ihm von den Indios keine Gefahr drohte und auch Goran noch bewußtlos war, und wandte sich wieder an den völlig gebrochenen Hawk.

John hatte seine Lampe längst ausgeknipst. Nur noch die auf dem Boden liegenden Fackeln brannten.

John Sinclair faßte Hawk an beiden Schultern. Eindringlich redete er auf ihn ein.

»Material . . . Was ist das?« flüsterte der Mann leise.

»Das versuche ich Ihnen jetzt zu erklären. Wie weit können Sie sich zurückerinnern?«

»Wir waren in einem Hotel. Unsere Gruppe, sieben Leute. Wir warteten auf die Jeeps, damit wir unsere Reise starten konnten. Dann, mitten im Gebirge, wurden wir überfallen. Von Indios. Sie verschleppten uns in diesen Berg. Sie sprachen immer vom Herrn der Toten. Ich lernte ihn hier kennen. Und von da ab weiß ich nichts mehr. Ich hatte plötzlich starke Kopfschmerzen und wachte schließlich in irgendeiner Höhle wieder auf. Dann kam dieses Ungeheuer und schleppte uns ab. Wir waren die letzten, die noch übriggeblieben sind. Die anderen wurden schon geköpft. Ihre Schädel hängen hier.« Hawks Stimme versagte.

John nickte bestätigend. Genauso hatte er sich die Sache vorgestellt.

John ließ dem Mann ein wenig Zeit, um sich zu beruhigen. Dann fuhr er fort. »Nach der Hypnose, Mister Hawk, hat dieser Herr der Toten Sie völlig in seinem Bann gehabt. Er hat Sie durch Gedanken wieder nach London materialisiert, allerdings waren Sie nicht mehr Sie selbst, sondern in Ihnen steckte das Böse. Nur dem Äußeren nach waren Sie noch Kenneth Hawk. Ihre Seele, Ihr Innerstes, war dem Teufel geweiht. Es brauchte nur ein gewisses Ereignis einzutreten, um die Umwandlung bei Ihnen zu vollziehen. Dieses Ereignis war das kalte blaue Feuer. Sie wurden zu einer mordenden Bestie, die sich hinterher, nachdem man sie getötet hatte, auflöste. Sie materialisierten wieder in Ihren Körper zurück.«

Kenneth Hawk sah John Sinclair starr an. »Ich begreife das nicht«, hauchte er.

»Es ist auch unbegreiflich. Aber glauben Sie mir, es gibt Dinge auf der Welt, die niemand erklären kann. Selbst die Wissenschaft ist noch machtlos. Und dazu gehört auch das Gebiet der Materialisation oder Seelenwanderung. Ein Toter, der schon vor -zig Jahren gestorben ist, kann wieder von Ihnen Besitz ergreifen. Diese Fälle sind vorgekommen, Mister Hawk.«

Kenneth Hawk schüttelte sich. »Ich habe gemordet?« krächzte er. »Ich . . .? Das ist doch nicht möglich. Wie . . .«

John legte ihm beruhigend die Hand auf die Schulter. »Nicht Sie haben gemordet, sondern die Kreatur, die in Ihnen steckte. Aber lassen wir das. Ich möchte Sie so schnell wie möglich in Sicherheit bringen. Moment.«

John ging zu Goran. Als er sich über das Ungeheuer beugte, sah er, daß Goran tot war. Woran er gestorben war, konnte John im Augenblick nicht sagen.

Kenneth Hawk redete inzwischen auf Viola Wayne ein. John sah, daß die Frau ein paarmal heftig nickte.

John ging wieder zu den beiden hin und erklärte ihnen den Weg nach draußen. Auch von Ramon Menderez sprach er.

»Sollen wir Hilfe holen?« fragte Kenneth Hawk.

John schüttelte den Kopf. »Das wird wohl keinen Zweck haben. Bis zur nächsten Ortschaft sind es bestimmt 50 Meilen. Und dort würde man Ihnen nicht glauben. Mein Vorschlag ist, Sie verstecken sich draußen, bis ich zurückkomme.«

Kenneth Hawk lächelte gequält. »Und wenn Sie nicht kommen?«

»Dann müssen Sie sich allein durchschlagen. Viel Glück.« John gab ihm Menderez' Waffe.

Kenneth Hawk faßte Viola Wayne am Arm und ging zu der Strickleiter. Eine Fackel hatte er sich mitgenommen.

John Sinclair nahm die andere Fackel. So konnte er seine Taschenlampe schonen.

Der Scotland-Yard-Inspektor betrat den Geheimgang, durch den vorhin Goran und die beiden Indios gekommen waren.

Der Gang war eng, und John mußte den Kopf einziehen.

Immer tiefer drang John Sinclair in den Berg ein. Es war ein Weg in die Hölle . . .

Wahnsinnige Schmerzen wüteten in seinem Körper. Jeder einzelne Knochen schien in Feuer zu liegen. Grauenhaft.

Bill Conolly stöhnte.

»Ist Ihnen nicht gut, Sir?«

Bill schüttelte den Kopf. Verwirrt öffnete er die Augen.

Er sah in das anmutige Gesicht eines hübschen Girls mit langen blonden Haaren. Auf dem Kopf saß ein flottes Käppi, wie es die Stewardessen tragen.

Bill faßte sich an den Kopf. »Ich – ich . . . Wo bin ich hier?«

»Aber Sir.« Die Stewardeß lächelte mitleidig. »Sie befinden sich auf dem Flug von New York nach London, in der First Class eines Jumbo-Jets. Haben Sie irgendwelche Wünsche?«

Bill schien ihre Worte gar nicht zu hören. Langsam bewegte er die Lippen. »Aber die Höhle. Der Herr der Toten«, flüsterte er. »Ich war doch in der Höhle.«

Die Stewardeß wich erschrocken zurück, als sie Bills Augen sah.

»Möchten Sie nicht doch einen Whisky?« stotterte sie hilflos.

»Nein danke«, erwiderte Bill, schon wieder geistesabwesend.

Die Stewardeß zog sich zurück.

Bill Conolly sah sich um. Die 1. Klasse war nur mäßig besetzt. Die meisten Fluggäste saßen an der Bar, die zur Einrichtung dieses Riesenvogels gehörte.

Bill trug auch nicht mehr seine Khakikleidung, sondern einen normalen Straßenanzug mit modischen breiten Revers.

Er suchte in den Taschen nach Geld. Papiere, Feuerzeug, Zigaretten, alles war vorhanden. Aber, zum Teufel noch mal, was war geschehen?

Das Flugticket. Es mußte ja auch dasein.

Bill suchte zehn Minuten vergeblich.

Kalter Schweiß stand plötzlich auf seiner Stirn. Er flog ohne Karte. Bei den heutigen Sicherheitsmaßnahmen auf den Flughäfen war es unmöglich, als blinder Passagier in ein Flugzeug zu gelangen. Er mußte in den Jumbo gekommen sein, als sich dieser schon in der Luft befand.

Hineinmaterialisiert!

Dieser Gedanke ließ Bill Conolly fast das Herz stocken. Ihm war es ergangen wie den anderen. Wie Chester Davies, Viola Wayne und Kenneth Hawk. Er war ein Gefangener des Herrn der Toten.

»Mein Gott«, stöhnte Bill und erhob sich.

Er ging zur Bar, setzte sich auf einen Hocker. Bei dem Mixer bestellte er einen doppelten Whisky.

Die Stewardeß kam vorbei und blickte ihn verwundert an.

»Geht es jetzt wieder besser?« fragte sie lächelnd.

»Ja, danke.«

Wenn du wüßtest, dachte Bill. Er kippte den Whisky mit einem Zug.

Was sollte er machen? Sich stellen? Man würde ihm kaum glauben.

Und überhaupt, bis London mußte er sowieso mitfliegen. Der Herr der Toten mußte doch einen bestimmten Grund gehabt haben, ihn in dieses Flugzeug zu materialisieren . . .

Bill Conolly ahnte Schreckliches.

»Hallo, Bill!«

Eine bekannte Stimme ließ den Reporter herumfahren.

»Du?« staunte er.

Vor ihm stand Jane Corby.

Jane lächelte ihn an. Sie trug einen azurblauen Hosenanzug, der ihre Figur eng umschmiegte. Man konnte erkennen, daß sie darunter höchstens einen Slip anhatte.

Bill lächelte verloren. »Was soll das?«

Jane drängte sich neben ihn. »Der Herr der Toten hat uns geschickt. Wir sind seine Diener, Bill.«

Bill Conolly nickte. Er wunderte sich auf einmal darüber, wie wenig es ihm ausmachte, über diese Dinge zu reden. Ja, er gehörte praktisch schon dazu.

»Bestell dir auch etwas«, sagte Jane.

Bill tat es. Er fragte erst gar nicht danach, wie Jane so plötzlich hergekommen war. Ihm war es auch egal. Es war ihm alles egal.

Jane prostete ihm zu. Ihre Augen glitzerten seltsam.

Ob ich auch diesen Blick habe? fragte sich Bill.

Neben ihm hockte ein schwitzender Geschäftsmann auf dem Hocker. Er schüttete laufend Wodka in sich hinein.

»Nur so ist der verdammte Flug zu ertragen«, sagte der Mann. Er hatte eine Stimme wie Sandpapier.

Bill wollte nicht unhöflich sein. »Ja, Sie haben recht«, erwiderte er.

Der Mann bestellte sich noch einen. »Wissen Sie, Mister«, sagte er, »jetzt bin ich schon so oft geflogen. Aber glauben Sie, es ist einmal was passiert? Eine Entführung oder so? Nichts. Immer nur Langeweile.«

»Ich könnte mir etwas Besseres vorstellen als eine Flugzeugentführung«, erwiderte Bill.

»Ach nee!« Der Kerl nickte. »Hab' ich mir's doch gedacht. Sie gehören wohl auch zu den Hosenscheißern, die ewig Angst haben? Meinetwegen sollen die Kerle mal kommen. Denen würde ich es zeigen. Die würden die Hölle von oben und unten sehen. Die . . .«

Bill ließ den Mann reden. Er spürte plötzlich einen seltsamen Druck im Kopf. Als er Jane anblickte, sah er, wie sie lächelte.

»Es ist gleich soweit.«

Bill wurde der Kragen zu eng. Nervös wischte er sich mit dem Taschentuch den Schweiß von der Stirn.

Wieder setzten die Schmerzen ein. Sein ganzer Körper schien unter einem ungeheueren Druck zu stehen.

»Eh, Mister, waas . . .?«

Der Mann neben ihm stieß Bill an. Mühsam wandte ihm Bill den Kopf zu.

»Sie sind ja besoffen«, giftete der Kerl. »Wer nichts vertragen kann, sollte nicht saufen, Sie Idiot.«

Die Schmerzen wurden immer stärker. Bill merkte, wie eine andere Person von ihm Besitz ergreifen wollte, wie sein eigenes Ich hinausgedrängt wurde.

Dann sah er das kalte blaue Feuer.

Es schwebte unter der Decke des Flugzeuges.

Das Zeichen des Herrn der Toten!

Noch hatte niemand der anderen Passagiere es bemerkt.

Bill streckte die Hand aus. Seine Finger! Sie waren dicker geworden. Rötlich-blonde Haare sprossen darauf.

Bill sah Jane Corby an. Doch da gab es keine Jane Corby mehr. Bill sah sich einer älteren Frau gegenüber, die ihn mit offenem Mund anstarrte.

Die Gäste an der Bar wurden unruhig. Sie hatten das Schauspiel natürlich mitbekommen.

Eine Frau kreischte auf. »Da verwandelt sich jemand!«

Alles starrte Bill an.

Bill selbst stieß seltsame Laute aus. Er merkte, wie sein Gesicht sich verzog. Einen Spiegel. Hätte er doch nur einen Spiegel gehabt!

Das kalte Feuer senkte sich über die Bar.

Schreiend stoben die Passagiere davon. Selbst der Mixer verließ fluchtartig sein Domizil.

»Ihr seid dem Teufel verschworen!« dröhnte die Stimme des Herrn der Toten.

Von Panik geschüttelt, rannten die Menschen aus der 1. Klasse.

Sie sahen das kalte blaue Feuer nicht mehr, das sich verdichtete, sich über Jane und Bill legte.

Es zog sie ganz in seinen Bann.

Weg waren auf einmal die Schmerzen. Bill fühlte sich wieder leicht und frei. Er konnte denken, doch er dachte nur Böses.

Da sah er das Schwert.

Es war aus der Höhle in das Flugzeug materialisiert worden.

»Töte«, flüsterte hinter ihm Jane Corby. »Töte!«

Bill Conolly ging. Wie ein Roboter. Er stieg die Treppe zur Touristenklasse hinunter.

»Da ist er!« rief die Stewardeß aufgeregt.

Am Ende der Treppe hatten sich die Passagiere versammelt. Auch der Flugkapitän stand dort.

»Bleiben Sie stehen, Mister!« sagte er.

Bill ging weiter. Wie ein Uhrwerk. Schritt für Schritt näherte er sich den Menschen.

Der Flugkapitän erfaßte als erster die Gefahr. »Lauft weg!« schrie er. »Bringt euch in Sicherheit! Dieser Mann ist wahnsinnig!«

Die Passagiere gehorchten.

Noch zwei Stufen, dann hatte Bill das Ende der Treppe erreicht.

Der Flugkapitän wich zurück. »Ich sage Ihnen noch einmal, Sie sollen . . .«

Bill schlug zu.

Der Flugkapitän entging nur durch einen Reflex dem tödlichen Schlag.

Bill Conolly kümmerte sich nicht mehr um ihn. Er sah jetzt die Passagiere, die sich ängstlich zurückdrängten.

Bill sah eine Frau, die noch zwischen den Sitzen hing. Seine Augen leuchteten.

Gnadenlos stieß er zu.

Die Frau brach zusammen.

Beherzte Männer sprangen Bill Conolly entgegen. Bill tötete einen von ihnen und verletzte zwei andere.

Der Kerl, der vorhin an der Bar so geprahlt hatte, hatte sich in die hinterste Ecke verzogen.

»Mörder!« Dieser Schrei ließ Bill herumfahren.

Im Gang kauerte der Flugkapitän. Er hielt eine Pistole in der Hand. Er mußte sich die Waffe eben besorgt haben.

Bill Conolly ging auf ihn zu.

Noch zögerte der Flugkapitän, zu schießen. Er wußte, wenn eine Kugel die Verkleidung des Jets durchschlug, dann waren sie alle verloren.

Bill ging weiter. Wie eine Marionette. Das blutige Schwert in der Hand.

Da schoß der Flugkapitän. Dreimal.

Die Kugeln stoppten Bill Conolly, warfen ihn zurück. Ein letztes Ächzen drang über seine Lippen, dann schlug er zu Boden.

Der Flugkapitän wischte sich den Schweiß von der Stirn. Mein Gott, er hatte noch nie einen Menschen umgebracht, aber in diesem Fall . . .

Er sah die Gesichter der Passagiere, die ihn entsetzt anblickten.

Der Flugkapitän wollte nach der Leiche sehen, als er glaubte, eine eisige Hand presse ihm das Herz zusammen.

Der Tote löste sich auf!

Keiner der Menschen brachte ein Wort über die Lippen. Sie alle hatten das Grauen gepackt.

Der Tote verschwand buchstäblich vor ihren Augen. Erst die Hände, die Arme, der Oberkörper, die Beine . . .

Zum Schluß waren nur noch der Kopf und das Schwert da.

Eine ältere Frau wurde ohnmächtig, als sie dieses schaurige Bild sah.

Es hatte den Anschein, als würden sich die Lippen des Toten

noch einmal zu einem widerlichen Grinsen verziehen, dann war auch der Schädel verschwunden.

Noch immer standen die Passagiere schreckensstarr, als wieder eine Gestalt die Treppe herunterkam.

Es war eine Frau. Man hatte sie hier noch nie gesehen. In ihrer Hand hielt sie eine Maschinenpistole mit einer großen Trommel, wie man sie in den dreißiger Jahren hatte.

»Das ist Ma Baker, die Gansterchefin«, flüsterte ein älterer Mann.

»Aber die ist doch schon lange tot«, sagte seine Frau.

»Ja. Aber heute stehen die Toten wieder auf.«

Jane Corby, denn niemand anders als sie war Ma Baker, blieb auf der zweitletzten Stufe stehen.

Sie hob die Maschinenpistole etwas an . . .

»Nicht schießen! Um Gottes willen, nicht schießen!« rief der Flugkapitän wie von Sinnen und rannte auf die Frau zu.

Jane Corby drückte eiskalt ab.

Die Kugeln fetzten durch die Maschine, durchschlugen die Außenhaut . . .

Tödliche Druckverhältnisse entstanden.

Sekundenlang währte nur die Panik der Menschen. Und während der Jumbo-Jet ins Meer stürzte, meinte man noch das irre Lachen der Jane Corby zu hören.

Der Herr der Toten hatte wieder gesiegt.

John Sinclair preßte sich mit angehaltenem Atem in eine kleine Nische. Von hier aus konnte er die große Höhle gut überblicken.

John hatte die Fackel längst weggeworfen. Er war einfach den Gang weitergegangen und schließlich hier gelandet.

Dumpfer, monotoner Gesang füllte die Höhle. Es waren Indios, die an den Wänden standen und ihre uralten, überlieferten Lieder sangen.

In der Mitte der Höhle stand ein Stein, von dem ein fluoreszierendes blaues Licht ausging.

Das Licht reichte gerade aus, um drei Bekannte erkennen zu können. Jack Bancroft, Walter Neumann und Jim Donovan. Walter Neumann war wieder von dem Herrn der Toten zurückverwandelt worden.

Die drei Männer knieten vor dem Stein. Ab und zu stießen sie heisere Laute aus.

John Sinclair schluckte. Wo befanden sich Bill Conolly und die beiden Girls? Waren sie schon tot? Angst um die Freunde kroch langsam in John Sinclair hoch.

Das Licht über dem Stein wurde stärker. Und dann hörte John Sinclair die Stimme.

»Jetzt werden Sie ihre erste Prüfung bestehen!«

Die Stimme füllte die gesamte Höhle aus, übertönte den Gesang der Indios.

Vergeblich suchte John Sinclair nach dem Sprecher der Worte. Der Herr der Toten – John war sicher, daß niemand anders gesprochen hatte – mußte sich irgendwo versteckt halten. Aber was hatte er mit seinen Worten gemeint?

Sollten Bill und die beiden Girls . . .

Johns Gesicht verhärtete sich. Seine Hand tastete nach der Pistole. Doch auf halbem Weg blieb sie hängen. Das Schauspiel, das sich John darbot, nahm ihn zu sehr gefangen.

Eine hagere Gestalt tauchte plötzlich aus dem Hintergrund der Höhle auf.

Der Herr der Toten!

Er trug eine weiße lange Kutte. Strähnige helle Haare umrahmten sein Gesicht.

Mehr konnte John nicht erkennen.

Der Herr der Toten blieb vor dem Stein stehen. Er hob beide Hände. Dann begann er in einer John unbekannten Sprache zu reden. Die Laute klangen kehlig und abgehackt. Es mußte ein uralter Maya-Dialekt sein.

Die Stimme des Herrn der Toten steigerte sich. Sie wurde lauter, hektischer.

John sah, daß gleichzeitig der Stein an Leuchtkraft zunahm. Es wurde fast taghell in der Höhle.

Die Indios hatten aufgehört zu singen. Gebannt starrten sie auf die Szene.

Dann sah John wieder das blaue kalte Feuer. Es schwebte wie ein funkensprühender Reif in der Höhle.

Der Herr der Toten streckte seine Arme gegen dieses Feuer. Er schrie irgend etwas.

Das Feuer wurde stärker. Verdichtete sich, nahm plötzlich Gestalt an . . .

John wandte den Kopf. Er konnte diese Leuchtkraft nicht mehr ertragen. Selbst die Nische, in der er hockte, wurde jetzt erhellt.

Die Stimme des Herrn der Toten überschlug sich. John hörte einen gräßlichen Schrei, und dann war Stille. Tödliche Stille.

John wartete einige Sekunden, bis er den Kopf hob.

Zuerst konnte er nichts erkennen. Seine Augen mußten sich erst an die wechselnden Lichtverhältnisse gewöhnen.

Plötzlich hatte John das Gefühl, als würde eine eiskalte Hand seinen Rücken hinteruntergleiten. Vor dem Stein lag eine männliche Gestalt.

Bill Conolly!

Wie war das möglich? Wie kam Bill hierher? Dann sah John Jane Corby.

Sie lag genau wie Bill auf dem Boden und rührte sich nicht mehr.

Waren sie tot?

Der Herr der Toten trat an die beiden heran und berührte sie mit den Fingerspitzen. Als er sich wieder aufrichtete, hatte ein satanisches Grinsen sein Gesicht noch mehr verzerrt.

Er schrie irgend etwas den Indios zu.

Sieben, acht Männer sprangen auf die am Boden Liegenden zu, um sie wegzutragen.

Wenn ich jetzt nicht eingreife, dachte John, sind sie wohl für immer verloren.

»Halt!« Johns Stimme peitschte durch die Höhle und brach sich schaurig an den Felswänden.

Die Indios zuckten herum.

John Sinclair stand nur wenige Meter hinter ihnen. Die Waffe in seiner Hand glänzte matt.

Der Herr der Toten blickte ihn an. Zum erstenmal sah John dessen Augen. Sie waren wie glühende Punkte in dem faltigen, hohlwangigen Gesicht.

»Schick deine Leute weg!« zischte John, sprang blitzschnell vor, umklammerte mit dem linken Arm den hageren Körper des Mannes und drückte ihm die Pistolenmündung gegen die Schläfen.

Der Herr der Toten murmelte ein paar Befehle.

Die Indios zogen sich zurück.

»So ist es gut«, sagte John und zog seinen Gefangenen ein Stück zur Seite.

Die Indios blickten ihn haßerfüllt an. Sie trugen zwar keine

Waffen, doch John war längst klar, daß er bei einer Auseinandersetzung zwar einige ausschalten konnte, aber hinterher den kürzeren ziehen würde.

Er mußte so schnell wie möglich weg. Jedoch nicht ohne Bill Conolly.

Der Herr der Toten kicherte leise.

»John Sinclair?« fragte er.

»Ja.«

»Mein Diener Ramon Menderez hat mir von Ihnen erzählt.«

»Dann wissen Sie ja auch, daß ich nicht spaße. Wir werden jetzt gemeinsam mit den anderen die Höhle verlassen.«

Der Herr der Toten kicherte wieder.

»Sie glauben doch nicht, daß Sie hier lebend herauskommen?«

»Das lassen Sie nur meine Sorge sein.«

Wie auf Kommando begann Bill Conolly sich zu bewegen. Er stützte sich auf beide Hände und schüttelte benommen den Kopf.

»Bill!« Johns Stimme klang eindringlich.

Es dauerte Sekunden, bis sich Bill Conolly gefangen hatte. Doch dann erkannte er John.

»Mein Gott, John, wie kommst du denn hierher?« Maßlose Überraschung lag in Bills Augen.

»Das erzähle ich dir später. Komm hoch, wir müssen hier raus.«

»Ja, aber – das Flugzeug. Ich war doch vorhin . . . und Jane – was ist mit ihr?«

»Jane nehmen wir mit. Komm endlich.«

»Sie ist meine Dienerin«, sagte der Herr der Toten dumpf.

John Sinclair spürte plötzlich einen eiskalten Schauer über seinen Rücken laufen . . .

Bill Conolly kam langsam hoch. Er sah die verzerrten Gesichter der Indios und stellte sich neben John.

»Was ist mit den anderen?« fragte er flüsternd. Und im selben Atemzug »Mein Kopf. John, ich werde dir keine große Hilfe sein.«

Jetzt bewegte sich auch Jane Corby.

Der Herr der Toten murmelte einige Worte. Jane erhob sich. Ungelenk. Wie eine Puppe.

Auch Jack Bancroft, Walter Neumann und Jim Donovan setzten sich in Bewegung.

»Er hat sie hypnotisiert«, sagte Bill Conolly.

»Sag ihnen, sie sollen stehenbleiben.« zischte John dem Herrn der Toten ins Ohr.

»Nein. Sie werden euch töten. Sie bleiben nicht stehen!«

John befand sich in einer Zwickmühle. Sollte er abdrücken? Wenn er den Herrn der Toten erschoß, war alles erledigt. Wirklich alles? Würden ihn die anderen dann immer noch hetzen?

»Zurück, Bill!« schrie John.

Er ging rückwärts und schleifte den Herrn der Toten mit. Nach einigen Schritten stießen sie gegen die Felswand.

Die Menge näherte sich langsam, aber stetig. An der Spitze Jane Corby.

Plötzlich stieß der Herr der Toten ein irres Gelächter aus. John drang es durch Mark und Bein.

»Sie sind alle meine Diener!« geiferte der Herr der Toten. »Auch wenn du mich erschießt, John Sinclair, wird dich meine Rache aus dem Jenseits treffen.«

John merkte, wie sich der Herr der Toten unter seinem harten Griff straffte, wie der Stein stärker zu glühen begann, eine magische Kraft ausstrahlte.

John Sinclair brach der kalte Schweiß aus. Fremde Gedanken versuchten in sein Gehirn zu gelangen. Die Pistole in der Hand wurde schwer wie Blei. Die Gestalten verschwammen vor seinen Augen. Neben sich hörte er Bill aufschreien.

Und immer wieder sah John Sinclair den Stein. Er ließ ihn nicht mehr los.

Feurige Kreise drehten sich vor Johns Augen. Seine Knie zitterten. Die Pistole fiel ihm aus der Hand.

John Sinclair sackte auf den Boden. Das letzte, was er sah, waren die verzerrten Gesichter der Indios und das höhnische, schreckliche Gesicht des Herrn der Toten.

Dann war auch dies verschwunden.

John Sinclair war bewußtlos. Er war dem Herrn der Toten wehrlos ausgeliefert . . .

Der Druck wurde immer stärker. Tonnenschwer lastete er auf seiner Brust.

John Sinclair bäumte sich auf. Ein qualvolles Stöhnen entrang sich seiner Kehle.

Dann war auf einmal alles vorbei. John konnte wieder frei atmen, sich bewegen. Fast wie von selbst öffneten sich seine Augen.

Er blickte in das maskenhaft starrte Gesicht des Herrn der Toten.

Johns Blick glitt weiter. Er sah die Indios, die einen Kreis um ihn gebildet hatten und ihn drohend anstarrten.

Jane Corby stand mitten zwischen ihnen. Sie lächelte. Aber es war ein kaltes, gefährliches Lächeln.

John Sinclair kam sich unsagbar verloren vor.

Neben ihm lag Bill Conolly. Er hielt die Augen geschlossen und atmete heftig. Irgend etwas mußte ihn innerlich aufwühlen.

Der Herr der Toten machte eine knappe Handbewegung.

Drei Indios rissen John hoch. Seine Knie fühlten sich an, als wären sie mit Pudding gefüllt.

Der Herr der Toten lächelte wölfisch. Sein knochiger Zeigefinger schoß vor und tippte gegen Johns Brust.

»Du wirst sterben, John Sinclair. Grausam sterben. Du hast versucht, in das Reich der Toten einzudringen. In mein Reich. Noch nie ist hier jemand lebend hinausgekommen, wenn ich es nicht wollte.«

John Sinclair senkte den Kopf. Es sah aus, als hätte er tatsächlich aufgegeben. Doch das täuschte. John wollte die anderen nur in Sicherheit wiegen.

»Darf ich noch Fragen stellen?« erkundigte er sich leise.

Der Herr der Toten zog seinen Finger zurück. »Sicher«, erwiderte er großzügig. »Bevor du endgültig stirbst, soll dein Wissensdurst gestillt werden. Frage.«

John hob den Kopf. »Was hast du mit Jane Corby gemacht – und vor allen Dingen, wo ist Gloria Simpson?«

Der Herr der Toten wandte seinen Kopf nach rechts. »Rede du, Jane!«

Jane Corby glitt einen Schritt vor. John studierte ihr Gesicht, und er kam zu der Überzeugung, daß das eine andere Jane Corby war als die, die er gekannt hatte. Janes hübsches Gesicht hatte sich verändert. Es war nur noch ein Abklatsch ihres früheren Aussehens. Ein wildes Feuer loderte in ihren Augen, als sie John antwortete.

»Ich bin die Dienerin des Herrn der Toten. Mein Platz ist hier. Ich werde oft in die Welt zurückkehren, um neue Opfer zu suchen. Ich werde in vielen Gestalten kommen. Vielleicht auch in deiner, John Sinclair. Ich werde immer und immer geboren werden. Hier ist meine Aufgabe.«

»Was ist mit Gloria Simpson?« drängte John.

»Sie ist tot!«

John schluckte. »Warum?«

»Ich habe sie umgebracht. Erstochen. Es war meine erste große Prüfung.«

John Sinclair stockte der Atem. Mein Gott, das war doch nicht möglich. Gloria Simpson und Jane Corby waren die besten Freundinnen gewesen. Und jetzt dies.

John sah Jane Corby nur an. Sie wich seinem Blick nicht aus. Im Gegenteil, sie forderte ihn noch förmlich heraus.

Die Indios hatten John losgelassen. Er fühlte sich wieder relativ frisch. Bill Conolly war in der Zwischenzeit auch aufgestanden. Er stand neben John. Schwankend wie ein Schilfrohr im Wind.

»Ich war dabei, John«, sagte Bill Conolly leise. »Ich habe gesehen, wie Jane Corby Gloria Simpson umgebracht hat. Es war schrecklich. Aber ich kann nicht richten, John. Ich habe selbst auch Schuld auf mich geladen. Ich war nicht mehr ich. Ich war in einer anderen Welt.«

»Schon gut, Bill.«

John wandte sich wieder an den Herrn der Toten. Der zog soeben Johns Pistole aus seinem Umhang und warf sie nach hinten in die Höhle. »So etwas brauchen wir nicht.«

»Sicher«, erwiderte John. »Sie können ja auch Waffen materialisieren.«

»Ja, Sinclair. Das kann ich. Ich kann aber auch mit den Toten Verbindung aufnehmen und ihren Geist und ihre Gestalt in lebende Menschen hineindringen lassen.«

»Wo kommen Sie her?« fragte John.

»Ich bin hier geboren worden. In Mexiko. Schon in der Schule war ich der Beste. Damals hatte man Angst vor mir. Ich konnte aus der Hand lesen. Ein Priester brachte mich auf eine höhere Schule. Ich lernte schneller als die anderen. Ich drang in die Geheimnisse der Magie ein, besorgte mir alte Schriften von den Ureinwohnern. Und eines Tages war es soweit. Ich konnte die Gedanken eines Lehrers beeinflussen. Durch einen unglücklichen Zustand habe ich mich dann selbst verraten. Man verbannte mich. Ich zog mich hier unten in mein Reich zurück und studierte allein weiter. Bis ich auf den Stein stieß. Er gab mir die letzte Kraft, die ich noch brauchte. Nun werde ich mich an der Menschheit rächen. Ich werde die Gedanken der einflußreichen Leute ändern, sie Entschlüsse fassen lassen, die in das absolute Chaos führen. Nur ich und meine Getreuen werden überleben und eine neue Welt schaffen. Nach meinem Vorbild.«

»Sie sind ja wahnsinnig«, sagte John trocken.

Der Herr der Toten atmete schneller.

»Das darfst du nicht sagen. Man beleidigt mich nicht.«

»Entschuldige«, lenkte John ein.

Er wollte Zeit gewinnen, nichts als Zeit gewinnen.

»Wie machst du das alles?« fragte John Sinclair und gab seinen Worten den gewissen Anstrich der Bewunderung.

Der Herr der Toten lachte selbstgefällig. »Ich konzentriere meine Gedanken auf ein Lebewesen. Jeder Mensch besteht aus Molekülen. Und diese Moleküle schwingen, haben eine bestimmte Wellenlänge. Ich treffe mit meinen Gedanken genau diese Wellenlänge, lösche sie aus, und die Moleküle oder der Mensch verschwinden. Und wenn ich es bestimme, hole ich sie auch wieder zurück. Selbst auf die Menschen, die schon lange tot sind, kann ich mich konzentrieren. Ich allein habe die Macht!«

John Sinclair hatte ruhig zugehört. So etwas Ähnliches hatte er sich schon gedacht, er wollte es jedoch noch aus dem Mund des Herrn der Toten hören.

Neben ihm stöhnte Bill Conolly auf. Für ihn war das alles unbegreiflich. Er hatte die Hoffnung aufgegeben.

Jane flüsterte dem Herrn der Toten etwas ins Ohr. Zahnstummel wurden sichtbar, die durch das unruhige Flackern des kalten Feuers, das noch immer über dem Stein lag, häßlich aussahen.

»Wie bist du hereingekommen, John Sinclair?« fragte der Herr der Toten gefährlich leise.

John grinste spöttisch. »Das war gar nicht schwer. Du fühlst dich zu sicher. Und das war dein Fehler. Wo ich reinkomme, kommen auch andere rein.«

»Ich will wissen, wie?« schrie der Herr der Toten.

»Errate doch mal meine Gedanken.«

Der Herr der Toten brüllte etwas, was John nicht verstand. Fast ein Dutzend Indios stürzten sich auf ihn. John Sinclair wehrte sich nicht. Seine Kräfte konnte er vielleicht später gebrauchen.

Ganz dicht trat der Herr der Toten an ihn heran. Deutlich erkannte John die Falten und Runzeln in dessen Gesicht. Der Mann mußte schon uralt sein.

»Beantworte meine Frage!«

John, der sich unter den harten Griffen der Indios wand, keuchte: »Sag erst, sie sollen mich loslassen.«

Eine Sekunde später war John frei. Dann berichtete er. Er erzählte auch von Gorans Ende.

Plötzlich unterbrach ihn der Herr der Toten mit einer knappen Handbewegung. In seinem Gesicht spiegelte sich eine ungeheure Erregung wider.

»Goran«, flüsterte er. »Er war mein Geschöpf. Ich habe ihn hoch in den Bergen gefunden. Er war der letzte einer längst ausgestorbenen Rasse. Man hatte ihn für ein Tier gehalten. Er war verletzt, als ich ihn fand. Ich habe ihn gepflegt. Er war mein treuester Diener. Und du hast ihn getötet.«

John sah, wie der Herr der Toten sich verkrampfte, wie er förmlich nach Worten suchte . . .

In diesem Moment hing Johns Leben an einem seidenen Faden.

Dann geschah etwas, womit niemand rechnen konnte. Ein gellender Schrei schnitt wie ein Messer durch die Höhle. Eine Gestalt taumelte auf den Herrn der Toten zu.

Ramon Menderez!

Seine Hand zeigte auf John Sinclair. »Das ist er!« brüllte Menderez. »Er hat sie befreit.«

Menderez fiel auf die Knie. Er war völlig erledigt.

»Wen befreit?« Auch den Herrn der Toten hatte starke Erregung gepackt.

»Viola Wayne und Kenneth Hawk.«

Der Herr der Toten ruckte herum. »Warum hast du mir nichts davon gesagt?«

»Mußte ich das?« John grinste.

Sekundenlang starrte der Herr der Toten John Sinclair an. Dann schrie er plötzlich: »Tötet ihn! Tötet ihn!«

Jane Corby war die erste, die sich auf John stürzte. Mit allen zehn Fingernägeln wollte sie ihm das Gesicht zerkratzen.

John Sinclair mußte sich verteidigen.

Seine Faust fuhr hoch und traf die Frau. Jane brach zusammen.

Schon waren die Indios da.

John konnte Bill noch einen Warnruf zuschicken, dann explodierte er.

Er jagte seine Fäuste den Gegnern entgegen.

Der Ansturm der Indios wurde gestoppt.

John sah, daß Bill auch mitmischte. Gerade schlug er einen Indio mit einer geballten Rechten k.o.

Durch das wilde Kampfgetümmel drangen die schrillen Befehle des Herrn der Toten.

John glitt immer weiter zurück. Er hatte sich ungefähr die Stelle gemerkt, wo seine Pistole gelandet war, die der Herr der Toten weggeworfen hatte.

Messer wurden gezogen. Die breiten Stahlklingen glitzerten im Licht des Steines.

John war zur Verteidigung bereit.

John bückte sich blitzschnell und riß dem Angreifer das Messer aus der Hand.

Er schleuderte die Waffe einem anstürmenden Indio entgegen.

Seine Kumpane schrien auf. Ihre Arme zuckten hoch . . .

John hechtete durch die Luft. Zwei Messer pfiffen nur haarscharf an seinem Rücken vorbei.

John Sinclair kam mit der Schulter auf, rollte sich ab und sah plötzlich etwas blinken.

Seine Pistole!

Er riß die Waffe hoch, entsicherte sie blitzschnell, kniete sich hin und schoß.

Die Detonationen peitschten durch die Höhle. Zwei Indios brachen zusammen.

Die anderen stoppten.

John hetzte hoch. Er suchte den Herrn der Toten. Für ihn wollte er noch eine Kugel aufbewahren.

Er sah die hagere Gestalt in der langen Kutte durch die Höhle laufen.

John zog durch.

Er traf nicht. Sein Geschoß knallte gegen den Felsen und jaulte als Querschläger durch die Höhle.

Gellendes Gelächter drang an Johns Ohren. Der Herr der Toten hatte es ausgestoßen. Er stand mitten in der Höhle und deutete auf den Stein.

Für einen kurzen Moment nur wandte John den Kopf.

Der Stein hatte an Leuchtkraft zugenommen, war fast hell geworden. Alle standen wie angewurzelt, starrten nur den Stein an.

»Die Götter geben uns Nachricht!« schrie der Herr der Toten.

»Wir sind nicht mehr allein! Sie werden uns helfen! Seht die Zeichen!«

John hatte die Gelegenheit genutzt. Er war geduckt durch die Höhle gehuscht und fast in den Rücken des Herrn der Toten gelangt. Als dieser nun aufhörte zu sprechen, sah John seine Chance.

Mit einem wahren Panthersatz war er hinter ihm und schlug dem Mann die Handkante in den Nacken.

Der Herr der Toten brach zusammen.

John setzte ihm die Mündung der Pistole an die Schläfe.

»Wenn sich einer bewegt, schieße ich!«

Nach Johns Worten war es fast totenstill in dem unheimlichen Gewölbe.

Bis sich Bill Conolly in Bewegung setzte. Mit unsicheren Schritten kam er auf John zu. Seine Schulter blutete. Ein Messer hatte ihn dort getroffen.

»Alles okay, Bill«, grinste John.

»Und wohin?« fragte Bill Conolly.

»Kennst du den Weg nach draußen?«

»Ja.«

»Gut. Dann gehe schon vor. Ich komme mit meinem Gefangenen nach.«

»Soll ich nicht doch lieber . . .?«

»Geh schon, verdammt.«

»Beeil dich, John«, sagte Bill leise und verschwand in dem Gang.

John hatte nur noch zwei Kugeln in der Waffe. Jetzt hätte er noch gern Menderez' Pistole gehabt.

Noch immer wagten die Indios sich nicht zu rühren. John Sinclair wollte nicht weggehen, ohne Walter Neumann, Jack Bancroft und Jim Donovan mitgenommen zu haben.

Laut rief John die drei Namen. Er bekam keine Antwort. Dann sah er, was passiert war.

Einer der Indios trat vor und schleifte einen Körper hinter sich her.

Es war Walter Neumann. Er war erstochen worden. Den anderen beiden war es auch nicht besser ergangen.

John preßte die Lippen zusammen.

Der Indio, der Walter Neumanns Leiche hinter sich hergezogen hatte, sprang plötzlich vor. Mit Riesensätzen hetzte er auf John Sinclair zu.

John schwenkte die Waffe hoch und schoß. Die Kugel traf den Indio. Ohne einen Laut des Schmerzes brach er zusammen.

Doch die Ablenkung hatte dem Herrn der Toten gereicht. Er mußte schon lange nicht mehr bewußtlos gewesen sein, denn er war plötzlich, als er die Pistolenmündung nicht mehr spürte, wie ein Wiesel auf den Beinen und rannte davon.

John reagierte etwas zu spät. Der Zipfel des Umhangs glitt ihm zwischen den Fingern durch.

Zwei, drei Meter Vorsprung reichten dem Herrn der Toten, um seine Diener wieder mobil zu machen.

Seine sich überschlagende Stimme hallte durch das Gewölbe.

Der Herr der Toten rannte auf den Stein zu. Gleichzeitig setzte sich die Meute auf John Sinclair zu in Bewegung.

Du hast noch eine Kugel, dachte John Sinclair.

Wenige Meter, dann hatten die Indios ihn erreicht.

Es war alles eine Sache von Sekunden.

John schoß fast aus der Hüfte. Seine Kugel warf den Herrn der Toten förmlich herum. Er taumelte, verlor den Halt, kippte über den Stein . . .

Ein nahezu tierischer Schrei drang durch das Gewölbe. Die Indios, die die Szene mitbekommen hatten, warfen sich auf den Boden. Nur John Sinclair stand noch aufrecht.

Langsam ging er auf den Herrn der Toten zu, der diesen Schrei ausgestoßen hatte.

Er lag halb über dem Stein. Aus seiner Wunde an der Brust quoll Blut.

John sah, wie das kalte blaue Feuer sich verdichtete, wie sich der Herr der Toten in unsagbaren Qualen wand . . .

Der teuflische Stein ließ ihn nicht mehr los.

Ein unmenschliches Stöhnen drang aus der Brust des Mannes. Sein halbgeöffneter Mund stieß Worte hervor, die John kaum verstehen konnte.

»Es – es – frißt – mich – auf. Das Feuer – das Höllenfeuer. Es zieht so – ah . . .«

John sah die zuckenden Bewegungen, und plötzlich schien ihm eine eiskalte Hand das Herz zusammenzupressen.

Der Herr der Toten löste sich auf.

Er wurde eins mit dem kalten blauen Feuer.

Die Beine verschwanden, die Hüften, der Oberkörper, der Kopf . . .

Dann gab es den Herrn der Toten nicht mehr.

John Sinclair wischte sich über die Augen. Er spürte, wie seine Glieder zitterten.

Dann hörte er das Knirschen und Knacken.

Der Stein! Er zerplatzte.

Handbreite Risse hatten sich gebildet. Qualm stieg daraus hervor. Das Licht wurde blasser, fahler.

Etwas fiel neben John auf die Erde. Ein Stück Felsen . . .

Die Höhle wird einstürzen! dachte er.

John Sinclair rannte so schnell er konnte. Niemand versuchte ihn aufzuhalten.

Unten an der Strickleiter erreichte er Bill Conolly.

»Nichts wie weg!« schrie John. »Der verdammte Berg fliegt in die Luft!«

Die Männer beeilten sich. Überall hörten sie das Knacken und Knirschen.

Schweißgebadet und völlig erschöpft erreichten sie den Ausgang.

»Weiter!« hetzte John.

Draußen wurde es gerade hell. John hatte also eine ganze Nacht in diesem höllischen Berg verbracht.

Menderez' Jeep! Er war jetzt ein Geschenk des Himmels. Falls der Wagen noch fahrbereit war.

John und Bill sprangen hinein. Der Schlüssel steckte noch. John startete. Der Motor sprang an.

John fuhr wie der Teufel. Er jagte nur so die Gänge hoch.

Bald hatten sie die freie Ebene erreicht, sie fuhren noch etwa einen Kilometer, dann hielt John an.

»Was ist?« fragte Bill.

»Dreh dich mal um.«

Das tiefe Grollen drang bis zu den beiden Männern. Danach folgte ein ungeheures Krachen. Der Berg schien sich plötzlich zu öffnen. Tonnenschwere Felstrümmer wurden haushoch in die Luft geschleudert. Eine blaue Stichflamme stieg himmelwärts. Es dauerte Minuten, ehe sie zusammenfiel.

Danach war auch der Berg verschwunden.

John ließ den Motor an. »Vergiß es.«

Nach einer Stunde Fahrt trafen sie zwei völlig erschöpfte Menschen.

Kenneth Hawk und Viola Wayne. Sie hockten gegen einen

Felsen gelehnt am Boden und konnten einfach nicht mehr weitergehen. John und Bill luden sie in den Wagen.

»Was war das für eine Explosion?« fragte Kenneth Hawk etwas später.

»War irgend etwas mit dem Berg?«

»Mit welchem Berg?« fragte John.

»Mit dem Berg der Geister.«

»Den gibt es nicht mehr. Den hat es auch nie gegeben. Nehmen Sie an, es war alles nur ein Traum.«

Der Bericht über diesen Fall umfaßte genau einhundertunddrei Seiten.

John Sinclair hatte eine Woche dafür gebraucht. Dann war er von einigen Leuten gelesen worden und schließlich in den Panzerschränken von Scotland Yard gelandet.

»Dafür ist unsere Welt noch nicht reif genug«, hatte Superintendent Powell gemeint.

Und John hatte ihm recht gegeben. Er war noch nicht einmal dazu gekommen, sich auszuruhen, denn sein Chef hatte ihn schon wieder auf einen neuen rätselhaften Fall angesetzt.

ENDE

Dr. Satanos

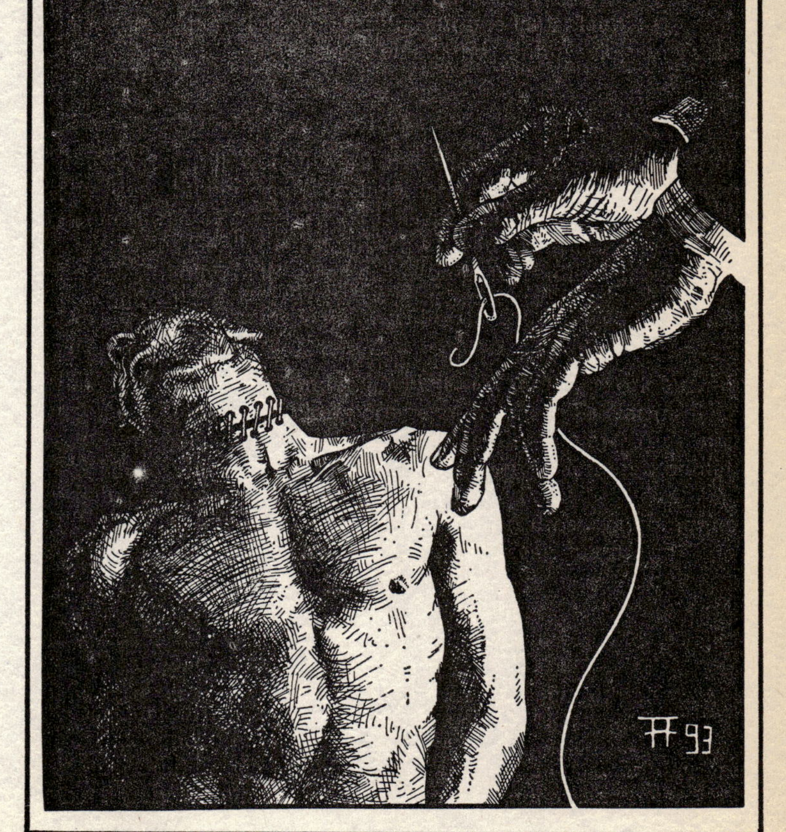

Mitternacht! Dumpf hallten die zwölf Schläge der Kirchturmuhr. Alwine Jackson trat fester in die Pedale. Sie kam aus dem Nachbardorf von einer Geburtstagsfeier ihrer Schwester.

Der Strahl der Fahrradlampe war der einzige Lichtfleck auf der holprigen Landstraße.

Trotz der kühlen Luft schwitzte Alwine Jackson. Sie schwitzte vor Angst. Um Mitternacht hatte sie immer Angst, draußen zu sein. Vor allen Dingen jetzt, wo der Herbst begann und sich der Nebel über das Land legte.

Fast hätte sie den Karton überfahren. Er lag mitten auf der Straße. Alwine Jackson bremste. Die Neugier besiegte ihre Angst. Die Frau legte das Fahrrad in den Straßengraben und hob den Karton auf. Er war nicht sehr schwer. Alwine hielt ihn schräg. Etwas schlug gegen die Seitenwand des Kartons.

Alwine Jackson hielt es nicht mehr aus. Mit zitternden Fingern riß sie die Streifen los, die quer über den Karton geklebt waren. Vorsichtig hob sie den Deckel ab.

Ihr gellender Schrei zerfetzte die nächtliche Stille.

In dem Karton lag ein Kopf.

Wie ein Stück glühendes Eisen ließ Alwine Jackson den Karton fallen.

Er prallte mit einer Kante auf die Erde, kippte um, und der Kopf rollte heraus.

Es war ein Männerkopf.

Aber darauf achtete Alwine Jackson schon nicht mehr. Sie hatte bereits ihr Fahrrad geschnappt, sich in den Sattel geschwungen und fuhr, so schnell es die holprige Straße erlaubte, in Richtung Blyton, ihrem Heimatdorf.

Alwine Jackson bremste erst vor dem Haus des Konstablers. Hastig drückte sie auf den altmodischen Klingelknopf.

Sie mußte dreimal läuten, ehe sich im Haus etwas rührte.

»Verdammt noch mal!« fluchte eine tiefe Stimme. »Wissen Sie eigentlich, wie spät wir es haben?«

Schritte näherten sich der Haustür.

Sekunden später starrte Alwine Jackson in das rosige Gesicht von Konstabler Brown.

»Was wollen Sie . . .?«

Alwine Jackson unterbrach den Beamten mitten im Satz. »Kommen Sie schnell, Konstabler«, japste sie. »Ich – ich – ich habe einen – Kopf gefunden.«

Die buschigen Augenbrauen des Konstablers zogen sich zusammen. »Spinnen Sie?«

»Nein!« schrie die Jackson, die im Dorf als alte Jungfer verschrien war. »Auf der Landstraße, ein Kopf . . . Er – er lag in einem Karton. Ich habe ihn selbst aufgemacht. Ich . . .«

Konstabler Brown kam die Sache komisch vor. »Sie haben doch nicht etwa getrunken, Miss Jackson?«

»Nein!« schrie die Jackson los. »Kommen Sie! Los!«

Durch ihr Geschrei waren mittlerweile auch einige Anwohner wach geworden. Beschwerden wurden laut. Und die gaben bei Konstabler Brown schließlich den Ausschlag.

»Also, gut. Ich ziehe mir eben was über. Aber wenn das nicht stimmt, Miss Jackson . . .«

Die weiteren Worte ließ er unausgesprochen.

Alwine Jackson lehnte sich gegen die Hauswand. Ihre Knie zitterten wie Pudding. Kalter Angstschweiß lag auf ihrer Stirn. Ihre blutleeren Lippen brabbelten unverständliches Zeug.

Drei Minuten später war Konstabler Brown fertig. Er mußte nur noch sein Fahrrad holen.

»Ich – ich fahre aber nicht noch mal mit zurück«, sagte Alwine Jackson bestimmt. »Keine zehn Pferde kriegen mich je wieder an diese Stelle.«

»Sie müssen«, erwiderte Brown nun knapp. »Denken Sie, ich suche eine halbe Stunde, bis ich Ihren komischen Kopf finde?«

Es gab noch einiges Hin und Her. Schließlich erklärte sich die Jackson bereit, doch mitzufahren.

Auf der Fahrt schwiegen die beiden. Nur der Konstabler brummte manchmal einen Fluch vor sich hin. In Gedanken malte er sich aus, was geschehen würde, wenn die Alte ihn angelogen haben sollte.

Alwine Jackson, die etwas vorfuhr, stoppte plötzlich. Sie sprang vom Rad und deutete mit einer Hand nach vorn. »Da, hinter der nächsten Kurve ist es. Ich fahre nicht mehr weiter.«

Konstabler Brown, der auch zwangsläufig gehalten hatte, stieg wieder in den Sattel. »Ist gut, Miss Jackson. Aber warten Sie hier auf mich.«

Die Jackson gab keine Antwort. Sie drehte ihr Rad schon wieder in Richtung Blyton.

Brown fuhr noch einige Meter und lehnte sein Fahrrad dann gegen einen Baumstamm. Den Rest wollte er zu Fuß gehen. Er schaltete die starke Taschenlampe ein, die er vorsorglich mitgenommen hatte.

Der Strahl geisterte über die Straße, erfaßte den Karton.

»Hat die Alte doch recht gehabt«, murmelte Brown.

Ein unbehagliches Gefühl überkam ihn.

Brown blieb neben dem Karton stehen. Er leuchtete ihn genau aus. Einige Haare glänzten im Licht der Lampe.

Aber, zum Teufel, wo war der Kopf?

Konstabler Brown hob die Lampe an, schwenkte sie langsam zum Rand der Straße hinüber . . .

Plötzlich sträubten sich ihm die Nackenhaare.

Ein männlicher Schädel lag im grellen Licht der Lampe.

»Au, verdammt«, flüsterte Brown.

Mit eckigen Bewegungen näherte er sich seinem grausigen Fund. Zwangsläufig sah sich Konstabler Brown den Kopf genauer an.

Ein Meister seines Fachs mußte hier an der Arbeit gewesen sein. Mit einem fast klassisch zu nennenden Schnitt waren Kopf und Körper voneinander getrennt worden.

Wie mit einem Schwert. Oder einer Guillotine!

Konstabler Brown merkte gar nicht, wie er zitterte. Was er jetzt tat, war ihm gar nicht mehr richtig bewußt.

Brown lief zurück, holte den Karton und legte ihn so auf die Erde, daß er den Schädel mit dem Fuß hineinstoßen konnte. Dann setzte er den Deckel auf und klemmte den Karton hinten auf dem Gepäckträger fest.

Alwine Jackson hatte erst gar nicht mehr gewartet. Sie war wie von Furien gehetzt in das Dorf gefahren.

Das tat Konstabler Brown allerdings jetzt auch.

Als er vor seinem Office ankam, wagte er es nicht, den Karton vom Gepäckträger zu nehmen. Er fuhr mit seinem Fund in den Stall, wo er sein Fahrrad immer abstellte. Dann erst lief er ins Haus.

Mary, seine Frau, war wach geblieben.

»Was war los, Jim?«

Brown mußte erst einen dreifachen Whisky trinken, ehe er antworten konnte.

Doch dann flossen ihm die Worte wie Wasser über die Lippen.

Mary Brown war bei der Erzählung ihres Mannes immer bleicher geworden. Nur mit Mühe unterdrückte sie ein Schluchzen. Sie hatte die rechte Hand auf den Mund gepreßt.

Als Konstabler Brown fertig war, klebten seine Sachen am Körper. Die Geschichte hatte ihn mehr mitgenommen, als er sich eingestehen wollte.

»Was hältst du davon, Mary?« fragte er seine Frau.

Mary Brown setzte dreimal an, ehe sie antworten konnte. »Das – das war – Dr. Satanos . . .«

Wild schäumte die Brandung gegen die Klippen der englischen Südwestküste. Hier in Cornwall schien die Zeit stehengeblieben zu sein. Jahrhundertealte Tradition hatte dem Fortschritt getrotzt. Hinter den steil aufragenden Klippen begann das weite Land. Vereinzelt lagen die Dörfer in der großen Ebene. Die Menschen, die hier lebten, glaubten noch an Geister und Gespenster. Hexen und Dämonen spielten in ihrem Lebensalltag eine Rolle. Alte Sagen und Legenden wurden von Generation zu Generation übertragen.

Zwischen den Klippen lag das Schloß. Niemand konnte sagen, wann es gebaut worden war, doch die Vergangenheit dieses Schlosses kannte jeder.

Es war eine blutige Vergangenheit. Keiner der Besitzer war eines natürlichen Todes gestorben. Und so ging die Sage um, daß diese Toten niemals Ruhe finden konnten, daß sie um Mitternacht aus ihren Sarkophagen stiegen und unstet durch die Gegend irrten.

Tatsache war, daß das Schloß vor drei Jahren den Besitzer gewechselt hatte. Ein Ausländer hatte es gekauft. Niemand in den Dörfern kannte seinen Namen, kaum einer hatte ihn je zu Gesicht bekommen, und die, die ihn gesehen hatten, erzählten schreckliche Dinge.

Die Leute gaben dem Besitzer des Schlosses einen Namen.

Dr. Satanos!

Niemand traute sich auch nur in die Nähe des Schlosses. Ein junger Mann aus Blyton hatte es einmal versucht. Er war von den Klippen ins Meer gestürzt. Fischer hatten seinen zerschmetterten Körper gefunden.

Von nun an ließ man das Schloß in Ruhe.

Und so kam es, daß dieser Dr. Satanos ungestört seine

grausamen Forschungen durchführen konnte. Über Jahre hindurch, bis zum schrecklichen Ende. Als die Menschen in Cornwall dies begriffen, war es fast zu spät . . .

In dem großen Raum herrschte eine bedrückende Stille. Dicke, bis zum Boden reichende Vorhänge waren vor die Fenster gezogen worden. Auf dem großen, runden Eichentisch brannte ein Leuchter mit fünf Kerzen.

Der Schein fiel auf einen Mann, der in einem Sessel mit hoher Rückenlehne saß und ein Buch las.

Der Mann war Dr. Satanos!

Er war ein großer, hagerer Typ mit schwarzen, straff zurückgekämmten Haaren. Die hochstehenden Wangenknochen ließen auf slawische Abstammung schließen. Am bemerkenswertesten waren die Augen des Mannes. Sie waren fast schwarz, und manchmal glühten sie in einem satanischen Feuer. Dr. Satanos hatte keine Augenbrauen, und das verlieh seinem Gesicht einen noch dämonischeren Zug.

Irgendwo in dem großen Schloß ging eine Tür.

Dr. Satanos ließ das Buch sinken und wartete gespannt ab.

Schritte klangen auf.

Dann ging die schwere Tür zu Dr. Satanos' Arbeitszimmer.

Ein Krüppel betrat den Raum. Sein Atem ging keuchend, und aus seinen Mundwinkeln troff Speichel.

In demütiger Haltung blieb der Krüppel vor seinem Herrn stehen.

»Was gibt es, Tom?« Dr. Satanos' Stimme klang spröde.

Tom wich zurück. Seine langen Arme mit den übergroßen Händen zuckten. Er duckte sich tiefer. Dadurch kam der Höcker auf seinem Rücken noch mehr zur Geltung.

»Ich warte auf eine Antwort, Tom.«

»Ich habe ihn verloren, Herr!« stieß Tom abgehackt hervor.

Dr. Satanos atmete scharf aus. »Wen hast du verloren?«

Tom zögerte mit der Antwort. Er kroch noch mehr in sich zusammen. »Den Kopf, Herr.«

»Was?« Satanos sprang auf. Das Buch, in dem er gelesen hatte, fiel auf den Boden. Mit schnellen Schritten eilte Satanos zu dem großen Schrank, der außer Büchern auch noch einige andere Sachen enthielt.

Ruckartig riß er die Schranktür auf. Seine Hände griffen in ein bestimmtes Fach.

Als Satanos herumfuhr, hielt er eine kurzstielige Peitsche in der Rechten.

Langsam glitt Satanos auf Tom, seinen Diener, zu.

»Nicht schlagen, Herr!« wimmerte Tom. »Nicht schlagen, bitte!« Der Krüppel wich zurück, bis er mit seinem Höcker gegen die Wand stieß.

Satanos hob die Peitsche.

Dann schlug er zu.

Das geflochtene Leder der Schnur fetzte Tom die Kleidung vom Leib, riß ihm die Haut auf.

Auf allen vieren versuchte der Krüppel davonzukriechen.

Satanos trieb ihn erbarmungslos vor sich her.

Ganz plötzlich hörte er auf zu schlagen. Wimmernd und aus mehreren Wunden blutend lag Tom am Boden.

Satanos stieß ihn mit dem Fuß an. »Komm hoch!«

Tom schaffte es nicht aus eigener Kraft. Kalt lächelnd sah Satanos zu, wie er immer wieder zusammenbrach.

Mit einem flehenden Ausdruck in den Augen blickte Tom zu seinem Herrn auf.

»Gnade«, flüsterte er. »Gnade. Ich werde alles wiedergutmachen.«

»Das hoffe ich in deinem Sinne!« zischte Satanos. »So, und nun berichte.«

»Ich – ich weiß nicht, wie es gekommen ist, Herr. Ich fuhr – und plötzlich . . . Ich habe es erst hinterher gemerkt, daß der Kopf weg war. Ich kann nichts dafür«, greinte Tom.

»Was hast du dann gemacht?«

»Ich bin vom Moor aus zurückgefahren. Die ganze Strecke. Ich habe überall gesucht, im Straßengraben, in den Gebüschen überall. Der Kopf war weg.«

Satanos' Augen zogen sich drohend zusammen. »Das gibt es nicht. Der Kopf muß da sein. Oder jemand hat ihn gefunden.«

Satanos merkte, wie Tom bei seinen Worten zusammenzuckte.

»Was ist? Verschweigst du mir etwas?« fragte er drohend.

»Ich habe eine alte Frau gesehen. Sie fuhr nach Blyton. Ich stand im Gebüsch. Sie saß auf dem Fahrrad und fuhr sehr schnell. Ich konnte nicht erkennen, ob . . .«

»Kennst du die Frau?«

Tom nickte heftig. »Ja. Ich habe sie schon ein paarmal in dem Dorf gesehen. Ich weiß auch, wo sie wohnt.«

Dr. Satanos überlegte. Sollte diese Frau den Kopf mitgenommen haben? Unwahrscheinlich, denn diese Leute hatten mehr Angst als Vaterlandsliebe. Trotzdem, er durfte auch diese Möglichkeit nicht ausschließen.

»Was hast du noch gesehen, Tom?«

»Nichts, Herr. Nichts.«

»Gut.« Satanos hatte sich entschlossen. »Fahre in das Dorf, und statte der Frau einen Besuch ab. Sofort. Ich muß den Kopf wiederhaben. Oder besser noch, versenke ihn im Moor. Du kennst ja die Stelle.«

»Ja, Herr.«

Toms Augen leuchteten. Sein Herr hatte ihm wieder verziehen. O ja, er würde sich schon darum kümmern. Sein Herr sollte mit ihm zufrieden sein.

Tom rappelte sich auf. Er spürte nicht mehr die Schmerzen, die ihm die Peitschenhiebe zugefügt hatten.

»Geh jetzt!« klirrte Satanos' Stimme.

Tom schlich hinaus.

Dr. Satanos sah ihm nachdenklich hinterher. Er hatte plötzlich ein ungutes Gefühl. Er befürchtete Schwierigkeiten, großen Ärger.

»Ich werde meine Arbeiten forcieren«, murmelte Satanos vor sich hin. Dann verließ er sein Arbeitszimmer. Eine der Kerzen nahm er mit.

Satanos ging über den langen, mit Steinplatten ausgelegten Flur. Links an der Wand hing in Reih und Glied die Ahnengalerie der früheren Besitzer des Schlosses.

Satanos ging schneller. Er wollte in den Keller. Dort hatte er sein Labor eingerichtet.

Eine Steintreppe führte in die unteren Gewölbe.

Satanos schaltete das Licht ein. Er hatte diesen Teil des Schlosses mit Elektrizität ausgerüstet.

Aus seiner Jacke zog Dr. Satanos ein Schlüsselbund. Bevor er die schwere Holztür aufschloß, blies er die Kerze aus und stellte sie in ein Regal.

Knarrend öffnete sich die schwere Tür.

Satanos schlüpfte in den dahinterliegenden Raum. Auch hier machte er Licht.

Leuchtstoffröhren flackerten auf.

Ihr grelles Licht riß ein schreckliches Bild aus der Dunkelheit. Der Raum war vollgestopft mit physikalischen Geräten. Und dazwischen stand ein viereckiger Holztisch. Auf dem Tisch stand eine Glaswanne, angefüllt mit einer gallertartigen Flüssigkeit.

In dieser Flüssigkeit schwamm ein Kopf!

Bewundernd betrachtete Satanos sein Werk. Dann zog er seine Jacke aus und schlüpfte in einen weißen Labormantel. Anschließend streifte sich Satanos zwei Gummihandschuhe über die Finger.

Er tauchte beide Hände in die Glaswanne mit der Flüssigkeit. Vorsichtig faßte er den Kopf, hob ihn aus der Wanne.

Satanos ging einige Schritte zur Seite, erreichte eine Konsole und setzte den Kopf auf ein Drahtgestell.

»So«, murmelte er, »jetzt werden wir sehen, ob ich endlich Erfolg habe.«

Der Kopf war kahlgeschoren. Satanos nahm zwei Kabel und schloß sie an verschiedenen Stellen des Schädels an. Die Kabel führten zu einem Meßgerät, das der unheimliche Wissenschaftler jetzt einschaltete.

Leises Summen drang durch den Raum.

Satanos nahm den Kopf und setzte ihn auf eine Art Metallzylinder, dessen Inneres mit Spulen und Kondensatoren gefüllt war. Ein kleines Kabel mußte als Verbindung zwischen Kopf und Metallzylinder herhalten.

Der Stromkreis war geschlossen.

Voller Zufriedenheit betrachtete Dr. Satanos sein grausiges Werk.

Dann schaltete Satanos eine leistungsstarke Hochspannungskonsole ein.

Die Röhren liefen warm, begannen zu glühen. Hochspannung wurde erzeugt.

Satanos' Augen funkelten. Seine Fingernägel gruben sich in die Handballen. Eine nie gekannte Erregung hatte den Mann gepackt.

Das Summen steigerte sich, erfüllte jetzt den gesamten Raum.

Satanos löschte das Licht, nahm statt dessen eine Taschenlampe, leuchtete den Kopf an.

Dr. Satanos wartete. Eine Minute, zwei Minuten.

Würde des Experiment gelingen?

Gespannt blickte Satanos auf den kleinen Monitor eines Oszillographen, der Gehirnströme aufzeichnete.

Noch war die grüne Fläche leer.

Satanos schaltete eine Stufe höher, ging bis an die Grenzen der Belastungsfähigkeit.

Lichtblitze zuckten. Die ganze Luft in dem Labor schien plötzlich elektrisch aufgeladen zu sein.

Immer wieder blickte Satanos auf den Oszillographen.

Da – ein kleiner, heller Punkt.

Satanos lief ein Schauer über den Rücken. Sollte er es geschafft haben?

Der helle Punkt verdichtete sich, wurde größer, lief dann auseinander. Andere Impulse, alle dargestellt durch kleine Punkte, kamen hinzu.

Es bildete sich eine Welle. Schwingungen traten auf, liefen kontinuierlich über den kleinen Bildschirm . . .

Geschafft! Dr. Satanos hatte es tatsächlich geschafft.

Das Gehirn des Kopfes auf dem Zylinder hatte seine Tätigkeit wiederaufgenommen.

Es war unbegreiflich.

Ein Kopf, von seinem Körper getrennt, war wieder zum Leben erwacht.

Zur selben Zeit lief Tom, Satanos' Diener, durch die Nacht. Er kletterte über die Klippen und gelangte zu einer versteckten Hütte, die er allein bewohnte. Hier stand auch sein Fahrrad. Es war das einzige Fahrzeug, mit dem Tom umgehen konnte.

Er spürte die Schmerzen auf seinem Rücken schon nicht mehr. Zu sehr war er innerlich mit seiner neuen Aufgabe beschäftigt. Ja, er wollte alles wieder in Ordnung bringen. Sein Herr würde mit ihm zufrieden sein.

Tom schwang sich auf den Sattel.

Der Weg, der zur Landstraße führte, war schmal und mit Schlaglöchern übersät.

Tom fuhr ohne Licht. Er kannte die Straße im Schlaf.

Als er auf die Landstraße einbog, waren es nur noch knapp zwei Meilen bis Blyton.

Tom schaffte sie in Rekordzeit.

Blyton selbst lag um diese Zeit – es war mittlerweile schon drei Uhr morgens – wie ausgestorben. Noch nicht einmal ein Hund bellte.

Bodennebel legte sich in milchigen Schleiern zwischen die Häuser.

Alwine Jacksons Haus lag am Ortsende. Sie wohnte seit zehn Jahren allein dort, nachdem ihr Mann bei einem Unfall ums Leben gekommen war.

Das Haus war alt und windschief. An der Rückfront schloß sich ein kleiner Garten an.

Hier wollte Tom auch sein Glück versuchen.

Er lehnte sein Fahrrad an einen Baum und trampelte rücksichtslos über sorgfältig gepflegte Beete hinweg.

Tom entdeckte die Umrisse eines Schuppens. Er huschte hinein.

Ein Streichholz flammte auf. Im flackernden Licht erkannte Tom einige Gartengeräte – und sah die Tür.

Ein hohles Kichern entrang sich seiner Kehle, als er bemerkte, daß die Tür offenstand.

Er schlich in den dahinterliegenden Flur, zündete ein neues Streichholz an und orientierte sich kurz.

Tom zählte zwei, drei Türen.

Hinter einer Tür hörte er lautes Atmen.

Hier mußte die Jackson schlafen.

Tom warf das abgebrannte Streichholz zu Boden und drückte auf die Klinke.

Leise quietschend schwang die Tür nach innen.

Das Schnarchen hörte wie abgeschnitten auf.

Tom stand stocksteif, wartete ab.

Alwine Jackson murmelte irgend etwas im Schlaf, wälzte sich herum, daß die Matratzen quietschten, und schlief dann weiter.

Toms Augen hatten sich mittlerweile an die Dunkelheit gewöhnt. Er konnte die Umrisse der Möbel erkennen. An der rechten Seite stand ein Schrank, und in der Mitte des Zimmers erkannte er ein großes Doppelbett, in dem Alwine Jackson lag.

Tom schlich näher. Sein Gesicht hatte sich verzerrt, war zu einer grausamen Fratze geworden.

Er schnellte plötzlich vor und preßte seine behaarte Pranke auf den Mund der Schlafenden.

Alwine Jackson versuchte ein Röcheln, doch der harte Griff erstickte jeden Laut.

Weit riß sie ihre Augen auf, sah direkt in das häßliche Gesicht über ihr, und ein heißer Angstschauer jagte durch ihren Körper.

Sie strampelte verzweifelt mit den Beinen, versuchte, sich aus dem Griff zu befreien. Ohne Erfolg.

Der Bucklige preßte mit der freien Hand ihren Hals zusammen. So lange, bis sich Alwine Jackson nicht mehr rührte.

Tom erschrak. Hatte er sie getötet?

Er legte sein Ohr an den Mund der alten Frau.

Ein Glück, sie atmete noch. Sie war nur ohnmächtig.

Der Bucklige wartete, bis die Jackson wieder zu sich kam.

Im ersten Augenblick wußte die Frau nicht, was geschehen war. Doch als sie dann begriff, riß sie ihren Mund auf, wollte schreien . . .

Tom zog blitzschnell ein Messer und drückte die Spitze gegen den faltigen Hals der alten Frau.

Er hatte noch keinen Ton gesagt, doch Alwine Jackson verstand ihn auch so.

»Was – was wollen Sie?« flüsterte sie erstickt.

Tom lachte böse. »Wo ist der Kopf?« fragte er plötzlich.

»Ich – ich hab' ihn nicht. Ich habe ihn weggebracht. Zur Polizei. Konstabler Brown. Er hat ihn.«

Tom erkannte sofort, daß die Frau nicht log.

»Gut«, sagte er leise und stieß zu. Er tötete die alte Frau auf der Stelle.

Sein nächster Besuch galt einem gewissen Konstabler Brown . . .

Konstabler Brown sah seine Frau überrascht an. »Dr. Satanos? Meinst du den komischen Wissenschaftler, der das alte Schloß gekauft hat?«

»Genau den. Niemand weiß, wie er wirklich heißt. Doch die Leute hier in Blyton haben ihm den Spitznamen Satanos gegeben. Er soll wie ein Dämon aussehen.«

»Die Leute übertreiben leicht«, gab der Konstabler zu bedenken. »Die glauben doch noch an Hexen, Gespenster und was weiß ich nicht alles.«

»Wirf das nur nicht so weg«, sagte Mary Brown und setzte sich in ihrem Bett auf. »Denk nur an den Kopf, den du gefunden hast.«

»Da hast du allerdings recht«, gab der Konstabler zu.

Mary beugte sich weiter vor. Im Verschwörerton flüsterte sie: »Die Leute erzählen noch mehr. Dieser Satanos soll mit Menschen arbeiten. Die alte Winny, die das Zweite Gesicht hat, hat es im Traum gesehen.«

Konstabler Brown lachte. Allerdings nicht aus Überzeugung, sondern um sich selbst zu beruhigen. Denn so ganz traute er dem Braten auch nicht.

»Auf jeden Fall werde ich diesen Kopf nach Scotland Yard bringen«, sagte er bestimmt. »Die haben Spezialisten, die sich mit solchen Sachen beschäftigen.«

»Vielleicht schicken sie sogar einen Inspektor her«, meinte Mary Brown.

»Schon möglich. Ich hoffe es sogar. Denn dieser Fall ist zu groß für einen einfachen Landpolizisten. Aber jetzt geh' ich erst mal schlafen.«

Konstabler Brown zog seine Jacke aus und hängte sie über eine Stuhllehne.

Er wollte sich gerade das Hemd aufknöpfen, als seine Frau unwirsch den Kopf schüttelte.

»Ist was, Mary?«

Mary Brown saß im Bett und lauschte angestrengt. »Da war was am Schuppen. So ein komisches Geräusch.«

Konstabler Brown lauschte.

Tatsächlich. Mary hatte sich nicht getäuscht. Jetzt hörte auch er ein schabendes Geräusch. Es kam aus dem Garten, von dort wo auch der Schuppen war.

Und in dem Schuppen stand das Fahrrad mit dem Karton.

»Ich sehe mal nach«, sagte Konstabler Brown entschlossen.

Seine Frau blickte ihn ängstlich an. »Sei bitte vorsichtig.«

»Klar doch«, lächelte Brown beruhigend.

Er nahm seine Taschenlampe und verließ das Schlafzimmer.

Konstabler Brown machte kein Licht, als er durch das Haus schlich. Der Schlüssel für die Hintertür steckte von innen.

Vorsichtig drehte ihn Brown herum. Gut geölt schnappte das Schloß zurück.

Konstabler Brown zwängte sich ins Freie. Er blieb im Schatten der Hauswand stehen, sah hinüber zu dem kleinen Schuppen.

Die Tür stand offen. Brown erkannte es daran, daß ein flackernder Lichtschein nach draußen fiel. Es sah aus, als würde jemand mit einer brennenden Kerze in der Hand den Schuppen durchsuchen.

Konstabler Brown zögerte keine Sekunde.

Mit langen Schritten ging er auf den Schuppen zu, riß die Tür ganz auf, knipste die Taschenlampe an – und erstarrte.

Ein gräßlich entstelltes Gesicht sah ihn an. Das Gesicht gehörte zu einem Mann, der ein Krüppel war. Scharf stach der Buckel auf seinem Rücken hervor.

»Was suchen Sie hier?« rief Konstabler Brown den Buckligen an.

Der zischte jedoch nur irgend etwas und zog mit einer fließenden Bewegung sein Messer.

Die vom Blut gereinigte Klinge blitzte im Strahl der Lampe.

Jetzt ärgerte Konstabler Brown sich, daß er keine Pistole besaß. Die Gesetze in England waren eben noch altmodisch.

Der Bucklige glitt auf den Konstabler zu.

»Machen Sie keinen Unsinn«, warnte ihn Brown.

Der Bucklige hörte nicht. Er kicherte nur leise.

Brown wich zurück bis an die Schuppenwand. Unbeirrt hielt er die Taschenlampe auf den Buckligen gerichtet.

»Ich will den Kopf«, flüsterte der Bucklige plötzlich. »Ich will den Kopf. Los, gib ihn mir.«

Im gleichen Atemzug sprang Tom vor. Der Konstabler schüttelte den Kopf. Die Hand mit dem Messer wischte durch die Luft, zielte auf Browns Körper . . .

Browns Reaktion erfolgte unbewußt, rein instinktmäßig. Er tauchte zur Seite weg und riß seine Hand mit der Taschenlampe hoch.

Es gab ein splitterndes Geräusch, einen Schrei, und plötzlich war es dunkel im Schuppen.

Die Lampe wurde Brown aus der Hand geprellt, er selbst fiel auf den Boden und stieß sich irgendwo den Kopf.

Der Bucklige, anscheinend durch Browns Gegenwehr erschrokken, setzte nicht nach. Fluchtartig wandte er sich zur Tür. Sein Messer nahm er mit.

Konstabler Brown rappelte sich hoch. Er sah, wie der Bucklige die Tür aufriß und nach draußen rannte.

Doch der Bucklige hatte schon zuviel Vorsprung. Ehe Brown den Schuppen richtig verlassen hatte, war Tom schon bei seinem Fahrrad.

In diesem Augenblick trat Mary Brown aus dem Wohnhaus.

»Geh wieder rein!« schrie der Konstabler seiner Frau zu.

Mary hörte nicht. Im Gegenteil. Sie rannte auf den Buckligen zu, schnitt ihm den Weg ab.

Der Bucklige zog das Fahrrad hinter sich her. Außerdem hielt er noch sein Messer in der Hand.

Er sah Mary Brown auf sich zurennen und schleuderte das Messer aus dem Handgelenk.

Mary Brown entging dem Tod nur um Haaresbreite. Sie hatte Glück gehabt, daß der Bucklige noch in Bewegung gewesen war.

So bohrte sich das Messer neben ihrer Schulter in einen Baumstamm.

Konstabler Brown ließ den Buckligen fahren. Jetzt mußte er sich erst einmal um seine Frau kümmern.

Mary war weinend zusammengebrochen. An den Schultern zog ihr Mann sie hoch.

»Komm mit«, sagte er leise.

Behutsam führte er sie ins Haus. Dann schenkte er ihr einen doppelten Whisky ein.

Mary trank ihn und mußte natürlich husten. Als sie sich einigermaßen beruhigt hatte, fragte sie: »Wer war dieser schreckliche Kerl?«

»Ich weiß es nicht, Mary. Aber ich werde es herausbekommen. Verlaß dich drauf.«

»Hier im Dorf habe ich ihn auch noch nie gesehen. Ob er auf dem alten Schloß wohnt?«

Konstabler Brown zuckte die Achseln. »Vielleicht.«

»Willst du ihn nicht verfolgen?«

»Nein, Mary. Ich lasse dich jetzt nicht allein.«

»Danke, Jim. Was hat der Mann übrigens in dem Schuppen gesucht?«

»Den Kopf. Was sonst?«

»O Gott«, hauchte Mary Brown. »Dann gehört er bestimmt zu Dr. Satanos.«

»Wer? Der Kopf?«

»Der Bucklige.«

»Wer weiß.« Konstabler Brown rieb sich nachdenklich sein Kinn. »Ich werde morgen diesem geheimnisvollen Dr. Satanos einen Besuch abstatten.«

»Und der Kopf? Du wolltest ihn doch . . .«

Brown winkte ab. »Ich telefoniere in einigen Stunden mit der Kreisstadt. Sollen die den Schädel abholen. Dieses geheimnisvolle Schloß ist mir wichtiger.«

»Bitte, Jim, geh nicht hin«, flehte seine Frau. »Man wird dich umbringen.«

Brown lachte auf. »Einen Polizisten umbringen? Das glaubst du wohl selbst nicht, Mary. Bis jetzt hat man noch jeden Polizistenmörder gekriegt und anschließend gehängt. Jeder Verbrecher wird es sich zweimal überlegen, ob er sich an einem Polizisten vergreift.«

»Aber dieser Dr. Satanos ist anders. Er ist kein normaler Verbrecher, Jim. Denk an den Kopf.«

»Gerade daran denke ich. Sollen noch mehr unschuldige Menschen sterben? Nein, Mary, diesem Verbrecher muß das Handwerk gelegt werden.«

»Demnach bist du auch davon überzeugt, daß es Dr. Satanos ist«, sagte Mary Brown.

»Als Privatmann, ja. Als Beamter muß ich erst Beweise beschaffen. Und die hoffe ich morgen früh zu finden.«

»Heute früh«, verbesserte ihn seine Frau. »Und jetzt legst du dich endlich hin.«

Konstabler Brown konnte natürlich nicht schlafen. Immer wieder grübelte er über den Fall nach. Und plötzlich sprang er aus dem Bett.

»Was ist denn?« rief seine Frau erschrocken.

»Mary, mir ist etwas eingefallen.« Brown schaltete das Licht an. »Hör zu, Mary. Woher hat dieser Bucklige gewußt, daß der Kopf bei uns aufbewahrt wird? Das kann ihm nur eine Person gesagt haben.«

»Alwine Jackson«, hauchte Mary.

»Genau.«

Jim Brown schlüpfte wieder in seine Kleider. Aus der Küche holte er sich seine zweite Taschenlampe. Und noch etwas fiel ihm ein. Das Messer des Buckligen. Es mußte noch draußen in dem Baumstamm stecken.

Konstabler Brown fand es sofort. Er wickelte sein Taschentuch um den Griff und zog das Messer vorsichtig aus dem Stamm. Vielleicht waren brauchbare Fingerabdrücke auf der Waffe.

Danach machte sich Konstabler Brown auf den Weg zu Alwine Jacksons Haus.

Die Jackson besaß keine Klingel.

Der Konstabler klopfte gegen die Haustür. Nichts rührte sich.

Dann versuchte er es an der Hinterseite. Und von dort gelangte er auch in das Haus.

»Miss Jackson!« rief der Konstabler laut.

Keine Antwort.

Er rief noch mal. »Miss Jackson?«

Wieder regte sich nichts.

Konstabler Brown knipste seine Reservelampe an und ging auf Alwine Jacksons Schlafzimmer zu. Er wußte, wo es lag.

Vorsichtshalber klopfte er noch einmal gegen die Tür.

Auch diesmal regte sich nichts.

Entschlossen stieß Konstabler Brown die Schlafzimmertür auf. Da es bei Alwine Jackson kein elektrisches Licht gab, mußte er sich mit seiner Taschenlampe behelfen.

Das Bild, das sich ihm bot, war grauenhaft.

Alwine Jackson lag in einer riesigen Blutlache. Konstabler Brown kam fast der Magen in die Kehle, als er näher an die Tote heranging.

Ihr Mörder mußte die Halsschlagader getroffen haben, denn die Frau war praktisch ausgeblutet.

»Mein Gott«, stöhnte Konstabler Brown. »Was war dieser Mann, der das getan hat, doch für ein Tier.«

Hastig verließ der Beamte das Mordzimmer. Jetzt gab es kein Hinauszögern mehr. Er mußte die Mordkommission alarmieren.

Wie von Furien gehetzt, rannte Brown nach Hause. Seine Frau erwartete ihn an der Haustür.

Sie sah an dem Gesicht ihres Mannes, daß etwas Schreckliches passiert war.

»Ist sie – ist sie . . .?«

»Ja«, stöhnte Brown. »Sie ist tot. Bestialisch umgebracht worden. Ich habe so etwas noch nie gesehen.«

»Und jetzt?« hauchte Mary Brown tonlos.

»Ich weiß es nicht«, erwiderte der Konstabler und vergrub sein Gesicht in beide Hände. Es war alles zuviel für ihn gewesen.

Die heiße Angst saß dem Buckligen im Nacken. Er fuhr wie der Teufel, und er hatte ein paarmal Glück, daß er nicht stürzte.

So schnell wie nie erreichte Tom seine Hütte. Er setzte sich in eine Ecke und heulte wie ein Schloßhund.

Tom beruhigte sich nur allmählich. Danach verging noch mal

eine halbe Stunde, ehe er wieder einen normalen Gedanken fassen konnte.

Er würde den Doktor belügen. Ja, immer klarer fraß sich dieser Entschluß in sein Gedächtnis. Daß er hinterher Schwierigkeiten bekommen würde, daran dachte Tom nicht mehr.

Der Morgen graute schon, als er seine Hütte verließ.

Den Weg zum Schloß ging er mit zitternden Knien. So ganz traute er der Sache nicht.

Dr. Satanos erwartete ihn schon voller Ungeduld.

»Nun?« fragte der Wissenschaftler.

»Er ist weg, Herr. Ich habe den Kopf in das Moor geworfen. Niemand wird ihn je finden.«

Satanos' Augenbrauen zogen sich drohend zusammen. »Stimmt das auch?«

Der Bucklige hob drei Finger. »Ich schwöre es.«

Sekundenlang herrschte Schweigen zwischen den beiden Männern. Dann sagte Satanos: »Gut, ich glaube dir, Tom.«

Der Bucklige atmete innerlich auf. Er nahm sich vor, von nun an keine Fehler mehr zu machen.

Dr. Satanos und der Bucklige gingen hinunter in den Keller.

Stolz zeigte Satanos Tom sein Werk. »Dieses Gehirn«, flüsterte er, »lebt.«

Der Bucklige ging näher an den Kopf heran. Ganz genau betrachtete er den kahlen Schädel, sah die Leitungen, die zu der Hochspannungskonsole führten, und schüttelte verständnislos den Kopf.

»Ich habe keine Ahnung, Herr.«

Dr. Satanos sah hochmütig auf seinen Diener hinab. »Das kann ich mir denken. Aber du sollst auch keine Ahnung haben, sondern nur meine Befehle ausführen.«

»Ja, Herr.«

Satanos betrachtete seinen Diener. »Möchtest du einen anderen Körper haben?«

Tom nickte eifrig.

»Gut. In wenigen Tagen werde ich soweit sein. Ich werde dir den Kopf abtrennen und ihn auf einen anderen Körper setzen.«

Die Augen des Buckligen leuchteten auf.

»Nur dein Gesicht werde ich nicht verändern«, lächelte Satanos höhnisch. »Aber lassen wir das. Ich brauche Menschen, Tom.

Viele Menschen. Ich muß meine Experimente im großen Rahmen starten. Beschaffe mir die Menschen.«

Satanos' Stimme war bei den letzten Worten schrill geworden. Der Wahnsinn flackerte in seinen Augen.

Unwillkürlich wich Tom zurück. »Ich werde es versuchen, Herr«, sagte er leise. »Ganz bestimmt werde ich es versuchen.«

Satanos packte den Buckligen am Hemdkragen. »Geh heute noch los. Ich kann einfach nicht länger warten. Meine Experimente müssen gelingen.«

»Ja, Herr, ich gehe schon.«

Tom huschte davon.

Dr. Satanos sah ihm angewidert nach. »Abfall«, zischte er, und seine schmalen Lippen verzogen sich. »Aber noch brauche ich ihn.«

Satanos dachte an seine nächsten Pläne. Und die waren schrecklich.

Niemand in ganz England wußte, was sich hier in dem Schloß in Cornwall zusammenbraute, daß bald das Unheil drohend wie ein Damoklesschwert über dem Land lasten würde.

Es war bereits Mittag, als sich Konstabler Brown auf den Weg machte.

Die Mordkommission war in den frühen Morgenstunden gekommen. Die Beamten kamen aus Helston, der nächstgrößeren Stadt. Sie hatten routiniert gearbeitet und unzählige Fragen gestellt. Der Konstabler hatte ihnen wohl den Buckligen einigermaßen beschrieben, mehr jedoch nicht. Die Sache mit dem Schloß hatte er für sich behalten. Das Messer hatten die Männer von der Mordkommission mitgenommen und auch den Kopf. Er sollte sofort ins Hauptlabor von Scotland Yard gebracht und dort untersucht werden.

Brown fuhr auf seinem alten Rad, so schnell er konnte. Bald schon lag das Schloß vor ihm. Wie eine düstere Drohung ragte es zwischen den Klippen hervor. Der Konstabler konnte sich eines unbehaglichen Gefühls nicht erwehren.

Der Weg zum Schloß war steil und steinig. Brown stieg ab und schob sein Fahrrad. Bald war er schweißnaß, trotz des Windes, der immer über das Land blies.

Das große Tor zum Schloßhof war aus Eisen und geschlossen. Brown entdeckte eine alte Ziehklingel.

Das Scheppern drang über den weiten Hof.

Der Konstabler wartete geduldig. Eine Minute, zwei.

Dann endlich hörte er Schritte.

Quietschend öffnete sich das große Tor.

Ein Mann erschien. Dr. Satanos.

Der Konstabler wich unwillkürlich zurück. Er hatte den Mann noch nie gesehen. Plötzlich bekam er Angst vor der eigenen Courage.

»Was wünschen Sie?« fragte Satanos mit hohl klingender Stimme.

Konstabler Brown mußte sich erst zweimal räuspern, ehe er antworten konnte.

»Ich muß mit Ihnen sprechen, Mister . . .«

»Kommen Sie rein, Konstabler.«

Brown nickte. Er schob das Fahrrad neben sich her in den Innenhof.

Satanos schloß hinter ihm das Tor.

Dieses Geräusch ging Brown durch Mark und Bein. Es hatte etwas Endgültiges an sich.

»Bitte, folgen Sie mir«, sagte Dr. Satanos.

Konstabler Brown ließ das Rad an einem Mauervorsprung stehen und ging hinter dem Besitzer her.

Die Augen des Beamten schweiften durch den großen Innenhof. Überall sah man schon Zeichen von Verfall. Auf den großen, dicken Steinmauern wuchsen Moos und Unkraut. Auch auf dem Innenhof hatte sich Unkraut breitgemacht. Krähen und Möwen flogen über das Schloß. Sie stießen krächzende, abgehackte Laute aus, die dem Konstabler an die Nerven gingen.

»Hier gefällt es Ihnen wohl nicht?« fragte Dr. Satanos spöttisch. Er hatte den Beamten unbemerkt beobachtet.

Brown zuckte die Achseln. »Wenn ich ehrlich sein soll, nicht besonders. Bin froh, wenn ich wieder weg bin.«

Daraufhin lachte Satanos leise.

Er hatte sich aber sofort wieder in der Gewalt. »Im Haus wird es Ihnen besser gefallen, Konstabler. Kommen Sie nur.«

Die beiden Männer waren inzwischen an der Seeseite des Schlosses angelangt. Dr. Satanos öffnete eine große Eichentür, die oben spitz zulief.

Konstabler Brown warf noch einen Blick auf das unendliche Meer, ehe er eintrat.

In dem Schloß war es kalt und düster. Außerdem roch es nach Staub.

Dr. Satanos führte den Beamten durch eine große Halle in sein Arbeitszimmer. Dort wies er auf einen dicken Sessel.

»Setzen Sie sich doch, Konstabler.«

»Danke.«

Kerzen brannten in kunstvoll geschmiedeten Leuchtern. Sie verbreiteten ein warmes Licht. Fast alle Wände waren vollgestopft mit hohen Bücherregalen, in denen alte Werke standen. Ein Buch lag auf dem Tisch, der wuchtig und schwer in der Mitte des Raumes stand.

Konstabler Brown las den Titel. »Magie des Mittelalters.«

Der Beamte schluckte. Wo war er hier hineingeraten?

»Einen Schluck Wein, Konstabler?« fragte Satanos.

Brown zuckte regelrecht zusammen. Er hatte den Mann gar nicht kommen hören.

»Ja, danke, Mister . . .«

Noch immer sagte der Wissenschaftler seinen Namen nicht.

Aus einer bauchigen Flasche goß er dunkelroten Wein in zwei schwere Pokale.

Der Wein sieht aus wie Blut, dachte der Konstabler.

Die Männer stießen an.

Über den Glasrand hinweg beobachtete Satanos seinen Gast. Er überlegte, weshalb die Polizei gekommen war, konnte es sich jedoch nicht denken. Oder sollte Tom . . .?

»Sie werden sich fragen, warum ich gekommen bin«, sagte Konstabler Brown. »Aber es geht um einen Mord.«

Satanos zog die Stirn kraus. »Mord? Ich bitte Sie. Ich wüßte nicht, was ich damit zu tun haben sollte.«

Konstabler Brown machte ein paar hilflose Gebärden. »Natürlich verdächtigt Sie auch niemand. Und mein Besuch ist ja auch fast privat. Niemand weiß eigentlich, daß ich hier bin.«

Dr. Satanos nickte nachdenklich. »Ja, worum geht es denn nun im einzelnen, Konstabler?«

»In der vergangenen Nacht ist bei uns in Blyton eine ältere Frau bestialisch ermordet worden. Man hat ihr mit einem Messer die Kehle durchstoßen. Und ich hätte den Mörder fast gehabt. Doch im letzten Augenblick kam etwas dazwischen.«

»Entschuldigen Sie, Konstabler. Aber was habe ich damit zu tun?« fragte Satanos überaus sanft.

Konstabler Brown sah ihm in die dunklen Augen. »Vielleicht kennen Sie den Mann?«

Satanos lachte. »Ich komme fast nie aus meinem Schloß heraus.«

»Der Mörder war ein Krüppel«, sagte Brown weiter. »Um es genauer zu sagen, er hatte einen Buckel.«

Satanos lächelte noch immer. »Diesen Mann kenne ich nicht.«

Konstabler Brown zuckte die Achseln. »Ich hätte es mir auch denken können. Wissen Sie, ich weiß immer noch nicht, wie Sie heißen«, wechselte Brown das Thema. »Die Leute im Dorf nennen Sie Dr. Satanos. Komisch, nicht?«

Satanos' Augen verengten sich. »Was sollen die Fragen, Konstabler? Wie mich die Leute im Dorf nennen, ist mir egal. Lassen wir es ruhig bei dem Namen. Ich finde, er ist originell. Ist sonst noch etwas, Konstabler?«

»Nein. Eigentlich nicht.«

Natürlich hätte Brown ihn nach dem Kopf fragen können. Er hatte es eigentlich auch vorgehabt. Aber dann – im Laufe des Gesprächs – war ihm klargeworden, daß dieser Mann eine Nummer zu groß für ihn war. Der Konstabler hatte beschlossen, jetzt erst recht Scotland Yard einzuschalten. Denn trauen konnte man diesem Dr. Satanos nicht.

Konstabler Brown erhob sich. »Dann will ich Sie nicht länger stören, Dr. Satanos.«

Das letzte Wort quetschte Brown förmlich über die Lippen.

Dr. Satanos lächelte eisig. »Es hat mich gefreut, Ihre Bekanntschaft zu machen, Konstabler. Und wenn noch mal bei Ihnen im Dorf ein Mord passiert, lassen Sie mich bitte aus dem Spiel. Ich bin Wissenschaftler, kein Mörder.«

»Natürlich.«

»Ich sehe, wir haben uns verstanden, Konstabler. Moment, ich begleite Sie noch hinaus.«

Dr. Satanos ging vor. Auf halbem Weg stoppte er, denn die Eichentür wurde von draußen geöffnet.

Tom, der Bucklige, stand im Zimmer.

Konstabler Brown glaubte, seinen Augen nicht zu trauen. »Aber das ist doch . . .«

»Was ist das?« erkundigte sich Dr. Satanos gefährlich sanft.

»Der Mörder . . .!«

»Sie haben recht, Konstabler«, zischte Dr. Satanos. »Tom ist der Mörder.«

»Ja, aber . . .« Brown war völlig verwirrt. Sein Blick irrte zwischen den beiden Männern hin und her. Er wußte nicht, was er tun sollte. Den Buckligen verhaften? Leichter gesagt als getan.

Konstabler Brown gab sich einen Ruck. »Es ist Ihnen doch klar, Dr. Satanos, daß ich Ihren Diener mitnehmen muß.«

»Natürlich, Konstabler. Nur werden Sie dazu nicht kommen. Sie werden nie mehr nach Blyton zurückkehren. Ich werde Sie töten.«

Konstabler Brown schluckte. Die Worte des Wissenschaftlers klangen bestimmt, unabänderlich. Trotzdem wagte der Inspektor die Flucht nach vorn.

Mit langen Schritten ging er auf den Buckligen zu. »Keiner wird mich an meiner Pflichterfüllung hindern«, sagte Brown mit fester Stimme.

Tom grinste hämisch. Er ließ den Konstabler nahe genug herankommen und trat ihm dann blitzschnell in den Magen.

Brown stöhnte auf. Er krümmte sich zusammen und preßte beide Hände auf seinen Leib.

Toms Fußtritt schleuderte ihn auf den Rücken.

Brown schlug mit dem Hinterkopf auf den Boden, war für einen Augenblick nicht mehr Herr seiner Sinne.

Starke Arme zogen ihn brutal hoch. Als der Konstabler wieder klar denken konnte, hing er in zwei eisenharten Griffen.

Satanos bog ihm den rechten Arm weit zurück.

Brown stöhnte vor Schmerzen.

Tom, der Krüppel, kicherte irr. Für ihn war es jedesmal eine Freude, daß auch normal gewachsene Menschen Schmerz empfinden konnten.

Konstabler Brown raffte allen Mut zusammen. »Was haben Sie mit mir vor?« fragte er erstickt.

»Das werden Sie schon sehen«, erwiderte Satanos.

Mit Tritten in den Rücken trieben die beiden Männer den Beamten vorwärts.

Sie gingen über den Flur, blieben vor einer holzgetäfelten Wand stehen.

Satanos drückte auf irgendeine Leiste. Ein Stück der Wand schob sich zur Seite, gab eine Öffnung frei.

Satanos betätigte den Lichtschalter. Eine gewundene Steintreppe führte in die Tiefe.

Plötzlich hatte Konstabler Brown höllische Angst. Er wußte, wenn er einmal da unten war, kam er nie wieder hoch. Verzweifelt stemmte er sich gegen den Griff der beiden Männer.

Vergebens.

Brown stöhnte auf. Der Schmerz trieb ihm das Wasser in die Augen.

Gnadenlos stießen ihn die Männer die Steintreppe hinab. Auf den letzten fünf Stufen ließen sie Brown los.

Der Konstabler überschlug sich, landete mit dem Gesicht auf dem harten Steinboden und schlug sich die beiden vorderen Schneidezähne aus. Seine linke Wange platzte auf. Blut färbte diese Gesichtshälfte rot.

»Aufstehen!« hörte er Satanos' Stimme.

Konstabler Brown quälte sich mühsam auf die Beine. Er keuchte. Sein Gesicht schmerzte, doch noch lebte er. Er hatte längst noch nicht aufgegeben.

Der Konstabler blickte sich um.

Dr. Satanos und der Bucklige standen dicht vor ihm. Er konnte sie mit einem Sprung erreichen. Brown spannte die Muskeln.

Als könne Satanos Gedanken erraten, ging er ein Stück zurück. »Machen Sie keinen Unsinn, Brown«, warnte er.

Satanos griff blitzschnell in seine Jacke. Als seine Hand wieder zum Vorschein kam, hielt sie eine Pistole.

Konstabler Brown resignierte. Er kam sich plötzlich unsagbar verloren vor.

Satanos grinste zynisch. »Ich bin an und für sich kein Freund dieser Schießinstrumente, doch wenn es sein muß, habe ich keine Hemmungen, sie zu benutzen. Sehen Sie sich hier um, Konstabler. Sie befinden sich in einem Labor, in einer Hexenküche, wie man früher sagte. Hier habe ich jahrelang meine Experimente durchgeführt. Und jetzt, wo ich soweit bin, lasse ich mich von keinem mehr behindern. Auch nicht von Ihnen, Konstabler. Sie werden sterben, genau wie viele andere vor Ihnen auch. Und Sie werden mit Ihrem Tod der Wissenschaft noch einen großen Dienst erweisen. Ich bin in der Lage, Ihren Kopf weiterleben zu lassen. Ich . . .«

»Sie sind verrückt«, knirschte der Konstabler. »Gerade durch meinen Tod wird man Ihnen auf die Schliche kommen. Sie werden in der Irrenanstalt landen.«

»Genug!« schrie Satanos plötzlich. »Drehen Sie sich um, da sehen Sie meinen Erfolg.«

Brown gehorchte. Hinter ihm befand sich ein Tisch, auf den er vorher nicht so geachtet hatte. Auf dem Tisch stand irgend etwas. Es war durch ein Tuch verdeckt.

»Nehmen Sie das Tuch ab«, sagte Satanos.

Brown gehorchte.

Vorsichtig zog er das Tuch zur Seite. Ein Metallzylinder kam zum Vorschein – und dann . . .

Konstabler Brown blickte auf einen Kopf.

»Nein«, flüsterte er.

Obwohl der Beamte schon einen vom Körper abgetrennten Kopf gesehen hatte, war der Schock diesmal noch größer.

Brown ging zwangsläufig ein paar Schritte zurück.

Da traf ihn ein mörderischer Schlag in den Nacken.

Bewußtlos brach der Konstabler zusammen.

Dr. Satanos ließ die Pistole verschwinden, mit der er zugeschlagen hatte.

»Faß mit an«, sagte er zu Tom. »Wir bringen ihn sofort nach unten. Und nimm Kerzen mit.«

Tom nickte eifrig. Was jetzt kam, war so ganz nach seinem Geschmack.

In Windeseile besorgte er zwei Kerzen, zündete sie an und blieb abwartend stehen.

»Gib die Kerzen her«, sagte Satanos. »Nimm du dir den Konstabler.«

Der Bucklige gehorchte. An den Beinen schleifte er Brown hinter sich her.

Die Männer gingen durch den gesamten Schloßkeller. Dr. Satanos hatte hier unten in jahrelanger Arbeit alles ausgebaut. Zum Schluß durchquerten sie die Leichenkammer.

Hier gab es eine kleine Tür, die Satanos eingesetzt hatte. Er schloß die Tür auf.

Ein halbhoher, dunkler Gang empfing die beiden Männer.

Er führte in die Folterkammer.

Satanos ging mit den beiden Kerzen voran. Er mußte sich tief bücken. Die kleinen Flammen flackerten. Sie bekamen hier unten zuwenig Sauerstoff.

Der Gang verbreiterte sich, wurde höher. Dann waren die beiden Männer mit dem Bewußtlosen in der Folterkammer.

Das flackernde Licht erhellte die schrecklichen Instrumente, die im Mittelalter bei Gefangenenverhören gebraucht wurden. Satanos hatte sie alle überholt und pflegte sie mit wahrer Inbrunst.

An der gegenüberliegenden Wand stand eine Streckbank. Daneben eine Eiserne Jungfrau. Es gab auch noch andere Instrumente, die ein teuflisches Gehirn vor einigen hundert Jahren erfunden hatte.

Doch etwas paßte nicht in die Epoche des Mittelalters.

Die Guillotine!

Sie war das Prunkstück der Folterkammer, stand mitten im Raum.

Die höllisch scharfe Schneide des Fallbeils blitzte im Kerzenlicht.

Dr. Satanos stellte die beiden Kerzen links und rechts der Guillotine auf den Boden.

Dann blickte er Tom an.

»Soll ich?« fragte der Bucklige.

Dr. Satanos nickte.

Tom zog den noch immer bewußtlosen Konstabler zu der Guillotine, legte dessen Kopf in die dafür vorgesehene Manschette . . .

In diesem Augenblick erwachte Konstabler Brown.

Für Sekunden wußte er nicht, wo er war, hatte nur rasende Kopfschmerzen, riß die Augen auf und sah in einen Korb. Er wollte seinen Kopf heben.

Es ging nicht. Die Manschette war schon fest.

»Geben Sie sich keine Mühe, Konstabler«, hörte er Dr. Satanos' Stimme. »Sie liegen hier auf einer Guillotine. Denken Sie daran, was ich Ihnen versprochen habe. In wenigen Sekunden sind Sie tot.«

Nur langsam drangen die Worte in Browns Bewußtsein, doch als er seine Lage, in der er sich befand, begriffen hatte, sprang ihn das eisige Entsetzen an.

»Neiiiin . . .!« Browns Schrei gellte durch das unheimliche Gewölbe und erstarb in einem Wimmern.

Dr. Satanos lachte teuflisch. Er hob die Hand.

Das Zeichen für Tom.

Der Bucklige betätigte den Hebel.

Pfeifend sauste das Fallbeil herab . . .

Die Beamten der Mordkommission aus Helston waren natürlich nicht untätig geblieben. Sie hatten den Kopf ins Hauptquartier von New Scotland Yard geschafft. Hier wurde dieses Beweisstück nach den neuesten wissenschaftlichen Methoden untersucht, ebenfalls das Messer, das mitgeschickt worden war. Die Wissenschaftler schrieben einen 24 Seiten langen Bericht.

Dieser Bericht lag am Morgen des 19. Oktobers auf dem Schreibtisch von Superintendent Powell. Powell war der Chef einer Spezialabteilung, die sich besonders mit außergewöhnlichen Kriminalfällen befaßte und die auch erfolgreich war.

Superintendent Powell las den Bericht viermal. Danach ließ er sich mit dem Büro von Inspektor John Sinclair verbinden.

»Kommen Sie doch mal zu mir, John«, sagte der Superintendent.

Drei Minuten später war John Sinclair da.

Powell bot seinem besten Agenten Platz an.

John nickte dankend.

John Sinclair konnte man eher für einen erfolgreichen Sportler halten als für einen Kriminalbeamten. Er war um die Dreißig, groß, blond und beherrschte die asiatischen Kampfsportarten genausogut wie die perfekte Handhabung der verschiedensten Waffen. Außerdem hatte John Sinclair ein Studium der Kriminologie und Psychologie hinter sich. Bei dem letzteren hatte er besonderen Wert auf die Parapsychologie gelegt. Ein paar Semester Physik und Chemie hatte John auch noch mitgenommen.

Superintendent Powell reichte seinem Agenten die grüne Akte mit dem Bericht hinüber.

»Lesen Sie, John.«

»Okay.« John, der oft in den Staaten war, hatte sich diese knappe Art zu antworten im Laufe der Zeit regelrecht angewöhnt. Was seinem Chef im Prinzip mißfiel.

John las konzentriert. Nach einer halben Stunde reichte er die Akte zurück.

»Ihre Meinung, John?«

Der Scotland-Yard-Inspektor zuckte die Achseln. »Wissen Sie, Sir, man müßte selbst nach Cornwall fahren und sich die Sache ansehen.«

»Das war auch vorgesehen«, erwiderte Superintendent Powell. »Wir haben bereits einen ungefähren Anhaltspunkt. Erinnern Sie sich an die Vermißtenmeldungen aus Cornwall?«

John Sinclair nickte. »Sicher. Ich habe es in den Routineberichten gelesen, diesen Meldungen jedoch kaum Beachtung geschenkt.«

»Das kann ich verstehen. Gemessen an den Personen, die im Laufe eines Jahres in England verschwinden, fällt das natürlich nicht groß ins Gewicht. Interessant jedoch ist, daß acht dieser Vermißten aus Cornwall stammen. Acht Menschen innerhalb von zwei Jahren. Aus einem Landstrich, der relativ dünn besiedelt ist. Das sollte uns zu denken geben. Außerdem sind die Personen nie gefunden worden. Nicht einmal Teile ihrer Leichen, so brutal es sich anhört. Und jetzt dieser Kopf, den man uns geschickt hat.«

»Sie meinen also«, fragte John Sinclair, »daß zwischen den vermißten Menschen und diesem Kopf Zusammenhänge bestehen?«

»Ja. Und das nicht ohne Grund.«

Superintendant Powell faßte in seine Schreibtischschublade. Er holte zwei Bilder hervor und gab sie John Sinclair.

Das eine Bild zeigte den gefundenen Kopf. Das andere war ein Vermißtenfoto.

Der gefundene Kopf gehörte zu dem Mann auf dem Vermißtenfoto.

John legte die Bilder zurück auf den Schreibtisch. »Dann ist ja alles klar«, sagte er. »Ich habe das Gefühl, daß in Cornwall jemand mit Menschen experimentiert. Und zwar auf eine grausame, brutale Art.«

»Noch ist es eine Hypothese«, sagte Powell. »Schaffen Sie Beweise, John.«

John Sinclair blickte nachdenklich auf das Bild der Queen an der Wand hinter Powells Schreibtisch. »Was war eigentlich mit den Fingerabdrücken auf dem Dolch?« fragte er dabei leise.

»Sie sind nicht registriert.«

»Schade.« John Sinclair zuckte die Achseln. »Ist noch etwas, Sir?«

»Nein.«

»Gut.« John stand auf.

»Hier. Nehmen Sie den Bericht noch mit.« Superintendent Powell reichte John die Akte rüber. »Sie können ihn mir vor Ihrer Abreise wiedergeben.«

John Sinclair klemmte sich den Hefter unter den Arm.

»John?« Powells Ruf erreichte ihn an der Tür.

Der Inspektor wandte sich um.

»Passen Sie auf sich auf.«

»Danke. Wird schon schiefgehen.«

John verließ das Büro und fuhr nach unten in die Kantine. Er brauchte jetzt erst mal ein anständiges Mittagessen.

Danach besorgte er sich eine Spezialkarte von Cornwall und studierte sie genau.

Anschließend las er den Bericht noch einmal, ließ ihn dann durch einen Boten wieder zu Superintendent Powell bringen und fuhr nach Hause, um zu packen.

Sein silbergrauer Bentley war wie immer vollkommen in Ordnung. Noch in den späten Nachmittagsstunden fuhr John Sinclair los. Neben ihm saß ein unsichtbarer Begleiter.

Der Tod . . .

In Blyton gab es nur ein Gasthaus. Hier trafen sich abends die Fischer, wenn sie von ihrem Fang zurückkamen. Ihr Verdienst war kärglich, und so kam es, daß Barney, der Wirt, nie großen Umsatz machte.

Die Gaststube war rustikal eingerichtet. Die Holztische und Bänke hatten schon Generationen überdauert und würden auch noch weitere Generationen überleben.

Gegen 1 Uhr 20 herrschte noch viel Betrieb. Fast alle Tische waren besetzt. Man sprach über den Fang der vergangenen Tage und besonders über das rätselhafte Verschwinden von Konstabler Brown. Die meisten Männer waren der Meinung, daß übernatürliche Kräfte ihre Hände mit im Spiel gehabt hatten. Einer behauptete sogar, es sei der Teufel persönlich gewesen, der Brown geholt hatte.

Als Mary Brown das Gasthaus betrat, verstummten die Gespräche abrupt. Alle Köpfe wandten sich der Frau zu, die bleich und erschöpft am Türrahmen lehnte.

Es mußte schon einen besonderen Grund geben, wenn eine Frau die Gaststube betrat.

»Was ist los, Mary?« fragte Barney, der Wirt, und wieselte hinter seinem Tresen hervor.

Mary Brown wischte sich mit einer müden Geste über die Stirn. »Er ist immer noch nicht da«, flüsterte sie erstickt.

Obwohl Mary Brown leise gesprochen hatten, konnte man ihre

Worte bis in die hinterste Ecke des Raumes verstehen. Viele der Gäste bekamen eine Gänsehaut.

»Nun setz dich erst mal«, sagte Barney, nahm Marys Arm und führte sie an einen der Tische. Seiner Frau rief er zu: »Einen doppelten Whisky.«

Mary Brown bekam den Whisky. Sie schluckte ihn tapfer. Langsam kehrte wieder Farbe in ihr Gesicht zurück.

Mary Brown war 48 Jahre alt. Nichts hatte sie in ihrem Leben bisher groß erschüttern können. Vor 26 Jahren hatte sie den Konstabler geheiratet. Von da an war sie als Frau eines Polizisten im Dorf noch geachteter.

Mary Brown vergrub ihr Gesicht in beiden Händen. »Ich weiß nicht, was ich tun soll«, schluchzte sie. »Es ist alles so schrecklich.«

Barney, der neben ihr saß, blickte ratlos seine Gäste an. Er sah nur Achselzucken. Die Männer waren durchweg einfache Leute, mußten hart arbeiten, um sich ihr tägliches Brot zu verdienen. Und jetzt standen sie vor einer Situation, wie sie sie noch nie erlebt hatten.

Mary Brown beruhigte sich nur langsam. Als sie den Kopf hob, waren ihre Augen von Tränen gerötet. »Ich habe einen Brief geschrieben«, sagte sie leise. »An Jeffrey, unseren Sohn. Er muß kommen. Er soll sein Studium unterbrechen. Ich brauche ihn jetzt.«

Barney nickte bedächtig. »Das ist das Beste, was du machen konntest, Mary. Wir können dir wirklich nicht mehr helfen. Wir haben doch schon die Gegend abgesucht. Mit Hunden sogar. Mehr konnten wir nicht tun.«

Mary Brown lächelte gequält. »Und das Schloß?«

Der Wirt schüttelte entschieden den Kopf. »Das kannst du wirklich nicht von uns verlangen. Dort im Schloß wohnt der Satan persönlich.«

»Aber Jim, er *mußte* hingehen. Er hat es für euch getan. Hätte ich doch nur den Polizisten aus Helston etwas gesagt. Die sind nicht solche Feiglinge.«

Barney rieb sich unbehaglich seinen fleischigen Nacken. Dieses Thema war ihm offenbar unangenehm.

Mary Brown blickte sich noch einmal in der Gaststube um. Da saßen sie, die Männer von Blyton. Manchmal Kerle wie Bäume, aber feige bis ins Mark.

Die meisten wichen ihrem Blick aus.

Mary Brown lächelte verächtlich, als sie das Gasthaus verließ. Sie ließ eine gedrückte Stimmung zurück.

Draußen war es empfindlich kalt. Vom See her drang der Nebel in feinen Schleiern in die Stadt.

Mary Brown zog das große Tuch enger um ihre Schultern und ging mit schnellen Schritten zu ihrem Haus.

Niemand begegnete ihr. Die Stille legte sich drückend auf Marys Gemüt. Sie kam sich plötzlich unsagbar verlassen vor. Wieder mußte sie weinen.

Mit zitternden Fingern schloß sie die Haustür auf, knipste Licht an.

Ein Fenster stand offen. Jetzt, da Durchzug entstanden war, knallte es zu.

»Nanu«, wunderte sich Mary, »sollte ich vergessen haben, das Fenster zu schließen?«

Sie zuckte die Achseln und dachte nicht mehr weiter darüber nach.

Die Tür zum Wohnraum war nur angelehnt. Mit der rechten Hand stieß Mary sie auf. Noch fiel das Licht vom Flur in den Raum, erhellte die Möbel, das Fenster – und . . .

Den Kopf ihres Mannes!

Mary Brown war starr vor Grauen. Das blanke Entsetzen lag in ihren Augen. Sie konnte noch nicht einmal schreien, sondern preßte nur die geballte Linke auf den Mund.

Der Kopf lag auf dem Wohnzimmertisch.

Mary Brown wußte nicht, wie lange sie so gestanden hatte, als hinter ihr die Wohnzimmertür zuklappte.

Erst dieses Geräusch riß sie wieder in die Wirklichkeit zurück. Ihre Lippen öffneten sich zu einem alles erlösenden Schrei . . .

Die behaarte Pranke preßte ihr brutal den Mund zu. Mary spürte keuchenden Atem im Nacken, und eine rauhe Stimme flüsterte: »Sei ganz ruhig.«

Der Mann ließ sie los. Dann gab er der Frau einen Stoß, so daß sie in den nächsten Sessel fiel.

Erst jetzt erkannte Mary Brown den Eindringling.

Es war Tom, der Bucklige. Und er hielt wieder ein Messer in der rechten Hand.

Tom kicherte lautlos. »Hast dich wohl erschrocken, was?«

Mary, die krampfhaft an dem Kopf ihres Mannes vorbeisah, nickte stumm. »Wie sind Sie hier hineingekommen?« flüsterte sie.

»Durch das Fenster. Es stand einen Spalt breit offen. Du hast es mir leicht gemacht. Dein Mann hat uns mehr Ärger bereitet. Aber schließlich haben wir ihn auch geschafft. Ssst«, der Bucklige wischte mit dem Messer durch die Luft, »und der Kopf war ab.«

»Nein . . . Ich . . .« Schluchzend brach Mary zusammen.

Tom wartete, bis sie sich wieder beruhigt hatte. Dann zeigte er auf den Kopf.

»Es ist nur ein Wachsabdruck«, erklärte er, »den echten müssen wir behalten. Der Doktor wird sich mit ihm beschäftigen. Ich wollte dir nur einen kleinen Schrecken damit einjagen, bevor du stirbst.«

Stirbst, stirbst, stirbst. Wie Hammerschläge drangen die Worte in Marys Bewußtsein.

Mary setzte sich auf. Ihre Hände krampften sich in den Stoff der Sessellehnen. Die nackte Angst schnürte ihr die Kehle zusammen. Mein Gott, wenn doch Jeff jetzt schon hier wäre!

Tom weidete sich an der Angst der Frau. Ein diabolisches Lächeln lag auf seinen wulstigen Lippen, als er langsam näher kam.

In diesem Moment erwachte der Lebenswille in Mary Brown. Sie sprang auf und riß gleichzeitig den schweren Standaschenbecher hoch, der neben dem Sessel stand.

Mit aller Kraft warf Mary Brown den Aschenbecher.

Der Bucklige konnte nicht schnell genug ausweichen. Er wurde an der Brust getroffen.

Tom wankte zurück, gab damit für Sekunden den Weg zur Tür frei.

Mary Brown nutzte ihre hauchdünne Chance.

Sie warf sich förmlich der Tür entgegen, riß sie auf, hetzte in den Flur, schloß, so schnell es ging, die Haustür auf – der Schlüssel steckte von innen – und rannte nach draußen in die kalte Herbstnacht.

Die Panik saß Mary Brown im Nacken. Sie achtete nicht darauf, wohin sie lief. Nur erst mal weg.

Mary Brown lief genau in die falsche Richtung. Aus Blyton hinaus.

Und Tom, der sich von dem unerwarteten Angriff erholt hatte, war schnell. Sehr schnell sogar.

Mit langen Sätzen hetzte er hinter der Flüchtenden her. Ein älterer Dorfbewohner, der zufällig aus dem Fenster sah, meinte in ihm den Teufel zu sehen. Der Mann bekreuzigte sich und schloß sämtliche Fensterläden.

Mary Brown lief wie ein Automat. Die Dunkelheit hatte sie umhüllt. Sie sah die Straße nicht mehr und hörte auch nicht die Schritte hinter sich, die immer näher kamen.

Tom holte auf. Stück für Stück. Er war durchtrainiert, ihm machte die Verfolgung nicht viel aus.

Irgendwo weit vor sich sah Tom zwei Lichter blitzen, achtete jedoch nicht weiter darauf.

Immer näher kam er der Frau. Schon hörte er ihren keuchenden Atem.

Plötzlich stürzte Mary Brown. Sie schrie auf und schrammte über den unebenen Boden.

Sofort war der Bucklige bei ihr. Mit beiden Knien voran warf er sich auf die Gestürzte, drückte sie gegen den Boden . . .

An die beiden Lichter in der Ferne dachte er nicht mehr.

Der Bucklige hob das Messer.

»Jetzt mach' ich dich kalt«, keuchte er.

Mary Brown war unfähig, sich zu rühren. Sie spürte den Druck des Körpers in ihrem Rücken und preßte das Gesicht in den feuchten Straßenstaub.

Mary Brown erwartete den tödlichen Messerstich . . .

Im selben Augenblick, als der Bucklige den Arm hob, durchschnitten die Lichtbahnen zweier Nebelscheinwerfer die Nacht.

Der Bucklige zögerte, wandte den Kopf.

Überdeutlich war sein entstelltes Gesicht im Licht der Scheinwerfer zu sehen.

Jäh wurde der Wagen abgestoppt. Bremsen kreischten. Die Fahrertür flog auf.

Wie ein Torpedo hechtete John Sinclair aus dem Wagen.

Jedoch nicht schnell genug für den Buckligen. Der hatte Sekundenbruchteile vorher schon die Straße verlassen und war im Dunkel der Nacht untergetaucht.

John kniete neben der Frau nieder, drehte sie vorsichtig auf den Rücken.

»Sind Sie verletzt?«

»Es – es geht schon«, flüsterte die Frau. »Bitte, Mister – verfolgen Sie den Mann . . . Es war schrecklich.«

John half der Unbekannten hoch und führte sie zu seinem Wagen. »Setzen Sie sich auf den Beifahrersitz, und warten Sie, bis ich wiederkomme.«

Die Frau nickte schwach.

John Sinclair lächelte ihr noch beruhigend zu und lief dann los. Er hatte sich gemerkt, auf welcher Seite der Straße der Bucklige in die Dunkelheit getaucht war.

Johns Augen mußten sich erst an die Finsternis gewöhnen. Langsam ging er weiter, konzentrierte sein Gehör.

Die Nacht war voller Geräusche. Irgendwo schrie ein Käuzchen. Geheimnisvolles Rascheln drang aus den Gebüschen. Frösche quakten.

Der Sumpf war nicht weit . . .

Geduckt schlich John Sinclair durch die Büsche. Feuchtes Gras umspielte seine Hosenbeine. Jetzt ärgerte sich John Sinclair, daß er seine Taschenlampe im Wagen gelassen hatte.

Die Büsche blieben zurück, machten verknorpelten Bäumen und hohem Sumpfgras Platz.

Unter Johns Füßen schmatzte es.

Er mußte die Ausläufer des Sumpfes erreicht haben.

John Sinclair blieb stehen. Er gab auf. Der Bucklige hatte längst das Weite gesucht oder sich so gut versteckt, daß John ihn unmöglich finden konnte.

John machte sich auf den Rückweg. In der Ferne sah er die Scheinwerfer seines Wagens leuchten.

John ging schneller, achtete nicht mehr so sehr auf die Umgebung.

Das gräßliche Lachen drang wie ein Trompetenstoß an John Sinclairs Ohren.

Der Inspektor blieb abrupt stehen, sprungbereit.

Das Lachen wiederholte sich nicht. John hatte noch nicht einmal feststellen können, aus welcher Richtung es gekommen war.

Wenige Minuten später hatte er seinen Bentley erreicht.

Die Frau saß noch immer so, wie er sie verlassen hatte.

»Wer hat so teuflisch gelacht?« flüsterte sie ängstlich, als John sich hinter das Steuer klemmte.

John schloß die Tür. »Es wird der Bucklige gewesen sein.«

Der Insepktor bemerkte, daß die Frau bei seinen Worten regelrecht erschauderte.

»Sie brauchen keine Angst zu haben, Madam. Ich bin übrigens Inspektor John Sinclair von Scotland Yard, falls Ihnen dies etwas sagt.«

Die Frau neben ihm atmete auf. »Mein Gott«, sagte sie leise. »Dann hat es also doch geklappt.«

John wurde neugierig. »Was hat geklappt?«

»Wissen Sie, Inspektor«, die Frau legte John ihre Hand auf den Arm, »ich bin Mary Brown.«

John, der die Akten gut durchgelesen hatte, nickte. »Die Frau des Konstablers, wenn ich richtig vermute.«

»Ja, Inspektor.«

»Entschuldigen Sie meine Frage, Mrs. Brown. Aber es ist an sich seltsam, daß ich Sie hier mitten in der Nacht finde, wo doch Ihr Mann . . .«

»Ich weiß, Inspektor. Aber das ist eine sehr lange Geschichte. Ich erzähle sie Ihnen. Jedoch nicht hier. Lassen Sie uns ins Dorf fahren.«

»Entschuldigen Sie, Mrs. Brown.«

John fuhr an. Der Bentley schnurrte wie eine Katze. Er war hervorragend gefedert, und man merkte die Schlaglöcher der Straße so gut wie gar nicht.

Immer noch lag Blyton wie ausgestorben. Fast vor alle Fenster waren dicke Holzläden geklappt. Ein Zeichen, daß die Menschen Angst hatten.

»Das nächste Haus auf der linken Seite. Dort wohne ich«, sagte Mary Brown.

John Sinclair ließ den Bentley sanft ausrollen.

Die beiden stiegen aus. Schmatzend schlossen sich die Türen.

»Erschrecken Sie nicht, Inspektor, aber auf dem Wohnzimmertisch liegt der Kopf meines Mannes.«

John erschrak zwar nicht gerade, war jedoch unangenehm berührt, bis Mary Brown ihm die ganze Geschichte bei einem Glas Tee erklärt hatte.

John Sinclair hörte sich Mrs. Browns Erzählung an, ohne ein einziges Mal zu unterbrechen.

Auch als die Frau geendet hatte, blieb John Sinclair einige Minuten in Gedanken versunken sitzen.

»Glauben Sie mir auch nicht, Inspektor?« fragte Mary Brown stockend.

John sah sie ernst an. »Ich glaube Ihnen, Mrs. Brown. Ich habe schon so viel Unwahrscheinliches in meinem Beruf erlebt, daß mich nichts mehr erschüttern kann. Aber nun zu Ihnen und Ihrem verschwundenen Mann. Sie haben beide einen großen Fehler begangen.«

»Wieso, Inspektor?«

»Ihr Mann hätte Scotland Yard oder die Beamten aus Helston von seinem Vorhaben informieren sollen.«

Mary Brown senkte den Kopf. »Das habe ich ihm auch gesagt. Aber er war der Meinung, er wolle sich nicht blamieren. Und jetzt ist er tot.« Die Frau begann wieder zu weinen.

John wartete, bis sie sich beruhigt hatte. In der Zwischenzeit nahm er den Kopf und verstaute ihn im Kofferraum seines Wagens.

Als er wieder in die Wohnstube trat, trocknete Mary Brown gerade ihre Tränen ab.

»Entschuldigen Sie, Inspektor.«

»Da gibt es nichts zu entschuldigen«, erwiderte John. »Ich weiß, wie Ihnen zumute ist.«

Mary Brown lächelte scheu. »Morgen wird Jeff, mein Sohn, kommen. Dann sieht alles ganz anders aus.«

John schüttelte den Kopf. »Sie sollten sich da nicht in etwas verrennen, Mrs. Brown. Ihr Sohn Jeff ist gewiß ein furchtloser junger Mann, aber die Aufgabe, seinen verschwundenen Vater zu finden, sollte er doch lieber mir überlassen. Ich habe erstens größere Erfahrungen, und zweitens werde ich dafür bezahlt.«

Mary Brown lachte hart auf. »Sie kennen Jeff schlecht, Mister Sinclair. Er studiert Jura, ist ein wahrer Rechtsfanatiker und außerdem ein ausgezeichneter Sportler. Er wird sich nicht daran hindern lassen, den Mörder seines Vaters zu finden.«

»Noch steht nicht fest, daß Ihr Mann tot ist, Mrs. Brown«, sagte John.

»Mein Mann lebt nicht mehr«, erwiderte Mary Brown bestimmt.

John Sinclair erhob sich. »So, Mrs. Brown. Dann werde ich mich mal verabschieden.«

»Aber – aber . . . Wo wollen Sie denn hin?«

»Einen Platz zum Schlafen suchen. Ein Zimmer werde ich um diese Zeit nicht mehr bekommen. Ich schlafe in meinem Wagen.«

»Das kommt gar nicht in Frage, Inspektor. Sie übernachten hier. Ich habe oben im Haus ein Gästezimmer. Es ist zwar nicht sehr komfortabel, aber sauber. Außerdem habe ich Angst, allein im Haus zu sein.«

»Na ja, wenn es Ihnen nicht zuviel Mühe macht, Mrs. Brown«, lenkte John ein.

»Im Gegenteil. Kommen Sie.«

So kam es, daß John Sinclair eine halbe Stunde später in einem herrlichen, weichen Bett lag. Trotzdem konnte er nicht sofort einschlafen. Er mußte an den nächsten Tag denken. Was würde er bringen?

Acht Köpfe schwammen in den Behältern mit der gallertartigen Flüssigkeit.

Für den unbrauchbaren Kopf, den Tom angeblich im Moor versenkt hatte, war ein neuer hinzugekommen.

Der Kopf von Konstabler Brown.

Dr. Satanos fühlte sich in seinem Element. Das Laboratorium unten in den Gewölben des Schlosses war von einem ständigen Summen erfüllt. Sämtliche Apparate arbeiteten auf Hochtouren.

Satanos sah sich jeden einzelnen Kopf genau an. Starr und leblos lagen die Augen in den Höhlen. Jeder Schädel war glatt rasiert. Es war ein grauenhaftes Bild.

»Bald werdet ihr leben«, flüsterte der unheimliche Wissenschaftler. »Ich werde euch verpflanzen. Es werden völlig neue Menschen entstehen.«

Dr. Satanos öffnete die Deckel der Behälter. Dann nahm er die Köpfe aus der Flüssigkeit. Vorsichtig stellte er sie jeweils auf einen extra dafür hergerichteten Metallzylinder.

Die Köpfe waren durch die Lösung, in der sie gelegen hatten, naß und glitschig geworden. Sie sahen ekelhaft aus.

Dr. Satanos ging zu einem weißen Schrank, in dem er seine Instrumente aufbewahrte. Er suchte sorgfältig aus. Nach eingehender Prüfung entschloß er sich für drei Skalpelle unterschiedlicher Größe.

Dr. Satanos wusch sich seine Hände und streifte dann die Gummihandschuhe über.

Danach nahm er sich den ersten Schädel vor.

Satanos ritzte mit dem Skalpell die Schädeldecke auf, legte den

Knochen frei. Dann nahm er sich einen silbernen Meißel, wie ihn auch die Ärzte benutzen, und meißelte den Knochen auf.

Dr. Satanos wollte an das Gehirn.

Es war eine schweißtreibende Arbeit. Doch endlich war es geschafft.

Das Gehirn lag vor ihm. Nun kam der schwierigste Teil der Aufgabe.

In dem Instrumentenschrank lag eine Anzahl Lamellen. Jedenfalls sahen diese Stücke so aus. Sie waren nicht größer als ein Fingernagel, und Satanos faßte die erste Lamelle vorsichtig mit der Pinzette an.

Diese kleinen, silbrig glänzenden Platten waren Meisterwerke der modernen Elektronik. Genaugenommen waren es Empfänger, die auf eine bestimmte Frequenz reagierten.

Vorsichtig operierte Dr. Satanos den ersten Empfänger in das Zentralgehirn. Es klappte besser, als er gedacht hatte. Er nähte die Wunde auf dem Kopf wieder zu.

Dr. Satanos atmete tief aus. Noch heute würde er den ersten künstlichen Menschen erschaffen. Was Baron Frankenstein angefangen hatte, würde er vollenden.

Satanos warf einen Blick auf die Metallzylinder. Die brauchte er bald nicht mehr. Hiermit hatte er nur seine Versuche begonnen, hatte Stromstärken und -spannungen ausbalanciert, um die richtigen Energien zu bekommen. Und er hatte es sogar durch diese Zylinder geschafft, einen Kopf wieder zum Leben zu bringen.

Aber was er jetzt vorhatte, war besser. Viel besser.

Dr. Satanos ging in die Kühlkammer. Hier hatte er den anderen Teil seines Versuches aufbewahrt.

Die kopflosen Leichen!

Die Körper waren gut gekühlt. Hatten genau die richtige Temperatur, um sie vor der Verwesung zu bewahren.

Dr. Satanos wählte die Leiche sorgfältig aus.

Es war der Körper eines etwa dreißigjährigen kräftigen Mannes. Dr. Satanos zog den steifgefrorenen Körper aus der Box und schleppte ihn in den Hauptlaborraum.

Dort legte er ihn auf seinen Seziertisch.

Langsam taute die Leiche auf, wurde geschmeidig.

Dr. Satanos war aufgeregt wie ein Schuljunge vor seiner ersten

Rechenarbeit, als er den schon präparierten Kopf nahm und ihn auf den fremden Körper operierte.

Diese Arbeit dauerte drei Stunden.

Dr. Satanos war ein Könner. Er war damals dabeigewesen, als man in Rußland Hundeköpfe auf andere Körper operierte. Satanos hatte den Vorschlag gemacht, es auch mit Menschen zu versuchen. Die Wissenschaftler hatten ihn daraufhin aus ihrem Kreis ausgestoßen. Satanos war geflohen. Nach England. Zum Glück besaß er ein nicht unbeträchtliches Vermögen, das er in weiser Voraussicht nach und nach aus Rußland auf sein Schweizer Nummernkonto geschafft hatte. Von diesem Geld kaufte er sich das Schloß und richtete es nach seinen Vorstellungen ein. Zwei Jahre hatte alles gedauert.

Dr. Satanos betrachtete sein Werk. Es war ein Meisterwerk, mußte er sich selbst eingestehen. Er hatte die Operation glänzend geschafft. Zwei Narben nur waren zurückgeblieben. Eine auf der Schädeldecke und die andere an der Nahtstelle zwischen Kopf und Körper.

Jetzt kam es auf die kleine Lamelle an, die er in den Schädel einoperiert hatte. Würde sie seinen computergesteuerten Befehlen gehorchen?

Dr. Satanos trat an einen schwarzen Kasten. Hierin befand sich der Sender.

Durch einen Knopfdruck schaltete er ihn ein. Der Kasten begann zu brummen. Satanos regulierte an der Feineinstellung. Die Schwingungen wurden auf dem Schirm eines Oszillographen aufgezeichnet. Noch waren sie normal, kaum von Sinuskurven zu unterscheiden.

Dr. Satanos veränderte die Stromstärke. Die Schwingungen veränderten sich, wurden abgehackter, nahmen andere Formen an.

Dr. Satanos starrte auf den Toten.

Er wußte, der Empfänger im Kopf arbeitete auf Hochtouren, würde die empfangenen Impulse an das Nervenzentrum weitergeben.

Vorerst geschah nichts.

Doch plötzlich zuckte die Hand des Toten. Dieses Zucken breitete sich über den gesamten Körper aus. Satanos regulierte an dem Sender, gab elektronische Befehle.

Der Mensch setzte sich auf.

Dr. Satanos unterdrückte nur mühsam einen Triumphschrei. Er hatte es geschafft. War am Ziel seiner Forschungen angelangt.

Er hatte einen fremden Kopf auf einen fremden Körper operiert. Ein völlig neues Wesen war entstanden. Ein Wesen, das ihm gehorchte.

Dr. Satanos hatte für jede Tätigkeit seiner Geschöpfe einen bestimmten elektronischen Befehl. All dies war in der kleinen Lamelle im Kopf des Wesens gespeichert.

Dr. Satanos probierte alles durch. Das Wesen gehorchte ihm aufs Wort.

Dr. Satanos dachte an die sieben anderen Köpfe und an die Leichen, die noch in den Tiefkühlfächern lagen. Noch heute würde er mit den Versuchen beginnen. Und dann war er seinem großen Ziel ein wesentliches Stück näher gerückt. Die ganze Welt würde noch vor ihm zittern . . .

Am nächsten Morgen herrschte trübes Wetter. Der Nebel hatte sich etwas verdichtet, und es war noch kühler geworden.

John Sinclair hatte schlecht geschlafen. Mrs. Browns Erzählungen hatten immer in seinem Kopf herumgespukt.

Es war gegen acht Uhr, als John Sinclair nach unten ging.

Mrs. Brown sah schlecht aus. Die Strapazen der vergangenen Tage hatten ihr Gesicht gezeichnet.

»Ich habe Ihnen ein Frühstück zubereitet, Mister Sinclair«, sagte die Frau.

John bedankte sich.

Er aß Speck und Toast. Dazu trank er Tee.

Mrs. Brown frühstückte nicht. Sie saß neben John am Tisch und starrte ins Leere.

»Was haben Sie vor, Mister Sinclair?«

John trank einen Schluck Tee, ehe er antwortete: »Ich werde mir mal das Schloß ansehen.«

Mary Brown schrak zusammen. »Wollen Sie auch sterben, Mister Sinclair?«

John lachte. »Das hatte ich eigentlich nicht vor. Aber vielleicht können Sie mir sagen, wie ich dorthin komme.«

»Zwischen den Klippen führt ein schmaler Weg zum Schloß hoch, soviel ich weiß. Selbst bin ich diesen Weg noch nie gegangen. Man erzählt sich, er sei verhext. Ein junger Mann aus dem Dorf wollte auch mal zu dem Schloß. Fischer haben später seinen zerschmetterten Körper zwischen den Klippen gefunden.«

»Dann hat der gute Mann bestimmt nicht aufgepaßt«, erwiderte John Sinclair.

Der Scotland-Yard-Inspektor zündete sich eine Zigarette an.

»Mein Sohn müßte auch bald hiersein«, sagte Mary Brown leise. »Er wollte die Nacht durchfahren.«

»Da Sie gerade das Stichwort erwähnen, Mrs. Brown: Versuchen Sie alles, was in Ihrer Macht steht, Jeff von unüberlegten Aktionen fernzuhalten.«

»Ich weiß nicht, ob ich es schaffe, Mister Sinclair.«

Vor dem Haus klang plötzlich dreimal eine Autohupe auf.

»Das ist Jeff«, sagte Mary Brown schnell und lief nach draußen.

John Sinclair ging zum Fenster.

Er sah, wie ein junger, kräftiger Mann aus einem knallgelben Mini-Morris stieg und seiner Mutter in die Arme fiel.

Mary Brown sprach schnell auf ihren Sohn ein. Dann kamen beide ins Haus.

»Darf ich dir Mister Sinclair von Scotland Yard vorstellen, Jeff?«

Jeff Brown drückte John die Hand. Es war ein kräftiger Händedruck, der bewies, daß der junge Mann auch zupacken konnte.

Jeff Brown war genauso groß wie John Sinclair, hatte jedoch pechschwarzes Haar, das modisch geschnitten war und die Ohren bedeckte. Jeff trug einen hellblauen Jeansanzug und darunter ein kariertes Sporthemd, das am Hals offenstand.

»Meine Mutter hat mir ja schon geschrieben, was hier los ist«, sagte Jeff Brown. »Ich hoffe, Mister Sinclair, Sie werden mit einem Assistenten einverstanden sein. Ich studiere übrigens Jura und will später einmal Staatsanwalt werden.«

»Ihre Absicht in allen Ehren, Mister Brown. Aber diesen Fall möchte ich doch allein lösen. Er ist zu gefährlich.«

Jeff lachte auf. »Inspektor, glauben Sie denn im Ernst, Sie könnten mich von meinem Entschluß abbringen? Das kommt gar nicht in Frage. Was würden Sie denn an meiner Stelle machen, wenn man Ihren Vater umgebracht hätte? So einfach alles laufenlassen? Das kann ich mir bei Ihnen auch nicht vorstellen.«

John Sinclair mußte Jeff recht geben. Er hätte auch nicht anders gehandelt.

John machte den jungen Mann noch einmal auf die Gefahren aufmerksam, die auf ihn zukommen würden.

Jeff Brown schüttelte nur den Kopf. »Ich will den Mörder meines Vaters finden.«

Mrs. Brown sah John mit einem Blick an, der ungefähr bedeuten konnte: Ich kann auch nichts dafür.

»Tja, dann werde ich mir mal die Gegend ein wenig ansehen«, sagte John Sinclair.

»Wollen Sie wirklich zum Schloß, Inspektor?« fragte Mary Brown ängstlich.

»Nein. Heute morgen noch nicht. Das Schloß habe ich mir für später vorgenommen.«

»Wohin ich dann mitgehen werde«, sagte Jeff bestimmt.

John Sinclair verabschiedete sich von den beiden Browns. Er ging zu seinem Wagen und steckte seine Taschenlampe ein. Die Pistole trug John Sinclair in einer Schulterhalfter unter der linken Achsel.

Die Menschen, denen John auf der Dorfstraße begegnete, sahen ihn scheu an. Für sie war er ein Fremder. Und Fremden begegnete man hier in Blyton mit Vorsicht. Besonders nach den Vorfällen der letzten Tage.

John verließ das Dorf und kam zum Hafen. Er war klein und lag in einer geschützten Bucht. Nur ein Fischerkahn schaukelte träge im Wasser. Die anderen waren schon längst auf See. Einige Ruderboote waren an einem Poller befestigt. Regenwasser stand in kleinen Pfützen in den Booten.

John blickte auf das offene Meer. Die Wolken hingen tief, und es war nur eine Frage der Zeit, wann es regnen würde.

Das unheimliche Schloß konnte man in dem Dunst mehr ahnen als sehen. Haushohe Klippen schützten es wie ein undurchdringliches Bollwerk. Wind kam auf und trieb schwere Regenwolken vor sich her.

John entdeckte einen alten Fischer, der über den Pier schlurfte.

Der Inspektor ging zu ihm.

Der Fischer sah ihn mißtrauisch an.

»Guten Morgen«, grüßte John höflich.

Der Fischer brummte einen Gruß zurück.

John fragte nach dem Weg zu dem Schloß.

Dem Fischer fiel fast vor Schreck die Stummelpfeife aus dem Mund, als er Johns Frage hörte.

»Sind Sie lebensmüde, Mister?«

»Nein.«

»Dann bleiben Sie von dem Schloß weg. Es ist verhext. Der Satan wohnt dort oben.«

Der Fischer versuchte, John Sinclair noch mit einem langen Vortrag von seinem Vorhaben abzubringen.

»Das ist ja alles schön und gut«, lächelte der Inspektor. »Aber ich muß dorthin.«

Der Fischer blickte ihn düster an und erklärte ihm dann den Weg durch die Klippen.

John Sinclair bedankte sich.

Es wurde eine mühevolle Kletterei. Die Klippen waren naß und dadurch sehr rutschig. John war froh, als er endlich den schmalen Weg fand, der zum Schloß führte.

Der Nebel verdichtete sich. John hatte das Gefühl, ganz allein auf der Welt zu sein. Von dem Schloß konnte er schon nichts mehr sehen.

Plötzlich hörte er ein Geräusch. Steine kollerten ihm entgegen. John huschte seitlich zwischen die Klippen.

Eine Gestalt schälte sich aus dem Nebel. Sie saß auf einem Fahrrad.

John Sinclair ließ den Fahrer nahe genug herankommen. Und da erkannte er ihn.

Es war der Bucklige!

John zögerte keine Sekunde.

Mit einem Satz sprang er auf den Weg.

»Stopp!« peitschte seine Stimme.

Der Bucklige bremste, die Reifen griffen nicht richtig, das Rad kam ins Schleudern und rutschte zur Seite weg.

Mit einem Schrei fiel der Bucklige aus dem Sattel, war jedoch sofort wieder auf den Beinen und hechtete auf John Sinclair zu.

John hatte mit dieser schnellen Reaktion nicht gerechnet. Er mußte den Buckligen voll nehmen.

John Sinclair flog zurück zwischen die Klippen. Er schlug mit dem Schädel irgendwo gegen, und etwas schien sich in seinen Rücken zu bohren.

Der Bucklige lag über ihm.

John sah das entstellte Gesicht und den mordlüsternen Ausdruck in den Augen.

»Du Hund!« geiferte der Bucklige.

Er hatte beide Hände um Johns Kehle gekrallt, ließ jedoch plötzlich die rechte Hand los, um sein Messer zu ziehen.

John Sinclair rollte sich zur Seite weg und zog gleichzeitig die Knie an.

Der Bucklige rutschte weg und fiel neben ihn auf den Boden.

Während John hochkam, schlug er nach dem Kinn des Buckligen, fehlte jedoch, da dieser sich blitzschnell duckte und endgültig sein Messer zog.

Der Bucklige stach zu. Von unten herauf. John entging dem Stoß nur durch eine gedankenschnelle Drehung.

Der Bucklige kam aus dem Gleichgewicht.

John nutzte die Chance und schlug zu.

Der Bucklige gurgelte auf. Er kippte zurück.

John wollte nachsetzen, rutschte aber weg. Nur mit Mühe konnte er sein Gleichgewicht halten.

Der Bucklige sah eine Chance.

Das Messer zielte gegen Johns Hals.

Der Inspektor bog den Kopf gerade noch zurück.

Die Klinge ritzte nur etwas Haut von seiner rechten Halsseite. Der Bucklige fluchte unterdrückt und warf sich herum. Mit ein paar Sätzen war er zwischen den Klippen verschwunden.

John nahm die Verfolgung auf.

Es war ein Spiel mit ungleichen Karten. Während der Bucklige hier jeden Stein kannte, mußte John höllisch aufpassen, daß er keinen Fehltritt machte.

Zum Glück fing es an zu regnen. Dadurch verschwand der Nebel. John konnte sich besser orientieren.

Der Inspektor sah den Buckligen auf einer vom Wind blankgeputzten Felskuppel stehen. Er winkte mit beiden Armen. Sein gellendes Lachen zerrte an Johns Nerven.

Der Bucklige lachte weiter.

John gab einen Warnschuß ab.

Wieder lachte der Bucklige.

Plötzlich hatte John Sinclair ein ungutes Gefühl. Und da hörte er auch schon hinter sich das Geräusch.

John wirbelte herum.

Zu spät. Ein gnadenloser Schlag traf ihn am Kopf. John kippte zurück. Er spürte noch, wie er irgendwo aufschlug, hörte das gellende Lachen des Buckligen und merkte nicht mehr, wie er in die Tiefe fiel.

Eine gnädige Ohnmacht hatte ihn umfangen.

Der Bucklige sprang von dem Felsen. Er lief auf den Mann zu, der John ausgeschaltet hatte.

Es war eines der Wesen von Dr. Satanos!

Der Bucklige kicherte. »Gut hast du das gemacht. Gut. Dieser Mann ist hin. Solch einen Sturz hat noch niemand überstanden.«

Und wieder gellte das schaurige Lachen des Buckligen über die Klippen . . .

Jeff Brown verschmolz fast mit dem Schatten der dicken Schloßmauer.

Er hatte es bei seiner Mutter einfach nicht mehr ausgehalten. Durch die steilen Klippen war er in einer lebensgefährlichen Klettertour bis an die Schloßmauer gelangt.

Jeff Brown verschnaufte. Er mußte sich eine Atempause gönnen.

Nach einigen Minuten schüttelte er das Seil, das über seiner Schulter hing, ab. Am Ende des Seils befand sich ein viergliedriger Enterhaken.

Jeff Brown legte sich das Seil zurecht, prüfte noch einmal kurz die Höhe, schwang das Seilende mit dem Enterhaken ein paarmal hin und her und warf das Seil geschickt hoch.

Es klappte schon beim ersten Wurf.

Der Haken hatte sich in dem dicken Gestein der Schloßmauer festgeklemmt.

Jeff zog sich die Ärmel seines dicken Pullovers hoch und machte sich an den Aufstieg.

Stück für Stück hangelte er sich an dem Seil höher.

Endlich war es geschafft.

Keuchend lag Jeff Brown auf der Schloßmauer. Sie war etwa einen halben Yard breit.

Jeff Brown sah in den Schloßhof. Leer und verlassen lag er unter ihm.

Jeff holte das Seil hoch und ließ es auf der anderen Seite der Mauer wieder hinuntergleiten.

Der Abstieg bereitete ihm weniger Mühe.

Die letzten Yards sprang Jeff Brown. Seine Gedanken kreisten um das Schloß und um John Sinclair.

Ob der Inspektor schon bei diesem Dr. Satanos war? Es war gut möglich, denn normalerweise wäre John Sinclair längst wieder zurückgewesen.

Über Jeff Brown zogen Möwen und Krähen ihre Bahn. Das Geschrei zerrte an den Nerven des jungen Mannes. Er hatte die Vögel noch nie ausstehen können.

Jeff hatte noch keine Ahnung, wie er in das Schloß gelangen sollte. Er vertraute einfach auf sein Glück. Irgendwo fand er bestimmt eine offenstehende Tür. Vielleicht auch einen Geheimgang.

Jeff war an der Rückseite des Schlosses über die Mauer gestiegen. Er glaubte, hier ziemlich sicher zu sein, konnte jedoch nicht ahnen, daß Dr. Satanos durch einige versteckt angebrachte Fernsehkameras jeden Winkel des Schloßhofes überwachte und gerade zu dieser Zeit vor den Monitoren saß, um eines seiner Wesen zu beobachten, das er losgeschickt hatte.

Jeff Brown überwand den Schloßhof mit langen Sätzen. Er preßte sich sofort eng gegen die Rückwand des Schlosses.

Seine Blicke irrten umher, suchten nach etwaigen Beobachtern. Nichts. Alles schien ruhig und friedlich.

Jeff Brown schlich an der dicken Mauer entlang. Die erhoffte Tür oder den Geheimgang fand er nicht.

Jeff biß sich wütend auf die Unterlippe. Damit hatte er nicht gerechnet.

Schließlich hatte er erfolglos die Hälfte des Schlosses umrundet und war fast bis an das große Eingangstor vorgedrungen, als er den Mann entdeckte.

Er war groß und kräftig, sah fast normal aus. Und doch schreckte Jeff Brown etwas ab.

Es war der Gang des Mannes.

Er wirkte steif, ungelenk.

»Wie ein Roboter«, flüsterte Jeff Brown, »genauso.«

Noch hatte ihn der Mann nicht gesehen. Er ging mit seinen eckigen Schritten und den Kopf starr geradeaus gerichtet auf die schwere Eichentür zu.

Wo war der Mann hergekommen? War er ein Wächter, der immer im Schloßhof patrouillierte? Oder war er etwa von draußen gekommen? Jeff Brown fand keine Erklärung.

Der Mann hatte das Eingangsportal erreicht. Unbeirrt verschwand er in dem Schloß. Die Tür blieb einen Spalt offen.

Das war die Gelegenheit.

Jeff nahm allen Mut zusammen. Nicht ein einziges Mal kam ihm der Gedanke, in eine Falle gelockt zu werden.

Vorsichtig schlich sich der junge Mann in das Innere des Schlosses.

Eine hohe Halle nahm ihn auf.

Der Boden war mit großen, quadratischen Fliesen bedeckt. Braun und Gelb. Jeff wunderte sich ein wenig, denn die Schlösser und Burgen, die er kannte, besaßen meistens Parkettboden.

In der Halle herrschte ein schummriges Halbdunkel. Eine breite Holztreppe führte zu einer Galerie. Oben an der Wand erkannte Jeff einige Bilder.

Ein runder Tisch mitten in der Halle fesselte Jeffs Aufmerksamkeit. Auf dem Tisch stand ein schwerer Kandelaber, in dem sieben Kerzen brannten. Sie verbreiteten einen eigentümlichen Geruch.

Leichengeruch!

Plötzlich erinnerte sich Jeff Brown an einen Bericht, den er mal gelesen hatte. Darin wurde eine Firma erwähnt, die aus Leichenfett Kerzen und andere okkulte Gegenstände herstellte.

Sollten diese Kerzen etwa auch . . .?

Jeff wagte diesen Gedanken gar nicht zu Ende zu führen. Auf einmal bekam er Angst. Schweiß bildete sich auf seiner Stirn. Er wäre am liebsten umgekehrt.

Mit einem dumpfen Knall fiel die Eingangstür hinter Jeff Brown zu.

Der junge Mann schrak zusammen. Blitzschnell wandte er sich um, fürchtete, daß jemand hinter ihm stand.

Nichts war zu sehen.

Das wird wohl der Wind gewesen sein, beruhigte sich Jeff selbst.

Langsam ging er weiter in die große Halle hinein. Wo befand sich der Mann von vorhin? Hatte er sich versteckt, um ihm aufzulauern?

Jeff Brown fröstelte.

Plötzlich Schritte.

Tapp, tapp, tapp.

Jeff warf einen Blick zur Treppe hin. Oben auf der Galerie sah er zwei Beine. Jeff erkannte den roboterhaften Gang.

Das war der Mann von vorhin.

Jetzt hatte er die oberste Treppenstufe erreicht.

Jeff Brown stand wie gelähmt, seine Augen starr auf die Treppe gerichtet.

Dann sah er den Mann ganz. Vorhin auf dem Schloßhof hatte er nichts in den Händen gehabt. Nun trug er eine gefährliche Waffe.

Ein Schwert! Er hielt es in der rechten Hand.

Jeffs Erstarrung löste sich. Unwillkürlich wich er zurück. Er dachte nur an eines – Flucht!

Jeff hetzte zur Tür, rüttelte an der schweren Klinke.

Verschlossen!

Ein plötzlich einsetzendes teuflisches Gelächter ließ ihm fast das Blut in den Adern gefrieren.

Eine Stimme erscholl. »Geben Sie sich keine Mühe, junger Mann! Die Tür ist zu! Sie sind mein Gefangener!«

Jeff wirbelte herum.

Der Mann mit dem Schwert war näher gekommen. Nur noch wenige Yards trennten die beiden.

Und da erwachte in Jeff Brown der Lebenswille. Zum Teufel noch mal, so einfach würde er sich nicht abschlachten lassen. Wozu war er auf der Uni einer der besten Sportler?

Leicht geduckt erwartete Jeff seinen Gegner.

Der Mann hob das Schwert. Nicht mit einer flüssigen, eleganten Bewegung, sondern es war wie bei einem Hampelmann, wenn man dessen Arm mit einem Faden hochzieht.

Der Hieb pfiff durch die Luft. Von oben nach unten.

Jeff hatte keine Mühe wegzutauchen. Zu einem zweiten Schlag wollte er den Kerl gar nicht erst kommen lassen.

Jeff Brown holte die Rechte aus der Hüfte. Voll donnerte er sie dem Mann ins Gesicht.

Und dann geschah etwas Schreckliches.

Der Kopf flog von diesem Schlag zur Seite, kippte auf die Schulter.

Jeff Brown stand starr vor Grauen.

Wogegen hatte er gekämpft? War es ein Mensch, ein Monster? Jeff fand keine Erklärung.

Das Wesen drehte sich jetzt um die eigene Achse. Durch die Fliehkraft schleuderte der Kopf hin und her. Drähte wurden sichtbar. Plötzlich sprühten Funken.

Dann brach der Robotermensch zusammen.

Schwer atmend und naßgeschwitzt blickte Jeff Brown auf das Monster. Er konnte alles nicht begreifen.

Wieder gellte das teuflische Lachen auf. Aber diesmal nicht durch Lautsprecher verstärkt, sondern direkt hinter Jeffs Rücken.

Der junge Mann kreiselte herum.

Vor ihm stand Dr. Satanos . . .

Der Wissenschaftler hielt eine Pistole in der rechten Hand. Die Mündung zeigte auf Jeff Browns Magen.

Mit der freien Hand deutete Dr. Satanos auf das am Boden liegende Wesen. »Damit haben Sie sich selbst Ihr Todesurteil ausgestellt, junger Mann.«

Jeff Brown biß die Zähne zusammen. Nur keine Angst zeigen, sagte er sich. »Was macht Sie denn so sicher, Mister? Mit diesen Figuren wie dem da können Sie mir keine Angst mehr einjagen.«

Satanos lächelte kalt. »Sie Narr. Sie hirnverbrannter Idiot. Was glauben Sie denn, wo Sie sind? In einem Mädchenpensionat? Ich bin Dr. Satanos. Ich kann Sie zerquetschen wie eine Laus. Wie heißen Sie überhaupt?«

»Mein Name ist Jeff Brown«, erwiderte der junge Mann ruhig.

Satanos' Gesicht verzog sich. »Ich kannte mal einen Konstabler Brown. Er wollte mich verhaften. Jetzt liegt er . . .«

»Dieser Konstabler Brown ist mein Vater«, unterbrach ihn Jeff mit klirrender Stimme.

Satanos lachte. »Das ist gut. Wirklich. Dann kann ich den Sohn ja gleich neben den Vater legen. Ist mal was anderes.«

Jeff machte Anstalten, sich auf den Wissenschaftler zu stürzen. Satanos ging zwei Schritte zurück.

»Vorsicht!« zischte er. »Ich werde Sie gnadenlos erschießen.«

Jeff stoppte seinen Angriff. Vielleicht war es wirklich besser, den Mann nicht zu reizen. Es würde sich bestimmt noch eine günstigere Gelegenheit bieten.

»Und nun werden wir beide mal einen kleinen Spaziergang machen«, sagte Satanos. »Drehen Sie sich um.«

Jeff gehorchte.

»Gehen Sie langsam auf die Tür im Hintergrund der Halle zu.«

Auch das tat Jeff. Kurz bevor er die Tür erreicht hatte, öffnete sie sich automatisch. Selenzellen, dachte Jeff.

Ein dunkler Schlund gähnte ihm entgegen.

»Der Lichtschalter befindet sich rechts oben.«

Jeff schaltete das Licht ein.

Eine Steintreppe führte nach unten.

Die beiden Männer gingen in das unterirdische Kellerlabor. Jeff kam aus dem Staunen nicht mehr heraus, als er diese moderne Hexenküche sah.

Dr. Satanos trieb ihn durch alle Räume, vorbei an den Monitoren, den Experimentierlabors und in die Kühlkammer.

Sieben Bahren standen dort nebeneinander. Auf den Bahren lagen Leichen.

Jeff Brown warf einen scheuen Blick auf die Toten und zuckte plötzlich wie vom Schlag getroffen zurück.

Auf der letzten Bahre lag sein Vater!

Wenigstens war es der Kopf seines Vaters. Doch der Körper gehörte einem anderen.

Jeff stöhnte auf. Was er hier sah, war zuviel für seine Nerven.

Hinter ihm kicherte Satanos. »Eine hübsche Überraschung, wie? Vater und Sohn treffen sich wieder.«

Jeff wollte etwas sagen, seine Wut hinausschreien, da traf ihn ein harter Schlag am Hinterkopf.

Bewußtlos sackte Jeff zusammen.

Dr. Satanos sprang über ihn hinweg und öffnete die Tür zur Folterkammer. Seine Pistole, mit der er zugeschlagen hatte, steckte er ein, denn er brauchte beide Hände, um den jungen Mann in die Folterkammer zu schleifen.

Einige Ratten stoben quietschend davon, als sie die Menschen sahen.

»Ihr habt Hunger, was?« geiferte Satanos. »Ihr werdet schon bald satt werden. Wartet nur ab.«

Satanos zog Jeff Brown bis zu einer Querwand. In das dicke Gestein waren Ringe eingelassen, an denen schwere Ketten hingen. Die Ketten waren verrostet, doch die Manschetten hatte Satanos säuberlich gepflegt. Auch die Schlösser waren gut geölt.

Knackend schlossen sich die Manschetten um Jeff Browns Handgelenke.

Dr. Satanos trat zurück und wartete ab. Die Ketten waren nicht lang. Der Gefangene konnte sich nicht hinstellen. Nur knien.

Es dauerte noch einige Minuten, bis Jeff aus seiner Ohnmacht erwachte. Und wieder dauerte es einige Zeit, bis er einigermaßen aufnahmefähig war.

In der Folterkammer hatte Dr. Satanos extra kein elektrisches Licht angelegt. An einer Wand hingen in eisernen Haltern

Pechfackeln. Eine davon hatte Satanos angezündet. Er leuchtete Jeff mit der Fackel ins Gesicht.

Der junge Mann kniff blinzelnd die Augen zusammmen.

»Sieh dich um«, flüsterte Satanos. »Sieh dich nur um. Du befindest dich hier in einer Folterkammer. Da«, Satanos' linker Arm schoß vor, »steht die Eiserne Jungfrau. Und dort eine Streckbank. Aber damit werde ich dich wohl kaum belästigen. Du bist reif für die Guillotine.«

Satanos' Worte drangen nur langsam in Jeffs Gehirn. Er litt immer noch unter den Auswirkungen der Bewußtlosigkeit. Satanos redete noch viel wirres Zeug. Doch seine letzten Worte hörte Jeff mit fast brutaler Deutlichkeit.

»Und weißt du, wer dein Henker sein wird, junger Mann?«

»Laß mich in Ruhe«, stöhnte Jeff.

»Dein Vater wird es sein. Dein eigener Vater . . .!«

Der beißende Schmerz brachte John Sinclair wieder in die Wirklichkeit zurück.

Nur mit Mühe öffnete er die schweren Augenlider.

Was er sah, brachte ihn fast an den Rand der Verzweiflung.

Tief unter ihm schäumte das Meer gegen die steilen Klippen.

Er selbst lag auf einem schmalen Felsvorsprung, konnte jeden Moment abrutschen und in die tödliche Tiefe stürzen.

John Sinclair schloß die Augen. Er stöhnte. Fast jede Stelle an seinem Körper schmerzte.

John hob den rechten Arm, tastete nach seinem Kopf. Seine Fingerspitzen wurden feucht und klebrig.

Blut. Er mußte mit dem Kopf irgendwo gegengestoßen sein.

Was war überhaupt geschehen? John Sinclair konzentrierte seine Gedanken auf die Zeit vor der Bewußtlosigkeit.

Da war der Bucklige gewesen. Er hatte mit ihm gekämpft. Und dann dieser plötzliche Schlag gegen den Kopf. Er war gefallen, und von dort an hatte er Sendepause. Nur einer gütigen Fügung des Schicksals war es zu verdanken, daß John Sinclair nicht auf den scharfkantigen Klippen zerschmettert war.

John blieb noch einige Zeit liegen, machte Atemübungen, sammelte neue Kräfte.

Dann glaubte er, genügend Kraft zu haben, um sich aus seiner mißlichen Lage befreien zu können.

John drehte den Kopf, so gut es ging.

Über sich erkannte er eine Felswand, etwa zwei Yards hoch. Dort mußte er hinabgestürzt sein. Die Wand wies Risse und Spalten auf. Einem geübten Kletterer würde es keine große Mühe bereiten, sie zu überwinden.

Aber John Sinclair?

Trotzdem machte sich der Inspektor an den Aufstieg. Es blieb ihm nichts anderes übrig.

Es war schon eine überaus schwierige Aufgabe, auf dem kleinen Felsvorsprung auf die Füße zu kommen.

John schaffte es mit zitternden Knien.

Danach stützte er sich mit beiden Händen an der Wand ab und gönnte seinem Körper eine Pause.

Weiter ging es.

John suchte sich die größten Spalten und Risse aus, hoffte, daß sie seinem Körpergewicht standhielten.

John Sinclair schaffte es. Hinterher konnte er jedoch selbst nicht sagen, wie.

Völlig ausgepumpt lag er oben auf dem kleinen Plateau. Einige Yards entfernt sah er den Weg, der zum Schloß führte.

John blickte auf seine Uhr, die den Absturz überstanden hatte. Er war höchstens eine halbe Stunde bewußtlos gewesen. Die Mittagszeit war gerade vorbei.

John vermißte seine Pistole. Sie war bei dem Sturz bestimmt unten in das Meer gefallen.

John Sinclair entschloß sich, erst einmal wieder ins Dorf zu gehen.

Und dieser Weg wurde für ihn kein Zuckerschlecken. Mehrmals drohte ihn die Ohnmacht zu überwältigen. Doch sein eiserner Wille hielt ihn aufrecht.

Er sah nicht die bestürzten und erstaunten Gesichter der Menschen, als er nach Blyton hineintorkelte.

Jemand faßte seinen Arm. »Wo möchten Sie hin?«

»Zu Konstabler Browns Haus«, keuchte John.

»Ich helfe Ihnen.«

Mary Brown fiel fast selbst in Ohnmacht, als sie John sah.

»Um Gottes willen, Mister Sinclair. Kommen Sie. Sie sind ja verletzt. Einen Arzt, schnell.«

John winkte müde ab. »Ich brauche keinen Arzt. Haben Sie keine Tabletten und Salbe für meine Wunden?«

»Sicher, Mister Sinclair. Aber . . .«

»Nichts aber. Das reicht. Ich bin nicht aus Pappe. Und sagen Sie Ihrem Sohn, er soll . . .«

»Mein Sohn ist nicht da.«

»Was?« John riß seinen Kopf hoch. »Ja, zum Teufel, wo ist er denn?«

Tränen traten plötzlich in Mary Browns Augen. »Er – er ist zum Schloß gegangen«, schluchzte sie . . .

»Das darf doch nicht wahr sein«, flüsterte John Sinclair. Ächzend ließ er sich in einen Sessel fallen.

Mary Brown nickte verkrampft. »Jeff hielt es einfach nicht mehr aus. Er hatte gedacht – nun . . . Er meinte, Sie wären auch in dem Schloß.«

John Sinclair wischte sich über seine naßgeschwitzte Stirn. »Wissen Sie, was das bedeutet, Mrs. Brown?«

»Ich kann es mir denken.«

»Wir wollen uns nichts vormachen. Ihr Sohn schwebt in allerhöchster Lebensgefahr. Ich muß schnellstens wieder in das Schloß.«

»Aber erst muß ich Ihre Wunden behandeln, Mister Sinclair. Ich war während des Krieges Helferin bei den Sanitätern. Ich verstehe etwas von der Sache.«

Mary Brown hatte wirklich nicht übertrieben. Sie behandelte Johns Platzwunde am Kopf und auch die Hautabschürfungen sicher und geschickt. Jod und Salbe brannten zwar höllisch, doch nach einer gewissen Zeit ließ der Schmerz nach. Zum Schluß klebte Mrs. Brown John ein Pflaster auf den Kopf. Schließlich schluckte er noch zwei Tabletten.

»Ich danke Ihnen vielmals«, sagte John Sinclair.

Mary Brown wehrte verlegen ab. »Aber das war doch selbstverständlich.«

Während die Frau Johns Wunden behandelt hatte, war in seinem Kopf schon ein Plan gereift.

»Sagen Sie, Mrs. Brown, gibt es hier in Blyton irgendwelche Unterlagen über das Schloß?«

Die Frau dachte scharf nach. »Nicht, daß ich wüßte, aber versuchen Sie es doch mal im Pfarrhaus bei Father Syndham. Dort gibt es eine Art zentrale Verwaltungsstelle für das Dorf.«

»Die Idee ist gar nicht schlecht«, sinnierte John. »Wie komme ich denn da hin?«

Mrs. Brown erklärte ihm den Weg.

Danach verabschiedete sich John von der hilfsbereiten Frau. Mrs. Brown hatte Tränen in den Augen, als sie sagte: »Holen Sie Jeff gesund wieder, Inspektor. Bitte.«

John lächelte zuversichtlich. »Wird schon schiefgehen, Mrs. Brown.«

In Wirklichkeit war er sich gar nicht mal so sicher, daß Jeff Brown noch lebte. Aber diesen Gedanken konnte er einer verzweifelten Mutter beim besten Willen nicht mitteilen.

Das Pfarrhaus war ein altes Steingebäude und stand direkt neben der Kirche und dem kleinen Friedhof. Zwei Trauerweiden standen vor dem Eingang des Pfarrhauses. Sie gaben dem ganzen Bild einen düsteren, melancholischen Charakter.

John drückte auf den altmodischen Klingelknopf. Schwere Schritte näherten sich der Holztür.

Dann stand Father Syndham vor ihm.

John Sinclair stellte sich vor und brachte sein Anliegen dar.

Father Syndham, ein kleiner Mann um die Fünfzig mit rosigem Gesicht und einer spiegelblanken Glatze, nickte bestätigend.

»Dann kommen Sie mal herein, junger Mann«, sagte er mit sonorer Stimme, die gar nicht zu seinem Äußeren paßte.

Der Father führte John in sein Arbeitszimmer. Mit Büchern vollgestopfte Regale zogen sich bis zur Decke hin.

»Mein ganzer Stolz«, sagte Father Syndham lächelnd.

John nickte anerkennend. »Fast wie das Archiv von Scotland Yard.«

Mit diesem Lob war das Eis zwischen den beiden gebrochen.

»Dann werde ich mal sehen, was ich für Sie tun kann, Inspektor.«

Father Syndham kramte in dem Regal herum und kam mit einem alten Wälzer zu John Sinclair.

Er legte das Buch auf seinen Schreibtisch. »Hier steht alles drin, was je über unser Dorf und seine Umgebung aufgezeichnet wurde.«

John interessierte nur das Schloß. Ein ganzes Kapitel handelte von der Entstehungsgeschichte und den früheren Besitzern des Schlosses. Anfang des zwanzigsten Jahrhunderts war kein Besitzer mehr vermerkt. Die Eintragungen hörten abrupt auf. John erkundigte sich nach dem Grund.

Father Syndham zuckte die Schultern. »Genaues kann ich Ihnen auch nicht sagen. Ich habe nur gehört, daß die letzten Besitzer, als sie auf Urlaub in Indien waren, an einer Seuche gestorben sind. Von da an hat sich eigentlich niemand richtig um das Schloß gekümmert.«

John kaute nachdenklich auf der Unterlippe. »Gibt es vielleicht einen Grundriß vom Schloß?«

»Den gibt es, Inspektor. Sogar in diesem Buch. Ganz vorn. Warten Sie, ich schlage Ihnen die Seite auf. Aber sagen Sie: Weshalb interessieren Sie sich eigentlich so für das Schloß? Und dann sind Sie noch von Scotland Yard. Komisch. Man hörte ja einiges, wissen Sie, aber . . .«

John klopfte Father Syndham jovial auf die Schulter. »Das erzähle ich Ihnen später alles einmal, Father.«

»Ich nehme Sie beim Wort, Inspektor. Übrigens, ich habe auch einen guten Whisky. Möchten Sie vielleicht?«

»Danke. Im Augenblick nicht.«

Father Syndham hatte inzwischen die Karte aufgeschlagen. John studierte sie genau. Der Grundriß des Schlosses war sehr präzise. Es waren die Kellerräume und die Folterkammer eingezeichnet.

Und noch etwas fiel dem Inspektor auf.

Eine Linie, die von Osten nach Westen führte, also zum Meer hin.

»Hat das Schloß einen Zugang zum offenen Meer?« erkundigte sich John.

»Das kann ich Ihnen auch nicht sagen, Inspektor«, erwiderte Father Syndham. »Ist denn so etwas eingezeichnet?«

»Es scheint so. Hier, sehen Sie selbst.«

Der Father beugte sich über die Zeichnung. »Ich muß ehrlich gestehen, Inspektor, daß ich davon keine große Ahnung habe. Ich meine, vom Kartenlesen. Eine Entscheidung können Sie von mir beim besten Willen nicht verlangen.«

»Das hatte ich auch gar nicht vor, Father.«

John Sinclair erhob sich.

»Vielen Dank für Ihre Mühe, Father Syndham. Sie haben mir sehr geholfen.«

»Das hoffe ich, Inspektor. Das hoffe ich. Warten Sie, ich begleite Sie noch bis zur Tür.«

Draußen atmete John Sinclair die kühle Luft ein. Nicht mehr allzu lange, dann würde es dunkel werden. John mußte sich beeilen.

Die Idee mit dem Meerzugang ging ihm nicht mehr aus dem Kopf. Es mußte doch mit dem Teufel zugehen, wenn dieser Zugang nicht zu finden war.

John Sinclair eilte in Richtung Hafen. Er hatte bei seinem ersten Besuch dort ein Geschäft gesehen, in dem alle möglichen Sachen verkauft wurden. Unter anderem auch Taucherausrüstungen.

Ein etwa zwanzigjähriger Mann mit langen roten Haaren bediente dort.

John trug ihm seine Wünsche vor.

»Eine Taucherausrüstung wollen Sie, Mister? Wofür das denn?«

John Sinclair blieb weiterhin freundlich. »Das ist meine reine Privatsache, junger Mann. Haben Sie diese Ausrüstung nun oder nicht?«

»Natürlich«, knurrte der Junge. Anscheinend war er beleidigt.

John kaufte noch ein Tauchermesser, gewissermaßen als Ersatz für seine verlorengegangene Pistole.

John hatte sich die Taucherausrüstung auch nur für den Notfall gekauft, falls er mal wirklich ein Stück unter Wasser zurücklegen mußte. Der Sauerstoff in den Flaschen reichte für zwei Stunden. John fand, daß das Zeit genug war.

»Wo kann ich mir denn hier ein Boot leihen?« fragte John den nicht gerade freundlichen jungen Mann.

»Auch bei uns. Was soll's denn für eines sein?« Er zählte verschiedene Marken und Typen auf.

John Sinclair entschied sich für ein kleines Schlauchboot mit Außenbordmotor.

»Und dann machen Sie mal die Rechnung fertig«, sagte der Inspektor zum Schluß.

Der Junge zählte zusammen. John mußte grinsen, als er den Betrag sah. Das war wieder was für das Spesenkonto. Wo sich seine Vorgesetzten sowieso immer knauseriger anstellten.

Als John bar bezahlte, wurde der junge Mann direkt um drei Grade freundlicher. Er half John sogar, die Sachen zum Hafen zu tragen.

Einige Fischer sahen neugierig zu, wie John Sinclair seine Ausrüstung verstaute und selbst in das Boot stieg. Der Motor sprang beim dritten Versuch an. Tuckernd verließ das Schlauchboot den kleinen Hafen.

John steuerte nach Norden, den Klippen zu.

Die Fischer, die ihn immer noch beobachteten, schüttelten nur die Köpfe.

»Ein Selbstmörder«, sagte einer. Seine Kameraden nickten bestätigend.

Und hätte man John Sinclair selbst gefragt, seine Antwort wäre auch nicht anders ausgefallen . . .

Die beiden Girls hießen June Hillary und Cora Wilkens. Sie waren zwanzig Jahre jung und kannten sich schon seit ihrer Kindheit.

Beide studierten sie in Oxford. June Hillary Psychologie und Philosophie und Cora Wilkens Physik und Biologie. Die Mädchen hatten auch das gleiche Hobby. Trampen.

Momentan hatten sie ihr Studium für zwei Wochen unterbrochen, um sich Cornwall anzusehen.

»Hier in der Nähe von Blyton soll es ein altes Schloß geben«, sagte June Hillary und ließ sich schwer atmend auf einen Baumstumpf fallen.

Sie schnallte den Rucksack vom Rücken und schüttelte ihre langen, blonden Haare. June Hillary hatte ein hübsches Gesicht mit einer Unzahl Sommersprossen über der kleinen Nase. Mit ihrer wohlproportionierten Figur hätte sie fast jedes Mannequin ausgestochen.

Cora Wilkens hingegen war wesentlich kleiner als ihre Freundin. Ihr dunkelbraunes Haar war kurz geschnitten und lag wie ein Helm am Kopf. Cora war ein ernster Typ. Ihre fast schwarzen Augen blicken immer etwas melancholisch.

Auch Cora nahm ihren Rucksack ab.

June rückte ein Stück zur Seite, so daß ihre Freundin ebenfalls auf dem Baumstumpf Platz finden konnte.

»Wir werden in Blyton übernachten«, sagte June, »und uns morgen ein Boot mieten und etwas aufs Meer fahren.«

Cora nickte nachdenklich. »Wann sehen wir uns denn das Schloß an? Allzuviel Zeit haben wir nicht mehr. Wir müssen auch wieder an unser Studium denken.«

June lachte. »Das Studium läuft uns nicht weg.« Sie warf die Arme hoch und reckte sich. »Ist es denn nicht herrlich hier?«

»Du hast immer noch nicht meine Frage beantwortet. Wann gehen wir zum Schloß?«

»Ich würde das Gemäuer am liebsten noch heute nacht besichtigen. Vielleicht begegnen wir einem Gespenst.« Das Girl lachte über seine eigenen Worte laut auf.

»Nun mal im Ernst.« Cora wurde leicht ärgerlich. »Übernachten wir heute abend in Blyton?«

June nickte, daß ihre blonden Haare flogen. »Ja. Aber morgen machen wir die Bootsfahrt und besichtigen das Schloß.«

»Gut.«

»Na, dann wollen wir mal wieder.« June faßte ihren Rucksack und schnallte ihn auf dem Rücken fest.

Cora tat es ihr nach.

Die beiden Mädchen marschierten auf der Landstraße entlang in Richtung Blyton.

»Weißt du eigentlich, wie weit es noch bis zu dem Dorf ist?« fragte June ihre Freundin, nachdem sie etwa eine Viertelstunde gegangen waren.

»Das kann ich dir auch nicht genau sagen. Aber vor der Dunkelheit müßten wir es eigentlich schaffen«, erwiderte Cora.

»Hoffentlich.«

»Warte mal, June. Da hinten kommt ein Radfahrer. Bei dem können wir uns ja mal erkundigen.«

»Gute Idee. Hätte fast von mir sein können.«

Die beiden Girls ahnten nicht, daß sie dem Tod direkt in die Arme liefen . . .

Wie eine Gemse kletterte der Bucklige zwischen den Klippen herum.

Er suchte John Sinclairs Leiche. Für ihn war es unbegreiflich, daß er den Körper noch nicht gefunden hatte.

Nach einiger Zeit drückte sich Tom in eine Felsspalte und überlegte.

Sollte der Mann ins Meer gestürzt sein? Technisch kaum möglich, denn normalerweise mußte er zwischen den Klippen liegen. Aber vielleicht war er irgendwo gegengeprallt und weit nach vorn geschleudert worden und somit in die Brandung gekommen.

Der Bucklige machte sich Vorwürfe. Hätte er nur sofort

nachgesehen. Aber er war im ersten Moment der Panik zu seiner Hütte gefahren und hatte sich dort für eine Weile versteckt.

Tom war wütend. Er hätte seinem Herrn gern noch einen Menschen gebracht.

Der Bucklige gab die Suche auf. Geschickt kletterte er nach oben und erreichte den Weg, wo er sein Fahrrad an einen Felsen gelehnt hatte.

Mürrisch schwang er sich in den Sattel. Langsam fuhr er den steilen Pfad hinab in Richtung Blyton. Er war fest entschlossen, heute noch Nachschub für seinen Herrn zu besorgen.

Bevor Tom Blyton erreichte, bog er in einen noch schmaleren Weg ab. Er traute sich nicht, direkt in den Ort hineinzufahren. Er wollte warten, bis es dunkel war, und sich außerdem dem Dorf aus einer anderen Richtung nähern.

Der Weg führte am Sumpf vorbei. Tom fuhr zügig weiter. Er kannte die Gegend wie seine Westentasche.

Schließlich erreichte er die Landstraße und sah in der Ferne plötzlich zwei Punkte, die sich langsam näherten.

»Menschen!«

In dem Buckligen erwachte das Jagdfieber. Sollte er tatsächlich Erfolg haben? Aber es waren zwei. Ein etwas ungleiches Verhältnis.

Tom radelte ihnen entgegen.

Schon bald erkannte er, daß es Mädchen waren.

Ein teuflisches Grinsen legte sich auf seine Lippen.

Frauen! Ja, der Doktor hatte davon gesprochen. Er wollte für seine Experimente nicht nur Männer haben.

Die beiden Girls winkten ihm schon von weitem zu.

Der Bucklige kicherte. Die Närrinnen liefen ihm wie von selbst in die Falle.

Wenige Yards vor den beiden trat Tom in den Rücktritt.

Schlingernd kam sein Rad zum Stehen. Als er sich aus dem Sattel schwang und die beiden Girls seine Gestalt sahen, zuckten sie zusammen, hatten sich jedoch schnell wieder in der Gewalt.

Cora übernahm die Initiative.

»Guten Abend, Mister. Wir hätten eine bescheidene Frage. Wie weit ist es noch bis Blyton?«

»Wie?« sagte Tom mit kratziger Stimme.

Das Girl wiederholte die Frage. Und das war auch Toms Absicht gewesen, denn er wollte Zeit gewinnen. Wenigstens für ein paar Minuten, bis er sich einen Plan zurechtgelegt hatte.

»Es sind etwa – etwa drei Meilen«, dehnte Tom. »Sie können es noch vor der Dunkelheit schaffen. Wissen Sie denn schon, wo Sie übernachten wollen?«

»Nein. Meine Freundin und ich werden in irgendeinem Gasthaus schlafen.«

»Nun . . . eh . . .« Tom druckste ein wenig herum.

»Was ist denn, Mister?« fragte June.

»Ich meine, wenn Sie . . . Oder haben Sie schon mal in einem Schloß übernachtet?«

»In einem Schloß?« echoten die beiden.

»Ja. Natürlich wäre es kostenlos für Sie. Mein Herr würde sich freuen. Ich bin nämlich sein Diener, wissen Sie.«

Die Girls blickten sich an.

»Was meinst du, Cora! Ich wäre dafür.«

Cora wiegte den Kopf. »Ich habe da meine Bedenken«, sagte sie so leise, daß es nur June hören konnte. »Ich traue dem Burschen nicht. Rein gefühlsmäßig. Er hat verschlagene Augen. Und wer weiß, was uns dort oben erwartet.«

»Wenn du meinst«, murrte June.

»Also, Mister«, Cora wandte sich wieder an den Buckligen, »Ihr Angebot in allen Ehren, wir haben uns jedoch entschlossen, in Blyton zu übernachten. Es scheint uns, entschuldigen Sie bitte, sicherer.«

Tom sah seine Felle wegschwimmen. Noch einmal versuchte er es.

»Sie brauchen wirklich keine Angst zu haben. Dort oben tut Ihnen niemand etwas.«

»Trotzdem, Mister.« Cora faßte ihre Freundin am Arm.

Da sah der Bucklige rot.

Er warf sein Fahrrad auf die Straße und griff gleichzeitig unter die Jacke.

Als seine Hand wieder zum Vorschein kam, hielt sie ein Messer. Die beiden Girls, die schon halb an Tom vorbei waren, zuckten zurück.

Mit zwei gleitenden Schritten stand der Bucklige vor ihnen.

»Ihr kommt mit, verstanden?«

Cora war die Mutigere. Sie trat vor.

»Stecken Sie das Messer ein, Mister. Sie machen sich unglücklich.«
Tom schüttelte den Kopf.
»Stecken Sie das Messer weg!« schrie Cora.
Das hätte sie nicht tun sollen. Denn Sekundenbruchteile später stieß Tom zu . . .

Der Bucklige stand da wie festgewachsen. Er beobachtete interessiert, wie Cora langsam in die Knie brach, wie das Blut zwischen ihren gespreizten Fingern aus der Wunde quoll.
June Hillarys Schrei riß ihn wieder in die Wirklichkeit zurück.
Tom sprang auf das blonde Mädchen zu, wollte es packen.
Im selben Augenblick wandte sich June um. Wie von Furien gehetzt rannte sie die Straße hinunter, in Richtung Blyton.
Tom nahm die Verfolgung auf. Aber nicht zu Fuß, sondern auf seinem Rad.
Schon bald hatte er die Flüchtende eingeholt.
Brutal fuhr Tom dem Girl in den Rücken.
June Hillary stürzte.
Der Bucklige sprang noch im Fahren aus dem Sattel. Das Rad rollte führerlos in den Straßengraben.
Ehe June Hillary überhaupt halbwegs zur Besinnung kam, war Tom schon über ihr.
Er stieß ihr beide Knie in den Rücken, und seine Hände legten sich wie Stahlklammern von hinten um ihren Hals.
Verzweifelt schnappte das Girl nach Luft.
Tom ließ ihr keine Chance. Während er zudrückte, preßte er gleichzeitig ihr Gesicht in den Straßenstaub.
Junes Kampf dauerte noch eine halbe Minute. Dann erschlaffte sie.
Tom stand keuchend auf. Der Kampf hatte auch ihn Kraft gekostet. Sein Blick schweifte über die Straße. Zum Glück war niemand zu sehen.
Der Bucklige drehte June auf den Rücken, bückte sich und hielt sein Ohr an ihren Mund.
Das Mädchen atmete noch.
Es würde eine Beute für Dr. Satanos werden. Bei diesem Gedanken verzog sich Toms Gesicht zu einem gemeinen Grinsen.
Dann lief er zu dem anderen Girl zurück.

Cora war tot. Ein blühendes, junges Leben war sinnlos ausgelöscht worden.

Cora lag auf der Seite. Noch im Todeskampf hatten sich ihre Finger um den Griff des Messers gekrallt. Tom hatte Mühe, das Mordinstrument aus ihrem Körper herauszuziehen. Er wischte die Klinge an der Kleidung der Toten sauber und zog Cora anschließend in den Straßengraben, wo er Laub und Äste über sie legte, damit sie nicht so schnell entdeckt werden konnte.

Tom betrachtete zufrieden sein grausiges Werk und lief zu der bewußtlosen June zurück, hob sie hoch und warf sie sich über die linke Schulter.

Es war erstaunlich, wieviel Kraft in diesem Burschen steckte.

Tom ging noch mal in die Knie und hob sein Fahrrad auf. Er schob es mit der rechten freien Hand neben sich her. Mit der linken Hand hielt er die auf seiner Schulter liegende June fest.

Der Bucklige schlug sich seitwärts in die Büsche. Sein Ziel war das Schloß.

Es wurde ein beschwerlicher Weg, und Tom mußte manche Pause einlegen.

Zwischendurch erwachte June einmal aus ihrer Ohnmacht. Daraufhin schickte sie Tom mit einem gezielten Schlag wieder in die Bewußtlosigkeit.

Dr. Satanos hatte Toms Ankunft schon auf seinen Monitoren mitbekommen.

Er kam seinem Diener bereits in der Halle entgegen.

Der Bucklige legte die immer noch ohnmächtige June auf den Boden und erstattete Dr. Satanos Bericht.

Der hörte Tom an, ohne ihn ein einziges Mal zu unterbrechen. Schließlich sagte er: »Das hast du gut gemacht, Tom.«

Der Bucklige errötete unter dem Lob seines Herrn.

Satanos lächelte kalt. »Ja«, flüsterte er. »Ich brauche Frauen. Unbedingt. Noch heute nacht werde ich einen Versuch starten. Ich werde die Frau enthaupten und ihren Kopf auf den Körper dieses Jeff Brown pflanzen. Ich bin gespannt, ob dieses Experiment gelingt. Komm mit in mein Labor, Tom.«

Die beiden Männer gingen wieder in den Keller. Dr. Satanos schloß die Folterkammer auf. Diesmal hatte er eine Taschenlampe bei sich. Er leuchtete Jeff Brown an, der immer noch angekettet auf dem Boden hockte.

»Sie bekommen Besuch. Eine junge Dame. Sie können sich ja

mit ihr noch bis zu Ihrer Enthauptung die Zeit vertreiben.« Satanos' Stimme troff vor Zynismus.

Jeff erwiderte nichts. Er spuckte nur aus.

»Tom!« zischte Satanos.

Der Bucklige wußte Bescheid. Blitzschnell zog er sein Mordmesser.

Zwei lange Schritte brachten ihn in Jeffs Nähe.

»Aber laß ihn noch leben«, sagte Satanos.

Der Bucklige atmete schwer. Jetzt war es wieder soweit.

Mit einem harten Griff riß er Jeffs Hemd entzwei. Die nackte Haut lag vor ihm.

Im Strahl der Taschenlampe sah Jeff, wie sich die Klinge seiner Brust näherte. Unzählige Schweißtropfen glitzerten auf seiner Stirn.

Jeff biß sich in die Unterlippe. Er schmeckte Blut. Noch weiter rutschte er zurück. Dann saß er mit dem Rücken an der Wand.

Und immer noch war der gnadenlose Lichtstrahl auf ihn gerichtet.

Der Bucklige setzte die Messerspitze auf Jeffs Brust. Ein winziger Blutstropfen quoll hervor.

In diesem Augenblick stöhnte die bewußtlose June Hillary auf.

»Kette sie auch an, Tom!« schnarrte Satanos.

Jeff sah es Toms enttäuschtem Gesicht an, was der Bucklige von dem Befehl hielt. Trotzdem gehorchte er. Er zog das blonde Girl neben Jeff Brown, löste ihm die Kette von dem rechten Handgelenk und ließ sie dafür um June Hillarys linkes Handgelenk schnappen.

»Gut«, lobte Satanos seinen Diener.

Tom trat zurück. »Soll ich ihn nicht doch noch . . .?«

»Nein, Tom.« Satanos' Stimme klang ätzend wie Säure. »Laß ihn die nächsten beiden Stunden noch genießen. Ich bin schließlich kein Unmensch. Sie haben sogar noch jeder einen Arm frei. Und was man damit noch alles machen kann . . .« Satanos lachte dreckig.

Jeff Brown mußte sich verdammt beherrschen, um ihm nicht seine gesamte Wut ins Gesicht zu schreien. Noch glaubte er an eine Chance.

Die beiden Männer verließen die Folterkammer. Vor den Bahren mit den Wesen blieben sie stehen.

»Sie gehorchen mir jetzt alle«, flüsterte Satanos. »Ich brauche nur ein elektrisches Signal zu geben, und sie folgen meinen Befehlen.«

Dr. Satanos trat an einen kleinen grauen Kasten, der auf einem Tisch stand. Der Kasten hatte an der Vorderseite vier Knöpfe und eine Skala.

Satanos schaltete den Apparat ein. »Das ist der Computer«, erklärte er. »In die Köpfe der Wesen habe ich einen Sender einoperiert. Sie werden jetzt meinen Befehlen gehorchen.«

Satanos drehte noch einen Knopf.

»Paß auf!« zischte er Tom zu.

Wie auf Kommando begannen sich die Gestalten auf den Bahren zu bewegen. Langsam setzten sie sich hin.

Gebannt beobachteten Satanos und der Bucklige die weiteren Vorgänge.

Die sieben Wesen standen auf, liefen im Kreis. Hintereinander.

Es war ein makabres Schauspiel.

Keines der Wesen konnte auch nur ein Wort sprechen. Wie Roboter führten sie ihre Bewegungen aus. Überdeutlich klangen ihre Schritte auf dem Steinboden.

Satanos' Augen leuchteten. »Mein Werk«, flüsterte er, »mein Werk.«

Tom nickte schweigend. Auch er war fasziniert.

Nach einigen Minuten legten sich die sieben Wesen wieder auf ihre Bahren.

»Das war nur einer meiner Befehle«, sagte Satanos. »Ich habe sie auch auf Mord programmiert. Sie werden Waffen bekommen und für mich morden. Bei Jeff Brown und dem Mädchen werden sie heute nacht den Anfang machen.«

Dr. Satanos wandte sich wieder seinem Computer zu. Mit einem Knopfdruck schaltete er ihn aus.

»Für dich habe ich noch eine andere Aufgabe«, sagte Satanos zu Tom. »Dieser Jeff Brown hat eines meiner Wesen zerstört. Du mußt es verschwinden lassen. Aber nicht mehr im Moor. Bring es zu den Klippen. Geh am besten durch den Geheimgang. Dort wird dich niemand sehen.«

Tom nickte demütig. »Wo liegt das Wesen, Herr?«

»Ich habe es in mein Arbeitszimmer gebracht und noch mal untersucht. Es war nicht mehr viel zu machen.«

»Ich werde die Sache sofort erledigen, Herr«, sagte der Bucklige.

Es war wirklich nicht einfach, das kleine Schlauchboot zu steuern. Die Brandung bereitete John große Schwierigkeiten. Immer wieder wurde er mit seinem kleinen Boot zurückgeworfen oder nach vorn geprellt und hatte oft großes Glück, daß er nicht gegen die Klippen prallte.

Doch John Sinclair schaffte es. Es gelang ihm, in ruhigeres Fahrwasser zu kommen.

John stellte den Motor ab. Er bewegte sich von nun an mit dem kleinen Paddel vorwärts. Trotzdem war die Fahrt kein Zuckerschlecken. Immer wieder geriet er in gefährliche Strömungen, die sein Boot fast zum Kentern brachten.

Nach seiner Schätzung mußte er sich jetzt genau unterhalb des Schlosses befinden.

John riskierte einen Blick nach oben, sah jedoch nur die steilen Felswände.

Und dann entdeckte John Sinclair die Einfahrt. Es war ein etwa mannshohes Loch, in das gurgelndes Wasser strömte.

Sollte dies der Zugang zu dem Geheimgang sein, den John auf der Karte gesehen hatte?

John paddelte auf den Eingang zu. Die Strömung zog ihn fast von allein in die Höhle.

Der Scotland-Yard-Inspektor schaltete die Taschenlampe ein. Der Strahl riß eine große Höhle aus der Dunkelheit. Johns Boot wurde weitergetrieben bis zum anderen Ende der Höhle.

John Sinclair ließ die Taschenlampe kreisen. Der Schein tanzte über das dunkle Wasser, leuchtete die nassen, mit Moos besetzten Felswände an und glitt auch über die etwa drei Yards entfernte Decke der Höhle.

Nirgendwo konnte John einen Verbindungsgang zum Schloß entdecken. Bliebe nur noch die Möglichkeit unter Wasser.

John schnallte sich die Sauerstoffflasche auf den Rücken, setzte die Taucherbrille auf, klemmte das Luftventil in den Mund und rollte sich über Bord.

Das Wasser war kalt. Trotz des Gummianzugs, den er trug, drang ihm die Kühle bis unter die Haut. Mit mächtigen Stößen schwamm John Sinclair in die Tiefe. Dann änderte er die Richtung. Er näherte sich jetzt der Felswand.

John schwamm an ihr entlang. Langsam und Stück für Stück absuchend.

Plötzlich spürte er die Strömung. Sie kam von unten.

John tauchte tiefer.

Der Sog wurde stärker.

Wieder schaltete John die Lampe ein. Der Strahl erhellte die tintige Schwärze nur unvollkommen.

Doch John reichte es.

Er entdeckte das Ende des Geheimganges. Das Loch war kaum mannsbreit. Ein starker Sog zog das Wasser in den unterirdischen Kanal.

John hängte die Taschenlampe an den Gürtel seines Taucheranzugs, drehte sich auf die Seite und schob seinen Oberkörper in den mit Wasser ausgefüllten Gang.

Es klappte wider Erwarten gut. John streckte sich und strampelte mit den Beinen.

Wie ein menschlicher Torpedo schoß er vorwärts.

Die Röhre verbreiterte sich. John brauchte keine Angst mehr zu haben, daß er sich seinen Taucheranzug an den zackigen Felswänden aufriß.

Jetzt ging es auch aufwärts.

John Sinclair schoß wie ein Pfeil in die Höhe.

Plötzlich durchstieß sein Kopf die Wasseroberfläche. John riß sich die Taucherbrille vom Gesicht, nahm den Schnorchel aus dem Mund, knipste wieder die Lampe an und orientierte sich.

Er befand sich abermals in einer Unterwasserhöhle. Doch hier hatten Menschen Hand angelegt.

John entdeckte eine Steintreppe. Er zählte vier Stufen, die aus dem Wasser führten.

John Sinclair schwamm auf die Treppe zu und platschte mit seinen Schwimmflossen die Stufen hoch.

Im Schein der Lampe sah John den Schlund eines Geheimganges. Dunkel gähnte er ihm entgegen.

John nahm die Schwimmflossen ab. Turnschuhe hatte er an seinem Gürtel hängen. Er zog sie an.

Dann versteckte der Inspektor das Sauerstoffgerät hinter einem kleinen Felsvorsprung und betrat vorsichtig den dunklen Gang.

John deckte den Strahl der Lampe mit der Hand ab. Er dosierte das Licht so, daß er nirgendwo gegenlaufen konnte.

Der Gang stieg an. Der Boden war steinig und glitschig. Von der Decke tropfte Wasser. Es roch modrig und feucht.

Kleine Steine rollten unter Johns Füßen nach hinten.

John war erst ein paar Yards gegangen, als er den Lichtschein sah.

Er flackerte kurz auf und verschwand dann wieder.

John blieb stehen.

Kam ihm jemand entgegen?

John entschied sich zurückzugehen. Er hatte vor der Höhle eine kleine Nische entdeckt, in der sich ohne weiteres auch ein Mensch verstecken konnte.

John klemmte sich in diese Nische.

Er wartete.

Die Zeit verging unendlich langsam.

Eine Gestalt geriet in Johns Blickfeld.

Es war Tom, der Bucklige!

Und er trug einen Menschen auf dem Rücken. John konnte in dem ungewissen Licht nicht genau erkennen, ob es ein Mann oder eine Frau war.

Der Bucklige ließ die Gestalt zu Boden fallen. Dabei murmelte er undeutlich vor sich hin.

Jetzt leuchtete er den am Boden Liegenden voll an.

John Sinclair schluckte.

Was dort auf den Steinen lag, war kein Mensch, sondern ein Monster.

Der Bucklige nahm das Wesen und warf es ins Wasser. Es platschte dumpf, als der Körper auf der Wasseroberfläche aufschlug.

Dann griff Tom wieder nach seiner Lampe, die er auf den Boden gelegt hatte.

Und wie der Zufall es wollte, drehte Tom sich, und der Lichtstrahl streifte John Sinclairs Nische.

Der Bucklige stieß einen überraschten Schrei aus.

John hechtete aus der Nische.

Beide Fäuste rammte er Tom vor die Brust. Der Bucklige stürzte nach hinten.

John Sinclair zog den Mann hoch.

»So«, keuchte er, »jetzt wollen wir mal Fraktur miteinander reden.«

Der Bucklige wand sich unter seinem Griff. Unverständliches Gestammel drang aus seinem Mund.

John schüttelte den Kerl durch.

»Hör mal zu, Kamerad. Ich habe einige Fragen an dich, die du mir schleunigst beantworten wirst. Wo führt dieser Gang hin?«

Die brennende Lampe gab genügend Licht, um das Gesicht des Buckligen erkennen zu können.

Es war eine Fratze des Hasses.

John, wesentlich größer als Tom, machte einen Fehler. Er unterschätzte seinen Gegner.

Der Bucklige riß urplötzlich sein Knie hoch und traf voll.

Wie flüssige Lava drang der Schmerz durch Johns Körper. Er taumelte zurück, preßte beide Hände gegen den Unterleib.

Der Bucklige lachte blechern und verschwand in dem Gang.

John nahm trotz seiner mißlichen Lage die Verfolgung auf. Wenn der Mann entkam, war alles verloren.

Er riß seine eigene Lampe vom Gürtel und knipste sie an.

Der Strahl erfaßte den Fliehenden.

»Stehenbleiben!« schrie John Sinclair.

Der Bucklige rannte weiter. Mit großen Sätzen und hin und her schwingenden Armen.

Doch John Sinclair holte auf.

Der Bucklige, der ab und zu einen Blick zurückwarf, stieß einen gemeinen Fluch aus, als er das bemerkte.

Drei, vier Yards, dann hatte John ihn erreicht.

Plötzlich wirbelte der Bucklige herum.

Das Messer sah John im letzten Augenblick. Er reagierte instinktiv.

Noch im vollen Lauf warf er sich zu Boden. Der tödliche Messerstich wischte über ihn hinweg.

An dem rauhen Felsgestein hatte sich John seinen Taucheranzug aufgerissen. An seinem rechten Arm spürte er Blut herablaufen. Die Taschenlampe war zersplittert.

Totale Finsternis umgab die beiden.

John Sinclair ging in die Hocke.

Vor sich hörte er den keuchenden Atem des Buckligen.

John zog sein Tauchermesser.

Was jetzt folgte, war ein Kampf auf Leben und Tod. Rücksicht konnte er nicht mehr nehmen.

»Ich schlitz' dir den Balg auf!« hörte John die Stimme des Buckligen.

Der Inspektor wechselte die Stellung.

Er hockte nun an der anderen Seite des Ganges.

»Komm schon«, geiferte der Bucklige. »Oder hast du Angst?«

John verhielt sich still. Er hatte die besseren Nerven.

Der Bucklige kam näher. Seine Füße schrammten über das Felsgestein.

John atmete mit offenem Mund.

Der Bucklige stand jetzt direkt neben ihm.

Und im selben Augenblick stieß er auch mit dem Bein an Johns Schulter.

John ahnte den tödlichen Stich.

Seine freie Hand klammerte sich um den Fußknöchel des Buckligen.

Ein Ruck.

Der Bucklige brüllte auf. Dann gab es ein dumpfes Geräusch. Johns Gegner mußte irgendwo gegengeprallt sein.

Der Inspektor wartete gespannt ab.

Noch einmal drang ein dumpfes Röcheln an seine Ohren.

Dann war Stille.

Totenstille.

John ließ einige Minuten vergehen, ehe er sich zu Tom hintastete.

Der Mann bewegte sich nicht.

Johns Hände fuhren über Toms Brust, fühlten nach dem Herzschlag.

Es gab keinen.

Der Bucklige war tot!

John durchsuchte dessen Taschen und fand eine Schachtel Streichhölzer.

Der Inspektor riß ein Zündholz an.

Im flackernden Schein der kleinen Flamme erkannte er, was geschehen war.

Der Bucklige hatte sich an der scharfkantigen Felswand den Hinterkopf eingeschlagen.

Das Zündholz verlosch.

John steckte sein Messer wieder ein und erhob sich.

Er ging noch einmal zurück und holte sich die Taschenlampe des Toten.

Das unheimliche Wesen schwamm immer noch auf der Wasseroberfläche.

Johns Gesicht nahm einen harten Ausdruck an. Auch dieses Rätsel würde er klären.

John betrat mit brennender Lampe den Geheimgang. Er ging jetzt schneller. Ein unbestimmtes Gefühl trieb ihn voran.

Der Gang wurde steiler, aber auch tiefer. Später mußte John sogar auf allen vieren weiterkriechen.

Und dann war der Gang plötzlich zu Ende. Eine Felsmauer versperrte den weiteren Weg.

John, immer noch auf Händen und Füßen, leuchtete mit der Lampe die niedrige Decke an.

Eine Holzklappe geriet in sein Blickfeld.

Eine Falltür!

Der Inspektor nahm die Taschenlampe zwischen die Zähne und drückte mit beiden Schultern gegen die Klappe.

Quietschend schwang sie nach oben und fiel mit einem Knall auf der anderen Seite herunter.

John wartete erst ab, ob das Geräusch gehört worden war.

Niemand kam.

John kletterte nach oben.

Er befand sich in einem Keller. Der Lampenstrahl glitt über alte Weinfässer und verstaubte Regale. Eine Holztür führte in einen anderen Raum.

John probierte die Klinke.

Die Tür war offen.

Der Inspektor gelangte in einen Raum, der aussah wie ein physikalisches Labor. An der Decke brannte eine Leuchtstoffröhre. John steckte seine Taschenlampe weg und blickte sich kurz um.

Eine weitere Tür führte in einen anderen Raum.

Auch diese war nicht verschlossen.

John Sinclair gelangte in eine Kühlkammer. Er zählte sieben Bahren. Bis vor kurzem mußten darauf noch Menschen gelegen haben, denn die Laken auf den Bahren waren zerknautscht.

Was war hier vorgegangen? Wer hatte auf den Bahren gelegen? Ehe John sich weiter Gedanken machen konnte, riß ihn der gellende Schrei einer Frau aus seinen Überlegungen.

Der Schrei war aus einem anderen Raum gekommen.

John überstürzte nichts. Er sah die Tür, die zu dem Raum führte, aus dem der Schrei gekommen war.

Vorsichtig öffnete John die Tür. Unbewußt zog er sein Messer.

John Sinclair warf einen Blick in den Raum. Das schreckliche Bild, das sich ihm bot, würde er nie in seinem Leben vergessen können . . .

June Hillary weinte.

Sie war am Ende ihrer Nervenkraft. Das stockdunkle Gefängnis, die schwere Eisenkette an ihrem rechten Handgelenk, der Schmerz in ihrem Hinterkopf und die Erinnerung an den grausamen Mord an ihrer Freundin Cora hatten aus dem lebenslustigen Girl ein zitterndes Nervenbündel gemacht.

Eine Hand strich zart über ihre tränennassen Wangen.

»Bitte, Miss, weinen Sie nicht mehr. Es wird alles gut werden.« Jeff Browns Stimme klang beruhigend. Er mußte sich selbst unheimlich zusammenreißen, um nicht auch in Panik zu geraten.

June schüttelte den Kopf, obwohl Jeff es in der Dunkelheit gar nicht sehen konnte.

»Ich glaube nicht mehr an einen Ausweg«, flüsterte sie mit tränenerstickter Stimme. »Ich habe gesehen, wie meine beste Freundin wie ein Stück Vieh umgebracht worden ist. Nein, für uns gibt es keine Rettung.«

»Man soll die Hoffnung nie aufgeben«, sagte Jeff. Er wußte selbst, wie banal seine Worte klangen.

June richtete sich auf, soweit es ging. Die Kette klirrte leise.

»Was hat man mit uns vor?«

»Ich weiß es nicht«, erwiderte Jeff.

»Sie lügen.«

»Nein, ich weiß es wirklich nicht.«

Mein Gott, ich kann dem armen Geschöpf doch nicht sagen, daß man uns köpfen will, dachte Jeff.

»Weshalb hält man uns denn hier gefangen?«

Darauf wußte Jeff keine Antwort.

Er wußte nicht einmal, wie viele Stunden er hier lag. Er hatte jegliches Zeitgefühl verloren.

Jeff dachte an seinen Vater. Und an Satanos' Worte. Sein eigener Vater würde ihn köpfen.

Das sprengte Jeffs Vorstellungsvermögen. Und er spürte, wie die Angst immer stärker wurde.

Etwas huschte über sein Bein.

Eine Ratte!

Jeff griff blitzschnell zu. Er bekam das Tier zu packen. In einem Wutanfall schleuderte er es gegen eine Wand. Es klatschte, als die Ratte ihr Leben aushauchte.

»Was war das?« fragte June leise.

»Nichts.«

»Warum lügen Sie immer? Ich bin stark genug, um die Wahrheit vertragen zu können.«

Jeff lachte bitter auf. »Die Wahrheit«, sagte er, »die können Sie nicht vertragen. Die können Sie sich noch nicht einmal vorstellen. So grausam ist sie.«

»Werden wir denn sterben?« fragte June.

Bevor Jeff sich eine Antwort ausdenken konnte, wurde die Tür zur Folterkammer geöffnet.

Eine breite Lichtbahn fiel in den Raum.

Dann kam Dr. Satanos. In der Hand hielt er einen sechsarmigen Leuchter, in dem dicke Kerzen brannten.

Satanos stellte den Leuchter auf den Boden. Die Kerzen warfen ein flackerndes Licht auf all die grausamen Mordinstrumente, die in der Folterkammer verteilt standen.

June Hillary hatte sich aufgesetzt. Ihre Lippen bewegten sich wie unter einem unsichtbaren Zwang.

»Ist – ist es jetzt soweit?« flüsterte sie erstickt.

»Wahrscheinlich«, erwiderte Jeff.

Zum erstenmal konnte er June richtig sehen, konnte erkennen, wie schön sie war. Ein verlorenes Lächeln legte sich um Jeffs Mundwinkel.

Dr. Satanos ging noch mal hinaus.

»Wer – ist dieser Mann?« wollte June wissen.

»Das ist Dr. Satanos«, erwiderte Jeff düster.

»Dr. Satanos?«

»Ja, so nennen ihn die Leute.«

June schwieg. Aus weit aufgerissenen Augen starrte sie den unheimlichen Wissenschaftler an, der jetzt wieder die Folterkammer betrat. Er hielt einen kleinen grauen Kasten in der Hand. Satanos stellte den Kasten auf einem Tisch ab. Dann ging er zu der Guillotine und prüfte mit dem Daumen die Schneide des Fallbeils. Ein zufriedenes Lächeln glitt über sein Gesicht.

Mit weit aufgerissenen Augen beobachteten die Gefangenen seine Vorbereitungen.

Satanos trug einen blutroten Umhang und darunter einen schwarzen Anzug.

Er blieb dicht vor den beiden jungen Menschen stehen. Sein Blick fraß sich förmlich an ihnen fest. Dann begann Satanos zu sprechen, mit einer Stimme, die bei June eine Gänsehaut hervorrief.

»Die Stunde der Hinrichtung ist gekommen. Zum erstenmal wird auch eine Frau dabeisein. Sie wird als Berühmtheit später in die Wissenschaft eingehen. Und zum erstenmal werde auch nicht ich die Guillotine betätigen, sondern eines meiner Geschöpfe. Es wird einen Auftrag ausführen, den ich ihm gegeben habe.«

Dr. Satanos ging zu dem grauen Kasten und schaltete ihn ein. Eine Weile geschah nichts. Dann hörte man im Nebenraum Schritte. Sekunden später betraten die sieben Wesen die Folterkammer. Der erste war Jim Brown, Jeffs Vater . . .

Der junge Mann starrte mit weit aufgerissenen Augen seinem Vater entgegen. Aber war das überhaupt noch sein Vater?

Die sieben Wesen nahmen in der Folterkammer Aufstellung. Wie Zinnsoldaten blieben sie stehen. Steif, unbeweglich. Die glanzlosen Augen starrten ins Leere.

»Was – was ist das?« stammelte June Hillary.

»Das sind meine Geschöpfe«, entgegnete Dr. Satanos. »Ich habe sie geschaffen. Und sie werden nur mir gehorchen. Ich werde noch mehr dieser Wesen schaffen. Auch Frauen. Und mit Ihnen, Miss, mache ich den Anfang.«

»Sie sind ja wahnsinnig!« schrie Jeff Brown plötzlich los.

»Wahnsinnig?« echote Satanos. »Ich bin genial.«

»Das ist das gleiche.«

Sataons zuckte zusammen. Jeff Brown hatte ihn an einer empfindlichen Stelle getroffen. »Du wirst der erste sein, der unter der Guillotine liegt«, flüsterte er heiser. »Ich werde dann deinen Kopf auf den Körper dieses Mädchens pflanzen.«

June Hillary schluchzte auf. »Aber das können Sie doch nicht machen. Wir haben Ihnen nichts getan. Wir . . .«

»Sei ruhig!« fuhr sie Satanos an.

Dann ging er wieder zu seinem grauen Kasten.

»Ich werde den Wesen jetzt meine Befehle geben. Ich habe extra ein Programm für sie ausgearbeitet. Paßt gut auf. Und noch etwas. Widerstand ist zwecklos. Meine Geschöpfe sind bewaffnet. Sie sind darauf programmiert, sofort zu schießen, sollten sie oder ich irgendwie angegriffen werden.«

Dr. Satanos drehte an einigen Knöpfen und wartete dann gespannt ab.

Zuerst tat sich gar nichts. Dann zogen plötzlich sechs der Wesen Pistolen. Sie hatten sie unter ihren langen, bis zur Erde reichenden Umhängen verborgen gehabt.

Das Wesen, das keine Waffe in der Hand hielt, war Jim Brown.

Dr. Satanos ging zu den beiden Gefangenen. Er zog einen Schlüssel aus der Anzugtasche. Blitzschnell befreite er Jeff und das Girl von den Ketten.

Jeff rieb sich sein blutiges Handgelenk, wo die Manschette gesessen hatte.

»Steh auf!« befahl Satanos.

Ächzend kam Jeff auf die Füße. Er fühlte, daß seine Muskeln ihm noch nicht wieder hundertprozentig gehorchten.

Im selben Moment setzte sich auch Jeffs Vater in Bewegung. Wie ein Roboter. Die Arme pendelten im Rhythmus der Schritte zu beiden Seiten des Körpers.

Jeff wich zurück. Bis an die Wand.

Unaufhaltsam kam sein Vater näher.

Jeff Brown ballte die Fäuste. »Bleib stehen!« schrie er das Wesen an.

Keine Reaktion.

Im Hintergrund lachte Satanos leise.

Das Wesen faßte nach Jeffs Arm.

In diesem Augenblick hielt den jungen Mann nichts mehr. Er dachte nicht mehr an Satanos' Warnungen, sondern schlug zu.

Seine Faust knallte dem Wesen vor die Brust. Wie vom Katapult wurde es zurückgeschleudert.

Satanos brüllte auf.

Die sechs Wesen schossen.

Jeff hechtete zu Boden. Über ihn pfiffen die Kugeln hinweg. Und plötzlich erhielt Jeff einen schmerzhaften Schlag gegen den linken Arm. Er spürte, wie fast die gesamte linke Körperseite lahm wurde und er den Arm nicht mehr heben konnte.

Jeff preßte seine rechte Hand auf die Wunde. Sie blutete kaum. Es mußte ein Steckschuß sein.

Jeff sah Satanos auf sich zukommen. Auch er hielt jetzt eine Pistole in der Hand.

»Ich war es, der dich getroffen hat, mein Freund. Du hättest dir die Schmerzen ersparen können. Geköpft wirst du so oder so.«

»Du dreckiges Schwein«, keuchte nun Jeff.

Satanos lachte nur. Er sah zu dem Girl, das die Szene mit weit aufgerissenen Augen beobachtete.

»Gar nicht schlecht gedacht«,sagte Satanos leise zu Jeff Brown. »Du greifst eines meiner Geschöpfe an und verleitest die anderen zum Schießen. Woher hast du es gewußt?«

»Was gewußt?« stöhnte Jeff.

»Daß sie nur in die Richtung schießen können, in die die Pistolen zeigen.«

»Es war Glück.«

»Ja«, murmelte Satanos mehr zu sich selbst, »ich muß da noch vieles anders machen. Sie müssen lernen, wieder selbständig zu denken. Die Schüsse vorhin waren mir eine Lehre. Ich habe noch viel Arbeit.«

Satanos stieß Jeff den Pistolenlauf in die Seite.

Der junge Mann knickte zusammen.

»Los, vorwärts!« fuhr ihn Satanos an.

Er stieß den Verletzten in Richtung Guillotine.

Jeff sah an dem Mordinstrument hoch, entdeckte die rasiermesserscharfe Schneide des Fallbeils, und plötzlich bekam er Angst. Todesangst.

»Ich will nicht sterben!« brüllte Jeff. »Ich will nicht!«

Ein gnadenloser Hieb mit dem Pistolenlauf trieb ihn in die Knie.

Satanos begleitete seinen Schlag mit einem dreckigen Lachen.

Schritte hinter seinem Rücken ließen ihn herumfahren.

June Hillary kam angelaufen.

»Bitte«, stammelte sie, »bitte, tun Sie ihm nichts. Er darf nicht sterben.«

»Halts Maul«, keifte Satanos und schlug abermals mit dem Pistolenlauf zu.

Das Metall riß eine blutige Furche durch Junes Gesicht.

Das Girl brach zusammen, krallte sich aber noch in Satanos rotem Umhang fest.

Da trat Satanos zu. Zweimal.

Wimmernd blieb June vor seinen Füßen liegen.

»Du kommst auch noch dran«, zischte Satanos.

Dann packte er den halb bewußtlosen Jeff, legte dessen Kopf auf die dafür vorgesehene Manschette und prüfte noch mal die Schneide des Fallbeils.

In diesem Augenblick bekam Jeff wieder alles mit. Mit brutaler Deutlichkeit wurde ihm bewußt, wo er lag.

Ein qualvolles Stöhnen drang aus Jeffs Kehle. Seine Augen wurden naß. Tränen der Wut, der Hilflosigkeit rannen an seinen Wangen hinab.

Er hörte ein Schluchzen.

Das mußte June sein.

Er wollte ihr irgend etwas sagen, doch er brachte keinen Ton hervor.

Durch den Tränenschleier sah er die Wesen. Und er sah seinen Vater, der jetzt auf die Guillotine zusteuerte. Dr. Satanos ging neben ihm. Er hielt noch immer seine Pistole in der Hand.

Neben Jeff blieben sie stehen.

Dr. Satanos beuge sich zu ihm herab. Jeff sah das teuflisch grinsende Gesicht ganz dicht vor sich.

»Bald ist es vorbei«, flüsterte Satanos, »du spürst nicht einmal einen Schmerz. Wir töten sehr human. Und dann wirst du in die Geschichte der Wissenschaft eingehen wie dein Vater.«

Satanos richtete sich wieder auf.

»Irgendwann wird man Sie schnappen«, keuchte Jeff. »Und dann werden auch Sie sterben. Man wird Sie hängen, hängen, hängen!«

»Sei ruhig!« brüllte Satanos.

Im gleichen Augenblick griff das Wesen nach dem Hebel, der die Sperre des Fallbeils löste.

June Hillary hatte sich halb aufgerichtet. Als sie sah, wie das Wesen den Hebel umlegen wollte, schrie sie gellend auf . . .

In Bruchteilen von Sekunden erfaßte John Sinclair das Bild.

Und er handelte.

Seine Hand mit dem Messer schnellte hoch.

Wie ein silberner Pfeil schwirrte die Waffe durch die Luft, bohrte sich tief in den Hals des Geschöpfes.

Das Wesen zuckte zurück, taumelte. Die Hand rutschte von dem Hebel ab. Dann brach es in die Knie.

John Sinclair sprang in die Folterkammer. »Halt!« peitschte seine Stimme.

Es war Satanos, der sich als erster fing. Noch immer hielt er die Pistole in der Hand.

Der Wissenschaftler schoß.

John warf sich zu Boden. Die Kugel zischte über ihn hinweg, prallte gegen die Wand und sirrte als Querschläger durch den Raum.

»Die nächste Kugel trifft«, sagte Satanos mit eiskalter Stimme.

John Sinclair kam wieder auf die Füße. Er blickte auf die sechs Geschöpfe, die langsam näher kamen. Das siebte Wesen, das noch sein Messer im Hals stecken hatte, lag in seltsam verkrümmter Haltung auf dem Boden.

June Hillary rutschte zurück. Ihre Lippen bewegten sich tonlos.

Jeff Brown war ohnmächtig geworden. Seine Nerven hatten nicht mehr mitgespielt.

»Wer sind Sie?« zischte Satanos.

John ging einen Schritt zur Seite, um alle besser im Blickfeld zu haben.

»Mein Name ist John Sinclair. Oder besser gesagt, Inspektor Sinclair von Scotland Yard.«

Dr. Satanos zuckte zusammen. Er wurde plötzlich kreidebleich. »Der Mann, der den Hexer erledigt hat?«

»Genau der.«

Sekundenlang sagte niemand ein Wort.

Doch dann schrie Satanos: »An mir beißt du dir die Zähne aus. Mich bekommt keiner. Im Gegenteil, ich werde auch dich töten!«

Aus den Augenwinkeln sah John, daß die Wesen stehengeblieben waren. Sie hielten zwar alle Pistolen in der Hand, doch die Mündungen zeigten auf den Boden.

Wahrscheinlich brauchten sie einen bestimmten Befehl, um eingreifen zu können.

John wußte genau, daß er sich in einer tödlichen Falle befand. Aber er hatte keine andere Möglichkeit gesehen, den jungen Mann zu retten. Vorerst jedenfalls.

»Wo ist der Bucklige?« fragte Satanos plötzlich.

»Er ist tot«, erwiderte John kalt.

»Hast du ihn umgebracht?«

»Ja.«

»Dafür werde ich dich foltern, bevor du stirbst.«

»Abwarten.«

Satanos lächelte wölfisch. »Was macht dich so sicher?«

»Glauben Sie, ich wäre allein gekommen?« bluffte John. »Eine Hundertschaft Polizei ist im Augenblick dabei, in das Schloß einzudringen.«

Nach Johns Worten war es einen Moment still. Bis June Hillary aufschluchzte.

»Meine Freundin ist von dem Buckligen ermordet worden«, sagte sie mit zitternder Stimme. »Helfen Sie uns, Inspektor. Ich kann . . . Ich kann bald nicht mehr.«

»Sei ruhig!« brüllte Satanos das Girl an. Dann wandte er sich wieder an John. »Kommen Sie mit! Ich möchte mir Ihre Polizei mal ansehen.«

John mußte sich umdrehen und die Hände hochnehmen. Dann gingen die beiden Männer in den Nebenraum, wo die Bahren standen.

»Ich werde Sie jetzt in mein Labor führen«, sagte Satanos. »Dort werden wir auf den Monitoren erkennen können, wer sich dem Schloß nähert.«

»Aber draußen ist es dunkel«, meinte John.

»Darüber machen Sie sich keine Sorgen. Ich habe Spezialkameras angebracht.«

Sie gingen in den Raum, den John schon kannte. Es war das physikalische Labor.

Drei Monitore waren in eine Konsole eingebaut worden. Satanos schaltete sie an, immer darauf bedacht, John nicht aus den Augen zu lassen. Er hatte längst festgestellt, daß der Inspektor keine Waffe mehr bei sich trug.

Auf den Mattscheiben der Monitoren begann es zu flimmern. Dann war das Bild klar und deutlich zu sehen.

John erkannte die Umgebung des Schlosses. Auch der Vorhof war zu erkennen.

Plötzlich lachte Satanos auf. Wie ein Wahnsinniger.

»Bluff!« schrie er. »Alles Bluff! Sie sind allein gekommen, Inspektor. Und Sie werden auch allein sterben.«

Satanos schaltete die Monitoren wieder aus.

»Was haben Sie sich eigentlich dabei gedacht, Inspektor? Mich reinlegen zu wollen? Das schafft niemand. Sie sind größenwahnsinnig.«

John Sinclair blieb ganz ruhig. »Das möche ich von Ihnen behaupten, Satanos. Sie haben Ihr Ziel ein wenig zu hoch gesteckt.

Gut, Sie können mich umbringen. Aber was geschieht dann? Haben Sie sich schon mal überlegt, daß ich nicht der einzige bin, der von Ihrer Existenz weiß? Daß meine Vorgesetzten über den Auftrag informiert sind? Nach mir werden immer mehr Beamte kommen, und irgendwann sind Sie am Ende, Dr. Satanos.«

»Sie können mir keine Angst einjagen, Inspektor. Man wird mir nie etwas beweisen können. Ich werde die Polizei sogar in mein Schloß einladen. Sie kann es besichtigen, jedoch nur die Räume, die ich ihr zeigen werde. Ohne Beweise bekommt man hier in England keinen Durchsuchungsbefehl.«

John atmete aus. Gegen diese Einstellung kam er nicht an. Dieser Satanos war ein gefährlicher Irrer, der nur in seiner grausamen Welt lebte.

Ich muß es anders anfangen, dachte John.

»Wie haben Sie das alles geschafft?« fragte er.

Satanos lächelte überheblich. »Ich bin ein Genie«, flüsterte er. »Ich habe schon vor Jahren mit Versuchen begonnen, doch meine damaligen Kollegen haben mich ausgelacht und hinterher ausgestoßen. Nun wollte ich es ihnen zeigen. Ich kaufte dieses Schloß hier, richtete es mir nach meinen Vorstellungen ein und sah mich nach einem Gehilfen um. Ich fand ihn in Tom, dem Buckligen. Er befolgte meine Befehle, ohne ein Wort zu fragen. Er mordete auch für mich, schaffte die Personen herbei, die ich für meine Versuche brauchte.«

Dr. Satanos wischte sich mit der freien Hand über den Mund. Er hatte sich in einen Wahn geredet. Sein Gesicht war verzerrt, seine Augen glänzten.

»Mir ist es gelungen, Köpfe auf andere Körper zu operieren. Ich habe die Nervenstränge durch elektrische Leitungen ersetzt. Mein ganzes Leben habe ich mich mit diesem Problem beschäftigt. Den Erfolg können Sie sehen.«

»Was war mit dem Kopf, den die alte Frau gefunden hat?« wollte John wissen.

»Er war für meine Versuche nicht geeignet. Ich weiß auch nicht, warum. Tom hatte den Auftrag, ihn wegzuschaffen, ihn im Moor zu versenken. Leider passierte eine Panne.«

»Die Ihnen das Genick brechen wird«, ergänzte John.

»Sie sind ein Phantast, Inspektor. Tom hat die Scharte längst ausgewetzt.«

John Sinclair lächelte wissend. »Das hat er nicht. Der Kopf liegt bei Scotland Yard.«

Dr. Satanos schluckte. Unwillkürlich ging er einen Schritt zurück. »Das ist nicht wahr«, stöhnte er.

»O doch«, sagte John, »sonst wären wir bestimmt nicht auf Ihre Spur gestoßen. Ihr Diener hat zu viele Fehler gemacht. Er hat die Frau ermordet, die den Kopf gefunden hatte. Doch sie hatte inzwischen die Polizei geholt. Konstabler Brown hatte den Kopf. Und als Tom ihn besuchte, um sich den Kopf wiederzuholen, hat der Konstabler ihn in die Flucht geschlagen. Wußten Sie das nicht, Doktor?«

Satanos schüttelte den Kopf.

»Dann hat Ihr Diener Sie belogen. Wahrscheinlich aus Angst, wie ich annehme. Und durch den Fehler werden Sie endlich gefaßt.«

»Noch ist nichts verloren«, sagte Dr. Satanos. »Ich werde mir auch in dieser Situation zu helfen wissen. Aber das werden Sie nicht mehr erleben, Inspektor.«

John blieb gelassen. »Wollen Sie mich umbringen, oder überlassen Sie das Ihren Kreaturen?«

»Ich persönlich werde Sie zur Hölle schicken. Ich wollte Sie erst von meinen Geschöpfen foltern lassen, aber dazu muß ich leider ein neues Programm aufstellen. Und die Zeit habe ich nicht mehr.«

»Wo steht denn Ihr Computer?« fragte John ganz nebenbei.

»In der Folterkammer.«

»Darf ich ihn noch mal sehen?«

Satanos überlegte einen Moment. Dann stimmte er zu.

»Wir gehen jetzt zurück«, sagte er. »Drehen Sie sich um!«

John gehorchte.

In diesem Augenblick hörten sie Schritte. Und dann wurde auch schon die Tür aufgestoßen . . .

Nur ganz allmählich erholte sich June Hillary von dem Schock der vergangenen Minuten. Ihre rechte Gesichtshälfte schmerzte. Dort hatte sie der Pistolenlauf getroffen.

June sah, daß Jeff Brown immer noch bewußtlos unter der Guillotine lag.

Auf allen vieren kroch sie zu ihm. Immer wieder warf sie einen

Blick zu den Geschöpfen hin, die aufgereiht wie Marionetten auf Befehle warteten.

June hatte noch nie eine Guillotine in natura gesehen. Nur auf Bildern.

Sie sah sich das schreckliche Mordinstrument genau an. Fast scheu blickte sie auf den Hebel, der den Fallbeilmechanismus auslöste.

June Hillary nahm all ihre Kraft zusammen. Mit beiden Händen zog sie die Manschette auseinander, die um Jeff Browns Hals geklemmt war.

June zitterte wie Espenlaub, als sie es geschafft hatte.

Sie packte Jeff bei den Schultern und hob ihn an. Sie schleifte ihn fort von dem tödlichen Fallbeil.

Noch immer sahen die sechs Wesen unbeteiligt zu.

June atmete schwer. Und plötzlich hatte sie eine Idee.

Der Kasten auf dem Tisch. Der Befehlscomputer für die schrecklichen Geschöpfe. Wenn man ihn zerstörte . . .

June packte den Kasten. Doch dann stellte sie ihn wieder hin. Jeff. Sie mußte ihn aus der Gefahrenzone bringen.

June schleifte ihn in den Raum, wo die Bahren standen. Dort bettete sie ihn in eine Ecke.

Schwer atmend kehrte das Girl in die Folterkammer zurück. Die Kerzen in dem Leuchter waren fast ganz heruntergebrannt.

Dann nahm sie wieder den Kasten. Sie trug ihn wie ein rohes Ei. Junes Hände zitterten, als sie in den Nebenraum ging. Schweiß glänzte auf ihrer Stirn.

Der Kasten wurde bleischwer.

Wirf ihn auf den Boden, sagte eine innere Stimme.

Junes Hände zuckten, wollten den Kasten schon loslassen . . .

Da hörte sie beiden Männer.

Ihre Stimmen drangen aus einem der Nebenräume.

June schlich weiter.

Bald konnte sie verstehen, was gesprochen wurde. Erkannte, in welcher Situation sich John Sinclair befand.

June wußte plötzlich, daß es auf sie ganz allein ankam. Und in diesem Augenblick wuchs June über sich hinaus.

Langsam näherte sie sich dem Raum. Sie war mit einemmal eiskalt, dachte nicht mehr daran, was geschehen könnte, wenn . . .

June sah die Tür zu dem Raum einen Spaltbreit offenstehen. Mit der Schulter drückte sie die Tür ganz auf.

June Hillary sah Inspektor Sinclair, sah aber auch Dr. Satanos, der einen Revolver in der Hand hielt.

Wie von selbst öffneten sich ihre Finger . . .

»Nein!« schrie Dr. Satanos, als er sah, wie der Kasten Junes Händen entglitt.

Zu spät.

Der Computer prallte auf den harten Boden, schlug mit der Kante noch mal auf und blieb dann auf der Seite liegen.

Der verrückte Wissenschaftler dachte nicht mehr an seine Gefangenen. Mit einem irren Schrei hechtete er vorwärts und warf sich über den Kasten. Er kniete am Boden, nahm seinen Computer in die Arme und heulte wie ein Kind.

Und dann brach die Hölle los.

Schüsse peitschten in der Folterkammer auf, Schläge klatschten. Es war ein Chaos.

John Sinclair handelte als erster. Er riß June an sich und brüllte: »Weg hier!«

June befreite sich aus seinem Griff. »Aber Jeff Brown. Er ist noch bei den Bestien.«

Verdammt, das Girl hatte recht.

»Warten Sie hier!« befahl John, hob Satanos' Pistole auf und sprang zur Tür.

Er durchquerte den Raum, in dem die leeren Bahren standen, und lugte vorsichtig in die Folterkammer.

Ein Bild des Grauens bot sich ihm.

Die Wesen hatten sich gegenseitig umgebracht. John hatte dafür nur eine Erklärung. Dadurch, daß der Computer zu Boden gefallen war, hatte sich irgend etwas in dem Programmschema verändert.

Langsam betrat John die Folterkammer. Er stieß die unheimlichen Wesen mit dem Fuß an. Sie rührten sich nicht. Einige sahen schrecklich aus.

Die schweren Stahlmantelgeschosse hatten ihnen teilweise das Gesicht zerschmettert und bei einem sogar den Kopf abgerissen. Er lag neben dem Rumpf. Farbige Drähte schauten aus dem Körper.

»Ist – es vorbei?« fragte hinter John eine rauhe Stimme.

Der Inspektor wandte sich um.

An der Tür lehnte Jeff Brown. Er hatte seine rechte Hand um die verletzte Schulter gekrallt und war blaß wie ein Leinentuch.

John Sinclair nickte. »Ja, es ist vorbei.«

Ein glückliches Lächeln huschte über Jeffs Gesicht. Dann sank er langsam an der Tür zu Boden.

John war mit ein paar Schritten bei ihm. Jeff war nur ohnmächtig. Der hohe Blutverlust hatte ihn geschwächt. Er brauchte unbedingt einen Arzt.

Und plötzlich fiel John ein, daß er einen Fehler gemacht hatte. Er hatte June mit Dr. Satanos allein gelassen.

Mit Riesenschritten hetzte John Sinclair zurück in das physikalische Labor.

Es war leer.

Satanos und June waren verschwunden.

Johns Hände krampften sich zusammen. Scharf bohrten sich seine Fingernägel in die Handballen.

Dr. Satanos war ein Teufel. Er würde, ohne mit der Wimper zu zucken, das Girl umbringen.

Und John Sinclair war daran schuld.

John hatte keine Zeit, sich große Vorwürfe zu machen. Er mußte die beiden finden. Aber wo?

Da fielen ihm die Monitore ein. Er wußte, daß das Schloß von Kameras überwacht wurde.

John hatte sich gemerkt, wie Satanos den Apparat bedient hatte.

Ohne Schwierigkeiten schaltete der Inspektor die Kameras ein.

Gespannt starrte er auf die kleinen Bildschirme.

Die Kameras fingen jeden Winkel des Schloßvorhofes ein und überblickten sogar einen Teil des Weges.

Und plötzlich sah John Sinclair die beiden. Sie rannten über den Schloßhof, waren schon fast am Tor.

Dr. Satanos zog June wie eine Puppe hinter sich her. Das Girl strauchelte, fiel hin.

Gnadenlos schleifte Satanos es weiter.

Mit einem Schlüssel schloß er das Tor auf, wollte June hindurchziehen.

Da riß das Girl sich los.

Mit einem Satz war es an Satanos vorbei und rannte in die Nacht.

Nun hielt John Sinclair nichts.

Er sah eine Chance, das Mädchen aus Satanos' Klauen zu befreien. Er mußte nur aus diesem verdammten Schloß raus.

John hatte sich den Grundriß des Schlosses gut eingeprägt, deshalb fand er relativ schnell die Treppe, die nach oben führte. Mit langen Sätzen durchquerte er die Halle, riß an der schweren Türklinke . . .

Zu!

Satanos hatte sie von außen zugeschlossen.

John sah sich die Tür an. Es war unmöglich, sich dagegenzuwerfen und sie aufzubrechen.

Das Fenster! Die einzige Chance.

Die Fenster der Halle waren schmal und endeten oben in einem Spitzbogen. Spinnweben klebten an den Scheiben.

John schlug mit dem Pistolenlauf zu.

Klirrend brach die Scheibe auseinander.

John schlug noch einige Splitter beiseite, jumpte auf die schmale Fensterbank und sprang nach draußen.

Dann hatte er Pech.

Er landete so unglücklich, daß er sich den rechten Knöchel verstauchte.

Der plötzliche Schmerz fraß sich durch das gesamte Bein.

Ächzend blieb John Sinclair liegen. Doch die Sorge um June trieb ihn wieder hoch.

John verlagerte sein Gewicht auf den linken Fuß und humpelte über den Schloßhof.

Da hörte er den Schrei.

Es war der Todesschrei eines Menschen.

June, dachte John Sinclair, beschleunigte unbewußt seine Schritte, achtete nicht auf den verstauchten Fuß, trat einmal falsch auf und brach zusammen.

Er hatte es nicht geschafft.

Das Girl war verloren . . .

Panische Angst trieb June Hillary vorwärts.

Mit dem Mut der Verzweiflung hatte sie sich von Satanos losgerissen. Immer noch klangen ihr seine drohenden Worte im Ohr: »Ich bring' dich um! Ich bring' dich um!«

June rannte auf die Klippen zu.

Der kalte Nachtwind zerrte an ihren langen blonden Haaren, ließ sie wie eine Fahne hinter June herwehen.

Als bleiche Scheibe stand der Mond am Himmel, tauchte die gefährlichen Klippen in geisterhaftes Licht.

June Hillary achtete nicht mehr auf den Weg, verschwand zwischen den scharfzackigen Felsen.

Dr. Satanos kannte die Gegend wie seine Westentasche. Oft genug war er hier herumgegeistert. Er hatte auch gesehen, wo das Girl verschwunden war.

Ein gefährliches Lachen entrang sich seiner Kehle.

Wie ein Schemen verschwand er zwischen den Felsen, lauschte einen Augenblick und hörte den keuchenden Atem des Mädchens.

Er lächelte siegessicher. Dieses blonde Aas würde ihm nicht entkommen.

Geschmeidig wie eine Katze schlich er weiter, konzentrierte sich auf jedes Geräusch.

Eine Wolke schob sich vor den Mond.

Es wurde fast stockdunkel.

Und dann hörte Satanos den leisen Aufschrei. Es war ganz in der Nähe.

Satanos huschte ein paar Schritte vor, duckte sich hinter einen Felsbrocken . . .

In diesem Augenblick war die Wolke an dem Mond vorbeigezogen.

Da sah Satanos das Girl.

Es hockte in einer Felsnische. Schräg vor ihm. Noch hatte June ihn nicht entdeckt.

Satanos hetzte auf sie zu.

Plötzlich riß June den Kopf herum, sah den Schatten und schrie gellend auf.

Satanos preßte ihr die Faust auf den Mund.

Der Schrei erstarb wie abgeschnitten.

An den Haaren zog der unheimliche Wissenschaftler das Mädchen zu sich heran.

June schluchzte auf, riß in einer verzweifelten Reaktion ihr Knie hoch.

Satanos hatte Glück. Junes Knie traf nur seine Hüfte.

Trotzdem steigerte dieser Tritt seine Wut. Er schlug die rechte Hand in Junes Gesicht. Gleichzeitig ließ er ihre Haare los.

Das Girl flog zurück, krachte gegen einen Felsen und blieb wimmernd liegen.

»Du Dreckstück!« keuchte Satanos. »Ich werde dich von den Klippen ins Meer stürzen. Komm, hoch mit dir!«

Doch June hatte keine Kraft mehr. Sie schaffte es nicht, auf die Beine zu kommen.

Satanos fluchte. »Muß ich dich noch zur Hinrichtung schleppen, verdammt?«

Wieder zog der Verbrecher June an den Haaren, schleifte sie wie ein Stück Vieh hinter sich her.

Das rauhe Gestein riß Junes Kleider auf, zerfetzte ihre Schuhe.

Satanos kletterte mit seiner Last die Felsen hoch. Er hatte einen bestimmten Punkt ins Auge gefaßt.

Es war die höchste Stelle hier auf den Klippen.

Endlich hatte er es geschafft.

Nach Atem ringend, machte er eine kurze Pause.

June lag zu seinen Füßen. Sie war vollkommen erschöpft, bekam alles gar nicht mehr richtig mit. Ihr war der Tod plötzlich gleichgültig.

Der fahle Mond beleuchtete die Szene. Deutlich hob er die Konturen der beiden Menschen hervor.

Satanos kicherte wahnsinnig. Seine Knochenhände packten das Girl, hoben es hoch.

Unten schäumte die Brandung. Das Rauschen der Brecher drang bis zu den Felsen hinauf.

Noch einmal stimmte Dr. Satanos sein teuflisches Gelächter an. Er hob den rechten Arm, um June den alles entscheidenden Schlag zu versetzen, der sie zwischen die Klippen schmettern würde . . .

Auf allen vieren kroch John Sinclair weiter. Ein Gedanke beseelte ihn:

Du mußt das Mädchen retten!

John achtete nicht auf die Steine, die seine Kleidung zerrissen und sich schmerzhaft in sein Fleisch bohrten. Er sah immer Junes angstverzerrtes Gesicht vor sich. Wenn sie starb, war er schuld.

Die Pistole hielt John immer noch in der Hand.

John hatte den Schloßhof hinter sich gelassen, war auf die Felsen zugekrochen.

Jetzt zog er sich an einem Stein hoch. Sein Atem ging keuchend. Trotz der Kälte lag ein dicker Schweißfilm auf seiner Stirn.

John zitterte, als er endlich stand.

Und da sah er Satanos und June.

Die beiden befanden sich auf dem höchstgelegenen Felsen.

John sah, wie Satanos June hochzog.

Der Inspektor hob seine Pistole. Der Mond gab gutes Licht, doch für einen Pistolenschuß war die Entfernung zu weit.

Resigniert ließ John die Waffe sinken.

Jetzt hob Satanos den Arm.

John merkte nicht, wie sich seine Hand in das Felsgestein krallte, wie er sich die Lippen blutig biß. Für ihn zählte nur eins.

Er hatte versagt!

Mary Brown stand am Fenster ihrer Wohnung und starrte in die Nacht.

Sie konnte nicht schlafen. Zuviel war auf sie eingestürmt. Wie im Zeitraffer liefen die Ereignisse der vergangenen Tage noch einmal vor ihren Augen ab.

Ihr Mann war auf grausame Weise ermordet worden. Und nun war Jeff, ihr Sohn, auch noch verschwunden. Lebte er überhaupt noch? War ihm das gleiche Schicksal widerfahren wie seinem Vater?

Mary Brown bekam Angst. Angst um ihren einzigen Sohn. Und mit der Angst wuchs der Haß auf Dr. Satanos, diesen Verbrecher, der an all dem Leid die Schuld trug.

Mary Brown trat zurück in das Zimmer. Ihr Blick blieb an dem kleinen Schrank haften, der in der Wohnzimmerecke stand.

Der Schrank war immer abgeschlossen. Ihr Mann hatte dort seine persönlichen Sachen aufbewahrt.

Mary Brown wußte jedoch, wo der Schlüssel lag.

Wenig später hatte sie die beiden Türen geöffnet.

Akten lagen säuberlich gestapelt in den dafür vorgesehenen Fächern. Eine nagelneue Uniform hing auf einer Messingstange.

Mary Brown schob die Uniform zur Seite.

Dahinter stand das Gewehr!

Es war eine Winchesterbüchse. Baujahr 1925. Jims Vater hatte das Gewehr aus Amerika mitgebracht und seinem Sohn vererbt.

Jim hatte die Waffe mit der ihm eigenen Sorgfalt gepflegt – und, was sehr wichtig war, er hatte Mary, seiner Frau, die Funktion genau erklärt.

Es hatte Tage gedauert, bis Mary endlich mit der Waffe umgehen konnte. Und das hatte sie auch nie verlernt.

Als Mary Brown das Gewehr in die Hände nahm, lag ein harter Zug um ihre Mundwinkel. Sie überzeugte sich, daß die Waffe geladen war.

Mary Brown löschte die Lichter im Wohnzimmer und ging in den kleinen Flur. Ihr dunkelblauer Tuchmantel hing an der Garderobe. Mary Brown streifte ihn über und verbarg das Gewehr, so gut es ging, unter dem Mantel.

Dann verließ sie das Haus.

Auf der Straße war es fast totenstill. Nur einmal miaute eine Katze.

Mit zügigen Schritten durchquerte Mary Brown den Ort und wandte sich dem Weg zu, der zum Schloß führte. Sie war diesen Weg noch nie gegangen, doch zum Glück schickte der Mond sein fahles Licht auf die Erde, und Mary Brown brauchte keine Angst zu haben, irgendwo gegenzulaufen.

Der Weg wurde immer steiler. Die Frau kam ins Schwitzen. Sie hatte das Gewehr nicht mehr unter dem Mantel verborgen, sondern hielt es mit beiden Händen fest.

Ab und zu blieb sie stehen und lauschte.

Nichts war zu hören, nur das Raunen des Windes.

Mary Brown ging weiter. Unermüdlich.

Schon konnte sie die Umrisse des Schlosses im geisterhaften Mondlicht erkennen, als plötzlich zwei Gestalten über den Schloßhof rannten. Das Licht reichte gerade aus, um sehen zu können, daß es eine Frau und ein Mann waren. Der Mann schien die Frau zu verfolgen.

Mary beschleunigte jetzt ihre Schritte, wollte den beiden entgegenlaufen, doch da waren sie schon zwischen den Felsen verschwunden.

Mary Brown witterte Gefahr.

Jetzt huschte sie auch zwischen die Felsen. Sie bewegte sich geschickt voran, hielt das Gewehr immer schußbereit in den Händen.

Plötzlich hörte sie den Schrei.

Das Mädchen! Es war in Gefahr!

Die Frau lief jetzt noch schneller, achtete nicht darauf, daß sie sich ein paarmal schmerzhaft das Schienbein stieß. Nur weiter.

Dann sah sie die Gestalt des Mannes zwischen den Felsen auftauchen. Er schleifte irgend etwas hinter sich her.

Das konnte nur das Mädchen sein.

Der Mann zog das Girl auf den höchsten Felsen. Der Wind blähte seinen Umhang auf und gab ihm das Aussehen einer Fledermaus.

Mary Brown blieb stehen. Fast unbewußt hob sie das Gewehr an die Schulter. Genau konnte sie das Gesicht des Mannes nicht erkennen, doch dort auf dem Felsen konnte nur Dr. Satanos stehen.

Mary Brown sah, wie Satanos das Girl hochzog. Wie eine Puppe hing es in seinem Griff.

Mary Brown hatte den Lauf des Gewehres auf einen Felsvorsprung gelegt. Ihr Finger krampfte sich um den Abzug.

Mary Brown hatte noch nie einen Menschen getötet. Doch in diesem Augenblick dachte sie an ihren Mann, an Jeff und an das unschuldige Girl dort oben.

Satanos stimmte ein teuflisches Gelächter an.

Mary Brown lief eine Gänsehaut über den Rücken. Trotzdem ließ sie sich nicht ablenken. Sie zielt genau. Sie wußte, es kam auf den einzigen, alles entscheidenden Schuß an.

Dr. Satanos hob die Hand.

Im selben Augenblick peitschte der Schuß.

Das Stahlmantelgeschoß verließ mit ungeheurer Geschwindigkeit den Lauf, bohrte sich in die Brust des irren Wissenschaftlers.

Satanos wurde zurückgeworfen wie ein Blatt Papier. Mit beiden Händen griff er sich an die Brust, dort, wo ihn die Kugel getroffen hatte.

Satanos wankte. Er merkte nicht, daß er dem Klippenrand immer näher kam.

Noch drei Schritte, noch zwei, noch einer . . .

»Aahh!« Ein gellender Schrei durchschnitt die Stille der Nacht. Satanos flog wie ein Spielball durch die Luft, prallte gegen einen vorspringenden Felsen, und dann zerschmetterte sein Körper unten zwischen den Klippen.

Mary Brown ließ das Gewehr sinken. Sie fühlte sich auf einmal hundemüde.

John Sinclair kam Mary Brown auf dem Weg zum Schloß entgegengehumpelt. Die Frau hielt noch immer das Gewehr umklammert.

»Wo ist Jeff?« fragte sie John als erstes.

Der Inspektor legte der Frau die Hand auf die Schulter. »In Sicherheit, Mrs. Brown. Er hat einen Schulterschuß. Sonst ist ihm nichts passiert.«

»Ein Glück.« Mary Brown atmete befreit auf. Plötzlich mußte sie sich gegen einen Felsen lehnen. Sie konnte einfach nicht mehr. »Und mein Mann? Ist er – ist er . . .?«

John nickte. »Ja, Mrs. Brown. Er ist tot.«

»Tot«, flüsterte die Frau. »Ich habe es gewußt. Ich konnte nur nicht daran glauben, wissen Sie. Ich konnte . . .«

Plötzlich brach sie zusammen. Ihre Nervenkraft war am Ende. John konnte die Frau noch gerade auffangen.

John Sinclair warf noch einen Blick auf das Schloß, ehe er ins Dorf humpelte und um Hilfe telefonierte.

John Sinclair blieb noch zwei Tage in Blyton. Die Experten seiner Abteilung hatten genug damit zu tun, im Schloß die Spuren zu sichern und auszuwerten.

June Hillary ging es wieder gut. Sie hatte den Schock überwunden. Auch Jeff Browns Verletzung war nicht so schlimm, wie es ausgesehen hatte. Er lag zu Hause im Bett und ließ sich von June pflegen. John hatte das Gefühl, daß sich etwas anbahnte.

Auch Cora Wilkens' Leiche wurde gefunden. Ihren Mörder konnte man nicht mehr zur Rechenschaft ziehen.

Die Menschen im Dorf wußten nicht, was sich genau abgespielt hatte. Gerüchte schwirrten herum, doch keiner der Beteiligten sagte etwas Genaues. Diese schrecklichen Ereignisse sollten nicht ausgewalzt werden.

John fuhr am Abend des zweiten Tages ab. Diesmal fiel ihm der Abschied nicht so leicht wie sonst. Zu sehr hatte die gemeinsam überstandene Gefahr die Menschen zusammengeschweißt.

Doch John Sinclair schüttelte mit Gewalt die trüben Gedanken ab. Er mußte zurück nach London. Neue Aufgaben warteten auf ihn. Denn für einen Mann wie ihn gab es keine Pause.

ENDE

Das Leichenhaus der Lady L.

Es war eine unheilschwangere Nacht.

Grelle Blitze zuckten über den wolkenverhangenen Himmel. Die kurz danach folgenden Donner rollten über das Land wie Todesgrüße aus einer anderen Welt.

Doch es fiel kein Regen. Eine drückende Schwüle breitete sich aus. Es war die Nacht, in der die Menschen zu Hause blieben, die Fenster verriegelten und sich in ihren Betten verkrochen.

Es war die Nacht der Dämonen und Geister.

Die junge Frau auf dem breiten Bett störte das Unwetter nicht. Diese Nacht war für sie eine Liebesnacht. Schier unersättlich war ihre Leidenschaft.

Der junge Marquis, der auf dem Bettrand saß und sich gerade sein Hemd über den Kopf streifte, war ihr neuester Favorit.

Lady Laduga war eine schöne Frau. Das lange schwarze Haar reichte ihr bis weit über die Schultern. Grüne, leicht schrägstehende Augen erinnerten den jungen Marquis immer an eine Katze.

Lady Laduga war auch fast wie eine Katze. Manchmal sanft, dann wieder leidenschaftlich, zügellos.

Die Hände des Marquis streichelten bebend die samtene Haut der Frau.

Ein Blitz erhellte das fast halbdunkle Zimmer, ließ die beiden nackten Körper kurz aufleuchten.

Im selben Moment wurde die Tür aufgestoßen. Hart knallte sie gegen die Wand.

Mit einem Schrei wichen der Marquis und die Lady auseinander.

Im Zimmer stand Istvan Laduga.

Lady Ladugas Gatte.

Zwei, drei Herzschläge lang sah er sich die Szene an. Dann griff Laduga mit einer blitzschnellen Bewegung zu seinem Degen. Er riß ihn aus der Scheide, hob den Arm . . .

Die gefährliche Waffe zischte durch die Luft und durchstieß die Brust des Marquis.

Der Marquis war sofort tot.

Lady Laduga bekam einen Schreikrampf.

»Sei ruhig!« brüllte ihr Mann. »Du verdammte Hexe wirst sterben. Ich werde dich zu Tode quälen. Du wirst mich nie mehr mit einem fremden Mann betrügen können!«

Wie Hammerschläge drangen die Worte an Lady Ladugas Ohren. Sie warf einen entsetzten Blick auf den toten Marquis und wußte, daß ihr Mann kein Erbarmen kannte . . .

Drei Wochen wurde die junge Frau in einem Verlies gefangengehalten. Sie bekam kaum etwas zu essen, mußte ungeheure Qualen erdulden, wurde gefoltert und vergewaltigt. Zum Schluß war sie nur noch ein Wrack. Sie wünschte sich ihr Ende förmlich herbei.

Nach der dritten Woche änderte sich die Behandlung. Sie bekam wieder zu essen. Sogar einen Arzt schickte man ihr zur Untersuchung. Sie durfte sich waschen und baden, nur aus dem Verlies kam sie nicht heraus.

Lady Laduga schöpfte wieder Hoffnung. Hatte ihr Mann ihr verziehen?

Vielleicht. Aber warum war er dann nie gekommen? Wollte er warten, bis sie wieder so aussah wie früher? Lady Laduga wußte darauf keine Antwort.

Inzwischen hatte sie auch jegliches Zeitgefühl verloren. Und dann – sie konnte noch nicht einmal sagen, ob es Tag oder Nacht war – öffnete sich wieder die schwere Eisentür.

Ihre ehemalige Kammerzofe betrat das Verlies.

Sie hielt etwas in der Hand. Ein Kleidungsstück. Schneeweiß und bis auf den Boden reichend.

Ein Totenhemd!

Lady Laduga erkannte es mit nahezu grausamer Deutlichkeit. Sie wußte, was das zu bedeuten hatte.

Die beiden Wächter, die die Kammerzofe begleitet hatten, bauten sich links und rechts der Tür auf. Erstickten allein durch ihre Anwesenheit jeden Fluchtversuch schon im Keim.

Lady Laduga zitterte, als die Kammerzofe ihr das Totengewand reichte.

»Sie müssen es anziehen, Lady. Ihr Mann hat es befohlen.«

»Ja, er hat es so befohlen«, flüsterte die Lady erstickt.

Langsam schlüpfte sie in das Gewand. Der Stoff fühlte sich kalt an. Kalt wie eine Totenhand.

»Wir müssen gehen«, sagte die Kammerzofe.

»Wohin?«

»Ihr Gatte erwartet uns.«

Die Wärter nahmen die beiden Frauen in die Mitte. Es ging nach oben, in die prunktvollen Gemächer des Schlosses. Dann führten die Wärter sie nach draußen.

Es war wieder Nacht. Wie damals, als Istvan Laduga seine Frau mit einem Liebhaber erwischte. Und wieder zuckten Blitze durch die Dunkelheit. Doch diesmal war es mehr ein Wetterleuchten.

Vielleicht wird das Gewitter später kommen, dachte Lady Laduga. Später? Ob ich dann noch lebe? Plötzlich überfiel sie eine nie gekannte Angst. Ihre Blicke hetzten zu den Wärtern. Sie dachte an Flucht. Doch die drohenden Blicke der beiden Bewacher machten diesen Gedanken zunichte.

Sie entfernten sich immer weiter vom Schloß und gingen auf den Wald zu.

Wieder zuckte ein Blitz auf.

Und da sah Lady Laduga das Haus.

Es war neu. Es mußte während ihrer Gefangenschaft gebaut worden sein. Menschen standen vor dem Haus. Lady Laduga erkannte unter ihnen ihren Mann.

Finster sah er seiner Frau entgegen. Dicht vor ihm blieben sie stehen. Die beiden Wärter hatten Lady Laduga jetzt an den Oberarmen gepackt.

Die schöne Frau versuchte ein scheues Lächeln. »Bitte, Istvan«, flüsterte sie, »verzeih mir. Ich werde . . .«

»Du wirst sterben«, sagte ihr Mann finster.

Lady Laduga sank zurück. Hätten die beiden Wärter sie nicht festgehalten, wäre sie zusammengebrochen.

»Du hast mich betrogen, und ich habe dir den Tod prophezeit. Ich werde mein Versprechen jetzt einlösen. Ich habe mir etwas Besonderes einfallen lassen. Während deiner Gefangenschaft wurde hier ein Leichenhaus errichtet. Für dich. Du wirst darin eingemauert und elendig verhungern. Das ist meine Rache.«

Lady Laduga bekam die letzten Worte gar nicht mehr bewußt mit. Sie hörte nur noch, daß sie sterben mußte.

»Bitte«, flehte sie schluchzend. »Bitte . . .«

Ihr Mann kannte keine Gnade. Mit einer herrischen Bewegung gab er den beiden Wärtern ein Zeichen.

Sie wußten, was sie zu tun hatten.

Brutal schleiften sie die um Gnade flehende Frau auf das Leichenhaus zu.

Die Erbauer hatten eine Öffnung gelassen. Gerade groß genug, daß sich ein Mensch hindurchzwängen konnte.

Die Männer hoben die Frau an und schoben sie durch die Öffnung. Dann traten sie zurück.

Die letzte Arbeit wollte Istvan Laduga selbst verrichten. Steine lagen bereit. Auch Bindemittel.

Langsam mauerte der Mann die Öffnung zu. Er kümmerte sich nicht um das verzweifelte Schluchzen seiner Frau. Stein auf Stein setzte er.

Als die Öffnung nur noch kopfgroß war, sah er plötzlich das Gesicht der Lady vor sich.

Die Männer, die ihm mit Fackeln leuchteten, traten unwillkürlich zurück.

Das einst so schöne Antlitz der Lady war zu einer grauenhaften Fratze geworden.

»Ja, du hattest recht!« schrie sie ihrem Mann ins Gesicht. »Ich bin eine Hexe. Ich werde mich rächen. Du wirst mich nicht töten können. Ich komme wieder und nehme dich mit in das Schattenreich. Denke daran!«

Ein hysterisches Gelächter folgte ihren Worten.

Den Zuschauern gefror das Blut in den Adern, als die Frau schrie: »Auch ihr werdet meine Rache spüren. Alle, die ihr dabei wart. Das Unglück wird über eure Kinder und Kindeskinder kommen. Seid verflucht!«

Mit einer fast hektischen Eile mauerte Istvan Laduga den letzten Teil der Öffnung zu.

Danach war Stille.

Die Zuschauer gingen wieder. Voller Unbehagen, denn ein böser Fluch war gesprochen worden.

Noch Wochen später wurde Istvan Laduga von Schlaflosigkeit geplagt. Manchmal glaubte er, gellende Schreie aus dem Totenhaus zu vernehmen.

Aber das war wohl nur Einbildung.

Dann hörten auch die Schreie auf, und Lady Laduga geriet in Vergessenheit . . .

Sechs Jahre später heiratete Istvan Laduga eine polnische Gräfin.

Es wurde ein rauschendes Fest. Eine Hochzeit, wie sie das Land selten erlebt hatte, wurde gefeiert.

Istvan Laduga, durch kostspielige Hobbys tief verschuldet, hatte sich mit dieser Hochzeit saniert. Die Gräfin war zwar dreizehn

Jahre älter als er und auch nicht besonders schön, aber sie hatte Geld. Und das war im Augenblick für Istvan Laduga das wichtigste. Außerdem konnte er sich ja noch Mätressen halten.

»Laß uns gehen«, sagte die neue Gräfin Laduga kurz nach Mitternacht zu ihrem Mann.

Istvan Laduga hatte zwar noch keine Lust, aber um seine Frau nicht schon jetzt zu verärgern, stimmte er zu.

Gemeinsam betraten sie ihr neues Schlafzimmer. Die Gräfin hatte darauf bestanden, neben ihrem Gatten zu schlafen. Und Istvan Laduga hatte zähneknirschend zugestimmt.

Ein Diener entzündete die Kerzen, die in kostbaren Kadelabern standen.

Eine Zofe half der Gräfin beim Ausziehen.

Dann waren die Neuvermählten allein.

»Du kannst schon ins Bett gehen«, sagte die Gräfin. »Ich komme gleich wieder.«

Istvan Laduga nickte ihr lächelnd zu.

Langsam zog er sich aus und legte sich in das breite Bett mit dem türkisfarbenen Baldachin darüber.

Er wartete. Fünf Minuten, zehn Minuten.

Langsam wurde er schläfrig.

Irgend etwas schreckte ihn auf. Ein kalter Hauch drang plötzlich in das Schlafzimmer.

Die Kerzen flackerten, verlöschten ganz . . .

»Bist du es, Elena?« rief Istvan Laduga.

Keine Antwort.

Mit einem Knall fiel die Zimmertür ins Schloß. Laduga hatte niemanden bemerkt, der vielleicht ins Zimmer gekommen sein konnte.

Er setzte sich hin. Seine Hand fuhr zu der Klingelschnur, um die Diener herbeizuläuten.

Jemand faßte sein Handgelenk. Es war ein schmerzhafter Griff.

Unwillkürlich schrie Laduga auf.

Er wandte den Kopf . . . und sah in das Gesicht seiner ersten Frau!

Dann hörte er auch schon die Stimme: »Denk an das Versprechen, Istvan. Erinnere dich an meinen Fluch. Ich werde ihn einlösen. Mit dir fange ich an.«

Die Angst schnürte Istvan Laduga fast die Kehle zu. Er wollte sich umdrehen, um nicht in dieses Gesicht sehen zu müssen.

Ohne Erfolg. Er fand nicht die Kraft dazu.

Lady Laduga sah aus wie früher. Noch immer trug sie das Totengewand. Doch diesmal war ihr Gesicht noch bleicher als sonst. Nur die Augen leuchteten wie schwarze Diamanten.

»Ich bin aus dem Totenreich zurückgekehrt, um dich zu holen. Heute, am Tag deiner Hochzeit«, sagte die Lady.

Die Angst preßte Istvan Laduga weiterhin die Kehle zu. Nur seine Augen starrten unverwandt den Geist an. Dann blickte er auf sein Handgelenk, das festgehalten wurde.

Von einer Knochenhand.

Erst jetzt brach der Bann.

Istvan Laduga brüllte auf, doch zwei gnadenlose Hände, die sich um seine Kehle legten, erstickten den Schrei.

Von einem Augenblick zum anderen wurde Istvan Laduga die Luft abgeschnitten. Mit aller Macht versuchte er sich gegen den Druck anzustemmen.

Vergebens.

Das letzte, was Istvan Laduga wahrnahm, war das Gesicht seiner ersten Frau, das in der Dunkelheit seltsam leuchtete und langsam zerfiel, bis es nur noch ein grinsender Totenschädel war . . .

Als die neue Gräfin Laduga wenig später das gemeinsame Schlafzimmer betrat, fand sie ihren toten Mann. Sie wunderte sich noch, warum die Kerzen auf einmal verloschen waren, ehe sie in Ohnmacht fiel.

Als Istvan Ladugas Tod bekannt wurde, erinnerten sich die Menschen in den umliegenden Dörfern auch wieder an den Fluch der Lady. Gerüchte und Legenden entstanden, wurden ausgeschmückt und weitererzählt. Von Generation zu Generation, bis in unsere Zeit.

Lady Laduga war nicht vergessen . . .

Drei Jahrhunderte vergingen. Kriege erschütterten das Land. Das Schloß der Ladugas wurde zerstört, wieder aufgebaut und zehn Jahre später abermals in Schutt und Asche gelegt.

1822 baute man es wieder auf. Allerdings nur zur Hälfte, denn dem damaligen Besitzer ging das Geld aus.

Von nun an stand das Schloß leer. Der Zahn der Zeit nagte auch an seinen Mauern. Moos und Efeu rankten an den dicken

Steinwänden hoch, Krähen nisteten in den zwei Türmen. Die Menschen aus den umliegenden Dörfern mieden das Schloß. Es ging die Sage um, daß es dort spuken sollte. So kam es, daß niemand die Wege pflegte. Büsche, Bäume und Unkraut bildeten bald einen natürlichen Schutzwall, und man konnte nur noch den oberen Teil des Schlosses erkennen.

Im Gegensatz zu dem Schloß hatte das Leichenhaus die Zeit gut überstanden. Es war nicht ein einziges Mal abgebrannt. Im Gegenteil. Durch dichten Wald geschützt, liefen die Jahrhunderte fast spurlos an dem Haus vorüber. Nur einmal hatte ein einsamer Wanderer das Haus gefunden. Er rannte nachher in das nächste Dorf und berichtete von einer weißen Frau, die ihn angeblich töten wollte. Zwei Tage später verübte er Selbstmord.

1965 kam ein cleverer Geschäftsmann auf eine gute Idee. Er sah das verfallene Schloß und ließ es zu einem Hotel umbauen. Er hörte nicht auf die Warnungen der Dorfbewohner, sondern steckte all sein Geld in das Unternehmen. Zuerst lief das Geschäft gut, bis man plötzlich die Leiche eines Gastes fand. Und es blieb nicht die einzige. Fünf Morde geschahen innerhalb kürzester Zeit. Scotland Yard wurde eingeschaltet. Doch die Beamten konnten den oder die Täter nicht finden.

Hinter vorgehaltener Hand flüsterten die Dorfbewohner etwas von der weißen Frau. Die Beamten lachten jedoch nur. Sie glaubten nicht an solche Gespenstergeschichten.

Dem Geschäftsmann gelang es noch rechtzeitig, sein Hotel zu verkaufen. An einen Franzosen, der nichts von den Vorgängen wußte. Und als er davon erfuhr, war es bereits zu spät.

Der Franzose wollte nicht aufgeben und baute das Hotel wieder um.

Diesmal in ein Mädchenpensionat für die Töchter der oberen Zehntausend.

Einweihung war am 4. April 1973.

Wenige Monate später passierte der erste Mord . . .

»Verdammt«, knurrte der junge Mann. »Was ist denn mit dem Motor los?«

Linda Carrigan, die auf dem Beifahrersitz des Triumph Spitfire saß, zog ihre wohlgeformten Augenbrauen hoch.

»Jetzt kommt der berühmte Motorstottertrick, was?« fragte sie etwas hämisch. »Die Masche ist zu alt, Frank. Sie zieht bei mir nicht mehr.«

Frank, ein blonder junger Mann, mit breiten Schultern, wandte Linda sein Gesicht zu. »Scheinst ja Erfahrung zu haben.«

»Hab' ich auch«, erwiderte Linda trotzig. »Wenn du nicht sofort vernünftig fährst, dann . . .«

In diesem Moment erstarb der Motor völlig.

Linda griff nach Franks Arm. »Bitte, mach doch keinen Unsinn. Ich muß spätestens um Mitternacht wieder in der Schule sein. Wir können es ja ein anderes Mal . . .«

Mit wütenden Bewegungen zündete sich Frank Gibson eine Zigarette an. Hastig blies er den Rauch gegen die Windschutzscheibe.

»Also, was ist, Frank?« fragte Linda Carrigan, die immer noch auf eine Antwort wartete.

Frank atmete tief durch. »Der Wagen fährt wirklich nicht mehr, verdammt!«

Linda Carrigan legte vor Schreck ihre Hand auf den Mund. »Aber – aber, was machen wir denn jetzt?«

Frank zuckte die Achseln. »Erst mal nachsehen, ob ich die Mühle wieder in Gang bekomme. Um deine Unschuld brauchst du schon keine Angst zu haben.«

Er stieg aus und warf die Tür sehr heftig hinter sich zu.

Linda sah, wie er die Motorhaube hochklappte, und hörte ihn hantieren. Ein unbehagliches Gefühl überkam sie.

Sie standen auf einem abgelegenen Waldweg. Er stellte nicht die direkte Verbindung zum Internat dar. Die Dunkelheit lag wie schwarzer Samt über dem Land.

Linda kurbelte das Seitenfenster herunter. Sie hörte das Rauschen der Bäume. Ab und zu klang der Schrei eines Käuzchens auf. Linda erinnerte sich plötzlich der Spukgeschichten, die sie sich als Kinder immer erzählt hatten . . .

Ein Knall riß sie wieder in die Wirklichkeit zurück. Frank hatte die Motorhaube zugeschlagen.

Wütend riß er die Fahrertür auf.

»Was ist? Kannst du den Schaden selbst beheben?« fragte Linda hoffnungsvoll.

»Nein«, knurrte Frank und warf sich auf den Fahrersitz. »Ich muß Hilfe aus dem nächsten Dorf holen.«

Linda mußte seine Worte erst verdauen, ehe sie antworten

konnte. »Aber was geschieht denn mit mir? Ich muß doch in das Internat.«

Frank zuckte die Achseln. »Es sind nur noch zwei Meilen. Die kannst du auch zu Fuß gehen.«

»Zu Fuß?« Linda glaubte sich verhört zu haben.

»Ja«, grinste Frank. »Tut dir mal ganz gut. Du bist sowieso viel zu verwöhnt.«

»Das hat mir noch niemand gesagt.«

»Dann bin ich der erste.«

»Pah.«

Linda rückte bis ganz an die Tür und verschränkte die Arme vor der Brust. Sie war beleidigt. Aber nicht lange.

Nach einer Zigarettenlänge fragte sie: »War das dein Ernst, Frank?«

»Sicher.«

»Also schön. Dann sind wir von nun an geschiedene Leute. Ich hatte gedacht, ich . . . Ach, ist auch egal.«

Linda riß die Tür auf und sprang nach draußen.

In diesem Moment wurde Frank bewußt, daß er wohl etwas zu weit gegangen war.

Er jumpte ebenfalls aus dem kleinen Sportwagen und lief ein Stück hinter dem Girl her.

»Linda!« rief er. »Linda! Komm zurück! Ich habe es nicht so gemeint.«

Doch Linda hörte nicht. Oder sie wollte nicht hören.

»Dann eben nicht«, sagte Frank wütend und machte sich auf den Weg ins Dorf.

Selbstverständlich hatte Linda Carrigan Franks Rufe gehört. Doch ihr Stolz ließ es nicht zu, umzukehren. Sie würde den Weg zum Internat schon allein schaffen.

Nach einigen hundert Yards flaute Lindas Wut ab. Sie bekam plötzlich Angst. Ganz allein auf dem dunklen Waldweg, dazu die Geräusche der Natur, das unheimliche Rauschen der Baumkronen, der wolkenverhangene Himmel, an dem kein einziger Stern zu sehen war, all dies waren Erscheinungen, die Linda noch nie erlebt hatte.

Sie überlegte sogar, ob sie nicht doch lieber im Wagen auf Franks Rückkehr warten sollte, verwarf diesen Gedanken aber schließlich. Sie würde Frank nicht nachlaufen. Dann lieber die zwei Meilen noch durchstehen.

Linda Carrigan beschleunigte ihre Schritte.

Sie war das Laufen nicht mehr so recht gewohnt und bekam schon bald Atembeschwerden. Zwangsläufig wurde sie langsamer.

Ein Tier huschte plötzlich über den Weg. Linda erschrak fast zu Tode.

»Mein Gott«, flüsterte sie, »jetzt habe ich schon vor einem Fuchs Angst.«

Linda ging weiter.

Sie wußte nicht, daß sie sich immer mehr dem Leichenhaus der Lady Laduga näherte.

Der Weg beschrieb eine Biegung.

Und plötzlich drohte Lindas Herzschlag auszusetzen.

Auf dem Weg stand eine Gestalt! Ein Geist!

Der Geist schwebte in Kniehöhe über dem Weg. Genau auf die erstarrt dastehende Linda zu.

Lindas Kehle war wie zugeschnürt. Abwehrend hob das Girl beide Hände.

Wenige Yards vor ihr hielt die Gestalt an. Jetzt konnte Linda genau das Gesicht erkennen.

Es war schön und genauso weiß wie das lange Gewand. Nur die Hände, sie bestanden aus Knochen mit langen, spitzen Fingernägeln.

Langsam näherten sich die Hände Lindas Gesicht.

Erst jetzt löste sich ihre Erstarrung.

Markerschütternd schrie Linda auf. Sie warf sich herum, rannte los, zurück zum Wagen.

Sie war nicht schnell genug.

Ein eisiger Hauch holte das Girl ein. Die Totenhände schwebten über ihrem Kopf, griffen in das lange rote Haar.

Linda fiel auf den feuchten Boden, riß sich die zarten Nylons auf.

Wieder spürte sie den eisigen Hauch. Dann gruben sich spitze Fingernägel in ihren Nacken. Blut strömte aus den Wunden.

Linda warf sich auf den Rücken.

Die Frau in Weiß starrte sie an. Die kohlrabenschwarzen Augen blickten gnadenlos.

Wieder näherten sich die Totenhände Lindas Gesicht.

Sie kam nicht einmal mehr zu einer Abwehrbewegung. Die

spitzen Fingernägel rissen ihr das Kleid auf, fetzten den BH vom Körper, drangen wie Nägel in ihr Fleisch.

Lindas Schrei war grauenhaft.

Verzweifelt versuchte sie, gegen dieses Gespenst anzukämpfen, wollte in das Gesicht schlagen . . .

Sie hatte keine Kraft mehr.

Immer tiefer drangen die Totenhände in ihren Körper. Lindas Abwehrbewegungen wurden fahrig, hörten plötzlich ganz auf.

Die weiße Frau löste sich von ihrem blutenden Opfer. Sie schwebte davon. Lautlos, wie sie gekommen war.

Zurück in ihr Reich.

In das Leichenhaus.

Je weiter sich Frank Gibson von seinem Wagen entfernte, um so größer wurden seine Gewissensbisse.

Er hatte sich wie ein Idiot benommen. Das Girl einfach ganz allein in der Dunkelheit zurückzulassen. Aber sie wollte es ja nicht anders haben. Trotzdem . . .

Entschlossen machte Frank Gibson kehrt. Er beschleunigte jetzt seine Schritte noch mehr, rannte fast.

Dann hatte er den Wagen erreicht.

Der Triumph war leer.

Frank holte seine ovale Taschenlampe aus der Jackentasche und leuchtete in das Innere des Sportwagens. Er wollte ganz sichergehen, daß Linda auch wirklich weg war und sich nicht auf den Notsitz gequetscht hatte.

Doch der Lampenstrahl glitt über die leeren schwarzen Lederpolster.

Wütend biß sich Frank auf die Lippen. Er fluchte innerlich wie ein Maultiertreiber.

Da hörte er den Schrei.

Es war ein Schrei, wie ihn nur ein Mensch in äußerster Todesangst ausstoßen konnte.

Für Sekunden stand Frank wie gelähmt.

Linda! Sie war in Gefahr. Ganz deutlich spürte Frank Gibson es.

Er rannte los. Die eingeschaltete Taschenlampe hielt er in der ausgestreckten Hand. Der Strahl tanzte auf dem schmalen Weg.

Frank gelangte an eine Biegung, ließ sie hinter sich . . . und sah Linda Carrigan.

Sie lag auf dem Boden. Blutüberströmt.

Mit zwei, drei Sätzen war der junge Mann bei ihr, kniete nieder, hob den Kopf des Girls ein wenig an.

»Linda, Darling«, hauchte er und schämte sich seiner Tränen nicht.

Die Taschenlampe in seiner Linken beleuchtete das grauenhafte Bild.

Lindas gesamter Körper war zerkratzt. Sie blutete aus unzähligen fingertiefen Wunden. Selbst das Gesicht war kaum noch zu erkennen.

Es war ein Wunder, daß Linda überhaupt noch lebte. Ihr Atem ging schwer und rasselnd.

Plötzlich schlug sie die Augen auf, erkannte Frank, und ein verlorenes Lächeln glitt über ihr Gesicht.

Ihre rechte Hand tastete nach Franks Arm. Sie schluckte, versuchte zu sprechen.

»Ganz ruhig, Linda«, flüsterte Frank erstickt. »Es wird alles wieder gut werden. Ich bringe dich zu einem Arzt.«

»Nein, Frank«, stieß Linda Carrigan abgehackt hervor. »Ich . . . ich werde sterben. Die weiße Frau. Ich . . .« In ihren Augen erkannte Frank plötzlich eine entsetzliche Panik. »Frank – bitte . . . Die weiße Frau . . .« Lindas Finger krallten sich in Franks Arm fest. »Sie – sie mordet. Es – es . . . gibt sie wirklich. O Frank – mir ist so kalt. Ich . . . glaube, ich sterbe, Frank . . .!«

Verzweifelt schrie Linda Carrigan den Namen des jungen Mannes. Dann wurde ihr Körper schlaff. Die Augen brachen.

Linda Carrigan war tot!

Aufschluchzend warf sich Frank Gibson über die Tote. Er wußte nicht, wie lange er gelegen hatte, irgendwann kam er wieder zu sich. Das Licht der Taschenlampe war wesentlich schwächer geworden. Bestimmt mußte es schon weit nach Mitternacht sein.

Frank Gibson erhob sich. Er merkte nicht, daß seine Kleider blutbesudelt waren. Minutenlang starrte er auf die Tote.

»Ich werde deinen Tod rächen«, flüsterte er heiser, »das schwöre ich dir, Linda.«

Frank Gibson würde Lindas Tod niemals rächen. Er konnte nicht ahnen, daß hier Mächte ihre Hand im Spiel hatten, die stärker waren als er.

Ruckartig wandte sich Frank Gibson um. Dann begann er zu laufen, so schnell er konnte.

Bald gelangte er auf den Hauptweg, der direkt zum Internat führte.

Unten hinter dem kleinen Fenster brannte noch Licht. Hier wohnte der Hausmeister. Frank hatte ihn zweimal zu Gesicht bekommen.

Keuchend blieb Frank vor der Haustür stehen. Sein Daumen preßte sich auf den Klingelknopf.

Das schrille Geräusch zuckte durch die Stille.

Frank hörte den Hausmeister fluchen. »Ich komm' ja schon.« Schwere Schritte näherten sich der Tür. Dann wurde sie aufgerissen.

»Das wird Ärger geben, Miss . . .«

Der Hausmeister stutzte. Erst jetzt bemerkte er, daß er nicht eines der Girls vor sich hatte.

»Ja, aber was wollen Sie denn hier, junger Mann?«

Frank holte noch dreimal tief Luft, ehe er antworten konnte.

»Mister Elkham, Sie müssen die Polizei alarmieren. Linda Carrigan . . . Sie ist – sie ist tot.«

Bob Elkham war ein älterer gutmütiger Mann mit Stirnglatze und einem Kranz rostroter Haare herum. Er tat nie etwas übereilt. So auch jetzt nicht.

»Nun kommen Sie erst mal rein, junger Mann.«

»Aber Linda . . .«

»Ja, ja, schon gut. Kommen Sie.«

Frank Gibson blieb nichts anderes übrig.

Der Hausmeister führte den aufgeregten jungen Mann in sein mit Plüschmöbeln ausstaffiertes Junggesellenwohnzimmer. Erst jetzt, bei Licht, sah er, was mit Frank Gibson los war.

»Aber Sie sind – Sie sind ja voller Blut.«

Frank hob in einer verzweifelten Gebärde beide Hände. »Ich habe Ihnen doch gesagt, Linda, mein Girl, sie ist ermordet worden. Ermordet, verstehen Sie? Viehisch umgebracht!« Die letzten Worte schrie er dem Hausmeister ins Gesicht.

Bob Elkham war kalkweiß geworden. »Wir müssen die Polizei anrufen. Wo hat man denn Ihre Freundin umgebracht?«

»Auf dem kleinen Waldweg, der dann in den Hauptweg mündet.«

Der Hausmeister hielt schon den Hörer des Telefons in der Hand. Er hatte die Privatnummer von Konstabler Sandford gewählt. Erst nach einiger Zeit wurde abgehoben. Eine verschlafene Stimme meldete sich.

»Ich bin's, Bob«, sagte der Hausmeister. »Hier ist gerade ein junger Mann angekommen, der behauptet, seine Freundin wäre ermordet worden.« Es folgte die Tatortangabe.

Bob Elkham lauschte ein paar Sekunden. Dann wandte er sich an Frank.

»Wie heißen Sie?«

»Frank Gibson.«

Bob Elkham sagte es dem Konstabler. Danach hörte er wieder einige Zeit zu.

Schließlich sagte er: »Nein, du mußt sofort kommen. Ich glaube nicht, daß der Junge spinnt. Er ist übrigens ganz voller Blut. Wann, sagst du, bist du da?«

»In zwanzig Minuten«, quäkte es aus dem Hörer.

»Gut. Wir werden uns am Tatort treffen.«

Bob Elkham legte den Hörer wieder auf die Gabel. »Sie haben gehört, was ich mit dem Konstabler vereinbart habe?«

Frank Gibson nickte.

»Schön, dann wollen wir mal. Warten Sie, ich hole nur noch meine Jacke und ein Gewehr. Man kann nie wissen.«

Der Hausmeister verschwand in einem Nebenzimmer. Nach einer halben Minute war er wieder da.

Die beiden Männer verließen das Internat.

Frank Gibson hatte es natürlich eilig. Das Tempo konnte der Hausmeister nicht mithalten.

»Nicht so schnell, junger Mann. Ein alter Mann wie ich ist doch kein Schnellzug.«

»Entschuldigen Sie.«

Bob Elkham winkte ab.

Jetzt gingen die Männer nebeneinander her. Der Hausmeister hatte das Gewehr geschultert. Es war eine alte Jagdflinte.

»Sie sprach von einer weißen Frau, bevor sie starb«, sagte Frank Gibson plötzlich.

»Was?« Der Hausmeister blieb stehen.

»Ja, Linda sprach von einer weißen Frau.«

»Um Gottes willen.« Unwillkürlich schlug der Hausmeister ein Kreuz. »Die Lady Laduga, sie ist wiedergekommen.«

»Wer?« fragte Frank Gibson.

»Die Lady Laduga. Oder die weiße Frau. Sie wohnt in dem

Leichenhaus. Sie ist schon über dreihundert Jahre tot, doch ihr ruheloser Geist lebt weiter. Sie wird wieder morden. Das war erst der Anfang.«

»Ich verstehe nicht, Mister . . .?«

»Haben Sie noch nie von der unheimlichen Mordserie gehört? Damals, 1965?«

»Nein.«

»Fünf Menschen wurden bestialisch umgebracht. Scotland Yard konnte den Täter nie fassen. Aber ich sage Ihnen, junger Mann, damals war es auch die weiße Frau gewesen. Ich lebte zu der Zeit noch unten im Dorf. Wir haben den Beamten alles erzählt, doch sie wollten uns nicht glauben. Ich gehe keinen Schritt mehr weiter.«

Frank Gibson war nachdenklich geworden. »Seien Sie kein Feigling«, sagte er zu dem Hausmeister. »Wir sind schließlich zu zweit. Und außerdem haben Sie ein Gewehr?«

»Das hilft gegen Geister auch nicht. Die weiße Frau ist unverwundbar.«

»Wo, sagten Sie, wohnt die weiße Frau oder Lady Laduga, wie man sie nennt?«

»In ihrem Leichenhaus. Ihr Mann hat sie dort damals lebendig eingemauert. Ehe er den letzten Stein eingefügt hatte, sprach sie noch einen grauenhaften Fluch aus. Dieser Fluch hat die Jahrhunderte überdauert.«

»Aber das sind doch Märchen.« Frank Gibson versuchte, seiner Stimme einen belustigten Klang zu geben. Doch es gelang nicht so ganz.

»Es sind keine Märchen, junger Mann.«

»Gut, dann sind es eben keine. Gehen wir nun weiter?«

»Ja«, erwiderte der Hausmeister. »Ich will nicht, daß Sie in mir einen Feigling sehen.«

Die beiden Männer machten sich wieder auf den Weg.

»Ich habe es geahnt«, murmelte Bob Elkham, »daß es einmal so kommen würde. Ich habe es immer gesagt, doch niemand hat auf mich gehört. Und die Mädchen in dem Internat, die sind in Gefahr. Alle.«

Auch Frank Gibson lag ein Klumpen im Magen. Wenn er ehrlich sein sollte, hatte er auch Angst. Die Erzählungen des Hausmeisters waren nicht spurlos an ihm vorübergegangen.

»Gleich muß die Stelle kommen«, sagte Frank Gibson und leuchtete mit seiner Lampe, die jetzt kaum noch Licht gab.

»Sparen Sie sich Ihre Batterie«, erwiderte Bob Elkham, »ich habe eine andere Lampe bei mir.«

Er griff in die Jackentasche und holte eine Stablampe hervor.

Der starke Strahl erleuchtete den Weg fast taghell.

»Da, da muß es sein«, sagte Frank aufgeregt und deutete mit dem Arm nach vorn.

Der Hausmeister hob die Lampe ein wenig an, um eine breitere Fläche beleuchten zu können.

»Ich seh' nichts«, knurrte er.

»Aber das ist doch . . . Sie hat doch dort . . .« Frank Gibson war ganz durcheinander. Er konnte es nicht begreifen.

Linda Carrigan war verschwunden.

Der Hausmeister trat vorsichtshalber einen Schritt zur Seite. »Haben Sie mir einen Bären aufgebunden, Gibson? Wenn das ein Scherz sein soll, dann ist es ein verdammt schlechter. Das wird Sie noch teuer zu stehen kommen.«

»Nein, ich – ich kann es selbst nicht begreifen. Sie hat doch hier gelegen, an dieser Stelle.«

Bob Elkham nahm das Gewehr von seiner Schulter und richtete die Mündung auf Frank Gibson. »Das werden wir gleich haben. Wir warten, bis der Konstabler kommt. Der kann Sie gleich mitnehmen.«

Der junge Mann schüttelte den Kopf. Er war noch immer völlig durcheinander.

»Wahrscheinlich haben Sie das Mädchen selbst umgebracht«, mutmaßte der Hausmeister, »haben es dann in einem Gebüsch versteckt und mir . . .«

»Das ist doch alles Quatsch«, regte sich Frank Gibson auf. »Wir werden schon Spuren finden. Da auf dem Boden . . . Leuchten Sie mal genau hin. Die dunklen Flecke.«

Der Hausmeister kam nicht mehr dazu, denn ein Scheinwerferpaar tanzte den Weg hoch.

Wenig später stoppte Konstabler Peter Sandford neben den beiden Männern. Ächzend quälte er sich aus seinem Dienstwagen, einem Morris.

»Hallo, Bob«, knurrte er. »Ist das der Mann?«

»Ja. Aber du wirst dich wundern.«

»Wieso?«

»Die Leiche ist nämlich auf einmal weg.«

»Ach?« Das Gesicht des Konstablers verfinsterte sich. Drohend sah er Frank Gibson an. »Sollten Sie mich umsonst aus dem Bett geholt haben?«

»Nein, Konstabler. Die Leiche ist da, das heißt, sie ist nicht mehr da. Ich . . .«

»Was ist denn nun, verdammt? Ich sehe keine Leiche.«

»Lassen Sie sich doch erklären . . .«, sagte Frank Gibson.

Er erzählte die Geschichte noch mal. Von Anfang an.

»Außerdem«, so schloß er, »werden Sie bestimmt Blutspuren finden.«

Peter Sandford war fast zwei Meter groß. Er hatte das traurige Gesicht einer Eule, und ein sandgelber Schnurrbart zierte seine Oberlippe.

»Gib mir mal die Lampe«, sagte er zu dem Hausmeister.

Dann leuchtete der Konstabler den Boden ab. Er bückte sich sogar, was bei ihm viel heißen wollte, denn Bewegung hielt Peter Sandford schon für Arbeit.

Nach einiger Zeit richtete der Konstabler sich auf und kratzte nachdenklich sein Ohr. »Der junge Mann hat recht. Es ist tatsächlich Blut«, wandte er sich an Bob Elkham.

Der Hausmeister leckte sich die Lippen. Er wußte auch keinen Rat.

»Ich habe es Ihnen doch gesagt«, regte sich Frank Gibson auf. »Meine Freundin ist hier ermordet worden, und zwar von einer weißen Frau.«

»Sollte eine neue Mordserie beginnen?« fragte Bob Elkam leise.

»Vielleicht«, vermutete der Konstabler. »Aber eins sage ich dir, Bob, das ist was für Scotland Yard. Ich schlage mich mit dem Fall nicht rum.«

»Die haben doch damals auch nichts erreicht.«

»Da waren andere Zeiten, Bob. Ich habe so einiges läuten gehört. Sie sollen jetzt eine Spezialabteilung haben, die sich mit rätselhaften Kriminalfällen befaßt. Die haben da verdammt fähige Leute, wie ich gehört habe.«

»Kennst du denn einen?«

»Nein, Bob. Persönlich nicht. Aber einen Namen habe ich schon mal gehört. Der Mann soll das As der Truppe sein.«

»Und wie heißt der Supermann?« wollte der Hausmeister wissen.

»Sinclair. John Sinclair.«

Zwei Tage vergingen. Tage, in denen der Konstabler mit Hunden und einigen freiwilligen Helfern die Gegend nach der Leiche des Mädchens abgesucht hatte.

Vergebens. Es war nirgendwo eine Spur zu entdecken.

Vor der Presse hatte man alles geheimhalten können. Selbst Linda Carrigans Mitschülerinnen wußten nichts von dem Schicksal ihrer Klassenkameradin. Man hatte ihnen gesagt, Linda wäre zu ihrer kranken Mutter gereist.

Natürlich hatte sich Frank Gibson intensiv an der Suche beteiligt. Am Abend des zweiten Tages wurde sie dann endgültig eingestellt.

Frank Gibson saß im Büro des Konstablers und spielte mit einem Bleistift.

»Immer noch keine Nachricht von Scotland Yard?« fragte er.

»Nein, Mister Gibson. Ich glaube, die nehmen uns nicht ernst. Eine verschwundene Leiche, das ist Arbeit für den Konstabler.« Sandford nahm einen Schluck Tee, den ihm seine Frau gebracht hatte. Mit einem langen »Ah!« setzte er die Tasse ab. »Wenn ich Ihnen einen guten Rat geben darf, junger Mann, fahren Sie auch nach Hause. Wir geben Ihnen schon Bescheid, wenn wir Ihre Freundin doch noch gefunden haben.«

»Nein, Konstabler. Ich bleibe. So lange, bis ich Gewißheit habe.«

»Schön. Ich kann Sie nicht hindern.«

Frank Gibson stand auf. »Ich gebe jetzt zum Abendessen. Anschließend werde ich mal dem Leichenhaus einen Besuch abstatten.«

Konstabler Sandford sah ihn nachdenklich an. »Machen Sie keinen Fehler, Mister Gibson.«

Frank lachte spöttisch auf. »Haben nicht alle soviel Angst wie Sie, Konstabler.«

»Das hat mit Angst nichts zu tun.«

»Womit denn?«

»Das verstehen Sie nicht. Sie sind nicht hier aufgewachsen, Mister Gibson. Sind nicht mit Geistern und Legenden groß geworden. Hier glauben die Leute wirklich noch an Gespenster.«

»Sie auch, Konstabler?«
»Ich auch.«
»Na, dann gute Nacht. Und träumen Sie gut. Von Gespenstern und Geistern.«
Konstabler Sandford sah dem jungen Mann noch lange vom Fenster aus nach. Er hatte das Gefühl, daß er ihn nie wiedersehen sollte.
Frank Gibson gingen die Erzählungen des Hausmeisters nicht aus dem Kopf. Sicher, er glaubte nicht an Geister. Er war ein moderner junger Mann, interessierte sich für Technik und Popmusik. Und die alten Geschichten, die man sich immer noch erzählte, lockten ihm nicht einmal ein müdes Lächeln ab.
Trotzdem, er fand keine Erklärung für Lindas rätselhaftes Verschwinden.
In einem der drei Gasthäuser des Ortes aß Frank Gibson etwas zu Abend. Danach machte er sich mit einer Taschenlampe und einem Messer bewaffnet auf den Weg.
Sein Ziel war das bewußte Leichenhaus.
Mittlerweile war es dunkel geworden. Von dem Bach in der Nähe stiegen Nebelschwaden auf, die sich wie Schleier über das Land legten.
Frank Gibson fuhr vorsichtig bis zu der Stelle, wo Linda ermordet worden war.
Als die Wagentür des Triumph zuklappte, umfing den jungen Mann Totenstille. Es schien, als hätten der Nebel und die Dunkelheit auch die Tiere des Waldes in ihre Höhlen und Nester getrieben. Ein bißchen unheimlich war es Frank Gibson doch schon zumute.
Er verließ den schmalen Weg und drang in den Wald ein. Die eingeschaltete Taschenlampe in der Rechten, ging er voran. Dorniges Gebüsch und dicke Baumstämme erschwerten das Vorwärtskommen.
Frank Gibson hatte sich ungefähr die Richtung gemerkt, in der das Leichenhaus liegen mußte. Er hoffte, es schnell zu finden.
Der starke Strahl der Lampe geisterte durch die Dunkelheit, glitt über knorrige Äste und Farnkräuter, tanzte über aus dem Boden ragende Baumwurzeln und schreckte einige Fledermäuse auf.
Frank Gibson ging weiter. Unverdrossen.
»Fraaank!«
Mein Gott, das war Lindas Stimme!
Eine Gänsehaut rieselte über Franks Rücken.

Immer noch stand er wie zur Salzsäule erstarrt. Unbewußt hatte er die Taschenlampe ausgeschaltet. Seine Augen bohrten sich in die Dunkelheit, versuchten verzweifelt, etwas zu erkennen.

»Fraaank!«

Wieder dieser Ruf. Diesmal näher und lauter.

Der Schweiß trat dem jungen Mann auf die Stirn. Er ging ein paar Schritte zur Seite und versteckte sich hinter einem Baumstamm.

Die Stille lastete wie ein schwerer Teppich auf ihm. Er wußte nicht, was er machen sollte.

Dann wieder dieser Schrei.

»Fraaank!«

Kein Zweifel, das war wirklich Lindas Stimme. Der Ruf klang verzweifelt, als hätte Linda große Schmerzen.

»Ich komme!« rief Frank Gibson plötzlich. »Ich komme, Linda!«

Er war aufgeregt wie nie in seinem Leben. Aber es kam noch etwas anderes hinzu.

Die Angst.

Frank Gibson lief einige Schritte und blieb plötzlich stehen.

Etwas war ihm zum Bewußtsein gekommen. Linda, sie konnte ihn ja nicht rufen. Sie war tot.

Oder . . .?

An eine andere Möglichkeit wagte Frank Gibson gar nicht zu denken. Ganz von allein fielen ihm jetzt die Geschichten der älteren Leute ein. Die Erzählungen von den Toten, die zurückkamen, deren Seelen im Grab keine Ruhe finden konnten.

Frank Gibson hatte auf einmal das Gefühl, daß dieser Ruf aus dem Jenseits zu ihm gedrungen war.

Da! Etwas schwebte zwischen den Bäumen. Etwas Großes, Weißes.

Waren es Nebelschleier? War es Einbildung?

Der weiße Fleck kam näher, wurde deutlicher. Eine Gestalt kristallisierte sich heraus.

Eine Frauengestalt!

In einem langen weißen Kleid.

Die weiße Frau!

Es gab sie wirklich. O Gott!

Frank merkte nicht, daß seine Knie zitterten. Gebannt starrte er auf den Geist, der in Kniehöhe zwischen den Bäumen über dem Boden schwebte.

Auf ihn zukam . . .

Wie bei Linda. Und Linda war tot.

Sollte er auch?

Frank riß die Taschenlampe hoch, schaltete sie ein.

Der Lichtstrahl bohrte sich durch die Dunkelheit, fing die schemenhafte Gestalt ein.

Ein grinsender Totenschädel starrte Frank entgegen.

Doch nur für einen Augenblick. Der Schädel verwandelte sich, Haut wurde sichtbar, dann Augen, Nase, Mund, Kinn, Ohren.

Der Totenschädel hatte sich in ein Gesicht verwandelt.

In ein Frauengesicht.

In Lindas Gesicht.

»Linda!« Frank Gibson schrie den Namen seiner Freundin heraus.

Sie kam auf ihn zu. Lautlos, unheimlich. Frank konnte jede Einzelheit ihres Gesichts erkennen, genau wie früher, als sie noch . . .

Aber Linda war tot!

Franks Hände zitterten. Die Taschenlampe fiel auf den Boden, brannte dort weiter.

Lindas Lippen bewegten sich, wollten etwas sagen.

Frank Gibson vergaß alles. Er sah nur seine Linda, die ihn jetzt anlächelte.

Frank streckte beide Arme aus. »Komm, Linda«, flüsterte er, »komm zu mir.«

Keine innere Stimme warnte ihn mehr. Niemand machte ihm bewußt, daß Linda ein Geist war.

Ein Geist, der morden wollte, der Blut brauchte . . .

Linda schwebte immer näher.

Jetzt hatte sie Franks ausgestreckte Arme erreicht, berührte seine Fingerspitzen.

Ein kalter Hauch umfing Frank Gibson.

Todeshauch.

Der junge Mann fühlte nichts zwischen seinen Händen. Er konnte Linda nicht greifen.

Mit weit aufgerissenen Augen starrte er in das Gesicht der Toten, das immer näher kam, schon dicht vor seinen Lippen schwebte.

»Linda!« flüsterte Frank.

Sie lächelte.

Zwei Krallenhände legten sich auf Franks Schultern, strichen an seinen Armen entlang, dann über seine Brust.

Frank Gibson stand wie ein Denkmal. Konnte sich einfach nicht rühren. All seine Gedanken waren plötzlich ausgeschaltet. Seine Lippen bewegten sich, wollten etwas sagen, doch kein Laut drang aus seinem Mund.

Nur diese Kälte. Frank fühlte, wie sie durch seine Glieder fuhr, wie sie ihn unbeweglich machte.

Die Krallenhände legten sich um Franks Hals.

Noch immer ahnte Frank nichts Böses.

Da drückten die Totenhände zu. Gnadenlos.

Jetzt erst wachte Frank auf. Ein heiseres Röcheln entrang sich seiner Kehle.

Panik sprang ihn an. Plötzlich wußte er ganz genau, was seine Stunde geschlagen hatte.

Er mobilisierte alle Kräfte. Stemmte sich gegen den Druck.

Ohne Erfolg. Wie Eisenklammern lagen die Totenhände um seinen Hals.

Die Augen quollen dem jungen Mann fast aus den Höhlen. Er bekam keine Luft mehr. Der Kopf drohte ihm zu platzen.

Frank Gibson sank in die Knie.

Die würgenden Totenhände hielten weiter seinen Hals umklammert.

Verzweifelt strampelte Frank mit den Beinen. Seine Arme schlugen wild in der Luft umher. Es war ein letztes Aufbäumen. Ein Versuch, dem drohenden Tod zu entrinnen.

Langsam schwand Frank Gibsons Bewußtsein. Das letzte, das er wahrnahm, war Lindas Gesicht, das zu einer schrecklichen Grimasse verzerrt war und langsam zerfiel, bis es wieder ein grinsender Totenschädel war.

Wenig später war Frank Gibson tot.

Die Geister hatten ein neues Opfer in ihr Schattenreich geholt.

Konstabler Sandford betrat jeden Morgen pünktlich um acht Uhr sein spartanisch eingerichtetes Büro.

Meistens schlief er dann bis um zehn Uhr weiter und machte anschließend seine Runde.

Mittags aß er zu Hause.

Er hatte gerade seine Uniformjacke an den Haken gehängt, als die Türklingel schrillte.

»Mach mal auf, Brenda«, rief der Konstabler.

Brenda hieß seine Frau. Sie waren schon über zwanzig Jahre verheiratet. Kinder hatte es keine gegeben.

Brenda Sandford führte Mrs. Pellingham in die Küche. Mrs. Pellingham unterhielt die kleine Pension, in der Frank abgestiegen war.

Konstabler Sandford kannte die Frau seit seiner Kindheit.

»Hör mal zu, Peter«, sagte sie. »Ich soll dir was bestellen.«

»So?« Sandford, der schon am Tisch Platz genommen hatte, blickte interessiert hoch.

»Du weißt doch, bei mir wohnt dieser junge Mann, Frank Gibson. Und der hat mir aufgetragen, dir Bescheid zu sagen, wenn er nicht bis zum Mittag wieder da ist. Du wüßtest dann schon, wie es weitergeht.«

Konstabler Sandford preßte einen Fluch zwischen den Zähnen hervor.

»Ist was?« fragte Mrs. Pellingham neugierig. »Hängt das etwa mit der Suchaktion zusammen?«

Mrs. Pellingham war außer Pensionsinhaberin auch noch die Klatschbase vom Dienst. Und das wußte Konstabler Sandford genau. Deshalb schüttelte er nur den Kopf und erwiderte: »Du kannst vollkommen beruhigt sein. Es ist nichts. Vielen Dank für die Mitteilung.«

Mrs. Pellingham verstand den Wink mit dem Zaunpfahl und verabschiedete sich.

Brenda Sandford, eine etwas rundliche Frau mit Übergewicht, sah ihren Mann an.

»Was ist los?«

»Ich weiß es noch nicht.« Der Konstabler stand auf. »Du kannst übrigens das Essen wieder wegräumen. Ich muß weg.«

»Ist es wegen des jungen Mannes?«

»Ja.«

»O Gott. Hoffentlich ist ihm nichts passiert.«

Konstabler Sandford zuckte die Achseln.

Draußen faltete er seinen langen Körper in den Morris und startete. Er konnte sich denken, wohin Frank Gibson gefahren war.

Und richtig. Er sah den feuerroten Triumph schon von weitem. Leer stand er auf dem Weg.

Konstabler Sandford stoppte seinen Morris neben dem Sportwagen. Er stieg aus und sah sich einige Zeit um. Auch jetzt, um die Mittagszeit, machte der Wald auf ihn einen unheimlichen Eindruck. Konstabler Sandford überwand sich selbst, schüttelte das unbehagliche Gefühl ab und ging in den Wald.

Grabesstille empfing ihn.

Der Konstabler begann ein Lied zu pfeifen, um sich zu beruhigen.

Nach einer Viertelstunde fand er Frank Gibsons Taschenlampe.

Mehr nicht.

Da ahnte Konstabler Sandford plötzlich, daß der junge Mann tot war.

Er nahm die Taschenlampe und lief zu seinem Wagen zurück.

Nein, dieser Fall war nichts für ihn. Das ging über seine Vorstellungswelt. Jetzt mußte sich unbedingt Scotland Yard der Sache annehmen. Und zwar so schnell wie möglich!

Es war an einem Montag.

Pünktlich um acht Uhr betrat John Sinclair sein Büro im neuen Scotland-Yard-Gebäude.

John fühlte sich nicht besonders gut. Er hatte am Abend vorher mit seinem Freund Bill Conolly einen kleinen Zug gemacht, und der hatte sich dann bis nach Mitternacht hingezogen.

Ächzend ließ sich John auf seinen Schreibtischstuhl fallen und reckte sich nochmals ausgiebig.

Da sah er den Zettel.

Er lag auf der Schreibtischunterlage.

»Bitte, zum Chef kommen!« las John.

»Auch das noch«, knurrte er. »Konnte der alte Knabe nicht anrufen?«

John gab sich einen Ruck und marschierte los.

Im Vorzimmer hockte Mrs. Bruns, Superintendent Powells Zimmerpalme, sie vergnügte sich mit der IBM.

John räusperte sich leicht, ehe er einen guten Morgen wünschte.

Mrs. Bruns nahm ihre Brille ab und sah John prüfend an. »Hat wieder lange gedauert, gestern abend, nicht?«

»Sie merken aber auch alles«, grinste John. »Ist der Alte drin?«

»Ja, er wartet schon auf Sie. Mister Powell hat übrigens Besuch.«

»Oh – wer ist es denn?«

»Keine Ahnung.«

»Na, dann wollen wir mal.«

»Gut, daß Sie da sind, John«, begrüßte ihn Superintendent Powell. »Darf ich Ihnen Sir James Carrigan vorstellen?«

Aus der schwarzen Ledersitzgruppe in der Ecke erhob sich ein Mann, der aussah, wie sich das kleine Fritzchen einen Engländer vorstellt. Hager, mit sorgfältig gestutztem Schnäuzer und eingepackt in einen Tweedanzug.

Die beiden Männer schüttelten sich die Hände. Dann nahm man wieder Platz.

Superintendent Powell ergriff das Wort. »Linda Carrigan, Sir James' Tochter, ist verschwunden. Sie wohnte in einem Internat oben an der englischen Nordostküste. Es heißt, sie sei ermordet worden. Man hat jedoch nie ihre Leiche gefunden.«

»Vielleicht ist sie durchgebrannt«, meinte John.

Wegen dieser Bemerkung fing er sich einen giftigen Blick von Sir James Carrigan an.

»Mister Sinclair!« rügte ihn auch Superintendent Powell.

»Es kann doch möglich sein«, verteidigte sich John.

»Aber nicht bei meiner Tochter«, fiel ihm Sir James ins Wort.

»Außerdem«, sagte Superintendent Powell, »ist auch ihr Freund verschwunden.«

»Na, dann ist doch alls klar«, erwiderte John. »Die beiden sind . . .«

»Die beiden sind eben nicht«, unterbrach ihn Superintendent Powell. »Den Grund werde ich Ihnen jetzt sagen, Inspektor. Erinnern Sie sich an eine gewisse Lady Laduga?«

»Lady Laduga?« wiederholte John leise. »Moment, da war doch . . .? Ja, richtig. Ich war damals noch auf der Polizeischule. Irgendeine noch unaufgeklärte Mordserie oben im Norden unseres hübschen Landes.«

Superintendent Powell lächelte. »Ich sehe, Sie sind auf der richtigen Spur, Inspektor. Fünf Menschen wurden damals umgebracht. Man konnte den oder die Täter nie finden. Einheimische sprachen von einem Geist, eben dieser Lady Laduga. Die Ermordeten waren alles Hotelgäste. Das Hotel wurde dann verkauft und umgebaut in ein Internat.«

»Und in diesem Internat war meine Tochter«, führte Sir James Carrigan die Ausführungen zu Ende.

»Dann allerdings nehme ich alles zurück und behaupte das Gegenteil«, sagte John.

»Sie werden heute noch fahren, Inspektor. Der Ort heißt Hillside. Der Konstabler dort hat bereits telegrafisch Bescheid bekommen.«

»Darf ich dazu noch etwas sagen, Sir?«

»Bitte, Inspektor.«

»Wie ich mich erinnern kann, haben damals sehr viele Beamte von Scotland Yard versucht, den unheimlichen Mörder zu fangen. Sie hatten jedoch kein Glück. Und glauben Sie, daß ein einziger Mann wie ich . . .«

»Aber Inspektor.« Superintendent Powell schaute sehr vorwurfsvoll. »Sie werden selbstverständlich nicht als Inspektor von Scotland Yard auftreten.«

»Sondern?« fragte John.

»Als Lehrer am Internat.«

John brauchte zwei Minuten, ehe er die Überraschung verdaut hatte. Und dann war er immer noch perplex. »Ich als Lehrer? Ja, zum Teufel, was soll ich denn unterrichten?«

»Psychologie, zum Beispiel.«

Da hatte der Superintendent gar nicht mal so unrecht. John Sinclair hatte früher eine Spezialausbildung in Psychologie und Parapsychologie bekommen. Er hatte außerdem einige Semester Physik und Chemie studiert und natürlich Kriminologie. Das war die Theorie. Die Praxis sah wie folgt aus: John Sinclair beherrschte fast sämtliche Kampfarten der Welt, konnte schießen, Auto fahren und besaß einen Pilotenschein. John Sinclair wurde nur auf Fälle angesetzt, die den normalen Rahmen sprengten. Seine Aufgaben führten ihn in die Welt des Übernatürlichen, des Unheimlichen. Und hier hatte John schon manches Abenteuer erlebt.

»Nun, Inspektor?«

John blickte seinen Chef an. »Sie haben mich überzeugt.«

»Sie werden noch heute fahren, Inspektor. Am besten, Sie nehmen Ihren eigenen Wagen.«

»Gut.«

Superintendent Powell wandte sich wieder an Sir James Carrigan.

»Zufrieden?«

»Vorerst ja.«

John Sinclair erhob sich. »Kann ich dann die alten Akten haben, Sir?« wandte er sich an seinen Chef.

»Die Sachen hat Mrs. Bruns.«

»Dann darf ich mich jetzt verabschieden.«

John drückte den beiden Männern die Hand. Superintendent Powell flüsterte noch: »Passen Sie auf, John. Ich habe solch ein komisches Gefühl.«

»Wann hatten Sie das nicht, Sir?« lachte John und betrat das Vorzimmer.

Mrs. Bruns, Vollblutsekretärin und in der Blüte ihres Lebens stehend, hatte die Akten, die John brauchte, schon in der Hand.

»Sie sind wie immer perfekt.«

»Das gehört zu meinen Aufgaben, Inspektor«, erwiderte Mrs. Bruns spitz.

»Wenn wir Sie nicht hätten . . .«, sagte John versonnen.

»Was dann, Inspektor?«

»Hätten wir 'ne andere«, grinste John und verschwand aus dem Raum, ehe ihm Mrs. Bruns irgend etwas an den Kopf werfen konnte.

In seinem Büro wartete bereits jemand auf ihn.

Bill Conolly, Reporter und John Sinclairs Freund.

Bill hockte hinter dem spartanischen Schreibtisch und trank Mineralwasser.

»Mann, ich trinke niemals mehr Alkohol«, stöhnte der Reporter, als John sein Büro betrat.

»Ich weiß überhaupt nicht, was du hast«, grinste der Inspektor. »Wenn man nichts vertragen kann, soll man die Finger davon lassen.«

»Das mußt du gerade sagen. Hättest dich gestern abend mal sehen sollen. Ich war eben nicht in Form. Wir können ja am nächsten Wochenende den Zug wiederholen . . .«

»Ich denke, du trinkst keinen Alkohol mehr.«

»Ach, zum Teufel.«

»Am nächsten Wochenende bin ich wahrscheinlich nicht da«, sagte John und zündete sich eine Zigarette an. Die erste an diesem Morgen.

Bill wurde hellhörig. »Wieder ein neuer Fall? Los, rück raus mit der Sprache.«

»Nichts da, Sportsfreund. Wie sagt man so schön: Top Secret.«

»Aber nicht für mich, John. Ich bin wieder mit von der Partie. Brauche sowieso 'ne neue Story. Die letzte hat eingeschlagen wie eine Bombe.«

»Da hättest du auch bald den Löffel abgegeben«, sagte John trocken.

»Berufsrisiko.«

John Sinclair wußte, daß sein Freund Bill Conolly ein Quälgeist war. Was er sich einmal in den Kopf gesetzt hatte, führte er auch durch. Egal, was kam.

»Okay«, sagte John, »du fährst mit. Aber nur unter einer Bedingung.«

»Laß schon hören.«

»Ich bin der Boß. Und jetzt hör zu. Ich habe schon einen Plan.«

Die beiden Männeer saßen noch eine Stunde beisammen. Als sie die Akten gelesen hatten und John auch seinen Plan erläutert hatte, wurde es Bill Conolly doch etwas mulmig zumute.

John Sinclar erreichte das Internat am Abend. Es stellte seinen Bentley auf dem schuleigenen kleinen Parkplatz ab, nahm seinen Koffer und schellte bei Bob Elkham, dem Hausmeister.

»Mein Name ist John Sinclair«, sagte der Inspektor, als wenig später geöffnet wurde.

»Wir haben Sie bereits erwartet, Mister Sinclair. Kommen Sie herein. Ich bin Bob Elkham.«

»Angenehm.«

Die beiden Männer schüttelten sich die Hände.

»Ihre Kollegen erwarten Sie im Lehrerzimmer, Mister Sinclair«, sagte der Hausmeister. »Kommen Sie bitte mit.«

Über einen kleinen Verbindungsflur gelangten sie in die Schule. John besah sich das Innere interessiert. Man hatte an der Urbauweise kaum etwas geändert. Noch immer herrschten die hohen Gänge vor, an deren Wänden Bilder hingen. Dicke, runde Säulen stützten die schweren Decken. Alles wirkte kalt und unpersönlich. Der Steinboden war spiegelglatt gebohnert.

»Ihr Zimmer und die Zimmer der Mädchen liegen im anderen Trakt«, erklärte der Hausmeister. »Der ist wesentlich freundlicher eingerichtet.«

»Da bin ich beruhigt«, lächelte John.

Im Konferenzzimmer wurden sie bereits erwartet. Der Rektor höchstpersönlich stellte John Sinclair vor.

Johns neue Kollegen waren durchweg ältere Männer, die wohl hier noch nach ihrer Pensionierung unterrichteten. Auch der Rektor hatte seine besten Jahre schon weit hinter sich. Er hieß Andrew Cunningham, reichte John kaum bis zum Kinn und hatte eine spiegelblanke Glatze. Er wußte als einziger über Johns Rolle Bescheid.

»Sie werden sicher jetzt Ihr Zimmer sehen wollen, Mister Sinclair«, sagte er eifrig und wischte sich mit einem roten Taschentuch über die Glatze.

»Darum wollte ich Sie bitten, Sir«, erwiderte John.

»Mister Elkham, bringen Sie Mister Sinclair auf sein Zimmer.«

»Jawohl, Sir.«

John verabschiedete sich mit einem Kopfnicken und folgte dem Hausmeister.

Es ging jetzt in den Westflügel des Schlosses. Die Schritte der Männer hallten auf dem Steinboden wider. Dann stiegen sie eine breite Treppe hoch.

»Gibt es hier auch Gespenster im Schloß?« fragte John so ganz nebenbei.

Der Hausmeister, der ein paar Stufen vor John ging, zuckte regelrecht zusammen. »Erwähnen Sie das bitte nie mehr, Mister. Es gibt sie tatsächlich. Wahrscheinlich nicht hier. Aber gar nicht weit steht das Leichenhaus der Lady Laduga. Dort haust die weiße Frau inmitten von Dämonen und Geistern. Nachts hört man ihr Wispern und Stöhnen bis in den Wald hinein. Der Wald selbst ist sogar verhext. Kaum ein Tier hält sich dort mehr auf.«

»Na, das sind ja reizende Aussichten«, sagte John grinsend. »Vor allen Dingen, weil ich so gern Nachtspaziergänge mache. Und da reizt mich der Wald am meisten.«

»Um Gottes willen, Sir. Bleiben Sie da weg. Es ist besser. Wirklich.«

»Mal sehen.«

Schließlich gelangten die beiden Männer in den Teil des Schlosses, in dem die Zimmer lagen.

»Merkwürdig«, sagte John, »man hört gar nichts. Normalerweise machen doch auch junge Damen abends noch Spektakel.«

»Wir halten hier sehr viel von Disziplin, Sir«, erwiderte der Hausmeister. »Heute abend war Gebetsstunde in der kleinen

Kapelle. Und nachher herrscht immer völlige Ruhe. Die Mädchen sollen in sich gehen.«

»Gut, daß ich keine schmutzige Phantasie habe«, murmelte John.

»Was sagten Sie, Sir?«

»Nichts, Mister Elkham, nichts.«

»So, und das ist Ihr Zimmer, Sir«, sagte der Hausmeister schließlich. Mit einer schwungvollen Bewegung stieß er die Tür auf – und erstarrte.

Auf dem Bett lag ein nacktes Mädchen.

»Na, wenn das kein Begrüßungsgeschenk ist«, grinste John.

»Aber Sir, ich – ich . . . bin entsetzt. Wie ist das möglich? Das muß ich melden. Sofort.«

Der Hausmeister wollte sich umdrehen, doch John hielt ihn am Ärmel seiner Jacke fest.

»Stop, mein Freund. Das werden wir ohne den Rektor regeln.«

John stellte seinen Koffer ab und näherte sich dem Girl. Er sah sofort, was los war.

Das Girl war mit Rauschgift bis zum Kragen vollgepumpt.

So gut schien es mit der Disziplin hier auch nicht zu stehen.

John sah, daß der Hausmeister seine Augen nicht von dem Anblick der Nackten lösen konnte. Deshalb wickelte er das Girl in die Bettdecke, auf der sie lag.

»Wie heißt sie?« fragte John den Hausmeister.

Bob Elkham mußte erst einmal schlucken, ehe er antworten konnte.

»Rita Wilcox.«

»Und Sie wissen auch, wo sie sonst schläft?«

»Ja. Zimmer zwölf. Mit drei anderen Klassenkameradinnen zusammen.«

»Okay. Da werden wir sie jetzt hinbringen. Und Sie sagen zu niemandem ein Wort. Verstanden?«

Der Hausmeister nickte eifrig.

John nahm das Girl auf den Arm. Die Zimmer der Mädchen lagen eine Etage tiefer.

Als die Männer mit ihrer Last das Zimmer betraten, fuhren die drei anderen Girls aus dem Schlaf hoch. Oder wenigstens taten sie so, als hätten sie geschlafen.

Ehe sie anfingen zu schreien, sagte John: »Ruhe!«

Die drei hielten tatsächlich den Mund.

Die Mädchen, die in ihren Betten saßen und die Decken bis zum Kinn hochgezogen hatten, sahen John verstört an.

Der Inspektor legte Rita auf das freie Bett und nahm sich einen Stuhl.

»Ich bin John Sinclair«, sagte er. »Ihr neuer Lehrer für Psychologie. Und ich sehe jetzt schon, daß ich hier viel Arbeit haben werde. Sie können sich meine Überraschung vorstellen, als ich mein Zimmer betrat und ein nacktes Mädchen, vollgepumpt mit Rauschgift, auf meinem Bett lag. Ich verlange eine Erklärung.«

Keine Antwort.

»Wir werden die Sache unter uns regeln«, sagte John. »Der Rektor wird nichts erfahren. Das heißt, wenn Sie vernünftig sind und mir auf meine Frage antworten.«

Die drei Girls sahen sich an. Schließlich fragte eins mit leiser Stimme: »Können wir Ihnen auch vertrauen?«

»Mein Wort gilt. Auch der Hausmeister wird dichthalten.«

Bob Elkham nickte bestätigend.

»Rita war für zwei Tage zu Hause in Liverpool«, sagte das Girl leise. »Von dort hat sie den Stoff mitgebracht. Sie hat noch nie gefixt. Wollte es eben mal ausprobieren. Und da Ihr Zimmer leerstand, hat sie sich eben dort hingelegt. Das ist alles.«

John stand auf. »Damit ist die Sache erledigt. Sollte ich aber noch eine von Ihnen erwischen, kann ich nichts mehr vertuschen. Das wär's dann. Ich wünsche eine gute Nacht.«

John schnappte sich seinen Koffer und verließ mit dem Hausmeister das Zimmer.

Als er seine neue Bleibe betrat, stellte er erst einmal die Heizung an. In der Bude war es verdammt kalt. Dann packte John seinen Koffer aus und rauchte eine Zigarette.

Sein Zimmer lag an der Vorderseite des Schlosses. Vom Fenster aus konnte er auf den Weg sehen, der zum Internat führte. Der Wald war nur zu ahnen. Zwei Yards von seinem Fenster stand eine knorrige, alte Eiche, deren starke Äste John bequem mit der Hand greifen konnte.

John Sinclair drückte seine Zigarette aus, wusch sich und legte sich aufs Bett.

Wenig später war er eingeschlafen.

Von Alpträumen gequält warf sich Rita Wilcox auf ihrem Bett hin und her.

Sie hörte Stimmen. Ganz deutlich. »Komm«, flüsterten sie, »komm.«

Die Stimmen wurden lauter, erregter. Dann waren sie ganz weg.

Davon wurde Rita Wilcox wach. Sie stand auf und trat ans Fenster. Leise, damit sie ihre Mitschülerinnen nicht weckte.

Rita zog das Fenster auf und atmete die kühle Nachtluft ein. Das tat gut. Sie merkte, wie ihre Kopfschmerzen langsam verschwanden.

Nie wieder würde sie Rauschgift nehmen. Einmal, das hatte ihr gereicht.

Rita stand noch einige Minuten am offenen Fenster, bis es ihr schließlich zu kalt wurde.

Sie wollte gerade das Fenster schließen, als sie eine Bewegung am Waldrand wahrnahm.

Ein heller Fleck huschte zwischen den Bäumen herum.

Plötzlich kam der Fleck näher, wurde größer.

Rita stand wie gebannt.

Und dann erkannte sie, daß der Fleck eine Gestalt angenommen hatte.

Und sie sah das Gesicht.

Es gehörte ihrer Freundin Linda Carrigan!

Im nächsten Augenblick schrie Rita gellend auf. Sie preßte die Hände vor das Gesicht und wankte zurück.

Durch ihren Schrei fuhren die drei anderen Girls erschreckt aus den Betten hoch.

Jane Seymor, eine 18jährige, etwas füllige Blondine, packte Rita Wilcox an beiden Schultern.

»Was ist los, Rita? Warum hast du geschrien?«

»Linda. Ich – ich . . . habe sie gesehen. Dort.«

Sie deutete mit dem Arm auf das offene Fenster.

»Ich sehe nichts«, sagte Jane.

»Sie war aber da. Wirklich. Ihr müßt mir glauben.« Ritas Stimme überschlug sich fast.

»Ist ja schon gut«, beruhigte sie ihre Klassenkameradin. »Nun setz dich erst mal hin.«

Jane Seymor schloß das Fenster. Die beiden anderen Girls

hockten zitternd in ihren Betten und begriffen gar nicht, worum es eigentlich ging.

Jane Seymor warf sich einen Morgenmantel über, faßte in die Tasche und holte eine Schachtel Zigaretten hervor. Als die vier Mädchen rauchten, sagte sie: »So, Rita, nun erzähl alles noch einmal von vorn.«

Rita Wilcox berichtete.

Danach war es einen Moment still.

Schließlich ergriff wieder Jane Seymor das Wort. »Ich will dir nicht zu nahetreten, Rita, aber glaubst du nicht, daß das alles Einbildung gewesen ist? Vergiß nicht, daß du gefixt hast. Und das Zeug wirkt immer noch.«

Rita Wilcox schüttelte energisch den Kopf. »Nein, ich bleibe dabei. Was ich gesehen habe, habe ich gesehen.«

»Am besten ist, du legst dich hin, Rita«, schlug Jane vor.

Doch die Angesprochene ging gar nicht auf den Vorschlag ihrer Freundin ein. »Habt ihr noch nie etwas von dem Leichenhaus der Lady Laduga gehört?« fragte sie leise. »Und von der unheimlichen Mordserie vor einigen Jahren? Man hat den Täter nie gefunden. Die Leute im Dorf sagen, es wäre Lady Laduga selbst gewesen, die diese Menschen umgebracht hat.«

Bei Ritas Worten liefen den Girls kalte Schauer über den Rücken.

»Aber das sind doch Märchen«, lachte Jane Seymor.

»Für mich nicht«, erwiderte Rita Wilcox.

»Wir können uns dieses Leichenhaus ja mal ansehen«, schlug Jane vor.

Ritas Kopf ruckte herum. »Bist du lebensmüde?«

»Nein, nur realistisch. Gleich morgen gehe ich nach Hillside, besorge mir eine Taschenlampe und mache mich am Abend auf die Socken, wie es so schön heißt. Wer von euch kommt mit?«

Allgemeines Kopfschütteln. Niemand traute sich.

»Na gut, ihr Angsthasen. Dann werde ich morgen eben allein den Geistern die Flausen austreiben. Wäre doch gelacht, wenn ich das nicht schaffen würde. Gute Nacht!«

Jane Seymor zog ihren Morgenmantel aus und kroch wieder unter die Bettdecke.

Wenig später war sie eingeschlafen.

Noch konnte sie nicht wissen, daß ihr in der nächsten Nacht das Grauen begegnen würde . . .

John Sinclair sollte seinen Dienst erst in zwei Tagen beginnen. Das kam ihm natürlich wie gerufen. So hatte er noch genügend Zeit, sich um verschiedene Dinge zu kümmern.

Das Frühstück nahm er mit den Lehrkräften gemeinsam ein. Manch verstohlener Blick wurde ihm zugeworfen, doch John kümmerte sich nicht darum, sondern kaute auf dem versalzenen Speck herum.

Danach rauchte er eine Zigarette und trank noch zwei Gläser Orangensaft.

Um acht Uhr war Schulbeginn. Fünf Minuten früher machten sich die anderen Lehrer bereits auf den Weg zu ihren Klassen. John ging in die andere Richtung. Zum Parkplatz.

Sein metallicfarbener Bentley stand im Licht der trüben Morgensonne.

Als die Tür aufschloß, entdeckte er Bob Elkham, den Hausmeister.

»Hallo, Mister Sinclair. Wohin soll's denn gehen?« fragte dieser.

»Nach Hillside. Habe noch einiges zu erledigen. Sie wissen ja, der ewige Papierkram.«

»Ja, ja«, nickte der Hausmeister. »Unsereins geht's auch nicht besser. Haben Sie gut geschlafen?«

»Danke, es geht.«

»Dann haben Sie doch bestimmt den Schrei gehört, so kurz nach Mitternacht.«

John hatte zwar nichts gehört, trotzdem sagte er: »Ja.«

»Wissen Sie denn, was los war, Mister Sinclair?«

»Nein. Irgend jemand wird schlecht geträumt haben. So was soll es ja geben.«

»Sicher, Mister Sinclair. Ich will Sie nicht länger aufhalten. Wir sehen uns dann später.« Der Hausmeister tippte gegen seine Schirmmütze und verschwand.

John wendete den Wagen und fuhr auf den Weg nach Hillside. Der Schrei, von dem der Hausmeister erzählt hatte, ging ihm nicht aus dem Kopf. Weshalb hatte dieser Jemand geschrien? War etwas passiert? Na ja, er würde es noch herausbekommen.

Hillside war eine Achthundert-Seelen-Gemeinde. Die Häuser bestanden fast alle aus dicken Steinen und hatten rote Dächer. Die Menschen hier waren arm. Sie lebten durchweg von der Landwirtschaft. Manche arbeiteten auch in einer Holzfabrik, wenige Meilen entfernt.

Vor einem Gasthaus parkte ein roter Porsche. Das war Bill Conollys Wagen. Johns Freund war also schon da.

John Sinclair fuhr aber nicht zu ihm, sondern erst zu Konstabler Sandford.

Die kleine Polizeistation lag in einem Eckhaus.

John parkte seinen Bentley direkt vor dem Eingang und klopfte an die stabile Holztür, bevor er eintrat.

Ein großer weißgetünchter Raum, zur Hälfte durch eine Holzbarriere abgeteilt, bot sich ihm dar.

Konstabler Sandford saß hinter einem wurmstichigen Schreibtisch und machte einen müden Eindruck.

Als John eintrat, stand er auf und zog sich seine Uniformjacke zurecht.

»Ich bin Inspektor Sinclair von Scotland Yard«, stellte John sich vor.

»Konstabler Sandford, Sir«, sagte der Dorfpolizist kurz. »Man hat mir bereits telegrafiert, daß Sie kommen.«

»Wunderbar, dann können wir ja gleich zur Sache kommen«, sagte John, flankte kurzerhand über die Barriere und setzte sich auf einen wackligen Besucherstuhl.

Dann stellte John seine Fragen. Er erkundigte sich nach Linda Carrigan und auch nach ihrem vermißten Freund, einem gewissen Frank Gibson.

Konstabler Sandford gab ihm nur ausweichende Antworten. Auch als John das Thema auf die Vergangenheit dieser Gegend lenkte, wollte der Konstabler nicht so recht mit der Sprache heraus. Daß er sich fürchtete, sah ein Blinder auch ohne Krückstock.

»Wann kann ich denn dieses berühmte Leichenhaus mal besichtigen?« fragte John.

Konstabler Sandford zuckte regelrecht zusammen. »Aber Sir, da kann doch niemand rein. Es ist vollkommen zugemauert. Man spricht von dicken Steinen, durch die die Geister kommen. Ich selbst habe mich auch noch nicht an das Haus herangetraut.«

»Sind diese Geister denn schon gesehen worden?« fragte John.

»Direkt noch nicht. Aber die rätselhaften Morde und das Verschwinden der jungen Menschen, das können nur Geister gewesen sein. Ihre Kollegen haben damals auch nichts herausbekommen.«

»Ja, das weiß ich«, sagte John.

Er redete mit dem Konstabler noch eine halbe Stunde über das Leichenhaus und das ehemalige Schloß. Dann verabschiedete er sich.

»Darf man fragen, was Sie vorhaben, Sir?«

»Sicher«, lächelte John. »Ich werde mich mal in der Nähe des Leichenhauses umsehen. Vor allen Dingen nachts.«

»Dann nehmen Sie ein Kreuz mit. Und Knoblauch. Das schützt gegen Dämonen.«

»Danke für den Ratschlag, Konstabler. Auf Wiedersehen.«

Als John die Tür hinter sich geschlossen hatte, murmelte der Beamte: »Den sehe ich bestimmt nicht wieder.«

John hatte sich gerade in seinen Bentley gesetzt, da sah er das blonde Girl auf dem Fahrrad. Es kam ihm genau entgegen.

John kannte das Mädchen. Es schlief mit Rita Wilcox in einem Zimmer.

John duckte sich unter das Lenkrad. Die Kleine brauchte ihn hier vor der Polizeistation nicht zu sehen. Es würden doch nur Gerüchte aufkommen.

Im Innenspiegel sah John dann, daß die Blonde in eine Seitenstraße einbog.

Der Inspektor machte sich so seine Gedanken. Was hatte sie überhaupt um diese Zeit in der Ortschaft verloren? Normalerweise müßte sie die Schulbank drücken.

Selbstverständlich konnte alles einen harmlosen Grund haben.

Vielleicht aber auch nicht . . .

Jane Seymor hatte sich mit Magenschmerzen krank gemeldet. Der nächste Arzt wohnte in Hillside, und das Girl bekam die Erlaubnis, ihn aufzusuchen.

Jane nahm ihr Fahrrad. Einen Wagen besaß sie leider nicht, den wollte ihr Vater ihr erst schenken, wenn sie die Schule mit Erfolg hinter sich gebracht hatte.

Den Weg nach Hillside kannte Jane Seymor im Schlaf. Sie fuhr sehr zügig.

Als sie den Ort erreichte, fiel ihr sofort ein metallicfarbener Bentley auf. Jane überlegte, wem dieser Wagen wohl gehören konnte. Einem der Einwohner bestimmt nicht, denn die besaßen das Geld nicht, um sich solch einen Luxusschlitten zu kaufen. Und von den Lehrkräften des Internats fuhr auch niemand diesen Wagen.

Als Jane in eine Seitenstraße einbog, hatte sie den Bentley schon wieder vergessen.

Das Geschäft, das sie suchte, hatte ein schmales Schaufenster. Jane stellte ihr Fahrrad an der Hauswand ab und betrat den Laden.

Es gab drei Taschenlampen zur Auswahl. Jane kaufte sich eine starke Stablampe und Reservebatterien.

Jetzt wußte Jane nicht so recht, was sie mit dem angebrochenen Vormittag anfangen sollte. Sie entschied sich, irgendwo einen Schluck zu trinken.

Und dann wunderte sich Jane Seymor ein zweites Mal. Vor dem Gasthaus, für das sie sich entschieden hatte, stand ein roter Porsche.

»Ich glaube, hier ist der Wohlstand ausgebrochen«, murmelte sie.

Jane Seymor betrat die Gaststube. Es roch nach abgestandenem Bier und kaltem Rauch.

An einem der sechs Holztische saß ein Mann. Das Girl hatte ihn noch nie in dieser Gegend gesehen. Sie nahm an, daß ihm der Porsche vor der Tür gehören mußte.

Unschlüssig sah sich Jane Seymor um.

Der Fremde an dem Tisch bemerkte ihr Zögern und rief: »Falls Sie sich nicht entscheiden können, wo Sie Platz nehmen wollen, leisten Sie mir doch Gesellschaft.«

Die Art des Mannes gefiel ihr. »Warum nicht«, sagte Jane.

Der Unbekannte stand auf und rückte ihr den Stuhl zurecht.

Jane nahm Platz.

»Sie gestatten, daß ich mich vorstelle. Mein Name ist Bill Conolly. Ich bin Reporter.«

»Ich heiße Jane Seymor«, sagte das Girl und schlüpfte aus ihrer Windjacke.

Bill konnte ein anerkennendes Nicken nicht unterdrücken, als er sah, was die Kleine unter dem Pullover hatte.

»Was möchten Sie trinken, Miss Seymor?«

»Einen Orangensaft, bitte.«

»Ausgezeichnet.«

»Wieso?«

»Der Orangensaft. Ich wollte auch immer damit anfangen. Habe es bisher leider nicht geschafft«, lachte Bill. »He, Wirt.«

Der Wirt schlurfte aus der Küche. Als er Jane Seymor sah, bekam er Stielaugen. Sagte aber nichts.

Er räumte Bills Frühstücksgeschirr vom Tisch, und der Reporter gab seine Bestellung auf.

Dann bot er Jane eine Zigarette an, die sie auch annahm.

»Sind Sie wirklich Reporter, Mister Conolly?« fragte Jane und stieß den Rauch durch die Nase aus.

»Ja, Miss Seymor. Wollen Sie meinen Presseausweis sehen?«

»Nein, nein. So war es nicht gemeint. Ich wundere mich nur, daß sich ein Reporter in unserer Gegend verirrt. Oder haben Sie einen Grund?« Die letzte Frage klang etwas lauernd.

Bill Conolly lächelte. »So fragt man Leute aus. Aber Ihnen will ich es verraten. Mich interessieren alte Schlösser und Burgen. Ich schreibe darüber eine Artikelserie.«

Der Wirt brachte den Orangensaft, warf Jane noch einen komischen Blick zu und verschwand.

Jane nahm einen tiefen Schluck. Dann sagte sie ganz nebenbei: »Aber in unserer Gegend gibt es kaum Schlösser. Wenigstens nicht hier in der näheren Umgebung von Hillside.«

»Ich denke, dieses Internat . . .?«

Jane Seymor lachte auf. »Da werden Sie nichts finden, Mister Conolly. Ich selbst wohne dort. Und wir haben auch gedacht, es gäbe einen Geheimgang.«

»Das ist natürlich schade«, sagte Bill und drückte seine Zigarette aus. »Wissen Sie, Miss Seymor, gerade die Folterkammern und Geheimgänge in den alten Schlössern sind für den Leser interessant. Da kann er beim Lesen so richtig mitgruseln. Sie verstehen, was ich meine?«

Jane nickte.

»Tja, dann hat man mich also auf die falsche Spur gelockt«, sinnierte Bill. »Und dann hat man mir noch etwas erzählt. Hier soll es ein Leichenhaus geben, das seit Jahrhunderten . . .«

Bill sah, daß Jane Seymor regelrecht zusammenzuckte.

»Ist Ihnen nicht gut, Miss Seymor?«

»Doch, das schon, Mister Conolly. Mich wundert, daß Sie von diesem Leichenhaus anfangen. Jahrelang hat niemand davon gesprochen. Und jetzt auf einmal . . .«

Bill spielte den Neugierigen. »Was hat das mit dem Leichenhaus auf sich, Miss Seymor? Erzählen Sie. Ich beteilige Sie auch an dem Honorar. Ehrenwort.«

»Da gibt es nicht viel zu erzählen. Die Leute hier im Dorf sagen, es würde dort spuken. Eine weiße Frau, die damalige Lady Laduga, würde nachts umhergeistern und Menschen töten.«

»Aus früheren Zeitungsberichten weiß ich, daß es hier mal eine unheimliche Mordserie gegeben hat«, sagte Bill.

»Die Leute erzählen viel, Mister Conolly. Ich glaube nicht an solch einen Unsinn. Obwohl . . .« Jane stockte.

»Ja?« hakte Bill sofort nach.

». . . eine Klassenkameradin verschwunden ist«, vollendete Jane ihren Satz.

»Die ist bestimmt durchgebrannt«, lockte Bill das Girl aus der Reserve.

»Das glaube ich allerdings auch nicht, Mister Conolly. Linda war nicht der Typ, der so etwas macht. Nein, nein, da steckt etwas anderes dahinter. Natürlich munkelt man bei uns wieder, diese weiße Frau hätte ihre Hände im Spiel.«

»Man kann nie wissen«, versicherte Bill.

Mit einer heftigen Kopfbewegung warf Jane eine Strähne ihres blonden Haares zurück. »Glauben Sie diese Spukgeschichten etwa auch?«

»Natürlich nicht«, versicherte Bill.

»Scheint mir aber doch so.« Ganz hatte der Reporter das Girl nicht überzeugen können.

»Und um diesen Spukgeschichten und Schauermärchen ein für allemal ein Ende zu bereiten, werde ich mich heute nacht auf den Weg machen und mir das Leichenhaus der Lady Laduga mal ansehen.« Jane sagte dies mit fester Stimme.

Bill Conolly nickte nur.

»Da staunen Sie, was?«

»Wirklich, Sie haben Mut, Miss Seymor. Aber meinen Sie nicht doch, daß Ihnen etwas passieren könnte? Daß doch was Wahres an den Geschichten ist?«

»Alles Käse. Und wenn Sie ein Mann sind, Mister Conolly, kommen Sie mit.«

Jane Seymor dachte nun, Bill würde verneinen. Sie war deshalb ziemlich überrascht, als er erwiderte: »Das ist eine blendende Idee. Ich wollte Ihnen schon von allein den Vorschlag machen.«

Jane hob ihr Glas. »Cheerio. Auf unsere gemeinsame Geisterbeschwörung.«

In diesem Augenblick betrat ein Mann die Gaststube.

»Ach du Schreck«, murmelte Jane und bekam einen roten Kopf.
»Was ist denn?« fragte Bill.
»Einer unserer Lehrer. Ein neuer. John Sinclair heißt er. Daß der mich auch noch hier sehen muß.«
John schlenderte auf den Tisch der beiden zu. Er kniff, ohne daß Jane es sah, Bill ein Auge zu.
»Sie sind nicht in der Schule, Miss?«
»Nein – eh – ich hatte Magenschmerzen.« Jane wußte selbst, wie blöde diese Ausrede klang.
John konnte sich auch ein wissendes Grinsen nicht verkneifen. »Wir hatten früher schon die gleichen Ausflüchte, Miss. Lassen Sie doch mal Ihre Phantasie spielen. Bis später dann.«
Bill Conolly konnte sich nur mit Mühe ein Lachen verbeißen. John spielte seine Rolle wirklich ausgezeichnet.
Der Inspektor setzte sich an einen Nebentisch und bestellte sich ein zweites Frühstück.
Aus den Augenwinkeln beobachtete er, daß Bill Conolly und das Girl die Köpfe zusammensteckten und tuschelten.
Er war gespannt, was die beiden da ausheckten.

Zu dem Internat gehörte auch eine kleine Kapelle. Hier wurde an jedem Tag der Woche morgens Gottesdienst abgehalten. Bis auf dienstags. Da stand die Kapelle leer.
Zu Bob Elkhams Pflichten gehörte es, sich um den Kirchenschmuck zu kümmern.
So machte er sich jeden Dienstagmorgen an die Arbeit, wechselte Kerzen aus und stellte frische Blumen in die Vasen. Der Hausmeister ließ sich dabei Zeit. Er betrachtete jedesmal aufs neue die kunstvoll geschnitzten Figuren, die rechts und links von dem kleinen Altar standen.
Langsam ging der Hausmeister durch die Bankreihen. Er sah nach, ob irgend jemand etwas verloren hatte. Er hatte hier schon so manches Gebetbuch gefunden und sogar einmal einen kostbaren Ohrring.
Ein Geräusch ließ ihn aufhorchen.
Bob Elkham verließ die Gebetsbänke und stellte sich in den schmalen Mittelgang.
Hatte sich jemand heimlich in die Kapelle geschlichen?
Der Hausmeister lauschte konzentriert.

Wieder hörte er dieses Geräusch. Es klang, als würden zwei Steine gegeneinanderschaben.

Bob Elkham atmete nur durch den Mund. Jetzt umfing ihn wieder Totenstille.

Eine Gänsehaut rieselte über seinen Rücken.

Vorsichtig näherte er sich dem kleinen Altar, hinter dem er das Geräusch vernommen hatte.

Bob Elkhams Knie begannen plötzlich zu zittern. Der kalte Schweiß trat ihm auf die Stirn.

Geh lieber weg, warnte ihn eine innere Stimme.

Doch der Hausmeister ging weiter. Yard für Yard näherte er sich dem Altar.

Da! Da war es wieder. Jetzt hatte er es genau gehört.

Zwei Sprünge brachten den Hausmeister hinter den Altar. Sein Blick tastete den Boden ab . . .

Bob Elkham blieb fast das Herz stehen.

Vor ihm im Boden befand sich ein viereckiges Loch. Der Anfang eines Geheimganges. Die Steinplatten des Bodens waren zur Seite geschoben worden.

Aber wer hatte das getan?

Bob Elkham bückte sich und starrte in den dunklen Schlund.

Feuchte, modrige Luft schlug ihm entggen. Es roch nach Friedhof und Verwesung.

Bobs Hände zitterten. Plötzlich sah er im Geiste wieder die weiße Frau. Sollte das hier ihr Schlupfwinkel . . .?

Für ihn gab es nur eins. Flucht!

Der Hausmeister wollte sich herumwerfen, wollte die Lehrpersonen alarmieren.

Zu spät.

Eine Hand legte sich mit festem Griff um seinen Knöchel.

Bob Elkham schrie auf.

Wie hypnotisiert blickte er auf die Hand, die nur noch aus Knochen bestand und ihn wie eine Eisenklammer festhielt.

Ein Arm schob sich in sein Blickfeld.

Etwas schwebte aus dem Loch.

Eine Gestalt.

Die weiße Frau!

Bob Elkham drohte der Verstand auszusetzen, als er diese Erscheinung sah.

Eine zweite Knochenhand griff nach seiner Kehle.

Der Hausmeister kam nicht mehr zu einer Gegenwehr. Unaufhaltsam wurde er von der weißen Frau mitgezogen.

Bob Elkham merkte nicht, daß sein Fuß in das offene Loch trat. Er hatte die Besinnung verloren.

Erst der harte Aufprall brachte ihn wieder in die Wirklichkeit zurück.

Stöhnend wälzte er sich auf den Rücken und sah noch soeben, wie sich der Stein über ihm schloß.

Erst jetzt begann Bob Elkham zu schreien.

Es nutzte ihm nichts. Niemand konnte ihn hören.

Und als er die gräßlichen Knochenhände an seinem Hals spürte, wußte er, daß der Tod gekommen war . . .

John Sinclair hielt sich gerade in Konstabler Sandfords Dienstzimmer auf, als das schwarze Telefon auf dem Schreibtisch anschlug.

Sandford meldete sich und hörte einige Minuten schweigend zu.

Als er den Hörer danach auf die Gabel legte, hatte sein Gesicht die Farbe eines Leichentuchs angenommen.

»Was ist geschehen?« fragte John.

»Der Hausmeister ist verschwunden.«

»Der vom Internat?«

»Ja. Er ist zum Mittagessen nicht erschienen.«

John lächelte. »Und so etwas ist ein Grund für die Leute, gleich die Polizei zu alarmieren?«

»Eigentlich nicht, Inspektor. Aber die Köchin, die angerufen hat, sagte mir, daß Bob Elkham um elf Uhr, nachdem er in der Kirche fertig war, bei ihr vorbeikommen wollte, um in die Stadt zu fahren und Lebensmittel einzukaufen.«

»Er wird sich verspätet haben.«

Der Konstabler schüttelte den Kopf. »Aber nicht Bob Elkham. Das ist noch nie vorgekommen. Und deshalb kann ich die Reaktion der Köchin durchaus verstehen. Ich fahre mal zum Internat, Inspektor.«

»Und ich komme mit«, sagte John.

»Gut.« Der Konstabler stand auf. »Sollen wir meinen Wagen nehmen, Inspektor?«

»Nein. Wir fahren lieber getrennt. Man braucht uns nicht

unbedingt zusammen zu sehen. Was sich hinterher ergibt, warten wir mal ab.«

Die beiden Männer verließen das Office.

20 Minuten später stoppten sie vor dem Internat. Die Köchin kam ihnen schon entgegengelaufen. Hastig redete sie auf Sandford ein.

»Nun beruhige dich mal, Emmy«, hörte John den Konstabler sagen. »Es wird sich schon alles als harmlos herausstellen.«

Emmy, eine schwergewichtige Person mit einem Haarkranz auf dem Kopf, ließ sich jedoch nicht beirren. »So etwas gibt's bei Bob nicht. Er hat sich noch nie verspätet. Das ist ganz unmöglich.«

Konstabler Sandford zuckte resignierend die Achseln und warf John einen hilfesuchenden Blick zu.

Im selben Augenblick schrillte die Schulklingel. Der Unterricht war beendet. Gleich würden die Girls bestimmt ins Freie stürmen und zu ihren Zimmern laufen, um sich nachher im Speisesaal zum Mittagessen wieder einzufinden.

»Gehen wir in die Küche«, sagte er zu Emmy.

»Nein, nicht in die Küche. In die Kapelle müssen wir. Da war Bob zuletzt. Allein habe ich mich nicht hineingetraut.«

»Also gut«, stimmte der Konstabler zu. John Sinclair schloß sich ihnen an.

»Wer ist denn dieser Mann?« fragte Emmy mißtrauisch.

»Ich bin der neue Psychologielehrer an diesem Internat«, sagte John.

»Ach so. Aber weshalb will er mit?«

»Ich habe Mister Sinclair im Dorf getroffen«, erwiderte der Konstabler. »Er ist mit mir hier hochgefahren. Außerdem sehen sechs Augen mehr als vier.«

Mit dieser Erklärung gab sich Emmy zufrieden.

Die Kapelle bot vielleicht 50 Menschen Platz. Sie hatte einen hellen Steinfußboden und schwere eichene Sitzbänke. Durch die schmalen, mit Figuren verzierten Fenster fiel nur mattes Tageslicht. Es war still wie in einer Gruft.

»Bob war hier«, flüsterte Emmy plötzlich. »Er hat die Blumen und Kerzen ausgewechselt. Aber wo steckt er jetzt? In seiner Wohnung ist er ja nicht. Hoffentlich hat ihn nicht die weiße . . .« Emmy preßte erschrocken die Hand auf den Mund, als habe sie Angst, schon zuviel gesagt zu haben.

»Unsinn«, erwiderte der Konstabler und blickte sich um.

John Sinclair hatte sich von den beiden etwas abgesondert. Er ging zwischen den Sitzbänken herum und suchte auch vor allen Dingen den Boden ab.

»Wir gehen mal auf die andere Seite«, sagte der Konstabler.

»Gut«, erwiderte John.

Er sah inzwischen den Mittelgang an. Dadurch, daß nur wenig Licht in die Kapelle fiel, war kaum etwas zu erkennen. Und doch entdeckte John den dunkleren Fleck auf dem Steinfußboden.

Der Inspektor ging in die Knie und knipste sein Feuerzeug an.

Jetzt sah er es genauer.

Der Fleck war ein Teil eines Fußabdrucks. Man konnte sogar noch die geriffelte Sohle erkennen. Der Mann, der den Schuh getragen hatte, mußte vorher in einem Garten gewesen sein, wenigstens auf einem feuchten oder verschlammten Pfad.

Wo ein Abdruck war, mußten auch noch mehrere sein, sagte sich John.

Tatsächlich. Er fand noch vier weitere. Allerdings wurden die Abdrücke immer schwächer.

Doch etwas war klar zu erkennen. Sie führten alle auf den Altar zu.

John folgte der Spur, bis er nichts mehr erkennen konnte.

Einer Eingebung folgend, ging er auch auf die Rückseite des Altars.

Hier suchte er nochmals den Boden ab, klopfte mit dem Knöchel seines Mittelfingers auf die Steinplatten.

John zuckte regelrecht zusammen. Er klopfte so lange mit dem Finger die Stelle ab, bis er ihre ungefähren Maße hatte.

Dann gab es für John keinen Zweifel mehr. Hier mußte sich der Anfang eines Geheimganges befinden.

»Mister Sinclair!« hörte er Konstabler Sandfords Stimme.

»Ja?«

»Haben Sie eine Spur gefunden?«

»Nein«, rief der Inspektor zurück und erhob sich.

Er wollte dem Konstabler von seiner Entdeckung nichts sagen. Er würde dieser Spur allein nachgehen.

Der Inspektor gesellte sich wieder zu den beiden anderen.

»Wo Bob nur sein kann?« fragte Emmy, die Köchin leise.

John Sinclair hätte ihr darauf vielleicht eine Antwort geben können, aber er hütete sich, etwas zu sagen.

Langsam bekam auch er das Gefühl, daß diese weiße Frau wirklich existierte . . .

»Haben Sie Angst, Miss Seymor?« fragte Bill Conolly lächelnd.

Jane zuckte die Achseln. »Ein wenig schon.«

Bill lachte. »Ich auch.«

»Dann bin ich zufrieden.«

Mittlerweile senkte sich die Dämmerung über das Land. Bill und Jane hatten den gesamten Tag miteinander verbracht. Sie hatten einige Stunden im Bürgermeisteramt von Hillside alte Akten gewälzt, die sich mit der Geschichte des Schlosses befaßten. Konkretes war dabei allerdings nicht herausgekommen.

Bill lenkte den roten Porsche auf den Weg, der zum Internat führte.

Im Licht der Scheinwerfer tanzten Mücken und Fliegen. Es war ein Herbstabend wie aus dem Bilderbuch.

»Haben Sie eigentlich eine Pistole?« erkundigte sich Jane.

»Ja, Miss Seymor, ich habe eine Waffe. Aber ob die etwas gegen Geister nützt?«

»Jetzt sprechen Sie schon, als würden Sie selbst daran glauben.«

»So schlimm ist es wieder nicht. Übrigens – gibt es eigentlich einen direkten Weg zu dem Leichenhaus?« wechselte Bill das Thema.

»Soviel ich weiß, nicht. Wir müssen schon zu Fuß gehen.«

»Tut auch mal ganz gut.«

Sie fuhren noch einige Minuten schweigend weiter.

Auf einmal sagte Jane: »Ich glaube, wir sind ungefähr auf gleicher Höhe mit dem Leichenhaus.«

Bill ging mit der Geschwindigkeit herunter. Seine Augen suchten rechts und links des Wegs den Waldrand ab.

Dann entdeckte er die kleine Schneise.

»Da können wir den Wagen abstellen.«

Geschickt rangierte der Reporter den Porsche rückwärts in die Schneise. Mit leisem Blubbern erstarb der Motor.

Es war plötzlich unnatürlich ruhig. Nur das Atmen der beiden Menschen war zu hören.

»Auf geht's«, sagte Bill und klinkte die Wagentür auf.

»Vergessen Sie die Taschenlampe nicht!« mahnte ihn Jane.

»Keine Bange.«

Bill schloß den Wagen ab, bevor er sich mit Jane auf den Weg machte.

Sie gingen quer durch den dichten Mischwald.

»Sind Sie sicher, daß das die genaue Richtung ist?« fragte Bill.

»Natürlich.«

Bill Conolly ging voran. Der starke Lampenstrahl leuchtete den schmalen Wildwechsel, den sie benutzten, gut aus. Die vielfältigen Geräusche des nächtlichen Waldes begleiteten sie.

Auf einmal hörten die Geräusche auf.

»Wir nähern uns dem Leichenhaus«, sagte Jane, und ihre Stimme zitterte ein wenig.

Bill gab keine Antwort. Auch ihm kam die Stille seltsam vor. Er ertappte sich sogar bei dem Gedanken, umzukehren.

Immer weiter drangen die beiden Menschen vor. Und der Wald wurde immer dichter. In den Jahrhunderten hatte er hier ungestört wuchern können. Keines Menschen Hand hatte ihn gepflegt und kultiviert.

Sie mußten teilweise üer umgeknickte Bäume klettern und sich durch dichtes Gebüsch einen Weg bahnen, um überhaupt weiterzukommen.

Bill Conolly warf einen Blick nach oben. Nicht einmal der Abendhimmel war zu sehen. Die dichten Baumwipfel entzogen ihn Bills Blicken.

Plötzlich blieb der Reporter stehen. Fast wäre Jane gegen ihn gelaufen.

»Was ist?« flüsterte sie.

»Sehen Sie mal – da.«

Bill hob die Lampe etwas an.

»Das Leichenhaus«, hauchte Jane Seymor.

»Richtig. Kommen Sie.«

Bill setzte sich wieder in Bewegung. Verstohlen tastete das Girl nach seiner freien Hand.

Wenige Yards, und sie standen vor dicken Mauern.

Der Reporter leuchtete die Wand mit der Lampe ab. Große Steinquader, deren Wetterseite im Laufe der Jahrhunderte mit einer dicken Moosschicht überzogen war, bildeten einen undurchdringlichen Schutzwall.

»Wir gehen erst mal um das Haus herum«, sagte Bill.

Es dauerte nicht einmal zwei Minuten, bis sie wieder an der alten Stelle standen.

»Ist Ihnen etwas aufgefallen?« fragte Bill.
Jane schüttelte sich. »Ich weiß nicht so recht. Es ist alles so unheimlich hier. Aber was meinten Sie mit Ihrer Frage?«
»Das Haus hat keinen Eingang.«
»Das erzählen sich auch die Leute, Mister Conolly. Der Sage nach soll Lady Laduga hier eingemauert worden sein.«
»Mich würde wirklich mal das Innere des Leichenhauses interessieren«, murmelte Bill und ließ den Strahl der Lampe wieder an der Wand hochgleiten.
Das Leichenhaus war fast quadratisch und hatte ein Kuppeldach. Es erinnerte Bill an ein Mausoleum, das er in seiner Heimatstadt Manchester gesehen hatte.
Jane Seymor drückte seinen Arm. »Lassen Sie uns zurückgehen, Mister Conolly. Nicht, daß ich Angst hätte, aber es ist doch zwecklos, hier herumzustehen.«
»Wollten Sie nicht eine ganze Nacht hier verbringen?«
»Das schon, aber . . .«
»Still!« zischte Bill Conolly plötzlich. »Da hat sich etwas bewegt.«
Mit einem Fingerdruck schaltete er die Lampe aus.
Jane und Bill traten einige Schritte zurück und duckten sich hinter einen Baumstamm. Fest umklammerte das Girl die Hand des Reporters.
Jetzt war es schon deutlich zu erkennen. Zwischen den Bäumen schwebte etwas Weißes, ein heller Fleck in der Dunkelheit.
»Die weiße Frau«, wisperte Jane. »Ich habe Angst.«
Bill gab keine Antwort. Auch ihn zog das Geschehen in seinen Bann.
Jetzt kam der Fleck näher. Schon konnte man die Umrisse einer Gestalt ausmachen.
Ein Raunen und Wispern erfüllte plötzlich die Luft. Schatten, noch schwärzer als die Dunkelheit, huschten hin und her.
Dämonen!
Sie waren aus ihrem Reich auf die Erde gekommen.
Ganz eng preßte sich Jane Seymor gegen den Reporter. Sie spürte ihr Herz bis zum Halse schlagen.
Das Wispern und Rauschen schwoll an.
Jane hatte plötzlich das Gefühl, als würden tausend Hände nach ihr greifen. Etwas huschte über ihr Gesicht. Sie ekelte sich.
Die weiße Frau kam immer näher.

Schon konnten die beiden Menschen ihr Gesicht erkennen. Es war ein Gesicht, noch bleicher als ein Leichentuch, mit kohlrabenschwarzen Augen.

Die weiße Frau streckte die Arme aus.

Knochenhände!

Jetzt hatte sie schon den Baum erreicht, hinter dem die beiden sich versteckt hielten.

Ein satanisches Lächeln legte sich um die Lippen der weißen Frau.

Bill Conolly hatte längst aufgehört, sich irgendwelche Gedanken zu machen.

Er riß sich von Jane los, sprang auf und knipste die Lampe an.

Der grelle Strahl zerschnitt die Dunkelheit, blieb auf dem Gesicht der Lady Laduga hängen.

Da war es schon zu spät.

Etwas Großes, Dunkles huschte über Bills Kopf. Er spürte einen Schlag in den Nacken, so daß er nach vorn geworfen wurde und auf sein Gesicht fiel.

Die Dämonen waren der weißen Frau zu Hilfe gekommen. Und Jane Seymor war nun schutzlos.

Sie kam nicht mehr dazu, einen Schrei auszustoßen, denn die Totenhände krallten sich in ihren Hals.

Jane spürte, wie die Haut aufriß, wie das Blut ihren Pullover tränkte, sie sah das Gesicht der Lady Laduga dicht vor sich, das allmählich zu einer Totenfratze wurde.

Bill Conolly war nur für einen kurzen Augenblick betäubt. Er schüttelte die Schmerzen ab und rollte sich auf die Seite.

Was er sah, ließ ihn das Blut in den Adern gerinnen.

Die weiße Frau hatte sich über Jane Seymor gebeugt und versuchte das Girl zu töten. Ihre nadelspitzen Fingernägel rissen tiefe Wunden in Janes Haut.

»Jane!« brüllte Bill und hetzte hoch.

Im ersten Instinkt wollte er zur Waffe greifen, unterließ es dann jedoch, weil er einsah, daß das sinnlos war.

Immer noch huschten die Schatten zwischen den Bäumen. Manchmal, wenn sie in den Strahl der Lampe gerieten, erkannte Bill unförmige Gestalten.

All das hatte nur Sekunden gedauert. Sekunden, in denen Janes Leben am seidenen Faden hing.

Ein uraltes Mittel gegen Dämonen fiel Bill ein.

Feuer!

Er riß seine Jacke vom Körper, holte das Feuerzeug aus der Tasche und zündete die Jacke an.

Der Stoff fing zum Glück sofort Feuer.

Hell loderten die Flammen hoch.

Stimmen geisterten durch den Wald. Stöhnen und Kreischen. Die Dämonen ergriffen die Flucht.

Aber auch die weiße Frau ließ von ihrem Opfer ab.

Bill sah, wie sie hochkam und ihre Arme abwehrend ausstreckte. Sie hatte auch nicht mehr das bleiche Gesicht, sondern ein kahler Totenschädel glotzte Bill an.

Bill schwenkte die Jacke mit beiden Händen und rannte laut schreiend auf die weiße Frau zu.

Sie wich zurück und war plötzlich ganz verschwunden.

Bill Conolly warf die Jacke auf den Boden und trat das Feuer aus. Zum Glück hatte er seine Brieftasche noch retten können. Er verstaute Brieftasche und Pistole in den hinteren Hosentaschen und kniete sich neben die bewußtlose Jane Seymor.

Das Girl blutete aus unzähligen Wunden.

»Mein Gott«, sagte Bill leise. »Hoffentlich übersteht sie es.«

Dann schnappte er sich das Girl und warf sie über seine linke Schulter.

Nur weg hier, hieß die Devise, ehe die anderen wiederkamen.

Bill Conolly hastete durch den Wald. Ab und zu leuchtete er mit der Lampe den Weg aus. Bill spürte das Gewicht der Schwerverletzten schon gar nicht mehr. Für ihn gab es nur ein Ziel.

Seinen Wagen.

Der Reporter konnte hinterher selbst nicht mehr sagen, wie er es geschafft hatte. Auf jeden Fall stand er plötzlich vor dem Porsche.

Zum Glück steckte der Autoschlüssel in der Hosentasche.

Mit fliegenden Fingern schloß Bill den Wagen auf. Vorsichtig bettete er die Schwerverletzte auf den Notsitz.

Dann setzte er sich hinters Steuer, ließ den Motor kommen und jagte in Richtung Hillside. Was er jetzt brauchte, war ein Arzt.

Ein Blick auf die Uhr am Armaturenbrett zeigte Bill, daß es erst einundzwanzig Uhr dreißig war. Ihm kam es vor, als wären sie Stunden im Wald herumgeirrt.

Bills Gedanken kreisten nur um Jane. Hoffentlich stirbt sie nicht, dachte er immer wieder. Er selbst fühlte sich mitschuldig daran, was geschehen war.

Hillside lag wie ausgestorben.

Mit kreischenden Pneus jagte Bill in den Ort, stoppte vor der Pension, in der er wohnte.

Als Bill die Gaststube betrat, ruckten die Köpfe der Männer herum.

»Sie sind ja blutverschmiert«, rief einer.

Bill achtete nicht darauf, sondern fragte laut: »Wo gibt es hier einen Arzt? Schnell, ich habe eine Schwerverletzte im Wagen.«

Ein grauhaariger, älterer Mann stand von einem der Tische auf.

»Ich bin der Arzt von Hillside, Sir.«

»Bitte, Doc, wir müssen zu Ihrer Praxis.«

Zum Glück war der Arzt ein Mann schneller Entschlüsse. Er rannte schon an Bill vorbei nach draußen.

Sekunden später saßen die beiden in dem Porsche.

»Zweite Querstraße rechts, da liegt meine Praxis«, sagte der Doc.

»Okay.«

Bill rauschte los.

Der Doc warf einen Blick nach hinten.

»Was ist mit ihr passiert?«

»Erzähl' ich Ihnen später.«

»Halten Sie an, Mister. Ja, da, wo das Schild ist.«

Bill las auf dem Schild, daß der Doc auf den Namen Grayson hörte.

Als Bill stoppte, sprang der Doc aus dem Wagen und schloß schon die Haustür auf. Licht wurde eingeschaltet.

Bill nahm die immer noch bewußtlose Jane und trug sie ins Haus.

»Hier auf den Tisch, bitte«, sagte der Arzt.

Bill bettete die Schwerverletzte vorsichtig auf den kleinen Operationstisch.

Doc Grayson hatte sich inzwischen einen weißen Kittel übergestreift. Dann machte er sich an die Untersuchung des Mädchens.

Bill Conolly ließ sich auf einen Stuhl fallen. Erst jetzt spürte er, wie erschöpft er doch war. Er war schweißgebadet. Außerdem über und über mit Blut besudelt.

Leise verließ Bill das Zimmer. Er wollte den Doc nicht stören, der ruhig und konzentriert arbeitete.

In einem Nebenzimmer fand Bill ein Waschbecken. Er reinigte notdürftig sein Hemd.

Dann ging er wieder zurück.

Doc Grayson sah ihn ernst an.

Heißer Schreck durchfuhr den Reporter.

»Ist sie – ist sie . . .?«

Der Doc schüttelte den Kopf. »Nein, sie ist nicht tot. Aber es hätte nicht viel gefehlt. Ihre körperliche Konstitution ist sehr gut. Deshalb wird sie auch durchkommen, falls nichts Unvorhergesehenes passiert«, schränkte der Doc ein.

»Dann bin ich beruhigt«, flüsterte Bill. »Ich hätte mir auch sonst die bittersten Vorwürfe gemacht.«

Er warf einen Blick auf Jane Seymor. Der Doc hatte die Blutungen gestillt und die Wunden verbunden. Jane sah fast aus wie eine Mumie.

»Sie braucht jetzt erst mal Ruhe«, sagte der Arzt. »Sie werden natürlich verstehen, daß ich neugierig bin, Mister . . .?«

»Conolly, Doc. Bill Conolly. Entschuldigen Sie, aber mir blieb keine Zeit, mich vorzustellen.«

»Geschenkt.«

Bill blickte dem Arzt fest in die Augen. »Was ich Ihnen jetzt sage, Doc, klingt unglaublich. Aber es ist die reine Wahrheit. Die Verletzungen wurden Miss Seymor durch einen Geist beigebracht. Von einer Toten. Von der weißen Frau.«

Der Arzt blickte Bill nachdenklich an.

»Sie glauben mir nicht, was?« fragte der Reporter.

»Es fällt mir wenigstens schwer, Mister Conolly.«

»Das kann ich sogar verstehen. Aber denken Sie an die ungelösten Mordfälle in den letzten Jahren. Langsam komme auch ich zu der Überzeugung, daß die weiße Frau auch da ihre Hand mit im Spiel gehabt hatte.«

»Woher wissen Sie denn von diesen Vorgängen, Mister Conolly?«

»Ich bin Reporter, Doc.«

»Wollen Sie die Leute hier ausfragen? Sind Sie auf Sensationssuche?«

Der Arzt wurde mißtrauisch.

»Nein«, erwiderte Bill. »Die Sache ist folgendermaßen . . .«

Er erklärte dem Doc, mit wem er hier war. Er sprach von John Sinclairs Mission und von dem Verdacht, den sie hatten und der ja jetzt auch bestätigt worden war.

». . . und sprechen Sie mit niemandem darüber«, sagte Bill noch zum Schluß.

»Ich bin schließlich Arzt«, erwiderte der Doc. Er kam immer noch nicht aus dem Staunen heraus.

Bill Conolly dachte inzwischen an John Sinclair. Er hätte ihn gern noch einmal gesprochen. Doch leider wußte Bill nicht, wo John steckte.

Plötzlich begann sich Jane Seymor auf dem Tisch zu bewegen.

Mit zwei Schritten standen der Doc und Bill Conolly neben ihr.

Jane bewegte die Lippen. Sie wollte irgend etwas sagen. Ganz dicht beugte Bill sein Ohr an ihren Mund. Jetzt bekam er einige Worte mit.

»Die weiße Frau«, hauchte Jane, »sie – sie . . . kommt wieder. Heute . . . oder morgen. Ich weiß es nicht. Ich sehe sie . . . vor mir. Sie . . . wird kommen.«

Dann wurde Jane wieder bewußtlos.

Doc Grayson und Bill Conolly blickten sich an. Bill konnte sehen, daß dem Arzt eine Gänsehaut über den Körper lief. Dann flüsterte er: »Das ist der Fluch der Lady Laduga.«

In der Kapelle herrschte eine beklemmende Stille. Kein bißchen Licht fiel durch die hohen Fenster.

Eine Gestalt schlich vorsichtig zwischen den Bankreihen hindurch, immer darauf bedacht, kein Geräusch zu verursachen.

Die Gestalt war John Sinclair.

Der Geheimgang hatte ihn nicht ruhen lassen. Für John stand hundertprozentig fest, daß die hohle Stelle hinter dem Altar der Anfang eines Geheimganges sein mußte.

Er hatte niemandem von seinem Verdacht erzählt. Auch Konstabler Sandford nicht, denn der hätte unter Umständen seinen Plan gefährden können.

John trug außer seinen üblichen Ausrüstungsgegenständen noch etwas Wichtiges bei sich.

Ein Kreuz!

Jeder, der sich mit Vampirismus und anderen okkulten Wissenschaften beschäftigt, weiß, daß das Kreuz der stärkste Gegner der Vampire und Geister ist.

John hatte sich das einfache Holzkreuz um den Hals gehängt.

Ab und zu ließ der Scotland-Yard-Inspektor seine Taschenlampe aufblitzen, um sich zu orientieren.

John umrundete den Altar und fand die hohle Stelle im Boden sofort. Er klopfte sie noch einmal ab, in der Hoffnung, irgendeinen Mechanismus zu finden, der den Eingang des Geheimganges freigeben würde.

Doch seine Hoffnungen wurden enttäuscht.

John überlegte gerade, ob man der Sache nicht mit roher Gewalt auf die Spur kommen konnte, da quietschte die Eingangstür der Kapelle.

John fuhr herum und lugte hinter dem Altar hervor.

Für einen Moment sah er eine Gestalt in der offenen Tür stehen. Dann war sie verschwunden.

Dafür klangen Schritte auf.

Sie kamen in seine Richtung, auf den Altar zu.

John wagte kaum zu atmen.

Wer war der Unheimliche, der um diese Zeit die Kapelle betreten hatte?

Die Schritte wurden lauter. John hörte hastiges Atmen.

Jetzt hatte der Eindringling den Altar erreicht, umrundete ihn.

John huschte in Deckung. Er hockte nun an der rechten Seite des Altars, konnte von hier aus alles gut überblicken.

Die Gestalt kniete sich hin, klopfte in einem bestimmten Rhythmus auf die hohle Stelle.

Und plötzlich sah John, daß der unbekannte Eindringling eine Frau war.

Die Frau wiederholte das Klopfen.

»Komm, Linda«, flüsterte sie jetzt. »Komm.«

Linda, durchzuckte es John. Linda war doch tot. Er selbt hatte mit Sir James Carrigan, Lindas Vater, gesprochen.

Welchem Rätsel war er hier auf die Spur gekommen?

Ein schabendes Geräusch drang durch die Stille.

Die bewußte Steinplatte auf dem Boden schob sich zur Seite. John ahnte es mehr, als er es sah.

Der Geruch von Fäulnis und Verwesung drang in Johns Nase.

»Ich komme, Linda«, flüsterte die Gestalt.

Die Frau begann, in die Öffnung zu steigen.

John wartete ab, bis sie verschwunden war. Dann schlich er zu dem Loch hin.

Der Modergeruch nahm ihm fast den Atem. Trotzdem entschloß sich John, der Unbekannten zu folgen.

Für einen Sekundenbruchteil ließ er seine Taschenlampe aufblitzen.

Etwa ein Yard unter der Öffnung befand sich schon wieder fester Boden.

John Sinclair ließ sich hinabgleiten.

Seine Zehenspitzen stießen gegen etwas Weiches, Nachgiebiges.

John riskierte es, die Lampe anzuschalten. Und in der Sekunde, in der die Lampe brannte, erkannte er die grausige Wahrheit.

Vor ihm lag Bob Elkham, der Hausmeister.

John erkannte ihn nur an der Kleidung. Elkhams Gesicht, sein Hals und ein Teil seiner Brust waren durch schreckliche Kratz- und Bißwunden zerfetzt.

John Sinclair mußte mit Gewalt ein Würgen unterdrücken.

Er stieg über den Toten hinweg und schlich weiter.

Der Gang war nicht sehr hoch. John mußte immer den Kopf einziehen. Es ging leicht bergab.

Ab und zu blieb John Sinclair stehen, um in die rabenschwarze Finsternis zu lauschen.

Dann drangen die leisen Schritte der Frau an sein Ohr.

Plötzlich erkannte John in der Ferne einen hellen Fleck. Etwas flirrte in der Luft herum.

Sollte die weiße Frau . . .?

Der Fleck wurde größer, kristallisierte sich zu einer Gestalt heraus.

Dann hörte John die Stimme der Unbekannten. »Du bist gekommen, Linda. Endlich.«

Unendlich vorsichtig schlich John Sinclair näher.

John hörte ein qualvolles Seufzen, einen leisen Schrei und ein schmatzendes Geräusch.

Der Scotland-Yard-Inspektor hielt es nicht mehr länger aus. Sein Daumen berührte den Schalter der Lampe.

Wie eine Nadel fuhr der Lichtstrahl durch die Dunkelheit, ließ mit nahezu brutaler Deutlichkeit eine grauenvolle Szene erkennen. Innerhalb von einer Sekunde registrierte John jede Einzelheit.

Er sah zwei Frauen. Eine davon kannte er. Es war Rita Wilcox, das Mädchen, das nackt auf seinem Bett gelegen hatte. Und die andere mußte Linda Carrigan sein.

Linda Carrigan, die verschwunden war und sich zu einer Bestie gewandelt hatte.

Zu einem Vampir!

Sie hatte ihre nadelspitzen Zähne in Rita Wilcox' Hals gebohrt und trank schmatzend das Blut des jungen Mädchens.

Mit zwei, drei Sätzen überbrückte John die Entfernung.

Erst jetzt erwachten die beiden aus ihrer Erstarrung.

Blitzartig fuhren sie auseinander.

Rita Wilcox schrie gellend auf und taumelte zurück.

Anders Linda Carrigan, der Vampir.

Sie schwebte auf John Sinclair zu. Die Augen in dem bleichen Gesicht waren blutunterlaufen. Auch ihr Mund und die spitzen Zähne waren rot von frischem Menschenblut.

Die Krallenfinger ausgestreckt, kam sie auf John zu. Sie glaubte, ein neues Opfer gefunden zu haben.

John Sinclair sprang zurück, riß mit der freien Hand das Kreuz von der Brust.

Jetzt mußte es sich herausstellen, ob diese Waffe half.

John hielt das Kreuz dem Vampir direkt vors Gesicht, leuchtete es mit der Taschenlampe an.

Linda Carrigan blieb stehen. Ihr Gesicht verzog sich in einem unsagbaren Schmerz.

John ging auf sie zu.

Das Kreuz brannte fast in seiner Hand, trieb den Vampir zurück.

John Sinclair kannte keine Gnade. Er mußte die Vampirbrut ausrotten.

Der Vampir ächzte, hatte nicht mehr die Kraft, weiterzugehen.

Er fiel auf den Boden.

Breitbeinig stand John Sinclair vor diesem Monster, hielt das Kreuz über dem Gesicht des Vampirs.

Linda Carrigans Mund öffnete sich zu einem lautlosen Schrei. Unendliche Qual spiegelte sich in ihren Gesichtszügen wider.

John sah nur eine Möglichkeit, Linda Carrigan zu retten.

Er mußte sie töten. Mußte ihr einen Pfahl durch das Herz schlagen.

John hatte vorgesorgt und das Kreuz unten zugespitzt.

Er zögerte nicht länger, sondern setzte das zugespitzte Ende auf Lina Carrigans Brust.

Dann schlug er mit dem Handballen zu.

Tief drang das Kreuz in den Körper des Vampirs.

Linda Carrigans Gesicht verzerrte sich zu einer wächsernen Totenmaske. Noch einmal stöhnte sie auf. Dann lag sie still.

Erst jetzt war Lindas Seele erlöst.

John Sinclair stand langsam auf. Als er das Kreuz aus der Brust des Vampirs zog, merkte er, wie sehr seine Finger zitterten. Zuviel war auf ihn eingestürmt.

Aber es sollte noch schlimmer für den Scotland-Yard-Inspektor kommen.

Rita Wilcox fiel John wieder ein. Wo steckte sie?

John drehte sich, ließ den Strahl der Lampe den Gang entlanghuschen. Und da sah er Rita Wilcox. Sie befand sich schon fast am Ausgang.

John lief hinter ihr her. Er hatte die schreckliche Befürchtung, daß Rita bereits ein Vampir war.

Als John das Ende des Ganges erreichte, sah er gerade noch, wie sich die Steinplatte über die Öffnung schob.

John Sinclair wußte, was das zu bedeuten hatte.

Er war lebendig begraben.

Mitternacht!

Unruhig ging Bill Conolly in dem kleinen Krankenzimmer auf und ab. In einer Ecke brannte eine Lampe. Ihr trüber Schein reichte gerade bis zu dem Bett, in dem Jane Seymor lag.

Schwere Alpträume mußten das Girl quälen. Ihr Schlaf wurde immer wieder durch plötzliche Aufschreie unterbrochen. Manchmal stammelte sie auch wirres Zeug. Sprach von Geistern, Dämonen und Vampiren. Ein schrecklicher Kampf mußte in ihrem Innern toben. Wahrscheinlich versuchten fremde Mächte, sich ihrer Seele zu bemächtigen.

Doc Grayson war vor etwa einer Stunde weggerufen worden. Zu einer Entbindung, wie er sagte.

»Sie kommen!« schrie Jane auf einmal. »Mein Gott, sie kommen! Hilf mir doch, o Gott! Hilf mir!«

Mit zwei Schritten stand Bill neben dem Bett. Mit beiden Händen mußte er die wild um sich schlagende Jane festhalten. Beruhigend sprach er auf sie ein.

Da dröhnte es gegen die Haustür.

Bill zuckte zusammen. Wer mochte das sein?«

Wieder hämmerten die Schläge gegen das Holz der Tür.

Sollte Jane wirklich recht haben? Kamen jetzt die Dämonen und Geister, um sie mit in ihr Reich zu nehmen?

Schweiß perlte auf Bills Stirn, als er das Zimmer verließ, durch den Flur ging und die Hand auf die Haustürklinke legte.

Noch zögerte er. Warum hatte der Unbekannte nicht geklingelt?

Wieder krachte es gegen die Tür. »Aufmachen!« rief eine Männerstimme.

Bill gab sich einen Ruck und schloß die Tür auf.

Mondlicht fiel auf den Hauseingang. Und in dem fahlen Licht erkannte Bill Conolly einen jungen Mann von etwa fünfundzwanzig Jahren.

»Was wünschen Sie?« fragte der Reporter.

»Ich muß zu Doc Grayson«, erwiderte er hastig.

»Der Doc ist nicht da.«

Der junge Mann knetete nervös seine Hände. »Dann warte ich eben.«

»Wer sind Sie überhaupt?« fragte Bill.

Der Ankömmling blickte ihn starr an. »Ich heiße Frank Gibson. Ich wohne hier im Dorf.«

»Gibson . . .? Gibson . . .?« wiederholte Bill leise. Irgendwie kam ihm der Name bekannt vor. Doch er wußte im Moment nicht, wo er ihn hinstecken sollte.

»Dann kommen Sie mal rein«, sagte Bill.

Frank Gibson drängte sich an ihm vorbei in den Flur. Ein komischer Geruch ging von dem Neuankömmling aus. Bill konnte ihn im Augenblick nicht identifizieren.

Als Bill die Tür schloß, hörte er wieder Jane Seymors Schreie. »Sie sind da! Sie sind da! O Gott, sie sind gekommen! Helft mir doch! Bitte!«

Bill war mit wenigen Sätzen bei ihr.

Jane starrte ihn aus fiebrigglänzenden Augen an, ohne den Reporter jedoch zu erkennen.

»Ihr müßt euch wehren. Sie sind stark. Sie sind . . . Aaah!«

Jane brach wieder zusammen. Wenn doch nur der Doc hier gewesen wäre. Er hätte ihr eine Beruhigungsspritze geben können. Aber so?

Ein leichter Schritt ließ Bill herumfahren.

Der junge Mann stand in dem Zimmer. Er sah Jane Seymor mit seltsam starrem Blick an.

Ein furchtbarer Verdacht stieg in Bill Conolly hoch. Aber noch hatte er keine Gewißheit. Er mußte den Mann ausfragen.

»Nehmen Sie doch Platz, Mister Gibson«, sagte Bill und wies auf einen freien Stuhl.

Der junge Mann nahm das Angebot an.

Der Stuhl stand so günstig, daß Bill Gibson immer im Auge behalten konnte.

Außerdem stand er nicht weit von der Lampe.

»Was wollen Sie denn von Doc Grayson, Mister Gibson?« fragte Bill.

»Das möchte ich ihm doch lieber selbst sagen.«

»Ganz wie Sie wollen.«

Bill warf einen Blick auf Jane, die jetzt schlief. Dann sah er wieder verstohlen zu Frank Gibson hinüber, der unruhig auf seinem Stuhl herumrutschte.

Und plötzlich durchzuckte es Conolly wie ein Blitzschlag. Endlich hatte er den Beweis, daß der junge Mann kein Mensch im normalen Sinne war.

Frank Gibson warf keinen Schatten.

Vampire werfen auch keine Schatten.

Frank Gibson, der, wie schon erwähnt, im Lichtkreis der Lampe saß, mußte etwas gespürt haben.

Er stand auf.

Bill spannte die Muskeln. Er wußte genau, die Entscheidung kam auf ihn zu.

Auch Jane Seymor erwachte wieder. Sie schien die magische Kraft zu spüren, die von dem Eindringling ausging.

Noch wartete Bill ab.

Schwerfällig wälzte sich Jane auf die Seite, riß die Augen weit auf und . . .

Ihr Schrei zerfetzte die Stille. Dieser Schrei hatte nichts Menschliches mehr an sich. Er war geboren aus höchster Todesnot.

Und dann zeigte Frank Gibson sein wahres Gesicht.

Spitze weiße Zähne drangen plötzlich aus seinem Oberkiefer, seine Fingernägel wurden lang, und in den Augen stand die blanke Mordlust.

Mit einem Fauchen warf sich der Vampir auf Jane Seymor.

Doch da stand immer noch Bill Conolly.

Ein mörderischer rechter Haken donnerte dem Vampir gegen den Schädel, so daß das Untier wie eine Puppe durch den Raum flog.

Doch Frank Gibson stand sofort wieder auf, als wäre nichts gewesen.

»Verdammt, das gibt es doch nicht«, flüsterte Bill. »Dieser Schlag hätte einen Ochsen gefällt.«

Der Vampir kam näher. Jetzt interessierte er sich für Bill Conolly.

Bill sprang zurück und schnappte sich den frei gewordenen Stuhl. Mit einem Rundschlag schmetterte er ihn dem Vampir über den Schädel.

Der Stuhl zersplitterte knirschend, doch Frank Gibson ließ sich nicht aufhalten.

Im Gegenteil, jetzt griff er an.

Zwei Klauenhände krallten sich in Bills Jacke fest, zogen ihn nach vorn.

Bill stemmte sich gegen den Griff an.

Ohne Erfolg. Der Vampir besaß ungeheure Kräfte.

Bill Conolly prallte gegen ihn. Er sah das gräßliche Gesicht mit den spitzen Zähnen dicht vor sich, sah die blutunterlaufenen Augen und merkte plötzlich, wie sein Kopf zur Seite gebogen wurde.

Der Vampir hatte seine Haare gepackt und den Reporter so in einen gnadenlosen Griff bekommen.

Hart spannte sich Bills Haut am Hals.

Nur noch Sekunden, dann würde der Vampir seine Zähne in den Hals schlagen und das frische Menschenblut aussaugen. Und dann war auch Jane Seymor verloren.

Der Gedanke an Jane gab Bill neue Kraft. Er machte einen letzten Versuch.

Seine flache Hand fuhr hoch, knallte unter das Kinn des Vampirs. Bill drückte mit aller Macht den Kopf des Vampirs zurück.

Er hörte, wie zwei Wirbel im Nacken des Untiers brachen. Nur weiter, kein Stück nachgeben, hämmerte sich Bill ein.

Er schaffte es.

Der Vampir ließ ihn plötzlich los.

Bill Conolly setzte nach.

Mit voller Wucht trat er dem Ungeheuer in den Leib.

Der Vampir knallte gegen den Instrumentenschrank, dessen Glasscheibe klirrend zerbrach. Splitter regneten herab.

Frank Gibson hockte vor dem Schrank. Langsam erhob er sich. Seine Haltung war seltsam verrenkt. Er hatte noch längst nicht aufgegeben. Er würde auch nicht aufgeben.

Und da hatte Bill Conolly eine Idee.

Er sah den zerbrochenen Stuhl in der Ecke liegen, sprang darauf zu und packte sich zwei abgebrochene Stuhlbeine.

Der Vampir kam heran.

Blitzschnell legte Bill Conolly die beiden Stuhlbeine zu einem Kreuz aufeinander.

Der Vampir stockte. Abwehrend hob er beide Hände.

Jetzt war es Bill, der vorwärts drängte.

Panik überfiel den Vampir. Mit langen Sätzen hetzte er aus dem Zimmer.

Bill Conolly hinterher.

Doch da war der Vampir schon im Flur, riß die Haustür auf und verschwand nach draußen.

Bill Conolly sah von einer Verfolgung ab. Er wollte Jane Seymor nicht ohne Schutz zurücklassen.

Als Bill in die Praxis zurückkehrte, schlief Jane tief und fest. Sie war gerettet. Vorerst jedenfalls.

Rita Wilcox ging wie eine Schlafwandlerin durch die Kapelle. Sie fühlte, daß eine fremde Macht versuchte, von ihr Besitz zu ergreifen. Ihr Blut rauschte in den Adern.

Blut! Das war es, was sie brauchte. Sie konnte nicht vergessen, wie Linda Carrigans Zähne in ihren Hals gedrungen waren, wie sie ihr Blut getrunken hatte.

Und dann war dieser Mann gekommen. Er hatte alles verdorben.

Rita Wilcox begann diesen Mann zu hassen. Aber sie würde sich schon rächen. Furchtbar rächen. Nicht an ihm, sondern an den anderen Menschen.

Eine flüsternde Stimme drang in ihr Gehirn.

»Komm«, lockte diese Stimme. »Komm.«

Rita Wilcox zog die Tür zur Kapelle auf. Sie trat nach draußen.

Der Mond schien.

Wie herrlich sein geisterhaft bleiches Licht doch war. Die Geschöpfe der Nacht, sie alle würden bei seinem Licht aufleben und die Herrschaft über die Menschen antreten.

Immer noch lockte die fremde Stimme.

Rita hatte die Frau nie gesehen, nur in ihren Träumen war sie ihr schon hundertmal begegnet.

Sie wußte, daß es Lady Laduga war. Die Königin der Vampire.

Unbewußt lenkte Rita Wilcox ihre Schritte in den Wald. Hier würde sie die weiße Frau treffen. Und hinterher war sie dann endgültig erlöst, war sie aufgenommen in den Kreis der Dämonen und Vampire.

Rita Wilcox drängte bewußt das Menschliche, was noch in ihr steckte, zurück. Nein, damit hatte sie abgeschlossen.

Die Stimme wurde lauter. Ganz deutlich konnte Rita sie jetzt verstehen.

Und da sah sie die weiße Frau. Sie schwebte zwischen den Bäumen, kam jetzt genau auf Rita Wilcox zu.

Das Girl blieb stehen.

Ein leichter Wind fuhr durch ihr weites Nachthemd, bauschte es auf.

Jetzt stand Lady Laduga vor ihr.

Wie schön sie war. Das weiße ebenmäßige Gesicht leuchtete in der Dunkelheit.

Rita Wilcox ging noch näher.

Lady Laduga strecke beide Arme aus, griff nach Ritas Kopf.

Das Girl fieberte dem großen Augenblick entgegen.

Die weiße Frau bog Ritas Kopf zurück. Der schlanke Hals lag nun vor ihr.

Rita merkte, wie die spitzen Kanten der Zähne ihre Haut berührten.

Dann folgte der Biß.

Tief dranken die Zähne in Ritas Hals. Das Girl spürte die kalten Lippen der Frau und das warme Blut, das aus den Bißwunden quoll.

Sie stöhnte auf. Glücklich.

Endlich war das geschehen, wonach sie sich so lange gesehnt hatte.

Mehr und mehr saugte die weiße Frau Rita Wilcox das Blut aus und damit den letzten Funken menschlichen Lebens, der noch in ihr steckte.

Rita fühlte sich plötzlich erschlafft und müde. Ihre Beine gaben nach. Sie fiel auf den Waldboden. Schleier legten sich über ihre Augen. Eine nie gekannte Kälte nahm von ihrem Körper Besitz.

Es war die Kälte des Todes.

Sie wollte etwas sagen, doch kein Laut drang über ihre Lippen. Spitze Fingernägel gruben sich in ihren Körper. Die weiße Frau wurde zur rasenden Bestie.

Doch das alles bekam Rita Wilcox nicht mehr mit. Das Reich der unendlichen Finsternis hatte sie aufgenommen.

Doc Grayson kam eine halbe Stunde später zurück.

»Na, wie geht's unserer Patientin?« fragte er.

»Gut«, erwiderte Bill.

»Das freut mich. Die Entbindung hat auch soweit geklappt, und ich bin . . .«

Die weiteren Worte verschluckte der Arzt, denn sein Blick war auf den zerbrochenen Instrumentenschrank gefallen. Bill hatte die Glasscherben notdürftig zusammengefegt.

»Was ist passiert, Mister Conolly? Ich glaube, Sie sind mir eine Erklärung schuldig.«

»Die können Sie haben, Doc. Aber setzen Sie sich erst mal hin. Was ich zu berichten habe, ist nichts für schwache Nerven.«

Mit wenigen Sätzen erklärte er dem Arzt, was vorgefallen war.

Doc Grayson schüttelte immer wieder den Kopf. »Ich kann es nicht fassen. Das ist doch unmöglich. So etwas gibt es doch nicht.«

»Leider ja«, erwiderte Bill. »Und um diesem Höllenspuk ein Ende zu bereiten, deswegen sind mein Freund John Sinclair und ich hier.«

Doc Grayson wischte sich über die schweißnasse Stirn. »Ich kann es immer noch nicht begreifen. Ich habe Medizin studiert, bin Naturwissenschaftler. Und jetzt dieses hier. Mir fehlen einfach die Worte.«

Bill wußte darauf keine Antwort. Er selbst hatte früher auch nicht an diesen Hokuspokus, wie er es nannte, geglaubt. Doch nachdem er John Sinclair kennengelernt hatte, mußte er seine Meinung revidieren. Mit Schrecken dachte Bill Conolly noch an sein letztes Abenteuer, das er mit John zusammen in Mexiko erlebt hatte. Dort war es ihnen unter Einsatz ihres eigenen Lebens gelungen, den Herrn der Toten unschädlich zu machen. Für Bill wäre es beinahe die letzte Tat überhaupt gewesen.

Doc Grayson wanderte im Raum auf und ab. »Und dieser Vampir ist entkommen?« fragte er leise.

»Ja. Ich konnte Jane Seymor nicht allein lassen.«

Der Doc atmete auf. »Was machen wir jetzt? Vampire sind Blutsauger. Sie werden noch mehr Unglück über die Menschen bringen. Wir müssen etwas tun, Mister Conolly. Wir müssen einfach.«

»Das ist mir klar«, sagte Bill.

Der Arzt lachte hart auf. »Sicher, das ist uns allen klar. Aber haben Sie einen Vorschlag?«

»Vielleicht.«

»Lassen Sie hören.«

»Wir müssen das Übel an der Wurzel packen. In unserem Fall heißt dieses Übel das Totenhaus.«

»Wie haben Sie sich das denn vorgestellt, Mister Conolly?«

»Packen wir die Sache mal anders an, Doc. Wieviel Männer kann man hier im Dorf innerhalb einer Stunde alarmieren?«

»Vielleicht hundert. Oder auch 150. Genau kann ich es nicht sagen.«

»Zwanzig würden reichen. Allerdings zwanzig mutige Männer. Männer, die nicht Tod und Teufel fürchten.«

»Das wird schwer sein. Die Leute hier sind sehr abergläubisch.«

»Dann sehe ich keine allzu großen Chancen, Doc. Sie müssen es schaffen.« Bill Conollys Stimme klang eindringlich. »Noch haben wir eine Chance. Wenn wir zögern, wird dieses Dorf unter die Herrschaft der Vampire geraten. Dann sind alle Menschen hier verloren.«

»Ich weiß es selbst, Mister Conolly.«

Bill sah den Doc an. »Es kommt auf einen Versuch an. Wir müssen noch in dieser Nacht handeln.«

»Und was ist, wenn ich die Männer wirklich zusammengetrommelt habe?« fragte der Doc.

»Dann werden wir zu dem Leichenhaus fahren und es dem Erdboden gleichmachen. Wir werden es abbrennen, denn gegen Feuer sind auch Dämonen und Vampire nicht gefeit.«

»Das Haus hat Jahrhunderte überdauert, Mister Conolly.«

»Das weiß ich auch. Aber gegen Bohrer und Spitzhacken ist es auch nicht geschützt.«

»Ich hoffe, Sie behalten recht, Mister Conolly.«

Der Doc blickte auf seine Uhr. »Es ist gleich eins. Ich werde Alarm geben, und in einer halben Stunde versammeln wir uns im Bürgersaal. Halten Sie die Daumen, daß wir Erfolg haben. Sonst weiß ich auch nicht mehr weiter.«

Doc Grayson verließ den Raum.

Bill Conolly trat ans Fenster. Er sah in die mondhelle Nacht hinaus. Seine Gedanken kreisten um John Sinclair. Wo mochte er stecken? Lebte er überhaupt noch?

Bill zündete sich eine Zigarette an. Er wandte sich um und sah zu Jane hin, die friedlich im Bett schlief. Wenigstens sie hatte er gerettet.

Bill Conolly verließ die Praxis. Er wollte noch in die kleine Pension, um sich frisch zu machen und die Kleider zu wechseln.

Als er die Straße überquerte, begann von der kleinen Kirche her die Alarmglocke zu läuten.

Die Schläge hallten durch den stillen Ort. Sie waren der Auftakt zu einem Kampf der Menschen gegen die unheimlichen Mächte der Finsternis.

John Sinclair behielt die Ruhe. Panik war das letzte, was er gebrauchen konnte.

Sein Gehirn arbeitete wie ein Computer. Daß die Platte nicht so einfach mit bloßen Händen zur Seite geschoben werden konnte, war ihm bei einem Versuch schon klargeworden. Also mußte es eine andere Möglichkeit zur Befreiung geben.

Die Klopfzeichen fielen ihm ein.

Der Rhythmus, mit dem das Girl in der Kapelle auf den Stein geklopft hatte.

Verzweifelt versuchte John sich zu erinnern.

Zweimal lang und dann viermal schnell hintereinander. Konnte es so gewesen sein?

Es kam auf einen Versuch an.

John klopfte.

Ohne Erfolg.

Doch der Scotland-Yard-Inspektor gab nicht auf. Ein nächster Versuch.

Wieder nichts.

Erst beim fünftenmal klappte es.

Knirschend schob sich die Platte zur Seite.
»Wer sagt's denn«, murmelte John.
Wahrscheinlich gab es auch noch einen anderen Klopfrhythmus, damit sich die Platte wieder in ihre ursprüngliche Lage schob, aber der interessierte John nicht.
Er ließ die Öffnung frei und hielt sich diesen Fluchtweg offen.
Er wollte etwas anderes kennenlernen.
Das Leichenhaus der Lady Laduga.
Wieder machte sich John auf den Weg. Das zugespitzte Holzkreuz hatte er sich um den Hals gehängt. Ab und zu ließ er seine Taschenlampe aufblitzen.
John hatte schon viele Geheimgänge erkundet, und überall hatte es von Kriechtieren gewimmelt. Nur hier nicht. Es schien, als hätten selbst diese Kreaturen die Flucht vor den Mächten der Finsternis ergriffen.
Der Gang wurde immer schmaler und tiefer.
Bald konnte John nur noch auf allen vieren kriechen.
Der Modergeruch verstärkte sich. John spürte, daß er bald das Leichenhaus erreicht haben mußte.
Langsam ging es wieder aufwärts.
Und dann war der Gang zu Ende. Felsen und Erdmassen versperrten den Weg.
John leuchtete mit der kleinen Lampe die Decke ab.
Eine breite Öffnung gähnte ihm entgegen.
Der Inspektor klemmte sich die Taschenlampe zwischen die Zähne, schnellte vom Boden ab und faßte mit beiden Händen nach dem Rand der Öffnung.
Seine Finger fanden Halt.
Wie ein Pendel schwang John hin und her.
Er ließ sich ausschwingen, sammelte Kräfte und zog sich dann mit einem Klimmzug hoch.
John schaffte es mit Mühe. Schwer atmend lag er oben neben der Öffnung. Seine Lampe hatte er inzwischen wieder in die Hand genommen.
Langsam kam John auf die Füße.
Deutlich wurde ihm bewußt, daß er sich in dem Leichenhaus der Lady Laduga befand.
Die Vorstellung war ungeheuerlich. Er war wohl der einzige lebende Mensch, der dieses Haus nach drei Jahrhunderten betreten hatte.

Nur mit Mühe unterdrückte John seine Erregung. Er wagte kaum, die Taschenlampe einzuschalten.

Welches Grauen, welcher Schrecken würde ihn erwarten?

John gab sich einen Ruck und knipste die Lampe doch an.

Der Strahl schnitt durch die absolute Finsternis. Da er nur jeweils einen kleinen Ausschnitt des Raumes beleuchtete, drehte John sich langsam im Kreis.

Dicke, schwere Steinmauern gerieten in seinen Blickwinkel. John schwenkte die Lampe herum, leuchtete den Boden ab.

Zuerst sah er gar nichts. Doch dann stockte ihm der Atem.

In einer Ecke lagen drei Gestalten. Nebeneinander. Sie hatten die Hände über der Brust gekreuzt. Lange, spitze Zähne ragten aus den halboffenen Mündern.

Vampire!

Noch lagen sie in ihrer totenähnlichen Starre – doch irgendwann würden sie wieder zum Leben erwachen.

Es waren zwei Männer und eine Frau. Sie trugen die Kleidung aus vergangenen Jahrhunderten, mußten demnach schon uralt sein. Seltsam, daß die Kleidungsstücke nicht zerfallen waren.

John ging näher an die drei Vampire heran.

Zufällig fiel der Lampenschein auf die Mauer dicht über dem Kopf des linken Vampirs.

John sah einige Buchstaben dort eingeritzt. Er beugte sich vor, um besser lesen zu können.

Istvan Laduga, stand dort.

John rekapitulierte.

Istvan Laduga. Sicher, das war der Mann der Lady Laduga. Er war während der zweiten Hochzeit mit einer polnischen Gräfin auf mysteriöse Weise ums Leben gekommen.

Nun fand John ihn hier. Und er wußte auch, daß Lady Laduga sich furchtbar gerächt hatte. Ihr Mann war ein Vampir geworden, der niemals Ruhe finden würde.

Drei Vampire lagen vor John Sinclair. Und der Scotland-Yard-Inspektor hatte die Chance, alle drei zu töten.

Schon griff er nach dem Kreuz, als ihn ein Geräusch verharren ließ.

John schaltete die Lampe aus.

Das Geräusch schien von überallher zu kommen, schwoll zu einem leichten Brausen an und verwandelte sich in ein Stöhnen und Ächzen.

John glaubte plötzlich, nicht mehr allein mit den Vampiren in dem Leichenhaus zu sein. Trotz der Dunkelheit fühlte er die schattenhaften Bewegungen. Etwas huschte über seinen Nacken. Jemand versuchte ihn niederzudrücken.

John schaltete die Lampe ein.

Für einen Moment nur sah er die gräßlichen Gestalten. Es waren Ausgeburten der Hölle.

Es gab sie also – die Dämonen!

John spürte, wie eine eiskalte Gänsehaut seinen Rücken hinaufkroch. Er hatte selten Angst gehabt. Aber hier packte ihn doch das kalte Grauen.

Sobald das Licht die Dämonen traf, verschwanden sie unter großem Wehklagen in den Gemäuern des Leichenhauses. Jetzt hörte John nur noch die schrecklichen Laute.

Der kalte Schweiß lag auf seiner Stirn. John Sinclair dachte an einen Rückzug. Er mußte Verstärkung holen. Allein konnte er es nicht schaffen.

Da sah er die weiße Frau!

Sie stand ganz plötzlich im Raum. John konnte nicht sagen, wann und woher sie gekommen war.

Ein bleiches, aber wunderschönes Frauengesicht starrte John an. Aus den Ärmeln des weißen Gewandes schauten Knochenhände mit langen, spitzen Fingernägeln.

Die weiße Frau schwebte auf John zu. Ein eiskalter Hauch begleitete sie.

Der Scotland-Yard-Inspektor wich zurück. Bis an die kalte, feuchte Wand.

Gewiß, er hätte versuchen können, durch die Öffnung zu entkommen, doch die weiße Frau hätte ihn in dem engen Gang schnell eingeholt.

»Lady Laduga«, flüsterte John.

Die Gestalt vor ihm sagte kein einziges Wort. Unbeirrt drang sie weiter vor. Sie hatte ihr neues Opfer.

Und John Sinclair war bereit, den Kampf aufzunehmen.

Doch plötzlich geschah etwas Seltsames.

Die weiße Frau blieb stehen, schwebte zur Seite und dann in Richtung Mauer.

Johns rechte Hand, die noch immer die Taschenlampe hielt, zitterte.

Was hatte das nun wieder zu bedeuten?

Mit brennenden Augen verfolgte John Sinclair den Weg der Lady Laduga.

Auf einmal war sie nicht mehr da. War eins geworden mit der Mauer.

John wischte sich über die Augen. Narrte ihn ein Spuk? So etwas gab es doch nicht.

Und doch war es Tatsache.

Eine seltsam klagende Stimme drang an das Ohr des Inspektors. Sie schien von überallher zu kommen.

Das mußte die Stimme der weißen Frau sein.

John atmete tief aus. Er hatte die Grenze seiner Nervenkraft erreicht. Für einen Moment nur war er unkonzentriert.

Er sah nicht, daß sich die drei Vampire wie auf ein geheimes Kommando erhoben.

Und als John es bemerkte, war es schon fast zu spät. Der Fluchtweg war ihm bereits abgeschnitten.

Die drei Horrorgestalten kamen Schritt für Schritt auf John Sinclair zu . . .

Doc Grayson hatte wirklich nicht übertrieben. Innerhalb von dreißig Minuten saßen dreiundzwanzig Männer im Saal des Bürgermeisterhauses. Alle Altersgruppen waren vertreten. Der jüngste war erst neunzehn, der älteste zweiundsechzig.

Die Männer saßen um einen langen Holztisch und redeten wirr durcheinander.

Bill Conolly lehnte in einer Ecke des Raumes und rauchte eine Zigarette. Manch feindseliger Blick wurde ihm zugeworfen. Man traute hier in Hillside einem Fremden nicht.

Das Gemurmel verstummte, als Doc Grayson den Saal betrat. Erwartungsvolles Schweigen breitete sich aus.

Nur einer, ein untersetzter schwarzhaariger Mann, konnte sich nicht beherrschen. Er schrie: »Sie werden uns genau erklären müssen, weshalb Sie uns mitten in der Nacht aus den Betten geholt haben, Doc!«

Der Arzt stellte sich ans Kopfende des langen Tisches und hob beide Hände. »Wartet es ab, Männer. Ihr werdet schon früh genug hören, was los ist. Ich übergebe das Wort an Mister Bill Conolly.«

Alle Augen starrten den Reporter an.

Doc Grayson machte Bill schweigend Platz.

Dann begann der Reporter zu reden. Er stellte sich vor, sagte, weshalb er und John Sinclair überhaupt gekommen waren, und berichtete von den Vorgängen der letzten Tage.

Nachdem Bill geendet hatte, war es totenstill. Manch einer bekreuzigte sich heimlich.

Dann fragte der Schreier von vorhin: »Und was haben wir damit zu tun?«

»Das will ich Ihnen jetzt sagen. Ich habe folgenden Plan. Wir werden noch in dieser Nacht das Leichenhaus abreißen. Wir . . .«

Bill konnte nicht mehr weitersprechen. Protestschreie klangen auf. Die Männer sprangen von ihren Stühlen.

»Sie sind wohl wahnsinnig?« hieß es. »Denken Sie, wir kämpfen gegen Geister? Niemals.«

»Dann werdet ihr ewig weiter unter dem Terror der Dämonen zu leiden haben!« schrie Bill gegen den Lärm an. »Der Doc versprach mir, Männer zu holen. Ich habe bis heute nicht gewußt, daß es hier nur feige Memmen gibt.«

Bill hatte sich regelrecht in Wut geredet. Und das war genau der falsche Weg.

Die Männer nahmen eine drohende Haltung ein. »Wir lassen uns von einem Hergelaufenen nicht beleidigen. – Dem werden wir es zeigen. – Macht ihn fertig, Leute!«

Ehe das Ganze jedoch zu einer Prügelei ausarten konnte, griff Doc Grayson ein. Er stelle sich schützend vor Bill Conolly.

»Einen Augenblick!« rief er mit Stentorstimme. »Jetzt hört mir mal genau zu.«

Tatsächlich trat auch Ruhe ein.

»Ihr wißt«, sagte der Doc, »solange der Bürgermeister weg ist, vertrete ich ihn. Und kraft meines Amtes treffe ich jetzt die Entscheidungen. Hat irgend jemand was dagegen?«

Der Doc stemmte beide Arme in die Hüften und blickte in die Runde. Niemand wagte zu widersprechen.

»Na, also«, sprach der Doc jetzt mit wesentlich ruhigerer Stimme. »Ihr seid doch vernünftig. So, nun zur Sache. Potter, komm du raus.«

Der schwarzhaarige Schreier trat aus dem Kreis der Männer.

Der Doc tippte ihm mit dem Zeigefinger gegen die breite Brust. »Du hast ein kleines Bauunternehmen, Potter. Deshalb stellst du die Maschinen zur Verfügung. In zehn Minuten ist dein Abbruchwagen fahrbereit. Und nimm gefüllte Benzinfässer mit.«

Potter wollte zu einer Erwiderung ansetzen, doch der Doc sah ihn nur an.

Da senkte Potter den Kopf und knurrte: »Einverstanden.«

»Wollte ich dir auch geraten haben, Bursche.« Der Doc kniff Bill ein Auge zu.

Dann teilte er die weiteren Leute ein. Zum Schluß blieben drei ältere Männer übrig. Sie konnten wieder nach Hause gehen.

Ehe die Männer den Saal verließen, rief der Doc noch: »In zehn Minuten treffen wir uns hier vor dem Bürgermeisterhaus!«

Die Männer verschwanden, und der Arzt blieb mit Bill Conolly allein zurück.

»Teufel«, knurrte Doc Grayson und wischte sich den Schweiß von der Stirn. »War ein verdammt hartes Stück Arbeit. Die Kerle glauben doch wahrhaftig noch an Geister.«

»Sie nicht, Doc?« fragte Bill leise.

»Sie haben recht, Mister Conolly. Nach dem, was passiert ist, glaube ich fast selbst daran. Verdammt auch. Geben Sie mir mal eine Zigarette.«

Bill steckte sich ebenfalls eine an. Zwei, drei Züge rauchten die Männer schweigend.

Dann fragte der Arzt: »Was schätzen Sie, wo sich Ihr Freund aufhält?«

»Das möchte ich auch gern wissen.«

»Ob man nicht im Internat anrufen soll?« schlug der Doc vor.

»Das ist eine Idee.«

»Ich werde das übernehmen, Mister Conolly. Mich kennt man da oben. Irgendeiner wird bestimmt Nachtwache haben.«

Das Telefon stand in einem kleinen Nebenzimmer.

Die Verbindung kam ziemlich schnell. Mit wem der Doc sprach, wußte Bill nicht, aber als der Arzt den Hörer auflegte, hatte sein Gesicht einen nachdenklichen Zug angenommen.

»In der Schule ist er auch nicht«, murmelte der Doc.

»Das hatte ich mir gedacht«, erwiderte Bill.

»Wissen Sie eine andere Möglichkeit, Mister Conolly?«

»Ich habe so eine Ahnung.«

»Los, raus mit der Sprache!«

»John befindet sich bestimmt in dem verdammten Leichenhaus.«

»Was?« Der Doc wich erschrocken einen Schritt zurück. »Das glauben Sie doch selbst nicht. Wie soll Ihr Kollege denn dort hineingekommen sein? Soviel ich weiß, gibt es in dem Haus keinen Eingang.«

Bill zuckte die Achseln. »Warum, das kann ich Ihnen auch nicht sagen. Aber mein Gefühl hat mich selten getäuscht. Und ich glaube auch noch, daß sich John Sinclair in höchster Lebensgefahr befindet.«

Die Männer drückten die Zigaretten aus. Bill blickte auf seine Uhr. »Die zehn Minuten sind um.«

Der Doc nickte. »Dann los.«

Als sie nach draußen kamen, hatten sich schon fast alle Männer versammelt. Sie trugen Äxte, Hacken und Schaufeln. Einige Frauen standen auch dabei. Sie bestürmten den Doc und Bill mit ängstlichen Fragen, die die beiden jedoch nur ausweichend beantworteten.

Überall in den Häusern brannten Lichter. Ihr Schein reichte aus, um die Straße fast taghell zu erleuchten.

Bill konnte die Gesichter der Männer gut erkennen. In einigen las er finstere Entschlossenheit. In anderen wiederum spiegelten sich Angst und Misstrauen wider.

»Wo ist denn Marc Potter?« rief der Doc.

»Da hinten kommt er«, antwortete eine Frau und wies in Richtung Ortsausgang.

Tatsächlich. Dort rumpelte ein Lastwagen näher, auf dessen Ladefläche ein Kran mit einer riesigen Eisenkugel stand, die durch starke Trossen gehalten wurde.

Der Lastwagen bremste.

»Ihr könnt alle auf die Ladefläche kommen!« schrie Potter aus dem Führerhaus. »Werft eure Äxte und Schaufeln aber zuerst drauf.«

Die Männer gehorchten ohne Murren.

»Und womit fahren wir?« fragte Doc Grayson den Reporter.

»Wir nehmen meinen Porsche.«

»Gut.«

»Eh, Doc«, rief Marc Potter. »Wie sollen wir denn durch den Wald kommen?«

»Nehmt den kleinen Weg. Und dann quer durchs Gelände. Was euch da im Wege steht, sind nur kleine Bäume und Buschwerk. Das kannst du mit deiner Kiste umfahren.«

»Da bin ich mal gespannt, Doc. Kommen Sie nicht mit?«

»Doch. Aber mit einem anderen Wagen. Mister Conolly und ich fahren schon voraus.«

Marc Potter nickte und fuhr los. Die Frauen liefen noch einige Meter hinter dem Wagen her. Manche konnten ihre Tränen nicht zurückhalten.

»Kommen Sie, Doc«, sagte Bill. »Ich habe meinen Wagen vor der Praxis stehen.«

Mit eiligen Schritten setzten sich die Männer in Bewegung. Bill ging aber vorher noch mal in die Praxis und sah nach Jane Seymor. Sie schlief ruhig. Neben ihrem Bett saß Doc Graysons Haushälterin und hielt Wache.

Einigermaßen beruhigt setzte sich Bill hinter das Steuer. Mit röhrendem Motor jagte der Porsche durch den stillen Ort auf die Straße, die zum Internat führte.

Schon bald überholten sie den Lastwagen. Marc Potter winkte ihnen aus dem Seitenfenster beruhigt zu.

Der Doc grinste. »Man kann sich doch auf ihn verlassen. Man muß ihn nur richtig anpacken, den Büffel.«

»Wo ist eigentlich der Konstabler?« fragte Bill.

»Ich weiß es nicht«, erwiderte der Doc. »Angeblich auf einer Dienstfahrt. Wahrscheinlich hatte er aber auch nur Angst gehabt.«

Bill erwiderte nichts. Die kommenden Ereignisse beschäftigten ihn zu sehr.

Würden die Menschen es schaffen, Sieger über die Dämonen zu bleiben? Und vor allen Dingen: Was war mit John Sinclair?

John Sinclair wußte, daß er einen fast aussichtslosen Kampf vor sich hatte. Er wich erst einmal zurück, bis er die feuchte Wand hinter sich spürte.

Der erste Vampir sprang ihn an. Es war Istvan Laduga.

John Sinclair tauchte zur Seite weg und jagte die geballte Faust in den Leib des Monsters.

Im selben Augenblick erhielt John einen Schlag auf den Arm, und die Taschenlampe wurde ihm aus der Hand geprellt.

Sie fiel zu Boden, brannte jedoch weiter.

Zwei Krallenhände griffen nach Johns Kehle.

Der Scotland-Yard-Inspektor duckte sich. Die Hände glitten ins Leere.

John Sinclair huschte zur Seite, wollte Bewegungsfreiheit bekommen, um sich das Kreuz von der Brust reißen zu können.

Da warf sich die Frau von der Seite her gegen ihn.

John konnte nicht mehr ausweichen. Gemeinsam krachten sie zu Boden.

Unglücklicherweise fiel der Inspektor auf den Rücken. Dicht über sich sah er die funkelnden Augen des Vampirs und die dolchartigen Zähne.

John Sinclair kämpfte mit dem Mut der Verzweiflung. Er packte das Kreuz an den beiden kurzen Seitenenden, drehte es mit dem zugespitzten Ende nach oben, so daß dieses die Brust des Vampirs berührte, und drückte mit aller Macht zu.

Wie ein Nagel das Holz durchfährt, so drang das Kreuz in die Brust des Vampirs.

John Sinclair warf sich sofort herum, rutschte hinter dem sterbenden Ungeheuer weg und zog ihm das Kreuz aus der Brust.

Ein Schatten hechtete auf ihn zu.

Instinktiv riß John das Kreuz hoch.

Wieder drang das spitze Ende dem Vampir durch die Brust und trat am Rücken wieder heraus.

John sah den hilflosen Ausdruck in den Augen des Monsters, und dann zerfiel der Vampir von einer Sekunde zur anderen zu Staub.

Auch die Frau, die John zuerst getötet hatte, war nicht mehr vorhanden.

Blieb noch ein Gegner.

John kreiselte herum.

Im Schein der kleinen Lampe sah er Istvan Laduga. Er stand an der Wand, hatte die Hände gespreizt und starrte John zähnefletschend an.

»Und nun zu dir«, flüsterte der Inspektor heiser.

Der Vampir entdeckte das Kreuz, das John mit beiden Händen festhielt.

Istvan Laduga riß die Hände vors Gesicht. Er wußte, daß sein Ende nahte. Verzweifelt versuchte er sich dagegen zu wehren, wollte sich in eine Ecke verkriechen.

John kannte kein Pardon. Unbarmherzig folgte er dem Vampir. John schnappte sich die Taschenlampe, mit der er jetzt das Kreuz anleuchtete.

Der Vampir warf sich auf den Boden. Sein Körper zuckte.

Der Inspektor stand über ihm, beugte sich vor, das Kreuz dabei fest in der Hand haltend.

Istvan Laduga röchelte. Er hatte keine Chance mehr.

Dann machte John ein Ende.

Mit Wucht stieß er dem Vampir das spitze Ende des Pfahls ins Herz.

Das Röcheln erstarb. Innerhalb von Sekunden zerfiel der Vampir zu Staub.

John Sinclair hatte es geschafft. War gegen drei Vampire Sieger geblieben. Eine fast übermenschliche Leistung, die auch verdammt viel Kraft gekostet hatte.

Ermattet lehnte sich John gegen die Wand. Er brauchte eine kurze Pause.

Die plötzliche Stille zerrte an seinen Nerven.

Doch dann war es auf einmal wieder da!

Das unheimliche Ächzen, Stöhnen und Wehklagen.

Und John Sinclair spürte, wie sein Rücken plötzlich kalt wurde. Er wollte einen Schritt nach vorn machen.

Es ging nicht.

John klebte mit dem Rücken an der Mauer. Irgendeine unbekannte Macht hielt ihn fest.

John gab nicht auf. Verzweifelt stemmte er sich gegen die Kraft an.

Ohne Erfolg.

Das Ächzen und Wehklagen verstärkte sich. Wieder glitten Schatten durch das Innere des Leichenhauses.

Die Dämonen waren zurückgekehrt!

John hielt das Kreuz krampfhaft umklammert. Er wußte, das war sein einziger Schutz.

Diesmal sah John die weiße Frau kommen.

Sie schwebte aus der Wand gegenüber.

John verlor fast die Nerven. »Keinen Schritt mehr!« brüllte er und hielt dem Geist das Kreuz entgegen.

Die weiße Frau kümmerte sich nicht darum. Sie ging einfach weiter. Ihr Einfluß mußte stärker sein als der des Kreuzes.

John Sinclair war verloren.

Fast mit brutaler Deutlichkeit wurde ihm dies klar. Aus diesem Leichenhaus kam er als normaler Mensch nicht mehr heraus.

Wenige Schritte vor ihm blieb die weiße Frau stehen. Mit einem kurzen, aber harten Schlag fegte sie John das Kreuz aus der Hand. Und mit dieser Aktion schwand auch Johns allerletzte Hoffnung.

Der Inspektor ballte die Fäuste.

Grauen schüttelte ihn, als er sah, daß Lady Ladugas linke Gesichtshälfte sich in einen Totenkopf verwandelte.

Es war ein Zeichen, daß die weiße Frau wieder Blut brauchte. Frisches Blut!

Lady Laduga warf einen Blick in die Ecke, in der die drei Vampire gelegen hatten.

»Ja! Sie sind tot!« schrie ihr John ins Gesicht. »Ich habe sie getötet!«

Eine Knochenhand näherte sich John Sinclair.

Noch hatte der Inspektor beide Arme frei.

Er packte das Handgelenk und drehte es mit einem Griff herum.

Nichts geschah. Der Arm hatte schon vorher lose im Gelenk gehangen.

John glaubte, ein teuflisches Lächeln auf der normalen Gesichtshälfte der Lady Laduga zu erkennen.

Das Wehklagen der Dämonen schwoll an. Es waren Laute aus einer anderen Welt. Unbeschreiblich.

Die Schatten wurden stärker. Etwas huschte an Johns Gesicht vorbei, griff nach seinen Haaren.

Verzweifelt kämpfte der Inspektor gegen die ungeheure Kraft, die ihn festhielt.

Er versuchte, aus seiner Jacke zu schlüpfen.

Es ging nicht.

Noch immer stand die weiße Frau untätig vor ihm.

Warum machte sie nicht endlich Schluß? Wollte sie ihn unnötig quälen?

John sah, wie sich auch die normale Gesichtshälfte der Lady Laduga veränderte.

Das Fleisch platzte plötzlich weg, die blanken Knochen kamen zum Vorschein. Das Auge verschwand tief in der Höhle. Dann grinste ein kahler Totenschädel John Sinclair an.

Nur die zwei spitzen Zähne waren geblieben. Sie ragten wie Dolche aus dem knochigen Kiefer.

John wußte, daß die weiße Frau ihn jetzt mit in ihr Reich nehmen wollte.

Schon legten sich die Knochenhände auf seine Schultern.

John riß die Faust hoch, traf auch den Schädel. Aber es war, als hätte er gegen Beton geschlagen.

Eine Hand griff brutal nach seinen Haaren, bog John Sinclairs Kopf zurück.

Der Inspektor stöhnte auf.

Ganz dicht befand sich der gräßliche Totenschädel jetzt vor ihm. John sah die leeren Augenhöhlen und spürte den eisigen Todeshauch, der seinen gesamten Körper erfaßte.

Er bekam einen der Knochenarme zu packen, wollte sich aus dem gnadenlosen Griff befreien.

Er schaffte es nicht.

Der häßliche Schädel befand sich jetzt neben seinem Hals. John sah aus den Augenwinkeln, wie sich die Zähne der Lady Laduga der straff gespannten Haut näherten . . .

Bill Conolly und Doc Grayson liefen, so schnell es ging, durch den dichten Wald. Zum Glück hatte Bill eine kleine Lampe mit, deren Leuchtkraft ausreichte, um den Weg einigermaßen klar erkennen zu können.

»Hoffentlich schaffen sie es mit dem Wagen«, sagte Bill.

»Sie kommen von der anderen Seite«, erwiderte der Arzt keuchend. Er war schon älter und kräftemäßig nicht mehr so ganz auf der Höhe.

»Wie weit ist es denn noch?« erkundigte sich der Reporter, der – obwohl er schon mal dort war – den Weg nicht mehr im Kopf hatte.

»Wir sind gleich da. Dann können Sie den Geistern die Hand schütteln.«

»Da kann ich mir was Besseres vorstellen.«

Die Männer hasteten schnell weiter. Einmal rutschte Bill aus, fiel hin und stieß sich schmerzhaft das Schienbein. Er fluchte unterdrückt.

Schließlich hatten sie das Leichenhaus erreicht.

»Ein finsteres Gemäuer«, flüsterte der Doc.

»Wem sagen Sie das?«

Die beiden Männer umrundeten das Haus.

»Sehen Sie, Mister Conolly«, sagte der Arzt leise, »hier fängt ein Gebüschgürtel an, der sich bis an die Straße hinzieht. Der Wagen kann also durchkommen.«

Bill nickte. Sorgfältig sah er sich um, wartete förmlich auf eine Begegnung mit der weißen Frau. Doch die Lady ließ sich nicht blicken.

Es war alles ruhig. Unheimlich ruhig.

Bill Conolly fröstelte.

Plötzlich faßte ihn Doc Grayson am Arm. »Die anderen kommen, Mister Conolly. Hören Sie doch.«

Bill spitzte die Ohren. Tatsächlich. In der Ferne klang das brummende Geräusch eines Motors auf.

»Die haben sich aber beeilt«, meinte Bill.

Schon bald sahen sie zwei Scheinwerfer durch die Gebüsche blitzen. Zweige und Äste brachen. Der große Wagen walzte alles zur Seite.

Schließlich kam er ganz in Sicht. Marc Potter rangierte den Wagen so, daß er die schwere Eisenkugel ohne Mühe gegen die Mauer donnern konnte.

Dann sprangen die Männer von der Ladefläche. Fast alles ging lautlos über die Bühne. Niemand sprach ein unnötiges Wort. Und wenn, dann nur im Flüsterton. In manchen Gesichtern las Bill Conolly deutlich eine gewisse Angst.

»Geben Sie das Zeichen, Doc!« rief Marc Potter aus dem Führerhaus.

Der Arzt warf Bill Conolly noch einen Blick zu.

Der Reporter nickte.

Der Doc hob den Arm.

Die anderen Männer warteten gespannt. Ihre Fäuste hatten sich um die Stiele der Hacken und Schaufeln geklammert.

Da ließ der Doc den Arm sinken.

Der Kran auf der Ladefläche des Wagens geriet in Bewegung. Die schwere Eisenkugel schwang vor, zurück – und dann donnerte sie mit ungeheurer Wucht gegen die Mauer.

Nichts.

Die Steinquader hielten dem Druck stand.

Noch mal. Und immer wieder.

Endlich zeigte sich ein Erfolg. Die Mauer begann zu bröckeln.

»Mein Gott«, flüsterte Bill Conolly, »wenn John Sinclair wirklich in dem Leichenhaus ist, wird er letzten Endes noch lebendig begraben.«

»Er wird sich schon zu helfen wissen«, erwiderte der Doc, der Bills Worte gehört hatte.

Plötzlich brach ein Teil der Mauer. Staub wallte auf.

Und immer wieder schlug die schwere Kugel gegen die Wand.

»Und jetzt das Benzin!« schrie Bill Conolly.

Die Männer sprangen sofort, schleppten die mitgenommenen Fässer herbei.

Marc Potter stoppte sein Zerstörungswerk.

Die Männer mit den Fässern liefen auf das Totenhaus zu, schütteten Benzin gegen die Mauer.

Eine Zündschnur aus Lappen wurde gelegt.

Jemand steckte sie an.

Gierig fraßen sich die Flammen weiter, erreichten die benzingetränkte Mauer . . .

Eine Stichflamme schoß hoch.

Noch einmal arbeitete Marc Potter mit der Eisenkugel. Schwer krachte sie gegen die brennende Mauer, die plötzlich zusammenstürzte.

Und hinter dem lodernden Flammenschein sah Bill die Gestalt eines Mannes.

»John!« schrie er und rannte los.

Direkt auf die Flammen zu . . .

Frank Gibson, der Vampir, hatte noch längst nicht aufgegeben. Nach seiner überstürzten Flucht hatte er sich in einem leeren Stall versteckt. Er beobachtete, wie die Männer im Dorf zusammenliefen und dann ins Bürgermeisterhaus gingen.

Die Gier nach Blut wurde unerträglich. Er, der aus dem Reich der Schatten kam, konnte sich nur durch Blut ernähren. Er war froh, daß ihn die weiße Frau nicht getötet hatte wie die anderen Opfer. Nein, sie hatte ihn zum Vampir gemacht. Und Frank Gibson fühlte sich wohl in diesem Zustand.

Er sah, daß die Männer aus dem Bürgermeisterhaus kamen, auf einen Wagen kletterten und aus der Stadt fuhren.

Frank Gibson lächelte teuflisch. Das kam ihm natürlich gelegen. Er hatte sein Opfer nicht aufgegeben. Nach wie vor war er an Jane Seymor interessiert.

Er wartete noch eine halbe Stunde ab und verließ dann vorsichtig den Schuppen.

Der Mond stand als bleiche Scheibe am Himmel. Sein Licht gab ihm Kraft. Kraft, die er brauchte, um mit den Menschen fertig zu werden.

Aus einer Seitengasse kamen plötzlich zwei Frauen.

Frank Gibson konnte nicht mehr ausweichen.

Die beiden entdeckten ihn im selben Moment, sahen aber auch die dolchartigen Vampirzähne.

Ihre Schreie gellten durch die Nacht.

Frank Gibson sprang vor. Brutal stieß er die Frauen zu Boden. Eine fiel vor Schreck in Ohnmacht.

Mit seinem ganzen Körpergewicht warf sich Frank Gibson auf die andere, nagelte sich mit den Knien am Boden fest, während seine linke Hand sich wie eine Klaue auf ihren Mund legte und jeden Schrei im Keim erstickte.

Verzweifelt versuchte die Frau sich von dem Vampir zu befreien.

Ohne Erfolg. Ihre Kräfte waren einfach zu schwach.

Gnadenlos stießen die Vampirzähne in den Hals der Frau.

Doch die Schreie waren gehört worden.

Drei Männer, es waren die, die der Doc nach Hause geschickt hatte, rannten herbei.

Sie sahen sofort, was los war.

Sie warfen sich genau in dem Augenblick über den Vampir, als er der Frau gerade das Blut aussaugen wollte.

Mit einem Schrei kippte Frank Gibson zur Seite.

»Das ist ein Vampir!« schrie einer der Männer und wich unwillkürlich zurück.

Die anderen zögerten auch.

Diese Unsicherheit nutzte Frank Gibson aus. Mit weiten Sätzen rannte er in die Gasse hinein, kletterte an deren Ende über einen Zaun und versteckte sich in einem Garten.

Jaulend lief eine Dogge herbei. Das Tier, sonst auf Menschen dressiert, traute sich nicht, Frank Gibson anzugreifen. Irgend etwas hielt den Hund zurück.

Doch der Vampir brauchte Blut.

Und wenn es Hundeblut war . . .

Zwei Minuten später war er gesättigt. Sein Gesicht war blutverschmiert, und auch an seinem Anzug zeichneten sich dunkle Flecken ab.

Die Dogge lag tot am Boden.

Frank Gibson schwang sich über den Zaun. Die Dorfbewohner

hatten sich nicht die Mühe gemacht, ihn zu suchen. Zu groß war ihre Angst.

Frank Gibson lächelte grausam.

Sich immer in Deckung haltend, schlich er zu dem Haus des Arztes.

Die Praxis lag an der Rückseite.

Frank Gibson blieb unter dem erleuchteten Fenster hocken, bis er glaubte, seiner Sache sicher zu sein.

Langsam schob er sich hoch, lugte durch die Scheibe in das dahinterliegende Zimmer.

Was er sah, stimmte ihn zufrieden. Sehr zufrieden sogar.

Jane Seymor lag noch immer in tiefem Schlaf. Neben dem Bett stand ein Stuhl, auf dem eine Frau saß. Sie schlief ebenfalls. Das Strickzeug lag noch in ihren Händen.

Der Vampir lächelte grausam, als er sich in Bewegung setzte. Diesmal würde sein Opfer ihm nicht mehr entkommen . . .

Ein ungeheurer Schlag dröhnte plötzlich gegen die Wand des Totenhauses.

Die weiße Frau zuckte zusammen, erstarrte. Dann schwebte sie zurück.

Wieder knallte es gegen die Wand.

Der Druck in Johns Sinclairs Rücken war plötzlich verschwunden. Der Inspektor konnte sich wieder frei bewegen. Und nutzte dieses auch aus.

Mit einem Hechtsprung warf er sich auf die weiße Frau. Seine gespreizte rechte Hand knallte gegen den Totenschädel.

Doch ehe John sich versah, war die Lady unter ihm hinweggetaucht und ging nun ihrerseits zum Angriff über.

Ihre Skelettfinger bohrten sich in Johns Hüfte. Sein Hemd ging an dieser Stelle in Fetzen. Die Nägel drangen in seine Haut. Ein brennender Schmerz durchzuckte den Inspektor.

Dann krachte der dritte Schlag gegen die Wand.

Steine bröckelten.

Und plötzlich waren auch wieder die Dämonen da. John sah es im Licht seiner Lampe, die immer noch auf dem Boden lag.

Die schrecklichen Gestalten huschten durch den Lichtstrahl, verkrochen sich schreiend in den Winkeln. Angst hatte die

Geschöpfe erfaßt. Draußen mußte etwas vorgehen, wogegen sie kein Mittel besaßen.

Doch die weiße Frau gab nicht auf. Sie wollte ihr Opfer!

John war nach ihrem Angriff zu Fall gekommen, rollte sich jedoch blitzschnell um die eigene Achse, streckte seine Hand aus und bekam das Kreuz zu fassen.

Schon war die weiße Frau über ihm.

Wieder sah John die gefährlichen Zähne in bedrohlicher Nähe seines Halses.

Er riß den Kopf zur Seite und im selben Moment das spitze Ende des Kreuzes hoch.

Es bohrte sich durch den Leib der Lady Laduga. Doch da war kein Fleisch. Es war, als hätte John das Kreuz durch die Luft gestoßen.

Und abermals dröhnte ein schwerer Schlag gegen die Wand.

Für Sekundenbruchteile war die weiße Frau abgelenkt.

John warf sich zur Seite, hatte plötzlich eine günstige Stellung, und sein Karatetritt traf den blanken Totenschädel.

Es gab ein häßliches Geräusch. Die weiße Frau flog wie von einem Katapult geschleudert weg.

In diesem Augenblick brach ein Stück der Mauer.

Ein Quader polterte in das Totenhaus.

John sah durch eine Öffnung den dunklen Nachthimmel, hörte Stimmen.

Und plötzlich kitzelte etwas Scharfes seine Nase.

Brandgeruch!

Die Menschen draußen steckten das Leichenhaus an!

Schon loderten die ersten Flammen.

Unheimliche Schreie wurden laut. Wild flüchteten die Dämonen vor dem Feuer, huschten über Johns Körper und dachten nicht daran, ihn anzugreifen.

Feuer war die einzige Waffe gegen Dämonen.

Nur die weiße Frau gab nicht auf.

Sie hatte sich erholt und schwebte wieder auf John zu.

Beißender Rauch zog in das Leichenhaus. Die Flammen fraßen sich weiter. John roch das Benzin.

Der Inspektor erwartete die weiße Frau in angespannter Haltung. Die Beine leicht gespreizt, nahm er die typische Stellung eines Karatekämpfers ein.

Diesmal würde sie ihn nicht überwältigen.

Immer stärker wurden die Flammen. Johns Augen tränten. Die weiße Frau verschwamm auf einmal vor seinem Gesicht.

Und da griff John Sinclair an. All sein Haß, all seine Wut lagen in diesem Angriff.

Er bekam den Knochenarm der Lady Laduga zu fassen, sah die Flammen an der einen Seite hell auflodern, zog die weiße Frau mit sich und stieß sie in die hellrote Flammenhölle.

John selbst verzog sich in eine Ecke, die noch nicht so rauchgeschwängert war.

Ein unbeschreibliches Bild bot sich seinen Augen.

Die weiße Frau war von dem Feuer erfaßt worden.

Sie hatte die Arme hochgestreckt, ihr kahler Totenschädel verwandelte sich plötzlich, wurde zu einem wunderschönen Gesicht und zerfiel eine Sekunde später zu Staub.

Lady Laduga war nun endgültig tot.

Und in dem Augenblick brandete ein jämmerliches Geschrei auf. Sämtliche Dämonen in dem Totenhaus nahmen genau wie die weiße Frau noch einmal ihre ursprüngliche Gestalt an, ehe sie für immer zerfielen.

John sah Bilder, die er nie in seinem Leben vergessen würde.

Es waren Frauen dabei, Männer, Kinder. Sie alle hatte die weiße Frau im Laufe der Jahrhunderte in ihren Bann gezogen und sie als Geschöpfe des Teufels weiterleben lassen.

Ein trockener Husten schüttelte Johns Körper. Der beißende Rauch war ihm in die Kehle gedrungen.

Plötzlich wurde sich der Inspektor wieder der Gefahr bewußt, in der er sich befand.

Das Leichenhaus der Lady Laduga war eine einzige Flammenhölle.

John sah nur einen Ausweg.

Er mußte durch den Geheimgang.

Bevor John Sinclair in den Gang sprang, holte er sich noch seine Taschenlampe.

Dann robbte er los, als säße ihm der Teufel persönlich im Nacken.

Plötzlich hörte er über sich ein Knirschen.

John richtete den Strahl der Lampe nach oben. Risse zeigten sich an der Decke des Ganges, wurden größer.

So schnell es ging, hastete John Sinclair vorwärts. Er konnte sich denken, was kam. Das Leichenhaus war wahrscheinlich zusammengebrochen, und der ungeheure Druck würde den Gang zuschütten.

Und richtig.

Hinter John Sinclair gerieten die Erdmassen in Bewegung. Kleine Steine und Lehmbrocken rieselten herunter.

Zum Glück konnte John Sinclair jetzt aufrecht gehen.

Er rannte. So schnell es ging.

Der Krach folgte Sekunden später.

Unter riesigem Getöse stürzte der Gang zusammen. Das war der Augenblick, an dem John den Ausgang erreichte.

Trotzdem holten ihn die Stein- und Erdmassen ein.

Eine ungeheure Gewalt schleuderte ihn vorwärts, etwas knallte gegen seinen Kopf, doch dann hatte es John Sinclair geschafft.

Er konnte mit beiden Händen den Rand der Öffnung fassen. Zog sich mit letzter Kraft hoch, schwang die Beine über den Rand und lag plötzlich auf den Fliesen der Kapelle.

Johns Lunge arbeitete wie ein Blasebalg. Der Inspektor preßte seine heiße Stirn auf den kühlen Steinboden.

Was er brauchte, war Ruhe.

Doch die gönnte er sich nur zehn Minuten. Dann ging er nach draußen.

Zwei Männer kamen angerannt. Sie waren schweißbedeckt und fuchtelten mit den Armen.

»Gehören Sie zu der Rettungsmannschaft?« schrie einer der beiden dem Inspektor zu.

»Ja«, krächzte John kurzerhand.

»Sie müssen sofort mitkommen, Mister. Egal, wie. Im Dorf ist ein Vampir!«

Als John diese Nachricht hörte, war es ihm, als hätte ihm jemand einen Faustschlag versetzt.

Bill Conolly hechtete durch die Flammenwand. Ohne Rücksicht auf seine eigene Person. Das Leben seines Freundes war in Gefahr. Ob dieser seinen Schrei gehört hatte, wußte Bill nicht. Auf jeden Fall stand er plötzlich im Leichenhaus, und John Sinclair war verschwunden.

»John! John!« brüllte Bill mit aller Kraft.

Keine Antwort. Nur das Prasseln der Flammen war zu hören.

Statt dessen hörte er Doc Graysons Stimme. »Kommen Sie zurück, Conolly. Das Haus stürzt ein!«

Der Reporter warf noch einen letzten Blick in die Runde. Doch er sah nichts als wabernde Flammenwände.

Wieder hetzte er durch die Feuerhölle.

Gierig leckten die Flammen nach seiner Kleidung. Im Nu fing seine Jacke Feuer.

Doch Bill Conolly schaffte es.

Er entkam dieser tosenden Glut.

Draußen warf er sich sofort zur Erde.

Doc Grayson war wie ein Blitz bei ihm, erstickte mit seiner eigenen Jacke das Feuer an Bills Kleidung.

Hustend quälte sich der Reporter auf die Füße.

»Ich – ich habe ihn nicht gefunden«, krächzte er und warf noch einen Blick auf das Leichenhaus, das in diesem Moment zusammenbrach.

Auch einige Büsche und Bäume hatten Feuer gefangen, doch zum Glück konnten sich die Flammen nicht ausbreiten. Der Wald war zu feucht. Es hatte in den letzten Tagen oft geregnet.

Die anderen Männer hatten sich zurückgezogen. Sie alle beobachteten das Schauspiel aus sicherer Entfernung.

»Ihr Freund wird es schon geschafft haben«, munterte der Doc ihn auf.

Bill lächelte verloren. »Hoffentlich.«

Plötzlich lief einer der älteren Männer, die sie in Hillside nach Hause geschickt hatten, auf sie zu.

»Was machen Sie denn hier, Cocstone?« fragte der Doc.

Der Mann mußte erst mal Luft schnappen, ehe er antworten konnte.

»Ein Vampir ist in Hillside«, keuchte er. »Jim Bisbee und Hal McDonald sind zum Internat gelaufen und wollen von dort auch Hilfe holen. Wir – wir wissen nicht, was wir machen sollen, Doc.«

Der Arzt sah Bill Conolly an.

Der Reporter preßte die Lippen zusammen.

»Verdammt!« zischte er.

»Was sollen wir denn tun?« fragte Cocstone.

»Zurück nach Hillside«, sagte der Doc knapp. »Los, wir nehmen ihren Porsche.«

Bill Conolly und der Arzt sprinteten los.

Als sie den Wagen erreichten, kam ihnen bereits ein anderes Fahrzeug entgegen.

Es war ein Bentley. Silberfarben.

Solch einen Wagen fuhr John Sinclair.

Der Bentley stoppte mit kreischenden Reifen. Die Fahrertür sprang auf. John Sinclair hechtete aus dem Wagen.

»Mein Gott, John!« schrie Bill Conolly nur.

In hastigen Worten wollte er seinem Freund berichten, was vorgefallen war.

Doch John winkte ab. »Ich weiß schon Bescheid. Ich habe einen gewissen Hal McDonald im Wagen. Der hat mir alles erzählt. Wir müssen so schnell wie möglich ins Dorf.«

Während der letzten Worte war John Sinclair schon wieder in seinen Bentley gesprungen und startete mit röhrendem Auspuff.

Auch Bill Conolly gab Vollgas.

»Jane«, sagte er leise. »Sie ist in höchster Gefahr. Hoffentlich kommen wir nicht zu spät.«

»Ich fürchte es fast«, erwiderte der Doc.

Der Vampir war schlau. Er wartete noch einige Minuten ab, bis er sicher sein konnte, daß ihm niemand gefolgt war.

Dann schlich er geduckt los.

Das Mondlicht beleuchtete die Rückseite des Hauses nur spärlich, brachte jedoch so viel Licht, um eine Hintertür erkennen zu können.

Frank Gibsons Gesicht verzog sich zu einem wölfischen Lächeln. Mit wenigen Schritten hatte er die Hintertür erreicht und untersuchte das Schloß.

Es war ein ganz normales Türschloß.

Probehalber drückte der Vampir auf die Klinke.

Natürlich – zu. Die Leute hatten vorgesorgt.

Die Tür einrennen hätte zuviel Lärm verursacht. Also mußte er sich eine andere Möglichkeit einfallen lassen.

Einige Yards entfernt, auf dem Nachbargrundstück, stand ein Schuppen.

Frank Gibson tastete in dem dunklen Schuppen herum. Er fand eine Eisenstange. Genau das Werkzeug, das ihm gefehlt hatte.

Mit ein paar Sätzen stand er wieder an der Hintertür des Arzthauses.

Entschlossen drückte er gegen die Tür und klemmte die Stange zwischen Türblatt und Füllung.

Frank Gibson benutzte die Stange als Hebel. Die Tür war ziemlich stabil, und dem Vampir standen vor lauter Anstrengung Schweißperlen auf der Stirn.

Doch dann hatte er es geschafft.

Knackend brach das Schloß aus der Verankerung.

Die Tür schwang auf.

Frank Gibson blieb noch einen Moment lauschend stehen. Das Ganze war natürlich nicht ohne Geräusche abgegangen.

Nichts geschah. Die Leute hatten sich wohl alle in ihre Häuser verkrochen.

Der Vampir huschte in den Flur. Licht machte er keins.

Frank Gibson gelangte in eine Küche. Zwei Türen zweigten davon ab.

Der Vampir entschied sich für die rechte.

Vor ihm lag ein schmaler Gang. Zwei kleine Fenster führten zur Ostseite des Hauses. Bleiches Mondlicht sickerte in den Gang.

Ein Filzteppichboden dämpfte Frank Gibsons Schritte. Der Vampir erreichte eine braunlackierte Tür.

»Wartezimmer«, stand darauf.

Der Vampir huschte in den dahinterliegenden Raum.

Die Tür zur Praxis stand einen Spalt breit offen. Schnarchtöne drangen an Frank Gibsons Ohr.

Das mußte die ältere Frau sein, die neben dem Bett saß.

Frank Gibson ging noch vorsichtiger, trotz der ungeheuren Erregung, die ihn gepackt hielt.

Wie ein Schemen schob er sich in die Praxis, in der eine kleine Lampe brannte.

Und dann sah er sie liegen.

Jane Seymor.

Sein Opfer.

Sie lag auf dem Rücken, die Hände hinter dem Kopf verschränkt. Regelmäßige Atemzüge hoben ihre Brust auf und nieder.

Auf dem Stuhl saß die Aufpasserin in tiefem Schlaf. Ihr Kopf lag seitlich im Nacken. Schnarchlaute drangen aus dem offenstehenden Mund. Das Strickzeug war ihr aus den Händen gefallen und lag nun am Boden.

Frank Gibson preßte sich gegen die Wand. Für Sekunden stand er still. Er spürte dieses unheimliche Gefühl in seinem Körper, das immer dann eintrat, wenn er das Blut brauchte.

Der Vampir zog die Oberlippe hoch. Die weißen nadelspitzen Zähne drangen aus dem Mund. Die Hände des Vampirs öffneten und schlossen sich krampfhaft.

Leise setzte er sich in Bewegung, Schritt für Schritt kam er dem Bett näher.

Er machte nicht das geringste Geräusch.

Endlich stand er neben der Schlafenden. Noch ein kurzer Blick zu der älteren Frau.

Doch sie schlief weiter.

Langsam beugte sich der Vampir über Jane Seymor.

In diesem Moment schlug das Girl die Augen auf. Es mußte wohl irgendein Instinkt gewesen sein, der Jane wach werden ließ.

Sehen und begreifen war eins.

Sie öffnete den Mund zu einem gellenden Schrei, doch Frank Gibson preßte ihr gleichzeitig die Hand auf die Lippen.

»Du entkommst mir nicht«, flüsterte er und drückte weiter zu.

Das Girl bäumte sich auf. Doch sie war durch ihre Verletzung viel zu geschwächt, um noch ernsthaften Widerstand leisten zu können.

Frank Gibson packte das Girl mit der freien Hand unter der Schulter und hob sie etwas an. Gleichzeitig bog er Janes Kopf zurück, so daß sich das weiße Fleisch des Halses spannte.

Jetzt hatte er das Opfer in seinen gnadenlosen Griff bekommen.

Nichts konnte Jane mehr retten.

Immer mehr näherten sich die Zähne dem Hals des Girls. Noch ein winziges Stück, dann . . .

In diesem Augenblick geschah das Unglaubliche.

Der Vampir bäumte sich plötzlich auf, ließ Jane los, die sofort zu schreien begann.

Durch diesen Schrei wurde Mrs. Watson, Doc Graysons Haushälterin, wach.

Sie begriff überhaupt nichts. Und doch starrten beide Frauen gebannt auf den Vampir, der unter unsagbaren Qualen zu leiden schien.

Er hatte die Hände vor sein Gesicht gepreßt, in dem die Haut zerplatzte und in Fetzen herunterhing. Die bleichen Knochen kamen zum Vorschein.

Der Vampir warf sich auf den Boden. Ein grauenhaftes Stöhnen entrang sich seiner Kehle. Seine Beine zuckten. Er rollte sich herum, versuchte der unheimlichen Macht zu entkommen, die ihn gepackt hielt.

Seine Hände fuhren wie wild umher, suchten etwas, woran sie sich festhalten konnten. Jetzt sahen die Frauen ganz deutlich das Gesicht.

Es war schon fast ein Totenschädel, an dem nur noch einige Hautfetzen hingen. Die Augen lagen wie zwei glanzlose Perlen in den Höhlen. Die Nase war schon nicht mehr vorhanden. Die Ohren lösten sich langsam auf, auch an den Händen traten die bleichen Knochen hervor.

Ein letztes Mal bäumte sich der Vampir unter der unsagbaren Qual auf.

Dann lag er still.

Das geschah genau in der Minute, in der Lady Laduga endgültig gestorben war. Sie hatte auch den letzten ihrer Diener in die Hölle mitgenommen.

Jetzt erst lösten sich die Frauen aus ihrer Erstarrung. Ihre hystrischen Schreie gellten durch das stille Dorf.

Wenige Stunden später waren John Sinclair und Bill Conolly wieder auf den Beinen.

Bill war ziemlich aufgeregt.

»Was ist denn los?« erkundigte sich John.

»Habe vorhin meinen Boß angerufen. Er fragte, ob ich eine neue Story habe.«

»Stop«, sagte John Sinclair. »Du wirst von unseren Erlebnissen kein Wort in deinen Artikeln erwähnen, verstanden? Ich will keine Panik unter der Bevölkerung.«

Bill machte ein zerknirschtes Gesicht. »Ich habe meinem Boß schon gesagt, daß ich nichts habe. Den Anschiß kannst du dir gar nicht vorstellen, John. ›Penner‹ und ›Rausschmiß‹ war noch das Harmloseste.«

»Und was hast du nun vor? Kündigen?«

Bill Conolly grinste verschmitzt. »Nee, mein Lieber. Auf die Bahamas fliegen. Dort sollen sich drei berühmte Filmstars treffen. Und ich soll nicht dabeisein? Das gibt's ja nicht. Also, John, mach's gut. Und halt die Ohren steif. Wir sehen uns bestimmt bald wieder.«

»Das glaube ich auch.«

Bill Conolly winkte noch einmal, klemmte sich in seinen Porsche und fuhr aus dem Ort.

Auf einmal stand Doc Grayson neben John. »Ein sympathischer junger Mann, dieser Reporter«, meinte er.

»Wem sagen Sie das, Doc!«

»Und Sie, Mister Sinclair? Was haben Sie vor?«

»Ich?« John lächelte etwas verloren. »Ich werde auf dem schnellsten Weg nach London fahren, einen Bericht schreiben, und dann . . .«

». . . warten neue Abenteuer auf Sie«, ergänzte der Doc.

»Genau.«

Der Arzt reichte John die Hand. »Ich wünsche Ihnen alles Gute, Mister Sinclair. Und viel Erfolg für Ihre schwere Aufgabe.«

»Danke. Das kann ich brauchen.«

Eine halbe Stunde später saß John Sinclair in seinem Bentley und fuhr in Richtung London. Lady Laduga hatte er schon vergessen. Er dachte bereits an die Zukunft. Und die würde bestimmt gefährlich genug werden.

ENDE

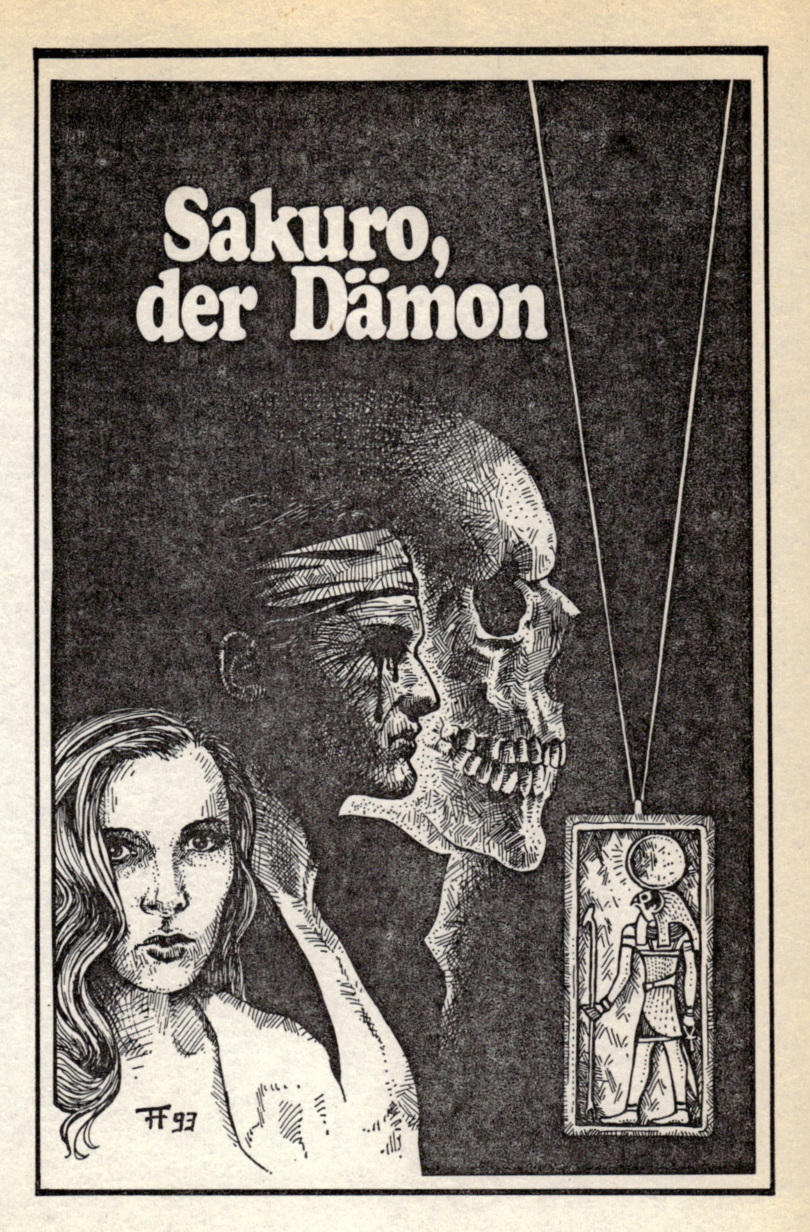
Sakuro,
der Dämon
TH 93

»Wir alle, die wir hier versammelt sind, bedauern aus tiefstem Herzen den Tod unseres allseits geschätzten Earl Brandon. Möge er in Frieden ruhen.« Der Redner steckte seinen Notizzettel ein, wischte sich mit einem blütenweißen Taschentuch über die Augen und verließ das Pult, um in der ersten Reihe der Trauergäste Platz zu nehmen.

In der geschmückten Trauerhalle war es nach diesen Worten fast totenstill. Nur eine ältere Frau schluchzte leise vor sich hin. Gleich würde von einem Tonband Trauermusik aufklingen und der schwere, mit Blumen und Kränzen geschmückte Sarg in die Verbrennungskammer gleiten.

Vorn in der ersten Reihe saß Kenneth Brandon, der Sohn des Verstorbenen. Sein sonst sonnengebräuntes Gesicht war nur noch eine Maske, und er starrte unentwegt auf den Sarg.

Plötzlich geschah das Unfaßbare.

Ein Schrei zerschnitt die Stille.

Jeden, der ihn hörte, packte das kalte Entsetzen.

Der Schrei war aus dem verschlossenen Sarg gekommen!

Als erster faßte sich Kenneth Brandon. Der junge Mann sprang auf und lief auf den Sarg zu, der sich im selben Moment in Bewegung setzte und auf den Schienen lautlos in Richtung Verbrennungskammer rollte.

Schwere Trauermusik setzte ein.

Kenneth Brandon warf sich auf den Sarg.

»So helft doch!« schrie er. »Mein Gott, helft! Vater ist nicht tot. Er lebt. Ich habe doch seinen Schrei gehört!«

Kenneth' Fingernägel bohrten sich in die Verzierungen des Deckels, so, als könnten sie das schwere Holz aufkratzen. Blumen und Kränze fielen zur Seite, während der schwere Sarg unaufhaltsam der Verbrennungskammer entgegenglitt.

Die anderen Trauergäste saßen wie festgewachsen auf ihren Plätzen. Sie beobachteten mit weit aufgerissenen Augen das makabre Schauspiel.

Langsam glitt die Tür der Verbrennungskammer hoch.

Kenneth Brandon starrte auf den Rost, über den schon die bläulichen Gasflämmchen flackerten. Nur noch Sekunden, dann würden sie den Sarg erfassen.

Jemand schlug mit aller Kraft von innen gegen den Sargdeckel.

»Vater!«

Kenneth' Stimme überschlug sich. Sie hatte nichts Menschliches mehr an sich.

Verzweifelt versuchte der junge Mann den Deckel aufzureißen, setzte seine gesamte Kraft ein.

Vergebens.

Kenneth Brandon rutschte ab und blieb dicht vor dem Ofen schluchzend stehen.

Der Sarg fuhr weiter, begleitet von brausenden Orgelklängen.

Mit einer hilflosen Gebärde streckte Kenneth beide Arme aus, als könne er das unabwendbare Schicksal aufhalten.

Langsam glitt die schwere Schiebetür wieder zu. Kenneth Brandon konnte sehen, wie die ersten Flammen das Holz erfaßten.

Und er sah noch etwas anderes.

Eine riesige Gestalt, die triumphierend grinste und die einen Totenkopf unter dem Arm trug. Aus den leeren Augenhöhlen des Totenkopfes tropfte Blut auf den Sarg.

Dann war die Tür zu.

Kenneth Brandons Körper wurde von einem krampfhaften Schluchzen geschüttelt. Der junge Mann war am Ende seiner Nervenkraft. Er hatte etwas gesehen, was es nicht gab, was es nicht geben durfte.

Hilfreiche Hände zogen Kenneth hoch. Jemand setzte ihm eine Flasche an die Lippen. Der Whisky rann wie Feuer durch seinen Hals. Kenneth mußte husten. Verstört öffnete er die Augen und sah in das Gesicht von Sheila Hopkins, seiner Verlobten.

»Trink das, Kenneth«, sagte Sheila. »Es wird dir guttun.«

Der junge Mann schluckte. Dann richtete er sich auf.

Die anderen Trauergäste hatten ihn umringt, starrten ihn mit teils neugierigen, teils entsetzten Blicken an.

Sheila strich ihm sanft über das Haar. »Du mußt jetzt gehen«, flüsterte sie. »Du brauchst Ruhe. Es war alles ein wenig zuviel für dich.«

Kenneth schüttelte den Kopf. »Nein«, erwiderte er bestimmt. »Ich hätte mir denken können, daß es so kommt. Der Fluch hat sich erfüllt.«

»Welcher Fluch?« fragte Sheila.

»Sakuro, der Magier. Seine Rache hat uns eingeholt.«

Kenneth' Stimme klang dumpf, als käme sie aus einem Grab. Die anderen Trauergäste wandten sich schaudernd ab. Sie hatten soeben das Grauen erlebt . . .

Die Brandons wohnten in einem kleinen Ort an der englischen Südküste.

Ihr Haus stammte noch aus dem vorigen Jahrhundert, war jedoch modernisiert worden und bot jeden erdenklichen Komfort. Eine hohe Steinmauer umschloß das Grundstück, so daß das Haus praktisch von der übrigen Welt abgeschnitten war. Der große Park war verwildert. Bäume, Sträucher und Unkraut hatten einen fast undurchdringlichen Dschungel gebildet. Nur der schmale Weg, der zum Haus hinaufführte, war freigelassen worden.

Das Haus selbst lag auf einem kleinen Hügel. Von den Fenstern an der Westseite hatte man einen weiten Blick über das Meer. Bei klarem Wetter konnte ein guter Beobachter sogar die französische Küste erkennen.

Sheila Hopkins lenkte an diesem Spätnachmittag ihren metallicfarbenen Jaguar in gewagtem Tempo über die Landstraße. Sheila hatte die Seitenscheibe heruntergekurbelt und steuerte den Sportflitzer nur mit einer Hand.

Das Girl war eine gute Fahrerin. Autofahren gehörte genau wie Reiten und Polo zu ihren bevorzugten Hobbys, die sie sich dank ihres vermögenden Vaters leisten konnte. Offiziell studierte Sheila Kunstgeschichte.

Sie war zweiundzwanzig Jahre alt, hatte hellblondes langes Haar und strahlendblaue Augen. Ihre Nase war ein wenig zu klein, fand sie, doch sonst war sie mit sich zufrieden. Vor allen Dingen was die Figur betraf. Sie war genau dort perfekt, wo es die Männer gerne hatten.

Doch seit drei Monaten interessierte Sheila nur noch ein Mann.

Kenneth Brandon.

Sie hatte ihn auf einer Party kennengelernt und war von seiner ruhigen, bescheidenen Art fasziniert gewesen. Kenneth war anders als die Typen, die sie vorher gekannt hatte, und er war vor allen Dingen nicht auf ihr Geld aus. Geld interessierte Kenneth nur sekundär. Er war in erster Linie Wissenschaftler. Genau wie sein Vater. Kenneth hatte Archäologie und Physik studiert und war trotz seiner dreißig Jahre schon in Fachkreisen als Kapazität bekannt. Auch sein Vater war Archäologe gewesen und hatte sogar schon eine Reihe von Fachbüchern veröffentlicht, vor allen Dingen über die Geschichte der alten Ägypter und Phönizier. Die Werke hatten in der Fachwelt Ausehen erregt. Dr. Brandon hatte Theorien aufgestellt, die im ersten Moment unglaublich klangen, die er jedoch schließlich alle bewiesen hatte. Bis auf eine. Diese Theorie war eine Botschaft des Schreckens, sie war so grauenhaft, daß Dr. Brandon sie nicht veröffentlichen konnte. Er wollte damit noch einige Jahre warten, bis er auch den letzten Beweis hatte und die Welt für seine Ausführung reif genug war. Doch über dieser Arbeit war Dr. Brandon gestorben. Der einzige Mensch, der von seinen Forschungen Bescheid wußte, war Kenneth. Ihm hatte Earl Brandon vertraut. Und Kenneth Brandon hütete sich, ein Wort zu sagen. Auch seiner Verlobten nicht, obwohl sie ihn immer wieder mit Fragen gequält hatte.

All diese Gedanken gingen Sheila durch den Kopf, während sie dem Haus der Brandons entgegenfuhr.

Es dunkelte bereits, als Sheila vor dem großen Eisentor des Grundstücks stoppte.

Das Mädchen schwang sich leichtfüßig aus dem Wagen, drückte den Knopf der Sprechanlage und sagte, als sie Kenneth' Stimme hörte: »Mach auf, Schatz.«

»Moment«, tönte es zurück.

Wenig später schwangen die beiden Flügel des Tores zurück. Sheila startete den Wagen mit durchdrehenden Reifen und zischte den Weg zum Haus hoch.

Kenneth erwartete sie auf der großen Freitreppe.

»Darling!« rief Sheila, hauchte ihrem Verlobten einen Kuß auf die Wange, hängte sich bei ihm ein und zog ihn mit ins Haus.

Der junge Mann lächelte etwas gequält.

»Was ist mit dir, Kenneth?« fragte Sheila, als sie die Bibliothek betraten. »Du bist in letzter Zeit so ernst. Denkst du immer noch an Vater?«

Kenneth nickte.

»Mein Gott.« Sheila faßte ihren Verlobten an beide Schultern. »Dein Vater ist tot, Kenneth. Aber das Leben geht weiter. Komm doch endlich darüber hinweg. Was hast du die ganze Zeit gemacht? Gelesen, wie? Da, da.« Das Mädchen deutete auf die Bücherregale, die drei Wände des Raumes einnahmen. »Vergräbst dich hinter alten Schwarten, anstatt auf Partys zu gehen. Wir können jeden Abend woanders sein. Dein Vater ist jetzt fast einen Monat tot, und du . . .«

»Sei bitte ruhig, Sheila«, sagte Kenneth Brandon. »Das verstehst du nicht.«

»Wie redest du denn mit mir? So kenne ich dich ja gar nicht.«

»Entschuldige, Sheila. Es war nicht so gemeint. Ich bin eben etwas nervös und überarbeitet.« Kenneth wischte sich mit einer müden Handbewegung über die Augen.

»Überarbeitet, das ist es.« Sheila ging zu einem kleinen Rauchtisch, nahm sich eine Zigarette aus der Dose und zündete sie an, ehe Kenneth ihr Feuer geben konnte. »Aber das werden wir ändern«, sagte sie bestimmt. »Noch heute abend. Wir fahren nach Dover und gehen aus. Ich kenne dort ein Restaurant, da gibt es den besten Fisch in ganz England. Und morgen fahren wir für vier Wochen auf das Gut meines Vaters. Er hat uns beide eingeladen. Du wirst sehen, es wird eine herrliche Zeit.«

Kenneth Brandon trat an eines der beiden hohen Fenster und schob die Vorhänge zur Seite. Fast eine Minute starrte er schweigend in die Dunkelheit. Dann sagte er: »Es wird nicht gehen, Sheila. Ich habe noch zuviel zu tun. Ich muß den Nachlaß meines Vaters ordnen. Für morgen hat sich unser Rechtsanwalt angesagt. Ich kann hier nicht weg, Sheila. Und ich will auch nicht.«

Das Mädchen drückte die Zigarette aus. »Du bist unverbesserlich«, stöhnte sie in gespielter Verzweiflung. »Ich habe schon mit deiner Absage gerechnet und mir deshalb einige Sachen mitgebracht. Ich werde nämlich ein paar Tage hierbleiben.«

Kenneth wandte sich um. Er hatte beide Hände in den Taschen seiner eleganten Hausjacke vergraben. Jetzt nahm er sie heraus, und Sheila sah, daß seine Finger zitterten.

»Was ist, Kenneth? Freust du dich nicht?«

»Doch, doch. Aber mir persönlich wäre es lieber, du würdest morgen wieder fahren.«

»Ja, bist du denn von allen guten Geistern verlassen? Willst du mich mit Gewalt loswerden? Oder hast du eine andere?« Sheila funkelte ihren Verlobten wütend an.

»Nichts von alldem«, erwiderte Kenneth düster. »Aber in diesem Haus ist es zu gefährlich für dich. Ich spüre es. Ich bin einem schrecklichen Geheimnis auf die Spur gekommen. Ich möchte dich nicht in diesen Strudel mit hineinziehen.«

»Alles Quatsch«, erwiderte Sheila. »Düsteres Geheimnis. Wir leben doch nicht mehr im Mittelalter. Du gehst heute mit mir essen und damit basta. Anschließend reden wir weiter. Abgemacht?«

»Gut!« stimmte Kenneth Brandon zu. »Ich ziehe mich nur noch eben um.«

Sheila Hopkins war schon fertig. Sie trug ein hellrotes Seidenkleid mit rundem Ausschnitt und eine echte Perlenkette um den Hals. Sheila verkürzte sich die Wartezeit mit einer Zigarette. Ihre Forschheit war nur gespielt. Sie spürte instinktiv, daß etwas nicht stimmte, daß etwas Unfaßbares, etwas Schreckliches auf sie zukommen würde.

Kenneth kam wieder. Er trug jetzt einen dunkelblauen Anzug, ein weißes Hemd und eine rote Krawatte. Kenneth Brandon hielt viel von Lebensstil, im Gegensatz zu anderen jungen Leuten seines Alters.

»Können wir?« fragte Sheila betont lustig.

»Ja.«

Bis Dover brauchten sie eine halbe Stunde. Das Restaurant lag in einer kleinen Seitenstraße, war von außen unscheinbar anzusehen und nur Kennern bekannt.

Ein Ober in der Tracht der Fischer begleitete die beiden jungen Leute an einen noch freien Tisch.

Kenneth überließ Sheila die Auswahl der Speisen. Das Mädchen entschied sich für in Butter gedünsteten Heilbutt, Salat und einen leichten Weißwein. Kenneth Brandon nahm das gleiche.

Der junge Mann aß schweigend. Sheila versuchte ein Gespräch in Gang zu bringen, doch Kenneth enthielt sich fast jeglicher Antwort. Schließlich gab das Mädchen es auf.

»Hat es Ihnen geschmeckt, Sir?« fragte der Ober, als er Kenneth' fast noch vollen Teller wegräumte.

»Doch, doch. Aber ich hatte keinen allzu großen Appetit.«

Kenneth und Sheila blieben noch eine Viertelstunde sitzen, dann zahlten sie und gingen. Die frische Nachtluft draußen tat ihnen gut. Sheila hakte sich bei ihrem Verlobten unter.

»Laß uns noch etwas laufen, ja?«

Kenneth stimmte zu.

Die beiden gingen in Richtung der Klippen. Vom Meer her blies ein frischer Wind. Sheila fröstelte. Kenneth legte seinen Arm um ihre Schultern. Er war mit seinen Gedanken ganz woanders.

Sheila spürte das wohl, denn sie machte sich plötzlich frei und sagte: »Was ist eigentlich mit dir los, Kenneth?«

Der junge Mann wollte gerade zu einer Antwort ansetzen, als er die Gestalt sah. Es war die gleiche wie damals in der Verbrennungskammer.

Die Gestalt schwebte in der Luft, wurde himmelhoch und streckte eine Hand vor, auf der ein Kopf lag.

Dr. Earl Brandons Kopf!

Das kalte Entsetzen schnürte Kenneth die Kehle zu. Kein Wort drang über seine Lippen.

Und plötzlich verwandelte sich der Kopf seines Vaters, er wurde zu einem Totenschädel, aus dessen leeren Augenhöhlen Blut tropfte.

Dann war der Spuk verschwunden.

Erst jetzt löste sich Kenneth Brandons Spannung in einem erlösenden Schrei.

»Kenneth!« hörte er die Sheilas Stimme. »Kenneth! Komm zu dir! Was ist denn?«

Kenneth Brandon wischte sich über die Augen. »Er war wieder da«, flüsterte der junge Mann.

Sheila sah, daß in seinen Augen die nackte Angst flackerte.

»Wer war wieder da, Kenneth? Wer?«

Kenneth Brandon starrte seine Verlobte fassungslos an. »Ja, aber hast du ihn denn nicht gesehen? Ich . . . es war Sakuro, der Magier.«

Sheila schüttelte den Kopf. »Niemand war da, Kenneth. Diesen komischen Sakuro gibt es nur in deiner Fantasie. Komm jetzt, wir fahren nach Hause. Du mußt erst einmal richtig ausschlafen.«

Fast willenlos ließ sich Kenneth Brandon zum Wagen führen. Später, als sie bereits nur noch wenige Meilen von Brandons Haus entfernt waren, sprach Kenneth zum erstenmal wieder.

»Weißt du, was ich für ein Gefühl habe, Sheila?«

»Nein.«

»Daß ich in dieser Nacht sterben werde.«

Es war bereits Mitternacht, als Kenneth Brandon nach oben in sein Zimmer ging. Sheila schlief bereits. Kenneth hatte sie dazu überredet, sich hinzulegen. Außerdem hatte er ihr eine Schlaftablette in den Drink gemixt.

Kenneth Brandons Zimmer war ein prachtvoll ausgestatteter Raum. Das Mobiliar stammte aus vergangenen Zeiten und war ein Vermögen wert. Eine von der Decke bis zum Boden reichende Glastür mit Butzenscheiben führte auf einen kleinen Balkon.

Kenneth zog die dunkelroten Samtvorhänge vor die Tür,

schaltete seine verzierte Nachttischlampe an und legte sich angezogen auf das breite französische Bett. Dicke Bücher stapelten sich auf der Bettdecke. Fast unbewußt griff Kenneth nach einem Buch, das in einen Einband aus Schlangenleder gebunden war. Automatisch schlug er es auf.

Dieses Buch, das sein Vater aus Ägypten mitgebracht hatte, verbarg ein schreckliches Geheimnis.

Vorsichtig blätterte Kenneth es auf. Die Seiten waren dünn und mit der Hand beschrieben.

Kenneth Brandon las. Und je mehr er sich in das Buch vertiefte, um so schneller vergaß er seine Umwelt. Er hatte plötzlich das Gefühl, als würden die Figuren in dem Buch zu neuem Leben erweckt. Kenneth hörte flüsternde Stimmen, sah Schatten durch das Zimmer wischen und fuhr erschreckt zusammen.

Erst jetzt merkte er, daß er in einen Dämmerzustand hinübergeglitten war. Das Buch war ihm aus der Hand gefallen und lag neben ihm auf der Bettdecke.

Bis auf das Ticken einer alten Standuhr war es im Zimmer totenstill.

Kenneth fror plötzlich. Aber es war keine Kälte, die von draußen hereinkam, sondern ein innerliches Frieren.

Der junge Mann stand auf. Sein Gesicht war bleich, die Wangen eingefallen. Kenneth griff mit zitternden Fingern nach seiner Zigarettenschachtel. Er steckte sich ein Stäbchen zwischen die Lippen und wollte es gerade anzünden, da hörte er das Geräusch.

Es war ein hohes Kichern.

Kenneth Brandon erstarrte.

Wieder dieses Kichern.

Es kam vom Fenster her.

Jetzt holen sie dich! schrie es in ihm. Du hast die Dämonen der Vergangenheit geweckt. Nun werden sie sich rächen.

Die Zigarette fiel Kenneth aus dem Mund. Die Vorhänge vor der Tür gerieten plötzlich in Bewegung, teilten sich . . .

Sakuro, der Dämon aus der Vergangenheit, stand im Raum!

Kenneth Brandon wich zurück. Grauen und Entsetzen packten ihn wie eine Klammer. Würgende Angst drückte seine Kehle zusammen.

Wieder trug Sakuro den Totenkopf unter dem Arm. Und wieder tropfte aus den leeren Augenhöhlen Blut, das jedoch sofort verschwand.

Langsam glitt der Magier auf den jungen Wissenschaftler zu.
Kenneth Brandon sah in die glühenden Augen des Dämons und wußte, daß er verloren war.
Plötzlich begann Sakuro zu sprechen. In einer Sprache, wie sie früher bei den alten Ägyptern üblich gewesen war.
Kenneth Brandon hatte sich als Archäologe mit alten Sprachen beschäftigt und konnte den Dämon deshalb gut verstehen.
»Du hast die Ruhe der Toten gestört!« hörte er Sakuro sagen. »Deshalb werde ich dich mitnehmen in das Reich der Schatten und Dämonen. Du wirst sterben und doch nicht sterben. Du wirst zwischen dem Diesseits und dem Jenseits ein grauenvolles Dasein führen. Genau wie dein Vater!«
Erst jetzt erwachte Kenneth Brandon aus seiner Erstarrung. Mit einem Schrei warf er sich dem Magier entgegen. Seine Faust fuhr hoch. Er wollte sie dem Dämon in das grinsende Gesicht schmettern.
Doch mitten im Sprung traf ihn der Hieb.
Kenneth Brandon wurde von einer unheimlichen Gewalt zurückgeschleudert und krachte auf das Bett.
Über sich hörte er Sakuros teuflisches Lachen. »Du hast versucht, es mit einem Dämon aufzunehmen. Nun wirst du dafür sterben!«
Kenneth Brandon versuchte sich zu bewegen. Vergebens. Er glaubte, von einer Stahlklammer umschlossen zu sein. Seine Arme, seine Beine, sämtliche Glieder waren steif.
Langsam näherte sich Sakuros Fratze seinem Gesicht. Der Geruch von Pech und Schwefel ging von dem Dämon aus.
Höllengeruch!
Kenneth spürte, wie eine eiskalte Hand seinen Körper berührte. Eine nie gekannte Kälte erfaßte ihn, lähmte seine Muskeln und versetzte ihn in eine totenähnliche Starrheit.
Sakuro wartete noch einige Sekunden und verschwand mit ihm genauso lautlos, wie er gekommen war.
Der Dämon hatte sich ein neues Opfer geholt!

Sheila Hopkins erwachte, als der Wind ihr Schlafzimmerfenster zuschlug.
Verwirrt richtete sie sich auf.
Sie brauchte einige Zeit, um zu wissen, wo sie sich befand.

»Mein Gott, habe ich fest geschlafen«, murmelte sie verstört.

Der kalte Nachtwind bauschte die Vorhänge auf und umfächerte ihren nackten Oberkörper.

Das machte Sheila wieder munter. Kurz entschlossen schwang sich das Girl aus dem Bett, schlüpfte in ihren Morgenmantel und schloß das Fenster.

Ob Kenneth noch schlief? Er war am Abend so komisch gewesen, wollte unbedingt allein schlafen, was sonst noch nie der Fall gewesen war.

Sheila beschloß, in Kenneth' Zimmer zu gehen.

Leise öffnete sie die Tür und tastete in der geräumigen Diele nach dem Lichtschalter.

An den Wänden leuchteten einige Lampen auf. Sie verbreiteten ein warmes Licht.

Über die breite Treppe ging Sheila nach oben. Vor Kenneth' Zimmertür blieb sie stehen.

Eine seltsame Unruhe erfaßte das Mädchen. Schließlich gab sich Sheila einen Ruck und klopfte leise an die Zimmertür.

Keine Reaktion.

Kurz entschlossen drückte Sheila die Klinke nach unten. Die Tür schwang zurück.

»Kenneth?« rief Sheila leise.

Ihr Verlobter gab keine Antwort.

Das Mädchen schob sich ganz in den Raum. Sie sah, daß die kleine Nachttischlampe brannte, entdeckte die Bücher, die auf dem Bett lagen, und eine zertretene Zigarette.

Von Kenneth Brandon fehlte jede Spur.

Erst jetzt sah Sheila, daß die Balkontür sperrangelweit offen stand.

Sollte Kenneth so mir nichts dir nichts verschwunden sein?

Sheila trat auf den kleinen Balkon.

»Kenneth!« Ihre Stimme schallte durch den Park und verhallte irgendwo in der Dunkelheit.

Doch Kenneth Brandon gab keine Antwort. Er konnte nicht mehr antworten.

Jetzt bekam es Sheila Hopkins doch mit der Angst zu tun. Sie rannte zurück in die Diele und riß den Telefonhörer von der Gabel. Mit fliegenden Fingern wählte sie die Privatnummer ihres Vaters.

Als Gerald Hopkins sich verschlafen meldete, sprudelte Sheila sofort mit ihrem Bericht los.

Hopkins ließ seine Tochter reden. Er unterbrach sie nicht ein einziges Mal.

Dann, als Sheila geendet hatte, sagte er nur: »Komm sofort zu mir. Dann werden wir weitersehen.«

»Und was willst du unternehmen, Dad?«

»Scotland Yard einschalten.«

»Die können auch nicht helfen.«

»Doch, Sheila. Ich habe da einen Bekannten, Superintendent Powell. Er ist der Chef einer Sondergruppe, die sich mit rätselhaften Kriminalfällen befaßt. Die Leute haben schon gute Erfolge erzielt. So, das wär's. Schmeiß dich in deinen Wagen und zisch ab. Und paß auf.«

»Ja, Dad.«

In fieberhafter Hast streifte Sheila ihre Kleidungsstücke über, warf die anderen Sachen kreuz und quer in den Koffer und rannte aus dem unheimlichen Haus.

Sie sah nicht, wie ihr zwei glühende Augen nachstarrten.

Sakuro lag immer auf der Lauer . . .

Die sechs Schüsse peitschten so schnell hintereinander auf, daß sie fast wie ein einziger Schuß klangen.

Die Detonationen hingen noch im Raum, da rief der Trainingsleiter schon: »Klasse, John. Viermal die Zwölf und zweimal die Elf. Du wirst immer besser.«

John Sinclair grinste trocken und legte die Pistole zur Seite. »Dann bin ich wohl fertig, Smitty.«

»Sicher. Aber nächsten Monat sehen wir uns wieder. Und wie ich dich kenne, wirst du dann nur die Zwölf treffen.«

John lachte, winkte dem Trainingsleiter noch mal zu und verließ den Keller.

Diese Schießübungen gehörten genau wie das monatliche Karate- und Judotraining zur Routine des Scotland-Yard-Inspektors. Und das war gut so. Denn die Aufgaben, die John Sinclair übertragen wurden, waren meistens lebensgefährlich.

Zwei Minuten später stand John Sinclair unter der Dusche. Der Scotland-Yard-Inspektor war Anfang Dreißig, groß, durchtrainiert, hatte blondes Haar und blaue Augen. Er gehörte innerhalb des Yard zu einer Spezialabteilung, die sich mit außergewöhnlichen Kriminalfällen befaßte.

Zehn Minuten später fuhr John mit dem Lift nach oben in sein Büro. Schon auf dem Gang lief ihm ein Kollege entgegen.

»Sie sollen sofort zum Chef kommen, Mister Sinclair. Es ist dringend.«

»Dringend ist an sich gar nichts«, erwiderte John und ließ den ehrgeizigen Kollegen stehen.

Superintendent Powell knetete nervös die fleischigen Hände, als John das Büro seines Chefs betrat.

»Einen wunderschönen guten Tag, Sir«, grüßte John.

»Lassen Sie die Witze. So gut wird der Tag bestimmt nicht werden. Wir bekommen gleich Besuch.«

»Darf man fragen, wer es ist, Sir?«

Powells Augen funkelten hinter den dicken Brillengläsern. »Er heißt . . .«

Im selben Moment glühte das rote Licht der Sprechanlage auf. »Sir Gerald Hopkins ist eingetroffen«, quäkte die Stimme der Sekretärin.

»Bitten Sie ihn herein.«

Powell sah John an.

»Sir Gerald Hopkins hat sehr viel Einfluß. Er hat gute Verbindungen zum Königshaus. Außerdem sind wir im selben Golfclub. Ich weiß nicht, welches Anliegen er hat, John, aber ich habe Sie ihm empfohlen. Also, blamieren Sie mich nicht.«

John Sinclair zuckte nur die Achseln.

Dann öffnete sich die Tür, und Sir Gerald Hopkins betrat das Zimmer. Er ging mit ausgestreckter rechter Hand auf Powell zu und sagte mit dunkler, etwas kratziger Stimme: »Ich begrüße Sie, Mister Powell.«

John konnte sich ein Grinsen nicht verkneifen. Hopkins trug ein kariertes Jackett, dazu passende Bundhosen, dicke Strümpfe und an den Füßen richtige Wandertreter. Auf dem Kopf saß eine karierte Schirmmütze. Sir Gerald Hopkins hatte ein gebräuntes Gesicht, das fast nur aus Falten bestand. Über seiner Lippe wölbte sich ein buschiger weißer Schnurrbart.

»Darf ich Sie mit meinem besten Mann bekannt machen, Sir?« sagte Superintendent Powell. »Es ist Inspektor Sinclair.«

»Sehr erfreut, Inspektor.«

»Sir!« John deutete eine leichte Verbeugung an. Er mußte sich beherrschen, um nicht vor Lachen laut loszuplatzen.

Die Männer nahmen in der kleinen Sitzecke Platz.

Sir Gerald Hopkins zog eine Schnupftabakdose aus der Tasche, nahm eine Prise und kam dann zur Sache.

»Es geht in diesem Fall nicht um mich, sondern um meine Tochter oder vielmehr um deren Verlobten. Er ist nämlich verschwunden.«

»Er wird durchgebrannt sein«, meinte John.

»Aber nicht bei meiner Tochter, Inspektor«, knurrte Hopkins.

Powell warf John einen strafenden Blick zu.

»Aber weiter«, sagte Sir Gerald. »Der Verlobte meiner Tochter stammt aus angesehenem Haus und heißt heißt Kenneth Brandon. Er ist der Sohn von Dr. Earl Brandon, der vor kurzem verstorben ist. Meine Tochter hat mir erzählt, daß sich ihr Verlobter nach der Beerdigungsfeier seines Vaters merklich verändert hat. Er hat oft fantasiert und immer von einem Dämon Sakuro gesprochen. Gesehen haben soll er ihn auch. Ja, und dann war Kenneth Brandon eines Tages verschwunden. Das ist eigentlich alles. Meine Tochter Sheila glaubt an ein Verbrechen. Nun, ich habe ihr den Gefallen getan und bin zu Ihnen gekommen.«

Superintendent Powell blickte John Sinclair an. »Was sagen Sie dazu, Inspektor?«

John überlegte erst einen Augenblick, ehe er antwortete.

»Ich habe schon von Dr. Earl Brandon gehört und sogar Berichte von ihm gelesen. Dieser Mann war kein Spinner, das muß ich vorausschicken. Er hat sich mit der Geschichte der alten Ägypter und Phönizier befaßt und ist dort auf Sachen gestoßen, die für den modernen Menschen von heute unbegreiflich sind. Einzelheiten kenne ich leider nicht, aber ich glaube, daß Kenneth Brandon nicht so mir nichts, dir nichts verschwunden ist.«

»Was glauben Sie denn, Inspektor?« schnappte Sir Gerald.

»Das kann ich Ihnen jetzt noch nicht sagen, Sir. Wo kann ich Ihre Tochter erreichen?«

»Sie hält sich augenblicklich in ihrem Apartment hier in London auf. Warten Sie, ich schreibe Ihnen die Adresse auf.«

Sir Gerald Hopkins kritzelte die Anschrift auf einen Zettel. John ließ das Papier in seiner Brieftasche verschwinden.

»Und was haben Sie jetzt vor, Inspektor?« fragte Sir Gerald.

»Das kann ich Ihnen auch noch nicht genau sagen. Zuerst werde ich mich mal mit Dr. Brandons Vergangenheit beschäftigen.«

Superintendent Powell nickte wohlwollend. »Gut, John. Wenn

Sie etwas erreicht haben, lassen Sie es mich sofort wissen, damit ich Sir Gerald Hopkins benachrichtigen kann.«

John stand auf und verabschiedete sich von den beiden Männern. Noch hielt er den Fall für eine reine Routineangelegenheit. Aber das sollte sich bald ändern . . .

Wendell Carson war sechsundzwanzig Jahre alt und hatte soeben sein Studium der Archäologie beendet. Er hatte vor einem Jahr unter Dr. Brandons Führung an einer wissenschaftlichen Expedition nach Ägypten teilgenommen und war nun dabei, diese Erkenntnisse für eine Doktorarbeit zu verwenden.

Carson wohnte in Putney, einem Londoner Vorort. Er hatte sich sein kleines Zimmer mit Masken und Figuren aus dem alten Ägypten vollgestopft und fühlte sich zwischen diesen Boten des Altertums recht wohl. Seine Wirtin war in Ordnung, sie hatte auch nichts gegen Damenbesuch einzuwenden.

Es war an einem Freitagabend, als Wendell Carson vom Einkaufen zurückkam und sich wieder seinen Büchern und Aufzeichnungen zuwandte.

Er rückte die Leselampe zurecht und vertiefte sich in seine Arbeit.

Die Zeit verging.

Draußen wurde es dunkel.

Irgendwo klappte eine Tür. Die trübe Gaslaterne draußen vor dem Haus warf einen schwachen Lichtschein in das kleine Zimmer.

Nach vier Stunden machte Wendell Carson die erste Pause. Er stopfte sich seine Pfeife und wanderte in dem Zimmer auf und ab.

Eine seltsame Unruhe hatte ihn gepackt. Das Licht der Leselampe auf dem kleinen Schreibtisch erhellte nur einen begrenzten Kreis. Der Rest des Raumes lag in schummrigem Dämmerlicht.

Die seltsame Unruhe verstärkte sich. Er konnte sich nicht erklären, woher dieses Gefühl kam. Es war auf einmal da.

»Du bist nervös«, murmelte er.

Wendell erinnerte sich an den Rest Whisky, der noch in der Flasche war. Er leerte die Flasche mit einem Zug und stellte sie anschließend auf den Schreibtisch.

Es wurde ihm zwar warm im Magen, doch die Unruhe blieb.

Wendells Blick glitt über die Wände, die zum Teil mit Totenmasken behängt waren.

Diese Masken, sonst starre Gegenstände, schienen plötzlich zu leben. Die leeren Augenhöhlen glühten in einem unheimlichen Feuer, die schrecklichen Gesichter begannen zu zucken.

Wendell wischte sich über die Augen.

»Ich glaube, ich bin betrunken«, flüsterte er.

Wieder starrte er auf die Masken.

Diesmal schienen sie ihn höhnisch anzugrinsen, sich über seinen Zustand lustig zu machen.

Wendell schluckte. Sein Atem ging schnell. Als er mit dem Handrücken über seine Stirn fuhr, merkte er, daß sie schweißnaß war. »Was ist nur los mit mir?«

Wendell Carson taumelte. Ein schwerer Druck lastete auf seiner Brust.

Plötzlich hörte er Stimmen. Sie kamen von irgendwoher.

Wispernd, raunend.

Wendell rannte zur Zimmertür.

Riß sie auf.

Nichts. Der Flur war leer. Von unten hörte er das trockene Husten seiner Wirtin.

Wendell Carson ging wieder zurück in sein Zimmer.

Die Stimmen blieben. Ja, sie hatten sich sogar verstärkt. Manchmal glaubte Wendell sogar ein höhnisches Lachen zu hören.

Wendell Carson drehte sich im Kreis und blieb plötzlich, wie von einem Blitzschlag getroffen, stehen.

Die Wand mit den Masken war leer!

»Nein – nein . . .«, flüsterte der junge Mann. »Das gibt es doch nicht! Das kann es doch nicht geben.«

Wendell schlug beide Hände über dem Kopf zusammen und warf sich aufs Bett. Er vergrub sein Gesicht tief in den Kissen. Die Angst hatte ihn wie eine Woge überschwemmt.

Eine Warnung kam ihm in den Sinn.

»Der Dämon wird euch mit in sein Reich nehmen«, hatte der alte Mann gesagt, als sie damals die Pyramide betraten.

Wie Hammerschläge dröhnten diese Worte in Wendells Kopf.

Wendell warf sich herum. Auf den Rücken. Starrte mit weit aufgerissenen Augen in das Halbdunkel.

Plötzlich waren die Stimmen verschwunden. Auch die Masken hingen wieder an ihrem alten Platz.

Wendell Carson richtete sich auf. Jetzt zerrte die Stille im Zimmer an seinen Nerven.

Es war eine drückende und unheilschwangere Stille.

Wendell Carson sah, daß seine Hände zitterten. Langsam erhob er sich von seinem Bett, wankte zum Schreibtisch und griff nach seiner Pfeife, die erloschen war.

Wendell wollte hier raus. Er hatte einfach nicht mehr die Nerven, die kommende Nacht in diesem Zimmer zu verbringen. Er wollte irgendwohin gehen. In eine Kneipe oder in den nahe gelegenen Park.

Zischend flammte das Streichholz auf.

Wendell setzte die flackernde Flamme an den Pfeifenkopf.

In diesem Augenblick fuhr ein kalter Lufthauch durch das Zimmer.

Die Flamme erlosch.

Hinter Wendell Carson ertönte ein leises Lachen.

Der junge Mann blieb wie festgewachsen stehen. Das Grauen machte ihn bewegungsunfähig.

Zwei knochige Hände legten sich von hinten um seinen Hals. Erst jetzt erwachte Wendell Carson aus seiner Erstarrung, wandte sich halb um . . .

Eine gräßliche Dämonenfratze starrte ihn an!

»Sakuro . . .«, ächzte Wendell Carson noch, dann versank er in eine bodenlose Tiefe . . .

Mit einem kräftigen Ruck wurde die Tür aufgezogen.

»Mensch, John, alter Eisenfresser, sieht man dich auch mal wieder? Los, komm rein.«

Der Reporter Bill Conolly machte eine einladende Bewegung.

John Sinclair betrat den Wohnraum und setzte sich auf eine mit Manuskriptblättern überladene Couch.

Bill Conolly holte inzwischen was zu trinken.

»Ich schreibe gerade einen Callgirl-Report«, erklärte er die Unordnung. »Sagenhafte Sache, sage ich dir. Aber jetzt mal was anderes.« Bill kippte zwei Fingerbreit Whisky in die Gläser. »Was führt dich überhaupt in meine bescheidenen Gemächer?«

John nahm sein Glas und sagte: »Erst mal Cheerio.«

Die Männer tranken.

Bill flegelte sich in einen Sessel, rieb seine Hände und forderte: »Raus mit der Sprache, Alter.«

John knetete nachdenklich seine Nase.

»Ich bin da einer Sache auf der Spur, bei der ich deine Hilfe brauche, Bill. Kannst du dich an einen gewissen Earl Brandon erinnern? Genauer gesagt, an den Archäologen Dr. Earl Brandon.«

»Hm.« Bill überlegte. Nach einer Weile meinte er: »Der Name kommt mir bekannt vor. Irgend etwas war auch nicht normal bei diesem Kerl. Aber was, zum Teufel?«

»Ich will dir auf die Sprünge helfen.«

John berichtete seinem Freund, was er bisher in Erfahrung gebracht hatte. Er erzählte von der makabren Trauerfeier und von Kenneth Brandons plötzlichem Verschwinden.

Bill Conolly hörte gespannt zu. Schließlich fragte er: »Und weshalb bist du zu mir gekommen?«

»Ganz einfach. Du bist bei allen Zeitschriften und Zeitungen bekannt. Irgendein Blatt wird bestimmt über die Expedition dieses Dr. Brandon einen Bericht geschrieben haben. Tu mir den Gefallen und finde es heraus.«

Bill Conolly, ein freier Reporter, der, wie man so sagt, das Gras wachsen hörte, pfiff durch die Zähne.

»Liegt für mich auch was drin? Du weißt ja, Billyboy muß immer dabeisein.«

»Hast du die Lady Laduga denn schon verdaut?« fragte John säuerlich.

»Ach die. Das ist doch mittlerweile einige Wochen her. Ich sehe schon wieder ein neues Abenteuer auf uns zukommen. Und den Kram hier«, Bill deutete auf die Manuskriptblätter, »kann ich auch verschieben. So, und jetzt werde ich mal einige Anrufe tätigen, damit du zufriedengestellt wirst.«

Während Bill sich den Telefonapparat schnappte, gönnte sich John Sinclair eine Zigarette.

Bill war zwar Reporter und auch neugierig wie ein kleines Kind, wenn es jedoch um Fälle ging, wie sie John bearbeitete, konnte er verschwiegen sein wie ein Grab. Hauptsache, er war dabei.

Nach einer Viertelstunde konnte Bill einen Erfolg verbuchen. Er warf den Hörer auf die Gabel und jubelte: »Ich hab's.«

»Was?« fragte John.

»Der Bericht von Dr. Brandon. Er ist in der Zeitschrift ›Prisma‹

erschienen. Ein Bote bringt gleich ein Exemplar vorbei. Na, bin ich nicht Klasse?«

»Und wie.«

Eine halbe Stunde später lag die Zeitschrift vor den beiden Männern.

Dr. Brandons Bericht umfaßte fünf Seiten. Von der Expedition selbst war gar nicht viel geschrieben, sondern fast nur von den Ergebnissen und Auswertungen. Doch zum Schluß des Berichtes tauchte ein Name auf, der John förmlich elektrisierte. Sakuro, der Magier. Dr. Brandon schrieb von einer Warnung, die ein alter Mann ausgesprochen haben sollte. Mehr nicht.

John blätterte wieder zurück, und zwar dorthin, wo die Namen der Expeditionsteilnehmer aufgeführt waren. Es waren insgesamt fünf Männer. Dr. Earl Brandon, Kenneth Brandon, Dr. Emmet Slater, Wendell Carson und Gregory Seaborg.

John Sinclair notierte sich alle fünf Namen.

»Was willst du denn damit?« fragte Bill.

John blickte den Freund an. »Fällt dir nichts auf?«

»Nein.«

»Sieh her. Dr. Earl Brandon, der Expeditionsleiter. Verschwunden. Kenneth Brandon, ebenfalls verschwunden. Wer ist der nächste? Emmet Slater? Oder Wendell Carson?«

»Du meinst also, daß allen Mitgliedern der Expedition Gefahr droht?«

»Ja.«

»Und wer steckt deiner Meinung nach dahinter? Wer profitiert von dem Tod der Leute?«

»Ich weiß es noch nicht, Bill. Aber ich werde es herausfinden.«

»So ganz überzeugt mich die Sache noch nicht«, meinte der Reporter. »Ist mir noch alles zu theoretisch. Gib den Kram ruhig dem nächsten Dorfgendarm. Mehr ist nicht drin.«

»Auf jeden Fall vielen Dank für deine Hilfe«, sagte John Sinclair.

»Du willst schon weg?«

»Was dachtest du denn?«

»Ja, aber . . .«

»Nichts aber. Ich muß mich hinter meinen Fall klemmen. Im Gegensatz zu dir habe ich nämlich ein ganz anderes Gefühl. Na ja, wir werden sehen.«

Als John im Hausflur war, rief Bill ihm noch nach: »Wenn du wirklich recht hast, laß es mich wissen.«

»Wird gemacht.«

Der erste Name auf Johns Liste lautete Dr. Emmet Slater. Mit ihm wollte der Inspektor den Anfang machen.

Slater wohnte in einem alten Haus in der Kensington Road. Das Haus sah sehr gepflegt aus und hatte vier Stockwerke. Laut Klingelbrett wohnte Dr. Slater im ersten Stock.

John Sinclair schellte vergebens. Dr. Slater war nicht zu Hause.

Eine Nachbarin teilte dem Inspektor schließlich mit, daß der Wissenschaftler schon seit einer Woche in Spanien Urlaub machte.

John bedankte sich für die Auskunft und fuhr hinaus nach Putney, um Wendell Carson zu besuchen. Die Adressen der Männer hatte er sich von seiner Dienststelle geben lassen.

John parkte seinen Bentley vor einem abbruchreifen Zweifamilienhaus, ging durch den kleinen Vorgarten und wollte gerade schellen, als die Haustür geöffnet wurde.

Eine etwa 45jährige Frau mit weißblonder Perücke und grellgeschminktem Mund trat dem Inspektor entgegen.

»Suchen Sie was?« fragte sie mißtrauisch.

John Sinclair lächelte gewinnend. »Ich möchte gern zu Mister Wendell Carson, wenn's recht ist.«

Die Frau blieb mißtrauisch. »Wer sind Sie überhaupt?«

»Mein Name ist Sinclair, Scotland Yard.« John ließ seine Marke aufblitzen.

»Polizei? Und dann noch Scotland Yard? Ja, was hat Carson denn ausgefressen?«

»Gar nichts. Es ist eine reine Routineangelegenheit. Sind Sie mit Mister Carson verwandt, Madam?«

»Nee. Ich bin die Wirtin hier. Aber Mister Carson ist nicht da.«

»Ist er weggegangen?«

»Weiß ich nicht. Er kam gestern abend nach Hause, und heute morgen – ich mache ihm nämlich immer das Frühstück – war er weg. Ich weiß auch nicht, wohin. Hab' ihn gar nicht gehen gehört. Sein Zimmer sieht auch ziemlich unaufgeräumt aus. Ist sonst gar nicht seine Art.«

John Sinclair wurde hellhörig. Sollte Wendell Carson das gleiche widerfahren sein wie Kenneth Brandon?

»Darf ich mir das Zimmer mal ansehen?« fragte John.

»Warum nicht. Kommen Sie mit.«

»Die Wirtin führte John in das Haus und ging vor ihm eine altersschwache Treppe hoch.

Sie öffnete die Zimmertür und sagte: »Hier wohnt er.«

John betrat den Raum. Er war klein und mit allerlei fremden Masken und Gegenständen vollgestopft.

»Heute morgen brannte sogar noch seine Schreibtischlampe«, sagte die Wirtin. »Hoffentlich ist ihm nichts passiert. Man liest ja immer soviel.«

John sah sich sorgfältig in dem Raum um, doch er konnte nichts finden, was auf Wendell Carsons Verschwinden hingedeutet hätte.

»Das Zimmer ist richtig unheimlich. Diese Masken und so. Finden Sie nicht auch?« fragte die Wirtin.

John nickte.

Ein seltsamer Geruch war ihm in die Nase gedrungen. Süßlich, so wie Leichengeruch. Die Wirtin schien nichts bemerkt zu haben, denn sie plapperte munter weiter. John hörte gar nicht hin.

Nach einigen Minuten verabschiedete er sich wieder, ohne auch nur die Spur eines Hinweises gefunden zu haben. Er gab der Wirtin noch seine Telefonnummer.

»Wenn Mister Carson zurückkommt, rufen Sie mich bitte an.«

»Werde ich machen, Inspektor.«

»Vielen Dank.«

John setzte sich wieder in seinen Bentley und dachte nach. Das war jetzt das zweite Mitglied der Expedition, das so plötzlich verschwunden war. Welches Geheimnis steckte dahinter? Sakuro. Dieser Name fiel ihm wieder ein. Sir Gerald hatte ihn erwähnt. Und auch in Dr. Brandons Bericht war davon geschrieben worden. Wer war dieser Sakuro? Ein Dämon? Wenn ja, woher kam er? Fragen über Fragen, auf die John Sinclair eine Antwort finden mußte.

Der nächste Mann auf seiner Liste hieß Gregory Seaborg. Dieser Mann war für John im Augenblick unerreichbar, denn eine Anschrift hatte er nicht hinterlassen. Wahrscheinlich lebte er, wie viele Studenten, irgendwo in Soho in einer Kommune. Um ihn dort zu finden, brauchte man bald eine ganze Kompanie von Polizisten.

Aber irgendwo mußte es eine Spur geben. Dr. Brandon! Sicher. Damit hatte alles begonnen. Hier wollte John den Faden aufnehmen. Aber Dr. Brandon wohnte, das wußte John auch, fast zweihundert Meilen von London weg. Der Inspektor blickte auf seine Uhr. Schon Nachmittag. Wenn er sich beeilte, konnte er es bis zum Abend schaffen. Doch vorher wollte er noch an seiner Wohnung vorbeifahren.

John gab Gas. Er brauchte über eine halbe Stunde, bis er seine Bleibe erreicht hatte.

Als er aus dem Wagen stieg, schälte sich ein blondes Mädchen aus einem Sportflitzer. Das langbeinige Geschöpf kam direkt auf John zu.

»Mister Sinclair?« fragte das Girl.

»In Lebensgröße.«

»Ich hätte Sie gern gesprochen. Mein Name ist Sheila Hopkins.«

Falls John überrascht war, so zeigte er es wenigstens nicht.

»Aber sicher können Sie mich sprechen«, erwiderte er. »Kommen Sie mit in meine Wohnung. Dort redet es sich besser.«

»Danke, Mister Sinclair.«

John und Sheila fuhren mit dem Lift nach oben. Während der Fahrt sagte das Mädchen kein Wort. John beobachtete Sheila aus den Augenwinkeln.

Er sah, daß sie nervös war. Sheila knetete ihre gepflegten Hände und hatte dunkle Ränder unter den Augen, die auch eine geschickte Kosmetikerin nicht ganz verdecken konnte.

In seinem Apartment angekommen, bot John seiner neuen Bekannten einen Platz an, servierte ihr einen Whisky, den sie auch dankend annahm, und gab ihr Feuer für eine Zigarette.

»Mein Vater hat mir bereits von Ihnen erzählt«, sagte sie, »und ich glaube, ich kann Ihnen behilflich sein, falls Sie Fragen haben, die Kenneth Brandon betreffen. Wir waren . . . wir sind schließlich miteinander verlobt.« Sheila biß sich auf die Lippen, und John sah in ihren Augen Tränen glitzern.

»Ich hätte Sie sowieso aufgesucht, Miss Hopkins«, erwiderte er. »Ich habe zum Beispiel heute vor, in das Haus der Brandons zu fahren, um dort vielleicht eine Spur zu entdecken.«

Sheila Hopkins blickte auf. »Die Idee ist gut, Mister Sinclair. Ich werde Sie begleiten. Vier Augen sehen mehr als zwei.«

»Können Sie denn so ohne weiteres weg?«

»Natürlich. Außerdem geht es um Kenneth.«

»Was war Kenneth für ein Mensch?«

Ein verlorenes Lächeln legte sich um Sheilas Lippen. »Kenneth war nicht so wie die anderen. Er war immer ruhig und in sich gekehrt. Mein Geld interessierte ihn nicht. Er liebte mich wirklich. Kenneth kannte außer mir nur seine Arbeit.«

»Hat er viel mit Ihnen über seine Forschungen gesprochen?« wollte John wissen.

»Nein.«

»Aber den Namen Sakuro hat er erwähnt?«

»Ja. Das war aber erst nach der Beerdigung seines Vaters. Die Trauerfeier damals muß ihm einen Schock versetzt haben. Er muß irgend etwas gesehen haben. Seit diesem Tag hat sich Kenneth verändert. Er wurde noch verschlossener. Mir schien es, als ob er Angst hätte. Angst vor geheimnisvollen Mächten. Ich habe ihn oft gefragt, aber nie eine konkrete Antwort bekommen. Mehr kann ich Ihnen auch nicht sagen, Mister Sinclair.«

»Wie standen Sie denn zu Dr. Earl Brandon?«

»Ich kannte ihn kaum. Kenneth' Vater war durch und durch Wissenschaftler. Er lebte in seiner Welt.« Sheila blickte auf ihre Platinuhr. »Wann wollten Sie denn fahren, Mister Sinclair?«

»Eigentlich sofort«, antwortete John. »Ich möchte mir nur noch eine Zahnbürste mitnehmen. Ich weiß noch nicht, wie lange ich mich in Dr. Brandons Haus aufhalten werde. Sie entschuldigen mich für einen Augenblick.«

Fünf Minuten später war John fertig. Er fuhr mit Sheila nach unten und schlug vor, seinen Wagen zu nehmen. Das Girl war einverstanden.

Die Fahrt dauerte drei Stunden. John hatte unterwegs einmal angehalten, um etwas zu essen. Auch Sheila hatte eine Kleinigkeit zu sich genommen. John merkte, wie das Mädchen langsam auftaute.

Sheila trug einen dunkelroten Hosenanzug aus weichem Nappaleder, der ihre Figur wie ein Etui umschloß. John mußte anerkennend feststellen, daß Kenneth Brandon einen guten Geschmack bewiesen hatte.

»Weit kann es nicht mehr sein«, sagte John Sinclair.

»Hinter dem nächsten Dorf.«

»Aha.«

John steuerte den Bentley mit mäßiger Geschwindigkeit über die Landstraße. Das Seitenfenster des Bentley war ein Stück heruntergekurbelt. Der Wind, der in den Wagen pfiff, brachte den Geruch von Salz und Meer mit.

Zehn Minuten später stoppte John den silbergrauen Bentley vor

Dr. Brandons Haus. Sheila Hopkins schwang sich aus dem Wagen und öffnete das Tor.

Dann fuhren sie durch den verwilderten Garten zum Haus hoch.

Sheila war merklich blaß geworden. »Es kommt mir alles so unheimlich vor«, sagte sie. »Früher war es ganz anders. Allein hätte ich mich hier wirklich nicht mehr hingetraut.«

»Angst ist wohl das Vorrecht der Frauen«, meinte John und hielt vor der wuchtigen Eingangstür.

Sheila besaß einen Schlüssel.

Im Innern des Hauses roch es muffig. Sheila schaltete erst einmal überall Licht an.

»Jetzt fühle ich mich wohler.«

»Wo hatte denn Kenneth Brandon sein Zimmer?« erkundigte sich John.

»Oben. Kommen Sie mit. Ich zeige es Ihnen.«

Die breite Treppe war mit wertvollen Läufern ausgelegt. An den Wänden hingen Bilder, die bestimmt ein kleines Vermögen gekostet hatten. Außerdem standen überall auf kleinen Podesten Vasen, Krüge und Töpfe aus der vorchristlichen Zeit. Die wertvollen Gegenstände waren mit Plastikhauben abgedeckt und durch Alarmanlagen gesichert.

»Dr. Brandon war ein fanatischer Sammler«, erklärte Sheila. »Das meiste steht übrigens in Museen.«

Die Tür zu Kenneth Brandons Zimmer stand halb offen.

Sheila bemerkte Johns fragenden Blick und sagte: »Ich habe alles liegen- und stehenlassen und fluchtartig das Haus verlassen. Es war niemand nach mir hier.«

John zuckte die Achseln. »Man kann nie wissen.«

Das Zimmer des jungen Brandon sah unordentlich aus. Das Bett war zerwühlt, aufgeschlagene Bücher lagen herum, und auf dem Boden entdeckte John eine zertretene Zigarette.

Langsam ging der Scotland-Yard-Inspektor durch den Raum, trat an das hohe Bücherregal und zog die alten Schriften hervor. Die Bücher waren allesamt in einer Sprache geschrieben, die John nicht verstand.

»Das ist Altägyptisch«, sagte Sheila. »Kenneth konnte es lesen.«

John wollte die Bücher schon wieder wegstellen, als ihm etwas einfiel. Zwischen einigen Werken der griechischen Mythologie entdeckte er einen schmalen Schnellhefter.

John zog ihn hervor. Er schlug ihn auf und fand eine Anzahl engbeschriebener Seiten.

»Wissen Sie, was das ist?« wandte er sich an Sheila.

Das Girl kam näher, blickte auf den Schnellhefter und schüttelte den Kopf.

»Keine Ahnung. Aber da fällt mir ein, daß Kenneth manchmal von einer Übersetzung gesprochen hat. Er tat dabei immer sehr geheimnisvoll. Vielleicht hängt es damit zusammen.«

»Möglich«, erwiderte John, setzte sich auf die Bettkante und schlug die erste Seite auf.

Die Überschrift sprang ihm förmlich ins Gesicht:

Sakuro,
Dämon mit den blutigen Augen

John atmete tief durch. Sheila, die ihm über die Schulter geblickt hatte, stieß einen leisen Schrei aus.

»Ich glaube, wir kommen dem Rätsel langsam näher«, sagte John. »Diese Aufzeichnungen hier werde ich lesen. Und zwar noch in dieser Nacht. Ich . . .«

»Pst. Haben Sie nicht gehört, Mister Sinclair?«

»Was?«

»Das Stöhnen. Mein Gott.«

Sheila Hopkins stand vornübergebeugt und lauschte. John legte den Schnellhefter zur Seite und spitzte ebenfalls die Ohren.

Da! Jetzt hörte er es auch.

Es war ein gräßliches Stöhnen und schien aus der Unendlichkeit zu kommen.

Sheila faßte nach Johns Arm. »Ich habe Angst, Mister Sinclair«, flüsterte sie, »schreckliche Angst.«

Johns Körper spannte sich. Seine Augen suchten das Zimmer ab, tasteten sich in jeden Winkel.

»Sheilaaa!«

Die Stimme klang seltsam dumpf und kam aus unendlicher Ferne.

»Sheila! Rette mich! Ich habe solche Schmerzen! Sheilaaa . . .!«

Das Mädchen schrie auf. Ihre Hände krallten sich in Johns Jackett.

»Das war Kenneth!« stöhnte sie. »Kenneth Brandon! Mister Sinclair, das war die Stimme meines Verlobten!«

Sheila Hopkins brach zusammen. Bevor sie jedoch auf den Boden fiel, konnte John sie auffangen. Behutsam legte er das Mädchen auf das breite Bett. Er selbst setzte sich auf einen Stuhl und wartete darauf, daß diese unheimliche Stimme wieder erklang.

Aber nichts geschah.

Schließlich griff John Sinclair nach dem Schnellhefter und begann zu lesen.

Je weiter er las, um so mehr faszinierte ihn diese Geschichte. John Sinclair geriet in einen regelrechten Rausch. Er hatte plötzlich das Empfinden, daß er alles, was er las, selbst miterleben würde. Er fühlte sich in die Zeit des alten Ägypten versetzt . . .

In der großen Tempelhalle war es totenstill. Mit starren Gesichtern standen fünfzig Krieger in den kleinen Nischen, die in das Gestein gehauen waren. Die Männer, nur mit Lendenschurz bekleidet, hielten Lanzen und brennende Fackeln in den Fäusten.

Der dunkelrote Lichtschein zuckte über die mit Öl eingeriebenen Gesichter der Krieger und gab diesen ein dämonisches Aussehen. Mitten in der Tempelhalle stand ein Opferstein. Er war wuchtig, und der helle Fels war an vielen Stellen dunkel von geronnenem Blut.

Auf diesem Stein lag ein Krummschwert, dessen Griff mit Edelsteinen verziert war.

Plötzlich ertönte ein Gong. Zwei große Steinquader schoben sich an der Stirnseite der Halle wie auf einen geheimen Befehl hin auseinander und gaben einen mannshohen Durchgang frei.

Monotoner Singsang durchdrang die Tempelhalle.

Die Krieger traten zwei Schritte vor und stellten sich so, daß sie dem Eingang zugewandt waren.

Eine seltsame Prozession bewegte sich in der Tempelhalle. Flankiert von sechs muskulösen Bewachern schritt hoch aufgerichtet ein Mann auf den Opferstein zu.

Der Mann steckte in einem blutroten Gewand und hatte sein langes Haar mit einem goldfarbenen Stirnband zusammengebunden.

Dieser Mann war Sakuro!

Vor dem Opferstein blieb die Gruppe stehen.

Die sechs Wächter ließen Sakuro nicht aus den Augen, und auch die Sinne der anderen Krieger konzentrierten sich auf ihn.

Immer noch klang der monotone Singsang durch die Halle. Er steigerte sich noch, und dann betraten die Priester das große Gewölbe. Sie hatten die Hände in die weiten Ärmel ihrer Gewänder gesteckt, hielten die Augen gesenkt und bewegten nur die Lippen.

Die Priester stellten sich hinter den Opferstein.

Alles deutete darauf hin, daß man auf jemanden wartete.

Sakuro wandte langsam seinen Kopf. Er ließ den Blick über die Menschen schweifen, die bei seiner Hinrichtung zugegen sein würden. Ein spöttisches Lächeln legte sich auf seine Lippen. Sie alle konnten nicht wissen, daß man ihn nicht töten konnte. Vielleicht seinen Körper, doch sein Geist würde weiterleben. In dem Raum zwischen Diesseits und Jenseits, der allein den Dämonen vorbehalten bleibt.

Immer noch sangen die Priester. Es waren Gebete, um die Götter gnädig zu stimmen, damit sie das Opfer annahmen.

Endlich kam der Pharao. Er wurde in einer Sänfte in die Halle getragen. Die nackten Füße der Sklaven klatschten auf den Boden.

»Halt!« dröhnte die Stimme des Pharaos.

Die Sklaven stoppten.

Langsam stieg der Pharao aus der Sänfte. Er war prächtig gekleidet und hatte sein Gesicht mit feuchtem Lehm eingerieben, so wie es das Ritual vorschrieb.

Der Pharao hob die rechte Hand.

Sofort hörte der Singsang der Priester auf.

Stille legte sich über die Tempelhalle.

»Sakuro, sieh mich an!« dröhnte die Stimme des Pharaos.

Langsam wandte sich der Magier um.

Xotorez, der Pharao, ging auf ihn zu. Respektvoll traten die sechs Bewacher zur Seite.

Einen Schritt vor Sakuro blieb der Pharao stehen.

»Du kennst das Urteil der Weisen«, sagte Xotorez. »Die Götter verlangen für den Frevel, den du begangen hast, deinen Tod. Du hast Ira, meine Tochter, geschändet. Dafür wird man dir den Kopf abschlagen und anschließend die Augen ausstechen. So, wie es die Gesetze verlangen.«

Nach diesen Worten des Pharaos war es totenstill. Doch durch diese Stille gellte auf einmal das teuflische Gelächter des Magiers. Sakuro breitete beide Arme aus und führte sie in einer weiten Geste wieder zusammen.

»Ich habe deine Worte vernommen, Xotorez«, sagte er, »und ich weiß, daß ich meinem Schicksal nicht mehr entgehen kann. Aber nun höre auch mich an. Du wirst mich töten und doch nicht töten. Mein Geist wird weiterleben, und irgendwann wird dich meine grausame Rache treffen. Ich

werde aus dem Jenseits zurückkehren und dich in den Schlund des Verderbens ziehen.« Sakuros Gesicht hatte sich bei diesen Worten zu einer schrecklichen Grimasse verzerrt. Seine Augen, sonst dunkel wie die Nacht, schienen ein unheimliches Feuer zu versprühen, die klauenartig vorgestreckten Hände vollführten geheimnisvolle Bewegungen.

Der Pharao wich unwillkürlich einen Schritt zurück. Angst hatte ihn plötzlich erfaßt. Er wußte, Sakuro war kein normaler Mensch, er war ein Dämon, ein Magier, der mit dem Bösen im Bunde stand.

»Und so höre denn meine weiteren Worte!« gellte Sakuros Stimme. »Sei verflucht! Hahaha.«

Das höhnische Gelächter schnitt den Anwesenden wie Messer in die Ohren.

»Tötet ihn!« brüllte der Pharao in das Gelächter hinein. »Tötet ihn!«

Sakuros Bewacher griffen zu.

Sie packten den Magier mit harten Griffen und zerrten ihn zu dem Opferstein. Gnadenlos zwangen sie ihn auf die Knie.

Ein dunkelhäutiger Sklave sprang vor und ergriff das Krummschwert.

Zwei Männer drückten Sakuros Kopf mit dem Gesicht zuerst auf den Opferstein. Dann ließen sie den Magier los.

Der Sklave hob das Krummschwert, sah zu dem Pharao hin, der die Szene mit unbewegtem Gesicht verfolgt hatte.

Xotorez nickte.

Der Sklave schlug zu. Die Schneide des Krummschwerts pfiff durch die Luft und trennte Sakuros Kopf vom Körper.

Der Körper fiel zurück. Der Kopf blieb auf dem Opferstein liegen. Der Mund war immer noch zu einem grausamen Lachen verzogen, doch die Augen blickten nun starr und leblos.

Einer der Priester trat vor und zog ein Messer. Langsam näherte sich die Messerspitze dem abgetrennten Kopf des Magiers . . .

Dann traten die Sklaven in Aktion. Sie schafften den Körper Sakuros weg und legten ihn in ein kleines Verlies im hintersten Winkel der großen Pyramide. Anschließend wurde das Verlies zugemauert.

Sakuro geriet in Vergessenheit. Der Körper vermoderte, doch der böse Geist des Magiers überlebte die Jahrtausende.

John Sinclair legte aufatmend den Schnellhefter zur Seite. Der Inspektor spürte, daß er am gesamten Körper schweißnaß war. Diese Geschichte hatte ihn mehr mitgenommen, als er zugeben wollte.

Welch schrecklichem Geheimnis waren Dr. Brandon und sein Team auf die Spur gekommen?

Ein leises Stöhnen riß John aus seinen Gedanken. Er wandte den Kopf und sah, daß sich Sheila Hopkins unruhig auf dem breiten Bett bewegte.

John setzte sich auf die Bettkante und strich dem Mädchen über die Stirn.

Verwirrt schlug Sheila die Augen auf. »Was . . . ist geschehen? Ich war auf auf einmal ohnmächtig. Weiß auch nicht . . .« Plötzlich setzte sie sich auf. »Was war mit Kenneth? Ich habe ihn doch gehört, Mister Sinclair.«

John lächelte ihr beruhigend zu und drückte sie sanft auf das Bett zurück.

»Es ist nichts passiert, was Sie ängstigen könnte, Miss Hopkins.«

»Aber die Stimme . . .«

»Ja, die habe ich auch vernommen, Miss Hopkins.«

Sheilas Augen füllten sich mit Tränen. »Kenneth, er ist doch nicht tot, Mister Sinclair. Ich habe ihn doch gehört. Er lebt. Mein Gott, er lebt. Mister Sinclair, wir müssen ihn finden. Sofort. Kommen Sie.«

Sheilas Hände krallten sich in Johns Jackenärmel. Das Mädchen war äußerst erregt. Sie hatte das schreckliche Erlebnis noch längst nicht überwunden.

»Wir werden Ihren Verlobten nicht suchen. Wenigstens jetzt noch nicht«, schränkte John ein.

»Warum nicht? Nennen Sie mir den Grund! Sie verheimlichen mir etwas!« schrie Sheila.

»Gut, ich will es Ihnen erzählen. Aber Sie müssen die Nerven bewahren. Versprechen Sie mir das, Sheila?«

»Ja.«

»Ich habe, während Sie schliefen, den Schnellhefter durchgeblättert und habe auch die Geschichte gelesen. Ich werde sie Ihnen später einmal erzählen. Ich kann Ihnen nur so viel sagen, daß Ihr Verlobter nicht tot, aber auch nicht lebendig ist.«

Sheila sah John ungläubig an. »Wie soll ich das verstehen?«

»Sie werden es wohl nicht verstehen, Sheila. Ich kann es auch nicht begreifen. Sie müssen sich jedoch mit den Gegebenheiten abfinden. Kenneth lebt in einer Zwischenwelt. In einem Raum zwischen Diesseits und Jenseits. Ich habe mich mit unerklärlichen

Dingen, die auf dieser Welt geschehen, befaßt. Ich habe alte Schriften gelesen und herausgefunden, daß es Dinge gibt, die unser Verstand einfach nicht begreifen kann. Kenneth Brandon, Ihr Verlobter, lebt im Reich der Dämonen.«

»O Gott.«

Sheila Hopkins begann hemmungslos zu schluchzen. John ließ sie eine Zeit weinen.

Schließlich, als sie sich beruhigt hatte, fragte sie: »Wie kann man Kenneth denn helfen? Wie können wir zu ihm kommen, Mister Sinclair?«

John zuckte die Achseln. »Wahrscheinlich gar nicht. Dieses Reich der Dämonen ist nicht mit normalen Maßstäben zu messen. Es ist nicht drei-, sondern vierdimensional. Wenn Sie verstehen, was ich meine. Es ist zwar überall, aber trotzdem nicht greifbar. Wir können es nicht sehen, nicht fassen, nicht fühlen.«

»Das schon, Mister Sinclair. Aber entschuldigen Sie meine dumme Frage: Gibt es zu diesem Reich denn keinen Eingang? Kein Tor oder irgend etwas?«

John Sinclair wirkte sehr nachdenklich. »Ihre Frage, Miss Hopkins, ist gar nicht dumm. Ich habe in einer alten Legende mal gelesen, daß es irgendwo auf dieser Welt Eingänge zu dem Reich der Dämonen geben soll. Wo die aber sind, stand nicht in dem Buch.«

»Mister Sinclair. Diese Eingänge müssen wir unbedingt finden. Verstehen Sie? Dann können wir Kenneth vielleicht retten.«

John lächelte ein wenig müde. »Machen Sie sich keine Illusionen, Miss Hopkins. Das wird uns wohl kaum gelingen. Es wäre zu unwahrscheinlich.«

»Aber Sie glauben doch daran, daß es solche Tore gibt?«

John nickte. »Tore jedoch nur im übertragenen Sinn.«

»Dann ist es gut. Mister Sinclair, ich möchte nicht hierbleiben. Lassen Sie uns fahren. Bitte!«

John sah auf seine Uhr. »Es ist weit nach Mitternacht.«

»Trotzdem. Im nächsten Dorf bekommen wir bestimmt noch Zimmer. Ich kenne dort einen Gasthausbesitzer persönlich.«

»Na ja. Mir soll's recht sein«, stimmte John schließlich zu.

»Danke.«

Sheila schwang die Beine aus dem Bett.

»Ich will mich nur noch im Bad ein wenig frisch machen, Mister Sinclair.«

»Gut, ich warte.«

Sheila stand auf, strich sich über das Gesicht und machte sich auf den Weg ins Bad.

Gedankenverloren zündete sich John eine Zigarette an.

Sheilas gellender Schrei zerriß die Stille.

John sprang blitzschnell auf, warf die halbangerauchte Zigarette in den Ascher und raste nach draußen auf den Flur.

»Sheila!«

»Hier«, wimmerte das Mädchen.

John sah sich um und entdeckte eine offenstehende Tür am Ende des Flures.

Das Badezimmer.

Wie der Blitz rannte John darauf zu.

Sheila lehnte mit dem Rücken an der gekachelten Wand. Sie hatte ihr Gesicht in beide Hände vergraben und schluchzte hemmungslos.

Johns Blick glitt gedankenschnell durch das Badezimmer . . . und . . .

Fast stockte ihm der Herzschlag.

Neben der Wanne lag ein junger Mann.

Es war Kenneth Brandon . . .

John kannte den Wissenschaftler von einer Fotografie her, die ihm Sheila gezeigt hatte.

Langsam ging der Inspektor auf Kenneth zu.

Brandon lag auf der Seite, das Gesicht der Wanne zugewandt.

Vorsichtig drehte ihn John auf den Rücken und zuckte gleichzeitig entsetzt zurück.

Kenneth Brandon hatte keine Augen mehr!

Jemand hatte sie ihm ausgestochen.

John Sinclair zog scharf die Luft ein. Bilder tauchten vor seinen Augen auf. Er sah die Szene, die er vor einer halben Stunde noch gelesen hatte, ganz genau vor sich.

Ein Sklave hatte Sakuro die Augen ausgestochen.

Und jetzt dieses.

Grauenhaft, unbegreiflich.

John deckte Kenneth Brandons Gesicht mit seinem Körper ab, damit Sheila dieser Anblick erspart blieb. Dann fühlte er nach dem Herz des Mannes.

Es schlug nicht mehr.

Aber war Kenneth Brandon wirklich tot? Ging es ihm vielleicht wie seinem Vater?

John begann zu überlegen. Kurz vor der Verbrennung war dieser gräßliche Schrei aus dem Sarg gekommen. Die Trauergäste hatten angenommen, daß in dem Sarg ein Scheintoter gelegen hatte.

Aber kann ein Mensch wie Kenneth, dem man beide Augen ausgestochen hatte, überhaupt noch leben?«

John holte einen kleinen Spiegel aus der Tasche und hielt ihn gegen den Mund des Mannes.

Die Fläche blieb klar.

Auch bei leisestem Atmen hätte sie beschlagen müssen.

Der Scotland-Yard-Inspektor stützte sich am Rand der Wanne hoch. Sheila hatte ihren Schock noch immer nicht überwunden.

John legte seinen Arm um ihre Schultern. »Kommen Sie, Sheila.«

Das Mädchen schüttelte den Kopf. »Aber Kenneth. Wir können ihn doch nicht einfach so liegenlassen. Wir müssen etwas tun. Er ist . . .«

»Ich werde meine Dienststelle anrufen, Miss Sheila«, sagte John. »Wir haben Spezialisten, die sich mit Ihrem Verlobten beschäftigen können.«

Sheila blickte John aus tränennassen Augen an. »Ja, ist er denn nicht tot?«

»Ja und nein. Aber das erkläre ich Ihnen später. Ich muß jetzt telefonieren.«

»Im Flur steht ein Apparat. In der kleinen Nische dahinten auf dem Tisch.«

»Danke.«

»Ich werde mit Ihnen gehen, Mister Sinclar. Freiwillig bleibe ich keine Sekunde länger allein.«

»Das kann ich verstehen.« John nahm den Hörer auf und fragte: »Kann man von hier aus durchwählen?«

»Ja.«

Mit dem rechten Zeigefinger wählte John die erste Zahl. Die zweite Zahl.

Und plötzlich erlosch das Licht.

Sheila Hopkins schrie leise auf. Zitternd preßte sie sich gegen John Sinclair.

»Was immer geschieht, Miss Hopkins, behalten Sie vor allen Dingen die Nerven, und bleiben Sie immer bei mir.«

John hatte unwillkürlich leise gesprochen.

»Ja«, hauchte das Girl.

Irgend jemand mußte die gesamte Stromversorgung lahmgelegt haben, denn auch das Telefon gab keinen Laut mehr von sich.

Die rabenschwarze Finsternis lag wie ein Teppich in dem Haus.

»Was werden Sie jetzt tun?« flüsterte Sheila.

»Erst mal abwarten. Und vor allen Dingen hier stehenbleiben, Miss Hopkins.«

»Meinen Sie, dieser Sakuro kommt?«

»Vielleicht«, erwiderte John.

John versuchte seine Nerven zu beruhigen, konzentrierte seine Stimme, achtete auf jedes Geräusch.

Doch zunächst geschah nichts.

Dann, nach einigen Minuten, spürten John und Sheila einen kalten Hauch, der über ihre Körper glitt.

»Was ist das?« flüsterte Sheila ängstlich.

»Sakuro kündigt sein Kommen an.«

Dann knarrte eine Tür. Es war die zum Badezimmer.

Johns Kopf ruckte herum. Er trat einen Schritt vor, um besser sehen zu können.

Im selben Augenblick fühlte er einen gräßlichen Schmerz. Er hatte das Gefühl, eine Stahlklammer würde ihn zerdrücken. Neben ihm stöhnte Sheila auf.

John sah einen Mann aus dem Badezimmer kommen.

Kenneth Brandon. Die leeren Augenhöhlen waren auf John gerichtet.

Der Inspektor wollte irgend etwas sagen, doch seine Stimme war auf einmal weg.

Statt dessen drang ein gräßliches Gelächter an seine Ohren. Die ganze Welt schien plötzlich zu schwanken, sich zu drehen.

John konnte sich nicht mehr halten. Er fiel in einen endlosen Schacht.

Doch bevor er noch das Bewußtsein verlor, sah er Sakuro. Der Dämon grinste ihn höhnisch an. Er hielt einen Totenkopf unter dem Arm, aus dessen leeren Augenhöhlen langsam das Blut tropfte . . .

John Sinclair stöhnte auf. Sein gesamter Körper schien in flüssiger Lava zu liegen. Das Atmen wurde zu einer Qual.

Langsam öffnete der Inspektor die Augen. Verschwommen sah er über sich ein Gesicht.

Es gehörte Sheila Hopkins.

John versuchte zu lächeln, doch es wurde nur eine Grimasse daraus.

»Mister Sinclair! Mister Sinclair!« hörte er Sheilas besorgte Stimme. »Bitte, kommen Sie zu sich.«

»Ist ja schon gut«, ächzte John und versuchte sich aufzurichten.

Es ging so einigermaßen.

John sah sich um und stellte fest, daß er auf dem Flur lag. Das Tischchen war umgefallen. Das Telefon lag daneben.

Durch ein Fenster fiel helles Tageslicht in den Flur.

John wischte sich über die Augen. Dann fragte er: »Wie lange bin ich überhaupt bewußtlos gewesen?«

»Keine Ahnung, Mister Sinclair. Aber es ist schon bald Mittag«, erwiderte Sheila.

»Und Sie? Was ist mit Ihnen geschehen?«

Sheila Hopkins lächelte plötzlich. »Nichts. Ich hatte ein herrliches Erlebnis. Ich habe mit Kenneth gesprochen. Es war wunderbar. Er hat gesagt, daß er mich bald holt. In seine Welt. Sie ist schön, Mister Sinclair. Sie haben recht gehabt mit Ihren Vermutungen. Es gibt noch eine Welt zwischen dem Diesseits und dem Jenseits.«

Wenn John nichts auf die Beine gebracht hätte, diese Worte schafften es.

»Sheila!« schrie er. »Sind Sie wahnsinnig?«

»Nein. Glücklich.«

John Sinclair stand auf. Er packte das Mädchen an beiden Schultern und schüttelte es hin und her.

»Kommen Sie zu sich, Sheila. Es gibt keinen Kenneth Brandon mehr. Er ist tot, verstehen Sie?«

»Nein, Mister Sinclair. Er lebt in der anderen Welt«, erwiderte das Mädchen bestimmt.

Und sie hatte nicht einmal unrecht. Aber wie konnte John ihr nur klarmachen, daß Kenneth Brandon für sie unerreichbar war?

Wahrscheinlich gar nicht. Sheila Hopkins steckte schon zu sehr in Sakuros Bann, um überhaupt noch logisch denken zu können.

Der Inspektor faßte das Mädchen am Arm. »Kommen Sie!«

»Wohin?«

»Wir fahren wieder nach London.«

»Nein. Ich bleibe hier. Kenneth wird mich bald holen.«

»Sie kommen mit!« sagte John hart.

»Wie Sie wünschen. Kenneth wird mich überall finden.«

John Sinclair atmete tief ein. Verlier nur nicht die Nerven, Junge, sagte er sich. Das ist dieser Sakuro nicht wert.

15 Minuten später saßen sie in Johns Bentley. Sheila sprach kein Wort. Nur in ihren Augen lag ein seltsames Leuchten. Das Mädchen war mit ihren Gedanken in einer anderen Welt.

Fast brutal rammte John Sinclair die Gänge in das Getriebe. Das nächtliche Abenteuer hatte ihn mehr mitgenommen, als er zugeben wollte.

Ihm war schleierhaft, warum Sakuro ihn nicht getötet hatte. Vielleicht sollte er auch nur gewarnt werden. Möglich war alles.

John hatte kurz vor der Abfahrt noch einmal im Bad nachgesehen. Doch von Kenneth Brandon fehlte jede Spur.

Der Inspektor war nur von einem Vorhaben beseelt. Er mußte Sheila Hopkins aus Sakuros Klauen befreien. Aber dazu brauchte er sie noch. Und zwar als Köder. Während der Fahrt formte sich langsam ein gewagter Plan in Johns Gehirn.

In London fuhr er sofort zu dem New-Scotland-Yard-Gebäude. Er lieferte Sheila bei dem besten Psychologen zur Untersuchung ab und ließ sich dann bei seinem Chef melden.

Superintendent Powell fixierte John Sinclair durch seine dicken Brillengläser.

»Man hat lange nichts mehr von Ihnen gehört. Ich konnte Sir Gerald Hopkins nur schwer beruhigen.«

John grinste etwas spöttisch. »Das kann ich mir denken. Und was ich Ihnen zu berichten habe, Sir, ist auch nicht gerade dazu angetan, um ruhig schlafen zu können.«

Superintendent Powell nahm einen Schluck Mineralwasser und sagte sehr knapp: »Lassen Sie es hören.«

John erzählte. Ausführlich. Er ließ nicht die geringste Kleinigkeit aus.

Sein Chef nickte hin und wieder. Dann, als John geendet hatte, fragte er: »Was haben Sie nun vor?«

Der Inspektor erläuterte seinen Plan. Powell hatte noch einige Bedenken, und John mußte seine ganze Redekunst aufbieten, um den Superintendent zu überzeugen.

Schließlich war Powell einverstanden. Ehe John das Zimmer verließ, sagte er noch: »Sir Gerald Hopkins wird von Ihrem Plan nichts erfahren, Inspektor.«

»Und wenn er wissen will, wo seine Tochter ist?«

»Werde ich ihm schon das Passende erzählen. Und noch etwas. Geben Sie auf sich acht, John. Sie haben es mit einem Gegner zu tun, der mächtiger ist als alle bisherigen.«

»Wird schon schiefgehen, Sir.«

Anschließend fuhr John Sinclair in die medizinische Abteilung, die in einem Nebentrakt des Scotland-Yard-Gebäudes liegt.

John mußte noch warten, ehe er Professor Snyder sprechen konnte.

Der Professor hatte Sheila untersucht. John hoffte, von ihm schon erste Ergebnisse erfahren zu können.

»Nun, Professor, wie sieht es aus?«

Der Psychologe nahm seine Goldrandbrille ab und strich sich über das schüttere Haar.

»Man kann schwer etwas sagen, Inspektor. Die Patientin steht unter einem hypnotischen Einfluß. Soviel ist klar. Aber es ist keine normale Hypnose, wie wir sie kennen. Es ist irgend etwas Unbekanntes. Ich tippe auf eine Art von Fernhypnose. Um Ihnen allerdings genauer Auskunft geben zu können, muß ich Miss Hopkins noch einige Tage untersuchen.«

»Das wird kaum gehen.«

»Ich verstehe Sie nicht, Inspektor.«

»Ich brauche das Mädchen.«

»Unmöglich, in ihrem Zustand . . .«

»Gerade in ihrem Zustand, Professor. Und es kann durchaus möglich sein, daß Miss Hopkins geheilt wiederkommt.«

Professor Snyder lächelte spöttisch. »Sie gestatten, Inspektor, daß ich Ihren Worten nicht so recht glauben kann.«

»Das kann ich mir vorstellen«, erwiderte John. »Trotzdem muß ich das Mädchen haben. Es hängt viel von ihr ab. Ist Miss Hopkins transportfähig? Ich meine, ist sie in der Lage, einen Flug von ungefähr drei bis vier Stunden zu überstehen?«

»Ja«, antwortete Professor Snyder. »Allerdings lehne ich jede Verantwortung ab.«

»Das kann ich verstehen. Übrigens ist es durchaus möglich, daß wir noch in dieser Nacht fliegen.«

»Ich halte Sie nicht auf, Inspektor. Aber darf ich fragen, wohin die Reise geht?«

»Nach Ägypten, Professor.«

»Ägypten?« Der Psychologe runzelte die Stirn. »Was wollen Sie denn da?«

»Das kann ich Ihnen nicht genau sagen. Auf jeden Fall keinen Urlaub machen.«

»Komm rein, alter Junge«, sagte Bill Conolly und grinste etwas verlegen.

John zog die Augenbrauen hoch. »Ist was? Du bist so komisch.«

»Ich habe Besuch.«

»Verstehe.«

»Trotzdem, komm rein.«

»Ist sie wenigstens hübsch?« fragte John.

»Kannst dich ja gleich selbst davon überzeugen.«

Bills Besuch war schwarzhaarig und hatte die Figur eines Mannequins. Das Girl saß auf der Couch, hielt ein Glas mit Whisky in der Hand und hatte die Beine hochgelegt.

»Hallo«, sagte die Schöne, als John in das Zimmer trat.

John stellte sich vor und wandte sich dann an den Reporter. »Kann ich dich einen Augenblick allein sprechen?«

»Nicht nur einen Augenblick. Komm, Dana«, sagte Bill zu dem Girl, »die Pflicht ruft.«

Dana zog zwar einen Schmollmund, doch sie gehorchte.

Fünf Minuten später waren die beiden Männer allein.

»Hättest du deinen Besuch angekündigt . . .«, fing Bill an.

John winkte ab. »Dazu war gar keine Zeit.«

»Hoppla, wo brennt's denn?«

»Bill, ich brauche deine Hilfe.«

»In einem neuen Fall?« schnappte der Reporter.

»Ja.«

»Los, laß hören.«

John berichtete. Als er fertig war, sagte Bill Conolly: »Allerdings bin ich mir über meine Rolle in dieser Sache nicht klar.«

»Ganz einfach. Du sollst mit auf Sheila Hopkins aufpassen. Das Mädchen schwebt in Gefahr.«

Bill grinste. »Genau das, was mir Spaß macht.«

»Freu dich nicht zu früh. Es kann verdammt gefährlich werden.«

»Unsinn. Wann geht's los?«
»Noch heute nacht. Flugkarten habe ich schon bestellt.«
»Auch für mich?«
»Sicher. Dreimal Kairo. Hin- und Rückflug.«
»Schön, dann werde ich packen.«

Innerhalb einer halben Stunde war Bill fertig. In Johns Bentley fuhren die Männer zum Scotland-Yard-Gebäude. Bill blieb im Wagen sitzen, während John in die psychiatrische Abteilung fuhr.

Professor Snyder ließ Sheila Hopkins nur ungern gehen.

»Sie wissen, welche Verantwortung Sie auf sich laden«, betonte er noch mal.

»Ja«, erwiderte John, nahm Sheila am Arm und fuhr mit ihr nach unten.

Das Mädchen machte wieder einen halbwegs normalen Eindruck. Nur die roten Flecken im Gesicht zeugten davon, daß sie unter einer inneren Erregung stand.

»Wo bringen Sie mich hin, Mister Sinclair?«
»Wir unternehmen eine kleine Reise. Mit dem Flugzeug.«
»Ohne mich vorher zu fragen?«
»Es geschieht in Ihrem Interesse.«

Als sie den Lift verließen und auf den Gang hinaustreten wollten, blieb Sheila plötzlich stehen.

»Ich will jetzt auf der Stelle wissen, was Sie mit mir vorhaben.«

»Wir fliegen nach Ägypten. Genauer gesagt nach Kairo. Und von dort aus geht es weiter bis in die Nähe von Sakkara.«

Sheilas Lider flackerten. »Sie wollen in die Pyramide, die auch Dr. Brandon mit seinen Leuten betreten hat?«

»Ja. Ich will zu Sakuros Grab.«

Sheila preßte die rechte Hand vor den Mund. John spürte, wie die Angst in ihr hochkroch.

Er konnte das Mädchen nicht einfach zwingen, mitzufliegen. Wenn Sheila nicht wollte, dann sah es schlecht aus. Nur sie allein hatte den Kontakt zu Sakuro.

»Sie werden dort Ihren Verlobten finden«, sagte John.

»Kenneth?« Sheilas Augen begannen plötzlich zu leuchten. »Ja, ich komme mit.«

John fiel ein Stein vom Herzen. Wenn er nur wüßte, was sich in dem Mädchen abspielte. Aber so war er auf Vermutungen und seine Intuition angewiesen.

Bill Conolly war von der Schönheit des Mädchens beeindruckt und gab dies auch offen zu.

Sheila lächelte jedoch nur und verhielt sich schweigsam.

Sie fuhren noch an ihrer Wohnung vorbei, und Sheila Hopkins packte das Nötigste in einen kleinen Koffer.

Dann ging die Fahrt zum Flughafen Heathrow. Bis zum Start der Maschine hatten sie noch eine Stunde Zeit, die sich Sheila, John und Bill im Wartesaal verkürzten.

Nach einer Weile entschuldigte sich das Mädchen für einen Augenblick.

»Was hältst du von ihr?« fragte John seinen Freund.

Bill zuckte die Achseln. »Macht an sich einen ruhigen Eindruck. Der Kenner würde sagen, eine Frau zum Heiraten.«

»In dem letzten Punkt stimme ich dir bei. Allerdings der ruhige Eindruck, den du von ihr hast, ist eine Täuschung. Sheila Hopkins muß innerlich aufgewühlt sein wie das Meer bei Windstärke zehn.«

Bill zuckte die Achseln. »Von Psychologie habe ich keine Ahnung.«

John sah auf seine Uhr. »Wo sie nur bleibt?« murmelte er.

Billy Conolly drehte sich halb um und blickte in Richtung der Toiletten. »Da kommt sie ja. Verdammt, John, was ist das denn?«

Blitzschnell drehte John den Kopf und hatte plötzlich das Gefühl, in einem Irrenhaus zu sein.

Sheila Hopkins ging langsam durch die Tischreihen. In der linken Hand hielt sie ihre Handtasche und in der rechten einen Totenkopf, aus dessen Augenhöhlen tropfenweise das Blut floß . . .

Jetzt erst entdeckten auch die anderen Wartenden Sheila Hopkins. Schreie wurden laut. Zwei ältere Ladys bekamen einen Ohnmachtsanfall.

John Sinclair sprang auf und rannte mit langen Sätzen auf Sheila zu.

Er erreichte das Mädchen, als die ersten Gäste panikartig den Warteraum verließen.

»Sheila!« rief John und faßte nach dem Totenkopf.

Im selben Augenblick wurden die bleichen Knochen unter Johns Berührung zu Staub, der so feinkörnig war, daß er von den

Ventilatoren zum Teil weggeweht wurde. Auch das Blut war verschwunden.

Die ersten Sicherheitsbeamten rannten mit schußbereiten Waffen in den Warteraum. Mit ihnen erreichte auch Bill Conolly den Inspektor.

»Was ist hier geschehen?« schnarrte ein dürrer Mann, wohl Anführer der Truppe.

»Nichts«, sagte John leise und zeigte seinen Ausweis. »Kümmern Sie sich bitte um die beiden ohnmächtigen Ladys.«

»Jawohl, Sir.«

John und Bill begleiteten Sheila Hopkins zu ihrem Tisch. Der Reporter war bleich wie ein Bettlaken. »Teufel«, flüsterte er, »da wird ja noch was auf uns zukommen.«

John nickte nur.

An der gläsernen Tür drückten sich die Neugierigen die Nasen platt. Das aufgeregte Geschnatter war bis in den Wartesaal zu hören. Zwei Sanitäter holten die ohnmächtigen Frauen ab.

John winkte dem Mixer hinter der Bar zu und bestellte Cognac. Der Mann brachte mit zitternden Fingern drei Schwenker.

»Trinken Sie«, sagte John leise zu Sheila.

Das Mädchen gehorchte. Dann begann sie zu erzählen.

»Ich weiß auch nicht, was auf einmal los war. Ich wusch mir gerade die Hände, da spürte ich eine seltsame Kälte, und plötzlich stand Kenneth, mein Verlobter, vor mir. Er sprach davon, daß ich bald bei ihm sein werde, und dann bin ich gegangen. Weshalb ist es hier so leer, Mister Sinclair?«

»Das erzähle ich Ihnen später.«

Sheila schien von den weiteren Vorgängen gar nichts mitbekommen zu haben. Es war auch besser so.

15 Minuten später saßen sie bereits in der Maschine nach Kairo.

Es sollte ein Flug in die Hölle werden . . .

»He, Mann, pennen Sie?« fragte der Schaffner und stieß den Reisenden, der ganz allein im letzten Abteil der U-Bahn saß, leicht an der Schulter an.

Der junge Mann rührte sich nicht.

»Da schlag doch einer . . .«, knurrte der Schaffner und faßte fester zu.

Diesmal bewegte sich der Mann. Aber nicht so, wie es sich der biedere Bahnbeamte gedacht hatte.

Der Fremde kippte im Zeitlupentempo nach rechts, fiel mit der Schulter auf die Kante der Sitzbank und rollte auf den Boden.

Erschreckt sprang der Schaffner einen Schritt zurück. Sein Gesicht wurde plötzlich leichenblaß.

Es dauerte einige Zeit, ehe er sich gefangen hatte, sich bückte und den Mann herumdrehte.

Glanzlose Augen starrten ihn an.

»Der ist ja tot«, flüsterte der Schaffner.

Wie von Furien gehetzt, rannte er aus dem Wagen. An der nächsten Station, es war die vorletzte, machte er Meldung.

»Wir holen ihn an der Endstation raus«, sagte sein Kollege.

Dann fuhr der Zug weiter. Aber der Schaffner traute sich nicht mehr in den letzten Wagen und mußte auch noch an der Endstation zehn Minuten warten, ehe zwei Sanitäter mit einer Bahre kamen.

»Wohin bringt ihr ihn denn?« fragte der Schaffner.

»Erstmal ins Leichenschauhaus«, erwiderte der eine Sanitäter, ein dicker Kerl, der dauernd schwitzte.

Mit zwei Handgriffen hatten die Männer den Toten auf die Bahre gelegt und zogen ab.

Der völlig verstörte Schaffner blieb zurück.

Oben am Ausgang wartete ein Krankenwagen auf die Männer. Die Sanitäter schoben die Bahre in den Fond und setzten sich nach vorn ins Führerhaus.

»Verdammt jung noch, der Knabe«, meinte der Fahrer.

Sein korpulenter Kollege zuckte nur die Achseln. »Den einen trifft's früh, den anderen spät. Was soll's. Und jetzt laß geh'n. Ich will mich noch den Rest der Nacht hinlegen.«

»Hoffentlich kommst du dazu.«

Der Weg zum Leichenschauhaus war nicht sehr weit.

Ein grauhaariger Pförtner hatte Nachtdienst. Er kannte die beiden Sanitäter bereits, öffnete sofort das Tor und ließ den Wagen auf den Innenhof fahren.

Durch eine Eisentür kam man ins Haus.

An der Backsteinwand war eine altmodische Klingel installiert.

Der Dicke schellte.

»Daß wir auch immer den Seiteneingang nehmen müssen«, knurrte er.

Nach einer Minute öffnete ihnen der alte Joe. Er hatte die Sechzig schon überschritten und fast sein ganzes Leben hier gearbeitet.

»Wen bringt ihr denn da wieder an?« knurrte er.

»Wissen wir auch nicht«, antwortete der dicke Sanitäter brummig. »Komm, laß uns rein! Wir wollen den Kerl endlich loswerden.«

Der alte Joe brabbelte etwas in seinen Bart und ging vor.

Die Sanitäter folgten mit der Leiche.

Sie erreichten die Kühlkammer. Rechts und links waren Laden in die Wände eingelassen, in denen die Leichen aufbewahrt wurden. An der Stirnseite des Raumes gab es eine Wanne und mehrere Spülbecken. Hier wurden die Toten gewaschen.

»Legt ihn erst mal auf den Tisch«, sagte der alte Joe.

Die beiden Sanitäter gehorchten schweigend und verabschiedeten sich dann.

»Viel Vergnügen mit den Toten«, wünschte der Dicke noch.

Der alte Joe kicherte hohl. »Leichen sind die harmlosesten Geschöpfe der Welt. Sie können einem nichts mehr tun . . .«

Nachdem die Sanitäter verschwunden waren, machte sich der alte Joe an die Arbeit. Zuerst räumte er die Taschen des Toten leer. Ein Schlüsselbund, ein paar Pfundnoten, etwas Kleingeld. Eine Schachtel Zigaretten und ein Feuerzeug brachte er zutage. Der Leichenwärter trug alles sorgfältig in eine Liste ein. Zum Schluß nahm er die Brieftasche des Toten. Es war ein zerfleddertes Ding aus Kunstleder.

Der Ausweis fiel dem alten Joe in die Hände.

»Wendell Carson«, buchstabierte er den Namen des Toten. Auch den trug er in die Liste ein. Dazu alle übrigen persönlichen Daten.

Danach machte er erst mal Pause. Aus seiner alten Aktentasche kramte er zwei Sandwiches und eine Thermosflasche mit Tee hervor.

Es machte dem alten Joe nichts aus, daß einige Yards weiter ein Toter auf dem Tisch lag. Das war er schon gewohnt.

Der Alte kaute schmatzend vor sich hin. Er hatte gerade den letzten Bissen heruntergespült, da drang ein schabendes Geräusch an seine Ohren.

Gemächlich wandte er sich um und hätte beinahe zuviel bekommen, als er sah, was sich vor seinen Augen abspielte.

Der Tote lebte!

»Das gibt es doch nicht«, flüsterte der alte Joe und starrte wie hypnotisiert auf den Mann, der langsam die Beine vom Tisch schwang.

Da verlor der alte Joe die Nerven.

Laut schreiend rannte er nach draußen und alarmierte den schlafenden Nachtportier.

Als der schließlich mit einem Gummiknüppel bewaffnet die Leichenkammer betrat, war der Tote verschwunden. So, als hätte es ihn nie gegeben.

Selbst seine Habseligkeiten hatte er mitgenommen.

»Das verstehe, wer will«, flüsterte der alte Joe und mußte sich setzen, da seine Knie auf einmal weich wie Pudding wurden.

Wendell Carson jedoch hatte sich in einer Nische verborgen gehalten und kletterte nun, nachdem der Portier sein Häuschen verlassen hatte, über das Gitter.

Sein nächstes Ziel war der Flughafen. Sakuro, der Dämon, hatte ihn nach Ägypten gerufen.

Er würde diesem Befehl folgen . . .

John Sinclair wußte von Sheila Hopkins, welchen Weg Dr. Brandons Expedition damals genommen hatte. Ferner war dem Mädchen auch bekannt, in welchem Hotel die Männer in Sakkara übernachtet hatten.

Das Hotel hieß Mahib und war angeblich das beste Haus im Ort. Es lag in der Stadtmitte, direkt an der Hauptstraße.

Sheila, John und Bill hatten sich am Bahnhof einem altersschwachen Taxi anvertraut, das sie bis vor den Hoteleingang fuhr.

Der Kasten hatte fünf Stockwerke und schien auch aus der altägyptischen Zeit zu stammen.

John bezahlte den Driver mit englischer Währung, was diesem ein freudiges Grinsen entlockte.

Es gab eine kleine Hotelhalle mit einem zerkratzten Holzpult als Rezeption.

Ein alter Mann mit einem ehemals weißen Turban auf dem Kopf und einem fleckigen Anzug um den dünnen Körper saß auf einem Stuhl und schlief.

John schlug auf die Klingel.

Der Alte schreckte hoch, rieb sich den Schlaf aus den Augen und sah die Neuankömmlinge mißtrauisch an.

»Wir hätten gern drei Zimmer«, sagte John. Er sprach Englisch.

Zum Glück konnte der Alte ein paar Brocken. »Geht nicht«, fistelte er. »Wir haben nur noch ein Doppel- und ein Einzelzimmer.«

John blickte Bill Conolly an. »Machen wir es so?«

»Klar.«

Der Inspektor wandte sich wieder an den Alten. »Gut, dann geben Sie uns, was da ist. Was kostet es?«

Der Alte nannte den Preis.

John bezahlte für eine Woche im voraus.

Die Zimmer lagen im zweiten Stock. Einen Lift gab es in dem Haus nicht. Wäre auch sehr verwunderlich gewesen.

Ein Bad im Zimmer gab es auch nicht. Nur jeweils eine Etagendusche.

»Ich lasse Ihnen natürlich den Vortritt, Sheila«, sagte Bill Conolly.

»Nein, vielen Dank. Aber duschen Sie mal zuerst, Bill. Ich möchte mich etwas hinlegen.«

»Wie Sie wünschen.«

Die Einrichtung der Zimmer bestand aus einem Metallbett und einem wurmstichigen Schrank. Das Doppelzimmer hatte die Betten übereinander stehen. Reste aus ehemaligen Armeebeständen.

Bill Conolly verzog sich unter die Dusche.

John setzte sich auf die Bettkante und rauchte eine Zigarette. Während er dem blauen Qualm nachsah, sortierte er seine Gedanken.

Morgen früh wollten sie zu der Pyramide aufbrechen. Mit einem Jeep war das zwei Stunden Fahrt. Sheila Hopkins hatte sich bisher gut gehalten. Sie hatte keinen weiteren Anfall mehr bekommen. Im Gegenteil, sie schien fast wieder so zu sein wie früher.

John drückte die Zigarette aus und trat ans Fenster. Draußen wurde es langsam dunkel. Sie waren von Kairo aus fast einen ganzen Tag mit dem Bummelzug unterwegs gewesen, und die Hitze hatte ihnen verdammt zugesetzt.

In den Räumen lastete eine unerträgliche Schwüle. Von draußen drang der Lärm der Hauptstraße nach oben. Irgendwo in der Ferne rief ein Muezzin mit klagender Stimme zum Gebet.

Bill Conolly kam zurück und schimpfte über die Dusche.

»Hast du was anderes erwartet?« erkundigte sich John.

»Eigentlich ja.«

»Optimist.«

Während Bill in ein frisches Hemd schlüpfte, fragte er: »Hast du heute abend noch was vor?«

»Ich wollte mir eigentlich ein wenig die Stadt ansehen. Und mal so herumhorchen. Vielleicht kann ich etwas erfahren.«

»Brauchst du mich dazu?«

»Nein, nein, Bill«, lachte John. »Leg dich ruhig aufs Ohr. Du versäumst nichts.«

»Ich hau' mich auch hin. Bin nämlich hundemüde.«

John hatte bereits die Türklinke in der Hand. »Dann bis später.«

»Viel Vergnügen.«

Als John nach unten kam, wieselte ihm der dürre Portier entgegen. Der Kerl stank jetzt richtig bösartig nach Knoblauch. Na ja, kommen wenigstens keine Vampire, dachte John mit bissigem Humor.

»Wünschen der Gentleman eine Frau? Ein Mädchen vielleicht? Ganz jung, wunderbar.« Der Alte schürzte die Lippen.

»Keines von beiden«, sagte John Sinclair. »Und jetzt lassen Sie mich in Ruhe.«

Der Portier vollführte einen Bückling und verzog sich.

Draußen war es schon dunkler geworden. Die Autos fuhren mit Licht, und ein paar Geschäfte hatten ihre spärlich vorhandene Beleuchtung eingeschaltet.

John wandte sich nach links in Richtung Altstadt. Er mußte an die Warnungen denken, die man ihm oft gesagt hatte. »Gehen Sie nie als Europäer allein in die arabischen Viertel. Die Messer sitzen dort verflixt locker.« Aber das galt wohl mehr für die Hafenstädte wie Tanger und Tunis.

Schon bald quetschte sich John durch die engen Gassen. Es herrschte so viel Betrieb, daß man kaum den festgetrampelten Lehmboden sehen konnte. Vor den niedrigen Steinhäusern rechts und links der Gassen saßen Händler und boten laut schreiend ihre Waren an. Man konnte alles bekommen. Angefangen von Datteln und Feigen bis zu wirklich wunderschönem Schmuck und Töpferwaren. John Sinclair war nahe daran, seine eigentliche Aufgabe zu vergessen, so sehr faszinierte ihn diese fremdartige Umgebung.

Zwangsläufig wurde John von dem Menschenstrom weitergeschoben, in immer engere Gassen und Winkel hinein.

Plötzlich faßte eine knochige Hand nach seiner rechten Schulter.

Der Inspektor wandte sich um und sah, daß die Hand aus einem Perlenvorhang hervorlugte, hinter dem bei genauerem Hinsehen auch ein Gesicht zu erkennen war.

»Ich bin Farah, die Wahrsagerin«, hörte John eine zischelnde Stimme. »Komm in mein Haus, Fremder. Ich werde dir die Zukunft aus der Kugel lesen.«

John wußte selbst nicht, weshalb er hineinging. Vielleicht weil ihn das Mystische, das Okkulte schon von Berufs wegen interessierte.

Mit leisem Klirren schlug der Perlenvorhang hinter dem Inspektor zu.

John befand sich in einem Raum, in dem ein offenes Feuer brannte. Der dünne Rauch zog oben in der Decke durch ein Luftloch ab.

John hatte das Gefühl, als wäre er in eine andere Welt gekommen. Der Lärm von draußen war nur noch gedämpft zu hören. Ein süßlicher Geruch kitzelte Johns Nase.

Das Feuer brachte genügend Helligkeit, um die Frau, die John ins Haus gezogen hatte, besser erkennen zu können.

Sie war uralt. Runzeln und Falten bedeckten ein Gesicht, in dem nur die Augen klar und scharf blickten. Die Alte trug ein dunkles Gewand mit dreiviertellangen Ärmeln, aus denen dünne Arme und gichtgekrümmte Hände hervorschauten.

»Komm zu mir«, wisperte die Alte mit einer Fistelstimme. »Die alte Farah wird dich in die Zukunft sehen lassen.«

Seltsamerweise beherrschte die Greisin die englische Sprache.

John Sinclair folgte der Alten in eine Ecke des Raumes, in der ein Tisch und zwei Stühle standen.

Auf der Tischplatte stand eine buntschillernde Glaskugel.

»Setz dich, Fremder.«

John gehorchte.

Die Alte nahm ihm gegenüber Platz und betrachtete den Inspektor stumm. Schließlich sagte sie: »Du hast gute Augen, Fremder. Es gibt nur noch wenige Menschen, die gute Augen haben. Laß dir das von der alten Farah gesagt sein. Ich habe schon viel in meinem Leben gesehen, und ich sehe auch in die Zukunft.

Merke dir eins, mein Sohn, die alte Farah weiß alles. Gib mir deine Hand.«

John, der bisher noch keinen Ton gesagt hatte, schob seinen Arm über die Tischplatte.

Die Alte faßte sein Handgelenk mit unerwartet festem Griff. Sie starrte auf die Linien in Johns Handfläche und murmelte Worte in einer unbekannten Sprache.

Dann sah sie den Inspektor fest an.

»Deine Linien deuten auf ein gefahrvolles Leben hin«, flüsterte sie. »Der Tod und die Geister sind oft deine Begleiter. Sei auf der Hut, denn deine Gegner sind stark, sehr stark.«

Die Alte ließ Johns Hand los und blickte in die Kugel.

»Ich sehe Gestalten. Gräßliche Wesen aus der Finsternis auf dich zukommen. Sie wollen dich vernichten. Du bist gezwungen, gegen sie zu kämpfen.« Die Stimme der Frau steigerte sich, wurde schrill. »Du wirst . . .« Die Alte stockte.

»Was werde ich?« fragte John, der naßgeschwitzt war.

»Ich weiß es nicht. Es ist auf einmal weg. Ganz plötzlich war es nicht mehr da. Ich sehe nichts mehr. Du bist ein besonderer Mann, Fremder. Wer bist du? Nenne mir deinen Namen.«

»John Sinclair.«

»Was machst du? Ich habe böse Geister und Dämonen gesehen. So etwas ist mir erst zweimal in meinem langen Leben passiert. Das erstemal vor fast vierzig Jahren und das zweitemal vor ein paar Monaten.«

»Vor ein paar Monaten?« John horchte auf.

»Ja. Es war ein Professor bei mir. Ein sehr gebildeter Mann.«

»Hieß der Professor etwa Brandon?«

Die Alte sah John überrascht an. »Ja, so war sein Name. Aber woher kennst du ihn?«

»Der Professor ist tot«, erwiderte John. »Er ist auf unerklärliche Weise gestorben. Ich will das Rätsel seines Todes aufklären.«

Die Alte sah John mit starrem Blick an. »Hüte dich«, sagte sie leise, »du begibst dich in eine große Gefahr. Der Professor wollte nicht auf meine Warnungen hören. Er hat mich ausgelacht, als ich ihm sagte, er solle nicht in den Tempel gehen. Doch er wollte Sakuro besiegen, hat nicht an den gräßlichen Fluch gedacht. Sein Tod ist keine Überraschung für mich. Ich hatte ihn schon vorausgesehen. Deshalb höre auf meine Worte, junger Mann. Geh nicht zu dieser Grabstätte! Der Fluch wird auch dich treffen.«

John schüttelte den Kopf. »Ich muß aber hin. Ich kann nicht anders. Es gehört zu meiner Aufgabe.«

»Ich verstehe dich nicht.«

John Sinclair erklärte ihr die Zusammenhänge.

Farahs Gesicht verdüsterte sich. Hinzu kam noch der zuckende Feuerschein, der wirbelnde Schatten auf ihr Antlitz zauberte.

»Trotzdem«, sagte die Alte, nachdem John geendet hatte. »Kehre um, geh nicht zu dem Grabmal. Denke daran, was dem Professor passiert ist. Es sollte dir als Warnung dienen.«

»Ich kann nicht mehr zurück«, erwiderte John Sinclair.

»Aber Sakuro ist stärker. Er kommt aus dem Dämonenreich. Wie willst du ihn besiegen?«

»Ich weiß es noch nicht. Außerdem muß ich das Mädchen aus seinem Einfluß befreien.«

»Ich sehe schon, ich kann dich nicht umstimmen«, sagte die alte Farah. »Ich will dich aber auch nicht ungeschützt in dein Verderben rennen lassen. Warte hier auf mich. Ich bin in wenigen Minuten wieder da.«

Die Alte stand auf und verschwand durch einen zweiten Perlenvorhang.

Es dauerte noch nicht einmal zwei Minuten, da war sie schon wieder zurück. Sie hielt etwas in der Hand, was John noch nicht genau erkennen konnte.

Ganz dicht trat die alte Farah an John heran. Sie öffnete ihre Finger, und John sah ein ovales Amulett auf ihrem Handteller liegen.

»Nimm dies«, sagte die Wahrsagerin mit leiser Stimme. »Es ist ein Amulett, das sich schon seit Jahrhunderten im Besitz unserer Familie befindet. Ich habe es noch nie einem Fremden gezeigt. Du bist der erste, der es sieht und dem ich es geben werde. Es wird dich schützen vor den Mächten der Finsternis. Paß gut darauf auf. Verlier es nicht. Es ist wertvoller als alle Schätze dieser Welt! Nimm es.«

John faßte das Amulett vorsichtig an. Es war für seine Größe ziemlich schwer, beste Silberarbeit. Auf der einen Seite konnte John rätselhafte Zeichen und kleine, ineinander verschlungene Figuren erkennen. Auf der anderen Seite entdeckte John eine Götzenfigur.

»Das ist Ra, der Sonnengott«, klärte ihn die Alte auf. »Er wird siegen über die Mächte der Finsternis. Aber nun häng das Amulett um deinen Hals und nimm es nie ab.«

John zog die kleine silberne Kette, die an einer Öse an der Oberseite des Amuletts hing, auseinander. Wenig später baumelte der seltsame Talisman vor seiner Brust.

John bedankte sich bei der alten Farah und fragte nach dem Preis.

Doch die Wahrsagerin lehnte ab. Sie bat John nur noch einmal um einen Besuch.

Der Scotland-Yard-Inspektor versprach, vorbeizukommen.

Draußen empfing ihn wieder die brodelnde, lärmerfüllte Altstadt.

John fand sein Hotel relativ schnell. Trotzdem war es schon bald Mitternacht, als er die kleine Hotelhalle betrat.

Hinter der Rezeption stand immer noch der gleiche dürre Kerl. Es war sogar ein neuer Gast eingetroffen. Ein noch junger Mann. Ebenfalls Engländer.

John hörte, wie der Portier den jungen Mann nach seinem Namen fragte.

»Ich heiße Wendell Carson«, sagte dieser . . .

John Sinclair, der schon halb auf der Treppe stand, zuckte wie unter einem Peitschenschlag zusammen.

Wendell Carson! Dieser Name hatte ihn förmlich elektrisiert. Genauso hieß der Student, der zu Dr. Brandons Expedition gehört hatte.

Der Portier bemerkte Johns Zögern. »Ist irgend etwas, Mister Sinclair?«

»Nein, nein.«

John stieg weiter die Stufen hoch. Einmal blickte er sich noch kurz um und sah, daß Wendell Carson ihm nachstarrte.

John ging hinter dem ersten Treppenabsatz in Deckung und wartete ab.

Schon bald hörte er Wendell Carson die Treppe hochkommen.

John huschte in den Flur der ersten Etage und stellte sich in eine Türnische.

Er ließ den Studenten vorbeigehen und schlüpfte erst dann wieder aus seiner Deckung.

Ein Stockwerk höher betrat Wendell Carson den Flur, in dem die Zimmer lagen.

Sieh mal an, dachte John. Es waren also doch noch mehr Räume frei.

Er wartete ab, bis die Tür klappte. Dann huschte er zwei Treppenabsätze höher.

Oben auf dem Flur brannte wie auch in den anderen Etagen nur eine trübe Lampe. Der Schein reichte kaum aus, um die Zimmernummern erkennen zu können.

Unter einem Türspalt entdeckte John einen schmalen Lichtstreifen. Das mußte Carsons Zimmer sein. Es war das erste auf der rechten Seite.

Der Inspektor überlegte, ob er den jungen Mann zur Rede stellen sollte, doch er entschied sich dann, es auf morgen zu verschieben.

John Sinclair ging zurück in sein Zimmer. Bill schlief den Schlaf des Gerechten.

John setzte sich auf die Bettkante und betrachtete im Licht seiner kleinen Kugelschreiberlampe nachdenklich das Amulett.

Ob es ihm helfen würde?

Langsam wurde John Sinclair müde und war plötzlich eingenickt.

Das häßliche Knarren einer Tür weckte ihn schlagartig auf. Jemand hatte sein Zimmer verlassen und war auf den Gang getreten.

Aber wer?

Wendell Carson?

Durchaus möglich.

John ließ die Lampe wieder in die Tasche gleiten, war mit zwei Schritten an der Zimmertür und zog sie einen Spalt auf.

Mit einem Auge lugte John in den Gang.

Er hatte richtig getippt. Wendell Carson hatte sein Zimmer verlassen.

Er schlich auf Zehenspitzen über den Gang und blieb vor einer anderen Tür stehen.

Vor Sheila Hopkins' Zimmertür!

John, der von Wendell Carson nur den Rücken sah, erkannte, daß der junge Mann den Arm hob, um an Sheilas Tür zu klopfen.

Dreimal klang das hohle Pochen an Johns Ohr.

»Miss Hopkins«, flüsterte Carson. »Miss Hopkins. Hören Sie mich?«

»Einen Augenblick«, vernahm John wenig später Sheilas Stimme. Und dann: »Wer ist denn da?«

»Wendell Carson.«

Ein erstickter Schrei folgte.

»Ich muß Sie sprechen, Miss Hopkins. Unbedingt. Ich habe unten im Anmeldebuch Ihren Namen gelesen. Öffnen Sie. Bitte!«

Es dauerte noch einige Sekunden, ehe der Schlüssel herumgedreht wurde.

Dann stand Sheila Hopkins auf der Türschwelle. Das Mädchen trug über ihrem langen Nachthemd einen dunkelroten Morgenrock.

Wendell Carson schlüpfte in den Raum, und Sheila schloß die Tür sofort wieder ab.

John interessierte sich natürlich brennend dafür, was Carson Sheila Hopkins mitzuteilen hatte. Deshalb klopfte er nur wenig später gegen die Tür des Mädchens.

»Machen Sie auf, Miss Hopkins! Ich bin es. John Sinclair.«

»Ja, natürlich. Einen Moment noch.«

»Sie brauchen Mister Carson erst gar nicht zu verstecken. Ich weiß sowieso, daß er bei Ihnen ist.«

John hörte rasche Schritte, und dann wurde die Tür geöffnet.

Wendell Carson lehnte an der Wand. Er hatte die Hände in seine Hosentaschen geschoben und machte ein trotziges Gesicht. John fiel die unnatürliche Blässe auf, die trotz der mäßigen Beleuchtung zu erkennen war.

»Mister Carson ist ein Bekannter von mir«, versuchte Sheila zu erklären.

»Ich weiß«, winkte John ab. »Ich kenne seinen Namen aus den Akten. Außerdem habe ich versucht, ihn in London zu erreichen, aber Mister Carson war nicht aufzufinden. Einfach spurlos verschwunden. Und hier trifft man sich wieder. Seltsam, nicht?«

»Was erlauben Sie sich?« regte sich der junge Mann auf. »Wer gibt Ihnen überhaupt das Recht, sich in meine persönlichen Angele . . .«

»Mister Sinclair ist von Scotland Yard«, sagte Sheila schnell.

»Na und? Wir sind hier in Ägypten und nicht in England.«

»Wenn ich ein Verbrechen verhindern kann, spielen Grenzen

keine Rolle«, erwiderte John. »Und Sie, Mister Carson, werden mir jetzt einige Fragen beantworten.«

»Ich denke gar nicht daran.«

»Aber Wendell«, mischte sich Sheila ein. »Es geht hier um Kenneth. Wir wollen wissen, was mit ihm geschehen ist. Ihr beide wart gute Freunde. Du mußt doch auch an seinem Schicksal interessiert sein.«

»Vielleicht ist er's gar nicht«, sagte John leise.

Wendell Carson bleckte die Zähne. Innerhalb von Sekunden wurde sein Gesicht zur häßlichen Fratze.

»Wendell!« rief Sheila erschreckt.

Der junge Mann löste sich von der Wand und ging langsam auf Sheila zu, die ängstlich zurückwich.

John Sinclair ahnte schon, was kommen würde. Er sprang blitzschnell zwischen die beiden.

»Mit dir werde ich auch fertig«, zischte Carson. »Menschen können mir nichts mehr anhaben. Ja, ihr habt richtig gehört. Ich bin kein Mensch mehr. Ich bin Sakuros Diener. Der Diener eines Dämons. Genau wie Kenneth. Und ich werde euch mitnehmen in unser Reich.«

Wendell Carson streckte den Arm vor, um John zu packen.

Im selben Augenblick drosch der Inspektor seine Handkante auf Carsons Gelenk.

Der Schlag hätte einem normalen Menschen den Arm gebrochen. Nicht bei einem Dämon.

Es war, als ginge der Hieb durch Carsons Arm hindurch.

Erst jetzt spürte John die eisige Kälte, die ihm schon einmal zu schaffen gemacht hatte.

Hinter sich hörte er Sheila Hopkins flüstern: »Komm, Wendell, bring mich zu Kenneth. Schnell.«

Und dann geschah das Unfaßbare.

Wendell Carson ging einfach durch John Sinclair hindurch. So, als wäre der Inspektor gar nicht vorhanden.

John merkte, wie die Kälte von unten her in seine Beine kroch, wie sie seine Knie erreichte, höher stieg . . .

Er war dem Dämon wehrlos ausgeliefert. Er würde genau wie die anderen in eine totenähnliche Starre verfallen, aus der ihn nur Sakuro selbst befreien konnte.

Jetzt hatte die Kälte bereits seine Hüften erreicht.

Hinter seinem Rücken stöhnte Sheila Hopkins auf. Welch grausames Spiel trieb der Dämon mit ihr?

Noch konnte er seine Arme bewegen.

Mit einem Ruck riß er sich das Hemd auf, packte die Kette und zog sie über den Kopf.

»Sieh her, Carson«, stöhnte John Sinclair und ließ das Amulett an seiner ausgestreckten rechten Hand baumeln.

Hinter ihm ächzte Carson auf.

John schwang das Amulett hin und her und spürte auf einmal, daß er sich wieder frei bewegen konnte.

Blitzartig war die Kälte verschwunden.

John wandte sich um, hielt das Amulett jetzt in der offenen Handfläche.

Wendell Carson wand sich am Boden.

Mit aufgerissenen Augen stierte er auf das Zeichen in Johns Hand.

Schritt für Schritt ging John Sinclair auf den Dämon zu.

»Nein«, flüsterte Carson und versuchte, sein Gesicht hinter den angewinkelten Armen zu verbergen.

Doch John Sinclair kannte keine Gnade.

Er zog den Dämon zu sich heran, dessen Macht jetzt gebrochen war.

Dann drückte er das Amulett gegen Wendell Carsons Brust.

»Aaahhh!« Ein gräßlicher Aufschrei gellte durch das kleine Zimmer.

John Sinclair lief ein eiskalter Todeshauch den Rücken hinunter.

Das Amulett brannte sich wie ein heißes Eisen in die Brust des Dämons ein.

Der Dämon sank zurück.

Kleine, bläulich zuckende Flammen sprangen plötzlich aus seinem Körper, hüllten ihn ein wie ein Kranz.

Wendell Carson verbrannte in dem Höllenfeuer.

Als John Sinclair sich umwandte, sah er Bill Conolly und den Portier im Türrahmen stehen.

Sheila Hopkins lag auf dem Boden und hatte beide Hände gegen ihre Ohren gepreßt.

»Mein Gott, John. Was war das?« flüsterte Bill Conolly.

»Du hast soeben den Tod eines Dämons miterlebt«, erwiderte John leise.

»Ich . . . verstehe nicht.«

»Sheila hatte Besuch. Von einem gewissen Wendell Carson, der auch zu der damaligen Expedition gehört hat.«

»Und . . . er war . . .?«

»Ja, er war ein Dämon.«

»Mir ist das unbegreiflich«, stöhnte Bill.

»Ich werde gleich versuchen, dir eine Erklärung zu geben. Aber zuerst müssen wir uns um das Mädchen kümmern.«

Sheila Hopkins war immer noch vollkommen fertig. John und Bill legte sie auf das Bett.

»Holen Sie Kognak!« herrschte John den kreidebleichen Portier an.

»Sofort, sofort.«

Bill Conolly deutete auf Johns Hand. »Was ist das denn?«

»Ein Amulett. Ich habe es heute abend von einer alten Wahrsagerin bekommen. Es hat mir das Leben gerettet. Die Alte hatte mir gesagt, daß dieses Amulett vor Geistern und Dämonen schützt. Sie hatte recht.«

Der Portier kam mit einer halbleeren Flasche Kognak zurück. »Geben Sie her«, sagte John. »Und dann lassen Sie uns allein.«

Der Portier dienerte rückwärtsgehend aus dem Raum.

John Sinclair flößte Sheila ein wenig von dem Getränk ein.

Es half.

Das Girl öffnete die Augen. Tief atmete sie durch.

Verwirrt blickte Sheila auf die beiden Männer. »Was ist nur so plötzlich geschehen?« fragte sie leise. »Wendell Carson, was ist mit ihm passiert? Warum hat er so gräßlich geschrien? Mehr habe ich nicht mitbekommen.«

»Wendell Carson ist tot. Er war ein Dämon«, sagte John.

Sheila Hopkins begann plötzlich zu weinen. »Dann ist Kenneth auch verloren«, stieß sie schluchzend hervor.

»Ja«, sagte John leise. Er ließ das Mädchen weinen.

»Was muß sie nur durchgemacht haben!« meinte Bill Conolly mitfühlend. »Und was wird noch alles auf sie zukommen. Aber du bist mir eine Erklärung schuldig, John.«

»Gut. Ich kann mir nur vorstellen, daß dieser Sakuro die Menschen in einen Scheintod versetzt, aus dem nur er allein sie aufwecken kann. Sie sind praktisch seine Sklaven.«

»Möglich ist alles«, erwiderte Bill. »Nur, weshalb mußte Dr. Brandon sterben, wenn er doch auch Sakuro gehörte?«

»Ich weiß es nicht. Noch nicht«, schränkte John ein.

»Du willst trotz allem, was passiert ist, in die Pyramide?« erkundigte sich der Reporter.
»Natürlich.«
»Und Sheila?«
»Ist meiner Meinung nach bei uns am sichersten.«
Bill zuckte die Achseln. Was er heute gesehen hatte, war schon dicht an der Grenze gewesen.
Und dabei war dies erst der Anfang.
Es sollte noch viel schlimmer kommen . . .

Die Pyramide lag abseits der normalen Touristenstraßen.
»Es ist besser, wenn wir einen Jeep nehmen«, hatte Sheila Hopkins vorgeschlagen. »Dr. Brandon und sein Team sind damals auch mit solch einem Wagen zu der Grabstätte gefahren.«
Das Mädchen war wieder gut in Schuß. Sie hatte sogar die restlichen Stunden der Nacht geschlafen.
Den Jeep besorgte am anderen Morgen John Sinclair. Außerdem eine Karte der näheren Umgebung sowie tropenmäßige Kleidung und Pechfackeln. Diese nur als Sicherheit, falls die Taschenlampen ausfielen.
Der Weg zur Pyramide wurde, als sie die Straße verlassen mußten, beschwerlich.
Der Jeep ackerte über handtuchbreite Feldwege, die zumeist aus Sand und losem Geröll bestanden.
John, der hinter dem Lenkrad saß, fluchte das Blaue vom Himmel herunter.
Es war jetzt schon unerträglich heiß. Gnadenlos brannte die Sonne auf die Einöde. Das Wasser lief Sheila und den beiden Männern nur so am Körper herunter.
»Wie weit ist es noch?« fragte John den neben ihm sitzenden Bill Conolly.
Der Reporter blickte auf die Karte. »Meiner Schätzung nach fünfzehn Meilen, wenn man dieser Zeichnung hier glauben kann.«
Noch fünfzehn Meilen Schüttelei. Ein hartes Stück Arbeit. John schaltete einen anderen Gang ein und biß die Zähne zusammen.
Sheila, die auf dem Rücksitz saß, wurde am meisten durchgerüttelt. Doch das Mädchen hielt sich tapfer.
»Ob wir Kenneth noch retten können?« fragte sie plötzlich.

»Hoffnung besteht immer«, erwiderte John, obwohl er selbst nicht daran glaubte.

Am Horizont im Westen waren die Kegel einiger Pyramiden zu sehen. Dorthin führte auch eine Straße.

»Warum wird unsere Pyramide eigentlich nicht von Touristen besucht?« fragte Bill die hinter ihm sitzende Sheila.

»Soviel ich weiß, ist das Grabmal verflucht. Selbst Einheimische trauen sich nicht in dessen Nähe. Kenneth sagte mir mal, daß die Menschen manchmal einen Rauchpilz über der Pyramide gesehen haben. Es hieß dann, die Götter seien wieder auf die Erde gekommen. Schrecklich, diese Vorstellung.«

Die weitere Fahrt verlief schweigend. Der Jeep gab sein Bestes, quälte sich verbissen durch oft knietiefen Sand.

Schließlich tauchte die gesuchte Pyramide in der Ferne auf.

»Hoffentlich ist das keine Fata Morgana«, brummte Bill.

Es war keine.

Das Grabmal wurde immer größer, und schließlich konnte man sogar schon die Figuren vor dem Eingang erkennen.

Es waren Statuen der altägyptischen Götter. In Stein gehauen und haushoch standen sie wie ein drohendes Mahnmal.

John schaltete den Motor aus. Blubbernd kam der Jeep zum Stehen.

Die nachfolgende Stille war direkt unheimlich. Kein Lufthauch regte sich in der hitzeflirrenden Luft. Selbst der heiße Wind, der meist in der Wüste weht, schien sich gelegt zu haben.

John stieg als erster aus dem Wagen. Seine Gelenke waren steif vom langen Sitzen. Ein paar Lockerungsübungen machten ihn jedoch schnell wieder fit.

Langsam ging er auf die in Stein gehauenen Götzenfiguren zu. Der Sand knirschte leise unter seinen Fußsohlen.

»Wo ist denn hier der Eingang?« hörte er Bill hinter sich fragen.

»Wir stehen direkt davor.«

»Wie?«

John streckte die Hand aus. »Sieh dir den mittleren Quader an. Das ist das Tor.«

»Wie sollen wir den denn wegschieben?«

»Sie brauchen nur an der richtigen Stelle zu drücken, dann ist es kein Problem«, erklärte Sheila.

»Kennen Sie die Stelle?«

»Nein, aber sie ist leicht zu finden.«

»Na, ich weiß nicht.«

Inzwischen hatte John schon damit begonnen, den riesigen Quader abzutasten. Sicher, der Stein maß in der Höhe bald vier Yards, aber John ging von der Überlegung aus, daß der Öffnungsmechanismus in normaler Körperhöhe zu finden sein mußte. Denn irgendwie mußten die Menschen früher in die Pyramide gelangt sein.

Gemeinsam tasteten sie Zoll für Zoll die untere Hälfte des Quaders ab.

Schließlich schrie Sheila auf. »Ich hab's.«

Tatsächlich. Sie hatte einen kleinen Spalt in der fast glatten Felswand entdeckt und lehnte sich nun gegen den Quader.

Fast lautlos schwang der Stein zur Seite.

Eine dunkle Öffnung wurde sichtbar.

Bill lief zum Jeep und holte die Fackeln. Die anderen Sachen hatten sie schon bei sich.

John schlüpfte als erster in das Innere der Pyramide.

Muffige, aber kühle Luft empfing ihn.

John wußte aus Berichten, daß die Pyramiden irgendwo kleine Schächte hatten, durch die Luft eindringen konnte.

Der Inspektor knipste die Lampe an, die an seiner Brust baumelte.

Der Lichtstrahl fraß sich in die totale Finsternis und riß Fledermäuse aus ihrem Schlaf.

Aufgeregt flatterten sie um die Köpfe der Menschen.

Sheila Hopkins duckte sich ängstlich.

Bill und das Mädchen hatten jetzt auch ihre Lampen eingeschaltet. Die scharf gebündelten Strahlen erhellten einen relativ breiten Gang, der schnurgerade in das fast unerforschte Innere der Pyramide führte.

Der große Quader war wieder in seine ursprüngliche Lage zurückgeglitten.

John holte ein Päckchen Streichhölzer aus der Tasche. Das Ratschen des Zündholzes an der Reibfläche klang in der lastenden Stille doppelt laut.

Die kleine Flamme flackerte unruhig hin und her.

»Von irgendwo kommt Luft«, sagte Bill. Seine Stimme klang seltsam hohl und rief bei Sheila eine Gänsehaut hervor.

Das Zündholz verlosch.

»Weiter«, sagte John.

Hintereinander schlichen sie den Hauptgang entlang. Sheila Hopkins ging in der Mitte.

Nach einigen Minuten wurde der Gang schmaler und gabelte sich schließlich.

»Wohin?« fragte Bill Conolly.

»Wir gehen nach rechts«, entschied John.

Schritt für Schritt drangen sie weiter vor. Das Licht der Lampen huschte über die Wände und riß allerlei Malereien und in Fels gehauene Fabelwesen aus der Dunkelheit.

»Eine Fundgrube für die Wissenschaftler«, flüsterte Sheila.

Auf einmal wurde der Gang wieder breiter, und dann versperrte plötzlich eine Wand den weiteren Weg.

»Mist«, knurrte Bill. »Hätten doch lieber nach links gehen sollen.«

John tastete die Wand ab. Sie war glatt wie ein Kieselstein.

»Wieder zurück«, sagte Bill.

Plötzlich griff Sheila nach seinem Arm.

»Mister Sinclair. Hören Sie nichts?«

John konzentrierte sich, atmete mit offenem Mund.

Er blickte Sheila an. »Tut mir leid, ich kann nichts feststellen. Du vielleicht, Bill?«

Der Reporter schüttelte den Kopf.

»Aber Mister Sinclair. Sie müssen es doch hören. Dieses Singen. Die berauschende Musik. Sie ist herrlich, wunderbar. Ich muß zu ihr. Ich muß dorthin, woher das Singen kommt.«

Das Mädchen rannte los.

»Sheila!« schrie John.

Sie hörte nicht.

»Verdammt«, fluchte der Inspektor und rannte dem Girl nach. Er hatte Sheila Hopkins schnell eingeholt, riß sie an der rechten Schulter zurück.

Sheila Hopkins wehrte sich. Sie schlug mit beiden Fäusten nach John und traf ihn auf die Oberlippe.

Der Inspektor lockerte seinen Griff.

Sheila nutzte diese Chance und rannte weg.

»Kenneth, ich komme!« rief sie. »Ich komme!«

John durfte das Mädchen jetzt nicht ohne Schutz lassen. Mit Panthersätzen hetzte er hinter ihr her.

Noch drei, zwei Yards, dann hatte er sie.

In diesem Augenblick war Sheila verschwunden.

John Sinclair verdankte es nur seinem Instinkt und Reaktionsvermögen, daß es ihm nicht so ging wie Sheila.

Er sah das Loch im Boden im letzten Moment.

Der Inspektor stieß sich ab, hechtete über das Loch hinweg und verwandelte den Sprung in eine Rolle vorwärts.

Sheilas gellender Schrei brannte ihm dabei in den Ohren.

John war sofort wieder auf den Beinen. Zum Glück war das Glas der Lampe bruchsicher und funktionierte demnach genau wie vorher.

»Sheila!« rief John.

Doch da war keine Sheila Hopkins mehr. Und auch keine Falltür.

Nur der glatte Boden.

John wischte sich über die Stirn.

»Ich spinne doch nicht«, murmelte er.

Er bückte sich und untersuchte die Stelle, an der Sheila verschwunden war.

Ohne Erfolg.

John biß sich auf die Lippen. Sakuro hatte seinen ersten Sieg errungen.

Mit schnellen Schritten ging John Sinclair den Gang zurück. Er mußte jetzt erst mit Bill Conolly zusammen das Mädchen suchen.

»Bill!« schrie er. »Komm!«

Doch Bill Conolly antwortete nicht.

Schließlich hatte John die Stelle erreicht, wo der Gang zu Ende war.

»Bill?«

Keine Antwort.

Der Reporter war ebenfalls verschwunden!

John spürte, wie sich sein Magen zusammenzog. Er hatte auf einmal das Gefühl, daß diese Pyramide sein Grab werden könnte.

Die weiteren Ereignisse bestärkten ihn darin, denn plötzlich hörte er eine dröhnende Stimme.

»Sakuro holt sie alle – alle – alle . . .«

Das Echo der unheimlichen Stimme geisterte durch die Gänge und ließ eine eiskalte Gänsehaut über John Sinclairs Rücken rieseln . . .

Dunkelheit!

Drohende, grauenhafte Dunkelheit.

»Ich will hier raus«, flüsterte Sheila Hopkins tränenerstickt. »Ich will hier raus, ich will . . .«

Ihre Stimme versagte.

Die zurückliegenden Ereignisse fielen Sheila wieder ein. Wie im Zeitraffer sah sie alles noch mal genau vor sich.

Sie war plötzlich weggerannt. Warum?

Kenneth! Ja, er hatte sie gerufen. Und dann der rasende Fall. Sekundenbruchteile später der Aufprall und die folgende Ohnmacht. Nahmen die Schrecken denn kein Ende?

Sheila stöhnte gequält auf und betastete vorsichtig ihren Körper.

Zum Glück hatte sie sich nichts gebrochen.

Langsam beruhigte sich das Mädchen wieder, konnte endlich normale Gedanken fassen.

Wo waren die anderen?

»Mister Sinclair, Mister Conolly!« rief Sheila leise.

Keine Antwort.

Sheila rief noch einmal die Namen ihrer beiden Begleiter.

Wieder ohne Erfolg.

Angst kroch in ihr hoch. Angst, in diesem Loch lebendig zu sterben.

»Licht! Ich will Licht!« flüsterte Sheila und tastete mit fliegenden Fingern nach ihrer Brust.

Die Taschenlampe. Sie war noch da.

Sheila setzte sich auf. Ihr Atem ging schneller, als sie nach dem Schalter suchte, um die Lampe anzuknipsen.

Mit einem leisen ›Schnack‹ schwang der Schalter zurück und . . .

Nichts!

Die Lampe brannte nicht.

Für Sheila ging eine Welt unter.

In einem plötzlichen Verzweiflungsanfall riß sie sich die Taschenlampe über den Kopf und warf sie von sich.

Ein heller Strahl stach in den Raum.

Die Lampe brannte.

Irgend etwas mußte sich wohl, als Sheila in die Tiefe gestürzt war, verklemmt haben und hatte sich durch die heftigen Bewegungen wieder gelöst.

Auf allen vieren kroch Sheila Hopkins auf die Taschenlampe zu.

Sie nahm sie in beide Hände, als hätte sie Angst, das wertvolle Stück wieder zu verlieren.

Jetzt konnte Sheila Hopkins ihr Gefängnis genauer untersuchen.

Sie befand sich in einem Verlies, kaum größer als ein normaler Keller. Die Wände bestanden aus dicken Steinen, in die allerlei Zeichen geritzt worden waren.

Langsam ließ Sheila Hopkins die Lampe kreisen.

Die Wände waren nackt.

An der vierten Wand stand ein Sarkophag.

Die Lampe zitterte in Sheilas Hand, als sie den Steinsarg anleuchtete.

Das Mädchen konnte nicht ahnen, daß vor mehr als zweitausend Jahren Sakuro in diesem Verlies eingemauert worden war. Daß der Sarkophag ihm als letzte Ruhestätte gedient hatte.

Mit unsicheren Schritten ging Sheila auf den Steinsarg zu. Der schwere Deckel war mit Sprüchen und schrecklichen Figuren bemalt, die trotz der langen Zeit noch gut zu erkennen waren.

Das Mädchen leuchtete den Sarkophag Stück für Stück mit der Taschenlampe ab.

Ihr fiel auf, daß der schwere Deckel etwas schräg auf dem Unterteil lag.

Sollte etwa . . .?

Sheila trat unwillkürlich einen Schritt zurück. Ihre Lippen bebten, und eine Gänsehaut strich über ihren Rücken.

Hatte Sakuro von hier aus seinen Rachefeldzug begonnen? Hatte ihn Dr. Brandon vielleicht freigelassen? Wenn ja, wie war der Wissenschaftler wieder an die Außenwelt gelangt?

Auf einmal wollte es Sheila genau wissen.

Sie hängte sich die Lampe wieder vor die Brust und griff mit beiden Händen nach dem schweren Deckel.

Sheila setzte ihre gesamte Kraft ein, um den Deckel hochzubekommen.

Sie schaffte es nicht.

Erschöpft hielt sie inne. Ihre Lungen arbeiteten wie ein Blasebalg. Die Arme zitterten wie Espenlaub.

Nach einigen Minuten hatte sie wieder soviel Kraft gesammelt, um es erneut zu versuchen.

Diesmal stemmte sie sich gegen den Deckel, wollte ihn von dem Unterteil des Sarkophags schieben.

Das Mädchen keuchte vor Anstrengung. Die Adern traten ihr wie dicke Stränge hervor.

Jetzt.

Millimeter für Millimeter bewegte sich der schwere Steindeckel, rutschte ein Stück an das Fußende des Sarkophages und gab den Blick in das Innere frei.

Sheila Hopkins leuchtete in den freigewordenen Spalt.

Ein grinsender Totenschädel starrte sie an!

Aufschreiend taumelte Sheila Hopkins nach hinten, unfähig, einen klaren Gedanken zu fassen.

Sie riß beide Hände vor das Gesicht und schrie, schrie, schrie.

Doch der Schrecken sollte noch lange kein Ende nehmen.

Durch die gespreizten Finger sah Sheila, wie der schwere Sarkophagdeckel Stück für Stück zur Seite geschoben wurde, das Übergewicht bekam und auf den Boden prallte, wo er in viele Teile zerbrach.

Eine knöcherne Hand schob sich langsam über den Rand des Sarkophags.

Der Hand folgte ein Arm, ein Stück Schulter und dann der häßliche Totenschädel.

Unendlich langsam stieg ein Skelett aus dem Sarg.

Sheila Hopkins' Schreien war in ein leises Wimmern übergegangen. Langsam sackte das Mädchen in die Knie.

Der Schein der Taschenlampe beleuchtete erbarmungslos die Szene, die sich vor ihren Augen abspielte.

Mit den abgehackten Bewegungen eines Roboters kam das Skelett auf die wehrlose Sheila Hopkins zu . . .

Bill Conolly sah John Sinclair verschwinden.

Der Reporter drehte sich um und machte sich nochmals an die Untersuchung der Wand.

Er fuhr mit seinen Händen über den glatten Stein . . . und zuckte wie elektrisiert zusammen.

Bills Hände steckten in der Wand!

Der vorher harte Stein war weich wie Pudding geworden.

Der Reporter bekam es mit der Angst zu tun. Er wollte seine Hände aus der breiigen Masse herausziehen, doch die andere Kraft war stärker.

Stück für Stück wurde Bill in die Wand gezogen.

Verzweifelt versuchte sich der Reporter zu befreien, strampelte mit den Beinen, riß sich bald die Arme aus den Gelenken.

Ohne Erfolg.

Die unheimliche Kraft war stärker.

Bill steckte bereits bis zu den Schultern in der Wand, sah die schwarze Drohung jetzt dicht vor seinen Augen.

Bill Conolly verlor die Nerven.

Ein aus höchster Verzweiflung geborener Schrei, der jedoch nach Sekundenbruchteilen schon erstickt wurde, entrang sich seiner Kehle.

Dann war Bills Kopf nicht mehr zu sehen.

Der Reporter verschwand im Schlund der Hölle.

»Neiiin!«

In panischer Angst schüttelte Sheila Hopkins den Kopf, als die Knochenfinger des Skeletts ihre Schulter berührten. Eine andere Hand griff in ihr Haar, zog den Kopf zurück.

Sheila starrte genau auf den schrecklichen Totenschädel. Die Taschenlampe brannte immer noch und zeigte jede Einzelheit des Skeletts.

Der Totenschädel näherte sich Sheilas Gesicht, die freie Hand des Skeletts holte zu einem Schlag aus.

Da geschah etwas Seltsames.

Eine dröhnende Stimme hallte durch das enge Verlies. Worte in einer Sheila unbekannten Sprache wurden gesprochen.

Das Skelett ließ ihr Haar los und zog sich zurück.

Sheila, die alles nur halb mitbekommen hatte, lag auf dem Boden und wimmerte. Sie war mit ihrer Nervenkraft am Ende. Sie hatte mehr durchgemacht, als ein normaler Mensch aushalten kann.

»Sheila!« drang wieder diese Stimme an ihr Ohr. »Sheila Hopkins!«

Das Mädchen blickte auf . . . und sah Sakuro.

Der Dämon stand in ihrem Verlies, einen Totenkopf unter den Arm geklemmt. Blut tropfte aus den Augenhöhlen des Schädels.

Sakuro selbst trug einen dunkelroten Umhang. Sein Gesicht, sonst schrecklich anzusehen, war wie aus Stein gemeißelt. Es war das Gesicht eines Asketen. Dunkle, fast schwarze Augen, eine etwas gekrümmte schmale Nase und ein schmallippiger Mund rundeten dieses Bild ab.

»Was – was hat das alles zu bedeuten?« stammelte Sheila.

Sakuro verzog die strichdünnen Lippen. »Ich will es dir erklären, wie ich es auch schon Dr. Brandon gesagt habe. Als man mich vor Tausenden von Jahren köpfte, wußte niemand, daß man Sakuro nicht töten kann. Man mauerte mich hier in dieses Verlies ein. Mein Körper vermoderte im Laufe der Zeit, doch mein Geist entschwand, wurde aufgenommen in die Welt der Dämonen, in den Raum zwischen Diesseits und Jenseits. Doch Pharao Xotorez hatte mich damals verflucht, und so konnte ich nur im Reich der Dämonen leben, konnte nicht zurück in die normale Welt. Bis Dr. Brandon kam. Er drang in die Grabkammer ein, machte damit den Fluch wirkungslos und gab mir die Freiheit.«

»Aber dann war Dr. Brandon ja Ihr Retter?«

»Ja, er war es.«

»Und warum haben Sie ihn umgebracht?«

»Er wollte nicht mein Diener sein. Genau wie sein Sohn. Ich habe Dr. Brandon in einen Scheintod versetzt und ihn erst wieder davon erlöst, als er mit seinem Sarg in die Verbrennungskammer rollte.«

Sheila Hopkins stockte der Atem über soviel Grausamkeit.

»Was willst du noch wissen?« fragte Sakuro.

»Und Kenneth. Was ist mit Kenneth geschehen?« flüsterte Sheila.

»Noch nichts. Ich habe ihn nur in meine Gewalt gebracht. Genau wie Wendell Carson. Die beiden und Dr. Brandon waren die Grabschänder, während die anderen nicht mit in das Innere der Pyramide gegangen sind. Kenneth Brandon ist mein Diener. Genau wie du meine Dienerin sein wirst.«

»Nein!« schrie Sheila. »Niemals!«

Sakuro stieß ein teuflisches Lachen aus. »Du kannst dich nicht wehren. Du bist in meiner Gewalt. Hier unten herrsche ich.«

»Ich bin nicht allein. Ich habe Freunde, die nach mir suchen werden. Sie werden mich finden, und dann . . .« Sheilas Stimme überschlug sich.

»Deine Freunde sind auch in meiner Gewalt. Sie werden nie mehr als normale Menschen diese Grabstätte verlassen. Sie werden nur noch mir gehorchen.«

»Das glaube ich Ihnen nicht. Das . . .«

»Ich werde es dir beweisen. Und dann kannst du dich sogar freiwillig entscheiden, ob du meine Dienerin werden willst.«

Sheilas Augen irrten hin und her. Ihr Blick blieb auf dem Skelett haften.

Sakuro bemerkte es wohl und sagte: »Mein Urkörper wird jetzt für mich eine andere Aufgabe übernehmen. Er wird einen deiner Begleiter töten.«

»Nein«, hauchte Sheila, »nicht, bitte, nicht. Ich tu alles, was Sie wollen.«

»Wirst du auch meine Dienerin werden?«

»Ich . . .«

»Ja oder nein.«

»Ja.«

Sakuro lachte zynisch. »Du lügst. Ich spüre es, wenn Menschen lügen. Aber damit rettest du deinen Freund erst recht nicht. Sein Schicksal ist schon bestimmt. Ich werde dich jetzt mitnehmen und dir etwas zeigen, was deinen Entschluß, mir nicht zu dienen, bestimmt ändern wird. Steh auf!«

Sheila gehorchte.

Sakuro trat neben sie und hob die Hand.

Ein Stein im Mauerwerk der Wand begann sich plötzlich zu drehen, gab einen Ausgang frei.

»Geh vor«, sagte Sakuro.

Sheila folgte seinem Befehl.

Der Dämon führte Sheila durch unzählige Gänge, bis sie in eine große Halle kamen.

In der Halle war es hell. Fackeln, die in eisernen Halteringen an den Wänden steckten, brannten flackernd.

Sheila Hopkins blickte sich um.

Und dann sah sie etwas, was sie nie mehr in ihrem Leben vergessen würde . . .

Die Stille war erdrückend.

John Sinclair hörte seinen eigenen Herzschlag überlaut pochen. Der Inspektor hatte plötzlich das Gefühl, lebendig begraben zu sein.

John löschte die Lampe, konzentrierte sich auf jedes Geräusch. Würde Sakuro kommen, um ihn zu holen?

Und was war mit Bill Conolly geschehen?

Ein schwaches Leuchten erregte Johns Aufmerksamkeit. Es kam von vorn aus dem Gang.

John wartete ab.

Das Leuchten wurde stärker, eine Gestalt schälte sich aus der Dunkelheit.

Ein Skelett!

John glaubte seinen Augen nicht zu trauen. Er dachte an eine Einbildung, an eine Halluzination.

John Sinclair schloß die Augen, öffnete sie wieder.

Dann schaltete er die Lampe an.

Der Strahl schnitt durch die Dunkelheit und traf die bleichen Knochen des Skeletts.

Noch wenige Yards, dann hatte die unheimliche Figur John erreicht.

Der Inspektor sah, daß das Skelett etwas in der Hand hielt.

Ein silbrig glänzendes Schwert.

John wich zurück.

Der Fall des Hexers kam John wieder in den Sinn. Damals hatte er auch gegen Tote ankämpfen müssen.

Das Skelett hob den knochigen Arm mit dem Schwert. Es war klar, daß es John den Schädel spalten wollte.

Das Schwert sauste durch die Luft.

John Sinclair wich gedankenschnell zur Seite. Das tödliche Instrument verfehlte ihn nur um wenige Millimeter.

Der Inspektor überwand seinen Ekel und drosch die geballte Faust auf den blanken Schädel des Skeletts.

Der Knochenmann klappte zusammen.

John trat mit der Fußspitze zu und trennte einen Arm vom Körper des Skeletts.

Dann griff er sich das Schwert.

Mit verbissenem Gesicht schlug er auf das Knochengestell ein, zerstückelte es in unzählige Teile.

Doch dann geschah etwas Schreckliches.

Die Teile bewegten sich, liefen zusammen, formten sich zu einem neuen Körper.

John Sinclair kämpfte mit dem Mut der Verzweiflung gegen dieses unheimliche Phänomen.

Immer wieder fegte er die einzelnen Knochen auseinander, immer wieder wuchsen sie zusammen.

Und plötzlich wurde John klar, daß er diesen Kampf niemals gewinnen konnte.

Da fiel ihm das Amulett ein.

John warf das Schwert weg, griff in die Hosentasche und holte das Amulett hervor.

Das Skelett wollte gerade wieder einen neuen Angriff starten.

John Sinclair hielt das Amulett zwischen Daumen und Zeigefinger.

Es war sein letzter Versuch.

Das Skelett stoppte.

Es war, als sei es gegen eine unsichtbare Wand gelaufen. Die ausgestreckten Knochenarme fielen zurück, die Beine knickten ein.

Das Skelett sank zu Boden.

Der unheimliche Gegner war besiegt. John sah, wie die Knochen plötzlich zerfielen.

Was zurückblieb, war Asche.

Der Inspektor lehnte sich gegen die Wand. Er war einer Erschöpfung nahe.

John Sinclair ging den Weg zurück, den er gekommen war.

Und da sah er auch wieder das Loch, durch das Sheila verschwunden war.

Hier mußte das Skelett hergekommen sein.

John leuchtete mit der Lampe in die Tiefe. Der Strahl geisterte durch das leere Verlies und riß den Sarkophag aus der Dunkelheit.

John sah aber auch die dunkle Öffnung in der einen Wand des Verlieses.

Der Inspektor zögerte keine Sekunde länger, sondern sprang nach unten.

Er kam gut auf und lief sofort auf die Öffnung in der Wand zu.

Ein schmaler Gang nahm den Inspektor auf.

Was würde ihn am Ende des Ganges erwarten?

Bill Conolly schwamm durch eine unendliche Leere. Er wußte nicht, wo oben oder unten war, hatte jegliches Gefühl für die Dimensionen verloren.

Bill befand sich auf der Schwelle zwischen dem Diesseits und dem Jenseits.

Er war durch das Eindringen in die Wand in eine andere Welt gelangt, die er nun unbewußt durchquerte.

Ein harter Schlag riß ihn wieder in die Wirklichkeit zurück.

Bill öffnete die Augen.

»Oh, mein Kopf«, stöhnte er.

Bill Conolly lag auf dem Rücken, die Arme fest an den Körper gepreßt.

Der Reporter wollte sich bewegen.

Es ging nicht.

Sein Körper war in eine Starre gefallen. Bill konnte nicht einmal den kleinen Finger rühren, geschweige denn aufstehen.

Nur sein Geist funktionierte einwandfrei.

Auch konnte er sprechen, hören, fühlen.

Bill stellte fest, daß er etwas erhöht lag. Über ihm wölbte sich eine haushohe Decke. Flammenschein zuckte über sein Gesicht.

Bill drehte die Augen ein wenig und konnte einige Fackeln erkennen, die an den Wänden der Halle befestigt waren.

Kein Mensch war in der Nähe.

Mensch? Gab es überhaupt noch Menschen in diesem riesigen Kerker?

Bill glaubte fast selbst nicht mehr daran.

Und was war mit Sheila Hopkins geschehen? Lebte sie noch? Und John? Wo mochte er stecken?

Je mehr Bill Conolly über diese Probleme nachdachte, um so verzweifelter kam ihm die eigene Lage zu Bewußtsein.

Plötzlich hörte er Schritte.

Sie waren in seinem Rücken aufgeklungen, näherten sich langsam und schleppend.

Ein Schatten fiel über Bill Conollys Körper.

Der Reporter hielt den Atem an.

War das sein Ende?

Der Unbekannte ging um ihn herum, stellte sich an das Fußende.

Jetzt erkannte Bill den Mann.

Es war Kenneth Brandon!

Brandon trug einen langen schwarzen Umhang. Sein Gesicht war eingefallen und bleich. Seine Augen lagen tief in den Höhlen und waren seltsam rot.

Wie Blut, dachte Bill schaudernd.

Lange betrachtete Kenneth Brandon den reglos liegenden Reporter. Schließlich sagte er: »Auch du wirst zu uns gehören.«

Bill atmete tief ein. Er versuchte seiner Stimme einen festen Klang zu geben, als er fragte: »Wie soll ich das verstehen?«

»Du bist in Sakuros Grabmal eingedrungen. Keinem Fremden ist das je ungestraft gelungen. Du wirst bald zu uns gehören und genau wie ich Sakuros Diener werden.«

»Ich denke nicht daran«, knurrte Bill.

Kenneth Brandon lächelte wissend. »Das habe ich auch gesagt. Ich wollte vor Sakuro fliehen, aber er hat mich und meinen Vater sogar in London aufgespürt. Meinen Vater hat er grausam bestraft. Und als das geschehen war, wußte ich, daß ich Sakuro nicht mehr entkommen konnte. Genau wie Wendell Carson, einer meiner besten Freunde.«

»Carson ist tot«, sagte Bill.

»Ich weiß. Und der Mann, der ihn getötet hat, wird eine besonders schreckliche Strafe bekommen.«

Bill war klar, daß mit diesem Mann nur John Sinclair gemeint sein konnte.

»Aber was ist mit Ihrer Verlobten?« wechselte der Reporter das Thema.

»Sie ist nicht mehr mit mir verlobt. Sie ist ein Mensch. Und Menschen sind die größten Feinde der Dämonen. Sakuro wird sie in unser Reich holen. Genau wie dich. Es geschieht nach einem alten Zeremoniell. Dir wird der Kopf abgeschlagen. Du bist tot und doch nicht tot. Unter den magischen Kräften des Dämons wirst du in alle Ewigkeiten weiterleben im Reich der Dämonen und Geister. Du kannst so oft du willst auf diese Welt zurückkehren, aber nie als normaler Mensch. Du wirst die Menschen hassen lernen. Du wirst sie vernichten, wo immer du sie triffst.«

Bei den letzten Worten hatte sich Brandons Gesicht verändert. Die Augen waren plötzlich verschwunden, statt dessen konnte Bill nur noch leere Höhlen erkennen, die sich jedoch langsam mit Blut füllten.

»Die Stunde der Vergeltung kommt«, murmelte Kenneth Brandon und zog unter seinem Umhang ein Krummschwert hervor.

Mit seltsamen Bewegungen ließ er das Schwert über Bill Conolly kreisen. Dabei murmelte er unablässig Worte in einer Bill fremden Sprache.

Der Reporter bemerkte, wie die Steifheit in seinen Gliedern plötzlich nachließ.

Er versuchte, einen Arm zu heben.

Es klappte.

Auch in die Beine strömte wieder Gefühl. Bill kam es vor, als würden seine Adern wieder neu mit Blut gefüllt.

Kenneth Brandon trat zurück.

»Steh auf!« befahl er.

Bill bewegte seinen Oberkörper. Es ging, wenn auch etwas schwerfällig, aber immerhin.

»Geh zum Opferstein«, sagte Kenneth Brandon und deutete mit dem Arm auf einen Felsklotz genau in der Mitte der Halle.

Bill setzte sich in Bewegung. Etwa einen Yard entfernt ging er an Kenneth Brandon vorüber.

Und plötzlich explodierte Bill Conolly. Er warf sich aus der Bewegung herum, um Kenneth Brandon die Faust ins Gesicht zu schmettern.

Der gnadenlose Schlag traf Bill an der rechten Schläfe.

Der Reporter blieb mitten in der Bewegung stehen und wurde zurückgeschleudert. Mit dem Rücken zuerst knallte er auf den harten Boden.

»Du kannst gegen uns nicht bestehen«, sagte Kenneth Brandon nur. »Und nun geh.«

Ächzend stand Bill Conolly auf. Seine rechte Gesichtshälfte brannte wie Feuer.

»Knie dich vor dem Stein auf den Boden!« befahl Kenneth Brandon.

Siedend heiß fielen Kenneth Brandons Worte dem Reporter wieder ein.

»Dir wird der Kopf abgeschlagen.«

Bill blickte auf den Stein, der dunkel von geronnenem Blut war.

Fast automatisch ließ er sich auf die Knie fallen. Er hörte Schritte und hob den Kopf.

Kenneth Brandon kam auf ihn zu. Aus seinen Augen tropfte das Blut und hinterließ dicke rote Spuren in seinem Gesicht.

Bill Conolly spürte auf einmal eine innerliche Leere. So, als wäre ihm alles egal.

Er konnte nicht wissen, daß dieses Gefühl von Kenneth Brandons magischen Kräften herrührte.

Wie von selbst legte Bill Conolly seinen Kopf auf den Opferstein.
Kenneth Brandon hob das Schwert.
Bill Conolly schloß mit seinem Leben ab.

Sheila Hopkins verlor fast den Verstand.

»Kenneth!« Der gellende Frauenschrei zerriß die Stille in der Tempelhalle.

Und dieser Schrei war es, der Kenneth Brandon zögern ließ.

Bill Conolly erfaßte diese winzige Chance. Er rollte sich einfach zur Seite.

Im selben Augenblick schlug Kenneth Brandon zu.

Die tödliche Klinge des Krummschwertes pfiff durch die Luft, verfehlte Bill Conollys Kopf nur um Millimeter, knallte auf den Stein und brach singend auseinander.

Fassungslos starrte Kenneth Brandon auf die Klinge.

»Kenneth!« Sheila Hopkins hielt es nicht mehr länger aus. Sie rannte auf ihren Verlobten zu.

»Bleib, wo du bist, Sheila!« brüllte Bill.

Das Mädchen hörte nicht, wollte sich ihrem Verlobten in die Arme werfen.

Sheila vergaß, daß Kenneth Brandon ein Dämon war.

Er packte das Mädchen und schleuderte es wutentbrannt von sich. Dann wandte er sich Bill Conolly zu.

In diesem Moment griff Sakuro ein.

Er, der bisher im Hintergrund der Tempelhalle gestanden hatte, hob beide Arme.

Sofort blieb Kenneth Brandon stehen.

Sheila, die wimmernd am Boden lag, kämpfte sich auf die Beine und taumelte auf Bill Conolly zu, der sie schützend in seine Arme schloß.

»Kenneth – was ist nur los mit ihm?« flüsterte Sheila tränenerstickt. »Das Blut in seinen Augen. Es ist schrecklich. Ich glaube, er will mich töten.«

Bill gab keine Antwort. Er wußte, daß Sheila recht hatte.

Sakuro ergriff das Wort. Er baute sich vor Sheila Hopkins und Bill Conolly auf und sprach mit einer Stimme, die den beiden Menschen Angstschauer über den Rücken laufen ließ.

»Ihr könnt dem irdischen Tod nicht mehr entrinnen. Es gibt keinen Ausweg mehr. Sakuro braucht Diener. Ihr werdet in den

Kreis der Dämonen einkehren und dort für alle Zeiten weiterleben. Auseinander!«

»Nein!« Bill Conollys Stimme klang fest. »Sie müssen uns schon einzeln holen!«

Sekunden später dröhnte Sakuros Lachen durch die Halle.

»Ihr jämmerlichen Gestalten!« rief er. »Was wollt ihr schon gegen mich unternehmen? Paßt auf. Ich werde euch meine Macht demonstrieren!«

Sheila und Bill sahen mit Schrecken, wie sich Sakuros Gesicht verwandelte.

Die Haut über den Wangenknochen spannte sich, die Augen verschwanden, wurden zu leeren Totenhöhlen, die sich langsam mit Blut füllten.

Währenddessen löste sich Sakuros Gestalt vom Boden, wurde riesig und schwebte in der großen Tempelhalle.

Gleichzeitig spürten Sheila und Bill die eisige Kälte, die sie plötzlich umfangen hielt, die Muskeln lähmte und sie hart wie Stein werden ließ.

»Euer Ende ist gekommen!« verkündete Sakuro mit Stentorstimme. »Bald seid ihr in meinem Reich!«

Namenloses Grauen hatte Sheila und Bill gepackt. Sie sahen genau in die Totenfratze des Dämons und wußten, daß sie verloren waren.

Sie standen bereits auf der Schwelle zum Dämonenreich . . .

»Sakuro!«

Die Stimme peitschte durch die Halle und brach sich hundertfach als Echo an den Wänden.

Der Dämon wandte sich um.

John Sinclair stand in der Halle.

In der linken Hand hielt er ein Schwert, in der rechten sein Amulett.

Das Amulett brannte wie Feuer auf Johns Handteller. Magische Kräfte wurden frei und erreichten den Dämon.

Sakuro wankte zurück. Innerhalb von Sekunden verwandelte er sich wieder in einen normalen Menschen.

»Dein Ende ist gekommen«, sagte John und ging auf den Dämonen zu.

Doch er hatte nicht mit Kenneth Brandon gerechnet, der ihm den Weg abschnitt.

John Sinclair sah die Bewegung und fuhr herum.

Brandon befand sich mitten im Sprung, als ihn die übernatürlichen Kräfte des Amuletts erreichten.

Sein Aufschrei war schrecklich.

Es schien, als würde Kenneth Brandon gegen eine unsichtbare Wand springen.

Er wurde zurückgeschleudert und krachte auf den Opferstein. Abwehrend hielt der Dämon beide Arme vorgestreckt, um dem Einfluß des Amuletts zu entgehen.

Er schaffte es nicht.

Die andere Kraft war stärker.

Der Dämon begann zu winseln, wand sich wie ein Wurm auf dem Boden.

John nahm das Schwert und stieß es mit aller Macht in die Brust des Unheimlichen.

Kein Tropfen Blut quoll hervor.

Kenneth Brandon krallte seine Hände um die Schneide. Sein Gesicht war grauenhaft entstellt, der Mund zu einem lautlosen Schrei geöffnet.

Und dann schossen plötzlich kleine blaue Flammen aus dem Körper des Dämons. Sie wuchsen rasch.

John wußte, daß es nun mit Kenneth Brandon endgültig zu Ende war.

Kenneth Brandon brannte im Höllenfeuer.

Schließlich war nur noch sein Kopf vorhanden.

Es war ein gräßliches Bild.

Und plötzlich verwandelte sich der Kopf des Dämons. Für Sekunden schälte sich Kenneth Brandons Gesicht aus dem Höllenfeuer. Ein Gesicht, das allen Schmerz zeigte, den Kenneth Brandon erlitten hatte.

Ein klagender Laut drang noch aus dem Mund des Sterbenden, dann war es vorbei.

Vom Grauen geschüttelt, wandte sich John Sinclair ab.

»Mein Gott, John«, hörte er eine bekannte Stimme.

Der Inspektor zuckte die Schultern. »Es ist vorbei, Bill. Der Fluch ist gebrochen.«

Bill Conolly und auch Sheila Hopkins, die beide aus ihrer Erstarrung erlöst worden waren, kamen auf John zu.

Sheila sah den Inspektor fragend an.
»Ist er – ist . . .?«
»Ja, Ihr Verlobter ist tot.« John deutete auf die Asche am Boden. »Endgültig tot.«
»O mein Gott.« Sheila verbarg ihr Gesicht in beiden Händen.
»Und Sakuro?« fragte Bill.
»Verdammt!« John ruckte herum. »Sakuro ist verschwunden.«
Bill Conolly sah den Freund ernst an. »Dann ist die Geschichte noch längst nicht zu Ende?«
»Ich fürchte . . . nein.«
»Und was machen wir jetzt?«
»Erst mal von hier verschwinden. Sheila braucht Ruhe.«
»Ich werde bei ihr bleiben«, sagte Bill und legte seinen Arm um die Schultern des Mädchens. »Kennst du den Ausgang?«
»Ja.« John blickte sich um. »Sag mal, wie kommen eigentlich unsere Fackeln an die Wände?«
»Frag mich nicht. Ich weiß es nicht. Ich war plötzlich weg. Die Wand, ja.« Bill schlug sich gegen die Stirn. »Jetzt fällt es mir wieder ein. Ich bin durch die Wand gezogen worden.«
»Im Ernst?«
»Wenn ich es dir doch sage.«
John schüttelte den Kopf. »Es ist unglaublich.«
»Was meinst du?«
»Daß es auf dieser Welt Stellen gibt, durch die man in eine andere Dimension geschleust werden kann. Zum Beispiel in das Dämonenreich. Ich habe so etwas schon mal in einem Buch gelesen. Wollte es aber nie glauben.«
Bill Conolly zuckte die Achseln.
»Komm«, sagte John Sinclair, »sehen wir zu, daß wir hier rauskommen.«
Sie fanden den Rückweg. Die Fackeln ließen sie da. Sie brauchten sie nicht mehr.
Draußen empfing sie die grelle Sonne.
Sheila, die sich wieder einigermaßen erholt hatte, atmete tief ein.
»Es ist herrlich, wieder auf der Welt zu sein.«
Die beiden Männer stimmten ihr zu.
Und doch hatte John Sinclair ein komisches Gefühl.
Denn Sakuro lebte . . .

Wochen vergingen!

Wochen, in denen nichts geschah. John Sinclair hatte bereits den Namen Sakuro so gut wie vergessen und sich in andere Aufgaben gekniet.

Dann kam jener schicksalsschwere Montag.

Sir Gerald Hopkins, Alleininhaber der Hopkins Chemical, hatte ein neues Zweigwerk gebaut. Die Produktion sollte morgen schon anlaufen, und aus diesem Grund hatte der Industrielle zu einer Feier ins Londoner Hilton eingeladen.

Vertreter der Wissenschaft, der Industrie und der hohen Politik waren gekommen, um Sir Gerald Hopkins, der enorm viel Einfluß besaß, ihre Reverenz zu erweisen.

Man hatte den großen Konferenzraum gemietet und wartete nun mehr oder weniger gespannt auf Sir Geralds Erscheinen.

Der Industrielle saß zu diesem Zeitpunkt in der von ihm reservierten Hotelsuite und las noch einmal seine Rede durch.

Das dezente Summen des Telefons unterbrach ihn in seiner Arbeit.

»Ja«, knurrte Sir Gerald leicht verärgert.

»Aber Dad«, klang eine helle Stimme aus dem Hörer. »Wenn ich dich so höre, kann ich direkt sehen, daß du schlechte Laune hast.«

»Jetzt nicht mehr, Sheila«, sagte der Industrielle. »Ich dachte, es wäre wieder einer dieser schrecklichen Reporter, die . . .«

»Sage nichts gegen Reporter, Dad«, unterbrach ihn seine Tochter. »Schließlich . . .«

»Stimmt«, lachte Sir Gerald. »Ich hatte ganz vergessen, daß du mit einem Reporter befreundet bist.«

»Sogar mehr als das«, erwiderte Sheila.

»Nanu, das sind ja Neuigkeiten. Darf man schon gratulieren?«

»Ach, Unsinn. Soweit ist es noch nicht. Du weißt doch«, die Stimme des Mädchens wurde schlagartig ernst, »daß ich Kenneth so leicht nicht vergessen kann.«

»Ja, mein Kind. Schade, daß du nicht hier bist. Wir hätten uns nachher noch einen netten Abend gemacht und dann . . .«

»Geh du mal lieber ins Bett«, sagte Sheila lachend. »In deinem Alter braucht man viel Schlaf. Also, mach's gut, Dad. Wir sehen uns in einigen Tagen.«

»Laß es dir gutgehen, Girly«, sagte Sir Gerald und legte mit einem wehmütigen Lächeln den Hörer auf.

Sheila war sein und alles. Seit dem Tod ihrer Mutter lebte er nur noch für sie. Das Mädchen war schon in Ordnung. Wenn er daran dachte, was sie alles durchgemacht hatte . . . Sir Gerald schüttelte den Kopf. Es war ein Wunder, daß seine Tochter überhaupt noch lebte.

Und doch bereitete Sheila Sir Gerald einige Sorgen. Wen würde sie einmal heiraten? Vor allen Dingen, war dieser Mann dann in der Lage, den riesigen Betrieb weiterzuführen?

Sir Gerald erhob sich und zog sich seine Smokingjacke über. Dann nahm er die Papiere an sich, trat noch einmal vor den Spiegel, um sein Aussehen zu überprüfen, nickte zufrieden und verließ die Suite.

Der Hotelflur war mit dicken Teppichen ausgelegt. Sir Geralds Schritte waren kaum zu hören, als er auf den Lift zuging.

Plötzlich streifte ein kalter Hauch seinen Nacken.

Der Industrielle drehte sich unwirsch um, um zu sehen, ob jemand hinter ihm ging.

Nichts.

Wird wohl irgendwo Durchzug sein, dachte Sir Gerald.

Doch hier irrte er sich.

Es war kein Durchzug, der ihn gestreift hatte, sondern Sakuros Todeshauch . . .

Einer der vier Aufzüge stand offen.

Sir Gerald Hopkins schob die Türen mit einem leichten Druck auseinander, setzte seinen Finger auf den Knopf zum Erdgeschoß, ließ sich auf die gepolsterte Bank nieder und gondelte abwärts.

Unten in der Halle wurde er schon erwartet. Wie hungrige Wölfe stürzten sich die Reporter auf ihn, bombardierten den Industriellen mit Fragen.

Sir Gerald wehrte alles ab.

»Hören Sie sich meine Ausführungen an, und kommen Sie anschließend zur Pressekonferenz.«

»Aber dann ist es zu spät für die Morgenausgabe!« rief einer schrill.

»Das ist nicht mein Bier, Gentlemen. So, und nun lassen Sie mich bitte durch.«

Die Reporter machten nur widerwillig Platz.

Sir Gerald durchquerte die Halle und wandte sich nach links, dem Konferenzraum zu.

Er war bis auf den letzten Platz gefüllt. Schließlich wußte man, was man einem Mann wie Sir Gerald schuldig war.

Die Anwesenden klatschten dezent Beifall, als der Industrielle durch den Mittelgang zum Rednerpult schritt.

Kameras surrten, Blitzlichter flammten.

Jetzt hatte Sir Gerald das Pult erreicht. Ein Hausdiener brachte ihm ein frisches Glas Wasser.

Sir Gerald legte die Unterlagen zurecht und begann mit akzentuierter Stimme zu sprechen. Der Industrielle gehörte zu den Personen, die durch ihre Worte die Zuhörer faszinieren konnten. Er sagte nichts Überflüssiges, sondern redete immer im Klartext.

Etwa zehn Minuten waren vergangen, als Sir Gerald wieder diesen kalten Hauch im Nacken spürte. Er schüttelte sich unwillkürlich und wollte zu dem Glas Wasser greifen, um einen kleinen Schluck zu trinken.

Der Arm blieb mitten in der Bewegung stehen.

Sir Gerald Hopkins spürte plötzlich eine eisige Kälte, die an den Beinen anfing und bald seinen gesamten Körper erfaßte.

Er wollte noch etwas sagen, doch nur ein Krächzen kam von seinen Lippen.

Unruhe machte sich unter den Zuhörern breit.

»Schnell einen Arzt. Seht doch!« rief jemand.

Gebannt starrte alles auf das Rednerpult. Bis auf das Surren der Fernsehkameras, die jede Einzelheit festhielten, war es totenstill in dem Konferenzraum.

Dann brach Sir Gerald zusammen.

Tumult entstand.

Zwei Männer liefen auf das Rednerpult zu. Zuhörer, die von Beruf Arzt waren.

Sie kümmerten sich sofort um den am Boden liegenden Sir Gerald.

Einer zog ihm das linke Augenlid hoch. »Exitus«, sagte er.

»Da kann man nichts mehr machen«, meinte sein Kollege. »Hat sich wohl ein wenig übernommen, der gute Sir Gerald. Na ja, in seinem Alter kein Wunder. Ich bestelle einen Leichenwagen. Bleiben Sie solange hier.«

»Einverstanden.«

Nein, keinen Leichenwagen wollte Sir Gerald schreien, doch kein einziger Laut drang aus seiner Kehle.

Sir Gerald Hopkins bekam alles mit, was um ihn herum geschah. Er hörte jedes Wort, sah sogar in die Gesichter der

Neugierigen, die ihn teils mit höhnischen, teils mit mitleidigen Blicken betrachteten.

»Der Leichenwagen ist da«, murmelte jemand.

»Tja«, sagte ein anderer, »so kann es gehen. Erst oben und dann im Sarg.«

Zwei Männer hoben Sir Gerald auf und legten ihn in einen Kunststoffsarg. Knirschend wurde der Deckel zugeschraubt.

Sir Gerald Hopkins wurde weggebracht.

Sakuro hatte den ersten Teil seiner Rache hinter sich gebracht . . .

Kopfschüttelnd legte Sheila Hopkins den Hörer auf. »Typisch Dad«, sagte sie. »Immer nur die Arbeit im Kopf.«

»Ein Glück, daß du nicht genauso bist«, grinste Bill und legte eine neue Schallplatte auf den Teller.

Einschmeichelnde Tanzmusik füllte den elegant eingerichteten Raum.

»Darf ich bitten, junge Lady?« fragte Bill galant.

»Wenn Sie mir nicht zu nahe kommen, mein Herr.«

Bill Conolly lachte und nahm Sheila in die Arme.

Sie bewegten sich im Takt der leisen Musik. Sheila und Bill waren sich im Laufe der Zeit nähergekommen, hatten sich besser kennen- und liebengelernt. Die schrecklichen Abenteuer waren vergessen.

Sakuro war nur noch ein böser Traum.

»Ach, ist das herrlich«, flüsterte Sheila. »Warum kann es nicht immer so sein?«

»Das liegt nur an dir«, erwiderte Bill lächelnd. »Wir könnten zum Beispiel heiraten.«

»Laß bitte das Thema«, bat Sheila. »Du weißt, wie ich zu dir stehe, aber ich muß Kenneth Brandon erst richtig vergessen. Gib mir noch einige Wochen Zeit, ja?«

»Ungern.«

»Wirst es schon noch erwarten können, unter den Pantoffel zu kommen.«

»So schlimm wird's schon nicht werden.«

»Sag das nicht. Ich bin eine . . .«

Was sie genau war, erfuhr Bill nie, denn gerade in diesem Augenblick schrillte das Telefon.

»Verflixt«, knurrte der Reporter. »Kann man denn nicht mal in Ruhe einen angenehmen Abend verbringen? Heb gar nicht erst ab.«

»Doch, Bill. Ich werde aber sagen, ich hätte keine Zeit.«

Sheila löste sich aus Bills Armen und schnappte sich den Hörer.

Bill wollte gerade an die Bar gehen, um sich einen Drink zu mixen, als er sah, wie Sheila schwankte.

Mit drei Schritten war Bill neben ihr.

»Was ist denn?«

Sheila gab keine Antwort, sah ihn nur mit schreckensstarren Augen an. Der Hörer fiel aus ihrer Hand und schlug gegen das kleine Telefontischchen.

»Was ist denn los?« fragte Bill erregt.

»Vater, er ist – er ist . . .« Das Mädchen konnte nicht mehr weiterreden. Es sackte plötzlich zusammen. Bill konnte sie gerade noch auffangen und in einen Sessel setzen.

Dann nahm er den Hörer.

»Hallo!« rief er. »Melden Sie sich.«

Nichts. Die Leitung war tot.

Bill füllte ein Glas fingerbreit mit Kognak und gab Sheila davon zu trinken.

Das Girl war blaß wie ein Leichentuch.

Nur langsam fand sie die Sprache wieder.

»Was ist genau geschehen?« wollte Bill wissen.

»Vater ist tot«, flüsterte Sheila. »Er ist während der Rede zusammengebrochen. Es ist schrecklich.« Sheila begann hemmungslos zu schluchzen.

Bill Conollys Gesicht wurde zu einer Maske. Sir Gerald Hopkins war kerngesund gewesen, soviel wußte er. Es schien undenkbar, daß dieser Mann so einfach zusammenbrach. Nein, dahinter mußte etwas anderes stecken.

Sakuro!

Sie hatten ihn schon fast vergessen. Nun traf sie seine Rache doppelt schwer. Die schrecklichen Ereignisse der Vergangenheit fielen Bill Conolly wieder ein. Und plötzlich bekam der Reporter Angst. Angst um Sheilas und um sein Leben.

Entschlossen griff er zum Telefonhörer.

»Wen willst du anrufen?« fragte Sheila leise.

Bill wandte sich um und sah sekundenlang in ihr tränenüberströmtes Gesicht.

»John Sinclair«, erwiderte er.

»Du glaubst, daß Vaters Tod etwas mit den Vorfällen der Vergangenheit zu tun hat?«

»Das glaube ich allerdings.«

Als Bill John Sinclairs Nummer wählte, sah er, daß seine Hände zitterten. So sehr hatte ihn die Geschichte mitgenommen.

John meldete sich sofort.

»Du mußt sofort bei Sheila Hopkins vorbeikommen«, sagte Bill. »Sir Gerald ist tot.«

»Ich komme«, versprach John Sinclair.

Fünfzehn Minuten später war er da.

Bill erzählte mit wenigen Worten, was genau passiert war.

John hörte aufmerksam zu und sagte zum Schluß nur ein Wort: »Sakuro.«

Bill nickte. »Daran haben wir auch schon gedacht.«

»Nehmen die Schrecken denn gar kein Ende?« fragte Sheila gequält. »Mein Gott, wir haben doch nichts getan. Warum läßt man uns nicht in Ruhe?«

Darauf konnten die beiden Männer auch keine Antwort geben.

»Wen habt ihr denn diesmal?« fragte der Mann in dem Leichenschauhaus die beiden Sargträger.

»Irgendein hohes Tier. Ist während 'ner Rede zusammengeklappt. Herzschlag wird vermutet. Nur gut, daß es die Geldsäcke auch mal trifft. Darin sind sie mit uns gleich. Nur kriegen die noch 'nen besonders schönen Sarg. Aber den fressen im Laufe der Zeit auch die Würmer.«

»Recht hast du«, stimmte ihm der Leichenwärter bei.

Die Männer schraubten den Sargdeckel auf und betteten Sir Gerald Hopkins in eine Lade.

»Der wird morgen noch obduziert, habe ich gehört«, meinte einer der Sargträger. »Sie wollen die genaue Todesursache feststellen. Als ob das jetzt noch wichtig wäre. Na ja, wir hauen auf jeden Fall ab.«

Sir Gerald konnte jedes Wort verstehen. Die Sätze brannten sich förmlich in sein Gehirn fest.

Du wirst obduziert!

Bei lebendigem Leib aufgeschnitten!

Sir Gerald war allein in der Leichenhalle. Der Wärter hatte sich zurückgezogen, nachdem der Tote in die Lade gelegt worden war.

Und plötzlich übermannte Sir Gerald die Panik.

Er wollte schreien, seine ganze Not hinausbrüllen, doch kein Ton kam aus seiner Kehle.

Er lag wirklich dort wie ein Toter.

Dann geschah etwas Seltsames.

Sir Hopkins hörte eine Stimme, sah eine gräßliche Fratze, aus deren Augen Blut tropfte.

»Ich bin Sakuro, der Dämon«, hörte er eine Stimme. »Ich habe dich in mein Reich geholt. Du bist dazu ausersehen, Angst und Schrecken zu verbreiten. Du wirst mithelfen, meine Rache zu vollenden. Die Rache an deiner Tochter und ihren beiden Freunden John Sinclair und Bill Conolly. Bist du dazu bereit?«

»Ja«, sagte Sir Gerald in Gedanken.

Das letzte, was er von dem Dämon noch hörte, war ein gräßliches Lachen.

Dann war Sir Gerald wieder allein.

Allein mit achtzehn anderen Toten.

»Nein, keine Obduktion«, sagte John Sinclair am anderen Morgen zu seinem Chef, Superintendent Powell.

»Und warum nicht?«

»Weil Sir Gerald Hopkins gar nicht tot ist.«

Powells Lippen kräuselten sich zu einem amüsierten Lächeln. »Das müssen Sie mir näher erklären, John. Immerhin hat ein Arzt seinen Tod bestätigt. Sind Sie schlauer als die Ärzte?«

»Das nicht, Sir. Aber ich habe diesen Fall von Beginn an bearbeitet. Sie haben meinen Bericht gelesen. Und ich will dazu noch folgendes sagen.«

John teilte dem Superintendent seine Meinung mit. Schließlich stimmte Powell zu.

»Gut, John. Ich werde es durchdrücken. Und was gedenken Sie statt dessen zu unternehmen?«

John antwortete mit einer Gegenfrage: »Wo wird Sir Gerald aufgebahrt?«

»Auf seinem Landsitz, soviel ich weiß. Dazu gehören auch ein Privatfriedhof und eine Leichenhalle.«

»Das paßt alles ausgezeichnet«, freute sich John. Und jetzt erkläre ich Ihnen meinen Plan.«

John Sinclair redete zehn Minuten. Dann hatte er seinen Chef überzeugt.

»Aber was geschieht mit seiner Tochter, dieser Sheila Hopkins?« fragte Sir Powell.

»Die ist in sicherer Obhut«, lächekte John. »Mein Freund Bill Conolly kümmert sich um das Mädchen. Ihr kann nichts passieren.«

Dachte John Sinclair . . .

Zwei Tage vergingen.

Tage, an denen Sheila Hopkins nicht zur Ruhe kam. Erbschaftsangelegenheiten mußten geregelt werden. Versicherungen wurden gekündigt und so weiter.

Bill Conolly kümmerte sich um das Mädchen, so gut er konnte. Doch er mußte sich auch mal in seiner Redaktion blicken lassen und dort nach dem Rechten sehen.

So kam es, daß die beiden meistens abends zusammen waren.

Sheila Hopkins sah schlecht aus. Sie hatte in den paar Tagen einige Pfunde verloren, und unter ihren Augen lagen dicke Ränder. Sie kam abends meistens todmüde nach Hause. Bill Conolly hatte sich bei ihr einquartiert. Er schlief auf der Couch im Wohnzimmer.

Als Sheila gegen 20 Uhr nach Hause kam, hatte er schon einen Drink gemixt.

»Trink den«, sagte er. »Er wird dir guttun.«

Sheila bedankte sich mit einem Lächeln.

»Ich bin hundemüde, Bill«, sagte sie gähnend und ließ sich in einen Sessel fallen. Sie schleuderte die Schuhe von den Füßen und legte die Beine hoch. »Wenn doch nur schon alles vorbei wäre.«

Bill legte ihr fürsorglich seine Hand auf die Schultern. »Morgen ist die Beerdigung, und dann hast du alles überstanden.«

Bill spürte, daß eine Gänsehaut über Sheilas Rücken lief. »Woran denkst du?«

Das Mädchen sah Bill ängstlich an.

»An Dr. Brandons Beerdigung. An den Schrei aus dem Sarg. Ob Vater auch schreien wird?«

Bill lachte. Es wurde allerdings ein gequältes Lachen. So ganz wohl fühlte er sich in seiner Haut auch nicht.

»Das beste ist, du gehst schlafen, Sheila«, sagte er.

Das Mädchen nickte. »Ja, das glaube ich auch.«

Sheila stand auf und hauchte Bill einen Kuß auf die Lippen. »Gute Nacht. Schlaf gut.«

»Du auch.«

Sheila verschwand in ihrem Schlafzimmer, während Bill sich noch einen Drink mixte.

Sheila kleidete sich aus, schminkte sich ab und ging dann zu Bett. Doch an Schlaf war nicht zu denken. Zuviel kreiste in ihrem Kopf herum. Die Geschehnisse in der Pyramide fielen ihr wieder ein, die unheimlichen Vorgänge in Dr. Brandons Haus, all dies war nicht gerade dazu angetan, sie tief und fest schlafen zu lassen.

Der kleine Zeiger der Uhr rückte schon auf die Zehn, als Sheila endlich in einen leichten Halbschlaf fiel.

Doch die schrecklichen Träume verfolgten sie weiter, ließen ihr keine Ruhe.

Schweißgebadet wachte sie auf.

Ein kalter Lufthauch streifte ihr erhitztes Gesicht. So wie damals in Dr. Brandons Haus.

Panik erfaßte das Mädchen. Sie wollte das Licht anknipsen, doch ihre Arme waren wie gelähmt.

Mit brennenden Augen versuchte sie die Dunkelheit zu durchbohren. Angst schnürte ihre Kehle zusammen.

Zischelnde Stimmen drangen an Sheilas Ohren. Sie glaubte, ihren Namen zu hören.

Da! Jetzt ganz deutlich.

»Sheila . . .«

Es war die Stimme ihres Vaters!

Sie klang seltsam leise, fast wie ein Wehlaut.

»Dad?« fragte Sheila zitternd.

»Sheila – komm zu mir, komm zu deinem Vater. Ich leide gräßliche Schmerzen. Komm . . .«

»Ja, Dad«, raunte Sheila. »Ich komme. Warte auf mich, Dad.«

Plötzlich konnte sie sich wieder bewegen. Sheila schwang die Beine aus dem Bett, schlüpfte in ihre Schuhe und warf sich einen leichten Mantel über das Nachthemd. Dann nahm sie ihre Handtasche und schlich in die kleine Diele.

Bill Conollys Schnarchen drang aus dem Wohnzimmer an ihr Ohr.

Sheila Hopkins öffnete vorsichtig die Wohnungstür und verließ ihr Apartment.

Mit dem Lift fuhr sie direkt bis in die Tiefgarage, wo ihr Jaguar stand.

Als sich die Aufzugstüren öffneten, hörte sie Stimmen.

Sheila schlüpfte aus dem Lift und versteckte sich hinter einer Säule.

Keine Sekunde zu früh. Ein Pärchen ging Arm in Arm auf den Lift zu.

Sheila wartete, bis die Luft rein war, und lief dann zu ihrem Jaguar.

Wagenschlüssel befanden sich in der Handtasche.

Wenig später röhrte der Jaguar aus der Tiefgarage.

Mit unbewegtem Gesicht hockte Sheila hinter dem Steuer. Es war, als würde ein innerer Drang sie vorantreiben.

Das Mädchen fuhr mit schlafwandlerischer Sicherheit.

Ihr Ziel war das Landhaus, wo ihr Vater aufgebahrt wurde.

Sheila Hopkins schaffte die 100 Meilen über die fast leeren Straßen in knapp eineinhalb Stunden.

Als sie das große schmiedeeiserne Tor aufschloß, zitterten ihre Finger nicht ein bißchen.

Eine seltsame Ruhe hatte sie erfaßt.

Sheila steuerte den Jaguar den gepflegten Kiesweg hoch und stoppte neben der Kapelle, hinter der sich direkt der kleine Privatfriedhof anschloß.

Die Tür der Kapelle war offen.

Sheila drückte die eiserne Klinke hinunter.

Knarrend schwang die schwere Tür auf.

Eine Gänsehaut lief dem Mädchen über den Rücken.

Langsam betrat sie das Innere der Kapelle.

Auf einem Podest an der Stirnseite der Halle stand der Sarg. Er war offen. Sechs dicke brennende Kerzen in schmiedeeisernen Leuchtern flankierten ihn und erhellten den unheimlichen Raum mit flackerndem Lichtschein.

Schritt für Schritt ging Sheila weiter. Ein seltsames Lächeln lag um ihre Lippen.

Am Fußende des Sarges blieb sie stehen. So konnte sie ihrem Vater direkt ins Gesicht sehen.

Sir Hopkins sah aus, als ob er schliefe. Er hatte die Augen geschlossen und beide Hände über der Brust gekreuzt. Er trug ein kostbares Totenhemd und um den Hals ein kleines Medaillon mit dem Bild seiner verstorbenen Frau.

Der teure Sarg war mit rotem Samt ausgelegt und hatte vergoldete Griffe.

»Vater«, sagte Sheila leise. »Ich bin gekommen, Vater. Hörst du mich?«

Der Tote gab keine Antwort.

»Vater!«

Sheilas Stimme wurde drängender.

»Bitte, gib doch Antwort.«

Es war ein makabres Bild. Ein Mädchen, das mit einem Toten sprechen wollte. Dazu der flackernde Kerzenschein und die knarrende Tür, die im Wind hin- und herschwang.

Sheila Hopkins ging vorsichtig um den Sarg herum und betrat das kleine Podest.

Sie streckte ihre rechte Hand aus und strich sanft über das Gesicht ihres Vaters.

»Vater«, flüsterte sie tränenerstickt. »So hör mich doch. Bitte, du hast mich gerufen. Vater, ich flehe dich an.«

Und plötzlich geschah das Unglaubliche.

Der Tote schlug die Augen auf!

Im ersten Moment schreckte Sheila zurück, doch dann lächelte sie.

»Dad, du bist nicht tot. Ich habe es gewußt. Ich habe es immer gewußt. O Gott.«

Sheila Hopkins brach vor dem Sarg in die Knie.

Sie sah nicht, wie ihr Vater sich aufrichtete. Erst als er mit der Hand in ihr Haar faßte, hob Sheila den Kopf.

»Vater!« Ihr Schrei gellte durch die kleine Kapelle, brach sich an den weißen Wänden und hing noch lange als Echo in der Luft.

Sir Gerald Hopkins war zu einem Dämon geworden!

Die Haut von seinem Gesicht war zum Teil weggeplatzt, so daß die blanken Knochen hervortraten. Seine Augen waren mit Blut gefüllt, das langsam an seinem gräßlichen Gesicht herunterlief.

Sir Gerald richtete sich auf.

»Ich bin Sakuros Diener«, sagte er, »und ich habe dich hierhergelockt, um dich in das Reich der Dämonen zu holen. Komm!«

Sir Geralds Hände griffen nach Sheila.

Das Mädchen erkannte im letzten Augenblick die Gefahr und warf sich zurück.

Sie rollte von dem kleinen Podest, riß drei Kerzen mit um und stieß sich schmerzhaft den Rücken.

Dieser Schmerz brachte sie wieder richtig in die Wirklichkeit zurück.

Sheila kam auf die Beine und rannte in Richtung Ausgang.

Plötzlich blieb sie stehen, als wäre sie gegen eine unsichtbare Wand gelaufen.

Vor der Tür stand Sakuro!

Ein dumpfes Geräusch riß Bill Conolly aus dem Schlaf.

Verwirrt fuhr der Reporter hoch. Der Blick auf die Uhr zeigte ihm, daß er erst eine Stunde geschlafen hatte.

Was hatte ihn geweckt?

Bill stand auf und machte Licht.

Argwöhnisch sah er sich im Zimmer um. Dann hatte er die Ursache des Geräusches entdeckt.

Das Klappfenster war durch einen Windstoß zugefallen. Bill trat an die Scheibe und legte den Hebel richtig herum.

Er war mit einemmal hellwach. Der Reporter zog eine Schachtel Zigaretten aus seiner Jacke, die über einem Stuhl hing, und zündete sich ein Stäbchen an.

Rauchend ging er in die Diele und blieb vor Sheilas Tür stehen.

Ob das Mädchen schon schlief?

Bill legte sein Ohr an die Füllung.

Nichts. Keine Atemzüge.

Der Reporter biß sich auf die Unterlippe, gab sich einen Ruck und klopfte leise gegen das Holz.

»Sheila! Schläfst du schon?«

Keine Antwort.

Bill wurde nervös. Entschlossen drückte er die Türklinke hinunter und betrat das Zimmer.

Sheilas Bett war leer.

Bill sah es im durch das Fenster fallenden Mondlicht.

Eisige Finger schienen plötzlich über den Rücken des Reporters zu laufen.

Bill Conolly ahnte Schreckliches und handelte sofort.

Er rannte zurück ins Wohnzimmer, schnappte sich das Telefon und wählte mit fliegenden Fingern John Sinclairs Numnmer.

Der Inspektor war schnell am Apparat. Er hatte noch nicht geschlafen.

»Hier ist Bill«, sprudelte der Reporter hervor. »John, du mußt augenblicklich kommen. Sheila Hopkins ist verschwunden!«

»Verdammt!« klang es zurück. Dann: »Ich bin in zehn Minuten bei dir, Bill.«

John Sinclair hielt Wort. Nach neun Minuten stoppte er den Bentley mit kreischenden Reifen vor dem Apartmenthaus.

Bill Conolly stand schon auf dem Bürgersteig.

»Hast du eine Ahnung, wo sie stecken kann?« fragte er, als er sich auf den Beifahrersitz warf.

»Ja, ich kann es mir denken«, erwiderte John. »Sie wird in dem Landhaus sein, wo auch ihr Vater aufgebahrt ist.«

»Au, verflixt«, flüsterte Bill, merklich blaß geworden. »Hoffentlich kommen wir nicht zu spät . . .«

Sakuros Lächeln war teuflisch. Unter den rechten angewinkelten Arm hatte er einen Totenkopf geklemmt, der Ähnlichkeit mit Kenneth Brandons Gesicht aufwies und aus dessen Augen Blut tropfte.

»Sakuros Rache wird jeden treffen«, sagte er und ging langsam auf Sheila zu.

Das Mädchen wich zurück. Bis an den Sarg.

Sheila schüttelte in panischem Entsetzen den Kopf und stammelte sinnlose Worte vor sich hin.

Da legten sich zwei eiskalte Klauenfinger um ihren Hals, und eine Stimme zischte: »Die Dämonen warten auf dich!«

Es war die Stimme ihres Vaters.

Es war das letzte, was Sheila Hopkins noch mitbekam.

Dann wurde sie ohnmächtig.

»Da rechts muß es sein«, sagte Bill Conolly. »Paß auf, John.«

John Sinclair schaltete zurück, verminderte die Geschwindigkeit.

Die Scheinwerfer rissen ein Grundstück aus der Dunkelheit, das durch ein schmiedeeisernes Gitter zur Straße hin abgegrenzt war.

Ein offenes Tor kam in Sicht.

John bremste ab, riß den Bentley in eine Rechtskurve und preschte den Kiesweg hoch, der zum Haus führte.

»Der Tote befindet sich in seiner privaten Kapelle«, sagte der Inspektor.

Bill klebte mit den Augen fast an der Frontscheibe.

»Fahr mal nach links. Da steht ein kleineres Haus. Moment, da ist ja auch Sheilas Jaguar.«

John Sinclair ließ seinen Wagen hinter dem Jaguar ausrollen.

Die Männer sprangen nach draußen.

John erreichte als erster die dicke Eichentür der Kapelle. Sie stand einen Spaltbreit offen.

»Halte du dich noch zurück«, raunte John seinem Freund zu.

»Gut.«

John zog die Tür vorsichtig auf. Gerade so weit, daß er in das Innere des Hauses huschen konnte.

John Sinclair stockte der Atem. Die Szene, die sich vor seinen Augen abspielte, war unbegreiflich.

Sir Gerald Hopkins saß aufrecht in seinem Sarg. Sein Gesicht war zu einer häßlichen Fratze entstellt, und aus den Augenhöhlen tropfte das Blut.

Drei Kerzen spendeten ein flackerndes, unheimliches Licht.

Und John Sinclair sah Sakuro, seinen Todfeind. In seiner Armbeuge klemmte ein Totenkopf.

Der Dämon hatte sich gebückt und legte soeben seine Hände unter Sheila Hopkins' Schulterblätter.

»Sakuro!« sagte John Sinclair nur.

Der Dämon wirbelte herum.

Als er John erkannte, krallten sich seine Finger zusammen, und ein Wutschrei drang über seine Lippen.

»Das Spiel ist endgültig aus, Sakuro«, peitschte Johns Stimme.

Schritt für Schritt ging er auf den Dämon zu. Die Hände hielt er auf dem Rücken, so, als wolle er etwas verbergen.

Sakuro bleckte die Zähne. »Du bist ein Mensch. Und ein Mensch hat noch nie einen Dämon besiegt. Ihr kommt aus einer anderen Welt. Aus einer dreidimensionalen Welt. Doch im Reich der Dämonen gibt es keine Dimensionen. Versuch es nur. Versuche mich anzufassen!«

John Sinclair blieb stehen.

»Den Fehler werde ich nicht machen, Sakuro. Ich weiß, daß du körperlos bist, für unsere Waffen unantastbar. Aber sieh her!«

John nahm blitzschnell die Hände nach vorn und öffnete die Finger.

Das Amulett starrte den Dämon an.

Sakuros Gesicht zuckte. »Nimm das weg!« schrie er. »Los, nimm das weg! Die Schmerzen! Oh!«

Der Dämon wankte in der Halle umher und griff sich an die Kehle.

Der Totenkopf wurde auf einmal zu Asche.

»Aaahhh!« Ein schauriger Aufschrei ließ John Sinclair eine Gänsehaut über den Rücken laufen.

Sir Gerald Hopkins hatte geschrien.

Die magischen Strahlen des Amuletts hatten ihn als ersten erreicht.

Ihn, der längst nicht die Kraft eines Sakuro besaß.

Er warf sich in dem Sarg hin und her, und plötzlich schlugen kleine Flämmchen aus seinem Körper.

Die Schreie, die Sir Gerald ausstieß, waren grauenhaft.

Sakuro war in eine Ecke geflüchtet. Nach draußen konnte er nicht, denn hier versperrte ihm John den Weg.

John bekam mit, wie der Dämon verzweifelt gegen die Kraft des Amuletts ankämpfte, wie er seine höllischen Fähigkeiten wachrief. Sakuros Augen glühten. Seine Lippen murmelten Beschwörungsformeln, die Hände vollführten magische Bewegungen.

Es war ein erbitterter und lautloser Kampf.

Das Amulett in Johns Hand begann zu glühen, doch seltsamerweise verspürte der Inspektor keinen Schmerz.

Was würde stärker sein?

Sakuros dämonische Kraft oder die des Amuletts?

Auf einmal fiel Sakuro auf die Knie. Sein Blick irrte weg, glitt hinüber zu dem Sarg, wo Sir Gerald Hopkins soeben unter schrecklichem Wimmern sein dämonisches Leben aushauchte.

Und da wußte John Sinclair, daß er gewonnen hatte.

»Sieh mich an, Sakuro, bevor du endgültig ausgelöscht wirst!«

Johns Worte trafen den Dämon wie Keulenschläge.

Er hob sein Gesicht, das langsam anfing zu faulen.

»Du wirst nie mehr auf die Erde zurückkehren, Sakuro. Stirb endlich!« schrie John.

Und als wären diese Worte ein Zeichen gewesen, zuckten plötzlich wieder die kleinen Flämmchen des Höllenfeuers aus dem Körper des Dämons und fraßen sich in Sekundenschnelle weiter.

Aber noch etwas anderes geschah.

Eine Rauchwolke puffte auf.

Sie wirbelte durcheinander, formte sich wieder zusammen und wurde zu einem Gesicht.

Zu Sheila Hopkins' Gesicht!

Der Dämon hatte das Mädchen schon fast in seinen Klauen gehabt. Doch die magische Kraft des Amuletts hatte ihm dieses Opfer wieder entrissen.

Gräßliche Schreie hallten durch die kleine Kapelle. Schreie, wie sie John noch nie gehört hatte.

Und dann war alles vorbei.

Der Rauch verzog sich so schnell, wie er gekommen war.

Zurück blieb . . . ein Skelett!

John stieß die Knochen mit dem Fuß an. Sie zerfielen sofort zu Staub.

Langsam ging John auf die ohnmächtige Sheila Hopkins zu. Als er sie fast erreicht hatte, knarrte hinter ihm die Tür.

Bill Conolly betrat die Leichenhalle.

»Das glaubt uns niemand«, flüsterte der Reporter. »Ich habe alles mit angesehen, John. Was ist mit Sheila? Ist sie . . .?«

»Nein, Bill, sie lebt!«

»Dem Himmel sei Dank.«

Bill kniete sich nieder, hob Sheila auf und verließ mit ihr den unheimlichen Ort.

John Sinclair warf noch einen Blick in den Sarg. Ein Häufchen Asche war alles, was von Sir Gerald Hopkins zurückgeblieben war.

Der Inspektor wandte sich ab.

Als er zufällig auf seine rechte Hand sah, zuckte er zusammen.

Das Amulett war verschwunden!

John fand keine Erklärung. Er konnte nur Vermutungen anstellen.

Vielleicht war die letzte Auseinandersetzung so stark gewesen, daß sie über die magischen Kräfte des Amuletts gegangen war. Wer konnte das wissen?

John Sinclair ging nach draußen und atmete tief die kühle Nachtluft ein. Nach den durchstandenen Gefahren kam sie ihm wie ein Geschenk des Himmels vor.

Ein silbrig schimmernder Mond schickte seine Strahlen auf die Erde.

Auch dieser Planet würde bald vollkommen erforscht sein. Doch dabei vergaßen die Menschen nur eins: Die Welt, in der sie lebten, barg noch so viele Geheimnisse, die wohl nie erforscht wurden. Aber es waren schreckliche Geheimnisse, so wie John Sinclair sie oft lüftete.

»John!«

Bills Stimme riß den Inspektor aus seinen Gedanken.

»Ich komme«, erwiderte John Sinclair und ging zu seinem Wagen.

Drei Tage später . . .

John saß in seinem Büro und unterschrieb gerade den Bericht über den Fall Sakuro, als Bill Conolly hereinplatzte.

»Hallo, alter Junge!« rief er leutselig. »Weißt du schon das Neueste?«

John lächelte amüsiert. »Nein.«

»Ich werde mich bald verloben.«

»Das hatte ich mir fast gedacht.«

»Wieso?« Bills Gesicht nahm einen enttäuschten Ausdruck an.

»Was mit dir und Sheila los war, sah doch ein Blinder mit dem Krückstock«, griente John. »Apropos, Sheila. Wie geht es ihr?«

»Blendend. Ich komme gerade aus dem Sanatorium. Die Ärzte sagen, Sheila ist vollkommen in Ordnung. Sowohl psychisch als auch physisch. Sie wird morgen entlassen.«

»Na, das freut mich zu hören. Und wie ist es mit dir? Wirst du jetzt Industriekapitän?«

»Nee, John, ich bleibe bei meinem Job. Der ganze Laden wird in eine AG umgewandelt. Du siehst also, dein Freund Bill steht dir weiterhin zur Verfügung.«

»Und was wird deine Verlobte dazu sagen?« fragte John.

»Nun, äh, sie . . .«

»Was ist denn?« unterbrach John ihn.
»Sie wird einverstanden sein«, erwiderte Bill schnell.
John wiegte den Kopf. »Ich weiß nicht so recht.«
»Wetten?« schnappte Bill.
»Nur nicht!« rief John Sinclair. »Du bist schließlich jetzt ein reicher Mann und ich nur ein kleiner Inspektor von Scotland Yard, der mit jedem Cent rechnen muß.«

ENDE

Friedhof der Vampire

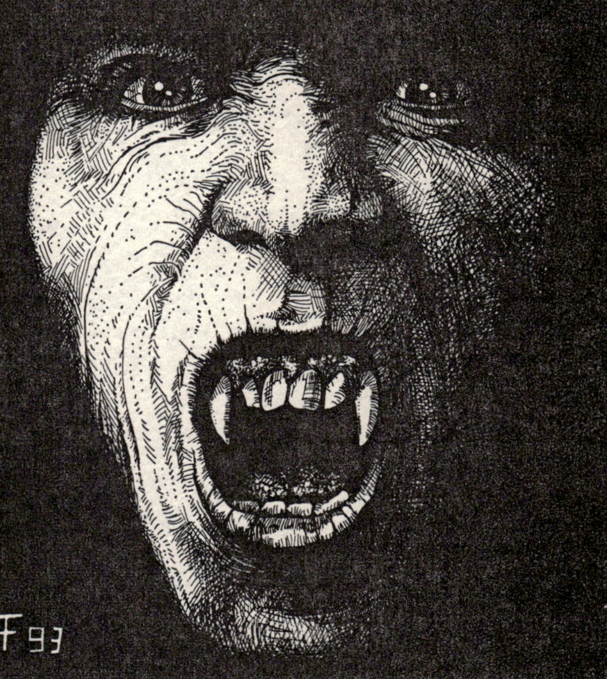

Mit einer entschlossenen Bewegung schob John Sinclair den dunkelroten Vorhang zur Seite.

»Kommen Sie ruhig näher, junger Mann«, sagte eine kichernde Stimme. Der Raum, den John Sinclair betrat, wurde durch rote Glühbirnen nur schwach erhellt. Das Zimmer hatte keine Fenster, und es roch muffig.

Die Alte mit der kichernden Stimme hockte hinter einem Tisch. Vor sich hatte sie eine Glaskugel stehen, die sie mit ihren gichtgekrümmten Fingern umklammert hielt.

Langsam trat John Sinclair näher.

Die Alte murmelte Beschwörungsformeln. Ihre strichdünnen Lippen bewegten sich kaum, während sie die Kugel anstarrte, die plötzlich zu leuchten anfing.

»Ich sehe«, flüsterte die Alte, »einen Mann. Er liegt in einem Sarg. Ja, ich kann es ganz deutlich erkennen. Da, schauen Sie selbst in die Kugel, junger Mann.«

John Sinclair beugte sich über die magische Kugel.

Was er sah, jagte ihm einen kalten Schauer über den Rücken. Die Alte hatte recht.

In den unergründlichen Tiefen der Kugel war ein Sarg zu erkennen. Ein Mann lag darin.

Dieser Mann war er selbst!

Plötzlich war das Bild verschwunden.

John Sinclair spürte, daß er schweißnaß war. Mit dem Handrükken wischte er sich über die Stirn.

»Manchmal ist es nicht gut, wenn man die Zukunft kennt«, sagte die Wahrsagerin leise. »Aber die Menschen, die zu mir kommen, wollen einen Blick in die Zukunft werfen. Und deshalb darf sich niemand hinterher beschweren.«

»Das hatte ich auch nicht vor«, erwiderte John. »Ich bin sogar froh, daß ich gesehen habe, was mich erwartet. So kann ich mich besser darauf einstellen.«

»Seinem Schicksal kann keiner entgehen«, bemerkte die Alte düster.

John kniff die Augen zusammen und starrte die Wahrsagerin an. »Woher haben Sie die Kunst, in die Zukunft zu sehen?«

Die Alte lächelte geheimnisvoll. »Dies zu verraten wäre mein Tod. Auch einem Inspektor von Scotland Yard kann ich es nicht sagen.«

»Das wissen Sie also auch schon.«

»Mir bleibt nichts verborgen.«

John beschloß, seinen Besuch hier abzubrechen. »Was habe ich zu zahlen?«

»Nichts.«

»Warum nicht?«

»Ich will einem Todgeweihten nicht noch Geld abnehmen«, sagte die Alte mit dunkler Stimme. »Das, was Sie in der Kugel gesehen haben, wird in spätestens einem Jahr geschehen. Nutzen Sie diese Zeit. Machen Sie Urlaub, tun Sie etwas, was Ihnen Spaß macht, denn bald wird Sie der Tod holen.«

»Da habe ich auch noch ein Wörtchen mitzureden«, erwiderte John leichthin.

Er nickte der Alten zu und verließ das kleine Steinhaus.

Als John Sinclair seinen Bentley erreichte, hatte er die Sache schon wieder vergessen.

Jedoch sollte er schon bald sehr deutlich daran erinnert werden . . .

»Wann sind wir eigentlich in Bradbury?« fragte Charles Mannering den Zugschaffner, der müde durch die fast leeren Wagen schlich.

Der Schaffner kramte umständlich eine Nickelbrille aus der Tasche, klemmte sie sich auf die Nase und suchte in dem Fahrplan herum.

»In genau sechzehn Minuten«, erwiderte er nach einer Weile.

»Danke sehr.«

Der Schaffner verzog sich.

Charles Mannering blickte aus dem Fenster. Wo er hinsah – nur öde, trostlose Sumpflandschaft. Jetzt, bei Beginn der Dämmerung, sah alles noch schlimmer aus. Die kahlen Äste der Krüppelbäume wirkten wie Totenfinger, die anklagend gegen den wolkenverhangenen Himmel wiesen.

Nebel kam auf. In Schwaden zog er über den Boden, machte den Sumpf noch unsichtbarer.

Charles Mannering saß ganz allein in dem Wagen. Er hatte das Gefühl, als einziger Reisender in dem Bummelzug zu hocken, der noch von einer alten Dampflok ächzend durch die Landschaft gezogen wurde.

Mannering war Künstler. Er hatte sich der naiven Malerei verschrieben und malte hauptsächlich Landschaften. Er hatte schon auf mancher Ausstellung einen Preis erzielt und konnte auch von seinen Bildern einigermaßen leben.

Mannering trug einen Kordanzug und ein kariertes Hemd. Er hatte dunkelbraunes Haar, das bis über die Ohren reichte. Auf seiner Oberlippe wuchs ein buschiger Bart, den Charles Mannering immer sorgfältig pflegte.

Der Zug verlangsamte seine Geschwindigkeit. Die ersten Häuser von Bradbury huschten an den Fenstern vorbei.

Dann hielt die altersschwache Lok schnaufend auf dem kleinen Bahnhof.

Der Maler holte seinen Koffer aus dem Gepäcknetz und stieg aus. Eine Minute später fuhr der Zug weiter.

Charles Mannering blieb auf dem menschenleeren Bahnsteig zurück. Langsam wandte der Maler den Kopf. Wo er hinsah, Nebel. Er hatte sich noch mehr verdichtet.

Charles Mannering fröstelte. Er nahm seinen Koffer und betrat das aus Holz gebaute Bahnhofsgebäude.

Eine grüngestrichene Bank und ein Fahrkartenautomat waren alles, was der Maler entdeckte.

Vor dem Schalter hing das Schild »Geschlossen«.

Charles zuckte die Achseln und verließ auf der anderen Seite das Bahnhofsgebäude.

Bradbury war ein abgeschiedenes Dorf. Niedrige, windschiefe Häuser standen links und rechts neben der Hauptstraße nach draußen. Aus einigen Fenstern fiel schwacher Lichtschein nach draußen.

Charles Mannering machte sich auf die Suche nach einem Gasthaus. Er war kaum zehn Meter gegangen, als ihn Hufgetrappel aufhorchen ließ.

Der Maler blieb stehen.

Ein leichter Buggy, der von einem Pferd gezogen wurde, schälte sich aus dem Nebel.

»He, Sie«, rief Mannering dem Mann auf dem Bock zu und sprang mitten auf die Fahrbahn.

»Brrr.« Der Mann zügelte das Pferd.

Charles mußte ein paar Schritte zurückspringen, um nicht von den Hufen getroffen zu werden.

»Entschuldigen Sie bitte, aber können Sie mir sagen, wo ich das nächste Gasthaus finde?« fragte der Maler den Fahrer des Buggys.

Der Mann auf dem Bock beugte sich Charles Mannering entgegen.

Unwillkürlich wich der Maler zurück.

Der Mann hatte nur ein Auge. Das andere war durch eine schwarze Klappe verdeckt.

Der Fahrer grinste und entblößte eine Reihe nikotingelber Zähne.

»Sie können mit mir kommen«, sagte er mit einer Reibeisenstimme. »Ich fahre nach Deadwood Corner.«

»Deadwood Corner?« wiederholte Charles Mannering.

»Es ist ein Gasthof. Gar nicht weit von hier. Ich bin dort Hausknecht. Sie werden sich bestimmt bei uns wohl fühlen. Kommen Sie.«

»Tja, warum nicht?«

Charles Mannering warf seinen Koffer auf die Ladefläche und kletterte auf den Bock.

Der Fahrer knallte mit den Zügeln, und das Pferd setzte sich langsam in Bewegung.

Charles Mannering hatte Zeit, sich den Einäugigen näher anzusehen.

Der Mann war gedrungen. Riesige Muskelpakete drohten fast die Leinenjacke zu sprengen. Charles Mannering schien es, als habe sein neuer Bekannter keinen Hals. Der Kopf saß direkt auf den Schultern.

Der Fahrer hatte ein häßliches Gesicht. Wenigstens kam es Charles so vor. Die Nase war ein Fleischklumpen, und die Oberlippe sprang vor.

»Wie sind die Zimmer denn so in eurem Hotel?« fragte der Maler.

»Gut«, lautete die einsilbige Antwort.

Charles Mannering zuckte die Achseln und schwieg.

Irgendwann bogen sie von der Straße auf einen schmalen Feldweg ab.

Der Weg führte mitten durch den Sumpf. Rechts und links gluckste das Wasser, und ab und zu hörte Charles Mannering schmatzende Laute. Irgendwo quakten Frösche. Manchmal tauchten auch ein paar Bäume aus der milchigen Nebelsuppe auf, und Charles Mannering hatte immer das Gefühl, als würden die kahlen Äste nach ihm greifen und ihn ins Moor ziehen wollen.

Der Fahrer lenkte den Buggy so sicher durch die gefährliche Gegend, als befände er sich auf einer breiten Straße.

»Wie weit ist es denn noch?« wollte Charles wissen.

»Wir sind gleich da«, knurrte der Fahrer.

Er hatte nicht gelogen. Wenige Minuten später sah Charles Mannering einige Lichter durch den Nebel blinken. Jetzt wurde der Pfad auch ein wenig breiter, und schließlich hielt der Buggy vor Deadwood Corner.

Charles Mannering nahm seinen Koffer und sprang vom Bock.

Von dem Haus selbst sah er nicht viel, jedoch glaubte er zu erkennen, daß es ziemlich groß war.

Knarrend öffnete sich eine Tür.

Gelber Lichtschein fiel nach draußen.

Charles Mannering sah eine Gestalt im Türrahmen stehen.

Eine weibliche Gestalt.

Der Maler beschleunigte seine Schritte.

Dann sah er die Frau genauer. Nein, das war keine Frau, es war ein Mädchen. Eines, wie er es selten gesehen hatte.

Pechschwarzes Haar umrahmte ein Gesicht, wie es schöner nicht sein konnte. Zwei dunkle Augen sahen Charles Mannering lockend an.

»Willkommen in Deadwood Corner«, sagte das Wesen mit leiser Stimme. »Ich hoffe, es gefällt Ihnen bei uns.«

Charles Mannering mußte zweimal ansetzen, ehe er sprechen konnte. »Das wird es, Miss, darauf können Sie Gift nehmen.«

»Dann kommen Sie erst mal ins Haus, Mister . . .«

»O Verzeihung. Ich heiße Mannering. Von Beruf Maler.«

»Ein interessanter Beruf, Mister Mannering. Ich heiße Grace Winlow.«

»Sehr erfreut, Miss Winlow.«

»Sie können Grace zu mir sagen.«

»Und meine Freunde nennen mich Charles.«

Das Mädchen führte den Maler ins Haus.

Eine große Diele nahm sie auf. Der Fußboden bestand aus roten Kacheln. An den Wänden hingen düstere Bilder, die alle die Moorlandschaft zeigten. Eine alte Standuhr tickte monoton. Neben der Uhr stand eine Harfe.

Charles, der einiges von Kunst verstand, war von diesem Instrument fasziniert.

»Sie ist schon sehr alt und ein Erbstück«, sagte das Mädchen.

Der Maler nickte schweigend und trat an das Instrument. Sacht strichen seine Fingerkuppen über die Saiten.

Glockenklare Töne schwangen durch den Raum und verklangen mit leisem Echo.

»Fantastisch«, sagte Charles Mannering und blickte Grace Winlow an.

Das Mädchen nickte. »Ja«, erwiderte sie leise. »Es ist die Todesharfe. Meine Ahnen haben auf ihr gespielt. Immer wenn eine bestimmte Melodie erklang, mußte jemand sterben. Aber lassen wir das. Sie werden müde sein, Charles. Kommen Sie, ich zeige Ihnen Ihr Zimmer.

»Nein, nein, Grace«, wehrte der Maler ab. »Es ist doch noch früh am Abend. Ich werde mich nur ein wenig frisch machen und dann zum Essen kommen. Ich habe nämlich einen Bärenhunger.«

»Na, wir werden Sie schon satt bekommen.«

Grace Winlow führte ihn über eine breite Treppe in die erste Etage.

»Sind eigentlich noch mehr Gäste hier?« erkundigte sich der Maler.

»Im Augenblick nicht«, antwortete das Mädchen und öffnete die Tür zu Charles' Zimmer. Dann schaltete sie das Licht an.

Das Zimmer war behaglich eingerichtet. Ein breites Bett, ein Tisch, zwei Stühle und ein Kleiderschrank bildeten das Mobiliar. Die Tapete war bunt und paßte in den Farbe genau zu den Vorhängen.

»Wann darf ich Sie unten erwarten?« fragte das Mädchen.

Grace stand genau unter der Lampe. Der warme Lichtschein umschmeichelte ihr knöchellanges, hochgeschlossenes hellblaues Kleid, das mit einer weißen Borte abgesetzt war und in dem Grace aussah wie ein Wesen aus dem vorigen Jahrhundert.

Charles Mannering räusperte sich, ehe er weitersprach. »In einer Viertelstunde ungefähr.«

»Gut«, lächelte Grace. »Wo die Gaststube ist, wissen Sie ja.«

»Natürlich.«

Grace Winlow verließ das Zimmer und schloß leise die Tür.

Charles Mannering verstaute seinen Koffer im Schrank und trat an das kleine Waschbecken in der Ecke.

Er wusch sich die Hände und das Gesicht.

Er hatte sich gerade abgetrocknet, als er eine seltsame Melodie hörte.

Jemand spielte auf einer Harfe.

Charles Mannering lauschte.

Er kannte das Stück nicht, das dort unten gespielt wurde, trotzdem faszinierte ihn diese Melodie.

Und plötzlich fielen Charles Mannering wieder die Worte des Mädchens ein.

»Meine Ahnen haben auf ihr gespielt. Immer, wenn eine bestimmte Melodie erklang, mußte jemand sterben.«

Charles Mannering schluckte. Er hielt nicht viel von diesem Aberglauben. Trotzdem hatte er ein unbehagliches Gefühl.

Vielleicht war er das nächste Opfer?

»Ahhh!«

Der schrille Entsetzensschrei, geboren aus höchster Todesangst, gellte durch das Haus und verstummte abrupt.

Für Sekunden stand Charles Mannering wie festgenagelt. Der Schrei klang immer noch in seinen Ohren.

Doch dann faßte sich der Maler, rannte zur Tür, riß sie auf und sprintete in den Gang.

Hier oben war es stockfinster. Charles wußte nicht, wo sich der Lichtschalter befand. Er nahm sich auch nicht die Zeit, ihn zu suchen, sondern lief in Richtung Treppe.

Charles sah die Stufen zu spät. Er stolperte, fiel polternd ein halbes Dutzend Stufen hinunter, versuchte sich vergeblich am Geländer festzuhalten und landete schließlich krachend auf dem ersten Treppenabsatz.

Der Maler rappelte sich hoch, quetschte einen Fluch durch die Zähne und lief den Rest der Treppe hinunter.

Unten in der großen Diele brannte eine Wandlampe. Ihr Schein fiel auf die Harfe, die immer noch neben der alten Standuhr an der Wand lehnte.

Stand die Melodie, die darauf gespielt worden war, in einem unmittelbaren Zusammenhang mit dem Schrei?

Charles konnte noch nicht einmal sagen, ob es ein Frauen- oder Männerschrei gewesen war.

Der Maler biß sich auf die Lippen. Er ließ seinen Blick kreisen und zählte unbewußt die Türen, die von der großen Diele abzweigten.

Hinter welcher Tür war wohl der Schrei aufgeklungen?

»Suchen Sie etwas, Mister Mannering?«

Charles kreiselte erschreckt herum.

Grace Winlow stand in dem offenen Türrechteck, das zum Gastraum führte.

»Ja, ich, ich . . .«, stotterte Charles.

»Die Gaststube ist hier, Mister Mannering.«

»Ich weiß.« Charles hatte sich wieder gefangen. »Haben Sie nicht den Schrei gehört, Miss Winlow?«

Unbewußt waren sie wieder zu der etwas förmlicheren Anrede übergegangen.

»Welchen Schrei? Hier hat niemand geschrien.« Grace Winlow schüttelte den Kopf. »Sie müssen sich verhört haben.«

»Aber ich bin doch nicht taub«, begehrte Charles auf.

Grace lächelte verstehend. »Kommen Sie mit, Mister Mannering. Sie werden Hunger haben. Sie scheinen auch etwas nervös zu sein.«

Das Mädchen gab die Tür frei und machte eine einladende Handbewegung. »Bitte schön.«

Charles trat zögernd die Gaststube.

Sie war so eingerichtet, wie er es erwartet hatte. Auf den mit Sägemehl bestreuten Holzdielen standen klobige Tische und Stühle. Von der Decke baumelte ein schwerer Leuchter, und neben den vier mit Butzenscheiben versehenen Fenstern brannten Wandlampen.

Ein Tisch war gedeckt. Für zwei Personen.

»Erwarten Sie noch einen Gast?« fragte Charles, als er sich setzte.

»Nein, Mister Mannering. Ich werde mit Ihnen essen.« Grace sah ihm in die Augen. »Es ist Ihnen doch recht?«

»Aber sicher. Setzen Sie sich nur.«

»Gleich. Ich muß noch das Essen holen.«

Grace Winlow verschwand durch eine kleine Tür.

Charles Mannering blieb allein in der Gaststube zurück. Ein unbehagliches Gefühl hatte ihn beschlichen. Er wußte auch nicht, woher es kam, aber wahrscheinlich machte ihn die triste Umgebung verrückt.

Grace Winlow kam mit einem Tablett voll Speisen und Getränken zurück.

»So, Mister Mannering, jetzt langen Sie mal ordentlich zu.«

»Vorhin haben Sie noch Charles gesagt.«

Grace lachte auf. »Richtig, wir wollten uns ja beim Vornamen nennen. Ich hatte es ganz vergessen, Tja, man wird langsam alt.«

Charles, der sich gerade eine Toastschnitte schmierte, sah Grace mitleidig an. »Das müssen Sie gerade sagen. In Ihrem Alter möchte ich noch mal sein. Im Vertrauen, Grace, Sie sind doch kaum zwanzig Jahre.«

»Sie irren sich, Charles«, erwiderte Grace Winlow. »Ich bin über zweihundert Jahre alt.«

Charles Mannering fiel vor Schreck das Messer aus der Hand.

»Was?« ächzte er. »Sie sind . . .? Sagen Sie das noch mal.«

»Vergessen Sie es, Charles.«

»Das sagen Sie so leicht.«

Charles stellte noch einige Fragen, doch er bekam kaum oder gar keine Antwort.

Schließlich wandte er sich seinem Essen zu. Es schmeckte wirklich ausgezeichnet, und der Maler hatte auch einen guten Appetit.

Als er sich seine Verdauungspfeife angesteckt hatte, konnte er seine Neugierde nicht mehr bremsen.

»Jetzt mal ehrlich, Grace. Was geht hier vor? Das seltsame Harfenspiel, der Schrei, Ihr angebliches Alter von über 200 Jahren, das alles paßt nicht zusammen. Und ich habe auch das Gefühl, ich bin der einzige Gast hier.«

»Sie sind der einzige Gast, Charles.«

Der Maler schluckte. Das gefiel ihm gar nicht.

»Und wer betreut hier die Gaststätte?« wollte er wissen.

»Ich«, erwiderte Grace.

»Machen Sie sich doch nicht lächerlich«, erwiderte Charles. »Sie können doch nicht eine ganze Pension allein bewirtschaften.«

Grace zuckte nur mit den Schultern.

»Was ist zum Beispiel mit dem Mann, der mich hergefahren hat? Wie heißt er? Was tut er hier?«

»Das sind sehr viele Fragen, Charles. Es ist nicht gut, wenn man zuviel fragt.«

Grace Winlow stand auf und räumte den Tisch ab. Charles sah ihr ärgerlich nach, wie sie in der Küche verschwand.

Er lehnte sich auf seinem Stuhl zurück. Hier stimmte doch eine ganze Menge nicht. Außerdem . . .

Mitten in Charles' Gedanken hinein verlöschte das Licht.

Finsternis umgab den Maler.

Irgendwo knarrte eine Tür.

Charles Mannering glitt von seinem Stuhl und duckte sich neben den Tisch. Die Pfeife steckte er in die Jackentasche.

Mit angehaltenem Atem lauschte der Maler in die Dunkelheit.

Schritte! Schwer und dumpf.

Charles riß die Augen weit auf, versuchte, in diesem Stockdunkel etwas zu erkennen.

Und dann begann wieder die Harfe zu spielen. Erst leise, doch dann immer lauter.

Die Töne dröhnten in Charles' Ohren, machten es ihm unmöglich, sich zu konzentrieren.

Plötzlich sah er Grace Winlow!

Aber war es noch die gleiche wie vorhin?

Sie stand direkt vor ihm, trug immer noch das hellblaue Kleid.

Doch was war mit ihrem Gesicht?

Es sah auf einmal alt und häßlich aus. War bedeckt mit unzähligen Falten und Runzeln. Doch am schrecklichsten waren die beiden oberen Eckzähne. Sie standen ein Stück vor, ragten fast bis zu der Unterlippe.

Gedankenfetzen schossen Charles Mannering durch den Kopf.

»Ich bin über zweihundert Jahre alt«, hatte Grace gesagt.

So alt werden keine Menschen. So alt werden nur Vampire.

Grace Winlow war ein Vampir!

Diese Erkenntnis traf den jungen Maler wie ein Keulenschlag.

Er wollte aufspringen, irgend etwas sagen, doch seine Glieder und Sinne gehorchten ihm nicht mehr. Er starrte nur immer unverwandt dieses gräßliche Wesen an.

Und dann war alles vobei.

Das Licht flammte auf, und Grace Winlow stand tatsächlich an der gleichen Stelle.

»Was machen Sie denn da auf dem Fußboden, Charles?« fragte sie lachend.

Der Maler brauchte Sekunden, bis er begriff.

»Mein Tabakbeutel ist mir heruntergefallen«, erwiderte er lahm.

»Aber er liegt doch auf dem Tisch.«

»Ach so, ja, hatte ich gar nicht gesehen.«

Charles stemmte sich hoch. Als er wieder auf dem Stuhl Platz nahm, spürte er, wie seine Knie zitterten.

»Warum ist denn plötzlich das Licht ausgegangen?« wandte er sich an Grace, die ebenfalls Platz genommen hatte.

»Irgendein Defekt an der Leitung. Das passiert öfter. Haben Sie Angst im Dunkeln?«

»Nein, eigentlich nicht. Nur . . .«

»Nur was?«

»Ach, lassen wir das. Ich bin auch müde. Die Reise war doch etwas anstrengend.«

»Das kann ich verstehen«, sagte Grace Winlow teilnahmsvoll. »Am besten, Sie legen sich in Ihr Bett und schlafen. Morgen ist auch noch ein Tag.«

Schlafen ist gut, dachte Charles Mannering.

Er stand auf und nickte Grace zu. »Das Essen war ausgezeichnet.«

»Danke. Gute Nacht.«

Charles Mannering wünschte dem Mädchen ebenfalls eine gute Nacht und ging nach oben in sein Zimmer.

Er legte sich jedoch nicht ins Bett, sondern holte seinen Koffer aus dem Schrank. Mit einem Spezialschlüssel öffnete er die beiden Schlösser. Als der Deckel zurückschwang, fuhren Charles' Hände unter die Wäschestücke und holten einen kleinen, viereckigen Kasten hervor, der kaum größer als eine Zigarrenkiste war.

Der Kasten war ein Sender.

Charles stellte ihn auf den Tisch, zog die Antenne heraus und drehte an einigen Knöpfen. Dann löste er ein kleines Mikrofon aus der Halterung und begann mit seinem Bericht.

Nach den ersten Worten wurde schon klar, daß Charles Mannering nie im Leben Maler war, sondern Beamter von Scotland Yard . . .

Charles Mannering stand am Fenster und rauchte eine Zigarette. Er rauchte immer Zigaretten, wenn er nervös war.

Mit müden Augen starrte er durch die Scheibe nach draußen. Der Nebel hatte sich verdichtet und lag nun wie dicke Watte auf dem Land.

Über dem Eingang des Gasthauses schaukelte eine Laterne. Ihr trüber Lichtschein erreichte gerade noch das Fenster zu Charles' Zimmer und ließ auch ein winziges Stück des Platzes vor der Haustür erkennen.

Tief sog Charles Mannering den Rauch der Zigarette in seine

Lungen. Er hatte einen Funkspruch an seine Dienststelle abgegeben und wartete fast ungeduldig darauf, daß etwas passierte.

Die Minuten tickten dahin.

Unten im Haus war kein Laut zu hören. Charles Mannering drückte die Zigarette aus und trank einen Schluck Wasser. Dann nahm er seinen Beobachtungsplatz am Fenster wieder ein.

Charles wußte nicht, wie lange er in den Nebel gestarrt hatte, da schlug unten die Haustür zu.

Sofort öffnete Charles Mannering das Fenster und beugte sich nach draußen.

Eine Gestalt trat in den Lichtschein der Laterne.

Es war eine Frau. Grace Winlow. Sie tat ein paar zögernde Schritte und blickte instinktiv nach oben.

Charles huschte vom Fenster zurück.

Hatte Grace ihn gesehen?

Er wartete einige Sekunden und peilte dann vorsichtig nach unten.

Nein, er war wohl nicht entdeckt worden.

Das Mädchen war bereits weitergegangen in Richtung Moor. Charles sah sie nur noch ganz kurz, ehe der Nebel sie verschluckte.

Der als Maler getarnte Inspektor zögerte keinen Augenblick. Er lief aus dem Zimmer und schlich im Dunkeln die Treppe hinunter. Ihn interessierte es brennend, wohin sich Grace zu dieser Stunde noch gewandt hatte.

Die Haustür hatte sie nicht abgeschlossen.

Charles Mannering huschte ins Freie. Er hatte sich die Richtung gemerkt, in die Grace verschwunden war.

Schon bald war der Inspektor in der dicken Nebelsuppe untergetaucht.

Neben ihm gluckste und schmatzte es.

Das Moor! Ein mörderischer Moloch, der alles in sich hineinschuckte. Ein falscher Tritt konnte den Tod bedeuten.

Obschon es kalt war, schwitzte Charles Mannering am ganzen Körper. Er hatte, ohne es zu wollen, Glück gehabt. Es gab nur einen schmalen Pfad durch das Moor, und auf diesen war Charles Mannering durch Zufall gelangt.

Von Grace Winlow war nichts zu sehen. Sie mußte irgendwo vor ihm in dem dichten Nebel stecken.

Etwas schrammte an Charles Mannerings Arm vorbei.

Der Inspektor erschrak. Doch nur der Ast eines kahlen Baumes hatte ihn gestreift.

Charles Mannering hatte solch einen Auftrag noch nie bekommen. Er hatte sich schon mit manchem Verbrecher herumgeschlagen. Da wußte man wenigstens, wo man dran war. Aber hier? Keine Spuren, keine Fakten – nichts. Es schien, als hätte der Nebel alles verschluckt.

Wohin mochte der Weg führen?

Charles Mannering verspürte plötzlich den Drang, umzukehren. Doch dann siegte sein Pflichtbewußtsein, und er ging weiter.

Dann wurde der Weg auf einmal fester. Charles Mannering versank nicht mehr bis zu den Knöcheln im Schlamm.

Sollte er das Ziel erreicht haben?

Nach einigen Minuten war es tatsächlich soweit.

Aus dem Nebel sah Charles Mannering die Umrisse eines kleinen Steinhauses auftauchen. Und noch etwas sah er.

Grace Winlow.

Sie stand vor dem Haus und hatte die Arme erhoben.

Charles ging keinen Schritt weiter. Er wollte vorerst nur beobachten.

Er sah, daß Grace Winlow gegen irgend etwas klopfte. Wahrscheinlich war es eine Tür. Hören konnte er nichts, da der Nebel die Geräusche verschluckte.

Charles Mannering ging noch einige Schritte vor. Jetzt konnte er erkennen, daß es tatsächlich eine Tür gewesen war, und er bekam auch mit, wie sie geöffnet wurde.

Wie ein Schemen war Grace Sekunden später in dem Haus verschwunden.

Die Tür wurde wieder geschlossen.

Wenig später stand Charles Mannering davor. Er hatte sich vorher, so gut es ging, das Haus angesehen, jedoch nichts Verdächtiges entdeckt. Ihm war nur aufgefallen, daß das Haus keine Fenster hatte.

Charles atmete noch einmal tief durch und schlug mit der Faust gegen die Tür.

Gespannt wartete er ab.

Nach einigen Sekunden hörte er schwere Schritte. Ein Schlüssel knarrte im Schloß.

Dann wurde die Tür mit einem Ruck aufgerissen.

Charles Mannering wich unwillkürlich einige Schritte zurück.

Der Mann, der so plötzlich vor ihm stand, schien einem Horrorfilm entsprungen zu sein.

Grünliche, weit aus den Höhlen hervorquellende Augen starrten Charles an. Anstelle der Nase hatte dieses Ungeheuer nur zwei Löcher. Der Mund war ein formloser Klumpen, aus dem abgebrochene, verfaulte Zähne hervorsahen. Der Mann trug ein altes Hemd, eine geflickte Hose und hielt in der linken Hand eine Laterne.

Ein Monster, schoß es Charles durch den Kopf.

Er wich noch weiter zurück.

Der Unheimlich kicherte hohl. Er krümmte den Zeigefinger der rechten Hand.

»Komm ruhig näher, Freund«, sagte er mit seltsam hoher Fistelstimme. »Gäste sind uns immer willkommen.«

Charles Mannering wollte sich herumwerfen, einfach weglaufen von diesem gespenstischen Ort, doch er war unfähig, sich zu rühren. Es schien, als habe ihm jemand unsichtbare Fesseln angelegt.

Das Monster verließ jetzt das Türrechteck, kam schwerfällig auf Charles zu.

Lauf weg! schrie es in ihm. Mein Gott, lauf doch weg!

Der Unheimlich griff mit seiner freien Hand nach Charles' Arm.

Und plötzlich war der Bann gebrochen.

Charles duckte sich, versuchte dem harten Griff zu entwischen.

Das Monster war stärker.

Wie eine Stahlklammer preßte es Charles' Arm zusammen.

Der Inspektor besann sich auf seine Boxausbildung. Er drosch dem Unheimlichen seine rechte Faust in die schreckliche Fratze.

Ihm war, als hätte er in einen Teigklumpen geschlagen.

Das Monster zeigte keine Reaktion. Im Gegenteil.

Unbarmherzig zog es Charles Mannering in Richtung Haus. Die Tür kam immer näher.

Charles versuchte, sich an einem Mauervorsprung festzuhalten. Doch seine Finger rutschten an dem rauhen Gestein ab, und er schrammte sich die Hand auf.

Stück für Stück wurde er in das Haus hineingezogen.

Dann ließ ihn der Unheimliche auf einmal los und schlug ihm aber sofort mit der freien Hand vor die Brust.

Charles Mannering wurde zur Seite geschleudert und knallte mit dem Rücken schmerzhaft gegen eine Wand.

Das Monster warf die Tür zu, schloß ab und steckte den Schlüssel in die Hosentasche.

Charles rappelte sich auf die Füße. Noch immer hielt das Monster die Laterne in der Hand. Seine hervorquellenden Augen starrten Charles Mannering an.

Langsam ließ bei dem Inspektor der Schreck der ersten Minuten nach.

»Was soll das?« fragte er schwer atmend. »Was haben Sie mit mir vor.

Charles setzte sich in Bewegung. Er hielt den Kopf schräg, um zu sehen, was das Monster hinter ihm mit ihm vorhatte.

Der Schein der Laterne reichte gerade aus, um das Nötigste erkennen zu können.

Charles Mannering sah einen schmalen Gang, dessen Seiten aus dicken Felsquadern bestanden.

Der Gang war nur kurz. Er mündete in einen fast quadratischen Raum, in dem seltsame Kisten standen. Charles glaubte jedenfalls, daß es Kisten waren.

Bis der Unheimliche sich an ihm vorbeischob, den Raum betrat und die Laterne hochhielt.

Es waren keine Kisten.

Es waren Särge!

Steinsärge. Insgesamt sieben Stück. Sie standen nebeneinander wie in einer Leichenhalle.

»Hier schlafen meine Freunde«, kicherte der Unheimliche. »Und ich sorge dafür, daß ihre Ruhe nicht gestört wird.«

Charles Mannering spürte, wie er am gesamten Körper zitterte. Was er hier erlebte, war unvorstellbar. Das Grauen drohte ihn zu überwältigen.

Das Monster ging ein paar Schritte vor. Es stand jetzt dicht vor dem ersten Sarg. Mit fast spielerischer Leichtigkeit schob es den schweren Steindeckel zur Seite.

Ob er wollte oder nicht, Charles Mannering starrte gebannt auf den Sarg, der jetzt zum Teil offenstand.

In dem Sarg lag ein Mensch.

Eine Frau.

Es war Grace Winlow . . .

Der eisige Schreck lähmte Charles Mannerings Muskeln. Er versuchte etwas zu sagen, doch seine Stimmbänder gehorchten ihm nicht mehr.

»Ist sie nicht schön?« kicherte hinter ihm der Unheimliche, trat an den Steinsarg und leuchtete mit der Laterne in Grace Winlows Gesicht.

Charles Mannering konnte nicht anders. Er mußte Grace einfach ansehen.

Sie erschien ihm noch schöner. Das lackschwarze Haar umrahmte das ebenmäßige Gesicht wie ein Vlies. Grace hatte die Hände über der Brust gekreuzt und hielt die Augen geschlossen.

»Bald ist Mitternacht«, flüsterte der Unheimliche. »Dann stehen sie auf. Sie werden bis zum frühen Morgen ein Fest feiern. Und wenn der Mond untergegangen ist, kehren sie wieder in ihre Särge zurück.«

Das Monster trat an einen anderen Sarg und schob auch diesen Deckel beiseite.

»Da, sieh dir nur alles genau an. Sie sind alle belegt. Bald wirst du auch zu ihnen gehören. Und ich muß dir einen Sarg besorgen, in dem du tagsüber schlafen kannst, wenn die häßliche Sonne scheint.«

Ich werde dir einen Sarg besorgen! Ich werde dir einen Sarg besorgen! Die Worte brannten sich in Charles Mannerings Gehirn fest.

»Nein«, flüsterte der angebliche Maler. »Nein, ich will nicht. Ich will nicht, verstehst du?«

Charles warf sich plötzlich herum, rannte durch den Gang und prallte gegen die stabile Eingangstür.

Verzweifelt rüttelte er an der Klinke.

Verschlossen.

In sinnloser Wut trommelte Charles mit beiden Fäusten gegen das dicke Holz.

»Ich will hier raus! Ich will hier raus!« brüllte er. Seine Stimme überschlug sich.

Schluchzend brach Charles Mannering zusammen. Wieder hörte er das Kichern hinter sich. Der Schein der Laterne streifte ihn.

»Es ist sinnlos. Du gehörst jetzt zu uns. Alle, die nach Deadwood Corner kommen, gehören zu uns. Wir haben noch viele Särge.«

»Ich, ich kann nicht mehr«, schluchzte Charles Mannering. Er war einem Nervenzusammenbruch nahe.

Eine Pranke mit spitzen Fingernägeln legte sich auf seine rechte Schulter.

Mühelos zog das Monster Charles hoch.

»Komm wieder zurück«, flüsterte der Unheimliche. »Es ist jeden Moment soweit. Du mußt doch deine zukünftigen Freunde begrüßen.«

Halb blind taumelte Charles vor dem Unheimlichen her. Als sie in den Raum kamen, wo die Särge standen, lehnte sich Charles zitternd gegen die kalte Steinwand.

Der Unheimliche ging an der Sargreihe vorbei und schwenkte seine Laterne. Dabei murmelte er Worte, die Charles nicht verstand.

Plötzlich drang ein häßliches Knirschen an das Ohr des Inspektors.

Charles' Kopf ruckte herum. Was er sah, ließ ihn an seinem Verstand zweifeln.

Ein schwerer Sargdeckel wurde kratzend weitergeschoben, gerade so viel, daß ein Mensch aus dem Sarg steigen konnte.

Ein Mensch?

Ein Vampir stieg aus dem Sarg!

Blutunterlaufene Augen starrten Charles an. Nadelspitze Eckzähne wurden drohend gefletscht. Knochige Hände mit spitzen, langen Fingernägeln schoben sich Charles Mannering entgegen.

Der Inspektor wich zurück. Er spürte, wie sein Herz rasend schnell schlug, wie das Blut durch seine Adern pulsierte.

Der Unheimliche stieß ihn in den Rücken, genau dem Vampir entgegen.

Die spitzen Fingernägel griffen nach Charles' Gesicht.

Im letzten Moment konnte der junge Inspektor wegtauchen. Es war wohl mehr ein Reflex als eine gesteuerte Reaktion.

Der Vampir griff ins Leere.

Während dieser Zeitspanne hatten sich auch die anderen Särge geöffnet.

Mit puppenhaften Bewegungen stiegen die übrigen Vampire ins Freie. Charles Mannering brüllte auf. Was er hier sah, ging über seinen Verstand.

Die Vampire kreisten Charles ein. Einer sah schrecklicher aus als der andere.

Auch Grace Winlow war jetzt nicht mehr wiederzuerkennen. Das Gesicht war nur noch eine Grimasse, und die spitzen Zähne sahen aus wie weiße Dolche.

Charles Mannering drehte sich im Kreis, suchte nach einem Ausweg, um den Wall der Vampire zu durchbrechen.

Es gab keinen.

Die ersten Hände griffen nach ihm.

Charles Mannering riß sich los, taumelte einen Schritt zurück und prallte gegen die Wand.

Die Vampire lachten, weideten sich an seiner grenzenlosen Angst.

Fäulnisgeruch drang in Charles' Nase.

Starke Arme rissen ihn herum.

Charles Mannering sah in schrecklich entstellte Gesichter, in Fratzen, wie sie in den schlimmsten Alpträumen nicht vorkommen.

Das Grauen lähmte Charles Mannerings Verstand. Er bekam nicht mehr richtig mit, wie er zu Boden geworfen wurde, wie scharfe Fingernägel ihm die Kleider zerfetzten.

Charles Mannering war wahnsinnig geworden!

Und plötzlich ließen die Vampire von ihrem Opfer ab. Kreischend traten sie zurück, flohen in Richtung Ausgang. Der Unheimliche mußte blitzschnell die Tür aufschließen und die Vampire nach draußen lassen.

Er, der selbst zu den Dämonen gehörte, spürte mit einem Mal auch die starke Ausstrahlung, die von Charles Mannering herrührte. Panikartig floh das Monster nach draußen. Die Tür ließ es offen.

Nur Minuten später erhob sich Charles Mannering.

Aus stumpfen, glanzlosen Augen sah er sich um, bemerkte das etwas hellere Rechteck der offenen Tür und lief nach draußen.

Hier begann der Inspektor plötzlich zu tanzen und rannte dann in Richtung Deadwood Corner. Mit fast traumwandlerischer Sicherheit fand er den Pfad durch das Moor.

Charles Mannering war zwar den Vampiren entkommen, doch der Preis dafür war sehr hoch gewesen.

Charles hatte ihn mit seinem Verstand bezahlen müssen.

Tack, tack.

Unruhig wälzte sich Gil Dexter im Bett herum. Hatte er nicht eben ein Geräusch gehört?

Da, jetzt wieder.

Tack, tack.

Mit einem Fluch fuhr Dexter im Bett hoch. Seine flache Hand knallte auf den Schalter der Nachttischlampe.

»Was ist denn?« murmelte Lilian, seine junge Frau, neben ihm.

»Ich glaube, da ist jemand am Fenster. Ich seh' mal nach.«

»Ach, laß doch, du hast bestimmt nur geträumt.«

Gil gab keine Antwort, sondern schlüpfte in seine Pantoffeln.

Leise näherte er sich dem Zimmerfenster und schob behutsam die Vorhänge zurück.

Ein grinsendes Gesicht starrte ihn an.

Im ersten Impuls zuckte Gil zurück, doch dann wurde er wütend.

Mit einem Fluch riß er das Fenster auf.

»Verdammt noch mal. Ich werde dir . . .«

Seine weiteren Worte gingen in ein dumpfes Gurgeln über, denn zwei Hände legten sich wie Stahlklammern um seinen Hals. Blitzartig wurde Gil Dexter die Luft aus den Lungen gepreßt. Gleichzeitig zog ihn der Unbekannte nach draußen.

Gil Dexter bekam das Übergewicht und fiel aus dem Fenster. Den Schrei seiner Frau hörte er nur im Unterbewußtsein.

Zum Glück schliefen die Dexters Parterre, so daß Gil relativ sanft auf die feuchte Erde des Vorgartens fiel.

Der Kerl hatte ihn zwangsläufig loslassen müssen, doch nun bückte er sicht, um abermals Gils Kehle zu umklammern.

Gil Dexter war Karatekämpfer. Sein Körper war durchtrainiert, und seine Reflexe waren besonders ausgebildet.

Ehe ihn der Kerl zum zweitenmal überraschen konnte, rollte sich Gil zur Seite.

Die würgenden Hände faßten ins Leere.

Dann stand Gil Dexter schon auf den Beinen.

Ehe sich der Unbekannte versah, hatte ihm Gil schon einen Schlag verpaßt.

Der Kerl flog zurück und krachte in die Büsche des Vorgartens.

Gil setzte nach.

Der Mann arbeitete sich soeben aus dem Gebüsch hervor. Im

Dunkel der Nacht sah Gil deutlich das Weiß des Gesichtes leuchten.

Und plötzlich begann der Unbekannte zu lachen. Es war ein hohles, geiferndes Lachen, das Gil einen Schauer über den Rücken laufen ließ.

Weit schallte das Gelächter durch die Nacht.

Gil Dexter wurde es zuviel.

»Der ist verrückt«, murmelte er und schlug wohldosiert zu.

Sein Handkantenschlag leistete ganze Arbeit. Der Unbekannte verdrehte die Augen und fiel seufzend zu Boden.

Schweratmend sah Gil auf ihn hinab.

Durch den Schrei seiner Frau waren Menschen aus dem Schlaf geschreckt worden. Hinter vielen Fenstern flammte Licht auf.

Lilians Stimme brachte Gil in die Wirklichkeit zurück.

»Was ist passiert?«

Dexter wischte sich über die Stirn. »Gar nichts ist passiert. Wahrscheinlich wollte der Kerl einbrechen. Aber die Schau habe ich ihm gestohlen.«

Lilian sah schaudernd auf den am Boden liegenden Mann. »Ist er . . .? Ist . . .?«

»Nein, er ist nicht tot. Nur bewußtlos.«

Flüchtig angekleidete Menschen rannten auf die beiden zu. Fragen schwirrten durch die Nacht. Doch Gil gab keine Antwort. Er bückte sich und suchte in den Taschen des Bewußtlosen nach irgendwelchen Papieren.

»Warum ist denn seine Kleidung so zerrissen?« wollte Lilian wissen.

»Was weiß ich. Warte mal. Verdammt, da ist doch was.«

»Wo?«

»Unter dem Jackenfutter.«

Neugierig beugten sich die Menschen zu Gil hinunter. Eine Taschenlampe flammte auf.

Gil Dexter riß das Jackenfutter kurzerhand auseinander. Er fühlte eine Plastikhülle zwischen den Fingern.

»Leuchten Sie doch mal«, sagte er zu dem Mann mit der Taschenlampe.

Der Strahl richtete sich auf die Plastikhülle.

In der Hülle steckte ein Ausweis.

Langsam entzifferte Gil Dexter die Buchstaben. Er las dabei laut vor.

»Charles Mannering. Zweiunddreißig Jahre. Inspektor bei Scotland Yard.«

Gemurmel wurde laut.

Gil Dexter schüttelte den Kopf. »Also, ehrlich gesagt, jetzt verstehe ich gar nichts mehr . . .«

»Das kann Sie teuer zu stehen kommen, Mister Dexter«, knurrte Jim Burns, Konstabler des kleinen Ortes Bradbury.

Gil Dexter schüttelte verwirrt den Kopf. »Wieso denn das?«

Jim Burns, ein Mann in mittleren Jahren und dürr wie eine Bohnenstange, warf sich in die kaum vorhandene Brust. »Mister Mannering ist immerhin Inspektor von Scotland Yard.«

»Ein Dieb ist er. Mehr nicht«, regte sich Gil Dexter auf. »Er wollte bei uns einbrechen, verstehen Sie? Aber die Suppe habe ich ihm versalzen.«

Lilian Dexter legte ihrem Mann die Hand auf den Arm. »Sei doch nicht so nervös, Gil.«

»Das sagst du. Aber stell dir mal vor, ich hätte das gemacht. Die hätten mich doch vor Gericht gestellt. Da denkt man an nichts Böses, will nur Urlaub machen, und dann passiert so was. Nee, Konstabler, nicht mit uns. Wir reisen heute noch ab.«

Konstabler Burns räusperte sich. »Nicht, bevor die Sache geklärt ist. Außerdem wird der Beamte seine Gründe gehabt haben.«

»Jetzt werden Sie nur nicht kindisch.«

»Ich verbitte mir diesen Ton. Sie sprechen mit einer Amtsperson.«

Burns' hageres Gesicht zuckte.

»Schon gut«, winkte Gil Dexter ab. »Ich wollte Sie nicht in Ihrer Beamtenehre beleidigen.« Er wandte sich an seine Frau. »Hast du mal eine Zigarette?«

»Sicher.«

Lilian Dexter war zweiunddreißig Jahre alt und sah aus wie fünfundzwanzig. Sie trug das blonde Haar kurz geschnitten und hatte eine fast knabenhafte Figur mit kleinen, festen Brüsten, die sich deutlich unter dem knapp sitzenden roten Pullover abzeichneten.

Sowohl sie als auch ihr Mann waren übermüdet. Sie hatten den Rest der Nacht nicht mehr geschlafen und saßen nun, um neun Uhr morgens, im kahlen Büro des Konstablers.

Gil Dexter war von Beruf Generalvertreter eines großen Waschmittelkonzerns, genau vierzig Jahre alt und sah, ebenso wie seine Frau, wesentlich jünger aus.

Es war der erste Urlaub in ihrem Heimatland. Sonst fuhren sie immer in den Süden, aber dann wurden sie den Rummel leid und wollten sich einmal richtig ausspannen. Doch wie die Sache jetzt lag, sah es nicht danach aus.

Gil Dexter drückte die Zigarette aus. »Wo ist denn Ihr komischer Inspektor?« wandte er sich an den Dorfpolizisten.

»In der Zelle«, erwiderte Burns. »Wir haben leider kein Krankenhaus.«

»Zelle ist gut«, grinste Gil. »Was haben Sie eigentlich in dem Fall unternommen?«

Konstabler Burns fixierte Gil Dexter aus zusammengekniffenen Augen. »Ich wüßte zwar nicht, was Sie das angeht, aber ich sage es Ihnen trotzdem. Ich habe bereits mit New Scotland Yard in London telefoniert.«

»Und?«

»Sie werden Inspektor Mannering abholen.«

Gil wollte noch etwas sagen, aber in diesem Augenblick ertönte ein entsetzliches Gebrüll.

Der Konstabler sprang hoch wie ein Stehaufmännchen. »Das war bei den Zellen.«

Er hatte den Satz kaum zu Ende gesprochen, da rannte er schon los.

»Bleib du hier, Lilian«, sagte Gil Dexter und setzte sich ebenfalls in Bewegung.

»Sei vorsichtig, Gil.«

Gil folgte dem Konstabler in die Hinterräume der Polizeistation. Ein grüngelb getünchter Gang nahm ihn auf, in dem sich zwei vergitterte Zellen befanden.

Vor einer stand der Konstabler und hatte beide Hände auf den Mund gepreßt, während das infernalische Gebrüll durch den Gang schallte.

Gil Dexter warf einen Blick in die Zelle. Was er sah, ließ ihm die Haare zu Berge stehen.

Der Inspektor stand an der Wand und trommelte mit beiden Fäusten gegen den rauhen Putz. Seine Handgelenke waren bereits aufgerissen. Das Blut rann in Bächen an seinen Armen herunter.

Dazu kam noch das verrückte Gebrüll, das bei einem normalen Menschen fast die Trommelfelle platzen ließ.

Dann hatte Charles Mannering die beiden Männer entdeckt.

Schreiend und mit gefletschten Zähnen warf er sich gegen das Gitter. Seine blutbesudelten Fäuste umklammerten die Stäbe und versuchten, sie auseinanderzubiegen.

Gil Dexter und der Konstabler wichen unwillkürlich zurück. Gil sah, daß auf der Stirn des Polizeibeamten ein dicker Schweißfilm lag.

Plötzlich verstummte das Gebrüll.

Fast ohne Ansatz sackte Charles Mannering zusammen und blieb keuchend am Boden liegen. Sein Körper zuckte wie unter schweren Stromstößen.

»Der ist ja nicht mehr normal«, flüsterte der Konstabler.

»Merken Sie das jetzt erst?« erwiderte Gil sarkastisch.

Burns warf ihm einen bösen Blick zu und sagte: »Kommen Sie. Ich glaube, hier haben wir nichts mehr zu suchen.«

»Wollen Sie nicht lieber einen Arzt holen?«

Burns schüttelte den Kopf. »Geht nicht. Unser Doc ist schon die ganze Nacht im Nachbardorf bei einer Entbindung. Vor heute mittag wird er bestimmt nicht zurückkommen.«

Die Männer betraten wieder das Dienstzimmer.

Lilian blickte ihren Mann ängstlich an. »Was war los?«

»Nichts«, antwortete Gil. »Wenigstens nichts, was dich beunruhigen könnte.«

Lilian stellte auch keine weiteren Fragen.

»Kannten Sie den Inspektor eigentlich?« wollte Gil Dexter von dem Konstabler wissen.

»Nein. Ich habe ihn nie gesehen. Auch als ich beim Yard anrief, tat man sehr geheimnisvoll. Weiß auch nicht, warum.«

Inzwischen hatten sich Menschen vor der Polizeistation versammelt. Sie alle waren durch das Brüllen aufgeschreckt worden.

Ein schwergewichtiger Mann betrat das Dienstzimmer und wollte wissen, was geschehen war.

»Nichts von Bedeutung«, erwiderte Burns. »Geht wieder an eure Arbeit.«

Draußen von der Straße hörte man das Brummen eines Automotors. Sekunden später stoppte ein Krankenwagen vor dem Haus.

Zwei Männer sprangen heraus, öffneten die hintere Tür und betraten dann mit einer Trage das Zimmer.

»Wir sollen Inspektor Mannering abholen«, sagte einer, ein Kerl wie ein Baum.

»Er ist hinten in der Zelle. Warten Sie, ich gehe mit. Muß die Tür aufschließen«, murmelte Burns und griff nach seinem Schlüsselbund.

Die drei verschwanden nach hinten.

Wenig später waren sie schon wieder zurück. Charles Mannering lag festgeschnallt und mit geschlossenen Augen auf der Trage. Konstabler Burns mußte noch ein Protokoll unterschreiben, und dann zogen die beiden Männer sofort wieder ab.

Alles war blitzschnell über die Bühne gegangen. Die Männer hatten so gut wie kein Wort mehr gesprochen.

»Komisch«, murmelte Gil Dexter. »Irgend etwas stimmt da nicht.«

»Machen Sie sich mal da keine Gedanken«, sagte der Konstabler. »Es ist bestimmt besser.«

Doch Gil Dexter hörte nicht auf ihn. Ihm erschien der Fall verdammt mysteriös.

»Irgend jemand muß diesen Inspektor doch gesehen haben«, sprach er mehr zu sich selbst.

Der Konstabler sah ihn argwöhnisch an. »Was haben Sie vor?«

»Mich ein wenig um die Sache kümmern. Der Urlaub wird mir sonst zu langweilig.«

»Gil, ich bitte dich«, rief Lilian Dexter. »Das geht dich doch alles nichts an.«

»Und ob mich das was angeht. Der Mann wollte schließlich bei uns einbrechen. Wir haben ja noch 14 Tage Urlaub vor uns. Und in der Zeit werden wir uns mal ein wenig die Gegend um Bradbury ansehen.«

Der Arzt nahm die Goldrandbrille ab, wischte sich über die Augen und sah seine beiden Gegenüber nachdenklich an.

»Es gibt keinen Zweifel«, sagte er in seiner ruhigen, bedächtigen Art. »Ihr Kollege ist wahnsinnig geworden.«

»Also doch«, erwiderte Superintendent Powell von Scotland Yard.

Der zweite Mann enthielt sich einer Antwort. Er hieß John

Sinclair und war wohl der beste Agent, den diese Polizeiorganisation zur Zeit aufzubieten hatte.

John Sinclair war groß, durchtrainiert und hatte blondes kurzgeschnittenes Haar. Er wurde nur dort eingesetzt, wo normale Techniken versagten. Hauptsächlich bei Fällen, die ins Mystische, Okkulte gingen. John Sinclair hatte in den letzten zwei Jahren sagenhafte Erfolge errungen. Sein letzter Fall lag erst knapp einen Monat zurück. Er hatte damals Sakuro, einem Dämon aus der fernen Vergangenheit, das Handwerk gelegt.

Und jetzt sah es so aus, als bahne sich wieder ein neues Abenteuer an.

»Was halten Sie von der Sache, John?« wandte sich Superintendent Powell an seinen Inspektor.

»Ich fürchte, unser Kollege ist einem Verbrechen zum Opfer gefallen.«

»Aber keinem gewöhnlichen Verbrechen«, warf der Arzt ein. »Der Kranke hat oft im Wahn gesprochen. Worte wie Vampire und Särge kamen darin vor. Ich schreibe das allerdings eher seiner überreizten Phantasie zu.«

»Inspektor Mannering war kein Fantast«, sagte Superintendent Powell.

Der Arzt sah etwas pikiert auf. »Wie Sie meinen, Sir.«

Powell nickte. »Das wäre dann ja alles.«

»Ja«, erwiderte der Arzt. »Sollte sich irgend etwas mit dem Patienten ändern, lasse ich Sie sofort benachrichtigen.«

Wenig später saßen Powell und John Sinclair in dem Dienstwagen des Superintendenten und ließen sich nach New Scotland Yard bringen. Während der Fahrt ging John den Fall noch einmal durch.

Alles hatte damit begonnen, daß ein Mann verschwunden war. An und für sich eine alltägliche Sache. Doch dann verschwand ein zweiter, ein dritter, und schließlich waren es sechs Vermißte.

Durch eine Anzeige wurde Scotland Yard erst aufmerksam, als bereits fast alles zu spät war. Charles Mannering wurde mit der Aufgabe betraut, den Fall aufzuklären. Er fand Spuren, die zu dem kleinen Ort Bradbury führten. Und noch etwas hatte Charles Mannering herausgefunden. Alle sechs Verschwundenen gehörten einer okkulten Gemeinschaft an, die mit dem Jenseits Kontakt aufnehmen wollte. Bei einem der Verschwundenen wurde in der Wohnung ein Hinweis auf Deadwood Corner gefunden. Für

Charles Mannering natürlich eine heiße Spur. Er schlüpfte in die Rolle eines Malers und machte sich auf den Weg.

Sein erstes und gleichzeitig letztes Lebenszeichen war ein rätselhafter Funkspruch gewesen. Den Text hatte John Sinclair fast noch genau im Kopf.

Bin auf Deadwood Corner eingetroffen. Habe ein Mädchen kennengelernt namens Grace Winlow. Diese Frau scheint ein Vampir zu sein! Ja, Vampir. Bitte stellt Nachforschungen an. Melde mich morgen wieder.

Ein Morgen gab es für Charles Mannering nicht mehr. Wenigstens nicht in einer normalen Verfassung.

Die Dienstlimousine hielt vor dem Scotland-Yard-Gebäude.

»Kommen Sie noch mit in mein Büro«, sagte Sir Powell.

»Wenn's unbedingt sein muß«, murmelte John. »Hätte eigentlich Durst auf einen Whisky.«

»Was sagten Sie, Inspektor?«

John sah seinen Chef entwaffnend an. »Ich fragte, ob Sie auch Whisky haben, in Ihrem Zimmer, meine ich.«

Sir Powell fixierte John durch seine dicken Brillengläser.

»Sie sind im Dienst, Inspektor Sinclair.«

»Man wird ja mal fragen dürfen.«

Sir Powell sagte nichts.

John konnte sich diese kleinen Freiheiten bei seinem stockkonservativen Vorgesetzten erlauben, denn seine Aufklärungsquote lag bei fast hundert Prozent. Und so etwas imponiert eben auch einem Sir Powell.

Oben in Powells Büro ging der Superintendent an einen in der Wand eingebauten Tresor und holte einen schmalen Aktenordner hervor.

»Hier sind Mannerings Ergebnisse zusammengefaßt«, sagte Sir Powell. »Wir haben unter anderem auch nach dieser gewissen Grace Winlow geforscht. Es gibt natürlich Hunderte von Frauen dieses Namens. Aber es gibt nur eine Grace Winlow in der Umgebung von Bradbury.«

»Dann ist uns schon viel geholfen«, meinte John Sinclair.

»Gar nicht ist uns geholfen, Inspektor. Diese Grace Winlow ist schon zweihundert Jahre tot.«

Johns Gesicht wurde hart. »Dann hatte Charles Mannering wohl doch recht«, sagte er leise.

»Ja, es sieht so aus«, erwiderte Superintendent Powell. »Sie müssen sich sofort um die Sache kümmern, John. Mit Vampiren haben Sie ja einige Erfahrung.«

»Ich werde inkognito hinfahren. Es ist besser so.«

Sir Powell war einverstanden.

John klemmte sich in seinen silbergrauen Bentley, fuhr nach Hause und packte einen Koffer. Anschließend fuhr er in Richtung Norden, der kleinen Ortschaft Bradbury entgegen.

»Willst du dir wirklich die Gegend um Bradbury ansehen?« fragte Lilian Dexter ihren Mann.

Gil biß herzhaft in die Toastschnitte. »Und ob«, sagte er kaufend. »Was ich mir einmal vorgenommen habe, führe ich auch durch.«

»Ich weiß nicht so recht.« Lilian zuckte fröstelnd die Achseln.

»Du kannst hierbleiben. Schläfst einige Stunden, und heute abend machen wir es uns gemütlich.«

Lilian streichelte Gils Handrücken. »Ich komme doch mit, Gil. Ich kann dich einfach nicht allein gehen lassen.«

Gil nahm einen Schluck Orangensaft. »Fein.«

Das Ehepaar Dexter wohnte in einer kleinen Pension, die zwar kaum Komfort bot, dafür bekam man aber was auf den Teller.

Gil blickte auf seine Uhr. »In einer halben Stunde gehen wir los.«

»Gut.« Lilian stand auf. »Ich laufe nur kurz nach oben und mache mich ein wenig frisch.«

Während das Hausmädchen, eine etwas dralle Person, abräumte, zündete sich Gil Dexter die Verdauungszigarette an. Er hatte sie kaum zur Hälfte geraucht, als Konstabler Burns das Gastzimmer betrat.

»Ist es gestattet?« fragte er.

»Bitte.«

Burns zog sich einen Stuhl heran und setzte sich zu Gil Dexter an den Tisch.

»Haben Sie schon etwas gehört, Konstabler?« fragte Gil.

Der Beamte schüttelte den Kopf. »Nein, die hohen Herren von Scotland Yard haben sich noch nicht gerührt. Na ja, wenn unsereins schon was sagt, reagieren die sowieso nicht. Wir leben ja hier auf dem Land.«

»Warten Sie es doch mal ab, Konstabler. Immerhin sind seit dem nächtlichen Vorfall erst zwei Tage vergangen«, meinte Gil.

»Trotzdem«, regte sich der gute Konstabler auf. »Schließlich halten sie sich für die beste Polizeiorganisation Europas.«

Gil Dexter lachte. »Das tut wohl jede Polizei. Aber mal was anderes, Konstabler. Meine Frau und ich wollten uns mal ein wenig die Gegend ansehen. Wo kann man denn hier hingehen?«

Der Konstabler schüttelte den Kopf. »Haben Sie dieses Vorhaben immer noch nicht aufgegeben?«

»Nein. Ich habe sogar bei den Dorfbewohnern Erkundigungen eingezogen. Man erzählte mir, hier in der Nähe gäbe es ein Gasthaus, Deadwood Corner.«

»Um Gottes willen, Mister Dexter. Fangen Sie nicht davon an. Das Gasthaus ist verflucht. Es steht mitten im Sumpf. Nur ein schmaler Pfad führt dorthin. Jeder, der zu diesem Gasthaus ging, kam nie mehr zurück.« Der Konstabler beugte sich vor, und seine Stimme wurde zu einem Flüstern. »Es geht die Sage um, daß dort Vampire und Dämonen hausen. Vampire, verstehen Sie? Sie trinken Menschenblut. Ein alter Mann aus dem Dorf hat sie gesehen, wie sie nachts über dem Sumpf tanzten. Schrecklich war es. Zum Glück haben die Vampire nicht bemerkt, daß sie beobachtet wurden, sie hätten dem Alten sonst das Blut ausgesaugt.«

Gil Dexter lachte. »So schlimm wird es wohl nicht sein. Vampire, so etwas gibt es doch nicht.«

»Das sagen Sie, Mister Dexter. Sie kommen aus der Großstadt. Aber hier in den Dörfern gelten andere Gesetze. Hier sind die alten Sagen und Geschichten noch lebendig. Es gibt auch Gespenster, Mister Dexter. Ich . . .«

Der Konstabler wurde in seinen weiteren Ausführungen unterbrochen, denn Lilian betrat die Gaststube wieder.

»So, ich bin fertig«, rief sie.

Der Konstabler stand höflich auf und begrüßte die Frau.

»Und Sie wollen wirklich gehen?« fragte er noch mal.

»Ja, warum nicht?« lachte Gil und legte Lilian seinen Arm um die Schultern.

»Denken Sie an meine Worte«, warnte der Konstabler.

»Was hat der Beamte gesagt?« wollte Lilian wissen, als sie draußen auf der Straße standen.

»Ach, er sprach von Geistern und Dämonen«, erwiderte Gil. »Du kennst ja die alten Dorfgeschichten.«

Lilian Dexter fröstelte plötzlich. »Ich weiß nicht so recht. Denk mal an den Inspektor.«

Gil sah seine Frau an. »Du hast doch nicht etwa Angst?«

»Ein wenig schon«, erwiderte sie.

»Dann wird es Zeit, daß du sie verlierst. Komm.«

Untergehakt gingen die beiden die Hauptstraße entlang. Es war ein herrlicher Septembermorgen. Die Sonne sandte ihre letzten wärmenden Strahlen auf das Land und ließ alles direkt freundlicher erscheinen.

»Wo willst du denn genau hin?« fragte Lilian.

»Es soll hier in der Nähe ein altes Gasthaus geben. Dort können wir eine Tasse Kaffee trinken und dann wieder zurückgehen.«

»Ein Gasthaus? Davon habe ich ja noch nie gehört.«

»Es heißt Deadwood Corner. Dorfbewohner haben mir davon erzählt.«

»Deadwood Corner. Schrecklich.« Lilian schüttelte sich. »Kennst du überhaupt den Weg?«

»Ja, den hat man mir beschrieben. Er führt durch das Moor.«

»Auch das noch.« Lilian zog ihren Mann am Arm. »Bitte, Gil, laß uns umkehren.«

Gil Dexter blieb stehen. Er sah zurück zum Dorf, das bereits wenige hundert Yards hinter ihnen lag. »Ich gehe weiter, Lilian. Wenn du willst, kehr um.«

Lilian kaute auf ihrer Unterlippe, während sie überlegte. »Nein, Gil. Ich gehe mit«, sagte sie schließlich.

»Wunderbar. Wußte doch, daß ich mich auf dich verlassen kann. So, und jetzt müssen wir uns links halten. Dort beginnt der Pfad.«

Pfad war wirklich der richtige Ausdruck für den Weg, der durch das Moor führte. Die beiden Leute mußten hintereinander gehen, um nicht in den tückischen Sumpf abzurutschen.

Das Moor lebte. Frösche quakten, und glucksende, schmatzende Geräusche drangen an Lilians und Gils Ohren.

Kein Vogel zwitscherte. Es war eine unheimliche Atmosphäre, die hier vorherrschte. Die kahlen Bäume, die wie Totengerippe aussahen, der Geruch nach verfaulten Pflanzen, und dann der Nebel, der urplötzlich gekommen war.

Vor wenigen Minuten hatte noch die Sonne geschienen, doch jetzt lag der Nebel wie eine Wand über dem Land.

»Sollen wir nicht lieber umkehren, Gil?«

»Wenn wir auf dem Weg bleiben, kann uns gar nichts passieren«, erwiderte Gil Dexter und setzte vorsichtig einen Fuß vor den anderen.

Auch ihm war die ganze Sache nicht so recht geheuer. Aber um sein Prestige zu wahren, ging er weiter.

Seit einer Stunde waren sie schon unterwegs. Die Sonne war durch die dichte Nebelwand schon gar nicht mehr zu erkennen. Feuchtigkeit legte sich auf die Mäntel der beiden Moorwanderer und ließ die Kleidung klamm und steif werden.

Gil Dexter blieb stehen. »Wir müßten Deadwood Corner bald erreicht haben«, sagte er. »Die Dorfbewohner haben gesagt, man geht ungefähr eine Stunde.«

Lilian wischte sich über das feuchte Gesicht. »Glaubst du denn wirklich, daß Deadwood Corner bewohnt ist? Daß wir dort eine Tasse Tee oder Kaffee bekommen. Wer geht schon durch den Sumpf?«

Gil grinste verunglückt. »Ich habe dir nicht ganz die Wahrheit gesagt, Lilian. Deadwood Corner ist nicht mehr bewohnt. Wenigstens nicht von Menschen. Man erzählt sich, daß dort Vampire hausen.«

»Vampire?« echote Lilian. »Diese schrecklichen Monster, von denen in Kinos . . .« Lilians Stimme brach ab. Die Frau schüttelte sich. »Ja, gibt's die denn wirklich?«

»Das will ich ja eben feststellen«, antwortete Gil.

»Bleib hier, Gil. Ich bitte dich.« Lilian klammerte sich an ihrem Mann fest.

»Unsinn«, lachte Dexter. »Du kannst ja hier auf mich warten.«

»Nein.«

Sie gingen weiter. Schritt für Schritt durch die dicke Nebelsuppe.

Dann wurde der Weg breiter, und wenige Minuten später tauchten die Umrisse eines Hauses aus dem Nebel auf. Vor dem Haus stand ein Buggy.

»Na, wer sagt's denn?« rief Gil Dexter. »Wir haben es geschafft.«

Lilian schaute mit ängstlichen Augen die Fassade von Deadwood Corner an. »Es ist so unheimlich hier«, flüsterte sie.

»Das wird gleich vorbei sein. Wenn wir erst in der Gaststube sitzen . . . Verflixt noch mal, gibt es denn hier keine Klingel oder etwas Ähnliches?«

Gil stand vor der Eingangstür, und seine Augen tasteten prüfend die Fassade ab.

»Nichts zu sehen«, murmelte er.

»Klopf doch mal«, sagte Lilian.

Gil schlug gegen die Tür.

Die Schläge dröhnten durch das Haus.

Nichts geschah.

»Scheint tatsächlich völlig verlassen zu sein«, meinte Gil.

Lilian schob sich an ihrem Mann vorbei und drückte auf die gußeiserne Klinke.

»Verschlossen!«

»Ist wohl nichts mit 'ner Tasse Kaffee«, grinste Gil. »Warte mal, Lilian, ich geh' eben um das Haus. Bin gleich wieder da.«

»Aber . . .«

Lilian Dexter wollte noch etwas sagen, doch da war ihr Mann schon in dem dichten Nebel verschwunden.

Lilian Dexter hatte Angst. Sie stellte sich mit dem Rücken gegen die Hauswand und versuchte, die schmutziggraue Brühe mit ihren Augen zu durchdringen. Überall sah sie schon Gestalten, die nach ihr greifen wollten, um sie in den Sumpf zu ziehen, wo es kein Entrinnen mehr gab.

Plötzlich hörte Lilian Musik.

Harfenmusik!

Es war eine schwermütige Melodie. Die Töne schienen aus unendlicher Ferne zu kommen.

Lilian lauschte gebannt, preßte ihr Ohr gegen die Holzfüllung der Eingangstür.

Kein Zweifel. In dem Gasthaus spielte jemand Harfe.

Aber wer?

Ein Mensch? Sie hatten doch geklopft. Dieser Jemand hätte doch das Klopfen hören müssen.

Sollte wirklich an den Geschichten der alten Leute etwas Wahres gewesen sein?

Lilian bekam plötzlich Angst. Grenzenlose Angst.

»Gil«, rief sie. »Gil!«

Keine Antwort.

Da! Ein Schatten tauchte aus dem Nebel auf.

»Gil, da bist du ja end . . . Ahhhh!«

Der Schatten war nicht Gil, sondern ein einäugiger Kerl, der sich mit vorgestreckten Händen auf die wehrlose Frau stürzte.

Lilian fühlte zwei Pranken an ihrem Hals und krachte gegen die Hauswand.

Stinkender Atem streifte ihr Gesicht, während sie das eine Auge des Mannes anstarrte und die Pranken immer fester zudrückten.

Lilian Dexter gurgelte auf. Ihre Hände fuhren fahrig in die Höhe, bekamen die Haare des Unbekannten zu fassen und rissen in einer reinen Reflexbewegung daran.

Der Unbekannte brüllte auf, aber nicht, weil ihm Lilian Haare ausgerissen hatte, sondern weil eine knallharte Rechte sein ungeschütztes Ohr getroffen hatte.

Gil Dexter war im richtigen Moment aufgetaucht.

Ein zweiter Schlag fegte dem Mann gegen die Augenklappe.

Der Unhold ließ schreiend die Frau los und wandte sich seinem neuen Gegner zu.

»Dir werde ich es zeigen!« zischte Gil Dexter und riß seinen rechten Fuß hoch.

Die Spitze donnerte dem Einäugigen in den Magen.

Der Kerl würgte und brach in die Knie.

Ein zweiter Fußtritt traf seinen Kopf. Der Einäugige wankte.

»Hast du nun genug?« keuchte Gil Dexter.

Er stand mit geballten Fäusten vor dem Unhold. Lilian lehnte noch immer an der Hauswand. Unfähig, sich zu rühren.

Der Einäugige gab keine Antwort.

Gil wischte sich über den Mund. Dann wandte er sich an seine Frau. »Komm, wir gehen zurück.«

Lilian ging auf ihren Mann zu, und Gil schenkte ihr mehr Aufmerksamkeit als dem Einäugigen.

Das war ein Fehler.

Der Einäugige griff plötzlich nach Gils Bein, bekam es zu fassen, zog . . .

»Gil!«

Die Warnung seiner Frau kam zu spät.

Gil Dexter flog zurück und krachte mit dem Hinterkopf gegen das linke Rad des Buggys.

Glühend heißer Schmerz fraß sich durch Gil Dexters Kopf.

Und dann spürte er die würgenden Pranken an seinem Hals, hörte das triumphierende Grunzen über sich und wußte, daß er verloren war.

Der Aufschrei seiner Frau gellte ihm noch in den Ohren, als er das Bewußtsein verlor.

Lilian tat das einzig Richtige. Als sie sah, daß sie ihrem Mann nicht mehr helfen konnte, lief sie den Weg zurück, den sie gekommen waren.

Vielleicht konnte sie in Bradbury Hilfe holen.

Noch in London kam John Sinclair eine Idee. Er wollte zu diesem Klub fahren, dem die sechs Verschwundenen angehört hatten. Aus den Unterlagen von Scotland Yard kannte er die Adresse.

Der Klub lag in Chingfort, einem Londoner Vorort.

John Sinclair quälte sich durch den Mittagsverkehr und erreichte den kleinen Ort etwa gegen vierzehn Uhr.

Marvel Street 28, so lautete die genaue Adresse des Klubs.

Ein junges Mädchen beschrieb John den Weg.

Die Marvel Street war eine Einbahnstraße. Fast so schmal und eng wie die Gassen in Neapel.

Die Häuser hier stammten noch aus der Jahrhundertwende, besaßen hohe Fenster und Fassaden, die sich durch vorgebaute Erker auszeichneten.

John fand einen Parkplatz, stieg aus dem Wagen und ging die paar Schritte bis zum Haus Nummer 28 zurück.

Es unterschied sich keinen Deut von den anderen. Eine Steintreppe führte zur Eingangstür hoch. Neben der Tür entdeckte John ein Schild.

»Mystery Club.«

Eine Schelle gab es nicht, dafür einen altmodischen Glockenzug.

John zog an dem Lederband.

Das Gebimmel drang durchs Haus.

Schlurfende Schritte näherten sich. Dann wurde die Tür einen Spaltbreit aufgezogen, und eine Stimme fragte: »Was wollen Sie?«

»Erst mal reinkommen«, erwiderte John. »Ich bin Inspektor Sinclair von Scotland Yard.« John zückte seine Dienstmarke.

Jetzt wurde die Tür ganz aufgezogen.

John Sinclair betrat einen Hausflur, in dem es nach Bohnerwachs roch.

Der Kerl, der ihm geöffnet hatte, erinnerte John an einen Gartenzwerg. Klein, gedrungen und Halbglatze. Zwei listige Augen funkelten John über einer gebogenen Nase an. Der Mann trug eine bis über die Hüften reichende graue Strickjacke, ausgebeulte Kordhosen und Pantoffeln. Fehlt nur noch die Zipfelmütze, dachte John.

»Ich wohne hier unten, Herr Kommissar«, dienerte der Zwerg. »Wenn ich Ihnen behilflich sein kann . . .?«

»Sie können«, unterbrach John den Redefluß. »Erstens bin ich kein Kommissar, sondern Inspektor, und zweitens rede ich nicht gern im Hausflur.«

Der Mann rieb sich die Hände. »Kann ich verstehen. Bitte, Herr Komm . . . äh, Inspektor, kommen Sie mit.«

Die Wohnung des Mannes paßte zu ihm wie die berühmte Faust aufs Auge.

Wohin man blickte, Kram und Kitsch.

»Bitte, setzen Sie sich, Herr Inspektor«, dienerte der Zwerg und räumte einen Stuhl leer.

Der Mann setzte sich ihm gegenüber, legte die Hände zusammen und sah John aus unschuldigen Augen abwartend an.

Der Inspektor ließ sich nicht täuschen. Dieser Kerl hatte es faustdick hinter den Ohren.

»Wie ich am Türschild gesehen habe, heißen Sie Carl Hutchinson«, begann John Sinclair das Gespräch.

»Das ist richtig, Sir«, nickte der Zwerg.

»Schön, Mister Hutchinson. Ich will von Ihnen folgendes wissen: Was hat es mit dem Mystery Club auf sich?«

Für einen winzigen Augenblick zogen sich die Augen des Mannes zusammen, für John ein Zeichen, daß er auf der richtigen Spur war.

Carl Hutchinson tat unschuldig. »Wissen Sie, Inspektor, dieser Klub ist harmlos. Einmal in der Woche treffen sich ein paar Leute, um irgendwelche Geisterbeschwörungen vorzunehmen. Das ist alles.«

John nickte. »Wenn das wirklich alles so harmlos ist, wie Sie es sagen, kann ich mir die Räume ja mal ansehen.«

»Ich weiß nicht, Sir, ob . . .?« Hutchinson war das Thema wohl unangenehm. »Es ist niemand da und . . .«

John stand auf. »Dann werde ich jetzt gehen und mit einem Haussuchungsbefehl wiederkommen.«

»Um Himmels willen, Inspektor. So war das natürlich nicht gemeint. Selbstverständlich werde ich Ihnen die Räume zeigen.

Ich habe einen Schlüssel. Ich bin so etwas wie eine Vertrauensperson hier im Haus. Sie verstehen?«

»Natürlich«, sagte John.

»Wenn Sie mir bitte folgen wollen, Inspektor.«

Der Kerl ging mit seinem Getue John Sinclair verdammt auf den Wecker.

Hutchinson lief vor John die Treppen hoch. »Die Räume sind ganz oben, Inspektor. Dort sind die Leute ganz unter sich. Die Mitglieder, meine ich. So, hier ist es schon.«

Auf der letzten Etage gab es nur eine Wohnung, während auf den anderen Etagen immer zwei Familien wohnten.

Carl Hutchinson schloß die Tür auf.

»Bitte, Sir«, sagte er.

»Nach Ihnen«, grinste John.

Hutchinson betrat dann als erster die Wohnung und machte Licht. Lampen mit staubigen Glaskuppeln flammten auf. Die Wohnung bestand aus einer langen Diele und vier Zimmern. Der Holzfußboden knarrte unter den Schritten der Männer.

»Wo fanden die Sitzungen statt?« wollte John wissen.

»Hier, bitte«, wieselte Hutchinson und öffnete die erste Tür.

John tastete nach einem Lichtschalter und drehte den Knopf. Zwei trübe Wandlampen glommen auf.

John betrat den Raum, während Hutchinson draußen blieb.

Die Einrichtung dieses Zimmers war kärglich. Ein runder Holztisch, um den sich sieben Stühle gruppierten. Eine Wand wurde von einem Bücherregal eingenommen. Johns Blick glitt über die Buchrücken. Er sah nur Werke, die sich mit Magie und Okkultismus beschäftigten.

John trat an das Fenster und schob die Vorhänge auseinander.

Unten auf der Straße sah er eine alte Frau, die soeben die Steintreppe zu diesem Haus hochging.

Wahrscheinlich eine Bewohnerin, dachte John.

Eine Vitrine fesselte seine Aufmerksamkeit. Sie hatte zwei Doppeltüren, und die Schlüssel steckten.

John schloß die rechte Tür auf.

Das Licht im Zimmer reichte aus, um einen kleinen viereckigen Karton erkennen zu können.

John Sinclair stellte den Karton auf den Tisch und hob den Deckel ab.

Der Inhalt bestand aus einer Glaskugel.

John nahm die Kugel vorsichtig heraus und legte sie in den offenen Kartondeckel.

Ehe der Inspektor die Kugel in Augenschein nehmen konnte, drangen Stimmen an sein Ohr.

Die eine Stimme gehörte Hutchinson, die andere einer Frau.

John wandte sich um.

In diesem Augenblick betraten Hutchinson und die alte Frau, die John vorhin in das Haus gehen gesehen hatte, den Raum.

»Sind Sie jetzt schlauer geworden, Inspektor?« fragte die Frau.

John Sinclair kniff die Augen zusammen. Verdammt, die Stimme. Sie kam ihm bekannt vor. Wo hatte er sie nur schon gehört?

Die Alte kam jetzt näher.

Plötzlich fiel es John wie Schuppen von den Augen. Ja, jetzt wußte er, wem die Stimme gehörte.

Der alten Wahrsagerin von dem Jahrmarkt.

Die Alte kicherte. »Na, Inspektor Sinclair, ist der Penny jetzt gefallen?«

»Ja«, sagte John leise. »Ich überlege nur noch, welche Verbindung zwischen Ihnen und diesem Haus besteht.«

Wieder kicherte die Alte. »Es ist doch ganz einfach, Inspektor: Ich wohne hier.«

»Dann haben Sie also den Mystery Club ins Leben gerufen«, folgerte John.

»Ganz richtig, Inspektor. Ich merke schon, Sie sind gar nicht so dumm. Hatte nicht angenommen, daß Sie so schnell meine Spur finden würden.«

»Und die verschwundenen Personen gehen demnach auf Ihr Konto?« sagte John.

Die Alte lächelte nur hintergründig.

»Wer sind Sie?« fragte John Sinclair scharf. »Sie haben leider keinen Namen an der Tür stehen.«

Ein lautloses Lachen schüttelte den Körper der Alten. »Ich heiße . . . Grace Winlow!«

John Sinclair stieß pfeifend die Luft aus. Er versuchte, sich seine Überraschung nicht anmerken zu lassen.

Vermutungen wirbelten durch seinen Kopf. Grace Winlow – dieser Name schien für ihn zu einem Alptraum zu werden.

Charles Mannering hatte ihn erwähnt. Er hatte diese Frau in dem unheimlichen Gasthaus getroffen, sie allerdings als Vampir beschrieben. Was ging hier vor? Welche Parallelen gab es?

»Grace Winlow«, wiederholte John den Namen. »Soviel ich weiß, sind Sie seit zweihundert Jahren tot.«

Die Alte lächelte grausam. Dabei sah John die beiden spitzen Vampirzähne, die sich fast bis zur Unterlippe vorschoben.

»Wissen Sie nun, worum es geht, Inspektor?«

»Ja.«

»Das ist gut. Denken Sie immer daran, was ich Ihnen prophezeit habe. Bald werden Sie zu uns gehören. Es gibt kein Entrinnen mehr für Sie. Wir sehen uns wieder, John Sinclair!«

Der Inspektor war ein Mann schneller Entschlüsse. Das hieß in diesem Fall: Er mußte den Vampir vernichten!

Als hätte die Alte Gedanken erraten können, schrie sie plötzlich: »Carl!«

John sah einen Schatten auf sich zuhechten, und dann traf ihn ein ungeheurer Schlag gegen die Brust. Der Inspektor flog zurück und knallte gegen die Vitrine.

Wie ein Wirbelwind war Carl über ihm. Zwei Hände legten sich um seinen Hals, drückten erbarmungslos zu.

Johns sah Carls verzerrtes Gesicht dicht über sich und roch seinen fauligen Atem.

Zwei spitze Zähne näherten sich seinem Hals.

Auch Carl Hutchinson war ein Untoter!

John Sinclair mobilisierte alle Kräfte.

Wuchtig riß er sein Knie nach oben.

Der Inspektor traf genau. Carl bekam die Kniescheibe zwischen die Beine, wurde von der ungeheuren Wucht nach vorn geschleudert und krachte mit dem Kopf gegen die Vitrine.

Der Griff lockerte sich.

John rollte sich zur Seite, bekam Carls linken Arm zu fassen und riß ihn herum.

Es knirschte, als der Knochen brach.

Doch der Untote zeigte keine Reaktion. Kein Schmerzgefühl – nichts. Ihm mußte man mit anderen Waffen begegnen.

Carl stand auf, als sei nichts gewesen. Ehe er den Inspektor angreifen konnte, warf ihn Johns gnadenloser Tritt quer durch das Zimmer. Dicht vor der Tür blieb Carl liegen. Für Sekunden nur, dann war er wieder auf den Beinen.

Mit gefährlichem Knurren glitt er auf den Inspektor zu. Der gebrochene Arm baumelte an seiner linken Seite herab.

John wich zurück.

Der Vampir sprang vor. Nichts konnte ihn in seiner Gier nach Menschenblut aufhalten.

John steppte zur Seite und drosch Carl noch im Flug die Handkante in den Nacken.

Der Vampir knallte auf den Boden.

John Sinclair, einmal in Fahrt, handelte wie ein Roboter. Blitzschnell riß er sich seine seidene Krawatte vom Hals und schlang sie um die Kehle des Vampirs. Am Nacken des Untoten knotete er die Krawatte über Kreuz zusammen, jedoch so, daß er noch einen Teil des Binders in der Hand behielt.

Aus diesem Würgegriff gab es so gut wie kein Entkommen. Auch für einen Vampir nicht.

John zog den wild strampelnden Carl durch die Wohnung nach draußen ins Treppenhaus.

Durch ein kleines Fenster fiel genügend Licht. John hatte vorhin oben an der Decke des Treppenhauses einen Haken entdeckt, an dem wohl früher eine Lampe gehangen hatte.

John wuchtete den Vampir hoch und band blitzschnell die noch freien Enden der Krawatte um den Haken. Während John das eine Ende mit der linken Hand festhielt, schlang seine rechte einen Knoten, den er sofort festzurrte.

Geschafft!

John Sinclair trat ein Stück zurück.

Carl, der Vampir, baumelte an dem Deckenhaken. John hatte Glück gehabt, daß die Decke hier oben im Dachgeschoß niedriger war.

Der Vampir schaukelte leicht hin und her. Er hatte den Mund weit geöffnet, so daß die beiden spitzen Zähne besonders gut zu sehen waren.

Der Vampir wollte etwas sagen, doch er brachte nur ein trockenes Würgen hervor.

John Sinclair ging zurück in die Wohnung. Er fand schnell, was er suchte.

Einen Holzstuhl.

Der Inspektor packte den Stuhl und brach ein Bein ab. Mit dem Taschenmesser schnitzte er das Bein vorne spitz zu.

»Das müßte reichen«, murmelte er und betrachtete kritisch sein Werk.

John ging zurück in den Flur.

Das Gesicht des Vampirs verzerrte sich in maßlosem Schrecken, als er das Holzstück sah, das John in der Hand hielt.

»Deine Stunden sind gezählt«, knurrte John und versetzte den Körper des Vampirs in pendelnde Bewegungen.

John Sinclair wußte, was er hier vorhatte, war kein Mord. Es war eine Erlösung, denn dieser Mann war ein Untoter, einer, der sich von dem Blut anderer Menschen ernährte.

Fast wie in Zeitlupe schwang der Körper hin und her. Der Vampir fuchtelte mit den Armen herum, versuchte mit den Fußspitzen den Boden zu erreichen, vollführte groteske Bewegungen, um den Haken aus der Decke zu reißen.

Ohne Erfolg.

Der Eisenhaken hielt.

John trat zwei Schritte zur Seite. Das vorn zugespitzte Stuhlbein hielt er wie einen Speer in der Hand.

John Sinclair nahm Maß.

Er beobachtete genau den Rhythmus der Pendelbewegungen, sah das in Todesangst verzerrte Gesicht des Vampirs, wartete noch einige Sekunden ab und stieß dann urplötzlich zu.

Das angespitzte Stuhlbein bohrte sich in den Körper des Vampirs, drang durch das Herz und am Rücken wieder heraus.

Ein entsetzlicher Schrei entrang sich der Kehle des Vampirs.

John sprang zurück und ließ das Stuhlbein stecken. Er wandte sich ab, ging in die Wohnung zurück, um sich eine Zigarette anzustecken.

Was jetzt folgte, kannte er schon.

John hörte das Röcheln des Vampirs bis in die Wohnung der Alten.

Unten im Haus schlugen Türen. Stimmen wurden laut.

»Ist da jemand?« brüllte ein Mann.

Dann eine weibliche Stimmte. »Bleib ja hier. Du weißt genau, daß es dort oben spukt.«

Der Mann sagte etwas, was John nicht verstand. Schließlich kehrte wieder Ruhe in das Treppenhaus ein.

John Sinclair ging wieder zurück.

Der Haken, an dem der Vampir gehangen hatte, war leer. Nur noch Johns Krawatte baumelte dort.

Auf dem Boden lag ein Haufen Asche. Alles, was von Carl Hutchinson übriggeblieben war. Neben der Asche lag das angespitzte Stuhlbein, unter dessen tödlichem Stoß der Vampir nun für alle Zeiten sein Leben ausgehaucht hatte.

John hob das angespitzte Stuhlbein auf. Es war eine bessere Waffe als seine Pistole. Wenigstens gegen Vampire.

Mit maskenhaft starrem Gesicht ging der Inspektor nach unten. Im Erdgeschoß stand eine Tür offen.

Hutchinson Wohnungstür. Er hatte sie nicht abgeschlossen, als er mit John nach oben gegangen war.

Der Inspektor inspizierte kurz die Räume.

In einer Schublade fand er einen Zettel. Darauf standen die Namen der sechs Vermißten.

John suchte weiter und entdeckte eine Zeichnung. Es war der Grundriß eines Gebäudes. Oben links in der Ecke des Zettels stand ein Name.

Deadwood Corner.

John Sinclair lächelte hart. Er war sicher, hier eine heiße Spur gefunden zu haben. Der Begriff Deadwood Corner war ihm nicht unbekannt. Schließlich hieß so der Gasthof, in dem Charles Mannering übernachten wollte.

John Sinclair war gespannt, was ihn dort erwartete.

Er steckte beide Zettel in seine Brieftasche und zog die Wohnungstür ins Schloß.

Dann ging er nach draußen zu seinem Bentley. Wenn er sich beeilte, war er noch am späten Nachmittag in Bradbury. Einen Teilerfolg hatte er schon errungen, wenn ihm auch Grace Winlow, die unheimliche Alte, entwischt war.

John Sinclair war jedoch sicher, daß er sie schon bald wieder treffen würde.

An das Bild, das John in der Kugel gesehen hatte, dachte er nicht mehr . . .

Achtundvierzig, neunundvierzig, genau fünfzigtausend Pfund, zählte der Kassierer des Bankhauses Cobbs und Neal seinem Filialleiter hin.

Es war drei Minuten vor sechs Uhr. Der Filialleiter nickte zufrieden. »Gutes Geschäft heute, Mister Dawson. Wenn das so weitergeht, können wir bald noch eine Zweigstelle eröffnen.«

Der Kassierer leckte sich über seine aufgeworfenen Lippen. »Liegt etwas für mich drin, Sir? Ich meine finanziell. Außerdem bin ich fast zwanzig Jahre bei der Firma, und das wäre doch . . .«

Der Filialleiter, der sich schon einige Schritte entfernt hatte, drehte sich maliziös lächelnd um. »Seien Sie doch nicht so ungeduldig, Dawson. Ihre Chance wird auch noch kommen.«

»Jawohl, Sir.«

»So, und nun schließen Sie ab.«

In diesem Augenblick wurde die altmodische Schwingtür der Bank aufgestoßen.

Zwei maskierte Männer stürmten in den Schalterraum.

»Keine Bewegung! Überfall!« schrie der erste der Bankräuber und flankte über den blankpolierten Tresen, während ihm sein Kumpan mit einer schußbereiten Maschinenpistole den Rücken deckte.

Außer dem Filialleiter und dem Kassierer befanden sich noch zwei weibliche Angestellte in der Schalterhalle.

Sie alle konnten gar nicht so schnell begreifen, was geschehen war. Wie festgenagelt standen sie auf ihren Plätzen und starrten mit schreckgeweiteten Gesichtern auf die Eindringlinge.

»Los, raus mit den Mücken!« herrschte der Kerl, der über den Tresen geflankt war, den Kassierer an.

Seine Augen über dem dunkelgrünen Halstuch blitzten drohend.

Mit einer knappen Bewegung warf er dem Kassierer einen Plastiksack zu. »Rein damit.«

Als Dawson nicht sofort reagierte, schlug der Bankräuber zu. Der Kassierer wurde bis an den Zahltisch zurückgeschleudert.

Sekundenbruchteile später schrie der Bankräuber: »Steh auf, verdammt! Und pack ein!«

Leicht grün im Gesicht, erhob sich der Kassierer. Er nahm den Plastiksack und schaufelte die eben erst gezählten fünfzigtausend Pfund hinein.

Während dieser Arbeit hielt der zweite Bankräuber die beiden anderen Angestellten und den Filialleiter mit seiner Maschinenpistole in Schach.

Es dauerte nicht mal eine halbe Minute, da war Dawson fertig.

Der Bankräuber riß ihm den Plastiksack aus der Hand, flankte wieder über den Banktresen und winkte seinem Kumpan zu.

Der Bewaffnete ging rückwärts zur Tür, während der andere Bankräuber schon draußen war.

In diesem Augenblick drehte Dawson, der Kassierer, durch.

Schreiend tastete er nach dem Knopf, der die Alarmanlage auslöste.

Der Mann mit der Maschinenpistole, ebenfalls übernervös, zog durch.

Grellrote Mündungsflammen zuckten aus dem Lauf. Das heiße Blei jagte durch die Schalterhalle und fraß sich in den Körper des Kassierers, noch ehe der Mann mit seinen Fingern den Knopf der Alarmanlage berühren konnte.

Blutüberströmt brach Dawson zusammen.

Die beiden Girls und der Filialleiter warfen sich schreiend auf den Boden, während der Todesschütze noch eine Bleisalve in die Decke hämmerte.

Dann hetzte er nach draußen.

Noch während er die paar Stufen zur Straße hinuntersprang, riß er sich das Halstuch vom Gesicht und rannte auf den grauen Morris zu, der mit offener Beifahrertür und laufendem Motor am Straßenrand parkte.

Er saß noch nicht ganz auf dem Sitz, als sein Kumpan schon lospreschte.

Die wenigen Passanten, die die Szene beobachtet hatten, blieben mit schreckgeweiteten Augen stehen und wurden erst munter, als der Filialleiter aus der Bank gerannt kam und wild gestikulierend rief: »Überfall! Überfall! Holt die Polizei!«

Aber zu diesem Zeitpunkt waren die Gangster schon längst weg. Sie jagten bereits nach Norden, in Richtung der Stadt Ely.

»Hat doch prima geklappt«, freute sich Al Jordan, der Fahrer des Wagens.

Das schon«, gab Vince Tucker, sein Komplize, zurück. »Nur der Tote gefällt mir nicht.«

»Mußtest du denn schießen?«

»Verdammt, ich habe eben die Nerven verloren.«

»Ist ja schon gut. Weißt du übrigens, wieviel wir erbeutet haben?«

»Nee. Aber bestimmt fünfzigtausend.«

Al Jordan grinste. »Wenn das kein Fischzug war. Und die Polypen kriegen uns nie.«

»Hoffentlich.«

Al Jordan riß das Steuer herum und bog in eine kleinere Straße ein, die durch ein Waldstück führte.

Nach einer Meile bremste er und setzte den Wagen in eine Schneise. Die beiden Männer sprangen aus dem Morris und liefen zu einem grauen Volkswagen, der im Schatten einiger Fichten parkte.

Der Wagenwechsel dauerte noch nicht mal eine halbe Minute. Fingerabdrücke brauchten sie in dem Morris keine wegzuwischen, da sie beide Handschuhe trugen.

Erst jetzt gönnten sie sich eine Zigarette.

»Die Bullen werden sich schwarzsuchen«, sagte Vince Tucker grinsend. »Wie bist du überhaupt auf die Idee gekommen, daß wir uns nach Bradbury absetzen sollen, Al? Du hast immer so geheimnisvoll getan.«

»Jetzt kann ich es dir sagen«, meinte Al Jordan. »Ich stamme aus Bradbury. Bin dort geboren. Habe in dem Kaff siebzehn Jahre gelebt, dann hat's mich gepackt, und ich bin nach Cambridge abgehauen. Und noch etwas. Wenn das Moos weg ist, reiten wir die gleiche Tour noch mal. In Bradbury findet uns kein Schwein.«

»Du bist schon ein raffinierter Kerl«, sagte Vince.

Al Jordan grinste geschmeichelt.

Die beiden Bankräuber durchquerten einen Teil der Ortschaft Ely. Al Jordan hockte schweigend hinter dem Steuer, und auch Vince Tucker sagte nichts.

Nachher, als sie wieder durch das freie Land fuhren, fragte Vince plötzlich: »Sag mal, Al, wo kriechen wir in Bradbury eigentlich unter? Bei deinen Alten oder irgendwelchen anderen Verwandten?«

»Bin ich denn blöd? Wir fahren erst mal zu einem stillgelegten Gasthof, ganz in der Nähe von Bradbury. Dort können wir pennen, den Kies verstecken, und am anderen Morgen statten wir meinem Heimatort einen Besuch ab. Ich stelle dich als Arbeitskollegen vor und sage, wir wollen einige Tage Urlaub machen.«

»Aha«, nickte Vince. »Warum hast du mir das denn nicht alles früher erzählt?«

»Weil du manchmal ein zu loses Maul hast.«

Vince Tucker lachte nur. Er hatte sich voll und ganz damit abgefunden, daß Al den Boß spielte.

Sie fuhren immer weiter nach Nordosten. Unterwegs hielten sie nur einmal an und tankten voll.

Mittlerweile war es auch schon dunkel geworden, und einige Nebelschwaden zogen über das Land.

»Mistwetter«, knurrte Vince.

Sein Kumpan lachte. »Daran mußt du dich in dieser Gegend gewöhnen. Nebel ist hier an der Tagesordnung.«

Al zog fröstelnd die Schultern hoch und starrte durch die Seitenscheibe nach draußen.

»Wie weit ist es denn noch?« fragte er nach einer Weile.

»Höchstens zehn Meilen.«

Schließlich tauchte das Ortsschild Bradbury auf.

»Wir fahren direkt durch«, sagte Al. »Nachher wird der Weg allerdings sumpfig. Aber keine Angst, ich kenne mich aus.«

Bradbury lag wie ausgestorben, als die beiden Bankräuber die Ortschaft durchquerten.

»Ein mieses Kaff«, knurrte Vince. »Kann verstehen, daß du es hier nicht länger ausgehalten hast. Oh, guck mal, Al. Da steht ein Bentley. Ist hier der Wohlstand ausgebrochen?«

Al ging etwas vom Gas und konnte im Licht der Scheinwerfer das Nummernschild des Bentley erkennen.

»Kommt aus London«, murmelte er.

»Polizei?« argwöhnte Vince.

»Quatsch. Wie sollen die denn wissen, daß wir hier sind. Wird irgendein Vertreter sein oder so was.«

Doch hier irrte Al Jordan.

Die beiden Bankräuber fuhren weiter.

»Jetzt wird's sumpfig«, sagte Al und fuhr im Fünfmeilentempo.

Vince Tucker starrte argwöhnisch nach draußen. Doch er sah nur dicke, grauschwarze Nebelwände.

Er wagte es nicht, seinen Kumpan anzusprechen, der beide Hände um das Lenkrad gekrampft hatte und sich voll konzentrieren mußte. Ein kurzes Verreißen des Steuers nur, und der Wagen landete unweigerlich im Sumpf.

Doch Al Jordan schaffte es. Der Weg wurde breiter, und dann tauchten auch die Umrisse des Gasthauses vor ihnen auf.

»Was ist denn das?« rief Vince. »Ich denke, das Ding ist unbewohnt. Aber da brennt doch Licht.«

Vince deutete mit seinem Zeigefinger in Richtung eines gelblich verwaschenen Flecks, der ihnen entgegenschimmerte.

»Verstehe ich auch nicht«, brummte Al. »Trotzdem fahren wir hin. Vielleicht ist da auch nur ein Penner, der hier übernachtet.«

Al stoppte den Wagen. Die beiden Männer stiegen aus. Al hatte sich die Plastiktüte mit dem Geld unter dem Arm geklemmt.

Langsam gingen sie auf das Haus zu. Die Maschinenpistole hatten sie im Wagen gelassen. Sie lag, durch eine Decke vor neugierigen Blicken geschützt, auf dem Rücksitz.

Jetzt hatten sie die Eingangstür erreicht.

»Klopf mal an«, flüsterte Vince. Ihm paßte die ganze Atmosphäre nicht. Es war ihm alles zu unheimlich.

»Quatsch. Wir gehen einfach so rein.«

Al griff nach der Klinke.

Im selben Augenblick wurde die Tür aufgezogen, und heller Lichtschein flutete nach draußen.

Die beiden Männer schlosen für einen Augenblick geblendet die Augen, und als sie sie wieder öffneten, sahen sie ein junges Mädchen, das sie lächelnd anblickte.

Al Jordan räusperte sich.

»Aber bitte, Gentlemen, treten Sie doch näher«, sagte die Unbekannte und gab die Tür frei.

Die beiden Männer nickten und betraten das Innere des Gasthauses.

Hinter ihnen wurde die Tür vernehmlich geschlossen.

Die Bankräuber sahen nicht das Glitzern in den Augen des Mädchens, und als die Unbekannte jetzt lächelte, wurden zwei lange, spitze Vampirzähne sichtbar . . .

»Sagen Sie mal, Mister, was haben Sie eigentlich für einen Grund, hier herumzuschnüffeln? Sie fragen laufend nach Mister Mannering. Sind Sie vielleicht ein Verwandter von ihm?«

John Sinclair lehnte sich auf seinem Stuhl zurück. Er saß in der Gaststube der kleinen Pension, in der auch das Ehepaar Dexter abgestiegen war. John hatte sich bei den wenigen Gästen nach Charles Mannering erkundigt, und einer von den Dorfbewohnern mußte wohl dem Konstabler Bescheid gesagt haben.

Jedenfalls stand er jetzt in seiner vollen Größe vor Johns Tisch.

»Setzen Sie sich doch, Konstabler«, sagte John Sinclair freundlich.

Burns blickte sich erst mißtrauisch um und ließ sich dann auf einen Stuhl fallen.

»Möchten Sie einen Whisky?« fragte John Sinclair.

»Danke, bin im Dienst.«

John lächelte.

»Also«, knurrte Burns, »was haben Sie mir zu sagen?«

John beschloß, dem guten Mann reinen Wein einzuschenken.

»Mein Name ist John Sinclair, und ich bin Inspektor von New Scotland Yard. Der, sagen wir, seltsame Unfall eines Kollegen hat mich hierhergeführt. Ich werde den Fall etwas genauer untersuchen.«

Konstabler Burns bekam den Mund gar nicht mehr schnell genug zu vor Staunen.

»Dann sind Sie doch nicht so lahm . . . Oh, Entschuldigung, Sir. Ich meine, Sie haben schnell geschaltet.«

John grinste. »Das haben wir nun mal so an uns.«

»Sicher, Sir. Verflixt, jetzt kann ich einen Whisky gebrauchen.«

John bestellte gleich zwei.

Dann zündete er sich eine Zigarette an und sagte: »Nun erzählen Sie mal, Konstabler. Was geht hier vor?«

Burns kratzte sich seinen Nacken. »Das kann ich Ihnen auch nicht sagen, Sir. Es gibt nur Vermutungen.« Er griff nach seinem Glas und leerte es in einem Zug.

»Was für Vermutungen?«

Der Konstabler druckste ein wenig herum, bis er antwortete. »Wir hier im Dorf glauben, daß Mister Mannering bei diesem Gasthaus gewesen ist. Es liegt außerhalb von Bradbury, mitten im Sumpf. Es führt nur ein Weg dorthin, und der ist verdammt gefährlich.«

»Und was hat es mit dem Gasthaus auf sich?« fragte John. »Ich meine, es ist ja nicht schlimm, daß es mitten im Sumpf liegt.«

Der Konstabler beugte sich vertraulich vor und senkte seine Stimme zu einem Flüstern. »Es soll dort spuken, Sir.«

»Ach«, sagte John nur.

»Ja, Sir. Dort leben Gespenster, Geister, Vampire. Niemand von uns traut sich nur in die Nähe des Gasthauses. Es ist viel zu gefährlich. Manchmal brennt dort Licht, obwohl der Bau nicht bewohnt ist. Und ein Stück weiter gibt es noch ein Haus. Es war früher die Hütte eines Köhlers, aber es geht die Sage um, daß dort auch Vampire hausen. Nachts kommen sie aus ihren Särgen und schweben über dem Sumpf. Der alte Joe Buttleford hat sie mal gesehen. Schrecklich, Sir.«

Der Konstabler bestellte noch eine Runde Whisky.

»Sie glauben mir nicht, Sir, wie?«

John zuckte nur die Achseln. Er hatte schon zuviel in seiner Laufbahn erlebt, um dies alles als Quatsch abzutun. Trotzdem sagte er: »Die Menschen erzählen viel. Aber Sie haben meine Neugierde geweckt, Konstabler. Ich werde mir dieses verlassene Gasthaus mal ansehen.«

»Um Himmels willen, Sir. Sie laufen in den Tod.«

John lachte. »Warum so ängstlich? Ich wollte Sie eigentlich mitnehmen.«

Burns schüttelte entschieden den Kopf. »Nee, da kriegen mich keine zehn Pferde hin. Außerdem ist heute wieder so eine Sache passiert.«

»Erzählen Sie doch mal«, sagte John.

»Ach, ein Ehepaar, das hier in dieser Pension seinen Urlaub verbringt und durch dessen Fenster Mister Mannering einsteigen wollte, ist heute nach dem Frühstück losgegangen, um sich ebenfalls das Gasthaus anzusehen. Die Frau ist am Nachmittag allein zurückgekommen. Völlig aufgelöst, am Ende ihrer Nervenkraft. Sie hat von einem Einäugigen berichtet, der ihren Mann in das Haus geschleppt hat. Sie konnte noch soeben fliehen. Wollte natürlich Hilfe holen und mit einigen Männern zurückkehren. Sie hat aber keinen Mann bekommen.«

»Und jetzt?«

Der Konstabler zuckte mit den Schultern. »Sie sitzt oben in ihrem Zimmer. Ich glaube, sie will noch mal allein zu diesem Gasthaus gehen. Blanker Wahnsinn, was sie vorhat.«

»Sie wird nicht allein gehen«, sagte John Sinclair.

Der Konstabler starrte den Inspektor an. »Wollen Sie etwa . . .?«

»Genau.«

»Na, mir soll's egal sein. Da kommt übrigens Lilian Dexter. So heißt die Frau.«

Eine junge blonde Frau betrat die Gaststube und sah sich suchend um. Die Frau trug einen dunkelgrünen Anorak und lange schwarze Hosen. An den Füßen hatte sie hohe Schuhe.

Mit energischen Schritten kam sie auf den Tisch der beiden Beamten zu.

Sie schenkte John ein Kopfnicken und sagte zu dem Konstabler: »Ich gehe jetzt, Mister Burns. Haben Sie inzwischen Ihre Meinung geändert?«

»Äh, ich . . .« Der Konstabler wandte sich hilfesuchend an John Sinclair.

Der Inspektor stand auf. »Bitte, nehmen Sie einen Moment Platz, Mrs.Dexter!«

Lilian furchte die Brauen. John sah, daß sie vom Weinen gerötete Augen hatte. »Woher kennen Sie meinen Namen, Mister . . .?«

»Sinclair, Madam. Inspektor Sinclair von Scotland Yard.«

»Oh! Sind Sie ein Kollege von diesem Charles Mannering?«

»Das bin ich in der Tat, Madam.«

»Sie reagieren schnell. Alle Achtung.« Lilian setzte sich auf den noch freien Stuhl.

Nervös zog sie eine Schachtel Zigaretten aus der Tasche ihres Anoraks.

John gab der Frau Feuer.

»Kommen wir zur Sache, Mister Sinclair. Was wollen Sie von mir? Ich habe nicht viel Zeit.«

»Ich werde mit Ihnen kommen, Mrs. Dexter«, erwiderte John.

Lilian sah überrascht auf. »Ach, gibt es in diesem Dorf endlich einen richtigen Mann?« fragte sie sarkastisch und blickte dabei den Konstabler verächtlich an.

Burns bekam einen roten Kopf.

»Mit ›richtigem Mann‹ hat das nichts zu tun«, sagte John. »Es ist mein Beruf, dieser Sache nachzugehen.«

»Sie sprechen von ihrem Kollegen Charles Mannering?«

»Genau, Mrs. Dexter. Er hat nämlich von diesem mysteriösen Gasthaus aus einen Funkspruch abgeben können. Und da war mein Kollege noch normal.«

»Ja, wenn das so ist«, murmelte Lilian. Dann fragte sie: »Wann brechen wir auf?«

»Meinetwegen sofort.«

»Gut, Inspektor. Aber machen Sie sich auf eine längere Wanderung gefaßt.«

Der Konstabler sah den beiden kopfschüttelnd nach. »Die sind verrückt«, murmelte er immer wieder, »die sind verrückt . . .«

»Ich freue mich, Sie als Gäste bei uns begrüßen zu dürfen«, sagte das Mädchen. »Bitte, folgen Sie mir. Mein Name ist übrigens Grace Winlow.«

»Angenehm«, knurrte Al Jordan. Seinen eigenen Namen sagte er nicht.

Und Vince Tucker hielt sowieso den Mund.

Gelächter und Stimmengewirr drangen an die Ohren der beiden Bankräuber.

»Wird hier 'ne Party gefeiert?« fragte Al Jordan.

»So ungefähr«, erwiderte Grace Winlow. »Es sind noch mehr Gäste hier. Sie können sie später begrüßen. Ich zeige Ihnen erst einmal Ihre Zimmer. Sie bleiben doch über Nacht, oder?«

Den beiden Männer entging der lauernde Unterton in der Stimme der Frau.

»Sicher bleiben wir über Nacht«, sagte Al Jordan schnell.

Grace Winlow lächelte triumphierend und ging mit den beiden Männern in Richtung Treppe, die nach oben führte.

»Was ist das denn für ein komisches Ding?« fragte Vince Tucker und deutete dabei auf die Harfe neben der alten Standuhr.

Grace Winlow, die schon vorgegangen war, wandte sich um. »Das ist eine Harfe«, erklärte sie. »Ich spiele sehr gern darauf.«

»Nie gehört«, brummte Vince.

Sie gingen die Treppe hoch. Al Jordan hielt die Plastiktüte mit dem Geld fest umklammert.

»Leider haben wir nur Einzelzimmer«, sagte Grace Winlow, als sie oben auf dem Gang standen. »Aber Ihre Zimmer liegen direkt nebeneinander.«

»Macht nichts«, brummte Al Jordan. »Wieviel kostet denn die Übernachtung?«

»Das sage ich Ihnen nachher.« Grace Winlow öffnete die beiden Zimmertüren und schaltete das Licht ein. »So, hier wären wir.«

»Nicht gerade komfortabel, aber zum Pennen reicht's«, meinte Vince.

»Halt's Maul«, knurrte sein Kumpan.

»Sie kommen doch gleich noch mal nach unten, nicht wahr?« fragte Grace.

»Natürlich. Ein Schluck kann nie schaden«, erwiderte Al Jordan.

»Also, dann bis gleich.«

Die Frau verschwand.

Al Jordan versteckte zuerst die Tüte mit dem Geld. Er klemmte sie unter die Matratze. Dann ging er rüber zu seinem Kumpan Vince.

Tucker saß auf dem Bett und rauchte eine Zigarette.

»Hast mir gar nichts davon erzählt, daß hier auch was los ist«, sagte er.

Jordan zuckte mit den Schultern. »Hatte auch keine Ahnung. Früher war das Ding leer.«

»Scheint aber viel los zu sein, neuerdings. Frage mich nur, wie die Leute alle nach hier gekommen sind. Ich habe nämlich keinen Wagen gesehen.«

»Die sind vielleicht hinterm Haus. Außerdem ist es neblig.«

Tucker warf seinen Zigarettenstummel zielsicher ins Waschbekken. »Gefällt mir trotzdem nicht.«

»Kannst ja wieder abhauen, du Memme.«

»So war's doch nicht gemeint, Al.«

Jordan nickte. »Gehen wir jetzt noch nach unten?«

»Große Lust habe ich nicht.«

»Schön, dann bleibe ich auch hier und leg' mich auf die Matratze.«

Der Bankräuber war schon fast an der Tür, als ihn Vince Tuckers Stimme zurückhielt.

»Sei vorsichtig, Al. Habe das komische Gefühl, daß noch irgend etwas passiert.«

»Ja, vielleicht kommt diese Nacht noch die Puppe von vorhin zu dir aufs Zimmer und tut dir was Gutes.«

Al Jordan ahnte nicht, wie recht er mit dieser Vermutung haben sollte.

In seinem Zimmer legte er sich aufs Bett. Er spürte das Geld unter der Matratze, holte es hervor und stellte die Plastiktüte in den leeren Schrank.

Dann legte er sich wieder hin und versuchte einzuschlafen.

»Da! Sehen Sie doch, Inspektor! Ein Wagen!«

Tatsächlich. Aus dem dicken Nebel schälten sich die Umrisse eines Fahrzeugs.

»Können Sie sich das erklären?« fragte Lilian.

»Noch nicht«, erwiderte John und trat an den Wagen. Es war ein deutsches Fabrikat, ein VW.

John Sinclair versuchte, einen Blick in das Innere des Volkswagens zu werfen, doch die Scheiben waren zu beschlagen.

Lilian Dexter stand fröstelnd neben dem Inspektor.

»Es ist noch unheimlicher als heute morgen«, sagte sie leise. »Was sollen wir jetzt machen, Inspektor? Hören Sie nicht auch die Stimmen, Inspektor?«

John nickte. »Es scheinen sich doch Leute in diesem Gasthof aufzuhalten.«

»Bestimmt ist dieser Einäugige dabei«, sagte Lilian. »Vielleicht finden wir auch meinen Mann?«

Hoffnung schwang in ihrer Stimme mit.

»Sicher finden wir ihn, Mrs. Dexter. Aber vorher sehen wir uns dieses Gemäuer mal von allen Seiten an. Kommen Sie.«

John Sinclair und Lilian Dexter schlichen vorsichtig an der Schmalseite des Gasthauses entlang und standen schon bald an der Rückfront.

»Hier ist alles dunkel«, raunte Lilian.

Ihre Stimme wurde fast von dem dicken Nebel verschluckt.

John ging ein paar Schritte weiter und stand plötzlich vor einem hohen Kasten. Jedenfalls sah dieses Hindernis so aus.

John nahm den Kasten näher in Augenschein und identifizierte ihn als einen Buggy, auf dessen Ladefläche irgendein länglicher Gegenstand lag.

John kletterte auf die Radspeichen des Buggys.

Jetzt konnte er den Gegenstand erkennen.

Es war ein Sarg!

Johns Magenmuskeln zogen sich zusammen.

Ein Sarg! Letzte Ruhestätte eines Toten. Aber auch Wohnung der Vampire, und zwar am Tag, wenn die Sonne schien. Nachts verließen sie dann ihre Särge, um auf Blutjagd zu gehen.

John sprang auf den weichen Boden.

Hinter sich hörte er gedämpfte Schritte, dann einen gurgelnden Schrei, der aber abrupt verstummte.

Lilian! Sie war in Gefahr!

John Sinclair sprang vor.

Schon nach wenigen Schritten sah er schemenhaft zwei kämpfende Gestalten, sah, wie die eine Gestalt zu Boden gedrückt wurde.

Dann war John Sinclair heran.

Ein riesiger Kerl beugte sich über Lilian Dexter, versuchte gerade, ihr die Faust an den Kopf zu schmettern.

John fing den Arm ab und riß ihn herum.

Der Kerl grunzte überrascht.

John ließ ihn gar nicht erst zur Besinnung kommen, sondern fegte ihm die Handkante gegen den Kiefer.

Der Mann taumelte zurück. Jetzt sah John auch, daß er nur ein Auge besaß.

Der Einäugige war hart im Nehmen. Er verdaute den Schlag, ohne mit der Wimper zu zucken.

Er griff sogar noch an.

John mußte einen mörderischen Haken einstecken, der ihm die Luft aus den Lungen trieb. Für Sekundenbruchteile stand er ohne Deckung da.

Eine Faust rasierte über sein Kinn.

John Sinclair kippte zurück. Hart prallte er mit dem Kopf gegen irgendeinen Ast.

Die Wellten der Bewußtlosigkeit drohten ihn zu überschwemmen. Der Inspektor kämpfte mit aller Macht dagegen an. Wenn er jetzt ohnmächtig wurde, war Lilian verloren.

Der Einäugige sprang auf John zu, wollte ihm beide Beine in den Körper rammen.

In einer Reflexbewegung rollte sich John zur Seite.

Neben ihm wühlten die Absätze des Einäugigen den Boden auf. Der Kerl hatte so viel Schwung, daß er nach vorn geworfen wurde und schließlich auf allen vieren landete.

Für Sekunden war sein Nacken ungeschützt.

John Sinclairs Chance.

Er rappelte sich auf und legte alle Kraft in einen mörderischen Handkantenschlag.

Der Einäugige gab noch nicht mal mehr einen Ton von sich, als er bewußtlos zusammensackte.

Breitbeinig stand John über ihm. Jeder Atemzug bereitete ihm Qualen. Nur langsam wurde es besser.

Lilian Dexter lief auf John zu.

»Mister Sinclair«, schluchzte sie. »Es war schrecklich. Er hätte mich bald . . .«

John strich ihr sacht über das Haar. »Es ist noch mal gutgegangen.«

Lilian deutete mit zitternden Fingern auf den am Boden liegenden Mann. »Was machen wir mit ihm?«

»Fesseln.«

»Haben Sie Stricke?«

»Nein, aber der Kerl hat einen Hosengürtel.«

John wälzte den Einäugigen herum, zog ihm den Gürtel aus den Schlaufen, riß dem Kerl die Arme nach hinten und schnürte ihm den Gürtel um die Handgelenke. Dann schnitt John mit seinem Taschenmesser Stoffstreifen aus dem Hemd des Bewußtlosen und benutzte diese als Knebel. Schließlich rollte er den Kerl unter den Buggy.

»So, das wär's.«

»Inspektor. Was steht denn da auf der Ladefläche des Wagens?« fragte Lilian mit zitternder Stimme. »Ist es, ist es . . . ein Sarg?«

John nickte.

»Ist er leer?«

»Ich weiß es nicht, Mrs. Dexter.«

Lilian schauderte. »Wollen Sie nachsehen?«

»Ja. Aber Sie nicht.«

John kletterte auf die Ladefläche und sah sich den Sarg genauer an. Es war ein Fichtensarg.

John begutachtete die Verschlüsse. Sie waren primitiv, und man konnte sie ohne Mühe aufbekommen.

Was John Sinclair auch tat.

Dann hob er den Deckel ab.

In dem Sarg lag ein Mann.

John zuckte zusammen, als er hinter sich eine Bewegung spürte.

Lilian Dexter. Sie war ihm nachgeklettert.

»Ich habe Ihnen doch ges . . .«

Lilians Aufschrei erstickte Johns weitere Worte. Die Frau deutete mit zitternden Fingern auf den Toten.

»Das ist Gil«, flüsterte sie tonlos und brach zusammen.

Lilian Dexter war ohnmächtig geworden. Sie lag mit dem Oberkörper auf dem Buggy, während ihre Beine halb auf der Deichsel lagen.

John Sinclair ließ den Sargdeckel fallen und beugte sich über die Ohnmächtige.

Er hätte es sich denken können, daß Gil Dexter in dem Sarg lag. Er hätte nicht nachschauen sollen. Doch jetzt war es für Vorwürfe zu spät.

Zuerst einmal mußte John Sinclair die ohnmächtige Lilian in Sicherheit bringen.

Aber wohin?

Zurück nach Bradbury? Unmöglich, das würde zuviel Zeit kosten. Liegenlassen konnte er sie auch nicht. Also in das Gasthaus. John hatte vorhin Stimmen gehört. Vielleicht waren doch normale Menschen dort.

Er mußte es einfach darauf ankommen lassen.

John Sinclair sprang vom Wagen und nahm die ohnmächtige Lilian Dexter auf beide Arme. Während er mit ihr auf das Gasthaus zuging, spürte er deutlich den Druck des angespitzten Stuhlbeins, das er sich an der Seite in den Gürtel gesteckt hatte. Es war seine einzige Waffe gegen Vampire.

Schnell hatte John die Eingangstür des Gasthauses erreicht. Die Stimmen waren, so schien es ihm, noch lauter geworden. Auch hörte er deutlich Gelächter an sein Ohr dringen.

John ging leicht in die Knie und drückte mit dem Ellenbogen probehalber auf die Klinke.

Die Tür war offen.

Langsam schwang sie nach innen.

John Sinclair betrat mit der ohnmächtigen Lilian das unheimliche Gasthaus.

Unter einer Tür fiel ein schwacher Lichtstreifen her. Von dort kamen auch die Stimmen.

John biß sich auf die Lippen.

Sollte er mit seiner Last in die Gaststube gehen? Nein, dies erschien ihm zu riskant. Wenn, dann allein.

John sah rechts die Umrisse einer Treppe, die nach oben führte.

Der Inspektor setzte sich langsam in Bewegung und legte die ohnmächtige Lilian unter der Treppe ab. Das mußte als Versteck erst mal reichen.

Auf Zehenspitzen schlich John zurück.

Für einen Moment blieb er vor der bewußten Tür stehen und klopfte dann gegen das Holz.

Die Stimmen verstummten schlagartig.

Schritte näherten sich der Tür.

John trat unwillkürlich zurück.

Dann wurde die Tür aufgezogen.

Die junges schwarzhaariges Mädchen sah John an.

Der Inspektor war für einen Moment perplex. Alles hätte er erwartet, nur das nicht.

Charles Mannerings Funkspruch fiel John Sinclair wieder ein. »Habe ein Mädchen kennengelernt. Sie ist ein Vampir!«

»Treten Sie doch ein, Sir«, sagte das Mädchen. »Gäste sind immer willkommen.«

John quälte sich ein Lächeln ab und ging an der Schwarzhaarigen vorbei in die Gaststube.

Sechs Gesichter starrten ihn an.

Vier Männer und drei Frauen.

Sie waren alle gekleidet wie vor zweihundert Jahren, und über ihren Schultern lagen dunkle Umhänge.

Es waren Vampire!

Diese Erkenntnis traf John wie ein Peitschenhieb. Und ihm wurde auch klar, daß er in einer Falle saß.

John kreiselte herum und starrte genau in das Gesicht des schwarzhaarigen Mädchens.

Was vorhin schön wie ein Engel gewesen war, glich jetzt einer Höllenfratze.

Das Gesicht war eingefallen. Runzeln und Falten hatten sich gebildet, und die dolchartigen Vampirzähne stachen wie weiße Nadeln hervor.

Es war das Gesicht der Wahrsagerin.

»Seien Sie willkommen, Inspektor Sinclair«, sagte Grace Winlow und lachte teuflisch . . .

John Sinclair versuchte die Ruhe zu bewahren.

Es war nicht das erstemal, daß er es mit Vampiren zu tun hatte, deshalb wußte er, daß Panik kein Ausweg war.

Grace Winlow kicherte hohl. »Inspektor, Ihr Tod steht fest«, stieß sie haßerfüllt hervor. »Vielmehr das, was Sie Tod nennen. In Wirklichkeit aber werden Sie zu einem Untoten, zu einem Vampir. Sie bekommen Ihren Sarg und werden darin tagsüber auf dem Friedhof der Vampire schlafen. Aber nachts werden Sie mit uns auf die Jagd nach Menschenblut gehen. Erinnern Sie sich noch an die Kugel, Inspektor?«

Und ob sich John daran erinnerte. Er hatte sich in einem Sarg liegen sehen. Fast sah es so aus, als sollte diese Voraussage eintreffen.

Während Grace Winlow sprach, hatten sich die anderen Vampire von ihren Plätzen erhoben und einen Kreis um John Sinclair gebildet.

Der Inspektor sah in gräßliche Fratzen, die nur eins gemeinsam hatten: Die nadelspitzen Vampirzähne!

John wich langsam zurück, versuchte, den Kreis zu vergrößern, um mehr Bewegungsfreiheit zu haben.

Grace Winlow stieß einen Fauchlaut aus.

Das Angriffssignal für die anderen.

Gemeinsam warfen sie sich auf den Inspektor.

John Sinclair hatte keine Zeit mehr, nach dem Holzpflock zu greifen.

Dürre Finger mit langen Nägeln versuchten ihm das Gesicht aufzukratzen, sich wie Messer in seine Haut zu bohren.

Den ersten Schlag, den John austeilte, bekam eine Vampirfrau mitten ins Gesicht. Sie wurde zurückgeschleudert, behinderte dadurch zwei ihrer Gefährten, und John bekam etwas Luft.

Doch schon hing ihm der nächste Gegner im Nacken. Krallenhände drückten in seinen Hals.

Wenn er jetzt nicht sofort handelte, war er verloren.

Ehe der Vampir seine Zähne in Johns Nacken bohren konnte, bückte sich der Inspektor, packte die Handgelenke des Untoten und schleuderte ihn über sich hinweg.

Doch das war vorerst seine letzte Aktion.

Die Bestien hängten sich plötzlich wie Kletten an ihn, zwangen ihn gemeinsam zu Boden.

John wehrte sich verbissen. Schlug in weiche, aufgeschwemmte Körper, jagte seine Fäuste in die entsetzlichen Gesichter und zog doch den kürzeren.

Irgendwann lag er am Boden. Keuchend, ausgepumpt. Tritte trafen seinen Körper, sein Gesicht.

John sah, wie sich ein gräßlich entstelltes Frauengesicht über ihn beugte, fühlte die nadelspitzen Zähne an seinem Hals und war nicht in der Lage, etwas zu unternehmen.

»Laß sein!« hörte er Grace Winlows Stimme. »Er gehört mir. Noch soll er einige Zeit leben. Er wird uns nicht entkommen.«

Die weiteren Worte der Alten hörte John nicht mehr, denn ein Schlag gegen den Kopf ließ ihn in tiefe Bewußtlosigkeit versinken.

Eine seltsame Musik riß Vince Tucker aus dem Schlaf.

Verwirrt fuhr er in seinem Bett hoch und öffnete die Augen.

Rabenschwarze Finsternis umgab ihn. Vince brauchte einige Zeit, um sich zu besinnen, wo er überhaupt war.

Schließlich setzte sein Erinnerungsvermögen wieder ein.

»Verdammt noch mal«, fluchte er. »Gibt's denn hier kein Licht?«

Wütend stand er auf und tastete sich im Dunkeln zu dem Lichtschalter an der Wand.

Er drehte ihn herum.

Nichts geschah.

»Das gibt es doch nicht«, knurrte Tucker und ging in Richtung Schrank, denn dort hatte er vorhin eine Kerze entdeckt.

Vince zog die knarrende Schranktür auf und fummelte mit den Händen herum.

Schließlich fand er die Kerze oder vielmehr den Kerzenstummel.

Vinces Feuerzeug lag auf dem Tisch. Er schnippte es an und hielt die Flamme gegen den Docht des Kerzenstummels.

Zuckend flackerte das Kerzenlicht auf und warf lange Schatten an die Wände des Zimmers.

Vince träufelte etwas Talg auf den Tisch und stellte die Kerze dann darauf.

Anschließend griff er nach seinen Zigaretten.

Während er rauchte, lauschte er unbewußt der Harfenmusik. Sie war fremd für Vince Tucker, der, wenn er schon Musik hörte, sich nur an Pop- und Beatmusik ergötzte.

Aber diese hier?

Richtig unheimlich.

Vince überlegte, ob er nicht zu seinem Kumpan hinübergehen sollte. Aber dann dachte er daran, daß Al ihn wahrscheinlich auslachen würde und ihn als einen Angsthasen und Feigling . . .

Vince dachte den Gedanken nicht mehr zu Ende, denn er sah in dem flackernden Kerzenlicht, wie sich unendlich langsam die Türklinke nach unten bewegte.

Vince drückte die Zigarette auf dem Tisch aus.

Wer wollte um diese Zeit noch zu ihm.

Al? Nein, der wäre mit einem Satz im Zimmer gewesen.

Verdammt, hätte er doch nur nicht die Maschinenpistole im Wagen gelassen.

Aber jetzt war es zu spät.

Vince Tucker, der auf der Bettkante saß, konnte seinen Blick nicht von der Tür lösen.

Knarrend schwang sie nach innen.

Eine Hand wurde sichtbar.

Eine Frauenhand.

Vince Tucker stand unbewußt auf, bereit, sich seiner Haut zu wehren.

»Aber was ist denn mit Ihnen?« drang eine weiche Frauenstimme an sein Ohr.

Vince Tucker wischte sich über die schweißnasse Stirn und grinste verunglückt.

Er konnte seine Augen nicht von der Frau lassen, die plötzlich im Zimmer stand.

Es war die Schwarzhaarige von vorhin, und sie war zu ihm gekommen. Nicht zu Al, der immer mehr Chancen bei den Frauen hatte.

Die Frau kam langsam näher. Sie trug ein langes Kleid, das vorne weit ausgeschnitten war und die Ansätze ihrer Brüste zeigte.

Die Schwarzhaarige lächelte. »Hat es Ihnen die Sprache verschlagen, Mister?«

»Ich heiße Vince. Vince Tucker«, krächzte der Bankräuber.

»Vince. Ein schöner Name.«

»Das hat noch nie jemand gesagt.«

»Dann bin ich eben die erste. Komm, setzen wir uns auf dein Bett, ja?«

Vince Tucker wußte gar nicht, was mit ihm geschah, denn plötzlich saß die Schwarzhaarige auf seinem Schoß.

Ihre Hände wühlten in seinem Haar.

»Aber ich . . .«, begann er noch, da warf sie ihn auch schon auf den Rücken.

Vince Tucker spürte den festen Druck der Brüste, und sein Verstand setzte plötzlich aus.

»Schließ deine Augen«, forderte Grace Winlow.

Vince gehorchte gern. Alles Weitere überließ er seinen tastenden Händen.

Vince fühlte die Fingerspitzen der Frau über sein Gesicht gleiten, und eine nie gekannte Erregung packte ihn.

Tief beugte sich Grace Winlow über ihn.

Vince spürte den Druck ihrer Lippen auf seinem Mund und zuckte plötzlich zusammen.

Die Lippen waren kalt wie Eis!

Auch spürte er einen fauligen Modergeruch in seine Nase steigen.

Vince merkte es nur im Unterbewußtsein, deshalb reagierte er zu spät.

Als Vince Tucker die Augen aufriß, bohrten sich gerade die gräßlichen Vampirzähne in seine Halschlagader . . .

Irgendwann schlug Lilian Dexter die Augen auf.

Mein Gott, wo war sie?

Nur bruchstückhaft kehrte die Erinnerung zurück. Sie dachte an John Sinclair, an den Kampf mit dem Einäugigen und sah den Sarg vor sich, in dem ihr Mann gelegen hatte.

Lilian legte sich auf die Seite und entdeckte einen schmalen Lichtstreifen unter einer Tür.

Taumelnd kam die Frau auf die Beine, wollte auf die Tür zuwanken, als diese aufgezogen wurde.

Eine schwarzhaarige Frau kam nach draußen. Lilian konnte für einen Augenblick in den Raum sehen, aus dem die Unbekannte gekommen war.

Sie sah John Sinclair am Boden liegen und einige Gestalten, die ihn umkreist hatten.

Im ersten Moment wollte Lilian aufschreien, doch dann besann sie sich.

Was war geschehen?

Lilian Dexter war beileibe keine Kriminalistin. Aber soviel war ihr klar: John Sinclair mußte von diesen Leuten überwältigt worden sein. Er war in Gefahr. Er brauchte Hilfe.

Die Frau hatte die Tür wieder geschlossen, und abermals umgab Lilian tiefschwarze Finsternis.

Lilian hörte, wie die Frau eine Treppe hochstieg. Das war direkt über ihr. Und dann drang das Spiel einer Harfe an ihre Ohren.

Es war eine wunderschöne Melodie. Lilian hätte ihr stundenlang lauschen können.

Fast gewaltsam riß sie sich von den Klängen los und schlich in Richtung Ausgang.

Sie holte ihr Feuerzeug aus der Tasche und knipste es kurz an.

Die flackernde Flamme reichte aus, um sich einigermaßen orientieren zu können.

Ohne Schwierigkeiten erreichte Lilian die Tür.

Sie war nicht abgeschlossen.

Lilian zog sie auf und schlüpfte nach draußen.

Der Nebel schien noch dicker geworden zu sein. Wie eine schwarzgraue Wand lag er über dem Land.

Lilian Dexter hatte Angst, den Pfad, der nach Bradbury führte, zu verfehlen.

Schritt für Schritt ging Lilian Dexter weiter. Sie merkte gar nicht, daß sie die falsche Richtung einschlug und plötzlich vor dem Buggy stand.

Keuchende Geräusche drangen an ihr Ohr.

Lilian bückte sich und erkannte den Einäugigen, der unter dem Wagen lag und sich vergeblich bemühte, seine Fesseln abzustreifen.

Unwillkürlich trat Lilian zurück.

Plötzlich erfaßte sie die Panik. Angstschauer schüttelten ihren Körper. Ihr wurde auf einmal klar, daß sie den richtigen Weg allein nie finden würde. Nicht in diesem Nebel.

Lilian lief weg, begann zu rennen, setzte Schritt für Schritt in dumpfer Verzweiflung.

Der Boden unter ihren Füßen wurde sumpfiger, schien sich an ihren Schuhen festzusaugen.

Das Laufen bereitete Lilian immer mehr Mühe.

Plötzlich rutschte sie mit dem rechten Bein ab, verschwand bis zu den Knien in einer wabernden Brühe.

Lilian Dexter schrie auf.

Sie wollte ihr Bein aus dem Sumpf ziehen, doch sie geriet nur noch tiefer hinein.

Ich bin verloren! schoß es ihr durch den Kopf.

In ihrer Verzweiflung machte sie immer heftigere Bewegungen und wurde dadurch tiefer in den tödlichen Sumpf hineingezogen.

Die plötzlich aufgetauchte Gestalt bemerkte Lilian erst im allerletzten Augenblick.

Kräftige Hände packten sie unter den Achseln und zogen Lilian aus dem Sumpf.

Lilian schluckte, als sie in den Armen des Unbekannten lag.

Erst jetzt hob die Frau den Kopf.

Sie sah genau in das Gesicht ihres Mannes.

»Gil«, flüsterte sie erstickt, und dann entrang sich ihrer Kehle ein verzweifelter Aufschrei.

Genau in dem Augenblick, in dem Gil Dexters Vampirzähne in den Hals seiner Frau fuhren . . .

Auch Al Jordan, der zweite Bankräuber, konnte keinen Schlaf finden. Geplagt von gräßlichen Kopfschmerzen, wälzte er sich unruhig in seinem Bett herum.

Plötzlich hörte er ein Geräusch.

Es war aus Vinces Zimmer gekommen und ähnelte einem unterdrückten Stöhnen.

Al Jordan schwang sich aus dem Bett, schlich im Dunkel zu der Wand, die sein und Vinces Zimmer trennte, und legte sein Ohr gegen die Steine.

Zuerst hörte er nichts.

Al wollte schon wieder zurück in sein Bett gehen, als er das Quietschen von Federn vernahm. Kurz danach klappte die Zimmertür.

Al Jordan grinste.

Vince schien Besuch gehabt zu haben. Weiblichen Besuch? Vielleicht die Schwarzhaarige? Soviel Chancen hätte er seinem Kumpan gar nicht zugetraut.

Als Neugierde war geweckt.

Ob er mal rüberging und Vince fragte? Sicher, eventuell konnte er einen Tip bekommen und sich auch an die Schwarzhaarige ranmachen.

Al Jordan zog sich im Dunkeln an. Jetzt Licht anzuknipsen wäre zu verräterisch gewesen.

Bevor Al nach draußen ging, steckte er erst seinen Kopf durch den Türspalt.

Doch der Gang lag dunkel und verlassen vor ihm.

Al Jordan huschte aus dem Zimmer und klopfte gegen Vince Tuckers Tür.

»He, Vince, hörst du mich? Wach auf, zum Teufel!«

Vince gab keine Antwort.

»Wird wohl vor Erschöpfung eingeschlafen sein«, murmelte Al Jordan. »Na ja, bei der Frau.«

Al drückte auf die Klinke und schlüpfte in das Zimmer seines Kumpans.

Vince lag im Bett.

Auf dem Tisch stand eine fast heruntergebrannte Kerze und verbreitete flackerndes Licht.

»Was war los, Vince?« zischte Al Jordan. »War wirklich die schwarzhaarige Puppe bei dir?«

Vince Tucker gab keine Antwort.

Al Jordan runzelte die Stirn. Sofort kam das Misstrauen des Bankräubers wieder zum Vorschein. Sollte Vince etwa . . .?

Nein, jetzt bewegte er sich, blickte seinen Kumpan an.

Al grinste. »Mein lieber Mann«, sagte er. »Du scheinst aber ein verdammt hartes Stück Arbeit hinter dir zu haben, wenn du noch nicht mal deinen alten Kumpel bemerkst, der . . .«

Al Jordan stockte plötzlich. Er war mittlerweile so nahe an das Bett herangetreten, daß er deutlich dunkle Flecken auf dem Laken erkennen konnte.

Blut! schoß es Al Jordan durch den Kopf. Etwas anderes kam für ihn gar nicht in Frage.

»Verdammt, Vince, was war los?«

Tucker schwang langsam seine Beine über den Bettrand und richtete sich in eine sitzende Stellung auf.

Jetzt sah Al Jordan auch, daß Vinces rechte Halsseite voll von geronnenem Blut war.

Mit zwei Schritten war Al bei seinem Kumpan, rüttelte ihn an den Schultern.

Das war sein Fehler.

Vince stieß plötzlich ein tierisches Fauchen aus und schlug Al beide Fäuse in das ungedeckte Gesicht.

Schreiend taumelte Al Jordan zurück.

»Bist du wahnsinnig?« keuchte er. »Du . . .«

Ein weiterer Schlag erstickte seine Stimme.

Al Jordan flog quer durch den Raum und krachte gegen die Wand.

Wie ein Panther hechtete Vince Tucker auf ihn zu, landete auf Als Brust und nagelte ihn mit seinen Knien auf dem Boden fest. Dabei stieß er unartikulierte Laute aus, die Al Jordan, einem wirklich hartgesottenen Burschen, Angstschauer über den Rücken jagten.

Vince Tucker riß seinen Mund auf, wollte Al die Zähne in den Hals hacken.

Jordan merkte es im letzten Augenblick.

Seine rechte Hand schoß hoch und klatschte mit dem Ballen gegen Tuckers Kinn.

Vince wurde der Kopf in den Nacken gerissen, für eine winzige Zeitspanne paßte der Bankräuber nicht auf.

Al Jordan rollte sich unter ihm weg, kam auf die Füße, und ehe sich Vince Tucker fangen konnte, hatte ihm Al die Fußspitze gegen die Schläfe geknallt.

Vince Tucker kippte zurück und blieb ausgestreckt liegen.

Von Panik gepackt, raste Al Jordan zur Tür.

Nur weg von hier! schrie es in ihm. Nur weg!

Al hetzte auf den Gang, stieß sich irgendwo den Kopf und stolperte in Richtung Treppe.

Mehr fallend als laufend nahm er die Stufen.

Keuchend kam er unten an.

Eine Frau, die Al noch nie gesehen hatte, trat ihm in den Weg.

»Können Sie mir sagen, ob . . .?«

Al verstummte. Er hatte in dem diffusen Licht, das hier unten herrschte, die beiden Vampirzähne gesehen.

Und da riß bei Al Jordan der Faden.

All seinen Haß, seine Wut und auch seine Angst legte er in einen gnadenlosen Schlag, der dem weiblichen Vampir mitten ins Gesicht krachte und ihn zurückschleuderte.

»Ihr Schweine!« schrie Al. »Wenn ihr denkt, ihr könnt mich fertigmachen, ihr . . .«

Als Stimme überschlug sich.

Der Bankräuber warf sich herum und rannte zur Haustür.

Er riß sie so ungestüm auf, daß sie gegen die Wand knallte und sofort wieder zurückschlug. Beinahe hätte Al sie noch ins Kreuz bekommen.

Die dicke graue Nebelwand verschluckte den Bankräuber.

»Wo ist der Wagen?« flüsterte Al. »Verdammt, ich muß den Wagen finden.«

Fieberhaft kramte Al in seiner Hosentasche nach den Autoschlüseln.

Hinter sich hörte er bereits verdächtige Geräusche.

Seine Verfolger, die kurz nach ihm aus der Tür gerannt waren, hatten ihn fast erreicht.

Na, die würden sich wundern, dachte Al. Schließlich lag im Wagen noch die Maschinenpistole.

Endlich hatte Al Jordan die Schlüssel in der Hand und schloß mit zitternden Fingern die Wagentür auf.

Er wollte sich gerade in den VW beugen, da legte sich eine Hand auf seine Schulter.

Al wirbelte herum und sah in ein gräßliches Vampirgesicht.

Mit aller Kraft schlug er in diese häßliche Fratze. Der Vampir wurde zurückgeworfen und vom Nebel verschluckt.

Al Jordan griff nach seiner Maschinenpistole.

Die geladene und gesicherte Waffe in der Hand, kreiselte er herum.

Verschwommene Gestalten tauchten aus dem Nebel auf.

»Kommt nur her, ihr Schweine!« brüllte Al. »Kommt nur her!«

Sein Zeigefinger riß den Abzug der MPi nach hinten.

Grellrotes Mündungsfeuer leckte aus dem Lauf. Das Blei fetzte durch den Nebel und fraß sich in die Körper der näher kommenden Gestalten.

»Da! Da!«

Al Jordan begleitete jede Salve mit hysterischen Schreien.

Aber nichts geschah. Die Kugeln gingen durch die Vampire hindurch und klatschten hinter ihnen irgendwo gegen die Hauswand des Gasthofes.

»Das . . . das . . . ist doch nicht möglich«, flüsterte Al Jordan, als er sah, daß seine Geschosse überhaupt keine Wirkung zeigten und die Gestalten immer näher kamen.

Wie glühendes Eisen ließ Al plötzlich die Waffe fallen, wirbelte herum und warf sich mit einem Panthersatz in den Wagen, dessen Tür zum Glück offenstand.

Eine knochige Hand griff nach dem oberen Rand der Autotür.

Al Jordan riß den Wagenschlag zu. Einige Finger des Vampirs wurden von der Tür zerquetscht.

Al stieß den Schlüssel ins Zündschloß.

Der Motor des VW sprang augenblicklich an.

Al kuppelte, drosch den Gang ins Getriebe und gab Gas.

Mit einem Ruck schoß der Wagen vor.

Dreck und Laub wurden von den durchdrehenden Hinterreifen aufgeworfen.

Al Jordan hockte geduckt hinter dem Steuer. Sein schweißnasses Gesicht klebte fast an der Frontscheibe.

Hoffentlich finde ich den richtigen Weg«, flüsterte er tonlos, während die inzwischen eingeschalteten Scheinwerfer vergeblich versuchten, den Nebel zu durchdringen.

Die schrecklichen Gestalten blieben hinter Al Jordan zurück.

Der Bankräuber kannte nur ein Ziel. Bradbury. Er mußte diesen Ort erreichen. Dort war er in Sicherheit.

An das geraubte Geld dachte er nicht mehr.

Fast unerträglich lastete der Druck auf John Sinclairs Kopf.

Nur unter großen Mühen öffnete der Scotland-Yard-Inspektor die Augen.

Dunkelheit. Absolute Dunkelheit.

John Sinclair hob den rechten Arm. Er stieß gegen etwas Hartes, dicht über seinem Kopf.

John tastete weiter. Es dauerte eine Weile, bis sein Gehirn erfaßte, wo er sich befand.

Doch dann wurde es ihm schlagartig klar.

In einem Sarg!

Im ersten Augenblick drohte John die Panik zu überwältigen. Gräßliche Bilder stiegen vor seinen Augen auf. Bilder von lebendig Begrabenen, von Scheintoten.

Mach dich nur nicht verrückt, sagte sich John. Behalt jetzt um Himmels willen die Nerven.

John lag auf dem Rücken. Jetzt drehte er sich auf die rechte Seite und machte sich an die nähere Untersuchung des Gefängnisses.

Er lag in einem Steinsarg. Das verringerte die Chancen auf ein Entkommen.

Und dann die Luft. Wie lange würde noch genug Atemluft vorhanden sein?

John merkte, daß er jetzt kaum noch richtig Sauerstoff bekam. Sollte er hier bei lebendigem Leib ersticken?

Wieder fielen ihm Grace Winlows Worte ein. Und das Bild in der magischen Kugel.

Es war alles eingetroffen.

John Sinclair war lebendig begraben!

Diese Erkenntnis traf den Inspektor wie ein Fausthieb. In der ersten Reaktion wollte er einfach losschreien, seine ganze Not hinausbrüllen, doch dann siegte die Vernunft.

Nein, nur keine großen Anstrengungen. Das kostete zuviel Luft. Und den Sauerstoff brauchte er nötiger denn je.

John spürte einen Druck an der Hüfte.

Der angespitzte Holzpfahl. Er steckte immer noch hinter seinem Gürtel. War jetzt wertlos geworden.

John überlegte, ob er ihn sich nicht selbst in die Brust stoßen sollte, bevor er hier jämmerlich erstickte.

Doch noch lebte er!

John hob beide Hände und stemmte sie gegen den Sargdeckel. Mit aller Kraft versuchte er, den Deckel nach oben zu drücken.

Vergebens.

Der schwere Deckel rührte sich nicht einen Millimeter.

Erschöpft hielt John inne. Diese Arbeit hatte verdammt viel Sauerstoff gekostet.

Er bekam schon kaum mehr richtig Luft. Die Sachen klebten ihm schweißnaß am Körper, sein Atem ging schnell und pfeifend.

Wie lange konnte er es noch aushalten?

Drei, vier oder fünf Minuten?

Das Atmen fiel John Sinclair immer schwerer. Es bereitete ihm Mühe, seine Nerven noch unter Kontrolle zu haben.

Und dann war es mit seiner Beherrschung vorbei. John Sinclair war auch nur ein Mensch.

Mit beiden Fäusten trommelte er gegen die Unterseite des Sargdeckels.

»Ich will hier raus! Ich will hier . . .«

Johns Stimme versagte. Ein Hustenanfall schüttelte seinen Körper.

Die Luft wurde immer knapper.

John Sinclair schnappte verzweifelt nach Sauerstoff. An normales Atmen war kaum mehr zu denken.

In diesem Augenblick höchster Gefahr hörte John über sich ein knirschendes Geräusch.

Langsam, unendlich langsam wurde der Sargdeckel zur Seite geschoben.

Ein schwacher, rötlich schimmernder Lichtschein traf John Sinclairs Gesicht.

Und noch etwas strömte in den Sarg.

Luft! Herrliche Luft.

Tief pumpte John den Sauerstoff in seine Lungen. Von Sekunde zu Sekunde ging es ihm besser.

Dann war der Sargdeckel ganz verschwunden.

Jemand hielt eine Laterne über Johns Kopf.

Der Inspektor kniff geblendet die Augen zusammen. Flüsternde Stimmen drangen an sein Ohr. John hörte mehrmals seinen Namen.

Endlich konnte er auch wieder besser sehen.

Die Vampire hatten seinen Sarg umkreist!

John sah ihre Gesichter, diese gräßlichen, blutsaugenden Fratzen.

Und plötzlich wurde dem Inspektor klar, daß der Erstickungstod vielleicht besser gewesen wäre, als zu einem Untoten zu werden.

Die Laterne über seinem Kopf schwankte hin und her. John sah die Schatten auf den Körpern der Vampire tanzen, und er erkannte auch Grace Winlow, die nun ganz dicht an seinen Sarg trat.

John setzte sich auf.

Grace Winlow beugte sich zu ihm hinab. Sie war jetzt wieder die junge schwarzhaarige Frau, die sie immer dann sein konnte, wenn sie frisches Menschenblut getrunken hatte.

»Ich habe es dir prophezeit«, sagte sie triumphierend. »Du wirst bald einer von uns sein und genau wie wir denken und fühlen. Der Sarg, in dem du jetzt liegst, wird tagsüber dein Platz sein, John Sinclair.«

Der Inspektor kniff die Augen zusammen. »Niemals!« zischte er. »Niemals werde ich zu euch gehören. Eher bringe ich mich um.«

Grace Winlow kicherte. »Glaubst du, daß wir es zulassen? Nein, du bist zu wertvoll. Ein Inspektor von Scotland Yard als einer der unseren ist eine zu verlockende Möglichkeit. Die englische Polizei würde bald nur noch aus Vampiren bestehen. Es wäre der Anfang einer Weltherrschaft der Untoten.«

»Du bist verrückt!« preßte John hervor. Er stützte sich mit den Händen am Sargrand ab und konnte sich somit hinknien. Er sah Grace Winlow jetzt genau ins Gesicht.

Deutlich erkannte er die Vampirzähne und die blutunterlaufenen Augen.

Ein hartes Grinsen kerbte sich in John Sinclairs Mundwinkel.

»Versuch es nur«, flüsterte er. »Versuche es nur, Grace Winlow. Du wärst nicht der erste Vampir, den ich endgültig töten würde. Und du wirst auch nicht der letzte sein.«

Johns Sicherheit machte Grace Winlow unruhig. Sie wußte auf einmal nicht genau, wie sie sich verhalten sollte.

»Worte!« keifte sie. »Nichts als leere Worte. Ich werde dein Blut trinken, John Sinclair. Ich werde es trinken!«

Ihre Hände stießen plötzlich vor, packten ihn an seinem Hemdkragen und zogen ihn nach vorn.

John sah das blutgierige Funkeln in den Augen der Untoten und hörte hinter sich aufgeregtes Getuschel.

»Komm!« zischte Grace Winlow. »Ich brauche Blut. Dein Blut, John Sinclair!«

Mit einer gedankenschnellen Bewegung warf sie den Kopf vor und zielte mit ihren beiden nadelspitzen Zähnen auf Johns Halsschlagader . . .

Bradbury!

Schemenhaft tauchte das Schild aus der wabernden Nebelbrühe auf.

Al Jordan wischte sich über die schweißverklebte Stirn. Er hatte es geschafft. War der Hölle entkommen.

Der VW rumpelte über die Hauptstraße des Ortes. Das Geräusch des Motors war der einzige Laut in dem fast totenstillen Ort.

Al Jordan fuhr an dem Gasthaus vorbei, vor dem immer noch der Bentley stand, und bog wenig später in eine kleine Seitengasse ein.

Vor einem alten, windschiefen Haus stoppte er. Hier wohnten seine Eltern.

Al löschte die Scheinwerfer und stellte den Motor ab. Für einige Minuten blieb er in dem Wagen sitzen.

Gedanken kreisten durch seinen Kopf. Wann war er das letztemal hiergewesen. Vor drei Jahren – oder war es schon fünf Jahre her?

Al konnte es nicht genau sagen. Er hatte den Kontakt zu seinen Eltern völlig verloren. Wußte nicht einmal, ob sie beide noch am Leben waren.

Al Jordan stieg aus dem Wagen.

Über ihm klappte ein Fenster.

»Ist da jemand?«

Das war die Stimme seiner Mutter.

Al blickte hoch, konnte aber in dem Nebel kaum etwas erkennen.

»Ich bin es«, sagte er. »Al, dein Sohn.«

»Al? Mein Gott, Junge. Warte, ich komme.«

Das Fenster wurde zugeschlagen.

Al ging zu der Haustür. Immer noch die gleiche wie vor Jahren. Die Farbe war abgeblättert, und die dicken Kerben, die er als Junge in das Holz geschnitzt hatte, waren auch noch vorhanden. Erinnerungen wurden in Al Jordan wach.

Die Tür wurde aufgezogen. Dann stand seine Mutter vor ihm. Sie hielt ein Windlicht in der Hand und blickte Al nur an.

»Junge«, sagte sie und schloß ihren Sohn in die Arme.

Jetzt erst spürte Al Jordan die Anspannung der vergangenen Stunden. Wie unter einem Kälteschauer begann sein Körper zu zittern.

»Mein Gott, was ist los mit dir, Al?«

»Nichts, Mutter«, keuchte Al Jordan. »Laß uns ins Haus gehen, bitte.«

»Aber natürlich, Al. Komm herein.« Seine Mutter schloß die Tür und ging voran. »Wir haben immer noch kein elektrisches Licht. Vater wollte es selbst anlegen. Aber jetzt, wo er krank ist . . .«

»Vater ist krank?«

»Ja, Al. Ein Unfall. Das rechte Bein ist gelähmt. Aber das erzähle ich dir später. Komm erst mal ins Zimmer. Du wirst Hunger haben.«

»Nein, Mutter. Nein, danke.«

Mrs. Jordan führte ihren Sohn in das kleine Wohnzimmer. Die Möbel waren dieselben wie vor Jahren.

Al setzte sich in einen abgewetzten Sessel. Seine Mutter nahm auf der Couch Platz. Das Windlicht hatte sie auf den runden Holztisch gestellt.

»Nun erzähl mal, Al. Wie ist es dir gegangen?«

Al Jordan zuckte mit den Schultern. »Nicht schlecht.«

»Wo arbeitest du? Was machst du? Du hast ja nie etwas von dir hören lassen.« Ein leiser Vorwurf schwang in Mrs. Jordans Stimme mit.

Al Jordan steckte sich eine Zigarette an.

»Deine Finger zittern ja.«

Al blickte seine Mutter an. Und dann schrie er plötzlich: »Ja, verdammt, sie zittern. Wenn du das mitgemacht hättest, was ich soeben erlebt habe, würden deine Hände auch zittern, zum Teufel.«

»Was ist denn passiert?«

»Was passiert ist, Mutter? Wahrscheinlich hältst du mich für verrückt, wenn ich dir das erzähle. Hör zu. Du kennst doch das alte Gasthaus hier in der Nähe.«

»Wo es spuken soll?«

»Genau das. Ich war dort, Mutter. Noch vor ein paar Stunden.«

»Was hast du denn da gemacht?«

»Das spielt jetzt keine Rolle. Auf jeden Fall war ich dort. Und es spukt tatsächlich. Es sind aber keine Geister, sondern Vampire, Blutsauger, verstehst du?«

»Al?« Mrs. Jordan preßte ihre Hand auf den Mund. »Überlege dir, was du sagst.«

»Da gibt es nichts zu überlegen, Mutter. Es ist Tatsache. Ich bin den Bestien noch soeben entkommen. Aber meinen Freund, Vince Tucker, den haben sie sich geschnappt. Haben ihm Blut ausgesaugt, Mutter. Verstehst du? Blut ausgesaugt.«

Mrs. Jordan war kreidebleich geworden. »Aber das ist unmöglich. Das ist ja . . .« Ihre Stimme versagte.

»Nichts ist unmöglich«, erwiderte Al Jordan und drückte seine Zigarette aus.

»Wir müssen sofort den Konstabler benachrichtigen«, sagte Mrs. Jordan.

»Polizei?« Al fuhr von seinem Sessel hoch. »Kommt gar nicht in Frage.«

»Aber Al, wir müssen. Heute war ein Scotland-Yard-Inspektor hier in Bradbury. Die Leute haben erzählt, er ist zu diesem Gasthof gegangen. Eine Frau war auch noch bei ihm.«

»Weswegen ist er dort hingegangen, Mutter?«

»Wegen dieser – dieser . . . Vampire!«

»Weißt du das genau?«

»Ja. Aber warum fragst du?«

»Ach, nur so.«

»Al, du hast doch was. Etwas stimmt nicht mit dir. Warum bist du erst jetzt zu mir gekommen? Du bist doch durch Bradbury gefahren, als du zu diesem Gasthaus wolltest. Du und dein Freund, ihr hättet doch kurz bei uns reinschauen können. Al, hast du wieder etwas angestellt?«

»Ich? Was sollte ich denn angestellt haben?«

»Das frage ich dich ja, Al. Aber gut, wenn du nichts gemacht hast, können wir ja zu Konstabler Burns gehen. Wenn du nicht mit willst, bitte. Aber ich gehe.«

»Das ist Unsinn«, regte sich Al auf. »Denkst du denn, der Konstabler könnte etwas unternehmen?«

»Er nicht. Aber Scotland Yard. Vergiß nicht, Al, daß ein Inspektor auf dem Weg nach Deadwood Corner war.«

»Also, gut«, sagte Al schließlich und stand auf. »Gehen wir zu deinem Inspektor.«

»Warte ein paar Minuten. Ich muß mich eben noch anziehen.«

Mrs. Jordan verschwand nach oben ins Schlafzimmer.

Al verkürzte sich die Wartezeit mit einer Zigarette.

Warum soll ich eigentlich nicht mitgehen, überlegte er. Passieren kann mir ja nichts. Den VW kennt niemand, und bei dem Banküberfall haben wir Masken getragen. Ich muß nur noch eine Möglichkeit finden, an das Geld zu kommen. Dann ist alles klar.

An Vince Tucker, seinen Kumpan, dachte er nicht mehr.

Mrs. Jordan kam zurück. Sie hatte sich einen Mantel übergeworfen und ein Kopftuch umgebunden.

»Gehen wir«, sagte Al forsch.

»Ich habe Vater gesagt, daß du hier bist.«

»Und?«

»Er freut sich.«

»Wundert mich. Wo er mich doch mal hier rausgeschmissen hat.«

»Al, bitte! Vergiß das doch endlich einmal.«

»Ja, schon gut.«

Der Konstabler wohnte in demselben Haus, in dem auch die Polizeistelle war.

Mrs. Jordan mußte dreimal klingeln, ehe der Konstabler wach wurde.

»Mrs. Jordan?« fragte er erstaunt, als er die Frau sah. Dann fiel sein Blick auf Al. »Und was machst du hier?«

Burns kannte Al von früher und war damals nicht gerade gut mit ihm ausgekommen.

»Wir müssen Ihnen unbedingt etwas sagen, Konstabler. Bitte, lassen Sie uns hinein.«

»Aber natürlich.«

Burns, der sich über seinen Schlafanzug einen Morgenmantel gezogen hatte, gab die Tür frei. Er führte die beiden in sein Dienstzimmer.

»Muß ich ein Protokoll aufnehmen?« fragte er.

»Nein«, erwiderte Al. »Nicht nötig.

»Erst mal abwarten«, sagte der Konstabler. »So, und nun laßt hören.«

»Al, erzähle du«, bat Mrs. Jordan.

Al berichtete von seinen Erlebnissen in Deadwood Corner. Nur von dem Grund seiner Reise erwähnte er nichts.

Konstabler Burns hörte schweigend zu. Als Al fertig war, sagte er nur. »Ich habe es geahnt. Ich habe es geahnt. Mit dem verdammten Gasthaus stimmt was nicht.«

»Was wollen Sie denn jetzt unternehmen?« fragte Mrs. Jordan.

Burns zuckte mit den Schultern. Dann wandte er sich an Al Jordan. »Lebt der Inspektor noch?«

»Verdammt, das weiß ich doch nicht. Ich habe Ihren komischen Inspektor überhaupt nicht zu Gesicht bekommen.«

Burns blickte Al mißtrauisch an. »Was wolltet ihr überhaupt auf Deadwood Corner?«

Al grinste. »Ferien machen, Konstabler.«

Burns verzog die Mundwinkel. »Lügen konntest du schon immer schlecht. Aber das ist im Moment egal. Ich werde erst mal Scotland Yard informieren. Die sollen entscheiden, wie es weitergehen kann.«

»Aber Sie müssen doch selbst hinausfahren, Konstabler«, mischte sich Mrs. Jordan ein. »Wenn dem Inspektor nun was passiert? Man wird Sie belangen. Wegen unterlassener Hilfeleistung.«

»Sie brauchen mich über meine Dienstvorschriften nicht aufzuklären«, knurrte Burns. »Würden Sie denn freiwillig nach Deadwood Corner gehen?«

Mrs. Jordan schwieg.

»Aber ich, Konstabler.«

»Du, Al?«

»Sicher. Wenn Sie mitkommen. Oder sind Sie zu feige?«

Burns rieb sich den Nacken. In seinem hageren Geiergesicht zuckte es.

»Gut, Al. Ich komme mit dir. Warte hier auf mich. Ich ziehe mich nur eben an.

»Das ist ein Wort, Konstabler«, grinste Al Jordan.

Der Bankräuber hatte seinen Schreck inzwischen überwunden. Eiskalte Überlegung machte der Panik Platz. Burns war zwar nur ein mieser Dorfpolizist, aber ein verdammt mißtrauischer Bursche. Er kannte Al schon zu lange. Und die Ausrede, auf Deadwood

Corner Ferien zu machen, hatte er ihm sowieso nicht abgenommen. Burns würde immer am Ball bleiben.

Aber wenn sie jetzt in Deadwood Corner waren, würde sich immer die Möglichkeit ergeben, Burns abzuservieren. Man konnte Vince Tucker ja die Schuld in die Schuhe schieben oder den Vampiren. Igendwie würde er das schon drehen.

»Al!« Die Stimme seiner Mutter riß ihn aus seinen Gedanken. »Woran denkst du, Al?«

Der Bankräuber lächelte falsch. »An Geld, Mutter. An viel Geld.«

Es geschah alles innerhalb von Sekunden.

Während sich Grace Winlow vorwarf, wich John zurück und riß gleichzeitig das angespitzte Stuhlbein aus seinem Gürtel.

Die Untote konnte gar nicht so schnell reagieren.

Johns rechter Arm schoß vor und rammte die Waffe in Grace Winlows ungedeckte Brust.

Die Vampirfrau blieb mitten in der Bewegung stehen. Den Mund zu einem lautlosen Schrei geöffnet, kippte sie dann langsam in den Sarg.

John Sinclair griff zu und zog das Stuhlbein aus Grace Winlows Brust.

Ehe die anderen Untoten reagieren konnten, sprang der Inspektor aus dem Sarg.

Wie ein Irrwisch kam er über die Untoten.

Der nächste, dem er seine Waffe durch die Brust rammte, war ein männlicher Vampir.

Ehe dieser überhaupt richtig begriff, sank er schon zu Boden und zerfiel zu Asche.

Doch jetzt hatten sich die anderen gefangen.

Schreiend und mit haßverzerrten Gesichtern gingen sie gegen John vor.

Der Inspektor mußte zurückweichen und dabei aufpassen, daß er nicht über die anderen Särge stolperte, die sich noch in der Schreckenskammer befanden.

John Sinclair stellte sich mit dem Rücken gegen die Wand.

Der erste, der ihn ansprang, war der Vampir, der die Laterne hielt.

John duckte sich gedankenschnell, kam neben dem Vampir

wieder hoch, packte dessen Arm, drehte ihn herum und wand dem Untoten die Laterne aus der Hand.

Mit seiner neuen Beute kreiselte John herum.

Die Laterne klatschte in Gesichter und prallte gegen die Wand. Sie zersplitterte. Glasscherben fielen auf den Boden, noch ein kurzes Aufflackern der Flamme, dann war es dunkel.

John wechselte blitzschnell den Standort.

In der Rechten hielt er das angespitzte Holzbein, bereit, jedes dieser verdammten Geschöpfe zu erledigen.

Er hörte das Fauchen der Vampire in der Dunkelheit. Jetzt suchten sie ihren Gegner.

Etwas streifte Johns Gesicht. Wahrscheinlich ein Stück Stoff von einem Umhang.

John spritzte hoch und stieß mit dem Stuhlbein zu.

Ein schreckliches Wimmern ertönte.

Schmerzhaft prallte er mit dem Knie gegen einen harte Kante. Verflixt, er war gegen einen Sarg gestoßen.

Und plötzlich hing ihm ein Vampir im Rücken. John spürte den fauligen Atem und hörte Triumphgeschrei hinter sich.

Er reagierte, wie er es auf der Polizeischule gelernt hatte.

John klemmte sich den Holzpfahl zwischen die Knie, warf beide Hände über die Schultern, packte den Kopf seines Gegners und schleuderte den Vampir über sich hinweg.

In der gleichen Sekunde noch wirbelte er herum, packte den Holzpflock und stieß ihn nach vorn.

Der Pfahl drang durch eine weiche Masse.

Der Vampir hatte jedoch noch so viel Schwung, daß er nach vorn geworfen wurde und seine Krallennägel Johns Gesichtshaut aufkratzten.

Der Inspektor wich einen Schritt zurück, duckte sich dann und kroch auf allen vieren weiter in Richtung Wand.

Er verhielt sich still, versuchte, seinen keuchenden Atem unter Kontrolle zu bringen.

Wie viele Gegner hatte er noch? Zwei, drei?

John hatte nicht mitgezählt.

Vor sich in der Dunkelheit hörte er ein Flüstern. Sicher, sie suchten ihn.

Ein hartes Grinsen verzerrte Johns Mundwinkel, als er sein Feuerzeug aus der Hosentasche holte. Doch dann hatte er eine bessere Idee.

In der Jackentasche steckte noch die Kugelschreiberlampe.

John tauschte das Feuerzeug gegen die Lampe um.

Sekunden später schnitt der bleistiftdünne Strahl durch die Dunkelheit.

Er traf genau das Gesicht eines Vampirs, riß die schreckliche Fratze aus dem Dunkel.

John hielt es auf seinem Platz nicht länger aus.

Ehe sich der Vampir von der Überraschung erholt hatte, war John bei ihm und stieß mit aller Macht den Pfahl durch dessen Brust.

Röchelnd kippte der Untote zu Boden, wo er langsam zerfiel.

John Sinclair wirbelte herum. Wieviel waren noch übrig? Nach seiner Rechnung zwei.

Der scharf gebündelte Lampenstrahl schnitt durch die Dunkelheit.

Es war kein Vampir mehr zu sehen!

John biß sich auf die Unterlippe. Waren sie entkommen? Wenn ja, wohin?

Johns Blick tastete Stück für Stück die unheimliche Grabkammer ab.

Er sah die Kleidung der toten Vampire, die an den verschiedensten Stellen lag, gerade dort, wo der Pfahl die Monster getroffen hatte.

Plötzlich sah John in einem der Särge eine Bewegung.

Mit zwei Sprüngen stand er neben dem Sarg.

Das schreckensstarre Gesicht eines weiblichen Vampirs blickte ihn an.

Die Untote fletschte die Zähne, kreischte bösartig auf, als sie John sah, und stemmte sich hoch, um dem Inspektor an die Kehle zu fahren.

Auf halbem Weg traf sie der Pfahl.

Lautlos kippte die Untote zurück. John sah im Licht der kleinen Lampe, wie ihr Gesicht verfiel, wie die blanken Knochen zum Vorschein kamen und dann zu Staub wurden.

Der Inspektor schluckte.

War das sein letzter Gegner gewesen?

John schaute in sämtlichen Särgen nach. Sie waren alle leer.

Er hatte die Vampire besiegt!

John Sinclair fühlte sich plötzlich leer und ausgebrannt. Er hatte eine übermenschliche Leistung vollbracht, die nun ihren Tribut forderte.

Aber noch war er nicht aus dem Schneider. Schließlich mußte er diesen unheimlichen Ort noch verlassen.

John hatte im Licht der Lampe einen schmalen Gang und eine Holztür entdeckt.

Er wollte gerade auf die Tür zugehen, als diese aufgeschlossen wurde.

John preßte sich im letzten Moment in einen toten Winkel gegen die Wand.

Er vernahm das Knarren der Tür und anschließend undefinierbare Laute. Es hörte sich an wie ein schweres Keuchen.

Schritte näherten sich John Sinclair.

Der Inspektor hatte die Lampe ausgeschaltet, sah jedoch einige tanzende Schatten auf dem Boden, die durch flackernden Lichtschein hervorgerufen wurden.

John packte den Holzpflock fester.

Ein riesiger Schatten tauchte auf, stand plötzlich neben ihm und drehte sich schwerfällig in Johns Richtung.

Der Inspektor knipste im gleichen Moment die Lampe an.

Er sah genau in das Gesicht eines Ungeheuers!

»Verdammt, halten Sie an, Konstabler!« schrie Al Jordan.

Burns trat auf die Bremse des Volkswagens.

Urplötzlich war aus dem Nebel eine wankende Gestalt aufgetaucht und tanzte wie ein Schemen im Scheinwerferlicht.

Schlitternd kam der Wagen zum Stehen.

»Das ist Vince!« keuchte Al Jordan und sprang aus dem Fahrzeug.

Al rannte auf seinen Kumpan zu, der stehengeblieben war und in das Scheinwerferlicht starrte.

Al Jordan packte Vince an beiden Schultern.

»Was ist passiert?« schrie er seinen Kumpan an.

Tucker antwortete nicht.

»Vince! Was ist los mit dir?«

Erst jetzt sah Al in das Gesicht seines Freundes.

Blutunterlaufene Augen starrten ihn an. Zwei spitze Vampirzähne leuchteten aus dem Oberkiefer des Bankräubers.

Ehe Al Jordan irgend etwas unternehmen konnte, legten sich Tuckers Hände um seine Kehle.

Jordan gurgelte auf.

Er riß ein Knie hoch, rammte es in Tuckers Unterleib.

Ohne Erfolg.

Im Gegenteil. Der Druck wurde noch stärker.

Die spitzen Zähne näherten sich Als Hals.

»Nein!« keuchte er und stieß seinen Kopf vor.

Der Schädel krachte in Tuckers Gesicht. Der Druck um Als Kehle lockerte sich für einen Moment.

Doch Al hatte nicht mehr die Kraft, diese Chance zu nützen. Er war durch den gnadenlosen Würgegriff schon zu sehr geschwächt.

Die beiden Kämpfenden taumelten zur Seite, gerieten aus der Lichtbahn der Scheinwerfer.

»Al, paß auf. Der Sumpf!« drang Konstabler Burns' Stimme aus dem Nebel.

Die Warnung kam zu spät.

Die Männer waren schon vom Weg abgekommen.

Der Boden unter ihnen gab plötzlich nach. Sie bekamen das Übergewicht, konnten sich jedoch wieder fangen und standen plötzlich bis zu den Hüften im Morast.

Vince Tucker war sich der Gefahr, in der beide schwebten, gar nicht bewußt.

Er sah nur Als Hals vor sich.

Und biß zu.

Al schrie vor Schmerz auf, während Tuckers Lippen an seiner Halsschlagader klebten und den warmen Lebenssaft heraus-saugten.

Immer tiefer sanken sie in den schmatzenden Sumpf. Die dunkelgrüne Brühe stand ihnen schon bis zur Brust.

Das war genau in dem Augenblick, in dem Konstabler Burns im Kofferraum des Wagens endlich ein Seil gefunden hatte.

Der Beamte hetzte auf die Stelle zu, wo die Kämpfenden verschwunden waren.

»Halt aus, Al! Ich komme!« rief er.

Mit brennenden Augen starrte Burns durch den Nebel.

Da! Jetzt sah er die beiden. Sie steckten schon fast bis zum Hals im Sumpf.

»Al!« brüllte der Konstabler.

Jordan versuchte in einem letzten Aufbäumen, den Kopf zu drehen, doch der Blutsauger ließ es nicht zu.

Burns warf das Seil.

Es klatschte dicht neben den beiden in die Brühe.

Doch niemand griff danach.

Ein Windstoß fuhr über das Moor, fetzte für einen Moment die Nebelwand auseinander.

Für Sekunden sah Burns die beiden deutlich vor sich.

»Das gibt's doch nicht«, flüsterte er.

Der Konstabler glaubte, sein Verstand würde aussetzen.

Ein letztes Aufbäumen der beiden Körper noch, dann hatte der Sumpf sie verschlungen.

Mechanisch holte Konstabler Burns das Seil ein. Was er eben gesehen hatte, ging über seinen Verstand.

Burns warf das Seil auf den Rücksitz und setzte sich wieder hinter das Steuer.

Mit unbewegtem Gesicht fuhr er weiter. Deadwood Corner war nicht mehr weit.

Schon bald tauchte die Fassade des Gasthofes aus dem Nebel auf.

Burns drehte den Wagen. Und zwar so, daß er bei einer Flucht schnell wieder auf den Weg nach Bradbury kommen konnte.

Der Konstabler stieg aus. Totenstille umfing ihn.

Langsam ging Burns auf den Gasthof zu.

Plötzlich stolperte der Konstabler über etwas Hartes.

Eine Maschinenpistole.

Burns bückte sich und nahm die Waffe auf. Das Magazin war leer. Wie kam die Maschinenpistole hierher? Vielleicht hatte sie Al gehört oder dem Inspektor. Erzählt hatten beide nichts davon.

Burns nahm die Waffe mit. Zur Not konnte er sie noch als Schlaginstrument benutzen.

Die Tür des Gasthauses stand offen.

Vorsichtig schlüpfte Burns in das Innere von Deadwood Corner. Er fühlte sich verdammt unwohl in seiner Haut. Wenn nicht der Inspektor gewesen wäre . . .

Dunkelheit empfing den Konstabler.

Burns tastete die Wände nach einem Lichtschalter ab und fand ihn.

Eine trübe Beleuchtung flackerte auf.

Burns befand sich in einer Diele, in der eine Standuhr und eine

Harfe standen. Rechts führte eine Treppe nach oben. Geradeaus ging es in die Gaststube.

Burns betrat den Gastraum. Auch hier knipste er das Licht an.

Nichts. Kein Mensch war zu sehen.

Der Konstabler wischte sich über die schweißnasse Stirn. Sollte er nach oben gehen?

Er hatte Angst. Ja, hundsgemeine Angst. Denn die Bilder, die er vorhin im Moor gesehen hatte, steckten ihm immer noch in den Knochen. Aber schließlich siegte sein Pflichtgefühl. Außerdem hoffte er, den Inspektor zu finden. An die Vampire, die hier sein sollten, wagte Burns gar nicht zu denken.

Langsam stieg er die Treppe hoch.

Die Stufen knarrte unter seinem Gewicht. Das Geräusch ließ kalte Schauer über Burns' Rücken jagen.

Burns sah sich immer wieder um, ob ihn jemand beobachtete oder ihm folgte.

Nichts.

Endlich hatte er die obere Etage erreicht. Auch hier knipste er das Licht an.

Burns befand sich am Ende eines Flures, von dem einige Zimmertüren abzweigten.

Zwei Türen standen offen.

Der Konstabler gab sich einen Ruck und trat in das erste Zimmer.

Das Licht vom Flur reichte gerade aus, um die Umrisse der spärlichen Möbel erkennen zu können.

An der Wand stand ein Bett. Burns konnte sehen, daß das Laken zerwühlt war.

Er knipste sein Feuerzeug an und fuhr mit der Hand über die Decke.

Sie war kalt und klamm. Also mußte derjenige, der in dem Bett gelegen hatte, schon vor einer Weile aufgestanden sein. Burns wollte sich schon wieder abwenden, als er etwas Feuchtes zwischen seinen Fingern fühlte.

Er hielt die Flamme des Feuerzeugs näher an seine Hand.

Blut!

Burns ekelte sich. Welches Drama mochte sich hier abgespielt haben?

Der Konstabler nahm die Maschinenpistole, die er vorhin abgestellt hatte, und betrat das andere Zimmer.

Die gleiche Einrichtung wie in dem Raum nebenan. Auf dem Tisch stand eine heruntergebrannte Kerze.

Burns entdeckte an der Wand einen Schalter und machte Licht.

Misstrauisch sah sich der Konstabler in dem Raum um. Der Schrank fiel ihm auf, dessen Tür nicht ganz geschlossen war.

Burns legte die Maschinenpistole aufs Bett und öffnete die Schranktür.

Die Plastiktüte mit dem Geld fiel ihm förmlich entgegen.

Burns wurde direkt blaß vor Schreck. Er hatte noch nie so viele Scheine auf einmal gesehen.

Wem gehörte das Geld?

Der Konstabler begann zu überlegen. Sollte Al Jordan etwa mit seinem Kumpan irgendwas angestellt haben, um sich anschließend in diesem Gasthaus zu verstecken? Die Möglichkeit bestand durchaus.

Burns ahnte nicht, wie nahe er der Lösung des Rätsels war.

Er legte die Plastiktüte neben die Maschinenpistole aufs Bett und wollte das Zimmer gerade weiter untersuchen, als er Schritte hörte.

Sie kamen die Treppe herauf.

Tapp, tapp. Mit monotoner Gleichmäßigkeit.

Burns versteifte sich.

Unbewußt packte er die Maschinenpistole, obwohl sie als Schußwaffe nutzlos war.

Jetzt waren die Schritte auf dem Flur.

Eine Gänsehaut jagte über Burns' Rücken.

Die Schritte stoppten vor der Zimmertür.

Burns umklammerte die Maschinenpistole.

Die Zimmertür, nur halb geöffnet, wurde aufgestoßen. Die Angeln knarrten erbärmlich.

»Hallo, Konstabler«, sagte eine weiche Frauenstimme.

Burns stieß pfeifend die Luft aus. »Mein Gott, Mrs. Dexter, haben Sie mich erschreckt.«

Lilian, die immer noch im offenen Türrechteck stand, fragte: »Darf ich hereinkommen, Konstabler?«

»Ich bitte Sie.«

»Sagen Sie mal, Konstabler, wie kommen Sie eigentlich hierher nach Deadwood Corner?«

Burns winkte ab. »Das ist eine lange Geschichte, Mrs. Dexter. Wissen Sie, eigentlich sind Sie und der Inspektor daran schuld.«

»Wieso?«

Burns druckste herum. »Na ja, ist nicht mehr so wichtig. Ich möchte allerdings wissen, wo sich der Inspektor befindet.«

»Genau kann ich Ihnen das nicht sagen, Konstabler. Aber er wollte noch ein Stück weitergehen, zu diesem komischen Haus, in dem es angeblich spuken soll. Ja, da ist er hingegangen und bis jetzt nicht zurückgekommen.«

»Seltsam«, murmelte Burns. »Und Sie sind hiergeblieben, Mrs. Dexter?«

»Ja. Der Inspektor hatte es so angeordnet.«

Konstabler Burns war zwar ein einfacher Mensch und kein Superkriminalist à la James Bond, aber was er sich einmal in den Kopf gesetzt hatte, das führte er auch durch. Und er blieb hartnäckig auf jeder Spur kleben.

»Wo ist denn Ihr Mann, Mrs. Dexter? Wegen ihm sind Sie doch hauptsächlich mitgefahren.«

»Er schläft, Konstabler. Unten in einem Raum.«

»Dann kann ich ihn bestimmt gleich sehen.«

»Sicher können Sie das, Konstabler, sicher«, erwiderte Lilian mit bösem, hintergründigem Lächeln.

Sie kam einige Schritte näher.

Wie eine Puppe, dachte Burns.

Puppe? Sollte Lilian Dexter etwa auch . . .?

Der Konstabler beschloß, auf der Hut zu sein.

»Was ist denn da in der Tüte?« fragte Lilian Dexter.

»Geld. Viel Geld. Ich habe es hier im Schrank gefunden.«

Konstabler Burns bückte sich, nahm die Tüte auf und kippte einen Teil des Geldes auf das Bett.

»Sehen Sie, Mrs. Dexter. Hundertpfundnoten. Alle schön gebündelt. Das sind bestimmt fünfzigtausend Pfund.«

»Wenn Sie es behalten, sind Sie ein reicher Mann, Konstabler. Aber leider werden Sie nie mehr ein reicher Mann.«

»Wie meinen Sie das?«

»Sehen Sie zur Tür!«

Burns' Kopf ruckte herum.

Unhörbar war Gil Dexter ins Zimmer getreten. Sein Gesicht hatte sich völlig verändert, war zu einer Fratze geworden, aus der die beiden Vampirzähne wie Dolche hervorstießen.

Burns sah Lilian Dexter an. »Was soll das heißen?« schrie er.

»Daß Sie verloren sind, Konstabler.«

Lilian Dexter lächelte teuflisch. Und jetzt sah Konstabler Burns ebenfalls die nadelspitzen Zähne, die aus ihrem Oberkiefer ragten.
Der Konstabler war von zwei blutsaugenden Bestien eingekreist!

Gräßliche, hervorquellende Froschaugen starrten den Inspektor an.
John Sinclair roch den fauligen Atem, und er sah die abgebrochenen gelbschwarzen Zähne des Dämons. Das Gesicht war nur noch ein Klumpen, in dem die Nasenlöcher wie zwei Höhleneingänge anmuteten. Der Dämon hielt in der linken Hand eine Laterne, die leicht hin und her schwankte.
Der Unheimliche war im ersten Augenblick genauso überrascht wie John. Er stieß ein tierisches Grunden aus und rollte mit den vorstehenden Augen.
John Sinclair faßte sich als erster.
Blitzschnell schmetterte er dem Ungeheuer seine geballte Rechte ins Gesicht. John hatte dabei das Gefühl, in einen Teig zu schlagen.
Der Dämon wankte. Mehr aber auch nicht.
John war es unverständlich, wie jemand solch einen Schlag einfach hinnehmen konnte, und stellte schnell fest, daß er es hier mit einem Gegner zu tun hatte, der ihm im Kampf überlegen war.
Der Dämon zögerte auch nicht länger, sondern griff an. Wie Schaufeln packten seine behaarten Pranken zu.
John tauchte im letzten Moment weg und huschte in den Gang.
Das Monster brüllte ärgerlich auf. Doch ehe er sich von seiner Überraschung erholt hatte, war John schon an der Tür dieses unheimlichen Hauses, die halb offenstand.
Der Nebel umfing John Sinclair wie ein riesiger Wattebausch. Der Inspektor lief einige Schritte und spürte plötzlich, wie er bis zu den Knöcheln im Boden versank.
Das Haus war vom Sumpf eingeschlossen.
John blieb stehen. Es war eine verdammte Situation. Vor sich hatte er das Moor und im Nacken den unheimlichen Verfolger.
Schon hörte er das wahnsinnige Brüllen des Monsters.
John Sinclair hatte seine kleine Lampe längst ausgeschaltet und in der Tasche verschwinden lassen. Er hielt nur noch das angespitzte Stuhlbein in der Hand. Er hatte es vorhin nicht fertiggebracht, das Monster damit anzugehen, doch jetzt sah der

Inspektor keine andere Möglichkeit mehr. Seine Pistole lag im Koffer. John trug fast nie eine Waffe bei sich, genau wie die anderen Kriminalbeamten in England.

Der Inspektor verhielt sich still. Ja, er ging sogar in die Knie, um ein so geringes Ziel wie möglich zu bieten.

Mit aufgerissenen Augen starrte er in die milchige Nebelsuppe. Er konzentrierte sich voll auf die Geräusche, die das Monster von sich gab.

John hörte, wie der Unheimliche im Nebel herumtappte. Er mußte die Umgebung wie seine Westentasche kennen, sonst hätte der Sumpf ihn bestimmt schon verschlungen.

Ein klobiger Schatten tauchte dicht vor John auf.

Der Inspektor packte den Holzpfahl fester.

Der Schatten wurde größer. Jetzt sah John auch das milchige Licht der Laterne.

Noch ein, zwei Schritte, dann mußte das Monster über John Sinclair stolpern.

Jetzt hatte der Unheimliche den Inspektor erreicht.

John Sinclair flog hoch, schlug mit dem Stuhlbein gegen die Hand des Monsters, die die Laterne hielt, und riß gleichzeitig ein Knie hoch.

Es geschah zweierlei. Die Laterne wurde dem Unheimlichen aus der Hand geprellt und landete irgendwo im Sumpf. Durch den Tritt kippte der Dämon nach hinten und verlor für einen Moment die Übersicht.

John Sinclair durfte keine Gnade kennen.

Wieder zischte der Knüppel durch die Luft, bohrte sich für kurze Zeit in die teigige Fratze des Dämons.

Der Unheimliche sackte zusammen, mobilisierte nochmals seine ganzen Kräfte und rannte in seiner Panik los.

Genau in den Sumpf.

John hörte es einmal noch klatschen, danach steigerte sich das Gebrüll zu einem Inferno, und dann war Stille.

»Mein Gott«, flüsterte John.

Er sah zurück zu dem Steinhaus, das er im stillen Friedhof der Vampire taufte. Er hatte sie alle besiegt.

Wirklich alle?

Was war inzwischen auf Deadwood Corner geschehen? Dieser Gedanke ließ John keine Ruhe.

Aber wie sollte er dort hinkommen?

John Sinclair fand einen Ausweg. Stück für Stück suchte er die Umgebung dieses schrecklichen Hauses ab, zog dabei immer größere Kreise und entdeckte schließlich den Beginn eines Pfades, der durch den Sumpf zu führen schien.

Der Inspektor wagte es.

Schrittweise tastete er sich voran. Zu beiden Seiten des Pfades hörte er das widerliche Schmatzen der grünbraunen Brühe, die jeden ins Verderben zog, der ihr einmal ausgeliefert war.

Trotz der herrschenden Feuchtigkeit und Kälte war John Sinclair schweißnaß. Fast nur auf Zehenspitzen tastete er sich weiter.

Wie lange er schon unterwegs war, wußte er nicht. John hatte auch gar nicht auf die Uhr gesehen.

Dann wurde der Pfad etwas fester. John konnte ein wenig schneller gehen.

Und schließlich tauchten aus den Nebelschwaden die Umrisse von Deadwood Corner auf.

Der Volkswagen stand immer noch vor der Tür. Doch diesmal in einer anderen Richtung.

Was hatte das zu bedeuten?

John hoffte, im Innern des Gasthauses eine Antwort auf diese Frage zu beommen.

Der Inspektor dachte an das Ehepaar Dexter. Er beschloß, noch einmal in den Sarg zu sehen und – wahrscheinlich mußte es sein – Gil Dexter zu töten.

John umrundete das Gasthaus und fand den Buggy.

Der Einäugige hatte sich unter dem Wagen hervorgerollt und war gerade dabei, seine Fesseln zu lösen. John schickte ihn mit einem gezielten Schlag wieder ins Reich der Träume.

Der Sarg war noch immer offen.

Und leer, wie John schnell feststellte.

Ein unheimliches Gefühl beschlich den Inspektor.

Gil Dexter – selbst ein Vampir – war aus dem Sarg geklettert. Was das bedeutete, konnte sich John an zwei Fingern abzählen. Er war auf die Suche nach Menschenblut gegangen. Und in dem Gasthaus lag Lilian Dexter.

Johns Gesicht wurde hart, als er mit raumgreifenden Schritten auf den Gasthof zuging.

Die Tür des Gasthauses stand offen. Außerdem brannte unten im Flur Licht.

John Sinclair blieb stehen und lauschte.

Er hörte Stimmen. Sie kamen von oben.

Der Inspektor setzte den Fuß auf die erste Treppenstufe. Er nahm den äußeren Rand der Treppe, da man das Knarren der Holzstufen zu leicht hören konnte.

John Sinclair befand sich gerade auf dem ersten Treppenabsatz, da hörte er den Schrei.

Es war ein Laut, geboren aus höchster Todesangst!

Für John gab es kein Halten mehr. Wie ein Blitz jagte er nach oben und riß die Tür des Zimmers auf, aus dem der Schrei gekommen war . . .

Burns' Blick irrte hin und her. Der Konstabler fühlte sich wie eine Maus, die von Schlangen eingekreist worden ist. Verzweifelt suchte er nach einem Ausweg.

»Geben Sie sich keine Mühe, Konstabler«, sagte Gil Dexter und schob die Tür des Zimmers zu. »Wir sind wesentlich stärker als Sie.«

»Nein, verdammt noch mal!« keuchte Burns. »Ihr kriegt mich nicht, ihr dreckigen Blutsauger.«

Panik flatterte in den Augen des Beamten.

Gil Dexter glitt näher. Seine Zähne standen weit aus dem Oberkiefer hervor und schienen Burns hämisch anzugrinsen.

Der Konstabler griff hinter sich und hatte plötzlich die Maschinenpistole in der Hand.

»Jetzt bekommt ihr es, ihr Schweine!« brüllte er und rannte auf Gil Dexter zu. Die leergeschossene Waffe schwang er dabei wie eine Keule.

Doch Burns rechnete nicht mit Lilian Dexter. Ihr Fuß hakte sich plötzlich zwischen seine Beine.

Mit dem Gesicht zuerst knallte der Konstabler auf den Boden. Die Maschinenpistole schlitterte ihm aus der Hand.

Burns spürte, wie ein Stück seines Vorderzahnes abbrach und eine siedend heiße Schmerzenswelle in ihm hochschoß.

Gil Dexters Schatten fiel über ihn. Der Vampir kicherte lautlos. Sein Opfer lag wehrlos auf dem Boden.

Klauenhände rissen den Konstabler hoch und schleiften ihn bis zur Wand.

Hart warf ihn der Vampir gegen die Mauer.

»Halt ihn fest!« zischte er seiner Frau zu und riß Burns' Uniformjacke auf.

Wie Perlen sprangen die Knöpfe ab.

Ein weiterer Griff zerfetzte ihm das Hemd. Der sehnige Hals lag jetzt dicht vor dem blutsaugenden Ungeheuer.

Und dann riß bei Burns der Faden.

Ein gellender, markerschütternder Schrei entrang sich seiner Kehle.

»Ja, schrei nur!« geiferte Lilian Dexter. »Es nützt dir . . .«

In diesem Augenblick flog die Tür auf.

John Sinclair sprang in das Zimmer. In der rechten Hand hielt er den Holzpfahl.

Gil und Lilian Dexter wirbelten herum. Der Vampir ließ den Konstabler los, und dieser rutschte haltlos an der rauhen Wand zu Boden. Er war ohnmächtig geworden.

»Sinclair«, ächzte Gil Dexter. Er war nur für einen Augenblick überrascht, dann leuchteten seine Augen jedoch auf. »Noch mehr Blut«, hechelte er. »Noch mehr!«

John Sinclair griff an.

Mit zwei Riesensätzen überwand er die Distanz, die ihn und Gil Dexter trennte, und rammte dem Vampir das angespitzte Stuhlbein mitten durchs Herz.

Der Blutsauger taumelte zurück.

Noch ehe John nachsetzen konnte, hing ihm Lilian Dexter im Nacken. Ihre nadelspitzen Zähne suchten Johns Hals.

Der Inspektor drehte sich auf der Stelle.

Lilian Dexter wurde umhergewirbelt. Kreischend ließ sie los. Sie flog bis in die Nähe des Fensters.

John war sofort bei ihr und rammte seine Faust in die häßliche Fratze.

Der Schlag war mörderisch. Lilian Dexter wurde zurückgefegt und knallte mit dem Oberkörper gegen das Fenster.

Klirrend ging die Scheibe zu Bruch.

Lilian Dexter bekam das Übergewicht, ihre Beine hoben sich vom Boden ab – und blieben plötzlich hängen.

John sprang auf die Untote zu.

Dann sah er, was den Fall gebremst hatte.

Eine spitze Scherbe war Lilian Dexter in den Rücken gedrungen, genau in Höhe des Herzens.

John war klar, daß er hier nichts mehr zu tun brauchte. Zufall oder eine Fügung des Schicksals hatte erreicht, daß der Vampir sich selbst richtete.

John wandte sich schaudernd ab.

Gil Dexter war schon tot. Er zerfiel nicht zu Staub wie die anderen Vampire, denn er gehörte ja erst seit einigen Stunden zu den Untoten. Dexters rechte Hand hatte sich noch im Todeskampf um den Pflock gekrallt. Er hatte wohl noch im letzten Augenblick versucht, die Waffe aus dem Körper zu ziehen, was ihm jedoch nicht gelungen war.

John zog die tote Lilian Dexter vom Fenster weg. Mit einem leisen Knack brach die spitze Scherbe ab. John legte die Tote neben ihren Mann.

Dann kümmerte er sich um Konstabler Burns.

Der Mann kam gerade zu sich. Als er John sah, begann er fürchterlich zu schreien.

»Sie brauchen keine Angst mehr zu haben«, sagte der Inspektor mit ruhiger Stimme. »Es ist alles vorbei.«

Burns wischte sich über die Augen und flüsterte: »Ich habe doch alles geträumt, Inspektor, nicht?«

John lächelte. »Ja, Sie haben alles nur geträumt.«

Burns stützte sich auf und sah die beiden Toten. »Und was ist mit denen? Sie sind doch Vampire, oder?« fragte er mit zitternder Stimme.

»Sie waren Vampire, Konstabler. Bitte, vergessen Sie alles«

»Ja.«

John wandte sich zur Tür.

»Wo wollen Sie hin, Inspektor?« fragte Burns mit ängstlicher Stimme.

»Ich muß unten noch jemanden besuchen. Keine Angst, ich bin gleich wieder da.«

Der Inspektor ging langsam die Treppe hinunter und trat nach draußen.

Die Morgendämmerung hatte bereits eingesetzt. Der Nebel hatte sich fast verflüchtigt, und nur noch an vereinzelten Stellen flatterten einige Nebelwolken über dem Sumpf.

Der Einäugige lag noch immer unter dem Wagen.

Als er John erkannte, wurde ihm heiß.

Der Inspektor zog ihm den Knebel aus dem Mund. Keuchend schnappte der Einäugige nach Luft.

John löste ihm auch die Fesseln, zog ihn hoch und lehnte ihn an das Rad des Buggys.

»Nun erzähle mal, mein Freund!«

»Ich weiß nichts«, knurrte der Einäugige.

John grinste. »Möchtest du in eine Zelle?«

Der Mann zuckte zusammen. »Nicht in eine Zelle, bitte.«

»Dann tu was dafür. Kanntest du Charles Mannering?«

Der Einäugige nickte. »Ja, ich habe ihn unterwegs getroffen und ihn mitgenommen. Hier nach Deadwood Corner. Ich habe immer für meine Freunde Menschen besorgt.«

»Mit Charles Mannering waren es sieben, nicht wahr?«

»Ja.«

»Warum haben die Vampire Mannering nicht getötet? Ihn nicht in ihren Kreis aufgenommen?«

»Sie wollten es. Doch der Mann wurde wahnsinnig. Und Wahnsinnige haben eine böse Ausstrahlungskraft. Die Vampire bekommen Angst und flüchten.«

So etwas Ähnliches hatte sich John schon gedacht.

»Was haben Sie jetzt mit mir vor?« fragte der Einäugige.

»Ich muß dich mitnehmen. Deine Aussagen werden protokolliert, und was dann mit dir geschieht, weiß ich nicht.«

In dem einen Auge des Mannes blitzte es auf. »Nein!« keuchte er. »Nicht mitnehmen. Ich will keine Menschen mehr sehen. Meine Freunde sind nicht mehr da. Ich . . .«

Ehe John sich versah, stieß ihm der Mann die Faust in den Magen.

Es war ein gemeiner Schlag, und er traf John völlig unvorbereitet.

Der Inspektor taumelte zurück, und diese Gelegenheit nutzte der Einäugige aus.

Er wischte an John vorbei und rannte mit fliegenden Schritten auf das Moor zu.

»Ich will nicht!« brüllte er. »Ich will nicht!«

Dann klatschte er in die braungrüne Brühe.

John Sinclair, der sich inzwischen wieder gefangen hatte, lief hinterher, wollte den Mann retten.

Doch es war schon zu spät.

Der Einäugige steckte bereits bis zum Hals im Sumpf.

Das letzte, was John von ihm hörte, war ein Schrei.

John Sinclair, der am Rand des Sumpfes stand, wischte sich über die Stirn.

Damit war auch der letzte Zeuge dieser grausamen Geschehnisse verschwunden.

Im Osten tauchte die Sonne auf und verzauberte mit ihren ersten Strahlen die triste Landschaft.

Mit schleppenden Schritten ging John Sinclair auf den Gasthof zu.

Als er den Flur betrat, fiel sein Blick auf die Harfe. Ihre Saiten waren zersprungen.

Auch ein Rätsel, das nie gelöst werden würde.

»Inspektor?« rief Konstabler Burns von oben.

»Ja, ich komme«, erwiderte John und war plötzlich heilfroh, dieses gräßliche Abenteuer überstanden zu haben.

Konstabler Burns übernahm es, Mrs. Jordan vom Tod ihres Sohnes in Kenntnis zu setzen.

Als er in die kleine Polizeistation zurückkehrte, wartete John Sinclair bereits auf ihn.

Der Konstabler hängte seine Mütze an den Haken. »Manchmal wünscht man sich direkt, einen anderen Beruf zu haben«, sagte er. »Es war schrecklich.«

»Ich kann Sie verstehen«, erwiderte John.

»Haben Sie die Sache mit dem Geld geklärt?« fragte der Konstabler.

»Ja. Ich hatte gerade ein Gespräch mit meiner Dienststelle. Recherchen haben ergeben, daß das Geld aus einem Bankraub in Cambridge stammte, der gestern verübt worden ist. Wir konnten es anhand der Nummern, die auf den Scheinen stehen, feststellen.«

»So etwas Ähnliches hatte ich mir gedacht. Wissen Sie was, Inspektor? Ich für meinen Teil nehme lieber zwanzig Jahre Knast in Kauf, als so zu enden.«

»Wem sagen Sie das, Konstabler.«

John stand auf.

»Ich werde jetzt wieder nach London fahren. Bin gespannt, was dort auf mich wartet. Das geraubte Geld wird übrigens abgeholt.«

»Warten Sie, Inspektor. Ich gehe noch mit nach draußen.«

Als die beiden Männer vor John Sinclairs Bentley standen, drückte der Konstabler dem Inspektor noch einmal die Hand.

»Vielen Dank für die Rettung, Sir«, sagte er mit kratziger Stimme.

John lächelte. »Aber das war doch selbstverständlich. Und sollte ich noch mal hier in der Gegend zu tun haben, genehmigen wir uns einen Whisky. Abgemacht?«

»Das ist ein Wort, Sir«, strahlte der Konstabler.

Zwei Minuten später hatte John Sinclair Bradbury bereits hinter sich gelassen.

Der Konstabler stand auf der Straße und sah dem silbergrauen Bentley noch lange nach.

ENDE

Die Töchter der Hölle

»Hier muß es irgendwo sein«, flüsterte Laura Patton. »Leuchte mal, Jim.«

Jim Cody, der junge Reporter, sah sich unbehaglich um.

»Angst, Jim?« fragte Laura etwas spöttisch.

»Quatsch!«

Jim knipste die Taschenlampe an, die er in der rechten Hand trug. Der starke Strahl geisterte durch die kahlen Büsche und zuckte über die verfallenen Mauern der alten Abtei.

»Noch ein paar Yards«, sagte Laura.

Die beiden jungen Leute schoben sich durch das Gebüsch. Laub knisterte unter ihren Füßen. Dann erreichten sie einen schmalen, mit Steinplatten ausgelegten Weg.

Laura krallte ihre rechte Hand in Jims Arm. »Jetzt haben wir es bald geschafft, Jim.« Die Stimme des Mädchens klang vor Nervosität ganz heiser.

Auch Jim Cody mußte zugeben, daß er nicht der Ruhigste war.

Laura Patton bückte sich plötzlich. Mit beiden Händen begann sie den Dreck und das Laub, das auf den Steinplatten lag, wegzuschaufeln.

»Ich hab's«, rief sie triumphierend. »Da, sieh doch, Jim!«

Der junge Mann ging auf die Knie. Im scharf gebündelten Strahl der Lampe sah er den Eisenring, der an einem Haken in einer Steinplatte hing. Haken und Ring waren gleichermaßen stark verrostet und schienen schon eine Ewigkeit lang nicht mehr benutzt worden zu sein.

»Hilf mir mal, Jim!«

Gemeinsam packten die jungen Leute den Ring und zogen mit aller Kraft daran.

Langsam, unendlich langsam begann sich die Steinplatte zu bewegen. Der feine Sand in den Ritzen knirschte, als der Stein aus seiner waagerechten Lage nach oben gehievt wurde.

Endlich war es geschafft. Mit einem dumpfen Laut kippte der Stein nach hinten.

Ein gähnendes Loch starrte die beiden jungen Leute an.

Jim leuchtete mit der Taschenlampe in die Tiefe.

»Das ist sie, Jim. Die Steintreppe. Los, die müssen wir runter!«

»Ist das nicht gefährlich?«

Laura lächelte verächtlich. »Wer wollte denn unbedingt das Grab der Hexe sehen?«

»Ich natürlich. Aber . . .«

»Kein aber. Komm jetzt! Und du willst Reporter sein? Daß ich nicht lache.«

Während der letzten Worte hatte sich Laura schon an den Abstieg gemacht.

Vorsichtig setzte sie Fuß für Fuß auf die schmalen Steinstufen. Es war nicht leicht, die Balance zu halten. Spinnweben streiften Lauras Gesicht. Eine fette Ratte huschte quiekend davon.

Jim Cody folgte Laura nur zögernd. Der junge Mann hatte tatsächlich Angst. Angst vor der eigenen Courage.

Die Treppe mündete in einen Felsengang. Gemauerte Rundbögen stützten in Abständen die Erdmassen oberhalb des Gangs. Auf dem Boden lag knöcheltiefer Staub. Kriechtiere huschten in die Ritzen und Spalten der Felswände.

Jim Cody ging jetzt vor. Der scharf gebündelte Lampenstrahl zerschnitt die Dunkelheit wie ein Messer.

»Wie weit ist es denn noch?« fragte Jim.

»Laut Plan müßten wir gleich an eine Tür kommen. Und dahinter liegt das Grab der Hexe.« Laura wies mit der Hand nach vorn. »Da! Sieh doch, Jim. Die Tür.«

Tatsächlich. Aus der Dunkelheit schälten sich die Umrisse einer Holztür, die nach oben hin spitz zulief.

Jim Cody leuchtete die Tür genau ab. Sie hatte eine rostige Eisenklinke und war mit Metallbeschlägen verziert. Natürlich war alles im Laufe der Jahre vom Rost zerfressen worden.

Jim drückte probehalber auf die Klinke. Zu seinem Erstaunen schwang die Tür auf. Sie quietschte in den Angeln.

»Ob schon vor uns einer hier war?« fragte Laura leise.

Jim schob sich in den dahinterliegenden Raum.

»Gräfin Barthonys Grabkammer«, sagte Laura fast ehrfürchtig.

Die Grabkammer war ein viereckiges Verlies, in deren Mitte ein steinerner Sarkophag stand.

Langsam traten die beiden jungen Leute näher. Sie gingen auf Zehenspitzen, so als hätten sie Angst, die Ruhe der Gräfin Barthony zu stören.

»Ob wir den Sarg öffnen können?« wisperte Laura.

»Ich weiß nicht.« Jim zuckte die Achseln. »Das ist doch verboten!«

»Unsinn. Niemand weiß, daß wir hier sind. Komm, faß mal mit an!«

Laura ging an das Fußende des Sarkophags und faßte nach dem Deckel.

Jim klemmte sich die Taschenlampe zwischen die Zähne und tat es dem jungen Mädchen nach.

Gemeinsam begannen sie, den Deckel hochzuheben.

Er war verhältnismäßig leicht.

»Komisch. Mir ist, als wenn man uns erwartet hätte«, sagte Laura.

Vorsichtig legten sie den steinernen Deckel auf den Boden.

Dann erst leuchtete Jim Cody in den Sarkophag.

Ein gräßlicher Totenschädel starrte ihn an.

»Jim!«

Laura preßte beide Arme um den jungen Mann. Der Anblick war doch nichts für sie.

Jim ließ den Strahl der Lampe weiterwandern.

Von der Gräfin war nur noch ein bleiches Skelett übriggeblieben.

Jim Cody sah Laura an. »Ist das alles, was du sehen wolltest?«

»Ja. Aber die Leute sagen viel. So, und jetzt setzen wir den Deckel wieder auf.«

»Warum? Hier kommt sowieso keiner mehr hin.«

»Meinetwegen. Wäre auch nur unnötige Arbeit.«

Laura hatte jetzt ihren Schreck überwunden. Sie trat nochmals dicht an den Sarkophag heran und beugte sich über das Skelett. Laura wollte sich gerade abwenden, als sie mit ihrem Handballen gegen eine scharfe Kante des Sarkophags stieß.

»Au!« schrie sie auf.

»Was ist denn?« fragte Jim, der schon fast an der Tür war.

»Ich habe mich geritzt.«

Laura hielt ihre Hand hoch. Das Blut lief wie ein kleines Rinnsal an ihrer Hand herab, sammelte sich und tropfte nach unten.

Keiner der beiden jungen Leute bemerkte, daß einige Blutstropfen genau in den halbgeöffneten Mund des Totenschädels fielen.

Der Mond hing als bleiche Scheibe am Himmel und versuchte vergeblich, die Dunkelheit zu durchdringen.

Es war eine kühle Nacht. Bodennebel kroch schlangengleich zwischen Büschen und Sträuchern umher und legte sich wie Watte auf knorrige Äste und Zweige.

Eine schwarzgekleidete Gestalt schlich durch den verwilderten

Park, der die Abtei umgab. Die Gestalt kannte sich aus. Zielstrebig umging sie natürliche Hindernisse und gelangte schließlich auf den Weg, der zum Grab der Gräfin führte.

Die Gestalt blieb stehen, als sie den offenen Einstieg sah. Ein lautloses Lachen schüttelte ihren Körper.

Es war erreicht! Endlich! Bald würde die Gräfin wiederkommen und ihren blutigen Terror fortsetzen, so wie sie es vor über zweihundert Jahren versprochen hatte.

Die Gestalt bückte sich und packte den Stein. Mit übermenschlicher Anstrengung schob sie ihn wieder in die alte Lage.

Den Grabschändern war der Rückweg abgeschnitten.

»Ich bin froh, daß wir hier wegkommen, Jim. Es ist doch unheimlich«, sagte Laura leise.

Jim Cody grinste. »Du hast es nicht anders gewollt.«

Auch seine Forschheit war nur gespielt. Aber was tut man nicht alles, um einem jungen Mädchen zu imponieren?

»Da ist schon die Treppe.«

Jim deutete mit der freien Hand nach vorn. »Gleich haben wir es geschafft.«

Laura ging an dem jungen Reporter vorbei und nahm die ersten Stufen.

Plötzlich schrie sie auf. »Jim! Der Stein! Wir können nicht mehr raus! Die Öffnung ist zu.«

»Red keinen Quatsch!«

Jim Cody leuchtete nach oben.

Tatsächlich! Laura hatte recht. Der Stein war wieder in seine alte Lage geschoben worden.

Laura wandte Jim Cody ihr bleiches Gesicht zu. »Wer hat das getan?« flüsterte sie.

»Ich weiß es nicht«, gab Jim mit belegter Stimme zurück.

»Jetzt kommen wir nie mehr hier raus«, rief Laura.

»Nun verlier nicht die Nerven, Mädchen«, beruhigte sie der Reporter. »Laß mich mal vorbei. Vielleicht kann ich den verdammten Stein hochstemmen.«

Jim nahm die Stufen und drückte sich oben mit beiden Schultern gegen den Stein.

Vergebens. Er bewegte sich keinen Millimeter.

»Jetzt müssen wir für immer hierbleiben, Jim, nicht wahr?« fragte Laura mit flatternder Stimme.

»Unsinn!« keuchte Jim, der vor Anstrengung schweißnaß war. »Es gibt bestimmt noch einen anderen Ausgang.«

»Aber wo?«

»Den müssen wir eben finden.«

»Sollen wir es nicht doch lieber noch mal versuchen? Warte ich helfe dir.«

Gemeinsam drückten sich Laura und Jim jetzt gegen den Stein.

Sie schafften es nicht.

Laura begann zu weinen. »Hätte ich doch nur nicht mitgemacht«, schluchzte sie.

Jim gab keine Antwort. Er überlegte fieberhaft, wie sie aus diesem Labyrinth entkommen konnten.

Plötzlich hörten sie ein Geräusch. Es klang wie das Knarren einer Tür.

»Jim, was ist das?«

»Weiß ich auch nicht.«

Laura klammerte sich ängstlich an ihren Begleiter.

»Ich geh' nach unten«, sagte Jim.

»Nein, Jim. Bitte nicht. Laß mich nicht auf der Treppe allein!«

»Gut, dann komm mit.«

Die beiden jungen Leute schlichen wieder die Stufen hinunter.

Schlurfende Schritte drangen an ihre Ohren. Sie kamen von der Grabkammer der Gräfin her. Jim hielt die Taschenlampe gesenkt. Er wagte nicht, sie zu heben und in den Gang zu leuchten. Die Angst lähmte seine Bewegungen.

Die Schritte wurden lauter. Gleichzeitig klang noch ein gräßliches Stöhnen auf.

Lauras Fingernägel bohrten sich in Jims Arm. Er spürte es nicht.

Das unheimliche Stöhnen wurde lauter, drang fast schmerzhaft in die Ohren der beiden jungen Menschen.

Da hielt es Jim Cody nicht mehr länger aus.

Er riß die Lampe hoch.

Der Strahl schnitt durch die Finsternis und traf eine grauenhafte Gestalt. Es war die Gräfin Barthony!

»Sie sind wirklich ein Glückspilz, Sir«, sagte der pausbäckige Bürgermeister der kleinen Ortschaft Longford.

Lord Cheldham lächelte verbindlich. »Wie meinen Sie das?«

»Sie besitzen ein Schloß, eine schöne Frau und viel Geld«, erwiderte der Bürgermeister.

Lord Cheldham zog die buschigen weißgrauen Augenbrauen zusammen. »Was wollen Sie, Herr Bürgermeister?«

»Sehen Sie, Sir. Longford ist ein kleiner Ort. Die Bürger sind meistens Bauer oder arbeiten im Bergwerk. Es ist klar, daß bei ihrem Einkommen die Gemeindekasse nicht gerade mit Steuern gesegnet wird. Folglich . . .«

»Sie wollen also Geld«, schnitt Lord Cheldham dem Bürgermeister das Wort ab.

»Richtig, Sir«, strahlte dieser.

Lord Cheldham zündete sich mit ruhigen Bewegungen ein langes Zigarillo an. Er rauchte ein paar Züge und blickte nachdenklich auf Carter Broomfield, den Bürgermeister, hinab.

Lord Cheldham war ein Typ, wie man sich normalerweise den Erfolgsmenschen vorstellte. Er war groß, schlank und hatte dichtes grauweißes Haar, das er immer sorgfältig zurückgekämmt trug. Unter der geraden Nase wuchs ein schmales Bärtchen, das ihm in etwa das Aussehen von Clark Gable verlieh. Nur etwas störte bei Lord Cheldham. Die wasserhellen, fast durchsichtigen Augen, die seinem Blick immer etwas Unstetes verliehen.

Sorgfältig stäubte Lord Cheldham die Asche in einem goldenen Becher ab. Er ging eine Weile in seinem prunkvoll eingerichteten Arbeitszimmer umher und sagte dann plötzlich: »Sie bekommen das Geld, Bürgermeister. zwanzigtausend Pfund.«

Broomfield sprang auf. »Sir!« rief er, »ich . . .«

»Stopp, mein Lieber. Wie Sie wissen, bin ich auch ein wenig Geschäftsmann«, erklärte Lord Cheldham. »Ich verschenke nichts. Ich erwarte dafür eine Gegenleistung.«

»Welche, Sir?« Der Bürgermeister rieb sich vor Aufregung die Hände. »Ich tu, was in meiner Macht steht.«

»Wirklich?« fragte Lord Cheldham spottisch.«

»Natürlich, Sir.«

Lord Cheldham wiegte den Kopf. Ein feines Lächeln legte sich auf seine strichdünnen Lippen. »Würden Sie mir auch einen Gefallen tun, der, sagen wir, nicht mit den Regeln der Legalität vereinbar ist?«

»Sie meinen, Sir, ich soll ein Verbrechen begehen?«

»Um Himmels willen, Bürgermeister, das kommt selbstverständlich nicht in Frage. Wissen Sie, es gibt doch in Ihrem Dorf einige hübsche Mädchen, ich meine Mädchen, die nicht prüde sind und auch verschwiegen.«

Jetzt strahlte das Gesicht des Bürgermeisters. »Sie meinen, Sir, ich soll Ihnen mal ein paar Puppen hier aufs Schloß schicken?« kicherte Broomfield.

»Richtig. Und damit Sie es nicht vergessen, gebe ich Ihnen das.«

Lord Cheldham griff in die Tasche seiner dunkelgrünen Hausjacke und zog eine Einhundert-Pfund-Note hervor.

Die Augen des Bürgermeisters begannen zu glänzen.

Lord Cheldham schnippte Broomfield die Banknote zu. Der Bürgermeister grabschte mit seinen dicken Wurstfingern danach und ließ das Geld blitzschnell in seiner Hosentasche verschwinden.

»Danke, Sir, danke! Und was Ihren Wunsch angeht, der geht natürlich in Ordnung. Ich kenne da ein paar Frauen, von denen ich etwas weiß, das nicht für die anderen Dorfbewohner bestimmt ist. Sie werden mir gern einen Gefallen tun.«

»Sie sind ein rechter Kerl, Bürgermeister«, sagte Lord Cheldham und klopfte Broomfield auf die Schulter. »Und das andere Geld für Ihre Gemeindekasse bekommen Sie selbstverständlich auch.«

»Wann soll ich Ihnen die Frauen besorgen, Sir?«

»Ich rufe Sie an, Broomfield.«

Lord Cheldham blickte auf die alte Standuhr in der Ecke. »Mein Gott, schon bald Mitternacht.«

Der Bürgermeister hatte das Zeichen verstanden. Er erhob sich und sagte: »Ich werde dann auch gehen, Sir.«

»Ja, natürlich, Broomfield. Und wie gesagt, kein Wort von unserem Gespräch.«

»Ist doch Ehrensache, Sir.«

»Warten Sie, Broomfield. Ich bringe Sie noch bis zur Tür. Mein Diener wird schon schlafen.«

Als sie an die kühle Nachtluft traten, sagte Broomfield noch: »Empfehlen Sie mich der Lady, Sir.«

Lord Cheldham nickte hoheitsvoll und sah, wie der Bürgermeister zu seinem Wagen lief.

»Schwätzer!« zischte der Lord nur. »Wenn ich ihn nicht mehr brauche, ist er reif.«

Dann ging er wieder zurück in das Schloß, betrat die Treppe und blieb nachdenklich vor der großen Ahnengalerie stehen. Ein Bild faszinierte ihn besonders. Es zeigte eine Frau mit pechschwarzen Haaren und einem blutroten Kleid.

»Elizabeth Barthony«, stand unter dem Bild. »Geboren 1703, gestorben 1724.«

Je länger der Lord das Bild betrachtete, um so mehr hatte er das Gefühl, daß die Augen der Elizabeth Barthony ihn abschätzend musterten. Aber das war bestimmt nur Einbildung.

»Meine Ahnin muß dich ja sehr interessieren«, erklang hinter dem Lord plötzlich eine spöttische Frauenstimme.

»Das stimmt«, erwiderte Lord Cheldham, ohne sich umzudrehen. Er wußte sowieso, daß seine Frau hinter ihm stand.

Lady Mary Cheldham, geborene Barthony!

»Ja«, hörte Lord Cheldham die Stimme seiner Frau. »Man hat Elizabeth Barthony damals grausam gefoltert und dann umgebracht. Doch kurz bevor sie starb, hat sie noch gesagt, daß sie sich einmal grausam rächen würde. Sie wird wiederkommen aus dem Reich der Schatten und ihre Rache vollenden. Und das wird bald sein. Ich spüre es.«

Jetzt erst wandte sich Lord Cheldham um. Er sah in die Augen seiner Frau, in denen ein unheimliches Feuer zu lodern schien.

Der Lord schauderte und senkte den Blick. »Weißt du, daß du eine frappierende Ähnlichkeit mit deiner Vorfahrin hast?« sagte er leise.

»Ja«, erwiderte Lady Cheldham. Ihre Stimme wurde zu einem Flüstern. »Ich bin stolz darauf, eine Barthony zu sein. Denn niemand wußte damals, daß Elizabeth Barthony ein Kind hatte, als man sie umbrachte. Ein kleines Mädchen, das von einem Köhlerehepaar aufgenommen wurde. Die Barthonys werden nicht aussterben.«

Lord Cheldham räusperte sich. »Warst du mal wieder in der Abtei?«

»Ja, gestern noch.«

»Und?«

»Nichts und. Warte es ab, Gerald. Hast du wenigstens deine Aufgabe erledigt?«

Lord Cheldham nickte. »Der Bürgermeister ist in meiner Hand. Er glaubt, ich brauche die Mädchen für irgendwelche Sexspiele, dieser Trottel.«

Lady Cheldham lächelte spöttisch. »Soll er nur«, sagte sie leise.

Dann wandte sie sich um und ging die Galerie entlang zu ihrem Zimmer.

Lord Cheldham sah seiner Frau mit gemischten Gefühlen nach.

Laura Patton verlor fast den Verstand.

»Das ist doch nicht wahr«, ächzte sie. »Jim, sag, daß es nicht wahr ist.«

Doch Jim Cody gab keine Antwort.

Er starrte gebannt auf die unheimliche Gestalt, die sich langsam näherte.

Es gab keinen Zweifel. Dieses Ungeheuer war die Gräfin Barthony!

Aber sie hatte sich verändert.

Sie trug jetzt über dem Skelett einen scharlachroten Umhang mit hochgezogener Kapuze, die fast den gesamten kahlen Totenschädel bedeckte.

In der Rechten hielt die unheimliche Gräfin ein schreckliches Folterinstrument.

Es war eine Art Keule, die aber vorn rund zulief. Die Rundung war mit langen Eisennägeln bespickt.

Morgenstern nannte man so etwas!

Jim Cody schob Laura hinter sich. »Geh auf die Treppe!« zischte er ihr zu.

»Und du, Jim?«

»Ich werde versuchen, dieses Monstrum aufzuhalten.«

»Jim, ich . . .«

»Geh schon!«

Laura lief einige Stufen hoch. Auf der drittletzten blieb sie stehen und sah mit aufgerissenen Augen auf das Geschehen, das sich vor ihr abspielte.

Die Gräfin hatte Jim jetzt fast erreicht.

Der junge Mann spürte den üblen Modergeruch, der ihm in die Nase stieg. Der Lampenstrahl klebte geradezu auf dem blanken Totenschädelgesicht.

Unbeirrt ging die Gräfin weiter.

Noch zwei Yards, noch einen . . .

Da hielt es Jim Cody nicht mehr länger aus.

Mit einem Schrei, der seinen gesamten Schrecken verriet, warf er sich der gräßlichen Gestalt entgegen.

Doch ehe er einen Schlag anbringen konnte, traf ihn ein mörderischer Hieb gegen die Brust.

Wie vom Katapult abgezogen, wurde Jim zurückgeschleudert und prallte mit dem Rücken gegen die Felswand des Ganges.

Die Lampe zerbrach.

Dunkelheit breitete sich aus.

Und in dieser Dunkelheit hörte sich der Schrei des jungen Mädchens doppelt schaurig an.

»Laura!« brüllte Jim, kam auf die Beine und stolperte los.

Er übersah die erste Treppenstufe und stürzte. Dabei schlug er sich das Gesicht an den harten Kanten der Treppe auf.

Etwas klatschte.

Danach hörte Jim, der immer noch von dem Sturz benommen war, ein schreckliches Wimmern.

Wieder erfolgte dieses Klatschen. Stoff zerriß.

Laura! dachte Jim. Das Monster hat mit dem Morgenstern zugeschlagen!

Unter unsäglichen Mühen quälte sich Jim auf die Beine.

Plötzlich spürte er eine Bewegung neben sich.

Laura!

Jim packte zu, bekam ein Stück Stoff zu fassen, etwas ratschte, und dann war nichts mehr.

Jim Cody konnte sich schon vorstellen, was geschehen war. Die Gräfin hatte sich Laura geholt. Ein junges Mädchen, wie es in der alten Sage stand.

Schritte! Sie entfernten sich in Richtung Verlies, in dem die Gräfin ihr Grab gefunden hatte.

Jim lief in die Richtung.

Unterwegs fiel er einmal hin, und noch ehe er sich aufgerafft hatte, klappte eine Tür.

Sekunden später taumelte Jim gegen die Tür.

Er rüttelte die Klinke. Vergebens. Es war abgeschlossen. Aber vorhin war die Tür doch offen gewesen. Wieder eines dieser ungelösten Rätsel.

»Laura!«

Wild trommelte Jim Cody mit den Fäusten gegen das Holz. Schließlich sackte er erschöpft zusammen. Aus seiner Kehle drang nur noch ein heiseres Röcheln.

Es dauerte Minuten, bis ihm klargeworden war, daß er Laura nicht mehr helfen konnte.

Er vernahm nur gräßliche Geräusche aus dem Verlies. Was sich dort drinnen abspielte, hätte er sich in seinen schlimmsten Träumen nicht auszumalen gewagt.

Irgendwann kam Jim wieder auf die Beine. Mit blutendem Gesicht und schmerzendem Körper.

Fast unbewußt torkelte er in Richtung Treppe. Er mußte sich immer an der rauhen Gangwand abstützen.

Und dann sah er den Nachthimmel.

Vereinzelt blinkte ein Stern in dieses unheimliche Verlies.

Jemand hatte den Stein oben entfernt.

Es dauerte etwas, bis Jim begriff, daß er in die Freiheit klettern konnte.

Doch dann gab es für ihn kein Halten mehr, auf allen vieren erklomm er die steilen Treppenstufen.

Kühle Nachtluft traf sein verletztes Gesicht.

Jim stemmte sich mit letzter Kraft ins Freie. Für Minuten lag er auf dem schmalen Weg. Physisch und psychisch fertig.

Schließlich kam er wieder auf die Beine. Erst jetzt sah er in seiner rechten Hand den blutdurchtränkten Fetzen. Es war ein Stück Stoff von Lauras Kleid.

Jim starrte auf dieses gräßliche Indiz und begann plötzlich haltlos zu schluchzen.

Und dann rannte er einfach weg. Irgendwohin.

Jim Cody hetzte durch die Büsche. Zweige peitschten sein Gesicht. Rissen ihm einen Teil der Kleidung auf, doch Jim achtete nicht darauf.

Unbewußt näherte er sich dem Schloß mit seinem gepflegten Park.

Jim rannte gerade über eine Wiese, als er auf dem breiten Treppenabsatz des Schlosses zwei Männer stehen sah. Einen davon kannte er. Es war Lord Cheldham, der Besitzer von Cheldham Castle.

Jim winkte im Laufen, wollte schreien, sich irgendwie bemerkbar machen, doch nur ein heiseres Krächzen entrang sich seiner Kehle.

Die Männer trennten sich jetzt.

Lord Cheldham kehrte wieder in sein Schloß zurück, ohne Jim gesehen zu haben.

Der andere Mann ging auf einen Wagen zu, der dicht neben dem angeleuchteten Schloßportal parkte.

Jim rannte weiter. Seine Lungen drohten fast zu platzen. Er schnappte nach Luft wie ein Fisch auf dem Trockenen.

Plötzlich versagten seine Beine ihm den Dienst. Bäuchlings knallte Jim auf den Weg, rutschte noch ein Stück und blieb dann wie tot liegen.

Jim wußte nicht, daß es der Hauptweg zum Schloß war, auf dem er zusammengebrochen war.

Im Unterbewußtsein hörte er das Brummen eines Motors. Und dann kreischten Bremsen.

Kies spritzte in Jims Gesicht.

Eine Tür klappte.

»Verdammt«, hörte Jim über sich eine Stimme, »das war aber verflixt knapp. Wenn ich nicht noch soeben gebremst hätte . . .«

Ganz langsam wandte Jim den Kopf. Er mußte die Augen zukneifen, um nicht in das grelle Scheinwerferlicht zu sehen.

»Aber was ist denn mit Ihnen?« hörte er. »Sie bluten ja.«

Jim wollte zu einer Erklärung ansetzen, doch er brachte keinen Ton hervor.

Starke Arme packten ihn unter den Achseln und schleiften ihn zum Wagen.

Der Fremde hievte Jim in den Fond und legte ihn dort auf die Sitzbank.

Als Jim Cody wieder klar denken konnte, lag das Schloß schon weit hinten in der Dunkelheit.

Jim zog sich an der freien Rückenlehne hoch. Der Fahrer bemerkte es und wandte sich um.

Er verringerte das Tempo ein wenig und fragte grinsend: »Haben Sie einen zuviel getrunken, Mister?«

Jim Cody mußte dreimal ansetzen, ehe er antworten konnte. »Wir, wir müssen sofort zurück. Laura, sie ist in dem Verlies. Die Gräfin hat sie umgebracht.«

Der Fahrer lachte. »Sie sind wohl verrückt, was? Die Gräfin ist auf dem Schloß.«

»Nicht die. Ich meine die tote Gräfin.«

»Wenn Sie mir nochmal solch eine Antwort geben, schmeiß ich Sie raus, verstanden? Man sollte Typen wie Sie gar nicht mitnehmen. Durch seine Gutmütigkeit hat man immer nur Ärger.«

Jim war zu schwach, um eine Antwort geben zu können.

»Außerdem bezahlen Sie mir die Reinigung des Wagens«, knurrte der Fahrer. »Ich werde Sie in Longford bei der Gendarmerie abliefern. Da haben sie für Trunkenbolde eine sichere Zelle. Der Konstabler wird sich freuen, mal vom Bürgermeister einen Gast zu bekommen.«

Die letzten Worte hörte Jim Cody schon nicht mehr. Er war ohnmächtig geworden.

Der Bürgermeister war gesehen worden, als er Jim Cody in den Wagen lud.

Eine schwarzgekleidete Gestalt stand hinter einem Gebüsch und beobachtete aus wutfunkelnden Augen die Szene.

Als der Wagen abfuhr, stieß die Gestalt einen Fluch durch die Zähne.

Die Gestalt war ein Mann, groß, knochig und mit bleichem Gesicht. Er wirkte in dem dunklen Trikot wie der Tod persönlich. Er war es, der den beiden den Weg versperrt hatte. Und er war es auch, der den Stein wieder hochgezogen hatte. Zu früh. Der Mann war ihm entkommen. Aber vielleicht brauchte die Gräfin gar keinen Mann? Schon früher hatte sie nur junge Mädchen genommen. Trotzdem hätte er den Mann töten sollen. Und jetzt war es zu spät.

Der Schwarzgekleidete wandte sich ab. Wenn jemand von seinem Fehler erfuhr, war er reif. Deshalb mußte er diese Nachlässigkeit sofort wieder wettmachen.

Der Zeuge mußte von der Bildfläche verschwinden!

Erst dann würde die Gräfin ihr grausames Werk in Ruhe vollenden können.

Der Schwarzgekleidete ging in Richtung Schloß. Er betrat Cheldham Castle durch eine Hintertür.

Der Mann ging sofort auf sein Zimmer und legte sich ins Bett. Einschlafen konnte er nicht. Zu viele Gedanken kreisten in seinem Gehirn.

Und die meisten davon beschäftigten sich mit dem Mord.

»Name?« knurrte der Konstabler.

»Jim Cody.«

»Geburtsort?«

Jim gab mit monotoner Stimme seine Personalien an, die der Beamte auf einer museumsreifen Schreibmaschine herunterklapperte.

Noch in der Nacht war der Dorfarzt gekommen, hatte Jims Verletzungen untersucht, sie anschließend mit einer übelriechenden Salbe eingepinselt und einige Pflaster darübergeklebt. Nach dieser Behandlung war Jim in einen fast totenähnlichen Schlaf gefallen. Und dies in der Ausnüchterungszelle des Dorfes.

Mittlerweile war es schon neun Uhr am anderen Morgen. Es dauerte noch eine weitere halbe Stunde, bis der Konstabler mit seinem Protokoll fertig war.

Als Jim unterschrieben hatte und der Konstabler den Bogen abheftete, sagte der Beamte: »Wenn Sie uns einen Bären aufgebunden haben, Cody, geht es Ihnen schlecht. Ich persönlich werde mich mit Lord Cheldham in Verbindung setzen und mit ihm über Ihre obskuren Angaben reden.«

»Das bleibt Ihnen überlassen«, erwiderte Jim Cody trocken.

»Werden Sie nur nicht frech, sonst lasse ich Sie hier brummen.«

»Dazu haben Sie gar kein Recht«, begehrte Jim auf, doch als er den wütenden Ausdruck in den Augen des Konstablers sah, winkte er ab und hielt den Mund.

Statt dessen knurrte der Konstabler: »Sie können jetzt gehen, Cody.«

Jim stand ächzend auf und verließ ohne einen Gruß die Gendarmerie.

Aus zusammengekniffenen Augen blickte er in die Spätsommersonne.

Longford war ein kleiner Ort mit ungefähr dreitausend Einwohnern. Das Dorf lag in Mittelengland und war in Touristenkreisen einigermaßen bekannt, da die Wälder in der näheren Umgebung des Ortes sich sehr gut zur Erholung eigneten. Viele Einwohner hatten die Zeichen der Zeit erkannt und sich auf den Fremdenverkehr eingestellt. Die meisten jedoch arbeiteten nach wie vor in einem in der Nähe liegenden Bergwerk oder in der Fabrik. Diese Menschen wohnten in einer typischen englischen Arbeitersiedlung am Rande der Stadt.

Bekannt war Longford aber auch noch durch das Schloß

geworden. Zweimal in der Woche waren Besichtigungen vorgesehen, und Lord Cheldham persönlich führte die Besucher durch die mit wertvollen Gegenständen eingerichteten Schloßräume.

Jim Cody hatte seinen Wagen, einen kleinen Fiat, vor dem großen Schloßpark geparkt. Da es in Longford so gut wie unmöglich war, ein Taxi aufzutreiben – die fuhren meistens erst ab mittags –, machte sich Jim zu Fuß auf den Weg.

Auf der mit kleinen Geschäften flankierten Hauptstraße traf er den Bürgermeister.

Broomfield stutzte einen Moment, erkannte Jim Cody dann und vertrat ihm den Weg.

»Ah, mein Lebensretter«, meinte Jim sarkastisch.

Das runde Gesicht des Bürgermeisters verzog sich. »Sie sollten etwas höflicher sein, junger Mann.«

»Was wollen Sie?« fragte Jim direkt.

Der Bürgermeister lächelte hinterhältig. »Ich möchte, daß Sie von hier verschwinden und sich auch nicht mehr wieder hier blicken lassen. Leute wie Sie stören unser Image.«

»Soll ich jetzt lachen?« fragte Jim spöttisch. »Ihren Ratschlag in allen Ehren, Bürgermeister, aber ich bin Reporter. Zwar kein bekannter, doch das kann noch werden. Und was ich erlebt habe, dafür werden sich auch noch andere Leute interessieren, verlassen Sie sich darauf, Broomfield.«

Der Bürgermeister biß sich auf die Lippen. »Das ist doch alles Unsinn, Mister Cody. Sie spinnen sich da was zurecht.«

»Spinnen, sagen Sie, Broomfield? Ich bin mit einer Bekannten nach Longford gefahren, Herr Bürgermeister.« Jims Stimme klang ätzend wie Säure. »Und diese Bekannte ist jetzt wahrscheinlich tot. Da sagen Sie noch, ich spinne. Ich weiß genau, Broomfield, Schnüffelei ist Ihnen verdammt unangenehm. Okay, kann ich verstehen. Wenn es aber um Mord geht, müssen sämtliche persönlichen Interessen zurückstehen. Schreiben Sie sich das hinter Ihre Ohren, Herr Bürgermeister.«

Nach diesen Worten wandte sich Jim Cody um und ließ Broomfield stehen.

Mit zügigen Schritten strebte der junge Reporter dem Ortsausgang zu.

Bis zum Cheldham Castle mußte er etwa eine halbe Stunde laufen. Während des Weges kreisten seine Gedanken fortwährend um die vergangene Nacht. Mit Wehmut dachte er an Laura Patton, seine Bekannte. Sie war ein junges, aufgewecktes Girl gewesen, voller Tatendrang. Manchmal mit zuviel Elan. Jim glaubte nicht mehr daran, daß Laura noch lebte.

Sein Fiat stand noch so da, wie er und Laura ihn verlassen hatten. Jim ging vorsichtshalber um den Wagen herum und prüfte sorgfältig, ob jemand was verändert hatte. Doch er konnte nichts finden.

Dann erst klemmte sich Jim hinter das Steuer.

Der Motor kam erst nach dem zweiten Anlauf. Bevor Jim losfuhr, warf er einen Blick auf Cheldham Castle, dessen Zinnen im leichten Morgendunst über den Baumwipfeln des Parks zu erkennen waren.

Die kleine Landstraße führte einige Meilen durch ein Waldgebiet und mündete dann in eine Schnellstraße, die nach Süden, in Richtung London, ging.

London war Jims Ziel. Dort wohnte er, und dort kannte er auch einige Leute, die er für diesen rätselhaften Fall interessieren konnte.

Auf der Straße herrschte so gut wie gar kein Verkehr. Deshalb holte Jim aus dem Wagen auch heraus, was die Strecke zuließ.

Der Wald wurde nach einigen Meilen so dicht, daß sich die Baumkronen fast über der Straße berührten.

Jim wollte sich gerade eine Zigarette anzünden, als er den Mann sah.

Er lag mitten auf der Straße, in seltsam verrenkter Haltung.

Jims Fuß nagelte die Bremse fest.

Rutschend kam der Fiat wenige Yards vor dem Mann zum Stehen.

Jim warf die noch nicht angezündete Zigarette in den Ascher und sprang aus dem Wagen.

Neben dem Mann ging er in die Knie und drehte ihn vorsichtig auf den Rücken.

Äußere Verletzungen hatte der Unbekannte nicht. Jim fühlte den Puls und spürte, daß er noch schlug. Sogar ziemlich regelmäßig.

Der junge Reporter dachte daran, daß auch er in der letzten Nacht von einem hilfsbereiten Autofahrer mitgenommen worden war, packte den Mann unter den Achseln und hievte ihn auf den Rücksitz des Fiat.

Jim wußte, daß die nächst größere Stadt Leicester war. Dorthin wollte er fahren und den Unbekannten in einem Krankenhaus abliefern. Das bedeutete zwar einen kleinen Umweg, aber es spielte in diesem Fall keine Rolle.

Jim Cody konzentrierte sich voll auf die Fahrt und achtete deshalb nicht darauf, was hinter ihm geschah.

Der auf dem Rücksitz liegende Unbekannte schob sich Stück für Stück in eine sitzende Stellung. Auf seinem Gesicht lag ein satanisches Grinsen, während er unter seiner Jacke eine Pistole hervorholte.

Als Jim die Bewegung im Innenspiegel sah, war es zu spät. Der kalte Stahl der Waffe bohrte sich in seinen Nacken, und eine kratzige Stimme befahl: »Fahr ruhig weiter, Junge, wenn dir dein Leben lieb ist.«

Jim überwand den ersten Schreck schnell, und während sich weiterhin der Lauf der Pistole in sein Genick preßte, fragte er: »Was wollen Sie eigentlich von mir?«

»Das werde ich dir gleich erzählen.«

»Auch gut.«

Jim versuchte, seine Nervosität zu überspielen, was ihm allerdings nicht ganz gelang.

»Rechts kommt gleich ein schmaler Weg. Dort biegst du ein, verstanden?«

Jim nickte.

Wenig später tauchte der Feldweg auf. Es war mehr eine Traktorenspur, die in den Wald führte.

Der Weg machte plötzlich einen scharfen Knick und mündete in eine Lichtung.

»Halt an!«

Jim stoppte.

Als der Motor nicht mehr lief, war es fast totenstill. Nur das gepreßte Atmen der beiden Männer war zu hören.

»Also, worum geht's?« wollte Jim wissen.

Der Fremde hinter ihm kicherte hohl. »Kannst du dir das nicht denken?«

»Nein.«

»Du bist doch Jim Cody, oder?«

»Der bin ich allerdings.«

»Siehst du. Und ein gewisser Jim Cody muß sterben. Soviel steht fest.«

Jim, der diese Möglichkeit schon einkalkuliert hatte, preßte allerdings doch jetzt die Zähne zusammen. Angst breitete sich in ihm aus. Trotzdem fragte er: »Wer hat Ihnen denn den Auftrag gegeben? Der Bürgermeister?«

Der Fremde hinter ihm schwieg.

Jim dachte plötzlich daran, daß er noch nicht einmal richtig das Gesicht des Mannes gesehen hatte, so schnell war alles gegangen.

»War es denn Broomfield?«

»Nein, der nicht. Aber wenn es dich beruhigt, ich selbst habe mir diesen Auftrag gegeben. Ich war es auch, der die Steinplatte zugeklappt hatte. Und der sie hinterher leider zu früh geöffnet hat.«

Mit einemmal wurde Jim einiges klar. Er war zu einem unbequemen Zeugen geworden. Und so etwas reichte meistens für einen Mord.

Der Unbekannte hinter Jim begann sich zu bewegen. Mit seiner freien Hand klappte er die Lehne des Beifahrersitzes nach vorn und klinkte dann die Tür auf. Dabei klebte nach wie vor die Mündung der Pistole fest in Jims Genick.

Dann kletterte der Unbekannte blitzschnell auf die Lehne des Beifahrersitzes, schob sich rückwärts aus dem Wagen und blieb in geduckter Haltung neben dem Fiat stehen. Bei diesem gesamten Manöver war die Mündung der Waffe unentwegt auf Jim gerichtet gewesen.

»Raus mit dir!« fauchte der Kerl. »Aber langsam!«

Jim mußte ebenfalls über den Beifahrersitz klettern.

Schließlich stand er auf der Lichtung, der Unbekannte, mit angeschlagener Waffe, drei Schritte vor ihm.

Erst jetzt konnte sich Jim den Kerl genauer ansehen.

Ein hageres, mit schwarzen Bartstoppeln übersätes Gesicht starrte ihn an. Der Fremde war einen halben Kopf kleiner als Jim und wog auch bestimmt dreißig Pfund weniger, und trotzdem war dieser Kerl gefährlicher als eine Giftschlange.

Die beiden Männer standen auf der Lichtung. Gras, Moos und Unkraut wuchsen unter ihren Füßen. Zwischendurch sah man ab und zu das Braun einer knorrigen Wurzel, die zu einem der alten Bäume gehörte, die die Lichtung umsäumten.

»Geh ein Stück zur Seite!« befahl der Unbekannte. Er winkte mit dem Kopf. »Weg vom Wagen!«

Jim gehorchte. Er trat drei Schritte nach links.

Der Kerl mit der Waffe folgte ihm. Sein Gesicht war jetzt fast maskenhaft starr geworden, als er Jim anblickte.

Der junge Reporter spürte die heiße Angst in sich hochsteigen. Er wollte noch etwas sagen, doch seine Stimme versagte.

»Es ist aus«, sagte der Fremde und ging noch einen Schritt zur Seite.

Und da rutschte er ab.

Er mußte wohl mit dem Fuß auf eine der glitschigen Baumwurzeln getreten sein, auf jeden Fall lag der Kerl plötzlich halb in der Luft. Die Pistole zeigte gegen den Himmel.

Jim Cody sah seine Chance. Er hechtete aus dem Stand und prallte mit dem Unbekannten zusammen. Glücklicherweise erwischte Jim den Pistolenarm des Kerls. Die Waffe wurde dem Mann aus den Fingern geprellt und segelte davon. Jim schlug dem Kerl ins Gesicht, doch dann traf ihn die Faust des Burschen am Ohr.

Jim verlor ein wenig die Übersicht.

Das nutzte der Unbekannte aus. Er rollte sich unter Jim Cody weg, kam gedankenschnell auf die Füße und zielte mit einem Karatetritt in Richtung Kehlkopf seines Gegners.

Jim wich im letzten Augenblick aus. Der Tritt verfehlte ihn um Haaresbreite.

Doch Jim Cody war auch ein verdammt zäher Bursche. Und er hatte ebenfalls ein paar Karatekniffe auf Lager.

Bevor ihn sein Gegner anspringen konnte, blockte Jim mit der Faust den Körper ab.

Der Kerl wurde zurückgeworfen, verwandelte den Sturz in eine Rolle, war blitzschnell wieder auf den Beinen und gab plötzlich Fersengeld.

Ehe sich Jim auf die neue Situation einstellen konnte, war der Mann schon im Dickicht des Waldes verschwunden.

»Mist!« knurrte Jim schweratmend, als er feststellen mußte, daß sich eine Verfolgung nicht lohnte, da der Mann die Gegend bestimmt besser kannte.

Aber etwas anderes lohnte sich. Die Suche nach der Pistole.

Mit einem kalten Lächeln steckte Jim die Waffe ein. Dann klemmte er sich in seinen Wagen und wendete auf der Lichtung.

Langsam fuhr er den schmalen Weg wieder zurück, suchte dabei mit den Augen den Waldrand rechts und links ab, um doch vielleicht noch eine Spur von dem Unbekannten zu entdecken.

Ohne Erfolg.

Als Jim wieder auf die Straße bog, sah er, daß seine Hände zitterten. Erst jetzt machte sich die Anspannung des Kampfes bemerkbar. Jim sah seine Zigarette im Ascher liegen und zündete sie sich erst einmal an.

Sie schmeckte ihm wie nie eine Zigarette vorher.

Jim dachte nach. Man war ihm also schon auf den Fersen. Er hatte zuviel gesehen.

Was wurde in dem Schloß gespielt? Jim Cody nahm sich vor, dieses Rätsel zu lösen und den Tod von Laura zu rächen.

Und wenn es sein eigenes Leben kosten sollte . . .

»Teufel, war das wieder ein Tag«, stöhnte Bill Conolly, als er die Wohnungstür aufschloß.

Sheila, seine junge Frau, sah ihm lächelnd entgegen. Bill war erst seit drei Monaten mit ihr verheiratet. Sie lebten praktisch immer noch in den Flitterwochen. Bill war Reporter. Er arbeitete jedoch nicht für eine bestimmte Zeitung, sondern seine Berichte zierten die großen Illustrierten in aller Welt.

Sheila Conolly war ein außerordentlich hübsches Girl mit langen blonden Haaren, tiefblauen Augen und einer Figur, die jeder Filmschauspielerin zur Ehre gereicht hätte.

Die beiden hatten sich bei einem gespenstischen Fall kennengelernt. Sheila wäre damals bald in die Gewalt eines finsteren Dämons geraten.

»Komm erst mal rein«, sagte Sheila und hauchte ihrem Mann einen Kuß auf die Wange.

Bill warf seine Garderobe über den Haken, ging in das Wohnzimmer und warf sich in den Sessel.

Sheila brachte ihm seinen Feierabendwhisky. Bill trank die goldbraune Flüssigkeit in genießerischen Schlucken.

Sheila setzte sich auf die Sessellehne und strich ihrem Mann spielerisch über das Haar.

Bill legte den Kopf zurück und sah seine Frau an.

»Du siehst heute wieder hinreißend aus«, sagte er.

»Schmeichler«, lächelte Sheila.

Bill hatte wirklich nicht übertrieben. Sheila trug zu ihrem blonden Haar einen seidenen dunkelgrünen Hausanzug, der wie eine zweite Haut ihre Figur umschloß.

Sheila fuhr Bill mit dem Zeigefinger über den Nasenrücken. »Gehen wir heute abend essen?« fragte sie leise. »Gar nicht weit von hier hat ein spanisches Restaurant eröffnet. Man sagt, dort gäbe es die beste Paella von ganz London.«

»Die Leute übertreiben immer«, erwiderte Bill.

Als er dann Sheilas enttäuschtes Gesicht sah, versicherte er schnell: »Natürlich gehen wir dorthin, Schatz. Schließlich muß ich auch noch was in den Magen bekommen.«

»Du bist der . . .«

Weiter kam Sheila nicht, denn in diesem Moment klingelte das Telefon. Der Reporter brauchte nur den Arm auszustrecken, um an den Hörer zu kommen.

»Conolly!«

»Mister Conolly. Hier ist Jim Cody. Sie erinnern sich doch an mich. Ich war der junge Mann, der damals bei Ihnen volontiert hat«, sprudelte es aus dem Hörer.

»Natürlich erinnere ich mich an Sie«, erwiderte Bill.

»Dann ist es gut.« Die Stimme des Jungen klang erleichtert. »Kann ich zu Ihnen kommen, Mister Conolly? Sagen Sie nicht nein, bitte. Es ist sehr dringend. Es geht um Leben und Tod.«

»Warten Sie, Jim.«

Bill deckte die Sprechmuschel mit der Hand ab und erklärte seiner Frau, in zwei, drei Sätzen die Lage.

Sheila war natürlich nicht gerade begeistert, stimmte dann aber zu.

»Also, gut, Jim, kommen Sie vorbei.«

»Danke, Mister Conolly. In zehn Minuten.«

Nachdenklich zündete Bill sich eine Zigarette an. Er kannte Jim Cody gut. Jim hatte bei ihm volontiert und war ein aufgeweckter Junge mit einer Nase für die gewissen Dinge. Jim war kein Träumer oder Fantast. Im Gegenteil. Und wenn er jetzt in Druck war, mußte schon etwas dahinterstecken.

Sheila legte Bill ihre Hand auf die Schulter. »Irgend etwas stimmt nicht, Bill.«

»Wie kommst du denn darauf?«

»Ich weiß nicht so recht.« Sheila zuckte mit den Schultern. »Es liegt was in der Luft. Ich habe es im Gefühl. Genau wie damals, Bill.«

»Nun mach dich mal nicht gleich verrückt«, erwiderte Bill Conolly.

Wenig später klingelte es. Der Besucher war Jim Cody. Er entschuldigte sich noch mal wortreich und kam dann zur Sache.

Sheila und Bill hörten schweigend zu.

»Und dies ist der Beweis«, sagte Jim zum Schluß und zog einen Kleiderfetzen aus der Tasche. Er gab ihn Bill Conolly.

Der Reporter besah sich das Stück Stoff und wies auf die dunkelbraunen Flecken.

»Das ist Blut«, erklärte Jim. »Der Fetzen stammt von Lauras Kleid. Sie sehen, ich habe nicht gelogen.«

Bill Conolly nickte gedankenverloren. Zufällig fiel sein Blick auf Sheila, die kreideweiß in ihrem Sessel saß.

»Was haben Sie denn nun vor?« fragte Bill den jungen Mann.

»Ich werde der Sache auf den Grund gehen«, erwiderte dieser. »Ich will dieses blutige Rätsel lösen. Und außerdem mit dem Kerl abrechnen, der mich ins Jenseits befördern wollte. Da hängt wohl das eine und das andere zusammen.«

»Sollte man nicht besser die Polizei einschalten?« schlug Bill vor.

Jim Cody lachte. »Die werden mir doch nicht glauben.«

»Das würde ich nicht sagen, Jim. Kennen Sie einen Inspektor Sinclair?«

»Sinclair, Sinclair?« Jim runzelte die Stirn. »Gehört habe ich den Namen schon. Ich glaube sogar von Ihnen.«

»Genau. Inspektor Sinclair und ich haben schon manches Abenteuer gemeinsam überstanden. Er wird sich bestimmt für Ihre Sache interessieren.«

»Wie erreiche ich denn diesen Inspektor?« wollte Jim wissen.

»Das lassen Sie nur meine Sorge sein. ich werde mich schon darum kümmern«, erwiderte Bill.

»Bill!« Sheila hatte gerufen.

»Ja?«

»Du hältst dich doch heraus, nicht wahr? Denke daran, was du mir versprochen hast.«

»Aber sicher doch, Schatz. Ich werde diesmal bestimmt nicht mitmischen.« Bill wandte sich an Jim Cody. »Sehen Sie, so geht es einem Mann, wenn er verheiratet ist.«

»Setz dich, Gilda«, sagte der Bürgermeister.

Aus kleinen rotgeränderten Augen musterte er den üppigen Körper der rothaarigen Gilda Moore.

Gilda Moore arbeitete in Longford als Stubenmädchen in einem der kleinen Hotels. Diese Arbeit verrichtete sie tagsüber. Nachts jedoch ging sie mit zahlungskräftigen Kunden ins Bett, und das war ihr Hauptverdienst.

Von dieser Tätigkeit wußte nur der Bürgermeister. Er hatte es durch einen Zufall erfahren und bisher geschwiegen.

»Du mußt mir einen kleinen Gefallen tun«, sagte Broomfield mit süffisantem Lächeln.

Gilda wurde sofort mißtrauisch. »Und der wäre?«

Broomfield steckte sich erst eine dicke Zigarre an, ehe er weitersprach. »Ein Freund von mir braucht deine Dienste. Natürlich nicht als Stubenmädchen. Na, du weißt schon, was ich meine.«

Gilda Moore schüttelte entschieden den Kopf. »Da ist nichts drin, Bürgermeister. Ich laß mich nicht verkuppeln.«

»Schade. Dann sehe ich mich allerdings gezwungen, deinen Lebenswandel bekannt zu machen. Das wäre auch nicht gerade angenehm für dich. Man würde dich hier aus Longford wegekeln, und niemand würde dasein, der deine kranke Mutter pflegt. Es wäre schade um die Frau.«

Gilda Moores Gesicht hatte sich bei den Worten des Bürgermeisters verzerrt. Hektische rote Flecke tanzten auf ihren Wangen. »Sie sind ein Schwein, Broomfield!« stieß sie wütend hervor. »Ein gemeines, hinterhältiges . . .«

»Stopp«, rief Broomfield. »Noch ein Wort, und ich mache dich fertig. Ich gebe dir genau zehn Sekunden Zeit, meinen Vorschlag anzunehmen. Wenn nicht, bist du morgen aus Longford verschwunden. Also?«

Gildas Hände ballten sich zu Fäusten. Sie wußte genau, dieser widerliche Kerl hatte sie in der Hand.

Der Bürgermeister sah das Mädchen durch die Rauchschwaden seiner Zigarre gierig an.

»Ich warte«, sagte er.

Gilda nickte. »Ich mache es«, preßte sie hervor.

Broomfield lächelte spöttisch. »Wußte doch, daß du vernünftig bist.«

Gilda kramte die Zigarettenschachtel aus ihrer Handtasche und steckte sich mit zitternden Fingern ein Stäbchen an. »Wer ist es denn?« wollte sie wissen.

»Lord Cheldham«, antwortete der Bürgermeister. Er sprach so leise, als hätte er Angst, daß jemand mithören könnte.

»Was, der?« rief Gilda. »Ja, was will denn der von mir?«

»Das wird er dir bestimmt selber sagen«, antwortete Broomfield.

»Ja, kann ich denn einfach so weg? Ich meine, in unserem Hotel werde ich auch gebraucht.«

Der Bürgermeister winkte ab. »Ich habe schon alles erledigt. Du hast eine Woche Urlaub. Dein Gehalt läuft übrigens weiter. Es entsteht dir kein Nachteil. Mehr kannst du nun wirklich nicht verlangen. Bestimmt wird dich Lord Cheldham reichlich entschädigen.«

Gilda zuckte die Achseln. Sie hatte sich bereits mit ihrem neuen Schicksal abgefunden. Und vielleicht bot sich wirklich eine Chance. Außerdem sah der Lord noch nicht einmal schlecht aus. Man mußte eben mal abwarten.

Wenn Gilda Moore allerdings geahnt hätte, was wirklich auf sie zukam, hätte sie fluchtartig den kleinen Ort Longford verlassen. So nahm das Schicksal seinen Lauf.

John Sinclair war erst knapp über dreißig, trotzdem besaß er einen fast schon legendären Ruf.

Inspektor Sinclair war der Spezialist für außergewöhnliche Kriminalfälle bei Scotland Yard. Seine Erfolgsquote lag bei einhundert Prozent, und das ist auch in unserer modernen Zeit noch beispiellos.

Der Fall des Reporters Jim Cody hatte John von Anfang an interessiert. Im Gegensatz zu manchen anderen normalen Menschen glaubte er dem jungen Mann fast jedes Wort. Und Bill Conolly, Johns Freund, hatte sein übriges getan, um den Bericht noch glaubwürdiger erscheinen zu lassen.

So war Inspektor Sinclair also mit dem geheimnisvollen Fall der Gräfin Barthony konfrontiert worden.

John hatte bewußt auf Jim Codys Hilfe verzichtet, worüber der junge Mann natürlich nicht begeistert war. Er wollte dann auf eigene Faust recherchieren und hatte Johns Warnungen kurzerhand in den Wind geschlagen.

Diese Gedanken gingen John durch den Kopf, als er durch Lord Cheldhams großzügigen Park schlich. John achtete immer darauf, in Deckung der Bäume und gepflegten Sträucher zu bleiben, denn für das, was er vorhatte, konnte er keine Zeugen brauchen.

Es war Nachmittag. Am Himmel stand eine fast weiße Sonne und schickte ihre Strahlen durch den spätsommerlichen Wald.

John Sinclair, von Natur aus mißtrauisch, wollte sich von Jim Codys Worten erst selbst überzeugen, bevor er etwas unternahm. Das hieß im Klartext: Er wollte sich die Familiengruft der Cheldhams ansehen. Hier sollten, so stand es wenigstens in der Chronik, auch die Barthonys zur letzten Ruhe gebettet worden sein. Und wenn Jim Cody nicht gelogen hatte, mußte der Sarkophag der Elizabeth Barthony leer sein, da sie ja als angebliche Hexe in der alten Abtei begraben worden war.

John hatte sich vorsorglich eine Genehmigung vom Innenministerium geben lassen, denn sollte etwas schiefgehen – man konnte ihn zum Beispiel erwischen und als Grabschänder anklagen wollen –, so war er wenigstens gedeckt.

John hatte seinen silbergrauen Bentley in einem kleinen Waldstück nahe dem Schloß versteckt. Er hoffte, daß er dort sicher war.

Die Familiengruft der Cheldhams war ein kleines Kunstwerk für sich. Sie lag eingebettet zwischen lichtem Mischwald an der Ostseite des Schlosses. Um die mit kleinen Türmchen und Erkern verzierte Gruft lief ein kunstvoll gearbeiteter, schmiedeeiserner Zaun, vor dessen Tor zwei marmorne Engel Wache hielten.

John, der in Deckung einer alten Erle stand und sich die Gruft besah, konnte nur mit dem Kopf schütteln über soviel Spielerei und unnützen Kram, mit dem die Cheldhams ihre Gruft verziert hatten.

Es war totenstill. Nur ein leiser Wind raunte in den Baumkronen. John glitt mit schnellen Schritten auf das Tor der Gruft zu.

Es war nicht abgeschlossen. Man brauchte nur an einem verzierten Knauf zu drehen, und schon schwang das Tor zurück.

John huschte durch den kleinen gepflegten Vorgarten bis zu der Eingangstür der Gruft.

Diese bestand aus dicken Holzbohlen, die mit silbernen Beschlägen verziert worden waren.

Das alte, aber gut geölte Türschloß bereitete John keine Schwierigkeiten.

John Sinclair sah sich noch einmal um, holte seine Stablampe hervor und betrat die Gruft.

Er mußte sich bücken, um durch die Tür zu kommen.

Modrige, sauerstoffarme Luft empfing ihn.

John befand sich in einem schmalen Durchlaß, der sich nach einigen Schritten zu einem Raum erweiterte.

Fledermäuse flatterten, aufgeschreckt durch den starken Taschenlampenschein, in alle Richtungen davon. Feine Spinnweben strichen über Johns Gesicht. Staub legte sich auf seine Schleimhäute und reizte zum Niesen.

Die schweren marmornen Sarkophage standen übereinander in Nischen an der Wand. Jahrhundertealter Staub hatte sich auf den Särgen festgesetzt und ließ den Marmor stumpf und rauh aussehen. Einige Nischen waren noch leer. Hier würden bestimmt die nächsten Cheldhams oder Barthonys begraben werden.

John trat an einen Sarkophag und wischte mit der Handfläche einen Teil des Staubes zur Seite.

Auf dem Marmordeckel war ein Name eingeritzt worden.

John las ihn im Schein der Taschenlampe.

»Horatio Cheldham 1702 – 1768.«

John ging die gesamten unteren Sarkophage durch. Er las nur den Namen Cheldham.

Die Barthonys waren in den oberen Nischen bestattet worden. John mußte sich auf die Zehenspitzen stellen, um die Namen lesen zu können.

Der Name Elizabeth Barthony fehlte!

Also hatte Jim Cody nicht gelogen. Sie mußte in der alten Abtei begraben worden sein.

Die Familienchronik der Barthonys fiel John wieder ein. Er wußte, daß Elizabeth Barthony damals, bevor sie von einem Hexenjäger umgebracht worden war, einen finsteren Schwur getan hatte. Es hieß, daß sie irgendwann einmal wiederkommen wolle, um ihre Rache zu vollenden.

Denn soviel stand fest: Elizabeth Barthony war eine Hexe: Sie hatte sich mit dem Satan verbündet.

John spürte, wie ihn die Erregung gepackt hatte. Welch grauenvollem Rätsel war er hier auf die Spur gekommen? Sollte die Gräfin Barthony ihren finsteren Schwur wahrgemacht haben und Laura Patton schon ihr erstes Opfer geworden sein?

Das leise Schleifen der Eingangstür riß John aus seinen Gedanken.

Jemand hatte die Grabkammer betreten.

John Sinclair löschte blitzschnell seine Stablampe und ging neben einem Sarkophag in Deckung.

Erregtes Atmen drang an Johns Ohr.

Ein zuckender Lichtschein geisterte plötzlich durch den unheimlichen Raum.

John rührte sich nicht von der Stelle. Er atmete durch den offenen Mund, um sich nicht zu verraten.

Eine Frau hatte die Grabstätte betreten.

Eine wunderschöne Frau mit pechschwarzen Haaren und einem hellen, fast weißen Gesicht. Die Frau trug ein bis zum Boden reichendes Kleid mit tiefem Ausschnitt und eine kurze Bolerojacke.

John Sinclair hatte diese Frau noch nie gesehen. Und doch kam sie ihm sehr bekannt vor. Er hatte nämlich erst gestern das Bild einer gewissen Elizabeth Barthony gesehen.

Und diese Frau glich der Gräfin aufs Haar! John hatte das Gefühl, der Toten selbst gegenüberzustehen . . .

Noch hatte die Frau John Sinclair nicht entdeckt. Sie ging mit langsamen, fast schwankenden Schritten auf den Sarg der Elizabeth Barthony zu. Das Windlicht in ihrer rechten Hand pendelte dabei hin und her.

Die Frau strich mit der freien Hand über die polierte Marmorfläche des Sarkophagdeckels. Dabei murmelte sie ununterbrochen geheimnisvolle Worte und Formeln.

John Sinclair konnte in all dem Tun keinen Sinn erkennen. Er fragte sich immer wieder, was die Unbekannte an einem leeren Sarkophag zu suchen hatte.

Plötzlich griff die Frau unter ihre Jacke. Sie holte ein kleines Fläschchen hervor, in dem eine dunkle Flüssigkeit schwappte.

Die Frau öffnete das Fläschchen und goß die Flüssigkeit über den Sarkophag.

John vermutete, daß es sich dabei um Blut handelte.

Danach strich die Frau mit den Fingerspitzen über die Marmorfläche, verteilte das Blut und zeichnete daraus seltsame Figuren, die aber sofort wieder verliefen.

»Mein Blut zu deinem«, flüsterte die Unbekannte. »Dein Fluch ist nicht vergessen. Er wird sich jetzt erfüllen. Hier in dieser Stunde. Komm zurück, Elizabeth Barthony. Komm zurück!«

Bei den letzten Worten war die Frau über dem Sarkophag zusammengesunken. John hörte ihr erregtes Atmen und sah, wie die Schultern unter der dünnen Jacke zuckten.

John Sinclair hatte genug gesehen.

Unendlich vorsichtig verließ er sein Versteck. Auf Zehenspitzen schlich er an der Frau vorbei und gelangte ungesehen nach draußen.

Tief pumpte John die frische Luft in seine Lungen. Er warf einen Blick hinüber zu dem Schloß, dessen Zinnen rötlich schimmerten. Er hatte sich doch ziemlich lange in dieser geheimnisvollen Grabkammer aufgehalten.

John Sinclair hatte vor, noch heute abend Lord Cheldham einen Besuch abzustatten. Er wollte dem Lord einige Fragen stellen, vor allen Dingen über die alte Abtei. John hatte vor, sich als Geschichtsforscher auszugeben.

Fast unbewußt hatte er seine Schritte in Richtung der alten Abtei gelenkt. John sah die verfallenen Mauern zwischen dem Grün der Bäume.

Er schrak regelrecht zusammen, als er hinter sich eine zischende Stimme vernahm.

»Wohin so eilig, Fremder?«

John Sinclair wandte ganz langsam den Kopf.

Ein ganz in Schwarz gekleideter Mann starrte ihn an. Der Kerl hielt die Hände auf dem Rücken verschränkt und wippte leicht auf den Zehenspitzen. Er hatte ein bleiches Gesicht, volles dunkles Haar und kohlrabenschwarze Augen.

»Ich warte auf eine Antwort, Mister.«

»Ich gehe spazieren«, sagte John mit entwaffnendem Lächeln.

»Ach, einfach so?«

»Ja. Ist das verboten?«

»Und ob!« zischte der Kerl. »Sie befinden sich auf Lord Cheldhams Grund und Boden. Haben Sie die Erlaubnis Seiner Lordschaft?«

»Die wollte ich mir ja gerade holen«, gab John zurück.

Er faßte das alles noch als Spaß auf.

Anders sein Gegenüber. Dessen Hände schossen plötzlich hinter dem Rücken hervor, und ehe John noch etwas unternehmen konnte, blickte er in die Mündung einer Pistole.

»Oh, ich wußte gar nicht, daß bei Lord Cheldham sofort scharf geschossen wird.«

Der Pistolenheld ging erst gar nicht auf den Spott ein. »Umdrehen!« befahl er knapp.

John gehorchte.

Der brutale Schlag traf ihn völlig unvorbereitet.

Mit elementarer Wucht dröhnte der Pistolengriff in Johns Nacken. Mit einem leisen Ächzlaut brach der Inspektor zusammen.

Der Schwarzgekleidete entwickelte eine fieberhafte Hektik. Er packte John unter den Achselhöhlen und schleifte ihn in ein nahes Gebüsch. Dabei murmelte er seltsame Worte vor sich hin. Dann holte der Mann Laub, Zweige und einige kleine Äste und deckte John Sinclair damit zu. Zufrieden betrachtete er noch einmal sein Werk, bevor er verschwand.

Inspektor Sinclair war ein verdammt zäher Bursche. Er kam schon nach einigen Minuten wieder zu sich.

Fluchend und stöhnend quälte er sich unter dem Laub hervor.

»Verdammt noch mal. Wie ein Anfänger habe ich mich reinlegen lassen.« John setzte sich hin.

Er wollte gerade aufstehen, als er Schritte hörte. Die Schritte kamen genau in seine Richtung. Wenig später hörte er auch eine Männerstimme. Sie gehörte dem Kerl, der John überwältigt hatte.

John stand schnell auf und verbarg sich hinter einem mannshohen Busch. Von hier aus konnte er einigermaßen gut beobachten.

Der Schwarzgekleidete brach durch die Büsche. Erst jetzt fiel John ein, daß Jim Cody von diesem Kerl gesprochen hatte. Er war es gewesen, der den jungen Reporter hatte umbringen wollen.

Der Mann ging dicht an Johns Versteck vorbei. Er schleifte irgend etwas hinter sich her.

John schob den Kopf ein wenig vor und hätte vor Grauen fast aufgeschrien.

Der Schwarzgekleidete schleifte eine nackte Mädchenleiche mit sich!

John Sinclair drehte sich fast der Magen um, als er dieses Bild sah.

Welchem grausamen Verbrechen war er hier auf die Spur gekommen?

Noch hatte der Unbekannte John nicht bemerkt.

Er zog sich mit seiner makabren Last tiefer in die Büsche zurück.

John Sinclair atmete scharf aus. Vorsichtig nahm er die Verfolgung des Mannes auf.
John brauchte nicht weit zu gehen.
Der Unbekannte stoppte auf einer winzigen Lichtung.
John Sinclair duckte sich hinter einem Baumstamm und sah, daß auf der kleinen Lichtung schon eine Grube ausgehoben worden war. Dort hinein warf der Mann die ausgeblutete Mädchenleiche.
Er kicherte, als er sein grausiges Werk vollendet hatte.
Dann wandte er sich um und lief zurück.
Dort, wo er John Sinclair vermutete, blieb er stehen. Fassungslos, wie es John schien.
Mit beiden Händen wühlte der Kerl in dem Laub herum.
»Suchen Sie mich?« fragte John Sinclair leise.
Der Unbekannte wirbelte herum.
Wie ein Panther hechtete er auf John zu. Genau in eine Aufwärtshaken, der ihn rückwärts in ein Gebüsch katapultierte.
Doch der Kerl war zäh wie eine Katze. Er sprang sofort auf und griff nach seiner Pistole.
Johns Fußspitze traf seinen rechten Ellenbogen.
Die Waffe, schon halb draußen, wurde dem Mann aus der Hand geprellt. Sie landete irgendwo zwischen dem feuchten Laub.
»Und jetzt geht's zur Sache«, knurrte John.
Eine gestochene Gerade trieb dem Kerl das Wasser in die Augen. Der nachfolgende Uppercut fegte ihn gegen einen Baumstamm, wo der Schwarzgekleidete, ohne einen weiteren Laut von sich zu geben, bewußtlos zusammenbrach.
John untersuchte ihn kurz nach anderen Waffen und fand noch ein Stilett. Dann holte sich John die Pistole und steckte auch sie ein. Es war eine gepflegte Beretta.
Die Wartezeit, bis der Kerl zu sich kam, verkürzte sich John mit einer Zigarette.
Dann, als es soweit war, schnappte sich John den Unbekannten, zog ihn hoch und lehnte ihn gegen einen Baumstamm.
Der Mann sah den Inspektor aus glasigen Augen an.
»Wie heißen Sie?« fragte John.
»Daniel«, erwiderte der Kerl mit schwacher Stimme.
»Woher haben Sie die Mädchenleiche?«
Daniel schüttelte den Kopf.
John fragte noch mal und bekam wieder keine Antwort.
»Gut«, sagte er schließlich, »es wird bestimmt Lord Cheldham

interessieren, was Sie hier so treiben. Wir werden jetzt gemeinsam zu dem Lord gehen und ihm eine Geschichte erzählen.«

Die Augen des Burschen leuchteten auf, als John den Namen des Lords erwähnte.

Vorsichtig! warnte Johns innere Stimme.

Der Inspektor gab dem Mann einen Stoß: »Setz dich in Bewegung!«

Auf unsicheren Beinen taumelte Daniel vor John her. Sie gingen in Richtung Schloß.

Der Park wurde gepflegter. Man sah, daß hier ein Gärtner für Ordnung sorgte. Die Büsche waren sorgfältig gestutzt und der Rasen auf Streichholzlänge geschnitten.

Der Kies knirschte unter den Schritten der beiden Männer.

»Was versprechen Sie sich eigentlich davon, daß Sie mich zu Lord Cheldham bringen?« fragte Daniel plötzlich.

»Das binde ich Ihnen auch gerade auf die Nase«, antwortete John.

»Ich mache Ihnen einen Vorschlag, Mister. Setzen Sie sich in Ihren Wagen und verschwinden Sie von hier. Es ist besser. Vergessen Sie alles. Vergessen Sie, was Sie gesehen und gehört haben. Es ist nur zu Ihrem Vorteil.«

»Auf einmal so menschenfreundlich?« spottete John. »Glauben Sie denn im Ernst, ich kann den Anblick einer ausgebluteten Mädchenleiche so einfach aus meinem Gedächtnis tilgen?«

Daniel lachte auf. »Was verstehen Sie schon von der Sache? Was geschehen muß, wird geschehen.«

»Wie meinen Sie das?«

Daniel blieb plötzlich stehen und wandte sich um. Als John in seine dunklen Augen sah, fröstelte ihn.

Es waren die Augen eines Dämons!

»Ich habe schon zuviel gesagt«, flüsterte Daniel. »Sie kommen nicht mehr lebend von hier weg. Ein alter Fluch wird sich bewahrheiten und auch vor Ihnen nicht haltmachen. Denken Sie daran.«

Daniels letzte Worte klangen fast wie ein finsterer Schwur.

John spürte, daß ihm eine Gänsehaut den Rücken hinunterlief. Trotzdem erwiderte er ziemlich forsch: »Das wollen wir doch mal sehen, lieber Freund. Und jetzt setzen Sie sich mal wieder in Bewegung.«

Daniel zuckte die Achseln und trottete vor John her. Ein wissendes Lächeln lag um seine Mundwinkel.

Sie bogen auf den breiten Hauptweg ein, der direkt zu der großen Freitreppe des Schlosses führte.

Hintereinander nahmen die Männer die Stufen.

»Die Klingel befindet sich hinter dem bronzenen Löwenkopf«, sagte Daniel.

»Sie wissen aber gut Bescheid«, meinte John.

Daniel wandte sich halb um. »Das muß ich auch. Schließlich bin ich Lord Cheldhams Diener.«

John Sinclair zuckte regelrecht zusammen. Damit hatte er nicht gerechnet. Plötzlich ahnte er, daß die Worte des Mannes vorhin keine leeren Versprechungen gewesen waren.

John befand sich in einer verzwickten Situation.

Daniel lachte leise. »Ich hatte Sie gewarnt.« Dann wandte er sich ab und drückte auf die Klingel.

In dem Schloß erklang ein dezenter Gong.

Es dauerte einige Zeit, ehe die schwere Tür geöffnet wurde. Langsam, fast wie in Zeitlupe wurde sie nach innen gezogen.

Doch dann stockte John Sinclair fast der Atem.

Die Frau, die den Inspektor ansah, war niemand anderes als die Unbekannte aus der Familiengruft.

Lord Cheldhams Augen glitten prüfend über Gilda Moores provozierende Figur.

Das Mädchen war verlegen. Sie, die schon mit vielen Männern ins Bett gegangen war, senkte unter den forschenden Augen des Lords den Blick. So etwas war bei ihr noch nie vorgekommen.

Unruhig trat Gilda von einem Fuß auf den anderen.

Der Lord stemmte beide Arme in die Hüften und sagte: »Setzen Sie sich doch, mein Kind.«

Gilda lächelte scheu und ließ sich vorsichtig auf dem Rand eines gepolsterten Stuhles nieder. Fast unbewußt versuchte sie, den knappen Minirock über ihre Schenkel zu ziehen, was jedoch ein Ding der Unmöglichkeit war.

Der Lord quittierte dieses Bemühen durch ein leichtes Heben seiner Augenbrauen.

Gilda trug zu dem roten Rock einen knapp sitzenden grünen Pullover, der ihre enorme Oberweite kaum bändigen konnte. Die wohlgeformten Beine steckten in dunklen modischen Nylons. Das lange rote Haar hatte Gilda zu einer Turmfrisur hochgesteckt.

Lord Cheldham nahm Gilda gegenüber Platz. Aus einer silbernen Dose nahm er eine filterlose Zigarette und zündete sie gelassen an.

Eine Weile rauchte der Lord schweigend. Dann wandte er sich an Gilda, die ihre Ruhe kaum noch zügeln konnte und nervös ihre Hände knetete.

»Sie wissen, Gilda, weshalb Sie hier auf meinem Schloß sind?«

Das Mädchen schüttelte den Kopf, und eine nie gekannte Röte schoß in ihr Gesicht.

»Eigentlich . . . Also, ich . . .«, erwiderte sie stotternd.

Der Lord winkte ab. »Es ist nicht das, was Sie denken, schönes Kind. Nein, ich habe Sie holen lassen, um meiner Frau einen Gefallen zu tun.«

»Ich verstehe nicht, Mylord?«

»Lassen Sie mich ausreden. Meine Frau braucht eine Dienerin, eine Person, die ihr unbedingt treu ist.«

»Ach, so ist das.« Gilda atmete auf. Langsam klang ihre Erregung ab. Sie konnte wieder normal denken. Klar und logisch. Und dabei kam sie zu dem Resultat, daß dieser Job wahrhaftig nichts für sie war. Geld konnte sie durch eine andere Arbeit mehr verdienen.

»Tut mir leid, Mylord, aber ich glaube, diese Arbeit kann ich beim besten Willen nicht annehmen.«

Lord Cheldham drückte die Zigarette in einem Kristallascher aus. Dann stand er auf und blieb dicht vor Gilda stehen.

»Sie haben gar keine andere Wahl, schönes Kind. Allein durch Ihr Kommen haben Sie diese neue Stelle schon angenommen. Sie können sich nicht weigern. Freiwillig kommen Sie aus dem Schloß nicht mehr raus.«

Der Lord hatte sehr leise gesprochen, und doch traf jedes seiner Worte das Mädchen wie Dolchspitzen.

Gilda wurde unter ihrem Make-up bleich. »Das können Sie nicht, Mylord. Mich einfach festhalten. Unmöglich. Ich werde jetzt aufstehen und gehen.«

»Versuchen Sie es«, erwiderte Lord Cheldham mit hintergründigem Lächeln und trat ein Stück zur Seite.

Gilda stemmte sich aus dem Stuhl hoch. Seitlich schob sie sich an dem Lord vorbei, der die Arme auf der Brust verschränkt hatte und Gilda nur ansah.

Gilda griff nach ihrer Handtasche und sprang zur Tür.

Im selben Moment wurde sie aufgestoßen.

Zwei Männer versperrten dem Mädchen den weiteren Weg.

Gilda schrie erstickt auf, als sie die beiden sah. Es waren Kerle, fast so breit wie Kleiderschränke. Sie steckten in grauen Leinenanzügen, glichen sich wie ein Ei dem anderen und hatten beide die gleichen stumpfsinnigen Augen.

»Die sind ja verrückt«, flüsterte Gilda, während sie langsam zurückwich.

Lord Cheldham lachte. »Ja, Al und Sam sind wahnsinnig. Ich habe sie mal aus einer Anstalt geholt. Sie sind mir dafür ewig dankbar. Los, schnappt sie euch!« zischte der Lord.

Gilda versuchte an den beiden vorbeizukommen, doch einer der Männer stellte ihr ein Bein.

Das Mädchen fiel hin.

Als Gilda sich auf den Rücken drehen wollte, drückte ihr jemand seinen Schuh ins Kreuz. Der heiße Schmerz nagelte das Mädchen am Boden fest.

Über sich hörte Gilda Lord Cheldhams höhnisches Lachen. »Nun, willst du die neue Arbeit immer noch nicht annehmen?«

»Ja, ich mache ja alles, was Sie wollen«, preßte das Mädchen herovr. »Aber bitte, lassen Sie mich los.«

Der Lord zischte einen Befehl.

Sofort verschwand der Druck aus Gildas Rücken.

»Steh auf!« befahl Lord Cheldham.

Gilda quälte sich mühsam auf die Beine. Ihre beiden Peiniger hatten sich links und rechts von der Tür aufgestellt und beobachteten die Szene mit ausdruckslosen Blicken.

Gilda taumelte ein Stück zur Seite und hielt sich an einer Stuhllehne fest.

»Du hältst nicht viel aus, Mädchen«, sagte der Lord und schüttelte fast bedauernd den Kopf. »Aber dein neuer Job wird ja nicht lange dauern. Höchstens acht Stunden.«

»Wie soll ich das verstehen?« fragte Gilda rauh.

»Ganz einfach«, erwiderte Cheldham lächelnd. »Nach acht Stunden bist du tot.«

John Sinclair hörte neben sich Daniels spöttisches Lachen. Der Kerl mußte wohl die Überraschung in Johns Gesicht gesehen haben.

»Ja, bitte?« fragte die Frau. Und dann: »Haben Sie diesen Mann gebracht, Daniel?«

Der Inspektor setzte ein verbindliches Lächeln auf und antwortete an Stelle des Dieners.

»Verzeihen Sie bitte, daß ich Sie so einfach überfalle. Es ist etwas vorgefallen, worüber ich mich gern mit Lord Cheldham höchstpersönlich unterhalten möchte. Mein Name ist John Sinclair.«

Die Frau blickte John an. »Mein Mann ist sehr beschäftigt, Mister Sinclair. Ohne vorherige Anmeldung kann niemand mit ihm sprechen.«

»Aber es ist wirklich wichtig.« John ließ nicht locker.

Die Augen der Lady blitzten. »Daniel, schaffen Sie mir diese Person aus den Augen.«

Nach diesen Worten wollte Lady Cheldham die Tür zudrücken, doch John stellte einen Fuß dazwischen.

»Was erlauben Sie sich?« schrie Lady Cheldham. »Ich werde Sie von der Polizei festnehmen lassen. Ich . . .«

»Die Polizei wird sich wohl mehr für Ihren Diener interessieren«, entgegnete John scharf. »Seinetwegen bin ich hier. Ich glaube, daß ein Mordanschlag auf meine Person wirklich keine Bagatelle ist.«

Lady Cheldham wurde nach Johns Worten ruhig.

»Bitte, treten Sie ein, Mister Sinclair. Und Sie auch, Daniel, damit wir den Fall klären können.«

Die Frau gab die Tür frei.

Lady Cheldham hatte sich umgezogen. Sie trug jetzt ein dunkelrotes langes Samtkleid mit tiefem Dekolleté. Das pechschwarze Haar hatte sie zu einem Knoten im Nacken zusammengebunden. An ihren Ohren blitzten goldene Ringe, und an ihrem rechten Ringfinger funkelte ein kostbarer Rubin.

Daniel betrat als erster die große Halle. John schloß hinter ihm leise die schwere Tür.

»Also, Mister Sinclair, was wollen Sie?« fragte Lady Cheldham.

John ließ sich mit der Antwort Zeit. Seine Augen glitten prüfend durch die kostbar eingerichtete Halle. Auf dem Marmorboden lagen wertvolle Teppiche. An den mit Seidentapeten verkleideten Wänden hingen kostbare Bilder. Schwere, samtene Gobelins hingen vor den hohen Fenstern. Ein kunstvoll angefertigter Kristallüster spendete warmes Licht.

»Sie haben meine Frage noch nicht beantwortete, Mister Sinclair«, sagte die Lady mit scharfer Stimme.

»Ich hatte Ihnen doch vorhin schon gesagt, Mylady, ich rede nur mit Lord Cheldham.«

Die Frau preßte die Lippen zusammen. Dann sagte sie: »Holen Sie Lord Cheldham, Daniel.«

»Sofort, Mylady.«

Der Diener verschwand über eine Treppe nach oben.

Lady Cheldham wandte John demonstrativ den Rücken zu.

Die Minuten tropften dahin. John hatte genügend Zeit, die kostbaren Möbel zu bewundern, die in der großen Halle standen. Allein hier unten befand sich schon fast ein Millionenvermögen.

Schließlich erschien Daniel wieder auf der Treppe.

»Mylord lassen bitten«, sagte er.

John bedankte sich mit einem Kopfnicken und ging die breiten, mit Teppichen ausgelegten Stufen hoch. An der Wand hingen die Ahnenbilder der Cheldhams. Und plötzlich blieb John wie angewurzelt stehen.

Er hatte das Bild der Elizabeth Barthony gesehen. Diese Frau glich der Lady Cheldham aufs Haar.

John wandte kurz seinen Kopf und fing dann einen Blick der Lady Cheldham auf.

Es war ein haßerfüllter Blick, doch nur für einen winzigen Augenblick, dann drehte die Lady sich abrupt um und verschwand durch eine offenstehende Tür.

John ging weiter.

»Hier entlang, Sir«, sagte Daniel und wies mit dem Arm auf einen langen breiten Flur, von dem eine Anzahl Türen abzweigten.

Daniel führte John gleich in den zweiten Raum auf der rechten Seite.

»Sir! Das ist Mister Sinclair!«

»Ist schon gut, Daniel. Sie können gehen!«

»Sehr wohl, Mylord.«

Der Diener verschwand lautlos.

Lord Cheldham erhob sich aus einem hochlehnigen Sessel. Der Adelige kam mit gemessenen Schritten auf John Sinclair zu.

Der Inspektor bemerkte sehr wohl das etwas spöttische Lächeln auf den Lippen des Lords und fragte sich, ob dieser Daniel seinen Brötchengeber schon in alles eingeweiht hatte.

»Wollen Sie nicht Platz nehmen, Mister Sinclair. Möchten Sie etwas trinken? Whisky, Cognac?«

»Danke, nichts dergleichen.«

»Sie erlauben doch, daß ich mir einen Schluck gönne, Mister Sinclair«, sagte der Lord lächelnd.

»Aber ich bitte Sie.«

Lord Cheldham goß sich aus einer geschliffenen Whiskykaraffe zwei Fingerbreit der goldgelben Flüssigkeit ein.

John ließ den Adeligen dabei nicht aus den Augen. Den Inspektor störte etwas. Es war nicht das Zimmer oder die gesamte Umgebung, sondern in der Luft lag ein seltsamer Geruch. Etwas süßlich, wie Parfüm.

Ja, das war es.

Parfümgeruch. Aber nicht von einem exklusiven Duftwasser, sondern eher wie es die Straßenmädchen benutzen. Mehr auf erotische Wirkung hinzielend.

John Sinclair erwähnte erst mal nichts davon.

Lord Cheldham lächelte verbindlich, während er sagte: »Mein Diener war so frei und hat mich bereits in groben Zügen informiert. Nun, ich kann mir schlecht vorstellen, daß er Ihnen nach dem Leben getrachtet hat. Daniel ist an und für sich ein ganz harmloser Typ.«

John nickte. »Das mag schon sein, Mylord, aber er hat mich niedergeschlagen, und wenn ich nicht rechtzeitig aufgewacht wäre, läge ich bestimmt jetzt neben der Mädchenleiche.«

»Neben welcher Mädchenleiche?« fragte Lord Cheldham überrascht.

John erklärte die Lage.

Als er geendet hatte, lachte der Adelige laut auf. »Lieber Mister Sinclair, das sind nun wirklich Ammenmärchen. Sicher, vielleicht hat Daniel Sie niedergeschlagen, aber bedenken Sie eins, Sie haben unbefugt mein Grundstück betreten, und Daniel wird Sie für einen Einbrecher gehalten haben. Es ist schon oft vorgekommen, daß Leute scharf auf meine Schätze und Kunstwerke waren. Deshalb diese übereilte Handlung. Daniel wird sich entschuldigen. Aber das entbindet Sie nicht von einer Erklärung, Mister Sinclair. Was hatten Sie wirklich auf meinem Grund und Boden zu suchen?«

John hätte natürlich jetzt die Karten auf den Tisch legen können, doch davon wollte er erst noch Abstand nehmen. Deshalb ließ er sich blitzschnell eine Ausrede einfallen.

»Ich interessiere mich für alte Burgen, Schlösser und Klöster, Mylord. Deshalb hatte ich daran gedacht, auch Cheldham Castle einen Besuch abzustatten.«

»Ich führe regelmäßig Besichtigungen durch, Mister Sinclair. Wußten Sie das nicht?«

»Schon. Aber die sind mir zu allgemein. Denken Sie nur an die alte Abtei. Dort kommt normalerweise kein Besucher hin.«

Das Gesicht des Lords hatte sich bei Johns letzten Worten gespannt. »Waren Sie in der Abtei, Mister Sinclair?« fragte er lauernd.

»Nein, dazu ist es nicht gekommen. Ich war eigentlich nur in Ihrem herrlichen Park.«

Den Besuch in der Grabkammer verschwieg John wohlweislich.

Lord Cheldham lehnte sich zurück. »Dann ist es gut«, sagte er.

»Wieso?« fragte John bewußt naiv. »Stimmt etwas mit dieser Abtei nicht?«

Lord Cheldhams Kopf ruckte herum. »Nein, nein, es ist alles in Ordnung. Leider ist dieses alte Gemäuer baufällig. Ich werde erst im nächsten Jahr mit der Renovierung anfangen können. Sie wissen bestimmt selbst, Firmen, die solche Arbeiten durchführen, sind dünn gesät. Aber dann, Mister Sinclair, können Sie die Abtei unbehelligt besichtigen.«

Lord Cheldham erhob sich. »Es hat mich gefreut, Ihre Bekanntschaft zu machen, Mister Sinclair. Und diese dumme Sache vergessen wir beide, einverstanden?«

John, der ebenfalls aufgestanden war, nickte schnell. »Selbstverständlich, Mylord.«

»Ich werde Daniel rufen, damit er sich noch einmal entschuldigt und Sie hinausbringt.«

Lord Cheldham ging in Richtung Tür. John, der ihm folgte, stutzte plötzlich. Er hatte in der Zimmerecke eine schwarze Handtasche entdeckt. Schon aus dieser Entfernung war zu erkennen, daß es sich hierbei um ein billiges Kaufhausmodell handelte.

»Gehört die Tasche Ihrer Frau, Mylord?« fragte John.

Lord Cheldham zuckte zusammen, hatte sich aber sofort wieder in der Gewalt. »Welche Tasche?« erkundigte er sich betont beiläufig.

John wies auf die Zimmerecke.

»Ach die.« Der Lord zuckte die Achseln. »Hat eines unserer Zimmermädchen vergessen. Das Personal heute ist schrecklich. Aber kommen Sie jetzt, Mister Sinclair. Ich habe noch zu arbeiten.«

Ich auch, dachte John. Und dabei meinte er besonders die folgende Nacht. In einem Hotelzimmer würde er sie bestimmt nicht verbringen. Da gab es schon ein lohnenderes Ziel.

Die alte Abtei.

Gilda Moore war am Ende ihrer Kraft. Sowohl physisch als auch psychisch.

Ihre beiden Bewacher hatten das Mädchen regelrecht fertiggemacht und anschließend in ein völlig finsteres Verlies gesperrt.

Schluchzend lag Gilda Moore auf dem rauhen, kalten Steinboden. Sie wußte überhaupt nicht, in welchem Teil des Schlosses sie sich befand und weshalb man sie hier gefangenhielt.

Am schlimmsten war die Dunkelheit. Fast noch grauenvoller als die vorhergegangenen körperlichen Schmerzen. Gilda hatte das Gefühl, die rabenschwarze Finsternis würde sie erdrücken. Das Atmen wurde zu einer Qual. Gilda konnte förmlich spüren, wie der Sauerstoffgehalt in ihrem Gefängnis abnahm.

Auf Händen und Füßen robbte Gilda durch das Verlies. Sie wollte die ungefähre Größe dieses gräßlichen Raumes feststellen. Das Mädchen fand kaum die Kraft, aufzustehen, und nach ein paar Schritten brach Gilda wieder zusammen. Sie hatte das Gefühl, schon einige Meilen zurückgelegt zu haben.

Unter unsäglichen Mühen streckte Gilda ihren rechten Arm aus. Ihre Hand stieß gegen eine rauhe Steinwand. Gilda schob sich ein Stück vor, bis sie die Wand erreicht hatte.

Dann zog sie sich langsam daran hoch.

Gilda fiel noch zweimal zurück, ehe sie es schaffte, auf ihren Füßen zu stehen.

Und dann kam die Kälte. Sie kroch von unten her durch Gildas Körper und brachte einen Schüttelfrost nach dem anderen mit sich.

Schon bald kam die Panik. Sie war schlimmer als das bisher Erlebte. Fast von einer Sekunde zur anderen begann Gilda zu toben, trommelte mit ihren Fäusten gegen die rauhen Steinwände, riß sich dabei die Handflächen auf und schrie immer wieder: »Ich will hier raus! Ich will hier raus!«

Niemand hörte ihr Schreien.

Schließlich brach Gilda Moore zusammen. Nur noch ein klägliches Wimmern entrang sich ihrer Kehle.

Wie lange sie so auf dem kalten Boden gelegen hatte, wußte sie nicht, sie schreckte nur zusammen, als sie ein Geräusch hörte.

Es war von vorn gekommen, das konnte Gilda in der Dunkelheit feststellen.

Wollte man sie hier rausholen?

Gilda schöpfte neue Hoffnung.

»Hilfe!« rief sie, so laut sie konnte, aber es wurde nur ein heiseres Krächzen.

Das Geräusch wiederholte sich. Etwas knirschte, so als würde Stein auf Stein reiben.

Und dann sah Gilda den Lichtschein. Er fiel wie eine Lanze in das Verlies, wurde von Sekunde zu Sekunde größer, und Gilda sah, wie sich vor ihr ein Stein in dem kompakten Mauerwerk drehte.

Da kommt Rettung! schoß es ihr durch den Kopf.

Gilda Moore dachte in ihrer aussichtslosen Lage gar nicht mehr daran, daß es für sie noch schlimmer werden sollte.

Auf allen vieren kroch Gilda dem Lichtschein zu, der sich auf einmal verdunkelte.

Eine Gestalt war in das Verlies getreten. Die Gestalt trug eine alte Sturmlaterne in der Hand. Das dunkelrote Licht geisterte über die dicken Mauerwände, traf die auf dem Boden hockende Gilda und schließlich die Gestalt selbst.

Gilda Moore dachte, sie würde den Verstand verlieren.

Ein gräßliches Monster starrte sie an.

Der Schädel gehörte zur Hälfte einer Toten, zur anderen Hälfte einer Frau. Das gleiche war mit dem Körper geschehen. Halb Skelett, halb Frauenkörper.

In der linken Knochenhand hielt das Monster ein zweischneidiges Schwert.

Gildas Lippen bebten in stummer Erregung. Sie konnte ihren Blick nicht von diesem grauenhaften Untier abwenden, das jetzt langsam auf sie zukam.

In einem letzten verzweifelten Anfall riß Gilda die Hände von ihren Augen, in der Hoffnung, daß alles nur ein Traum sein würde.

Es war kein Traum.

Als Gilda die Augen öffnete, stand die Gestalt direkt neben ihr. Die Schneide des Schwertes blitzte in dem flackernden Lampenschein.

Gilda hob den Kopf.

Ihre Augen weiteten sich entsetzt, als sie sah, wie die gräßliche Gestalt das Schwert hob und die Spitze genau auf ihren Hals zielte.

»Bitte, ich . . . Ahhh!«

Gildas Schrei erstickte in einem Blutstrom, als das Schwert ihre Kehle durchbohrte.

Die unheimliche Gestalt ließ das Mordinstrument sofort los, packte Gilda Moore an den Haaren und trank das aus der Wunde herausströmende Blut.

Gilda Moore wurde förmlich ausgesaugt.

Es dauerte eine Zeit, bis das Monster fertig war. Doch dann war es wie verwandelt. Eine ganz neue Person war entstanden.

Elizabeth Gräfin Barthony!

Lord Cheldham blickte auf seine Uhr und sah anschließend seine Frau an.

»Es müßte eigentlich bald soweit sein, Mary.«

»Gedulde dich noch ein paar Minuten, Gerald.«

Lady Cheldham starrte an ihrem Mann vorbei in imaginäre Fernen. »Der Fluch hat sich erfüllt«, flüsterte sie, »so wie es geschrieben stand. Hier«, sie griff nach einem kleinen schwarz eingebundenen Buch, das in ihrem Schoß lag, »mit Blut hat Elizabeth Barthony selbst die Zukunft vorausbeschrieben, und heute ist die Nacht, in der dies alles eintreffen wird. Sie wird die Herrschaft über Cheldham Castle übernehmen.«

Lord Cheldham war während ihrer Worte unruhig im Zimmer auf und ab gewandert. Jetzt drehte er sich abrupt um.

»Die Herrschaft über Cheldham Castle? Du vergißt, daß ich hier zu bestimmen habe.«

Lady Cheldham lächelte wissend. »Aber nicht mehr lange. Es werden Dinge eintreten, denen du nicht gewachsen bist. Du . . .«

Leise, tappende Schritte unterbrachen die Ausführungen der Lady.

»Das ist sie«, flüsterte die Frau und stand langsam auf.

Die Schritte stoppten vor der Tür.

Gebannt starrten Lord und Lady Cheldham auf die verzierte Klinke, die sich unendlich langsam nach unten bewegte.

Leise knarrend öffnete sich die Tür.

Die beiden Menschen hielten den Atem an.

Ein nackter Arm wurde sichtbar.

Dann schwang die Tür ganz auf.

Über die Schwelle trat Elizabeth Barthony.

Sie war völlig nackt und hielt in ihrer rechten Hand ein blutbesudeltes Schwert.

»Die Hexe!« hauchte der Lord.

Um Lady Cheldhams Mundwinkel lag ein Lächeln. »Komm«, sagte sie leise. »Komm her, Elizabeth Barthony. Viele Jahre habe ich auf diesen Augenblick gewartet. Du sollst hier die Herrin werden.«

Die Untote gehorchte. Schritt für Schritt drang sie in das Zimmer. Sie schien Lady Cheldham gar nicht zu sehen, sondern hatte nur Augen für Lord Cheldham.

Der Adelige wich zurück.

Mit brutaler Deutlichkeit wurde ihm plötzlich klar, was das Kommen der Hexe zu bedeuten hatte.

»Mary«, sagte er. »Sie soll verschwinden. Los, sag ihr das. Sie will mich . . .«

»Ja«, unterbrach Mary Cheldham ihren Mann. »Sie wird dich umbringen, und sie soll dich umbringen! Das alles gehört zu meinem Plan!«

Der Lord stieß gegen einen Stuhl. Dumpf fiel das Möbelstück auf den Teppich.

Lord Cheldham bückte sich blitzschnell, packte den Stuhl an der Lehne und schwang ihn über seinen Kopf.

»Du wirst ihr nichts anhaben können«, kreischte Lady Cheldham.

Der Lord schlug zu.

Mit ungeheurer Wucht krachte der Stuhl auf den Kopf der Elizabeth Barthony.

Doch er richtete keinen Schaden an. Nur der Stuhl selbst zerbrach.

Unbeirrt ging die Untote weiter.

Und plötzlich stieß sie zu.

Ehe Lord Cheldham noch eine Abwehrbewegung machen konnte, drang ihm die scharfe Schneide des Schwertes in den Leib.

Ein gräßlicher Schrei drang aus der Kehle des Mannes, als er blutüberströmt zusammenbrach.

Seine Frau stand daneben und lächelte.

John Sinclair hatte seinen Wagen vor dem Schloßgrundstück auf einem kleinen Waldweg geparkt.

Er wollte gerade die Tür des Bentley aufschließen, da wurde sein Name gerufen.

John wandte sich um.

Eine Gestalt sprang hinter einem Baum hervor. Es war Jim Cody, der Nachwuchsreporter.

»Haben Sie was erreicht, Mister Sinclair?« flüsterte er.

»Ich habe Ihnen doch gesagt, Sie sollen zu Hause bleiben, Jim«, erwiderte John.

Cody lachte hart. »Man bringt eine Bekannte von mir um, und ich soll die Hände in den Schoß legen? Nein, Inspektor, so haben wir nicht gewettet. Haben Sie Laura gefunden?«

John zögerte mit der Antwort.

Für Jim Cody reichte es. »Sie haben Sie also gefunden?« flüsterte er. »War es sehr schlimm? Was hat man mit ihr angestellt, Mister Sinclair? Was zum Teufel?«

Codys Stimme hatte sich bei seinen letzten Worten fast überschlagen.

»Sie ist tot, Jim«? sagte John rauh.

»Ja«, stöhnte Jim. »Ich hatte damit gerechnet. Trotzdem, wissen Sie, Inspektor, ich hatte Laura sehr gern und . . .«

Jim schlug die Hände vor die Augen und schluchzte.

John ließ den jungen Mann gewähren. Man sollte manchmal ruhig auch weinen. Es macht vieles leichter.

Plötzlich hob Jim Cody den Kopf. »Ich will sie sehen, Inspektor«, sagte er. »Heute nacht noch. Kommen Sie!«

»Jim, es hat doch keinen Zweck. Ich habe Ihnen gesagt, ich . . .«

»Nein, Inspektor. Ich will sie mit eigenen Augen sehen und die Schweine, die sie umgebracht haben, zur Rechenschaft ziehen. Auge um Auge, Zahn um Zahn. So steht es schon in der Bibel.«

Jim Cody machte Anstalten, über das Tor zu klettern.

Da gab John Sinclair nach. Mit seinem Spezialbesteck öffnete er das Tor und betrat mit Jim Lord Cheldhams Grundstück.

Es war eine klare, mondhelle Nacht. Die Sterne glitzerten wie Diamanten am dunklen Himmel. Ein leichter Wind raunte in den Baumkronen und Büschen des Parks.

John führte den jungen Reporter zu der Stelle, wo Daniel die Leiche verscharrt hatte.

Mit bloßen Händen schaufelte Jim die Erde weg.

Im Schein seiner Taschenlampe starrte er minutenlang in Lauras blasses Gesicht.

»Ich werde dich rächen, Laura«, flüsterte Jim heiser. Fast abrupt wechselte er das Thema.

»Waren Sie schon in der Abtei, Inspektor?«

»Nein. Ich wollte nach Mitternacht hin.«

»Dann kommen Sie mit. Vielleicht können wir dem Spuk noch in dieser Nacht ein Ende bereiten.«

Jim Cody fand den Weg, den er schon einmal mit Laura gegangen war, sofort wieder.

»Da ist der Einstieg, Inspektor«, sagte er und leuchtete mit der Lampe den eisernen Ring an.

John Sinclair und Jim Cody bückten sich. Mit vereinten Kräften zogen sie die schwere Platte hoch.

Jim leuchtete in die gähnende Tiefe. Steinstufen wurden sichtbar.

»Hier bin ich schon mit Laura runtergeklettert«, sagte der junge Reporter. »Ich gehe deshalb am besten vor.«

Die beiden Männer machten sich an den Abstieg. Muffige, nach Verwesung riechende Luft schlug ihnen entgegen.

Auch John hatte jetzt seine Taschenlampe gezückt und eingeschaltet, während sie den Gang entlanggingen.

»Dort ist die Tür!« rief Jim Cody plötzlich. »Dahinter liegt das Verlies der Hexe.«

Die Männer beschleunigten ihre Schritte.

Die alte Holztür stand offen.

John schlüpfte als erster in den dahinterliegenden Raum. Der Lampenstrahl geisterte durch das alte Gemäuer, traf Spinnweben und dicke, häßliche Käfer. Auf dem Sarkophag blieb er hängen.

»Aber das ist doch . . . Das gibt es doch nicht«, sagte Jim mit zitternder Stimme. »Der Sarg ist leer.«

Der junge Reporter hatte recht.

Jim Sinclair und Jim Cody standen vor einem leeren Sarkophag. Von Elizabeth Barthony, der Hexe, fehlte jede Spur.

»Das verstehe ich nicht«, flüsterte Jim. »Sie, Inspektor?«

John zuckte die Achseln.

»Ja, die Hexe muß geflohen sein«, sagte Jim Cody leise. »Etwas anderes kann ich mir nicht vorstellen. Mein Gott, wie ist das möglich?«

John hatte schon die gleichen Gedanken gehabt. Er beschäftigte sich bereits mit den Folgen. Sollte das alles wirklich stimmen, würden die Menschen, die hier in der Nähe wohnten, kaum eine ruhige Minute mehr haben.«

»Kommen Sie, Jim. Wir gehen zurück.«

Der junge Reporter nickte. Auf dem Weg zu der Steintreppe sah er sich immer ängstlich um.

Aber niemand verfolgte sie. Weder ein Mensch noch ein Geist.

Jim atmete erst auf, als sie wieder draußen standen. Gemeinsam wuchteten sie den Einstieg zu.

»Was haben Sie jetzt vor, Inspektor?«

John lächelte. »Das sage ich Ihnen nicht, junger Mann. Für Sie wird es nämlich langsam Zeit, sich zurückzuziehen. Fahren Sie nach Longford und warten Sie, bis alles vorbei ist.«

Jim schüttelte den Kopf. »Ich weiß nicht so recht. Ich komme mir dabei vor wie ein Feigling.«

»Besser feige als tot, Jim.«

Die beiden hatten sich inzwischen wieder dem Park der Cheldhams genähert. John warf einen Blick auf das Schloß. Hinter einigen Fenstern brannte noch Licht. Was mochte sich in den Zimmern jetzt abspielen?

John Sinclairs Gedankengänge wurden jäh unterbrochen, denn im gleichen Moment hörte er den verzweifelten Schrei . . .

»Das war im Schloß«, rief Jim Cody und blieb wie angewurzelt stehen. »Mein Gott, die wird doch nicht . . .?«

Seine Worte erreichten John nicht mehr. Er war bereits losgerannt, hetzte mit Riesensätzen über ein gepflegtes Rasenstück auf die große Freitreppe zu.

Mit drei Sätzen nahm John die Stufen und hämmerte mit beiden Fäusten gegen das Portal.

Jim Cody hatte den Inspektor inzwischen erreicht. »Mann«, sagte er schweratmend, »wenn da mal kein Unglück passiert ist.«

In diesem Augenblick wurde die Tür geöffnet. Der Diener Daniel sah die beiden Männer an.

»Sie sind ja immer noch hier!« zischte er. »Die Lady hat Ihnen doch gesagt . . .«

John ließ den Kerl gar nicht ausreden. Er schob ihn kurzerhand zur Seite und betrat das Schloß.

Lady Cheldham kam ihm schon auf der Treppe entgegen. Sie hatte die Augen weit aufgerissen, die Hände zu Fäusten geballt und sie gegen das Gesicht gepreßt.

John faßte sie hart an der Schulter.

»Was ist geschehen?« schrie er die Lady an.

»Mein Mann . . . Er . . . ist . . . tot«, schluchzte die Gräfin und fiel weinend gegen John Sinclair.

Der Inspektor preßte die Lippen zusammen. Mit allem hatte er gerechnet, nur damit nicht.

»Wir müssen die Polizei benachrichtigen«, sagte Lady Cheldham weinend.

»Nicht nötig«, erwiderte John. »Ich bin von Scotland Yard.«

»Was?«

Fast ruckartig stieß Lady Cheldham John von sich. »Sie sind von Scotland Yard? Und ich dachte . . .«

»Es war eine berechtigte Notlüge, Mylady.«

»Lassen Sie sich auf nichts ein, Inspektor«, sagte in diesem Moment Jim Cody, der hinter John die Treppe hochkam. »In dem verdammten Schloß stimmt vieles nicht. Da unten, zum Beispiel, steht der Mann, der mich umbringen wollte.«

Jim wandte sich halb um und zeigte mit dem Finger auf Daniel, der die drei aus schmalen Augenschlitzen beobachtete.

»Lassen Sie sich nichts erzählen, Inspektor. Sie wissen selbst, daß dieser Kerl nur Unsinn schwatzt. Ich war es schließlich, der die Lady gerettet hat.«

»Stimmt das, Mylady?« wandte sich John an die Frau.

Die Adelige nickte. »Es ist wahr. Und was dieser junge Mann von Daniel behauptet, glaube ich nicht.«

»Gut. Lassen wir das vorerst. Ich möchte allerdings jetzt gern Ihren toten Gatten sehen.«

»Bitte, Inspektor. Kommen Sie mit.«

Die Lady führte John in das zweitletzte Zimmer auf dem langen Flur. Jim Cody schloß sich ihnen an. Nur Daniel blieb zurück.

Lord Cheldham lag auf dem Boden. In seiner Brust steckte ein Schwert. Der Lord lag halb auf der Seite, so daß John erkennen konnte, daß die Schwertspitze aus dem Rücken wieder ausgetreten war.

Und noch jemand lag auf dem Teppich. Ein schwerer Kerl in einem grauen Leinenanzug mit einer Beule am Hinterkopf, die immer noch anschwoll.

»Dürfte ich eine Erklärung bekommen?« fragte John.

»Sicher, Inspektor«, erwiderte die Lady mit leiser Stimme. »Es ist folgendermaßen geschehen: Mein Mann und ich saßen nichtsahnend hier im Zimmer und unterhielten uns. Plötzlich stürmte dieser Kerl herein, lief auf meinen Mann zu und stieß mit dem Schwert zu.«

»Haben Sie geschrien, Mylady?«

»Nein, das war mein Mann. Ich war vor Entsetzen wie gelähmt. Zum Glück kam Daniel. Er hat den Mörder dann bewußtlos geschlagen.«

John deutete auf den Ohnmächtigen. »Kennen Sie ihn, Mylady?«

»Und ob, Inspektor. Er gehört zu unserem Personal. Das ist ja das schlimme. Wissen Sie, es ist so: Mein Mann wollte ihm und seinem Bruder eine Chance geben. Die beiden sind nicht richtig im Kopf. Sie haben schon Jahre in einer Irrenanstalt gesessen. Allerdings gemeingefährlich waren sie nie. Und jetzt das. Schrecklich.« Die Lady brach wieder in Schluchzen aus.

Jim Cody sprach das aus, was John dachte.

»Das sind doch Krokodilstränen«, knurrte der Reporter. »Inspektor, man will uns hier einen unter die Weste jubeln. Sehen Sie das denn nicht? Diese Gräfin ist doch ein durchtriebenes Biest.«

»Was erlauben Sie sich?« schrie Lady Cheldham. »Sofort verlassen Sie mein Haus.«

»Ich gehe, wann ich will«, gab Jim patzig zurück.

»Hört auf«, mischte sich John ein. Er wandte sich an Lady Cheldham. »Wir müssen die Mordkommission verständigen. Es wird einigen Wirbel geben, aber den kann ich Ihnen nicht ersparen, Mylady.«

Die Gräfin hob die Schultern. »Bitte, Sie tun nur Ihre Pflicht. Das Telefon steht dort am Fenster, in der kleinen Kommode.«

John hob den Deckel der Kommode ab und wählte die Nummer der zuständigen Mordkommission in der nächsten Kreisstadt. Die Beamten versprachen, schnell zu kommen.

John Sinclair hatte noch einige Fragen an die Gräfin.

»Wie war das mit Ihrem Mann, Mylady? Hat er Sie sehr geliebt?«

Lady Cheldhams Augen versprühten Blitze. »Ich weiß nicht, was Sie mit dieser indiskreten Fragerei bezwecken, Inspektor. Ich sage Ihnen allerdings schon vorher, Sie werden von mir keine diesbezüglichen Antworten bekommen.«

»Schade«, erwiderte John. »Dann werde ich mir woanders die Antworten holen müssen.«

»Wie meinen Sie das?«

»Einen Augenblick, Mylady. Ich bin gleich wieder da.«

John ging über den Flur in das Zimmer, in dem er schon mit Lord Cheldham gesessen hatte.

Die Handtasche befand sich noch immer dort.

Als John wieder zurück war, hielt er die Tasche hoch. »Gehört Sie Ihnen, Mylady?«

»Nei . . . Ja«, verbesserte sie sich rasch.

John lächelte wissend. »Dann frage ich mich allerdings nur, wie der Ausweis einer gewissen Gilda Moore in die Tasche kommt!«

»Ich, ich muß mich wohl vertan haben«, stotterte sie. »So genau habe ich mir die Handtasche jetzt auch nicht angesehen. Ich habe mich eben geirrt. Entschuldigen Sie.«

»Kennen Sie denn eine Gilda Moore, Mylady?«

»Ja. So heißt eines unserer Dienstmädchen.«

»Kann ich sie sprechen?«

»Tut mir leid, Inspektor. Aber die beiden Mädchen sind in Urlaub.«

»Das glauben Sie doch selbst nicht, Inspektor«, rief Jim Cody dazwischen. »So eine verwöhnte Nudel schickt doch nicht ihre beiden Hausmädchen auf einmal weg. Die will doch nur . . .«

»Halten Sie den Mund, Jim«, sagte John scharf. »Entschuldigen Sie, Mylady, der junge Mann ist oft ein wenig hitzig.«

»Muß ich noch weitere Fragen beantworten, Inspektor?«

John hätte sie wirklich noch gern etwas gefragt, aber in diesem Augenblick begann sich der Bewußtlose zu regen.

Der Kerl setzte sich hin, schüttelte seinen mächtigen Schädel und stierte dumpf in die Gegend.

Als er den Toten sah, brüllte er auf und stemmte sich hoch. Mit zwei Sätzen hatte er die Leiche erreicht und fiel weinend vor ihr auf die Knie.

»Und dieser Mann soll Lord Cheldham umgebracht haben?« flüsterte Jim Cody.

John blickte Lady Cheldham an. »Haben Sie für sein Benehmen eine Erklärung?«

Die Lady, die einen etwas verstörten Ausdruck im Gesicht hatte, sagte: »Das verstehe ich auch nicht. Aber wissen Sie, was im Hirn eines Geisteskranken vor sich geht?«

Der Irre hatte sich wieder beruhigt. Langsam wandte er den Kopf und sah die Menschen aus verquollenen Augen an.

»Er ist tot«, flüsterte er. »Er ist tot.«

Mit beiden Händen strich er über den blutbesudelten Körper des Lords.

»Was hatten er und sein Bruder für eine Aufgabe hier im Haus?« fragte John die Gräfin.

»Sie waren Mädchen für alles«, antwortete die Lady. »Sie haben im Garten und im Keller gearbeitet. Es sind treue und zuverlässige Burschen.«

»Kann ich seinen Bruder sprechen?«

»Selbstverständlich, Inspektor. Ich werde Daniel Bescheid sagen, daß er ihn herholt.«

»Ja, tun Sie das.«

Mit steifen Schritten verließ Lady Cheldham das Zimmer.

»Wenn ich nur wüßte, was hier gespielt wird«, murmelte John Sinclair.

Sie saßen sich in der Küche des Schlosses gegenüber.

Daniel und Sam, der Bruder des angeblichen Mörders.

»Die beiden Fremden haben deinen Herrn umgebracht«, flüsterte Daniel rauh. »Verstehst du, Sam? Sie haben ihn getötet. Einfach so. Ihn, der immer gut zu euch war.«

Sam nickte. In seinen sonst leeren Augenhöhlen brannte ein loderndes Feuer.

»Und deshalb mußt du deinen Herrn rächen, Sam. Töte die beiden Fremden!« schrie Daniel plötzlich. »Töte sie!«

Sam nickte. Seine riesigen Fäuste öffneten und schlossen sich krampfhaft.

Ein böses Lächeln umspielte die Lippen des Dieners. Er wußte genau, Sam war jetzt soweit. Er würde jeden umbringen, wenn Daniel es nur wollte.

Vorsichtig griff Daniel unter sein Jackett. Als seine Hand wieder zum Vorschein kam, hielt sie eine Pistole.

»Du weißt, wie man damit umgeht, Sam?«

Der Irre nickte.

»Gut, dann nimm sie.«

Der Diener schob Sam die Pistole über den Tisch zu.

Sam nahm sie mit zitternden Fingern. Die Waffe verschwand fast in seiner riesigen Pranke.

»Geh jetzt und bring die beiden Fremden um!« befahl Daniel. »Sie sind oben im zweitletzten Zimmer.«

Sam stand auf und machte sich auf den Weg. Als er in die große Schloßhalle kam, sah ihn Lady Cheldham.

Die Gräfin verschwand blitzschnell hinter einem langen Vorhang. Sie lächelte grausam, als sie die Waffe in Sams Hand sah.

Für die Taten eines Irren konnte man sie schließlich nicht verantwortlich machen.

Es lief alles nach Plan.

»Diese komische Adelige läßt aber verdammt lange auf sich warten«, knurrte Jim Cody. »Die ist doch wohl nicht abgehauen?«

»Unsinn, Jim. Wir würden sie ja doch sofort finden.«

John Sinclair, der am Fenster gestanden hatte, wandte sich um. Er sah, wie die Tür aufgestoßen wurde.

Das wird die Gräfin sein, dachte er, doch im gleichen Moment brüllte der Inspektor: »Vorsicht, Jim!«

Es war zu spät.

Sam stand urplötzlich im Zimmer. Und er reagierte blitzschnell. Die Waffe in seiner Hand spuckte Feuer.

Kurz hintereinander peitschten drei Schüsse auf.

Jim Cody bekam die Kugeln voll. Er kam nicht einmal mehr dazu, einen Schrei auszustoßen.

Ehe der Irre zum viertenmal schießen konnte, hatte John seine Beutewaffe hervorgerissen und drückte ab.

Das Geschoß drang Sam in die Brust.

Gurgelnd kippte er nach hinten, prallte mit dem Rücken gegen die offenstehende Tür und schlug sie zu. Dann brach er zusammen.

Die Echos der Schüsse hingen noch im Raum, als John schon neben dem jungen Reporter kniete.

Jim Cody war nicht mehr zu helfen. Die drei Kugeln hatten sein Leben ausgelöscht. John hatte nur die traurige Aufgabe, dem jungen Mann die Augen zuzudrücken.

Al, der Bruder des Mordschützen, saß wie versteinert auf der Erde.

Doch als er sah, wie Sam blutend am Boden lag, hetzte er hoch und stürmte brüllend auf John Sinclair los.

Natürlich hätte der Inspektor von seiner Waffe Gebrauch machen können, aber er hatte noch nie auf einen Wehrlosen geschossen.

John ließ Al kommen wie im Training.

Als er genau noch einen Yard von ihm weg war, schlug John mit dem Pistolenlauf zu.

Als Amoklauf wurde abrupt gestoppt. Der Koloß stand auf der Stelle und schüttelte verwundert den Kopf.

Johns Rechte explodierte an seinem Kinn.

Ohne ein Wort zu sagen, sackte Al zu Boden.

John Sinclair steckte seine Waffe weg und nahm auch Sams Pistole an sich. Dann zog er den schweren Mann von der Tür weg.

John Sinclair war klar, daß dies alles geschickt eingefädelt worden war. Er wußte nur noch nicht genau, wer dahintersteckte. Und er hatte Glück gehabt. Hätte er in der Schußrichtung gestanden . . .

John wagte gar nicht daran zu denken. Der Schmerz über den Tod des jungen Reporters schnürte ihm die Kehle zu.

Sam, der angebliche Mörder des Lords, war schwer verletzt. John ging nochmals zum Telefon und informierte die Ambulanz in Longford.

Als er gerade den Hörer auflegte, öffnete sich die Tür, und Lady Cheldham betrat das Zimmer.

»Um Himmels willen«, flüsterte sie. »Aber die sind ja . . .«

»Ja«, erwiderte John hart. »Der junge Reporter ist tot. Wahrscheinlich hätte ich an seiner Stelle dort liegen sollen. Ich werde herausbekommen, Lady Cheldham, wer Sam auf uns gehetzt hat.

Und für diese Person wird es keinen Pardon geben, das schwöre ich Ihnen.«

John Sinclair hatte die Adelige bei seinen Worten fest angesehen. Ihm war nicht entgangen, daß Lady Cheldham trotz ihres angeblichen Schreckens gelächelt hatte.

John ließ sich von seinen Gedanken nichts anmerken. Auch als die Mordkommission eintraf, sagte er nicht mehr als nötig war. Er erwähnte zum Beispiel nicht die Mädchenleiche in dem Park, und auch von der Handtasche erzählte er nichts, Lady Cheldham sollte sich ruhig in Sicherheit wiegen.

Während die Mordkommission bei der Arbeit war, machte die Frau einen übernervösen Eindruck.

John konnte sich denken, weshalb.

Sie suchte bestimmt nach einem kleinen schwarzen Buch. Doch das steckte bereits bei John Sinclair in der Innentasche.

Der Morgen graute bereits, als die Mordkommission endlich abzog.

Lady Cheldham sah den davonfahrenden Fahrzeugen vom Fenster aus nach. Dann zündete sie sich eine Zigarette an. Die Gräfin rauchte genüßlich.

Geschafft! triumphierte sie innerlich. Diese Idioten von Polizisten hatten ihr die konstruierte Geschichte ohne mit der Wimper zu zucken abgenommen. Nur von diesem verdammten Sinclair mußte sie sich hüten. Er schien mehr zu wissen oder zumindest mehr zu ahnen, als er zugeben wollte. Aber auch er war nur ein Mensch. Und sterblich.

Die Tür in Lady Cheldhams Rücken öffnete sich leise. Daniel betrat das Zimmer.

»Sie sind weg, Mylady«, sagte er mit flüsternder Stimme.

Die Gräfin drehte sich um. »Ich habe es gesehen.« Ihre Antwort klang spöttisch. Dann fragte sie: »Was ist mit diesem Inspektor Sinclair? Ist er auch mitgefahren?«

»Ja, Mylady. Sein Wagen steht nicht mehr vor dem Grundstück. Sie trauen ihm nicht, Mylady, oder?«

»Stimmt, Daniel. Dieser Mann ist höllisch gefährlich. Du hast doch einige Erfahrung mit Scotland Yard. Was hat der Inspektor dort für einen Namen?«

Daniel verzog das Gesicht. »Einen recht guten, wenn man es

von der Polizistenseite aus betrachtet. Ich habe vorhin einen Bekannten angerufen. Er hat mir gesagt, daß John Sinclair der gefährlichste Bursche ist, den Scotland Yard zur Zeit hat. Man nennt ihn den Geistertöter.«

»Was sind schon Namen?« warf die Gräfin ein.

»Das würde ich nicht sagen, Mylady. Dieser Geisterjäger wird wiederkommen. Er hat schon zuviel gesehen.«

Die Gräfin lachte häßlich. »Und wenn man diesen Sinclair hundertmal den Geistertöter nennt, gegen Bleikugeln ist er nicht immun.«

Daniel grinste. »Ich würde gern die Arbeit übernehmen.«

»Dem steht nichts im Wege. Doch nun komm! Wir müssen Elizabeth Barthony holen und sie zu ihrer Schlafstätte bringen.«

Daniel nickte gehorsam. Er war der Gräfin treu ergeben. Sie hatte ihm einmal erlaubt, mit ihr zu schlafen, und seitdem tat Daniel alles für sie.

Die Gräfin ging in ein Nebenzimmer und öffnete die Tür eines großen Kleiderschrankes. Mit ein paar Bewegungen räumte sie die Kleider zur Seite.

An der Rückwand des Schrankes stand sie.

Elizabeth Barthony. Die Untote!

»Komm«, sagte Lady Cheldham. »Komm heraus!«

Langsam setzte die Untote ein Bein vor das andere. Wie eine Marionette verließ sie den Kleiderschrank. Sie war noch immer vollkommen nackt.

Als Daniel Elizabeth Barthony sah, hätte er vor Überraschung fast laut aufgeschrien.

Die Ähnlichkeit mit Lady Cheldham war verblüffend.

Die Gräfin lächelte. »Kannst du noch unterscheiden, wer die echte Gräfin ist?«

Der Diener schüttelte stumm den Kopf.

»Siehst du. Wenn du es nicht einmal kannst, wie sollen dann die Leute in Longford uns auseinanderhalten? Es wird eine Panik ausbrechen, wenn Elizabeth Barthony sich im Dorf ihre Opfer holt. Vielleicht wird man mich im Verdacht haben. Aber ich bin immer hier auf dem Schloß, werde rauschende Feste geben, während in der Umgebung mein Ebenbild umgeht.«

Daniel, der wirklich abgebrüht war, mußte dreimal schlucken, ehe er fragte: »Muß diese Person denn morden?«

»Ja. Sie braucht Blut. Blut, um zu überleben.«

Dann wandte die Gräfin sich um und griff in den großen Schrank. Sie packte Unterwäsche, Kleider, Strümpfe und Schuhe heraus.

»Zieh dich an, Elizabeth!« befahl sie.

Die Untote gehorchte. Wie selbstverständlich schlüpfte sie in die Kleidungsstücke. Es sah aus, als hätte sie das schon immer so getan.

Daniel konnte nur vor lauter Staunen den Kopf schütteln.

»Warum mußte eigentlich der Lord sterben?« wollte er wissen.

»Er hätte das Spiel nicht mitgemacht, Daniel. Er wußte auch nicht genau, wozu ich das Mädchen, diese Gilda Moore, gebraucht habe. Er dachte sogar, für irgendwelche Liebesspiele, dieser Narr.« Lady Cheldham lachte auf. Fast ohne Übergang wurde sie ernst. »Eins merke dir für die Zukunft, Daniel: Stell dich nie gegen mich, Elizabeth Barthony würde auch dein Blut trinken.«

Der Diener nickte verkrampft.

Die Untote hatte sich inzwischen vollständig angezogen. Sie trug jetzt das gleiche Kleid wie Lady Cheldham. Nun waren die Frauen überhaupt nicht mehr voneinander zu unterschieden.

»Geh schon vor und sieh nach, ob die Luft rein ist!« herrschte Lady Cheldham ihren Diener an.

Gehorsam setzte sich Daniel in Bewegung.

Lady Cheldham wandte sich an Elizabeth Barthony. »Bald ist es soweit«, flüsterte sie, »dann wirst du endlich deine langersehnte Rache nehmen können. Die Nachkommen der Menschen, die dich damals umgebracht haben, werden deine Rache zu spüren bekommen. Und ich werde diesen Triumph miterleben.«

Lady Cheldham faßte die Untote an der Hand.

Die Haut fühlte sich eiskalt an. Auch war sie nicht ganz so glatt wie die der Gräfin. Aber das würde sich geben. Elizabeth Barthony brauchte jede Menge Blut, um sich immer wieder zu regenerieren. Und an Blut sollte es ihr nicht fehlen.

Daniel kam zurück.

»Wir können gehen. Die Luft ist rein«, meldete er.

»Gut«, erwiderte die Gräfin. Dann sagte sie: »Komm, Elizabeth. Dein Platz wartete auf dich.«

Gehorsam setzte sich die Untote in Bewegung. Ging wie ein Roboter neben Lady Cheldham her. Durch den Flur, vorbei an der Ahnengalerie, über die breite Treppe und trat dann durch einen Seitenausgang in den Schloßpark.

Über verschlungene Pfade näherten sich die drei Personen der alten Gruft.

Daniel schloß die schwere Tür der Gruft auf.

»Das ist dein Reich«, flüsterte Lady Cheldham.

Daniel zündete die mitgenommene Sturmlaterne an und leuchtete. Im unruhigen Schein der Flamme sahen die Särge in der Gruft noch gespenstischer aus.

Nach Verwesung riechende Luft wehte ihnen entgegen.

Der Sarg der Elizabeth Barthony stand etwa in Gürtelhöhe. Die Nische war breit genug, damit jemand hineinklettern konnte, um dann in den Sarg zu steigen.

»Nimm den Deckel ab!« befahl Lady Cheldham ihrem Diener.

Daniel wuchtete den schweren und mit Blut besudelten Sargdeckel hoch.

»Dort ist dein Platz«, flüsterte Lady Cheldham. »Nimm ihn ein, Elizabeth Barthony.«

Ohne zu zögern, stieg die Untote in den Sarg, legte sich auf den Rücken und faltete die Hände über der Brust.

Lange starrte Lady Cheldham auf das zum Leben erwachte Monster. Dann wandte sie sich fast abrupt um.

»Komm, Daniel. Unsere Aufgabe ist erledigt. Sie wird diesen Tag über schlafen. Ihre Stunde wird erst in der nächsten Nacht kommen.«

Daniel war froh, die unheimliche Stätte verlassen zu können.

»Was geschieht nun?« fragte er, als sie wieder draußen waren.

Lady Cheldham strich sich eine Haarsträhne aus der Stirn. »Ich muß mich um die Beerdigung meines lieben Gatten kümmern. Aber du, Daniel, wirst dich einem gewissen Inspektor Sinclair an die Fersen heften und dafür sorgen, daß dieser Kerl uns keinen Ärger mehr bereitet.«

Daniel nickte. »Aber der Mann ist sehr gefährlich«, warf er ein.

»Na und? Was verlangst du? Geld?«

»Nein, Mylady. Sie wissen schon.«

Die Gräfin lachte hämisch auf. »Ach, du willst wieder mit mir schlafen?«

»Ja, Mylady.«

»Gut. Das soll deine Belohnung sein, wenn du John Sinclair erschossen hast.«

Daniel verbeugte sich. »Es wird alles zu Ihrer Zufriedenheit geschehen, Mylady.«

Was bist du nur für ein Idiot, dachte die Gräfin. Für sie war Daniel ebenfalls schon so gut wie tot.

Lady Cheldham ging allein auf das große Schloß zurück. Sie hatte gerade ihr Zimmer betreten, da klingelte das Telefon.

Broomfield, der Bürgermeister von Longford, war am Apparat.

»Gestatten Sie, Mylady, daß ich Ihnen mein größtes Bedauern über den Tod Ihres Gatten ausspreche. Sie können mir glauben, sein Tod hat uns alle hier in Longford tief getroffen.«

Schwätzer, dachte die Gräfin nur.

Der Bürgermeister plapperte noch allerlei dummes Zeug, bevor er endlich auf den Grund seines Anrufes zu sprechen kam.

»Es geht um diese gewisse Gilda Moore«, sagte er.

»Gilda Moore?« wiederholte die Gräfin.

»Ja, Mylady, das Mädchen, das ich Ihrem – äh, das zu Ihnen aufs Schloß gekommen ist.«

»Ich kenne keine Gilda Moore. Und hier ist auch keine Person dieses Namens gewesen.«

»Aber Mylady«, stotterte der Bürgermeister. »Ich selbst habe Miss Moore doch zu Ihnen geschickt.«

»Das mag schon sein, Bürgermeister. Aber eingetroffen ist sie bei uns nicht.«

»Das verstehe ich nicht, Mylady. Dabei hat der Lord doch persönlich . . .«

»Lord Cheldham ist tot, Bürgermeister«, entgegnete die Gräfin scharf. »Was er vor seinem Tod gemacht und getan hat, davon weiß ich nichts. Und nun entschuldigen Sie mich. Ich habe noch einige andere Sachen zu tun, als mir Ihr Gerede anzuhören.«

Mit diesen Worten unterbrach Lady Cheldham die Verbindung.

Die Gräfin war verärgert. Diese verdammte Gilda Moore würde sie noch in Schwierigkeiten bringen. Zu dumm! Sie hätten sich doch ein Mädchen aus der weiteren Umgebung besorgen sollen. Natürlich würde irgendwann eine Suchaktion gestartet werden, aber das sollte sie nicht berühren. Bis dahin war schon eine gewisse Elizabeth Barthony in Aktion getreten, und darüber würde Gilda Moore vergessen werden.

Lady Cheldham lächelte grausam, als sie an die folgende Nacht dachte.

Der Polizeigewaltige von Longford hieß Percy Probster und stand im Range eines Sergeants. Zur Seite standen ihm noch zwei Konstabler, von denen einer die Pensionsgrenze schon überschritten hatte.

Sergeant Probster brachte allein fast soviel auf die Waage wie zwei normalgewichtige Menschen. Brauchte er eine Uniform, mußte sie jedesmal bei einem Schneider in Auftrag gegeben werden.

Als John Sinclair an diesem Morgen die Polizeistation betrat, kaute Probster gerade an einem Sandwich herum.

»Ah, Inspektor«, mampfte er. »Nehmen Sie Platz, ich bin gleich soweit.«

John setzte sich amüsiert auf einen wackligen Holzstuhl.

Leute wie dieser Probster waren selten geworden. Er war eben ein Original und aus Longford nicht wegzudenken.

Probster wischte sich mit einem riesigen Taschentuch über den Mund und lehnte sich behaglich in seinem Stuhl zurück. Der Bauch lag dabei fast noch auf der Schreibtischplatte.

Dann grinste er John entwaffnend an. »Na, Inspektor, sind Sie jetzt auch endlich davon überzeugt, daß dieser Irre Lord Cheldhams Mörder ist?«

John schüttelte den Kopf. »Im Gegenteil, Sergeant! Ich werde immer weiter in dem Glauben bestärkt, daß es anders gewesen sein muß.«

»Sie haben die Lady im Verdacht, nicht, Inspektor?« fragte der Sergeant im Verschwörerton.

»Vielleicht auch nicht. Aber deswegen bin ich nicht zu Ihnen gekommen, Sergeant. Ich möchte Sie etwas anderes fragen. Kennen Sie eine gewisse Gilda Moore?«

Der dicke Sergeant schnaufte hörbar auf. »Und ob ich die kenne. Hat uns schon manchen Ärger gemacht, das Luder. Sie ist Zimmermädchen im Hotel King. Aber das nur tagsüber. Nachts geht sie mit zahlungskräftigen Männern ins Bett. Und das in einer Stadt wie Longford.«

John stand auf. »Danke, das wollte ich nur wissen. Wir sehen uns dann später, Sergeant.«

Der dicke Sergeant winkte John zu, als er hinausging.

Das King Hotel lag etwas außerhalb von Longford. Deshalb benutzte John auch seinen Wagen.

Es war mit das beste Hotel in dem kleinen Ort und, wie man

John am Empfang versicherte, fast ausverkauft. Er hätte nur noch ein Zimmer der oberen Preisklasse haben können.

»Moment«, winkte John ab, »ich brauche kein Zimmer, sondern den Geschäftsführer oder Besitzer des Hotels.«

Der Portier bekam runde Augen. »Polizei?«

»Ja.«

»Um Himmels willen, Sir. Bitte ganz diskret. Unser guter Ruf, wissen Sie.«

»Schon gut«, winkte John ab. »Wo ist der Geschäftsführer?«

»Bitte, nehmen Sie doch dort in der Ecke Platz«, dienerte der Empfangsknabe. »Ich werde Mister Hathaway sofort holen.«

John Sinclair pflanzte sich in einen weinroten Sessel.

Eine Minute später kam Mister Hathaway angewieselt. Hathaway war ein stocktrockener Kerl mit nach unten gezogenen Eulenaugen, die seinem Gesicht immer einen wehleidigen Ausdruck verliehen.

»Sie sind von der Polizei?« flüsterte Hathaway und knetete nervös seine Hände.

»Haben Sie was zu verbergen?« fragte John zurück.

»Nein, das nicht«, erwiderte Hathaway und nahm endlich Platz.

»Ich bin Inspektor Sinclair von Scotland Yard«, stellte John sich vor.

Der Geschäftsführer nannte ebenfalls seinen Namen.

»Es geht um eine gewisse Gilda Moore, die bei Ihnen arbeiten soll«, fuhr John fort. »Sie kennen dieses Mädchen?«

John entging nicht das leichte Erschrecken, das sich auf dem Gesicht des Geschäftsführers spiegelte.

»Inspektor, ich, äh, kann mir denken . . .«, stotterte Hathaway.

John unterbrach ihn mit einer knappen Handbewegung. »Es geht mir nicht darum, was Ihre Angestellte nach Feierabend macht, sondern ich möchte sie gern einmal sprechen.«

»Das geht nicht«, erwiderte Hathaway. »Miss Moore ist gar nicht da.«

»Ach? Wo ist sie denn?«

»Ich weiß es nicht. Im Urlaub, glaube ich.«

John blickte den Geschäftsführer spöttisch an. »Sie lügen schlecht, Mister Hathaway. Ich könnte mir zum Beispiel denken, daß Miss Moore auf Cheldham Castle ist.«

Der Geschäftsführer streckte beide Hände abwehrend von sich. »Damit habe ich nichts zu tun. Das hat alles der Bürgermeister gemacht. Ich habe ihm nur einen kleinen Gefallen getan, indem ich Gilda freigab. Mehr nicht.«

»Wo finde ich den Bürgermeister?« wollte John wissen.

Hathaway beschrieb dem Inspektor den Weg.

John stand auf. »Dann werde ich mich mal dorthin begeben.« Er war schon fast an der Tür, als er sich noch einmal umwandte. »Und sollte ich erfahren, Mister Hathaway, daß Sie den Bürgermeister schon telefonisch von meinem Kommen unterrichtet haben, werde ich mich mal intensiver mit Ihnen und Ihrem Hotel beschäftigen. Ist das klar?«

Der Geschäftsführer nickte.

John verließ das Hotel und machte sich auf den Weg zum Rathaus.

Das Rathaus war schon einige hundert Jahre alt. Hohe Gänge, kahle Flure und ein muffiger Bohnerwachsgeruch nahmen John auf.

Der Bürgermeister residierte in der ersten Etage. Er hieß Broomfield, und anmelden mußte man sich bei einer Mrs. Appleton.

Mrs. Appleton, eine dürre Person, die ihre besten Jahre wohl noch nie gehabt hatte, sah John böse an, als er in ihr Allerheiligstes eindrang.

»Mein Name ist John Sinclair, ich möchte den Bürgermeister sprechen«, sagte der Inspektor, der seinen Beruf wohlweislich verschwieg.

»Sind Sie angemeldet?«

»Nein.«

»Dann können Sie Mister Broomfield auch nicht sprechen.«

»Ist dort sein Zimmer?« John deutete auf eine dunkelgebeizte Tür.

»Ja.«

»Danke, das genügt mir«, erwiderte der Inspektor und ging auf die Tür zu.

»Aber Mister. Sie können doch nicht so einfach . . .« Mrs. Appleton flitzte behende hinter ihrem Schreibtisch hervor, doch John Sinclair stand bereits im Büro des Bürgermeisters.

Broomfield sah gerade aus dem Fenster.

Er drehte sich ärgerlich um, als John das Zimmer betrat.

»Was erlauben Sie sich?«

»Scotland Yard«, sagte John knapp. »Inspektor Sinclair.«

Der Bürgermeister schluckte. »Lassen Sie uns allein, Mrs. Appleton«, schnarrte er, als die Sekretärin gerade zu einer Entschuldigung ansetzen wollte.

Beleidigt zog sie sich zurück.

John kam augenblicklich zur Sache.

»Haben Sie Gilda Moore auf das Schloß geschickt?«

Der rotgesichtige Bürgermeister wurde blaß. Es dauerte etwas, ehe er antworten konnte.

»Äh, die Sache war so, Inspektor. Lord Cheldham bat mich, ihm ein Mädchen zu schicken. Ich meine, was ich Ihnen jetzt sage, bleibt unter uns. Der Lord hatte nun mal ein Faible für schöne Frauen, und schließlich ist er ein geachteter Mann, der viel für Longford tut, deshalb darf man ihm einen kleinen Gefallen nicht abschlagen.«

»Dieser kleine Gefallen hat wahrscheinlich einem jungen Mädchen das Leben gekostet«, erwiderte John hart. »Lord Cheldham lebt nicht mehr, das wissen Sie genauso wie ich. Und ich habe auch Grund zu der Annahme, daß Gilda Moore tot ist.«

»Sie meinen, Lord Cheldham hat das Mädchen umgebracht?«

»Das ist nicht erwiesen. Von Ihnen, Mister Broomfield, möchte ich nur wissen, ob Gilda Moore die erste war, die Sie auf das Schloß geschickt haben?«

Der Bürgermeister wischte sich den Schweiß von der Stirn. »Ja«, ächzte er. »Sie war die erste. O Gott, hätte ich das geahnt.«

»Für Vorwürfe ist es zu spät, Mister Broomfield. Wir müssen jetzt weiteres Unheil verhindern, und dabei können Sie mir helfen.« John griff in die Tasche und holte das kleine schwarze Buch hervor, das er von Cheldham Castle mitgebracht hatte.

»Lesen Sie dieses Buch, Herr Bürgermeister. Und dann möchte ich Ihnen einige Fragen dazu stellen.«

Broomfield begann zu blättern. Es dauerte fast ein halbe Stunde, ehe er das Buch durch hatte. Doch dann blickte er John aus schreckgeweiteten Augen an.

»Mein Gott«, flüsterte er, »das ist ja grauenhaft.«

»Genau das habe ich auch gedacht, Mister Broomfield«, sagte John. »Ich darf noch einmal kurz zusammenfassen: In diesem Buch wird von einer gewissen Elizabeth Barthony berichtet, die vor einigen hundert Jahren als Hexe ermordet worden ist. Elizabeth Barthony war selbst eine Adelige, aber sie hatte ein Kind, von dem niemand etwas wußte. Dieses Kind, ein Mädchen, ist von

Pflegeeltern großgezogen worden und hat hinterher einen Cheldham geheiratet. Die Elizabeth Barthony geriet in Vergessenheit, jedoch nicht der Fluch, den sie noch ausgesprochen hatte. Heute ist die Zeit gekommen, in der er sich bewahrheiten wird. Ich war in der Gruft des Schlosses. Es gibt dort die Särge der Barthonys und der Cheldhams. Jedoch der Sarg der Elizabeth Barthony ist leer. Noch leer. Diese Frau ist in der alten Abtei beerdigt worden. Ein Reporter und seine Freundin haben das Grab aufgesucht und durch einen unglücklichen Zufall den Fluch wieder ins Leben gerufen. Mister Broomfield, was ich Ihnen jetzt sage, ist schwerwiegend und bleibt unter uns. Elizabeth Barthony ist zurückgekehrt. Sie hat ihr Schattenreich verlassen und wird sich ihre Opfer holen. Jetzt meine Frage: Gibt es hier in Longford noch Nachkommen derer, die damals an der Ermordung der Hexe beteiligt gewesen waren?«

Der Bürgermeister nickte sehr verkrampft. »Ja«, hauchte er. »Ich gehöre zum Beispiel dazu. Meine Familie hat schon ewig hier gewohnt. Ich weiß aus Erzählungen, daß mein Uhrahn an der Ermordung beteiligt gewesen war. Sagen Sie ehrlich, Inspektor, bin ich in Gefahr?«

»Ja«, antwortete John. »Ich habe schon von ähnlichen Fällen in Rumänien gehört.«

»Aber . . . was kann man denn dagegen tun?« rief der Bürgermeister und breitete in einer hilflosen Gebärde beide Arme aus.

»Sie könnten zum Beispiel in eine andere Stadt ziehen. So lange, bis alles vorbei ist.«

»Das geht nicht. Dann würde bald halb Longford leer sein. Wissen Sie, Inspektor, die Menschen, die hier wohnen, sind mit diesem Ort verwachsen. Ihre Ahnen haben hier schon gelebt. Wenn der Fluch der Elizabeth Barthony bekannt wird, gibt es in Longford eine Panik.« Der Bürgermeister ließ sich erschöpft zurückfallen und griff nach seinen Zigarren.

Auch John zündete sich eine Zigarette an.

»Was, was machen wir denn jetzt?« fragte der Bürgermeister ängstlich.

John stäubte die Asche ab. »Zuerst will ich mal mit diesem Al sprechen. Er soll ja Lord Cheldham umgebracht haben. Wo finde ich ihn?«

»Wir haben die Brüder in unser Krankenhaus gebracht. Sam

kämpft noch mit dem Tod. Die Ärzte haben die Kugel bereits herausoperiert. Und Al ist in einer ausbruchsicheren Einzelzelle des Krankenhauses untergebracht worden.«

John drückte die Zigarette aus und stand auf. »Gut, ich bin in spätestens zwei Stunden wieder zurück, Mister Broomfield. Dann überlegen wir die weiteren Schritte.«

Als John Sinclair verschwunden war, genehmigte sich der Bürgermeister erst einmal einen dreifachen Whisky. Aber auch der Alkohol konnte seine Angstgefühle nicht hinwegschwemmen.

Das Krankenhaus in Longford war zwar klein, aber dafür modern eingerichtet.

John Sinclair erfuhr von einer Schwester, daß Lord Cheldham der große Geldgeber gewesen war.

Als Zimmer war klein. Es gab dort ein Bett, einen schmalen Schrank, einen Tisch und einen Stuhl. Das Fenster war vergittert.

Al lag angezogen auf dem Bett, als John eintrat.

»Lassen Sie uns allein«, sagte der Inspektor zu der Schwester, die ihn begleitet hatte.

Die Frau zog sich leise zurück.

John pflanzte sich auf den Stuhl und blickte Al minutenlang an. Der schwere Mann zeigte keine Reaktion. John hielt ihm die Zigarettenschachtel hin.

Al schüttelte den Kopf.

»Ich habe ihn nicht umgebracht«, sagte der Irre plötzlich. »Ich habe immer alles getan, was der Lord befohlen hat. Mir ist es gutgegangen.«

»Ich glaube dir, Al«, erwiderte John.

Der Irre richtete sich auf und sah John aus glänzenden Augen an. »Wirklich, Mister?«

»Ja.«

»Dann ist es gut. Werden Sie mich hier rausholen? Ich will wieder aufs Schloß. Ich habe noch viel zu tun. Die Gräfin darf nicht allein bleiben.«

»Du kannst auch wieder aufs Schloß«, sagte John. »Nur mußt du mir vorher ein paar Fragen beantworten, ja?«

Al nickte schnell.

»Also, wie war das mit dem Mädchen. Mit Gilda Moore?«

Al begann zu lächeln. »Sie war schön«, flüsterte er. »Sehr schön.

Aber sie mußte sterben. Der Lord wollte es. Und was der Lord will, habe ich getan.«

John atmete tief ein. Er hoffte, dem geheimnisvollen Fall ein Stück näherzukommen.

»Hast du sie umgebracht, Al?«

»Nein. Wir durften sie besitzen.« Al kicherte plötzlich. »Wir haben sie uns geteilt. Sam und ich. Es war schön.«

Die Hände des Irren fuhren auf dem Bettlaken hin und her.

»Was geschah dann, Al?« drängte John. »Los, erzähl!«

»Ich weiß es nicht. Wir haben sie eingesperrt. Die Lady sagte, sie würde von einem Geist geholt. Ich habe der Lady geglaubt.«

Plötzlich setzte sich Al auf. Seine Hand zeigte auf John. »Du hast ihn umgebracht. Ja, ich erkenne dich wieder. Du hast den Lord umgebracht.«

Behende schwang Al seine Beine aus dem Bett, stützte sich ab und sprang auf John zu.

Der Inspektor machte kurzen Prozeß. Ein wohldosierter Handkantenschlag schickte Al ins Reich der Träume.

Als die Schwester wieder in das Zimmer trat, war John gerade dabei, den Bewußtlosen wieder in sein Bett zu verfrachten.

»Keine Aufregung«, beruhigte der Inspektor die verängstigte Frau. »Der Kamerad schläft erst mal.«

»Ist er wirklich so gefährlich?« fragte die Schwester den Inspektor, als sie durch die langen Gänge dem Ausgang zustrebten.

»Nein«, beruhigte John sie. »Der Mann tut augenblicklich keiner Fliege etwas zuleide. Am besten ist, Sie lassen ihn in Ruhe, bis alles vorbei ist.«

»Bis was vorbei ist, Inspektor?«

»Das werden Sie noch früh genug erfahren.«

John Sinclair verließ das Krankenhaus, stieg in seinen metallicfarbenen Bentley und fuhr zum Rathaus.

Mittlerweile war es schon Nachmittag geworden. In einem kleinen Gasthaus nahm John noch ein verspätetes Mittagessen ein, bevor er wieder zum Bürgermeister ging.

Mrs. Appleton blickte John aus großen Augen an. »Aber Inspektor. Sie sind noch hier?«

»Ja, natürlich. Wo sollte ich sonst sein?«

»Das verstehe ich nicht. Sie haben vor einer halben Stunde angerufen.«

John schwante Böses. »Ich? Wen denn?«

»Den Bürgermeister. Sie wollten sich doch mit ihm treffen. In der Nähe des Schlosses. An der letzten Wegkreuzung. Der Bürgermeister ist sofort losgefahren.«

John hatte das Gefühl, als müßte er sich übergeben.

»Stimmt etwas nicht, Inspektor?«

»Doch, doch«, beruhigte John die Vorzimmerdame. »Es ist alles in Ordnung.«

Nach diesen Worten rannte er hinaus und schlug wuchtig die Tür hinter sich zu.

Ihm war klar, daß es jetzt um das Leben des Bürgermeisters ging. Hoffentlich war es noch nicht zu spät.

Der Bürgermeister war ärgerlich, als er seinen Morris in Richtung Schloß lenkte. Was der Inspektor jetzt wieder vorhatte, paßte ihm überhaupt nicht in den Kram. Dieser Sinclair hätte auch genausogut in sein Büro kommen können.

Auf der Straße herrschte kaum Verkehr. Die Menschen, die unterwegs waren, gingen meistens zu Fuß. Es waren Touristen, die einmal richtig ausspannen wollten.

Broomfield hatte ein sehr hohes Tempo drauf. Er wollte, wenn es eben ging, pünktlich sein.

Als er den Treffpunkt erreichte, war von John Sinclair noch nichts zu sehen.

Wütend verließ Broomfield seinen Wagen. »Da hetzt man sich nun ab, und der Kerl kommt nicht«, knurrte er.

Der Bürgermeister vergrub die Hände in seinen Hosentaschen und ging nervös auf und ab.

Er hatte etwa fünf Minuten gewartet, da hörte er hinter sich ein Geräusch.

Erschreckt wandte Broomfield sich um.

Ein leises Lachen klang auf. »Warum so ängstlich, Bürgermeister?« fragte Lady Cheldham.

Sie war fast unhörbar aus dem Wald getreten und musterte Broomfield mit spöttischen Blicken.

»Verzeihung, Mylady, aber Sie haben mich doch ein wenig erschreckt. Ich warte hier auf jemanden.«

»Auf Inspektor Sinclair vielleicht?«

»Ja«, erwiderte der Bürgermeister ziemlich konsterniert. »Woher wissen Sie das?«

Lady Cheldham lächelte geheimnisvoll. »Der Inspektor hat es mir selbst gesagt. Er befindet sich auf unserem Schloß. Ich habe es übernommen, Sie abzuholen.«

Der Bürgermeister wurde mißtrauisch. »Stimmt das auch?«

»Aber ich bitte Sie.«

Doch damit war Broomfields Misstrauen längst nicht gelegt. »Sie werden entschuldigen, Mylady, aber ich möchte mich gern selbst davon überzeugen. Ich werde zurückfahren und Inspektor Sinclair auf dem Schloß anrufen. Es sind viele schreckliche Dinge in der letzten Zeit passiert.«

»Das werden Sie nicht machen, Bürgermeister«, erwiderte die Gräfin scharf. »Sehen Sie her.«

Lady Cheldham hielt plötzlich eine Pistole in der Hand. Die Mündung zeigte genau auf den dicken Bürgermeister, der sofort die Hände hob.

»Sie sind ein Idiot, Broomfield!« zischte die Gräfin. »Los, steigen Sie wieder ein. Aber keine Tricks, wenn ich bitten darf.«

Der Bürgermeister setzte sich mit zitternden Knien hinter das Lenkrad.

Lady Cheldham nahm auf dem Beifahrersitz Platz.

»Fahren Sie zum Schloß. Den Weg kennen Sie ja!« Während die Lady sprach, hatte sich die Waffe nicht um einen Zoll bewegt. Sie zeigte weiterhin auf den verkrampft dasitzenden Bürgermeister.

Broomfield würgte den Motor zweimal ab, ehe er anfahren mußte.

»Was haben Sie mit mir vor?« fragte der fette Bürgermeister mit flatternder Stimme.

»Werden Sie noch früh genug merken«, gab die Gräfin kalt zurück.

Broomfield schwieg. Es kam ihm gar nicht in den Sinn, sich zu wehren. Er war noch nie ein mutiger Mann gewesen, hatte, wenn es unangenehme Aufgaben gab, immer andere Leute für sich arbeiten lassen. Bürgermeister war er auch nur geworden, weil er zu den ältesten Familien in Longford gehörte und weil die Reihe mal wieder an den Broomfields war.

»Passen Sie auf. Wir müssen gleich abbiegen«, sagte Lady Cheldham.

Der Bürgermeister schaltete zurück. Er verwechselte dabei die Gänge, und das Getriebe des Wagens nahm ihm dies übel.

Schon bald tauchte das große Tor des Schloßparks vor ihnen auf. Es stand offen.

»Fahren Sie bis vor die Treppe!« befahl die Gräfin.

Broomfield gehorchte.

»Aussteigen!« kommandierte sofort die Gräfin, während sie die Tür aufklinkte, sich aus dem Wagen schwang und auf der Fahrerseite aufstellte.

Ächzend kletterte der Bürgermeister aus dem Morris. Sein Herz schlug plötzlich bis zum Hals. Auf einmal kam ihm das große Schloß unheimlich vor.

Die Gräfin lachte leise. »Angst?« höhnte sie.

Broomfield nickte.

»Meine Ahnin hatte auch Angst, als man sie umbrachte. Doch niemand hat sich ihrer erbarmt. Los, gehen Sie vor.«

»Wohin?«

»Nicht in das Schloß. Ich habe eine bessere Unterkunft für Sie, Herr Bürgermeister.«

Die Gräfin deutete mit der Hand in Richtung Westen, dort, wo auch die alte Abtei lag.

»Kennen Sie eigentlich unsere Familiengruft, Bürgermeister?«

»Nein«, hauchte Broomfield.

»Dann wird es Zeit, daß Sie dorthin kommen. Sie sollen schließlich Ihren Platz sehen, wo Sie sterben werden . . .«

Der Mann, der um die Mittagszeit das kleine Hotel betrat, in dem John Sinclair abgestiegen war, machte einen ruhigen Eindruck.

Eine etwas ältere Frau, die hier das Mädchen für alles spielte, fragte er nach der Zimmernummer des Inspektors.

»Mister Sinclair wohnt im Zimmer vier, Sir«, erwiderte die Frau. »In der ersten Etage.«

Der Mann, niemand anderes als Daniel, bedankte sich mit einem Trinkgeld. Dann tat er so, als würde er das Hotel verlassen.

Doch kaum war das Dienstmädchen verschwunden, huschte Daniel die Treppe hoch, ging auf Zehenspitzen über den mit einem roten Läufer bespannten Flur und blieb vor John Sinclairs Zimmer stehen.

Das einfache Schloß bereitete ihm keine großen Schwierigkeiten. Innerhalb von zwei Minuten hatte er es geknackt.

Daniel huschte in das gemütlich eingerichtete Zimmer.

John Sinclairs Koffer stand noch auf dem Boden. Schnell und gründlich inspizierte Daniel den Raum. Er sah auch die schmale Tür, die zur Dusche führte.

Daniel pfiff durch die Zähne. Die Dusche war ein ideales Versteck.

Daniel griff in die Lederschlaufe an seinem Gürtel und holte ein langes zweischneidiges Messer hervor. Prüfend betrachtete er die Klinge und strich zart mit dem Daumen darüber.

Dann nickte er zufrieden.

Daniel hatte sich bewußt für das Messer entschieden. Ein Schuß würde zuviel Aufsehen erregen.

Daniel hatte Geduld. Er stellte sich in die kleine Duschkabine und wartete ab. Irgendwann mußte dieser Inspektor ja mal kommen. Und für Daniel war John Sinclair schon so gut wie tot.

Bevor John Sinclair nach Cheldham Castle fuhr, wollte er sich noch mit einer bestimmten Waffe eindecken. Das war eine kleine Pistole, die silberne Kugeln verschoß. Silberne Kugeln und Holzpflöcke hatten sich im Kampf gegen Vampire und Untote bewährt.

Die Pistole steckte in einem Geheimfach von Johns Koffer.

Als John das Hotel betrat, wurde er von Helena, dem schon älteren Hausmädchen, aufgehalten.

»Mister Sinclair. Ein Herr hat sich nach Ihnen erkundigt.«

»So? Wann denn?«

Das Hausmädchen zuckte mit den Schultern. »Ich habe nicht auf die Uhr gesehen. Aber meiner Schätzung nach ist noch nicht mal eine halbe Stunde vergangen.«

»Hat der Mann was gesagt? Will er wiederkommen?« fragte John.

»Nein, davon hat er nicht gesprochen. Aber ich habe ihn auch nicht aus dem Hotel gehen sehen. Ich hatte nämlich die ganze Zeit hier unten zu tun.«

Jetzt wurde John hellhörig.

»Beschreiben Sie mir den Mann doch mal.«

Das Hausmädchen tat es, so gut es ging.

Trotz der unvollständigen Beschreibung wußte John, wen er vor sich hatte. Es war niemand anders als Daniel, Lady Cheldhams sauberer Diener.

John griff in die Tasche und drückte dem Hausmädchen ein Geldstück in die Hand. Die Frau errötete und bedankte sich überschwenglich.

»Sind oben noch andere Gäste auf ihren Zimmern?« erkundigte sich John vorsichtshalber.

»Soviel ich weiß, nicht.«

»Das ist gut. Und bleiben Sie auch erst mal hier unten, Helena.«

»Ist schon gut, Mister Sinclair.«

John ging langsam nach oben. Er benutzte den äußeren Rand der Treppe. Damit die Stufen nicht knarrten.

Auf Zehenspitzen schlich der Inspektor über den Läufer und blieb vor seiner Zimmertür stehen.

Er legte sein Ohr an das Holz und lauschte.

Nichts. Kein Geräusch drang aus seinem Zimmer.

John steckte die Beutepistole griffbereit in seinen Hosenbund und holte den Zimmerschlüssel aus der Jackentasche. Vorsichtig schob er ihn ins Schloß, drehte ihn langsam herum.

John drückte auf die Klinke.

Die gut geölte Tür schwang auf.

Der Inspektor hatte blitzschnell die Waffe in der Hand, tat einen Schritte ins Zimmer.

Nichts geschah.

Mit dem Absatz kickte John die Tür zu.

Im selben Augenblick geschah es.

Mit unheimlicher Wucht krachte die Tür zur Duschkabine auf. Ein länglicher Schatten flog auf John zu. Etwas blitzte auf.

Der Inspektor hechtete instinktiv zur Seite. So entging er dem tödlichen Messerstich um Haaresbreite.

Johns Gegner preßte einen Fluch zwischen den Zähnen hervor. Er war durch diesen Fehlstoß hart auf dem Boden gelandet und wollte sich gerade wieder aufrichten, als er Johns Stimme hörte.

»Am besten, Sie werfen Ihren Dolch weg, Daniel. Es hat doch keinen Zweck. Eine Kugel ist immer schneller!«

Daniel peilte aus seiner knienden Stellung hoch und sah genau in das kreisrunde Loch der Pistolenmündung.

Wutentbrannt schleuderte er das Messer in das Holz der Duschtür.

»Aufstehen!« kommandierte John.

Ächzend kam Daniel auf die Beine. Er beobachtete John aus zusammengekniffenen Augen.

»In den Sessel!«

Geschmeidig glitt Daniel in den kleinen Cocktailsessel.

John spürte, dieser Mann hatte noch längst nicht aufgegeben.

Der Inspektor baute sich Daniel gegenüber auf. Nach wie vor hielt er die Pistole in der Hand.

»Schätze, du hast mir einiges zu erzählen, Daniel.«

Statt einer Antwort spuckte Daniel dem Inspektor vor die Füße.

John ließ sich nicht aus der Ruhe bringen. Eiskalt zählte er Daniels Verbrechen auf und machte ihm auch klar, was er dafür bekommen würde.

»Du kannst dein Los natürlich dadurch verbessern, daß du aus der Schule plauderst. Ich würde das bei Gericht erwähnen.«

Daniel kämpfte einige Minute mit sich.

Dann sagte er plötzlich: »Fragen Sie, Inspektor.«

»Wer hat den Bürgermeister in die Falle gelockt?«

»Das war ich. Die Gräfin hat es mir befohlen.«

»Was soll mit Broomfield geschehen?«

»Er wird umgebracht. Elizabeth Barthony braucht Blut. Der Bürgermeister wird das erste Opfer sein.«

John preßte hart die Zähne aufeinander. Normalerweise mußte er sofort losfahren. Aber er wollte vorher noch etwas wissen.

»Wer hat Lord Cheldham ermordet?«

»Es war Elizabeth Barthony. Sie hatte vorher Gilda Moore umgebracht, ihr Blut getrunken und besaß dann genug Kraft, um den Lord umzubringen.«

»Das hatte ich mir gedacht«, flüsterte John. »Welche Rolle spielen Sam und Al?«

»Gar keine. Sie hatten von alledem keine Ahnung. Die beiden haben normalerweise keiner Fliege was zuleide getan.«

»Und Sie haben Sam aufgehetzt, nicht wahr?«

In Daniels Augen glitzerte es tückisch. »Ja. Das habe ich. Sam sollte Sie töten, Inspektor. Leider hat er den Falschen erwischt. Aber der junge Schnüffler hat auch schon genug Ärger bereitet.«

»Und was hat Ihnen Laura Patton getan?« fragte John scharf.

»Mir nichts, Inspektor. Aber der Barthony. Sie hat ihr Grabmal entehrt und mußte deshalb sterben. Elizabeth Barthony selbst hat sie sich geholt.« Daniel lachte leise.

»Und was hatte Ihnen Jim Cody getan?«

»Auch nichts. Er hat nur zuviel gesehen. Leider ist er mir entwischt und hat Sie alarmieren können, Inspektor. Aber Sie werden es auch nicht schaffen. Elizabeth Barthony ist stärker, viel stärker als Sie. Sie können mich auch ruhig einsperren, aber ich bin sicher, daß die Untote mich aus meinem Gefängnis rausholt. Sie läßt ihre Diener nicht im Stich.«

»Wirklich?« fragte John spöttisch.

»Ja.«

»Dann werden wir beide mal zur Polizeistation marschieren. ich sage Ihnen schon jetzt, Daniel, ein Fluchtversuch ist sinnlos. Ich schieße schneller, als Sie laufen können.«

Daniel erhob sich aus dem Sessel. John trat einen Schritt nach hinten, um Daniel vorbeizulassen.

Der Diener hatte die Arme halb erhoben. Auf seinem Gesicht lag ein gefährliches Lächeln.

»Geh in Richtung Tür!« befahl John. »Aber vorsichtig.«

Daniel machte zwei Schritte und hechtete plötzlich zur Seite. Mit einem Griff hatte er das Messer gepackt, das in der Duschkabinentür steckte, riß den Arm hoch . . .

John Sinclair schoß.

Die Kugel klatschte dicht neben Daniels Kopf in das Holz der Tür. Splitter rissen dem Diener die Wange auf.

Daniels Messerarm blieb wie an einer Schnur gezogen mitten in der Luft hängen.

»Ich hatte es Ihnen doch gesagt, es hat keinen Zweck«, grinste John. »Los, lassen Sie das Messer fallen!«

Zwei, drei Sekunden überlegte der Mörder.

Und dann drehte er durch.

Aufschreiend stützte er sich vom Boden ab, warf seinen Körper in John Sinclairs Richtung.

Der Inspektor schoß nicht. Er wollte den Kerl lebend.

Mit einer gedankenschnellen Drehung wich er dem gefährlichen Messerstoß aus und schlug zu.

Der Pistolenlauf traf Daniel mitten im Sprung. Er riß eine blutige Schramme über das Gesicht des Mannes.

Daniel fiel hin.

Ehe er wieder reagieren konnte, setzte ihm John den Fuß auf die Messerhand.

»Laß los!«

Langsam öffneten sich Daniels Finger.

John kickte das Messer weg. Dann schlug er den Mörder k.o.

John zog ihn wieder hoch und warf ihn anschließend auf das Bett.

Erst jetzt hörte er die aufgeregten Stimmen vor seiner Zimmertür. John öffnete und sah in die entsetzten Gesichter des Hotelpersonals.

Mister Davenport, der Besitzer, betrat zitternd das Zimmer. Schreckensbleich starrte er auf den bewußtlosen Daniel.

»Was ist passiert, Mister Sinclair? Wir hörten einen Schuß. Mein Gott, ist er . . .?«

»Er ist nicht tot«, sagte John.

Der Hotelbesitzer nickte geistesabwesend. »Wir müssen die Polizei benachrichtigen.«

»Nicht nötig.«

John zog seinen Ausweis aus der Tasche und hielt ihm den Mann hin.

»Scotland Yard?«

»Ja.«

»Aber was suchen Sie hier in Longford? Was geht hier vor?« fragte der Hotelier.

»Das werden Sie vielleicht einmal später erfahren«, antwortete John. »Schicken Sie jetzt jemanden zu Sergeant Probster. Er soll den Mann abholen lassen.«

»Selbstverständlich, Sir.«

Der Hotelbesitzer wandte sich ab und drängte das Personal zurück.

John schloß die Zimmertür. Er trat an seinen Koffer und holte außer der bewußten Pistole noch ein Paar Handschellen hervor. Er klickte sie um Daniels Gelenke.

Dann untersuchte er seine Waffen. Er hatte insgesamt drei. Eine hatte er Daniel abgenommen, als dieser gerade die Mädchenleiche verscharrt hatte. Die zweite gehörte Sam. Und dann hatte John noch die Pistole mit den silbernen Kugeln. Er steckte sich Sams Pistole in den Hosenbund, und die Spezialwaffe klebte er sich mit Heftpflaster an der Wade fest.

Wenig später kam Daniel zu sich. Seine Augen versprühten tödlichen Haß, als er sich über seine Lage klar wurde.

»Glauben Sie nur nicht, daß Sie gewonnen haben, Inspektor!« giftete er. »Elizabeth Barthony wird auch Sie umbringen.«

»Das bleibt abzuwarten«, erwiderte John knapp. »Für Sie, Daniel, ist allerdings der Kuchen gegessen, wie man so schön sagt. Sie werden die Welt lebenslänglich durch ein Streifenmuster sehen können.«

»Verdammtes Bullenschwein!« zischte Daniel und warf sich auf dem Bett hin und her.

John gönnte ihm nicht mal einen Blick.

In diesem Augenblick klopfte es. Sergeant Probster betrat mit einem Gehilfen das Zimmer.

»Wo ist denn dieser Dreckskerl?« röhrte er.

John zeigte auf das Bett.

Der Sergeant riß seine Augen auf. »Wissen Sie, wer das ist, Inspektor?«

»Natürlich. Lord Cheldhams sauberer Diener. Oder vielmehr Lady Cheldhams.«

»Ja, eben«, gab der Sergeant zurück. »Ich werde Ärger mit der Lady bekommen. Ich kann Daniel nicht so einfach verhaften.«

»Genau!« kreischte der Diener. »Die Lady wird Sie Ihres Amtes entheben, wenn Sie mich nicht freilassen. Sie werden . . .«

John schnitt dem Kerl mit einer Handbewegung das Wort ab. Dann wandte er sich an den Sergeant.

»Jetzt will ich Ihnen mal was sagen.«

John sprach leise, doch seine Stimme hatte den gewissen Klang, der den Sergeant vorsichtig werden ließ. »Dieser Daniel ist ein gemeiner Mörder. Und wenn er hundertmal der Lord selbst wäre, so ist das für mich kein Grund, ihn nicht festzunehmen. Haben Sie verstanden, Sergeant?«

»Jawohl, Sir!« schnaufte der Dicke.

»Dann sorgen Sie dafür, daß der Mann eine sichere Zelle bekommt. Sie persönlich haften mir für ihn.«

»Ja, Sir«, erwiderte der dicke Sergeant eingeschüchtert. Er gab seinem Gehilfen einen Wink, der packte Daniel unter den Achseln und schleifte den laut schreienden Diener aus dem Zimmer.

Sergeant Probster wollte ihm schon folgen, doch John hielt ihn noch zurück.

»Ich fahre jetzt aufs Schloß, Sergeant. Sollte ich bis morgen früh nicht zurück sein, benachrichtigen Sie meine Dienstelle. Hier . . .« John griff in die Tasche und holte eine Karte hervor. »Das ist die Nummer meines Chefs. Ihn rufen Sie an.«

Der Sergeant steckte die Karte weg. Er trat verlegen von einem Bein aufs andere.

»Ist noch was, Sergeant?«

»Ich will ja nicht neugierig sein, Sir. Aber was wollen Sie auf dem Schloß finden?«

John Sinclair blickte dem Sergeant direkt ins Gesicht. »Ein Gespenst suche ich«, erwiderte er flüsternd.

»Ein Ge . . .? Oh . . .« Der dicke Sergeant riß die Augen auf, machte auf dem Absatz kehrt und rannte hinaus.

Mit allem durfte man ihm kommen, nur nicht mit Gespenstern. Da war er empfindlich.

Die Worte der Gräfin brannten sich förmlich im Gehirn des Bürgermeisters fest.

Sie wollte ihn in die alte Abtei bringen. Was das bedeutete, war klar.

Er, Carter Broomfield, würde dort sterben!

Sterben, sterben, sterben . . .!

»Nein!« brüllte Broomfield, wirbelte auf dem Absatz herum und schlug urplötzlich seine Rechte auf den Pistolenarm der Frau.

Lady Cheldham wurde von dieser Aktion überrascht. Die Pistole fiel ihr aus der Hand.

Der Bürgermeister nutzte diese Chance. So schnell er konnte, rannte er weg.

Warf sich förmlich in die Büsche, achtete nicht auf Zweige und Äste, die ihm die Haut aufschrammten, sondern rannte um sein Leben.

Schon nach wenigen Metern arbeiteten seine Lungen wie Blasebälge. Der Bürgermeister, der zeit seines Lebens am Schreibtisch gesessen hatte, besaß überhaupt keine Kondition.

»Stehenbleiben!« gellte die sich überschlagende Stimme der Lady Cheldham. »Bleiben Sie stehen!«

Ein Schuß peitschte auf.

Die Kugel sirrte weit an Broomfield vorbei.

Der Bürgermeister strauchelte, fiel hin. Mühsam raffte er sich auf.

Nur weiter, hämmerte es in ihm. Nur weiter.

In seiner Panik merkte Broomfield nicht, daß er sich dem großen

Schloßportal näherte. Er sah es erst, als es zu spät war. Da war er schon aus dem Schutz der Büsche heraus.

Sein Wagen!

Er stand vor dem Schloß.

Der Bürgermeister sah ihn nur verschwommen. So sehr hatte die Anstrengung ihm zugesetzt.

Noch zwanzig Yards, dann hatte er ihn erreicht.

Broomfield stolperte auf den Morris zu. Dabei achtete er nicht auf seine Umgebung.

Die Gräfin hatte sich längst wieder von der Überraschung erholt. Sie hatte die Pistole aufgehoben und kam schräg von der linken Seite auf den Bürgermeister zugerannt.

»Sie haben keine Chance!« gellte ihre Stimme.

Broomfield hörte nicht. Er sah nur den Wagen und damit die für ihn einzige Fluchtmöglichkeit.

Lady Cheldham blieb stehen. Wie auf dem Schießstand hob sie die Hand mit der Pistole.

Der Schuß peitschte auf. Die Kugel traf Broomfield mitten im Lauf.

Der Bürgermeister schrie, torkelte noch einige Schritte und brach dann zusammen. Seine Fingerspitzen berührten bereits die Reifen des Morris.

Ein glühendheißer Schmerz zuckte von dem linken Bein des Bürgermeisters hoch. Der Schmerz lähmte all seine Bewegungen, machte ihn zu einem hilflosen Bündel Mensch.

Langsam ging Lady Cheldham auf den Verletzten zu. Sie lachte leise, als sie vor dem Bürgermeister stand.

Broomfield wandte den Kopf. Tränen der Wut, der Enttäuschung, der Hilflosigkeit liefen über sein Gesicht.

Und die Lady lächelte teuflisch.

»Stehen Sie auf, Broomfield!«

»Ich – ich kann nicht.«

»Los, sonst jage ich Ihnen eine Kugel durch den Kopf. Mit Elizabeth Barthony hatte damals auch niemand Mitleid. Sie sind der erste, den sie sich holen wird.«

Unter unsäglichen Mühen schob sich Broomfield vor. Er hob seine rechte Hand, und die Finger umklammerten die Kühlerhaube des Wagens.

»Weiter!« zischte Lady Cheldham.

Es dauerte Minuten, ehe sich der Bürgermeister aufgerafft hatte.

Sein linkes Hosenbein war feucht von Blut. Die Kugel saß hoch im Schenkel.

Die Gräfin winkte mit dem Kopf in Richtung Treppe. »Dort hinauf!«

Broomfield sah die Gräfin flehend an. »Das schaffe ich nicht«, keuchte er. »Mein Bein. Ich bin verletzt.«

»Und ob Sie das schaffen. So schnell stirbt man nicht!«

Lady Cheldham gab dem Bürgermeister einen Stoß, so daß er über die Kühlerhaube fiel.

Mit fast unmenschlicher Anstrengung gelang es Broomfield, sich in Bewegung zu setzen. Er ging wie ein Säugling, tapsig, jeden Moment bereit, umzufallen.

Die große Treppe kam Broomfield unendlich lang vor. Er blieb an der ersten Stufe stehen.

»Geh weiter!« blaffte die Gräfin. »Sei froh, daß ich dich nicht zu der alten Abtei laufen lasse.«

»Aber was habe ich Ihnen denn getan?« heulte der Bürgermeister.

»Mir nichts. Aber du wirst für die Sünden deiner Väter büßen. Und jetzt geh!«

Broomfield ließ sich fallen. Auf Händen und Füßen nahm er die Treppe.

Lady Cheldham ging immer zwei Stufen hinter ihm.

Auf der Hälfte brach Broomfield zusammen.

Die Gräfin trieb ihn mit einem Tritt in den Rücken wieder hoch.

Und Broomfield kroch weiter. Stufe für Stufe.

Vor dem großen Portal blieb er liegen. Völlig am Ende seiner Kräfte.

Die Gräfin öffnete die schwere Tür.

»Kriech hinein!« befahl sie.

Der Bürgermeister gehorchte. Er mußte sich quer durch die große Halle schleppen, bis die Gräfin eine Tür öffnete.

In dem Raum dahinter lag ein sehr elegant eingerichtetes Badezimmer. Schwarze Kacheln, goldene Kräne und eine marmorne Badewanne dokumentierten den Reichtum der Cheldhams.

»Na, wie gefällt dir dein neues Reich?« höhnte die Gräfin.

Der Bürgermeister gab keine Antwort. Er war überhaupt nicht mehr in der Verfassung, zu sprechen.

Lady Cheldham schob ihm einen Hocker hin. »Darauf kannst du dich ausruhen. Ich bin ja gar nicht so!«

Lady Cheldham ging rückwärts zur Tür, während sie nach wie vor immer noch die Pistole auf den Bürgermeister gerichtet hielt.

»Was, was geschieht jetzt mit mir?« krächzte Broomfield.

»Warte ab«, lächelte die Gräfin. »Noch hast du Zeit, über die Verfehlungen deiner Vorfahren nachzudenken.«

Nach diesen Worten knallte sie die Tür zu und schloß von außen ab. Broomfield überließ sie seinem Schicksal.

Irgendwann schlief der Bürgermeister vor Erschöpfung ein. Er merkte noch nicht einmal, daß er vom Hocker fiel und hart auf den Boden prallte.

Ein Geräusch weckte Broomfield auf.

Schritte, die sich der Badezimmertür näherten.

Im ersten Moment wußte Broomfield nicht, wo er sich befand, doch dann kam die Erinnerung mit erschreckender Deutlichkeit zurück.

Der Schlüssel ratschte im Schloß.

»Nein«, flüsterte Broomfield, der instinktiv ahnte, daß sein Ende nahe war. »Ich will nicht sterben!«

Unter unsäglichen Qualen zog sich Broomfield am Wannenrand hoch. Dadurch brach die Wunde wieder auf. Warm strömte das Blut an seinem linken Bein herab.

Panik flatterte in Broomfields Augen, die sich starr auf die Tür geheftet hatten.

Langsam bewegte sich die Klinke nach unten.

Der Bürgermeister wich zurück. Mit der linken Hand stützte er sich am Wannenrand ab.

Stück für Stück wurde die Tür aufgezogen. Eine weiße Hand erschien, tastete sich an der Badezimmerwand entlang und löschte das Licht.

Es ist aus! schrie es in Broomfield.

Sein Blick irrte durch das dämmrige Badezimmer.

Das Fenster!

Mein Gott, warum hatte er nicht früher daran gedacht?

Der Bürgermeister humpelte darauf zu. Sah durch die verzierten Scheiben das letzte Tageslicht entschwinden.

Broomfield packte den Griff. Und während er das Fenster aufzog, wandte er den Kopf.

Im Bad stand eine Frau.

In ihrer rechten Hand hielt sie ein Schwert. Broomfield bemerkte in dem Dämmerlicht, daß diese Frau genauso aussah wie die Gräfin Cheldham.

War sie es? Oder war sie es nicht?

Die Frau hob das Schwert. Ihr Gesicht hatte sich verzerrt, war zu einer mörderischen Fratze geworden.

Im selben Augenblick riß Broomfield das Fenster auf.

Sein schauriger Hilfeschrei gellte Sekunden später durch den nachtdunklen Schloßpark.

Fast schlagartig kam die Dämmerung.

Im Westen ballten sich dicke dunkle Wolkenberge zusammen und verdeckten die untergehende Sonne. An einigen Stellen leuchtete der Himmel schwefelgelb. Ein Gewitter war im Anzug.

John Sinclair scheuchte seinen Bentley über die Landstraße. Die Scheinwerfer des Wagens stachen wie Lanzen in die graue Dämmerung. Blätter wurden durch den Fahrtwind von der Straße hochgewirbelt und tanzten für kurze Zeit über die Fahrbahn.

John Sinclair hatte die Augen zu Schlitzen verengt. Er saß ganz locker hinter dem Steuer. Seine kräftigen Hände lagen ruhig auf den Griffspeichen.

Johns Gesicht wirkte wie aus Stein gemeißelt, während er sich voll auf die Fahrt konzentrierte.

Meile um Meile fraß der Bentley weg.

In der Ferne spaltete ein Blitz den Himmel. Der darauffolgende Donner war kaum zu hören. Das Gewitter war noch zu weit weg.

In Rekordzeit hatte John sein Ziel erreicht.

Das Tor zu dem großen Schloßpark stand offen.

John riß den Bentley in eine gewagte Kurve und preschte über den Kiesweg in Richtung Schloß.

Kurz vor dem großen Hauptweg, der direkt zu der Freitreppe führte, trat John auf die Bremse.

Er schwang sich aus dem Wagen und schob leise die Tür ins Schloß. Ebenso lautlos huschte der Inspektor in Richtung Schloß.

Die Dunkelheit nahm immer mehr zu. Schon verwischten die Konturen der Bäume, wurden zu einem zerfließenden Grau.

John orientierte sich kurz. Er überlegte gerade, ob er sich nicht von der Rückseite her dem Schloß nähern sollte, da sah er das Licht durch die Bäume schimmern.

Es kam von dem breiten Eingangsportal des Schlosses.

John lief noch ein paar Schritte, versteckte sich anschließend hinter einem Baumstamm und peilte von hier aus über die freie Rasenfläche zu dem Schloß hin.

Die große Tür stand offen. In der Halle brannte Licht. Menschen waren keine zu sehen.

Aber etwas anderes sah John. Einen dunklen Morris. Der Bürgermeister fuhr diesen Wagen, wie man ihm unten im Dorf versichert hatte.

Broomfield war also hier.

Aber lebte er noch?

John zog seine Waffe.

Ein komisches Gefühl beschlich ihn, als er sich geduckt über den Rasen bewegte.

Niemand ließ sich blicken. Die Stille war nahezu unheimlich.

Doch Sekunden später wurde diese Stille durch ein gräßliches Ereignis unterbrochen.

John sah, wie ein Fenster aufsprang, erkannte den Schatten eines Mannes und hörte den gellenden Hilfeschrei.

Broomfield! Er war in höchster Gefahr.

John Sinclair flog fast auf den Eingang des Schlosses zu. »Halten Sie aus, Broomfield, ich komme!«

Mit Riesensätzen hetzte John die Treppe hoch, jagte in die Halle, orientierte sich kurz, entdeckte die Tür, die in das Zimmer führte, in dem Broomfield gefangengehalten wurde, und . . .

»Bleiben Sie stehen, Mister Sinclair. Eine Bewegung nur, und ich jage Ihnen eine Kugel durch den Schädel!«

Die Stimme traf John wie ein Peitschenhieb. Sicher, er hätte es sich denken können, daß die Gräfin irgendwo lauerte. Sie hatte sich hinter einem der langen Vorhänge versteckt und kam nun mit schußbereiter Waffe auf den Inspektor zu.

»Lassen Sie die Pistole fallen, Sinclair!«

John gehorchte. Lady Cheldham hatte im Augenblick die besseren Trümpfe.

Ihre Lippen verzogen sich zu einem diabolischen Lächeln. »Sie haben zu hoch gereizt, Inspektor. Wollten alles im Alleingang machen. Doch nun sind Sie mir ausgeliefert. Mir und meiner Ahnin Elizabeth Barthony. Drehen Sie sich ruhig um, Inspektor. Sie werden das Schauspiel, das ich Ihnen biete, nie vergessen.«

Langsam wandte John den Kopf.

Er konnte jetzt genau in ein Badezimmer blicken. Und was er dort sah, ließ ihn an seinem eigenen Verstand zweifeln . . .

Die flache Seite des Schwertes klatschte in den Nacken des Bürgermeisters. Aufstöhnend sackte Broomfield zusammen. Im letzten Augenblick erkannte er noch den Mann, der mit Riesenschritten über den Rasen in Richtung Eingangsportal hetzte.

Mit dem Gesicht zuerst rutschte Broomfield an der Kachelwand entlang.

Von einer unwiderstehlichen Gewalt wurde der Bürgermeister hochgerissen.

Mit einem Ruck wurden seine Haare nach hinten gezogen. Ein beißender Schmerz zog sich durch die Halswirbel des Bürgermeisters.

Fast zwangsläufig öffnete Broomfield die Augen.

Sein Blick traf das ausdruckslose Gesicht der Elizabeth Barthony. Es war ein Antlitz, das dem der Lady Cheldham aufs Haar glich, nur die Augen waren anders. Sie blickten stumpf, glanzlos.

Der Bürgermeister bewegte die Lippen, er wollte irgend etwas sagen, doch seine Stimme schien am Gaumen festgeklebt zu sein.

Von irgendwoher hörte er eine Frauenstimme. Höhnisch, triumphierend.

Die Lippen der Elizabeth Barthony zuckten. Dann hob sie den Arm, der das Schwert hielt.

Broomfield sah die Klinge über seinem Kopf blitzen.

Auf einmal wußte er, was mit ihm geschehen sollte.

Die Erkenntnis machte ungeahnte Kräfte frei.

Ein mörderischer Tritt traf Elizabeth Barthonys Schienbein. Doch die Untote verspürte keinen Schmerz. Sie kippte nicht einmal nach hinten.

Es war, als hätte der Bürgermeister gegen ein Standbild getreten.

Immer weiter wurde sein Kopf nach hinten gerissen. Scharf spannte sich die Haut an seinem Hals.

Und dann sah Broomfield die tödliche Klinge dicht über seinem Kopf schweben.

»Neiiinnn!« schrie er. »Ich will nicht ster . . .«

Der letzte, verzweifelte Aufschrei erstickte in einem dumpfen Gurgeln.

Elizabeth Barthony hatte dem Bürgermeister das Schwert durch den Hals gestoßen!

Gierig trank die Untote das warme Menschenblut.

Der gräßliche Todesschrei dröhnte gellend in John Sinclairs Ohren.

Er wollte aufspringen, dem Bürgermeister zu Hilfe eilen, doch die Worte der Lady Cheldham nagelten ihn an seinem Fleck fest.

»Eine Bewegung, und Sie sind tot!«

Vielleicht hätte es John dennoch versucht. Aber wenn ihn jetzt die Kugel trat, konnte er nichts mehr tun, so aber bestand eventuell noch eine kleine Chance.

John Sinclair wandte den Blick von dem gräßlichen Geschehen ab.

Hinter ihm lachte Lady Cheldham leise. »Ja, sie braucht Blut. Blut, um weiterleben zu können. Broomfield war erst der Anfang. Die anderen folgen. Ohne Gnade. Für Elizabeth Barthony hat es damals auch keine Gnade gegeben.«

»Aber wir leben heute in anderen Zeiten«, preßte John hervor. Er wußte eigentlich selbst nicht, warum er sich mit der Gräfin auf eine Diskussion einließ.

»Unrecht verjährt nicht«, zitierte Lady Cheldham und wechselte blitzschnell das Thema. »Da sehen Sie, Inspektor, jetzt hat Elizabeth Barthony genug. Sie blüht förmlich auf. Sie lebt. Ja, sie lebt!« schrie die Gräfin.

John blieb eiskalt. Er wartete auf seine Chance. Hoffte, daß Elizabeth Barthony Lady Cheldham ablenkte.

Doch die Gräfin benahm sich wie ein Profi, ließ den Inspektor nicht einen Sekundenbruchteil aus den Augen.

Langsam kam die Untote aus dem Badezimmer. In der Hand hielt sie das Schwert.

Sonst glich sie der Lady Cheldham aufs Haar. Sie trug sogar die gleiche Kleidung.

»Jetzt sind Sie an der Reihe, Inspektor!« tropften die Worte der Gräfin in die Stille.

Johns Magenmuskeln zogen sich zusammen. Er dachte an die Pistole mit den Silberkugeln, die unerreichbar für ihn mit Heftpflaster an seiner Wade klebte. Auch an die andere Waffe konnte er so schnell nicht heran. Die Kugel der Gräfin würde zehnmal schneller sein.

»Töte ihn«, kreischte Lady Cheldham. »Töte diesen Mann!«
Noch vier, fünf Yards, dann hatte die Untote John erreicht.
John spannte die Muskeln.
Noch drei Yards.
Hinter sich vernahm er das wahnsinnige Kichern der Gräfin.
Elizabeth Barthony hob das blutige Schwert.
Der Tod griff nach John Sinclair.
Und dann setzte John alles auf eine Karte. Nutzte die hauchdünne Chance, die sich ihm bot.
Zwei blitzschnelle Schritte brachten ihn direkt neben Elizabeth Barthony, so daß die Untote zwischen John und Lady Cheldham stand.
Genau in der Schußrichtung!
Die Gräfin feuerte.
Elizabeth Barthony bekam die Kugel mitten in die Brust. Das Fleisch wurde aufgerissen, und eine schwarze Flüssigkeit quoll aus dem Körper.
Doch das sah John Sinclair schon nicht mehr. Er lag bereits auf dem Boden, riß seine zweite Pistole aus dem Hosenbund, rollte sich ein paarmal um die eigene Achse und jagte in wahnsinnig schneller Reihenfolge das Blei aus dem Lauf.
Lady Cheldham nahm die Kugeln voll. Die Geschosse stanzten eine Reihe roter Flecken quer über ihre Brust.
Noch einmal riß die Gräfin den Abzug ihrer Waffe durch. Doch da kippte die Frau bereits nach hinten, und das Blei fuhr in die holzgetäfelte Decke.
John Sinclair kam gedankenschnell auf die Füße. Langsam verebbte das Echo der Schüsse.
Mit dem Jackenärmel wischte sich der Inspektor den Schweiß von der Stirn.
Elizabeth Barthony war verschwunden!
Sie mußte die Zeit genutzt haben, um sich irgendwo zu verstecken oder aber nach draußen zu gehen.
Ein Stöhnen ließ John herumfahren.
Lady Cheldham. Sie lebte noch. Trotz der vier Kugeln, die sie getroffen hatten.
John kniete neben der Frau nieder.
Lady Cheldham sah ihn an. Ihr Blick war schon verschleiert. Der Gräfin konnte kein Arzt der Welt mehr helfen.
Ihre Stimme klang überraschend klar, als sie anfing zu sprechen:

»Noch haben Sie nicht gewonnen, Inspektor. Elizabeth lebt. Sie wird ihre Rache vollenden. Eine Rache, für die ich nur gelebt habe. Ich weiß, daß es aus ist, Inspektor. Ich . . .« Ein Hustenanfall unterbrach die Worte der Gräfin. Blutiger Schaum stand bereits vor ihren Lippen. Eine Kugel mußte die Lunge verletzt haben.

John hob den Kopf der Frau ein wenig an. Obwohl ihm die Zeit auf den Nägeln brannte, wollte er Lady Cheldham in ihrer Sterbestunde nicht allein lassen. Auch wenn sie eine Mörderin war.

Lady Cheldham hob die Hand. »Sie werden Elizabeth nicht fangen können, Inspektor. Sie ist eine Untote.«

»Doch, ich werde sie fangen.« John krempelte sein rechtes Hosenbein hoch und riß das Pflaster von der Wade.

Er hielt die Pistole direkt vor Lady Cheldhams Augen. »Sie ist mit Silberkugeln geladen«, sagte John. »Sie wissen, was das heißt.«

Lady Cheldhams Gesicht verzerrte sich vor Wut.

»Man nennt Sie den Geistertöter«, flüsterte sie erstickt. »Ich verfluche Sie, Inspektor. Sie sollen . . . Aaah . . .«

Noch einmal bäumte die Gräfin sich auf. Versuchte verzweifelt, gegen den Tod anzukämpfen.

Dann wurde Lady Cheldham schlaff. Sie war tot.

John Sinclair drückte ihr die Augen zu und stand auf. Sein Blick glitt prüfend durch die Halle.

Wo hatte sich Elizabeth Barthony versteckt?

John durchsuchte in Windeseile die unteren und oberen Räume. Nirgendwo fand er eine Spur von der Untoten.

Elizabeth Barthony mußte nach draußen gelaufen sein.

Und draußen waren Menschen.

Menschen, deren Blut sie brauchte!

Urplötzlich öffnete der Himmel seine Schleusen. Sturzbächen gleich klatschte das Wasser auf die Erde. Im Nu lag das Land unter einem grauen, nassen Regenvorhang.

»Verdammter Mist«, schimpfte Hugh O'Hara, schaltete einen Gang zurück und verlangsamte damit die Fahrt seines Wagens. »Muß dieser dämliche Sturzregen auch jetzt noch einsetzen.«

»Fluchen hilft auch nicht«, gab Evelyn, Hughs junge Frau, zurück. Gelassen zündete sie sich eine Zigarette an.

Hugh O'Hara warf seiner Frau einen schiefen Blick zu. »Du hast gut reden«, knurrte er, »schließlich wollen wir noch vor Mitternacht in Longford sein.«

Evelyn zuckte die Achseln und blies eine Rauchwolke gegen die Decke des Simca.

Evelyn O'Hara war eine blonde Frau mit kurzem Pagenschnitt und einer knabenhaften Figur. Auffällig allein waren ihre bernsteinfarbenen Augen, die immer ein wenig spöttisch blickten.

Ihr Mann war rothaarig und konnte vor Kraft kaum gehen. Ein rechter Ire.

»Zehn Meilen noch bis Longford«, sagte Hugh O'Hara. »Deine Eltern hätten sich auch ein besseres Nest aussuchen können, in dem sie ihren Urlaub verbringen.«

Evelyn lachte leise.

Verbissen umklammerte Hugh das Lenkrad. Seine Augen starrten in den Regenvorhang, den die beiden Scheinwerfer kaum durchdringen konnten.

»Sollten wir nicht lieber anhalten, Hugh?«

»Quatsch. Hier kommt uns bestimmt keiner entgegen.«

Im Zehn-Meilen-Tempo schlich der Simca dahin.

Und plötzlich stotterte der Motor.

»Die Kiste wird doch nicht stehenbleiben?« hauchte Evelyn entsetzt.

Ihr Mann gab keine Antwort. Er fluchte verbissen in sich hinein, versuchte mit allen Mitteln, den Motor wieder hochzuorgeln.

Ohne Erfolg.

Der Wagen rollte noch ein paar Yards und blieb dann ganz stehen.

»Jetzt haben wir den Salat«, sagte Evelyn.

»Weiß ich selbst, verdammt.« Hugh warf sich auf seinem Sitz herum. »Aber wer wollte denn unbedingt in dieses Kaff? Du oder ich?«

»Ha, ha«, lachte Evelyn, »jetzt soll ich noch schuld sein, daß der Wagen stehengeblieben ist, was?«

»Bist du auch.«

»So was habe ich noch nie erlebt.« Ehe der Streit jedoch zu einem zünftigen Ehekrach ausarten konnte, klinkte Hugh O'Hara die Tür auf und schwang sich halb aus dem Wagen. Sofort waren seine Hosenbeine klatschnaß.

»Wo willst du denn hin?« rief Evelyn.

»Anschieben!« knurrte Hugh. »Los, setz dich hinter das Steuer.«

»Das nützt auch nichts«, murrte Evelyn, bequemte sich aber dann doch, ihren Platz zu wechseln.

Hugh O'Hara stellte den Kragen seines Trenchcoats hoch und lief an die Hinterseite des Wagens. Das auf der Straße stehende Wasser umspielte dabei seine Fußknöchel.

»Solch eine verdammte Schei . . .«, fluchte Hugh O'Hara und stemmte sich gegen die Karosserie des Simca.

Unendlich langsam kam der Wagen in Bewegung.

»Leg mal den zweiten Gang ein!« schrie Hugh gegen das Geräusch des Regens an.

Er wußte nicht, ob ihn seine Frau gehört hatte. Auf jeden Fall rollte der Wagen ein paar Yards und blieb dann wieder stehen.

Hugh O'Hara wollte sich gerade wieder in Bewegung setzen, da sah er die Frau.

Sie stand direkt am Straßenrand, war urplötzlich aus dem Wald getreten.

O'Hara blieb stehen.

Er merkte nicht, daß ihm der Regen weiterhin auf den Körper klatschte, ihm ins Gesicht schlug und in die Schuhe drang. Hugh hatte nur Augen für die Frau.

Sie trug ein einfaches Kleid, das durch die Nässe wie eine zweite Haut an ihrem Körper klebte. Von den pechschwarzen Haaren lief das Wasser in Strömen über das Gesicht, die Schultern.

»Was machen Sie denn hier?« fragte Hugh, und ihm fiel sofort auf, daß er viel zu leise gesprochen hatte, so daß ihn die Frau gar nicht hören konnte.

Trotzdem kam sie näher.

Sie trug auch irgend etwas in der Hand.

Hugh sah genauer hin und erkannte ein Schwert.

Was will diese Person mit einem Schwert? fragte er sich.

»Hugh, komm endlich!« drang Evelyns Stimme zu ihm herüber.

Hugh O'Hara gab keine Antwort. Die Frau hatte ihn vollständig in ihren Bann gezogen.

Die Unbekannte lächelte. Es war ein falsches, freudloses Lächeln, doch Hugh O'Hara schien es nicht zu bemerken.

»Wollen Sie mitkommen?« fragte er.

Die Frau nickte.

»Da vorn steht mein Wagen. Er fährt zwar im Moment nicht, aber drinnen ist es bestimmt trockener als hier draußen.«

Hugh setzte sich in Bewegung.

Die Unbekannte folgte ihm langsam.

Evelyn hatte bereits eine Scheibe heruntergekurbelt. Sie verzog ihr Gesicht, weil sie einige Regentropfen abbekam.

»Was hast du denn da so lange rumgestanden?« fragte sie unwillig.

»Ich habe eine getroffen.«

»Eine Frau?« echote Evelyn mißtrauisch.

»Ja, sie stand am Straßenrand. Ich habe ihr gesagt, sie kann sich in unseren Wagen setzen, bis der Regen aufgehört hat.«

»Ich weiß nicht so recht . . .«

»Unsinn, mach schon die Tür auf. Denkst du, ich will hier draußen ertrinken?«

Evelyn beugte sich nach hinten, um den Hebel der Fondtür hochzudrücken. Dabei warf sie zufällig einen Blick in den Innenspiegel.

»Hugh!« Ihr gellender Schrei ließ den Mann herumfahren.

Seinen Augen bot sich ein schreckliches Bild.

Die Unbekannte war bis auf einen Yard an ihn herangekommen. Sie hatte den Arm mit dem Schwert erhoben, bereit, Hugh O'Hara die Klinge in die Brust zu rammen.

Hugh drehte sich instinktiv zur Seite.

Trotzdem konnte er dem mörderischen Stoß nicht ganz ausweichen. Das Schwert bohrte sich in Hugh O'Haras Hüfte.

Der Mann röchelte. Aufstöhnend drehte er sich um die eigene Achse, seine rechte Hand griff instinktiv zu und bekam den Außenspiegel zu fassen.

Mit seinem gesamten Gewicht hing der Mann an dem Spiegel. Ratschend brach die Halterung.

Hugh O'Hara stürzte zu Boden.

Elizabeth Barthony beugte sich über ihn und schlürfte gierig das aus der Wunde quellende Blut.

Das war genau der Moment, in dem Evelyn O'Hara ihren ersten Schrecken überwunden hatte.

Sie mußte ihrem Mann jetzt helfen! Und unter dem Beifahrersitz lag ein schwerer Schraubenschlüssel.

Die Finger der Frau tasteten unter den Sitz, bekamen den Schlüssel zu fassen.

Hastig und mit fliegendem Atem öffnete Evelyn die Beifahrertür. So schnell es ging, warf sie sich aus dem Wagen, rutschte auf der regennassen Straße aus, zerschrammte sich das Knie, verbiß jedoch den Schmerz und hetzte um die Kühlerhaube herum.

Ihr Mann lag neben dem Wagen. Die unbekannte Frau hatte sich über ihn gebeugt und den Mund auf seine blutende Wunde gepreßt. Das Schwert lehnte an dem Wagen.

Evelyn O'Hara drehte durch!

Mit einem fast tierischen Schrei hob sie den schweren Schraubenschlüssel und drosch ihn mit aller Kraft auf den Schädel der Unheimlichen.

Tief bohrte sich der eiserne Gegenstand in den Kopf der Untoten.

Eine dicke, schwarze Flüssigkeit quoll hervor, die vom Regen jedoch abgespült wurde.

Elizabeth Barthony wurde von der Wucht zur Seite geschleudert.

Zu einem zweiten Schlag fehlte Evelyn O'Hara einfach die Kraft. Entsetzt starrte sie auf die Untote, die sich trotz ihres fast gespaltenen Schädels erhob, das Schwert packte und mit grausam verzerrtem Gesicht auf Evelyn zukam.

Evelyns Nerven spielten nicht mehr mit. Die Frau ließ den Schaubenschlüssel fallen, riß die Hände vors Gesicht und schrie, schrie, schrie . . .

Der plötzliche Regen überraschte auch John Sinclair. Die hellen Scheinwerfer des Bentley, deren Lichtfinger wie zwei Lanzen durch den nachtdunklen Park stachen, waren plötzlich zur Wirkungslosigkeit verurteilt.

John fluchte.

Auf sich und auf das verdammte Wetter.

Bestimmt hatte Elizabeth Barthony den großen Park bereits verlassen, um auf die Straße zu kommen, die in Richtung Longford führte.

John fuhr, so schnell es ging, durch den Park. Er jagte den Wagen durch Regenpfützen, deren Wasser hoch aufspritzte, als die Räder hindurchpreschten.

Endlich sah John das Tor.

Der Inspektor bremste ab, gab dann wieder Gas und schlitterte auf die Straße, die nach Longford führte.

John fuhr jetzt langsamer. Hielt sich mitten auf der Fahrbahn.

Die zusätzlich eingeschalteten Halogenscheinwerfer verschafften John eine etwas bessere Sicht.

Die Scheibenwischer des Bentley arbeiteten auf Hochtouren. Trotzdem konnten sie die Wassermassen nicht schaffen. Zu dicht war der Regen.

John schwitzte am gesamten Körper. Er hatte Mühe, seine aufgepeitschten Nerven unter Kontrolle zu halten.

Kurz vor der Kurve sah er den anderen Wagen.

Es war ein orangefarbenes Auto, das am Straßenrand stand.

Schemenhaft sah John Sinclair auch zwei Menschen.

Zwei Frauen!

Eine kannte er.

Elizabeth Barthony.

Johns Fuß nagelte die Bremse fest. Der Wagen stand noch nicht ganz, da hechtete John schon hinaus.

Er sah, wie die Untote ihr Schwert hob, um es der anderen Frau in die Brust zu stoßen.

John flog förmlich auf Elizabeth Barthony zu. Der Schrei des wehrlosen Opfers gellte ihm noch in den Ohren, als er Elizabeth Barthony herumriß.

Die Untote bot einen grauenvollen Anblick. Ihr halber Kopf war eingedrückt und hatte das Gesicht zu einer gräßlichen Fratze verschoben.

Die Untote wandte sich ihrem neuen Gegner zu.

John wich zurück. Er mußte Elizabeth Barthony von der jungen Frau weglocken.

Die Untote folgte.

Mit einer fließenden Bewegung zog John die Pistole, in der die silbernen Kugeln steckten.

Drei Kugeln mußte er verschießen. Und diese Kugeln mußten genau das Herz der Untoten treffen, sonst waren sie wirkunglos.

John hob die Pistole.

Seine Linke umspannte das rechte Handgelenk. Der Zeigefinger legte sich um den Abzug.

John kniff die Augen zusammen. Regenwasser rann ihm über das Gesicht.

Immer noch kam die Untote auf John zu.

John Sinclair feuerte.

Die Kugel bohrte sich genau in das Herz der Untoten.

Wie durch eine Mauer wurde Elizabeth Barthony gestoppt.

Der zweite Schuß.

Um Millimeter neben der ersten Kugel drang das zweite Geschoß in das Herz der Untoten.

Elizabeth Barthony brach in die Knie.

John Sinclair trat einen Schritt vor, senkte die Waffe und schoß zum drittenmal.

Er traf genau.

Die silberne Kugel traf die Brust der Untoten ebenfalls und löschte damit die Macht dieses Ungeheuers aus. Für immer.

John Sinclair steckte die Pistole weg. Noch immer starrte er auf die Untote, die mit dem Rücken auf der Straße lag, beide Arme von sich gestreckt.

Und dann geschah das Unheimliche.

Elizabeth Barthony begann sich vor John Sinclairs Augen aufzulösen.

Ihr sonst normal aussehender Körper zerfiel, bekam eine graue Färbung, bröckelte förmlich auseinander, bis nur noch Staub da war, der von dem strömenden Regen im Nu weggeschwemmt wurde.

Ein nasses Kleid war das einzige, was von Elizabeth Barthony übrigblieb.

Mit dem Fuß stieß John den Stoff in den Straßengraben.

Erst jetzt spürte der Inspektor die Nässe. Merkte, daß er am gesamten Körper fror.

Dann sah John Sinclair den Mann. Er lag direkt neben dem Simca und blutete aus einer gräßlichen Wunde an der Hüfte.

John kniete nieder und fühlte nach dem Puls.

Gott sei Dank, der Mann lebte. Doch wenn er nicht sofort in ärztliche Behandlung kam, war er verloren.

John legte den Verletzten vorsichtig auf den Rücksitz des Bentley.

Die Frau war durch den Schock ohnmächtig geworden. John verfrachtete sie auf den Beifahrersitz.

Dann fuhr er in Richtung Longford.

Das Ehepaar O'Hara wurde gerettet. John besuchte Evelyn O'Hara am anderen Tag im Krankenhaus.

Die Frau sah zwar noch ein wenig blaß aus, aber sonst hatte sie das Abenteuer gut überstanden.

Sie bedankte sich noch einmal überschwenglich bei John Sinclair und wollte wissen, was genau passiert war.

»Eine Frau ist aus der Irrenanstalt ausgebrochen«, log John.

»Hat man sie denn wieder eingefangen?« fragte Evelyn.

»Ja«, erwiderte John. »Diese Frau wird nie mehr Unheil anrichten.«

Evelyn O'Hara lehnte sich in ihr Kissen zurück. »Da bin ich beruhigt«, sagte sie lächelnd und schloß die Augen.

ENDE

Das Rätsel der gläsernen Särge
FF 93

Da waren sie wieder!

Die gräßlichen, alles verzehrenden Schmerzen. Sie zogen sich durch den gesamten Körper, fuhren wie glühende Lava in jeden Nerv, jede Pore.

Cordelia Cannon stöhnte auf. Unendlich langsam öffnete sie die Augen.

Gelbes, verschwommenes Licht stach schmerzhaft in ihre Pupillen.

Dazwischen sah Cordelia helle Flecken.

Gesichter!

Starr, ausdruckslos.

Jemand beugte sich über sie. Sprach mit leiser, beruhigender Stimme auf sie ein. Cordelia verspürte einen Einstich in ihrem Oberarm. Sie merkte, wie eine nie gekannte Ruhe von ihr Besitz ergriff. Sie wollte nur noch schlafen, schlafen, schlafen . . .

Auf einmal konnte Cordelia alles klar erkennen. Die dunkle, holzgetäfelte Decke über ihr, die mit blauen Seidentapeten bespannten Wände und die Männer, die Cordelia umstanden und zynisch grinsend auf sie hinabsahen.

Cordelia wollte etwas sagen, doch ihre Stimme versagte. Panik schoß in dem Mädchen hoch. Cordelia wollte den Kopf drehen, ihren Arm heben – nichts.

Die Gesichter über ihr wichen zurück, machten zwei anderen Platz. Männer hoben Cordelia hoch, trugen sie ein paar Schritte weiter und legten sie in eine durchsichtige Kiste.

Die Männer brachten den Deckel der Kiste, setzten ihn mit unbewegten Gesichtern auf das Unterteil. Schmatzend saugten sich die Gumminäpfe zwischen den beiden Hälften fest.

Cordelia Cannon lag in einem gläsernen Sarg!

Das Telefon klingelte schrill.

Mit einem Fluch griff der Reporter Bill Conolly nach dem Hörer und knurrte ärgerlich seinen Namen in die Muschel.

»Wenn du schlechte Laune hast, will ich erst gar nicht länger stören«, tönte eine weibliche Stimme am anderen Ende der Leitung.

»Ach, du bist es Sheila«, sagte Bill schon wesentlich freundlicher. »Bitte, sei mir nicht böse, aber ich sitze gerade an einem

Bericht, der doch nicht so glattläuft, wie ich es mir vorgestellt habe. Gibt's denn was Wichtiges?«

Der erfolgreiche Reporter Bill Conolly hatte seine Frau erst vor einem halben Jahr kennengelernt. Und das unter ziemlich makabren Umständen. Jetzt waren sie allerdings schon seit vier Monaten verheiratet, und Bill hatte versprechen müssen, nicht mehr bei gefährlichen Abenteuern mitzumischen.

Sheila Hopkins hatte ein nicht unbeträchtliches Vermögen mit in die Ehe gebracht, und die beiden konnten eigentlich von den Zinsen leben, wenn eben nicht Bills Drang zur Selbständigkeit gewesen wäre. Sheila hatte das akzeptiert, und so kamen die beiden prächtig miteinander aus.

»Ja, was ich dir sagen wollte, Bill.« Sheilas Stimme klang auf einmal verändert. »Ich habe soeben von dem Tod einer Schulfreundin erfahren.«

»Oh, das tut mir leid.«

Sheila schluckte ein paarmal, ehe sie weitersprach. »Wir wollten uns doch eigentlich heute abend treffen und gemeinsam essen gehen. Du verstehst, daß ich keinen Appetit habe. Ich werde gleich zu dem Beerdigungsinstitut fahren, wo Cordelia aufgebahrt worden ist. Ich möchte sie noch einmal sehen.«

»Natürlich, Darling«, sagte Bill. »Das Essen ist schließlich nicht so wichtig. Wann bist du ungefähr zu Hause?«

»Na, in zwei bis drei Stunden.«

»Gut, ich erwarte dich dann.«

Bill sagte noch ein paar nette, tröstende Worte und hängte dann ein.

Nie im Leben hätte er damit gerechnet, daß dieser Anruf der Beginn eines Falles war, wie Bill Conolly ihn schrecklicher und grausamer noch nie erlebt hatte . . .

Bis zur Fertigstellung ihres Hauses bewohnten die Conollys ein Vier-Zimmer-Appartement in einem modernen Hochhaus nahe der Londoner City.

Sheila Conolly rief ein Taxi an und ließ sich zu dem Beerdigungsinstitut Seelenfrieden in die Latimer Road bringen.

Das Beerdigungsinstitut lag in einem alten zweigeschossigen Haus, dessen graue Fassade schon fast zur Hälfte abgeblättert war.

Schwarzgetünchte Fensterscheiben, auf denen der Name »Seelenfrieden« stand, glotzten Sheila an.

Sheila Conolly fröstelte unwillkürlich, als sie an dem Haus hochsah. Es kostete sie sichtlich Überwindung, auf den in einer bronzenen Zisilierung steckenden Klingelknopf zu drücken.

Zuerst geschah gar nichts.

Sheila wollte schon zum zweitenmal klingeln, da ertönte der Türsummer.

Mit der linken Hand drückte Sheila die Tür auf.

Sie machte drei Schritte und befand sich in einer Art Laden, in dem es nach Buchsbaum und Weihrauch roch. Gedämpftes Licht erhellte den Raum, an dessen Wänden Särge der verschiedensten Größen und Preisklassen standen. Ein Glasschrank fesselte Sheilas Aufmerksamkeit. In ihm standen kostbare Urnen der gesamten geschichtlichen Zeitepochen. Vom Mittelalter bis in die Gegenwart.

»Was kann ich für Sie tun, Madam?«

Die weiche, flüsternde Stimme ließ Sheila zusammenschrecken. Fast abrupt wandte sie sich um.

Vor ihr stand in einer devoten Haltung ein Mann. Er trug einen schwarzen Anzug und hatte die Hände in Höhe der Gürtelschnalle übereinandergelegt. Sein dunkles Haar war zurückgekämmt. Zwei kohlrabenschwarze Augen stachen aus dem Gesicht mit der bleichen, ungesunden Farbe hervor. Die Nase war ein wenig breit und das Kinn eine Idee zu fleischig.

Sheila räusperte sich, ehe sie antwortete. »Ich – ich . . .«

Der Mann winkte ab. »Darf ich Ihnen zuvor mein herzlichstes Beileid aussprechen, Madam. Ich weiß, wie schwer es ist, wenn einer unserer Lieben plötzlich aus dem Kreis gerissen wird, aber seien Sie versichert, Madam, wir werden alles in unserer Macht stehende tun, um dem Verstorbenen eine würdige Beerdigung zu gewährleisten. Sie gestatten, daß ich mich vorstelle. Mein Name ist William Abbot. Ich bin der Besitzer des Institutes. Aber wollen wir uns nicht setzen, Miss . . .?«

»Mrs. Sheila Conolly«, verbesserte Sheila.

»Pardon, Madam, ich wußte nicht, daß Sie . . . Oder ist Ihr Gatte etwa . . .?«

»Nein, Mister Abbot. Es ist niemand aus meiner Familie gestorben. Ich bin aus einem anderen Grund hier.«

»So?« Abbots Stimme klang auf einmal anders. Schärfer, lauernder.

»Es geht um eine Freundin. Eine gewisse Cordelia Cannon. Ich habe gehört, daß sie hier bei Ihnen aufgebahrt sein soll.«

»Das ist richtig«, erwiderte Abbot.

»Darf ich sie sehen?«

William Abbot räusperte sich. »Es gehört an und für sich nicht zu den Gepflogenheiten unseres Hauses, einer Bitte, wie Sie sie jetzt vortrugen . . .«

»Bitte, Mister Abbot. Nur diese eine Ausnahme. Was ist schon dabei, wenn ich meine Freundin noch ein letztes Mal sehe.«

Abbot wand sich wie ein Aal auf dem Trockenen.

Sheila griff in ihre Handtasche und holte eine Einhundert-Pfund-Note hervor.

»Wenn es daran liegen sollte, Mister Abbot . . .«

»Um Himmels willen, Madam. Nein, durch Geld überreden Sie mich nicht. Aber Sie können beruhigt sein. Ich werde Ihnen Cordelia Cannon zeigen. Folgen Sie mir.«

William Abbot verschwand hinter einem schwarzen Samtvorhang, den Sheila bisher übersehen hatte.

Ein ebensogroßer Raum nahm sie auf. Hier war die Decke holzgetäfelt und die Wände mit blauen Seidentapeten bespannt.

In der Mitte des Raumes stand eine Art Podest.

Und darauf ein gläserner Sarg.

William Abbot stellte sich neben den Sarg und machte eine einladende Bewegung. »Bitte, Mrs. Conolly.«

Zögernd trat Sheila näher. Mit allem hatte sie gerechnet, nur nicht mit einem Sarg aus Glas.

»Es ist unsere Eigenart, die Toten in gläsernen Särgen beizusetzen«, hörte sie Abbots Stimme. »Wir haben uns durch diese neue Art der Beerdigung in London und Umgebung einen sehr guten Ruf erworben.«

Sheila trat an das Fußende des Sarges. Vorsichtig, als hätte sie Angst, etwas zu zerbrechen, strich sie über das Glas. Doch es war dick und fest. Sheila sah die Gummistreifen zwischen den Sarghälften.

Sheilas Blick wanderte wieder und blieb auf dem Gesicht ihrer Freundin haften.

Fast überdeutlich konnte sie die ebenmäßigen Gesichtszüge erkennen. Sheila hatte das Gefühl, als würde der Sargdeckel wie ein riesiges Vergrößerungsglas wirken. Sheila sah fast jede Einzelheit in dem Gesicht ihrer ehemaligen Freundin. Mit Gewalt mußte sie die Tränen unterdrücken. Bilder aus den Schultagen stiegen vor ihren Augen auf, verschwammen wieder, und schließlich sah Sheila Conolly wieder Cordelias Totengesicht.

Zwei, drei Minuten blieb Sheila unbeweglich stehen. Sie spürte nicht, wie sie sich die Unterlippe blutig biß, so sehr hielt sie dieser Anblick gefangen.

»Sie müssen jetzt gehen, Mrs. Conolly«, sagte William Abbot leise.

Sie wollte sich gerade abwenden, da sah sie, wie das linke Augenlid der Toten zuckte.

Für einen Sekundenbruchteil stand Sheila wie festgenagelt. Dann schrie sie plötzlich leise auf.

Mit zwei Schritten stand William Abbot neben ihr. »Was haben Sie denn, Mrs. Conolly?« fragte er. »Ist Ihnen nicht gut?«

Sheila wankte ein wenig zurück. »Doch, doch«, flüsterte sie, »nur . . . die Tote, sie . . .«

»Was hat sie?« erkundigte sich Abbot lauernd.

»Sie hat sich bewegt!«

William Abbot lachte auf. »Sie entschuldigen meine Heiterkeit, Mrs. Conolly. Aber die Dame in dem Sarg ist tot. Sie kann sich nicht mehr bewegt haben.«

»Aber vielleicht ist sie nur scheintot?« rief Sheila mit bebender Stimme.

»Ich bitte Sie, Madam. Ich selbst habe den Totenschein gesehen, den Doc Meredith ausgestellt hat. Und anschließend habe ich die Tote auch noch untersucht. Nein, Madam, was Sie sagen, ist ausgeschlossen. Ich nehme an, Ihre Nerven haben Ihnen einen Streich gespielt. Sehen Sie, das ist unter anderem ein Grund, weshalb ich niemanden in diesen Raum lasse. Bei Ihnen habe ich leider eine Ausnahme gemacht. Es wird mir jedoch für die Zukunft eine Lehre sein. Wenn ich jetzt bitten darf, Madam!«

William Abbot ging die paar Schritte zu dem Vorhang und hielt ihn einladend auf.

Sheila warf noch einen letzten Blick auf den gläsernen Sarg, dann drehte sie sich entschlossen um und betrat schnell den Verkaufsraum.

William Abbot lächelte wieder gewinnend. Er knetete seine langen Finger, so daß die Gelenke knackten. Das Geräusch drang

Sheila durch Mark und Bein. Sie sah, daß bei dem Bestattungsunternehmer rötliche Haare auf den Handflächen wuchsen. Sie sah aber auch den großflächigen Ring an Abbots Mittelfinger. Der Ring sah sehr wertvoll aus und hatte auf der Oberfläche eingravierte seltsame Zeichen.

»Ein altes Erbstück«, sagte William Abbot, der Sheilas Blick bemerkt hatte.

Es entstand eine kleine Pause. Erst jetzt kam Sheila Conolly die Stille zum Bewußtsein, die in dem Haus herrschte.

Wie in einem Grab, dachte die junge Frau mit Schaudern.

»Ist noch etwas, Mrs. Conolly?« fragte der Bestattungsunternehmer leise.

Sheila, die sich schon zum Gehen gewandt hatte, blieb noch einmal stehen.

»Ich hätte eine Frage, Mister Abbot. Wo wohnt Doc Meredith, der den Totenschein für Cordelia Cannon ausgestellt hat?«

Abbots Augen zogen sich zusammen. »Weshalb interessiert Sie das, Mrs. Conolly?«

Sheilas Gesicht wurde ernst. »Ich will Ihnen mal etwas sagen, Mister Abbot. Ich habe Cordelia Cannon gesehen. Und ich habe weiter gesehen, daß sich die angebliche Tote bewegt hat. Ich habe sehr gute Augen. Also, was ist mit der Adresse?«

»Latimer Road 65, am Ende der Straße«, stieß William Abbot beinahe haßerfüllt hervor.

»Danke, Mister Abbot. Sie haben mir sehr geholfen«, erwiderte Sheila.

Dann zog sie die Tür auf und verschwand nach draußen. Abbots haßerfüllten Blick sah sie nicht mehr.

Sheila war froh, daß sie wieder frische Luft atmen konnte. Die bedrückende Atmosphäre in dem Bestattungshaus war ihr doch auf die Nerven gegangen.

Die Nummer 65 war das letzte Haus in der Latimer Road. Es hatte zwar einen kleinen Vorgarten, sah jedoch genauso alt und ungepflegt aus wie die anderen Häuser in dieser Straße.

Sheile öffnete ein kleines verrostetes Gartentor und schellte.

Niemand öffnete.

Sheila ging vorsichtshalber um das Haus herum. Sie entdeckte zwar einen alten, zerfallenen Stall, aber von Doc Meredith keine Spur. Sheila wunderte sich auch, daß der Arzt kein Schild an seiner Haustür hatte. Hier schien manches nicht zu stimmen.

Sheila schaute sich noch einmal um und sah etwa zwanzig Yard weiter die hohe Mauer des Welford Cemetery. Dieser Friedhof gehörte zu den ältesten in London. Trotzdem wurden dort immer noch Menschen beigesetzt.

Sheila verließ das kleine Grundstück und ging die Straße hoch, um nach einem Taxi Ausschau zu halten. Jetzt ärgerte sie sich, daß sie keinen Wagen mitgenommen hatte.

Ihre Schritte hallten laut über das Kopfsteinpflaster. Sie war fast die einzige Person auf der Straße. Nur etwa fünfzig Yard vor ihr schlich eine alte Frau gebückt an den rissigen Hauswänden entlang.

Als sie an dem Bestattungsinstitut vorbei kam, hatte sie das Gefühl, von tausend Augen beobachtet zu werden.

Unwillkürlich beschleunigte Sheila ihre Schritte.

Sie befand sich hier in einem der ältesten Viertel von London. Vor Jahrzehnten hatte sich hier Jack the Ripper herumgetrieben.

Aber nichts geschah.

Unbehelligt erreichte Sheila verkehrsreicheres Gebiet und fand auch schnell ein Taxi.

Aufatmend ließ sie sich in die Polster fallen und nannte ihre Adresse.

Ihr Mann wartete schon.

Bill hatte es sich in einem Sessel bequem gemacht, die Füße dabei auf den Tisch gelegt, und verfolgte mehr oder weniger interessiert das Fernsehprogramm.

Als Sheila ankam, stand er auf, stellte den Fernsehapparat ab und nahm seine Frau in die Arme.

»Ich hatte mir schon Sorgen gemacht, Darling.«

»Oh, Bill, es war schrecklich«, schluchzte Sheila.

»Komm, setz dich erst mal. Ich hole dir was zu trinken.«

Bill mixte einen Manhatten. Sheila trank ihn dankbar. Dann begann sie zu erzählen. Bill hörte aufmerksam zu.

Erst als Sheila geendet hatte, fragte er: »Und du hast dich wirklich nicht getäuscht? Deine Freundin Cordelia hat ein Augenlid bewegt?«

»Wenn ich es dir doch sage, Bill.«

»Aber können dir deine überreizten Nerven keinen Streich gespielt haben?«

Sheila schüttelte entschieden den Kopf. »Auf keinen Fall, Bill. Ich weiß, was ich gesehen habe. Und dann mußt du dir Abbot mal ansehen. Schrecklich, dieser Kerl, sage ich dir. Außerdem scheint mit Doc Meredith auch nicht alles zu stimmen. Ein komischer Arzt, der noch nicht einmal ein Schild an seinem Haus hängen hat.«

Nachdenklich geworden, zündete sich Bill eine Zigarette an. »Und welcher Plan hat sich in deinem hübschen Kopf nun festgesetzt?«

Sheila lächelte wissend. »Wir sind zwar erst einige Monate verheiratet, aber dafür kennst du mich schon sehr gut. Ich habe mir gedacht, wir statten diesem obskuren Doc Meredith heute abend einen Besuch ab.«

»Und welchen Grund willst du angeben?«

»Wird mir schon irgend etwas einfallen.«

»Gut.« Bill nickte zustimmend. »Nur darf ich dich an eines erinnern.«

»Und das wäre?«

»Was mußte ich dir bei unserer Hochzeit versprechen?«

»Daß du dich nicht mehr in Kriminalfälle einmischst. Aber in diesem Fall ist es etwas anderes. Es geht um meine Freundin. Außerdem ist nicht bewiesen, daß es ein Fall ist.«

»Trotzdem warst du es, die das Versprechen gebrochen hat«, erwiderte Bill grinsend. »Denke immer daran, mein Schatz.«

»Da, das Eckhaus ist es«, sagte Sheila Conolly leise und legte ihre Hand auf Bills Knie.

Der Porsche rollte mit abgeblendeten Scheinwerfern durch die Latimer Road. Die fast stockfinstere Straße wurde nur durch vereinzelt stehende Gaslaternen erhellt, deren milchiger Schein kaum den Boden berührte.

»Du hast wirklich recht, Sheila«, sagte Bill, »hier scheint die Zeit stehengeblieben zu sein. Fehlt nur noch, daß Jack the Ripper auftaucht.«

»Bill, damit treibt man keine Scherze«, erwiderte Sheila fast vorwurfsvoll.

»War ja auch nicht so gemeint«, schwächte der Reporter ab und trat auf die Bremse.

Sanft kam der Porsche zum Stehen.

Sheila blickte aus dem Seitenfenster. »Bei dem Doc brennt kein Licht.«

»Der wird wohl schon im Bett liegen. Ist schließlich ein alter Mann.«

»Woher weißt du das?«

»Ich habe mich bei der Ärztekammer erkundigt. Man hat ja so seine Beziehungen. Doc Meredith führt schon längst keine eigene Praxis mehr. Er hat nur noch Privatpatienten. Und die gehören eher zu den unteren als zu den oberen Zehntausend.

»Und er darf noch praktizieren?«

»Bis jetzt jedenfalls. Na, ich werde mir das Häuschen mal ansehen.«

Bill machte Anstalten, aus dem Wagen zu steigen. »Sei aber vorsichtig«, rief sie ihm nach. »Ich hab' mal wieder solch ein komisches Gefühl.«

Bill winkte seiner Frau beruhigend zu, schob das verrostete Gartentor auf und ging durch den kleinen Vorgarten auf das Haus zu.

Bill Conolly schellte.

Niemand öffnete.

Probeweise drückte Bill gegen die Tür.

Knarrend schwang sie zurück.

Ehe Bill Conolly das Haus betrat, holte er noch eine Taschenlampe aus der Jacke.

Im Schein der Lampe erkannte er, daß das Schloß der Tür aus der Fassung gebrochen war.

Eine dumpfe Ahnung überfiel den Reporter. Vorsichtig betrat er das Innere das Hauses, an dessen Wänden die Farbe reihenweise abgeblättert war.

Ein schmaler Flur nahm Bill auf. Links und rechts zweigten einige Holztüren ab.

Sie waren nicht verschlossen.

Bill trat jede der Türen mit einem Fußtritt auf, ehe er in das dahinterliegende Zimmer leuchtete.

Er entdeckte ein Wohnzimmer, eine Küche, in der der Dreck stand, ein Schlafzimmer – und ein Arbeitszimmer.

Dazu gehörte die letzte Tür auf der linken Seite.

Bill wunderte sich noch, daß er keine Arztpraxis vorfand, als der Lampenschein eine Gestalt traf, die in einem hochlehnigen Sessel saß und von der Bill nur den Hinterkopf erkennen konnte.

»Doc Meredith«, rief Bill leise, in der Hoffnung, daß der Mann nur schlafen würde.

Er erhielt keine Antwort.

Auf Zehenspitzen betrat Bill das Zimmer. Die Lampe in seiner Hand zitterte leicht, als er sich dem bewußten Stuhl näherte.

Bill Conolly war wirklich auf alles gefaßt, doch was er plötzlich in dem hellen Lichtstrahl zu sehen bekam, schockte ihn doch sehr.

Der Mann auf dem Stuhl hatte kein Gesicht mehr.

Es war regelrecht zerfressen worden.

Gewaltsam unterdrückte Bill Conolly ein Würgen.

Der Mann, wahrscheinlich Doc Meredith, war grausam verstümmelt worden. Denn als Bill den Lampenstrahl weiter über die Gestalt wandern ließ, sah er noch einige Körperstellen, die zerfleischt worden waren.

Welch eine Bestie mußte hier gewütet haben?

Der Mann in dem Sessel war nackt. Nach der Beschaffenheit seiner Haut zu schließen, mußte er doch schon älter sein. Nun war Bill ganz sicher, daß er Doc Meredith vor sich hatte.

Bill, der die Tür zu dem Zimmer offengelassen hatte, hörte plötzlich, wie diese mit einem leisen Laut zuschlug.

Der Reporter trat blitzschnell einen Schritt zur Seite und richtete den Lampenstrahl in Richtung Tür. Er meinte, gerade noch eine Gestalt aus dem Lichtkegel huschen zu sehen.

Bill Conolly ging in die Ecke, während er gleichzeitig die Lampe ausknipste.

Jetzt drang überhaupt kein Licht mehr in das Zimmer, denn die Fenster waren durch Blendladen abgesichert.

Bill verhielt sich ganz ruhig.

Er wußte nicht, wer seine Gegner waren. Es gab für ihn zwei Möglichkeiten. Entweder waren es die Bestien, die Doc Meredith so schrecklich zugerichtet hatten, oder nur normale Einbrecher, mit denen man sich bestimmt ohne Blutvergießen arrangieren konnte.

Bill ärgerte sich, daß er seine Pistole nicht mitgenommen hatte. Die lag zu Hause in seinem Nachttisch.

Ein leises Lachen schreckte Bill auf. Er konnte leider nicht bestimmen, aus welcher Richtung das Geräusch gekommen war, dafür war es zu schnell wieder verstummt.

Bill merkte, wie ihm der Schweiß in dicken Tropfen auf der Stirn perlte.

Verdammt, das war ein Nervenspiel.

Bill orientierte sich nach rückwärts, ging in die Hocke und bekam im selben Moment einen mörderischen Schlag in den Nacken.

Aufgurgelnd fiel Bill auf den Bauch, hatte jedoch noch die Geistesgegenwart, sich gedankenschnell zur Seite zu rollen.

Dadurch ging ein gemeiner Tritt seines Gegners ins Leere.

Bills Hände fühlten die Rückseite eines Sessels. Er tastete sich weiter und zog seinen Körper aufstöhnend an der Lehne hoch.

»Darf ich helfen, mein Freund?« klang eine sanfte Stimme auf, und im selben Augenblick ging das Licht an.

Es war ein trübes, milchiges Licht, das von einer altmodischen Schalenlampe an der Decke verbreitet wurde.

Bill fühlte sich unter den Achseln gepackt und hochgezogen. Und er sah, daß Widerstand zwecklos war. Im Moment jedenfalls.

Um ihn herum standen vier Männer. Sie waren alle gleich angezogen, trugen blaue Leinenkittel und lange, weit fallende Hosen. Ihre Gesichter waren starr, fast wie Masken.

Zwei Männer stießen Bill in den Sessel. Dann prasselten die Fragen auf den Reporter herab.

»Was hatten Sie hier zu suchen?«

»Den Arzt. Ich bin wegen einer Krankheit hier«, erwiderte Bill.

»So spät noch?«

»Doc Meredith hatte mich bestellt.«

»Wer sind Sie?«

Bill zuckte mit den Schultern.

Der Frager gab seinem Kumpan einen Wink. Flinke Finger glitten in Bills Jackett und holten seine Brieftasche hervor.

Der Frager blätterte in Bills Papieren. »Sieh an, ein Reporter. Und Sie haben es nötig, zu einem Unterweltsarzt zu gehen?«

»Wußte ich das?«

»Machen Sie sich nicht lächerlich, Mister Conolly. Es ist Ihnen doch klar, daß wir Sie nicht mehr am Leben lassen können, nach dem, was Sie gesehen haben?« Dabei deutete der Mann auf den toten Doc Meredith.

Bills Hände krallten sich in den Stoff der Sessellehne. »Was habt ihr mit dem armen Mann gemacht, ihr Schweine?«

»Wir haben ihn getötet, das ist alles.«

Bill lachte bitter auf. »Alles, sagen Sie? Sie haben ihn gequält, ihn gefoltert. Gucken Sie doch den zerschundenen Körper an, Sie dreckig . . .«

»Stop.« Der Mann hob leicht seine Hand. »Wir haben Doc Meredith nicht gefoltert. Als diese, sagen wir, Sache mit ihm passierte, war er schon tot.«

»Was sagen Sie da?« keuchte Bill. »Aber verdammt noch mal, was soll das Ganze denn für einen Sinn haben?«

Jetzt lächelte der Mann zum erstenmal. Doch es war ein kaltes, grausames Lächeln. Bill Conolly sah starke, kräftige Zähne, alle übermäßig groß, aber keine Vampirzähne.

»Um Ihre Frage zu beantworten, Mister Conolly. Haben Sie schon mal etwas von den Ghouls gehört?«

Bill Conolly krampfte sich zusammen. »Sie meinen die Leichenfresser?«

»Ja, so nennt man uns wohl.«

»Mein Gott«, flüsterte Bill erstickt. Mehr nicht. Mehr konnte er nicht sagen. Zu ungeheuerlich war das, was er eben erfahren hatte.

Es gab Ghouls. Es hatte sie immer gegeben, wenn man den alten Geschichten und Sagen Glauben schenken wollte. Ghouls waren Wesen, halb Mensch, halb Tier. Sie lebten meistens auf Friedhöfen, hatten dort ihre unterirdischen Verstecke und ernährten sich von Leichen. Sie brachen die Särge auf, um sich ihre Opfer zu holen.

»Sie haben uns gestört, Mister Conolly. Schade für Sie. Aber gut für uns.«

Bill Conolly suchte nach einem Ausweg. Seine Gedanken arbeiteten fieberhaft, doch Bill brauchte nur in die Gesichter der vier Wesen vor ihm zu sehen, um zu erkennen, daß er keine Gnade erwarten durfte.

»Es gibt für Sie kein Entrinnen mehr, Mister Conolly. Finden Sie sich damit ab.«

Bill nickte. »Etwas hätte ich allerdings gern gewußt«, sagte er mit leiser Stimme. »Weshalb mußte Doc Meredith sterben? Nur damit Sie Ihren gräßlichen Trieb stillen können?«

»Nein«, erwiderte der Ghoul. »Aber es wäre grundverkehrt, es Ihnen zu sagen. Zuviel steht auf dem Spiel.«

Der Ghoul hatte kaum ausgesprochen, als Bill sich mit aller zur Verfügung stehenden Kraft nach hinten warf.

Der Sessel, in dem er saß, war glücklicherweise leicht und stand auf viereckigen Holzfüßen.

Bill Conolly wurde wie ein Torpedo nach hinten geschleudert, rutschte ein Stück über den Boden und sich den Kopf an irgendeinem Gegenstand.

Die vier Ghouls waren von Bills Aktion überrascht worden. Noch ehe sie reagieren konnten, war Bill schon wieder auf den Beinen und hetzte in Richtung Tür.

Er hatte gerade die Klinke in der Hand, da flog von der Seite eines der Wesen auf ihn zu.

Bill ließ die Klinke los und schlug mit der geballten Faust zu. Es knirschte, als er den Ghoul im Gesicht traf.

Dann schwang die Tür auf.

Bill warf sich in den Gang, prallte gegen die Flurwand, blieb jedoch auf den Beinen und rannte in Richtung Ausgang.

Hinter sich hörte er das Geschrei der Ghouls, die sofort die Verfolgung aufgenommen hatten.

Bill riß die Haustür auf. Mit mächtigen Sätzen rannte er durch den Vorgarten, übersprang das Gartentor und lief auf den Porsche zu.

Bill Conolly riß die Wagentür auf, warf sich hinter das Steuer und hatte plötzlich das Gefühl, sein Herz würde zu schlagen aufhören.

Sheila war verschwunden!

Sheila Conolly saß in dem Porsche und rauchte eine Zigarette. Immer wieder blickte sie zu dem Haus des Arztes hinüber, in dem ihr Mann verschwunden war.

Hoffentlich geht alles gut, dachte sie.

Fünf, sechs Minuten vergingen. Nervös schnippte Sheila die Zigarettenkippe aus dem halbgeöffneten Seitenfenster, um sich gleich darauf ein neues Stäbchen anzustecken.

»Ich hätte mitgehen sollen«, sagte sie zu sich selbst.

Ihr Blick fiel in den Innenspiegel. So weit sie sehen konnte, war die Latimer Road menschenleer. Selbst die nächste Laterne war so weit entfernt, daß sie den Schein kaum noch wahrnehmen konnte.

Ein leichtes Klopfen gegen die Seitenscheibe schreckte Sheila aus ihren Gedanken.

Verwirrt wandte sie den Kopf.

»Bill!« rief Sheila überrascht. »Ich hab' dich gar nicht kommen gehört.«

Bill Conolly lächelte ihr zu und sagte: »Steig aus. Ich muß dir etwas zeigen.«

»Sofort.«

Sheila warf die Zigarette in den Ascher und schwang sich aus dem Wagen.

Bill Conolly hatte die Hände in den Hosentaschen vergraben und wartete.

Komisch, dachte Sheila. So ist er eigentlich nie. Sagt kein Wort, macht ein verkniffenes Gesicht.

Misstrauen flackerte in der jungen Frau auf, das aber verflog, als Bill ihr zulächelte.

»Komm mit«, sagte er und faßte ihren Arm.

Bill zog Sheila auf den Bürgersteig und wandte sich von dem Haus ab, genau in die entgegengesetzte Richtung.

»Aber ich denke, wir wollten zu Doc Meredith«, protestierte Sheila.

»Gehen wir auch. Ich habe jedoch einen anderen Eingang entdeckt. Du wirst dich wundern.«

»Da bin ich mal gespannt.«

Sheila sah nicht das zynische Lächeln, das auf dem Gesicht des angeblichen Bill Conolly lag.

Sie gingen fast bis zu der nächsten Laterne, näherten sich immer mehr dem obskuren Beerdigungsinstitut.

»Bill, da stimmt doch was nicht«, sagte Sheila plötzlich.

»Keine Angst. Es ist alles in Ordnung. Hier geht es rein.«

Bill Conolly dirigierte Sheila auf einen Hauseingang zu, bei dem vier Stufen zu der alten Eingangstür hochführten.

Bill drückte gegen das Holz.

Die Tür schwang auf.

»Sei jetzt ganz still«, sagte Bill Conolly und legte seinen Zeigefinger auf die Lippen.

Bill Conolly führte Sheila durch einen stockdunklen Hausflur. Dann blieb er stehen.

Sheila, deren Augen sich langsam an die Dunkelheit gewöhnt hatten, erkannte die Umrisse einer Wohnungstür.

Bill drückte die Tür auf.

»Hier müssen wir rein«, flüsterte er.

Sheila lief eine Gänsehaut über den Rücken, als sie den finsteren Raum betrat.

Bill ließ Sheilas Arm los und ging zur Seite.

»Wo willst du hin?« flüsterte die Frau ängstlich.

»Ich mache Licht.«

Wenig später leuchtete eine Stehlampe auf.

Sheila befand sich in einem Raum, der nur spärlich möbliert war. An der Wand stand ein alter Schrank und in der Mitte des Zimmers ein Holztisch mit zwei Stühlen davor.

Bill Conolly wandte seiner Frau den Rücken zu.

»Und was sollen wir hier?« fragte Sheila.

Ganz langsam drehte Bill Conolly sich um. Er, der Sheila bis jetzt nur den Rücken zugedreht hatte, zeigte nun sein Gesicht.

Im ersten Moment glaubte Sheila, verrückt zu werden.

Zu entsetzlich, zu grauenvoll war die Überraschung.

Vor ihr stand nicht Bill Conolly, sondern ein anderer Mann, den sie aber auch kannte. Gut kannte.

Es war niemand anderes als William Abbot!

»Überrascht?« höhnte der Bestattungsunternehmer und kam mit gleitenden Schritten auf Sheila zu.

Sheila konnte kein Wort hervorbringen. So sehr hatte sie das Grauen gepackt.

Abbot stieß die Frau brutal zurück. Dann kickte er mit dem Absatz die Tür zu.

»Nun sind wir unter uns«, sagte er hämisch grinsend.

Sheila Conolly hatte sich wieder einigermaßen gefangen. »Was soll das bedeuten?« fragte sie mit schwacher Stimme. »Wer sind Sie überhaupt?«

William Abbot lächelte überlegen. »Wer ich bin? Nun, ich bin William Abbot, wenigstens für die Menschen hier. Ich habe mir auf der Welt eine Existenz aufgebaut, wie man in Ihren Kreisen doch wohl zu sagen pflegt. Ich gehe einem ganz normalen, wenn auch etwas makabren Job nach. Ich organisiere Beerdigungen mit allem Drum und Dran.«

Sheila schüttelte den Kopf. »Das glaube ich nicht, Abbot. Sie sind in Wirklichkeit etwas ganz anderes, ein Gangster, ein Verbrecher, ein . . .«

»Hören Sie auf!« sagte Abbot scharf. Er rieb sich nachdenklich sein Kinn und fixierte Sheila aus kalten, mitleidlosen Augen.

Die junge Frau erschauerte unter diesem Blick.

»Sie werden sterben«, sagte der Beerdigungsunternehmer dann plötzlich, und ehe Sheila zu einer Erwiderung ansetzen konnte, erklärte er ihr die grausamen Einzelheiten.

»Sie werden natürlich nicht vollkommen tot sein. Wenigstens nicht am Anfang. Ich werde Ihre Herztätigkeit auf ein Minimum herabsetzen und ihren Körper mit einer von mir entwickelten Kunststoffschicht übersprühen, die sich aber schon nach drei Tagen, also nach Ihrer ganz formellen Beerdigung, auflöst.«

»Sie sind verrückt«, stammelte Sheila. »Sie müssen einfach verrückt sein. Das ist doch Wahnsinn, was Sie vorhaben.«

»Aus der Sicht eines Menschen vielleicht. Aber ich bin kein Mensch.«

»Und was sind Sie wirklich?« schrie Sheila verzweifelt.

»Ein Dämon«, lachte William Abbot.

»Nein!« hauchte Sheila und legte unbewußt ihre Hand auf ihr heftig schlagendes Herz.

Erinnerungen stiegen in ihr auf. Erinnerungen an den Dämon Sakuro, aus dessen Klauen sie sich erst im letzten Augenblick hatte befreien können. Damals war ihr Vater von Sakuro getötet worden.

Und jetzt sah es so aus, als würde sie ihr Leben ebenfalls unter den Händen eines Dämons aushauchen.

»Sie glauben mir nicht, Mrs. Conolly?« fragte Abbot.

»Doch, ich glaube Ihnen.«

»Na, wunderbar. Dann wissen Sie bestimmt auch, daß Dämonen den Menschen weit überlegen sind. Ihr Mann übrigens wird in diesem Augenblick bestimmt nicht mehr unter den Lebenden sein.«

Diese Worte trafen Sheila wie Keulenschläge, raubten ihr den letzten Rest an Beherrschung.

Sheila drehte durch.

Mit erhobenen Fäusten und laut schreiend stürzte sie auf Abbot zu, wollte ihm mit den Fingernägeln das Gesicht blutig kratzen.

Doch wo William Abbot vorher gestanden hatte, war er nicht mehr. Ein schreckliches Wesen hatte seinen Platz eingenommen.

Das Wesen sah aus wie ein Mensch, war jedoch durchsichtig wie

Glas, und Sheila, die ihren Lauf abrupt stoppte, konnte das Arbeiten der lebenswichtigen Organe haargenau erkennen.

In stummer Verzweiflung schüttelte Sheila den Kopf. »Das darf nicht wahr sein«, ächzte sie. »Das . . .«

»Was darf nicht wahr sein, Mrs. Conolly?« hörte sie Abbots schleimige Stimme.

Unendlich langsam hob Sheila den Kopf.

Sie blickte genau in Abbots lächelndes Gesicht. Jetzt sah der Mann wieder völlig normal aus.

»Ich verstehe das nicht«, schluchzte Sheila. »Ich verstehe es einfach nicht.«

Sheila schlug die Hände vor das Gesicht und sank über dem Tisch zusammen.

In ihrem Rücken klang Abbots widerliches Organ auf. »Es ist alles Ihre Schuld, Mrs. Conolly. Sie hätten sich ja nicht um Ihre Freundin zu kümmern brauchen. Aber bald werden auch Sie in einem gläsernen Sarg liegen und aussehen wie ein Engel.«

Die Vorstellung, in einem dieser gläsernen Särge ihr Leben auszuhauchen, bewirkte bei Sheila ein nie gekanntes Angstgefühl. Ihr Herz begann plötzlich rasend zu klopfen, der Magen drohte sich ihr umzudrehen, und die Beine sackten weg.

Sheila rutschte ab und brach neben dem Tisch zusammen.

Aber es sollte noch schlimmer kommen.

Breitbeinig stand William Abbot über ihr. Seine Worte trafen Sheila Conolly wie flüssige Lavatropfen. Jede Silbe brannte förmlich in ihrem Gehirn.

»Wir Ghouls ernähren uns von Leichen. Auf den Friedhöfen graben wir Gänge zu den Gräbern, um an unsere Opfer zu gelangen . . .«

Abbot holte jetzt aus seiner Jackentasche eine vorbereitete Spritze hervor.

»Damit Sie lange und fest schlafen«, sagte der Bestattungsunternehmer, kniete sich hin und stach Sheila die Spritze in den Arm.

Abbot steckte die Spritze weg und stand auf.

»Alle werden sich wundern«, flüsterte er. »Es wird die Zeit kommen, wo die Dämonen die Macht auf der Erde übernehmen. Und den Anfang werde ich hier in London machen.«

William Abbot warf noch einen Blick auf die ohnmächtige Sheila und verließ dann mit schnellen Schritten den Raum.

Bills maßloser Schrecken dauerte nur Sekunden. Jedoch so lange, um ihn erkennen zu lassen, daß die Ghouls in geschlossener Front gegen den Porsche marschierten. Mit langen Sätzen rannten sie heran.

»Kommt nur, ihr Schweine!« preßte Bill hervor, drehte den Zündschlüssel herum, startete den Motor und schaltete gleichzeitig die Scheinwerfer ein.

Das Röhren des Motors durchbrach die Stille, während die Lichtfinger die Dunkelheit erhellten.

Sehnige Finger griffen nach dem Wagen, so, als wollten sie ihn festhalten.

Bill sah durch die Frontscheibe die gräßlichen Gesichter der Ghouls und legte im gleichen Augenblick den Rückwärtsgang ein.

Die Wesen wurden von dieser Aktion überrascht. Wie Puppen flogen sie von dem Wagen weg.

»Euch werd' ich's zeigen!« knurrte Bill und jagte den ersten Gang ins Getriebe.

Aufheulend schoß der Porsche vor. Die breiten Reifen erfaßten zwei auf dem Boden liegende Ghouls und zermalmten sie.

Nach wenigen Yard riß Bill das Steuer herum, trat auf die Bremse und wendete den Wagen.

Die starken Scheinwerfer erhellten eine makabre Szene.

Die beiden Wesen, die noch vor ein paar Sekunden von den Reifen erfaßt worden waren, standen soeben auf und torkelten auf den Porsche zu.

Ihre Leiber waren teilweise eingedrückt, doch sie nahmen langsam und entgegen allen Naturgesetzen wieder ihre alte Form ein.

»Das ist doch unmöglich«, flüsterte Bill Conolly. Sein Schrecken war so groß, daß er aus Versehen auf die Bremse trat.

Der Porsche stand sofort.

Jetzt hielt die Ghouls nichts mehr auf. Mit ihren knochigen Fäusten trommelten sie gegen die Scheiben. Einem war es gelungen, einen Stein aufzutreiben.

Er schleuderte ihn gegen die Seitenscheibe, die klirrend zerbrach.

Das Triumphgeheul der Ghouls gellte in Bills Ohren und riß ihn gleichzeitig aus seiner Erstarrung.

Zum Glück hatte ihn der Stein verfehlt. Bis auf ein paar Glassplitter hatte der Reporter nichts abbekommen.

Arme griffen in den Wagen, faßten nach Bills Schultern.

Bill schlug die Hände weg und warf sich auf den Beifahrersitz. Modriger Atem drang in den Wagen. Ein Ghoul quetschte seinen Oberkörper durch das zerstörte Seitenfenster und suchte nach der Türverriegelung.

Im selben Moment hielt Bill den Schraubenzieher, der in der Ablage gelegen hatte, in der Hand.

Er jagte dem Ghoul das spitze Ende ins Auge.

Durch die Wucht des Stoßes wurde das Wesen zurückgeschleudert, nur noch der Arm hing in dem Wagen.

Doch schon war ein zweiter Ghoul da, versuchte fauchend, Bills Kehle zu packen.

Der Reporter stieß die Arme weg.

In diesem Augenblick zersplitterte die andere Seitenscheibe.

Bill konnte nicht nach zwei Richtungen gleichzeitig kämpfen. Für ihn gab es nur noch eine Möglichkeit.

Die Flucht nach vorn!

Mit einem gewaltigen Ruck stieß Bill Conolly die Tür auf.

Die Ghouls hatten damit nicht gerechnet. Die wuchtig aufgeworfene Porschetür fegte sie zurück. Und ehe sie sich versahen, war Bill aus dem Wagen gehechtet und rannte an Doc Meredith' Haus vorbei in Richtung Welford Cemetery.

Nach einer Ewigkeit, so schien es Bill, tauchte die Friedhofsmauer vor ihm auf.

Bill riskierte einen Blick zurück, ehe er kurz Luft holte und dann sprang.

Seine Finger klammerten sich um die rissige Mauerkrone.

Hinter ihm keuchten die Ghouls heran.

Der Reporter mobilisierte alle Kräfte. In einer fast übermenschlichen Anstrengung zog er sich hoch und schwang das rechte Bein auf die Mauerkrone.

Im selben Augenblick waren auch die Ghouls an der Mauer.

Doch ehe sie zupacken konnten, hatte Bill auch sein linkes Bein hochgeschwungen.

Das Wutgeheul der Ghouls klang ihm noch in den Ohren, als er auf der anderen Seite zu Boden sprang.

Bill Conolly rannte sofort weiter. Taumelnd hetzte er durch die langen Grabreihen.

Bill wußte gar nicht, wie lange er auf dem Friedhof herumgeirrt war, auf jeden Fall stand er plötzlich vor dem großen Eingangstor.

Innerhalb weniger Sekunden hatte Bill es überklettert.

Von den Ghouls war nichts mehr zu sehen. Sie hatten die Verfolgung wohl aufgegeben.

Erst jetzt merkte Bill Conolly, wie fertig er war. Seine Beine schienen aus Pudding zu sein, und seine Hände zitterten wie Espenlaub.

Siedend heiß fiel ihm Sheila ein. Bill machte sich die bittersten Vorwürfe, daß er seine Frau im Stich gelassen hatte.

Aber wo war sie?

Wer hatte sie entführt?

Waren es auch Ghouls gewesen?

Bill wußte keine Antwort. Er wußte aber eins, wenn Sheila nicht so schnell wie möglich gefunden wurde, war ihr Leben keinen Pfifferling mehr wert.

Allein dieser Gedanke ließ Bill Conolly in nie gekannte Panik fallen.

Es dauerte Minuten, bis er sich wieder beruhigt hatte und klar denken konnte.

Und schließlich wurde ihm klar, was er zu tun hatte. Hier konnte nur einer helfen.

Sein Freund John Sinclair!

»Das ist doch unmöglich«, sagte Oberinspektor Kilrain und schüttelte immer wieder den Kopf.

»Wo drückte denn der Schuh?« erkundigte sich John Sinclair grinsend.

Inspektor Sinclair saß hinter seinem Schreibtisch und arbeitete an einem Bericht über seinen letzten Fall, in dem eine geheimnisvolle Gräfin die Hauptrolle gespielt hatte. John Sinclair war sozusagen das As von Scotland Yard. Er wurde nur dort eingesetzt, wo normale Polizeimethoden versagten. Zum Beispiel bei Kriminalfälen, in denen übernatürliche Dinge eine Rolle spielten. John Sinclair hatte schon große Erfolge errungen und den Spitznamen »der Geisterjäger« bekommen.

Oberinspektor Kilrain warf sich auf den Besucherstuhl, griff in die Tasche und holte ein Foto hervor. Er legte es vor John auf die Schreibtischunterlage mit den Worten: »Also, das ist mir in meiner 30jährigen Praxis noch nicht passiert. Und ich habe schon verdammt viel erlebt.«

Das Bild zeigte einen offenen Sarg, in dem ein Mann lag. Der Tote war grausam zugerichtet. Er sah so schrecklich aus, daß Johns Magen revoltierte.

Der Inspektor zog die Luft hörbar durch die Nase und legte die Aufnahme zur Seite.

Dann blickte er seinen Kollegen fragend an.

Oberinspektor Kilrain hatte sich inzwischen eine Pfeife gestopft und sog hastig an dem kunstvoll geschnitzten Mundstück, was sonst gar nicht seine Art war.

»Sie warten sicher auf eine Erklärung, John. Teilweise kann ich Sie Ihnen geben. Also, passen Sie auf. Wir hatten vor gut vier Wochen einen Mordfall. Der Mann dort in dem Sarg war erstochen worden. Es dauerte nur ein paar Tage, dann schnappten wir den Täter. Inzwischen lag der Tote aber schon unter der Erde. Und jetzt kommt das Tollste. Der Täter behauptete, in dem Sarg des Ermordeten hätte ein Bekannter von ihm Juwelen versteckt. Wir hielten das zwar für ein Hirngespinst, aber letzten Endes blieb uns nichts anderes übrig, als den Sarg nochmal zu öffnen. Wir fanden tatsächlich die Juwelen. Wie sie da hineingekommen sind, weiß der Teufel. Aber das werden wir auch noch klären. Was uns allerdings stutzig machte, war die grausam verstümmelte Leiche. Verdammt noch mal, John, der Mann lag erst ein paar Wochen unter der Erde. Der Tote kann nach menschlichem Ermessen noch gar nicht verwest sein. Und da Sie sich mit geheimnisvollen Fällen beschäftigen, John, will ich diese Sache gerne auf Sie abwälzen.«

Das war eine lange Rede, und Oberinspektor Kilrain lehnte sich aufatmend in seinen Stuhl zurück.

John Sinclair stand auf, steckte die Hände in die Hosentaschen, trat an das Fenster und blickte einige Minuten nach draußen.

»Wo ist dieser Mann denn begraben worden?« fragte er.

»Auf dem Welford Cemetery.«

»Was? Auf diesem alten Totenacker?«

Oberinspektor Kilrain zuckte die Achseln. »Warum nicht? Der Mann hat dort in der Nähe gewohnt. Er hieß übrigens Ben Toffin. Hier ist die genaue Adresse.«

Kilrain reichte John einen Zettel.

»Seit wann werden auf dem Welford Cemetery denn wieder Beerdigungen durchgeführt? Es hatte doch geheißen, der Friedhof soll in einen Park umgewandelt werden«, meinte John.

»Soviel ich weiß, seit einem Jahr. Platzmangel, verstehen Sie.

Sogar ein Bestattungsunternehmer hat sich in dieser miesen Gegend etabliert. Ein gewisser William Abbot.«

»Nie gehört, den Namen.«

»Er ist auch noch nicht lange in London. Wir haben ihm im Zuge unserer Ermittlungen einige Routinefragen gestellt, daher weiß ich das. So, und wie sieht's jetzt aus, John?«

Der Inspektor grinste verschmitzt. »Sie haben mal wieder einen Riecher gehabt, Oberinspektor. Ich werde mich um die Sache kümmern. Vielleicht steckt mehr dahinter, als wir ahnen.«

Kilrain stand auf. »Wußte ich doch, John, daß Sie die Flinte nicht ins Korn werfen. Und wenn Sie Unterstützung brauchen, ich stehe Ihnen mit den Männern meiner Abteilung zur Verfügung.«

John Sinclair nickte. »Ich werde gegebenenfalls auf Ihr Angebot zurückkommen, Oberinspektor.«

Dreißig Sekunden später war Kilrain verschwunden. John nahm sich noch einmal das Bild vor und betrachtete es unter einer Lupe.

Auch jetzt gelang es ihm nicht ganz, seinen Ekel herunterzuschlucken.

Entschlossen griff John zum Telefonhörer und ließ sich mit dem Vorzimmer seines Chefs verbinden.

Superintendent Powell hatte gerade eine Besprechung, die sich noch bis zum Mittagessen hinziehen konnte. Danach hatte er dann Zeit.

John Sinclair verzichtete auf ein Essen. Nach den Bildern war ihm der Appetit vergangen. Er trank statt dessen drei Kognaks, was er im Dienst sonst so gut wie gar nicht tat.

Pünktlich um vierzehn Uhr fand er sich dann bei seinem Chef ein.

Superintendent Powell erinnerte John immer an einen bebrillten Pavian. Er spielte meistens den Unnahbaren, und nur wenige wußten, daß er in Wirklichkeit ganz anders war.

Als John eintrat, fragte der Superintendent als erstes: »Wollen Sie mir den Bericht über Ihren letzten Fall bringen?«

»Nein, Sir, der ist noch nicht fertig.«

Powell blickte vorwurfsvoll auf seinen Kalender, der auf dem Schreibtisch stand.

»Der Bericht ist mittlerweile schon drei Tage überfällig, Inspektor Sinclair. Ich erwarte mehr Pünktlichkeit.«

»Ich werde mich bessern, Sir«, versprach John.

»Ich nehme es zur Kenntnis«, erwiderte Powell, und auf seinen Lippen spielte ein verstohlenes Lächeln.

»Weshalb wollten Sie mich sprechen, Inspektor?«

Statt einer Antwort holte John das Foto aus der Tasche. »Trinken Sie lieber vorher einen Whisky, Sir, ehe Sie sich die Aufnahme ansehen.«

Superintendent Powell schüttelte nur den Kopf und griff nach dem Bild.

Dann brauchte er allerdings einen Whisky, den ihm seine Sekretärin brachte. John trank nichts.

»Berichten Sie, Inspektor«, sagte Superintendent Powell kurz.

Und John erzählte haarklein, was er von Oberinspektor Kilrain gehört hatte.

Powell war ein guter Zuhörer. Nachdem John geendet hatte, fragte er: »Was halten Sie davon, Inspektor?«

John blickte seinen Vorgesetzten ernst an. »Ich glaube, daß es ein Ghoul gewesen ist, der diese Leiche so gräßlich zugerichtet hat.«

Superintendent Powell furchte die Augenbrauen. »Ein Ghoul? Gibt es denn solche Wesen?«

John lachte blechern. »Bis jetzt habe ich noch mit keinem zu tun gehabt, Sir. Aber in den alten Büchern und Schriften steht, daß sich diese Leichenfresser meistens auf Friedhöfen herumtreiben sollen. Ich habe in meiner Praxis schon so viele Dinge erlebt, die sich mit dem normalen Verstand gar nicht begreifen lassen, daß ich an der Existenz der Ghouls keinen Zweifel hege.«

John hatte sehr überzeugend gesprochen, und Superintendent Powell sagte dann auch: »Gut, Inspektor. Kümmern Sie sich um den Fall. Im Moment liegt ja nichts anderes an, was Vorrang hat.«

John stand auf. »Ich glaube, Sir, dieser Fall ist vorrangig genug. Sollten wir es tatsächlich mit Ghouls zu tun haben, könnte dies für London zu einer Katastrophe werden.«

»Erklären Sie das genauer, Inspektor.«

»Ghouls brauchen Leichen, Sir. Und wenn sie diese nicht in dem Maße bekommen, werden sie sich welche beschaffen. Mit anderen Worten: Sie werden Menschen töten, um ihren Trieb zu stillen. Das ist es, was ich meine.«

John steckte das Foto in die Tasche.

»Und noch eins, Inspektor«, sagte der Superintendent. »Machen Sie ihrem Spitznamen ›Geisterjäger‹ alle Ehre.«

John lächelte schmal. »Ich werde mich bemühen, Sir.«

Dann ging John in sein Büro und nahm aus einem Wandtresor eine Pistole. Es war eine besondere Waffe. Sie war nicht mit Blei, sondern mit Silberkugeln geladen. Munition, gegen die auch Vampire und einige Dämonen machtlos waren.

John verstaute die Waffe in einer Spezialhalfter an seiner linken Hüfte.

Dann fuhr der Inspektor nach unten, um seinen Bentley zu holen. Er wollte in die Pelton Street fahren. Dort hatte bis zu seinem Tode ein gewisser Ben Toffin gewohnt.

Auch am hellen Nachmittag sah die Gegend, in der Ben Toffin gelebt hatte, düster und schmutzig aus.

John Sinclair fuhr durch enge, winklige Gassen, deren Kopfsteinpflaster teilweise aufgerissen war. In den entstandenen Löchern hatte sich Regenwasser gesammelt, auf dem Kinder Papierschiffe schwimmen ließen.

Die Pelton Street endete in einer Sackgasse, genauer gesagt, vor einer mannshohen Ziegelsteinmauer.

Schmalbrüstige, rußgeschwärzte Häuser säumten den Rand, und auf den verwitterten Treppenstufen, die zu den Hauseingängen hochführten, saßen schmutzige Kinder und Halbwüchsige. Sie beobachteten den langsam fahrenden Bentley aus schmalen Augenschlitzen.

Ben Toffin hatte in dem Haus Nummer 64 gewohnt. Es war das zweitletzte in der Straße. John wendete unter großen Schwierigkeiten den Bentley und stellte ihn wieder in die Fahrtrichtung.

Dann stieg der Inspektor aus und schloß den Wagen sorgfältig ab.

Nummer 64 sah genauso schmutzig und verkommen aus wie die anderen Häuser.

Ein Namensschild entdeckte John natürlich nicht. Dafür zog eine alte Frau die lose in den Angeln schwingende Haustür auf, um nach draußen zu treten.

John setzte sein freundlichstes Lächeln auf und erkundigte sich nach Ben Toffins Witwe.

»Sarah wohnt oben unterm Dach«, knurrte die Alte und drückte sich an John vorbei.

»Was wollen Sie denn von der Puppe, Mister?« hörte John

Sinclair hinter seinem Rücken eine schleppende Stimme. »Auf feine Pinkel wie dich ist sie nämlich nicht angewiesen. Ihr Alter ist noch gar nicht lange unter der Erde. Also setz dich in deinen Schlitten und zieh Leine.«

Der Inspektor drehte sich langsam um. Er hatte schon auf der zweiten Stufe gestanden, und so konnte er auf die drei Typen herabblicken.

Sie sahen fast gleich aus. Lange Haare, enge Jederjacken und geflickte Jeans. Jeder allein wäre nur ein Würstchen gewesen, aber zu dritt fühlten sie sich stark.

John schüttelte den Kopf. »Macht doch keinen Ärger, Kameraden. Oder wollt ihr unbedingt Schwierigkeiten mit Scotland Yard bekommen?«

Das Wort Scotland Yard wirkte wie ein Zaubermittel. Einen normalen Bobby einschüchtern, okay, aber mit dem Yard wollten sich die drei Helden doch nicht anlegen.

Mit verlegenem Grinsen zogen sie sich zurück.

John Sinclair wandte sich um und betrat den Hausflur.

Dämmerlicht traf Johns Augen. Außerdem kroch ihm ein undefinierbarer Geruch in die Nase.

Das trübe Licht fiel durch ein blindes Flurfenster in Höhe des ersten Treppenabsatzes.

Mit gemischten Gefühlen betrat John die altersschwachen Stufen. Zum Schluß mußte er sogar noch eine Stiege hinaufklettern, um in die Dachwohnung zu kommen.

Die Decke war hier oben so niedrig, daß John den Kopf einziehen mußte. Durch ein schräggestelltes Dachfenster, dem die Scheibe fehlte, fiel Licht in den Flur.

Die Tür zu Sarah Toffins Wohnung war aus rohen Bohlen zusammengezimmert worden. Eine Schelle gab es nicht.

John donnerte mit der Faust gegen die Tür.

Nach einiger Zeit hörte er Schritte. Dann wurde die Tür einen Spalt aufgezogen, und eine unfreundliche Stimme knurrte: »Was wollen Sie?«

»Polizei«, sagte John. »Ich habe einige Fragen, die ich jedoch hier draußen nicht stellen möchte.«

»Kommen Sie rein«, antwortete die Stimme, und dann wurde die Tür aufgezogen.

Whiskydunst schlug John entgegen.

»Ich habe mir einen genehmigt«, sagte die Frau, die die Whiskyfahne vor sich hertrug. »Stört Sie doch nicht, oder?«

»Natürlich nicht, Mrs. Toffin.«

Die Frau führte John in eine unaufgeräumte Küche. Der Abwasch stapelte sich haufenweise auf einem alten Holzspülbrett. Daneben stand ein schwerer Eisenofen mit langem Rohr. Auf dem zerkratzten Tisch standen eine halbleere Whiskyflasche und ein Glas.

»Sehr vornehm ist es hier nicht«, meinte die Frau und deutete auf einen Stuhl. »Sie können sich auch setzen.«

Sarah Toffin paßte zu dieser Umgebung. Sie war eine Frau um die dreißig mit einem Gesicht, in dem der Alkohol schon seine Spuren hinterlassen hatte. Das Haar hatte sie blond gefärbt, und es hing strähnig bis auf ihre Schultern. Stellenweise kam die ehemals braune Naturfarbe schon wieder durch.

Sarah Toffin goß sich einen kräftigen Schluck ein und sagte: »Sie kommen bestimmt wegen Ben, nicht wahr?«

»So ist es«, erwiderte John. »Und damit Sie sehen, daß ich Ihnen keinen Bären aufgebunden haben, hier ist mein Ausweis.«

John griff in die Tasche und zog das Dokument hervor.

Sarah Toffin winkte ab. »Schon gut. Ist mir auch egal.« Sie zog den Kittel enger um die vollschlanke Figur und fing von allein an zu reden.

»Ich weiß selbst, Inspektor, daß Ben kein Engel war, aber verdammt, was soll man machen. Durch Arbeit können Sie doch heute nicht viel verdienen. Ja, und da hat der Junge eben mal ab und zu ein krummes Ding gedreht. Was ist schon dabei? Aber eines sage ich Ihnen, Inspektor. Daß sie Ben umgelegt haben, ist eine bodenlose Schweinerei. Und mit den Diamanten hatte er auch nichts zu tun gehabt. Ich hätte das schließlich gewußt. Ben hat mir immer alles erzählt. Aber das habe ich auch schon Ihren Kollegen gesagt.«

John Sinclair interessierten die Ausführungen der Frau nur in zweiter Linie. Ihm ging es vielmehr um das Drum und Dran vor und nach der Beerdigung.

»Wer hat denn die Kosten für die Beerdigung Ihres Mannes übernommen?« wollte John wissen.

Sarah Toffins Augen leuchteten auf. »Oh, ein sehr feiner Mann, Inspektor. Ich habe keinen Penny bezahlen müssen.«

»Das ist allerhand«, stimmte John ihr zu. »Wie heißt denn dieser Wohltäter?« fragte er, obwohl er den Namen schon längst wußte.

Sarah wurde mißtrauisch. »Was wollen Sie denn von dem? Lassen Sie Mister Abbot ja in Ruhe. Er ist der einzige, von dem ich in meinem Leben mal etwas umsonst bekommen habe. Und wenn es auch nur 'ne Beerdigung war«, fügte die Frau bitter hinzu.

»So war das auch gar nicht gemeint, Mrs. Toffin. Aber mich wundert es nur, daß es einen Mann gibt, der so etwas macht. War Mister Abbot mit Ihrem Mann befreundet?«

»Nein. Die beiden kannten sich gar nicht. Aber Ben war kein Einzelfall. Mister Abbot hat auch schon andere aus dieser Gegend kostenlos unter die Erde gebracht. Erst neulich ist ein Nachbar gestorben. Der alte McMahon. Auch für diese Beerdigung hat Mister Abbot nichts genommen. Er ist eben ein Wohltäter.«

John Sinclair horchte auf. »Das kommt allerdings nicht alle Tage vor.«

»Toll, nicht wahr?« Sarahs Augen glänzten. »Und wie er meinen Mann zurechtgemacht hat. In einem gläsernen Sarg hat Ben gelegen. Ben sah so aus, als würde er nur schlafen. Er hat mich direkt angelächelt. Wirklich, Mister Abbot ist ein Künstler.«

»Warum hat Ihr Mann denn erst in einem gläsernen Sarg gelegen, wo er hinterher doch in einem Holzsarg begraben wurde?«

»Damit ihn alle sehen konnten, Inspektor. Die ganze Nachbarschaft hat ihn bewundert. Ich sagte ja schon, Mister Abbot ist ein Künstler.«

»Was wissen Sie denn noch so über Mister Abbot?« fragte John.

»Eigentlich nicht viel, Inspektor. Er ist noch gar nicht so lange hier in der Gegend. Vielleicht ein paar Monate. Aber er hat einen ausgezeichneten Ruf. Manchmal, wenn ich durch die Latimer Road gehe, stehen teure Wagen vor dem Beerdigungsinstitut. Ich habe mal gehört, Mister Abbot ist in ganz London bekannt. Aber warum interessiert Sie das alles, Inspektor? Glauben Sie, daß er etwas mit den Diamanten zu tun gehabt hat?«

John zuckte mit den Schultern. »Das kann man vorher nie genau wissen. Auf jedenfall danke ich Ihnen für das Gespräch. Ach, Mrs. Toffin, sagen Sie mir noch mal den Namen ihres Nachbarn, der vor kurzem gestorben ist.«

Sarah Toffin blickte John aus großen Augen an. »Warum wollen Sie das denn wissen?«

»Ich habe meine Gründe.«

»Also, der Mann hieß Geoff McMahon. Er war schon über neunzig Jahre alt, als er starb.«

John stand auf. »Vielen Dank, Mrs. Toffin. Sie haben mir sehr geholfen.«

Drei Minuten später stand John wieder auf der Straße. Den Bentley hatte keiner angerührt. Es schien sich herumgesprochen zu haben, daß John von Scotland Yard war.

John blickte auf seine Uhr und beschloß, noch kurz beim Yard vorbeizufahren. Er wollte Geoff McMahons Exhumierung beantragen.

Ein schrilles Klingeln riß John Sinclair aus dem Schlaf.

Fluchend fuhr der Inspektor aus dem Bett hoch, knipste die Nachttischlampe an und wollte gerade nach dem danebenstehenden Telefon greifen, als es erneut klingelte.

Verdammt, das war gar nicht das Telefon. Das war die Flurklingel.

Der Inspektor jumpte aus dem Bett, lief durch die Diele und guckte an der Flurtür durch den Spion.

»Aber das ist doch . . .«, sagte John und zog im gleichen Moment die Tür auf.

Ein völlig erschöpfter Bill Conolly taumelte ihm in die Arme.

»John!« keuchte Bill. »Verdammt, John, ich kann nicht mehr. Ich bin am Ende. Sheila, sie haben Sheila . . .«

»Jetzt komm erst mal rein.«

John Sinclair schleifte seinen Freund Bill in das gemütliche Wohnzimmer und setzte ihn dort in einen bequemen Sessel. Dann ging John zur Hausbar und goß zwei Gläser Whisky ein. Für Bill einen dreifachen, für sich einen normalen.

»So, nun trink erst mal.«

Dankbar nahm Bill das Glas. Er trank es in drei Schlucken leer. John sah, daß die Hände seines Freundes zitterten. Er mußte einiges durchgemacht haben. Das zeigten auch die äußerlichen Spuren. Der Anzug war an einigen Stellen zerrissen, und das Hemd war schmutzig.

»Hast du 'ne Zigarette?« fragte Bill leise.

»Aber sicher doch.«

Bill rauchte hastig. Dabei fuhr er sich immer wieder mit der freien Hand über die Stirn.

»John«, sagte er plötzlich. »Sie haben Sheila.«

»Nun mal langsam, Bill. Wer hat Sheila?«

»Ich weiß es auch nicht«, erwiderte Bill Conolly gequält. »Aber dieser Beerdigungsunternehmer. Abbot heißt er . . .«

John hatte das Gefühl, als würde eine Sprengbombe unter seinem Sessel liegen.

»Sag doch den Namen noch mal, Bill.«

»Abbot. William Abbot.«

»Wenn das kein Zufall ist.«

»Wieso, John? Kennst du den Kerl?«

»Erzähle ich dir später. Berichte du erst mal, wie es dir ergangen ist.«

Bill packte aus. Und je länger er redete, um so ruhiger wurde er.

»Und dann bin ich zu dir gefahren, John«, sagte Bill zum Schluß.

»Das war das beste, was du tun konntest. Ich bin nämlich auch heute auf diesen Mister Abbot gestoßen.« Jetzt erzählte John von seinen Erlebnissen.

»Das ist ja sagenhaft«, staunte Bill Conolly. »Und du warst heute nachmittag bei dieser Sarah Toffin?«

»Ja.«

»Dann war Sheila nur zwei Straßen von dir entfernt. Was meinst du, John, ob sie noch lebt?« Bill Conollys Stimme hörte sich an wie gesprungenes Glas.

John Sinclair nickte. »Ja, Bill, ich glaube schon, daß Sheila noch lebt.«

Bill Conolly, sonst ein lebenslustiger Mensch, blickte seinen Freund gequält an. »Das sagst du doch nur, um mich zu trösten. Nein, John, wenn dieser Abbot wirklich ein Ghoul ist, hat er Sheila schon längst getötet. Er und seine Gehilfen ernähren sich doch von Leichen. Warum übernimmt er dann kostenlos Beerdigungen? Nur damit die Leute auf dem Welford Cemetery beigesetzt werden und er besser an die Leichen heran kann.«

Der Inspektor mußte zugeben, an den Worten seines Freundes war etwas dran. Trotzdem war er noch nicht überzeugt, daß Sheila Conolly tot war.

»Was sollen wir denn jetzt machen, John?«

»Ich werde diesem Abbot auf die Finger sehen, das ist doch klar.«

»Willst du sein Haus durchsuchen?«

»Nein. Ich gehe inkognito zu ihm. Er braucht gar nicht zu wissen, daß ich vom Yard bin.«

»Und ich? Was soll ich tun?«

»Du hältst dich erst mal zurück, Bill. Fahr meinetwegen aufs Land, aber überlaß den Fall mir.«

Bill Conolly schüttelte entschieden den Kopf. »Nein, John, das mach' ich nicht. Du kannst nicht verlangen, daß ich die Hände in den Schoß lege, wenn es um das Leben meiner Frau geht. Ich mische mit, John. Und wenn ich dabei selbst auf der Strecke bleibe. Ohne Sheila macht mir das Leben sowieso keinen Spaß mehr.«

John konnte seinen Freund gut verstehen, er wußte aber auch, daß Bill die Ermittlungen nur stören konnte. Denn ihn kannte man. Er war von den vier Ghouls gesehen worden.

Nach kurzer Unterhaltung über dieses Thema sah Bill ein, daß er sich diesmal zurückhalten mußte. »Aber du hältst mich auf dem laufenden?«

»Ehrensache.«

Nur ganz allmählich kehrte Sheila Conollys Bewußtsein wieder zurück. Sie hatte das Gefühl, aus einem langen, tiefen Schlaf zu erwachen.

Sheila öffnete die Augen.

Im ersten Moment wußte sie nicht, wo sie sich befand. Sie sah nur das matte blaue Licht, das von einer Ringlampe unter der Decke abgestrahlt wurde.

»Bill?« hauchte Sheila und tastete mit ihrer Hand zur Seite.

Sheilas Finger griffen ins Leere.

Jetzt kam auch die Erinnerung wieder. Überdeutlich standen die vergangenen Ereignisse vor ihrem geistigen Auge.

Sheila Conolly setzte sich auf. Schwindelgefühl überkam sie. Es legte sich erst nach einigen Minuten.

Gehetzt blickte Sheila sich um. Man hatte sie in einen gekachelten Raum mit einer weißlackierten Tür gebracht.

Der einzige Gegenstand war die Trage, auf der sie gelegen hatte.

Mit unsicheren Schritten ging Sheila auf die Tür zu, faßte nach der Klinke.

Abgeschlossen.

Sie hätte es sich auch denken können.

Sheila wankte zu der Trage zurück. Urplötzlich überfiel sie die heiße Angst.

Was hatte man mit ihr vor? Wohin hatte man sie geschleppt? Und wo war Bill?

Sheila begann zu weinen. Sie weinte immer noch, als sich die Tür öffnete und William Abbot den Raum betrat.

Der Bestattungsunternehmer baute sich vor Sheila auf und stemmte die Arme in die Seiten.

Sheila blickte den Mann aus tränenverquollenen Augen an.

»Was haben Sie mit mir gemacht?« flüsterte sie. »Was habe ich Ihnen denn getan? Bitte, lassen Sie mich frei. Ich will zu meinem Mann.«

Abbot lächelte höhnisch. »Das sind fromme Wünsche. Aber so einfach ist das nicht. Sie werden noch gebraucht. Ich habe eine Schwäche für hübsche Leichen. Sie werden die Krönung meiner Kunst sein. Und Ihr Mann, der wird auch bald hier liegen. Verlassen Sie sich darauf. Er ist uns einmal entwischt, aber ein zweites Mal nicht mehr.«

Sheila hatte ihre Verzweiflung überwunden. Sie konnte wieder klar und logisch denken.

»Mein Mann wird nie in Ihre Falle gehen, Abbot. Im Gegenteil, er wird mich hier herausholen, und dann sind Sie dran.«

»Sie sind naiv, Mrs. Conolly. Sie unterschätzen unsere Möglichkeiten. Wir werden Sie zwingen, uns zu Willen zu sein.«

»Niemals!« schrie Sheila.

Abbot trat einen Schritt zurück. »Los, stehen Sie auf.«

»Nein!«

Der Mann sah Sheila für einen Augenblick an. Dann rief er irgendeinen Befehl.

Sekunden später betraten zwei schreckliche Gestalten den Raum.

Sheila sprang das nackte Entsetzen an, als sie diese Wesen sah.

Die Männer waren nackt. Auf ihren dürren Körpern saßen haarlose Schädel. Die Augen, gallertartige Massen, traten überdeutlich hervor, und aus den klaffenden Mündern lief Geifer. Die Wesen gingen leicht gebückt, die Hände mit den spitzen Fingernägeln berührten fast den Boden.

»Es sind Ghouls«, erklärte Abbot. »Sie haben lange nichts mehr bekommen. Sie sind besonders scharf auf Frauen. Nun, Mrs. Conolly?«

Die unheimlichen Wesen kamen auf die wie erstarrt sitzende Sheila zu. Schon roch die Frau den fauligen Atem. Vier Hände griffen nach ihr. Scharfe Fingernägel rissen den Stoff ihres Pullovers auf.

Die schrecklichen Gesichter tanzten dicht vor Sheilas Augen. Sie sah Zähne, die bereit waren, sich in ihren Körper zu graben.

Sheila wollte sich zurückwerfen, doch die Hände ließen sie nicht los.

»Nun, wie ist es?« hörte sie Abbots Stimme.

»Ja«, stöhnte die Frau. »Ich tue alles, was Sie wollen. Nur pfeifen Sie die beiden . . . Aaahhh . . .«

Eine knochige, stinkende Hand legte sich auf Sheilas Mund.

Doch dann war auf einmal alles vorbei. William Abbot hatte einen kurzen Befehl ausgestoßen. Die beiden Ghouls ließen Sheila los und verschwanden wieder nach draußen.

Zitternd richtete sich Sheila auf. Sie war nicht in der Lage, einen vernünftigen Gedanken zu fassen.

»Wollen Sie immer noch Widerstand leisten?« fragte Abbot. »Dies war erst der Anfang. Beim nächstenmal werden Sie Stück für Stück . . .«

»Hören Sie auf!« schrie Sheila. »Bitte!«

William Abbot lachte scheußlich. »Ich sehe schon, Sie sind bald reif. So, und nun kommen Sie mit.«

Abbot brachte Sheila in einen Nebenraum. Die Decke war holzgetäfelt und die Wände mit Seidentapeten bespannt.

Das Prunkstück jedoch war ein gläserner Sarg!

Er stand auf einem Podest und war offen.

Sheilas Blick wurde nahezu magisch von dem Sarg angezogen.

»Gefällt er Ihnen?« hörte sie hinter sich Abbots Stimme. »Das soll er auch. Es ist nämlich Ihr Sarg, Mrs. Conolly.«

Am nächsten Morgen wurde Cordelia Cannon beerdigt.

John Sinclair hatte von Bill erfahren, daß Cordelia und Sheila Freundinnen gewesen waren. Bill hatte ihm auch von Sheilas Verdacht erzählt, daß Cordelia überhaupt nicht tot war.

John hatte sich entschlossen, dieser Beisetzung beizuwohnen. Eine rechtliche Handhabe, die Leiche nochmals zu untersuchen, gab es allerdings nicht, denn Sheila, die Zeugin, war nach wie vor unauffindbar.

Cordelia Cannon wurde im Leichenhaus des Welford Cemetery aufgebahrt. Es nahmen nahezu 100 Menschen an der Beerdigung teil, und deshalb war die Leichenhalle so überfüllt, daß John draußen wartete.

Nach einer halben Stunde schwangen die schweren Türen zurück, und die vier Träger trugen den Sarg hinaus. Sie stellten ihn auf einen offenen Anhänger, der von einem kleinen Elektrowagen gezogen wurde.

Es war ein kostbarer Sarg. In die Seitenwände waren Figuren und Sprüche geschnitzt, die aber bald nicht mehr zu sehen waren, da der Sarg mit Kränzen überladen wurde.

John, der alles genau beobachtete, meinte auf den Lippen der vier Sargträger ein wissendes Lächeln zu sehen.

Waren es Ghouls?

John wollte Gewißheit haben.

Er fragte einen älteren Mann mit steifem Zylinder nach den Sargträgern.

»Die Männer gehören zu Mister Abbot«, lautete die Antwort.

John wußte genug. Er bedankte sich höflich und reihte sich in den Trauerzug ein, der hinter dem Anhänger herging.

Langsam fuhr der Elektrowagen an.

Die vier Sargträger lösten sich aus der Schlange. Sie würden am Grab wieder in Erscheinung treten, um den Sarg hinunterzulassen.

John Sinclair ließ noch einige Leute passieren und verschwand dann mit ein paar Schritten hinter einer dicken Trauerweide.

Er hatte sich die Richtung gemerkt, in die die Männer gegangen waren.

John lief um die Trauerhalle herum, übersprang eine niedrige Hecke und stand kurz danach auf einem schmalen Weg, der zu einem Wasserbassin führte.

Hier mußten die Männer vorbeikommen, wenn er richtig geschätzt hatte.

Schon hörte John Schritte.

Der Inspektor huschte in ein Gebüsch. Er bog ein paar Zweige zur Seite und peilte nach rechts.

Da sah er die Sargträger. Sie kamen mit schleppenden Schritten, und auf ihren Gesichtern lag ein zynisches Grinsen.

John duckte sich tiefer in das Gebüsch.

Plötzlich blieben die vier stehen. John sah, wie sie eine angespannte Haltung annahmen.

Die Männer unterhielten sich gedämpft. John konnte nur Bruchstücke verstehen.

»Ein Mensch . . . muß irgendwo . . . Das habe ich gerochen . . . Opfer . . .«

Verdammt, jetzt wurde es kritisch! John hatte keine Lust, sich mit den Männern auf eine Auseinandersetzung einzulassen. Behutsam tauchte er tiefer in das Gebüsch. Das ging natürlich nicht ohne Geräusch vonstatten.

Und die vier Sargträger hatten gute Ohren.

In geschlossener Front brachen sie durch die Büsche.

John gab Fersengeld. Nicht etwa aus Angst, nein, er wollte eine zu frühe Entdeckung unbedingt vermeiden.

John achtete jetzt auch nicht mehr auf die Geräusche, die er verursachte. Er wollte möglichst ungesehen entkommen.

Der Inspektor schlug einen Bogen und gelangte schließlich auf einen etwas breiteren Weg.

Ein alter Mann kam ihm entgegen. Er trug eine Gießkanne und grüßte freundlich.

John grüßte zurück und ging mit zügigen Schritten weiter.

Der Weg machte einen Knick, um dann in den breiten, mit Kies bestreuten Hauptweg zu münden.

Und direkt hinter der Kurve standen sie.

Zwei der vier Sargträger!

Für einen winzigen Moment blieb John stehen. Automatisch lockerte er seine Spezialpistole in der Gürtelhalfter.

Die beiden Männer nahmen fast die gesamte Breite des Weges ein.

»Darf ich vorbei?« fragte John höflich.

»Natürlich«, erwiderte einer der Kerle. Er stand von John aus gesehen, links. »Wir möchten Sie nur warnen.«

»Wovor?«

»Sie waren doch derjenige, der durch die Büsche gelaufen ist?«

»Das gebe ich zu.«

»Und wissen Sie nicht, daß es verboten ist?«

»Ich muß mich vielmals entschuldigen, Gentlemen, aber ich wollte unbedingt zu Miss Cannons Beerdigung. Und damit ich es rechtzeitig schaffe, habe ich eben eine kleine Abkürzung benutzt.«

»Sie lügen schlecht«, lautete die Antwort. »Sie waren schließlich vorhin bei den Trauergästen, hätten sich also ohne weiteres dem Zug anschließen können.«

»Soll das ein Verhör sein?« fragte John scharf.

»Nein. Nur eine Feststellung.«

John Sinclair, der dicht an die beiden Sargträger herangetreten war und den Modergeruch, den die beiden ausstrahlten, wahrnahm, nickte.

»Ich werde Ihre Warnung befolgen.«

»Hoffentlich.«

Die beiden traten zur Seite und ließen den Inspektor durch.

Nach einigen Yard wandte John den Kopf. Die beiden Sargträger starrten ihm nach, und John spürte das bewußte Kribbeln in den Schulterblättern. Und er wußte, daß er den beiden noch öfter begegnen würde.

Für ihn gab es jetzt keinen Zweifel mehr. Er hatte es mit Ghouls zu tun.

John betrat den Hauptweg und hatte die Trauerkolonne bald eingeholt.

Das Grab, in dem Cordelia Cannon beigesetzt werden sollte, lag an der Westseite des Friedhofs, im Schatten von drei Pinien.

John sah die aufgeworfene Erde zu beiden Seiten des Grabes, auf der jetzt Kränze und Bouquets lagen.

Einige Personen hielten Trauerreden.

Cordelia Cannons Eltern standen direkt vor dem Grab. Mrs. Cannon wurde von ihrem Sohn und ihrem Mann gestützt. Die Frau war einem Nervenzusammenbruch nahe.

Jetzt tauchten auch die vier Sargträger auf. An dicken Seilen ließen sie den Sarg in das Grab hinab. Dann zogen sie die Stricke hoch, verbeugten sich einmal und verschwanden.

John hatte sich inzwischen so weit vorgeschoben, daß er dicht neben dem Grab stand.

Er sah, wie Mrs. Cannon einen Blumenstrauß gereicht bekam. Ihr Mann sprach immer beruhigend auf sie ein. Er und sein Sohn ließen sie dann los, damit sie die Blumen auf den Sarg werfen konnte.

Und plötzlich geschah es.

Die lehmige Erde vor dem Grab war feucht und glitschig. Mrs. Cannon, die sich sowieso nur mit Mühe aufrecht halten konnte, rutschte ab.

Ehe ihr Mann und ihr Sohn alles begriffen hatten und zupacken konnten, fiel die Frau in das Grab.

Ein vielstimmiger Aufschrei gellte durch die Menge.

John Sinclair faßte sich als erster.

Er stieß einige Leute zur Seite und hatte mit drei Schritten das Grab erreicht. John ging in die Hocke, stützte sich ab und ließ sich in das offene Grab hinabgleiten.

Mrs. Cannon war auf den Sarg gefallen und hatte sich an der Seite verletzt.

»Keine Angst, ich helfe Ihnen«, sagte John.

Mrs. Cannon schluchzte herzerweichend. Sie flüsterte immer nur den Namen ihrer Tochter und daß sie mit ihr begraben werden wollte.

John faßte die Frau vorsichtig unter die Achseln.

Er blickte nach oben.

Teils neugierige, teils ängstliche Gesichter starrten ihn an.

Cordelia Cannons Bruder hatte sich hingekniet und John beide Arme entgegengestreckt.

»Greif meine Hände, Mutter«, rief er.

John hob die Frau an, die plötzlich zu schreien anfing und das Grab nicht mehr verlassen wollte.

Es dauerte einige Minuten, bis sie es geschafft hatten.

Bevor John Sinclair das Grab verließ, sah er sich noch einmal um.

Er hatte einen ganz bestimmten Verdacht.

Und richtig. Der Verdacht wurde bestätigt.

An der Seitenwand des Grabes entdeckte John ein Stück trockener Erde. Als hätte hier jemand etwas verbergen wollen.

John warf noch einen kurzen Blick nach oben, ehe er sich bückte.

Niemand kümmerte sich um ihn. Sie alle hatten mit Mrs. Cannon genug zu tun.

John Sinclair fuhr mit der Hand über die bewußte Stelle.

Und tatsächlich. Der Lehm gab nach. Johns Hand war plötzlich verschwunden. Sie steckte bereits in einem Gang.

Es war ein Gang, den die Ghouls gegraben hatten, um so besser an ihre Opfer zu kommen.

Diese Entdeckung rief bei John eine eiskalte Gänsehaut hervor.

Das Telefon schrillte genau um zehn Uhr morgens.

Bill Conolly, der die ganze Nacht kein Auge zugetan hatte, riß förmlich den Hörer von der Gabel.

Ein leises spöttisches Lachen drang an sein Ohr.

Bill fühlte, wie ihm der Schweiß ausbrach. Er wußte genau, daß einer von Sheilas Entführern am Apparat war.

»Ich gratuliere Ihnen, Mister Conolly«, sagte der Anrufer mit ätzender Stimme. »Sie haben gestern nacht Glück gehabt. Leider nicht Ihre Frau. Sie befindet sich . . .«

»Sie verdammtes Schwein!« preßte Bill hervor. »Lassen Sie . . .«

»Ich würde an Ihrer Stelle etwas zurückhaltender sein«, sagte der Unbekannte kalt. »Es könnte Ihrer Frau schlecht bekommen. Aber jetzt mal zum Kernpunkt der Sache. Sie möchten Ihre Frau gerne wiedersehen. Kann ich durchaus verstehen. Und deshalb lade ich Sie ein, zu mir zu kommen. Und zwar innerhalb der nächsten Stunde. Schaffen Sie es nicht, wird die liebe Sheila umgebracht. Das gleiche geschieht, wenn ich auch nur den Zipfel einer Polizeiuniform sehe. Haben Sie mich verstanden, Mister Conolly?«

Der Hörer in Bills Hand wurde auf einmal schwer wie Blei. Mit Gewalt mußte der Reporter sich zusammenreißen.

»Wohin soll ich kommen?«

»Ich sehe, Sie haben kapiert, Mister Conolly«, antwortete die widerliche Stimme. »Kommen Sie in die Latimer Road. Beerdigungsinstitut ›Seelenfrieden‹. Und ohne Polizei. So, Mister Conolly, ab jetzt läuft die Uhr. Denken Sie daran, in 60 Minuten . . .«

Der Anrufer legte auf.

Für Bill bestand kein Zweifel, daß es sich bei dem Mann um William Abbot handelte.

Der Reporter begann fieberhaft nachzudenken. Heute war Cordelia Cannons Beerdigung. Und John wollte hin. Demnach war er gar nicht mal so weit von Abbots Bleibe entfernt.

Bill wollte unbedingt John Sinclair verständigen. Hastig wählte er dessen Dienstnummer bei Scotland Yard. Doch dort sagte man ihm, daß Inspektor Sinclair das Haus bereits verlassen habe.

Enttäuscht hängte Bill ein. Dann rief er ein Taxi an, denn sein Porsche stand noch in der Latimer Road.

Das Taxi war pünktlich. Bill nannte die Adresse und legte schon ein anständiges Trinkgeld in die Hand des Fahrers. Das spornte an.

Zehn Minuten vor der Zeit war Bill bereits da.

»Miese Gegend, die Sie sich ausgesucht haben, Sir«, meinte der Fahrer. »Passen Sie nur auf, daß Ihnen hier nichts passiert. Man hat leicht ein Messer im Rücken.«

Bill, der mit den Gedanken gar nicht bei der Sache war, grinste verunglückt. »Wird schon schiefgehen.«

Der Reporter ließ seinen Blick an dem Haus emporschweifen. Dabei hatte er das Gefühl, der Kasten würde jeden Moment einstürzen, so brüchig sah er aus.

John entdeckte an der Wand einen verzierten Klingelknopf. Entschlossen legte er seinen Daumen darauf.

Schritte näherten sich der Tür.

Dann wurde sie aufgezogen.

»Herzlich willkommen, Mister Conolly«, sagte der Mann, der die Tür geöffnet hatte. »Bitte, treten Sie ein. Ich sehe, Sie haben sich streng an unsere Abmachungen gehalten.«

Bill hatte den Mann zwar noch nie gesehen, aber aus Sheilas Beschreibung wußte er, daß es sich nur um William Abbot handeln konnte.

Abbot war ganz in Schwarz gekleidet. Er führte Bill in seinen Laden und zeigte ihm die Särge und Urnen.

Abbot redete ununterbrochen, bis Bill ihn mit einer schroffen Handbewegung unterbrach.

»Schluß mit dem Gefasel, Abbot. Wo ist Sheila?«

Sofort wurde das Gesicht des Bestattungsunternehmers hart. »Sie ist in guten Händen, Mister Conolly. Da wird sie auch bleiben. Ihre Frau weiß zuviel. Und da sie Ihnen ihr Wissen mitgeteilt hat, werden Sie ebenfalls mein Haus nicht mehr lebend verlassen. Tut mir leid für Sie, Mister Conolly.«

Bill Conolly, der eigentlich nichts anderes erwartet hatte, reagierte ziemlich gelassen.

Mit ruhiger Stimme erwiderte er: »Dazu gehören aber zwei, Mister Abbot. Ich habe nicht die Absicht, mich von Ihnen umbringen zu lassen.«

Mit diesen Worten zog Bill blitzschnell seine Pistole.

William Abbot lächelte verächtlich. »Was soll denn dieses Spielzeug, Mister Conolly. Damit können Sie mir keine Angst einjagen.«

»Wirklich nicht?« höhnte Bill. »Es wird für Sie kein schönes Gefühl sein, an akuter Bleivergiftung zu sterben. Und jetzt keine Mätzchen, Abbot. Führen Sie mich zu Sheila!«

William Abbot schüttelte fast bedauernd den Kopf. »Sie machen wirklich einen großen Fehler. Wann ich Sie zu Ihrer Frau führe, das bestimme ich. Eigentlich sollten Sie mir dankbar sein, daß Sheila noch lebt. Ich hätte sie schon längst umbringen können.«

»Halten Sie Ihren Mund!« zischte Bill, dem Abbots Sicherheit irgendwie komisch vorkam. »Sie setzen sich jetzt in Bewegung und führen mich zu meiner Frau. Los!«

Sekundenlang sahen sich die Männer an. Dann sagte Abbot: »Ich tu Ihnen diesen Gefallen. Aber stecken Sie das Spielzeug weg. Es schreckt mich nicht.«

»Die Pistole bleibt!«

»Also gut.«

Abbot setzt sich mit ruhigen Schritten in Bewegung und ging auf eine dunkelgebeizte Tür im Hintergrund des Raumes zu.

Bill folgte ihm. Er war froh, den mit Särgen und Urnen überladenen Raum verlassen zu können.

Die Männer gelangten in einen Flur, in dem ein dämmriges Licht herrschte.

Bill blieb immer zwei Schritte hinter dem Beerdigungsunternehmer.

Am Ende des Flurs befand sich eine Tür.

Abbot blieb davor stehen und drehte den Kopf.

»Sie werden Ihre Frau in wenigen Sekunden sehen können, Mister Conolly. Ich hoffe, Sie erschrecken sich nicht.«

»Machen Sie schon!« knirschte Bill.

»Bitte sehr«, erwiderte Abbot schleimig.

Er drückte auf die Klinke und zog langsam die Tür auf.

»Gehen Sie vor!« befahl Bill.

Abbot betrat mit ruhigen Schritten den dahinterliegenden Raum.

Bill folgte ihm schnell. Und plötzlich hatte er das Gefühl, in einer verdammten Rattenfalle zu stecken.

Dieses Gefühl verstärkte sich noch, als er die vier Männer sah, die sich in dem Raum verteilt hatten.

Bills Blick wurde von einem gläsernen Sarg angezogen. Der

Reporter tat einige Schritte vorwärts, und plötzlich weiteten sich seine Augen in einem grenzenlosen Entsetzen.

In dem Sarg lag seine Frau!

»Sie müssen doch ehrlich zugeben, Mister Conolly, daß mir die Überraschung gelungen ist«, höhnte William Abbot.

Er stand neben dem Sarg und lächelte zynisch.

In diesem Moment war Bill alles egal. Er sah nicht die vier Männer, dachte auch nicht mehr an die Folgen seiner Tat, sondern stürzte sich mit einem Wutschrei auf William Abbot.

Er bekam den Beerdigungsunternehmer an der Kehle zu packen. Bill preßte gnadenlos zu und drückte Abbot gleichzeitig die Mündung der Pistole gegen die Stirn.

»Sagen Sie Ihren Kreaturen, Sie sollen meine Frau aus dem Sarg nehmen. Wenn nicht, jage ich Ihnen eine Kugel durch den Schädel.«

Abbot gab keine Antwort. Er unternahm auch nicht den Versuch, sich aus dem Griff zu befreien. Er tat gar nichts.

Dafür jedoch seine vier Gehilfen.

In geschlossener Front rückten sie gegen Bill an.

Der Reporter zog sich mit dem Beerdigungsunternehmer zurück, bis er die mit blauen Seidentapeten bespannte Wand im Rücken spürte.

»Sagen Sie ihnen, sie sollen stehenbleiben!« knurrte Bill.

Abbot dachte gar nicht daran.

Die vier Männer näherten sich mit unbewegten Gesichtern. Ihre Arme pendelten zu beiden Seiten des Körpers herab. Ihre Augen waren starr auf Bill Conolly gerichtet.

Der Reporter sah nur noch eine Möglichkeit.

Er mußte schießen, um Sheilas Leben zu retten.

Aber lebte sie überhaupt noch? Konnte nicht all dies ein riesiger Bluff gewesen sein?

Diese Gedanken kreisten durch Bills Kopf, während er die Pistole von Abbots Kopf wegzog und auf die vier anlegte.

»Stehenbleiben!«

Die Männer gingen weiter.

Da zog Bill durch.

Überlaut peitschte der Schuß in dem Raum auf. Der mittlere der vier Kerle bekam die Kugel genau in die linke Schulter.

Das war aber auch alles.
Als wäre gar nichts geschehen, ging er einfach weiter.
Jetzt nahm Bill einen anderen aufs Korn. Diesmal traf die Kugel den Kopf des Mannes.
Auch jetzt passierte nichts.
Bill Conolly war dem Wahnsinn nahe.
Was waren das für Wesen, mit denen er kämpfte?
Neben sich hörte er Abbots leises Lachen. »Ich habe Ihnen doch gesagt, Conolly, Ihre Pistole ist für uns nur ein Spielzeug.«
Bill hörte die Worte kaum. In rasender Wut leerte er das gesamte Magazin. Jagte Schuß auf Schuß in die Körper der vier Männer, die trotzdem nicht aufgehalten werden konnten.
Dann war das Magazin leer.
»Geben Sie nun auf, Conolly?« fragte Abbot.
»Nein, verdammt!« schrie der Reporter, warf seine Waffe dem am nächsten Stehenden ins Gesicht, packte Williams Abbots Haare und zog dessen Kopf nach hinten.
Abbot riß plötzlich sein Knie hoch. Er traf Bill empfindlich. Der Reporter knickte zusammen, ließ den Kopf des Beerdigungsunternehmers los und taumelte gegen die Wand.
Jetzt hatten die vier Männer leichtes Spiel.
Unter ihren Schlägen brach der Reporter zusammen.
Wie glühende Stiche spürte er die Tritte, die sie ihm verabreichten.
Dann erklang ein scharfer Befehl.
Abbot hatte ihn ausgestoßen. Sofort ließen die Kreaturen von Bill ab.
»Nun?« höhnte Abbot und stellte sich breitbeinig über den Reporter. »Wer ist jetzt der Sieger?«
Bill gab keine Antwort. Er war zu erledigt. Zu sehr hatten ihn die Schläge getroffen. Ein dünner Blutfaden sickerte aus seiner Nase und benetzte die angeschwollene Oberlippe.
»Zieht ihn hoch!« befahl Abbot.
Zwei Ghouls zogen Bill auf die Beine. Schwankend stand er in ihrem harten Griff. Sein Kopf pendelte hin und her.
Abbot legte seine Hand unter Bills Kinn und zwang somit den Reporter, ihn anzusehen.
»Es ist aus, Conolly«, sagte er gefährlich sanft. »Sie haben verloren. Sie hätten auch gar nicht gewinnen können. Ich bin ein Dämon, Conolly, denken Sie immer daran. Genau wie meine

Helfer. Sie hätten sich nicht einmischen sollen. So aber werden Sie sterben. Vielleicht werde ich Sie aber auch nur in einen Tiefschlaf versetzen, wie ich es mit Ihrer Frau getan habe. Aber das würde schlimm für Sie ausgehen. Denken Sie immer daran, wir sind Ghouls.«

Abbot drehte Bills Kopf zur Seite.

Der Reporter hatte plötzlich das Gefühl, in einem Gruselkabinett zu sein.

Zwei Männer, die vorhin noch ganz normal ausgesehen hatten, waren plötzlich nackt. Ihre Körper hatten sich verändert. Der Schädel war blank und hatte die Form eines großen Eis angenommen. Überlange Arme berührten fast den Boden. Spitze Nägel wuchsen an Händen und Füßen. Gräßliche Augen starrten Bill an. Aus den Mäulern troff Geifer.

Noch schlimmer war der süßliche Verwesungsgeruch, den die beiden verströmten.

Bill Conolly wurde es übel.

William Abbot lachte. »Sie würden nicht einen Fetzen von Ihnen übriglassen, Conolly. Aber noch ist es nicht soweit. Noch sollen Sie leiden. Geht weg!« herrschte Abbot die beiden Ghouls an.

Sie gehorchten.

Bill, der immer noch in dem Griff der zwei anderen Männer hing, kämpfte verzweifelt gegen die Übelkeit, die ihn überfallen hatte.

»Leichengeruch ist für uns wie Parfüm«, flüsterte Abbot. »Sie werden sich daran gewöhnen. So, und nun will ich Ihnen noch eine Freude machen. Sie dürfen sich Ihre Frau ein letztes Mal ansehen.«

Die beiden Ghouls schleiften Bill zu dem gläsernen Sarg.

Sheila sah aus, als ob sie schliefe. Sie trug ein knöchellanges Gewand und hatte die Hände über der Brust gekreuzt. Ihre langen blonden Haare berührten die Schultern, und die Augen waren geschlossen.

Bill begann am ganzen Körper zu zittern. Er konnte dieses Bild, das er sah, nicht mehr ertragen.

»Sheila!« schrie er, und hätten ihn die beiden Ghouls nicht festgehalten, wäre er über dem Sarg zusammengebrochen.

Es war, als hätte Sheila seinen Ruf gehört. Sie öffnete plötzlich die Augen, sah Bill für einen Moment an, und ein zartes Lächeln legte sich um ihre Mundwinkel.

Bill Conolly wußte plötzlich nicht mehr, was er tat.

Sein gesamter Haß, seine angestaute Verzweiflung addierten sich zu einer ungeheuren Kraftanstrengung.

Bill riß sich plötzlich von seinen Bewachern los. Ein Handkantenschlag fegte den einen zur Seite, und ein mörderischer Tritt, der die Magengrube des Ghouls traf, ließ diesen zusammenbrechen.

»Sheila! Ich komme!« brüllte Bill und warf sich über den gläsernen Sarg. Mit bloßen Händen versuchte er den Deckel hochzureißen. Bills Fingernägel brachen ab. Er achtete nicht darauf, dachte nur an seine Frau.

Doch die Anstrengung war vergebens. Der Sargdeckel saß zu fest.

Schluchzend brach Bill über dem gläsernen Sarg zusammen, nur ein paar Zoll von seiner Frau entfernt, die doch unerreichbar für ihn war.

Jemand zog Bill am Jackenkragen hoch. Es war William Abbot.

»Sie haben wirklich Mut, Conolly. Geben nie auf, was?«

Bill, der in gebückter Haltung dastand, keuchte: »Warum lassen Sie mich nicht endlich in Ruhe, Sie Schwein?«

»Wenn das eine Beleidigung sein sollte, ist sie nicht angekommen, Conolly. Machen wir uns doch nichts vor. Sie werden bald neben Ihrer Frau liegen. In einem zweiten gläsernen Sarg. Sie bekommen eine Spritze und aus.«

»Weshalb machen Sie das Theater mit den gläsernen Särgen?« keuchte Bill.

»Ganz einfach. Aus Reklamegründen. Wenn ein Kunde kommt, und er will seinen Dahingeschiedenen verschönern lassen, zeige ich ihm meine Demonstrationsobjekte. Dann bekomme ich den Auftrag. Außerdem ist es mein Hobby, Leichen zu verschönern.«

»Die Sie hinterher . . .«

Bill brachte dieses eine Wort nicht mehr heraus.

»Auch das, Mister Conolly. So, nun wird es Zeit, daß ich mich mit Ihnen beschäftige.«

In diesem Augenblick betrat ein weiterer Ghoul den Raum.

»Mister Abbot«, sagte er, »da möchte Sie jemand sprechen.«

»Ein Kunde?«

»Ich glaube schon.«

»Hat er seinen Namen genannt?«

»Ja, Mister Abbot. Ein gewisser John Sinclair . . .«

Johns Name wirkte bei Bill Conolly wie eine Aufputschspritze. Plötzlich waren die Schmerzen vergessen.

Mit einem gewaltigen Satz warf er sich vor, fegte den Beerdigungsunternehmer zur Seite und hetzte in Richtung Tür.

»Joh . . .!«

Der Schrei blieb Bill Conolly im Hals stecken.

Der Reporter hatte den zweiten Mann vergessen. Ein brutaler Hieb traf Bills Kiefer.

Bill, von den vorausgegangenen Schlägen immer noch geschwächt, flog zurück und blieb dicht neben dem gläsernen Sarg liegen. Ein dünner Blutfaden rann von seiner Oberlippe.

»Macht ihn fertig!« schrie Abbot seinen beiden Gehilfen zu. »Aber laßt ihn am Leben. Für diesen Angriff will ich noch meinen besonderen Spaß mit ihm haben.«

Bill, der sich gerade hochgestemmt hatte, mußte einen gemeinen Fußtritt voll nehmen.

Der plötzliche Schmerz explodierte in seinem Körper und machte von einer Sekunde zur anderen einer gnädigen Bewußtlosigkeit Platz.

William Abbot war an der Tür stehengeblieben und sah mit funkelnden Augen auf den Bewußtlosen.

»Bin wirklich gespannt, welch ein Kunde mich erwartet«, murmelte er. »Diesen Sinclair scheint der Reporter irgendwie zu kennen.«

William Abbot zuckte mit den Schultern und ging über den Gang in Richtung Laden.

»Verzeihen Sie, daß ich Sie so lange warten ließ, Mister . . .«, sagte Abbot heuchelnd.

John winkte lässig ab. »Aber das macht doch nichts, Mister Abbot. Ich weiß selbst, daß Sie sehr beschäftigt sind. Mein Name ist übrigens John Sinclair.«

»Sehr erfreut, Mister Sinclair.«

Abbot nickte hoheitsvoll und überzog seine Gesichtszüge mit dem gewissen Maß an Mitgefühl, das seiner Meinung nach nötig war, um als Beerdigungsunternehmer überzeugend zu wirken.

John spielte den unentschlossenen Kunden. Er druckste etwas herum, knetete seine Hände und tat so, als wäre ihm die Sache furchtbar peinlich. Dabei beobachtete er Abbot jedoch ganz genau.

Ihm entging auch nicht der lauernde Ausdruck, der sich auf das Gesicht des Beerdigungsunternehmers gestohlen hatte.

Schließlich erinnerte sich Abbot wieder an seine Rolle und fragte scheinheilig: »Es handelt sich doch sicher um ein Begräbnis, Mister Sinclair?«

»Das schon«, gab John zurück. »Nun, ich weiß nicht so recht, wie ich anfangen soll.«

»Sie können ganz offen mit mir reden«, erwiderte Abbot salbungsvoll.

»Also, gut«, meinte der Inspektor und tat so, als ob er tief Luft holen müsse, »gute Bekannte haben mir Ihren Namen genannt, Mister Abbot, und Sie mir empfohlen. Und da gestern von mir eine Tante gestorben ist, bin ich zu Ihnen gekommen.«

John blickte Abbot an.

»Ich bin mir dieser Ehre bewußt«, sagte der Beerdigungsunternehmer.

»Die Sache hat allerdings einen kleinen Haken«, fuhr John fort. »Diese Tante wird mir einiges vererben, und deshalb soll sie ein wirklich gutes Begräbnis bekommen. Nur dürfen die übrigen Verwandten nicht erfahren, daß ich es bin, der dieses Begräbnis finanziert. Sie verstehen, Mister Abbot. Man wird deshalb gewisse Rückschlüsse auf das Testament machen können. Ich will mich nicht in Einzelheiten verlieren. Kann ich mit Ihrer Diskretion rechnen?«

»Aber selbstverständlich, Mister Sinclair«, erklärte der Beerdigungsunternehmer im Brustton der Überzeugung. »Bei mir wird alles diskret geregelt. Es ist eines unserer Geschäftsprinzipien.«

»Da bin ich aber froh«, lächelte John etwas verzerrt und wischte sich mit einem Taschentuch den Schweiß von der Stirn.

»Und welch einen Sarg soll die alte Dame bekommen?« fragte William Abbot. »Wir haben wirklich eine sehr große Auswahl. Sehen Sie selbst, Mister Sinclair. Außerdem stehen hinten im Lager auch noch einige prachtvolle Stücke. Wissen Sie, ich sage immer, eine gute Beerdigung ist besser als ein verpfuschtes Leben.«

»Tja.« John zuckte mit den Schultern. »Ich dachte eher an etwas ganz Ausgefallenes. Ich habe gehört, Sie führen auch gläserne Särge.«

»Das stimmt allerdings, Mister Sinclair. Nur nehme ich diese Särge zu Demonstrationszwecken. Ich bereite die Leichen erst auf, verschönere sie und lege sie dann in einen gläsernen Sarg. Es ist natürlich auch eine finanzielle Angelegenheit.«

»Darf ich solch einen Sarg mal sehen?« fragte John.

William Abbot schüttelte bedauernd den Kopf. »Es tut mir leid, Sir. Wir besitzen nur zwei Särge, und die sind beide belegt. Sie werden aber morgen frei. Dann steht einer Besichtigung natürlich nichts im Wege.«

»Schade«, sagte John und spielte den Enttäuschten.

»Aber das macht doch nichts, Mister Sinclair. Suchen Sie sich inzwischen schon den richtigen Sarg aus, in dem Ihre liebe Tante hinterher liegen wird.«

»Nein, nein, Mister Abbot. Da komme ich lieber mit meiner Frau wieder. Die möchte gern mit dabeisein.«

John wandte sich in Richtung Tür.

»Tut mir leid, daß ich Ihnen nicht helfen konnte, Mister Sinclair. Aber Sie müssen meine Lage verstehen. Ich kann Ihnen unmöglich die gläsernen Särge zeigen.«

»Bei Sheila Conolly haben Sie aber auch eine Ausnahme gemacht«, sagte John plötzlich.

Wenn Abbot überrascht war, so zeigte er es wenigstens nicht. »Sheila Conolly?« echote er. »Wer ist denn diese Dame?«

»Eine Bekannte. Sie hat Ihnen gestern einen Besuch abgestattet.«

»Ach so.« Abbot schlug sich mit der flachen Hand gegen die Stirn. »Jetzt erinnere ich mich. Die junge blonde Dame. Ja, sie war hier. Bei ihr habe ich eine Ausnahme gemacht. Allerdings war das die letzte, Mister Sinclair. Ihre Bekannte hat danach einen ziemlichen Schock bekommen.«

»Das wär's dann wohl«, sagte John und nahm die Türklinke in die Hand.

In diesem Augenblick wurde die Tür aufgestoßen. Sarah Toffin betrat den Raum.

»Entschuldigen Sie, Mister Abbot, daß ich so einfach hier hereinplatze, aber die Tür draußen stand offen.« Erst jetzt bemerkte Sarah Toffin John Sinclair, der im toten Winkel hinter der Eingangstür gestanden hatte.

»Inspektor? Was machen Sie denn hier?«

»Inspektor?« fragte William Abbot mißtrauisch.

»Ja, sogar von Scotland Yard«, erwiderte Sarah Toffin ahnungslos. »Er war gestern bei mir. Aber ich verstehe nicht . . .?«

Sarah Toffin blickte mit großen Augen von einem zum anderen.

»Ich hatte mich Mister Abbot nicht als Polizeibeamter zu erkennen gegeben«, sagte John schnell.

»Das finde ich aber äußerst eigenartig, wenn nicht unverschämt«, regte sich der Beerdigungsunternehmer auf. »Harmlose Bürger so hinters Licht zu führen.«

»Es geht um die Diamanten, Mister Abbot«, gebrauchte John eine kleine Notlüge. »Nichts für ungut.«

»Das hätten Sie gleich sagen können, Inspektor Sinclair. Außerdem bin ich schon in dieser peinlichen Sache von Ihren Kollegen verhört worden.«

»Die haben den Fall eben an mich abgegeben, und ich wollte mir ein persönliches Bild von Ihnen machen. Ich darf mich dann jetzt verabschieden. Soll ich auf Sie warten, Mrs. Toffin?«

Sarah Toffin, die einen billigen Staubmantel trug, blickte Abbot an. »Ich weiß nicht so recht, Mister Abbot hatte mich extra herbestellt.«

Der Beerdigungsunternehmer winkte ab. »Gehen Sie ruhig, Mrs. Toffin. Es ging eigentlich nur um die Kosten des Begräbnisses. Aber das können wir auch in den nächsten Tagen erledigen.«

»Wenn das so ist«, sagte Sarah Toffin, »dann gehe ich wieder.«

Als die Frau mit John Sinclair auf der Straße stand, war sie sehr nachdenklich geworden.

John konnte sich denken, warum.

»Haben Sie mir nicht erzählt, Mister Abbot hätte die Beerdigung Ihres Mannes umsonst durchgeführt?«

»Genau daran habe ich eben gedacht, Inspektor. Was redet er denn dann von den Kosten. Komisch.«

John Sinclair hatte sich natürlich längst schon seine Gedanken gemacht. Für ihn schwebte Sarah Toffin in höchster Gefahr. Er konnte sich denken, daß sie für Abbot ein leichtes Opfer sein würde. Denn wer würde Sarah Toffin in diesen Slums schon vermissen?«

»Mrs. Toffin«, sagte John eindringlich. »Was ich Ihnen jetzt sage, wird Ihnen vielleicht seltsam erscheinen. Aber wir werden jetzt zu Ihnen nach Hause gehen, und dort packen Sie Ihre Sachen.«

Sarah Toffin blicke John erstaunt an. »Weshalb denn?«

»Das erkläre ich Ihnen später einmal.«

»Und wo soll ich hin? Ich habe keine Verwandten. Nicht einmal eine entfernte Cousine.«

»Sie kommen mit zu Scotland Yard. Und zwar bleiben Sie bei uns für eine gewisse Zeit in Schutzhaft.«

Sarah Toffin sagte eine Weile nichts. Dann schüttelte sie den Kopf und meinte: »Das ist 'n Ding. Aber wenn Sie meinen, Inspektor, bitte. Ich habe nichts gegen einen Urlaub auf Staatskosten.«

William Abbot sah durch den Haustürspalt Sarah Toffin und John in den Bentley steigen.

Das Gesicht des Beerdigungsunternehmers war nur noch eine entstellte Fratze aus Haß und Wut.

»Diesem dreckigen Schnüffler werde ich es zeigen!« zischte er.

Dann stieß er sacht die Tür ins Schloß und betrat wieder den Verkaufsraum.

Abbot schrie einen scharfen Befehl.

Sekunden später kamen zwei Ghouls angewieselt.

William Abbot fixierte sie aus schmalen Augenschlitzen. »Ich will, daß diese Frau stirbt. Sie heißt Sarah Toffin und wohnt Pelton Street 64. Beeilt euch, daß ihr vor ihr zu Hause seid. Und nehmt das Besteck mit, um die Wohnungstür aufzubekommen. Bringt sie um, sie ist eine lästige Zeugin. Und hinterher«, Abbots Stimme wurde zu einem rauhen Flüstern, »hinterher schenke ich sie euch.«

Die beiden Ghouls, die momentan aussahen wie normale Menschen, grinsten auf erschreckende Weise.

Dann verschwanden sie lautlos nach draußen.

William Abbot lächelte zynisch. Er konnte sich auf seine beiden Helfer verlassen. Von der Frau würde nichts mehr übrigbleiben. Höchstens ein paar Knochen.

»Verdammt miese Gegend haben Sie sich ausgesucht, Mrs. Toffin«, sagte John und bugsierte den Bentley wieder in die enge Straße.

»Was will man machen, Inspektor, wenn kein Geld da ist. Und wenn mein Mann mal ein paar Scheine hatte, hing er nur in der Kneipe. Ist schon ein Scheißleben.«

John tippte auf die Bremse. Sanft kam der Bentley vor dem Haus Nummer 64 zum Stehen.

»Während Sie oben Ihre Sachen packen, werde ich wenden«, sagte John. »Ich komme anschließend nach.«

»Das ist Ihr Bier«, gab Sarah Toffin zurück. »Aber wenn ich mir die Sache noch mal so durch den Kopf gehen lasse, ist Ihr Verdacht eigentlich Unsinn. Mir wird schon keiner was tun. Mister Abbot mag zwar ein seltsamer Kauz sein, doch ein Verbrechen – nein, das traue ich ihm nicht zu.«

»Warten wir es ab«, sagte John, lehnte sich zur linken Seite und öffnete die Beifahrertür.

Sarah Toffin schwang sich aus dem Wagen. »In fünf Minuten bin ich zurück, Inspektor.«

John nickte lächelnd.

Dann machte er sich daran, den Bentley zu wenden.

Sarah Toffin ging inzwischen die altersschwachen Holzstufen hoch. Auf dem zweiten Treppenabsatz traf sie noch einen Nachbarn, der jetzt, wo Ben Toffin tot war, Sarah unentwegt nachstellte.

Sarah musterte den Kerl verächtlich und sagte kalt: »Wenn du noch einmal dein Maul aufmachst, Bobby, sage ich es deiner Alten. Und dann gibt's Zoff.«

Jetzt zog es Bobby vor, lieber schnell zu verschwinden.

Schweratmend kletterte Sarah die Stiegen hoch, die zu ihrer Dachwohnung führten.

Wie immer herrschte hier oben nur ein zwielichtiges Halbdunkel. Spinnweben streiften Sarahs Gesicht. Irgendwo huschte eine Maus über die Dielen. Licht gab es überhaupt nicht.

Das Türschloß fand Sarah auch bei Dunkelheit. Im ersten Moment wunderte sie sich, daß die Tür nicht verschlossen war, doch dann zuckte sie mit den Schultern und murmelte: »Muß ich wohl vorhin in der Eile vergessen haben.«

Nichts ahnend betrat Sarah Toffin ihre Wohnung. Sie ging zuerst in die Küche und blieb plötzlich stehen.

Vor ihr stand ein Mann.

Ein Mann, den sie kannte. Sarah hatte ihn schon mal in dem Beerdigungsladen gesehen.

Der Kerl blickte sie ausdruckslos an.

Sarah begann zu kombinieren. Sollte der Inspektor am Ende doch recht behalten?

Da flog mit einem Knall die Tür hinter ihr ins Schloß.

Erschreckt kreiselte Sarah herum.

Abermals sah sie in das Gesicht eines Mannes.

Auch ihn kannte sie. Ebenfalls durch William Abbot.

Und da wurde es Sarah Toffin mit hundertprozentiger Sicherheit klar, daß sie in der Falle saß.

Trotzdem versuchte sie noch zu retten, was zu retten war.

»Was soll der Quatsch?« fragte sie, so forsch es ging. »Ich habe keine Reichtümer. Da müßt ihr schon in den Buckingham Palace marschieren. Seid vernünftig und haut ab!«

Die Männer gaben keine Antwort.

»Also, schön, wenn ihr nicht wollt«, meinte Sarah gelassen und begann, ihren Staubmantel auszuziehen.

Noch immer rührten sich die Kerle nicht. Anscheinend genossen sie ihren Triumph.

Aber nicht mit Sarah. Sie war hier in den Slums aufgewachsen und wußte sich zu wehren.

Ehe irgendeiner der Kerle reagieren konnte, hatte Sarah dem an der Tür Stehenden blitzschnell ihren Staubmantel über den Kopf geworfen.

Der Mann fluchte ärgerlich auf und versuchte sich von dem Kleidungsstück zu befreien.

Sarahs Knie fuhr ihm in den Magen.

Der Mann verlor das Gleichgewicht und fiel nach hinten.

Schon hatte Sarah die Tür aufgerissen und stürmte nach draußen auf die Stiege zu.

Nur einen Zoll vor der ersten Sprosse hatte der zweite Kerl Sarah eingeholt.

Er riß die Frau an der linken Schulter zurück, zog die Tür auf und warf Sarah mit aller Kraft wieder in die Küche zurück.

Die Frau flog quer durch den Raum und schlug schwer mit dem Kreuz gegen den eisernen Ofen.

Sarah Toffin hatte das Gefühl, man hätte ihren Rücken in der Mitte durchgesägt.

Breitbeinig bauten die Männer sich vor ihr auf.

»Laßt mich doch in Ruhe!« flehte Sarah. »Ich habe euch doch nichts getan. Bitte!«

Die beiden Ghouls gaben keine Antwort.

Und plötzlich geschah etwas, was Sarah sich in ihren schlimmsten Alpträumen nicht ausgemalt hätte.

Die Männer begannen sich zu verändern.
Sarah konnte den Blick nicht von den beiden Gestalten wenden. Sie stand wie unter einem hypnotischen Zwang.
Zuerst lösten sich die Haare auf. Fielen wie Staubkörner zu Boden. Die Köpfe der Männer wurden länger, die Augen traten dabei aus den Höhlen, wurden größer, und Sarah sah die roten Äderchen in der geleeartigen Masse zucken.
Ein gräßliches Fauchen drang aus den Mündern der Wesen. Modergeruch machte sich breit.
Knochige, mit überlangen Fingern bewachsene Hände näherten sich Sarah Toffins Körper.
Wie Messer drangen die scharfen Nägel durch ihren Pullover in ihre Haut ein.
Sarah wollte schreien.
Doch eine nach Moder riechende Hand preßte sich auf ihren Mund.
Sarah sah mit von Entsetzen geweiteten Augen auf die beiden gräßlichen Fratzen, die dicht vor ihrem Gesicht waren.
Einer der Ghouls öffnete sein Maul.
Sarah sah eine pelzige, graue Zunge, die gierig über starke Zähne leckte.
Die Nase in den Gesichtern der Wesen veränderte sich, machte zwei Löchern Platz, aus denen gelbgrüner Schleim floß.
Zwei Hände rissen Sarahs Pullover in Fetzen.
Die nackte Haut kam zum Vorschein, aus deren Wunden das Blut tropfte, die die nadelspitzen Fingernägel hinterlassen hatten.
Mit Urgewalt wurde Sarah hochgezerrt und zu dem alten Küchentisch geschleift.
Gnadenlos drücken die Ghouls die Frau mit dem Rücken auf die Tischplatte.
Keiner von ihnen hatte bisher ein Wort gesprochen.
Plötzlich konnte Sarah wieder atmen, doch die Kraft, einen Schrei auszustoßen, hatte sie längst nicht mehr.
Sarah Toffin wimmerte in Todesangst.
Es kam nicht einmal eine gnädige Ohnmacht, um die Frau von dem schrecklichen Anblick zu erlösen.
Jetzt endlich hatten sich die Ghouls völlig verwandelt. Ihre gesamten Körper waren von dem gelbgrünen Schleim bedeckt. Er war es auch, der den penetranten Modergeruch verbreitete. Die Gesichter der Ghouls waren auch nicht mehr zu erkennen. Sie

wechselten fast ständig ihr Aussehen. Mal waren es längliche, birnenförmige Ovale, dann wieder übermäßig breite, gräßliche Fratzen.

Sarah Toffin fühlte die schleimigen Hände über ihren Körper fahren, sah, wie sich die grauenvollen Köpfe über sie beugten, und wußte, daß es für sie keine Rettung mehr gab.

Die beiden Ghouls würden nicht aufzuhalten sein.

John Sinclair machte sich langsam Sorgen. Es waren inzwischen schon fast fünfzehn Minuten vergangen, ohne daß Sarah Toffin sich irgendwie geregt hatte.

Schließlich war es der Inspektor leid. Er drückte seine Zigarette aus und schwang sich aus dem Wagen.

Die Haustür stand offen.

Es dauerte etwas, bis sich Johns Augen an die in dem Flur herrschenden Lichtverhältnisse gewöhnt hatten.

John Sinclair nahm die alte Treppe mit schnellen Sprüngen.

Den seltsamen Geruch bemerkte John schon, als er unten an der Treppe stand.

Modergeruch!

Eine schreckliche Ahnung kroch in John hoch.

Der ekelhafte Geruch wurde immer intensiver.

Mit einem Schwung riß John die Wohnungstür auf und blieb wie angewurzelt stehen.

Zu gräßlich war die Szene, die sich seinen Augen bot.

Sarah Toffin lag über dem alten Küchentisch. Sie war fast nackt, trug nur noch einen Rockfetzen.

Festgehalten wurde die Frau von zwei Wesen, die die Hölle ausgespuckt zu haben schien.

Sie bestanden nur noch aus schleimigen, unförmigen Körpern mit gräßlich entstellten Gesichtern.

Ghouls!

Leichenfresser!

John Sinclair sah, wie die Frau sich unter den Griffen der Ghouls zuckend bewegte, wie sie vielleicht versuchte, mit dem letzten Fünkchen Leben, das noch in ihrem Körper steckte, diesen Dämonen zu entkommen.

John hatte all die Eindrücke innerhalb von Sekunden in sich aufgenommen.

Jetzt handelte er.

Wie ein Berserker sprang John zwischen die beiden Ghouls, krallte seine Finger in die gelbgrüne, schleimige Masse und versuchte somit, die Leichenfresser von der Frau wegzuziehen.

Ohne Erfolg.

Wie Aale glitten sie ihm zwischen den zupackenden Händen weg.

Und wandten sich gegen John Sinclair!

Fauchend griffen sie ihn an.

John roch den erbärmlichen Mordergeruch, der ihm schon fast den Magen hochtrieb, und konnte im letzten Moment ausweichen.

Die Ghouls taumelten ins Leere.

Wutentbrannt kreiselten die Wesen herum.

Gewarnt durch Johns Ausweichmanöver, stellten die Ghouls es jetzt geschickter an.

Sie nahmen John in die Zange. Kamen von beiden Seiten.

Tapsig wie Gorillas näherten sie sich dem Inspektor. Eine dicke widerliche Schleimspur zog hinter ihnen her. Auch von den überlangen Fingernägeln tropfte die ekelerregende sirupartige Flüssigkeit, die so erbärmlich stank.

John wich zurück, bis er den alten Ofen im Rücken spürte.

Wieder fauchten die Ghouls John Sinclair an. Diesmal siegessicher.

John riskierte einen kurzen Blick in Richtung Küchentisch.

Leblos lag Sarah Toffin auf der Platte.

Atmete die Frau überhaupt noch? War John vielleicht zu spät gekommen?

Er konnte sich keine weiteren Gedanken machen, denn die Ghouls waren schon nahe.

Und da griff John Sinclair zu letzten Mitteln.

Seine Hand huschte unter das Jackett und kam mit der mit Silberkugeln geladenen Pistole wieder zum Vorschein.

John zielte auf den links stehenden Ghoul und zog durch.

Fauchend verließ die Silberkugel den Lauf, bohrte sich klatschend in die breiige Masse des Ghoulkörpers.

Im selben Moment spürte John den Anprall des zweiten Gegners. Der Ghoul hatte seine Körperform etwas verändert, versuchte mit seinem breiten Brustkorb, John mit dem Rücken auf die Herdplatte zu drücken und unter sich zu begraben.

John Sinclair röchelte. Der widerliche, nach Moder riechende Schleim drang in seine Nasenlöcher, benetzte seine Lippen.

Johns Hände fuhren hoch, versuchten seitlich das Gesicht des Ghouls zu treffen, um eine empfindliche Stelle zu finden.

John hatte Glück. Der Pistolenlauf bohrte sich von unten nach oben kommend in das schreckliche, hervorquellende Auge des Ghouls.

In einer Reflexreaktion überwand Johns Zeigefinger den Druckpunkt.

Die Silberkugel raste dem Ghoul schräg ins Gehirn.

Ein heulender, markerschütternder Schmerzensschrei klang auf.

John spürte, wie der Druck der breiigen Masse nachließ. Der Körper des Ghouls sackte förmlich in sich zusammen.

John Sinclair stieß sich ab. Noch immer hielt er die Pistole fest umklammert.

Doch er brauchte die Waffe nicht mehr.

Die beiden Ghouls waren erledigt.

Sie wanden sich wie Würmer auf dem Boden, stießen seltsame, jaulende Laute aus und begannen sich langsam, aber unaufhaltsam aufzulösen.

Die schleimigen Körper schrumpften, lösten sich in dicke, ölige Tropfen auf, die sich zu einer großen Lache vereinigten, die fast den gesamten Küchenboden bedeckte.

Gebannt starrte John auf diesen unheimlichen Vorgang.

Hände streckten sich ihm in letzter wilder Verzweiflung entgegen. Die einst so spitzen Fingernägel waren nur tropfenförmige Gebilde.

Die Gesichter wechselten von einer Sekunde zur anderen, flossen ineinander und waren schließlich nur noch eine gelbgrüne Masse, aus der seltsamerweise die Augen wie Fremdkörper hervorstachen.

Fast automatisch steckte John die Pistole weg.

Noch ein letztes Mal schrien die beiden Ghouls auf, versuchten mit aller Macht, ihrem Ende zu entrinnen.

Vergebens.

Übrig blieb von ihnen nur noch eine gelbgrüne, widerlich riechende Lache.

Und zwei Silberkugeln.

Vorsichtig trat John an den Tisch.

Sarah Toffin sah grauenhaft aus.

Die nadelspitzen Fingernägel der Ghouls hatten in ihrem gesamten Körper gräßliche Wunden gerissen, aus denen unaufhaltsam das Blut quoll, an den Seiten herablief und dann vom Tisch tropfte und sich mit der grüngelben Flüssigkeit zu einem makabren Farbenspiel vereinigte.

John Sinclair fühlte Sarah Toffins Puls.

Gott sei Dank! Er schlug. Aber nur sehr schwach.

Behutsam nahm John die bewußtlose Frau auf die Arme und trug sie aus der Wohnung.

Und draußen begann sich alles um ihn zu drehen. John konnte Sarah Toffin gerade noch auf den Boden legen, ehe er selbst stürzte.

Es war nicht der Kampf, der John so fertiggemacht hatte. Es war der Verwesungsgeruch gewesen, der in unsichtbaren Schwaden nach draußen zog.

Unten hörte John die Stimmen der anderen Hausbewohner.

»Der Gestank kommt von oben!« keifte eine Frauenstimme. »Wer weiß, was die Toffin wieder angestellt hat.«

»Ich seh' mal nach«, knurrte ein Mann.

»Aber bleib nicht zu lange, Bobby. Du weißt, was die Toffin für eine Schlampe ist. Die nimmt doch jeden.«

Langsam verließ John Sinclair das Schwächegefühl. Der Inspektor stützte sich auf den Händen auf und zog sich langsam an der Wand hoch.

In diesem Augenblick tauchte das Gesicht eines Mannes auf der obersten Sprosse der Treppe auf.

Aus ungläubigen Augen starrte der Kerl die blutende Sarah Toffin an. Dann wanderte sein Blick zu John.

»Du Schwein hast sie umgebracht. Ich werde dir . . .«

Der Rest ging in einem röchelnden Hustenanfall unter, denn der Modergeruch tat auch hier seine Wirkung.

»Holen Sie die Polizei und einen Krankenwagen«, krächzte John. »Dann ist die Frau vielleicht noch zu retten. Machen Sie schon!« keuchte der Inspektor, als er sah, daß der Mann sich nicht rührte. »Ich bin von Scotland Yard.«

Das reichte. Blitzschnell verschwand der Kopf des Mannes. John hörte den Kerl die Treppe hinunterpoltern und unten im Flur brüllen.

John Sinclair aber beugte sich zu der Frau hinunter und fühlte deren Puls.

Keine Reaktion.
Sarah Toffin war tot.
Wieder war ein Mensch das Opfer eines Dämons geworden. Wer würde das nächste sein?
Vielleicht Sheila Conolly?

Es roch nach verfaultem Laub, feuchter, frisch aufgeworfener Erde und Unkrautvernichtungsmittel.
Friedhofsgeruch!
John Sinclair stellte den Kragen seiner schwarzen Lederjacke hoch und zog die Schultern zusammen. Er fror.
In Johns Begleitung befanden sich zwei Männer vom Yard, die breitflächige Schaufeln trugen. John selbst hatte sich einen Spaten unter den Arm geklemmt.
Der Friedhofswärter wußte nichts davon. Er ahnte überhaupt nicht, daß sich die drei Männer auf dem Friedhof befanden. Sie waren an einer günstigen Stelle über das Gitter geklettert und bewegten sich nun auf Schleichwegen zu dem Grab von Cordelia Cannon hin.
Zum Glück lag das Grab am äußersten Ende einer langen Gräberkette, so daß die Männer von zwei Seiten aus durch Büsche gedeckt waren.
John erreichte das Grab als erster. Seine Augen tasteten die Umgebung ab, soweit dies bei der herrschenden Dunkelheit möglich war.
»Kommt!« zischte er den anderen beiden zu.
Die Beamten brachen durch die Büsche.
John blickte auf seine Uhr. Um 21 Uhr wollten sie beginnen. Jetzt war es sogar noch acht Minuten vor der Zeit. Eine gute Ausgangsbasis.
Auf dem Grabhügel türmten sich Kränze, Bouquets und Blumen. Zwischen ihnen steckte ein einfaches Holzschild.
John schaltete seine Taschenlampe an und las:

Cordelia Cannon
geb. 1947 – gest. 1973

Sechsundzwanzig Jahre alt war dieses Mädchen geworden. Eine Schande.

John schaltete die Lampe aus und trieb seinen Spaten in das lockere Erdreich.

»Fangen wir an!«

Die Männer räumten zuerst die Kränze und Blumen weg.

Dann griffen sie zu den Schaufeln. Sie arbeiteten schweigend. Nur ab und zu stieß einer einen kurzen Fluch aus, wenn er mit seiner Schaufel an ein Lehmstück geraten war, das zu groß war. Dann half Johns Spaten.

Ein sichelförmiger Halbmond beleuchtete die Szene. Leiser Wind raunte in dem Blatt- und Buschwerk.

Die Männer ließen nur ab und zu ihre Lampen aufblitzen, um sich besser orientieren zu können, wie tief sie denn eigentlich schon waren.

John Sinclair arbeitete mit einer wahren Verbissenheit. Er, der praktisch Sarah Toffins Tod miterlebt hatte, haßte diese Satansbrut der Ghouls wie die Pest. Und auch um Sheila und Bill Conolly machte er sich heftige Sorgen. Bill hatte sich bei ihm den ganzen Nachmittag über nicht gemeldet, nur morgens hatte er kurz im Yard angerufen, aber da war John nicht im Büro gewesen. Natürlich befanden sich Sheila und Bill in Abbots Gewalt. Aber beweisen konnte man diesem Kerl nichts. Und bloße Verdachtsmomente reichten für einen Haftbefehl nicht aus.

»Inspektor, ich bin an dem Sarg angekommen«, rief einer der Männer leise.

John stemmte seinen Spaten in einen Lehmhügel, nahm die Lampe und leuchtete.

Der Mann stand bis zur Brust in dem offenen Grab. Mit dem Schaufelblatt kratzte er etwas Dreck weg. John konnte das Oberteil des Sarges erkennen.

»Macht weiter«, sagte er. »Aber schaufelt den Dreck um den Sarg herum weg.«

»Gut, Inspektor.«

Lehmklumpen auf Lehmklumpen wurde aus dem Grab geschleudert. John schaufelte sie noch etwas zur Seite, damit sie nicht wieder zurück in das Grab rutschten.

»Fertig, Inspektor.«

John wischte sich den Schweiß von der Stirn und ließ den Spaten fallen.

»Kommen Sie raus.«

Die beiden Beamten kletterten aus dem Grab. Sie zündeten sich erst mal Zigaretten an. Auch John genehmigte sich einen Glimmstengel.

Wie Glühwürmchen leuchteten die drei roten Punkte in der Dunkelheit auf.

»Und jetzt, Inspektor?«

»Ist Ihr Dienst beendet, Gentlemen.«

»Für Sie nicht?«

John schüttelte den Kopf. »Ich habe hier noch etwas anderes zu erledigen.«

»Wollen Sie etwa den Sarg allein aufbrechen?«

»Vielleicht«, gab John knapp zurück. »Auf jeden Fall danke ich Ihnen für die freiwillige Nachtarbeit.«

»Nicht der Rede wert, Inspektor.«

Die beiden Beamten wandten sich ab. »Und passen Sie auf, daß Sie nicht den Geistern in die Hände fallen«, rief einer noch.

John gab keine Antwort. Der Mann wußte nicht, daß sein Spott blutiger Ernst werden konnte.

John Sinclair ließ sich in das Grab hineingleiten. Mit einem Fingerdruck knipste er die Lampe an.

Die beiden Beamten hatten gut gearbeitet. Zwischen dem Sarg und den Seitenwänden des Grabes war genug Platz, um einigermaßen stehen zu können.

John zwängte sich auf die Knie. Der feuchte Lehm drang sogar noch durch seine Kordhose.

Der Inspektor hatte die Lampe zwischen die Zähne genommen. In dem Lichtschein sah er Würmer und Kriechtiere an den Grabwänden herumkrabbeln.

John machte sich an die Untersuchung des Sarges. Er war nach wie vor fest verschlossen. Damit war zu rechnen gewesen.

Den Inspektor interessierten vor allem die Seitenwände der Totenkiste.

Und hier machte er dann die Entdeckung.

Ein kleiner, kaum wahrnehmbarer Holzhebel geriet zwischen seine Finger.

John zog den Hebel probehalber nach oben.

Nichts geschah.

Dann in die andere Richtung.

Und plötzlich klappte die eine Seitenhälfte nach außen weg. Jedoch nur ein kleines Stück, da John zwischen Sarg und Grabwand stand.

John zwängte sich an die Stirnseite des Sarges, so daß die Seitenwand weiterfallen konnte.

Sie klappte fast ganz herum.

John konnte jetzt schräg in den Sarg leuchten. Der Lampenstrahl erfaßte einen Frauenkörper, tastete sich vor bis zum Gesicht.

John Sinclair bückte sich und atmete gleichzeitig befreit auf.

Die Ghouls hatten sich die Tote noch nicht geholt.

John klappte die Seitenwand des Sarges wieder zu und setzte den Hebel in die richtige Stellung.

Er wollte sich gerade aufrichten, als er über sich eine rauhe Stimme vernahm.

»Grabräuber habe ich besonders gern. Kommen Sie raus, Mister!«

John wandte langsam den Kopf. Am Grabrand stand ein bulliger Kerl mit breiter, ausgebeulter Hose und einer viel zu weiten Jacke. Gefährlich war allein der dicke Knüppel, den er in der rechten Hand trug.

»Soll ich dir Beine machen, Junge?« knurrte der Mann. »Du bist wohl ein ganz Perverser, wie?«

»Nun halten Sie mal die Luft an«, sagte John und wollte in die Innentasche seiner Lederjacke greifen.

»Wenn du die Knarre ziehen willst, haue ich dir den Schädel zu Brei!« brüllte der Mann und hob zur Bestätigung seiner Worte den dicken Knüppel.

»Ich bin Scotland-Yard-Beamter!« rief John.

Der Kerl fühlte sich wohl auf den Arm genommen und schlug zu.

John konnte nur durch eine blitzschnelle Drehung dem mörderischen Hieb entgehen.

Der Mann, ziemlich siegessicher, hatte nicht richtig auf seine Standfestigkeit geachtet. Durch seinen eigenen harten Schwung bekam er das Übergewicht. John half noch mit, indem er kurz am Knöchel des Unbekannten zog.

Der Kerl segelte in das Grab und in Johns Linke hinein, die krachend an seinem Kinn explodierte.

Daraufhin trat der Kamerad geistig weg.

John kletterte aus dem Grab und hievte anschließend den Bewußtlosen hoch.

»Tut mir leid für dich, Junge«, murmelte der Inspektor.

Der Mann hatte bestimmt in bester Absicht gehandelt. Er hatte

John für einen Grabschänder gehalten, was in dieser Situation durchaus normal war. Wahrscheinlich war es sogar der Friedhofswächter, den John niedergeschlagen hatte.

Der Inspektor sprang noch einmal in das Grab zurück. Die Stellen, an der das Erdreich nur lose aufgesetzt war, hatte er schnell gefunden.

John packte sich den Knüppel des Bewußtlosen und räumte damit das letzte Hinternis weg.

Schließlich lag ein fast kreisrundes Loch vor ihm, ähnlich wie der Beginn einer Röhre.

Ein nicht allzu dicker Mann konnte sich einigermaßen hindurchwinden.

Und John Sinclair wagte es.

Er war wohl der erste lebende Mensch, der in das Totenreich der Ghouls eindrang.

Bill Conolly war an Händen und Füßen gefesselt. Die dünnen, aber festen Nylonschnüre schnitten wie scharfe Drähte in seine Haut.

Bill lag auf der Seite. Die Ghouls hatten ihn fertiggemacht. Mit Tritten und Schlägen, ihn anschließend gefesselt und in einen Raum geworfen, dessen Boden aus rauhem Beton bestand.

Die Wände waren aus roten Ziegelsteinen gemauert, und an der Decke brannte, durch ein kleines Gitter geschützt, eine trübe Funzel.

Ächzend rollte sich Bill über den rauhen Boden. Sein aufgeschlagenes Gesicht ließ eine feine Blutspur zurück.

Der Reporter wollte bis an eine Wand kommen, sich dann aufrichten und versuchen, die Fesseln an dem Putz zwischen den einzelnen Ziegelsteinen durchzuscheuern.

Unter großen Mühen schaffte es Bill, bis an die Wand zu gelangen. Probehalber rieb er mit den gefesselten Handgelenken gegen den Putz.

Stöhnend zuckte der Reporter zurück. Der rauhe Putz hatte nicht seine Fesseln, sondern die Haut aufgerissen. Und das tat höllisch weh.

Erschöpft und verzweifelt hielt Bill inne.

Im selben Augenblick bewegte sich die Wand gegenüber. Ein

Teil schob sich einfach zur Seite und machte einer quadratischen Öffnung Platz.

Gebannt starrte Bill auf das dunkle Loch.

Wie von Geisterhand gesteuert, schob sich plötzlich durch die Öffnung ein Schienenstrang in den Raum.

Unwillkürlich bewegte Bill die Lippen, ohne jedoch etwas zu sagen.

Ein schleifendes Geräusch drang an sein Ohr. Es kam aus der Öffnung.

Das Geräusch wurde lauter, und dann fuhr ein gläserner Sarg in den Raum.

Er kam kurz vor dem Ende des Schienenstranges zum Halten.

Es lag jemand in dem Sarg.

Bill glaubte seinen Augen nicht trauen zu können, als er seine Frau erkannte.

»Sheila«, ächzte der Reporter und rollte sich verzweifelt auf den Sarg zu.

Er hatte kaum die Hälfte der Strecke geschafft, da quollen sie in den Raum.

Fünf Ghouls und William Abbot.

Sie kamen durch die quadratische Öffnung und nahmen sofort ihre Plätze an den Wänden ein.

Bill sah aus seiner Froschperspektive die gräßlichen Gesichter der Ghouls und sah auch die schleimige Masse, die an den Körpern herunterfloß.

Ekliger, penetranter Verwesungsgeruch breitete sich aus.

Bill mußte würgen.

William Abbot lachte.

Er hatte sich vor dem Sarg aufgebaut, beide Hände in die Hüften gestützt, und blickte verächtlich auf den am Boden liegenden Reporter.

Abbot trug einen dunkelblauen, hochgeschlossenen Kittelanzug und schwarze Schuhe. Er sah im Gegensatz zu seinen Gehilfen völlig normal aus. Er verbreitete auch nicht diesen entsetzlichen Verwesungsgeruch.

»Ihre Stunde ist gekommen, Conolly«, sagte Abbot mit triumphierender Stimme. »Sie werden uns, bevor wir Sie töten, noch ein schönes Schauspiel liefern.«

»Sie sind ein Dreckschwein!« zischte Bill.

Abbot lachte nur, bückte sich, zog ein Messer aus der Tasche und säbelte Bills Fesseln durch.

Ungehindert schoß das Blut durch die Adern. Bill dachte, seine Arme und Beine würden in kochendem Wasser liegen. Mit schmerzverzerrtem Gesicht massierte er seine Arm- und Fußgelenke.

Die Ghouls und auch William Abbot sahen ihm dabei ungerührt zu. Während Abbot sich ruhig verhielt, begannen die Ghouls, ab und zu schmatzende Geräusche auszustoßen.

Bill hatte das Gefühl, als würden sich die Leichenfresser schon auf ihn freuen.

»Ich kann Ihnen übrigens eine für Sie freudige Mitteilung machen«, sagte William Abbot plötzlich.

»Und?« Bill hob gespannt den Kopf.

»Ihr Bekannter, dieser Inspektor Sinclair, hat es geschafft, zwei meiner Leute auszuschalten. Er muß wirklich über ungewöhnliche Mittel verfügen. Erzählen Sie mir etwas über ihn.«

Bill schüttelte den Kopf. »Kein Wort sage ich Ihnen. Nur etwas steht fest. Inspektor Sinclair wird Ihnen schon Ihr dreckiges Handwerk legen.«

»Sie vergessen, daß ich ein Dämon bin und nur menschliche Gestalt angenommen habe.« Abbot lachte meckernd. »Wollen Sie mal meine wahre Gestalt sehen, Conolly?«

»Danke. Darauf kann ich verzichten.«

»Schön.« Abbot zuckte die Achseln. »Nur über etwas müssen Sie sich im klaren sein. Ich bekomme sowieso heraus, was ich wissen will. Ich werde Sie kurzerhand unter Hypnose setzen. Dann erzählen Sie alles.«

Bill, dessen Blutkreislauf sich inzwischen normalisiert hatte, stand auf. Er war zwar noch etwas wackelig auf den Füßen, aber das würde sich legen.

Bill trat zuerst an den gläsernen Sarg. Aus starren Augen blickte er in Sheilas Gesicht, das aussah wie von einem Maler geschaffen.

Minutenlang sah der Reporter seine Frau an. Er hatte sich mit beiden Armen auf den Sargdeckel gestützt und mußte gewaltsam die Tränen unterdrücken.

Doch ganz tief in seinem Innern machte sich ein völlig anderes Gefühl breit.

Der Haß! Er wollte die Dämonen vernichten.

Bill Conollys Gesicht war fast zur Maske geworden, als er sich umwandte und William Abbot ansah.

»Ist sie . . . tot?« fragte Bill mit leiser Stimme und spürte, wie das Blut in seinen Adern hämmerte.

Der Beerdigungsunternehmer ließ sich Zeit mit seiner Antwort. Zehn, fünfzehn Sekunden ließ er Bill im unklaren.

Dann tropften seine Worte wie flüssiges Blei in die herrschende Stille.

»Noch lebt sie!«

Bill atmete innerlich auf.

»Erklären Sie mir das genauer, Abbot«, verlangte Bill.

Abbot lächelte dünn. »Nun, ich habe beschlossen, daß Sie mit dabei sind, wenn Ihre Frau stirbt.«

Bill mußte sich mit aller Macht beherrschen, um diesem Dämon vor ihm nicht an die Kehle zu springen.

»Und Sie glauben, daß ich das zulasse?« preßte er mühsam zwischen zusammengebissenen Zähnen hervor.

»Es wird Ihnen nichts anderes übrigbleiben«, erwiderte Abbot. »Denn . . . Sie werden Ihre Frau töten!«

Im ersten Moment dachte Bill, er hätte sich verhört. Zu unglaublich klang das, was der Beerdigungsunternehmer eben gesagt hatte.

Bill spürte, wie ihm der kalte Schweiß ausbrach, wie seine Beine plötzlich anfingen zu zittern.

Sie werden Ihre Frau umbringen! hatte Abbot gesagt.

Bill wischte sich über die Stirn. Sein Atem ging schwer und pfeifend.

»Niemals!« ächzte er.

Abbot lachte. »Machen Sie sich nicht lächerlich, Conolly. Wir sind stärker als Sie.« Dann sprach er einen knappen Befehl. Vier Ghouls lösten sich von der Wand und gingen auf den Sarg zu.

Der Reporter blickte in die gräßlichen Fratzen, dann wieder in Abbots Gesicht, in dem sich der Triumph widerspiegelte, und wußte plötzlich, daß er diesen Dämonen mit Haut und Haaren ausgeliefert war.

Die vier Ghouls machten sich an dem Sarg zu schaffen, hoben den Deckel ab.

Bill warf einen Blick auf seine Frau, die mit über der Brust zusammengefalteten Händen in dem gläsernen Sarg lag.

In stummer Verzweiflung schüttelte der Reporter den Kopf.

»Nein«, flüsterte er immer wieder. »Nein, ich kann es nicht tun. Ich kann es nicht, und ich werde es auch nicht.«

Bills Lippen formten unhörbare Worte, seine Hände krampften sich ineinander. Mit Gewalt mußte er seinen Blick von dem Sarg losreißen.

Er wollte sich an Abbot wenden, ihm sagen, daß er lieber selbst sterben würde, als seine eigene Frau umzubringen, doch Bill brachte keinen Ton hervor.

Die dunklen Augen des Beerdigungsunternehmers starrten ihn an. Mit einer fahrigen Bewegung ließ Bill die Hände sinken, er hatte auf einmal vergessen, was er eben noch sagen wollte.

Bill Conolly stand ganz unter dem hypnotischen Bann des Dämons.

»Du wirst sie umbringen!« sagte Abbot mit dunkler Stimme.

Bill Conolly nickte. »Ja, ich werde sie umbringen.«

Abbots fleischige Lippen verzogen sich. Er hatte gewonnen, und das kostete er aus.

Immer noch bohrte sich sein Blick in Bills Augen, die wie verdreht wirkten und überhaupt nicht mitbekamen, was geschah.

Abbot griff unter seine Jacke und holte ein kurzes Schwert hervor.

»Damit wirst du sie töten!«

»Ja«, antwortete Bill automatisch.

Der Reporter streckte die Hand aus.

Abbot reichte ihm das Schwert. »Tritt an den Sarg«, sagte er, »und töte deine Frau!«

Bill fühlte das Schwert in seiner Hand liegen. So, als sei es für ihn allein gemacht.

Der Reporter wandte sich um. Er brauchte nur zwei Schritte zu gehen, dann hatte er den Sarg erreicht.

Bill Conolly blickte auf seine Frau.

»Töte sie!« hörte er hinter sich Abbots Stimme.

Bill hob das Schwert. Nichts warnte ihn, diese gräßliche Tat zu unterlassen.

Bill Conollys Wille war völlig ausgeschaltet.

Der Reporter faßte den Griff des Schwertes mit beiden Händen. Weiß traten die Handknöchel hervor. Bills Mund stand offen. Leiser, pfeifender Atem drang daraus hervor.

Die Spitze des Schwertes schwebte etwa einen Yard über der

wehrlosen Frau. Im nächsten Augenblick würde sie herunterfahren und den Körper durchdringen.

»Stoß zu!« peitschte Abbots Stimme.

Bill Conolly gehorchte.

Er stieß das Schwert in Sheilas Brust. Der Reporter Bill Conolly hatte seine eigene Frau ermordet . . .

John Sinclair hatte sich die brennende Lampe um den Hals gehängt. Der Strahl schnitt wie ein Messer durch die absolute Finsternis.

Der Stollen war eng. Zu eng.

John Sinclair mußte auf dem Bauch kriechen, sich wie eine Schlange vorwärts bewegen.

John wühlte sich weiter. Feuchte Erde fiel auf seinen Kopf, in den Kragen seines Hemdes. Schon nach wenigen Metern war John schweißgebadet. Die ungeheure Anstrengung machte ihn fast fertig. Dazu kam noch die extrem schlechte Luft, die in dem Gang herrschte.

Ein Zurück gab es nicht mehr. John konnte unmöglich in dem engen Stollen wenden.

Immer weiter ging es. Nur nicht aufgeben, hämmerte sich der Inspektor ein. Die Luft wurde noch schlechter. Verwesungsgeruch drang in Johns Nase.

Sollte ein Ghoul unterweg sein?

John verdoppelte seine Anstrengungen. Er hatte in alten Büchern, die sich mit dem Phänomen der Ghouls beschäftigten, gelesen, daß die Friedhöfe, unter denen sie hausten, durch viele Gänge erschlossen waren. Es gab Haupt-, Quer- und Nebengänge. John mußte einen der Hauptgänge erreichen.

Plötzlich faßte seine tastenden Hände ins Leere. John legte sich auf die rechte Seite und zog sich weiter vor.

Der Lampenstrahl enthüllt ein schreckliches Bild.

John war an einem anderen Grab angelangt. Er sah einen aufgebrochenen Sarg, in dem ein blankes Skelett lag. Die leeren Augenhöhlen des Totenschädels glotzten ihn an.

John Sinclair wandte den Blick mit Gewalt ab. Zum Glück führte der Stollen weiter, direkt an dem Grab vorbei.

Wieder kroch John auf dem Bauch weiter. Stück für Stück legte er zurück.

Dann drang wieder der Verwesungsgeruch in seine Nase.

Aber diesmal intensiver. Wie eine unsichtbare Wolke schwebte der Gestank auf ihn zu.

John löschte die Lampe.

Seine Rechte zwängte sich unter die Jacke und holte die Spezialpistole hervor.

Es dauerte einige Zeit, bis John seine vibrierenden Nerven unter Kontrolle hatte.

Es gab für ihn jetzt keinen Zweifel mehr. Es würde zu einer Begegnung mit einem Ghoul kommen.

John Sinclair preßte mit der freien Hand seine Nase zu, weil der Gestank unerträglich wurde.

Da hörte er auch schon vor sich ein widerliches Keuchen und Schmatzen.

Der Ghoul war auf dem Weg zu einem Opfer.

Für einen Augenblick schien die Panik John zu überwältigen.

Er, ein Mensch, befand sich in einem Stollen, der für ihn zur Todesfalle werden konnte. Er war auf eigene Gefahr in das Reich der Ghouls eingedrungen und mußte deshalb mit allem rechnen.

Das Schmatzen wurde noch lauter, die ekelhafte Ausdünstung immer stärker.

Der Ghoul mußte dicht vor ihm sein.

John schaltete die Lampe ein.

Der Strahl bohrte sich durch die Dunkelheit und erfaßte eine gräßliche Gestalt.

Fast zwei Yard war das Wesen vor ihm. Ein langes, schleimiges Etwas, aus dem nur die hervorquellenden Augen starrten.

Der Ghoul war für einen Moment überrascht. Doch dann streckte er seinen langen, schleimigen Arm vor, versuchte John damit zu umfassen, ihn zu sich heranzuziehen und dann zu zerfleischen.

John Sinclair schoß.

Fauchend verließ das Projektil den Lauf, bohrte sich genau zwischen die Augen des Ghouls.

Das Wesen zuckte zurück. Ein nervenzerfetzendes Kreischen kam aus seinem Mund, das in einem jämmerlichen Heulen endete.

Der Ghoul begann sich vor John Sinclair aufzulösen. Die Gestalt veränderte sich, quoll zu einer Kugel auf, um dann ineinanderzusacken und zu zerfließen.

Zurück blieb eine stinkende Lache.

Mit zusammengebissenen Zähnen kroch John weiter, durch die Lache, die vor wenigen Sekunden noch ein menschenfressendes Untier gewesen war.

John Sinclair wußte nicht mehr, wie lange er sich vorwärts gewunden hatte, auf jeden Fall erreichte er plötzlich einen der Hauptgänge.

Der war wenigstens so hoch, daß er auf allen vieren weiterkriechen konnte.

John wandte sich nach rechts.

Jetzt endlich kam er schneller voran. Auch war dort die Luft besser.

Der Stollen stieg leicht an. John sah im Licht der Lampe überall Nebenstollen in den Gang münden. Dieser Friedhof war ein einziges Labyrinth. Wie geschaffen für Ghouls.

John hatte seine Augen überall. Doch es kam ihm kein Ghoul mehr in die Quere.

Und plötzlich stand der Inspektor vor einer Holzleiter. Der Stollen war inzwischen wesentlich höher geworden, so daß John schon fast aufrecht stehen konnte.

Die Leiter endete an einer Falltür.

John Sinclair überprüfte erst die Sprossen, bevor er sie betrat.

Sie hielten.

John mußte sechs Sprossen überwinden, ehe er die Falltür erreichte.

Der Inspektor steckte die Pistole weg und drückte probehalber mit der flachen Hand gegen das Holz.

Die Falltür rührte sich nicht einen Zoll.

John biß sich auf die Lippen. Sollte diese verdammte Tür nur von außen zu öffnen sein? Kaum, denn wie wollten die Ghouls je zurückkommen?

John drehte sich vorsichtig auf der zweitletzten Sprosse, machte einen Buckel und stemmte sich mit aller Macht gegen die Falltür.

Vor Anstrengung traten John die Adern an der Stirn hervor.

Doch der Inspektor hatte Erfolg.

Die Falltür knirschte in den Angeln. Sand und Dreck rieselten in Johns Nacken.

John atmete noch einmal tief ein und mobilisierte seine letzten Kraftreserven.

Es gab einen Ruck, und dann knallte die Falltür auf der anderen Seite zu Boden.

Geschafft!

John stieg die letzten Sprossen hoch, schwang sich aus der Öffnung und blieb für einige Minuten erschöpft auf dem Boden liegen.

Nur langsam beruhigte sich sein keuchender Atem. Die Luft, die in dem Raum herrschte, kam ihm wie Balsam vor.

Das monotone Ticken einer Uhr drang an Johns Ohren.

Der Inspektor stand ächzend auf, nahm die Lampe in die Hand und leuchtete seine neue Umgebung ab.

Er befand sich in einem schmalen Flur, von dem einige Türen abzweigten. Das Ticken kam von einer alten Standuhr am Ende des Flurs.

Wem mochte das Haus gehören, in dem John gelandet war? Es schien unbewohnt, denn nirgendwo brannte Licht, und auch sonst waren keine Geräusche zu hören, die auf die Anwesenheit von Menschen hätten schließen lassen können.

John blickte auf seine Uhr.

Er erschrank regelrecht. Über eine Stunde hatte er in dem Labyrinth der Ghouls verbracht.

John Sinclair begann mit der Untersuchung des Hauses. Er zog die nächstbeste Tür auf, leuchtete in den Raum und stellte fest, daß er ein Schlafzimmer vor sich hatte. Die Möbel waren dunkel und sahen ziemlich alt aus. Aber kein Mensch war zu sehen.

John nahm sich den nächsten Raum vor.

Ein Wohn- beziehungsweise Arbeitszimmer. Der Lampenstrahl traf einen hochlehningen Sessel, einen Hinterkopf, einen neben der Sessellehne pendelnden Arm.

Und plötzlich wußte John Sinclair, wo er sich befand. In dem Haus von Doc Meredith. Bill Conolly hatte ihm schon davon erzählt.

Doch der Inspektor wollte hundertprozentige Gewißheit haben. Er betrat das Zimmer, ging um den hochlehnigen Stuhl herum und leuchtete den darauf sitzenden Mann an.

Bill Conolly hatte recht gehabt. Doc Meredith sah schrecklich aus.

Angewidert wandte John Sinclair sich ab.

Im selben Moment, als Bill Conolly das Schwert losließ, erwachte er aus seiner Trance.

Die Erkenntnis traf den Reporter wie ein Blitzschlag.

Du hast deine eigene Frau umgebracht!

In Bill Conolly wurde etwas zu Eis. Er zog das Schwert aus Sheilas Brust, stand für einen Sekundenbruchteil da, wirbelte urplötzlich herum und schleuderte das Schwert fast aus dem Handgelenk in Richtung William Abbot.

Der Beerdigungsunternehmer bekam die Waffe genau in die Brust. Von der Wucht des Aufpralls wurde er einige Schritte zurückgeschleudert und prallte gegen die Wand.

Bill Conolly war mit zwei Sprüngen bei ihm.

»Du Bastard!« schrie der Reporter. »Du hinterhältiger, dreckiger Bastard. Wegen dir bin ich zum Mörder an meiner eigenen Frau geworden. Du . . .«

Bill holte aus und schlug dem Beerdigungsunternehmer die Faust in das feiste Gesicht.

Immer wieder.

Bis ihn schleimige, nach Moder riechende, krallenlange Finger packten und zurückrissen.

Bill stemmte sich gegen die brutalen Griffe an, versuchte alle Tricks.

Ohne Erfolg.

Die Krallen ließen ihn nicht los.

William Abbot blickte den Reporter kalt an. Der mörderische Stoß mit dem Schwert hatte ihm nichts ausgemacht. Die scharfe Schneide war zwar durch seinen Körper gedrungen, hatte aber keine Verletzungen bewirkt.

Gelassen zog sich William Abbot das Schwert aus der Brust.

»Sie sind ein Idiot, Conolly«, sagte er lässig. »Ich habe Ihnen doch schon mal gesagt, daß Dämonen gegen menschliche Waffen unempfindlich sind. Wozu also dieser Unsinn?«

Diese kalte Überheblichkeit des Beerdigungsunternehmers trieb Bill Conolly fast an den Rand des Wahnsinns. Das Gefühl, von einem überlegenen Gegner wie ein Spielball hin und her geworfen zu werden, konnte Bill nervlich nicht mehr verkraften.

»Ich kann Ihre Gedanken erraten«, sagte Abbot spöttisch lächelnd. »Sie überlegen bestimmt, wie Sie mich packen können. Aber ich kann Sie trösten. Andere, Bessere als Sie, haben es auch nicht geschafft. Doch ein Kompliment muß man Ihnen machen.

Sie sind der geborene Mörder. Ich denke dabei an Ihre Frau. Wie Sie meinen Befehl ausgeführt haben – einfach fabelhaft.«

»Sie verdammtes Schwein!« heulte Bill auf. »Sie . . .«

Der harte Griff der Ghouls wurde noch stärker. Es war Bill unmöglich, weiterzusprechen.

»Doch kommen wir endlich zur Sache«, fuhr Abbot fort. »Bisher habe ich mir erlaubt, mit Ihnen ein Spielchen zu treiben. Gewissermaßen zu meinem Privatvergnügen. Doch nun wird es ernst. Meine Helfer wollen etwas haben. Sie wollen Leichen sehen. Und deshalb werden Sie sterben.«

»Na und?« keuchte Bill. »Glauben Sie, ich habe Angst vor dem Tod? Jetzt noch, wo meine Frau . . .?«

»Ihre Frau?« unterbrach ihn Abbot höhnisch. »Drehen Sie sich doch mal um.«

Die Ghouls ließen Bill los. Er konnte sich wieder frei bewegen und wandte langsam den Kopf.

Was er sah, ließ ihn bald an seinem Verstand zweifeln. Auf der Schiene fuhr gerade ein zweiter gläserner Sarg in den Raum. Und in dem Sarg lag Sheila Conolly!

Aber wer war die Frau, die er getötet hatte?

»Das ist doch – das ist doch . . .« flüsterte Bill.

»Unmöglich, Mister Conolly! Sie haben nicht Ihre Frau erstochen, sondern eine von mir nachgebildete Wachspuppe!«

Bill Conollys Blicke irrten zwischen den beiden Särgen hin und her.

Der Reporter war sprachlos. Zuviel war in den letzten Minuten auf ihn eingestürmt.

»Ihre Frau liegt in einem hypnotischen Tiefschlaf«, hörte Bill wie aus weiter Ferne die Stimme des Beerdigungsunternehmers. »Sie wird kaum merken, wenn Sie diesmal ihr das Schwert in die Brust stoßen.«

»Nein!« sagte Bill leise. »Das haben Sie einmal mit mir gemacht. Ein zweites Mal nicht mehr.«

»Wir haben Möglichkeiten, Sie zu zwingen, Mister Conolly. Meine Geduld ist nämlich am Ende. Also, los!«

Abbot hatte die Worte kaum ausgesprochen, da handelte Bill schon. Er kreiselte gedankenschnell herum und rannte mit langen Sätzen auf die Öffnung zu, aus der die Särge gekommen waren. Bill mußte den Kopf einziehen, um nicht gegen den oberen Rand zu stoßen.

Der Reporter tauchte in einem schmalen, dunklen Gang unter. Er lief immer auf den Schienen entlang, um die Orientierung nicht zu verlieren.

Hinter sich hörte er das teuflische Gelächter des Beerdigungsunternehmers.

Bill fragte sich, wo er landen würde.

Er wußte es wenige Sekunden später, als er mit dem Körper gegen ein starkes Eisengitter prallte.

Für einige Zeit sah Bill nichts anderes als Sterne. Dann ebbte der Schmerz langsam ab.

Bill Conolly blickte zurück. Die Öffnung, noch gut zu erkennen, kam ihm unendlich weit vor. Er sah das helle Rechteck und wußte, daß er, wenn er zurückging, genauso in der Falle saß wie jetzt.

Bill Conolly war verzweifelt.

Fieberhaft suchte er seine Taschen nach einem Feuerzeug ab. Er wollte wenigstens genau sehen, wo er sich befand.

Das Feuerzeug fand er in der Hosentasche. Beim zweiten Versuch flackerte die Flamme auf.

Bill schwenkte das Feuerzeug langsam herum und sah ein von der Decke bis zum Boden reichendes Eisengitter, gegen das er gerannt war. Die Räume zwischen den einzelnen Stäben waren so schmal, daß ein Mensch nicht hindurchschlüpfen konnte.

Auch dieser Fluchtweg war endgültig verbaut.

Bill hatte vorgehabt, von draußen Hilfe zu holen. Hilfe für Sheila, seine Frau.

Aber jetzt war alles vorbei.

Und noch etwas anderes sah Bill in dem Schein der kleinen Flamme.

Drei Ghouls.

Sie gingen hintereinander und kamen direkt auf Bill zu.

Der Reporter preßte sich mit dem Rücken gegen das Gitter. Er sah die entstellten Gesichter der Ghouls und glaubte in ihren Augen die Gier nach Opfern zu lesen.

Bill Conolly sah keine Chance mehr. Er hatte nichts, womit er sich gegen die Ghouls hätte wehren können. Höchstens seine Fäuste. Und die waren für solche Bestien kein Problem.

Der erste Ghoul tauchte dicht vor Bill Conolly auf. Er stieß ein heftiges Fauchen aus und sprang den Reporter an. . . .

Die klare, kühle Nachtluft umfächerte Johns Gesicht wie ein weiches Tuch.

Der Inspektor ging langsam durch den kleinen Vorgarten, der zu Doc Meredith' Haus gehörte.

Als John auf der Straße stand, gönnte er sich erst mal eine Zigarette. Sie hatte ihm selten so gut geschmeckt wie in diesem Augenblick.

John blickte die wie ausgestorben daliegende Latimer Road hinauf. Vereinzelt brannten trübe Gaslaternen. Ein streunender Köter huschte jaulend über die Straße. Aus irgendeinem Hauseingang torkelte ein Betrunkener, entdeckte John und stolperte auf ihn zu.

John kümmerte sich nicht um den Kerl, sondern sah sich Bills Porsche an, der immer noch vor dem Haus stand. John wunderte es eigentlich, daß den Wagen noch niemand gestohlen hatte. Die Seitenfenster waren zwar eingeschlagen, aber sonst schien der schnelle Flitzer noch vollkommen intakt zu sein.

Eine Alkoholfahne stieg in Johns Nase.

Der Betrunkene. Er hatte es tatsächlich mit heilen Knochen geschafft, sich John Sinclair zu nähern. Jetzt hatte er beide Arme gegen das Autodach gestützt und schwankte noch leicht hin und her. Sein glasiger Blick versuchte John zu fixieren, was jedoch schwerlich gelang, denn der Kerl kniff immer wieder die Augen zu.

»Ist – ist . . . das Ihr Wagen, Mister?«

»Nein.«

»Hätte – hätte mich auch gewundert«, sagte der Betrunkene mit leicht angekratzter Stimme. »Da saß nämlich 'ne Frau drin.«

Jetzt wurde John hellhörig. »Wann war denn das?«

Der Betrunkene zog eine Hand vom Autodach weg und machte eine wilde Armbewegung.

»Kann ich – kann ich Ihnen auch nicht so sagen, Mister. Ich lag n paar Häuser weiter in der Ecke. Ich wurde gerade wach, weil ich unheimlichen Brand kriegte, da sah ich, wie die Blonde von einem aus dem Wagen geholt wurde.«

»Ist sie freiwillig mitgegangen?«

»Sicher. Sie hat sich sogar noch bei dem Kerl eingehängt.«

Der Mann griff in die Tasche seines langen Mantels und holte eine Flasche hervor.

Er hielt sie sich gegen das Gesicht, kniff abwechselnd das rechte und das linke Auge zu und sagte dann mit tonloser Stimme: »Leer.«

John verstand den Wink mit dem Zaunpfahl. Ein kleiner Schein wechselte den Besitzer, und der Betrunkene war zufrieden. Leise vor sich hin singend schaukelte er ab.

John wartete noch, bis der Betrunkene verschwunden war, und setzte sich dann ebenfalls in Bewegung. In Richtung des Beerdigungsinstitutes.

Nach den Worten des Mannes zu urteilen mußte Sheila freiwillig mitgegangen sein. Aber wenn das der Fall gewesen war, hätte sie doch nur ein Bekannter dazu überreden können.

Oder aber . . .

John kam eine fantastische Idee. Sollte dieser William Abbot tatsächlich ein Dämon sein, war er vielleicht auch in der Lage, jede andere Gestalt anzunehmen. John hatte davon schon gelesen und gehört. Wenn das stimmte, war es durchaus möglich, daß er die Gestalt von Bill Conolly angenommen hatte.

John hielt sich immer eng an den Hauswänden. Manchmal hörte er aus den schmalen Einfahrten Stimmen und geheimnisvolles Flüstern. Einmal stöhnte jemand jämmerlich. Doch John kümmerte sich nicht darum. Er hatte wichtigere Sachen zu erledigen.

Das Beerdigungsinstitut Seelenfrieden lag in völliger Dunkelheit. Es brannte nicht einmal eine kleine Lampe an der Hauswand.

John ging die paar Stufen zum Eingang hoch und drückte gegen die Tür.

Nichts. Sie war verschlossen.

Damit hatte John allerdings gerechnet. Also mußte er versuchen, von der Rückseite in das Haus zu gelangen.

John hatte bei seinem ersten Besuch schon zwischen dem Nachbarhaus und dem Beerdigungsinstitut einen schmalen, kaum körperbreiten Durchlaß entdeckt. Johns Schätzung nach mußte er zur Rückseite führen, vielleicht sogar in einen Hof münden.

Der Inspektor zwängte sich in den Durchlaß. Er berührte fast mit beiden Schultern links und rechts die Hauswände, so eng war es hier.

Eng und stockfinster.

John ließ kurz seine Lampe aufblitzen.

Eine fette Ratte huschte quiekend aus dem Lichtstrahl.

Es war totenstill. Das einzige Geräusch war das Schaben der Lederjacke an den Hauswänden.

Nach einigen Minuten hatte John den Durchlaß hinter sich und stand in einem Hinterhof.

John schaltete die Lampe ein und deckte den Schein mit der Handfläche ab.

Drei überquellende, verrostete Mülltonnen duckten sich an der Hauswand. Mitten auf dem Hof stand eine verfaulte Holzbank.

John sah auch noch etwas anderes. Eine Brandmauer. Etwa mannshoch. Sie trennte diesen Hinterhof von dem des Beerdigungsunternehmens ab.

John grinste. Er hatte mal wieder den richtigen Riecher gehabt.

Die Mauer bot kein Hindernis. Mit einem kräftigen Schwung saß John auf der Krone und sprang leichtfüßig auf der anderen Seite wieder hinunter.

Der Hof, in dem er gelandet war, war völlig kahl. Es stand nicht ein Abfallkübel herum. Der Boden bestand aus einer glatten Betondecke.

An der Rückseite des Hauses entdeckte John eine Eisentür. Sie war verschlossen.

Aber der Inspektor sah auch noch etwas anderes. Zwei Kellerfenster, durch die sich ein Mann ohne weiteres schlängeln konnte.

John legte sich auf den Bauch und sah, daß die Kellerfenster nur durch ein dünnmaschiges Fliegengitter abgesichert waren.

Das war für ihn kein Problem.

John zückte sein Taschenmesser und klemmte es zwischen Holzrahmen und Fliegengitter. Er benutzte die Schneide als Hebel.

Das Fliegengitter riß.

John setzte noch an drei weiteren Stellen das Messer an. Den Rest des Gitters zerrte er mit den Händen herunter.

John Sinclair steckte das Messer weg und kroch mit den Füßen zuerst durch das schmale Fenster.

Vorsichtig ließ er sich im Innern des Hauses auf den Boden gleiten.

Einige Minuten blieb John lauschend stehen.

Niemand schien sein Eindringen bemerkt zu haben. Nur zog wieder dieser Moder- und Verwesungsgeruch in Johns Nase. Allerdings nicht so stark wie auf dem Friedhof. Trotzdem, die Ghouls waren also in der Nähe.

John knipste die Lampe an.

Der Strahl geisterte durch den Keller und riß einen makabren Gegenstand aus der Dunkelheit.

Einen gläsernen Sarg.

Er war offen und stand in der Mitte des Kellers. Das Oberteil des Sarges lehnte an der weißgetünchten Wand. Neben einem Schweißbrenner, der schon mit der zugehörigen Gasflasche durch einen Schlauch verbunden war.

John bückte sich und klopfte mit dem Fingerknöchel gegen den Sarg.

Das durchsichtige Glas war hart wie Stein. Es mußte ein besonderer Kunststoff sein, aus dem der Sarg gefertigt war.

Der Lampenstrahl wanderte weiter, und John sah eine Holztür, die aus dem Kellerraum führte.

Der Inspektor drückte die Metallklinke herunter.

Die Tür schwang auf. Sie quietschte nicht einmal in den Angeln.

John gelangte in einen aus Ziegelsteinen gemauerten Gang, der wieder an einer Tür endete.

Und dann hörte John Stimmen.

Sie kamen von vorn, aus dem Raum, der hinter der Tür liegen mußte.

Der Inspektor löschte die Lampe und schritt auf Zehenspitzen weiter.

Er bückte sich und peilte durch das Schlüsselloch.

Lichterschein traf sein Auge. Aber John sah auch noch etwas anderes.

Einen Mann und ein Stück eines gläsernen Sarges.

Der Mann stand mitten im Raum und hatte die Hände vor der Brust verschränkt. Als er sich jetzt ein wenig zur Seite bewegte, konnte John ihn erkennen.

Es war William Abbot.

Er sagte etwas, was John nicht verstehen konnte.

Der Inspektor richtete sich auf. Seine Rechte legte sich auf das kühle Metall der Türklinke. Und plötzlich ahnte John, daß er vor der Lösung des Falles stand.

Der Inspektor steckte die Taschenlampe weg und zog statt dessen seine Pistole.

Wenn nur die Tür nicht abgeschlossen war.

Sie war es nicht.

Fast wie in Zeitlupe schwang sie zurück.

John wollte gerade in den Raum huschen, da hörte er den

Schrei. Es war ein Schrei, der zitternd in der Luft stand und mit einem leisen Wimmern abbrach.

John Sinclair sprang in den Raum.

Für Bill Conolly, der mit dem Rücken an dem verdammten Eisengitter klebte, gab es kein Zurückweichen mehr.

Er mußte den Angriff des Ghouls voll nehmen. Der Leichenfresser preßte Bill gegen das Gitter und legte seine schleimigen Arme um den Hals des Reporters.

Sofort wurde Bill die Luft knapp. Er strampelte mit den Beinen, versuchte sich aus der gnadenlosen Umklammerung zu befreien.

Vergebens.

Bill sah die schreckliche Fratze des Ghouls dicht vor sich und spürte, wie ihn die schleimige Körpermasse immer mehr umfing.

Aber Bill hatte noch einen Arm frei. Und in der Hand hielt er das Feuerzeug.

Instinktmäßig winkelte Bill den Arm an, näherte sich mit dem Feuerzeug dem Kopf des Ghouls und drückte auf den Auslöser.

Die Flamme sprang hoch, bekam Nahrung . . .

Und plötzlich stand der Ghoul in Flammen!

Vor nichts haben Dämonen soviel Angst wie vor Feuer. Feuer ist die einzig wirksame Waffe außer den Silberkugeln.

Der Ghoul ließ den Reporter los, taumelte zurück. Auf seine beiden Kumpane zu, die bisher nicht eingegriffen hatten.

Das Feuer fand immer neue Nahrung, züngelte an den Armen des Ghouls empor, erreichte seinen Kopf.

Ein gräßlicher, unheimlicher Schrei entrang sich der Kehle des Ghouls, als das Wesen, wie von Furien gehetzt, die Schienen entlangrannte und als lebende Fackel bei seinem Herrn und Meister ankam.

Doch schon waren die anderen beiden Ghouls da.

Ehe Bill sich versah, hatte ihm jemand das Feuerzeug aus der Hand geschlagen, ihn damit seiner einzigen wirksamen Waffe überhaupt beraubt.

Bill Conolly war wehrlos.

Doch er gab nicht auf. Nicht, solange noch ein Fünkchen Leben in ihm steckte.

Den ersten Angriff der Ghouls unterlief er. Es gelang ihm, zur Seite zu tauchen und in Richtung Öffnung zu rennen.

Doch Bill kam höchstens zwei Yard weit.
Eine Hand krallte sich um seinen rechten Fußknöchel.
Der Reporter stolperte, bekam das Übergewicht und fiel. Hart prallte er auf.
Jetzt ist es aus, dachte er. Jetzt haben sie dich.
Im selben Moment hörte Bill, wie jemand seinen Namen schrie.
Mein Gott, das war John, der da gerufen hatte. John Sinclair, sein Freund!
»Bleib liegen, Bill!« gellte Johns Stimme.
Dem Inspektor war die Überraschung vollkommen gelungen. Ehe Abbot und seine Helfer überhaupt reagieren konnten, war er in den Raum gestürzt, an den verdutzten Ghouls vorbei, und auf die quadratische Öffnung zugerannt.
John Sinclair schoß.
Die Silberkugel sauste dem ersten Ghoul, der sich bereits nach Bill Conolly bückte, genau in die Brust.
Heulend wurde er zurückgeworfen und fiel zu Boden.
John jagte die zweite Kugel aus dem Lauf.
Sie drang dem anderen Ghoul seitlich in den Kopf.
Das alles hatte nur Sekunden gedauert. Doch die Zeit reichte aus, daß sich die anderen Ghouls von der Überraschung erholen konnten.
William Abbot brüllte einen Befehl.
John kreiselte gedankenschnell herum.
Der Ghoul war mitten im Sprung, als ihn Johns Kugel traf.
John sprang einige Schritte vor, über den sterbenden Ghoul hinweg und wandte sich seinem nächsten Gegner zu.
John drückte ab.
Auch diese Kugel traf, fetzte in den Unterleib des Dämons.
Blieb nur noch William Abbot!
John glitt zur Seite und blickte William Abbot an.
Auge um Auge standen sie sich gegenüber. Nur durch den gläsernen Sarg getrennt.
»Nun, Mister Abbot?« keuchte John.
Der Dämon zuckte nicht mit einer Wimper. Er reagierte auch nicht auf die verzweifelten Hilfeschreie der Ghouls, die sich sterbend am Boden wanden und begannen, sich immer mehr aufzulösen.
Der Beerdigungsunternehmer hielt Johns Blick stand. Ganz langsam streckte er den rechten Arm vor.

»Du wirst jetzt genau tun, was ich dir sage, John Sinclair«, sagte Abbot, und seine dunklen Augen begannen in einem kalten Feuer zu lodern.

Hypnose! schoß es John durch den Schädel.

John schüttelte den Kopf, zwang sich, diesem Blick auszuweichen, doch irgendeine unheimliche Macht hielt ihn fest.

Satan selbst mußte seine Hand im Spiel haben.

Unbewußt senkte John die Pistole.

William Abbot lächelte siegessicher, während er weiter versuchte, John Sinclair mit seinem hypnotischen Blick zu bannen.

»Werfen Sie die Waffe weg, Inspektor!« befahl der Beerdigungsunternehmer.

Die Worte klangen in Johns Gehirn nach: Waffe weg, Waffe weg . . .

John schüttelte den Kopf, versuchte mit einer unheimlichen Anstrengung, sich gegen die Macht der Hypnose aufzulehnen.

Der geistige Kampf dauerte Minuten.

Fast fingerdick lag der Schweiß auf Johns Stirn. Seine Kleidung klebte ihm am Körper, die Hand mit der Pistole wurde unendlich schwer.

»John! Mein Gott, John! Laß dich nicht fertigmachen!«

Es war Bill Conolly, der gerufen hatte.

Und die Stimme seines Freundes war es, die John wieder in die Wirklichkeit zurückrief. Plötzlich konnte er wieder klar denken, die Situation übersehen, in der er sich befand.

»Schieß doch, John!« schrie Bill. »Schieß doch endlich!«

William Abbot sah, daß er verloren hatte. Mit einem Fluch machte er auf dem Absatz kehrt und rannte auf die Tür zu, aus der John gekommen war.

Der Inspektor hob die Pistole, visierte den Rücken des Dämons an.

Einem Menschen hätte er nie in den Rücken schießen können. Aber Abbot war kein Mensch. Er war ein Dämon, eine Ausgeburt der Hölle, wie sie nur der Satan persönlich schaffen konnte.

John Sinclair zog durch.

Klick!

Dieses Geräusch hallte fast wie ein Donnerschlag in Johns Ohren.

Er hatte sich verschossen! Es steckte keine Silberkugel mehr in dem Magazin.

Abbot war schon an der Tür, als er das Geräusch hörte. Er wandte noch einmal den Kopf und lachte gellend.

»Wir sehen uns wieder, Inspektor Sinclair!« schrie er. »Und dann sitze ich am längeren Hebel!«

Abbot hatte kaum das letzte Wort ausgesprochen, da war er auch schon verschwunden.

John reagierte blitzschnell.

»Bleib du hier und kümmere dich um Sheila«, rief er Bill zu und rannte los.

»Aber John, du hast keine Waffe. Er wird dich töten!« schrie Bill.

Doch darauf hörte John nicht mehr. Er kannte nur ein Ziel: William Abbot mußte vernichtet werden, ehe er noch mehr Unheil anstiften konnte.

Der Schlag traf mit mörderischer Wucht Johns ungeschützten Nacken. Der Inspektor hörte noch ein hämisches Lachen, und dann raste der harte Betonboden auf ihn zu.

Augenblicke später war John Sinclair bewußtlos.

Sekundenlang blickte William Abbot haßerfüllt auf den gekrümmt am Boden liegenden Polizeibeamten. Dann erwachte der Beerdigungsunternehmer zu einer nie gekannten Hektik.

Er löste Johns Hosengürtel und fesselte dem Inspektor damit die Hände.

Abbot faßte John Sinclair unter die Achseln und schleifte ihn in eine Ecke des Kellerraumes.

Sie befanden sich in dem Raum, durch dessen Fenster John eingestiegen war. Der Inspektor hatte, als er Bill Conolly verließ, Abbot noch soeben in den bewußten Kellerraum hineinhuschen sehen. John war dann zu unvorsichtig gewesen und genau in einen Handkantenschlag gestolpert.

Abbot trat John mit dem Fuß in die Rippen, darauf hoffend, daß der Inspektor schnell aus seiner Bewußtlosigkeit erwachen würde.

John Sinclair tat ihm den Gefallen.

Er öffnete die verklebten Augenlider, schüttelte ein wenig den Kopf, was ihm jedoch schlecht bekam, und wollte seine Hände heben.

Jetzt erst merkte er, daß sie auf dem Rücken gefesselt waren.

»Wer zuletzt lacht, lacht am besten. So heißt doch das

Sprichwort, nicht wahr?« drang Abbots triumphierende Stimme an Johns Ohren.

Der Inspektor blickte den Beerdigungsunternehmer aus seiner Froschperspektive an. »Noch steht nicht fest, wer zuletzt lacht«, erwiderte er mit leicht belegter Stimme.

Abbot kicherte. »Sie sind Optimist, was, Sinclair? Aber hier kommen Sie nicht mehr lebend raus. Sie waren gut, das muß ich anerkennen. Sie haben alle meine Leute geschafft, somit die gesamte Organisation zerschlagen. Bis auf mich. Und das wird Ihr Tod sein. Ihrer und der Tod Ihres Freundes.«

John preßte die Lippen zusammen, um ein aufsteigendes Gefühl der Panik zu unterdrücken. Sicher, wenn man es ganz genau betrachtete, gab es so gut wie keine Chance mehr. Dieser verdammte Dämon hatte letzten Endes doch gesiegt. Aber John konnte wenigstens noch um Gnade betteln. Gnade für Sheila Conolly.

»Lassen Sie die Frau laufen, Abbot«, sagte John leise.

»Sind Sie wahnsinnig?« kreischte der Beerdigungsunternehmer. »Wie käme ich dazu? Sie wird mein besonderes Opfer. Sie werden sogar zusehen, wenn ich sie . . .«

»Halten Sie Ihren dreckigen Mund!« schrie John.

Abbot lachte. Er beugte sich über den wehrlosen Inspektor und blies ihm seinen modrigen Atem ins Gesicht.

John wandte sich angeekelt ab.

»Wollen Sie meine wirkliche Gestalt sehen, Inspektor?« flüsterte Abbot. »Passen Sie auf, ich zeige Sie Ihnen.«

Ehe John zu einer Antwort ansetzen konnte, war Abbot ein paar Schritte zurückgetreten und murmelte einige seltsame Beschwörungsformeln.

Die Luft in dem Kellerraum begann plötzlich zu knistern. Bläuliche Flammen schlugen aus dem Nichts hervor, und gelber, stinkender Qualm breitete sich aus.

Im Zentrum der Qualmwolke stand William Abbot. Oder der, der er einmal gewesen war.

John sah nur noch ein durch Schnitte schrecklich entstelltes Gesicht, aus dem ununterbrochen das Blut tropfte, auf den Boden fiel und sofort verdampfte. Eine weißgelbe wie Teig aussehende Hand schob sich aus dem Nebel, und John, der die Hand gebannt anstarrte, sah, wie sich die Finger veränderten, wie sie zu Klumpen wurden und langsam abfielen.

Gestank breitete sich aus. Es roch nach Pech und Schwefel.

Höllengeruch!

Und dann war plötzlich alles vorbei. Von einer Sekunde zur anderen war der Spuk verschwunden.

Kein Qualm mehr, kein Feuer – nichts.

Nur William Abbot stand noch da. So wie John ihn kannte. Mit einem diabolischen Grinsen auf den fleischigen Lippen.

John Sinclair, dessen Herz wie rasend klopfte, zog scharf die Luft ein.

»Mir können Sie keine Angst mit Ihrem Hokuspokus machen, Abbot«, sagte er.

Abbots Gesicht verzerrte sich. »Hokuspokus, sagen Sie, Inspektor? Sie haben soeben in den finsteren Schlund der Hölle geblickt. Haben fast das Tor zur Dämonenwelt überschritten. Aber Ihnen wird das Lachen noch vergehen. Ich werde Asmodis, dem Fürsten der Finsternis, ein besonderes Opfer bringen. Sie werden nie mehr Ruhe finden nach Ihrem Tod. Ihre Seele wird zwischen dem Diesseits und Jenseits umherwandeln, und Asmodis wird sich die schrecklichsten Qualen der Hölle für Sie ausdenken.«

Abbot stieß die Worte haßerfüllt hervor, schleuderte sie wie Lanzen gegen Johns Gesicht.

Dann wurde er plötzlich wieder ruhig. Er wischte sich über die Stirn und sagte: »Jetzt werde ich Ihren Freund holen und dann das Mädchen. Sie beide sollen zusehen, wie es stirbt.«

Abbot wandte sich ruckartig um und verließ den Kellerraum. Er dachte, John Sinclair wäre erledigt. Doch so leicht gab der Inspektor nicht auf.

Bis Abbot wiederkam, mußte er es geschafft haben, seine Handfesseln zu lösen.

Wenn nicht, war alles verloren . . .

Erst als John verschwunden war, kam Conolly richtig zum Bewußtsein, daß er noch lebte.

Sein flackernder Blick irrte durch den Raum.

Bill sah das Grauen.

Die Ghouls lagen in ihren letzten Zuckungen.

Von manchem war nur noch eine penetrant stinkende, gelbgrüne Lache zurückgeblieben, aus der Körperteile in letzten hektischen Zuckungen hervorragten.

Von dem letzten Ghoul, den John getötet hatte, war nur noch der Oberkörper vorhanden. Die Beine zerflossen langsam zu einem dicken Brei. Das Gesicht des Ghouls war gar nicht mehr zu erkennen. Nur der Mund, ein klaffendes Loch, formte verzweifelte, wehleidige Laute. Die Hände, ein gelbgrüner Schleim, streckten sich Bill bittend entgegen.

Der Reporter wandte sich schaudernd ab.

Er vergrub sein Gesicht in den Händen und mußte sich beherrschen, um nicht laut loszuschreien.

Doch er konnte seinen Blick einfach nicht abwenden. Durch die gespreizten Finger sah er auf die sterbenden Ghouls, so lange, bis keiner mehr von ihnen übrig war.

Dann erst wich die Erstarrung. Und Bill sah wieder den gläsernen Sarg, in dem Sheila, seine Frau lag.

Ein quälender, verzweifelter Schrei kam über seine Lippen. Ein Schrei, in dem all die Not und die Angst lag, die er in den vergangenen Stunden durchgemacht hatte.

»Sheilaaa!«

Bill fiel neben dem Sarg auf die Knie. Durch den gläsernen Sarg sah er in das Gesicht seiner Frau.

Wie schön es war. So, als hätte es ein Bildhauer geschaffen.

Lebte Sheila überhaupt noch?

Bill starrte seine Frau an. Versuchte herauszubekommen, ob sich ihre Brust durch Atemzüge bewegte.

Bill starrte so lange, bis ihm die Augen tränten. Dann wußte er immer noch nicht, ob Sheila noch am Leben war.

»Ich muß den Sarg aufbekommen!« flüsterte Bill. »Ich muß es einfach!«

Bills Augen suchten nach irgendeinem Gegenstand, mit dem er den Sarg öffnen oder zertrümmern konnte.

Das Schwert!

Es lag immer noch auf dem Boden, schien Bill förmlich anzustarren.

Die Finger des Reporters krallten sich um den Griff.

Noch vor kurzem hatte er mit dem Schwert seine eigene Frau umbringen sollen. Nun konnte er es zu ihrer Rettung gebrauchen.

Bill packte das Schwert mit beiden Händen, hob es hoch über den Kopf und ließ es mit aller Macht auf den gläsernen Sarg heruntersausen.

Während das Schwert durch die Luft pfiff, fiel ihm siedend heiß ein, daß bei der Zerstörung des Sarges auch Sheila verletzt werden könnte.

Das Schwert knallte auf den Sargdeckel, rutschte zur Seite ab und wurde durch den Gegendruck dem Reporter fast aus den Händen geprellt.

Doch der Sarg hielt.

Der einzige Erfolg waren ein paar Kratzer auf dem Deckel.

Bill Conolly war einer Verzweiflung nahe.

Tränen der Wut, der Enttäuschung traten in seine Augen. Er hatte es nicht geschafft, Sheila zu befreien.

Ein Geräusch ließ Bill herumfahren.

Hinter seinem Rücken hatte sich die Tür geöffnet, und William Abbot war in den Raum getreten.

»Geben Sie sich keine Mühe«, sagte er. »Das Material ist sehr widerstandsfähig.«

Bill Conolly sah das zynische, siegessichere Lächeln auf dem Gesicht des Beerdigungsunternehmers, wußte auch im gleichen Moment, daß es Abbot gelungen sein mußte, John Sinclair auszuschalten, und drehte durch.

Schreiend und das Schwert wild über seinem Kopf schwingend, rannte er auf Abbot zu.

»Damit können Sie mich nicht töten«, rief Abbot schneidend.

»Aber ich kann dir deinen Schädel abschlagen!« brüllte der Reporter und führte einen sensenden Hieb.

Bill sah die Angst in Abbots Augen aufblitzen und wußte, daß er eine wunde Stelle bei dem Beerdigungsunternehmer gefunden hatte.

Abbot duckte sich im letzten Augenblick.

Haarscharf pfiff das Schwert über seinen Kopf hinweg und ratschte kreischend mit der Spitze über die halb offen stehende Metalltür.

Durch die Wucht des Schlages taumelte Bill nach vorn. Er prallte selbst gegen die Tür und schlug sie zu.

Ehe sich der Reporter fangen und zum zweiten Schlag ausholen konnte, traf ein mörderischer Hieb seinen Rücken. Bill hatte das Gefühl, als würde ihm die Lunge aus dem Körper gerissen. Er torkelte nach vorn und fiel gegen die Wand.

Für einen Moment nur verlor er die Übersicht.

Abbots Faust explodierte wie ein Dampfhammer an Bills Schläfe. Der Reporter sah Sterne und sackte in die Knie. Ein zweiter Schlag traf seinen Nacken und schickte Bill endgültig ins Land der Träume.

»Idioten«, knurrte Abbot verächtlich. »Mich reinlegen zu wollen. Die werden sich wundern.«

Mit geschmeidigen Bewegungen ging William Abbot zu dem gläsernen Sarg und drückte auf eine bestimmte Stelle. Es gab ein zischendes Geräusch, so, als würde Luft entweichen.

Fast spielerisch nahm William Abbot den Sargdeckel ab. Dann hob er Sheila Conolly heraus. Er legte die wie tot aussehende Frau auf den Boden neben Bill Conolly.

Sekundenlang betrachtete er die beiden Menschen. »Ihr werdet schöne Leichen sein«, flüsterte er.

Mit wilder Verzweiflung arbeitete John an seinen Handfesseln. Abbot hatte den Hosenriemen verdammt eng geschnürt. Doch das Leder war zum Glück weich. Verbissen drehte, dehnte und zog John an dem Gürtel.

Und das Leder gab nach. Zwar nur ein winziges Stück, aber es war immerhin ein Erfolg.

Der Inspektor arbeitete weiter. Mit dem Mut der Verzweiflung.

Plötzlich hörte er einen Schrei. An der Stimme erkannte er Bill Conolly. Dann knallte eine Tür, und danach war es ruhig.

John ahnte Schreckliches. Um so intensiver setzte er seine Bemühungen fort, den Lederriemen loszuwerden.

Mit aller Kraft versuchte John, wenigstens ein Handgelenk aus der Schlaufe zu ziehen.

Und es gelang.

Plötzlich hatte er seine rechte Hand frei. Es war zwar etwas Haut abgescheuert worden, aber das machte nichts.

Der Rest war ein Kinderspiel.

Im selben Moment hörte John aber auch das schleifende Geräusch, das draußen vom Gang her an seine Ohren drang.

Das konnte nur Abbot sein, der auf dem Weg zu ihm war. Wahrscheinlich schleppte er den bewußtlosen Bill Conolly mit sich.

John zögerte keine Sekunde, sondern sprang auf und huschte auf den Schweißbrenner zu.

Er wußte, was er zu tun hatte.

Mit dem Rücken stieß William Abbot die Kellertür auf. Unter den Achseln gepackt, schleifte er Bill Conolly in den Raum.

»Jetzt werden Sie sich wundern, Sinclair«, sagte der Beerdigungsunternehmer und legte den bewußtlosen Reporter ab.

»Wirklich?« erwiderte John gedehnt.

Abbot kreiselte herum. Seine Augen weiteten sich in grenzenlosem Staunen, schienen nicht fassen zu können, was sie sahen.

John Sinclair stand neben der Gasflasche und hielt den Schweißbrenner in der Hand. Er hatte das Ventil schon aufgedreht. Als Abbot herumwirbelte, hielt John sein brennendes Feuerzeug an die Düse des Schweißbrenners.

Puffend fing das Gas Feuer.

John nutzte noch immer den Überraschungseffekt und drehte das Ventil voll auf.

Fauchend schoß eine armlange Flamme aus der Düse und sprang förmlich auf William Abbot zu.

»Nein!« kreischte der Beerdigungsunternehmer und wich zur Seite aus, da der Rückweg zur Tür von John blockiert wurde.

Unerbittlich folgte der Inspektor dem Dämon. Zum Glück war der Schlauch, der den Brenner mit der Gasflasche verband, lang genug.

»Jetzt kommt dein Ende, Abbot!« peitschte Johns Stimme.

Abbot heulte wie ein in die Enge getriebener Schakal. Er kreuzte beide Arme vor dem Gesicht, um der grellen Flamme des Brenners zu entgehen.

Rastlos trieb John den Beerdigungsunternehmer vor sich her.

Abbot duckte sich in die Ecke, über der das Fenster lag, durch das John eingestiegen war.

Der Inspektor blieb stehen.

»Da kommst du nicht mehr raus«, zischte er und schob die Hand mit dem Schweißbrenner vor.

Kreischend sprang Abbot zur Seite, stolperte ein Stück zurück und fiel über seine eigenen Beine.

Wehrlos lag er auf dem Boden. Angst, Wut und bodenloser Haß loderten in seinem Blick.

John stand über Abbot. Er hielt den Schweißbrenner gegen die Decke gerichtet. Gewaltsam mußte er sich von dem Gedanken lösen, daß Abbot kein Mensch, sondern ein Dämon war, der keine Gefühle kannte. Auch wenn sein Blick momentan etwas anderes verhieß.

»Lassen Sie mich leben, Sinclair«, bettelte der Dämon. »Sie bekommen alles, was Sie haben möchten. Ich selbst werde mich bei dem Fürsten der Finsternis für Sie einsetzen. – Was wollen Sie? Geld? Gold? Sie bekommen alles, alles!« kreischte Abbot.

»Nein«, erwiderte John eisig. »Ich will etwas anderes!«

Hoffnung keimte in den Augen des Beerdigungsunternehmers auf.

»Ihren Tod, Abbot!«

Der Dämon heulte wie ein waidwundes Tier, als John den Schweißbrenner senkte. Waagerecht fauchte die Flamme über Abbot hinweg. Vielleicht spürte er schon die Hitze, sah sich bereits zu einer gelbgrünen Masse dahinschmelzen und griff zum letzten Mittel.

Hypnose!

Abbot starrte John mit brennenden Augen an, mobilisierte all seine magischen Kräfte, um seinen Gegner auf diese Weise auszuschalten.

John Sinclair spürte den Strom. Merkte, wie die Wellen versuchten, in sein Nervenzentrum einzudringen, und war sich plötzlich darüber klar, daß er einen geistigen Kampf mit dem Dämon immer verlieren würde.

Es kostete John bereits übermenschliche Anstrengung, den Schweißbrenner zu senken.

Die Flamme fauchte dem Dämon jetzt direkt entgegen.

Aufschreiend wandte er den Kopf zur Seite.

Sofort ließen die Einwirkungen der Hypnose bei John Sinclair nach.

»Steh auf!« fuhr er den Dämon an.

Doch Abbot hörte ihn nicht. Oder wollte ihn nicht hören. Wie ein Wurm wand er sich am Boden.

Mit Fußtritten trieb John den Dämon hoch.

Keuchend taumelte Abbot vor dem Inspektor her, immer damit rechnend, jeden Augenblick von der Flamme des Schweißbrenners erfaßt zu werden.

Abbot übersah in seiner Hast den offenen Sarg. Nur sein Oberkörper hing noch draußen.

Ehe sich Abbot versah, hatte John mit der freien Hand zugegriffen und den Dämon ganz in den Sarg gezerrt.

»Was haben Sie mit mir vor?« kreischte Abbot.

»Das werden Sie schon sehen!« knurrte John, nahm den

Schweißbrenner und strich mit der Flamme ein paarmal über Abbots Kleidung. Im Nu fing der Stoff Feuer.

William Abbot brüllte entsetzlich. Sein Körper wurde blitzschnell von den Flammen erfaßt und in eine feuerrote Lohe eingehüllt.

Und plötzlich kam wieder das schrecklich entstellte, aber wahre Gesicht des Dämons zum Vorschein.

Übergroß sah John es durch das lodernde Flammenmeer.

Der Inspektor mußte zurückspringen, da die Hitze zu groß geworden war. Er lief zu der Gasflasche und drehte das Ventil ab. Die Feuerlanze, die aus dem Schweißbrenner zischte, fiel in sich zusammen.

Der Todeskampf des Dämons war gräßlich. John wandte sich ab.

Und dann war alles vorbei.

Nur noch gelbgrüne Dampfschwaden stiegen aus dem Sarg und verbreiteten einen penetranten Gestank nach Pech und Schwefel. Der Qualm war alles, was von dem Dämon übriggeblieben war.

John Sinclair mußte husten.

Dann sah John nach Bill Conolly.

Gott sei Dank, der Reporter war nur bewußtlos. John packte Bill unter den Achseln und warf sich ihn über die Schulter. Mit seiner menschlichen Last torkelte er in den Raum, in dem Sheila in ihrem gläsernen Sarg lag.

Was jedoch nicht mehr der Fall war.

Abbot mußte sie herausgenommen und auf den Boden gelegt haben.

John Sinclair bettete Bill auf den Betonboden, beugte sich sofort über Sheila Conolly und legte sein Ohr gegen ihr Herz.

Drei, vier endlose Sekunden hörte John nichts.

Sollte Sheila . . .?

Doch da vernahm John den Herzschlag. Unendlich leise zwar, aber regelmäßig.

John stand auf und fuhr sich über das Gesicht.

Ein Stöhnen ließ John zur Seite blicken.

Bill Conolly erwachte soeben aus seiner Bewußtlosigkeit. Er stützte sich mit beiden Händen vom Boden ab, wandte den Kopf und sah Sheila, seine Frau.

»Sie lebt, Bill«, sagte John leise. »Du brauchst dir keine Sorgen mehr zu machen.«

Aufatmend ließ sich der Reporter zurückfallen. John sah plötzlich Tränen in seinen Augen schimmern.

»Dann ist ja alles gut«, flüsterte Bill Conolly.

Sheila Conolly hatte das Gefühl, als würde sie aus einem unendlich tiefen und traumlosen Schlaf erwachen.

Verwirrt öffnete sie die Augen. Sie sah eine weiße Decke und hörte Männerstimmen.

Sheila wandte den Kopf.

Bill Conolly, ihr Mann, sah sie an.

»Bill«, flüsterte die junge Frau. »Wie kommst du denn hierher? Wo bin ich überhaupt?«

Sheila wollte sich aufrichten, doch Bill drückte sie sanft in die Kissen zurück.

»Du mußt jetzt schlafen, Darling.«

»Ich will aber nicht schlafen«, erwiderte Sheila überraschend fest. »Ich, ich muß dir unbedingt etwas erzählen. Dieser Abbot, Bill, er hat mich überwältigt und dann . . .«

Sheilas Augen nahmen einen nachdenklichen, aber auch verstörten Ausdruck an.

»Es gibt keinen Abbot mehr, Sheila«, hörte die Frau eine andere Männerstimme.

»John!« rief sie überrascht. »Du bist ja auch hier. Jetzt sagt mir aber endlich, was los war.«

Die beiden Männer blickten sich an. Bill über einen Strauß roter Rosen hinweg. Er überließ John die Antwort.

»Du hast fast vier Tage lang geschlafen, Sheila. Dieser Abbot hatte dir ein Gemisch eingespritzt, das kaum bekannt ist. Die Ärzte haben lange suchen müssen, um ein Gegenmittel zu finden. Das ist alles.«

»Und was habt ihr in den vier Tagen getrieben?«

»So einiges.«

Bill und John wollten nicht so recht mit der Sprache heraus.

Schließlich platzte Bill dann hervor: »Unter anderem haben wir dir Rosen gekauft. Hier!«

Mit einer eleganten Bewegung legte der Reporter seiner Frau den Strauß auf die Bettdecke.

Damit waren Sheilas Fragen vergessen. Glücklich strahlte sie ihren Bill an. John sah das gewisse Leuchten in Sheilas Augen und fand es an der Zeit, sich zu empfehlen.

Ganz sacht schloß er die Tür. Und einer Schwester, die gerade das Zimmer betreten wollte, teilte er im Verschwörerton mit: »Da dürfen Sie jetzt nicht rein. Der Professor machte gerade Visite. Und die dauert bestimmt eine halbe Stunde.«

John Sinclair aber verließ vor sich hinlächelnd das Krankenhaus. Doch schon auf dem Weg zu seinem Wagen war die gute Laune verschwunden.

Er dachte noch mal an William Abbot. Und daran, was er gesagt hatte. Zum erstenmal war der Name Asmodis aufgetaucht. Der Fürst der Finsternis. Auch Dämonenherrscher genannt.

Und John Sinclair hatte plötzlich das Gefühl, daß er noch oft über diesen Mann stolpern würde.

Der Inspektor sollte recht behalten. Aber das wußte er im Augenblick noch nicht.

Und es war auch gut so.

ENDE

20 Jahre
JOHN SINCLAIR
JASON DARK
JOHN SINCLAIR
Willkommen in der Hölle
Neun spannende Grusel-Abenteuer
Sonderband DM SFr. 10,- zum Sonderpreis
BASTEI LÜBBE
73901
JASON DARK
JOHN SINCLAIR
Zeit der Monster
Sonderband DM SFr. 10,- zum Sonderpreis
Acht spannende Grusel-Abenteuer
BASTEI LÜBBE
73902
JASON DARK
JOHN SINCLAIR
In Satans Diensten
Sonderband DM SFr. 10,- zum Sonderpreis
Acht spannende Grusel-Abenteuer
BASTEI LÜBBE
73903
JASON DARK
JOHN SINCLAIR
Flüche aus dem Jenseits
Sonderband DM SFr. 10,- zum Sonderpreis
Acht spannende Grusel-Abenteuer
BASTEI LÜBBE
73904
BASTEI LÜBBE

Band 13 362

Graham Masterton

Der Horrorspiegel

Deutsche Erstveröffentlichung

Drehbuchautor Martin Williams hat einen großen Traum. Er will einen Film über Boolful, Hollywoods Schauspieler-Genie der 30er Jahre, in Szene setzen. Die Produzenten, bei denen er vorspricht, zögern noch. Martin jedoch zweifelt nicht eine Sekunde an seinem Erfolg. Ist es nicht ein gutes Omen, wenn er ausgerechnet jetzt aus dem Nachlaß einer alten Dame den Spiegel erwirbt, der in dem Haus seines großen Idols hing?
Dieser Spiegel aber hat das nackte Grauen gesehen. Vor diesem Spiegel fand Boolful sein tragisches Ende – ein brutaler Mord, dessen Umstände und Motive nie ganz aufgeklärt wurden. Jetzt hängt das kostbare Stück in Martins Wohnzimmer: golden gerahmt, barock verziert – und voller dunkler Geheimnisse. Denn was sich in dem Spiegel zeigt, ist nicht die Wirklichkeit. Eine beunruhigende Entdeckung, mit der für Martin ein Alptraum ohne Ende beginnt ...

Sie erhalten diesen Band im Buchhandel, bei Ihrem Zeitschriftenhändler sowie im Bahnhofsbuchhandel.

Band 13 487

Francis Ford Coppola/ James V. Hart

Bram Stoker's Dracula

Deutsche Erstveröffentlichung

Dracula ist der bedeutendste und erfolgreichste Film von Francis Coppola seit ›Apocalypse Now‹. Der Meisterregisseur hat dem Vampirmythos ganz neue, aufregende Bilder entlockt.

Wie das Drehbuch für diesen Edelschocker entstand und endlich einen Förderer fand, wie Gary Oldman, Anthony Hopkins und die anderen Schauspieler zur Höchstform aufliefen, wie Maskenbildner und Art-Designer zusammenarbeiteten, das verraten die Schöpfer dieses Filmspektakels ebenso wie all die kleinen und großen Tricks, mit denen sie ihre oftmals verblüffenden optischen Effekte inszenierten.

Prächtige Farbfotos, Zeichnungen, das komplette Drehbuch und ausführliches Hintergrundmaterial über den historischen Dracula runden dieses Filmbuch ab: Wer es studiert hat, weiß mehr über moderne Filmkunst.

Sie erhalten diesen Band im Buchhandel, bei Ihrem Zeitschriftenhändler sowie im Bahnhofsbuchhandel.

Band 13 407
Robert Bloch
Psycho-Haus
Deutsche Erstveröffentlichung

Norman Bates ist tot, aber sein Geist lebt weiter ...
Geschäftstüchtige Männer haben das Motel, das durch Hitchcocks Film bleibenden Ruhm erlangte, in eine Touristenattraktion verwandelt. Zwei Wachsfiguren – der ein Messer schwingende Norman Bates und die Frau in der Dusche – bevölkern dieses Schauerkabinett. Kurz vor der offiziellen Eröffnung jedoch kommt das Bates-Motel ins Gerede: Ein Kind ist darin tot aufgefunden worden – brutal erstochen.
Eine ehrgeizige Reporterin bemüht sich um die Aufdeckung des Falles. Doch wo soll die junge Amy Haines anfangen mit ihren gefährlichen Recherchen? Bei jenen beiden gewitzten Männern, die das Psycho-Haus für touristische Zwecke renovierten? Oder bei dem skurrilen ›Dämonenforscher‹, der unablässig beteuert, der Geist Norman Bates' herrsche immer noch über das Psycho-Haus? Verdächtige Gestalten gibt es mehr als genug ...

Sie erhalten diesen Band im Buchhandel, bei Ihrem Zeitschriftenhändler sowie im Bahnhofsbuchhandel.

Band 13 454

Robert Bloch/Andre Norton

Dr. Jekylls Erbe

Deutsche Erstveröffentlichung

Eine Zeitungsannonce in dem Lieblingsbuch ihrés soeben verstorbenen Vaters bringt es an den Tag: Die junge Hester Lane kann Anspruch auf das Erbe des berühmten Dr. Jekyll anmelden, der unter mysteriösen Umständen den Tod fand. So verläßt Hester Lane ihre kanadische Heimat und taucht ein in das London des ausgehenden 19. Jahrhunderts.
Am liebsten würde Hester, Journalistin eines Frauenmagazins, den dunklen Geheimnissen der Weltstadt nachspüren. Aber in ihrer Umgebung überstürzen sich die Ereignisse. Unvermittelt sieht sie sich haarsträubenden Drohungen ausgesetzt. Und schon bald munkelt man, daß der tote Mr. Hyde wieder auferstanden ist und von neuem sein Unwesen in den Straßen von London treibt.

BRIAN ALDISS
LOREN D. ESTLEMAN
KURT VONNEGUT, Jr.

BYRON PREISS (Hg.)

DAS BESTE VON
Frankenstein

BASTEI LÜBBE

Band 13 443

Byron Preiss (Hg.)

Das Beste von Frankenstein

Deutsche Erstveröffentlichung

Die Figur des Frankenstein, der von einem Wissenschaftler künstlich zusammengesetzt wird, mit seiner ungeschlachten Häßlichkeit überall nur Angst und Schrecken erregt, während in seiner Brust die Sehnsucht nach Nähe und Liebe immer heftiger schlägt – diese mythische Figur hat bis heute nichts von ihrer Faszination eingebüßt.
Die größten amerikanischen Science-fiction- und Horrorautoren unserer Zeit haben für diesen Band brandneue Erzählungen über die unverwüstliche Schreckensgestalt geschrieben. Isaac Asimov leitet das geistreiche Gruselfest mit einem Essay ein.

Sie erhalten diesen Band im Buchhandel, bei Ihrem Zeitschriftenhändler sowie im Bahnhofsbuchhandel.

Band 13 459

Thomas M. Disch

Der Merkurstab

Deutsche Erstveröffentlichung

Minneapolis in den frühen Siebzigern: Billy Michaels, einen Jungen, der immer schon etwas anders war, ereilt in heftigem Schneegestöber eine bizarre Vision. In ihr erscheint der Nikolaus als einer von vielen Gehilfen Merkurs, der Gottheit des Handels und der Arzneikunst. Und da Billy die Vision annimmt und geheimhält, findet er bald auch, zwischen all dem wertlosen Gerümpel auf dem Dachboden, den Zauberstab dieser Gottheit – einen von zwei Schlangenhäuptern umwundenen Merkurstab.
Was Billy mit diesem Talisman anstellt, gereicht seiner Mutter, seiner schönen Halbschwester, seinen Schulkameraden und Lehrern nicht immer zur reinen Freude, multipliziert der Merkurstab doch reichlich wahllos Billys gute wie böse Regungen. Aber je älter Billy wird, desto größer scheinen die Verlockungen, sich zum Herrscher über Tod und Leben aufzuschwingen.